i

想象另一种可能

理想国
imaginist

**We tell
ourselves stories
in order to live**

JOAN DIDION

为了活下去，我们给自己讲故事

[美] 琼·狄迪恩 著

许 晔 张之琪 周子寰 董牧孜 傅适野 徐亚萍 译

民主与建设出版社
·北京·

INTRODUCTION

序言

"作为记者，我唯一的优势就是身形瘦小，性格内敛，常因神经过敏而失语，以至于人们总是忘记，我的在场与他们的利益相悖。"琼·狄迪恩在《懒行向伯利恒》的前言写道。在那段吉他和 LSD 大行其道的迷狂岁月里，她简直成了那场革命中的**反动分子**[a]、社会失范的代言女郎——虽身着比基尼，但出现在时代精神的篝火旁时，却如同一场偏头痛。后来，随着报道、小说和剧本大量产出，她逐渐成为时尚版面的沙漠母狮，既是偶像般的女预言家，又是斯坦福地震仪，密切关注着所有文化断裂带，对时尚板块每一丝震

颤了如指掌。有时，她显得过于敏感，仿佛整个时代都在伤害她的感情，让人想起瓦莱里的"枯叶在风中颤抖"，好像下一秒便会烟消云散。然而，在这**颤抖**与**消散**背后，在这座不断交织着断奏与渐强、充满茫然不安的回音室深处，似乎总有一种与生俱来的悲观，一种固有的寒意。谈及阴郁的 T. S. 艾略特时，兰德尔·贾雷尔说，在他的笔下，伊甸园也会变成《荒原》。不难想象，哪怕置身于瓦尔登湖，狄迪恩也难免被蓝色恶魔[b]刺伤。

不过，虽然艾略特大部分时间的心情都很低落，但这并不意味着他对水、岩石

---

[a] 原文为斜体或外语，表引用或强调，中文版中用中粗体表示，下同。
[b] Blue meanies，"披头士"乐队动画电影《黄色潜水艇》中憎恨音乐与快乐的反派团伙。

和虚幻的城市的描写有丝毫失真之处。狄迪恩对虔修群体的描摹亦是如此。

二十世纪五十年代末，**瞌睡艾克**[a]时期的曼哈顿，我和狄迪恩都刚刚入行，为小威廉·F. 巴克利的《国家评论》供稿，和我们一样前途未卜的新手作者还有加里·威尔斯、雷娜塔·阿德勒和阿琳·克罗斯。那时，巴克利之所以选中我们这些没有名气的年轻人，只是因为我们下笔犀利罢了，而且他相信，凭借自己的人格魅力，足以校准我们的政治立场——之后，他将不无懊恼地称我们为"背教者"。总之，狄迪恩刚开始以写作为业时，我就在读她的作品，见面也能说上两句；从第二本小说《顺其自然》（*Play It As It Lays*）起，她的大部分作品我都写过评论；七十年代初在《纽约时报书评》做编辑时，还发过几篇她的文章。所以在谈她时，我实在无法假装客观。虽然她有些言论看得人很生气——比如这段谈琼·贝兹的："如今，那个一生是一滴水晶泪珠的女孩有了自己的地方，这里阳光灿烂，迷茫可以搁置得再久一点。"还有这种口吻："音乐也不是1968年的摇滚，而是曾经在唱片机上播放的那种爵士乐，在那个时代，所有人都相信'人类一家'，人们会买斯堪的纳维亚的不锈钢餐具，并且为阿德莱·史蒂文森[b]投票。"——但我依然是她坚定的支持者。部分原因在于，和宝琳·凯尔一样，她也是西部来的，我们必须团结一致，对抗东部的排外主义。但更多是因为，我一直都很想弄懂，为什么她的句子就是比你我的要好……或许是因为节奏。他们就这样袭来，堪比一场伏击，用凝练有力的俳句、碎冰锥般的激光束和扑面而来的海浪来形容也不为过。就连文字周围的空白都别有意趣，仿佛狮身人面像周遭簇拥的沙地。

在我看来，狄迪恩写出《奇想之年》一点都不奇怪。回想起来，她多年来一直在描摹失去，排练死亡。她的整个写作生涯是一场幻灭，书页从中摇落，如绚烂秋叶一般，落在墓石上，排布成箴言。

*

我所知道的最可怕的一句话便是：

---

[a] Ike Snooze，对美国总统艾森豪威尔（Dwight D. Eisenhower, 1890—1969）在其第二任期内稳健低调执政风格的调侃。

[b] Adlai Stevenson II（1900—1965），美国政治家、律师，曾任伊利诺伊州州长、美国驻联合国代表，曾两度代表美国民主党竞选总统。他以机智、理性和高雅的演讲风格著称，主张理性和合作的外交政策，在"冷战"期间提倡通过谈判而非对抗来解决国际冲突。

序言

多么轻快，多么轻快，生活不过一场梦。[a]
——《他最后的愿望》(The Last Thing He Wanted)

早在《白色专辑》中，狄迪恩对加州就不无质疑，但她尽量将矛头对准时代，而非地域，正如下面这段著名引言所示：

过去几年里，我常常觉得自己像一个梦游者，游弋在世界中，对当下的热点议题毫无察觉，对相关数据也一无所知，只有噩梦中的景象能让我提高警觉：比如被锁在超市停车场车里活活烧死的孩子，在被囚禁的瘸子的农场里把偷来的汽车拆成一堆零件的机车少年，因逐一击毙一个五口之家而感觉"糟透了"的公路狙击手，骗子、疯子、军事调查中出现的狡黠的奥基人的脸，门廊上阴森的潜伏者，走失的孩子，在夜幕下推推搡搡的粗鲁军人。

如果硬要说这位失根的堪舆师也有其根源，那也只会是在边缘地带，在断崖处。通常，她都报之以啼笑皆非的困惑态度，虽然算不上多么宽容。"黄金国中的爱与死"是她一直谈论的主题。在她的描述中，洛杉矶是一座"不仅严重依赖于房地产炒作，很大程度上靠信任诈骗来维系，如今更是浮在影视产业、垃圾债券和B-2隐形轰炸机之上"的城市。在好莱坞，她发现，"和其他所有以赌博为核心活动的文化一样"，人们"性欲低下，对外部社会的关注只能停留在最表面的程度"。当然还有很多别的地方：柠檬树与特惠百货；风滚草和回旋加速器；大苏尔和死亡谷；山达基教、玛哈礼师、能从你的气场中看到死亡的保姆……"认为短期繁荣会持续下去的盲目乐观与契诃夫式的失落在此交会，融为一种飘摇不安的悬停状态；在这里，人们总有种不安的预感，这感觉埋得很深，但始终无法根除：这次最好能成功，因为在广袤无际、被阳光晒白的天空下，这里已经是这片大陆最后的可能。"

再看看她在《我的来处》中追溯自己的根源，完全是一部献给加州梦的哀歌集——献给唐纳大队、黑色风暴这样的西进故事或族源传说；铁路、石油公司、农业企业和航空航天业；水权、国防合同、在外业主和移民；小说家杰克·伦敦和弗兰克·诺里斯、哲学家乔赛亚·罗伊斯、画家托马斯·金卡德；高速公路、郊区购物街、制毒工坊、旧金山的波希米亚俱乐部、莱克伍德的马刺队；对监狱的资金投

---

a 出自英国童谣"Row, Row, Row Your Boat"，完整歌词为：Row, row, row your boat, gently down the stream. Merrily, merrily, merrily, merrily, life is but a dream.

入比对大学的还要多的加州议会。

　　自十九世纪中期,她的曾曾曾祖母带着一份玉米面包秘方和一把土豆压泥器,从阿肯色州穿越大平原来到内华达山脉时起,狄迪恩家族就生活在加州,因而对这片土地怀有主人般的感情。九岁时,作为女童军,狄迪恩在萨克拉门托精神病院的阳光房里唱过歌;迷惘的青春期,她一连几个暑假都沉浸在尤金·奥尼尔的书里,梦想着去本宁顿学院读书(虽然到最后,她还是从伯克利毕业的,和她忧郁的父亲一样);1963年,凭《河流奔涌》(*Run River*)晋身小说家的她,在书中谴责外来者夷平她的童年乐园,修成高速公路和停车场;然而,在过了四十年、写了十一本书之后,她发现,把未来卖给出价最高的人是初代加州人的秉性,她的先祖也不例外。如果说整个加州已经沦为一块完全依赖于"企业和政治利益紧密结合的无形帝国"的"殖民地",那狄迪恩家族也难辞其咎。

　　通常,这类坏消息读来都相当有趣,行文从直击要害过渡到幸灾乐祸,再演变为咒语般的低吟,带着宗教的庄严或命运的必然,谶语般高深莫测,又不失讽刺风味。2003年,《我的来处》出版,作为书评人,我唯一的不满就是它漏掉了太多她在别处写过的加州。所以我说,理想情况下,"美国文库"应该给她出一套黄金州全集,完整收录她笔下的恶魔岛、购物中心文化、棋牌室和马里布岛——"烧着的马被射杀在海滩上,鸟儿在空中爆炸"——她恐惧的面包皮上所有血淋淋的黄油。

　　"人人文库"这一合集回应了我的呼吁。于是我们发现,如今的狄迪恩所怀疑的不只是她的家乡,而是她曾以为自己了解的一切,就像《公祷书》(*A Book of Common Prayer*)中的那位人类学家:

我在加州跟随克罗伯学习,在圣保罗与列维-斯特劳斯一起工作,记录过几个社会在出生、交配、成人礼和死亡时的仪式和观念,并对它们进行归类;对马托格罗索州和欣古河部分支流沿岸的女童教养方式进行了广泛而卓有成效的研究,然而,我始终不明白,这些女童做或不做某件事究竟是为什么。

　　更有甚者:

我不明白自己做或不做某件事究竟是为什么。

*

　　如今我意识到,按照我原先对自己的设想,我竟是一个可以在任何情况下寻找并找到正面的人。我竟然相信了流行歌曲的逻辑。我曾寻找乌云背后透出的阳光。我曾穿过暴风骤雨。如今我意识到,这些

序　言

甚至不是我这代人的歌曲。

——《奇想之年》[a]

没人会想到，"寻找并找到正面"在她的写作中会是一个重要的部分。她大声宣称对历史、叙事及其背后的原因持不可知论态度。她坚决怀疑社会行动、道德律令、美国例外论和个人良知的首要地位。这种态度在她的散文和小说里都能见到；而在它的内里，有着一个流亡者，要靠波本威士忌来疗愈自己"恶劣的态度、糟糕的脾气、错误的思想"，一个为性行为失当和不可名状的失职而自我谴责的神经衰弱患者，一个承受着"细胞异常增殖、尘埃与干风、性知觉紊乱、无力、胀气、根管治疗等惯常征兆"的雌性人类。她发现"不是所有的承诺都会兑现，有些事无可挽回，所有的一切都自有其影响，一切的逃避，一切的拖延，一切的错误，一切的话语，一切的一切"。"哪怕她曾对社会契约、改良原则，以及人类奋斗的宏伟蓝图有过一点微弱的信念，也终究在某个时间点被错放了地方。"她没有去看心理医生，而是结了婚。她把头套在纸袋里，以避免哭泣。她未能成为自己想要成为的见证者。在深夜里，橄榄树间尖啼的孔雀让她感到困扰。她如同从隧道里返回的阿尔刻提斯，几乎爱上了死亡。你了解我，或者你以为你了解我。

有的时候，这位阿尔刻提斯会搞不清宿命与倦怠之间的区别，但她**确实**相信，除了"无序的面向"，以及错位、恐惧、幻梦的阴暗统治之外，还有**原罪**。她的故事带有自我辩护的意味："公主被囚禁在领事馆。拿着糖果的男人引领孩子们走向大海。"在她的小说里，受了伤、身处炎热地带的女人，做出乖张的决定，带来可怕的后果。这就是虚构小说中的狄迪恩，一个潜藏的浪漫主义者。她竟然真心希望《他最后的愿望》中的记者艾琳娜·麦克马洪和美国外交官特雷特·莫里森走到一起："我希望他们这辈子都在一起。"

但这只是很个人的事——直觉、焦虑、疲惫的神经和错误的恋情——与我们其他人，与世界残酷的运行无关。她在《白色专辑》里说："我不是社会的缩影。我是一个留着长直发、穿着旧比基尼泳衣、神经不大好的三十四岁的女人，坐在太平洋中间的小岛上，等待一场不会到来的潮汐波。"她在《公祷书》中补充："对黑暗的恐惧可以在实验室里合成。对黑暗的恐惧是十五种氨基酸的组合。对黑暗的恐惧是一种蛋白质。"

所以，在所有的作家里，她似乎是最不可能成为怀着幻灭"前往门罗总统划下

---

[a] 本书中《奇想之年》引文均参考自陶泽慧译本，新星出版社2017年版。

的偏远边疆"的拓荒勇士的一位了。但是，不管出于什么原因，她向左转了，向南去了，在拉丁美洲发现了自己身上不可忍受的"白人性"。比方说，她在墨西哥的索诺拉沙漠中，"这里的酷热、幻象、腐肉的味道，让我失去了方向，找到了告解……"格雷厄姆·格林或许会这样写："树荫下的广场，一个为周日音乐会搭好的金丝舞台，一群鸟儿，一座年久失修的大教堂，拱顶是瓦片做的，颜色是知更鸟蛋一般的蓝，拱顶十字架上有一只红头美洲鹫。"她是这样写尤卡坦半岛和波哥大的：苍白的天空，闲置的赌场，披肩和盐矿；鹦鹉和白蚁；让采矿工程师和CIA探员"感到迷惑，误以为是模糊的性邀约"的对话；香蕉树，绑架案。萨尔瓦多一如康拉德笔下的"黑暗之心"："消灭所有的畜生！"空旷海滩上空无一人的度假村，杂种犬只、防弹玻璃、"让人失忆的悠长赋格"；罗梅罗大主教、莫佐特、神学生、女修士……一边是那座"庞大、粗野的空间"——大教堂，那未点亮的祭坛仿佛传达出唯一而无法逃避的信息：此时此地，世上的光已熄灭，已熄灭，已不复存在。另一边就是"中美洲最大的购物中心"，武器检查哨就在不远处，而这里放着《我把心留在了旧金山》，鹅肝酱旁边穿着紧身牛仔裤、拿着布卢明代尔沙滩巾和苏联红牌伏特加的主顾。在萨尔瓦多，在"死亡快报"（grimgram）、尸堆，以及深夜录像播放的《现代启示录》和《香蕉》之间，琼·狄迪恩最终意识到，马尔克斯其实是一位"社会现实主义者"。

来到萨尔瓦多你才会知道，秃鹫会从软的地方吃起，眼睛、裸露的生殖器、张开的嘴巴。张开的嘴巴可以塞上某种象征物，用来传达信息，比如，一根阴茎；如果是土地所有权问题，则是争议地区的泥土。以及，毛发腐朽的速度比肌肉慢，在尸堆里，被一头秀发环绕的头骨并不罕见。

于是，当年那个在《懒行向伯利恒》欣赏霍华德·休斯和约翰·韦恩更胜琼·贝兹和嬉皮士，在《白色专辑》里批评多丽丝·莱辛、好莱坞左派、女性主义多于购物广场文化和梦露粉丝的散文家，到了《萨尔瓦多》《迈阿密》和《亨利去后》的时代，对里根及其美国外交政策"梦工厂"大加鄙夷（"这种梦工厂旨在掩盖任何可能困扰做梦者的情报"）。这位以令人惊悚的自恋指南《顺其自然》出道的小说家，此时的远游目的地却不再是夏威夷，而是巴拿马、哥斯达黎加、"博卡格兰德"，以及其他"充斥着病态和偏执"的热带土地。她去了马那瓜和圣地亚哥，去了海地和拉瓦尔品第，去了雅加达和胡志明市，去了突尼斯和槟城，去了达喀尔和吉达,在那些地方,与最不为人知的人交谈:使馆司机,空姐,富布赖特学者,热带农业专家,酒吧女郎,前台,替身演员,可可豆烘烤机和水稻转化剂的推销员,贩卖情报、武器级铀元素、现金转账与最终使用者凭证、乌兹冲锋枪和油膏的贩子——一夜之间,浸润在雷蒙德·钱德勒和纳撒尼尔·韦斯特中的中学女生就拿到了纳丁·戈迪默、奥克塔维奥·帕斯和安德烈·马尔罗颁发的博士学位,之后写出了好几部**后−北美自由贸易区−殖民小说**。

作为保守的共和党家庭的女儿,狄迪恩在1964年大选中为巴里·戈尔德沃特投下了"热忱"的一票,到了《政治虚构》时,讲的却是美国民主是如何强奸民意的。

是心中的忧虑让她走上了出人意料的道路?或许,我们本不该意外。早在《懒行向伯利恒》中,在她对响尾蛇和牧豆树的描绘中,已经有着对恶魔岛的质问,对从越南归来尸袋的质问。《白色专辑》是一部无名的、蓝眼睛的、精神紧绷的人的编年史,但也谈了很多休伊·牛顿、黑豹党、波哥大、胡佛大坝、俄勒冈兵工厂的神经毒气。在《亨利去后》中,她去过香港九龙附近一个越南难民暂住的营地,一天早晨,"一个看不出年龄的女人,蹲在路边,在水泵旁给一只活鸡放血"。另一天早晨,她凑巧到了伯克利的核反应堆,回想起在二十世纪五十年代上文法学校时的核爆演习、噩梦中的死光,同时跟工程师谈笑风生,参观反应堆核心、燃料棒周围的放射性物质,还有二十英尺深的水下冲击波引发的水波荡漾——"正是沙特尔教堂玻璃的蓝色"。

《政治虚构》的问世是必然的。1988年,《纽约时报书评》邀请她去体验一番乔治·布什和迈克尔·杜卡基斯的角逐。当时,两党政客都认为,心向里根的民主党人对大选成败至关重要,于是两人使出浑身解数去争夺他们的支持。这让狄迪恩感觉很糟糕。在接下来的十二年里,她陆陆续续地谈了罗纳德·里根的遗产、杰西·杰克逊的困境、纽特·金里奇的夸夸其谈、肯·斯塔尔与比尔·克林顿的文化战争与性丑闻调查、政治权威阶层的背信弃义、"以信仰为基础"的拉票,还有"进程"本身——从实用来说,这套徒有其表的制度与安部公房的《"樱花"号方舟》中的"钟表虫"相差无几,一边吃一边排泄,以自己的排泄物为食,永远朝着太阳。

《政治虚构》或许是同一主题的诸多变体,然而它是巴赫的《哥德堡变奏曲》那种意义上的变体。民主是被谁强奸的?被一个"永久性的政治阶层",一个寡头集团,其成员不仅仅包括重金能收买到的最佳候选人及其焦点小组、先遣团队、捐赠者基础和政治顾问,还包括那些报道提前准备好的故事,兜售"作为帝国的美国可以重现荣光"这一"镇静剂般的幻想"的记者（他们自己也是钟表虫身上热切的齿轮），以及那些热衷布道的专栏作者，脱口秀中评估"赛马"的"专家"，为了个人职业晋升、议程推进、新书签约或国家政变而透露"独家新闻"的"兽人与精灵"们：

当我们在谈论政治进程时，指的不再是"民主进程"，或确保一个国家的公民就国家事务发声的一般性机制，而是越来越多地谈论其对立面：一个高度专业化的机制，其准入渠道自然也只向内部的专业人士开放，包括那些管理政策运行和对此进行报道的人，那些组织民调和引用民调的人，那些在周日秀上提出问题和回答问题的人，那些媒体顾问、专栏作家和政策顾问，那些举办闭门早餐会和前往参加的人；那些年复一年地发明着公共生活叙事的少数局内人。

这种叙事——部分是寓言故事，部分是时代精神，部分是政治术语，但归根结底都是意识形态——是狄迪恩从政党大会的慷慨陈词、电视节目的政治脱口秀、巡回演讲的拉票话术、私下聚会的吹牛、毫无保留的揭秘回忆录、日报、周刊、速记稿中提炼而来；还有白噪音、"源源不断的信息流带来的狂热"和扫描单上的阴影。就像在那些后殖民小说所做的那样，她把形形色色的"黑话"浓缩成了一种"反－诗歌"。但如今我们听到的，已不再是"幽灵航班""猛虎行动""线人"和"秘密撤离"，也不是"释放燃油，投弃货物，弹射机组人员，失联"，而是"选战打法""权衡取舍""话术要点""宣传口径""评估传播效果""紧扣核心主张""调整战略定位"，以及威利·霍顿和黑人女战士索尔贾。这意味着在"富裕的、受过良好教育的、多元的、住在郊区的、'会上网的'、温和理性的"目标选民争夺战中，那些"穷人、黑人、西班牙裔、内城贫民、无家可归者、忍饥挨饿者，以及其他在'内陆美国人'那里失宠的群体，再也无法像二十世纪六七十年代那样，得到'软弱的'民主党自由派的优待了"。美国有一个坚不可摧的中央地带，在那里，两党"都致力于校准其精确度，以提供恰好足以当选的、流于表面的小修小补"。守门人、边防卫士、大祭司、"胡狼头"阿努比斯和媒体喉舌，作为该地带的圣火守护者，如今已不再关心公民自由、工会活动、平权行动、程序正当或儿童照护。他们反对所有权利，除非那权利属于他们自己，比如说，房贷利息的免税政策。

哪怕是去了萨尔瓦多，狄迪恩也绝没有变成一个左翼食草型"女权纳粹"。她说过，她属于"不信任政治狂热……坚信'黑暗之心'不存在于社会组织的谬误之中,而是深植于人的血液中"的一代人。多年来,谈论起"黑暗之心",她总是更像一个十九世纪的新英格兰人,而非二十世纪的加州人——就像梅尔维尔在解读霍桑时所说的那样:"因为在某种心绪之下,没有人在衡量这个世界时可以不丢入某些东西,比如原罪,好让天平达到平衡。"

但在《政治虚构》里,除了暗中潜伏的冷嘲、声呐般的耳力、雷达似的目光、堪比夜视狙击手的精准打击,她还自带一种"猛虎行动"式的气场,远胜《杰克,我一切都好》里自私自利的政治精英。这些政治MV的灯光助理和舞台主管可唬不住她,不过是些一边怀念想象中的美国,一边鄙视所有失败者的人罢了。从死刑背后的政治角力、通过禁毒执法进行的社会控制、"超级星期二"对底层诉求的出卖、里根政府"船货崇拜"式的政治表演,再到佛罗里达州选举闹剧,且不谈她是如何把这些议题押上她的双轮囚车的;单是对中间派政客的批评,激烈程度也不遑多让。毕竟,她在1988年就曾为杰西·杰克逊的"党内起义"激动不已,在1992年民主党大会期间,更是让杰里·布朗住进了她的公寓。她是这样评价共和党人最喜欢的民主党参议员乔·利伯曼的:"他的讲话风格有种自吹自擂的味道,仿佛他是在为我们大家负重前行,并因此得到了上帝的特别嘉奖。"而他"始终遵循良知","就像一只总爱往右边跳的金色猎犬"。

对于媒体的同流合污、装聋作哑,狄迪恩更是不吝痛斥。《纽约时报》因未能力挺雷蒙德·邦纳对莫佐特大屠杀准确客观的报道,得到了其应有的批评。《新闻周刊》的迈克尔·伊萨科夫也遭到了严厉批评。按照字母表的顺序,需要抚平内心伤痕的还有乔纳森·奥尔特、沃尔夫·布利策、戴维·布罗德、萨姆·唐纳森、莫琳·多德、托马斯·L.弗里德曼、杰夫·格林菲尔德、小阿尔伯特·R.亨特、乔·克莱因、威廉·克里斯托尔、安德里亚·米切尔、科基·罗伯茨和乔治·威尔。《华盛顿邮报》的鲍勃·伍德沃德则是趁早转行为妙。她说,虽然在他所有的书中,"都很难观测到大脑活动的迹象",但在《选择》中,"这种对略微动用一下认知能力的抵触,已然达到了一个顶峰"。

难怪"美国最大的政党"会是"由那些不知道为什么要投票的人组成的'政党'"。狄迪恩没有办法治疗我们的时代病,毕竟她也不是医生。正如钦努阿·阿契贝在《荒原蚁丘》中所说:"作家不开药方。他们只会让你头疼!"

*

我们也许能预料到,突如其来的死亡会令我们陷入震惊,却预料不到这种震惊

将涤荡身心，令两者都陷入混乱。我们也许能预料到，我们会因丧亲而垂头丧气、伤心欲绝、几近疯狂，却预料不到自己会真的患上精神病，会陷入"冷静"的状态，其实心里还相信自己的丈夫会归来，会用得上那些鞋子。

我们也无法预知葬礼之后的状况（而这才是我们想象中的丧恸与真实丧恸的根本区别），紧随而来的是无休止的缺失，是空虚，是意义的对立面，我们迎头撞上了无意义的体验，它以无情的姿态步步紧逼。

狄迪恩不得不向女儿昆塔纳重复三遍，她的父亲已经死了。她总是忘记，因为她正在经历一次次的昏迷、败血性休克、摘掉呼吸管和神经外科手术，在东海岸或西海岸的不同重症监护室之间辗转往复。狄迪恩的《奇想之年》——她的《生活研究》和《卡迪什》，她的罗伯特·洛威尔和艾伦·金斯堡——写到一半时，女儿从加州大学洛杉矶分校医疗中心紧急转到了纽约大学的腊斯克康复医学研究院，但过程相当曲折。救护车先是要想办法绕过几辆卡车司机为表示抗议而故意抛在洲际公路上、车头与车身别成直角的半挂卡车，去往某个机场，可能是伯班克、圣莫尼卡，也可能是凡奈斯，似乎没人能确定。那个机场停着一架塞斯纳小飞机，空间只够容纳两名飞行员、两名护士、固定昆塔纳的担架，以及一条长凳，是给这位母亲坐的，下面放了几个氧气瓶。飞机中途还要在美国的"心脏地带"停留一下。

后来，我们降落在堪萨斯的一片麦田里补充燃料。飞行员和那两位看管飞机跑道的少年达成协议：他们在这边补充燃料，而少年要开着皮卡去麦当劳买汉堡给大家吃。在等候的过程中，医护人员建议我们轮流出来活动身体。轮到我时，我站在柏油碎石铺成的飞机跑道上愣了一会儿，觉得羞愧难当。因为我能在外面自由活动，而昆塔纳却出不来，然后我沿着跑道一直走，走到尽头，走到麦苗开始生长的地方。天空下着小雨，气流很不稳定，我开始想象龙卷风即将来临。我们俩都是桃乐茜。我们都自自在在。我们马上就要逃离这里。

狄迪恩会想起奥兹国，而我会想起她。我们不止一次见过飞机跑道上这个女人。在《民主》里，她叫伊内兹·维克托，在她的情人杰克·洛维特死在雅加达一家酒店的游泳池浅水区里后，搬去了吉隆坡："一个女人，曾梦想入主白宫，现在却一边弹飞茶壶上的白蚁，一边讲述自己如何带着那个装在尸袋里的男人，乘坐一架七座小飞机，在几座环礁间辗转。"在《他最后的愿望》中，她叫艾琳娜·麦克马洪，是一名记者，在雨中降落在加勒比海上某个只有在恶劣天气预报中才会偶然提及的岛屿那长满湿草的跑道上，从此迷失在伊朗门海量损毁数据的迷雾中。作者不禁要问，"是什么让她觉得，一件在纽约总统初选期间从波道夫·古德曼百货公司打折区随手买来的黑色连衣裙，会适合在凌晨1点30分从劳德代尔堡－好莱坞国际机场飞往哥斯达黎加圣何塞（虽然最终并未抵达）的临时航班上穿？"

狄迪恩笔下的女人总是在为死亡排练，这在她的偏好地图中堪比"回归线"，正如怀疑是她的"子午线"。《顺其自然》里的玛丽亚不仅预感到自己的死亡，还相信登机时若是"心情不好"就会坠毁、无爱婚姻是致癌的、通奸者的孩子必将死于非命。《公祷书》里的夏洛特反复梦到"性关系中的屈从与婴儿的死亡"，她来到了博卡格兰德，因为那里是"世界的宫颈，是迷失在历史中的孩子最终的必经之地"。《民主》里的死者更是多得出奇，这还不算1970年在西贡被夹竹桃叶——"切成细丝的溶血毒素"——毒死的外援分析师与路透社记者。在《他最后的愿望》里，我们在意的所有人都死了，只剩下小阿瑟·M. 施莱辛格在烛光下用餐，还有特德·索伦森，在与海豚同游。

后来在《奇想之年》中，狄迪恩做了两个梦。一个梦是她死去的丈夫一个人上了飞机："我一个人被丢在圣莫尼卡机场的跑道上，看着飞机一架架起飞。"在另一个梦里，她与昆塔纳乘坐从火奴鲁鲁飞往洛杉矶的航班："飞机坠落。我和她奇迹般地活了下来，漂流在太平洋上，死死地抓着飞机的残骸。我们的困境在于：我正好处在经期，经血会引来鲨鱼，我必须游得远远的，抛下她一个人。"

她向来喜欢将冷酷与柔软并举：蜂鸟和FBI（联邦调查局）；史努比垃圾桶里的一次性针头，太平洋核试验时的晨光，离开金边的签证费用；燃烧汽车里的四岁儿童，婴儿护栏里的响尾蛇，托儿所的蜥蜴；地震、海啸和佩蒂·赫斯特；面对地下世界的水力学意象，如"渠道""输送""引流"，她报之以"黑洞""失重"等引力学意象。面对空壳公司、空饷和地雷碎片，她则转而写起被雨水冲进污浊沟渠里的野生兰花。她的上一部小说中，一半是法庭证言、电报往来、经纪账户与机密文件，另外一半则是茉莉花、蓝花楹的花瓣、暮光与眩晕。

在《奇想之年》中，这种意象联结——诗歌碎片、记忆闪回、医学术语、身体部位、噩梦、读数监测、崩溃——简直像是某种圣歌，某种黑暗中的鸣啸，一旦停止，便会被"旋涡"的嗡鸣整个儿吞没。就这样，靠着咒语和护身符，她度过了一个又一个可怕的小时，度过了那可怕的一年。她七十岁的丈夫，在两人结婚四十周年前夕因心脏病突发，猝死在纽约的客厅里。婚后前五个月，约翰还在《时代》工作，除此之外，两人一直待在家里，一起写作，读给对方听，"一天二十四小时"——难以想象的亲密。你会觉得，他们离开对方便无法呼吸。她不肯把他的声音从答录机中抹去，也不愿丢掉他的鞋子。她给他的手机充电，把他的钱夹收在放护照和陪审员证的盒子里。她给《洛杉矶时报》的朋友打电话，免得他们会觉得被《纽约时报》抢了先。她拒绝器官捐赠："如果他们取走他的器官，他还怎么能再回来？如果他没有鞋子，他还怎么能再回来？"，以及："他蓝色的双眼。他带有瑕疵的蓝色的双眼。"她吃不下，睡不好，一思考便是回忆，一回忆便是痛苦。整整六个月，甚至连梦都没办法做。她重读约翰的书，觉得它们变黯淡了。"我第一次明白河流意象具有的力量，无论是冥河、忘川，还是身穿披风手持篙的摆渡人。"哀恸是一艘"烈火熊熊的木筏"。

与此同时，她三十八岁的女儿，新婚五个月的昆塔纳，也在不同医院里进进出出。一场流感，后来"恶化"成了肺炎，再后来又引发了中风。一天早晨，在重症监护室里，狄迪恩发现女儿床头的显示器暗掉了，"她的脑电波消失了"。医生关掉了脑电图仪，只是没告诉这位母亲。但"我已经习惯于查看她的脑电波。这是倾听她话语的一种方式"。

于是，我们看着她在听。她听到了无数可怖的嗡鸣，电极、注射器、导管、呼吸管、超声仪、白细胞数、抗凝剂、心室颤动、气管造口、铊扫描、瞳孔固定、脑死亡；更不用说委婉的说法，"下手术台"（还活着）、"亚急性康复机构"（疗养院）；与此同时，她也引用文本，莎士比亚、菲利普·阿利埃斯、威廉·斯泰伦、弗洛伊德、W. H. 奥登、梅兰妮·克莱因、C. S. 刘易斯、马修·阿诺德、D. H. 劳伦斯、狄兰·托马斯、艾米莉·波斯特、欧里庇得斯。同时，她还在观察和倾听自己：她的哀恸，是否堪比海豚或鹅的悲伤？

"她还好，很冷静。"一位社工向纽约长老会医院的医生这样描述。约翰就是在这家医院被宣告死亡的。她真正在想的是："我需要独处，这样他就能够回来。"后来她才意识到："我必须相信他从一开始就救不回来了。如果不相信他从一开始就救不回来了，那我肯定会思索，我本该能够挽救他的性命。"但是："我竟然允许别人认为他已经死掉了。我竟然允许他被活生生地埋葬了。"如果连她这种最冷静的人都陷入了疯狂，那么我们又有多少希望？大概不会太多。除非我们也有她的"黑色专辑"：那是一座冰宫，也是一座温室，居住着勇敢的心和清明的智慧，光辉的榜样和近乎吟唱的美丽句子。

约翰·莱纳德

CONTENTS

目 录

1
《懒行向伯利恒》

175
《白色专辑》

339
《萨尔瓦多》

397
《迈阿密》

533
《亨利去后》

689
《政治虚构》

873
《我的来处》

1013
《南部与西部》

SLOUCHING TOWARDS BETHLEHEM

懒行向伯利恒

许晔 / 译

献给昆塔纳

二度降临

盘盘飞翔于愈越广大的锥镟，
猎鹰听不见控鹰人的呼声了；
举凡有是者皆崩溃；中央失势；
全然混乱横流于人世之间；
血渍阴暗的潮水在横流，到处
为天真建置的祭仪已告沉沦；
上焉者再无信念，下焉卑劣
充斥贲张激情。

想当然是某种启示即将到来了，
想当然二度降临，即将到来。
二度降临！话犹未了只见

一释自神气约集[a]之庞然大物
震撼我的视域，在荒原沙漠一个
角落那东西以狮身人首的样子，
空洞无表情之凝望一若骄阳，
正移其迟迟之臀股双腿，四周
愤懑的荒漠鸟影交交狂转。
黑暗又已下坠了。这一次我领悟
二十轮百年积岁沉沉巨石之大梦
已被一张摇篮拨进了阴魂恶魇，
何方凶兽，其时已到，
正懒行向伯利恒，等待降生？

——W. B. 叶芝[b]

---

a Spiritus Mundi，拉丁语，意思是"世界的灵魂"。
b 译文参考自杨牧译《叶慈诗选》，广西师范大学出版社2016年版，有改动。

我从佛陀、耶稣、林肯、爱因斯坦和加里·格兰特那里习得了勇气。

——佩吉·李

目录

前言 ……… 11

I 黄金国的生活方式 ……… 15

17　黄金梦中客

31　约翰·韦恩：一首情歌

40　亲吻永不停止的地方

51　美国共产党（马列主义）的拉斯基同志

55　罗曼街7000号，洛杉矶38区

60　加州梦

65　荒谬婚姻

69　懒行向伯利恒

II 自我 ……… 97

99　记笔记

106　自尊

111　我忘不掉那只怪兽

118　道　德

123　回　家

Ⅲ 心中七地 ……… 127

129　土生女札记

139　天堂（21° 19' N., 157° 52' W.）来信

151　万古磐石

154　无望海岸

158　瓜伊马斯，索诺拉州

160　洛杉矶笔记

165　别了，这一切

FOREWORD

前言

这本书叫《懒行向伯利恒》，因为几年来，前两页那首叶芝的诗一直在我的耳内回响，就像做了一场植入手术。扩大的锥镟、听不到控鹰人声音的猎鹰、烈日一般空洞无表情的凝望，它们一直是我的参照点，有了它们，我所见所闻所想中的种种混乱，才能勉强呈现出某种形貌。《懒行向伯利恒》也是这本书中一篇的题目，而这一篇，源自在旧金山海特－阿什伯里社区度过的一些日子，对我而言，这既是所有篇目中最重要的，也是唯一一篇在发表之后让我深感沮丧的。这是我第一次如此直接赤裸地面对原子化的证据，万物分崩离析的证明：我去往旧金山，是因为好几个月来，我都写不出任何东西，被这样一种执念困住了，认为写作是一种无关紧要的行为，而我所熟知的世界早已不复存在。如果一定要写下去，那我就必须与这种混沌共存。因此，这篇文章对我来说意义非凡。但发表后我才发现，无论自以为叙述得多么直白和坦率，我都没能向很多读过甚至喜欢这篇文章的读者传达清楚，没能让他们明白我想说的是一个更宏大的议题，而不只是那群前额画着曼陀罗的孩子。音乐电台主持人打电话到我家，说想和我（连线）聊聊海特－阿什伯里的"肮脏"现象，一些熟人则恭喜我这篇写得"恰逢其时"，因为"这股热潮已经结束，完了，**彻底完蛋了**"。我想，几乎每个写作者都会在某个时刻感到痛苦，怀疑外面根本没人在意你在说什么，但当时的我觉得（或许是因为这篇对我太重要了），我所有文章中，还从来没有哪篇收到过这么离谱的反馈：几乎全是各式各样的误读。

这里收录的所有文章，基本上都是1965年到1967年间的杂志供稿，事先声明，其中大部分都是"我自己的想法"。不错，有人叫我去卡梅尔谷，报道琼·贝兹办的学校；叫我去夏威夷；我记得写约翰·韦恩也是约稿；《道德》是《美国学者》的约稿，《自尊》则是为 Vogue 写的。在这二十篇文章中，有十三篇都发表于《星期六晚邮报》。时常会有人，从多伦多之类的地方写信给我，想要（要求）知道我是如何平衡个人意志和给《星期六晚邮报》供稿这两件事。答案很简单。《星期六晚邮报》对作者的想法非常支持，也愿意支付足够的钱，让作者实现想法，而且十分谨慎，不会擅自修改稿件。在给《星期六晚邮报》的稿子里，并不是每篇都有许多微妙的转折，但我不认为这是一种妥协。就"主题"而言，当然不可能整本书的所有文章都与全面崩溃、万物分崩离析有关，那也太宏大、太自以为是了，事实上，很多篇目都很简短，也很私人。只是因为我并没有一双摄像机一般冷静客观的眼睛，也没写下多少自己不感兴趣的文章，所以我的文字，有时难免会（甚至多余地）反映出我当时的想法。

关于这些文章，我不知道还有什么能够告诉你们的。我可以告诉你们，我喜欢

前 言

其中一些胜过另外一些，但对我而言，每一篇的产出都很艰难，耗费了远超它们价值的时间；每一篇的写作都有那么一个时刻，我坐在一个铺满了糟糕开头的房间里，没法在一个字后填上另一个字，想象自己已经轻度中风，看起来没什么变化，但实际上已经失语。其实，在写《懒行向伯利恒》时，我病得从来没有这么严重过。疼痛让我整夜无眠，所以一天里有二十或二十一个小时，我都要靠喝热水兑琴酒来舒缓疼痛，再靠服用右旋安非他明舒缓醉酒的痛苦，才能写作。（我倒是希望你们相信，我坚持工作是出于某种真诚的职业精神，为了赶上截稿日期之类的，可惜事实并不完全是这样；我确实有截稿日期的压力，但那段时间也确实很艰难，而工作对于这种痛苦的缓解作用，就像琴酒对于疼痛的作用一样。）还有什么能说的呢？我很不擅长采访。我总是避免必须跟媒体公关打交道的情形。（这也就排除了采访大部分明星的可能，不得不说是一个意外之喜。）我不喜欢打电话，也不想数清究竟有多少个早晨，我坐在某个地方的"最好西部"汽车旅馆的床上，逼迫自己打电话给当地的助理检察官。作为记者，我唯一的优势就是身形瘦小，性格内敛，常因神经过敏而失语，以至于人们总是忘记，我的在场与他们的利益相悖。事情总是这样。这就是我最后想要告诉你们的，请记住：**作家总是在出卖别人。**

I.
LIFE STYLES IN THE GOLDEN LAND

黄金国的生活方式

SOME DREAMERS OF THE GOLDEN DREAM
(1966)

黄金梦中客

　　这是一个黄金国中的爱与死的故事，要从一片土地说起。从洛杉矶出发，沿着圣贝纳迪诺高速路向东行驶，只需一个小时就能抵达圣贝纳迪诺山谷，但从某种程度上说，这里已经是一片完全不同的土地了：不是有着亚热带黄昏和从太平洋吹来的和煦西风的海岸，而是一个更加粗粝的加州，忍受着山那边莫哈韦沙漠的侵扰，以及干热的圣塔安娜风的摧残。风以每小时100英里[a]的速度越过山口，呼啸着穿过桉树防风林，扰动每一根神经。10月，风最折磨人的时节，呼吸困难、山林自燃的时节。4月以来，没有下过一滴雨。任何声音听起来都像是在尖叫。风过境处，遍地都是自杀、离婚，以及针刺般的恐惧。

　　摩门教徒定居在这片不祥的土地，又遗弃了它，但他们离开时，第一棵橘子树已经种下。接下来的一百年中，还将有另一群人被圣贝纳迪诺山谷吸引而来，梦想着在诱人的水果间安身，在干燥的空气里发展繁荣，他们带来了中西部的建筑、烹饪和祈祷方式，并试图把这些生活方式移植到这片土地上。移植的方式很神奇。这是一个人可能从出生到死亡都没尝过一次

---

[a] 1英里=1.61公里。1英尺=30.48厘米。1英寸=2.54厘米。本书所涉计量单位及数字形式均遵原文用法，不做归化处理，必要时以脚注形式说明。

17

洋蓟，也没见过一个天主教徒或犹太人的那个加州。这是拨打祷告热线 ª 很容易，但买本书却很难的那个加州。在这里，人们的信仰不知不觉地就从《创世记》的字义解释变为《双重赔偿》ᵇ 的字义解释。在这里，到处是逆梳的蓬蓬头和七分裤，女孩们的一生差不多一眼就能看到头：穿上长及腿肚的白色婚纱，生下一个金伯莉或者谢里或者德比，来上一场蒂华纳离婚 ᶜ，再回到美发学校里去。"我们就是些疯孩子。"她们望向未来，毫无悔意。在黄金国，未来总是金闪闪的，因为没人会记得过去。

在这里，热风刮过，旧有的生活似乎已然失效，离婚率是全国平均值的两倍，每三十八个人里就有一个住在拖车上。所有那些来自别处的人，所有那些逃离寒冷、过往，以及旧有生活方式的人，到了这里，就抵达了终点。在这里，他们想要找到一种新的活法，而他们唯一知道可以去寻求的地方，就是电影和报纸。露西尔·玛丽·马克斯韦尔·米勒案，就是这种新生活方式的通俗小报版传奇。

先想象一下榕树街，案子就是在这里发生的。从圣贝纳迪诺出发，顺着山麓大道，也就是66号公路向西行驶，一路上经过圣菲火车调车场，"四十眨眼"汽车旅馆，之后是一家由十九座印第安帐篷式的灰泥建筑组成的汽车旅馆（**住帐篷，省贝币。**ᵈ）再经过丰塔纳赛车场、丰塔纳宣圣会教堂、赛车休整区夜总会，之后路过凯泽钢铁厂，穿过库卡蒙加牧场，拐过位于66号公路和玛瑙街交会处的卡普凯（Kapu Kai，夏威夷语中的"禁忌之海"）餐酒吧兼咖啡店，再沿着玛瑙街向北。一路上，到处是印着小块地皮出售广告的旗子，在狂风中翻搅。（**半英亩大宅！厨房带吧台！石灰华门廊！首付仅需95美元！**）那是愿景破灭的残迹，"新加州"的泡影。要不了一会儿，玛瑙街上的招牌就变稀疏了，房子的色调也不再像春日大道上那般柔亮，取而代之的是些灰暗的平房，主人在屋外种了些葡萄，养着几只鸡。随后，山变得更陡峭了，路也开始爬升，平房都看不到几间了——这个人烟稀少、

---

a　Dial-A-Devotion，一种自动电话系统，拨打电话即可收听预先录制好的一段宗教信息或祷词。

b　Double Indemnity，1944年上映的一部美国黑色电影，导演为比利·怀尔德，电影讲述的是一个中产家庭的妻子在保险推销员的帮助下杀死丈夫以获取双重赔偿的故事。"双重赔偿"指的是被保险人意外身亡时，人寿保险公司应当支付合同规定的双倍金额作为赔偿的一种保险协议。

c　Tijuana divorce，即墨西哥式离婚，在二十世纪中期，由于在墨西哥离婚要比美国的大多数州都要方便、快捷和便宜，所以会有许多美国人去墨西哥办理离婚。

d　原文为大写，在中文版中用粗体表示，下同。

道路崎岖、两旁种着桉树和柠檬树的地方，就是榕树街。

同这片土地上的许多地方一样，榕树街也显得有些古怪，不太自然。柠檬园陷在三四英尺高的护土墙后，一眼就能看到它们稠密的枝叶，太过繁茂，闪耀着令人不安的光泽，噩梦般葱茏；剥落的桉树皮上落满尘土，成了蛇类繁衍的温床。石头也不像是天然的，倒像是某种不为人知的剧烈地质活动留下的碎块。路边有些果园防冻熏烟器，还有一个封闭的储水槽。榕树街一侧是平坦的山谷，另一侧是圣贝纳迪诺山，庞大的黑色山体兀然耸起，太高，也太快，九千英尺，一万英尺，一万一千英尺，就这样矗立在柠檬树林的上方。深夜的榕树街上没有光亮，也没有声音，只有风穿过桉树林的呼啸，夹杂着低沉的犬吠。附近大概有个犬舍，也可能不是狗，是土狼。

1964年10月7日，露西尔·米勒从梅费尔二十四小时超市回家时走的就是榕树街。那晚没有月光，风在呼啸，家里没有牛奶喝了。大概夜里12点30分，也是在榕树街上，她那辆1964年新款的大众车一个急停，起了火，燃烧起来。在接下来的一个小时十五分钟里，露西尔·米勒在榕树街上跑来跑去，想找人帮忙，但没有车经过，也没找到人来帮忙。到了凌晨3点，火已经扑灭，加州高速巡警[a]正在撰写事故报告，而露西尔·米勒还在哭泣，语无伦次，因为事发时，她的丈夫正在车里睡觉。"我该怎么告诉孩子们，里面什么都没留下，棺材里什么都没有。"她向一位被叫来安慰她的朋友哭诉，"我该怎么跟他们说，里面什么都没留下？"

事实上，里面并不是什么都没留下，一周后，留下的部分躺进了德雷珀殡仪礼拜堂一具封好的黄铜棺材里，上面覆盖着粉色的康乃馨。两百来个前来哀悼的人都听到了安大略市基督复临安息日会的罗伯特·E.登顿牧师讲到"在我们中间爆发的愤怒"，而对于戈登·米勒来说，将"不再有死亡，不再有痛苦，不再有误解"。安塞尔·布里斯托尔牧师提到了现场那种"不同寻常"的悲痛。弗雷德·詹森牧师则问道："一人就是赚得全世界，赔上自己的生命，有什么益处呢？"小雨下了起来，这是干旱季节里的福音，一个女声唱起了《安居主怀》。葬礼的全程都被录了音，寄给那位遗孀，她被控一级谋杀，关押在圣贝纳迪诺县的监狱里，不得保释。

鉴于这是个南加州故事，她自然也是个外来者，离开大草原，到这里来寻找在

---

[a] California Highway Patrol，指加利福尼亚州警。

电影上看到或者在广播上听到的某种生活。1930年1月17日，她出生于加拿大马尼托巴省的温尼伯，是戈登·马克斯韦尔和莉莉·马克斯韦尔的独生女。他们都是教师，也是基督复临安息日会的忠实信徒。这意味着，他们每周六都会守安息日，坚信末日时基督会复临，对传教充满热情。足够严格的话，他们也不会抽烟、喝酒、吃肉、化妆或者戴首饰，包括结婚戒指。后来，露西尔·马克斯韦尔进入了华盛顿州大学城的沃拉沃拉学院，也就是她父母当时执教的基督复临安息日教会学校，那时她已经十八岁，貌不惊人，但有着惊人的活力。"露西尔一直想看看外面的世界，"她的父亲后来回忆道，"她确实见识到了。"

但这种活力似乎无益于在沃拉沃拉学院继续学业，1949年的春天，露西尔·马克斯韦尔结识并嫁给了戈登·（"科克"）·米勒，他那时二十四岁，先后毕业于沃拉沃拉学院和俄勒冈大学牙科学院，当时正在刘易斯堡担任医务官。"可以说是一见钟情。"马克斯韦尔先生回忆道，"他们第一次正式见面前，他就给露西尔送了十八朵玫瑰，还有一张卡片，上面说就算她不愿赴约，也希望她能喜欢这些花。"忆起女儿做新娘时的样子，马克斯韦尔夫妇用"光彩照人"来形容。

不幸的婚姻都太过相似，我们甚至都不用费心去了解这一桩的具体进程。在科克服兵役的关岛，他们可能有矛盾，也可能没有。在他第一次私人执业的俄勒冈小镇，他们可能有矛盾，也可能没有。但至少在他们搬去加州时，嫌隙出现了：科克·米勒曾告诉他的朋友，他不喜欢做牙医，他想当个医生，打算去读圣贝纳迪诺南边几英里的洛马林达安息日会医学布道学院。但最终，他却在圣贝纳迪诺县的最西边买了个牙医诊所，把小家也安在了那里。他们住在简陋的房子里，街上满是三轮车、循环信贷，以及住进更好街区更大房子的美梦。那是1957年。到了1964年的夏天，他们确实拥有了一个在更好街区的更大房子，以及正在向上流动的家庭的标准配置：3万美元的年收入、圣诞贺卡式的三个孩子[a]、一扇落地窗、一间起居室，以及登在报纸上的照片，下面写着"戈登·米勒夫人，美国心脏协会募捐项目安大略市主席……"代价也是一样的：他们也到了该离婚的时候。

或许对于所有人来说，夏天都是一个难熬的季节，每个人都被高温、焦躁、偏头痛和财务问题围困，但他们的这个夏天，偏偏又开始得格外早，格外难熬。4月24日，老朋友伊莱恩·海顿突然去世，露西

---

a 圣诞贺卡上通常会有三个孩子，两个男孩一个女孩。

尔·米勒前一晚才见过她。5月，科克·米勒因出血性溃疡在医院住了几天，素来的沉默加重为抑郁。他告诉会计，自己已经"看够了张开的嘴巴"，并声称要自杀。到了7月8日，在美景街8848号他们那座占地一英亩的新房子里，传统的爱情－金钱纠葛陷入了传统的僵局，露西尔·米勒提出了离婚申请。然而，不到一个月，这对夫妇似乎又和解了。他们去见了婚姻咨询师，还商量着生第四个孩子。看上去，这桩婚姻也走到了典型的停战时刻，在这个阶段，很多人都不再挣扎，不再试图挽回损失，也不再对未来抱有希望。

但米勒夫妇的难熬日子并没有随之结束。10月7日，看起来不过是普普通通的一天，跟往常的日子一样乏味、充满小小的不顺心，让人无端牙根发痒。那天下午，圣贝纳迪诺的气温达到了102华氏度[a]，米勒家的孩子们都待在家里，因为学校老师去参加培训了。衣服得送去熨，宁必妥的处方要去取，还要去一趟自助干洗店。傍晚时分，那辆大众汽车发生了一起不太愉快的事故：科克·米勒撞死了一只德国牧羊犬，后来他说他的头上"就像压着一台麦克重型卡车"。他经常这么说。截至那天晚上，他一共背负着63479美元的债务，其中29637美元是新房子的房贷，压

得他喘不过气来。他不是那种很擅长承担责任的男人，总是把偏头疼挂在嘴边。

那天晚上，他一个人在客厅的小折叠桌上吃的晚饭。之后，两人一起看了约翰·福赛思和森塔·贝格尔的《看他们怎么跑》(See How They Run)。看完电影大概是11点钟，科克·米勒提议一起去买牛奶。他想煮点热巧克力。他从沙发上拿了毯子和枕头，爬上那辆大众的副驾驶座。露西尔·米勒还记得，倒车驶出车道时，她还曾探身过去帮他锁上车门。等到她从梅费尔超市出来，离榕树街还有很远的时候，科克·米勒看上去就已经睡着了。

露西尔·米勒对夜里12点30分（起火时间）到凌晨1点50分（报警时间）的记忆有些混乱。她说，她当时正以每小时35英里的速度沿着榕树街向东行驶，突然感觉那辆大众猛地向右一歪。等到她反应过来，车已经停在了路堤上，差一点就会从护土墙上翻下去。火苗在她身后蹿起。她不记得自己是怎么跳下车的了，只记得自己搬起一块石头，砸开丈夫那侧的窗户，然后手脚并用地爬下护土墙，想去找根棍子。"我也不知道自己当时打算怎么把他捅出来，"她说，"我只是觉得，要是有根棍子，我就能做到。"但她没找到。接着，她跑向榕树街和玛瑙街的交叉口。那里没

---

[a] 华氏温度 = 摄氏温度 ×1.8+32。

有房子,也几乎没有车。一辆车驶过,但没有停下。露西尔·米勒又沿着榕树街跑回燃烧的汽车旁。她的脚步没有停下,但渐渐放慢了,在火光中,她看见了她的丈夫。已经"全黑了",她说。

在蓝宝石街的第一栋房子,距离起火的大众汽车半英里远的地方,露西尔·米勒终于找到了能帮忙的人。罗伯特·斯温森夫人报了警,然后应露西尔·米勒的要求,又打给了哈罗德·兰斯,他是米勒夫妇的律师,也是他们的好友。哈罗德·兰斯把露西尔·米勒带回了家,让他的妻子琼来照顾。哈罗德·兰斯和露西尔·米勒两次返回榕树街,向高速巡警说明情况。第三次是哈罗德·兰斯一个人去的,回来以后,他告诉露西尔·米勒:"好了……从现在起,你什么都不要说了。"

第二天下午被捕时,陪在露西尔·米勒身边的是桑迪·斯莱格尔。她是个医学生,在米勒家做过保姆,是个热情、忠诚的人,自1959年高中毕业后,她就住在米勒家,成了这个家的一员。是米勒夫妇把她从家庭的泥淖里解救出来,对她来说,露西尔·米勒不仅"像妈妈或姐姐",更是她认识的"最美好的人"。事故当晚,桑迪·斯莱格尔住在洛马林达大学宿舍里,但第二天一早,露西尔·米勒就打来电话,叫她回家。她赶到的时候,医生已经在那儿了,正在给露西尔·米勒注射宁必妥。

"她一直在哭,感觉整个人都要崩溃了。"桑迪·斯莱格尔回忆说,"她一遍遍地对我说,'桑迪,我一直在想方设法地救他,现在他们要对我**做什么**?'"

那天下午1点30分,县总部凶案调查科的警佐威廉·佩特森带着两名警探,查尔斯·卡拉汉和约瑟夫·卡尔,抵达了美景街8848号。"其中一位来到卧室门口,"桑迪·斯莱格尔回忆道,"对露西尔说,'给你十分钟穿好衣服,否则我们就这样把你带走。'她当时还穿着睡衣,所以我帮她换了衣服。"

如今说起这件事,桑迪·斯莱格尔就像一个复述机器,眼神中没有任何波动。"我刚帮她穿上内裤和胸罩,他们就又打开了门,所以我又赶快给她套上一条七分裤,裹了一条围巾。"她的声音逐渐低沉下去,"然后他们就把她带走了。"

距离初次接到榕树街车祸的报案不过十二个小时,露西尔·米勒就迅速被捕了,她的律师后来抓住这一点,在庭上辩称,整个案件都是在试图合理化这场鲁莽武断的逮捕。事实上,那天拂晓时分抵达榕树街的警探们,之所以开始对这起案件投以超出常规事故的关注,是因为发现了一些明显异常的物理痕迹。露西尔·米勒声称汽车突然转向和急停时的车速约为35英里/小时,但对冷却下来的汽车的检查显示,当时挂的是低挡,而且开的不是驾驶灯，而是停车灯。此外，前轮的位置也并不符合露西尔·米勒的描述，而且右侧后轮陷得很深，看起来像是在原地打过转。还有一点同样令警探们不解：如果说是以35英里/小时的速度急停造成了后座上的油箱翻落，汽车起火，那放在后排地板上的两盒牛奶为什么还立得直直的？此外，现场的残余显示，一个宝丽来相机盒子也好好地待在后座上，毫无移动的痕迹。

当然，对于那个恐怖时刻究竟发生了什么、没发生什么，没有人能够做出精确的描述，这些疑点本身也构不成犯罪意图的确凿证据。但这些疑点，包括科克·米勒当时的昏迷状态、露西尔·米勒漫长的求救时间，都引起了警方的怀疑。此外，哈罗德·兰斯在第三次返回现场，得知调查还远远没有结束时的反应，也让他们觉得有点不对劲。"兰斯的表现让他们觉得，"检方后来说，"像是被戳中了哪根神经。"

于是，10月8日一早，医生还没赶来给露西尔·米勒注射镇静剂，圣贝纳迪诺警方就在试图构建另一版夜里12点30分到凌晨1点50分的事发经过了。他们最终呈现的版本建立在一个相当曲折的前提之上：露西尔·米勒试图实施一个计划，但失败了。她原本计划把车停在无人的街道，在当时已因药物作用陷入昏迷的丈夫身上浇上汽油，然后用一根棍子抵住油门，让那辆大众慢慢地"自己开上"路堤，再从四英尺高的护土墙上砸进柠檬园，几乎可以肯定会爆炸。如果计划顺利，露西尔·米勒就能在事故被发现前沿着玛瑙街步行两英里，回到位于美景街的家中。但按照警方的推测，她的计划不太顺利，因为汽车没能顺利越过路堤。露西尔·米勒当时可能已经慌了——想象一下，引擎已经熄火了三四次，她站在漆黑的路上，汽油已经浇好，远处有狗在号叫，风在呼啸，无言的恐惧在升腾，因为随时都有可能出现一对车灯，照亮整个榕树街，暴露她的罪行——于是她决定自己放上一把火。

虽然这个版本可以解释一部分物证，比如车挂在低挡，因为它是在静止状态下被人为启动的，而非在行驶过程中急停；停车灯开着，因为她需要照明；后侧轮有旋转痕迹，因为她多次尝试让车越过路堤；牛奶还稳稳地立着，也是因为急停根本不存在。但这个版本并不比露西尔·米勒的说法更有说服力。而且有些物证明显更支持露西尔·米勒，比如前轮外胎里有一根钉子，车里有一块重达九磅[a]的石头，应该就是她用来砸碎车窗，试图救出丈夫的那块。几天后的尸检报告显示，车起火时戈登·米勒还活着，这个证据对检方不

---

a　1磅 = 0.454公斤。

利；他的血液中检出了剂量足以令成年人昏睡的宁必妥和布他比妥，这点倒是对检方有利，但话说回来，宁必妥和菲奥里那（一种治疗偏头痛的常见处方药，成分包含布他比妥）本就是戈登·米勒的常用药，更何况他当时确实还在病中。

这是一个疑点重重的案子。为了让起诉成立，检方还需找到作案动机。有传闻提到了她的婚姻不幸，以及另一个男人的存在。接下来的几周，检方便致力于证实这一动机。他们在会计账本、双重赔偿条款和汽车旅馆登记簿中不懈寻找，试图查明，究竟是什么让这个坚信中产阶级许诺中光明未来的女人——这个曾担任心脏协会募捐主席、总能找到实惠的小裁缝店的女人，这个为了追寻幻想中的美好生活从荒凉大草原的原教旨主义中逃出来的女人——动摇了？是什么驱使这个坐在美景街上的大房子里，透过新装的落地窗，望着加州明亮而空洞的阳光的女人，盘算起如何把丈夫活活烧死在一辆大众汽车里？突破口的出现比他们预想中要快得多，正如之后的庭审证词所说，早在1963年12月，露西尔·米勒就和一个朋友的丈夫有了外遇。这个男人的女儿叫她"露西尔阿姨"。他善于交际，有钱，也懂得享受生活，而这些恰恰都是科克·米勒不擅长的。这个男人名叫阿斯韦尔·海顿，是圣贝纳迪诺有名的律师，还曾在地区检察院任职。

某种程度上，在圣贝纳迪诺这样的地方，这只是一场太过俗套的婚外情。在这个没有希望，也没有体面的地方，人们太容易把未来随手乱放，也习惯了从床上把它找回来。在持续七周的露西尔·米勒谋杀审判里，地区助理检察官唐·A. 特纳和辩方律师爱德华·P. 福利一起揭开了一个毫无新意的故事。故事里有汽车旅馆登记簿上的假名；有午餐时的约会，以及开着阿斯韦尔那辆红色凯迪拉克敞篷车兜风的下午；有对各自伴侣无穷的抱怨；有知情人的存在（"我什么都知道，"桑迪·斯莱格尔相当笃定，"每一次的时间、地点、发生的事，我全都知道。"）；有花边小报的台词（"不要吻我，会惹出事来的。"露西尔·米勒记得，有次午餐后，在丰塔纳的哈罗德俱乐部停车场，她曾这样对阿斯韦尔·海顿说道）；还有交换的甜蜜小纸条："嗨！甜心！你就是我的那杯茶！生日快乐——你看起来永远二十九岁！！你的小宝贝，阿斯韦尔。"

然而，临近结局时，气氛变得紧张起来。1964年4月24日，阿斯韦尔·海顿的妻子伊莱恩突然去世，在这之后，就再也没有什么好事发生了。那个周末，阿斯韦尔·海顿开着他的游艇"船长夫人"去了卡塔利娜岛。周五晚上9点，他给家里打了个电话，但没有和他的妻子说上话，因为接电话的是露西尔·米勒，她说伊莱恩在洗澡。第二天一早，海顿的女儿发现她母亲躺在床上，已经去世了。媒体报道称这是一桩意外，死因或许是发胶过敏。那个周末，阿斯韦尔·海顿从卡塔利娜飞回家时，是露西尔·米勒去机场接的他。但这段关系的结局早已注定。

一直到结束的时候，老套的剧情才起了变化，开始呈现出詹姆斯·M. 凯恩的小说或二十世纪三十年代末电影的风格，在这些梦一般的故事里，暴力、威胁和勒索信似乎已经成了中产生活里司空见惯的桥段。加州诉露西尔·米勒案中最令人震惊的是，它揭露了某种与法律无关，也从未出现在横跨八栏的晚报头条里，但始终隐藏在字里行间的真相：是梦，在教做梦的人如何生活。1964 年初夏，阿斯韦尔·海顿告诉露西尔·米勒，他决定听从牧师的建议，不再跟她见面。露西尔·米勒这样回复她的情人："首先，我要去找那个亲爱的牧师，跟他说说你的事……到时候，你就别想在雷德兰兹教堂混了……听着，小子，你只知道担心自己的名声，怎么不担心一下自己的小命呢。"接着是阿斯韦尔·海顿给露西尔·米勒的回复："我要去找弗兰克·布兰德警长，把你那些事都告诉他，让你后悔这辈子认识过阿斯韦尔·海顿。"就一个安息日会牙医的妻子和一个安息日会人身伤害律师的婚外情而言，这样的对话显得格外奇怪。

"哎呀，那小子，我想怎么治他就怎么治他。"后来，露西尔·米勒私下向欧文·施普伦勒透露。施普伦勒是里弗赛德县的一个承包商，阿斯韦尔·海顿的生意伙伴，也是两人的好友。（很难说是不是好友，只是当时他的电话上恰好连着一个感应线圈，录下了这通与露西尔·米勒的对话。）"我的事，他一件都证明不了。我有实打实的证据，他什么都拿不出来。"还是在这段与欧文·施普伦勒的电话录音中，露西尔·米勒提到了她几个月前在阿斯韦尔·海顿车里偷偷录的一盘磁带。

"我说，'阿斯韦尔，我觉得你在利用我。'他就开始咬大拇指，说，'我爱你……可不止一两天了。如果可以，我真想明天就跟你结婚。我根本不爱伊莱恩。'他应该很乐意听听这段回放，不是吗？"

"嗯，"录音中，欧文·施普伦勒拖着长音，"也算是有点罪证了，不是吗？"

"是有那么**一点**，"露西尔·米勒赞同道，"谁说**不是**呢！"

在之后的对话中，施普伦勒问她科克·米勒去哪儿了。

"带孩子们去教堂了。"

"你不去？"

"不去。"

"你不乖呀。"

而且，一切都是以**爱**之名。所有卷入此事的人都对这个字的效力有着一种着魔般的信仰。露西尔·米勒执着于阿斯韦尔·海顿**爱**她、根本**不爱**伊莱恩的说辞。而在之后的庭审上，阿斯韦尔坚称他从来没有这样说过，说他可能确实"在她耳边讲过一些甜言蜜语"（正如辩方所暗示的那样，他对很多女人都这么讲过），但他不记得自己曾对她做出过那个特别的承诺，说出那个字，宣称**爱**。有个夏天傍晚，露西尔·米勒和桑迪·斯莱格尔尾随阿斯韦尔·海顿，去了他那艘停在纽波特海滩的新船，在看到他带着另一个女孩上船后，便松开了缆绳，关于这点，阿斯韦尔在做证时说，他和那个女孩只是在一起喝喝热巧克力，看看电视。"我是故意这么做的，"露西尔·米勒后来告诉欧文·施普伦勒，"为了不让自己的心做出什么傻事。"

1965年1月11日，南加州晴朗、温暖的一天，卡塔利娜岛漂浮在海天交接处，空气里弥漫着橙花的香味，这里远离荒凉困苦的东部，远离寒冷，也远离过往。好莱坞的一位女士，为了不让贷款公司拖走她的车，上演了一场车盖上的通宵静坐。一个七十岁的退休老人，开着他的旅行车，以每小时5英里的速度驶过加迪纳的三家纸牌馆，对着它们的窗户射空了三把手枪和一把12号口径的霰弹枪，造成二十九人受伤。"就为了有钱打牌，多少女孩做了妓女。"他留下的纸条上这样写道。尼克·亚当斯的夫人声称，她对丈夫在《莱斯·克兰脱口秀》上宣布离婚计划"一点也不惊讶"。再往北，一个十六岁的少年从金门大桥上跳了下去，却活了下来。

而在圣贝纳迪诺县法院，米勒案开庭了。围观的人把法庭的玻璃门都挤裂了。再之后，法院就只给队伍最前面的四十三个人发放旁听号码牌。人们从早晨6点就开始排队，有些女大学生干脆彻夜守在法院门口，还不忘带上全麦饼干和无糖汽水。

最初几天，还在挑选陪审团成员的阶段，此案的轰动性早已显现出来。12月初，就曾有过一次无疾而终的初审，那次甚至没有进入呈现证据的环节，因为就在陪审团成员选出来的当天，圣贝纳迪诺的《太阳电讯报》就发表了一篇"内幕消息"，文中援引了公诉人，即地区助理检察官唐·特纳的话："我们正在调查海顿夫人的死亡情况，但鉴于本案只涉及米勒医生的死亡，我不便对此发表评论。"伊莱恩·海顿的血液里似乎有巴比妥类药物。那天早晨，她的尸体在被子下面被发现时，穿着似乎也有些异常。但当时，关于这起事件的任何怀疑都没能传进县警局。"我猜是有人不愿把事情闹大，"特纳后来说，"毕竟他们都是有头有脸的人物。"

尽管《太阳电讯报》的报道中并未披露上述的全部情况，但法院还是立即宣布了审判无效。几乎同时，事件又有了新进展：阿斯韦尔·海顿广邀媒体记者来他的办公室，参加周日上午11点的新闻发布会。电视台派出了摄像机，闪光灯也闪个不停。"各位先生恐怕都很清楚，"阿斯韦尔·海顿说，语气中带着一种做作的亲热，"女人经常会对她们的医生或律师产生好感。但这并不代表医生或律师也对自己的患者或客户存在私情。"

"你否认和米勒夫人有过婚外情？"一个记者问道。

"就我本人而言，绝不存在任何私情。"

在接下来令人疲惫的几周内，他都死守着这一说法。

那时围观过阿斯韦尔的众人，如今又挤在法院外落满灰尘的棕榈树下，等着围观露西尔。她身形纤弱，有时候看起来也算漂亮，由于太久未见阳光，面色已经变得苍白。她将在庭审期间迎来三十五岁的生日，脸上已经浮现出憔悴的迹象。这个精致的女人，不顾律师的劝告，执意在出庭时将头发高高盘起，再喷上发胶。"我原本希望她能披着头发出庭，但她不愿意。"她的律师说。他叫爱德华·P. 福利，是个身材矮小、情感丰富的爱尔兰天主教徒，曾几次在法庭上落泪。"她特别真实，这个女人，"他补充道，"但在着装打扮上这么真实，总归是对她不利的。"

到了正式开庭时，露西尔·米勒的着装里出现了孕妇装。12月18日的官方体检显示，她已经有了三个半月的身孕。这让陪审团成员的选择变得格外棘手，因为特纳原本主张死刑。"很不幸，但事情就是这样。"他逐一告知各位陪审员。最终就位的十二名陪审员中，有七名是女性，最年轻的也有四十一岁；包括几名家庭主妇、一名机械工人、一名卡车司机、一名杂货店经理、一名档案管理员——正是她隶属其中，却又一心想要超越的那个阶层。

或许，这才是她真正的罪行，比通奸更有助于巩固她被控的那项罪名。控辩双方的陈述中隐含着这样一种共识：露西尔·米勒是个误入歧途的女人，一个想要的或许太多的女人。只是在检方看来，她可不是一个会满足于新房子、参加派对、挥霍高额电话费（十个月1152美元）的女人，而是一个会为了8万美元的保险金而谋杀丈夫，还要伪装成意外事故以套取4万美元的双重赔偿和意外理赔的女人。在特纳看来，她想要的不是自由或一份可观的赡养费（辩方坚称，这些她通过离婚诉讼就可以得到），而是一切。她是一个被"爱和贪婪"驱使的女人。一个"操纵者"。一个"利用别人的人"。

但在爱德华·福利看来，她只是一个冲动的女人，"无法控制她那颗愚蠢的小心脏"。特纳对怀孕一事避而不谈，福利则抓住不放，甚至把逝者母亲从华盛顿州搬来做证，说儿子告诉过她，他们准备再要一个孩子，因为露西尔·米勒觉得这样"能让家庭关系回到往日的温馨"。检方认为她"精于算计"的地方，辩方就说她只是"口无遮拦"，事实上，露西尔·米勒确实头脑简单，藏不住话。比如，在她丈夫去世之前，她便向朋友们透露了自己的婚外情；丈夫去世后，她又跟逮捕她的那位警佐谈起了这件事。"这个嘛，科克好几年前就知道了，当然，"在被捕后那个早晨的审问录音里，她告诉佩特森警佐，"伊莱恩死后，有天晚上他突然很慌，直接问了出来。我觉得，那是他开始真正——第一次真正面对这件事。"警佐问她，她为什么要违背律师的明确指示，同意和他聊这些。她毫不在意地说："哦，一般来说，我这人还是比较坦诚的……我可能会给衣柜添上一顶帽子，然后把价格少说上十美元，但总的来说，我就是一个想怎样就怎样的人，你要是不喜欢，走就是了。"

检方暗示，除了阿斯韦尔，露西尔还有别的情人，甚至在福利的强烈反对下，还是点出了其中一位的名字。辩方坚称米勒有自杀倾向。检方则请来专家，证明那辆大众的起火不可能是意外。福利就请来证人，证明那确实可能是意外。露西尔的父亲，如今在俄勒冈州做中学老师，在采访中引用了《以赛亚书》：**凡在审判时兴起用舌攻击你的，你必定他为有罪。**"露西尔确实有错，她出轨了，"她的母亲则审慎地表示，"对她来说，那是爱。但我觉得对别人来说，那只是激情。"在做证时，米勒家十四岁的女儿黛比，用平稳的声线讲述事发一周前，母亲和她去超市买汽油桶的经过。还有每天都会出现在庭审中的桑迪·斯莱格尔，称露西尔·米勒至少有一次成功阻止了她丈夫自杀，而当时他为了确保能拿到双重赔偿，还准备将自杀伪装成意外。还有文克·贝格，这位二十七岁的挪威美人是阿斯韦尔·海顿家孩子们的家庭教师，做证说阿斯韦尔曾指示她，不许露西尔跟孩子们见面或者说话。

两个月过去了，庭审仍占据着头条。这段时间里，南加州各大媒体的法治记者都牢牢扎在圣贝纳迪诺"前线"：《洛杉矶时报》的霍华德·赫特尔、《洛杉矶先驱－考察家报》的吉姆·本内特和埃迪·乔·伯纳尔。这两个月里，米勒案只有两次被挤下《考察家报》的头版头条，一次是奥斯卡奖提名，一次是斯坦·劳莱[a]去世。3月

---

[a] Stan Laurel（1890—1965），英国喜剧演员，与搭档奥列佛·哈台共同出演了107部作品，"劳莱与哈台"也因此成为二十世纪最具影响力的喜剧二人组之一。1961年，斯坦·劳莱获奥斯卡终身成就奖，以表彰其对喜剧电影的卓越贡献。

2日，特纳最后一次重申，这是一起"爱和贪欲"的案子，福利则抗议说，他的当事人一直在因为通奸而受审。终于，案件要移交给陪审团裁决了。

3月5日下午4点50分，陪审团作出判决：露西尔·米勒的一级谋杀罪成立。"不是她干的。"黛比·米勒从旁听席上跳起来叫道。"**不是她干的！**"桑迪·斯莱格尔瘫倒在座位上，开始崩溃地大喊。"桑迪，天哪！拜托你**别**叫了！"露西尔·米勒的声音响彻整个法庭，桑迪·斯莱格尔安静了一瞬。但陪审员离开法庭时，她又开始哭喊："你们都是凶手……你们每一个都是**凶手**！"一些警察走了进来，每位都戴着一个波洛领带，上面绣着**1965年警署牛仔竞技大赛**。露西尔·米勒的父亲，那位信仰上帝、清楚地知道"看看外面的世界"有多么危险的中学老师，面带悲痛，用指尖给她一个飞吻，作为告别。

如今关押着露西尔·米勒的加州女子监狱，位于弗龙特拉，欧几里德大道与乡村公路衔接的地方，不远处就是她曾经居住、购物、组织心脏协会募捐舞会的地方。马路对面，牛群在路边吃草，雨鸟洒水器在苜蓿草场洒下水雾。弗龙特拉监狱有一个垒球场、一个网球场，看上去就像一座社区大学，只是树还不够高大，遮不住菱格围栏顶端的螺旋刺绳。到了探视日，停车场上停满了大车，多是祖父母、姐妹和父亲的（很少有丈夫的）的大别克和庞蒂克，有些车的保险杠上还贴着标语：**支持你们的警察。**

这里关着许多加州女杀人犯，许多误信了许诺的女孩。唐·特纳把桑德拉·加纳送进了这里（她的丈夫则被送进了圣昆廷的毒气室）——1959年的沙漠谋杀案，即法治记者口中的"汽水谋杀案"，就是他们犯下的。还有卡萝尔·特雷格夫，自从被判在圣贝纳迪诺不远处的西科维纳参与谋杀芬奇医生的妻子，她就一直被关在这里。现在她是监狱医院的护士助理，如果露西尔·米勒选择在这里生产，或许就归她照料。但露西尔·米勒最后选择了在外面生产，还额外支付了守在圣贝纳迪诺医院产房外那位狱警的费用。黛比·米勒穿着一条带粉色丝带的白裙子，把新生儿从医院接回了家，还被赋予了起名字的重任。黛比给她取名为基米·卡伊。孩子们如今和哈罗德·兰斯夫妇住在一起，因为露西尔·米勒可能要在弗龙特拉待上十年。唐·特纳放弃了最初的死刑主张（人们普遍认为，他放出那样的话来只是为了"把血液中还残存着一丝人性的人都赶出陪审团"，用爱德华·福利的话说），换成了终身监禁，但保留假释的资格。露西尔·米勒不喜欢监狱的生活，而且很难适应。"她得学会放下身段，"特纳说，"去运用她的魅力，去操纵别人嘛。"

那栋新房子现在空了，街上立着一块牌子：

私人道路
美景街
此路不通

米勒夫妇没有打理过这个院子，天然石块砌成的墙壁，缝隙中生满了野草。屋顶上的电视天线歪倒了。垃圾桶里装满了这个家庭遗留下的生活碎片：一个廉价的行李箱，一个名为"测谎仪"的儿童游戏盒。本该是草坪的地方如今插着一个牌子：**遗产拍卖**。爱德华·福利试图申请上诉，但没什么进展。"说到底，审判还是一个同情的问题，"福利看上去很疲惫，"我没法帮她唤起同情。"每个人都有些疲惫，疲惫又无可奈何，除了桑迪·斯莱格尔。她仍旧陷在悲痛中。她如今住在洛马林达医学院旁的一间公寓里，研究《真实警察案件》和《官方探案故事》关于此案的报道。"我不想聊太多海顿。"她告诉所有来访者，并且一直开着录音机，"我更想聊聊露西尔，她是个多么好的人，还有她的权利是怎样被侵犯的。"哈罗德·兰斯拒绝了所有采访。"我们不想把能卖的东西白送出去。"他愉快地解释道。他想把露西尔·米勒的故事卖给《生活》杂志，但《生活》不愿意买。地区检察院正忙着起诉其他凶杀案，他们不明白米勒案为什么会吸引这么多的关注。"就谋杀案而言，这一起不太有意思。"唐·特纳没有多说。伊莱恩·海顿的死因调查已经结束。"我们已经掌握了想知道的一切。"

阿斯韦尔·海顿的办公室就在爱德华·福利的楼下。圣贝纳迪诺一带，有人说他活得痛苦，也有些人说根本没有。也许他确实没有，因为人们相信，过去的时间与当下或未来的时间都毫无关系，在这个黄金国中，每天都会诞生一个全新的世界。无论如何，1965年10月17日，阿斯韦尔·海顿再婚了，新娘是美丽的家庭教师文克·贝格。婚礼在河滨县附近一个退休社区的玫瑰教堂举办。之后，这对新人在玫瑰园村的餐厅里办了一场七十五人的宴会。新郎西装革履，打着黑色领结，扣眼里别着一朵白色康乃馨。新娘身着一袭**白色亚光缎面**长裙，手捧一束点缀着马达加斯加茉莉花带的甜心玫瑰。头上还有一顶小米珠攒成的头冠，上面别着幻觉般轻薄的头纱。

JOHN WAYNE: A LOVE SONG
(1965)

约翰·韦恩：一首情歌

1943年夏天，那年我八岁，爸爸、妈妈、弟弟和我待在科罗拉多斯普林斯的彼得森空军基地。热风吹过那一整个夏天，像是要在8月结束前把堪萨斯州的沙子全吹到科罗拉多州似的，沙子掠过沥青纸营房和临时跑道，直到撞上派克斯峰才停下来。就是那种无所事事的夏天：B-29轰炸机的首次亮相，的确称得上一个值得纪念的事件，但很难算作度假项目。这里有军官俱乐部，但没有游泳池，整个俱乐部里唯一有趣的就是吧台后的蓝色人工雨幕。我对雨幕很感兴趣，但总不能整个夏天只看雨，于是我们，也就是弟弟和我，总爱去看电影。

每周有三四天的下午，我们都会坐在一个黑黢黢的昆塞特小屋里的折叠椅上，这里就是我们的电影院了。1943年的夏天，屋外刮着热风，就是在这里，我第一次看到约翰·韦恩。看到他走路的样子，听到他的声音。听到他在电影《在古老的俄克拉何马州》[a]里对一个女孩说，他会在"河湾处生着棉白杨的地方"给她建一座房子。显然，我并没有长成一个西部片女主角那样的女人，虽然我后来认识的那些男人拥有众多优秀品质，也带我住过很多我很喜欢的地方，但他们都不是约翰·韦

---

[a] War of the Wildcats，又名 In Old Oklahoma，1943年上映的一部西部片，由阿尔伯特·S.罗吉尔导演，约翰·韦恩与玛莎·斯考特主演。

恩，也从未带我去过**河湾处生着棉白杨的地方**。在我心底某处，人工雨下个不停，我还在等待那句台词。

我讲这些，并不是在进行自我剖白，也不是在练习全面回忆，我只是想向你们展示，当约翰·韦恩策马从我的童年，或许也有你的童年越过时，或许已经永久地形塑了我们一些梦的模样。这样一个男人似乎永远不可能得病，不可能患上无法解释也无法治愈的疾病。这个传言激起了某种隐隐的恐慌，仿佛我们的童年也被丢进了悬疑不定里。在约翰·韦恩的世界里，他才是那个发号施令的人。他会说"咱们走"，还有"上马""前进"和"男人就得干他该干的事"。"嘿，你好。"第一次见到那个女孩时，他这样说，女孩可以是在工棚里，在火车上，或者只是站在门廊里，正等着某人骑马穿过高高的野草，来到她的面前。只要约翰·韦恩开口，便是确定无疑的；他一身强势的硬汉气质，就连孩童都能领会。在这个我们从小就知道早已被贪婪、怀疑和麻木含混充斥的世界里，他代表着另一个世界，一个以前或许存在、或许不存在，但如今绝不存在的世界：在那里，一个人可以想去哪里就去哪里，可以确立自己的原则并一以贯之；在那个世界里，一个男人做了他该做的事，就可以在某一天带上他的女孩，骑马穿过浅浅的谷地，过上幸福美满的生活，那里有一片波光粼粼的河湾，棉白杨在晨曦中闪着微光，而不是在医院里，体内某处正在衰竭，只能躺在高高的病床上，身边围绕着鲜花、药物和硬挤出的笑容。

"嘿，你好。"在穿过高高的野草之前，他又是从哪里来的？就连他的过往都好似完美无瑕，因为根本没有过往，没有什么能够搅扰他的梦。我们这位马里昂·莫里森出生于艾奥瓦州的温特塞特，是一位药剂师的儿子，从小就随移民大潮搬到了加州的兰开斯特，那片一度被称作"艾奥瓦州西海岸"的应许之地。然而，许诺并未兑现，兰开斯特只是莫哈韦沙漠里一个黄沙漫天的小城，但也算是加州，而且他们待了不过一年，便搬去了格伦代尔，那里的荒凉别有一番模样：橘园里，一棵棵小树罩着白布，可谓中产阶级森林草坪公墓的先声。想象一下马里昂·莫里森在格伦代尔的生活吧。先是一个童子军，然后是格伦代尔高中的学生；南加州大学橄榄球队的截锋，ΣΧ（西格玛兄弟会）成员；过暑假时，在旧福克斯影视城打零工搬道具；在那儿碰见约翰·福特[a]，以及其他几位导演，他们很快就发觉，眼前这个年轻人是一个多么完美的模具，可以倾注

---

[a] John Ford（1894—1973），美国著名西部片导演，海军退役将领，拍过多部经典西部片。

约翰·韦恩：一首情歌

这个不知自己在哪个路口走错了的国度那些难以言明的渴望。"操，"拉乌尔·沃尔什[a]后来说，"这小崽子可真够爷们儿的。"于是，这个来自格伦代尔的男孩不久后便成了巨星。他不是演员，就如他经常在采访中强调的那样（"还要我说多少遍，我根本不是在演，都是自然反应"），而是巨星。这个名叫约翰·韦恩的巨星，一生中的大部分时光，都将与这些导演中的这位或那位一起，在荒无人烟的地方寻梦。

哪里的天更蓝
哪里的友谊更真
西部就从哪里开始[b]

在那些梦里，没有什么特别糟糕的事会发生，也没有什么是一个男人无法战胜的。但它真的发生了。先是一个传言，接着成了报纸头条。"我干翻了大 C[c]。"约翰·韦恩宣布，这很约翰·韦恩，说得好像失控的癌细胞只是被他轻易降伏的随便哪个法外之徒，但即便如此，我们依旧能察觉，这是一场结果无法预测的战斗，一场约翰·韦恩也可能会失败的对决[d]。和大家一样，我也深受幻想与现实的困扰，不太想在约翰·韦恩肯定（也可能只是我自己这么以为）也正为其所困时去见他，但我还是去了，他正在拍摄一部被病情拖延许久的电影，在墨西哥，那个梦之国度。

这是约翰·韦恩的第165部电影，亨利·哈撒韦的第84部，迪安·马丁的第34部，作为马丁前些年与哈尔·沃利斯签的一份合同的内容，这也是沃利斯独立制片的第65部。影片的名字叫作《孝义双全》[e]，一部西部片。在延迟了三个月后，他们终于在杜兰戈拍完了外景，正在墨西哥城外的丘鲁武斯科影视城进行最后的内景拍摄。阳光炽烈，空气干爽，正是午餐时间。户外的秘鲁胡椒树下，墨西哥剧组的小伙子们围坐在一起，嘴里含着牛奶焦糖块；路那头，几个技术人员也围坐在一起，那

---

a Raoul Walsh（1887—1980），美国演员、导演，约翰·韦恩曾出演其执导的电影《大追踪》。

b 引自美国牛仔诗歌代表诗人阿瑟·查普曼（Arthur Chapman，1873—1935）的代表作《西部从哪里开始》（"Out Where the West Begins"），该诗创作于1910年，是对当时西部各州州长关于"西部在地理上究竟从哪里开始"的争论的回应，发表后立即引起巨大轰动。

c Big C，美国俚语，指癌症（cancer）。约翰·韦恩于1964年罹患肺癌，但在切除左肺及四根肋骨后痊愈，此后他继续吸烟、工作，直到1979年6月11日死于胃癌。

d Shootout，西部片中经典的拔枪决斗，两人相对而立，久久不动，拔枪更快且击中对手者为胜。

e The Sons of Katie Elder，1965年上映的西部片，由亨利·哈撒韦执导，约翰·韦恩与迪安·马丁主演。

里供应一美元一份的酿龙虾和龙舌兰；而洞穴一般空旷的片场餐厅里，一张大桌子前围坐的是真正的大佬，整个项目的核心，他们有一搭没一搭地吃着**芝士炒蛋**，喝着卡萨布兰卡啤酒。迪安·马丁，胡子拉碴。麦克·格雷，有马丁的地方就有他。鲍勃·古德弗伦德，负责派拉蒙的宣推工作，此次特地飞来南边安排预告片相关事宜，他有一副娇气的肠胃。"茶和吐司，"他不断提醒大家，"这才靠谱。生菜可就说不准了。"导演亨利·哈撒韦，好像根本没听古德弗伦德在说什么。而约翰·韦恩，好像根本没在听任何人说话。

"这周过得太慢了。"迪安·马丁说，这已经是第三遍了。

"这话怎么说？"麦克·格雷问。

"这——周——过——得——太——慢——了。就这么说。"

"你该不会是希望这周赶紧结束吧？"

"直说了吧，麦克，我就是让它赶紧**结束**。明晚我胡子一刮就直奔机场。**拜拜了，朋友们**！拜拜了，**小伙子们**！"

亨利·哈撒韦点燃一支雪茄，安慰性地拍拍马丁的胳膊。"明天不行，迪诺[a]。"

"亨利，你还想安排点什么？一场世界大战？"

哈撒韦又拍了拍马丁的手臂，然后盯着远处发呆。桌子末端，有人说起几年前曾有人试图炸掉一架飞机，但失败了。

"他还在蹲监狱。"哈撒韦突然说。

"蹲监狱？"马丁被吸引了，暂时从他的高尔夫球杆该让鲍勃·古德弗伦德带回去还是托付给麦克·格雷的问题上脱离出来，"都没人死，他蹲什么监狱？"

"杀人未遂，迪诺。"哈撒韦温和地说，"重罪。"

"你是说如果有人只是**想要**杀了我，那他也会进监狱？"

哈撒韦把雪茄从嘴边拿开，看向桌子对面。"要是有人想杀**我**，他可等不到进监狱，你呢，公爵[b]？"

哈撒韦的询问对象十分缓慢地擦了擦嘴，推开椅子，站了起来。这是真实演绎，是经典场景，是曾在165个明明灭灭的西部边境和虚构战场里将无数场景推至高潮的动作，此刻正在墨西哥城外的丘鲁武斯科影视城餐厅里再次上演。"嗯，"约翰·韦恩慢吞吞地说，"我会干掉他。"

最后一周，《孝义双全》的剧组几乎全回去了，只有主演们留了下来，韦恩、马丁、厄尔·霍利曼、小迈克尔·安德森

---

a　Dino，迪安·马丁（Dean Martin）的昵称。
b　Duke，约翰·韦恩的绰号。

和玛莎·海尔。玛莎·海尔不大出现,但人们时不时提起她,叫她"那个女孩"。他们在一起待了九周,六周在杜兰戈。墨西哥城可不是杜兰戈,妻子们总爱跟来墨西哥城,买包,参加曼尔·奥勃朗·帕利亚伊[a]的派对,参观她的画。但杜兰戈[b]不同。名字都像是一种幻觉。男人的国度。西部开始的地方。杜兰戈有墨西哥落羽杉;一个瀑布,响尾蛇。还有天气,夜晚太寒冷,他们不得不推迟了一两次外景拍摄,直到能在丘鲁武斯科影视城里拍。"都因为那个女孩,"他们解释道,"你不能把那女孩放在那样的冷天里。"在杜兰戈,亨利·哈撒韦亲自下厨,做了西班牙冷汤、肋排,还有迪安·马丁让人从金沙酒店空运来的牛排;在墨西哥城,他本想继续,但巴默酒店的管理不让他在房间里砌烧烤炉。"还别说,有时候还真想念杜兰戈。"他们说,有时是开玩笑,有时不是,直到它成了一句反复吟唱的副歌:失落的伊甸园。

虽说墨西哥城不是杜兰戈,但毕竟也不是贝弗利山[c]。那一周,丘鲁武斯科影视城没有别的剧组进驻,巨大的摄影棚门上写着**忠义双全**,棚外是秘鲁胡椒树和烈日,只要这部片子还在拍,这个独属于喜欢拍西部片的男人们的世界就还在,这里充满了忠诚、亲昵的玩笑、动人的情谊、一起抽的雪茄,以及无数散落的回忆;如同篝火边的夜谈,只是为了让人类的声音持续响起,不要被夜晚、风,以及树林的飒飒声淹没。

"在我的电影里,有一次替身演员被意外打中了,"在精心编排的打戏拍摄间隙,哈撒韦会说,"他叫什么来着,在亚利桑那州认识了埃斯特尔·泰勒,后来娶了她的那个?"

人们围成一圈,摆弄着手里的雪茄。琢磨着银幕打戏的精妙艺术。

"我这辈子只打中过一个人,"韦恩说,"我是说意外。就是迈克·马祖尔凯[d]。"

---

a Merle Oberon Pagliai(1911—1979),有印度血统的英国著名女演员,凭《黑色天使》获1936年第8届奥斯卡金像奖最佳女主角,代表作有《呼啸山庄》《唐璜艳史》《柏林快车》等。

b Durango,原为西班牙比斯开省的一个小镇;1563年,西班牙殖民者在今墨西哥北部建立同名城市,作为新比斯开省的首府;1880年,美国丹佛与里奥格兰德铁路公司在科罗拉多州选址设站,以墨西哥的杜兰戈命名此地;随后,杜兰戈成为铁路扩张、矿业开发与西进运动的前沿阵地;二十世纪以来,作为"白人男性拓荒者"的象征,频繁出现在西部片、文学作品与广告中,在大众文化中建构出一整套关于拓荒、阳刚与暴力冲突的文化幻觉。

c Beverly Hills,位于加州大洛杉矶地区中心地带,因好莱坞明星、富豪和名流聚居而闻名。

d Mike Mazurki(1907—1990),乌克兰裔美国演员,同时也是一位职业摔跤手,身高1.96米,常在银幕上扮演打手、保镖、罪犯等角色,以"硬汉"形象而著称。

"好家伙。嘿，公爵说他这辈子只打中过一个人，迈克·马祖尔凯。"

"故意的吧。"有人小声附和。

"真不是故意，那就是个意外。"

"我信。"

"那当然。"

"哦，天哪，迈克·马祖尔凯。"

然后一切继续。这里有韦布·奥弗兰德，韦恩二十年来的化妆师，穿着一件蓝色防风服，弯腰给大家发黄箭口香糖。"**驱虫水**。"他说。"别跟我们说驱虫水。我们在非洲见过驱虫水，好吧。记得非洲吗？"或者，"**蒸蛤蜊**。别跟我们说蒸蛤蜊。我们吃够了蒸蛤蜊，《哈泰利》巡演那会儿。还记得布克班德餐馆吗？"还有拉尔夫·沃基，韦恩十一年来的私人教练，戴着红色棒球帽，拿着一张赫达·霍珀[a]的剪报，是她献给韦恩的颂词。"这个霍珀真不一般，"他一遍遍地说，"不像那些男人，他们只会写病了，病了，病了，你怎么能说这个人**病了**？他全身疼，咳嗽，全天工作，**从不抱怨**。这家伙的左勾拳是登普西[b]以来最厉害的，他没**病**。"

还有韦恩自己，正在第165部电影里继续战斗。韦恩在这里，挂着他用了三十三年的马刺，围着他满是尘土的牛仔巾，穿着他的蓝衬衫。"在这些电影里，你不用想太多该穿什么，"他说，"你可以穿蓝衬衫，或者，如果是在纪念碑谷，可以穿黄衬衫。"韦恩在这里，戴着一顶还算新的帽子，这帽子让他看起来居然有点像威廉·S.哈特。"我之前有顶很喜欢的旧骑兵帽，借给萨米·戴维斯了。但等到拿回来的时候，就没法戴了。我觉得他们肯定是把帽子硬扣在他头上，说**你好哇，约翰·韦恩**——你知道的，开玩笑的。"

这就是韦恩，复工得太早，带着重感冒和撕心裂肺的咳嗽，进行着最后的拍摄，到了傍晚已是疲惫不堪，片场只得常备一台吸氧器。但除了**准则**，什么都不重要。"那家伙，"他低声抱怨一个令他不快的记者，"我承认我有点秃了，腰上有一圈赘肉。但哪个五十七岁的男人不是这样？大新闻。反正，那家伙。"

他顿了一下，像是要揭露问题的核心，厌恶的根源。不守规矩，比歪曲报道更让他不满，比暗示他不再是林戈小子[c]更让他介意。"没人叫他，他就这么跑过来，但我还是让他坐了下来，跟他喝了从一个

---

[a] Hedda Hopper（1885—1966），二十世纪中期好莱坞最具影响力的娱乐专栏作家之一。
[b] Jack Dempsey（1895—1983），美国著名重量级拳王，与埃斯特尔·泰勒有过一段婚姻。
[c] Ringo Kid，约翰·韦恩在《关山飞渡》中扮演的角色，该片是他的成名作。

水壶里倒出来的梅斯卡尔酒。"

他又顿了一下，意味深长地看着哈撒韦，让他准备好迎接这超乎想象的结尾。"他最后是被**架**回房间的。"

他们争论着不同拳击手的优缺点。他们争论着珍宝威士忌要卖多少个比索。他们争论着台词。

"虽说他这人很粗鲁，亨利，但我还是不觉得他会拿他母亲的《圣经》做彩头。"

"我就喜欢这种反转，公爵。"

他们没完没了地交换着运动员餐桌笑话。"你知道为什么他们管这个叫**回忆酱**吗？"马丁说，手里拿着一碗辣椒酱。

"为什么？"

"因为你到了早晨就会**记起它**。"

"听到这个了吗，公爵？听到他们为什么管它叫回忆酱了吗？"

他们乐此不疲地推敲那场大乱斗的种种细节，这是韦恩电影中的固定桥段，无论是出于剧情需要，还是硬加上去的，总之必须有，他们实在太喜欢拍这个了。"听着——这样会特别好笑。公爵拎起那小子，然后要迪诺和厄尔两人一起才能把他扔出门——**怎么样？**"

他们靠老掉牙的性别玩笑来巩固他们的兄弟情义，这些玩笑都跟妻子们有关，这群教导主任，这群驯兽师。"所以，韦恩**夫人**突发奇想要熬夜，喝了一杯白兰地，

于是那整个晚上就成了'对，皮拉尔，你说得没错，亲爱的。我就是个恶霸，皮拉尔，你说得对，我一事无成。'"

"你听到了吗？公爵说皮拉尔朝他扔了一张桌子。"

"嘿，公爵，我有个好点子。你今天伤了的那个手指头，找个医生绑点绷带，今晚回家给皮拉尔看，告诉她这是她扔桌子的时候伤到的。你懂的，让她觉得自己真的有点过分了。"

他们尊敬他们中的年长者，他们爱护年幼者。"你看到那小子了吗？"他们说的是小迈克尔·安德森，"真是个好孩子。"

"他不是在演，都是发自内心的。"哈撒韦说着，轻拍自己的胸口。

"嘿，小子，"马丁说，"我下部电影还要找你。全都安排上，不用留胡子。条纹衬衫，姑娘，高保真音响，聚光灯。"

他们给迈克尔·安德森定做了专属椅子，椅背写着**大迈克**。椅子送来的那天，哈撒韦给了他一个拥抱。"你看到了吗？"安德森问韦恩，突然羞涩，不敢看向他的眼睛。韦恩回给他一个微笑、一个点头和一句称赞。"我看到了，孩子。"

在《义勇双全》即将结束拍摄的那天早晨，韦布·奥弗兰德来了，没有穿那件防风服，而是一件蓝色西装外套。"回家咯，妈妈。"他说着，分完了最后几片黄箭

口香糖。"我穿的是开溜的行头。"但他的语气很低落。中午,亨利·哈撒韦的夫人来餐厅找他,说她准备飞去阿卡普尔科[a]。"去吧。"他对她说,"等我把它搞完,我要吃速可眠吃到半死。"他们都很低落。哈撒韦夫人离开后,他们漫无边际地回忆往事,但那个男人的国度正在快速坍塌;他们已经在归家的途中,而他们唯一能回忆起来的就是1961年的贝莱尔大火,在那场大火里,哈撒韦叫洛杉矶的消防队走开,靠他自己保住了那座房子,通过把易燃物全都扔进游泳池之类的方法。"消防员可能就直接放弃了,"韦恩说,"放在那里让它烧。"事实上,这是个好故事,融合了他们最喜欢的几个主题,但贝莱尔故事终归不是杜兰戈故事。

午饭后,他们开始拍摄最后一场,尽管他们花了很多时间布景,但这个时刻最终还是来了,一切就绪,只剩拍摄。"第二组出,第一组进,**关门**。"副导演最后一次大喊。替身演员离开片场,约翰·韦恩和玛莎·海尔走了进去。"好了,伙计们,**安静**,这是在拍电影。"他们拍了两条。**那个女孩**两次把那本破破烂烂的《圣经》递给约翰·韦恩。约翰·韦恩两次告诉她"我常去的地方都不适合带这个"。所有人都屏住呼吸。那个周五下午2点30分,亨利·哈撒韦从摄像机前转过身来,在一片寂静中,在防火沙桶里揿灭了他的雪茄。"好了,"他说,"搞定了。"

---

[a] 即阿卡普尔科－德华雷斯(Acapulco de Juárez),墨西哥南部港口城市。

自1943年夏天以来，我对约翰·韦恩有过各种各样的想象。我想象他赶着牛群从得克萨斯州一路向北，想象他把一架只剩一个引擎的飞机开了回来，想象他在阿拉莫对**那个女孩**说"**共和**是个美丽的词"。但我从没想象过，有一天他和他的夫人，会和我与丈夫在查普特佩克公园一个昂贵的餐厅里共进晚餐，但时间总会带来神奇的变化，我们确实共进晚餐了，那时我们在墨西哥的最后一周。一开始，只是一个美好的夜晚，一个普通的夜晚。我们喝了很多酒，桌子对面，那张对我来说本应比丈夫的脸还要熟悉的脸，也变得陌生了。

然后，事情就这样发生了。突然之间，梦弥漫了整间屋子，我一时也说不出是为什么。有三个男人不知从哪里冒了出来，弹着吉他。皮拉尔·韦恩微微探身向前，约翰·韦恩几不可察地向她举了一下杯。"给这桌上的其他人来点普伊－富赛葡萄，"他说，"再给公爵来点波尔多红酒。"我们都笑了，桌上其他人喝着普伊－富赛白葡萄酒，公爵喝着波尔多红酒，那三位吉他手继续演奏，后来，我终于发觉他们正在弹的是什么曲子:《红河谷》，还有《晴天未了缘》的主题曲。他们的拍子不太对，但直到如今，多年以后，在另一个国度，在我向你们讲述的时候，仍能听见那乐声。

WHERE THE KISSING NEVER STOPS
(1966)

亲吻永不停止的地方

加州萨利纳斯市蒙特雷县的法院外，市中心商会的圣诞节装饰在稀薄的阳光中闪闪发亮，阳光微弱，却可让冬季的生菜生长。法院内，刺目的镁光灯里，人们艰难地眨着眼。在1965年圣诞节前这个温暖的下午，蒙特雷县监理会正在开会，议题为卡梅尔谷的一所小学校，琼·贝兹小姐创办的"非暴力研究所"，是否违反了蒙特雷县土地区划法第32-C条中，禁止将土地用于"妨害稳定、公序良俗，或其他蒙特雷县公共利益"用途的规定。杰拉尔德·佩特库斯夫人住在学校的对面，她对此事另有一种解读。"我们想知道，什么人才会去上这种学校？"她在辩论之初便提出这个问题，"为什么他们不去上班赚钱？"

佩特库斯夫人是个胖胖的年轻主妇，带着一种迷茫却又格外坚定的决心，穿着草莓粉色针织连衣裙，走上讲台，说她十分困扰，因为"贝兹小姐学校的人总是跑来问学校在哪里，而他们**十分**清楚学校在哪里——我记得是一位留着胡子的男士"。

"好吧，我**不在乎**，"听到前排有人在嬉笑，佩特库斯夫人大声说道，"我有三个小孩，这是一个巨大的责任，我不想要担忧……"佩特库斯夫人颇具技巧地停顿了一下，"周边都是些什么样的人。"

听证会从下午2点持续到晚上7点15分，在五个小时十五分钟的参与式民主讨论里，双方争论不休，一方说蒙特雷县监理会会把整个国家变成纳粹德国，另一方则称卡梅尔谷的贝兹小姐和她的十五个学生会带来"伯克利式"游行,让奥德堡[a]新兵士气低迷,让军队没法使用卡梅尔谷的道路,让整个县的房价暴跌。"说真的,我无法想象会有人把房子买在这种机构附近。"佩特库斯夫人的丈夫称。他是一名兽医。佩特库斯医生和他的夫人,后者几近泪下,控诉贝兹小姐周末现身于自己的房子,这让他们感到极为冒犯。她经常不待在室内。坐在树下,还在房子附近走来走去。

"我们下午1点才上课,"校方有人提出反对意见,"我们不吵,而且哪怕我们很吵,佩特库斯夫妇还是可以睡到1点,我不觉得这有什么问题。"

佩特库斯夫妇的律师跳出来。"**问题是**,佩特库斯夫妇恰巧有个很漂亮的游泳池,他们想在周末邀请客人们来玩,他们想用游泳池。"

"那他们得站在桌子上才能看到学校。"

"他们还得,"一个年轻女孩大叫道,"他们还得用上望远镜。"此前,她向监理会大声朗读了约翰·穆勒《论自由》中的一段,以示对贝兹小姐的支持。

"**不是这样的。**"佩特库斯夫人立马反驳,"我们三个卧室的窗户都能看到学校,起居室的一个窗户也能看到,那是我们唯一能**往外看**的方向。"

贝兹小姐坐在前排,几乎一动不动。

她穿着一袭海军蓝长袖连衣裙,领口和袖口上镶着爱尔兰蕾丝花边,双手交握放在膝前。她有着非凡的美貌,比照片上还美,相片似乎过于强调她外貌的印度特征,却没能捕捉到她极为清隽的骨相与清澈的眼神,以及她最令人折服的特质:毫不作伪,坦坦荡荡。她有种与生俱来的优雅风范,正是以前人们所说的"淑女"。"**垃圾!**"一位戴着卡扣式领结的老人大声斥骂。他自称是"历经两次世界大战的老兵",是这类会议的常客。"长毛狗。"他似乎在指责贝兹小姐的长发,还用拐杖敲击地面,试图吸引她的注意,但她的目光始终没离开讲台,一丝都没有。过了一会儿,她站起身来,一直站到整个会议室完全安静下来。她的反对者警觉起来,时刻准备反击,无论她准备为什么做辩护:政治观点,学校,胡子,伯克利式的游行,或是整体上的混乱。

"每个人都在说他们价值四五万美元的房子要贬值了,"她终于开口,声音缓慢、低沉却清晰,扫视着在座的委员们,"我只想说一件事。我在卡梅尔谷投资了**十多万**美元,我也想保护自己的私产。"这位房产所有者一脸无辜地对佩特库斯夫妇笑了一笑,在一片寂静中再次落座。

---

a Fort Ord,位于蒙特雷县的美军训练基地。

她是个有趣的女孩,是亨利·詹姆斯在塑造《波士顿人》里的韦雷娜·塔兰特时会非常感兴趣的那种女孩。琼·贝兹成长于一个布道热情较为浓厚的中产阶级家庭,是一个贵格会物理教师的女儿,两个新教牧师的孙女:外祖父是英格兰-苏格兰圣公会的牧师,祖父则是墨西哥卫斯理宗的。她出生于纽约州的斯塔滕岛,随后在全国各地学术文化圈周围长大;在定居于卡梅尔谷前,她没有故乡。要上高中的年纪,父亲在斯坦福教书,于是她去了帕洛阿尔托高中,在那儿,她用一把最普通的西尔斯·罗巴克吉他自学了《日升之屋》,用手指轻拍喉咙来练习颤音,还因为在空袭演习中拒绝离开学校而上了报纸头条。到了上大学的时候,父亲在麻省理工学院和哈佛教书,于是她去了波士顿大学,但一个月后就退学了,接下来很长时间里,都在哈佛广场的咖啡馆驻唱。她不喜欢哈佛广场的生活("他们只会躺在垫子上,抽大麻,干蠢事。"这位牧师的孙女如此形容她在那里认识的人),但她那时还不知道别的生活是什么样的。

1959年夏天,一个朋友带她去了首届纽波特民谣音乐节。她乘坐一辆凯迪拉克灵车抵达纽波特,车身上涂着她的名字**琼·贝兹**,她给1.3万名观众唱了几首歌,新生活就此开始。她第一张专辑的销量超过了史上所有的女民谣乐手。1961年底,先锋公司发行了她的第二张专辑,总销量仅次于哈里·贝拉方特、金斯顿三重唱和纺织工乐队。她完成了第一次长途巡演,在卡内基音乐厅开了一场演唱会,门票提前两个月售罄,还拒绝了价值10万美元的演唱会邀请,因为她一年只工作几个月。

她是出现在正确时间的正确女孩。她的曲库很小,只有《柴尔德民谣集》里的几首("乔安妮怎么还在唱《玛丽·汉密尔顿》[a]?"鲍勃·迪伦抱怨说),从不训练她纯净的女高音,这惹恼了一批民谣原教旨主义者,因为她对这些曲目源流毫不关心,把每一首都唱得很"伤心"。但她搭上了民谣热潮的东风。她打动观众的那种方式,任何原教旨主义者或商业民谣歌手都做不到。她对钱不感兴趣,对音乐其实也一样:反倒是对与观众间的某种互动更感兴趣。"对我来说,处理跟一万个人的关系最容易,"她说,"跟一个人的最难。"

自始至终,她从不取悦大众:她想做的是打动人们,和他们建立情感共鸣。1963年底,在游行活动中,她找到了能让她倾注情感的对象。她去了南方。她在黑

---

a "Mary Hamilton",又名"The Four Marys",十六世纪苏格兰民谣,《柴尔德民谣集》第173号、《劳德民谣索引》第79号,琼·贝兹的翻唱使得这首古老的民谣在二十世纪重焕生机。

人大学唱歌，哪里有街垒，她就出现在哪里，塞尔马、蒙哥马利、伯明翰[a]。华盛顿大游行[b]后，她在林肯纪念堂演唱。她告诉国税局，她不愿缴纳60%的所得税，因为她认为这笔钱会被用于国防建设。她成了代表抗议的声音，虽然她总和运动中更为暧昧的时刻保持着微妙的距离。（"一段时间后，我就对南方游行厌倦了，"她后来说，"总有知名人士坐着租来的小飞机飞来，城里总有3.5万人。"）她只录了屈指可数的专辑，但她的脸已经登上了《时代》封面。那时她只有二十二岁。

在作为她自己之前，琼·贝兹首先是一个人物，和所有有着类似经历的人一样，她在某种意义上成了一个无助的牺牲品，受困于外界如何看她，如何写她，希望她是什么样或不是什么样。她被赋予的角色看似多样，但始终不离一个主旨。她是反抗者的圣母玛利亚。她是示威运动的卒子[c]。她是不开心的心理病人。她是从不训练嗓音的歌手，把捷豹开得飞快的叛逆女孩，与鸟和鹿一同藏在丛林里的莉玛[d]。更重要的是，她是那个有"感觉"的女孩，那个始终保有青春期的敏感和疼痛，永远受伤、永远年轻的女孩。现在，在一个创伤不顾人的意愿开始自行愈合的年纪，琼·贝兹几乎一直待在卡梅尔谷。

虽然贝兹小姐的一举一动，在蒙特雷县居民的眼中都昭示着不祥，但事实上，在非暴力研究所，这所蒙特雷县监理会以3∶2的投票结果允许继续运营的学校里，日常相当单纯，足以让那位戴着卡扣式领结的历经两次世界大战的老兵卸下心防。每周有四天，贝兹小姐和她的十五名学生会在学校吃午餐：土豆沙拉，酷爱饮料[e]，在便携式烧烤架上烤过的热狗。午餐后，他们先伴着"披头士"的音乐练习芭

---

a 指 Selma to Montgomery marches，发生在塞尔马、蒙哥马利和伯明翰的三次大游行，旨在反战和支持黑人平权。

b March on Washington，1963年8月28日在美国华盛顿特区举行，吸引了25万人参加，是美国历史上规模最大、最重要的民权运动之一。其高潮部分即为马丁·路德·金在林肯纪念堂前发表著名演讲《我有一个梦想》。

c Pawn，西洋棋中的兵，同时也指被他人利用以达到目的的人。

d Rima，小说《翠谷香魂》的女主角，原始丛林里长大的女孩。

e Kool-Aid，美国品牌卡食品夫（Kraft Foods）推出的一种粉状饮料，只需加入水和糖便可制成水果口味的饮料，以其价格低廉、制作简单、色彩绚丽，成为工薪阶层的常见选择，在黑人社区及嘻哈文化中占据重要地位。"喝酷爱饮料"在今日语境中还有盲从之意，相传在"人民圣殿"（Peoples Temple）集体自杀事件中，信众们饮下的便是加入氰化物的葡萄味酷爱饮料。

蕾,之后围坐在一张巨大的柏树岬[a]照片下光光的地板上,讨论读过的作品:《甘地论非暴力》、路易斯·费希尔的《甘地传》、杰罗姆·弗兰克的《打破思想壁垒》、梭罗的《论公民不服从》、克里希那穆提的《最初和最终的自由》和《人生中不可不想的事》、C. 赖特·米尔斯的《权力精英》、赫胥黎的《目的与手段》、马歇尔·麦克卢汉的《理解媒介》。第五天,他们照常碰面,但整个下午都保持静默,不仅不说话,也不看书,不写作,不抽烟。即便是在讨论日,这样的静默每隔二十分钟到一个小时也要进行一次,有学生称之为"排除内心杂念的无价之宝",贝兹小姐则称之为"这所学校最重要的事"。

除了申请者必须年满十八周岁,学校并没有其他入学要求;每期课程只录取前十五名来信申请的学生。他们从各地而来,都很年轻,满怀赤诚,对广阔的社会现实缺乏了解,与其说是一群逃避现实的避难者,不如说是尚未理解世界的孩子。他们非常在意"用美好和温柔回应彼此",事实上,他们的回应太温柔了,只需在学校待上一个下午,就会陷入永无乡。他们在讨论伯克利的 VDC 试图与地狱天使"以咱嬉皮自己的方式"理性对话是否明智。[b]

"好吧,"一个人说,"所以如果地狱天使耸耸肩,说'我们就是这么暴力',VDC 的人该怎么回答呢?"

他们讨论着伯克利提出的建立一支国际非暴力军队的方案:"这个点子是,我们去越南,去到那些村子里,如果他们烧村子,那我们也烧。"

"这里有种美丽的简洁。"有人说。

他们中的大部分都太年轻了,没经历过运动中的历史性事件,少数几个在那时活跃的人便给他们讲当年的故事,开头总是"有天晚上,在斯克兰顿的基督教青年会……"或"最近在 AEC[c] 的静坐示威……"或"在加拿大到古巴的游行中,有个十一岁的孩子正在跟一个甘地主义者交流,他……"他们谈到艾伦·金斯堡:"唯一的那个,唯一美丽的声音,只有他还在发声。"金斯堡曾建议 VDC 让女人

---

a　Cypress Point,位于加州蒙特雷半岛,是美国西海岸最具标志性的景点之一,以其壮丽的悬崖、海滩和松林而闻名,世界知名的高尔夫球场柏树岬俱乐部就坐落在这里。

b　VDC(The Vietnam Day Committee),越南日委员会,成立于1965年的反战组织。地狱天使(Hell's Angels),摩托车帮会,成员多为白人蓝领与退伍军人,推崇暴力与兄弟情谊,普遍支持越战。1965年10月,VDC 与地狱天使发生冲突,艾伦·金斯堡提出愿和地狱天使理性对话。

c　The United States Atomic Energy Commission,美国原子能委员会,美国国会在"二战"后设立的机构,旨在提倡、管理原子能在科技上的和平使用。

抱着婴儿和鲜花去奥克兰陆军基地[a]。

"婴儿和鲜花,"一个漂亮的年轻女孩轻呼,"这太美了,这才是**重点**所在。"

"有个周末,金斯堡来了这里。"一个满头金色卷发、神情恍惚的男孩回忆道,"他带了一本**民咬集**(Fuck Songbag),但我们把它烧了。"他咯咯笑着,举起一颗透明的紫罗兰色弹珠,对着窗户,在阳光下转动。"琼送我的,"他说,"有天晚上在她家,我们办了个派对,交换礼物。就像圣诞节,但不是。"

学校是一栋老旧的土坯房,外墙刷成白色,远远地坐落在卡梅尔谷上游灰黄色的群山和灰扑扑的矮小橡树间。围绕着学校的铁丝栅栏裂开,靠夹竹桃丛支撑着,这里没有招牌,也没有任何可供辨认的标识。直到1950年,这栋土坯房还是一所只有一间教室的县级学校;之后,它成了"老天啊"(So Help Me Hannah)毒藤治疗研究所,然后是一个制造猎枪弹壳的小公司,显然这两个公司都没能像贝兹小姐那样,给全县房价造成威胁。1965年秋天,她买下这个地方,距离她十英亩的房子只有几英里。此前县土地规划委员会告知她,土地区划法禁止她在自己家里开学校。贝兹小姐是学校的副校长,也是赞助者;每个学生需支付120美元,作为每一个六周项目的学费和帕西菲克格罗夫一间公寓的住宿费,但这些不足以填补学校的开支。贝兹小姐不仅花了4万美元买学校的房产,还要承担艾拉·桑德珀尔[b]的工资,他是学校的校长、讨论会的主持人,也是整个计划的**幕后操纵者**。"你可能会认为,我们的起步非常小,"艾拉·桑德珀尔说,"但有时候,最不起眼的小事可以改变整个历史进程。想想本笃会[c]。"

想要讨论琼·贝兹,绕不开艾拉·桑德珀尔。"规划委员会里有个人说我是被一小撮疯子引上了一条**报春花小路**。"贝兹小姐笑着说,"艾拉说也许他就是那个疯子,他的胡子是那一小撮。"艾拉·桑德珀尔是一名四十二岁的圣路易斯人,除了大胡子,还有剃得光可鉴人的头,一个别在灯芯绒夹克上硕大的核裁军徽章,炯炯有神且略带悲悯的双眼,高而嘶哑的笑声,外表看起来,这个男人在用他的一生追寻一道歪斜的彩虹,偏差微小却致命。他花了大量时间,在旧金山、伯克利和帕洛阿尔托参与和平主义者运动,在和贝兹小姐

---

[a] The Oakland Army Terminal,越南战争中,奥克兰陆军基地是美国向东南亚运输兵力的主要中转站。

[b] Ira Sandperl(1923—2013),美国反战教育家、和平主义者、激进非暴力运动的推动者之一。

[c] Benedictine Order,公元六世纪兴起的欧洲天主教隐修会,对欧洲文明发展起到了极大作用。

碰撞出办学校的点子时,他正在帕洛阿尔托一家书店工作。

艾拉·桑德珀尔第一次见到琼·贝兹,是在她十六岁的时候,她当时被父亲带去了一个帕洛阿尔托的贵格会聚会。"那个时候,她身上就有种神秘的、不一样的气质。"他回忆道。"我记得在一场我演讲的聚会上,她唱了歌。那天晚上,观众们反应很热烈,我就说,'亲爱的,等你长大了,我们一定要组一个福音传播者小队。'"他微笑着,摊开双手。

据艾拉·桑德珀尔说,在贝兹小姐的父亲作为联合国教科文组织顾问搬去巴黎后,他们俩的关系变得亲密起来。"我是她当时圈子里年纪最大的朋友,所以很自然,她会来找我(寻求帮助)。"1964年秋天伯克利游行时,他就跟她在一块。"事实上,我们就是你经常听说的那种外界煽动者,"他说,"我们基本上是希望把**不暴力运动变为非暴力运动**。琼在推动运动走出低谷中起到了**至关重要**的作用,即便孩子们现在可能不愿承认。"

现身伯克利一个多月后,琼·贝兹问起艾拉·桑德珀尔能否指导她一年。"她发现自己处在一群政治学识十分渊博的人里。"他说,"虽然她有强烈的**感觉**,但她对非暴力的社会、经济、政治、历史术语都一无所知。"

"那时很模糊。"她突然插话,紧张地把头发拨到脑后,"我想让它别那么模糊。"

他们最终决定不做一年的私人指导,而是建一个长期的学校,在1965年夏末,学校迎来了第一批学生。这所学校不和任何运动结盟("有些孩子正在把我们引向另一个漫长、巨大、暴力的混乱。"贝兹小姐说),而且对大多数激进组织都抱有明显的不信任。比如,艾拉·桑德珀尔对VDC就不太认同,因为VDC只是把非暴力当作一个有限的手段,实际上还是认同传统的政治架构,甚至让一位组织领袖参选议员,而这些都是桑德珀尔所深恶痛绝的。"亲爱的,这么说吧。在民权运动中,现在,总统签署了一个命令,他会请谁来见证?亚当·鲍威尔[a]?不。他会请拉斯廷[b]、法默[c]、金[d],**没一个**在传统政治框架里。"他顿了一下,似乎在幻想有一天,

---

a Adam Powell,即 Adam Clayton Powell Jr.(1908—1972),美国政治家,纽约第一位非裔众议员。

b Bayard Rustin(1912—1987),美国民权运动家,大量参与支持黑人、性少数群体的平权运动。

c James Farmer(1920—1999),美国民权运动家。

d 即马丁·路德·金(Martin Luther King Jr.,1929—1968),美国民权运动家,诺贝尔和平奖得主。

他和贝兹小姐被请去见证废止暴力的命令签署。"我不乐观,亲爱的,但我抱有希望。这是不同的。我还抱有希望。"

瓦斯炉不时发出嘶嘶的声响,贝兹小姐看着炉子,她的粗呢大衣披在肩上。"每个人都说我在政治上很幼稚,我确实是。"过了一会儿,她说。她经常这样告诉陌生人。"那些搞政治的人也很幼稚,否则我们就不会打仗了,不是吗?"

门开了,一个穿着手工凉鞋、个头矮小的中年男人走了进来。他是曼纽·格林希尔,贝兹小姐的经纪人,即便他已经做了五年她的经纪人,但此前还从未来过这所学校,也从未见过艾拉·桑德珀尔。

"终于!"艾拉·桑德珀尔大叫着,跳了起来。"电话里那个虚幻的声音今天终于来了!曼尼[a]·格林希尔**是真的**!艾拉·桑德珀尔**也是真的**!我就在这儿!那个反派就在这儿!"

想要见到琼·贝兹很难,至少对一个不属于抗议运动地下圈子的人来说是这样。她在纽约的唱片公司"先锋"只能提供曼纽·格林希尔在波士顿的号码。"试试地区号415,区号DA 4,号码是4321。"曼纽·格林希尔会这么告诉你。415-DA 4-4321将会连接到帕洛阿尔托的开普勒书店,这里正是艾拉·桑德珀尔之前工作的地方。书店里的人会记下号码,在向卡梅尔谷确认是否有人愿意接听电话后,再打回来,告知卡梅尔谷的号码。出人意料的是,卡梅尔谷的号码也不是贝兹小姐的,而是一家代接电话公司。公司会记下号码,几天或几周后,你有可能会接到来自朱迪·弗林的电话。她是贝兹小姐的秘书。弗林小姐说她会"试着联系"贝兹小姐。"我不见人。"这个由错误号码、无人接听和无人回电组成的复杂网络的核心说,"我锁上门,不想有人来,但他们还是来了。总得有人告诉他们我在哪儿。"

她安静地生活着。她阅读,和知晓她住处的人们聊天,偶尔还会和艾拉·桑德珀尔去旧金山,见见朋友,聊聊和平运动。她会见她的两个姐姐和艾拉·桑德珀尔。她坚信在学校里听艾拉·桑德珀尔授课、与他交流的这些天,比她以往做的任何事情都更令她满足。"当然超过唱歌。我以前只是站在那儿,心想,我赚了好多钱,但有什么意义呢?"她不愿透露自己的收入("哦,我在有些地方能挣些钱"),未来计划也很模糊。"我有些想做的事。我想试试摇滚,试试古典乐。但我不会去担心排行榜和销售,因为那样的话,我又把自己置于何地呢?"

---

[a] Manny, Manuel(曼纽)的昵称。

她究竟想要去往何方，似乎还没有答案，她很困惑，她的经纪人也一样。被问起他这位名气最大的艺人现在在做什么，以及未来有什么规划时，曼纽·格林希尔会说起"许多计划""在别的领域"和"她自己的选择"。最后，他终于想起来了点什么："对了，她刚给加拿大的电视台拍完一部纪录片，《综艺》杂志写了一篇很棒的评论，我读给你听。"

曼纽·格林希尔读了起来："我们来看看，《综艺》这里说，**原本只是二十分钟的采访，但多伦多那边的加拿大广播公司工作人员看了影片后，他们决定做一期特别节目——**"他停了下来，"这挺值得写的。我们看看。他们在这儿引用了她关于和平的看法……你知道的那些……这儿她说，**每次去好莱坞，我都想吐**……这就不用细看了……这儿，**现在她对林戈·斯塔尔和乔治·哈里森**[a]**的模仿十分完美**，听听这个，这个很好。"

曼纽·格林希尔想让贝兹小姐写本书，拍部电影，花时间录些摇滚。他拒绝透露她的收入，虽然会轻快又沮丧地说："但**今年**不会太多。"贝兹小姐让他1966年只规划一场演唱会（以往每年平均三十场），她接受了职业生涯里唯一一次常规会员注册，并拒绝上电视。"她上《安迪·威廉姆斯秀》能做什么？"曼纽·格林希尔耸耸肩。"她有次与他合唱了帕特·布恩的一首歌，"他补充道，"这证明她还是可以跟人好好相处的，但仍然不行。我们不希望她在上面唱歌，后面有一群伴舞的。"格林希尔时刻盯着她在政治活动上的露面，试图阻止他人用她的名字。"我们说，如果他们用她的名字，那这就得是演唱会。主要没有用她的名字，那她不喜欢的话，就可以抽身离去。"学校的事占据了她的日程，他对这件事已经接受了。"听着，"他说，"我一直鼓励她参与政治。我自己也许没那么积极，但这么说吧，我还是关心的。"他眯着眼看向太阳，"这么说吧，也许我只是太老了。"

鼓励琼·贝兹**参与政治**其实只是鼓励琼·贝兹继续**感觉**一切，因为正如她自己所说的，她的政治立场仍旧**很模糊**。她的方法是直觉的、现实的，与那些全美女性选民联盟[b]的成员差不多。"老实讲，我很讨厌共产主义。"这是她关于这类话题的最新发言。在最近几次和平主义活动上，她说："烧掉征兵证[c]没什么意义，烧掉他

---

[a] 二人分别为"披头士"乐队的鼓手和吉他手。
[b] The League of Women Voters，1920年成立的非政府组织，旨在促进全美妇女参与选举和投票。
[c] Burning draft-cards，美国和澳大利亚在二十世纪六十到七十年代的运动，青年们烧掉征兵证，以表示对战争的抗议，最先开始于反对越南战争运动。

们自己更没意义。"当她在帕洛阿尔托高中时,在空袭演习中拒绝离开学校,驱使她的并不是理论,而是:"这样做才是现实的,我是说,演习对我来说不现实,所有人都以为他们能钻进什么小防空洞里,靠罐装水就能活下来。"她参加民主党的活动,讲了那句经常被引用的话:"共和党从来没有什么好民谣歌手";这不是新极端主义的语词。她的演唱会项目包含了一些她关于"在毁灭前夜等待"的想法,比如:

我的一生是一滴水晶泪珠。泪珠里有雪花落下,小人们不知疲倦,慢动作地走来走去。就算我盯着这滴泪珠看上一百万年,也还是可能永远不会发现那些人是谁,他们在做什么。

有时我孤独悲伤,因为一场风暴。一场席卷万物的风暴,一切都变了。一个小时内,日夜更替四次,树木咆哮,小动物窜入泥潭,万物陷入黑暗,陷入野蛮。但真正的上帝——在天堂,他最爱的教堂中演奏音乐——震碎教堂彩色玻璃——弹奏巨大的管风琴——琴键上雷霆般震响——无上的和谐——无上的欢愉。

虽然在离开打字机时,贝兹小姐并不这样说话,但她确实试图(或许是无意识地)保持她自己或任何一个人在青春期时的那种天真、躁动和好奇的能力,无论有多么矫情或浅显。这种坦诚,这种脆弱,正是她为何能"感染"所有年轻人,孤独的人,无法表达者,所有那些认为世上再无人可以理解美、痛、爱和友爱的人。对她的许多追随者而言,她就等于一切真善美,也许是因为现在长大了一些,这种看法有时会让贝兹小姐感到困扰。

"我不太喜欢自己对这些事的想法,"她说,"有时候我告诉自己,**得了吧,贝兹**,你跟其他人一样,但我同样也不喜欢这样想。"

"不是每个人都有那种声音的。"艾拉·桑德珀尔溺爱地插了一句。

"哦,有这种**声音**挺好的,这**声音**挺好的……"

她突然不再说话,良久,盯着鞋上的搭扣。

如今,那个**一生是一滴水晶泪珠**的女孩有了自己的地方,这里阳光灿烂,迷茫可以搁置得再久一点,每个人都热情温柔,互相吐露心事。"有天我们在房间走来走去,稍稍聊了聊自己,"她悄悄说,"我才发现,哎呀,我这一路还是太轻松了。"暮光拂过洁净的木地板,矮小橡树林里,群鸟啁啾,美丽的孩子们把外套铺在地上,坐在上面,听艾拉·桑德珀尔讲话。

"你是素食主义者吗,艾拉?"有人散漫地问。

"是的,是的,我是。"

"告诉他们,艾拉。"琼·贝兹说。"那很好。"

他向后仰起身子,看向天花板。"我有回在内华达山脉。"他顿了顿,琼·贝兹赞赏地微笑。"我看见一株巨大的树,从岩石里**拔地而起,挣扎向上**……我就想,**好吧,大树**,如果你那么想活,**好吧!好!可以!我不砍你!我不吃你!**有一点我们是一样的,我们都想**活下去**。"

"那蔬菜呢?"一个女孩咕哝着。

"我意识到,当然,只要我还是这副**血肉之躯**,我就没法做到完全非暴力。"

天色渐晚。每个人交了50美分作为明天的午餐费,有人在读蒙特雷县监理会的通知,要求公民们挂上美国国旗,以示"傻子、共产党、懦夫都无法代表我们的国家",有人就提起了VDC和一个曾经来过卡梅尔谷的异见分子。

"马文是一个绝对的非暴力者,"艾拉·桑德珀尔宣称,"一个诚实与爱的男人。"

"他说他是个无政府主义者。"有人质疑道。

"是的,"艾拉·桑德珀尔赞同道,"完全没错。"

"VDC会把甘地称为布尔乔亚吗?"

"哦,他们太清楚不过,他们自己就过着布尔乔亚的生活啊……"

"太对了,"有紫罗兰色弹珠的金发恍惚男孩说,"一进他们办公室,他们非常不友好,非但不友好,还很冷漠……"

所有人温柔地对他微笑。现在的天空已经是他弹珠的颜色,但他们都不想整理他们的书、杂志和唱片,不愿找到他们的车钥匙,不愿结束这一天,当他们准备离开的时候,琼·贝兹从冰箱里拿出一只碗,用手抓里面的土豆沙拉吃,所有人都留了下来,一起分享这碗沙拉,只为在这个温暖的地方多待一会儿。

COMRADE LASKI, C. P. U. S. A. (M. - L.)
(1967)

美国共产党（马列主义）的拉斯基同志

迈克尔·拉斯基，也叫 M. I. 拉斯基，是一个有些神秘的年轻男子，有一双深而热切的眼睛，短髭，在南加州算得上十分显眼的苍白皮肤。如此引人注目的外表，再加上滔滔不绝的意识形态布道，无论其外表还是谈吐，都精确符合一个职业革命家的标准形象，事实上也正是如此。二十六年前，他出生于布鲁克林，孩童时代搬到洛杉矶，大二时为了发动组织零售业工人，从加州大学洛杉矶分校退学，如今，他是美国马列主义共产党中央委员会总书记，一个在瓦茨骚乱[a]和哈勒姆骚乱[b]间分散了精力的很小的斯大林－毛主义组织。他恪守着死板复杂的教条，包括以下观点，传统美国共产党是"资产阶级修正主义派"，进步劳工党、托洛茨基主义者和"以格斯·霍尔[c]为首的修正主义派"是奉行机会主义的资产阶级走狗，因为他们

---

a Watts riots of 1965，又名 Watts rebellion，1965 年，洛杉矶郊区瓦茨一名二十一岁的非裔美国人拒捕，与警方发生肢体冲突，后演变为大规模暴力示威抗议。

b Harlem riot of 1964，指 1964 年，纽约哈勒姆一位十五岁的非裔美国人被警察射杀，引发了长达六天的示威抗议。

c Gus Hall（1910—2000），美国共产党领导人，曾四次参选美国总统。

不是向"工人阶级",而是向帝国主义自由派和平请愿;H. 拉普·布朗[a]即便不是帝国主义统治阶级的传声筒,那也一定是他们的工具。

不久之前,我跟迈克尔·拉斯基一起待了一段时间,在瓦茨的国际工人书店,也是美国共产党(马克思-列宁主义)的西海岸根据地。我们坐在一张餐桌旁,头上是锤头镰刀旗,马克思、恩格斯、毛泽东、列宁和斯大林的画像(毛泽东的在中心位),我们聊了一会儿革命必将带来无产阶级专政的话题。事实上,我感兴趣的不是革命,而是革命者。他随身带着一本毛泽东的红宝书,在说话的时候,把书对齐桌角,先是垂直对齐,接着水平对齐。要想理解迈克尔·拉斯基是谁,你就必然会有那种强迫症的感觉。你很难想象他吃饭,或者睡觉。他与那些时常出现在新左派身上的激昂热情毫无共同点。迈克尔·拉斯基批判分裂主义的改革者。他信奉毛泽东的论点,枪杆子里面出政权,他以一种狂热又自欺欺人的热忱守卫这个信仰。他在美国左派地图上,简单来说,处于一个几乎毫无希望的、孤独的、堂吉诃德式的位置,无人问津,不切实际。他坚信在美国大地上有"工人阶级",等时机成熟,他们就会"站起来",不是混乱无序的,而是自发形成团体,他还坚信"统治阶级"都有自我意识,还拥有致命的力量。他是个全然的理想主义者。

事实上我并不反感迈克尔·拉斯基这样的人,这种身处世界之外而非之内的人,这种内心恐惧过盛,而奔向极端和毁灭性信仰的人;我自己也有恐惧的事,也理解有些人用以填补内心空白的复杂系统,理解一切心灵鸦片,无论是易获得的,诸如酒精、海洛因和滥交,还是难得到的,比如信仰上帝或历史。

但当然了,我没有提到迈克尔·拉斯基的恐惧,他的心灵鸦片是历史。我确实暗示了"抑郁",确实向他提出了拙见——他上次组织的五一游行中只来了零星的参与者,这可能会让他"抑郁",但他告诉我,抑郁是革命道路上的阻碍,这种疾病只会感染那些没有坚定信念支撑的人。迈克尔·拉斯基,正如你看到的,并不像我亲近他那般亲近我。"我跟你聊,说白了,"他说,"我计算过风险。你的工作当然是为情报机构收集信息。基本上,你想做的调查跟FBI想做的一样,如果他们想把我们送上电椅的话。"他停顿了,手指敲打着小小的红宝书。"但是,"他最终说,

---

[a] H. Rap Brown(1943—),美国民权运动家,二十世纪六十年代曾任学生非暴力协调委员会(the Student Nonviolent Coordinating Committee)第5任主席。

"接受采访对我来说有明显的好处。就因为一个事：这些访谈是证明我存在的公开资料。"

他仍然不愿透露他称之为美国共产党（马克思－列宁主义）的"地下组织"，只肯透露领导班子成员数目这个信息。"我当然不会给你这些信息。"他说："我们知道我们会被取缔的。"但是，国际工人书店是"一个公开场所"，我被允许随意走动。我翻了翻一些书，来自北京（《陈毅副总理答记者问》）、河内（《胡志明主席答 L. B. 约翰逊总统》）和阿尔巴尼亚的地拉那（《对铁托政策改变的批判和无可狡辩的事实》），我还试图哼唱一本北越南歌曲册子上的《党需要我们的时候，我们心中充满斗志》（When the Party Needs Us Our Hearts Are Filled with Hatred）。书摆在店里靠前的位置，旁边是收银台和餐桌；店内，在胶合板屏风后面，是一些行军床，一台油印机，中央委员会就用这台机器印刷"政治阵地"《人民之声》（People's Voice）和"理论阵地"《红旗》（Red Flag）。"有位干部负责看守机器，确保安全。"当我问起行军床时，迈克尔·拉斯基说，他们在后面有把小阿森纳，一些霰弹枪和一些其他这类东西。

你很难理解如此严格的安保，如果考虑到领导班子成员们所做的事，除了售卖《人民之声》和试图组建人民武装部队之外，更多的时候是完善他们自己的意识形态，搜寻他人态度上的"错误"和"问题"。"对有些人来说，我们做的事看起来是在浪费时间，"迈克尔·拉斯基突然说，"如果你没有信念，你或许就会质疑党能提供什么。它什么都无法提供。它带来的只是三四十年来都把党视为至高无上的存在。它带来的是殴打。坐牢。最坏的情况下，是暗杀。"

但其实它带来了很多东西。迈克尔·拉斯基为自己构建的世界是细节繁复的迷宫但又纯洁无瑕，不仅因为崇高理想，也因内外威胁、隐秘和组织而充满意义，是一个亘古不变的有序世界，在那里，有些事意义重大。让我再给你们描述在国际工人书店的一天。起先，这些马列主义者出去卖《人民之声》了，现在迈克尔·拉斯基与另三位领导班子成员正在检查工作情况，一项严肃正式得如同摩根大通会议的仪式。

"西蒙斯——**同志**——先生，总收入是多少？"迈克尔·拉斯基问。

"九块九毛一。"

"总计时长？"

"四个小时。"

"报纸一共卖出去多少？"

"七十五。"

"平均每小时多少份？"

"十九。"

"平均捐赠数额是多少？"

"十三分半。"

"最大的一笔是？"

"六十美分。"

"最小的？"

"四美分。"

"今天情况不理想，西蒙斯同志，你有什么要解释的吗？"

"在社会保障和失业救济金到账之前，每天都不理想。"

"很好，西蒙斯同志。"

这就是迈克尔·拉斯基的世界：存在对虚无的一场微小又岌岌可危的胜利。

7000 ROMAINE, LOS ANGELES 38
(1967)

罗曼街7000号，洛杉矶38区

罗曼街7000号就在雷蒙德·钱德勒和达希尔·哈米特的读者最熟悉的那片洛杉矶：好莱坞的底层，日落大道以南，充斥着"平面拍摄工作室"、仓库和双户住宅的中产阶级"贫民窟"。由于派拉蒙、哥伦比亚、德西露和塞缪尔·戈德温等影业公司就在附近，这儿的很多居民都与电影产业有着某种微弱联系。比如，冲印过给影迷的照片，或是认识珍·哈露[a]的美甲师。罗曼街7000号本身看起来就像是一个褪色的电影布景，那是一栋色调柔和的流线型艺术风格建筑，细部有些剥落，窗户或封上木板，或镶了嵌丝玻璃，入口处，灰扑扑的夹竹桃丛中，一条橡胶垫上写着**欢迎光临**。

实际上，这里不**欢迎**任何人，因为罗曼街7000号归霍华德·休斯所有，而且大门紧锁。休斯的"联络中心"居然就坐落在哈米特－钱德勒世界的昏暗日光中，对任何一位怀疑生活就是电影场景的人而言，这一场景都足以满足他的幻想，因为休斯帝国是当今世界绝无仅有的工业巨无霸——多年来，逐步囊括了机械制造，海外石油钻具子公司，一个啤酒品牌，两家航空公司，大规模的地产持有，一家著名影视公司，一个电子与导弹事业部——它

---

[a] Jean Harlow（1911—1937），活跃于二十世纪三十年代的美国著名女演员，主演了《国民公敌》《城市之光》《红尘》《性感尤物》等影片。

55

们全属于一个男人，他的**行为模式**[a]像极了《长眠不醒》中的那位侦探。

我住的地方，恰好离罗曼街7000号不远，我总是有意开车路过那里，就像是亚瑟王研究者拜访康沃尔海岸[b]。我对霍华德·休斯的传说很感兴趣，好奇人们对他的看法，好奇他们谈论他时所用的词句。举个例子。几周前，我和一个老朋友在贝弗利山酒店吃午餐。有一位客人是一名三十多岁的贵妇，她曾是休斯公司的合同制小艺人，还有一位是服装设计师，曾为多部休斯的电影服务，如今每周还能收到来自罗曼街7000号的薪水，前提是他不为其他人工作。好几年里，他除了兑换每周寄来的支票什么都不做。这位前一次性合同艺人和兼职服装设计师坐在阳光里，谈论着那个如今公开露面的频率比"魅影侠"（The Shadow）还低的男人。他们好奇他现在怎么样了，以及他为什么整个1967年都在忙着吞并拉斯维加斯。

"你可别告诉我，就跟他们说的那样，他买沙漠旅馆只是因为大赌客来了，他们不让他占着顶层豪宅，"那位前艺人摸着硕大豪奢的钻石，沉吟道，"这一定是他某个宏图的一部分。"

这个词十分准确。任何一个看过财经新闻的人都会知道，休斯从来没有生意"往来"或"谈判"，他只有**宏图**。正如《财富》杂志有一次在"一系列情书"中说的那样，他的核心宏图一直都是"维持他作为一人绝对控制下的最大工业财富所有者的权力"。休斯也没有生意"伙伴"，他只有"对手"。当对手们"看起来"威胁到了他的绝对控制，休斯"可能会也可能不会"采取措施。正是这种词语，"看起来""可能会也可能不会"，在有关休斯的新闻报道中经常出现，展露了休斯宏图的特性。以下是**可能会也可能不会**采取的措施：在一个关键时刻，休斯可能会发出警告，"你正在用枪顶着我的脑袋"。要说有什么是休斯最讨厌的，那一定是有人**用枪顶着他的脑袋**（一般而言，这意味着一个出席的请求，或一项决策的讨论），至少有一位环球航空[c]的主席在听到这句话后离职了，休斯治下的这家公司，其运作只会让人想起洪都拉斯军政府。

---

a 原文为拉丁语，modus operandi，指行事风格或惯常手法，常用于商业或罪案调查。
b 传说亚瑟王出生于北康沃尔郡。
c Trans World Airlines（TWA），休斯从1939年起大量购买并持有其股票。1956年，休斯与时任TWA主席挪亚·迪特里希在财务上发生分歧，一年后，迪特里希在电话中辞职。1960年，持有78%股份的休斯被排除出TWA决策层。

罗曼街7000号，洛杉矶38区

这些故事无穷无尽，极其相似，信奉者们像交易棒球明星卡[a]一样交换着它们，把玩着它们，直到边角起毛，模糊成面目不清的流言。有个名叫埃迪·亚历山大的理发师，休斯付给他高昂的工资，以备想剪头发时他能"二十四小时随叫随到"。"只是确认一下，埃迪，"休斯有次在凌晨2点钟传他，"看看你是不是随叫随到。"有次康维尔想卖给休斯340架飞机，而为了确保"机密"，休斯坚持只在午夜到黎明时分，在棕榈泉市垃圾场里打着手电筒讨论此项业务。还有一个晚上，休斯和他当时的律师格雷格·鲍泽[b]同时失联了，与此同时，在纽约化学银行的会议室里，银行家们正等着借给环球航空1.65亿美元。他们就在那儿，手里捏着那1.65亿美元。来自两家全国最大的保险公司和九家实力雄厚的银行的人们，全在等着。交易截止日的晚上7点，这些银行家们却发现，接他们电话的不是休斯，甚至不是鲍泽，而是鲍泽的妻子，电影明星达娜·温特[c]。"我希望他拿到的全是硬币，"六年后，当休斯以5.46亿美元的价格卖掉了环球航空时，一位华尔街交易员说，"然后全砸在他的脚趾上。"

这儿还有些最新的故事。霍华德·休斯正乘坐圣达菲豪华列车"超级酋长"号去往波士顿，肩负护驾重任的是贝莱尔私人安保队。霍华德·休斯在彼得·本特·布里格姆医院。霍华德·休斯霸占了波士顿丽兹酒店整个五层。霍华德·休斯要买下37.5%的哥伦比亚影业，可能是通过巴黎的瑞士国家银行，也可能不是。霍华德·休斯病了。霍华德·休斯死了。不，霍华德·休斯在拉斯维加斯。霍华德·休斯花1300万美元买下沙漠旅馆。花1500万美元买下金沙酒店。捐给内华达州600万美元建一所医学院。谈判，为土地，阿拉莫航空，北拉斯维加斯机场，更多的土地，赌城大道剩下的部分。到了1967年7月，霍华德·休斯已成为内华达州克拉克县最大的土地所有者。"霍华德喜欢拉斯维加斯，"一个他的熟人透露，"因为他希望无论什么时候想吃三明治，都能找到一家营业的餐馆。"

为什么我们如此喜欢这些故事？为什么我们把这些故事讲了一遍又一遍？为什么我们要把这样一个与我们所有的官方英雄截然相反的男人——一位来自西部、魅影一般的富豪，身后拖着关于绝望、权力

---

[a] Baseball card，卡片上印有著名棒球明星，收集者们会交换，甚至交易卡片，有些稀有的卡片可以卖上很高的价钱。

[b] Greg Bautzer（1911—1987），美国律师，其客户包括英格丽·褒曼、金格尔·罗杰斯等。

[c] Dana Wynter（1931—2011），英国女演员，代表作有《天外魔花》等。

和白球鞋[a]的传说——塑造成一个民间英雄？但我们一向如此。我们最喜欢的人和故事之所以是这样，并非源自其固有的美德，而是因为它们揭示了我们人性中深藏的东西，我们矢口否认的东西。赤脚的乔·杰克逊[b]、沃伦·加梅利尔·哈丁[c]、"泰坦尼克"号：**强者是如何沉没的**。林白[d]、斯科特和泽尔达·菲茨杰拉德、玛丽莲·梦露：**被诅咒的美人**。还有霍华德·休斯。我们把霍华德·休斯塑造成英雄，这道出了有关我们自身的一些有趣之处，一些只有模糊记忆的事实；道出了在美国，金钱和权力真正的秘密，既不在于金钱可以买到的东西，也不在于权力本身（美国人会为财富感到不安，为权力感到愧疚，欧洲人很难理解这一点，因为他们自己是如此金钱至上，擅弄权术），而在于绝对的个人自由、流动性和隐私；在于这种冲动，它在整个十九世纪驱使着美国向太平洋扩张；在于这种渴望：只要想吃三明治就可以随时找到一家营业的餐馆，成为一个自由人，按照自己的规则生活。

当然，我们不会承认。承认这种本能意味着社会性自杀，正因为意识到了这一点，我们才发明了一套行之有效的办法：嘴上说的是一回事，心里想的是另一回事。很久以前，莱昂内尔·特里林[e]就曾指出，在"我们自由主义精英阶层的理

---

a 霍华德·休斯十分喜欢穿白球鞋。2020年7月，他穿过的一双白球鞋在网上以一万两千美元卖出。

b Shoeless Joe Jackson（1887—1951），美国棒球明星，后因"黑袜事件"（打假球）被永久逐出大联盟。一次比赛中，乔·杰克逊因新鞋不适光脚上场，由此得名Shoeless。

c Warren Gamaliel Harding（1865—1923），美国第29任总统，1920年以压倒性优势当选，任内因心脏病突发去世，后被揭露牵涉"茶壶山丑闻案"。

d Charles Lindbergh（1902—1974），第一个独自不着陆飞越大西洋的飞行员。

e Lionel Trilling（1905—1975），二十世纪美国著名批评家，侧重从社会历史、道德心理的角度评论文学和文化，代表作有《自由的想象》《弗洛伊德与我们的文化危机》《反对自我》《超越文化》等。

罗曼街 7000 号，洛杉矶 38 区

念和内心深处的想象"之间，存在着所谓的"致命的割裂"。"我只是想说，"他写道，"我们的精英阶层对逐利动机有着一种根深蒂固的怀疑态度，即便这种怀疑是温和的，他们信仰进步、科学、社会立法、规划和国际合作……这些信仰对这些信徒们来说意义非凡。但我有一个批判，并非针对我们的信仰，而是针对我们信奉它们的方式，那就是至今还没有一个一流作家出现，用一种伟大的文学的方式，来处理这些理念，及其所伴生的情感。"[a] 表面上，我们钦佩那些践行这些理念的人。我们钦佩阿德莱·史蒂文森那样的人，一个理性的人，一个智慧的人，一个不会被潜在的心理病态模式控制的人。在富豪中，我们表面上钦佩保罗·梅隆[b]，一个欧洲式的富有社会责任心的财富继承者。但在我们表面上钦佩的英雄和实际上钦佩的英雄之间，有着巨大的差异。想要理解霍华德·休斯，我们就不可能无视这无底的鸿沟，它就横在我们宣称想要的和实际想要的之间，在我们表面上钦佩的和实际上渴望的之间，以及推而广之，在我们选择结婚的人和我们所爱的人之间。在这个似乎愈发重视社会美德的国家里，霍华德·休斯不仅是**反社会**的，更是**去社会化**的，堂而皇之，辉煌灿烂，无与伦比。他是最后一个**私人**的人，是我们不再承认的梦。

---

[a] 出自特里林文章《小杂志的功能》（"the function of the little magazine"），原文批判当时的文学以意识形态和政治观点为先，成为意识形态的工具，缺失了文学的本真。

[b] Paul Mellon（1907—1999），美国财团梅隆家族成员，其父安德鲁·梅隆曾任美国财政部部长。

CALIFORNIA DREAMING
(1967)

加州梦

每周工作日上午11点，圣巴巴拉山上最后一丝山岚蒸腾消逝在晨曦中时，就会有十五到二十个人聚集在一栋豪宅的房间里，开始新一轮他们称之为"厘清基本概念"的讨论环节，这栋豪宅俯视着太平洋，以前属于一位衬衫工厂厂主，那个房间曾经是他的餐厅。这里是民主机构研究中心（Center for the Study of Democratic Institutions），原先的共和基金会，也是自1959年基金会花了25万美元买下这个大理石宅邸和41英亩的桉树林以来，一些人最满意的聚居地，他们在研究中心主席罗伯特·M.哈钦斯的口中，是充满争议、充满干劲，更重要的是，有团队精神的一群人，或者说，**我们这一类人**。"要是他们只想管自己的事儿，"哈钦斯曾经说，"那他们就来错地方了。要是他们不愿融入团队，和团队一起工作，那这地方就不适合他们。"

中心邀请加入的人有办公室（中心不提供住宿）和工资，据说薪水参照加州大学工资标准。选拔过程常被描述为"神秘的"，但入选的总有"我们认识的人"。保罗·霍夫曼曾任福特基金会主席，后来担任过共和基金会主管，如今是研究中心的荣誉主席，他的儿子也时常出入这里，还有罗伯特·哈钦斯的女婿。雷克斯福德·特格韦尔[a]，罗斯福新政的"智囊团"之一，也在那里（"为什么不呢？"他反问我，"要是不去那儿，我就该待在疗养所了。"）。还有哈维·惠勒，《奇幻核子战》[b]的作者之一。有时中心也会邀请其他人，因为他们自带名人效应，比如詹姆斯·派克主教。"我们是一群技艺高超的公共关系专家。"哈里·阿什莫尔说。哈里·阿什莫尔是中心的常驻角色，他认为哈钦斯——或者，哈钦斯博士，当有外人在场，研究中心主席的头衔万万不可省去——是"一个天然的知识宝库"。这些技艺高超的公共关系专家所做的事，除了厘清基本概念和给本内特·瑟夫[c]打气（"与保罗·霍夫曼在海岸边的谈话，给了我很大激励，我永生难忘。"本内特·瑟夫不久前这样说道）之外，就是在每个工作日聚在一起，讨论几个小时，话题通常围绕着研究中心在一段时间内关注的几个宏大领域里的一个——比如**城市**，或者**新兴宪政**。他们准备论文，审读，修改，再审读，有时最后会发表。整个过程被与会者不同程度地描述为"给我们所有人指明了通往智慧的方向"和"为我们这个全新世界的复杂问题提供了理性思考"。

我一直对研究中心的讲话方式很感兴趣，它像灵体一样虚无缥缈，让人感觉像是在追寻真正的舒芙蕾，正宗的美式**刻奇**，于是不久前，我设法去圣巴巴拉参加了几次研讨会。收获颇丰。大英百科全书的《大观念》[d]记录了"西方102个最伟大的思想观念"，这都要归功于罗伯特，或者说哈钦斯博士；而这个中心是自《大观念》以来最为完美的本土文化奇观。"可别傻乎乎地坐到大桌去，"当我第一次访问中心时，有人这样小声提醒道，"那边的火力太猛了。"

"是否有证据表明，生活在一个暴力的时代就会激发出更多暴力呢？"大桌上有人问道。

"这很难量化。"

---

[a] Rexford Guy Tugwell（1891—1979），美国政治家，大学教授，曾任波多黎各总督，属于罗斯福总统新政时期的智囊团。

[b] *Fail-Safe*，一部基于冷战现实的军事幻想小说，1964 年被改编为同名电影，导演为西德尼·吕美特。

[c] Bennett Cerf（1898—1971），美国出版商，兰登书屋创办者。

[d] 即 *A Syntopicon: An Index to The Great Ideas*，"西方世界的伟大著作"（*Great Books of the Western World*）系列丛书的第二、三卷，由美国哲学家莫蒂默·J. 阿德勒编纂、时任芝加哥大学校长罗伯特·哈钦斯监制，1952 年由大英百科全书公司出版。

"我认为是因为电视里的西部片。"

"我倾向于[停顿]同意。"

在中心的每一句发言都会被录下来，不仅是大学和图书馆，还有成千上万的人会收到中心的录音和小册子。最受欢迎的小册子分别是小伯利的《经济力量与自由社会》、克拉克·克尔的《工会与他们自己选择的领袖》、唐纳德·迈克尔的《自动化：无声的征服》，以及哈里森·布朗的《恐慌族群》。每年有7.5万名粉丝寄信给中心，这让中心的人更加坚信，这里所说的一切都在无形中增进全国，甚至全世界的福祉。一位科罗拉多乡村日间学校[a]的老师说："我在美国历史－时政研究课上用了很多中心的论文。在我看来，今天的美国，没有任何一个机构能像中心这样，生产出如此宝贵的、一流的学术成果。"一位加州的母亲写道："现在，我十五岁的女儿看到了你们的作品。这让我很欣慰，她就是那种普通的青少年。但只要她窝在那里看书，看的都是你们的册子。"

为八年级时政课和普通青少年阅读提供有用的论文与建立"一个真正的知识分子共同体"（哈钦斯的另一个目标）未必总能兼得，这种观点在中心会被视为一种违背民主精神但无伤大雅的挑刺。"人们有权知道我们的研究成果。"有人这样告诉我。实际上，这个地方的反智氛围相当热烈，对"书呆子""象牙塔"之类词语的运用达到了只有乡村俱乐部更衣室才能比拟的高度。哈钦斯不厌其烦地解释，他所说的"知识分子共同体"并不是"成员自认为是'知识分子'"的共同体。哈里·阿什莫尔[b]尤其担心"政商要人"看不到中心的"现实作用"。在这一点上，哈钦斯喜欢引用阿德莱·史蒂文森的话："这个中心可以看作一种全民保险计划，确保我们有资格活得越来越好。"

尽管你会觉得，中心大多数成员的实用主义心理暗示[c]是一种再自然不过的思维模式，但这对中心的生存至关重要。1959年，共和基金会将福特基金会捐赠的1500万美元中剩余的400万美元留给了研究中心，但这笔钱早已用完，福特基金会也绝无可能再追加，中心必须自己寻找出路。这里每年要花费100万美元，由大约12000名捐赠者提供，促成此事的一大要素在于，让捐赠者

---

a Country-day-school，乡村日间学校或乡村走读学校，兴起于十九世纪的美国，学校大多设立在乡村，学生白天上课，晚上回家。

b Harry Ashmore（1916—1998），美国记者、编辑、作家。1958年，凭借其发表于《阿肯色公报》的支持小石城中央高中的种族融合的社论，获得了当年的普利策社论写作奖。

c 即库埃疗法（Couéism），意指通过积极的心理暗示解决现实难题。

把给中心的赠予视作"一项维持我们自由生活方式的(免税)投资",而非对发不起工资的空想家的支持。另一个有效的方式是,给捐赠者一个中心正被黑暗势力围困的模糊印象,这一策略或许在无意间让中心有了圣巴巴拉约翰·伯奇协会[a]这一千金不换的盟友。"不能让法西斯主义者就这么把他们赶出去。"一个中心的支持者这样告诉我。

事实上,即便没有约翰·伯奇协会作为假想敌,哈钦斯也已提炼出募资界的终极定律。中心的运作逻辑与自费出版社一样。赞助最多的人被鼓励参与到厘清基本概念的探讨中。黛娜·肖尔,一名创始成员,被邀请与贝亚德·拉斯廷[b]对谈民权问题。史蒂夫·艾伦与富布赖特参议员[c]和阿诺德·汤因比探讨"意识形态和干预调解"。柯克·道格拉斯,又一名创始成员,则发表了"民主社会中的艺术"主题演讲。保罗·纽曼,以"一位关切的公民"的身份,与哈钦斯博士、最高法院大法官威廉·O. 道格拉斯[d]、阿诺德·格兰特[e]、罗斯玛丽·帕克[f],以及另一位关切的公民杰克·莱蒙探讨"美国的大学"。"说句题外话,"莱蒙先生一边吸着烟斗,一边说道,"纯粹是出于我自己的好奇——**我不知道,但我想知道**——"此刻,他想知道的是学生抗议的事儿,下一刻,他又开始担心政府的资助会污染"纯洁的学术研究"。

"你的意思是他们得到一笔钱来研发什么**新塑料**。"纽曼先生若有所思。莱蒙先生接过话茬:"那人性怎么办呢?"

每个人都心满意足,中心也得偿所愿。嗯,有什么不好呢?有天上午,在研究中心的露台上,我与一位大金主的妻子聊着

---

[a] John Birch Society,小罗伯特·W. 韦尔奇(Robert W. Welch Jr., 1899—1985)于1958年创立的极右翼政治组织,强烈反对共产主义、全球化、政府权力扩张,坚决捍卫个人自由与传统价值观,在二十世纪六十年代活跃于反对民权运动的前线,一度拥有极大的影响力。

[b] Bayard Rustin(1912—1987),美国黑人民权运动家,曾是马丁·路德·金的顾问,组织1963年华盛顿大游行,曾获得总统自由勋章。

[c] James William Fulbright(1905—1995),1945年至1974年任美国参议员,曾多年担任美国参议院国际关系委员会主席,并发起"富布赖特计划",反对美国发动越南战争。

[d] William O. Douglas(1898—1980),美国历史上任职时间最长的大法官(1939—1975),以其自由主义立场而著称。

[e] Arnold Grant(1908—1980),影艺界知名律师,长年积极为民主党和犹太组织筹集资金。

[f] Rosemary Park(1907—2004),美国教授、学术界领导者,支持鼓励女性教育,是美国历史上首位曾任多所著名大学校长的女性。

天，我们在等中心把预调马丁尼送来，以及待会儿能与哈钦斯博士聊上一会儿。"这些研讨会把我的脑袋都搞晕了，"她悄悄说，"但我听得还挺开心的。"

MARRYING ABSURD
(1966)

荒谬婚姻

想要在内华达州克拉克县的拉斯维加斯结婚，新娘必须发誓已年满十八岁，或者得到了父母的许可，新郎必须年满二十一岁，或者得到了父母的许可。一张结婚许可证[a]5美元。（周末和节假日时则是15美元。克拉克县法院从早到晚都在签发结婚许可证，除了正午12点到下午1点，晚上8点到9点，以及凌晨4点到5点的时段。）除此之外，没有任何要求。在美国所有的州中，只有内华达州既不要求婚前血检，也没有结婚许可证签发后的冷静期。从洛杉矶驱车穿越莫哈韦沙漠，隔着很远就能看到那些标识牌，高高地耸立在那片遍布响尾蛇和牧豆树、如月球表面一般的土地上，比拉斯维加斯景一般的灯光出现得还要早："准备**结婚**？一号出口免费领取许可证资讯。"1965年8月26日晚上9点至午夜，或许是拉斯维加斯婚姻产业工作效率的顶峰时刻，这个普通的星期四，因为总统的命令，恰巧成了婚姻免兵役的最后一天[b]。那天晚上，171对新人在内华达州克拉克县结为夫

---

[a] Marriage license，由州政府签发的结婚许可文件，是进行合法婚姻登记的前提条件。申请人需先取得结婚许可证，才能举行结婚仪式，获得结婚证。部分州规定结婚许可签发后，需经过一定的强制"冷静期"，方可正式结婚。

[b] 1965年8月，时任美国总统林登·约翰逊在扩大对越战争动员中宣布全国征兵。根据当时的政策，新婚男性可以暂缓服役，但8月26日后登记结婚者将不再享有这一待遇。

妇,其中 67 对是由同一位基层法官[a],詹姆斯·A.布伦南先生证婚的。布伦南先生在沙丘酒店主持了其中一场,在他的办公室主持了另外 66 场,每对收 8 美元。一位新娘把自己的头纱借给了另外六个女孩。"我三五分钟就能搞定一场,"布伦南先生后来如此描述他的壮举,"我本可以给他们办**集体**婚礼,但他们是人,不是牲口。人在结婚时总是有更多期待的。"

在拉斯维加斯结婚的人真正期待的东西——在更大的意义中,他们的"期望"——让人感觉既奇怪,又矛盾。拉斯维加斯是最极端,也是最具有寓言意义的美国聚落。它对金钱的汲汲以求,对即刻满足的执迷,让它显得如此荒诞,又如此美丽。这里的基调是由暴徒、应召女郎和制服口袋里装着亚硝酸酯类毒品的女士洗手间侍应生奠定的。几乎所有人都知道,拉斯维加斯没有"时间",没有夜晚,没有白天,没有过往,没有未来(但要论对时间感的抹杀,没有一个拉斯维加斯赌场能比得上里诺的哈罗德俱乐部,它会在任一时间突然发布油印"简报",带来外界的信息);也不知自己身处何方。你站在一条穿越广阔荒漠的高速路上,看着八十英尺高的霓虹广告牌,上面闪着**星尘**或者**凯泽宫**赌场的名字。是的,但这究竟意味着什么?这种地理上的失真感,进一步印证了此间发生的事与"真实"生活毫无关联;内华达的其他城市,比如里诺、卡森,都是农场小镇,西部小镇,身后总有些历史沉淀。但拉斯维加斯似乎只存在于观看者的眼中。所有这一切让这里成为一个格外刺激又让人着迷的地方,但要说在这里穿上波士顿的普丽西拉牌[b]烛光缎婚纱,上面镶着尚蒂伊蕾丝片,还有锥形袖和可卸式改良拖尾,总让人觉得格格不入。

但拉斯维加斯的婚礼产业似乎在迎合这种渴望。"始于 1954,一直真诚庄重。"一个婚礼教堂的广告。在拉斯维加斯,这样的婚礼教堂有十九家,竞争异常激烈,每一家都宣称服务比别家更好、更快,无须明说但也更加真诚:我们的摄影是最好的,你的婚礼会刻录成唱片、烛光典礼、蜜月住宿、从您的旅馆到法院到教堂再回到旅馆的免费接送、宗教或世俗礼仪、化妆室、鲜花、戒指、结婚通知卡、见证人[c]服务和充足的停车位。所有这些服务,就如同拉斯维加斯的其他服务(桑拿浴、工资

---

a 在美国,拥有法定证婚权力的是法官、牧师或其他具备资格的人员。
b Priscilla of Boston,美国著名设计师普丽西拉·基德尔创立的婚纱品牌。
c Witness,在美国一段合法婚姻的仪式除了法官或牧师作为证婚人,还需要至少两名见证人,他们也会在婚姻文件上签字。有些地区会为没有见证人的新婚夫妻提供付费见证人。

荒谬婚姻

支票兑换、毛丝鼠皮外套的租售），都是一周七天、一天二十四小时地供应着，想来是基于这样一个前提，即，婚姻和掷骰子一样，都是在赌桌看起来正热时 [a] 才会有玩家参与的游戏。

关于赌城大道上那些有着许愿井、纸糊的彩窗和塑料捧花的教堂，令人印象最深刻的是，它们的业务远不只是提供便利，不只是秀场女郎和盗版克罗斯比 [b] 在深夜的仓促结合。当然确实有这些。（有次晚上 11 点，我看到一个身穿橙色超短裙的新娘，浓密的头发如同火焰，正跌跌撞撞地从赌城大道上的一家教堂里走出来，搀着她的新郎长得就像迈阿密黑帮电影里那种随时可能被·牺牲的侄子。"我得去接孩子们，"新娘嘟囔着，"我得去接保姆。我得去午夜秀。""你得做的事，"新郎说着，打开凯迪拉克双门城市轿车的车门，看着她瘫在车座上，"是醒醒酒。"）除了**便利**，拉斯维加斯真正售卖的是**美好**，是体面婚仪的复制品，卖给那些不知道该怎么找到它、如何筹划、怎样"正确"完成的孩子们。从早到晚，在赌城大道上，你都能看到真正的婚礼团，在刺眼的灯光下等着过人行横道，在边疆酒店的停车场里忐忑地站着，等着"西部小教堂"（"明星婚礼举办地"）雇来的摄影师拍下照片，见证这一时刻：新娘披着头纱，穿着白色缎面高跟鞋，新郎一般都穿着白色礼服，甚至还有一两个伴娘，通常是姐妹或最好的朋友，穿着桃红色软缎裙，戴着撩人的面纱，捧着康乃馨。"当我坠入爱河，那就是永远。"乐手弹着手风琴，接着是《罗恩格林》[c] 中的几个小节。母亲哭了，继父不太适应自己的角色，邀请教堂的女主持一起去金沙酒店喝上几杯。女主持保持着职业的微笑，拒绝了邀请，她的注意力早已转移到了等在外面的下一群人。一位新娘出去，下一位又进来，教堂门上再次挂起牌子：**婚礼时间——稍等片刻**。

上次去拉斯维加斯时，我在赌城大道的一个餐馆里，旁边恰好就在举行这样一场婚礼庆典。这场婚姻刚刚生效；新娘还穿着婚纱，母亲还戴着胸花。一个兴致缺缺的服务员正在给在场的人倒粉色香槟（"餐厅请客"），只有几口，每个人都有，除了新娘，她还太小，不能喝酒。"你得来点儿比这个更猛的。"新娘的父亲正在跟他的新女婿开着玩笑；这种关于新婚之夜的必备笑话，此时有种庞格罗斯博士式

---

a　Hot table，赌场术语，指桌上的玩家手气正好，气氛火热，吸引更多玩家加入。

b　指宾·克罗斯比（Bing Crosby, 1903—1977），美国歌手、喜剧演员、艺人，拍摄了七十多部故事片，录制了一千六百多首歌曲，获奖无数，是第一批全球文化偶像之一。

c　*Lohengrin*，瓦格纳创作的三幕浪漫主义歌剧，第二幕中的《婚礼合唱》常被用作新娘入场曲。

的自欺欺人，因为新娘明显已经怀孕数月。又是一轮粉色香槟，这次餐厅不请客了，新娘开始落泪。"这太美好了，"她啜泣道，"就跟我希望和幻想中一样美好。"

SLOUCHING TOWARDS BETHLEHEM
(1967)

懒行向伯利恒

中心分崩离析。这是个充斥着破产公告、公开拍卖通知、司空见惯的随机杀人调查报告、失踪儿童、废弃的房子和连自己涂鸦中那个四个字母的单词都拼不对的暴徒的国家。这个国家里，家庭经常消失，留下一地无法兑换的支票和贷款公司收回房产的文件。青少年在城市间漂流，蛇蜕皮一般，蜕下过去和未来，孩子们从未被教导，如今也学不到那些维系社会运转的游戏。人们销声匿迹。孩子不知所终。父母音讯全无。留下的人们敷衍地填写失踪人口报告，随后也离开了。

这不是一个正在历经革命浪潮的国家。这不是一个深困敌围的国家。这是1967年凛冽晚春里的美利坚合众国，市场稳定，GNP[a]很高，许多善于表达的人似乎都颇具社会责任感，本应是这个国家充满壮志与憧憬的一个春天，但它不是，越来越多的人不安地意识到，它不是。唯一清楚的是，在某个时刻，我们突然放弃自我，毁掉志业，而由于其他的一切似乎都无法切中要害，我决定前往旧金山。旧金山是这个社会大出血显症的地方。是那些失踪的孩子聚集并自称**嬉皮士**的地方。1967年的凛冽晚春，我第一次去旧金山时，甚至不知道自己想要了解的是什么，于是我在那里待了一阵子，交了几个朋友。

旧金山，海特街上一个寻人启事：

---

a GNP，国民生产总值，是国内生产总值加上国外生产的红利和利息总值。

懒行向伯利恒

上个复活节那天
我的克里斯托弗·罗宾走失了
4月10号，他打来电话
但之后就再无音讯
他说他要回家了
但一直没有出现

如果你在海特街上见到了他
请告诉他别再犹豫
我现在就要他回来
他怎么回来都可以
如果他需要面包
我可以先寄过去

如果你有线索
请给我留个便条
如果他还在这里
告诉他我很牵挂
我需要知道他在哪儿
因为我真的太爱他了！

     真诚感谢，
       玛丽亚

玛丽亚·彭斯

东北区马尔特诺马街12702号
波特兰，俄勒冈州97230
503/252-2720

  我在找一个叫**神枪手**的人，我听说他这天下午会在街上做点生意，所以我一边找他，一边假装在读海特街上一个迷幻商店里的公告，这时有个孩子，大概十六七岁，走进来，坐在我旁边的地上。

  "你在找什么。"他说。

  我说不找什么。

  "我已经飞了三天了。"他说。他告诉我他一直在溜**冰**[a]，这点我已经知道了，因为他都没费心把袖子放下来遮住针眼。几周前他从洛杉矶来这儿，具体时间他记不起来了，现在他打算去纽约，如果能找到人搭车的话。我指给他看一条公告，上面说可以提供搭车到芝加哥。他不知道芝加哥在哪儿。我问他从哪儿来。"这儿。"他说。我说，我的意思是在这之前。"圣何塞，丘拉维斯塔，我不知道。我妈在丘拉维斯塔。"

  几天后，我在金门公园遇到他，"感恩至死"[b]正在表演。我问他有没有找到去纽约的搭车。"我听说纽约不怎么样。"他说。

---

a 为还原语境，文中冰、麻、酸、速度等俚语均依原文保留。在我国，制售、使用毒品均属违法行为。
b The Grateful Dead，嬉皮士运动中著名迷幻摇滚乐队，以现场即兴表演而闻名。

懒行向伯利恒

那天神枪手一直没在街上露面，有人说或许我能在他家找到他。下午 3 点，神枪手还在床上。有个人睡在客厅沙发上，一个女孩睡在地板上，头顶是艾伦·金斯堡的海报，还有几个穿着睡衣的女孩正在泡速溶咖啡。有个女孩把我介绍给了睡在沙发上的那个人，他伸出一只手来，但没起身，因为他全裸着。神枪手和我有个共同的熟人，但他不在房间众人面前提起他的名字。都是"跟你聊的那个人"，或者"我之前提到的那个人"。**那个人**是个警察。

房间里太热了，躺在地上的女孩生病了。神枪手说她已经睡了二十四个小时。"我问问你，"他说，"你想不想来点**麻**？"我说我得走了。"你想要的话，"神枪手说，"尽管拿去。"神枪手曾经是洛杉矶一带的地狱天使成员，但那是几年前的事了。"现在，"他说，"我正忙着组建这个超酷的宗教团体——少年福音者。"

唐和马克斯想要出去吃晚饭，但唐现在是生机饮食法[a]的践行者，所以我们最后又去了日本城。马克斯告诉我，他克服了中产阶级那套弗洛伊德式的心理障碍。"我跟现在的'老婆'[b]在一起有俩月了，她好像给我准备了点特别的晚餐，但我三天没露面，告诉她我一直在跟别的妞鬼混，嗯，她嚷了几句，然后我说'这就是我啊，宝贝'，她就笑了，说'这就是你啊，马克斯'，"马克斯说这对双方都适用，"我意思是，如果是她过来，告诉我她想跟唐上床，我可能会说，'可以，宝贝，这是你的旅程。'"

马克斯将他的生活视作对**不许**的全面胜利。他在不满二十一岁时便干了个遍的**不许**中，有佩奥特碱[c]，酒精，美特德林。在知道**酸**之前，他已经在纽约和丹吉尔注射了三年的美特德林。他第一次尝试佩奥特碱，是在阿肯色一所少年矫正学校读书时，后来他一路向南，去了墨西哥湾沿岸，在那里遇上了"一个正在**不许**的印第安小孩。于是，在每个能溜出去的周末，我都会搭七百英里的车到得克萨斯的布朗斯维尔，搞点佩奥特碱。在布朗斯维尔的街上，三十美分就能搞到一颗。"马克斯在东部的各种学校和诊所里进进出出，他应付无聊的一贯操作就是离开。举一个例子：马克斯在纽约一家医院里，"夜班护士是个很靓的黑妞[d]，下午做治疗

---

a Macrobiotic，一种源自佛教与阴阳哲学的饮食方式，主张食用天然有机食物，避免过度加工。
b Old lady，在嬉皮士文化中指固定的女朋友。
c Peyote，从南美仙人掌乌羽玉（也称为致幻仙人掌）中提取出来的致幻剂。
d Spade，对黑人的歧视性称呼。

的时候有一个以色列小妞,都挺有意思的,但之后早晨就没什么事可干了,所以我就离开了"。

我们喝了点绿茶,聊着去内华达县的马拉科夫废矿场,因为有些人已经开始在那儿建公社了,马克斯觉得在废矿场里嗑**酸**一定很带劲。他说也许我们可以下周去,或者下下周,或者在他上法庭前的随便什么时候。几乎每个我在旧金山遇到的人,都会在不久后某个时间点上法庭。我没问过为什么。

我还是对马克斯如何克服中产阶级弗洛伊德式心理障碍很感兴趣,我问他现在是不是彻底自由了。

"不是,"他说,"但我有酸。"

马克斯每六七天就会吞下一片剂量为 250 微克或者 350 微克的药片。

马克斯和唐在车里分吸了一根大麻,我们去北滩找奥托,他在那儿有个临时工作,我们问他想不想去马拉科夫废矿场。奥托正在给几个电子工程师推销商品。工程师们饶有兴趣地看着我们到来,我猜,也许是因为马克斯戴着铃铛和印第安头带。马克斯对这些直男工程师和他们的弗洛伊德式障碍很不耐烦。"看看他们,"他说,"嘴上喊着**怪胎**[a],然后偷偷溜到海特-阿什伯里街区钓嬉皮妞儿,就因为她们肯上床。"

我们没来得及问奥托去不去马拉科夫废矿场,因为他想跟我说说一个他认识的十四岁孩子的事,她前几天在公园里被抓了。她当时只是走在公园里,他说,想着她自己的事,带着她的课本,警察就把她带到局子里,给她登记、立案,还做了妇科检查。"**十四岁**,"奥托说,"做**妇科检查**!"

"嗑嗨后逐渐醒来,"他补充道,"可真是一段**糟糕之旅**[b]。"

我第二天下午给奥托打了电话,看看他是否有办法联系上那个十四岁的孩子。结果她正在忙着学校剧目《绿野仙踪》的排练。"黄砖路[c]时间。"奥托说。奥托一整天都不舒服。他觉得是别人给他的可卡因里掺了面粉。

---

a Queer,在美国二十世纪六十年代多用于贬低着耻性少数群体;到了八十年代,平权运动人士故意自称"酷儿",作为反击;到了二十一世纪,特指性少数群体。

b Bad trip,二十世纪六十年代嬉皮士运动中的习语,指服用迷幻药后产生的负面体验,如恐慌、痛苦、混乱、恐惧等;与之相对的是 good trip,指迷幻药引发的愉悦、放松、狂喜或神秘体验;trip (旅程)可用来指代一次完整的嗑药过程,在当时也常被引申为一次不同寻常的经历。

c Yellow-brick road,出自小说《绿野仙踪》,身陷奥兹国的桃乐茜得知,想要回家,要做的第一件事就是找到黄砖路。此处指从缓慢、混乱、痛苦的迷幻世界回到现实世界的过程。

懒行向伯利恒

摇滚乐队旁总会聚着些年轻女孩——就是那些曾经跟在萨克斯乐手身边的女孩,当乐队演奏时,靠着它展现的名气、权力和性存活的女孩——这个下午,她们中的三个就在索萨利托,"感恩至死"在这儿排练。她们都很漂亮,其中两个还有婴儿肥,另一个正闭着眼睛跳舞。

我问那两个女孩,她们在这里是做什么的。

"我就是经常来这儿。"一个说。

"我跟感恩至死算是认识。"另一个说。

那个**跟感恩至死算是认识**的女孩开始在钢琴琴凳上切一大块法棍。男孩们停下来休息,其中一个说起在洛杉矶猎豹俱乐部的演出,那里之前是阿拉贡舞厅。"我们坐在那儿喝啤酒,就在劳伦斯·韦尔[a]曾经坐的地方。"杰里·加西亚[b]说。

独舞的小姑娘咯咯地笑着。"太妙了。"她轻声说道,双眼仍旧闭着。

有人说如果我想见离家出走的人,我最好顺路买点汉堡和可乐,我照做了,然后我们就一起在公园里分享汉堡和可乐,我、十五岁的黛比、十六岁的杰夫。黛比和杰夫十二天前离家出走了,有天早晨,就那么离开学校,两人身上一共一百美元。由于黛比被列为失踪青少年——她本就处于监管状态,因为她母亲曾带她去警察局,申报说她"无法管教"——所以,这是他们来到旧金山这么久以来,第二次从朋友家公寓里出来。第一次他们去了费尔蒙酒店,坐了室外电梯,上上下下三次。"哇哦。"杰夫说,这是他唯一能想到的词。

我问他们为什么离家出走。

"我爸妈非让我去教堂。"黛比说,"而且他们不让我穿我想穿的。七年级时我的裙子比所有人都长——八年级的时候稍微好点,但还是那样。"

"你妈妈是有点烦人。"杰夫表示赞同。

"他们不喜欢杰夫。也不喜欢我的女生朋友。我爸觉得我很贱,他亲口跟我说的。我的平均成绩是 C,他跟我说,在成绩提高前,我都不能去约会,这也让我挺不爽的。"

"我妈就是个典型的美国控制狂。"杰夫说,"她总跟头发过不去。而且她不喜欢靴子。真够奇怪的。"

"讲讲杂活儿。"黛比说。

"就比如我有些杂活儿。如果我不熨完我下周的衬衫,我周末就不能出去。这很奇怪。哇哦。"

---

a Lawrence Welk(1903—1992),轻音乐时代的代表人物,曾长期在阿拉贡舞厅驻场演出。
b Jerry Garcia(1942—1995),"感恩至死"乐队的吉他手、主唱。

黛比笑起来，摇摇头。"今年会很疯。"

"我们只能顺其自然，"杰夫说，"一切都还是未来，你没法提前规划什么。首先我们得找个工作，然后有个地方住。然后，我不知道了。"

杰夫吃完了薯条，开始思考自己能做什么工作。"我一直都挺喜欢金属加工课的，焊接之类的。"或许他可以去修车店，我说。"我不是搞机械的那块料。"他说。"反正你就是没法提前规划。"

"我可以找个保姆的活儿，"黛比说，"或者去一元店[a]。"

"你老是说去一元店找个活儿。"杰夫说。

"因为我之前在一元店干过呀。"

黛比在麂皮夹克的腰带上磨着指甲。她有点烦躁，因为有片指甲崩掉了一块，而我车里又没有洗甲水。我答应送她去一个朋友的公寓，好让她重新做美甲，但有件事一直在困扰着我，我拨弄着车钥匙，最终还是问出来了。我请他们回想小时候，告诉我他们那时候希望长大后做些什么，他们那时候如何看待未来。

杰夫把一个可乐罐扔出车窗外。"我都不记得我有没有想过这个。"他说。

"我记得我曾经想成为一个兽医，"黛比说，"但现在我多少像是个艺术家，或者模特，或者美容师，之类的。"

关于那个警察，我早有耳闻，阿瑟·格兰斯警员，他的名字在街上就是"抓人狂"的代名词。"他就是我们的克鲁普克警官[b]。"马克斯跟我说。马克斯个人不是很喜欢阿瑟·格兰斯警员，因为在去年冬天的"人类聚会"（Human Be-n）后，格兰斯警员逮捕了他。在金门公园举办的那场"人类聚会"上，有两万人在免费嗨，也可能是一万，或者其他数字，但总之，格兰斯警员几乎抓过街上所有人。据说是为了预防个人崇拜，格兰斯警员不久前被调离了这个街区，我见到他时，他已不在公园分局，而是在格林尼治大道上的中央分局[c]。

我们在审讯室里，而我正在"审讯"格兰斯警员。他很年轻，一头金发，十分谨慎，采访进行得很慢。我想知道，他认

---

a　Dime store，一角商店，专门售卖一角或五美分的廉价商品，类似中国的"一元店"。

b　音乐剧《西区故事》中的一个喜剧角色。剧中有一首歌曲《嘿，克鲁普克警官》（"Gee, Officer Krupke"），由饰演帮派成员的角色演唱，向克鲁普克警官说明他们为什么会加入帮派，借此讽刺社会各界对青少年犯罪的诸多推诿。该歌曲最后一句歌词原为 Gee, Officer Krupke - fuck you!，应审查要求改为 krup you，成为该剧最经典的一句台词。

c　或为格林尼治街上的北端分局，六七十年代仍然存在，但执法职能已被瓦列霍街上的中央分局接管。

为海特街区的"主要问题"是什么。

格兰斯警员思考了一会儿。"我会说那里最大的问题,"他最终开口道,"最大的问题,是毒品和青少年。青少年和毒品,这就是最大的问题。"

我记了下来。

"等等。"格兰斯警员说,然后离开了房间。等他回来时,他告诉我,没有局长托马斯·卡希尔的同意,他不能接受我的采访。

"还有,"格兰斯警员补充道,指着我的笔记本,上面写着**主要问题:青少年、毒品**,"这些笔记我要拿走。"

第二天,我递交了采访格兰斯警员和卡希尔局长的申请。几天后,一个警佐给我回了电话。

"我们收到了局长关于你的申请的批复,"警佐说,"答案是**禁止**。"

我问为什么采访格兰斯警员会被**禁止**。

格兰斯警员正在参与几起案件的庭审。

我问为什么采访卡希尔局长会被**禁止**。

局长正在处理紧急警务。

我想知道我到底能不能采访警察局里任何一个人。

"不能,"警佐说,"在眼下这个时候,不行。"

这就是我与旧金山警察局的最后一次正式联系。

诺里斯和我约好在公园附近碰面,诺里斯告诉我,已经安排好了朋友带我去大苏尔。我说我真正想做的事是跟诺里斯、他妻子,还有房子里的其他人一起待上几天。诺里斯说如果我来点**酸**,一切都会变轻松。我说我状态不太稳定。诺里斯说好吧,那就来点**麻**,然后使劲握了下我的手。

有天诺里斯问我多大了。我告诉他我三十二岁了。过了好几分钟,诺里斯终于开口了。"没事的,"他最终说,"老嬉皮士也是有的。"

这是一个相当美好的夜晚,没什么特别的事发生,马克斯把他的"老婆"莎伦带来了仓库。仓库住着唐和其他几个不固定的人,这里其实也不是仓库,而是一家废弃旅馆的停车场。仓库被改造成一个总体剧场,即兴的事件在其中不间断地发生。在那儿我总是感觉很好。在仓库里,十分钟前发生的事,或者半小时后要发生的事,都会逐渐从脑中消散。总有人在做有趣的事,比如准备一个灯光秀,总有有趣的东西,比如一辆被当作床的旧雪佛兰旅行车,一面在阴影里飘动的巨大的美国国旗,一把悬在房椽上的软垫椅子,像秋千一样垂下来,据说能给人一种剥离知觉的迷幻。

我对仓库很有好感的原因之一是一个名叫迈克尔的孩子正住在那儿。迈克尔的妈妈，休·安，一个苍白体弱的甜姐儿，总是在厨房里煮海带或是烘焙生机面包，而迈克尔就自娱自乐，玩儿他的线香、旧小手鼓，或者一个掉了漆的木摇马。我第一次见到迈克尔时，他就坐在那个木摇马上，一个金发、苍白、脏兮兮的小孩，坐在一个掉漆的木摇马上。那天下午，整个仓库里只有一束蓝色的剧场聚光灯，迈克尔就在那束光里，对着木摇马轻轻哼着歌。迈克尔三岁。他是个很有灵气的孩子，但还不会说话。

这天晚上，迈克尔一直在试着点燃他的线香，这里又聚着一群人，与平常一样，他们全都飘进了唐的房间，坐在床上，互相传着大麻烟。莎伦来的时候十分激动。"**唐**，"她大叫着，兴奋得无法呼吸，"我们今天搞到了一些 STP[a]。"那时候，STP 可是尖货，记住这一点，没人知道它到底是什么，而且相对而言也更难弄到，虽然也只是相对而言。莎伦一头金发，穿着整洁，看上去十七岁的样子，但马克斯对此闪烁其词，因为他的案子大概一个月后就要开庭了，他不想节外生枝，再加上一条"法定强奸"的罪名。莎伦最后一次见父母时，他们已经分居了。她不想念学校，也不想念过往的任何事，除了她弟弟。"我想让他嗨一次，"她有天悄悄说，"他已经十四岁了，最完美的年纪。我知道他在哪儿上高中，总有一天，我会去接他。"

时间流逝，我从他们对话里走神了，等到我再回过神来的时候，马克斯好像正在说什么美丽的事，是莎伦洗碗的样子。

"嗯，它**的确**很美，"莎伦说，"**一切都很美**。我意思是，你看着这一滴蓝色的洗涤剂在盘子上滑过，看着它切开油污——哦，这也是一段旅程。"

很快，或许下个月，或许再晚一点，马克斯和莎伦计划去非洲和印度，在那儿他们可以自己种地。"我有个小信托基金，明白吧，"马克斯说，"这在向警察和边警证明我 OK 的时候很管用，但自给自足才是关键。你能在城里找到让你嗨的东西，OK，但我们要离开这里，过上有机生活。"

"根茎什么的。"莎伦说，帮迈克尔点燃了另一支线香。迈克尔的妈妈还在厨房里煮海带。"都是可以吃的。"

大概 11 点的时候，我们离开仓库，去了另一个地方，马克斯、莎伦，还有名叫汤

---

[a] STP，意指"宁静、安详与和平"（Serenity, Tranquility and Peace），化学名称为 DOM（2,5-二甲氧基-4-甲基苯丙胺），是一种效果强劲、漫长但起效缓慢的致幻剂，1963 年由美国化学家亚历山大·舒尔金（Alexander Shulgin, 1925—2014）首次合成，在二十世纪六十年代的嬉皮士运动中风靡一时。

姆和芭芭拉的一对住在那儿。莎伦很高兴能回家（"希望你在厨房里给我们留了点卷好的大麻。"一见面她就跟芭芭拉说），每个人都乐意炫耀这个公寓，这里布满鲜花、蜡烛和佩斯利花纹装饰。马克斯、莎伦、汤姆和芭芭拉抽大麻抽嗨了，每个人都跳了段儿舞，我们搞了点液体投影灯光秀[a]，放了个频闪灯，轮番体验那种眩晕。很晚的时候，有个叫史蒂夫的人来了，还带着一个漂亮的黑皮肤女孩。他们从一个西式瑜伽练习者的聚会过来，但他们看起来不想谈那个。他们在地板上躺了一会儿，然后史蒂夫站了起来。

"马克斯，"他说，"我想说件事。"

"你想说什么说就是了。"马克斯有些烦躁。

"我以前在**酸**里找到过爱。但我后来失去了它。但现在，我又重新找到了。不是别的，而是**麻**。"

马克斯咕哝两句，类似天堂地狱皆在一人的因果（karma）里。

"那就是我对迷幻艺术不爽的地方。"史蒂夫说。

"迷幻艺术怎么了？"马克斯说，"我没怎么看过。"

马克斯跟莎伦躺在床上，史蒂夫俯身凑近他。"一种感觉，宝贝。"他说，"你很有感觉。"

史蒂夫随后坐下来，告诉我有个夏天，他还在罗得岛的一家设计学校里，他嗑了三十多次，最后几次都是糟糕的旅程。我问他为什么糟糕。"我可以告诉你，那是因为我有神经症，"他说，"但还是去他的吧。"

几天后，我去史蒂夫的公寓拜访他。这房子被他用作工作室，他在房间里紧张地踱步，想向我展示一些画。我们似乎一直都没切入正题。

"也许你注意到了，那天在马克斯家有点不对劲。"他突然说。

他那天带去的那个女孩，那个漂亮的黑皮肤女孩，跟马克斯在一起过。她跟着马克斯去了丹吉尔，现在又来了旧金山。但马克斯现在有莎伦了。"所以她就这么在这儿住下了。"史蒂夫说。

史蒂夫有很多心事。他二十三岁，在弗吉尼亚长大，认为加州是一切崩坏的开始。"我觉得这一切都疯了，"他说，声音低了下来，"这个妞儿跟我说，生活没有意义，但这不重要，我们随波逐流就行了。好几回我都想打包飞回东海岸，至少在那儿我还能有个**目标**。至少在那儿，你会期待

---

[a] Liquid projection，一种圆点和曲线组成的涡纹状的花纹，在二十世纪六十年代嬉皮士运动中，因其浓郁的复古东方特色，以及视觉上的迷幻效果而受到追捧。

懒行向伯利恒

事情**发生**！"他帮我点了一支烟，他的手在颤抖。"在这儿，你知道是不会的。"

我问他期待什么事情发生。

"不知道。"他说，"随便什么都行。"

阿瑟·利施在他的厨房里打电话，试图向美国志愿服务队[a]推销一个针对这个街区的项目。"我们**已经**进入紧急状态了，"他对着电话说，同时试图帮他一岁半的女儿从缠绕的电话线里解绑，"再得不到帮助，没人能说得准接下来会发生什么事。我们这儿有人睡在大街上。有人都快要饿死了。"他停顿了一下。"好吧，"他随后说，音调提高，"就算是他们自己要这样的。但又怎么样呢？"

等到挂断电话的时候，他已经描绘了一幅在我看来颇具狄更斯风格的金门公园一带的生活画面，不过，这是我第一次见识到阿瑟·利施"否则街上就会有暴动"的话术。阿瑟·利施算是"挖掘者"[b]的领袖，按照街区的官方叙述，这个组织理应由一群匿名的好心人组成，除了对人伸出援手，别无他求。街区官方叙述还表明，"挖掘者"没有"领袖"，但不管怎么说，阿瑟·利施的确算一个。阿瑟·利施同时也是美国公谊服务委员会[c]的雇员。他和妻子简，还有两个孩子一起住在一个车厢式公寓[d]里，这里今天一片混乱。首先因为电话一直在响。阿瑟答应参加市政厅的一场听证会。阿瑟答应"派爱德华去，他可以"。阿瑟答应找个好乐队，也许是"装载区"（the Loading Zone）乐队，给一个犹太慈善活动免费演奏。原因之二是宝宝一直在哭，直到简·利施带来一罐嘉宝婴儿鸡肉面条才消停。还有一件让人摸不着头脑的事，一个名叫鲍勃的人，一直坐在客厅里，盯着自己的脚趾。先是盯着一只脚的，然后盯着另一只的。我几次试图让鲍勃也加入聊天，然后我意识到他嗑药了，正在经历糟糕之旅。此外，还有两个人正在厨房地板上剁一大块肉，看起来像半头牛[e]，等牛肉剁开后，简·利施会把它

---

a Volunteers in Service to America（VISTA），美国政府于1965年成立的志愿者组织，旨在帮助弱势群体脱贫致富，消灭贫困。

b The Diggers，海特－阿什伯里街区的一个左翼团体，由无政府主义者和街头行为艺术家等组成，旨在消灭商业、资本和私有制。他们免费提供食物、医疗物资等生活必需品。

c The American Friends' Service Committee，成立于1917年，旨在维护社会公正、促进和平及人道主义事业的非政府非营利的国际组织。

d Railroad flat，一种在纽约和旧金山较为常见的公寓类型，户型狭长，没有走廊，所有房间像火车车厢一般连接。

e The side of beef，指一整头牛被去除非肉部位后，从中间剖开的一半。

做成"挖掘者"每天在公园里发放的食物。

阿瑟·利施没有注意到这一切。他滔滔不绝地说着控制论社会、全民保障年薪,还有**否则街上就会有暴动**。

大概一天后,我打电话给利施家,想找阿瑟。简·利施说他在隔壁洗澡,因为有人正在他们家的浴室里,从糟糕之旅中慢慢醒过来。除了浴室里的失控者,他们还在等一位精神科医生给鲍勃做检查。还有爱德华的医生,爱德华的情况很不好,都是因为流感。简说也许我该跟切斯特·安德森[a]聊聊。但她不会给我他的电话号码。

切斯特·安德森是"垮掉的一代"的后裔,他三十多岁,在街区的独特地位源于他拥有一台油印机,用它来印刷标有**通信公司**的公报。这是街区官方叙事中另一个信仰,通信公司会刊登任何人的任何话,但实际上,切斯特·安德森只刊登他自己写的、他认可的,或者他认定为无害或过时的信息。他的声明一堆堆地印出来,贴满海特街的窗户,对此,本地人略显不安,外部人士却如获至宝,他们就像研究中国问题的观察家那样研究这些公告,试图在模糊的意识形态里搜寻细微的变化。安德森公报有时会登出具体的指控,指名道姓地说某人在搞大麻钓鱼执法,有时则会采取更为笼统的语调:

漂亮的十六岁中产小妞儿来到海特街,想看看这里发生了什么,被一个十七岁街头毒贩搭上,一整天他都在给她注射满满的速度,一次又一次,然后又喂给她三千微克的LSD,把她暂时闲置的身体献给海特街自前天夜里以来规模最大的轮奸活动。这就是迷幻的政治与伦理。在海特街上,强奸像狗屎一样常见。街上的孩子们在挨饿。心智与身体在我们的注视下被摧残,一个越南战争的缩影。

另一个人,不是简·利施,给了我切斯特·安德森的地址,阿圭洛街443号,但阿圭洛街443号并不存在。我打电话给那个告诉我这个地址的男人的妻子,她说是阿圭洛街742号。

"但你别去那儿。"她说。

我说我会先打电话的。

"没有电话号码的,"她说,"我不能给你。"

"阿圭洛742号。"我说。

"不行,"她说,"我可不知道。别去那儿。要是去,也别提我和我丈夫的名字。"

---

[a] Chester Anderson(1932—1991),美国小说家、诗人、评论家、出版人,街头印刷组织"通信公司"(Communication Company,ComCo)的联合创始人之一。

她的丈夫是旧金山州立大学的一位英文系终身教授。我决定暂时放一放切斯特·安德森的事。

偏执会深深地——
潜入你的生活——

这是"水牛春田"乐队 [a] 的一首歌。

去马拉科夫废矿场的事有点不了了之，但马克斯说，下次他嗑**酸**的时候，我不如也一起来他家吧。汤姆也会嗑，可能还有莎伦，还有芭芭拉。但最近这六七天不行，因为马克斯和汤姆最近都在嗑STP。他们倒也不是非STP不可，但它确实有其特别的优势。"你的前脑还醒着，"汤姆说，"我嗑了STP之后还能写作，但嗑完**酸**之后不行。"这是我第一次听说嗑完**酸**以后不能写作，也是我第一次听说汤姆写作。

奥托感觉好多了，因为他发现让他不舒服的不是可卡因里掺了面粉，而是水痘。有天晚上，"老大哥与控股公司"（Big Brother and the Holding Company）乐队有演出，他在帮他们看孩子的时候染上的。我去看他，遇上了薇姬，她住在奥托家里，不时会和一个叫"舞厅野蛮人"（the Jook Savages）的组合一起唱歌。她从拉古纳高中辍学了，"因为我有单核细胞增多症"，后来跟随着"感恩至死"来到旧金山，在这儿待了"一段时间了"。她父母离婚了，她没有去见她父亲，他在纽约一家电视台工作。几个月前，他来到这个街区拍纪录片，想要找到她，但没找到。后来他给她写信，请她妈妈传话，让她回学校去。薇姬觉得也许什么时候她就回去了，但不会是现在。

我和切特·赫尔姆斯 [b] 在日本城吃了点天妇罗，他一边吃，一边给我分享他的见解。就在几年前，他还在搭便车到处跑，但如今他经营着阿瓦隆舞厅，乘飞机跨越极点去伦敦看最新的潮流，说着"我

---

[a] The Buffalo Springfield，美国摇滚乐队，乐队名取自一家著名压路机品牌。上文中所引歌词出自该乐队最著名的作品《随便一听》（"For what it's worth"）。这首歌的灵感来源于1966年11月洛杉矶日落大道的骚乱：二十世纪六十年代中期，大批年轻嬉皮士、摇滚乐迷经常聚集在日落大道的音乐场所，造成深夜交通拥堵、喧哗，引发居民、商户不满，当地政府随后通过宵禁令与反游荡法，"潘多拉魔盒"等音乐场所被迫缩短营业时间，乐迷们认为此举侵犯了他们的公民权利，组织了上千人的和平示威活动，过程中与警察发生冲突，并最终演变为骚乱。

[b] Chet Helms（1942—2005），音乐策划人、"老大哥与控股公司"乐队经纪人。

会按照自己的想法，把原始宗教拆分为不同的面向，这样会更清晰"这样的话。此刻，他正在大谈马歇尔·麦克卢汉，宣称印刷业已死，将彻底退场。"《另一个东村》[a]是美国少数几份账面上还在盈利的报纸之一，"他说，"我在《巴伦周刊》里看到的。"

一个新乐队今天要在潘汉德尔[b]演奏，但他们的扩音器有问题。我坐在阳光下，听一群小姑娘讲话，她们大概十七岁。其中有一个化着浓妆，另一个穿着李维斯和牛仔靴。牛仔靴看起来不像是有意的穿搭，它们让她看起来像是两周前刚逃离农场，我不明白她在潘汉德尔试图和一个不搭理她的城市女孩交朋友到底是为了什么，但我很快就反应过来了，因为她其貌不扬，人又笨拙，我想象着她在老家一路升入联合高中，从来没人邀请她在周六晚上去里诺的汽车影院[c]，在河边喝啤酒，所以她就跑了出来。"我知道美钞的一个事，"她说，"要是你能搞到一张一个角上有 IIII，另一个角上也有 IIII 的，你就去得克萨斯的达拉斯，他们会拿十五美元跟你换。"

"他们是谁？"那个城市女孩问。
"我不知道。"

"当今世界只有三条重要信息。"这是切特·赫尔姆斯在某个晚上告诉我的另一件事。我们当时在阿瓦隆，巨大的频闪灯不断闪烁，彩色灯光照射在荧光颜料上，舞厅里挤满了想要让自己看起来很嗨的高中生。阿瓦隆的音响系统在 100 英尺范围内的音量约为 126 分贝，但对切特·赫尔姆斯而言，这声音的存在就像空气一样，完全不会对他说话造成障碍。"第一个是，"他说，"上帝去年死了，媒体还发了讣告。第二个是，现在或未来，有一半的人口都是小于二十五岁的。"一个男孩对着我们摇铃鼓，切特慈爱地对他笑了笑。"第三，"他说，"他们有两百亿美元可以胡乱地花。"

有一天，是个周四，马克斯、汤姆和莎伦，或许还有芭芭拉，准备嗑点酸。他们打算在 3 点钟左右嗑。芭芭拉烤了新鲜面包，马克斯去公园采来鲜花，莎伦正在制作一个挂在门上的告示：**请勿打扰。按**

---

[a] East Village Other，二十世纪六十年代活跃在纽约的地下报刊，1965 年创办于纽约市曼哈顿东村，1972 年停刊。
[b] Panhandle，旧金山金门公园东部的一个区域，因形似煎锅柄（pan handle）而得名。该地区与海特–阿什伯里街区接壤，是旧金山反文化运动中进行音乐表演与抗议活动的核心场所之一。
[c] Drive-in movie，大型露天影院，人们可以坐在车里看电影。

门铃、敲门，或其他任何一种打扰方式。爱你们。 如果是我，绝不会把这个告示暴露给本周当值的健康检查员或附近成群的毒品督察员，但我猜这个告示也是莎伦的一段旅程。

告示一做完，莎伦就变得躁动不安。"那我总能放那张新唱片吧？"她问马克斯。

"汤姆和芭芭拉想留到我们嗨的时候放。"

"我觉得好无聊，就这么坐着。"

马克斯看着她跳起来，走了出去。"这就是所谓的嗑前焦虑。"他说。

芭芭拉没有路面。汤姆走进来又走出去。"总是到了最后关头又有一堆事儿要做。"他小声嘀咕。

"**酸**这玩意儿，说来也怪。"过了一会儿，马克斯说。他把唱片机打开又关上。"妞儿一个人嗑的时候，什么事儿都没有，但凡跟别人住在一起，就会变得很焦躁。尤其是嗑之前那一个半小时不太顺利的话……"他捡起一只蟑螂，研究一会儿，又补充说，"他们在里面，跟芭芭拉闹了点别扭。"

莎伦和汤姆走进来。

"你也不爽了？"马克斯问莎伦。

莎伦没作声。

马克斯又问汤姆："她还好吧？"

"嗯。"

"能嗑了吗？"马克斯快受不了了。

"我不知道她想做什么。"

"那你想做什么？"

"我想做什么取决于她想做什么。"汤姆正在卷大麻，先把他自制的**哈希**[a]涂在纸上。他带着这些烟卷进了卧室，莎伦跟他一起去了。

"每次大家一起嗑的时候，就会有这样的事。"马克斯说。过了一会儿，他情绪又好转了，还编了个理论来解释。"有些人不喜欢从自我中走出去，这就是问题所在。你可能就是这样。你也许只肯来个四分之一片。你的自我还在，它有欲望。如果欲望是性——但你的老公或老婆在别处嗨着，根本不想被你碰——你就遭遇了嗑**酸**挫折，整个旅程就此毁掉，几个月都缓不过来。"

莎伦飘进来，笑着。"芭芭拉也许会嗑点**酸**，我们都觉得好多了，我们刚抽了**麻**。"

下午 3 点 30 分，马克斯、汤姆和莎伦在他们的舌头下放了药片，一起在客厅坐下，等待着**闪**的那一刻。芭芭拉待在卧

---

[a] Hash，Hashish（大麻脂）的简称，是用大麻植物的花顶和果实部分经过压搓、刮取后提取出的脂状物，通常呈深褐色或黑色，有效成分浓度高于普通干燥大麻叶，常混入烟草中燃烧使用。

室里，抽着**哈希**。接下来的四个小时，芭芭拉的卧室窗户发出"砰"的一声，大概5点30分，一群孩子在街上打了起来。窗帘被下午的微风吹得鼓起。猫抓了一下莎伦大腿上的比格犬。除了唱片机里的西塔琴，这里没有任何声响，没有任何动静，直到7点30分，马克斯说了一声"哇哦"。

我在海特街上碰到了神枪手，让他上了车。他坐得很低，隐蔽身形，直到我们离开街区。神枪手想让我见见他的老婆，但首先，他想告诉我他是如何顿悟要帮助他人的。

"曾经，我只是个摩托车上的坏小子，"他说，"突然，我发现年轻人不必孤身前行。"神枪手有着福音传道者的明亮目光和汽车推销员的能言善辩。他是社会的模范产品。我试图直视他的双眼，因为他有回告诉我，他可以从人们的眼睛里看透他们的本质，尤其是他刚嗑完酸的时候——他确实嗑了，大概早晨9点。"他们只需记得一件事，"他说。"向主祈祷。这能帮到他们很多。"

他从他的钱包里拿出一封叠过很多次的信。这封信来自一个他曾经帮助过的小女孩。"我亲爱的兄长，"开头写道，"因为我是你的一部分，我认为我应该给你写封信。请记住：当你感到快乐时，我也是，当你感到……"

"我现在最想做的事，"神枪手说，"就是建一座房子，男女老少都能来，待上几天。倾诉他的烦恼。**任何年纪**。你这样年纪的人，也会碰到难题的。"

我说建房子需要钱。

"我找到了个赚钱的法子。"神枪手说。他迟疑了几秒。"刚才在街上，其实我就能赚到85美元。看，我口袋里有100片。今晚之前我必须凑出20美元，不然我们会从住的房子里被赶出去，我认识有**酸**的人，我也认识想要的人，所以我就给他们牵了个线。"

自从黑手党进入 LSD 生意，产量上升，质量下降……历史学家阿诺德·汤因比庆祝他七十八岁生日的周五夜晚[a]**，他听着"水银信使服务"乐队**[b]**的音乐，打着响指，轻点脚尖……**

这是一天早晨，赫布·凯恩[c]专栏的部分内容，1967年春天，西方正在衰落。

---

a 1967年，英国著名历史学家阿诺德·汤因比访问斯坦福大学，在此期间来到海特－阿什伯里街区，参观嬉皮士运动。他在这里度过了自己七十八岁生日。

b Quicksilver Messenger Service，二十世纪六十年代加州湾区著名摇滚乐队。

c Herb Caen（1916—1997），以每日撰写专栏闻名，内容涵盖本地新闻、政治动态与名人轶事等。

懒行向伯利恒

我在旧金山时，一片或一颗LSD-25[a]，售价在三美元到五美元不等，这取决于卖家和街区。海特-阿什伯里的LSD比菲尔莫尔的稍微便宜一点，菲尔莫尔的LSD销量不大，主要是当作性爱助兴剂来用，是毒贩顺带着卖的，他们主要卖的还是烈性毒品，比如海洛因，也叫**啪**。很多酸里都掺了美特德林，这是一种安非他明类药物的商品名，主要是因为它可以模拟劣质LSD无法提供的那种**闪**的感觉。没有人知道一片里到底有多少LSD，但一段**旅程**所需要的标准剂量是250微克。一罐**麻**要10美元，一小盒要5美元。**哈希**是"奢侈品"。所有的安非他明类，也就是**速度**——苯丙胺、右旋安非他明，特别是美特德林——到了晚春的时候，使用的频率都远高于早春的时候。有人将其归因于产业的垄断，也有人认为这是世风日下的结果，即街头帮派，以及那些更年轻的、只是来体验生活的"塑料"嬉皮士的加入所致——他们更喜欢安非他明，以及安非他明所特有的行动与力量的幻觉。在美特德林泛滥的地方，海洛因往往也很容易找到，有人告诉我，这是因为："**冰**让你飞得特别嗨的时候，**啪**可以让你落下来"。

神枪手的老婆格里，在他们住处的大门那儿迎接我们。她是个高大、心地善良的女孩，暑假经常在女童军营地做辅导，原本在华盛顿大学里念"社会福利"，但觉得自己"经历得还不够"，于是来到了旧金山。"老实说，其实是西雅图的天气太热了。"她补充道。

"我来这儿的第一个晚上，"她说，"住在一个在蓝独角兽咖啡馆认识的女孩那里。我看起来就是初来乍到的样子，带着背包和其他行李。"这之后，格里住进了一栋"挖掘者"的房子里，在那儿，她遇到了神枪手。"我花了点时间寻找自己的方向，所以还没什么工作成果。"

我问格里她在做什么工作。"算是个诗人吧，"她说，"但我刚到这儿，吉他就被偷了，这就有点耽误事儿了。"

"去拿你的书，"神枪手下令，"给她看看你的书。"

格里推辞几下，但还是走进卧室，拿了几本写满诗的练习本出来。我翻阅着这些本子，神枪手一直在讲帮助他人的事。

---

[a] 由于LSD是瑞士化学家阿尔伯特·霍夫曼用麦角酸合成的多种麦角酰胺中的第25种，因此也被称作"LSD-25"。

懒行向伯利恒

"碰到嗑**速度**的孩子,"他说,"我都尽量帮他们戒掉。这些孩子觉得,**速度**唯一的好处就是再也不用想吃饭睡觉的事了。"

"还有性。"格里补充说。

"没错。当你溜**冰**上了瘾,你就**什么都不需要了**。"

"这会让他们的口味变得越来越重,"格里说,"就比如说,一开始只是随便嗑点美特德林,但一旦他开始在胳膊上扎针,那就很容易说,好吧,来注射点**啪**吧。"

我一直在看格里的诗。它们都是那种非常年轻的女孩写的诗,每一首都字迹干净整洁,结尾是花体。黎明是玫瑰色的,天空泛着一丝银光。当她写下**冰**时,指的并不是冰毒。

"你要回到写作上去。"神枪手说,语气中饱含温柔,但格里没有理会他。她正在说着昨天要跟她上床的一个人。"就在大街上,直直地走到我面前,给我六百块,叫我跟他去里诺[a]干那档子事儿。"

"他肯定不是只问了你一个。"神枪手说。

"如果有小妞想跟他去,那很好,"格里说,"但别打扰我的**旅程**啊。"她清空了一个被我们用作烟灰缸的三文鱼罐子,去看了看在地板上睡觉的女孩。就是我第一天来神枪手家时看到的那个躺在地上的女孩。她已经病了一周多了,十天。"一般要是有人在街上那样跟我说话,"格里补充道,"我会给他一顿揍,再跟他要点零钱。"

第二天在公园里遇见格里时,我向她问起那个生病的女孩,格里轻快地说,她在医院里了,是肺炎。

马克斯跟我讲了他和莎伦是怎么在一起的。"第一次在海特街上看到她,我就被**闪**到了。就是这样。所以我跟她搭讪,聊聊她的珠串,嗯,但我对她的珠串根本不感兴趣。"莎伦住在马克斯一个朋友住的房子里,再次见面时,是在他给那个朋友带"香蕉"[b]的时候。"那时候香蕉的传说很流行。你就是得把你和你的香蕉怼到他们的心坎上。莎伦和我像孩子似的——我们就那么抽着香蕉,看着彼此,再抽,再看。"

但马克斯迟疑了。一则他以为莎伦是他朋友的女朋友。"二来我也不知道,我想不想要有个老婆这种麻烦事。"但下一次他去那栋房子时,莎伦正在嗑**酸**。

---

a　Reno,美国内华达州西部的一座城市,以赌博、色情服务和快速离婚而闻名,在二十世纪中期,一度成为逃避现实与自我放纵的象征。

b　即香蕉啶(Bananadine),一种虚构的精神类药物,宣称萃取自香蕉皮。

懒行向伯利恒

"然后所有人都在喊'那个香蕉男来了',"莎伦插了一句,"然后我就很兴奋。"

"她住的那个房子太疯了,"马克斯继续道,"那儿有个小孩,一直在尖叫。整个旅程就是练习尖叫。真是够了。"马克斯这时还没有靠近莎伦。"但随后她给了我一片,我就知道了。"

马克斯走进厨房,拿了一片出来,正在犹豫要不要嗑。"我决定顺其自然,然后就这样了。因为当你跟**闪**到你的人一起嗑**酸**的时候,你会看见整个世界融化在她的眼睛里。"

"这比世上任何事都要强烈。"莎伦说。

"没有什么可以打破它。"马克斯说,"只要它一直存在。"

> 今天没有牛奶——
> 我的爱离开了……
> 我希望的终点——
> 我所有梦的结局——

这是1967年的凛冽晚春,我每天早晨在旧金山的"权力归花儿"广播电台,即 KFRC 广播里听到的歌。

神枪手和格里告诉我,他们打算结婚了。街区的一个圣公会牧师答应在金门公园主持婚礼,他们还会请几个摇滚乐队去那儿。"一个真正的社群活动。"格里的兄弟也要结婚了,在西雅图。"挺有趣的,"格里沉思道,"因为,你知道的,他的是那种传统异性恋婚礼,和我们的形成了鲜明的对比。"

"在他婚礼上我得戴领带。"神枪手说。

"没错。"格里说。

"她父母来这儿见我,但他们还没做好准备接纳我。"神枪手说着,神情泰然。

"他们最终给予了我们祝福,"格里说,"差不多吧。"

"他们来看了我,她爸爸说,照顾好她。"神枪手回忆道,"然后她妈妈说,'别让她进监狱。'"

芭芭拉烤了个生机苹果派,和汤姆、马克斯、莎伦,还有我一起分享。芭芭拉告诉我,她是如何在"女人的事"里找到幸福的。她和汤姆去过一个地方,和印第安人住在一起,虽然她一开始很难适应只和女人们待在一起,永远无法加入男人的谈话,但她很快就明白了。"那就是真正的**旅程**。"她说。

芭芭拉正行进在她所谓的女人**旅程**上,不再去关心其他任何事。当她、汤姆、马克斯和莎伦需要钱的时候,芭芭拉会去打零工,做模特或者在幼儿园教小孩,但她不喜欢挣超过每周十美元或二十美元的钱。大多数时候,她就在家里搞烘焙。"做一些展现爱的事,"她说,"这算是我知道的最美的事。"我总是听到"女性旅程"，每次我听到这个词，我总会思考很多关于"没什么比烤箱里的东西更能表达爱"和《女性的奥秘》的事，以及人们是如何无意识地内化那些他们在有意识时会极力反对的价值观的，但我没跟芭芭拉提起。

今天是个好天气，我正在街上开车，瞥见了芭芭拉。

她问我在做什么。

我说正在开车四处闲逛。

"挺好。"她说。

今天天气很好，我说。

"挺好。"她赞同道。

她想知道我会不会再来。最近吧，我说。

"挺好。"她说。

我问她要不要一起开车去公园，但她太忙了。她正要去给她的织布机买羊毛。

如今，阿瑟·利施每次见我时都很紧张，因为"挖掘者"这周的政策是不接受"有毒媒体"，也就是我的采访。所以我还是没能联系上切斯特·安德森，但有一天，在潘汉德尔，我碰到了一个自称是切斯特"同事"的小孩。他穿着黑色斗篷，戴着黑色宽边软帽，身着浅紫色国际约伯女儿会 [a] 的运动衫，戴着一副墨镜，自称克劳德·海沃德，但这不重要，因为对我而言，他只是"联系方式"。"联系方式"说要"检查我"。

我取下我的墨镜，这样他可以看见我的眼睛。他还戴着他的。

"你做这种毒化舆论的事情能赚多少钱？"这是他的开场问题。

我又把墨镜戴了回去。

"想知道真相只有一个办法，""联系方式"说，拇指指向跟我一起来的摄影师，"让他滚，离开街区。别带钱。你用不上钱。"他把手伸进斗篷里，拿出一张油印表，上面是"挖掘者"免费商店的一系列课程，教你如何避免被捕、轮奸、性病、强奸、怀孕、殴打和挨饿。"你得来上课，""联络方式"说，"你会需要的。"

我说可能吧，但同时我还想跟切斯特·安德森聊聊。

"如果我们最后决定联系你，""联系方式"说，"我们会很快联系你的。"这之后，他在公园里盯着我，但从来没拨打过我给他的电话号码。

天色暗了下来，很冷，现在去蓝独角兽咖啡馆见神枪手又太早，于是我按响了马克斯家的门铃。芭芭拉开了门。

---

a Job's Daughters，针对年轻女性的共济会组织，成员多为十几岁的女孩。

"马克斯和汤姆正在里面跟人谈生意,"她说,"你能晚点儿再来吗?"

我很难想象马克斯和汤姆会跟人谈生意,但几天后,在公园里,我终于明白了。

"嘿,"马克斯叫道,"抱歉那天没让你进门,但那时候正在谈**生意**。"这次,我懂了。"我们搞了点好玩意儿。"他说,然后开始展开细讲。这个下午,公园里每三个人中就有一个看起来像缉毒警察,我试图换个话题。之后,我建议马克斯在公开场合小心一些。"听着,我非常小心,"他说,"这玩意儿再小心都没错。"

到如今,我在旧金山警察局有了一个非官方的联系人。这个警察和我的碰面就像是各类午夜电影里的场景,比如我坐在一场棒球赛的看台上,而他恰好坐在我旁边,我们十分谨慎地随意聊了聊。我们之间其实没交换什么实质信息,但不久后,我们就有那么点欣赏对方了。

"孩子们不是很聪明,"这天,他这样告诉我,"他们会跟你说,他们总是能发现便衣,他们会跟你说'他开的那种车'。他们说的不是便衣,他们说的是恰好开着没有标志的车、衣着平平的普通人,就像我这样。他们认不出便衣。便衣才不会开什么有无线对讲机的黑色福特汽车。"

他跟我讲了一个便衣的故事,那个便衣之前被从街区调走了,因为他可能暴露了,面孔太熟悉。他被调去了禁毒队,却被错误地立刻派往街区,担任缉毒便衣。

这个警察玩着他的钥匙。"你想知道这些孩子有多聪明吗?"他最终说,"第一周,这家伙就办了四十三个案子。"

"舞厅野蛮人"准备在拉克斯珀[a]开一个劳动节派对,我去了仓库,唐和休·安觉得开车去那儿是个不错的主意,因为休·安三岁的孩子迈克尔最近没怎么出去过。空气柔和,黄昏时分的金门大桥萦绕着薄雾,唐问休·安,她能在一粒米中尝出多少种味道,休·安告诉唐,她也许应该学着烹饪**阳**的食物,仓库里有太多**阴**了,而我在教迈克尔唱《雅克弟兄》[b]。我们都有各自的旅程,这是个快乐的旅途。就算"舞厅野蛮人"的聚会点根本没人,"舞厅野蛮人"自己也不在也无妨。我们回来后,休·安决定把仓库四周的苹果都煮了,唐开始搞他的灯光秀,我去看看马克斯。"非常棒,"马克斯说着拉克斯珀

---

[a] Larkspur,加州马林县下属的一个城市,相比于海特-阿什伯里等嬉皮文化核心街区,这里要更为"中产"。

[b] "Fere jacques",法国民歌,该旋律的中文填词版为《两只老虎》。

这出闹剧，"有人觉得5月1号那天，叫五百个人来一起嗨一下应该挺不错，那确实，但又改成4月最后一天，就没办成。能办成就办，办不成就算了。谁关心。没人关心。"

一个戴牙套的小孩在弹他的吉他，自豪地宣称他从O先生本人那里拿到了最后的STP，另外有人说着下个月会有五克酸被释放出来，你能看到这个下午，在《旧金山神谕》[a]的办公室里，没什么事发生。有个男孩坐在画板前，画着人们在嗑**速度**时会画的小人像，戴牙套的孩子看着他。**我要开枪射我的女——人**，他轻柔地唱着，**她和另 —— 一 —— 个男人在一起**！有人研究着我和我的摄影师名字的命理学。摄影师的名字中全是纯白和大海（"如果叫我给你做串珠，看，我会以白色为主。"有人这样告诉他），但我的名字里有一个双重的死亡象征。这个下午看起来收获寥寥，有人提议我们去日本城找一个叫桑迪的人，他会带我们去禅寺。

在桑迪家，四个男孩和一个中年男人坐在草垫子上，喝着茴香茶，看着桑迪朗读劳拉·赫胥黎的《不是针对你》（*You Are Not the Target*）。

我们坐下来，喝了一些茴香茶。"冥想会让我们迷幻。"桑迪说。他剃着光头，有张孩童般天真无辜的脸，就是那种时常在报纸上看到的杀人魔的脸。那个中年男人名叫乔治，让我有些不舒服，因为他就在我旁边，盯着我出神，但并没有看到我。

我感到自己的思绪也开始飘忽——乔治**死了**，或者我们**全**死了——直到电话铃响。

"找乔治的。"桑迪说。

"乔治，电话。"

"**乔治**！"

有人在乔治面前挥了挥手，乔治终于站了起来，鞠躬，踮脚朝门的方向走去。

"我想把乔治的茶喝了，"有人说，"乔治——你还回来吗？"

乔治在门边停下，依次打量我们每一个人，突然冒出一句："一会儿。"

你知道谁是宇宙里第一个永恒的宇航员？

第一位把他猛烈狂野的震颤

传送给所有的宇宙超级电台？

他总是咆哮出的那首歌

让星球们疯狂翻转……

但在你觉得我疯了之前，我会告诉你

我所说的这位是那罗陀·牟尼……

---

a　*San Francisco Oracle*，旧金山地下报纸。

哈瑞 奎师那 哈瑞 奎师那

奎师那 奎师那 哈瑞 哈瑞

哈瑞 罗摩 哈瑞 罗摩

罗摩 罗摩 哈瑞 哈瑞

这是一首奎师那[a]的歌。作词是霍华德·惠勒,作曲是迈克尔·格兰特。

也许这一旅程不在于禅,而在于奎师那,于是我拜访了迈克尔·格兰特,他是 A. C. 巴克提韦丹塔·帕布帕德上师在旧金山的首席信徒。迈克尔·格兰特在家,还有他的妻子,一个穿着羊绒毛衣、背带裙,前额上有着红色种姓标识的漂亮姑娘,她的弟弟也在。

"去年 7 月开始,我和上师有了联系,"迈克尔说,"看,上师从印度而来,在纽约以北[b]静修,他遵守戒律,时常诵经。有好几个月。很快,我帮他弄到了在纽约的临街店面。现在这是一场国际运动,我们通过教人诵经来传教。"迈克尔捻动他的红色木念珠,我发现我是这屋里唯一穿着鞋的人。"它迅速蔓延,野火一般。"

"如果每个人都诵经,"那位弟弟说,"世上就不会有警察的问题,或者其他任何问题了。"

"金斯堡把诵经称为**狂喜**,但上师说不完全是这样。"迈克尔走过整个房间,展开一张奎师那幼童时期的画像。"太可惜了,你见不到上师,"他补充道,"他现在在纽约。"

"狂喜根本不是一个准确的词,"弟弟说,他一直在思考这件事,"这会让你联想起一些……**庸俗**的狂喜。"

第二天,我去拜访马克斯和莎伦家,看到他们正在床上抽晨间大麻。莎伦有次告诉我,即便是半根大麻都会让早晨起床变成一件美丽的事。我问马克斯,他是怎么看待奎师那的。

"诵经确实能让你嗨起来,"他说,"但我靠酸可以直接上天。"

---

[a] 即国际奎师那知觉协会(International Society for Krishna Consciousness,ISKCON),高迪亚毗湿奴派印度教组织,1966 年由 A. C. 巴克提韦丹塔·帕布帕德上师(A. C. Bhaktivedanta Swami Prabhupada, 1896—1977)于纽约创立,以"奉爱"(Bhakti)为核心要义,教徒通过捻转念珠同时诵唱圣名来表达对神全身心的奉献和爱。该组织主张和平、素食、一夫一妻制,禁止婚外性关系、赌博、食用任何具有麻醉效果或成瘾性的食物,致力于推广奉爱瑜伽、冥想,在全球拥有约一百万会员,建立了大量庙宇、学校、活动中心与生态农场。

[b] Upstate New York,纽约州北部区域,指纽约市以北的地区。

马克斯把烟卷递给莎伦,身体往后靠了靠。"太可惜了,你没法见到上师,"他说,"上师才是万嗨之源。"

要说全都是毒品的问题,那实在是自欺欺人。这是一场社会运动,典型的浪漫主义运动,每当真正的社会危机要爆发时就会出现。主题总是一样的。回到纯真。呼唤远古的权威与秩序。血脉的秘密。对超验和净化的极度渴求。接着,你会看到浪漫主义以混乱告终,委身于威权主义,这在历史上一再发生。现在这种苗头已经出现了。你觉得变成现实还要多久呢?

这是一个旧金山精神科医生问我的问题。

我在旧金山时,这场运动的政治潜力才初现端倪。"挖掘者"的核心成员对此心知肚明,正在把所有的游击天赋运用到开启公开对抗、制造夏日紧急状态中来;很多在街区工作的圈外人:医生、牧师和社会学家,也十分清楚;外部人士也会很快明白,只要他们肯花点心思解读切斯特·安德森的动员公告,或是观察一下街头冲突中最早到场的是什么人,如今这种冲突已经成了街区生活的主要基调;不必非得是政治分析师才能看明白,就连摇滚乐队的男孩们都看出来了,因为他们总是在冲突的中心。"公园里,看台下总是有那么二三十个人,"有个"感恩至死"成员抱怨,"时刻准备着把场子引向激进。"

但就活动家们而言,这种政治潜能的独特魅力在于,街区的大部分居民并不明白,也许是因为本地少数几个十七岁的孩子都是政治现实主义者,不会把浪漫的理想主义当成一种生活方式。媒体也不明白,它们的水准各有高低,但都把"嬉皮士运动"描述为一种内裤狩猎[a]的延续;一种由生活安逸的YMHA(青年希伯来协会)座上宾,比如艾伦·金斯堡,领导的先锋艺术运动;或是一场深思熟虑的抗议,和加入和平队差不多,都是为了抵制这种孕育出保鲜膜和越南战争的文化。最后这种,所谓的"他们是想告诉我们点什么"的想法,在《时代》一篇封面报道中达到了顶峰,文章宣称嬉皮士"鄙视金钱——称之为**面包**",迄今仍是一个并非有意却最为显著的例证:代际间的信号传递早已被彻底隔绝,无法逆转。

由于媒体获得的信息是去政治化的,没有人注意到这一街区的紧张局势在持续升温,即便是在那段记者蜂拥而至的时期,

---

[a] Panty raid,二十世纪五十年代美国大学校园兴起的一种具有恶作剧与性暗示意味的集体活动,大量男生冲击女生生活区域,偷取女生内衣裤,将其视作战利品。

街上挤满了来自《生活》、Look、CBS[a]的观察者，以至于他们能观察到的几乎只有同行。观察者们不加甄别地相信了孩子们的话：他们这一代摒弃了政治行动，超脱于权力游戏，新左派只不过是另一场自我陶醉的表演。因此，海特-阿什伯里街区里根本没有什么活动家，每周日发生的那些活动不过是自发的游行，正如"挖掘者"所说，由于警察残暴，青少年们没有任何权利，流浪至此的人们被剥夺了自决的权利，有人正在街上活活饿死，这里是一个越南战争的缩影。

当然，活动家们——不是思想已经僵化的那些，而是以充满创造力的方式搞无政府主义革命的那些——很久前便抓住了媒体至今尚未理解的现实：我们正在见证重要时刻。我们正在见证一群可笑的毫无社会经验的孩子，在社会真空中极其努力创建一个社群。一旦我们见过这些孩子，我们都无法再对这真空视而不见，无法再假装社会的原子化可以恢复如常。这不是传统意义上的代际反抗。在1945年到1967年间，不知怎么的，我们忽略了把这场我们都在其中的游戏的规则教给这些孩子。也许是因为我们自己不再相信这些规则，也许是因为我们对这场游戏本身已经失去了信心。也许只是因为身边已经没有人可以教。这些孩子在成长过程中，脱离了由表亲、姑婆、家庭医生和世交组成的关系网络，而这正是展示和维系社会价值观的重要基础。他们四处流浪：**圣何塞、丘拉维斯塔、这里**。他们不是在反抗社会，更多的是对社会一无所知，于是只能反弹那些最热门的社会议题：**越南、保鲜膜、减肥药、原子弹**。

他们反弹的正是被灌输的信息。因为他们不相信语言——语言是给"打字机脑袋"用的，切斯特·安德森告诉他们，任何需要借助语言的思考，只是又一场自我陶醉的表演——所以他们掌握得最熟练的词语，都是社会的陈词滥调。与此同时，我仍然坚信，一个人能否独立思考，取决于他对语言的掌握；我对那些在描述父母不住在一起时只能说出"破碎的家庭"的孩子并没有太多信心。他们才十六岁、十五岁、十四岁，一个比一个小，一群等待着被授予语言的儿童大军。

而彼得·伯格的词汇量要大得多。

"彼得·伯格在吗？"我问。

"也许吧。"

---

[a] CBS Broadcasting Inc.，CBS 为 Columbia Broadcasting System 的缩写，一家美国商业广播公司，派拉蒙旗下哥伦比亚广播娱乐集团的重要产业，中文语境中常作"哥伦比亚广播公司"，下文提及时均简称为 CBS。

懒行向伯利恒

"你是彼得·伯格吗？"

"是。"

彼得·伯格之所以不愿跟我分享太多词汇，只因为他认得这样两个词：**有毒**、**媒体**。彼得·伯格戴着一只金耳环，或许是整个街区里唯一一个让金耳环看起来有些不祥的人。他是旧金山默剧团[a]的成员，该团部分成员组建了"艺术家解放战线"，吸纳"那些希望把他们的创作欲望和社会政治参与结合起来的人。"在1966年亨特角暴乱[b]期间，在街上发放食物，表演讽刺国民警卫队的傀儡剧，反响不错，"挖掘者"便是从默剧团里脱胎发展起来的。和阿瑟·利施一样，彼得·伯格是"挖掘者"的影子领导之一，也正是他炮制并向媒体散播了这一消息：在1967年的夏天，会有二十万名穷困潦倒的青少年涌入旧金山。我和彼得·伯格之间唯一的一次交谈，是他认为我本人要为《生活》杂志上亨利·卡蒂埃－布列松的古巴照片的图注负责；但我喜欢观察他在公园里工作的样子。

詹妮丝·乔普琳正在潘汉德尔，与"老大哥与控股公司"乐队一起表演，现场几乎所有人都嗨了，这是一个美丽的周日下午3点到6点，活动家们所说的海特－阿什伯里街区最容易出事的"每周三小时"。没想到，就在这时，彼得·伯格突然出现了，和他的妻子、另外六七个人，以及切斯特·安德森的"联系方式"在一块，令人惊奇的是，他们都涂了黑脸[c]。

我跟马克斯和莎伦说，有些默剧团的成员好像涂了黑脸。

"是街头剧院，"莎伦向我保证，"这肯定会很酷的。"

默剧团向我们这边走近了一点，我发现了他们身上的其他怪异之处。一个是，他们用一元店的塑料警棍敲路人的头。另一个是，他们衣服的背上印着字，**你被强奸多少次了，你爱怪胎？**和**查克·贝里[d]的音乐被谁偷了？**之类的标语。他们在分发通信公司的传单，上面写着：

这个夏天，会有成千上万的非白人非

---

a　San Francisco Mime Troupe，成立于1959年，主要表演政治讽刺喜剧。
b　Hunter's Point riots，指1966年9月27日，旧金山警察射杀了一名逃离偷车现场的青少年所引起的抗议活动。
c　In blackface，指白人把脸涂黑扮作黑人。二十世纪五六十年代的黑人平权运动兴起后，这种装扮方式被认为具有种族歧视色彩，并被逐渐摒弃。
d　Chuck Berry（1926—2017），美国黑人音乐家、歌手、作曲家，被公认为"摇滚乐之父"。

郊区中产的孩子[a]，想要知道你们为什么要放弃他们得不到的东西；你们怎么可能逃得掉；你头发这么长，怎么可能不是基佬[b]；他们会想方设法夺走海特街。你要是还不知道，到了8月，海特街就会变成一片墓地。

马克斯读完传单，站了起来。"我感觉很不对劲。"他说，和莎伦离开了。

我必须留在这儿，因为我在找奥托，于是我向默剧团的方向走去，他们正围成一圈，围住了一个黑鬼[c]。彼得·伯格正在说，如果有人问，就说这是一个街头剧院，我猜帷幕已经拉开，因为他们正在用塑料警棍戳那个黑鬼。他们戳着，龇着牙，重心放在前脚掌，等着他的反应。

"我真要生气了，"那个黑鬼说，"我会发火的。"

这时候，好几个黑鬼走了过来，读着标语，站在那里看。

"**要生气了？**"默剧团一个成员说，"你不觉得现在就该生气吗？"

"没人**偷**查克·贝里的音乐，哥们儿，"另一个一直在看标识的黑鬼说，"查克·贝里的音乐属于**每**个人。"

"是吗？"一个涂黑脸的女孩说，"每个**谁**？"

"什么意思？"他说着，有点糊涂了，"每个人，在美国的。"

"在**美国**，"黑脸女孩尖叫道，"快听啊，这个人说**美国**。"

"听我说，"他无助地说，"你听我说。"

"**美国**为你做过什么？"黑脸女孩大声嚷道，"这儿的白人孩子，他们一整个夏天坐在公园里，听着他们偷来的音乐，因为他们有钱有权的父母总会给他们打钱。谁会给你打钱？"

"听我说，"那个黑人抬高了音调，"你想找碴儿是吧，这样不对——"

"那你告诉我们什么才是对的，黑人小男孩。"那个女孩说。

涂黑脸的那群人里年纪最小的，大概十九岁或二十岁的样子，一个个头很高、面容恳切的男孩，正站在那圈人的边缘。我给了他一个苹果，问他发生了什么。

"嗯，"他说，"我才加入不久，刚刚开始学习，但是你知道的，资本家正在占领街区，这是彼得说的——嗯，问彼得吧。"

---

[a] Bopper，在二十世纪六十年代指代追逐流行文化、喜欢摇滚乐的青少年。
[b] Faggot，对男同性恋者的歧视性称呼。中文版为完整呈现原文语境，不做改动。
[c] Negro，对黑人的歧视性称呼。中文版为完整呈现原文语境，不做改动，下同。

我没有问彼得。这场景持续了一会儿。但在那个周日下午的3点到6点，每个人都太嗨了，天气太好，经常在周日下午3点到6点来的亨特角帮派周六来过了，所以那天什么都没发生。等奥托的时候，我问一个不太熟的小女孩她如何看待这些事。"他们说这叫街头剧场，是很酷的事。"她说。我说我想知道这是否有政治隐喻。她十七岁，在脑子里想了一会儿，终于想起了不知在哪儿看到的一些词。"也许是约翰·伯奇之类的东西。"她说。

当我终于找到奥托的时候，他说："我家有个东西，绝对会让你大吃一惊。"到了以后，我看到一个孩子坐在客厅地板上，穿着双排纽扣短上衣，正在看一本漫画。她专心致志地舔着嘴唇，唯一不同寻常的是，她的嘴唇涂成了白色。

"五岁，"奥托说，"在嗑**酸**。"

这个五岁的孩子名叫苏珊，她告诉我她在海伊幼儿园。她和妈妈还有其他几个人住在一起，刚得过麻疹，圣诞礼物想要一辆自行车，最喜欢可口可乐、冰激凌、"杰弗森飞机"乐队的马蒂、"感恩至死"的鲍勃，还有沙滩。她记得很久以前去海滩时的样子，那次应该带上一个小水桶的。她妈妈给她服用**酸**和佩奥特碱，已经一年了。苏珊将其形容为**飘**。

我想问她，海伊幼儿园别的孩子也会**飘**吗，但说到这个词时又有点犹豫。

"她是想问你，你们班上别的小朋友有没有**飘**的。"她母亲的一个朋友说，就是他把她带到奥托家的。

"只有萨莉和安妮。"苏珊说。

"莉娅呢？"她妈妈的朋友问道。

"莉娅，"苏珊说，"不是海伊的。"

休·安的三岁孩子迈克尔，这天早上在所有人起床前放了一把火，但唐及时扑灭了它，没有造成太大损失。但迈克尔烧伤了自己的胳膊，或许这就是为什么休·安看到他咬电线时会那么紧张。"你会跟米一样煳掉的。"她尖叫着。在这儿的人只有唐，休·安的一个生机饮食伙伴，以及一个正要去圣卢西亚公社的人，他们没怎么在意休·安对迈克尔的尖叫，因为他们正在厨房里，忙着在烧穿的地板上抢救一坨品质极佳的摩洛哥**哈希**。

II.
PERSONALS

自 我

ON KEEPING A NOTEBOOK
(1966)

记笔记

那个名叫埃丝特尔的女人,"是乔治·夏普今天和我分开的部分原因"。脏兮兮的双绉纱外袍,酒店酒廊,威尔明顿·R.R,8月,周一上午,9点45分。

我的笔记本上这样写道。

鉴于这是我的笔记,我应当明白其中的含义。我研究了很久。最开始,我对8月某个周一的早晨,自己在特拉华州威尔明顿的宾夕法尼亚火车站对面酒店的酒廊里做什么只有一个非常模糊的印象(等火车?错过车了?1960年?还是1961年?去威尔明顿做什么?),但我确实记得自己当时在那里。穿着肮脏的双绉纱外袍的女人从她的房间下楼来,要了杯啤酒,酒保早就听过了她和乔治·夏普分开的原因。"嗯嗯,"他说,继续拖地,"你跟我讲过了。"吧台的另一头坐着一个女孩。她正在说着什么,声音尖厉,但不是对身旁的男人,而是对一只猫,它正躺在从打开的门照进来的三角形阳光里。她穿着一件佩克-佩克牌真丝格纹裙,裙摆有点开线。

事情是这样的:那个女孩在东海岸待了一阵子,今天要离开身旁的男人回纽约去。接下来,可以想见的便只有黏腻的夏日人行道,凌晨3点的长途电话,之后的失眠,吃完安眠药在昏睡中度过的闷热清晨——整个8月(1960年?还是1961年?)剩下的日子都将如此。由于下了火车必须直接去吃午饭,所以她希望能有个别针来卡住裙摆,也希望她可以把裙摆和午餐抛诸脑后,

懒行向伯利恒

留在这个散发着消毒水和麦芽香气的清凉酒廊里，和那位穿着双绉纱外袍的女士交个朋友。她有一点点自怜，想要和那个埃丝特尔一较高下。事情就是这样。

我当时为什么要记笔记？当然是为了记住，但我究竟想要记住什么？其中到底有多少真的发生过？或者说有一件真的发生过吗？说到底，我为什么总要记笔记呢？在这些问题上，人很容易自欺欺人。记笔记的冲动是一种古怪的强迫症，没有这种冲动的人是无法理解的，而且就像其他所有强迫症式的冲动一样，它的作用微乎其微，而且很少能派上用场，却总是在试图自我合理化。我觉得这种冲动从摇篮时代就有了，或者是从摇篮时代就没有。我五岁的时候，就已经有了一种记录的渴望，但我觉得我的女儿永远不会这样，因为她是一个特别幸福、包容的孩子，开开心心地接受生活向她展现的一切，不怕入睡，也不怕醒来。私密笔记的记录者则是另一种孩子，他们孤独、抵触、反复调整事物的秩序、焦虑、不满，仿佛生来就被一种失去的预感折磨着。

我第一个笔记本是一个"五大"记事本[a]，母亲送给我的，明智地建议我停下口中的碎碎念，学着把那些想法写下来，作为一种消遣。几年前，她把那个笔记本还给了我。开篇便是一个故事，一个女人以为自己在北极的寒夜里，快要冻死了，结果天亮时，才发现自己不知怎么来到了撒哈拉沙漠，在午饭时间前就会死于高温。我搞不明白，一个五岁孩子的脑子里是如何产出发生在这么遥远的地方，还这么"讽刺"的故事的，但这的确展现了我极端化的倾向，这种倾向一直伴随我进入成年。如果我是一个更擅长理性分析的人，或许会发现，比起我的其他故事，比如唐纳德·约翰逊的生日派对，或者有天我的表姐布伦达把猫屎丢进了水族箱，还是这个故事更真实一些。

所以说，我记笔记的目的从来都不是准确记录自己做了什么、想了什么，现在也不是。那是一种完全不同的冲动，一种出于本能的对现实的寻求，我有时也很羡慕，但显然并不具备。写日记我也从来没能坚持下来，我对日常生活的态度基本上介于漠不关心到心不在焉之间，偶尔有那么几次，我尝试忠实记录下自己的一天，却总是被无聊打败，结果记下来的东西，说"费解"都是一种夸奖了。**购物、写东西、和E晚餐、抑郁**——到底在说什么？买了什么？写了什么？E是谁？是E抑郁，还是我？谁会在乎？

---

a　Big Five tablet，指二十世纪三四十年代非常流行的一款"非洲五大动物"主题学生记事本。

事实上，我现在已经放弃解读这种毫无意义的记录了，我知道其中有一些会被视作谎言。"不是这样的，"谈到某些共同经历时，家人们经常这样对我说，"那个派对**不是**给你办的，那只蜘蛛**不是**黑寡妇，**完全不是你说的那样！**"他们很可能是对的，不仅是因为我总是难以区分什么是真实发生的、什么只是有可能发生的，还因为，就我个人而言，这种区分也不是特别重要。我记忆中1945年父亲从底特律回家那天我们午餐吃的拆好的螃蟹，一定是我的添笔，将其绘入当天的画面，以增添某种真实感，毕竟我当时才十岁，不太可能把螃蟹记到现在。那天发生的事情也和螃蟹无关。即便如此，正是那虚构的螃蟹让我不断回想起那个下午，宛如一部反复播放的家庭录影带：带回礼物的父亲、喜极而泣的孩子，一种爱与愧疚的家庭桥段。或者说，于我而言，那就是真实。同样的，或许那个8月，佛蒙特州从未下过雪；或许夜风从未卷起细小的雪花，或许没人感觉地面变硬了，夏天早就结束了，即便我们还在假装沐浴在夏日的暖阳中，但我当时就是这样的感觉。那天最好还是下过雪，可能下过雪，真的下过雪。

我当时就是这样的感觉：这更接近笔记的本质。我有时候会骗自己，把观察到的一切都保存下来是出于某种节俭的美德，想象着只要看得够多，写得够多，等到某一天早晨，我发现世界失去了新鲜感，如同行尸走肉一般做着自己该做的事，也就是写作时——在这个灵感全无的早晨，我只需打开笔记本，就会发现那笔财富，那是一个被遗忘的账户，累积了可观的利息，足以支付返回外部世界的通行费：在酒店里、电梯里、存衣台偷听到的对话（一个中年男人给别人展示他的存衣收据，"这是我以前在橄榄球队的号码"）；对贝蒂娜·阿普特克[a]、本杰明·索南伯格[b]和特迪·斯托弗[c]（"阿卡普尔科先生"）的印象；绞尽脑汁写下的**妙论**，关于打网球的混混、失败的时装模特和希腊船王的女继承人们，其中一位继承人给我上了重要一课（这一课我本可以从F. 斯科特·菲茨杰拉德那

---

a Bettina Aptheker（1944— ），美国社会活动家、女权主义者、历史学家、作家，早年积极参与民权运动和反战运动，后潜心研究女性历史、黑人历史及社会运动。

b Benjamin Sonnenberg（1901—1978），美国著名公共关系咨询师，在广告推广、品牌塑造和形象建设等方面亦颇有建树，曾为许多政客、企业及各界名人服务。

c Teddy Stauffer（1909—1991），瑞士音乐人、演员、夜总会及餐馆老板，被誉为二十世纪三十年代德国的"摇摆乐之王"。战后，索南伯格先后移民到美国和墨西哥，担任酒店经理，成功将阿卡普尔科推广为富人和名人的度假胜地，故得名"阿卡普尔科先生"。

里学到，但还是亲眼见到真正的有钱人更震撼），在一场暴风雪让整个纽约都瘫痪的第二天，我来到她那开满兰花的会客厅采访她，她问我，外面是不是下雪了。

换句话说，我以为这笔记是关于他人的。但它当然不是。一个陌生人在存衣处跟另一个人说的话，其实与我毫无关系，事实上，我怀疑那句"这是我以前在橄榄球队的号码"触动的并非我自己的想象，而只是某种模糊的阅读记忆，可能是《八十码的奔跑》[a]之类的。我也不关心威尔明顿酒廊里那个穿着肮脏双绉纱外袍的女人。毋庸置疑，我的关注点一直放在那位我并没有写到的穿真丝格纹裙的女孩身上。**记住我当时的感觉**：这才是重点所在。

但一点这很难承认。我们从小到大被灌输的道德观念是他人，任何他人，所有他人，显然都比我们自己更有趣；接受的教导是做人要谦卑，也就是不要出风头。（"你是这个房间里最不重要的人，好好记住这一点。"杰茜卡·米特福德[b]进入任何社交场合前，她的家庭教师都会在她耳边这样嘱咐。我在笔记本里抄下了这句话，因为我走进一个房间前，满脑子也都在回响类似的话，直到最近才听不到了。）只有孩子和老人才可以在早餐时讲起他们做了什么梦，自顾自地一直讲，中间夹杂着对海滩上的野餐、最爱的利伯蒂细棉布裙、科罗拉多斯普林斯附近小溪里的虹鳟鱼的回忆。理所当然地，我们这些剩下的人应该做的就是礼貌地假装沉浸在别人最爱的裙子、别人的鳟鱼中。

我们确实是这么做的。但笔记出卖了我们，因为无论我们对周遭事物的记录是多么忠实本分，我们所看到的一切都有着一个显而易见又不知羞耻的共同基准，那便是不肯悔改的**我**。这里所说的笔记，并非那种显然是写给公众的作品，某种结构严谨、思想深刻的优美**思想录**；而是那种私密的东西，一些太短而无法使用的思维线索、一种未经拣选也并不可靠的词句组

---

[a] "The Eighty Yard Run"，欧文·肖的短篇小说，1941 年发表于《时尚先生》，讲述了失意中年人克里斯蒂安回到母校橄榄球场，试图重现运动生涯中仅有一次的"回传八十码"的辉煌的故事。

[b] Jessica Mitford（1917—1996），英国女作家、调查记者、民权运动家，同时也是卡祖笛乐队"迪卡与迪克顿"（Decca and the Dectones）的主唱。作为牛津郡一位男爵七个孩子中的第六个，杰茜卡生于阿斯特霍尔庄园，自幼接受保守主义教育，十几岁时便放弃了贵族特权，离开了亲近法西斯的家庭，于 1939 年移民美国，为反法西斯战争效力，并于 1943 年加入美国共产党，积极参与民权运动。著有《荣誉与叛徒》（Hons and Rebels）、《美国式死亡》（The American Way of Death）、《美好旧斗争》（A Fine Old Conflict）等作品。

记笔记

合，只有记录者本人才能读懂。

有时候，就连记录者本人都很难理解其中的含义。比如，在1964年的纽约市，每平方英里就会有720吨的煤灰落下，为什么要记下这个一辈子都用不上的知识点？然而它就在我的笔记本里，旁边标着**事实**。我也没必要记住安布罗斯·比尔斯[a]喜欢把利兰·斯坦福[b]的名字写作"英镑兰·美金坦福"（£eland $tanford），或者"在古巴，聪明女人从来都只穿黑色"，一条没什么实用空间的时尚小贴士。还有这些笔记，怎么看都觉得毫无意义：

在加州的独立村，因约县法院的地下展览室里，一件中式对襟外套上别着一张说明："明妮·S. 布鲁克斯夫人讲授她的茶壶收藏时经常穿的对襟外套。"

贝弗利·威尔希尔酒店门口，一个红头发下了车，披着毛丝鼠皮披肩，挎着LV包，上面贴着：

洛乌·福克斯夫人
萨哈拉酒店
拉斯维加斯

好吧，也许并非完全没有意义。事实上，明妮·S. 布鲁克斯夫人和她的**对襟外套**把我拉回了童年，虽然我从未见过她，直到三十岁才去过因约县，但我就是在这样的世界里长大的，房子里摆满了印度古董、金矿的碎块、龙涎香，以及默茜·法恩斯沃思阿姨从东方带回来的纪念品。这个世界，与洛乌·福克斯夫人的世界，亦即我们如今生活的世界相去万里，记住这一点不也很好吗？明妮·S. 布鲁克斯夫人不是帮我记起了我是谁吗？洛乌·福克斯夫人不是帮我记起了我不是谁吗？

但有时候，你很难分辨当时的关注点究竟在哪里。在记下大萧条前认识的一个人的父亲，每月要花上650美元，就为了让他在哈得孙河边的房子整天灯火通明时，我到底在想什么呢？在记下吉米·霍

---

a Ambrose Bierce（1842—1913），美国作家、记者、诗人，生于俄亥俄州，曾参加南北战争，先后于旧金山与伦敦两地担任新闻记者，以尖锐的批评和辛辣的讽刺而著称，是美国西海岸最具影响力的记者之一。他长期关注美国铁路行业的腐败现象，在文章中对利兰·斯坦福及其伙伴多有讽刺，还曾于1896年成功阻止国会秘密通过一项免除铁路公司1.3亿美元贷款的法案。在文学方面，以离奇怪诞而闻名，著有《鹰溪桥上》《空中骑兵》《魔鬼辞典》等作品。1913年前往内战中的墨西哥，自此不知所终。

b Leland Stanford（1824—1893），美国铁路"四巨头"之一，曾任加州州长，斯坦福大学创始人。

法这句"我也许有缺点,但犯错绝不是其中一个"时,我打算用它来做什么呢?虽然能知道跟着"声音匪帮"[a]到了西海岸的女孩们都在哪儿做头发这件事本身很有意思,但我真的能派上用场吗?直接转给约翰·奥哈拉[b]岂不是更好?怎么还有一份德国酸菜做法?什么样的喜鹊才能攒出一本这样的笔记?**他出生于'泰坦尼克'号沉没的那一晚。**这句看起来不错,我甚至记得是谁说的,但你不觉得它更适合在真实生活中听到,而不是写进小说里吗?

当然是因为:我要做的不是用上这句话,而是记住说这句话的女人,以及我听到它的那个下午。我们当时在她海边的露台,喝午餐剩下的酒,努力享受着阳光,加州冬日的阳光。这个丈夫**出生于"泰坦尼克"号沉没的那一晚**的女人,想要把房子租出去,想要回到巴黎,回到孩子们身边。我记得我说真希望能租得起这栋月租一千美金的房子。"总有一天你可以的,"她懒洋洋地说,"总有一天会的。"坐在她的露台和阳光中,你很容易相信那个**总有**

一天,但那天下午,我有些醉,在去超市的路上轧到了一条黑色的蛇,听到收银员向排在我前面的男人解释她为什么会离婚时,我被难以言喻的恐惧吞没了。"我有什么办法,"她敲着收银机,一遍又一遍地说,"他们的孩子都七个月了,我有什么办法。"我真希望这恐惧源于对人类境况的体察,但它显然只源于我自己,因为我想要个孩子,但那时还没有。因为我想要那栋月租一千美金的房子。因为我醉了。

记忆全都回来了。也许人们很难看到回到过去的情绪里的价值,但我看到了。聪明的话,还是和曾经的自己打个招呼比较好,无论情愿与否。否则,他们会不请自来,让我们措手不及,在一个崩溃的凌晨 4 点,猛敲我们的心门,质问是谁遗弃了他们,是谁背叛了他们,由谁来补偿他们。那些我们以为永远不会忘记的事,很快就会忘记。我们忘记了爱,一如我们忘记背叛,忘了耳语,也忘了尖叫,忘了曾经的自己。我早已与两个曾经的自己失去联系,其中十七岁的那位,倒是没什么威胁,但我还有点想回味一下坐在河堤上喝

---

[a] 即 the Syndicate of Sound,活跃于 1964 年至 1970 年的加州乐队,被视为迷幻摇滚的先驱,代表作有唱片《小女孩》(*Little Girl*)等。

[b] John O'Hara(1905—1970),美国最高产的短篇小说家之一,也是"二战"后最为畅销的作家之一,其作品注重人物塑造与生活细节,主题多与痛苦、纵欲有关,常被评论界批评过于"肤浅""琐碎"。琼·狄迪恩在采访中多次提及对奥哈拉叙事才华的欣赏,并将其长篇处女作《相约萨马拉》(*Appointment in Samarra*)列为自己最喜欢的小说之一。

伏特加橘汁，听车载广播里自带回声的那首莱斯·保罗和玛丽·福特的《月亮多么高》("How High the Moon")是什么感觉。（你看，我依然记得这些场景，只是再也无法把自己安置进去，也编排不出当时的对话。）另外一位二十三岁的，就有点惹人烦了。她总是有很多烦恼，总是在我不想看到她的时候出现，裙子过长，害羞得让人恼火，总是受伤的那方，全身都是回击、小小的伤害和我听腻了的故事，脆弱而无知，一个让我又伤心又生气的角色，一个因为被驱逐了太久而越发固执的幽灵。

所以，最好是保持联系，我想这也是记笔记的意义所在。至于如何联系上过去的自己，也只能靠自己：你的笔记本帮不到我，我的也帮不到你。**说起来，威士忌生意怎么样？**这对你来说意味着什么？对我来说是在贝弗利山酒店的游泳池旁，穿着璞琪泳衣的金发女郎和几个胖男人坐在一起。一个男人走过来，他们沉默地互相看了看。"说起来，威士忌生意怎么样？"终于，一个胖男人开口，打了个招呼，金发女郎站起来，弓起一只脚，探进泳池。她的目光始终落在一旁的更衣室上，"宝贝"·皮尼亚塔里[a]正在那

里打电话。这就是全部的情况。只是几年后，我又在纽约看到了那位金发女郎，正从萨克斯第五大道百货公司（Saks Fifth Avenue）走出来，仍然是加州人的肤色，穿着宽大的貂皮大衣。那天凛冽的大风里，她看起来老了，有种无法恢复的疲惫，裹在貂皮大衣里的皮肤也不复当年，绝不是她自己会喜欢的样子，这就是故事的重点。那之后相当一段时间，我都不愿照镜子，看报纸时，眼睛会自动把死讯挑出来，癌症患者、早发冠心病患者、自杀的人，我也不再乘坐地铁列克星敦大道线了，因为我发现，多年来那些面熟的陌生乘客——带着导盲犬的男人，每天看分类广告的老姑娘，总跟我一块在中央车站下车的胖女孩——看起来都比以前老了。

记忆全都回来了。甚至是那份德国酸菜做法：甚至是与之有关的记忆。我第一次做德国酸菜是在法尔岛上，那天下着雨，我们喝了很多波旁威士忌，吃了酸菜，10点钟上床睡觉，我听着雨声和大西洋的海浪，感觉很安全。昨晚我又做了一次德国酸菜，但这次没有感到很安全，不过，就像人们说的那样，那就是另一个故事了。

---

a　Baby Pignatari, 即 Francisco Pignatari（1917—1977），意大利裔巴西企业家和"花花公子"，继承并扩展了家族企业，后创立了十几家公司，涉及矿业、制造业和航空等多个领域，晚年将公司的大部分股份捐赠给了国家。

ON SELF-RESPECT
(1961)

自 尊

曾经，在一个旱季，我在笔记本上用硕大的字母写下一句话，横跨两页：**当一个人被剥夺了自以为喜欢自己这一幻觉时，天真就结束了**。事隔数年，如今我仍惊异于一个陷入自我争斗的心灵，竟能如此事无巨细地记录下它的每一次颤动，而那撮灰烬的滋味，回想起来，依然清晰得令人羞愧。这关乎错置的自尊。

我没能入选ΦΒΚ[a]。这次失败完全可以预料，并无太多悬念（我的成绩确实不够好），但我还是心神大乱；不知为何，我总觉得自己是学术界的拉斯柯尔尼科夫[b]，能够诡异地豁免于那些妨碍他人的因果律。虽然就连当时那个毫无幽默感的十九岁的我，也必须承认此情此景与真正的悲剧相去甚远，但落选ΦΒΚ的那一天，仍标志着某种东西的终结，或许这便是天真。我不再坚信红灯总会为我变绿，也失去了那种美妙的笃定：童年时总能为我赢得称许的被动美德，会自动为我带来ΦΒΚ的钥匙，还有幸福、荣誉，以及一个好男人的爱；还有那份动人的信仰，关于良好的教

---

a 即 Phi Beta Kappa，美国优等生荣誉协会，由美国大学本科优秀学生组成的跨校社团。

b Raskolnikov，陀思妥耶夫斯基著作《罪与罚》的主人公，身陷债务危机的法学系大学生杀死了放高利贷的老太婆阿辽娜及其妹妹丽扎维达，但在受到索尼雅感召决定自首前的三年里，成功掩饰了自己的罪行，一直没有被警方发现。

养、整洁的头发、经斯坦福−比奈 [a] 认证的智力，这些图腾所许诺的力量。曾经，我的自尊就寄托在这些脆弱的护身符上，直到那一天，我惊惶地面对自己，茫然无措，如同遇到了吸血鬼，但手边却没有十字架。

虽说被迫直面自己，无论如何都非易事，就像试图靠借来的证件穿越边境，然而，在如今的我看来，却是开始建立真正自尊的必要条件。不管我们说了多少空洞的套话，都很难骗过自己。那些对别人奏效的花招，在与自我密会的明亮窄巷里完全不起作用：怡人的微笑没有用处，精心罗列的良好意愿也无济于事。人们飞速地洗着自己那副做过记号的纸牌 [b]——动机不纯的善行，不劳而获的成功，羞耻心引导下的英雄行径——却注定是徒劳。一个令人沮丧的事实是，自尊与他人的认可无关，毕竟，人们太容易受骗；也与名声无关，就像白瑞德告诉郝思嘉的那样：**有勇气的人，不要名声也无妨。**

反过来说，若是没有自尊，我们就成了某部无休无止的纪录片的唯一观众，而且是不情愿的观众。影片中详细记录着我们的失败，无论是真实的还是想象出来的，每次重播还会加入新鲜的片段。**这是你发怒时摔碎的杯子；这是 X 脸上受伤的表情；看看这一幕，Y 从休斯敦回来的那天晚上，看看你是怎么搞砸的。**没有自尊地活着，便是在某些夜里辗转难眠，热牛奶、安眠药和熟睡之人放在被子上的手都无济于事，细数自己做下的错事和该做却没做的事，辜负的信任，悄然打破的承诺，那些在懒惰、懦弱和疏忽中被浪费，再也无法找回的天赋。无论怎么拖延，终有一天，我们会独自躺上那张人人皆知不舒服的床，我们亲手铺的床。当然，能否在那张床上安眠，取决于我们是否尊重自己。

有人会反驳说，那些怎么看都不太可能尊重自己，**绝不会有自尊的人**，似乎睡得也很安稳，这就完全理解错了，和那些认为自尊只关乎内裤上有没有别针的人一样大错特错。人们一直有种迷信，认为"自尊"是一种驱蛇的护身符，可以让拥有它的人永远待在未经玷污的伊甸园，不会有陌生的床、模棱两可的对话，或其他任何麻烦。并非如此。它与事物的表象无关，而关乎一份内在的平静，一种私人的和解。虽然《相约萨马拉》中鲁莽、有自毁倾向的朱利安·英格里斯和《了不起的盖茨比》中不小心、谎话连篇的乔丹·贝克，看起来都不太可能有自尊，但乔丹·贝克有，而朱利安·英格里斯没有。乔丹身

---

a Stanford-Binet，用于评估不同年龄段智力的量表。

b Marked card，在牌局中通常用来作弊。

上有一种多见于女性而非男性的适应天赋，她看清了自己，实现了内在的平静，并避开了对这种平静的所有威胁："我讨厌不小心的人。"她告诉尼克·卡拉威。"要双方都不小心才会出车祸。"

如同乔丹·贝克，自尊的人有勇气面对错误。他们知道万事皆有代价。如果他们决定通奸，那就不会因为一时的良心不安，跑去乞求被背叛的人的宽恕；被列为"共同被告"[a]，也不会过度抱怨不公平或不该承受这种难堪。总体而言，拥有自尊的人表现出一种坚定，一种道德胆识，一种曾经被称作**人格**的品质，这种品质虽然在抽象层面被广泛认可，但现实中却时常要让位于其他更容易兑现的美德。其声誉不断滑落：人们往往只会把它和相貌平平的孩子，或是寻求连任失败，而且是在党内初选中就失败的美国参议员联系起来。但不管怎么说，人格——一种愿意为自己人生负责的意愿——正是自尊的源泉。

我们的祖父母对自尊知之甚详，无论他们自己是否拥有。他们年轻时就被灌输了一种信条，一种观念：人活着，就是要做自己并不愿做的事情，把恐惧和疑虑放在一旁，权衡是要眼下的安逸，还是更大乃至无形慰藉的可能性。对十九世纪的人而言，"中国"戈登[b]穿上干净的白色制服，在迈赫迪的围攻下死守喀土穆，固然令人敬佩，却也并不特别；通往加州无主之地的路上满是死亡、苦难与尘土，但也没什么好抱怨的。在一本1846年冬天的日记里，迁徙途中的十二岁女孩纳西莎·康沃尔冷静地写道："父亲正在读书，不是母亲开口提醒，他都不会发现家里挤满了陌生的印第安人。"尽管我们无从得知母亲说了什么，但还是难免被这一幕震撼：父亲在读书，印第安人涌了进来，母亲挑选不会引起惊慌的措辞，孩子如实记录下这一切，并补充说，"幸好"印第安人没什么敌意。在这个故事中，印第安人只是**背景设定**的一部分。

无论以怎样的面目出现，印第安人总是挥之不去。说到底，还是那个道理：任何值得拥有的东西都有其代价。尊重自我的人愿意接受风险：印第安人可能会有敌意，投资项目可能会血本无归，恋情也未必总是**每天都是快乐假日，只因为你我结了婚**[c]。但他们愿意押上自己；要么根本不

---

a Co-respondent，与被告犯下通奸罪的人，在离婚案件中被列为共同被告。

b 指 Charles George Gordon（1833—1885），英国军官，曾指挥清政府常胜军镇压太平天国，由此得名"中国"戈登。后任苏丹总督，任内爆发迈赫迪起义，于喀土穆被迈赫迪的军队围困，在英国援军到来前战死。在他死前，曾有商人目击他身着白色制服，站在宫殿台阶上。

c 出自经典歌曲《蓝色房间》（Blue Room），后被广泛用来描述美好婚姻生活。

出手，但只要下注，心里一定有数。

那种自尊是一种自我约束，一种思维习惯，它无法伪装，但可以培养、训练和引导。有人曾经告诉我，要想止住哭泣，可以把头放到纸袋里。这种做法看似荒谬，却有着扎实的生理依据，大概与氧气有关；更何况，单是心理效果就已非同小可：头套在"食品大市场"的纸袋里，还要继续幻想自己是《呼啸山庄》里的凯茜，实在是太难了。所有这些小小的自控手段都是这样，虽然它们本身无足轻重。这里还有一个类似的例子：只需洗个冷水澡，所有的迷醉都会被瞬间浇熄，无论那迷醉源于自怜，还是出于情欲。

但背后若是没有更高的信条，这些小小的自我约束便没有意义。人们常说，滑铁卢之战[a]是在伊顿公学的操场上打赢的，但这并不意味着一场板球突击训练就能救得了拿破仑；若非藤蔓上跃动的烛光唤起了更深刻、更强大的信条，那些早已深植于心的价值观，那在雨林中举办正式晚宴就毫无意义。这是一种仪式，帮助我们记住我们是谁，我们是什么样的人。但要想记住，就必须先知道这些。

拥有构成自尊的内在价值感，就等同于拥有一切：辨别是非的能力，爱的能力，以及保持冷漠的能力。缺乏这种价值感，我们就会被困在自我中，陷入矛盾：既无法去爱，也无法保持冷漠。如果我们不尊重自己，一方面便不得不蔑视他人：他们如此贫乏，只能与我们为伍；观察力如此迟钝，竟看不出我们的致命弱点。另一方面，又会格外在意他人的想法，莫名执着于活成他人对我们的误解中的样子——鉴于我们的自我印象总是不堪一击。我们自我安慰，以为这种取悦他人的冲动是一种迷人的特质：富于想象力的同理心的核心所在，以及我们愿意付出的证据。我**当然**可以为你扮演的保罗扮演弗兰切斯卡[b]，为任何人扮演的安妮·沙利文扮演海伦·凯勒[c]：再错位的期待也要满足，再荒唐的角色也要扮演。最终，我们只能任由那些不得不蔑视的人摆布，去扮演那些还未开始就注定失败的角色，每一场失败又催生出新的绝望，绝望于不得不迫切揣测并迎合

---

a 据称威灵顿公爵在看一场板球比赛时，得到了英国赢得滑铁卢之战的消息，几年后，他重游旧地，说出了这句话："滑铁卢之战就是在这里打赢的。"意指英国的军事成功根植于公立学校的教育。

b 保罗·马拉泰斯塔和里米尼的弗兰切斯卡是《神曲》中的一对恋人，因偷情丧生，堕入地狱。

c 海伦·凯勒（Helen Keller，1880—1968），美国作家、教育家、社会活动家，著名散文《假如给我三天光明》的作者。1887 年，从帕金斯盲人学校毕业的安妮·沙利文（Anne Sullivan，1866—1936）成为年仅七岁的海伦·凯勒的家庭教师，两人自此结下终生的友谊。

下一个可能随时降临的要求。

　　这种现象有时被称为"自我疏离"。等到它恶化了，我们就再也不会接电话，因为电话里的人可能会有所请求，而我们又做不到在**拒绝**之后不陷入自责。每一次面对这些的消耗都太大了，撕裂神经，耗尽意志，就连一封信没有回复这种微不足道的小事，都会引起排山倒海一般的负罪感，于是回信成了不可能的事。让那些未回复的信件回到应有的分量，把我们从他人的期待中解放出来，回归自我——都有赖于自尊那巨大而独特的力量。没有了它，一个人终将发现螺丝拧上了最后一圈：我们试图通过逃避外界去寻找自我，却发现自己心里已空无一人。

I CAN'T GET
THAT MONSTER OUT OF
MY MIND
(1964)

我忘不掉那只怪兽

很久之前，在一部没留下什么印象的怪兽电影（我甚至都不记得它的名字），讲的大概是一个机器人在东河水底走到第四十九大道，然后冲出水面，要摧毁联合国，女主角在搜寻国家的每一寸土地，机械怪兽突然从湖中出现，要掳走她的孩子。（事实上我们知道这只怪兽只是想和小女孩做朋友，但那位年轻的母亲不知道，或许是因为她看的怪兽电影没有我们多。这激起了观众的同情，也营造了戏剧冲突。）那天傍晚，女主角坐在前廊，回想着白天发生的事情，她的兄弟懒洋洋地走过来，压了压烟斗里的烟丝，问："想什么呢，

德博拉，怎么一个人闷闷的？"德博拉苦笑了一下。"没什么，吉姆，真的，"她说，"我只是忘不掉那只怪兽。"

我只是忘不掉那只怪兽。一句很好用的台词，每当看到或听到人们谈论好莱坞的语气时，我总会想起这句话。在大众的想象中，美国电影产业仍然是一只机械怪兽，其程序设定就是要扼杀和摧毁人类灵魂中一切有趣、有价值和"有创造力"的东西。作为一个形容词，长久以来，"好莱坞"这个词都带有贬义，用以指代通常被称为"系统"（System）的那个东西，以一种詹姆斯·卡格尼[a]说起"集团"

---

[a] James Cagney（1899—1986），美国演员，多次出演黑帮电影，电影中著名黑帮被称作"集团"（Syndicate）。

懒行向伯利恒

（Syndicate）时那种阴沉的语气。系统不仅扼杀天才，更腐蚀灵魂，这个事实有无数口口相传的证言。提起好莱坞，我们必然会想起斯科特·菲茨杰拉德，他在马里布逝世时，身边只有希拉·格雷厄姆照顾，而他居然还在苦苦地给"大学周末电影"写剧本（虽然他当时也在写《最后的大亨》，但这不是这个故事要讲的）；我们或许还会回想起，一个时代最耀眼的天才们在"安拉的花园"[a]泳池旁日渐堕落，等待着塔尔贝格大厦[b]的随时召唤。（事实上，一个人必须有相当的感性触觉，才能分辨出为什么"安拉的花园"是一个比阿冈昆酒店[c]更具腐蚀性的地方，或者为什么塔尔贝格大厦和米高梅比格雷巴大厦[d]和《名利场》更能败坏人的道德。埃德蒙·威尔逊[e]就拥有此等触觉，他曾表示这与天气有关。或许确实如此。）

摧毁者好莱坞。这本质上是一种浪漫的幻觉，很久之前，好莱坞就在积极延续这种幻觉：比如杰克·帕兰斯[f]，在电影《大刀》中扮演一位电影明星，最终死于**系统**之手；比如嘉兰[g]和詹姆斯·梅森[h]（在更早的版本里是珍妮特·盖纳[i]和弗雷

---

a　Garden of Allah，西好莱坞的著名酒店，菲茨杰拉德刚到好莱坞时就住在这里。

b　Thalberg Building，电影制作公司米高梅总部所在地。菲茨杰拉德在好莱坞时为米高梅工作。

c　The Algonquin，位于纽约曼哈顿的著名酒店。纽约的著名作家、记者、批评家曾云集于此，包括菲茨杰拉德和海明威。

d　Graybar Building，纽约地标建筑，位于莱克星顿大道420号，1927年建成并投入使用。《名利场》等杂志当时在此办公。

e　Edmund Wilson（1895—1972），美国作家，著名批评家，曾任美国《名利场》和《新共和》杂志编辑、《纽约客》评论主笔，影响了包括菲茨杰拉德在内的许多美国作家。

f　Jack Palance（1919—2006），美国演员，好莱坞著名反派影星，参演电影与剧集多达百部，代表作有《原野奇侠》《城市乡巴佬》等。

g　Judy Garland（1922—1969），童星出身的美国女演员及歌唱家，《绿野仙踪》中桃乐茜的扮演者，包揽奥斯卡最佳青少年演员奖、金球奖、格莱美奖和托尼奖，1999年被美国电影学会选为"百年来最伟大的女演员"第八位。自少女时期起，嘉兰就在米高梅的逼迫下服用药物，过量服用咖啡、吸烟以保持体态，一生受酗酒、滥用药物和情绪问题困扰，终因服药过量逝世，年仅47岁。

h　James Mason（1909—1984），英国演员，"二战"爆发后来到好莱坞，成长为国际巨星。代表作有《虎胆忠魂》《洛丽塔》《裁决》等。

i　Janet Gaynor（1906—1984），美国演员、画家，首届奥斯卡最佳女主角奖得主，代表作有《日出》《第七天堂》《马路天使》等。

我忘不掉那只怪兽

德里克·马奇[a]），在《一个明星的诞生》里，使他们生命枯萎的正是**系统**，或者制片厂——在好莱坞仍由老牌大型制片厂统治时，这两个词几乎是同一个意思。如今，好莱坞的堕落、唯利是图和对创新的扼杀，已经成为美国公众的坚实信仰，也是好莱坞的自我想象。所以不久前，听到一个年轻的编剧声称好莱坞正在"毁了"他时，我没有很惊讶。"作为一个作家。"他补充道。**作为一个作家**，在纽约的十年里，他出版了一部喜剧小说（不是"搞笑"的那种），在报纸上发表了一些对别人的喜剧小说的评论，为一份图片杂志写了好几年的图片说明。

现在。摧毁者好莱坞的幽灵依旧萦绕在古板的中产知识分子群体心头（我知道，怪兽就蛰伏在萨莱亚剧院和现代艺术博物馆之间的荒野里），至少是其中那些尚未意识到《电影手册》[b]早已将好莱坞封为一种**时髦**的人的心头。（而那些意识到的人则走向了另一种极端，他们没完没了地分析文森特·明奈利[c]在《火树银花》里讲的到底是什么，参加关于尼古拉斯·雷[d]的讲座之类的。）令人惊讶的是，怪兽仍困扰着好莱坞自己——没人比好莱坞更清楚，怪兽已经安息了，是自然死亡的，就在几年前。福克斯露天片场如今是一堆商业办公楼的复杂集合，名叫"世纪城"；派拉蒙现在一年拍的不是四十部电影，而是《伯南扎的牛仔》[e]。曾经的**制片厂**成了发行商，就连"安拉的花园"也没有了。表面看来，每一部电影都是独立制作

---

a　Fredric March（1897—1975），美国演员，唯一一位两度获得奥斯卡最佳男主角与托尼奖最佳男主角的演员，代表作有《化身博士》《悲惨世界》《黄金时代》《推销员之死》《风的传人》等。

b　*Cahiers du Cinéma*，法国电影杂志，1951年由安德烈·巴赞等人创办并任主编，吸纳了包括埃里克·侯麦、弗朗索瓦·特吕弗、让-吕克·戈达尔、雅克·里维特、克洛德·夏布洛尔在内的大量优秀影评人。《手册》将希区柯克、霍华德·霍克斯、尼古拉斯·雷、文森特·明奈利、约翰·福特、奥逊·威尔斯等好莱坞导演的作品视为艺术杰作，而非单纯的娱乐产品，通过一系列的评论为上述大师正名。

c　Vincente Minelli（1903—1986），美国演员、导演，以执导音乐片而闻名，代表作有《一个美国人在巴黎》《金粉世界》等。在执导《火树银花》后，他与主演朱迪·嘉兰有过一段婚姻。

d　Nicholas Ray（1911—1979），好莱坞黑色电影代表人物，有三部电影被《电影手册》列入年度十佳榜单，被哈佛电影资料馆称为"好莱坞最后的浪漫主义者"，代表作有《无因的反叛》《沙漠大血战》《兰闺艳血》《荒漠怪客》等。

e　*Bonanza*，美国第一部彩色西部连续剧，共14季，431集，于1959年至1973年间每周播放一集。不同于传统西部片，该剧聚焦于美国西部拓荒时期一个家庭在内华达州太浩湖畔经营牧场、建立新生活的故事。

的——这不正是我们曾经期盼的吗？这不就是我们曾经宣称能够彻底改革美国电影的东西吗？许诺中的好时代（the millennium）已经到来，一个"更少但更好"的电影时代，但我们有了什么呢？电影确实"更少"了，"更好"却未必。问好莱坞这是为什么，好莱坞转而喃喃说着"怪兽"如何如何。人们说，已经不可能在好莱坞"真诚地"工作了。总是有阻挠。**制片厂**，或者**制片厂**的残留，阻碍了他们每一个梦想的实现。投资人密谋着对付他们。在完成剪辑之前，纽约就已经偷偷抹去了他们的痕迹。他们被陈词滥调束缚了。"知识阶层氛围"出了问题。要是他们能有些自由，要是他们可以表达自己的声音……

要是。这些抗议中有着一种迷人的、颇具年代感的乐观，基于卢梭式的前提，即只要能自由发展，那么大多数人会跳出窠臼，迸发出原创性与才华；只要能被听到，大多数**自己的声音**，都充满了美丽和智慧。我想我们都同意：如果一部小说没有表达**自己的声音**，没有展现独特的视角，那么它就毫无意义——但每年出版的小说成千上万，到底有多少是优秀的，或者哪怕只是有趣也好？我不认为电影行业能做得更好。那些有着有趣的**自己的声音**的人，已经拍出了能让大众听见这声音的电影；比如伊莱亚·卡赞的《美国，美国》、斯坦利·库布里克的《奇爱博士》，虽然后者的声音没有那么引人入胜。

但如今有机会被聆听的并不只是那些**有趣**的声音。《生活》杂志曾经引用约翰·弗兰克海默[a]的话说："你不能再把好莱坞称作**产业**了。现在我们有机会在电影里加入自己的幻想。"弗兰克海默的幻想包括《情场浪子》，在这部电影里，当弗兰克海默将画面逐渐化入湖面上闪闪发亮的天鹅，我们就知道沃伦·比蒂[b]和爱娃·玛丽·森特[c]坠入了爱河；还有《五月中的七天》，对美国政治精英思考、说话、行动的方式的理解完全是错误的（我记得电影中的美国加州参议员开的是一辆劳斯莱斯），

---

a John Frankenheimer（1930—2002），美国电影、电视导演，一生四获艾美奖，代表作有《阿尔卡特兹的养鸟人》《五月中的七天》《黑色星期天》等。

b Warren Beatty（1937— ），美国演员、导演、编剧、制片人，职业生涯长达近六十年，被誉为"好莱坞王子"，代表作有《雌雄大盗》《烽火赤焰万里情》《天堂可以等待》《吹牛顾客》等。

c Eva Marie Saint（1924— ），美国电影、电视及配音演员，代表作有《码头风云》《西北偏北》等。

其中的幻想，简直是对"幻想"这个词在病理学意义上的绝佳演绎。卡尔·福尔曼[a]在有机会把自己的幻想融入电影前，参与制作了一些（在它们的类型中）非常棒的电影——如《正午》和《纳瓦隆大炮》——此后，他拍了所谓的"自白"电影《胜利者》，这部巨作只证明了两个脑袋或许要好过一个，如果那一个是福尔曼的。

一个问题是，除了少数几位，其他大多数美国导演对风格不太感兴趣；他们真正喜欢的是说教。当他们被问到，拥有绝对的自由和表达自我的机会时，他们打算做什么，他们就会提出一个"议题"，一个"问题"。他们提出的"议题"基本上都算不上议题，即便它们曾经是——但我认为，这并不是因为他们有多么精心算计、唯利是图，也不是为了求稳而有意做了保守的选择。（这让我想起一个最近才发现矮人的编剧——即便，同我们大多数人一样，他也一定经历过矮人频繁出现在时尚杂志小说版面，就跟苏济·帕克[b]出现在广告页一样频繁的时期。这位编剧把矮人视作现代人类严重失范的象征。这里存在着一定的文化滞后。）他们固然衡量过"议题"是否安全，但更多还是想象力匮乏和思维懒惰的问题，某种程度上来说，来自观众、成群的评论家和那些理应更懂行的人的纵容，也助长了这一趋势。斯坦利·克雷默[c]1961年拍摄的电影《纽伦堡的审判》，是一场无畏的控诉，但它针对的不是抽象上的极权主义，不是审判本身，不是其中涉及的道德和法律议题，而是早有公论的纳粹战争暴行本身。（或许你还记得，《纽伦堡的审判》获奥斯卡时，代表"所有知识分子"领奖的编剧阿比·曼[d]。）后来，克雷默和曼又在《愚人船》中聚首，在这部电影中，他们注入了"更多一点的同情和幽默"，将剧情从1931年推至1933年——以便更好地再次表达对国家社会主义党[e]的强烈抗议。福尔曼的《胜利者》，在没完没了地传达着一种跟激进毫不沾边的观点，即在战争中，胜利者和失败者

---

a　Carl Foreman（1914—1984），美国电影编剧、制片人，代表作有《战争与冒险》《桂河大桥》《纳瓦隆大炮》等。

b　Suzy Parker（1932—2003），美国模特、演员，二十世纪五十年代抵达模特生涯巅峰，登上全球约七十本杂志封面，也是第一位年薪达到十万美元的模特。

c　Stanley Kramer（1913—2001），美国导演，执导的电影多专注于批判种族歧视、核战争，以及纳粹主义。

d　Abby Mann（1927—2008），美国电影剧作家、制作人、演员，出生于犹太家庭，代表作有《纽伦堡的审判》《愚人船》《麦克马丁审判案》等。

e　National Socialist Party，希特勒领导的党派，纳粹德国的统治党派。

都是输家。(福尔曼是那种最开始让你以为有些风格的导演,但这完全是假象,只是因为他完全模仿了艾森斯坦式的蒙太奇技法。)斯坦利·库布里克的《奇爱博士》,确实有那么一点风格,但总体而言不是一部充满原创性的电影,很少有电影像它一样,用这么少的内容做了这么多的文章。约翰·西蒙[a]在《新领袖》杂志[b]中称,《奇爱博士》"一个令人钦佩的点在于",它"彻底地嘲弄了当权派严肃对待的一切:核战争、政府、军队、国际关系、英雄主义、性,等等"。我不知道约翰·西蒙定义中的**当权派**都有谁,但从**等等**开始随便往回看,**性**是我们最经久不衰的公共笑话;比利·怀尔德[c]的《玉女风流》是一个对**国际关系**极为成功(参见《综艺》杂志)的戏仿;**军队**作为搞笑台词,早就浸透了菲尔·西尔沃斯和"比尔科中士"[d]的里里外外;以及,如果说**政府**是美国**当权派**绝对敬畏的事物,那我们在黄金档的电视节目里似乎就能看到许多相当反动的东西。**等等**。《奇爱博士》本质上就是一个关于**核战争**不同于其他战争的一句话笑话。当乔治·C.斯科特[e]说出"我觉得我会慢慢走去作战室",斯特林·海登[f]说"看来我们要打一场热战了",B52轰炸机伴着《当约翰尼迈步回家时》[g]的旋律,开始向着苏联启航时,库布里克就已经完成了这一主旨的完整赋格曲,那时他就该开始掐表,看看这片子还要几分钟就会让人感到乏味。

如今在创作的,的确有几个有趣的

---

a John Simon(1925—2019),美国作家,戏剧、电影、文学评论家,为《时尚先生》《纽约时报书评》《新领袖》等报刊撰写影评长达五十余年,以其尖锐辛辣的风格而闻名。

b The New Leader,美国政治、文化杂志,创办于 1924 年,其撰稿人多为自由派。该杂志已于 2010 年停刊。

c Billy Wilder(1906—2002),美籍犹太裔电影导演、编剧、制片人,代表作有《双重赔偿》《日落大道》《桃色公寓》《失去的周末》《玉女风流》等。

d Phil Silvers(1911—1985),美国喜剧演员,因在情景喜剧《菲尔·西尔沃斯秀》中扮演比尔科中士而走红,故事发生在美国堪萨斯州某小型军事基地,剧情围绕着比尔科中士的坑蒙拐骗及其与上司的斗智斗勇展开。

e George C. Scott(1927—1999),美国演员、导演、制片人,代表作有《桃色血案》《奇爱博士》《巴顿将军》《十二怒汉》等,在《奇爱博士》中饰演巴克·特吉德森将军。

f Sterling Hayden(1916—1986),美国演员、作家、水手、模特,在"二战"期间曾加入海军陆战队,战功卓著,代表作有《荒漠怪客》《杀手》等,在《奇爱博士》中饰演杰克·瑞朋将军。

g "When Johnny Comes Marching Home",创作于美国内战时期,"二战"期间再次流行,用以表达人们对远方战场上亲人、朋友的思念。

人，当然更多的还是无趣的人。欧洲的状况也差不多。在意大利人中，安东尼奥尼能拍出美丽、充满智慧、错综复杂同时又很微妙的电影，其魅力完全嵌入结构中；而维斯康蒂则是当下的导演中最不看重形式感的那个，人们不妨把他的《豹》看作一组并无顺序可言的剧照。费德里科·费里尼和英格玛·伯格曼都拥有敏锐的画面直觉和对于人类经验平庸至极的观点；阿伦·雷乃，在他的《去年在马里昂巴德》和《莫里埃尔》中展现了一种极具侵略性的风格，让人们怀疑那只是一个烟幕弹，用以掩饰其侵入的只是空白。至于欧洲电影比美国电影更具原创性的说法，我想任何一个看过《三艳嬉春》的人，都不会再认为"套路"是"好莱坞"的专利。

所以。伴着来自海外的些许助力，如今好莱坞的我们已经是成年人了，该去独立探索世界了。我们不再受怪兽的挟持；就像有句话说的，哈里·科恩[a]的哥伦比亚电影公司不再像个集中营。对票房而言，一部电影有没有获审[b]标识也没那么重要了。不再有宵禁，不再有家长，**一切都过去了**。但我们中的有些人不太喜欢这种自由放任；有些人希望给我们的电影无法满足期待找到一些"理由"。不久前，我遇到了一个制片人，跟我抱怨了在"系统"里工作遇到的种种困难，虽然他没有用"系统"这个词。他说，他一直都很想改编查尔斯·杰克逊[c]的一个短篇。"相当不错的作品，"他说，"但恐怕不能碰。讲的是手淫。"

---

[a] Harry Cohn（1891—1958），哥伦比亚影业公司联合创始人，领导风格十分独裁，因而被称为"科恩王"。

[b] 原文为 Code，即 Motion Picture Production Code（"电影制作守则"），二十世纪三十年代至六十年代，美国电影行业协会制定的守则，要求所有电影都必须通过协会的审批。六十年代，美国最高法院裁决认定电影也受宪法"言论自由"的保护，这项制度逐渐被"电影分级制度"取代。

[c] Charles Jackson（1903—1968），美国作家，《失去的周末》原著作者，一生都在与酒精与药物做斗争，短篇作品收录于《向阳面》(The Sunnier Side)与《世间生灵》(Earthly Creatures)两部集子中。

ON MORALITY
(1965)

道 德

当时我正在死亡谷,"企业"汽车旅馆＆拖车公园的一个房间里。正值7月,天气很热。确切地说是119华氏度。空调无法启动,但还好有个小冰箱,我可以用毛巾裹住冰块,敷在后腰上。感谢冰块,我可以开始思考了,因为《美国学者》杂志让我用某种抽象的方式写一写"道德"——这个我一天比一天更不信任的词,但我的脑子却硬要转向那些具体的事。

以下是一些**具体的事**。昨天深夜,在从拉斯维加斯驶向死亡谷章克申小镇的路上,一辆车撞上路肩,翻了。司机很年轻,显然处于醉酒状态,当场死亡。他的女友被发现时还活着,但有内出血,已经陷入了深度休克。一个护士开了185英里的车,穿过谷底,翻越三条险峻的山路,把女孩送去了最近的医院。今天下午,我和她聊了一会儿。护士解释说,她的丈夫是一个滑石矿工,一直留在高速路上,守着那个男孩的遗体,一直到今天凌晨,一个验尸官从毕晓普翻山越岭赶来。"你不能就那么把遗体扔在路上,"她说,"这不道德。"

在这个例子里,我对这个词没有怀疑,因为她指的是一种十分具体的情况。她是说,如果遗体被独自留在荒野中,哪怕只有几分钟,土狼都会聚集而来,啃食他的血肉。关心一具遗体是否会被土狼撕扯,听起来或许有点感情用事,但当然不止于此:我们彼此间的承诺之一,便是尽力带回伤亡者,不把死者留给土狼。只要我们学过要信守承诺——用最简单的话来说,只要我们的教养够好——我们就会留下来

道 德

守着遗体，否则就会噩梦缠身。

我正在讨论的，自然是一种社会准则，它有时会被称作**马车队道德**，通常带有贬义。但这正是它的本质所在。童年的教育塑造了我们，无论好坏：我童年的启蒙是一系列反复讲述、令人触目惊心的连祷文，内容是那些互相背弃的人的悲惨命运。唐纳-里德大队 [a] 在内华达山脉的大雪中饥寒交迫，所有脆弱的文明准则全部消失，唯余一条残存的禁忌：人永不可食他的血亲。距离我今晚所在的地方不远，便是杰霍克一族 [b] 与同伴争吵，最终分道扬镳的地点。他们中有些人死在了葬礼山脉，还有些死在恶水盆地附近，余下的大多数长眠于帕纳明特岭。一个幸存下来的女人给山谷取了它如今的名字。可能有人会说，杰霍克一族死于沙漠酷暑，唐纳大队死于山谷严冬，都是人力无法掌控的现实；然而，我们受到的教育却是，他们必然在某个地方放弃了责任，违背了最初的诺言，否则，他们就不会在山谷的严冬或沙漠的酷暑中绝望无助，不会陷入争吵，不会互相抛弃，不会**失败**。总而言之，我们听到的都是警世故事，至今，它们仍代表着对我来说唯一不至于虚伪的**道德**。

现在，你很可能已经对我失去了耐心；你想说，我在讲的是一种太过原始、几乎不成其为**道德**的准则，一切都是为了生存，而非对理想中**善**的追求。没错。尤其是在今晚，在这个如此不祥、如此可怖的国家，住在这里就像与反物质共处一室，让人很难相信**善**是一种可以确知的概念。让我来告诉你今晚外面是什么样子。故事在夜晚的沙漠上流传。某人开着他的小皮卡，跑到几百英外喝一瓶啤酒，再载着听来的新鲜事，回到他来的地方。然后，他又开了几百英里，再喝一瓶啤酒，再把这里和上一个地方的故事传递出去；这个消息网络由这些人维系，直觉告诉他们：在深夜的沙漠里，如果不能保持移动，他们的理智就会彻底丧失。这是今晚在沙漠里流传的故事：在内华达州州界那边，警员们正在潜入某个地下湖的洞穴，试图搜寻

---

a Donner-Reed Party，又称作唐纳大队（Donner Party），一支在 1846 年春季由美国东部出发，预计前往加州的移民队伍，是一个由数个家庭组成的马车大队，以唐纳家和里德家为主要成员。他们在 1846 年的严冬被困在了内华达山区，接近半数成员被冻死或饿死，部分幸存者依靠食人得以存活。

b The Jayhawkers，十九世纪八十年代末从美国东部向加州移民的垦荒者中的一支。他们与其他垦荒者从东部出发，在 1849 年误入了死亡谷，在谷中迷路，且缺乏水源，损失惨重。途中，杰霍克一族与另外一个旅行者团队因路线发生冲突，两群人分道扬镳。

两具据称就在那里的尸体。一个男孩溺水身亡,他的遗孀也在那儿;她十八岁,怀着孕,据说一直不肯离开洞穴。潜水员们下潜又上升,她就站在那里,盯着水面。他们已经潜水作业十天了,但还没有探到洞底,没有发现尸体,也没有线索,只有 90 华氏度的黑水,向下,向下,向下,还有一条半透明的不知名的鱼。今晚的故事是,一位潜水员被拉上来时已经语无伦次,神志不清,大叫着——他们尽快将其带离,以免被那位遗孀听见——当他下沉时,水没有变冷,而是越来越热;水中有光在闪烁,岩浆,地底核试验。

这就是此地故事的基调,而这样的故事今晚还有好几个。故事不只是故事。路马路对面的坚信基督教堂,有一群老人正在唱祈祷的歌,他们来到这里,是为了住在拖车里,死在阳光下。我听不见他们,也不想听见。我有时能听见土狼的叫声,还有隔壁蛇屋的点唱机不断重复的《蓬斗碧玉泪》副歌,假如我还能听见那些垂暮的歌声,那些仿佛是被一种无法言喻的返祖性仪式召唤到这片月球表面一般的荒原的中西部的声音,**万古磐石为我开** [a],我想我也会丧失自己的理智。我总觉得听到了响尾蛇的声音,但丈夫都会说那是水龙头,是纸张哗哗作响,是风。然后,他站到窗边,打开手电筒,照照外面干涸的沟渠。

这意味着什么?意味着没有什么是可以掌控的。今晚,屋外的空气里弥漫着一种不祥的歇斯底里,仿佛预示着所有的人类观念都将变为某种骇人的异化。"我按照自己的良知行事。""我做了我认为**正确**的事。"有多少疯子说过,并且真的相信?多少杀人犯?克劳斯·富克斯 [b] 说过,犯下梅多斯山大屠杀 [c] 的人说过,艾尔弗雷德·罗森堡 [d] 说过,以及,正如人们煞有介事地反复提醒的,耶稣也说过。也许我们都说过,而且我们可能都错了。除非是在最原始的层面——对所爱之人的忠诚——否则还有什么比宣称个人良知凌驾于一切更狂妄的呢?(丹尼尔·贝尔 [e] 小的时候说自己不信上帝。"告

---

a 来源于基督教赞美诗,原句为 Rock of ages, cleft for me. Let me hide myself in Thee,意为:万古磐石为我开,容我藏身于主怀。

b Klaus Fuchs(1911—1988),德国理论物理学家,在"二战"期间作为苏联间谍,收集美国、英国等国的核弹研究资料。

c Mountain Meadows Massacre,1857 年,犹他州地方武装的摩门团体,在梅多斯山对垦荒移民车队发动多次攻击,造成至少 120 人死亡。

d Alfred Rosenberg,纳粹党的思想领袖。

e Daniel Bell(1893—1946),美国著名社会学家,持新保守主义观点,批判大众传媒。此句出自他的一段自述。

诉我，"一个拉比问他，"你觉得上帝会在乎吗？"）至少在某些时候，世界在我眼中就像是耶罗尼米斯·博斯[a]的画；一旦遵循自己的良知，它就会把我引向马里昂·费伊的沙漠，在那儿，他站在鹿苑[b]里，向东望着洛斯阿拉莫斯，仿佛在祈雨，祈祷这一切发生：……**到来吧，清除这些腐烂，这些恶臭，这些污浊，让它洗刷每一个角落，只有它来到，在洁白的拂晓时分，世界才会重归纯净。**

当然，你会说，即便我有这样的力量，也没有资格将这种失去理性的良知强加给你，正如我不希望你把你的良知强加给我，无论它是何等理性，何等开明。（"我们必须警惕，那些潜藏在我们慷慨善意中的危险，"莱昂内尔·特里林曾这样写道，"一旦我们把他人当作启蒙的客体，那么天性中的某些悖论就会驱使我们继而把他人当作我们同情的客体，我们智慧的客体，最终还会成为我们胁迫的客体。"）这种良知伦理本就颇具蛊惑性，这点似乎并不新鲜，只是越来越少地被人提及；偶尔有人提及，也往往会不假思索地顺势**滑入**一个自相矛盾的立场：良知在**错误**时是危险的；在**正确**时，则是有益的。

你能看到，我在这点上非常坚持：除了对社会准则近乎本能的忠诚，我们没办法知道什么是**正确**，什么是**错误**，什么是**善**，什么是**恶**。我之所以反复强调，是因为在我看来，**道德**这个词如今最令人不安的一点，便是它出现得太过频繁：在报纸上，在电视里，甚至最敷衍的对话中。直接的权力政治（或生存政治）问题，根本与道德无涉的公共政策问题，乃至几乎所有的问题，都被强加了这些人为制造的道德重负。这里有一种肤浅，一种自我放纵在作祟。我们当然都愿意**相信**点什么，想要借助公共事业来消解个人的负罪感，想要放过那个不堪重负的自我，就像是想把手里代表失败的白旗，换成远方战争中象征勇气的白色战旗。我们当然可以这么做，自古以来，人们就是这么做的。但我认为，只有在"我们在做什么"及"为什么要这么做"的问题上不再欺骗自己时，我们才可以这么做；只有当我们记得，所有的**特设**委员会，所有罢工示威，所有《纽约时报》上勇敢的签名，所有那些覆盖整个政治光谱的宣传手段，都不会**自动**赋予

---

a Hieronymus Bosch，荷兰中世纪画家，画作多描绘人类的堕落和邪恶，充斥着机械、半兽人和恶魔形象。

b Deer Park，诺曼·梅勒同名小说中的度假小镇，位于加州沙漠地带，是一个鱼龙混杂的堕落之地。马里昂·费伊是一位对主流道德极端厌弃的皮条客，洛斯阿拉莫斯则是一个核武器研发基地。

任何人任何美德时，才可以这么做；只有当我们意识到，无论结果如何，无论行不行得通、值不值得做，都与**道德**无关时，才可以这么做。因为一旦开始欺骗自己，说我们想要或需要某物，并非出于现实中的必要，而是出于**道德的义务**，那这就是我们加入如今大行其道的疯子行列的时刻，这就是歇斯底里的尖叫在这片土地响起的时刻，这就是我们陷入绝境的时刻。而我怀疑，我们早就身处其中了。

ON GOING HOME
(1967)

回家

　　我回家为女儿庆祝一周岁的生日。这里的"家",指的不是我、丈夫和孩子在洛杉矶的住所,而是我的老家,加州的中央谷地。这个区分非常关键,虽然有点麻烦。我丈夫喜欢我的家人,但不习惯住在他们家里,因为只要在那儿,我就会回到他们的生活方式中,那种意味深长、含蓄迂回、有意模糊的方式,跟我丈夫的习惯大相径庭。我们住在满是灰尘的屋子里("**灰——尘——**"有一次,他用手指在屋子里每一个物件上都写下了这个词,但没有一个人发现),这里摆满了对他来说毫无意义的纪念品(广式甜点盘对他来说能有什么意义?分析天平是怎么一回事,他又能从何得知呢?即便知道,又有什么必要在意?),我和家人自顾自地聊着那些住进精神病院、被控酒驾的熟人,还有地产——尤其是地产——包括哪块土地、每英亩的价格、C-2分区[a]、估值、方不方便上高速。我弟弟不懂,为什么我的丈夫无法理解"售后租回"[b]这种司空见惯的房地产交易方式的好处,而我丈夫也同样不懂,为什么在我的老家听说的这些人不是去了精神病院,就是被控酒驾。他也不能理解,

---

a　C-2 Zoning,美国商业土地划分中的中等规模商业区,不同类别的分区所允许的活动与建筑类型也不同。

b　Sale-leaseback,指卖方在将房产售出的同时与买方签订长期租赁协议,继续使用该房产的一种房地产交易模式。

懒行向伯利恒

谈起"售后租回"、私路公用ᵃ时，我们其实是在用一种隐晦的方式谈论我们最爱的事物，油菜花田、棉白杨、涨涨落落的河流，以及大雪封山时的山路。我们互相不能理解，就又喝了点酒，看着炉火。我弟弟会当着他的面叫他"琼的丈夫"。婚姻是一种经典的背叛。

或许已经不是了。我有时在想，我们这些年过三十的人是最后一代身负"家庭"重担，可以在家庭生活中体会所有紧张与戏剧性事件的人。我拥有一个在所有客观标准下都堪称"正常"和"幸福"的家庭，但即便如此，直到快三十岁时，我才学会跟家人通完电话后不要大哭。我们没有争吵。也没什么不对。但总有一种难以名状的焦灼，让我对家乡的情感变得扭曲。还能回家吗？对于我们这些在五十年代离开家，行囊里塞满了感伤主义和大量"文学"的人来说，这是一个非常真实的问题。但我猜，这个问题对于生于"二战"后的碎片化时代的孩子们，应该毫不相干。几周前，旧金山的一家酒吧里，我看到一个刚溜过"冰"的漂亮女孩脱掉衣服，为赢得"业余无上衣"比赛的奖金而起舞。这件事没有什么特别的意义，和我们那代人孜孜以求的"浪漫堕落"或"黑暗之旅"没有半点关系。那个女孩会如何理解《长夜行》这种小说呢？究竟，是谁脱离了正轨呢？

我被这种**脱节**的感觉困住了，尤其是回到家以后，它变得格外明显。在每一个转弯，每一个角落，每一个橱柜里，都能看到过去，催生出一种神经质一般的倦怠感，令我失去了全身的力气，我漫无目地从一个房间游荡到另一个房间。我决定直面它，开始清理一个抽屉，把里面的东西全部摊在床上。一件十七岁夏天的泳衣。一封《国家》杂志的拒信。一张1954年购物中心选址的鸟瞰照片，但父亲最终没能建起那座购物中心。三个茶杯，上面手工绘制着卷心玫瑰，落款是 **E. M**，我外祖母名字的缩写。《国家》杂志的拒信和1900年手工绘制的茶杯，我没想好要怎么处理。对于外祖父1910年的快照，年轻的他站在滑雪板上，在唐纳山口巡视，我也没有答案。我把那张照片抚平，凝视着他的脸，从中隐约看到了我自己的脸。我关上抽屉，又和母亲喝了一杯咖啡。我

ᵃ Right-of-way condemnation，指政府出于公共利益的需要，以有偿的形式依法向个人或企业征用私有土地或道路的行为。

们相处默契，像是打完同一场游击战的退伍老兵，虽然从未理解这场战斗的意义。

日子一天天过去。我没见任何人。我开始害怕接到丈夫傍晚打来的电话，不只是因为他会带来很多洛杉矶生活中的新消息，他见了什么人、有什么信要处理——这些在如今的我看来，已经非常遥远；更是因为他会问我最近在做什么，并吞吞吐吐地建议我可以出门走走，开车去旧金山或伯克利看一看。我没有去这些地方。而是去了河对岸的家族墓地。上次去过以后，这里已经严重损毁了，墓碑破碎，倒在大片枯草里。之前有一次过来的时候，我在草丛里看到了一条响尾蛇，所以我这次没有下车，只是坐在里面听了一会儿乡村音乐电台。之后，我开车载着父亲去了他在山脚下的牧场。那里有一个放牛的男人，叫我们下个星期日去看他赶牛；虽然我知道那时候我已经回了洛杉矶，但还是用我们家族那种委婉的方式说，好啊，到时候一定去。回到家，我提起了墓碑碎掉的事，母亲只是耸了耸肩。

我去看望奶奶辈的亲戚。她们中有几位把我认成了别的孙辈，也有人觉得我是她们早逝的女儿。我们坐在一起聊了聊一个上次见面还是1948年的亲戚的趣事，她们问我在纽约住得还习惯吗，虽然我三年前就已经搬去了洛杉矶，但我还是给出了肯定的回答。她们给宝宝喂了一块苦薄荷糖，给我塞了一美元"去买点好吃的"。问题渐渐淡去，答案也被搁置，宝宝在午后的日光中，与飞舞的微尘嬉戏。

终于到了宝宝的生日派对：白色蛋糕，草莓棉花糖冰激凌，另一场派对剩下的一瓶香槟。晚上，她睡着了，我跪在摇篮边，用我的脸贴贴她靠在摇篮木条上的小脸。她是个开朗天真的孩子，对家庭生活的突袭毫无准备，也不熟悉，不过正好，这样的生活，我也只能为她提供聊胜于无的一点点。我希望给她更多。我想向她许诺，她会在一大堆的堂表亲、数不清的河流和外曾祖母的茶杯的陪伴中长大；我想许诺她一次河边的野餐，可以吃炸鸡，不必把头发梳得整整齐齐；我想在生日这天送给她一个**家**，但我们的生活方式早已改变，我无法向她承诺任何事。所以我送给她一把木琴、一条来自马德拉岛的太阳裙，承诺给她讲一个有趣的故事。

III.
SEVEN PLACES OF THE MIND

心中七地

NOTES FROM A NATIVE DAUGHTER
(1965)

土生女札记 [a]

坐在酒吧里，比如贝弗利山的斯卡拉酒吧（La Scala），或旧金山的厄尼餐厅（Ernie's），你很容易就会产生这样一种错觉：从纽约飞往加州只需五个小时。事实是，从纽约飞上五个小时，只能抵达斯卡拉酒吧或厄尼餐厅。但这里并不是加州。[b]

许多住在东部（或者说"东部老家"，这是加州人的叫法，虽然在斯卡拉酒吧或者厄尼餐厅的人不会这么叫）的人不肯相信。他们去过洛杉矶或者旧金山，开车路过巨大的红杉树，在大苏尔看过午后阳光下波光粼粼的太平洋，他们便自然以为自己到过加州。但他们从未去过，很可能永远都不会去，因为那是一段比他们想象中更漫长，在很多方面也更艰难的旅程，在这样的旅程中，终点在地平线处闪烁着，海市蜃楼一般，逐渐灰暗，逐渐消失。我恰好了解这样的旅程，因为我来自加州，来自一个一直待在萨克拉门托河谷的家庭，或者说家族。

你也许会反驳说，没有哪个家庭是"一直"待在萨克拉门托河谷的。但加州人就是这样，我们在谈论过去时总喜欢夸大

---

a 典出自詹姆斯·鲍德温1955年发表的《土生子札记》（"Notes of a Native Son"，中文版收录于散文集《村子里的陌生人》中），而鲍德温则是在呼应理查德·赖特1940年出版的《土生子》。

b 在地理意义上，贝弗利山与旧金山确属加州。

其词,仿佛历史就是在马队启程西进的那一天,在原本是**一张白纸**(tabula rasa)的土地上开始的,并且在当天就抵达了幸福的结局,就像加州的座右铭:**我找到了**(*Eureka*)。这样的史观为参与其中的人们蒙上了一层忧郁的色彩;在我的童年时代,人们都坚信:最好的日子早已过去。事实上,这也是我想告诉你们的:来自萨克拉门托这样的地方意味着什么。如果我能让你们明白这些,我就能让你们理解加州,或者更多,因为萨克拉门托**就是**加州,而加州是这样一个地方,认为短期繁荣会持续下去的盲目乐观与契诃夫式的失落在此交会,融为一种飘摇不安的悬停状态;在这里,人们总有种不安的预感,这感觉埋得很深,但始终无法根除:这次最好能成功,因为在广袤无际、被阳光晒得发白的天空下,这里已经是这片大陆最后的可能。

1847年的萨克拉门托,不过是一座土坯砌成的围堡——萨特堡[a]——孤零零地矗立在大草原上;它与大海之间隔着旧金山和海岸山脉,与大陆其他地方隔着内华达山脉,是一片真正的草海,那草太高,若骑马闯入,马鞍都会被缠住。一年后,内华达山麓发现了金子,萨克拉门托突然成了一座小镇,常看电影的人一定能在梦中描绘出这幅尘土飞扬的拼贴画:金银检测所、马车修理工和酒馆。这就是第二阶段了。然后,定居者来了——农民,两百年来一直在将边境向西推进的垦荒者,血脉中有种与生俱来的不安分,他们征服了弗吉尼亚,肯塔基,密苏里,又将萨克拉门托变为一个农业城镇,并且由于土地肥沃,最终成了一座富裕的农业城镇,这意味着镇上有了许多新房子、凯迪拉克经销商,以及一个乡村俱乐部。在这甜美的梦里,萨克拉门托酣睡着,直到大概1950年,听到某种动静,于是醒了过来,睁眼便发现外部世界正在迅速而猛烈地向它涌入。在醒来的那一刻,无论如何,萨克拉门托都失去了它的自我,而这正是我想要告诉你们的其中一部分。

但我最先想起的不是变化。我最先想起的,是牵着弟弟的拳师犬在一片广阔的平原上奔跑,那是我们的高祖父发现并开垦的处女地;我记得在河里游泳(虽然很紧张,因为我是个神经质的孩子,总是担心会有陷坑或蛇,也许那便是一切失衡的起点),一个世纪以来,我们这个家族都在同一条河里游泳:萨克拉门托河的淤泥很厚,手伸到水下几英寸深,便几乎看不见了;山脉的融雪流入亚美利加河,清澈而湍急,到了7月,流速才会缓下来,

---

[a] Sutter's Fort,当时此地"领主"约翰·萨特建立的贸易据点。下文中的萨特俱乐部便以他命名。

石头从水面之下裸露出来，常有响尾蛇盘在上面晒太阳。萨克拉门托河、亚美利加河，有时还有科森尼思河，偶尔还有费瑟河。每天，都会有大意的孩子死在这些河里；我们在报纸上看到，他们是如何误判了水流，或者一脚踩进了亚美利加河与萨克拉门托河交汇处的陷坑，贝里兄弟是如何被人从约洛县叫来打捞，但尸体仍未找到。"他们都是外地人，"祖母总能从报纸上的故事里得出这样的结论，"他们的父母**哪来的胆子**让他们下河？他们都是奥马哈来的游客。"这么说也不算错，只是不太靠得住，因为也有我们认识的小孩死在河里。

当夏天结束——等到博览会闭幕，暑气散去，H 街最后一批啤酒花藤被割掉，洼地的夜里也升起图利雾[a]——我们又开始温习《我们拉美邻居的特产》，在周日看望奶奶辈的亲戚，有几十位；一个又一个周日，一年又一年。每当回忆起那些冬天，我都会想到堆在 M 街三一教堂外排水沟里的金黄的榆树叶。如今在萨克拉门托，有人把 M 街叫作国会大道，教堂里多了一座毫无特色的新建筑，不过孩子们在周日早晨学的东西[b]或许还跟以前一样：

问：萨克拉门托河谷在哪些方面与圣地相似？

答：在农作物的品种和多样性上。

我想起河水上涨的日子，我们守着收音机，听广播说水位涨到了多高，想着堤坝会不会崩塌，会在什么时候在哪里崩塌。那些年里，我们还没有那么多水坝。分流渠里涨满了水，人们就连夜垒起沙袋。要是哪天夜里，上游某处堤坝决口了；第二天早晨就会有谣言传开，说军队的工程兵炸开了堤坝，为的是减轻城市的压力。

雨季过后便是春天，大概十来天的样子，湿漉漉的原野会融化成一片美丽却稍纵即逝的绿（两三周后就会变得干黄，像要烧起来），房地产也随之升温。这是一年中，奶奶们去卡梅尔的日子；这是一年中，没考上斯蒂芬斯、亚利桑那、俄勒冈，更不用说斯坦福或伯克利的女孩们，被送上开往火奴鲁鲁的"乐林"号客轮的时候。我不记得有什么人去过纽约，除了一个表亲（实在想不出是为了什么），回来说洛德–泰勒百货那个卖皮鞋的"粗鲁得要死"。无论纽约、华盛顿或国外发生了什么，都不会惊扰到萨克拉门托人。我记得被带去拜访一位老妇人，一个农场主的遗孀，她在回忆（这是萨克拉门托人钟爱的

---

a Tule Fog，加州中央山谷地区深秋至初春的一种地面浓雾，能见度非常低。
b 指主日学校（Sunday school）在主日早晨针对儿童所设的宗教教育课程。

聊天话题）一个同辈的儿子。"约翰斯顿家那个小子，没混出什么名堂。"她说。母亲不甚在意地反驳了一句：阿尔瓦·约翰斯顿，她说，他在《纽约时报》工作时拿了普利策奖。主人面无表情地看着我们。"他在萨克拉门托没混出什么名堂。"她说。

以上是一个萨克拉门托真实的声音，一种很快就会消失的声音，虽然那时我还没意识到这一点，因为战争已经结束，经济开始繁荣，这片土地上将响起另一种声音，航空航天工程师[a]的声音：**退伍军人零首付！FHA[b]低息贷款，尽享白领生活！**

后来住在纽约时，我每年都会回萨克拉门托四五次（飞机越舒服，我就越发感到一种说不出的痛苦，沉甸甸地压在心头：换作当年，我们这些人单靠马车根本到不了这里），试图证明自己并不想离开，因为至少在这点上，加州——我们的加州——就像伊甸园：人们天然觉得，那些远离其恩泽的人，都是因为生了异心，才被这片土地驱逐的。毕竟，唐纳大队不是靠吃掉死去的同伴，才能来到萨克拉门托的吗？

我曾说过，那是一段艰难的旅程，确实如此，这种艰难在于，泛泛的旅愁被放大了许多倍。回到加州并不像是回到佛蒙特，或者芝加哥；佛蒙特和芝加哥是相对不变的，人可以借此丈量自己的变化。而我童年记忆里的加州，唯一不变的就是它消失的速度。举个例子：1948年圣帕特里克节，我被带去参观议会"工作"，一次相当糟糕的体验；一群红光满面的议员，戴着绿色帽子，在公开发言中讲着"帕特和迈克"的笑话。我一直以为议员就是那样的——戴着绿色帽子，或是坐在参议员酒店[c]的露台上摇着扇子，被阿蒂·萨米什派来的特使逗得直乐。（萨米什就是那位著名的说客，他曾说过，"厄尔·沃伦或许是加州的首长，但我是议会的首长。"）事实上，参议员酒店里早已没有露台——如果再添一笔，它现在是一个机票售卖点——而且，议员们也早就抛弃了参议员酒店，转而去了北边那些奢华的汽车酒店，那儿有燃烧的提基火炬，以及在山谷寒夜里蒸腾着热气的温水泳池。

如今，真正的加州再难寻觅。我惴惴不安地揣测，其中有多少只是想象或即兴创作；无缘由地悲伤，因为意识到人的记忆中有许多都不是真实的记忆，而

---

[a] 二十世纪六年代，通用喷气式飞机公司在萨克拉门托河谷附近建厂，大批航空航天工程师随之迁入，投入导弹研发。
[b] 即美国联邦住房管理局。"二战"后，通过为中低收入购房者提供政府担保，推动郊区房地产发展。
[c] Senator Hotel，一栋有九层共四百个房间的酒店，曾是萨克拉门托著名的游说场所。

只是他人记忆的遗存,是家族代代相传的故事。比如,我有一段难以忘怀的鲜活"记忆",关于禁酒令[a]对萨克拉门托周边啤酒花种植者的影响;一个我家认识的种植者家的女儿,从旧金山买来一件貂皮大衣,却被告知要退掉,于是她坐在客厅地板上,抱着那件大衣大哭。虽然我在解禁一年后才出生,但对我而言,那一幕比我亲身上演的许多场景都更"真实"。

我记得有次回家,我独自坐在从纽约起飞的夜班航班上,一遍遍地读着杂志上W.S.默温的一首诗,关于一个长居国外的男人,他知道自己必须回家:

……但这必须
尽快。我已在热切辩护
为一些无可抵赖的错误,
不愿被提起;在我心里
我们的语言所承载的丰富意涵
其他任何通用语都无法提供,而群山
也与别处不同,还有,宽广的河流。

你明白的。我想把真相讲给你听,我已经讲过那些宽广的河流。

现在清楚的一点是,关于这个地方的真相总是难以捉摸,必须小心追溯。你可以明天就去萨克拉门托,或许可以找到一个人(虽然我不认识这样的人)带你去通用喷气式飞机公司,用萨克拉门托人的话说,就是那个"造火箭的"。有1.5万人在为这家公司工作,几乎都是外地人;一个萨克拉门托律师的妻子告诉我,前年的12月,她曾在一次售房参观日[b]见过其中的一位员工,这说明萨克拉门托"确实越来越开放了"。("人很好,真的,"她兴致勃勃地补充,"我记得他和他老婆买的是玛丽和阿尔**旁边**那栋,大概吧,**他们**肯定就是这么认识的。")所以,你也许可以去通用喷气式飞机公司,站在巨大的供应商大厅,那里每周都有数千名零件推销员在兜售他们的产品。你抬头看看电子看板,上面实时滚动着这家公司的员工姓名、他们负责的项目和所在地点。你也许会怀疑,我是不是最近才回过萨克拉门托。**民兵、北极星、泰坦**[c],看板上闪烁着许多名字,咖啡桌上摆着航班时刻表,一切都很当下,和时代步调一致。

但我可以带你从这儿出发,去往几英

---

a 1920年到1933年,美国禁止了所有酒类的生产、运输和销售。

b Opening day,待售房屋会在参观日向公众开放,人们可以自由参观房屋,再决定是否购买。

c 均为导弹名称。

里外的小镇，在那些小镇里，银行还叫亚历克斯·布朗银行；唯一的酒店的餐厅里还铺着八边形瓷砖，摆着落满灰的棕榈盆栽，还有巨大的吊扇；所有东西——种子店、哈维斯特农机经销商、酒店、百货商店、主街——都有同一个名字，小镇建造者的名字。几周前一个周末，我就在这样一个小镇上，比这些还要小的河边小镇，没有酒店，没有哈维斯特农机，银行也烧毁了。那天是一个亲戚的金婚纪念，有110华氏度，贵宾们坐在丽贝卡大厅的直背椅上，面前摆着一束剑兰。我跟一个碰到的表亲说起通用公司的见闻，他饶有兴致地听着，但显然一个字都不信。哪个才是真正的加州？我们都没有答案。

不如先试着谈谈没有争议的议题，给出一些无可辩驳的陈述。尽管在很多方面，萨克拉门托都是一个最不典型的山谷小镇，但它的确**是**一个山谷小镇，而且必须在这一语境下加以理解。当你在洛杉矶说起"山谷"，大多数人会以为你指的是圣费尔南多山谷（有些人甚至会以为是华纳兄弟），但别误会：我们说的不是建满摄影棚和迷你农场的"山谷"，而是真正的山谷，中央谷地，一片5万平方英里的广袤谷地，域内水资源先由萨克拉门托河与圣华金河汇聚，再经由沼泽、截留渠、排水沟，以及三角洲-门多塔与弗里恩特-克恩两条运河所构成的复杂水网进一步调度和灌溉。

洛杉矶向北一百英里，从蒂哈查皮山一路下行至贝克斯菲尔德郊区，你就离开了南加州，进入了谷地。"抬眼望去，高速公路笔直绵延数英里，一直向你逼近，中央那道黑线，就这么朝你扑来……白色路面上热气氤氲，只剩下那条清晰的黑线，伴着轮胎的惨叫，朝你扑来，如果不把视线移开，做几个深呼吸，拍拍后颈，人真的会被自己催眠。"

这是罗伯特·佩恩·沃伦对另一条路的描写，但也可视作对谷地这条路，美国99号公路的描写。这条笔直的高速路从贝克斯菲尔德通往萨克拉门托，全长300英里，若是从洛杉矶直线飞往萨克拉门托，全程都不会错过它。对一双未经训练的眼睛而言，沿途景致几无变化。但一双山谷的眼睛却可以分辨出绵延几英里的棉花幼苗从哪里开始过渡为番茄幼苗，大型牧场（在克恩县，迪吉奥吉奥[a]最后的土地）在何处让位于私人牧场（地平线上会出现一栋房子和低矮的橡树丛），但在漫长的旅程中，这样的差别毫无意义。一

---

[a] DiGiorgio，二十世纪中叶控制加州中央谷地大量果园的农业巨头，后因罢工、改革及产业变迁逐步解体。

天下来，会移动的就只有太阳和巨大的雨鸟洒水器。

沿着99号公路行驶，在贝克斯菲尔德与萨克拉门托之间，偶尔会经过一个小镇：德拉诺、图莱里、弗雷斯诺、马德拉、默塞德、莫德斯托、斯托克顿。有些镇子如今已经很大了，但本质上都一样，一层、二层、三层的房子随意地堆在一起，于是，一个高档服装店紧挨着W.T.格兰特平价商店，巨大的美国银行对面是一家墨西哥电影院。**两部连映，棒，棒，棒**；城中心（念作**宗心**，带着俄克拉何马口音，这种口音如今已是谷地的主流）外，散落着一些老式木屋——油漆斑驳，屋前小路开裂，偶有几扇琥珀色铅嵌玻璃窗，可以俯瞰福斯特冰激凌店、五分钟洗车店或州农保险公司办公室；更远处是购物中心和绵延几英里的统一开发住宅区，淡色涂装、红木贴面的房子刚刚熬过第一场雨，就已经绽放出不容错认的廉价气象。对于一个开着空调车行驶于99号公路的外地人而言（我觉得他是来出差的，任何一个会走99号公路的外地人都是来办事的，因为它永远不会把游客送往大苏尔或圣西米恩，送往他为之而来的那个加州），这些小镇一定非常无趣，非常贫瘠，让人丧失想象力，只能想到在加油站附近闲逛的晚上和在免下车影院里缔结的自杀约定。

但是请记住：

问：萨克拉门托河谷在哪些方面与圣地相似？
答：在农作物的品种和多样性上。

事实上，99号公路穿过的是世上最富饶、开垦程度最高的农业带，一座巨大的室外温室，生长着价值十亿美元的作物。意识到此地的富饶，小镇的单调乏味就有了别样的意味，似乎显露着某种会被视作不近人情的思维习惯。谷地思维中有一种真实的冷漠，他们对开空调车的外地人毫不关心，连他的存在都未必能察觉，更不用说想法或渴望了。这种无情的封闭性是这些小镇的天性。我遇到过一位来自达拉斯的女士，她魅力十足，习惯了得克萨斯热情好客、格外体贴的社交风格。她告诉我，战时她的丈夫被派驻扎到莫德斯托，她也一起去了，但四年里没有一个人邀请她去家里做客。在萨克拉门托，没人会对此大惊小怪（一人听我讲完后说："她应该是没有亲戚在那儿吧"），这是因为谷地小镇的脾性相似，互相理解。它们的思维一样，样子也一样。**我能分出莫德斯托和默塞德，是因为我去过，参加过那里的舞会**；此外，莫德斯托主街上有一块拱形牌子：

水——财富

知足——健康

懒行向伯利恒

默塞德的街上没有这个。

我说萨克拉门托是最不典型的山谷小镇，只是因为它更大、更复杂，因为它有河流和议会，但它确实是一座山谷小镇；它的本性仍旧是谷地的性格，它的美德依然是谷地的美德，它的忧伤也是谷地的忧伤。它的夏天一样炎热，热到空气发亮，草色苍白，窗帘终日紧闭，热到8月不像是一个月份，而是一场灾难；它的地势一样平坦，平到我家那片略微高出一点（大概一英尺）的牧场，在过去的一百多年里一直被叫作"山地牧场"（今年以来，它叫作修建中的分区[a]，但那就是另外的故事了）。总体而言，尽管外界不断侵入，但萨克拉门托仍保持着谷地的封闭性。

要想感受这种封闭性，游客只需拿起两份报纸中随便哪一份：早晨的《联合报》或下午的《蜜蜂报》。《联合报》偏向共和党，相对弱势；《蜜蜂报》偏向民主党，占据上风（**蜜蜂之谷！**正如坐拥弗雷斯诺、莫德斯托、萨克拉门托《蜜蜂报》的麦克拉奇家族，曾在商业媒体上打的广告一样，**独立于任何媒体影响！**）。但它们读起来却大同小异，核心社论的腔调也都怪异、美妙、富有启发性。在这个民主党势力深厚的县里，《联合报》的主要担心是本地被约翰·伯奇协会接管；《蜜蜂报》则忠实贯彻其创始人意志，针对仍被它称作"电力托拉斯"的幽灵发起兴师动众的讨伐。仍未离去的还有海勒姆·约翰逊[b]，《蜜蜂报》曾在1910年助他当选州长。以及罗伯特·拉福莱特[c]，《蜜蜂报》在1924年把中央谷地交到了他的手上。萨克拉门托的报纸与如今此地的生活之间，有着某种错位，某种显著的脱节。据说，航空航天工程师们看的是《旧金山纪事报》。

然而，萨克拉门托的报纸只是一面镜子，映照着这座城市的痼疾，以及谷地的命运，一种被早已失效的过去所封印的命运。萨克拉门托依靠农业发展起来，却震惊地发现土地还有更赚钱的用途。（商会会给你一串农业数据，但你大可置之不理——重要的是那种切身的感觉，是知道曾经种满啤酒花的地方，如今成了"拉奇蒙特蔚蓝海岸"；曾经的惠特尼牧场，现在叫"日落城"，有三万三千栋房子，外加一个乡村俱乐部综合体。）在这座城市里，国防工业和不在本地的业主突然成了最重要的现实；

---

[a] Subdivision in making，指土地已经划分好，准备出售建房。
[b] Hiram Johnson（1866—1945），1911年到1917年当选加州州长，1917年到1945年当选为加州参议员。1910年参选州长时，他属于共和党中进步主义一派。1912年，他自组建党派。
[c] Robert La Follette（1855—1925），威斯康星州州长，1924年代表进步党参选美国总统。

这座城市从未拥有过这么多的人口和金钱，但已然丢失了存在的**基石**。在这座城市里，许多可靠的好公民感觉自己正在被"功能性淘汰"。老牌家族仍然只与彼此来往，但已不像以前那样频繁；他们聚在一起，为漫漫长夜做准备，卖掉土地通行权，靠这些收益生活。他们的孩子仍在互相嫁娶，仍在玩桥牌，一起进入房地产行业。（萨克拉门托没有其他行业，除了土地，没有任何现实存在——即便是远在纽约的我，都觉得应该在加州大学修一门城市土地经济学的函授课程。）然而在深夜，杯中冰块已经融化，总会有那么一两个朱利安·英格利希，心思早已不在其中。因为在城市边缘，整齐地安置着一群航空航天工程师，说着难以理解的傲慢语言，修剪着马蹄金草坪，准备留在这片应许之地；他们正在抚养新一代萨克拉门托本地人，根本不在乎没有被邀请加入萨特俱乐部，完全不在乎。深夜里，冰块已经融化，让人不免沉思；一点新鲜空气涌入封闭的温室，提醒人们，萨特俱乐部毕竟不是太平洋联盟或波希米亚，萨克拉门托也不是**那座城**。就是在这种自我怀疑中，这些小镇失去了自我。

我想跟你讲一个萨克拉门托的故事。镇子外几英里，有一片六七千英亩的土地，最开始属于一个农场主，他有个独生女。这个女儿去了国外，和一个有头衔的贵族结了婚。她把这位贵族丈夫带回牧场同住，她的父亲给他们建造了一栋巨大的宅子——音乐室、花房、舞厅。他们需要舞厅，因为他们常常招待客人：来自海外的人，来自旧金山的人，长达数周、需要专车接送的家庭宴会。他们当然早就离开人世了，但他们的独生子，年迈，终身未婚，仍住在那个地方。他没有住在那栋大宅里，因为那宅子也已经不在了。许多年来，它慢慢地烧毁了，一间又一间，一片又一片。只有那些烟囱还矗立着，它的继承者孤身一人，住在它们的阴影下，住在那片焦黑的废墟上，住在一辆拖车里。

这是我这一代都知道的故事；我怀疑下一代，那些航空航天工程师的孩子还会不会知道。谁能告诉他们这些呢？他们的祖母住在斯卡斯代尔，他们从没见过一个祖辈。"老萨克拉门托"对他们而言，会是一个趣味横生的存在，一个在《日落》杂志上读到的存在。他们或许会以为重建工程从来都在那里，以为下游**码头**（Embarcadero）那些有趣的商店和老消防站精心改造而成的酒吧就是它真实的样子。他们无从得知，在更贫瘠的年代里，这里叫作前街（毕竟，这个小镇不是西班牙人建的），聚集着流浪汉、布道所、寻个周六晚上大醉一场的季节采摘工：**胜利人生布道所**，**主救罪人**，**每晚25美分一张床**，农作物信息咨询处。他们将失去这真实的过去,得到一个被人为制造出来的过去,他们永远都无从得知,为什么镇外七千英亩的土地上,会有一辆拖车孤零零地停在那里。

但也许这都是我的妄断,以为他们会失去一些东西。也许回头看看,这个故事讲的根本不是萨克拉门托,而是我们成长过程中失去的那些东西,违背的那些诺言;也许我只是在无意识地扮演着诗中的玛格丽特[a]:

> 玛格丽特,你是在为
> 金树林的落叶而悲伤吗?
> ……
> 是为那人生而必然的衰损,
> 为玛格丽特你自己而哀悼。

---

[a] 引自英国诗人杰拉尔德·曼利·霍普金斯(Gerard Manley Hopkins,1844—1889)的诗歌《春与秋》("Spring and Fall")。

LETTER FROM PARADISE, 21° 19' N. , 157° 2' W
(1966)

天堂（21°19'N. ,157°52'W.）来信

只因我疲惫了太久，架吵得太多，太害怕偏头疼和失败，再加上白天也越来越短，所以，我，一个三十一岁的不乖的孩子，被送去了夏威夷，那里没有冬天，没有失败，人们平均年龄是二十三岁。在那里，我可以改头换面，那里有享受年销售额达百万的奖励旅行的保险推销员，有圣地兄弟会[a]，有旧金山离异女人，挥金如土的秘书们，穿着细带比基尼的女孩们，寻找最佳浪点的男孩们。孩子们学会了非理性消费，首付1美元，每周分期2.5美元购买一辆本田车或一块冲浪板，不久又丢掉它们，孩子们从未被教导过我曾学到的事情，**才子娇娃同归泉壤，正像扫烟囱人一样**[b]。

---

a Shriner，即 Shriners North America，1892 年在纽约成立，2010 年更名为 Ancient Arabic Order of the Nobles of the Mystic Shrine（AAONMS），是一个共济会的附属组织，在九个国家设有分会，全球会员近二十万人，著名成员包括哈里·S. 杜鲁门、道格拉斯·麦克阿瑟、厄尔·沃伦、约翰·韦恩等。

b 语出自威廉·莎士比亚戏剧《辛白林》中的唱段《不用再怕骄阳晒蒸》("Fear no more the heat o' the sun")。译文参考自朱生豪译本，知识出版社2016年版。

我将躺在曾让多丽丝·杜克和亨利·凯泽[a]永远觉得充满希望的同一轮太阳下。我将啜饮冰镇代基里鸡尾酒，头上戴着花，就像是前十年从未发生过一样。我将亲眼看到，我的终点线外横卧着的不是绝望之沼，而是钻石头山[b]。

我去了那里，作为一个警惕的游客。我不信那些可爱的草裙舞手势讲述的故事值得深究。我没听过一个夏威夷语单词能准确表达我想说的内容，尤其是那个现在最流行的 Aloha。我既没有能力接受惊喜，也没有心思去听那些讲过许多遍的故事，无非是一些无聊的花边，关于穿着纪念衫的中西部游客，关于穿着穆穆袍、戴着假珍珠的寡妇游客，关于柯达草裙舞表演或周日晚上的卢奥宴[c]，或是女老师和沙滩男孩的故事。所以，你已经知道了，我没有**天堂**所需的热情，无论那天堂是真实还是人造的，我很难向你准确地讲述夏威夷是如何及为何让我动容，让我感动，让我陷入悲伤，陷入麻烦，如何唤起我的想象；更无法说清，在我忘记了茉莉和菠萝的气味，忘记棕榈树在信风里的声响后，弥漫在空气里那久久不散的，究竟是什么。

也许是因为我在加州长大，夏威夷在我的幻想里地位显著。小时候，我坐在加州海滩上，想象着自己看到了夏威夷，在日落中微微发亮，透过眯着的眼，时而能瞥见这几乎难以觉察的异常之处。这幻想有着神奇的空白之处，我完全不知道若有天亲眼看到夏威夷，那会是什么样的场景，因为在我幼年的幻想中有三个遥远的夏威夷，而我看不出这三者之间有什么联系。

夏威夷第一次出现在我面前，是在 1941 年 12 月 7 日[d]的一本地图册上，那些淡彩色的标志意味着战争，意味着我父亲又要离开家，意味着在空军基地附近出租屋里凑合过的圣诞节，意味着一切都改变了。后来，战争结束了，又有了另一个夏威夷，太平洋上一座"糖果山"[e]，在报纸

---

a　Doris Duke（1912—1993），美国烟草大王的女儿兼继承人，被称作"全世界最富有的女孩"，在夏威夷倾注毕生精力建造了一座美轮美奂的伊斯兰风格豪宅"香格里拉"。Henry Kaiser（1882—1967），美国企业家，拥有横跨铝业、钢铁、汽车、造船、建筑、房地产、医疗等行业的一百多家公司，战后还曾指导建造夏威夷旅游中心，1967 年在火奴鲁鲁逝世。

b　Despond，即 Slough of Despond，典出自十七世纪英国作家约翰·班扬的《天路历程》（*Pilgrim's Progress*），象征信仰之路上的痛苦与怀疑。Diamond Head，夏威夷瓦胡岛上的一座死火山，俯瞰怀基基海滩与火奴鲁鲁市区，是夏威夷的著名地标之一。

c　传统的夏威夷宴会，有烤猪、热带水果和当地的音乐舞蹈表演。"

d　1941 年 12 月 7 日清晨，日本海军突袭珍珠港及瓦胡岛美军基地，太平洋战争由此爆发。

e　"Big Rock Candy Mountains"，大萧条时期流行的流浪汉民谣，描绘了一个物质充盈的幻想乐园。

天堂（21°19'N.,157°52'W.）来信

照片上，可以看到大腹便便的林肯-水星汽车经销商，不是悠闲地坐在皇家夏威夷酒店的沙滩上，旁边还有一艘独木舟，就是在携**全家**走下"乐林"号邮轮。在这个夏威夷，堂兄堂姐会在寒假时过来学冲浪板（在过去那些更朴素的年岁里，大家都这样称呼它的，**冲浪板**，这是夏威夷独有的）；教母们来此休养，学唱整首的《我的小草屋》（"My Little Grass Shack in Kealakekua, Hawaii"）。我不记得有多少个夜晚，躺在床上听着楼下有人在唱这首歌，但我记得自己并没有把这个夏威夷和1941年12月7日的夏威夷联系起来。

然后，还有第三个夏威夷，似乎与战争或度假教母无关，它只关乎过去，关乎失去。我家最后一位在夏威夷生活过的成员是我的高祖父，1842年作为一名年轻传教士在那里任教。我从小就听说，**群岛**（在西海岸，我们都这样称呼夏威夷）上的生活，从那以后就在走下坡路。我的姑姑嫁入了一个祖祖辈辈都住在群岛的家族，但现在根本不回那里；"从**凯泽**去了就没回去过。"他们会说，就好像在德吕西堡附近那片几英里的填海陆地上，一座夏威夷村酒店的修建，仅凭起重机的吊臂一挥，就抹去了他们的童年，他们父母的童年，永远毁掉了某个亚热带樱桃园——在温软朦胧的记忆里，那里每晚都会摆好一张四十八人的桌子，以备有客来访；就好像亨利·凯泽亲自判处他们终生流放加州，身边只有象征性的纪念品：葫芦、宫廷雕花座椅、供四十八位访客使用的银餐具、利留卡拉尼女王[a]的钻石，以及在那些已然逝去的漫长金色午后里亲手绣的厚亚麻巾。

当然，长大一点后，我知道了**亨利·凯泽**这个名字有着远超字面含义的象征意义，但即便如此，我还是没能领会，以为它只代表着酒店和百元廉价航班对旧秩序的扰动，并强行把我最初印象的夏威夷，那个代表着战争的夏威夷，归为一桩历史的意外，一个怪胎，与它美好田园诗的确凿过去毫无关联，也与它中产阶级休闲时光狂热颂歌的真切当下毫无关联。如此一来，我彻底误读了夏威夷，因为，要说火奴鲁鲁弥漫着一种独有的气息，一种情绪，予灯光以火热的光泽，予粉色双体游艇以心碎的荒诞，予人们以仅靠身在**天堂**永远不可能生出的想象，那么这种气息，这种情绪，毫无疑问，都源于战争。

---

a　Queen Liliʻuokalani（1838—1917），原名为 Lydia Liliʻu Loloku Walania Kamakaʻeha，夏威夷王国末代君主，也是该王国唯一的女王，于1891年至1893年间在位，因试图修改宪法被当时夏威夷的实际控制者美国推翻。1878年，当时还是公主的利留卡拉尼创作了脍炙人口的夏威夷民歌"Aloha ʻOe"。

当然，这始于我们的记忆。

夏威夷是我们的直布罗陀，也是我们的英吉利海峡海岸，飞机们的眼睛被常年晴朗的太平洋蓝色天空磨得锐利，可以轻松地监视广阔的环海带，而夏威夷正是其中心。有了夏威夷警戒，专家们坚信，亚洲方向的突袭将会无所遁形。只要我们掌握着从火奴鲁鲁沿路而下、宏伟的珍珠港海军基地，美国军舰和战艇就可以毫无畏惧地执行全球任务。即便不是最伟大的那一个，珍珠港也是这世上最伟大的海军要塞之一。珍珠港坐拥难以计数的汽油和食物补给，巨大的叮叮作响的"医院"，可以治愈钢铁遭受的所有伤痛。这是广袤的太平洋上，军舰和军人唯一坚实的庇护所。

——约翰·W. 范德库克[a]，
Vogue 杂志，1941年1月1日

二十五年后的今天，每天下午，亮粉色的观光船从科瓦罗盆地驶向珍珠港。最开始，一切都有些低俗的欢快，让人感觉这只是晴好天气中的一次观光，游客们抱怨着他们的导游、住宿和肯利斯烤肉的食物，船边围着潜到水底捡硬币的男孩；"嗨，大人们，"他们叫着，"赏个硬币吧。"有时会有个女人丢下一张纸钞，然后又被惹怒了，那些粗鲁的棕色躯体在空中就接住了钱，嘲笑她自作多情的施舍。船一离开港口，男孩们就游了回去，鼓鼓的面颊里塞满硬币。孩子们噘着嘴，说还不如去沙滩玩，女人们穿着新自由大厦的夏威夷连衣裙，戴着已经有点蔫的夏威夷花环，小口抿着木瓜汁，读着一本印有**理想的礼物：12月7日的图画故事**的小册子。

毕竟，我们来这里听的是一个熟悉的故事——就连孩子们都耳熟能详，因为他们当然都看过约翰·韦恩和约翰·加菲尔德在珍珠港的样子，花了不知多少个雨天的下午，观看柯克·道格拉斯、斯宾塞·屈赛和范·强生大声问为什么希卡姆[b]今早没有回音[c]——所以没人会认真听导游在

---

[a] John W. Vandercook（1902—1963），美国作家、记者、电台评论员，出生于英国，足迹遍布世界各地，其创作的小说多以环球旅行为背景。在NBC（The National Broadcasting Company，美国全国广播公司）工作期间还曾进行大量"二战"战役播报。

[b] Hickam，即希卡姆空军基地（Hickam Air Force Base），夏威夷最主要的陆军机场，在珍珠港战役中遭受严重破坏。"二战"期间，该基地成为训练飞行员及组装飞机的主要中心，并充当太平洋空中网络的枢纽，发挥了巨大作用。

[c] 上述画面分别来自斯宾塞·屈赛和范·强生主演的电影《东京上空三十秒》、约翰·韦恩和柯克·道格拉斯主演的电影《火海情涛》，以及约翰·加菲尔德主演的电影《直捣东京》。

天堂（21°19'N.,157°52'W.）来信

说什么。如今，"内华达"号搁浅处已是蔗林摇曳。福特岛上一个百无聊赖的人影在练习高尔夫推杆。持证摊贩们端出更多的木瓜汁。很难记起我们来这里是为了纪念什么。

然后，有什么事情发生了。有两个下午，我都乘坐亮粉色观光船到珍珠港，但我还是不知道自己想去找的是什么——二十五年过后，人们对此是怎样的反应。但我当时并不知道，因为在某个时刻，我突然哭了起来，无法注意别人。在"犹他"号沉眠于五十英尺水下的地方，我开始哭泣，那里的海水既不是蓝绿色，也不是明亮的蓝色，而是随便哪座港口的那种灰色，我一直哭，直到观光船离开"亚利桑那"号，或者说它露出水面的部分：锈迹斑斑的炮台破开灰色海水，旗帜高高升起，因为海军认为"亚利桑那"号仍在服役中，全员在岗，来自49个州的1102名士兵。至于其他人的反应，都是别人告诉我的：每个人都在"亚利桑那"号处沉默了。

几天前，有个比我小四岁的人说，他无法理解为什么一艘沉船会对我有着这样的影响，在他看来，"我们这一代"最难忘的事件应该是约翰·肯尼迪遇刺，而非珍珠港，我可以告诉他，只是因为我们并不是一代人，但我没告诉他我想告诉给你们的，在火奴鲁鲁，有一个比"亚利桑那"号还要安静的地方：太平洋国家纪念公墓。那些被葬在名为"庞奇包尔"[a]的死火山山口里的男孩们，看起来都只有二十多岁，或者是二十岁、十九岁、十八岁，有些甚至更小。**塞缪尔·福斯特·哈蒙，一个墓碑上写道，宾夕法尼亚。列兵。第27补充兵团。第5海军陆战师。第二次世界大战。1928年4月10日—1945年3月25日。** 塞缪尔·福斯特·哈蒙，死于硫黄岛，距离十七岁生日仅剩十五天。有些人死于12月7日，有些死于"艾诺拉·盖"号轰炸广岛之后，有些死于登陆冲绳、硫黄岛、瓜达尔卡纳尔时，据说，还有长长的一列，死于某座名字我们已经记不起来的海岛的沙滩上。火奴鲁鲁巨大的火山口凹陷处，矗立着一万九千座墓碑。

我经常上去散步。当我走到火山口边缘，向下能看到怀基基海滩、港口、堵塞的马路，但上面却很安静，高耸扎入雨林，常年落着细密的雨雾。一个下午，一对夫妻来了，在一个加州男孩的墓前留下了鸡蛋花花环，他死于1945年，当年十九岁。当女人最终把花放在墓前时，花环早已有些枯萎了，因为很长时间里，她只是站在那儿，手里盘弄着花。在那里，我可以从长远

---

a Punchbowl，字面义为"潘趣酒碗"，一种用来制作和盛装潘趣酒的大酒杯。

的角度看待死亡,但我却想了很多,一个十九岁就去世的男孩,在二十一年之后,被怀念的究竟是什么。我在那里没看到其他人,只有除草的人、掘新墓的人,因为他们如今正从越南带回新的遗体。上周,上上周,甚至上个月的新坟都还没有墓碑,只有塑料身份信息卡,被细雨打湿,溅满泥点。那里的土还很松软,踩满了脚印,但草长得飞快,在那片云雾缭绕的高地上。

距离火山口不远,往下走,便是酒店大道,这条街之于火奴鲁鲁,正如市场大道之于旧金山,都是一个港口城市里的不夜街。"珊瑚海"号那周停驻在火奴鲁鲁,165名士兵从越南回来,正在享受休假,而此时,又有3500名水兵正驶向冲绳,再远赴越南(他们属于重新启动的海军陆战队第5师,如果你还记得的话,这是十六岁的塞缪尔·福斯特·哈蒙服役的第5师),此外还有常规补给人员,服务于珍珠港-希卡姆联合基地、霍兰·史密斯营、沙夫特要塞、德吕西要塞、贝洛斯空军基地、卡内奥赫湾海军陆战队航空站和斯科菲尔德兵营,而他们迟早都会进城,去酒店大道。他们是那里的常客。"二战"快结束时,海军清理了红灯区,但战争来了又去,酒店大道依然如故。头发上

簪着木槿花的女孩们,在投币游戏厅、日本台球室和按摩店门前踱来踱去。**招女孩按摩师**,一个标志牌上写着,**新鲜刺激**。算命的人坐在印花纸帘后修着指甲。滑稽喜剧表演《男孩变女孩》(*Boys Will Be Girls*)的演员男孩们站在路边,身着金属色晚礼服,抽着烟,看着水兵们来来去去。

水兵们喝醉了。在酒店大道上,他们看上去也只有二十岁,二十、十九、十八,都有可能,喝得醉醺醺的,因为他们已经离开了得梅因,也还没有启程去岘港。他们看向计程车舞厅[a],看向门外贴着莉莉·圣西尔和坦皮斯特·斯托姆的照片(莉莉·圣西尔在加州,坦皮斯特·斯托姆在巴尔的摩,但没关系,在周六晚上的火奴鲁鲁,她们看起来都差不多)[b]的脱衣舞俱乐部,把手滑进口袋,摸出几个子儿,到舞厅后头买《阳光》《裸体》和各种封面印着捆绑女郎的简装书的地方看**艺术片儿**。他们把照片拿去塑封。他们录下语音(**嗨,亲爱的,今夜我在火奴鲁鲁**),也会和发间簪着木槿花的女孩说上两句。

但大多数情况下,他们只是略有点醉意,在路边推推搡搡,躲避着夏威夷武装巡逻队,互相怂恿去文个身。在抵达

---

a　Taxi-dance place,指可按时长雇用舞伴的舞厅。
b　二人均为美国二十世纪六十年代著名脱衣舞女郎。

天堂（21°19'N.,157°52'W.）来信

卢·诺曼德[a]的文身店前，他们撕下身上的衬衫，虚张声势，然后他们坐下，面无表情，文身针在他们身上刻下一颗心、一个锚，或者，当他们情绪特别激动或者喝得太多了，（会刻下）一个小的十字架基督像，圣痕发红。他们的朋友们聚在玻璃室外，看着皮肤变红，过了一会儿，街角的乡村西部酒吧乐声骤起，《公路之王》响彻整条酒店大道。歌曲换了几轮，男孩们来了又去，但卢·诺曼德文身店在这个地方已经开了三十年。

或许这也没什么好惊讶的，在著名的失败战役旧址，在十七岁男孩们的墓前，在一个贫穷城市的市中心，本就该弥漫着一种战争的情绪。但情绪并不只在这里。战争是夏威夷生活的织物，无法抹除，被牢牢编织进它的情绪和经济里，不仅主导着记忆，还有对未来的想象。每一段火奴鲁鲁的对话总会在某个点上涉及战争。人们坐在马基基山庄的花园里，周围簇拥着软枝黄蝉和络石花，他们向下俯瞰着珍珠港，又拿了一杯酒，然后跟你回忆起那天早晨发生了什么。他们记得，那天早晨韦伯利·爱德华兹[b]在广播里一遍又一遍地说，"有空袭，找掩护，**这是真实消息。**"这不是值得夸耀的，却是一生中值得纪念的事。他们记得人们如何开车到山上，看着熊熊大火，跟如今台风来袭时一模一样。他们记得学校礼堂被改成紧急病房，年纪大点的孩子们如何被派去守卫仓库，端着没上膛的枪。他们大笑着回忆着在晚上9点灯光管制时，在迷雾中开车穿越巴利，他们的妻子是如何带着厚厚的书本和巨大的手绢去基督教青年会，用这些来教导那些岛外女孩如何做一张病床，他们记得怀基基方圆两英里之内只有三家酒店，皇家酒店住着海军，哈利库拉尼酒店聚集着媒体，还有莫阿纳酒店。事实上，他们试图造成一种模糊的印象，好像他们上一回去怀基基已经是1945年的事了，或者1946年。"我觉得皇家酒店没怎么变。"一个家住在离皇家酒店八分钟路程的火奴鲁鲁人告诉我。"哈利库拉尼，"另一个人说着，

---

[a] Lou Normand，原名 Norman F. Featherstone（1908—1978），知名文身艺术家，他设计了许多与战争相关的、更为直观的固定图样。早在"一战"期间，士兵便开始在身体刺上自己的编号，以供阵亡后辨认；此后，文身逐渐具备爱国主义意味，题材也越发宽泛；"二战"期间，文身已成为勇气、荣誉与团结的象征，士兵中开始流行在出征海外前文身。

[b] Webley Edwards（1902—1977），CBS 头牌记者、主播。他是最早播报珍珠港事件的广播员，第一个采访"艾诺拉·盖"号驾驶员保罗·蒂贝茨的记者，同时也是日本投降仪式现场的首席广播员，完整见证美国"二战"始末。晚年从政后，曾任夏威夷州参议员。

就好像它早已沉入了记忆里,而她不确定它还是否存在,"**那儿**原先酒不错。"那时每个人都很年轻,在叙述中,一种温暖浸润了这些岁月。

接着,如果他们要推销夏威夷,以及留在这的人几乎都自认为有责任推销夏威夷,他们解释着为什么夏威夷的明天是光明的。即便这可能会被当作套牢骗局[a],它的第一基柱是军事,然后是游客,第三个是国家补贴的糖业,但夏威夷的未来是光明的,因为夏威夷是太平洋的枢纽,这个词在火奴鲁鲁的使用频率仅次于"我们乐天的 aloha 精神"。他们说,夏威夷就是太平洋的枢纽,只要旅游业还在增长,以及夏威夷就是太平洋的枢纽,只要——他们顿了一下,也许拿起一个杯子,仔细研究着,才说:"以及,嗯,老实讲,如果事情往另一个方向发展,我的意思是**情况**往另一个方向发展,我们也还正当其时。"或许美国还没有哪个地方,战争爆发被描述得如此平静。

当然可以很简单地说,因为夏威夷毕竟已经经历过一场战争了,或者因为火奴鲁鲁如今俨然已在战争中,军事语言如此深入人心,夏威夷已深陷于战争的一切。但战争渗透的程度还要更深。在夏威夷,对战争的看法是一种奇异的矛盾感,因为大部分人,无论是多么无意识的,都把战争视作一种正义力量,一种社会进步的工具。当然,的确是"二战"碾碎了糖业封建主义的脊梁,打开了一个封闭的经济体,一个固化的社会,永久摧毁了一个美丽但可怖的殖民世界,那个世界里,寥寥几个家族便掌控着夏威夷的一举一动,在哪儿开店,如何运货,谁可以进来,他们能走多远,以及什么时候要滚出去。

我们中的大多数对战前的夏威夷多少还有些印象。我们听说过"五巨头"这个说法,也大致知道有几个家族在这里攫取了大量财富和权力,并且把持了很久。事实上,夏威夷的权力格局比人们想象中要更为明显,也更为隐秘。五家大型公司——C. 布鲁尔(C. Brewer)、西奥·H. 戴维斯(Theo. H. Davies)、美国代理商(American Factors)、卡斯尔-库克(Castle-Cooke),还有亚历山大·鲍德温(Alexander Baldwin)——起先都是甘蔗种植园的"代理商",但实际上就是种植业的管理者。随着时间的推移,五巨头的家族和少数几个其他家族——比如起源于一个搁浅于此的水手、后来修筑了夏威夷第一条铁路的迪林厄姆家族——彼

---

[a] False economy,指投资者本以为某项投资可以保值或获利,但随着事件发展,投入的钱却越来越多。

此联姻，互为董事，一起进军航运、保险、金融等行业，共同组成了一种堪称仁慈的寡头统治集团，这样的模式在美国本土还从未出现过。

在长达半个世纪的时间里，各董事会中盘根错节的关系已经渗透了夏威夷生活的所有地带，而且这种权力可以被立刻、直接地施用。比如，美国代理商（至今仍然）拥有夏威夷最大的百货公司——自由之家[a]。1941年，西尔斯百货（Sears, Roebuck）通过中间人在火奴鲁鲁郊区秘密置地，准备开百货公司，但一直到西尔斯总裁罗伯特·E.伍德放出话来要自己买船，他的百货公司才终于开了起来。否则，谁知道由卡斯尔-库克和亚历山大·鲍德温控股的马特森航运，愿不愿意给这个公然挑衅五巨头的竞争者运货呢？

这就是那时的夏威夷。然后第二次世界大战来了。岛上的男孩奔赴战场，回家时带着新思想。陆地资本不断涌入，无视所有来自岛上的反对。战后，当时还在世的沃尔特·迪林厄姆本可以从钻石头山的豪宅走下来，参与听证会，用意涵最丰富的战前夏威夷蔑称来称呼亨利·凯泽——**游客**——或许就能让他失去一半的听众。但"二战"让每个人，即便未付诸行动，也在精神上都成了一个迪林厄姆，而那些迟缓到无法自省的夏威夷人，则不断接受灌输，这灌输来自政治家，来自工会领袖，来自大陆的观察者。

变化的程度显然是被夸大了，有时因为感情，有时作为策略，但有一点是确定的，夏威夷已不似往昔。在火奴鲁鲁，仍旧只有一个**洛厄尔**，是洛厄尔·迪林厄姆；仍旧只有一个**本**，是他的兄弟——但本·迪林厄姆在1962年参议院选举中，惨败给丹尼尔·井上[b]，一个日裔。（二十世纪二十年代，当国会委员会询问本·迪林厄姆的父亲和亨利·鲍德温，为什么夏威夷的日裔几乎没人投票，他们可以如此回答，或许只是因为日裔听从东京的指令，不去注册投票）。在老火奴鲁鲁人中，仍旧有一种强烈的情绪，认为是五巨头导致了工会"塌方"——但杰克·霍尔，强硬

---

[a] Liberty House，已于2001年被美国联合百货（Federated Department Stores）收购，并入梅西百货（Macy's）。从此，梅西百货成为夏威夷地区最主要的百货公司。

[b] Daniel Inouye（1924—2012），日裔美国民主党政治家，曾任美国参议院临时议长、夏威夷州联邦众议员和联邦参议员，在卡玛拉·哈里斯成为副总统前，是美国历史上政治职位最高的亚裔。

的国际码头与仓库工人工会[a]领袖，曾在史密斯法案[b]下被判策划、煽动武装暴力颠覆美利坚政府罪，如今坐在夏威夷游客中心的领导位上，指示着"自然圈"组织的女士们付出所有努力，"来保护夏威夷的可爱和美丽"。还有钦·霍，学生时代曾帮一个市中心的证券经纪在黑板上抄写报价，如今不仅坐拥价值几百万美金的地产，还买下了那位证券经纪的房子，在钻石头山上，和本·迪林厄姆是邻居。"重点是，"那个证券经纪的侄女告诉我，"我怀疑他在十四岁的时候就想要它了。"

但或许没有比拜访普纳荷学校[c]更能让人清晰理解这种变化，传教士建起了这所学校，"为他们的孩子和他们孩子的孩子"，直到最近以前，人们一直从字面上理解这建校宗旨。浏览普纳荷的旧同学录就是在看夏威夷寡头家族的简介，因为同样的名字年复一年地出现，同样的名字被镌刻在平滑石头上，或者以精致的黄铜字母出现在夏威夷人称为大道的商人大道上，在那些角落里，坐落着五巨头的办公室，岛上大部分生意就在那里完成。1881年，一个亚历山大发表了毕业典礼演讲，一个迪林厄姆为毕业典礼送上了一首诗；1882年毕业典礼上，一个鲍德温的演讲有关"中国移民"，一个亚历山大讲了关于"工作中自有快乐"[d]，一个毕晓普讲了关于"阳光"。即便高阶层的夏威夷原住民早已和这些白人寡头们共存，甚至相互通婚，但当展望未来时，他们的普纳荷同学们仍旧会想象他们"在乐队里演出"。

不是说普纳荷已经不再是岛上精英的学校，它仍是。"普纳荷的大门永远对属于这里的孩子们打开。"自1944年一直担任校长的约翰·福克斯博士，在近期的校报中向校友们强调。但1944年，学校有1100名学生，智商中位数是108，如今有3400名学生，智商中位数是125。在录取的学生中，亚裔曾经占10%，如今这个群体小于30%。普纳荷新库克图书馆里，海勒姆·宾厄姆神父曾曾孙女维护着档案，图书馆外，飘落着鸡蛋花花瓣的台阶上，坐着华裔小男孩们，他们的书装在泛美世界航空旅行包里。

"约翰·福克斯很有争议的，你大概

---

a ILWU（International Longshore and Warehouse Union），国际码头与仓库工人工会。

b *Smith Act*，1940年生效的法案，规定了颠覆美国政府等罪名，并规定美国境内所有非公民成年人在美国政府处注册。

c Punahou School，夏威夷著名预科学校，美国前总统奥巴马也曾在此就读。

d Labor Ipse Voluptas，拉丁语，出自德国历史学家利奥波德·冯·兰克（Leopold von Ranke，1795—1886）。

天堂（21°19'N.,157°52'W.）来信

知道。"古老家族的校友如今有时会这么说，但他们没有明确争议点在哪儿。或许因为夏威夷太过卖力，要把自己打造成一种现代熔炉典范，整个种族关系一到言语上便露了马脚。"我不会很绝对地说，我们曾经有歧视，"一个火奴鲁鲁女士非常有技巧地解释道，"我会说我们曾经有一种很好很好的竞争感。"另一个人只是简单地耸耸肩。"不过从未被大肆宣扬。亚裔——嗯，谨慎并不是最好的词，但他们不像黑人和犹太人，他们从不强行挤入不欢迎他们的地方。"

对一个曾在大陆经历过那段极度敏感时代的人而言，即便是自诩为岛上自由派的那些人，讲起种族问题也有一种神奇甚至迷人的直率。"这儿绝对有非常了解华裔的人，"一个女人告诉我，"他们请他们去过家里。比如，我一个叔叔的朋友，总是邀请钦·霍去他家。"虽然这看起来跟"我有些朋友是姓罗思柴尔德的"没什么区别，我还是全盘接受了——我也是这样对待一个岛上教师相当原始的进步主义的，当时我们正走下她学校的一条长廊，她正跟我阐述战争塑造的教育融合奇迹。"看，"她突然说，抓住了一个漂亮华裔女孩的手臂，把她转过来，脸朝向我，"战前你是不可能看到这些的。看看这些眼睛。"

于是，在独特且仍旧封闭的夏威夷方法论中，战争带来的混乱成了发展的承诺。这个承诺是否能实现，就如同发展是不是件好事，问题答案自然取决于说话的是谁，但不管怎么说，战争占据着夏威夷想象中的核心位置，战争充斥着心神，战争笼罩在火奴鲁鲁之上，就如同乌云悬停在坦塔罗斯山上一样。没有很多人讨论这个。他们讨论着瓦胡岛上的高速路，毛伊岛上的公寓，圣灵瀑布的啤酒罐，以及绕过整个火奴鲁鲁，直接去夏威夷上劳伦斯·洛克菲勒的毛纳·基亚酒店是多么明智。（进入夏威夷人居住的岛的入口只有一个，一个或许在毛伊岛，或者可爱岛，或者夏威夷的地方，这其实只是一个说法。但这种说法潜移默化到如此广泛的程度，以至于人们以为只有火奴鲁鲁该重新修葺了。）或者，如果他们更关注未来的话，他们会以一种詹姆斯·米切纳[a]的腔调说，夏威夷是一个多种族天堂，一个工人当家做主的天堂，一个进步主义的天堂，在这里，过去已向未来屈膝，国际码头与仓库工人工会的杰克·霍尔在太平洋俱乐部吃午餐，夏威夷老牌百货商店毕晓普地产和亨

---

[a] 即 James A. Michener（1907—1997），美国作家，曾获得过普利策奖，1959年出版了取材自真实历史的小说《夏威夷》，讲述了夏威夷从火山喷发形成岛屿到成为美国一个州的过程。

利·凯泽联手,把可可头变成价值三十五亿美元的地产项目,名为**夏威夷·卡伊**。如果他们在旅游业工作,那他们就会讨论着每年一百万游客(1970年)和每年两百万游客(1980年),两万名国际扶轮社[a]成员会在1969年聚集于火奴鲁鲁,他们还讨论着**产品**。"报告展示了我们的需求,"一个旅游业从业者告诉我,"我们需要更多设计和产品打磨。"**产品**就是他们所居住的这片土地。

如果他们从火奴鲁鲁而来,有些**野心**——比如他们来这儿只有三十年——他们故作不经意地提到**洛厄尔**的名字,聊着他们的慈善事业。如果他们从火奴鲁鲁而来,但完全没有野心,他们会讨论开家精品小店,进入房地产行业,以及杰奎琳·肯尼迪[b]赤脚穿着穆穆袍,出现在亨利·凯泽的晚宴上,算不算粗俗无礼。("我是说,我**认识**一些人来这儿只是度假,而且穿着随意,但毕竟……")他们频繁去往本土,但还未频繁到对那儿的新闻了如指掌。他们喜欢取悦他人,也喜欢被取悦,喜欢高朋满座。("如果没有他们,会变成什么样?"一个女人反问我道。"那会变成一个威斯康星州拉辛俱乐部里普通的周六晚上。")他们亲切优雅,热情四溢,脸上全是活力、幸福和希望,让我有时觉得很难与他们交谈。我想,他们大概不会理解我为什么要来夏威夷,也不会明白我要铭记的究竟什么。

---

[a] Rotary International,国际慈善组织,主要成员为商界人士和职业人士。
[b] Jacqueline Kennedy(1929—1994),是第35任美国总统约翰·肯尼迪(1917—1963)的遗孀。

ROCK OF AGES
(1967)

万古磐石

恶魔岛（Alcatraz Island）上如今开满鲜花：橙色和黄色的旱金莲，天竺葵，香草，蓝色鸢尾，黑眼苏珊。蜂室花从操场上破碎的混凝土缝隙中冒了出来。冰叶日中花铺满了锈迹斑斑的过道。**警告！禁止靠近！美国政府所有**的字样依然清晰，一座巨大的黄色标牌，隔着四分之一英里都能看见，但自从1963年3月21日，他们从岛上押走了最后三十几个犯人，送去了维护成本更低的监狱之后，这警告就只是一句**空话**了，炮塔里没有人，监室也废弃了。整座岛上只有鲜花、风、钟浮标的低鸣，以及潮水汹汹穿过金门海峡的声音，待在这里说不上讨厌，但要说有多么喜欢，除非你本就向往一条护城河。

有时候，我确实会喜欢这种地方，这就是我想要讲的。现在恶魔岛上住着三个人。约翰·哈特和玛丽·哈特，住在一间公寓里，在约翰担任狱警的十六年里，他们一直住在这里，养大了五个孩子，那时的邻居"鸟人"和米基·科恩[a]如今都离开了，孩子们也搬走了，最后走的那个是1966年的6月，在岛上办完婚礼后离开的。另一个住在恶魔岛的人，是一个退

---

a 两人都是曾在恶魔岛服刑的囚犯。"鸟人"（Birdman），原名Robert Stroud（1890—1963），因杀害狱警被判终身监禁，因在狱中饲养并研究鸟类而成名。米基·科恩（Mickey Cohen，1913—1976），二十世纪中期洛杉矶黑帮头目，多次因赌博、走私、勒索、逃税等非法活动入狱。

休的商船船员，名叫比尔·多尔蒂。约翰·哈特与比尔·多尔蒂受美国总务管理局委托，负责对这座二十二英亩的岛进行全天候的值守。约翰·哈特有一只狗，叫达菲，比尔·多尔蒂也有一只狗，叫杜克，虽然养狗原本是为了陪伴，但它们如今俨然也是恶魔岛的第一道防线。玛丽·哈特有一个转角窗，可以看到海湾那头旧金山的天际线，隔着一英里半的距离，她坐在那里画**风景**，或是弹风琴，《老黑奴》（"Old Black Joe"）和《请离开，让我入睡》（"Please Go Away and Let Me Sleep"）之类的曲子。每周，哈特夫妇会乘船去旧金山一趟，取信件，在马里纳的喜互惠大超市（Safeway）购物，有时，玛丽·哈特也会从岛上出来，去看望孩子们。她更喜欢电话联系，但最近的十个月，恶魔岛都没办法通电话，因为线缆被一艘日本货船切断了。每天早晨，KGO 广播电台的交通广播员[a]都会从直升机上扔下一份《旧金山纪事报》，如果有时间，还会停下来喝杯咖啡。此外，就只有总务局的托马斯·斯科特会出现在这里，有时还会带上一个议员，或者一个有意买下这座岛的人，还有时是带着妻子和年幼的儿子来野餐。有不少人都想买下这个岛，斯科特估测，在暗标[b]里应该能卖出五百万美元，不过，在国会通过将这座岛改建为"和平公园"的提案之前，总务局无权出售。斯科特先生说，他很乐意移交，但要放手对这样一座堡垒之岛的管理，人的心底不太可能毫无波澜。

不久前，我与他一起去过那儿。任何一个孩子都能想象出比恶魔岛更像监狱的地方，因为这儿的铁栅栏和铁丝网看起来都只是摆设，并不起什么作用，真正的监狱是这座岛本身，冰冷的潮水就是它的高墙。所以人们会叫它**磐石**。比尔·多尔蒂带着杜克，给我们放下栈桥。在去往峭壁的旅行车里，比尔·多尔蒂跟斯科特先生讲了他都做了哪些小型修缮，以及接下来要做的是哪些。恶魔岛上的任何修缮，都只是为了打发时间，一种看守人自己的**牙雕**[c]，因为政府不会为此付给他们哪怕一分钱。1963 年，整个监狱的修缮需要花五百万美元，这也是它被遗弃的原因，而

---

a Traffic reporter，专门为广播或电视台实时播报交通状况的记者，有时会在直升机上进行报道。
b Sealed-bid auction，指隐去所有竞标者信息，只留下报价的一种更为公平的竞标方式。
c Scrimshaw，指十九世纪的海员在象牙或鲸骨等材料上进行的精细雕刻，用以在漫长的航行中消磨时间，排遣寂寞。

如今，每年只需2.4万美元，主要用于看守，也有一部分花在了用驳船给岛上的比尔·多尔蒂和哈特夫妇送水上，每年40万加仑[a]（恶魔岛完全没有淡水，这是开发的一个障碍），剩下的则用于两套公寓的供暖和用电。各种建筑看起来确实已经荒废。门锁从监牢门上暴力拆下，巨大的电子门锁系统也断了电。餐厅的催泪瓦斯通风口已经空了。在海风的腐蚀下，油漆都鼓了起来，大片大片剥落，露出淡绿和赭色的墙面。我站在阿尔·卡彭[b]的监室里，5英尺×7英尺，B区二楼的200号，不是那种可以看到**风景**的监室，那是为表现好的老囚犯准备的。我走进禁闭区，只要把门关上，周遭便是全然的黑暗。"蜗牛米切尔，"14号禁闭室的墙上，潦草的铅笔字迹，"唯一一个因为走得太慢被枪毙的人。"旁边是一个日历，用铅笔按月份列在墙面上，日子被划掉了，不知哪一年的5月，6月，7月和8月。

斯科特先生对监狱管理学的兴趣，可以追溯到他的部门将恶魔岛当作一个富有潜力的地产项目收购的那一天。他向我介绍了几起越狱事件、安保工作的常规流程，还指给我看了妈妈巴克[c]的一个儿子多克被射杀的那片海滩。（他们警告他，快点回来，但他说宁可吃枪子儿也不回去，然后他就吃了枪子儿。）我参观了浴室，肥皂还放在托盘里。我捡起一张泛黄纸，是复活节礼拜式的宣传单。（**为什么在死人中找活人呢？他不在这里，已经复活了**。[d]）我在一架立式钢琴上试着弹了几下，琴键上的象牙已经全部酥掉了。我试着想象监狱曾经的样子：大型探照灯彻夜在窗外扫视，狱警们在武力戒备走廊上巡逻，饭后登记时收入袋子的银质餐具发出叮叮当当的声音。我努力想要唤起一丝厌恶，想象着那些深夜里的恐惧，门被紧锁，船已开走。但事实是，我喜欢外面这个地方，一片废墟，浮华绝迹，妄想破灭，空旷的土地已经被风雨重新占领。在这里，女人弹着风琴，想要盖过真正的风的低鸣，年迈的男人在和名叫杜克的狗玩球。我可以告诉你，我回到大陆，确实是因为那里还有承诺等着我去履行，但或许只是因为没有人叫我留下来。

---

a 1加仑≈3.79升。

b Al Capone（1899—1947），美国历史上最著名的黑帮头目之一，活跃于二十世纪初期至中期的芝加哥。

c Ma Barker，全名为Kate Barker，和她的儿子们成立了著名黑帮巴克帮，进行大量犯罪活动。多克（Doc），全名为Arthur Barker，曾实行多起暴力犯罪。

d 出自《路加福音》24:5-6。

THE SEACOAST OF DESPAIR
(1967)

无望海岸

不久前，我去了纽波特一趟，参观那些宏伟的**世纪末**[a]石头"小屋"，一些富有的美国人曾在这里消夏。贝尔维大道和悬崖步道的两旁，这些建筑仍隐约可见，一座接着一座，丝绸窗帘已然老旧，但滴水兽依然完好，成了某种超越自身存在的纪念碑；显然，这些宅子是为了某种超越性的目的而建。但没有人明确告诉我那个目的的究竟是什么。人们向我保证，这些巨大的避暑山庄都是博物馆，提醒我说它们都是丑陋的巨兽，又一再强调，它们所展现的生活方式优雅得难以置信，又粗俗得难以形容，因为这巨富跟你我不一样。是的，他们的税率更低，而且就算"听涛山庄"[b]的品位不是很高雅，那又如何，**去年之雪今何在**[c]？我读过伊迪丝·华顿[d]，也读过亨利·詹姆斯，后者认为这些宅子应当永远矗立在那里，提醒人们"一味藐视

---

a 原文为法语 fin-de-siècle，意为"世纪末"，一般特指十九世纪末。

b The Breakers，十九世纪九十年代由科尔内留斯·范德比尔特二世（Cornelius Vanderbilt II, 1843—1899）建造，曾经是范德比尔特家族的度假地。

c *Ou sont les croquet wickets d'antan*，出自法国诗人弗朗索瓦·维庸的诗歌《往日的贵妇》。

d Edith Wharton（1862—1937），美国小说家，1921年获得普利策文学奖，是美国历史首位获得该奖的女性。她出身纽约上流家族，与第一任丈夫爱德华·华顿结婚后，1897年，这对夫妇斥资8万美元在纽波特购买了庄园"兰兹角"（Land's End）。

154

比例、违背审慎原则的后果是多么尴尬"。

然而，这些其实都无关紧要，什么税率啦，品位啦，被藐视的比例啦，都没说到点子上。打个比方，如果你能像理查德·甘布里尔的夫人1900年那样，找来纽约公共图书馆的设计师，在罗得岛海滩上修建一座十八世纪风格的法式庄园，花园仿照亨利八世送给安妮·博林的那座来建造[a]，并将其命名为"弗农苑"，那么，大概已经没有人可以指控你违背了什么"审慎"原则。这里的人根本不讲这些。没有哪种既有的美学标准可以完美适用于纽波特的贝尔维大道，适用于手工锻打的大门后面那些巨大、奢华而又荒诞的建筑，它们是资本如癌症般扩散的产物，是工业革命抵达其理论极限的表现，它们揭示了有些常识的出现其实是那么晚近，譬如，生活应当"舒适"，生活中的人应当"幸福"。

毕竟，"幸福"是一种消费伦理，而纽波特是一个生产社会的象征，在这个社会里，生产被视作道德的要点，是经济发展过程中的回报，如果我们不将其视作经济发展的最终目标的话。因而，享乐原则在这个地方是不存在的。有钱建造"听涛山庄""云石别墅"[b]或者"赭石庭"[c]，并且选择把它们建在纽波特，本身就拒绝了这种可能；这座岛屿外观丑陋、破败，也没有任何让人眼前一亮的极致景观，比起享受，更适合用来征服。纽波特盛行的依赖修剪的园艺风格便是此地精神的展现。这里的人并不是没有其他选项：威廉·伦道夫·赫斯特就没有选择纽波特，而是在太平洋沿岸建造他的宅子[d]。无论圣西米恩其他地方有多么怪异，它本身是一座**迷人的山丘**[e]，沐浴在金色的日光下，奢靡的氛围里，一个十分浪漫的地方。但在纽波

---

a 弗农苑花园的蓝本为汉普顿宫（Hampton Court Palace）的池塘花园，并未有太多证据支持该花园为亨利八世送给第二任王后安妮·博林的礼物。

b Marble House，1888年到1892年间，威廉·范德比尔特（William Kissam Vanderbilt，1849—1920）与妻子阿尔瓦建造的避暑山庄。1895年，二人离婚，赭石庭完全归阿尔瓦所有。威廉·范德比尔特是科尔内留斯·范德比尔特二世的弟弟，孔苏埃洛·范德比尔特的父亲。

c Ochre Court，地产商奥格登·戈莱特（Ogden Goelet，1851—1897）与妻子于1892年建造的宅邸。

d William Randolph Hearst（1863—1951），美国报业大亨，赫斯特国际集团的创始人。

e La cuesta encantada，即Hearst Castle，1919年，赫斯特请建筑师茱莉娅·摩根在圣西米恩修建了这个庄园，后成为众多好莱坞明星、政要、作家聚会的胜地。该城堡的建造持续了二十余年，一直到1947年赫斯特搬离此地，仍在持续扩建中。1958年，赫斯特集团将这一宅邸捐赠给了加州政府。

特，空气中只有金钱的气味。即便阳光照亮了巨大的草坪，喷泉四处喷溅，空气中弥漫着的气息依然与快乐无关，与典雅传统无关，那种气息无关乎金钱可以如何漂亮地挥霍，而是关于金钱是如何暴力地赚取的，你眼前会立刻出现煤矿、铁路、工厂、涡轮和"猪肚未来"[a]。在纽波特，金钱的存在如此醒目，你会不由得联想起它野蛮的开始。凝视着"玫瑰园"[b]，大吉姆·费尔的形象就会慢慢浮现，他从内华达的山里挖出银子，好让他的女儿能住在纽波特。要是"伯温德老爹[c]看到运油卡车停在私人车道上，怕是会把自己的棺材掀翻，"我在细细研究"榆林山庄"的下沉式花园时，一个守卫告诉我，"他是靠煤发家的，软煤。"即便站在这栋大理石避暑山庄外的阳光下，**煤、软煤、烟煤、无烟煤**，回响在我和守卫脑中的也一直都是这些词，而非对夏日美景的赞词。

这么看来，纽波特有一种神奇的西部色彩，在精神上更接近弗吉尼亚城，而非纽约，更接近丹佛，而非波士顿。这里有一种边地才有的喧嚣。以及，与边地一样，女人无权参与游戏。男人们付钱买下纽波特，再赐予女人们居住于此的特权。就如同购买镀金玻璃橱窗，可以更完美地展示精美的塞夫尔无釉瓷器，花钱建造的大理石楼梯，也可以更好地展示女人。在镶金饰银的凉亭里，她们可以从不同角度被展示；在法式客厅，又别有一番风情。她们可以被哄骗，被奉承，被纵容，被赠予漂亮的房间和沃斯设计的服装，被允许想象主导着自己的房子和生活，但到了谈判的关头，她们的自由不过是**空中楼阁**[d]。正是贝利海岸的世界，引起了伊迪丝·华顿的神经衰弱，也让孔苏埃洛·范德比尔特违背自己的意愿，变成马尔伯勒公爵夫人。那些宅子都是男人的宅子，被管道和

---

a Pork-belly futures，1961年出现的金融投资工具，当时市场对熏肉产业持乐观期望，因为猪肚是熏肉的重要原料，很多人便对猪肚进行金融操作。直到2011年，这项金融工具才退出市场。

b Rosecliff，特蕾莎·费尔·奥尔里克斯（Theresa Fair Oelrichs, 1871—1926）于1898至1902年间建造的大宅。她的父亲是矿业巨头詹姆斯·费尔（James Graham Fair, 1831—1894），人称大吉姆·费尔（Big Jim Fair），又称"银王"。她的丈夫则是轮船大亨赫尔曼·奥尔里克斯（Hermann Oelrichs, 1850—1906）。

c Old Man Berwind，即Edward Julius Berwind（1848—1936），伯温德-怀特矿业公司的创始人。榆林山庄（The Elms）便是他在1899年到1901年间建造的。朱莉娅·伯温德（Julia Berwind, 1865—1961）是他的妹妹。

d Trompe-l'œil，错视画，画面立体逼真，会让观者产生视错觉。

工厂铁路线贯穿,到处是抽取海水的工厂、储存海水的大水罐、收集雨水的设备、存放银餐具的金库、储存瓷器和水晶的设施,"托盘布——精致""托盘布——普通"。在榆林山庄的深处,有一个煤桶,是朱莉娅·伯温德房间的两倍大。这些宅子的运转逻辑凌驾于一切欲望和偏好之上;强烈的激情,或是清晨的突发奇想,都不可能让工厂停工,也不可能让生产——午宴、化装舞会、**糖渍栗子**——放缓。站在听涛山庄的宴会厅里,你只想赶快从这里逃走,哪怕是偏头痛当场发作也好。

最终,纽波特沦为了一种布道,一个精心搭建的舞台,上演的是一出美国道德剧,在这部剧中,金钱和幸福是对立的。这是那些男人构想出的奇特剧场,但毕竟,我们每个人都有自我反思的时候。我很难相信,科尔内留斯·范德比尔特二世从来没有在某个时刻,在内心深处某个昏暗的台球室里,突然意识到:当他建造起听涛山庄时,也为自己埋下了诅咒。想必在他们眼里,世界曾经更加生机盎然,那时他们还年轻,才开始修铁路,或者是在卡姆斯托克挖高品质的矿石,或者是野心勃勃地梦想着有天能垄断黄铜市场。与世上其他所有人相比,这些男人有过梦想,并且实现了它们。然后,他们所做的就是建造一座宅子,如同启蒙书中的插画一般,展示这种以生产为中心的伦理观如何一步步地将他们引向不幸,引向局限,引向生活运转机制的陷阱。从这个意义上讲,贝尔维大道的训诫比布鲁克农场[a]的理念还要激进。谁会忽视刻在纽波特纪念碑上的喻世明言呢?谁还会相信修建一条铁路就能保证救赎呢?那些修建铁路的男人们的大草坪上,什么都没留下,只有被偏头疼折磨的女人的影子,还有早已离世的孩子们留下的空空的小马车。

---

a Brook Farm,十九世纪四十年代美国新英格兰地区一项著名的乌托邦社区实验,由超验主义者乔治·里普利(George Ripley,1802—1880)于1841年在马萨诸塞州创立,旨在创建一个将体力劳动与精神生活结合,践行合作、平等与自我实现理念的社会。实验初期采自愿合作模式,1844年转向法国傅立叶式"法郎吉"(phalanx)集体制度,最终因组织不力与财务困难,于1847年解散。布鲁克农场是一项兼具宗教理想主义与世俗社会主义实践色彩的思想实验,玛格丽特·富勒与纳撒尼尔·霍桑也曾短期参与其中,后者以此为灵感创作了小说《福谷传奇》(The Blithedale Romance)。

GUAYMAS, SONORA
(1965)

瓜伊马斯，索诺拉州

旧金山一直在下雨，直下到山崖碎成沙粒，冲进海浪里，我早晨起床后也不想把自己收拾整齐，于是我们决定去墨西哥，去瓜伊马斯，那儿挺热的。我们不是冲着旗鱼去的。我们也不是冲着潜水去的。我们只是想远离自己，其方法便是开车旅行，某天一路南下穿越诺加莱斯，当那些郁郁葱葱的绿地逐渐失去吸引力，能触动想象力的只有某个荒凉的地方，某个荒漠。那个荒漠，任何荒漠，是定然笼罩在死亡阴影下的山谷；从荒漠归来，你会感觉自己是阿尔克斯提斯[a]，重生了。过了诺加莱斯，上了15号公路，周遭什么都没了，只有索诺拉沙漠，只有牧豆树和响尾蛇，只有谢拉马德雷山脉绵延向东，没有人类活动的痕迹，只有时而一辆墨西哥石油公司的卡车呼啸着向北奔驰，或者远远地，有灰扑扑的太平洋铁道公司卧车驶过。马格达莱娜在15号公路上，然后是埃莫西约，在那儿，美国的赭石商人和牛贩聚集在圣阿

---

a Alcestis，希腊神话中的伊奥尔科斯公主，深爱自己的丈夫，愿代替他死去。勇士赫拉克勒斯在她的墓中与死神搏斗，将她从死亡中救了回来。

瓜伊马斯，索诺拉州

尔贝托酒店的酒吧里。埃莫西约有一个机场，而埃莫西约离瓜伊马斯只有 85 英里，但坐飞机就会错过奇妙的体验。这体验是失去方向，感觉自己被赦免了，被这热浪、这幻觉，以及这腐烂尸体的虎视眈眈。路在发亮。眼睛想要闭上。

然后，当你以为荒漠便是唯一存在的时候，一片豁然开朗，15 号公路撞上了海岸线，那就是瓜伊马斯，火山群峰和群岛组成的月牙形逆断层，还有温暖的加利福尼亚湾，轻柔地拍打着四周，甚至拍打着仙人掌，水面亮如明镜，如同海市蜃楼，停在港湾里的船舶不安地鸣笛，发出低沉的声响，幽灵船，被大陆紧锁，失落。这就是瓜伊马斯。关于这个镇子，格雷厄姆·格林曾写道：一个阴暗的广场，装饰精美的凉亭等待着周日的乐队，一群聒噪的鸟，一个修得乱七八糟的天主教堂，有着蛋壳蓝色瓦片圆顶，十字架上立着一只红头美洲鹫。码头上堆满了一捆捆索诺拉棉花，一包包铜精矿；飘扬着巴拿马和利比里亚旗帜的货船上，希腊和德国男孩们站在炎热的黄昏里，不耐烦地盯着这丑陋景色，怪峰、静默的镇子、他们停驻的这个怪异的凸起。

如果真的想抛弃自我，我们就该住在镇子里，住在一个掉色破旧的绿松色百叶窗开向庭院的酒店里，老人们坐在门廊，一切静止。但我们住在镇外，科尔特斯广场酒店，南太平洋运输公司在铁路国有化之前修建了这个古老的酒店。这里也是蜃楼，美丽，沉静，抹上厚厚白浆的墙、黑色百叶窗、明亮的瓷砖、乌黑的铁路枕木做的桌子、白色的绣花棉布窗帘，沉重的梁木附近堆着玉米。胡椒树长在泳池边，柠檬和香蕉长在庭院里。食物不怎么样，但晚餐后，你可以躺在院子里的吊床上，听喷泉和海浪的声响。整整一周，我们躺在吊床上，散漫地钓鱼，早早睡觉，晒黑了，懒散。我丈夫抓了八条鲨鱼，我读一本海洋学教材，不怎么讲话。这周快结束了，我们想做点什么，但只能参观以前太空项目的跟踪站，或是看约翰·韦恩和克劳迪娅·卡迪纳尔[a]主演的《马戏团风云》，于是我们知道，是时候回家了。

---

a　Claudia Cardinale（1938— ），意大利电影女演员，代表作有《八部半》《豹》《西部往事》等。

LOS ANGELES NOTEBOOK
(1965—1967)

洛杉矶笔记

1

今天下午,洛杉矶的空气里有一丝不安,一种不正常的平静,一种紧绷感。这意味着圣塔安娜风(Santa Ana)今晚就会抵达,一股从东北而来的炎热大风,从卡洪山口和圣戈尔戈尼奥山口呼啸而过,在66号公路延线卷起沙尘暴,吹干山川和神经,把它们逼向燃点。接下来的几天内,我们将会看到浓烟重返峡谷,听见午夜鸣笛大作。我没听说圣塔安娜风将至的消息,也没有在哪里读到,但我就是知道,而且我今天见到的几乎所有人都知道。我们知道,因为我们感受到了。宝宝躁动不安。保姆情绪低落。我跟电话公司翻了旧账,然后挂断电话,躺下来,任由空气中弥漫着的东西控制。无论主动还是被动,活在圣塔安娜风里,就意味着接受了一种关于人类行为的深层机械决定论。

我记得我刚搬来洛杉矶,住在一个孤岛上时,有人就曾告诉我,印第安人会在狂风来袭时跳进海里。我现在能理解了。太平洋在圣塔安娜风期间诡异地平滑如镜,而你深夜醒来,会困扰于橄榄树里孔雀的尖叫,还有海浪的神秘失踪。热浪像是疯了。天空被昏黄笼罩,还有一种有时被称为"地震天气"的光。我唯一的邻居那几天会闭门不出,晚上也不开灯,她丈夫提着大砍刀,巡视附近。有一天他告诉我,他听到了一个侵入者的动静,接着是一条响尾蛇的。

"在一个那样的晚上,"雷蒙德·钱德

勒有次这般描写圣塔安娜风，"每个豪饮的酒宴都以斗殴告终。温顺的小妻子们摩挲着切肉刀的刀刃，研究着丈夫的脖子。任何事都可能发生。"就是这样的风。我那时不知道是否有科学依据来解释它给所有人造成的影响，但这又是一个科学最终支持了民间智慧的例子。圣塔安娜风得名于一个它穿过的山口，是一种**焚风**，类似奥地利和瑞士的**焚风**（Foehn）和以色列的**哈姆辛风**（Hamsin）。世界上有好多种邪恶的大风，最著名的应该是法国的**密斯托拉风**（mistral）和地中海的**西洛可风**（sirocco），但焚风有着独特之处：它形成于山脉的背风处，虽然最开始是一团冷空气，但当它顺山脉而下时，逐渐变热，最终形成了干热的强风。无论何时，无论何地，只要焚风吹过，医生们都会听到头疼、恶心、过敏、"神经紧张"和"抑郁"。在洛杉矶，有些老师在圣塔安娜风期间不会进行正常教学，因为孩子们变得难以管教。在瑞士，焚风期间自杀率陡然上升，在瑞士一些州的法院里，风会被视作减罪的因素。外科医生被警告要小心风，因为在焚风期间血液不会正常凝结。几年前，一个以色列物理学家发现，不仅是在焚风期间，甚至在焚风开始前十到十二小时内，空气中的正负离子比例都会高得出奇。似乎没人知道为什么；有人说是因为摩擦力，还有人说是因为太阳扰动。无论为何正离子会出现，这么大一团正离子所干的事，用最简单的话来说，就是让人不舒服。没有比这更机械决定论的了。

东部人经常抱怨南加州没有"天气"，每一天，每一个季节就这么平淡无奇、毫无波澜地滑了过去。这就是误解了。事实上，这儿的气候是被无序而凶残的极端所塑造的：两段亚热带雨季，大雨倾盆好几周，洗刷着山脉，把泥沙冲进海里；一年中零零散散二十多天里，刮着圣塔安娜风，它极度的干燥时常引起火灾。在第一次圣塔安娜风预警时，森林管理部门会从北加州调来人员和机器，进入南部的森林里，而洛杉矶消防队会取消所有日常非救火行动。圣塔安娜风引起了1956年马里布市大火，1961年贝莱尔大火，1964年圣巴巴拉大火。1966年至1967年的冬天，在一场蔓延至圣加布里埃尔山地的圣塔安娜大火中，11个人因救火牺牲了。

只消看看圣塔安娜风期间洛杉矶的报纸头条，你就明白那个地方在发生什么了。

最近几年里，最长的一次圣塔安娜风是在1957年，往常风会刮上三四天，但那次长达15天，从11月21日一直到12月4日。风至的第一天，圣加布里埃尔的两万五千英亩山地燃起大火，风速100英里每小时。城里，风力达到蒲福氏风级12级，也叫飓风级；油井架被掀翻，政府要求市民远离市中心，以免被坠物砸到。11月22日，圣加布里埃尔的大火失控了。11月24日，6人死于交通事故，直至周末，《洛杉矶时报》一直在统计交通死亡人数。11月26日，一个帕萨迪纳的著名律师，深陷财务危机，开枪杀了妻子和两个儿子，最后饮弹自尽。11月27日，一个南盖特二十二岁的离异人士，被人杀害并从行驶的车里扔了出去。11月30日，圣加布里埃尔的火势仍旧没有得到控制，城里的风速每小时8英里。12月的第一天，4个人死于非命，到了第三天，风终于慢慢停息了。

不住在洛杉矶的人很难理解，圣塔安娜风在当地的想象中多么意义非凡。一座燃烧的城市，就是洛杉矶对自己最深的印象：纳撒尼尔·韦斯特在《蝗灾之日》中便描述了这般场景；在1965年瓦茨骚乱中，令人难以忘却的就是熊熊大火。好几天，当你顺着港口高速行驶，你可以看到城市在燃烧，一如我们早就知道的结局。洛杉矶的天气是灾难性的，毁灭性的，就如同新英格兰准时的漫长苦寒的冬天造就了当地生活方式一样，圣塔安娜风的残忍和阴晴不定影响了洛杉矶生活的全部，这更加重了它的无常，它的不可捉摸。风让我们知道，我们离深渊并不远。

2

"这就是我打来的原因，罗恩，"在一个深夜电台节目中，有一个听众打电话说，"我只是想说，这个《秘书诱惑》(Sex for the Secretary)的家伙——不管她名字叫什么——对国家道德建设绝对没半点好处。太垃圾了。有**数据**显示的！"

"是《性感办公室》(Sex and the Office)，亲爱的，"音乐电台主持人说。"这是标题。作者是海伦·格利·布朗。**数据**显示了什么？"

"我现在手头上没有数据。但它们**显示**了。"

"我对这些数据挺感兴趣的。有建设性一点，你个夜猫子。"

"好吧，就举**一个数据**，"那个声音继续说着，正斗志激昂。"我没读过这本书，但她鼓励**和已婚男人出去吃午餐**，是想要做什么？"

这个话题继续着，从午夜一直聊到凌晨5点，中间夹杂着唱片，以及偶尔打来的电话，讨论响尾蛇会不会游泳之类的话题。关于响尾蛇的谣言，是洛杉矶失眠者最关心的主题之一。快到凌晨2点的时候，一个来自"塔扎纳街外"的男人，打电话反驳。"之前说话的那位夜猫子，一定是在说，嗯，《穿灰色法兰绒套装的男人》或者其他的书，"他说，"因为海伦是少有的会告诉我们**真相**的作者。赫夫纳是另一个，他也很具有争议，在其他，嗯，领域的创作上。"

一个老人做证说他"亲眼"见到过一条游泳的响尾蛇，在三角洲-门多塔运河，这之后，他迫切希望关于海伦·格利·布朗的讨论能"缓和"一些。"如果我们没读过，就不应该上节目说它们是色情文学，"他抗议道，把它念作涩—琴—文—学。"我觉得，买一本。给它个机会。"开始那位**煽动者**打回电话表示同意，说她会买一本。"然后我会烧了它。"她补充道。

"焚书者，嗯？"主持人好脾气地笑道。

"要是现在还能烧死女巫就好了。"她尖声道。

3

现在是周日下午3点，气温105华氏度，空气里裹着厚厚的霾，灰扑扑的棕榈树高耸着，有种突如其来，还有点好看的神秘感。我一直和宝宝在洒水器的水雾里玩，然后我上了车，出发去日落大道和富勒街角落的拉尔夫市场，我穿着一件旧比基尼泳衣。这不是一件适合去商场时穿的衣服，但在日落大道和富勒街角落的拉尔夫市场，也不算一件扎眼的衣服。但一位体型庞大、穿着棉布穆穆袍的女士，在肉柜处用她的购物车别住了我。**在商场穿的这是什么玩意儿**。她声音很大，却像被掐住了脖子。每个人都看了过来，我仔细看着一包羊肋排的塑料包装，她又说了一遍。她跟在我身后跟了一整个店，到儿童食品，到乳制品，到墨西哥食品，只要有机会，就别我的购物车。她的丈夫拉着她的袖子。当我离开收银柜台，她最后一次提高嗓音。**在拉尔夫穿的这是什么玩意儿**。她喊道。

4

在贝弗利山，某人家里的派对：一顶粉色帐篷，两个管弦乐队，一群穿着皮尔·卡丹晚礼服的法国共产党领导人，蔡森餐厅的辣椒和汉堡。一个英国演员的妻子一个人坐在桌前，她几乎不来加州，虽然她丈夫时常在这工作。一个认识她的美国人往桌边微微移了几步。

"真高兴在这儿见到你。"他说。

"是吗。"她说。

"你在这多久了？"

"太久了。"

她从路过的服务员手上端走一杯新倒的酒，对着她丈夫微笑，他正在跳舞。

那个美国人又尝试搭话。他提起了她的丈夫。

"我听说他在电影里很棒。"

头一回，她看向美国人。她终于开口了，十分清晰，一字一顿，"他、也、是、个、基、佬。"她轻快地说。

5

洛杉矶的口述史都写在钢琴酒吧里。《月亮河》("Moon River")是钢琴师经常演奏的曲目,还有《山谷常青》("Mountain Greenery")、《有个小旅馆》("There's a Small Hotel")、《并非第一次》("This is Not the First Time")。人们互相交谈,聊着他们的第一任妻子、最后一任丈夫。他们互相说着"高兴点儿",还有"真是绝了"。一个建筑工跟一个失业编剧聊着天,后者正独自庆祝他的结婚十周年。建筑工在蒙特西托工作。"在蒙特西托,"他说,"每平方英里都有135个百万富翁。"

"腐朽。"编剧说。

"你就只想说这个?"

"别误会我。我觉得圣巴巴拉是世界上最——天哪,**最**——美的地方之一,但这个美丽的地方有点……**腐朽**。他们就靠这腐朽的百万美元生活。"

"那给我来点腐朽。"

"不,不,"编剧说。"我只是突然想到百万富翁都有些缺失……缺失活性。"

一个醉汉点名要听《ΣX的甜心》("The Sweetheart of Sigma Chi")。钢琴师说他不会弹这首曲子。"你在哪儿学的钢琴?"醉汉嚷道。"我有两个学位,"钢琴师说,"一个是音乐教育学的。"我去了一个投币电话亭,给我一个纽约的朋友打电话。"你在哪儿?"他问。"恩西诺的一个钢琴酒吧。"我说。"为什么?"他问。"为什么不呢。"我说。

GOODBYE TO ALL THAT
(1967)

别了，这一切

> 到巴比伦要走多远？
> 三个二十外加十英里——
> 我可以乘烛光去吗？
> 是的，来回都可以——
> 如果你的脚步轻快
> 你可以乘烛光去。[a]

容易看见开头，却难预见结尾。我现在还记得纽约第一次在我面前展开的情景，那记忆清晰得令我后颈的神经紧绷，但我无法准确地指出结束的那一刻，永远无法穿透那些模糊的记忆、再次的开始、破裂的决心，无法找到确切的那一页，女主角不再像从前那样乐观。当第一次见到纽约时，我二十岁，那是一个夏天，在艾德怀尔德机场（今华盛顿机场）一个临时航站楼里，从DC-7飞机上走下来，穿着一条在萨克拉门托还很时髦的新裙子，但已经变得没那么时髦了，即便这里只是艾德怀尔德机场的一个临时航站楼。热烘烘的空气中有股霉味，还有某种直觉，那是所有我看过的电影、听过的歌、读过的有关纽约的故事塑造的，它在告诉我，一切都不一样了。确实如此。有段时间，上东区所有点唱机都在播放同一首歌，"但曾经那个学生妹的我去哪儿了"，夜深人静时，

---

[a] 传统英文儿歌。文中"三个二十外加十英里"（three score miles and ten）化用了《圣经》中对人类寿命的描述"threescore years and ten"，意为七十年。

懒行向伯利恒

我也思考过这个问题。如今我知道,几乎每个人都思考过类似的问题,或早或晚,不管他们在做什么,但在二十岁、二十一岁,甚至二十三岁,人们可以享受的福泽之一,便是笃定这种事绝不会发生,即使所有证据都说明事实恰恰相反。

当然也可以是其他城市,情况会不同,时间会不一样,我也会不一样,可以是巴黎或者芝加哥或者甚至旧金山,但因为在说我的故事,所以我现在所说的是纽约。第一个夜晚,我打开进城巴士的车窗,看向天际线,却只看到皇后区的垃圾堆,还有一个大标识,上面写着**此处通往中城区**,然后下了一场倾盆大雨,夏天的雨(就算是这个,也看起来神奇且充满异域感,因为我从西部来,从来没见过夏天的雨),然后接下来三天,我在酒店房间里裹着毛毯,空调低至35华氏度(约为1.67摄氏度),试图自己扛过重感冒和高烧。我没想到要打电话给医生,因为我一个都不认识,以及虽然我想过打电话给前台,让他们关掉空调,但我没打,因为我不知道该给来的人多少小费——有人这么稚嫩过吗?我现在正在告诉你一个这样的人。那三天,我唯一做的就是打长途电话给一个男孩,我知道我春天不会跟他结婚。我告诉他,我会在纽约待上六个月,而且我能从窗户看到布鲁克林大桥。结果那其实是三区大桥,而我在纽约待了八年。

回头看看,对我来说,那些知道所有大桥名字之前的日子,要比往后的日子要快乐得多,但或许随着此文展开,你也会看到这一点的。我想告诉你们的其中一件事,是年轻人在纽约是何种体验,六个月如何像电影中一样,一晃就变成八年,那些岁月如今在我的脑海里就是这样的,一连串感伤的镜头和古老的特效技法——西格拉姆大厦的喷泉渐渐溶为雪花,二十岁的我走进一扇旋转门,出来时变得年长了一些,站在了另一条大街上。但我最想向你,或许也是向我自己解释的,是我为什么离开纽约。人们常说,纽约是一个只属于巨富或赤贫者的城市。很少有人说,纽约也是个只属于年轻人的城市,至少对我们这些外地人来说是这样的。

我记得有一次,纽约一个寒冷晴朗的12月晚上,有个朋友抱怨太久没有社交了,我建议他跟我一块去一个派对,我信誓旦旦说,那儿一定会有很多二十三岁的"新面孔"。他一直大笑着,笑到噎住,我不得不摇下出租车的车窗,拍打他的后背。"新面孔,"他最后说,"别跟我扯**新面孔**!"这似乎是他最后一次去有所谓"新面孔"的派对了,房间里有十五个人,他早就和其中五个女人上过床,欠所有女士的钱,还有两位男士的。我跟他一块笑着,但我远远地看向公园大道,第一场雪开始落下,巨大的圣诞树上闪着点点黄色和白色的光,我穿着一件新裙子,还有很久很久,我才会懂得这个故事独特的含义。

还有很久很久,这是因为我爱上了纽约,挺简单的。我说的不是日常生活里的那种"爱",而是我爱上了这座城市,就像是你爱上了第一个抚摸你的人,你再也不会这样爱别人了。我记得一个傍晚,我走过62街,那是我在纽约的第一个春天,或者第二个,它们看起来都差不多。我要见一个人,迟到了,但我停在了列克星大道,买了个桃子,站在角落里吃桃子,感觉自己从西部而来,进入了一个梦幻之城。我可以品尝桃子的味道,感受轻柔的风从地铁吹来,轻抚我的双腿,我可以闻到不同气味,紫丁香、垃圾和昂贵的香水,我清楚地知道,这些早晚都将收取代价——因为我不属于这里,也不在这里出生长大——但二十二三岁的时候,人总是觉得将来的自己一定能处变不惊,承受得起任何代价。我后来仍旧相信可能性,仍旧保有那种感觉,对纽约的特别感觉,随时都会有非凡的事情发生,在任何一分钟,任何一天,任何一个月。我那时每周挣六十五到七十美元("去找哈蒂·卡内基[a]给你设计一下。"我工作的杂志里有个编辑如此建议我,不带有一丝一毫的讽刺意味),工资太少了,有时我甚至只能去布卢明代尔百货公司的美食区刷信用卡才能吃上饭,我从没在寄回加州的信里提到这些。我从来没告诉父亲我需要钱,因为他肯定之后会寄钱来,这样我就永远不会知道能不能靠自己撑过来。那个时候,自食其力对我而言就像个游戏,有着很多看似随意但无法改变的规则。除了在某种特别的冬夜里——比如,在70街区[b],晚上6点30分,天早已黑了,寒风从河上袭来,此时我会很快走进巴士里,看着那些褐石别墅亮着光的窗户,看着厨师们在干净的厨房里工作,想象着女人们在楼上点亮蜡烛,再上一层,人们正在给漂亮的孩子们洗澡——除了这样的夜晚,我从来没觉得穷;我曾经有种感觉,假如我需要钱,就总有办法能搞到。我可以用笔名"黛比·林恩"给少儿专栏投稿,或者可以走私黄金去印度,或者可以成为一个百元应召女郎,每一个都没关系。

没什么是不可改变的,一切都触手可及。每一个角落都有新鲜有趣的事,我以前从没看过、做过或知道的事。我可以参加派对,认识不同的人,自称为"情感倾诉先生"的人,经营着一家"情感倾

---

a　Hattie Carnegie(1886—1956),纽约时尚品牌创始人,女企业家。
b　The Seventies,曼哈顿上城区70到79街地段,中央公园附近的街区,是纽约富豪的聚居地。

诉研究所"；或者蒂娜·奥纳西斯·尼亚尔霍斯[a]；或者一个佛罗里达穷鬼，声称自己是南安普敦－"摩洛哥饭店"（El Morocco）夜总会社交圈的常客，并将这一人群称为"大C"（"我在大C有很多人脉，亲爱的。"隔着他借来的大阳台上种着的羽衣甘蓝，他这样告诉我）；或者哈莱姆市场芹菜之王的寡妇；或者来自密苏里州博讷泰尔的钢琴销售；或者在得克萨斯州米德兰兹曾两次暴富又输光的人。我可以对自己和别人许下诺言，而我在这个世界上还有好长时间来兑现。我可以整晚熬夜，犯错，反正都没关系。

你能看到，我那时在纽约处于一种神奇的境地：我从来不觉得我过的是真实生活。在我的想象中，我只会在这里再待上几个月，直到圣诞节或者复活节或者5月第一个暖日。因为这个原因，我总是很喜欢和南方人做朋友。他们在纽约看起来跟我一样，离开故乡，度一个无限延长的假期，拒绝思考未来，当飞机离开新奥尔良，或者孟菲斯，或者里士满，或者，在我的故事里，加州，把自己暂时放逐出熟人圈。

那些抽屉里总放着一张航班表的人，对各种节日的感觉也和其他人不大一样。比如，圣诞节是个令人焦头烂额的时节。别人安排有条有理，去斯托，或者去国外，或者去康涅狄格州的母亲家里；我们这些觉得自己生活在别处的人，会订票又取消，等着因天气恶劣延误或取消的航班，就像是1940年等着离开里斯本的最后一趟航班，最终，被迫留下的我们，用童年时的橘子、纪念品、烟熏牡蛎之类的东西互相安慰，像一群遥远国度的殖民者那样聚在一起。

这就是我们。我不确定东部长大的人是否会欣赏纽约的灵魂，纽约对我们这些来自西部和南部的人所意味着的一切。对一个东部孩子而言，尤其是那种有个叔叔在华尔街，数百个周六的行程是先在F.A.O施瓦茨[b]店里玩，接着去贝斯特鞋店试鞋，然后等在比尔特莫尔钟下，跟着莱斯特·兰宁[c]的音乐跳舞，对他们而言，纽约只是一座城市，即便它是**这座城**，也只是一个可供人们生活居住的地方。而在我们的家乡，没人听说过莱斯特·兰宁，大中央总站只是周六电台节目，华尔

---

[a] Tina Onassis Niarchos（1929—1974），希腊航运巨头斯塔夫罗斯·利瓦诺斯（Stavros Livanos, 1890—1963）的次女，希腊船王亚里士多德·奥纳西斯（Aristotle Onassis, 1906—1975）的第一任妻子，后来嫁给了姐姐欧金尼娅的鳏夫、希腊航运大亨斯塔夫罗斯·尼亚尔霍斯（1909—1996），是二十世纪中期希腊航运家族联姻的典型代表。

[b] F.A.O Schwarz，美国高端玩具品牌。

[c] Lester Lanin（1907—2004），美国爵士和流行乐编曲家。

街、第五大道和麦迪逊大道并非地名，而是意象（"金钱""高端时尚"和《广告员》[a]），对我们而言，纽约绝不仅仅是一座城市。它是一个无限浪漫的词语，一个神秘的爱、金钱和权力的集合，是闪闪发亮的梦想本身。说"住"在那里，都是在把天堂拉入俗世；没人会"住"在世外桃源。

事实上，我很难理解那些女孩，对她们而言，纽约不单单是一个转瞬即逝的埃什托里尔[b]，而是一个真实的地方，她们购置吐司机，在公寓里安装新橱柜，坚信自己拥有一个美好的明天。我在纽约从来没买过家具。有一年多，我一直住在别人的公寓里；这之后，我住在90街区的一间公寓里，家具齐全，全都是我一个朋友从仓库里搬出来的，他的妻子早就搬走了。当我搬离这个90街区的公寓时（那时我抛弃了一切，所有事情都崩溃了），我什么都没带走，甚至我的冬天衣物，一张萨克拉门托县地图，我曾经挂在卧室墙上，提醒自己到底是谁，我搬去了75街上一间庙宇般的公寓，四个房间占据了整层楼。"庙宇般"可能不准确，让人误会那里有某种庄严宝相；直到我结婚后，丈夫才往里添了些家具，四个房间里什么都没有，除了一张廉价双人床垫和几张弹簧床垫，那是我决定搬走那天才打电话订购的，还有两个法式花园椅，那是一个进口椅子的朋友借给我的。（这让我突然想到，我在纽约认识的人都有着奇奇怪怪且自找麻烦的副业。他们进口花园椅子，在哈马赫尔·施莱默[c]却反应平平，或者尝试在哈莱姆推广直发夹板，或者为周日杂志[d]私下代笔写曝光谋杀有限公司[e]的文章。我觉得没人是认真的，他们只在我们最私人的生活里**全然投入**。）

我给这间公寓做的唯一装饰，是在卧室窗户上悬挂了五十码的黄丝绸，舞台帷幕一般，因为我觉得金色的柔光会让我身心舒畅，但我没考虑到窗帘的重量，一整个夏天，顽长的透明金色丝绸都会被吹出窗外，在午后的雷雨中绞成湿漉漉的一团。就在那一年，我二十八岁，发现不是所有

---

a *The Hucksters*，1947年上映的喜剧电影，对战后美国广告业和商业文化进行了犀利的讽刺。
b Estoril，葡萄牙小镇，以国际奢侈品购物旅游业闻名。
c Hammacher Schlemmer，创立于十九世纪的美国高端零售商，以销售新奇商品、精密机械和奢侈品而闻名，在美国文化中，是中上阶层科技幻想、消费欲望与新奇趣味的象征。
d Sunday supplements，指报刊在周日出版的杂志，多为长文章，主题不涉及时效性。
e Murder Incorporated，一个活跃于1929年至1941年的有组织犯罪集团，"全国犯罪集团"（National Crime Syndicate）的暴力执行部门，共实施了400到1000起有偿谋杀。

的承诺都会兑现，有些事无可挽回，一切都自有其影响，一切的逃避，一切的拖延，一切的错误，一切的话语，一切的一切。

这就是一切所在，不是吗？承诺？如今当我回忆起纽约，它成了迷幻的走马灯，冷漠精准到有时我希望记忆可以制造扭曲，记忆也时常夹杂着扭曲。在纽约的很长时间里，我用一款名为"石之花"的香水，接着是"比翼双飞"，如今这两种香水的一丁点儿气味，都会让我短路一整天。当我闻到亨利·邦代尔百货的茉莉肥皂的气味，或者煮螃蟹的混合香料气味时，我都会重回过去。80街区的捷克城有一桶一桶的煮螃蟹，我曾在那里买过一次。气味自然是最著名的记忆刺激源，但其他物品对我同样有此作用。蓝白条纹床单。苦艾醋栗酒。一些在1959年到1960年是崭新的，如今却褪色老旧的晚礼服，还有一些差不多同一时间买的雪纺围巾。

我觉得我们这些年轻时在纽约的人，都在桌面上有着同样的场景。我记得不同公寓里的清晨5点，我坐着，头轻微疼痛。我有个朋友睡不着，他认识几个也睡不着的人，我们会一块看着天渐渐亮起，喝完最后一杯不加冰的酒，然后在晨光中各自回家，大街很干净，有些潮湿（昨晚下雨了？我们不知道），寥寥几辆出租车还亮着灯，唯一的色彩就是红绿灯。白玫瑰酒吧清晨很早就营业了；我还记得坐在其中一家里，观看宇航员进入太空，等的时间太长了，成功的那一刻，我的眼睛都没有盯着电视，而是盯着瓷砖地上的一只蟑螂。我喜欢黎明时分华盛顿广场上干枯的树枝，第二大道毫无起伏的单调无趣，防火梯和烧焦的临街店铺显得空洞又特别。

清晨六七点，在彻夜未眠的情况下争吵是相当困难的事，或许这正是我们整夜不睡的原因。对我来说，那是一天中的愉快时刻。在位于90街的公寓里，窗户都拉着百叶帘，我可以睡上几个小时，然后去上班。只需两三个小时的睡眠和一杯"塞满坚果"咖啡，我就可以工作。我喜欢上班，喜欢让人安心而满足的出刊节奏，喜欢四色校样、双色校样、黑白校样这些有序的收尾，然后是成品——不是抽象意义上的，而是表面光滑得毫不费力、可以在报摊上翻看、拿在手中颇有分量的东西。我喜欢所有校样与排版的细节，喜欢在下印前几晚工作到深夜，坐着读《综艺》，等编辑部的电话。我从办公室能看到市中心的另一端，纽约共同大厦[a]上的天气信号，还有洛克菲勒广场上方，灯光拼出**时代**和**生活**；这莫名地让我愉快，还有

---

[a] Mutual of New York Building，现在是百老汇1740号，大厦顶端有播报明日天气的信号灯。

在浅紫色的初夏傍晚 8 点钟往上城区方向散步，还有观察事物，57 街商店橱窗里的洛斯托夫特瓷盖碗，穿着晚礼服的人们在打车，树正逐渐葱茏，粼粼的空气，所有金钱和夏天的甜美诺言。

一些年过去了，我始终没遗忘对纽约的那种梦幻感。我开始珍惜那种孤独感，那种无论何时，都没人关注我是谁或者我在做什么的感觉。我喜欢散步，天气阳光灿烂，从东河走向哈得孙河又走回来，天气温暖，就在格林威治村附近漫步。一个朋友要出城的时候，会把她在西格林威治村的公寓钥匙留给我，有时我就干脆搬去那儿，因为一般那时候，电话铃声就已经开始让我烦了（你看，玫瑰里早已有了蛀虫[a]），没有多少人知道这个号码。我记得有一天，一个知道这个西格林威治村号码的人来接我去吃午餐，我们都喝多了，给他开啤酒的时候我的手指割伤了，我号啕大哭，然后我们走去一家西班牙餐厅，喝了血腥玛丽和西班牙冷汤，然后变得好了一点，我那时对如此浪费一个下午没有丝毫负罪感，因为我还有好多个下午可以挥霍。

甚至在游戏后半场的时候，我仍旧喜欢参加派对，所有派对，糟糕的派对，周六晚上的派对，举办者是一对住在斯泰弗森特镇的新婚夫妇，西区的派对，举办者是作品从未出版或潦倒的作家，派对上供应廉价红酒，他们聊着去瓜达拉哈拉的事，格林威治村的派对，那里所有宾客都在广告公司工作，投票给民主党改革派，萨迪斯的媒体派对，派对里最烂的那种。现在你应该看出来了，我不是那种可以从他人经验中获益的人，确实是很长时间之后，我才不再相信新面孔，开始领会这个故事里的教训，那就是在游乐园里待上很久很久，是相当有可能的。

我无法告诉你我是什么时候学到这个教训的。我唯一知道的是二十八岁的一切都很糟糕。别人告诉我的每一件事，我似乎早就听过了，我无法再听下去了。我无法再坐在中央车站附近的小酒馆里，听一个人抱怨着他妻子一点用都没有，而他又错过了一趟去康涅狄格的火车。我也没兴趣听别人的事，从他们的出版商那儿收到的新进展，在费城第二幕有问题的戏剧，或者我其实非常乐意见到的人们，只要我愿意出门的话。我以前早就见过他们了，

---

[a] 典出自《莎士比亚十四行诗》第 95 首：耻辱，像蛀虫在芬芳的玫瑰花心，/把点点污斑染上你含苞的美名，/而你把那耻辱变得多可爱，可亲！/你用何等的甜美包藏了恶行！（译文参考自屠岸译本）

一样的。城里有些地方我想避开。我无法忍受工作日早晨的上麦迪逊大道（这种厌恶给我的生活造成了极度不便，因为我那时住在麦迪逊大道东边只有五六十英尺的地方），因为我会看到女人们遛着约克夏梗犬，在格里斯蒂德超市买东西，我的喉咙就会泛起某种凡勃伦[a]式的恶心。我无法在下午去时代广场，或者去纽约公共图书馆，无论出于什么原因。有天我没法再走进一家施拉夫特餐馆；第二天则是邦维特·特勒百货公司。

我伤害了我在乎的人，骚扰我不在乎的人。我和一个最亲密的朋友绝交了，我一直哭，直到甚至没意识到我在哭，当我没意识到的时候，我在电梯里哭，在出租车里哭，在中国洗衣店里哭，当我去看医生时，他只说我看起来像是抑郁症，应该去看一个"专家"。他写下了心理咨询师的名字和地址给我，但我没有去。

我结婚了，事实证明这是件好事，只是时间不太对，因为我还是没法走上早晨的上麦迪逊大道，还是不能跟人交谈，还是在中国洗衣店里哭。我以前从不知道"绝望"意味着什么，也不确定现在我是否知道，但那一年，我知道。我当然没法去工作。我甚至不能做上一顿晚餐，我会坐在75街的公寓里，全然麻木地，直到我的丈夫从办公室打来电话，温柔地说我

---

[a] Thorstein Veblen（1857—1929），挪威裔美国社会学家、经济学家，被认为是制度经济学的创始者，代表作有《有闲阶级论》《企业论》等。凡勃伦曾提出炫耀性消费（conspicuous consumption）的理论，指出购买奢侈品是一种用来获得或维系特定社会地位的经济手段。

别了，这一切

不必准备晚餐，我们可以在迈克尔酒吧，或者托茨·肖尔餐馆，或者萨尔迪之东餐馆[a]碰面。后来，一个4月的早晨（我们在1月结婚），他打电话告诉我，他想离开纽约一段时间，休六个月的假，我们可以去别的地方。

他跟我说这些话的时候是在三年前，然后我们一直住在洛杉矶。我们许多纽约的熟人觉得这是个神奇的异常行径，事实上他们也是这么告诉我们的。这个问题没有一个合适的回答，所以我们给了一些最普遍的回答，每个人都会给的那种回答。我说着我们如今多难"承担"纽约的生活费用，我们多么需要"空间"。我想说的却是在纽约的我曾经那么年轻，然后突然有一天，这金色旋律就崩塌了，我再也不年轻了。我最后一次在纽约是一个寒冷的1月，每个人都病恹恹的，满脸倦容。许多我在那认识的人都搬去了达拉斯，或者正在服用戒酒硫[b]，或者在新罕布什尔州买了个农场。

我们逗留了十天，然后乘坐下午的航班返回洛杉矶，从机场回家的那天晚上，我能看到太平洋的月亮，闻到四处弥漫的茉莉花香，我们都知道，留着纽约的那间公寓已经没什么意义了。我曾经把洛杉矶称为"沿海地带"，但那似乎是很多年前的事了。

---

[a] Michael's Pub、Toots Shor's 和 Sardi's East，均为二十世纪下半叶纽约著名社交场所。
[b] 商品名为 Antabuse，治疗酒精成瘾的药物。

THE WHITE ALBUM

白色专辑

张之琪 / 译

献给厄尔·麦格拉思与洛伊丝·华莱士

目 录

I 白色专辑 181

183　白色专辑

II 加利福尼亚共和国 211

213　詹姆斯·派克，美国人
219　圣 水
225　数座官邸
230　盖蒂中心
234　官 僚
239　好公民
247　梦幻政治笔记

III 女 性 255

257　女性运动

264 多丽丝·莱辛

269 乔治亚·欧姬芙

IV 客居 273

275 群岛

288 好莱坞

299 床上

303 路上

308 商场

313 波哥大

320 大坝

V 六十年代过后的一个早上 323

325 六十年代过后的一个早上

328 在马里布的宁静日子

I.
THE WHITE ALBUM

白色专辑

THE WHITE ALBUM
(1968—1978)

白色专辑

1

为了活下去，我们给自己讲故事。公主被囚禁在领事馆。[a] 拿着糖果的男人引领孩子们走向大海。[b] 十六楼窗沿上的裸体女人是实在厌倦了活着呢，又或者她其实是一个暴露狂？人们会有兴趣知道答案。我们告诉自己，这个女人，究竟是要犯下不可饶恕的罪行[c]，还是要发起一场政治示威，又或者像是阿里斯托芬[d]笔下的故事那样，将要被身后窗子里若隐若现的那个穿着牧师长袍、对着长焦镜头微笑的消防员一把拉回人间——这些不同的可能性将产生不同的意义。我们在自杀的故事里寻求宗教训诫，在五人遇害的谋杀案里寻求社会和道德上的教训。我们解读自己看到

---

a 作者当时租住的房子位于富兰克林大道7406号，在这一街区里有多处建筑曾经是外国领事馆。
b 指"休斯敦大屠杀"（the Houston Mass Murder），主犯迪恩·柯尔（Dean Corll, 1939—1973）于1970年到1973年间绑架、强奸、虐待和谋杀了至少二十八名男性（年龄从十三岁到二十岁不等）。案发前，他因给当地儿童免费发放糖果而闻名，被称作"糖果男"或"花衣魔笛手"。他的四个埋尸点中，有两处是海滩。
c 指"自杀"，在天主教教义中，自杀是非常严重的罪行，自杀者死后会下地狱。
d Aristophanes（约公元前446—前386），古希腊喜剧作家。在其剧作《蛙》中，酒神狄奥尼索斯为前往冥府，把诗人欧里庇得斯带回人间，先是身穿狮皮，假扮成赫拉克勒斯的样子，而后又两次与其奴仆克桑西阿斯换装。

183

白色专辑

的一切，在多种选项中挑选最说得通的那个。我们，尤其当"我们"是作家时，完全是依靠为散碎的画面强加一条叙事线，借由"观念"来定格不断流动的幻影，亦即我们的真实体验，才能生活下去的。

至少过去很长一段时间里，我们是这样生活的。但我现在要谈的是另外一段时间，我开始怀疑我给自己讲过的所有故事的前提，这种情形很常见，但我却很是困扰。我想这一时期开始于1966年前后，一直持续到1971年。在这五年间，表面上看，我是这个或那个社群里称职的一员，一个在合同和航空旅行卡上签字的人，一个公民：每个月给这本或那本杂志写几篇稿子，出版了两本书，参与了几部电影的工作；卷入了那个时代的偏执氛围，抚养了一个年幼的孩子，招待了从我家进进出出的许多客人；为空出来的几间卧室做了格纹窗帘，记得去问经纪人我的扣除点数能否跟制片工作室享受**同等待遇**[a]；在周六晚上泡上扁豆，为了周日煮扁豆汤做准备；每个季度缴纳一次社保和医保费用[b]，按时更新我的驾照，并且在笔试中只答错了有关加州司机的财务责任问题。那是我生命中经常被"点名"的一段时间，被点名做孩子们的教母，被点名做讲座嘉宾、小组讨论专家、对谈人和与会成员。甚至在1968年，《洛杉矶时报》也点了我的名字，我和罗纳德·里根夫人、奥运游泳选手黛比·梅尔及其他十位紧跟时代并有所贡献的加州女性一起，被《洛杉矶时报》评为了"年度女性"。我没做出什么贡献，只是在努力跟上时代。我有责任心。我看到自己名字时能够马上认出。不时地，我甚至会回复一下写给我的信，虽然不是收到就立刻回复，但总会回的，尤其是陌生人写来的那些，回信会以这样一句话开头："我没在国内的这十八个月里……"

就即兴演出而言，我的表现已经相当合格。唯一的问题在于，我所接受的全部教育，我被告知及告知自己的一切，都认定这场演出不应该是即兴的：我应该有一个剧本，但我搞丢了；我应该能听到提示音，但现在听不到了；我应该了解剧情，但我只了解我看到的东西：一组组快速闪过的图像，被临时排列在一起的画面，除此之外没有任何"意义"，这不是电影，而是一场剪辑室中的体验。人生或许已经行至中段，我仍然想要相信叙事，相信叙事是可被理解的，但既然已经知道人可以通

---

a Pari passu，拉丁语，意为"平等且无优先顺序"。在金融、法律语境下，表示合同、索赔或义务的多方享有相同的等级或权益。

b 按照 F. I. C. A.（Federal Insurance Contributions Act，《联邦保险贡献法案》）的规定缴纳的税款，包含社会保险税和医疗保险税两部分。

过剪辑去改变故事的意义，我也该开始从物理而非伦理的角度来看待这种体验了。

在这一时期，我在洛杉矶、纽约和萨克拉门托度过的时间和往常相仿，但在火奴鲁鲁度过的时间，在我认识的大部分人看来，长得有些夸张，这段经历的特别之处在于，它带给我一种幻觉，仿佛我随时都可以叫一个客房服务，订一份修正主义版的个人史，附带一朵万代兰。我在火奴鲁鲁皇家夏威夷酒店的露台上观看了罗伯特·肯尼迪的葬礼，也看了关于美莱村[a]的第一份报道；在海滩上重读了乔治·奥威尔的所有作品，还在从美国本土送来的前一天的报纸上，读到了贝蒂·兰斯当·富凯的故事，这位留着褪色金发的二十六岁女人，把她五岁的女儿遗弃在5号州际公路距贝克斯菲尔德最近的出口以南几英里处的中央隔离栏上等死。十二个小时后，加州高速巡警解救这个孩子时，只得把她的手指从铁丝网上一根根掰开，据报道，她追着那辆载着妈妈、继父、弟弟和妹妹的车跑了"很久"。这些画面中的某些元素不能融入我所知的任何叙事中。

又是一个闪切：

今年6月，患者经历了一次眩晕、恶心的发作，伴有濒临昏厥的感觉。经过全面的医疗评估，未发现任何阳性结果，给服阿米替林（Elavil），20毫克片剂，每日三次……罗夏克测试结果[b]表明，患者的人格正在退化，并有大量迹象显示，她的防御机制正在失效，自我在调节与现实世界的关系和应对常规压力方面的能力也在衰退……情感上，患者几乎与他人的世界完全隔离。她的幻想生活似乎已彻底被一种原始的、退行性的性欲所占据，其中许多欲望都是扭曲和怪诞的……从专业角度上看，患者基本的情感控制似乎完好，但它们显然相当脆弱、不稳定，依靠包含智力化、强迫性手段、投射、反向形成和躯体化在内的各种防御机制才能勉

---

a 指《纽约客》于1969年11月刊登的关于美莱村（My Lai）大屠杀的报道。"越战"期间，美国陆军第23步兵师11旅20团1营C连的官兵于1968年3月16日在越南广义省山静县美莱村进行的屠杀。美莱村大屠杀的消息被美国军方封锁了一年，被揭露后点燃了美国国内的反战情绪。

b 即罗夏克墨迹测验（Rorschach Inkblot Test），1921年由瑞士精神科医生赫尔曼·罗夏克（Hermann Rorschach，1884—1922）首创的一种投射性心理学测试。该测试通过向受试者展示一系列对称的墨迹图案，并要求其描述所见内容，以分析其人格结构与精神状况。下文中的主题统觉测验（Thematic Apperception Test，TAT）也是一种投射性测试，受试者需根据一组意义模糊、富有情感张力的图片来讲述故事，供心理学家分析其情感、动机与性格等。

强维系，但所有这一切似乎都不足以控制或遏制一个潜在的精神错乱的过程，因此也在逐渐失效。患者反馈的内容是极度不寻常的，并且经常是怪诞的，充满了对性和生理的执迷，而基本的现实接触显然在某些时刻严重受损。就其反馈的质量和复杂程度而言，患者的智商应该高于平均水平甚至是超高，但她目前处于智力受损的状态，只勉强达到平均的水平。在主题统觉测验中，患者的主题产出凸显出她从根本上对周遭世界持有悲观、抑郁和宿命论的态度。仿佛她深深感到，人类所有的努力都注定失败，这种信念似乎将她进一步推向一种依赖、被动的孤僻状态。在她看来，她生活在一个所有人都被奇怪、矛盾、难以理解甚至阴险的动机所驱使的世界里，这使得他们不可避免地走向冲突和失败。

这份精神病学报告中的患者就是我。其中提到的检查——罗夏克测验、主题统觉测验、完句测验和明尼苏达多相人格测验——是1968年夏天在圣莫尼卡的圣约翰医院精神科门诊私下进行的。那时，我刚经历了报告第一句提到的"一次眩晕、恶心的发作"，就在被《洛杉矶时报》评选为"年度女性"之前不久。对此我只想说，在现在的我看来，就1968年的夏天而言，"一次眩晕、恶心的发作"也很难说是什么不恰当的反应。

2

在上文提到的那些年里，我住在一栋位于好莱坞的大房子里，那一带曾经地价不菲，如今被一个熟人形容为"无谓杀戮街区"。这栋富兰克林大道上的房子是租来的，当时屋里屋外的油漆都剥落了，水管破裂，窗框也坏了，网球场从1933年起就没有维护过，但房间很多，天花板很高，并且在我住在那儿的五年里，整个街区阴郁怠惰的氛围让我觉得自己会无限期住下去。

但事实上我并不能，因为只等土地功能分区变更通过，房东们就会把房子拆掉，建成高层公寓楼，说起来，正是这种心知山雨欲来但又尚未到来的状态，赋予了该街区这样的特质。街对面的房子是为塔尔梅奇姐妹[a]中的一个建造的，1941年曾用作日本领事馆，而现在，尽管已经被木板封住，但还是被一群没有血缘关系的成年

---

a The Talmadge sisters，指诺玛·塔尔梅奇（Norma Talmadge，1894—1957）与康斯坦斯·塔尔梅奇（Constance Talmadge，1898—1973），二人均为二十世纪二十年代美国知名默片女星，有声片时代逐渐淡出银幕。

人占了，似乎是某种治疗小组[a]。我隔壁的房子则属于锡南农[b]。我还记得看到过街角一栋房子挂着出租的牌子：这栋房子曾是加拿大领事馆，有二十八个大房间、两个有冷藏功能的皮草衣橱，秉承着这一街区的精神，只能按月出租，不带家具。想要租一栋没有家具的二十八个房间的房子，并且只租一两个月，是一个非常特别的需求，因此，这一街区的居民主要是摇滚乐队、治疗小组、被穿着脏污制服的执业护士推着上街的老妇人，以及我丈夫、我女儿和我。

问：那之后发生了什么，如果有的话……

答：他说他觉得我能当明星，比如说一个年轻版的伯特·兰卡斯特，你懂的，这一类型的。

问：他有提到什么特别的名字吗？

答：有，长官。

问：他提到了什么名字？

答：他提到了很多名字，提到了伯特·兰卡斯特，提到了克林特·伊斯特伍德，提到了费斯·帕克，提到了很多名字[c]……

问：吃完饭以后，你们又聊天了吗？

答：吃的时候，吃完之后，都有聊天。诺瓦罗先生用几张纸牌给我们算命，还看了我们的手相。

问：那他有没有说你们会有很多好运或者厄运，或者别的什么？

答：他看手相不太行。

这段对话节选自保罗·罗伯特·弗格森和托马斯·斯科特·弗格森的证词，两人是兄弟，一个二十二岁，一个十七岁，他们被控于1968年10月30日晚谋杀了

---

a　Therapy group，一种由专业心理医师引导的群体治疗形式，旨在帮助成员解决心理、情感或行为问题。小组成员基于共同的治疗需求聚集在一起，分享个人经历、互相支持，常见于各类成瘾、情绪障碍及焦虑症的治疗。

b　Synanon，1958年由查尔斯·戴德里奇（Charles Dederich，1913—1997）在加州圣莫尼卡创立的社会组织，起初是一个为期两年的实验性戒毒项目，二十世纪六十年代初以后，逐步演变为美国历史上最危险、最暴力的邪教组织，要求成员上交全部资产，穿同样的制服，过集体生活，并通过恐吓、殴打、强迫成员互相羞辱等方式进行精神控制；后更名为"锡南农教会"以避税，强迫成员中已婚夫妇离婚、男性切除输精管、女性堕胎以"禁止生育"；1978年，因谋杀未遂等犯罪活动引起政府及媒体注意，免税地位被取消，部分成员获刑，戴德里奇本人也被判处缓刑；此后锡南农逐渐没落，并于1991年在德国宣布破产解散。

c　此处提到的伯特·兰卡斯特（Burt Lancaster，1913—1994）、克林特·伊斯特伍德（Clint Eastwood，1930—　）与费斯·帕克（Fess Parker，1924—2010）均为美国男演员，以"硬汉"形象著称。

白色专辑

六十九岁的拉蒙·诺瓦罗[a]。事情发生在诺瓦罗位于月桂谷的住所，距离我在好莱坞的家不远。我密切关注着这次审判，从报纸上剪下报道，后来还找其中一位的辩护律师借来了法庭记录。两人中的弟弟，"汤米·斯科特"·弗格森，说自己并不知道诺瓦罗先生曾是一名默片演员，直到谋杀发生的当晚，诺瓦罗给他看了自己饰演宾虚的照片。他的女友在做证时说，她"在大陪审团[b]结束后两周"就和弗格森分手了。而哥哥，保罗·弗格森，十二岁起就在嘉年华工作，形容二十二岁的自己度过了"短暂但还不错的一生"。应陪审团的要求，他给出了自己对"浪荡子"（hustler）的定义："浪荡子就是一个可以聊天——不仅和男人，也和女人——可以做饭，可以做伴，也可以洗车的人。一个浪荡子是由很多东西构成的。这个城市里有很多孤独的人，兄弟。"在庭审的过程中，兄弟俩互相指控对方谋杀。最终都被定罪。我读了好几遍法庭记录，试图为整个事件找到一些重点，以证明我并非生活在"一个所有人都被一种奇怪的、矛盾的、难以理解，甚至阴险的动机所驱使的世界里"，就像我的精神病学报告里说的那样；我从未见过弗格森兄弟。

不过在那些年里，我的确见过另一桩洛杉矶县谋杀案庭审中的关键人物：琳达·卡萨比恩，她是"曼森案"[c]中的检方重要证人。我有一次问琳达，怎么看待这

---

a Ramon Novarro（1899—1968），墨西哥裔美国演员、歌手，被认为是第一位在好莱坞获得成功的拉美男演员，代表作有1925年版《宾虚》《启示录四骑士》等。1968年10月30日，诺瓦罗被保罗和汤姆·弗格森兄弟杀害，引发轰动。

b Grand Jury，美国法律体系中的重要机构，由十二至二十三名公民组成，负责对重大刑事案件进行初步审查，以决定是否有足够的证据支持检察官提出的指控。大陪审团通常不公开审理案件，且被告和其律师通常不在场。相应的还有小陪审团（Petit Jury），通常由六至十二名公民组成，负责在刑事或民事案件中听取证据、审理案件并做出裁决。

c 曼森家族（Manson Family）是查尔斯·曼森（Charles Manson, 1934—2017）于二十世纪六十年代末在加州建立的邪教团体，约有一百名成员，多为来自中产阶级背景、受嬉皮士文化和集体生活方式吸引的年轻女性，后被曼森用音乐、迷幻药、宣讲等手段控制。曼森自称是耶稣的化身，预言种族战争和世界末日即将到来，为加速末日的到来，他指挥家族成员实施了九宗谋杀罪，尤以七起统称为"泰特－拉比安卡谋杀案"（Tate-LaBianca）的残酷杀戮而闻名。曼森将"披头士"乐队的同名专辑（俗称"白色专辑"）中的歌曲解读为末日预言，认为《革命》（"Revolution"）宣告了革命即将到来，《小猪们》（"Piggies"）则代表被打倒的统治阶级，《黑鸟》（"Blackbird"）预示着起义将由黑人领导，并以《手忙脚乱》（"Helter Skelter"）来命名其为末日所做的准备。

白色专辑

一连串看似偶然的事件，它们先是把她带去了斯潘电影牧场[a]，然后她又因谋杀莎伦·泰特、波兰斯基、阿比盖尔·福尔杰、杰伊·西布林、沃伊·雷科夫斯基、史蒂芬·帕伦特、罗斯玛丽和莱诺·拉比安卡的指控，被送进了西比尔·布兰德女子监狱，虽然后来该指控又撤销了。"这一切都是为了教给我某些东西。"琳达说。她不相信偶然中没有规律可循。她的行动依照的是骰子理论[b]，关于这点，我也是后来才意识到的，并且在那些年里，我自己也是如此。

如果我告诉你，在那些年里，我每次去位于康涅狄格州西哈特福德的婆婆家看望她时，目光都要避开这段裱起来挂在走廊的"家庭祝福"，你大概会对我那时的情绪状况有所了解：

愿上帝祝福这栋房子的每个角落，
祝福门楣，
祝福灶台和餐桌，
祝福所有休息的地方，
祝福让星光洒进来的透明窗玻璃，
祝福每一扇为亲人和陌生人敞开的门。

这段文字给我带来了一种生理上的战栗，就像是尸体被发现的早上，记者会抓住的那种"带有反差感"的细节一样醒目。在加州我居住的街区，我们并不**祝福每一扇为亲人和陌生人敞开的门**。在月桂谷，保罗和汤米·斯科特·弗格森是拉蒙·诺瓦罗家门口的陌生人。在洛斯费利斯，查理斯·曼森是罗斯玛丽和莱诺·拉比安卡家门口的陌生人。一些陌生人会敲门，编出一个进门的理由：比如说，要给3A[c]打电话，说有辆车不见了。另一些人则直接打开门走进来，我会在门廊遭遇他们。我记得我曾问过这样一个陌生人他想干什么。我们对视了许久，直到他看到了站在楼梯拐角处的我丈夫。"喜爱鸡[d]送餐的。"他终于开口了，但我们没点喜爱鸡，他手上也没有外卖。我记下了他小货车的车牌号。如今想来，那些年我总是在记下小货车的车牌号，围着街区绕圈的小货车，停在街对面的小货车，在十字路口空转的小货车。我把这些车牌号放在梳妆台的抽屉里，等到需要的时候，警察就可以找到它们。

---

a Spahn Movie Ranch，一些西部片曾在这里取景，后成为曼森家族总部所在地。
b Dice theory，一种认为赌徒可以通过技巧或经验从随机掷出的点数中找到秩序或规律的观点。
c 即 AAA（American Automobile Association，美国汽车协会），美国最大的汽车协会之一，为会员提供道路援助、保险、旅行规划等服务。
d Chicken Delight，北美一家连锁快餐厅。

白色专辑

那一天会来的，我从未怀疑过，至少在我心中那些难以触及的地方，那些我看起来更像是一个活人的地方，我从未怀疑过。那些年里，除了做梦之外的许多际遇也都没有任何逻辑。在富兰克林大道上的大房子里，许多人的来去似乎都与我做了什么无关。我知道床单和毛巾放在哪里，但我并不总是知道每张床上睡的是谁。我有钥匙，却没有答案。我记得在一个复活节的星期天，我吃了二十五毫克的康帕嗪[a]，给一众人等做了一顿盛大的午餐，其中很多人周一还在我家。我记得一整天光脚走在那栋房子磨旧的硬木地板上，我记得唱片机里放着《你想跳舞吗》（"Do You Wanna Dance"）和《乔安娜的想象》（"Visions of Johanna"），还有一首叫《午夜告解》（"Midnight Confessions"）的歌。我记得一个保姆对我说她在我的气场中看到了死亡。我记得跟她聊到为什么会这样，付给她钱，打开所有的法式窗，然后到客厅去睡觉。

在那些年里，我很难感到惊讶，甚至很难集中注意力。我沉浸在自己的智力化、强迫性手段、投射、反向形成和躯体化，以及弗格森案的法庭记录里。几年前结识的一位音乐人从塔斯卡卢萨的华美达酒店打来电话，告诉我如何通过山达基教[b]救赎自己。我这辈子跟他只见过一次面，当时我们聊了半个小时左右的糙米和星盘，而现在他在亚拉巴马州，跟我讲什么是**心灵电仪表**，以及我该如何成为一个**清洁者**。我还接到一个在蒙特利尔的陌生人的电话，他似乎想要招揽我参与一场毒品交易。"在电话里聊这个没有问题吗？"他问了好几遍，"老大哥没有在监听吧？"

我说我觉得应该没有，尽管我越来越不确定了。

"因为我们要聊的，简单来说就是把禅宗哲学应用在钱和商业上，懂吗？当我提到说我们要给地下组织提供资金，提到巨额资金时，你知道我在说什么，因为你知道下边正在发生什么，对吧？"

也许他指的不是贩毒。也许是倒卖M-1步枪：我已经不再试图寻找这些电

---

[a] Compazine，丙氯拉嗪（Prochlorperazine）的商品名，常用于治疗恶心呕吐、精神分裂，缓解偏头痛与焦虑。

[b] Scientology，又名"科学神教"或"科学教"，1954年由L. 罗恩·哈伯德（L. Ron Hubbard，1911—1986）创立，主张通过心理治疗与精神修行实现个人自由与超越。该教派认为人可以轮回，创伤印痕（Engram）可以通过心灵电仪表（E-meter）来测量和清除（Clear），从而获得更高的精神境界，其信众也以清洁者（Clear）自居。该教派自创始以来，便因其危险性、高昂的收费、对信众的高度控制，被许多国家和地区认定为邪教，受到重点监控，也引发了许多报道与研究。

话的逻辑了。1968年初，我在萨克拉门托的一个老同学突然出现在我好莱坞的家门口，我们上一次见面已经是1952年的事了。她自称是一个来自西科维纳的私家侦探，加州为数不多的几位持证女私家侦探之一。"他们叫我们**没有阴茎的屈塞**[a]。"说着，她慢条斯理又不容拒绝地把门厅桌子上的今日信件摊成一个扇形。"我在执法机关里有很多好朋友，"她接着说，"你也许想要见见他们。"我们约好要保持联系，但之后再也没见过面：在那一时期，这样的遭遇并不罕见。等到我意识到这样的来访并不全然是为了社交时，二十世纪六十年代已经结束了。

3

1968年初春的一天晚上六七点钟，我坐在日落大道一间录音室冰冷的塑胶地板上，围观一支名叫作"大门"（The Doors）的乐队录制一条节奏音轨。总的来说，我对摇滚乐队的关注几近于无（我早就听说了作为过渡阶段的迷幻摇滚，也听说了玛哈礼师[b]，甚至普世爱，但要不了多久，这些东西在我听来就和"果酱天空"[c]没什么差别了），但"大门"乐队不一样，他们让我来了兴趣。"大门"乐队似乎并不相信**友爱**或《印度爱经》的那种**爱**。他们的音乐坚持认为爱是性，性是死亡，而死亡中蕴含着救赎。"大门"乐队是全美音乐排行榜 Top 40 中的诺曼·梅勒[d]，是末世性爱的传教士。他们的歌词在疾呼**打破一切，点燃我的欲火**，以及：

来吧宝贝，一起去兜个风
沿着海边一直走下去

---

a Dickless Tracy，美国俚语，一般指女警察或者女交警，源自漫画人物迪克·屈塞（Dick Tracy），是一名智勇双全的警察。

b 玛哈礼师·玛赫西·优济（Maharishi Mahesh Yogi, 1917—2008）一位印度瑜伽古鲁，以发明和普及超自然冥想（Transcendental Meditation）而知名。1968年2月，"披头士"乐队来到玛哈礼师位于印度北部瑞诗凯诗的静修处参加超自然冥想的训练课。在两个月的课程期间，"披头士"乐队也迎来创作高峰，这些歌曲中的大部分被收录在"披头士"乐队1968年11月发行的同名专辑中，由于专辑封面是一片纯白，这张专辑也被称作"白色专辑"。

c Marmalade Skies，一个致敬"披头士"的乐队，由六人组成，乐队名称来自"披头士"1967年发行的专辑《佩珀军士的孤独之心俱乐部乐队》（*Sgt. Pepper's Lonely Hearts Club Band*）中的歌曲《露西在缀满钻石的天空》（"Lucy in the Sky with Diamonds"）。

d Norman Mailer（1923—2007），美国作家、记者、导演和评论家，两获普利策奖，与狄迪恩同属"新新闻主义"代表人物，其作品深入剖析了美国社会的复杂性，尤其是权力、身份与暴力等主题，行文充满了直白的暴力与情欲描写，代表作有《裸者与死者》《刽子手之歌》《林中城堡》等。

白色专辑

真正靠近

真正紧贴

宝贝，今夜一起沉沦

一起坠落、坠落、坠落

在1968年的这个夜晚，他们聚在一起，在一种紧张的共生关系中，录制他们的第三张专辑。录音室里太冷了，灯太亮了，还有一团团的电线，一排排闪烁的电路装置，看起来格外阴森，但我们的音乐人对此毫不在意。"大门"乐队的四个成员里有三个在场。贝斯手是从一支叫作"明光"[a]的乐队借来的。在场的还有他们的制作人、录音工程师、巡演经理人、几个女孩，还有一只名叫尼基的西伯利亚哈士奇，它的眼睛一只是灰色的，另一只是金色的。装着煮过头的鸡蛋、鸡肝和芝士汉堡的纸袋，以及苹果汁和加州玫瑰红葡萄酒的空瓶子到处都是。"大门"乐队录完第三张专辑的剩余部分所需要的一切都在这里，除了一个人，那就是"第四扇门"，主唱吉姆·莫里森，一个二十四岁的加州大学洛杉矶分校毕业生，他穿黑色的乙烯裤子，不穿内裤，想要在集体自杀以外提出另外一些正义的可能。是莫里森将"大门"乐队形容为"色情政治家"；也是他将这个乐队的趣味定义为"任何关于反叛、无序、混乱的事物，以及任何与看似毫无意义的活动相关的事物"；还是他于1967年12月因表演"有伤风化"在迈阿密被捕。莫里森创作了"大门"乐队的大部分歌词，他的歌词的特别之处在于，要么反映了一种模糊不清的恐惧，要么反映了一种对于作为终极快感的爱与死的清晰的坚持。而此次缺席的也是莫里森。是雷·曼扎克、罗比·克雷格和约翰·丹斯莫让"大门"乐队成为他们听起来的样子，或许也是曼扎克、克雷格和丹斯莫让"美国音乐台"上二十个受访者中的十七个在所有乐队中偏爱"大门"，但是是莫里森，在黑色乙烯裤子里面没穿内裤的莫里森，站出来提出了那些观念。他们现在正在等的人，也是莫里森。

"大家听好……"录音工程师说，"来这儿的路上我在听调频电台，他们放了三首"大门"乐队的歌，先是《后门男人》，然后是《爱我两次》和《点燃我的欲火》。"

"我听到了，"丹斯莫嘟囔道，"我听到了。"

"有人放了三首你们的歌怎么了？"

---

[a] Clear Light，美国迷幻摇滚乐队，1966年在洛杉矶成立，曾用名"大脑列车"（The Brain Train），后改为"明光"，与一款强效LSD同名，但乐队的吉他手鲍勃·西尔（Bob Seal，1939—1986）称这一名字来自东方哲学。随后，"大门"乐队的制作人保罗·A. 罗思柴尔德（Paul A. Rothchild, 1935—1995）接手了"明光"乐队的管理。

"这个人把歌曲献给了他的家人。"

"嗯？献给他的家人？"

"献给他的家人。太蠢了。"

雷·曼扎克弓着腰坐在吉布森电钢琴前。"你觉得**莫里森**会回来吗？"他的发问并没有明确的对象。

没有人回答。

"那我们可以录一点**人声**？"曼扎克说。

制作人正在处理他们刚录的节奏音轨磁带。"我当然希望这样。"他头也没抬地答道。

"是。"曼扎克说，"我也希望。"

我的腿已经坐麻了，但我没有站起来；一种不知道是什么的紧绷气氛让房间里的每个人都紧张兮兮的。制作人重放了一遍节奏音轨。录音工程师说他要做一下深呼吸练习。曼扎克吃了一颗煮过头的鸡蛋。"丁尼生把自己的名字变为一个咒语。"他对工程师说，"我不知道他念的是**丁尼生、丁尼生、丁尼生**，还是**阿尔弗雷德、阿尔弗雷德、阿尔弗雷德**，又或是**阿尔弗雷德·丁尼生阁下**，不管是哪个，反正他这么做了。也许他念的只是**阁下、阁下、阁下**。"

"牛。"来自明光的贝斯手说。他是一个亲切的热心人，但在精神层面上完全不是"大门"乐队的成员。

"我好奇布莱克[a]说了什么，"曼扎克若有所思地说，"**莫里森**不在真是太遗憾了。**莫里森**应该知道。"

又过了好长时间，莫里森终于来了。他穿着黑色乙烯长裤，坐在四个大音响前面的皮沙发上，闭上了眼睛。莫里森的到来的古怪之处在于：没有人理会他。罗比·克雷格继续练习一个吉他乐段，约翰·丹斯莫在给他的鼓调音。曼扎克坐在控制台边上，一边拧螺旋开瓶器，一边让一个女孩给他捏肩。女孩也没看莫里森，尽管他就在她的直视范围内。又过了差不多一小时，还是没有人跟莫里森说话。于是莫里森开口跟曼扎克说话，几乎是以耳语的方式，仿佛那几句话是从某种致人残疾的失语症手中抢救下来的。

"这里距离西科维纳有一小时的路程。"他说，"我想也许我们演出之后可以留在那里过夜。"

曼扎克放下手里的开瓶器。"为什么？"他问。

"就不回来了。"

曼扎克耸耸肩。"但我们打算回来的。"

---

a 指威廉·布莱克（William Blake，1757—1827），英国诗人、画家，浪漫主义诗歌和视觉艺术的开创性人物。吉姆·莫里森被认为深受威廉·布莱克的影响。

白色专辑

"嗯……我在想,我们可以在那里排练。"
曼扎克没说话。

"我们可以去隔壁的假日酒店排练。"

"我们可以。"曼扎克说,"或者我们可以周日再排练,在城里。"

"也可以。"莫里森顿了一下。"周日的话,排练场地是现成的吗?"

曼扎克看了他一会儿,然后说:"不是。"

我数了数电子控制台上的按钮,一共是七十六个。我不确定这段对话的结果令谁更满意,或者它究竟有没有结果。罗比·克雷格拿起了他的吉他,说他需要一个模糊音效器。制作人建议他找在隔壁工作室录音的"水牛春田"乐队借一个。克雷格耸了耸肩。莫里森又坐回了皮沙发,靠在靠背上。他点燃了一根火柴,对着火焰研究了一会儿,然后非常缓慢地、刻意地、把它放低到黑色乙烯裤子的开裆口。曼扎克在看他。那个女孩还在给曼扎克捏肩,她没在看任何人。感觉仿佛没有人想要离开这个房间,永远都不离开。距离"大门"乐队完成这张专辑的录制还有几周时间,我没有跟完全程。

4

曾经有人把詹尼斯·乔普林[a]带到富兰克林大街上一栋房子里参加派对:她刚刚开完一场演唱会,想要喝一杯白兰地兑本尼迪克丁酒,装在喝水用的平底玻璃杯里。音乐人从来不喝寻常的酒。他们喝清酒,或者香槟鸡尾酒,或者纯的龙舌兰。和音乐人相处的过程令人困惑,它需要一种更流动的、本质上更消极的方式,我从来都没学会过。首先,时间从不重要:我们本应在 9 点钟吃晚餐,实际上我们可能 11 点 30 分才吃,或者再晚点叫外卖。我们本应进城去南加大看生活剧团的演出,前提是加长轿车到达的时候,没有人刚倒了一杯酒或者卷了一支烟,又或者和"极致紫罗兰"[b]约好了那时在蒙特西托会面。无论怎样大卫·霍克尼都要来。无论怎样"极致紫罗兰"都不在蒙特西托。无论怎

---

a Janis Joplin(1943—1970),美国摇滚女歌手,以其富有激情的演唱风格和深情的蓝调嗓音闻名。代表作有《我心的碎片》("Piece of My Heart")和《我和鲍比·麦基》("Me and Bobby McGee")等,是反文化运动的重要人物之一。1970 年 10 月 4 日,在洛杉矶一家旅馆因吸食海洛因过量而死,终年二十七岁。

b Ultra Violet,法裔美国艺术家,原名伊莎贝尔·柯林·杜福雷(Isabelle Collin Dufresne,1935—2014),"极致紫罗兰"是她加入安迪·沃霍尔的艺术工作室"工厂"(The Factory)之后,在沃霍尔的建议之下取的艺名。

样我们都要去看生活剧团，要么就是今晚在南加大，要么就是改天在纽约或者布拉格。我们想要够二十个人吃的寿司，还有蒸蛤蜊、辣咖喱蔬菜和许多朗姆基底的鸡尾酒，头上还戴着栀子花。我们想要一张能坐十二个人的桌子，最多十四人，尽管可能会多出六个人，或者八个人，又或者十一个人：永远不可能只多出一两个人，因为音乐人不会"一两个"地出现。约翰·菲利普斯和米歇尔·菲利普斯夫妇[a]在去医院生他们第一个女儿琪娜的路上，还坐着加长轿车去好莱坞兜了一圈，为了接上了他们的朋友安妮·马歇尔。我经常在脑海中加工这一事件，想象他们还绕了第二次路，是为了去卢奥夏威夷餐厅（the Luau）拿栀子花。这就是我心目中音乐行业的样子。

5

1967 年 10 月 28 日凌晨 5 点钟左右，在旧金山湾区和奥克兰河口之间那片被奥克兰警方叫作"101 A 巡区"的荒无人烟的区域，一名二十五岁的黑人激进分子，休伊·P. 牛顿，被一个叫小约翰·弗雷的白人警察叫住问话。一个小时后，休伊·牛顿在奥克兰的凯泽医院被捕，当时他在正在医院接受腹部枪伤的紧急治疗，几周之后，他被阿拉梅达县的大陪审团以谋杀约翰·弗雷、致另一名警察受伤，以及绑架一名路人为由发起控告。

1968 年春天，休伊·牛顿正在等待庭审，我去阿拉梅达县监狱探视了他。想去看他是因为我对于这些问题的化学反应感兴趣，其中一个问题是休伊·牛顿后来成了什么样子。想要理解事情是怎么发生的，你必须先考虑休伊·牛顿是一个怎样的人。他来自一个奥克兰本地的家庭，曾在梅里特大学就读过一段时间。1966 年 10 月，他和朋友博比·西尔一起创立了一个叫作"黑豹党"的组织。他们从亚拉巴马州朗兹县自由党的徽章里借用了"黑豹"这个名字，并且从一开始，他们就将自己定义为一个革命性的政治组织。奥克兰警方知道黑豹党，他们掌握着一张清单，上面有二十几辆黑豹党的车。我并不是在告诉你，休伊·牛顿杀了约翰·弗雷，也不是说休伊·牛顿没有杀约翰·弗雷，因为在革命政治的语境下，休伊·牛顿有罪与否并不重要。我只能告诉你，休伊·牛顿是怎么被关进阿拉梅达县监狱的，以及为什么人们会以他的名义举行集会，为什么每次他出庭时，都有人组织示威。示威者的徽章上写着**一起解救休伊**（售价五十

---

[a] 两人均为"妈妈爸爸"乐队（the Mamas & the Papas）的成员。

美分一个），他们聚集在法院外的台阶上，散落在戴着贝雷帽和太阳眼镜的黑豹党中间，他们的口号是这样的：

拿起你的 M-31
因为宝贝我们要去
寻点开心。
嘭嘭，嘭嘭。

"继续战斗吧，兄弟。"一位女性会本着和善的上帝精神接着喊道，"嘭嘭。"

都是狗屁，
受不了这个
白人的游戏了。

只有一条出路，
只有一条出路。

嘭嘭。嘭嘭。

在阿拉梅达县法院的走廊台阶上，律师、加拿大广播公司的记者和摄影师，以及想要"探视休伊"的人挤成一团。

"埃尔德里奇不介意我上去。"一个想要探视休伊的人对其中一位律师说。

"如果埃尔德里奇不介意，我也没意见。"律师说，"如果你有媒体证的话。"

"我的证件有点可疑。"

"那我就没办法带你上去。埃尔德里奇的证件也很可疑。一个可疑的人就够糟糕了。我在这里有很好的工作关系，不想搞砸了。"律师转向一个摄影师，"你们已经开始录像了吗？"

就在那天，我和一位《洛杉矶时报》的记者，以及一位电台新闻主播一起被允许上去探视休伊。我们都在警方的登记表上签了字，围坐在一个满是刮痕的松木桌子边，等待休伊·牛顿的到来。拉普·布朗[a]最近在奥克兰大礼堂举办的一场黑豹党集会上说，"唯一能让休伊·牛顿获释的东西，就是火药。""休伊·牛顿为了我们放下了他的生命。"斯托克利·卡迈克尔[b]在同一天晚上讲道。但显然休伊·牛顿并没有完全放下他的生命，他只是在阿拉梅达县监狱里等待审判，我好奇的是，这些集会采取的方向有没有让他感到不安，是否曾令他怀疑，在很多层面上，他在监狱里比在街头对革命更有用。他终于进来了，看起来是一个极度讨人喜欢的年轻人，

---

a H. Rap Brown，美国民权运动活动家，是 SNCC（"学生非暴力协调委员会"）的第 5 任主席，在 SNCC 与黑豹党短暂的联盟期间担任黑豹党的司法部部长。

b Stokely Carmichael，"黑人权力"（Black Power）运动发起人。

性格开朗、直接，我完全没有感觉到他想要成为一个政治殉道士。他对我们所有人微笑，等待着他的律师查尔斯·盖里来调试好录音机。他温柔地和埃尔德里奇·克利弗交谈，克利弗是黑豹党的情报部长（休伊本人仍然是黑豹党的防卫部长）。埃尔德里奇·克利弗穿着一件黑色毛衣，戴着一只金耳环，他说话的声音小到几乎听不到，并且慢吞吞地拖着长声。他被允许探视牛顿，全靠他"可疑的证件"，一张《堡垒》[a]的媒体证。事实上，他的目的是从休伊·牛顿那里获得的一份"声明"、一个可以带出去的"口信"、一则可以按照需求进行解读的预言。

"我们需要一份声明，休伊，关于我们的'十点纲领'[b]。"埃尔德里奇·克利弗说，"所以我要问你一个问题，明白吗，你来回答……"

"鲍比怎么样？"休伊·牛顿问。

"他要去一个关于他的轻罪的听证会……"

"我以为他犯的是重罪。"

"嗯，另外一项是重罪，他还犯了几项轻罪。"

查尔斯·盖里设置好了录音机之后，休伊·牛顿不再闲聊，开始了演讲，几乎没有停顿。他谈论着"美国的资本主义－物质主义体制""所谓的自由企业"，以及"全球范围内的黑人解放斗争"，他的演讲一气呵成，因为同样的话他已经讲过太多次了。每过一会儿埃尔德里奇·克利弗就会暗示一下休伊·牛顿，说一些"休伊，很多人对你向黑豹党下达的第三号行政命令感兴趣，想要回应两句吗？"之类的话。

然后休伊·牛顿就会回应。"是的，三号命令是黑豹党替黑人社群发出的诉求。在这项命令里，我们告诫种族主义的警力……"我一直希望他能够谈谈他自己，希望能打破修辞的壁垒，但他似乎是那种无师自通的人，对这样的人来说，所有具体的、私人的东西都要像雷区一样避开，即便以无法自圆其说为代价；对这样的人来说，安全存在于泛泛而谈之中。报纸记者，以及电台记者已经尽力了。

问：休伊，讲讲你自己吧，讲讲你在黑豹党之前的生活。

答：在黑豹党之前，我的生活和这个国家绝大部分的黑人差不多。

问：那么，你的家人呢？或者你印象深刻的事件，是什么塑造了你……

答：生活在美国塑造了我。

---

a Ramparts，政治与文学杂志，1962年创刊，1975年停刊，与新左翼的政治运动关系密切。
b "The Ten-Point Program"，黑豹党党纲，由休伊·牛顿和博比·西尔于1966年拟定。

问：好吧，没错，但更具体的呢……

答：我想起詹姆斯·鲍德温[a]的一句名言："在美国，做一个有觉知的黑人，意味着长期处于愤怒之中。"

在美国，做一个有觉知的黑人，意味着长期处于愤怒之中。埃尔德里奇·克利弗在一个便签簿上用大写字母记下了这句话，然后又补充了一句：**休伊·P.牛顿引用詹姆斯·鲍德温**。我能想象这句话在集会上被高悬于演讲台上方，或者被印在一个还没成立的临时委员会的信头上。事实上，休伊·牛顿所说的每句话几乎都有一种"引言"和"声明"的口吻，需要的时候可以随时取用。我听过休伊·P.牛顿论种族主义（"黑豹党是反种族主义的"），休伊·P.牛顿论文化民族主义（"黑豹党认为，唯一值得坚持的文化就是革命文化"），休伊·P.牛顿论白人激进主义，论警察对贫民窟的占领，论欧洲人和非洲人。"欧洲人变得病态，是从否认自己的性本能开始的。"休伊·牛顿说道，但查尔斯·盖里打断了他，将话题拉回基本原则上。"但是，休伊，"他说，"种族主义始于**经济**原因，不是吗？"

这场诡异的谈话似乎有着自己的生命。房间很小很热，日光灯刺得我眼睛痛，而我依然不知道，休伊·牛顿在多大程度上理解他被赋予的角色的本质是什么。当这段对话发生时，我一直理解黑豹党立场的逻辑，它基于这样一个前提：枪杆子里出政权（连具体是什么枪都有说明，休伊·P.牛顿在早期的一份备忘录里写道：**陆军制.45手枪；卡宾枪；12号马格南猎枪配18毫米口径的枪管，最好是海士丹牌的；M-16步枪；.357马格南手枪；P-38手枪**），我也能理解休伊·牛顿作为一个"议题"的独特魅力。在革命政治里，每个人都是可被牺牲的，但我怀疑，休伊·牛顿的政治智慧是否足够让他以这种方式看待自己：当你不是斯科茨伯勒男孩[b]的时候，反而更容易理解斯科茨伯勒案的价值。"你们还有其他问题想问休伊吗？"查尔斯·盖里问。似乎没有了。律师调整了一下他的录音机。"我有一个请求，休伊。"他说，"来自一位高中生、校

---

[a] James Baldwin（1924—1987），美国小说家、散文家和社会评论家，以对种族、性别和阶级问题的深刻洞察而著称，代表作有《另一个国家》《假如比尔街可以做证》《向苍天呼吁》等。

[b] 1931年3月，九名非裔美国男孩在穿越亚拉巴马州的货运列车上因斗殴被捕，后遭两名白人女性指控强奸。尽管证据不足，一人翻供，警方与检方仍坚持起诉，八人被判死刑，唯一年仅十三岁的罗伊·赖特因陪审团未达一致而未被定罪。死刑最终均未执行，多人经年上诉与重审后获释或减刑。该案成为美国最著名的种族冤案之一。2013年，亚拉巴马州正式宣布九名被告无罪。

报记者,他想要你的一个表态,他今晚会给我打电话。你愿意留一句口信给他吗?"

休伊·牛顿注视着麦克风。有一刻他似乎忘记了他要干什么,随后又作恍然大悟状。"我想要指出……"他说,随着记忆硬盘的逐渐恢复——高中、学生、青年、给青年的话——他的声音也越来越大,"美国正在成为一个非常年轻的国家……"

我听到呻吟和哀号,我走过去一看,是一个黑人在那里。他腹部中了一枪,但他当时他看起来并没有特别痛苦,于是我说,让我看看情况,然后问他是不是凯泽[a][会员],医保是不是属于凯泽。他说,"是的,是的。找个医生来。你看不到我在流血吗?我中枪了。马上叫个人来。"然后我问他带没带凯泽医保卡,他生气了,他说,"拜托,快叫医生来,我中枪了。"我说,"我知道,但是你的情况并不危急"……我告诉他我必须去核对一下,以确认他是凯泽会员……这有点让他更生气了,他骂了我几句然后说,"立刻马上叫个医生来,我中枪了,我在流血。"他脱掉了外套和衬衫,把它们扔在旁边的桌子上,说,"你看不到这些血吗?"我说:"我看到了。"但血并没有很多,于是我说,"你需要先在这个住院单上签字,然后才能看医生。"他说,"我不会签任何东西。"我说,"如果你不签住院单就没法看医生。"然后他说"我不需要签任何东西",然后又骂了几句脏话。

这是在克洛因·莱昂纳多在阿拉梅达县大陪审团面前发表的证词中的一段节选,她是1967年10月28日凌晨5点30分在奥克兰的凯泽基金会医院急诊值班的护士。那个"黑人"当然就是休伊·牛顿,他在凌晨的枪战中杀死了约翰·弗雷并受伤。很长一段时间,这份证词被钉在我办公室的墙上,因为理论上,它反映了一种文化的碰撞,是一个历史局外人在最琐碎但最坚不可摧的层面上直面既有秩序的一个经典案例。这一理论在我得知休伊·牛顿事实上的确是凯泽基金会医疗保险的注册会员时破碎了,用莱昂纳多护士的话说,他是**一个凯泽**。

6

1968年的某个早上,我去拜访了埃尔德里奇·克利弗,当时他跟他的太太凯

---

[a] 指凯泽永久医疗保险(Kaiser Permanente),美国最大的非营利医疗保险系统之一,上文中的凯泽医院为该体系的创始医院,由实业家亨利·凯泽与医生西德尼·加菲尔德共同创立,对美国现代医疗保障制度的发展产生了深远的影响。

白色专辑

瑟琳同住在旧金山的一套公寓里。想要进入这套公寓，需要先按门铃，然后站在橡树街的中间，在从克利弗夫妇的公寓可以清晰地观察到的地方。经过审查之后，访客会被允许或拒绝进入。我进去了，爬上楼梯后，我发现凯瑟琳·克利弗正在厨房里煎香肠，而埃尔德里奇则在客厅里听约翰·柯川的唱片。公寓里还有很多其他人，散落在各个角落，站在走廊里的人，在彼此的余光里四处走动的人，在打或者接电话的人。我听到背景里有人在说，"你什么时候能推进一下那个？"，以及"你不能用晚宴贿赂我，《卫报》的晚宴上都是些老左派，像灵堂一样"。这些人大部分是黑豹党的成员，但其中一个在客厅里的人，是埃尔德里奇·克利弗的假释官。我待了一个小时左右。印象中，我们三个人——埃尔德里奇·克利弗、他的假释官和我——主要讨论了《冰上灵魂》[a]的商业前景，因为它恰巧在当天出版。我们讨论了预付款（五千美金），讨论了首印量（一万册），讨论了广告预算，还讨论了在哪些书店能买到它，哪些书店不能。对于作家们来说，这不是什么非同寻常的对话，区别在于，其中一位作家旁边坐着他的假释官，而另一位作家刚刚站在橡树街上，被"视线搜身"之后才得以进来。

7

打包要穿的衣服：

两件半裙

两件运动衫或紧身衣

一件套头毛衣

一双鞋、长筒袜、胸罩

睡衣、浴袍、拖鞋

香烟

波本威士忌

包里：

洗发水

牙刷牙膏

贝诗香皂

剃刀、除臭剂

阿司匹林、处方、丹碧丝月经棉条

面霜、粉饼、婴儿油

带着：

---

a　*Soul on Ice*，埃尔德里奇·克利弗（Eldridge Cleaver, 1935—1998）于1968年出版的自传性散文集，剖析了种族、性别和阶级问题，探讨了黑人身份、监狱生活和社会革命，对当时的黑人解放运动产生深远影响。

白色专辑

马海毛盖毯

打字机

两本信笺簿、钢笔

文件

家里钥匙

这是我相对规律地出差报道的那几年，贴在好莱坞家里衣橱门内侧的一张清单。这个清单让我可以不假思索地打包，去做任何我可能要做的报道。请注意有意为之的着装匿名性：穿着紧身上衣、半裙和**长筒袜**的我，可以在任何一种文化里过关。马海毛盖毯是为干线航班（不提供毯子）和关不上空调的汽车旅馆准备的。波本威士忌也是为汽车旅馆准备的，打字机在回程航班的机场用的：还了从赫兹（Hertz）租来的车，办好登机手续之后，我会找一个没人的长凳坐下，在打字机上敲下当天的笔记。

很明显，这是一个崇尚控制、渴望冲劲的人写下的清单，她打定主意要扮演好她的角色，仿佛手里拿着剧本，听到了舞台提示，并且知道剧情。但这张清单上有一个重大的疏漏，一件我需要但从未拥有过的东西：手表。白天我并不需要手表，我可以打开车载收音机或者问其他人，但在晚上，在汽车旅馆里，我需要手表。通常我会每半个小时左右打电话向前台询问一次时间，直到最终不好意思再问，那时我就会打电话回洛杉矶，问我丈夫。换句话说，我有裙子、运动衫、紧身衣、套头毛衣、鞋子、长筒袜、胸罩、睡衣、浴袍、拖鞋、香烟、波本酒、洗发水、牙膏牙刷、贝诗香皂、剃刀、除臭剂、阿司匹林、处方、丹碧丝、面霜、粉饼、婴儿油、马海毛盖毯、打字机、信笺簿、钢笔、文件和家里钥匙，但我不知道现在几点了。这对于我在这一时期的记者生涯，或者这一时期本身来说，也许都是一个隐喻。

8

在1968年11月，一个下雨的早上，我开着一辆从巴吉特（Budget Rent-A-Car）租来的经济型轿车从萨克拉门托去旧金山，在路程中，我把收音机的音量开得很大。在这个情形下，我把广播音量调大，不是为了了解时间，而是想要努力地从脑海中抹去十一个字，这些字对我来说毫无意义，但在那一年似乎标志着焦虑或惊惧的发作。这十一个字是艾兹拉·庞德的诗《在地铁车站》里的一句，**湿漉漉的黑树枝上的花瓣**。收音机里播放着《威

201

奇托电力工人》[a]和《我从别人那里听说》[b]，我的大脑中播放着**湿漉漉的黑树枝上的花瓣**。在尤洛堤道和瓦莱霍之间的某地，我意识到，在任意给定的一周时间里，我遇到了太多支持炸掉发电站的人。在尤洛堤道和瓦莱霍之间的另一个地方，我又意识到，在这个特定早晨袭来的恐惧，可能会使得我无法开着这辆租来的汽车跨过卡坤纳斯桥。**威奇托的电力工人依然坚守在线上**。我闭上眼睛，开过了卡坤纳斯桥，因为我约了人，因为我在工作，因为我承诺要去看旧金山州立大学正在发生的革命，因为在瓦莱霍，我找不到一个可以还掉这辆租来的汽车的地方，因为我脑子里想的东西，没有一样在我背好的脚本里。

9

那天早上，在旧金山州立大学的校园里，狂风卷起冷雨，扫过泥泞的草坪，打在亮着灯的空教室的窗户上。几天前，有人在这里纵火，有人闯入课堂，最终导致了和旧金山警察战术部队的正面对峙，在随后的几周里，校园可能会变成——正如很多人所乐见的那样——"一个战场"。警察、梅斯[c]喷雾、正午的逮捕行动将会成为校园生活的常态，每天晚上，激进人士都会在电视上回顾刚刚过去的一天：学生们一浪一浪的进攻、画面边缘的骚动、快速闪过的警棍，镜头摇晃的瞬间暗示着这段影像是冒着多大的风险获得的；随后，画面一转，切入天气预报。开始时还有一些必要的"议题"，例如一个二十二岁的讲师被停职了，因为他同时是黑豹党的教育部部长，但这一议题，像大部分其他议题一样，即便在最迟钝的参与者心里也很快变得不再是重点。混乱本身才是重点。

我从来没踏入过一个失序的大学校园，甚至连伯克利和哥大的动荡都错过了。在来到旧金山州立大学之前，我所期待的并非我实际看到的这些。在一些远非无关紧要的意义上，这个场景是错的。加州的州立大学的建筑本身，就倾向于否定激进的观念，相反，它们反映的是一种温和而

---

[a] "Wichita Lineman"，美国音乐人吉米·韦伯于1968年创作、美国乡村音乐歌手格伦·坎贝尔演唱的歌曲，被誉为"第一首存在主义乡村歌曲"。

[b] "I Heard It Through the Grapevine"，美国音乐人诺尔曼·惠特菲尔德和巴雷特·斯特朗于1966年创作的歌曲，最早的版本由"格蕾蒂丝·奈特与种子"合唱团演唱，最广为流传的则是1968年发行的马文·盖伊版本。

[c] Mace，一家创立于1965年的公司，专注于非致命性自卫产品，以其开创性的防身喷雾（含催泪或辣椒素成分）而闻名，其品牌名常被用作此类喷雾的代称。

乐观的进步主义福利官僚体制的期待。当我在那天及随后的几天走在校园里时，整个旧金山州立大学的局面——政治化的逐步加深、此起彼伏的"议题"、强制性的"十五点要求"、对警察和愤怒市民的持续刺激——似乎正在变得越来越失真，标新立异的**坏孩子**和校董会无意识地合力演出了一场一厢情愿的幻想剧（即《校园革命》），好为六点新闻提供新鲜的素材。"鼓动宣转[a]委员会的会议在红木房间。"一天早上，我在餐厅大门上看到这张字迹潦草的字条；只有极其迫切地需要严阵以待的人才会对这样一个游击小分队使用武力，它不仅在敌人的公告板上公告自己的会议，而且对其使用的词语的拼写以及含义都显得有些无知。"希特勒·早川"，一些教职员工已经开始这样称呼 S.I. 早川，这位语义学家是这所大学一年中换的第三任校长，由于很努力地想让校园保持开放，招致了相当大的不满。凯·博伊尔[b]曾在一次集会上冲他大喊**艾希曼**。在 1968 年秋天，在浅色调的旧金山州立大学校园里，事情是以如此粗线条的方式被勾勒出来的。

这个地方就从来没显得严肃过。第一天，头条标题是沉重的，校园被"无限期"关闭，罗纳德·里根和杰西·昂鲁[c]纷纷威胁要报复；尽管如此，行政楼里的气氛还是像一部关于大学生活的音乐喜剧。"明天我们**不可能**开放校园。"秘书们这样通知来电者，"去滑雪吧，玩得开心。"罢课的黑人激进分子顺路经过就进来跟教务长聊天；罢课的白人激进分子在走廊里交换八卦。"不接受采访，媒体勿扰。"一位误入了我所在的教务长办公室的学生罢课领袖宣布。而下一秒他就因为没人告知他亨特利－布林克利[d]的摄制组正在校园里而恼羞成怒。"我们还是可以和他连线。"教务长安慰他说。每个人似乎都参与到一种节庆般的同志情谊之中，共享一套黑话，共享对当下的感受：未来不再是困难而不确定的，未来是即时的、按部就

---

a　Adjet-prop，Agit-prop 的误拼，后者源自俄语"отдел агитации и пропаганды"（宣传鼓动部），指带有强烈意识形态色彩的政治宣传。

b　Kay Boyle（1902—1992），美国作家、教育家、政治活动家，持人权与反战立场，积极参与政治活动，其作品多探索人性与社会问题，获欧·亨利短篇小说奖等多个奖项。

c　Jesse Unruh（1926—1987），时任加州众议院发言人，二十世纪中期加州民主党重要人物，以其政治手腕、领导才能和对加州政府的影响力而闻名。

d　指 NBC 晚间新闻节目 Huntley－Brinkley Report，由切特·亨特利（Chet Huntley，1911—1974）和戴维·布林克利（David Brinkley，1920—2003）联袂主持，节目播出期间，成为美国最受欢迎的电视节目之一，标志着电视新闻的成熟。

白色专辑

班的，充满了有待提出的议题和有待落实的计划，前景一片光明。大家一致认为，正面冲突可以是"一种非常健康的进展"，或许必须通过封校才能干成一些事情。这种情绪，和校园的建筑风格一样，遵循着1948年式的功能主义，是实用乐观主义的模板。

也许只有伊夫林·沃才能精准地描绘这一切：他善于书写关于不懈的自我欺骗的场景，人们陷入奇怪的游戏不能自拔的场景。而在旧金山州立大学，只有黑人激进分子可以被塑造成严肃认真的：他们至少在挑选游戏，制定规则，尽可能地夺取他们所能得到的，而对其他人来说，这只不过是对日常、对制度性焦虑、对校历之乏味的一次友好的逃避。与此同时，行政人员可以继续探讨课程方案；白人激进分子可以在几乎不需要任何代价的前提下，将自己想象成"城市游击队员"。所有人都得到了自己想要的，而对我来说，旧金山州立大学的这场游戏及其特有的美德，从来没有如此清晰过，直到某个下午，我旁听了一场五六十位 SDS[a] 成员参与的会议。他们要在当天晚些时候召开新闻发布会，所以他们正在讨论"新闻发布会应该是怎样的形式"。

"必须按我们的条件来。"有人提醒大家说，"因为他们会问有严重倾向性的问题，他们会问**问题**的。"

"让他们以书面的形式提交问题。"另一个人建议说，"黑人学联经常这么做，很有效，我们只回答想回答的问题就好了。"

"就这样，不要落入他们的陷阱。"

"我们需要在新闻发布会上强调的是：**谁掌控着媒体**。"

"报纸代表了大财团的利益，这难道不是常识吗？"他们中间的一个现实主义者疑惑地插话。

"我不认为**大家都知道**。"

又经过了两个小时和几十次举手表决，组织选出了四名成员去告诉那些新闻工作者"谁掌控着媒体"，并决定**全体**出席一个敌对势力的新闻发布会，随后他们就第二天示威的几个不同口号展开了辩论。"这样，首先我们有'赫斯特[b]言不符实'，然后有'停止媒体曲解'——这句曾经引发过一些政治上的争议……"

散会前，他们听取了一位当天特地从圣马特奥学院开车赶来的学生的发言，那是一所位于旧金山半岛南部的两年制专科学校。"我今天和一些来自第三世界的学

---

a Students for a Democratic Society，二十世纪六十年代美国激进学生组织。
b Hearst，美国跨国大众媒体集团，旗下有报纸、杂志、电视台等，《旧金山纪事报》亦属此列。

生一起来到这里,是为了告诉你们,我们支持你们,也希望下周我们开始罢课的时候,你们能支持**我们**,因为我们真的很投入,我们随身带着摩托车头盔,无法思考,无法去上课。"

他停了一下。他长得很帅,对自己的任务充满热情。我在思考圣马特奥的生活所具有的那种淡淡的忧郁——那是美国人均收入最高的县之一;思考《威奇托电力工人》和"湿漉漉的黑树枝上的花瓣"是否代表了一种中产阶级的无目的感;思考通过开新闻发布会来获得的一种目的感的幻想,而新闻发布会唯一的问题是,记者真的会问问题。"我来是想告诉你们,在圣马特奥学院,我们像**革命者**一样生活。"男孩接着说。

10

我们把《躺下吧,姑娘,躺下》[a]放在唱片机上,然后是《苏珊娜》[b]。我们进城去梅尔罗斯大道看"飞翔的伯里托"[c]的演出。一根茉莉花藤从富兰克林大道上一栋大房子的阳台上伸了出来,傍晚时分,茉莉花的香气会透过所有敞开的门窗飘进屋子里。我给一群不吃肉的人做了法式鱼羹。在我的想象中,我的生活是简单而甜蜜的,有的时候的确如此,然而在城中还是有奇怪的事情发生。有谣言,有故事。一切都是难以启齿的,但没有什么是不可想象的。这种对"罪恶"这个概念本身的神秘挑逗——这种可以"过激",并且很多人正在这么做的感受——在1968到1969年的洛杉矶,常常萦绕着我们。

一种疯狂又充满诱惑的旋涡般的张力正在这个社区积聚。不安和紧张正在酝酿。我记得有一段时间,每晚都能听到狗叫,一轮满月总是悬在天边。1969年8月9日,我正在丈夫弟弟位于贝弗利山的家里,坐在泳池的浅水区,弟媳接到一个朋友打来的电话,说刚刚听说西耶罗大道上的莎伦·泰特·波兰斯基家发生了谋杀案。接

---

[a] "Lay Lady Lay",鲍勃·迪伦创作并演唱的一首歌曲,收录在其1969年的专辑《纳什维尔天际线》(*Nashville Skyline*)中。

[b] "Suzanne",莱昂纳德·科恩(Leonard Cohen,1934—2016)创作并演唱的一首歌曲,最初作为诗歌在1966年发表,随后成为科恩的第一首单曲,收录在其1967年发行的专辑《来自一个房间的歌》(*Songs from a Room*)中。

[c] Flying Burritos,全称为Flying Burrito Brothers,乡村摇滚开创者之一,成立于1968年,由克里斯·希尔曼(Chris Hillman,1944—)和格雷姆·帕森斯(Gram Parsons,1946—1973)等人组成,融合了摇滚、乡村和民谣元素,对二十世纪六十年代末到七十年代初的美国音乐产生了深远影响。

白色专辑

下来的一个小时里，电话响了很多次。这些最早的传闻含混不清又互相矛盾。一个来电者说凶手蒙着面罩，另一个说是戴着链子。有人说死了二十个人，也有人说是十二个、十个、十八个。有人开始想象有黑弥撒[a]作祟，也有人怪到糟糕的"旅程"头上。那天所有的假消息我都记得一清二楚，我还记得一件事，一件我希望自己忘掉的事，那就是：**我记得，并没有人对此感到意外。**

11

1970年夏天，我第一次见到琳达·卡萨比恩的时候，她留着整齐的中分，没化妆，喷了伊丽莎白·雅顿的"蓝草"香水，穿着没熨烫过的洛杉矶西比尔·布兰德女子监狱的蓝色囚服。她在这里被保护性监禁，等待为莎伦·泰特、波兰斯基、阿比盖尔·福尔杰、杰伊·赛布林、沃伊切赫·弗里科夫斯基、史蒂芬·帕兰特、罗斯玛丽和莱诺·拉比安卡的谋杀案出庭做证。在她的律师盖里·弗里希曼的陪同下，我花了几个晚上的时间在监狱里与她交谈。

关于这些夜晚，我印象最深的是我进入监狱时的恐惧，哪怕只有一个小时，暂时离开夏日暮色中突然向我展开的无限可能，都令我深深不安。我记得坐在盖里·弗里希曼打开顶篷的凯迪拉克敞篷车里沿着好莱坞高速驶向城里。我记得在监狱门口一边等弗里希曼签登记表一边看兔子在草地上吃草。在走进西比尔·布兰德监狱的途中，我们身后的六扇门每锁上一扇，我都死掉了一点；每次采访结束后，我都像珀耳塞福涅离开冥府[b]一样，兴高采烈，欢欣鼓舞。一回到家里，我就会喝两杯酒，给自己做一个汉堡，狼吞虎咽地吃下去。

"懂了吧。"盖里·弗里希曼总这样说。一天晚上，我们开着他那辆打开顶篷的敞篷凯迪拉克从监狱回好莱坞的路上，他突然要求我说出印度的人口。我说我不知道印度的人口。"猜猜看。"他怂恿道。我猜了一个数字，小得离谱，被他嫌弃。同样的问题，他问过他侄女（"一个女大学生"），问过琳达，现在又来问我，我们都答不上来。这似乎印证了他对女性的某种看法——她们本质上是不可教的，她们骨子里都一样。盖里·弗里希曼是我很少遇

---

a　Black Mass，一种撒旦崇拜仪式，其现代形式主要表现为对天主教弥撒的亵渎式模仿。
b　希腊神话中的"冥后"，是宙斯和掌管农业的得墨忒尔之女，被舅舅"冥王"哈德斯掳走成婚。后其母将其寻回，离开冥界前，珀耳塞福涅被哈德斯逼迫吃下四颗（一说是六颗）石榴籽，每年要回到冥界四个月（六个月）。

到的一类人,一个戴着猪肉馅饼帽[a]的滑稽的现实主义者,是那个时代遥远边疆上的商务旅行者,也是一个在法院和监狱里游刃有余的人,面对位于他口中"那个案子"核心的一团令人生畏又无法穿透的迷雾,他还能保持愉悦,甚至扬扬得意。事实上,我们从未谈论过"那个案子",只是用"西耶罗大道"和"拉比安卡"来指代其中的核心事件。我们谈论的是琳达童年的娱乐和遗憾,她的中学恋情,她对她孩子们的担心。可以言说之事和不可言说之事的并置是可怕的,令人不安的,它让我的笔记本充满了连篇累牍的讽刺故事,只有虔诚的荒诞主义者才会感兴趣。举个例子:琳达梦见她开了一间集餐厅、精品店和宠物店于一体的综合商店。

12

周期性缓解,即受损神经表面上的完全康复,是中枢神经系统的特定器质性障碍的典型特征。它的机制似乎是这样的:当神经内膜发炎,硬化成瘢痕组织,从而阻断了神经冲动的传导,神经系统就会逐渐改变它的回路,找到了其他未受影响的神经来传导同样的信息。在我觉得有必要修正我的大脑回路的那些年,我发现我对十六楼窗台上那个女人到底跳没跳楼,以及为什么,失去兴趣了。我只对我脑海中她的样子有兴趣:她的头发在泛光灯下熠熠生辉,她赤裸的脚趾在石头窗台上向内蜷缩着。

从这个角度看,所有的叙事都是感性的。从这个角度看,所有的关联都同样有意义,又同样无意义。比如,在1963年肯尼迪去世的那天早上,我正在旧金山的兰赛霍夫[b]买我结婚要穿的真丝短裙。几年之后,这条裙子在贝莱尔的一个晚宴上被毁了,罗曼·波兰斯基不小心洒了一杯红酒在上面。莎伦·泰特也是晚宴上的来宾,尽管当时她和波兰斯基还没结婚。1970年7月27日,我应琳达·卡萨比恩之请,去位于贝弗利山艾·马格宁百货[c]三层的"马格宁高端"商店帮她挑选一条

---

[a] Porkpie hat,一种平顶窄檐浅帽,通常由毛毡或绒布制成,形状较为圆润,具有简洁优雅的特点。自二十世纪二十年代以来,在著名爵士乐手和电影界人士的引领之下广受欢迎。

[b] Ransohoff's,旧金山著名高端百货商店,成立于十九世纪末,因其奢华的购物体验和优质的顾客服务而闻名。

[c] I. Magnin,旧金山著名高端百货公司,成立于1876年,以提供奢华的服装、配饰、珠宝及家居用品而闻名,特别是在二十世纪五十年代以来,在西海岸享有盛誉,成为上流社会钟爱的购物地点之一,八十年代后走向衰落,并于九十年代倒闭。

白色专辑

裙子,她要穿着这条裙子为发生在西耶罗大道莎伦·泰特·波兰斯基家的谋杀案出庭做证。"9 码加小版,"她的要求是这样写的,"迷你裙,但不要太迷你。有可能的话最好是丝绒的。祖母绿或者金色。或者:一条墨西哥农民风格的裙子,有缩褶或者刺绣。"她需要一条在出庭那天上午穿的新裙子是因为,地方检察官文森特·博廖西表达了对她本来打算穿的那条裙子的疑虑,那是一条白色手纺的长连衣裙。"长裙是晚上穿的。"他劝告琳达。长裙是晚上穿的,白裙子是新娘穿的。1965 年她自己的婚礼上,琳达·卡萨比恩穿了一套白色缎面西装。时过境迁,每件事的发生都是为了告诉我们点什么。在 1970 年 7 月的那个上午 11 点 20 分,我把她将穿着做证的这条裙子交给了盖里·弗里希曼,他在他位于贝弗利山罗德奥大道上的办公室门口等我。他还戴着猪肉饼帽,和琳达的第二任丈夫鲍勃·卡萨比恩及他们夫妇的朋友查理·莫尔顿站在一起,他们两位都穿着白色长袍。长袍是鲍勃和查理穿的,而装在艾·马格宁盒子里的裙子,是琳达穿的。他们三个人拿走了艾·马格宁的盒子,并一起上了弗里希曼打开顶篷的敞篷凯迪拉克,在阳光下向通往市中心的高速驶去,回头对我挥手告别。我相信这是一连串毫无意义的巧合,但是在那个夏日叮铃作响的早上[a],它和其他所有的事情一样变得有意义了起来。

13

我还记得 1970 年我和俄勒冈州潘德尔顿附近的一家汽车旅馆的经理之间发生的一段对话。当时我在给《生活》杂志写一篇报道,关于尤马蒂拉县的军工厂存放 VX 和 GB 神经毒气[b]一事,对话发生时,我已经完成了稿子,正在汽车旅馆办理退房。就在这时,旅馆经理——一个摩门教徒——问了我这个问题:**如果你不相信你可以带着自己的肉身一起上天堂,并且和所有家庭成员团聚,依旧用名字亲切地称呼彼此,那死亡还有什么意义呢?** 当时我相信自己基本的情感控制已经受损,但现在,我把这个问题提给你们,它比它乍听

---

a Jingle-jangle morning, 出自鲍勃·迪伦 1965 年的名曲《铃鼓先生》("Mr. Tambourine Man")中的一句歌词:Hey, Mr. Tambourine man, play a song for me / In the jingle-jangle morning, I'll come following you.

b VX 是 Venomous Agent X(神经毒剂 X)的缩写,二十世纪五十年代被发现后,被多国军队用作化学武器;GB 即沙林毒剂,1938 年由德国化学家首次合成,后被用作化学武器。二者均为有机磷化合物类神经毒剂,由于极高的毒性,已被列入《化学武器公约》禁用名单。

起来更有说服力，可以作为那段时期特有的一桩公案。

14

有一次我肋骨骨折了，在那几个月里，我在床上翻身或者在自家泳池里举起手臂都很疼，那是我第一次对衰老有了一种清晰的认识。但后来又忘记了那种感觉。在我所讲述的那几年里的某个时刻，在一系列周期性的视力障碍、三次脑电图、两次颅骨和颈椎的全套X光、一次五小时的葡萄糖耐受性测试，以及向两位眼科医生、一位内科医生和三位神经科医生的问诊之后，我被告知，我的眼睛并没有问题，问题出在中枢神经系统。在我的一生中，我可能会经历神经损伤的症状，也可能不会。这些可能出现也可能不出现的症状，可能涉及我的眼睛，也可能不涉及。它们可能影响我的胳膊或腿，也可能不影响；可能使我残疾，也可能不会。注射可的松激素可能会缓解这些症状，也可能不会。我的病症有个名字，这类名字通常让人联想到电视马拉松[a]，但它并没有任何意义，神经科医生也不喜欢使用它。这个名字是"多发性硬化症"，这个名字本身并没有任何意义。神经科医生说，这只是一个排他性诊断，不能说明什么。

在那时，我还没有对衰老产生清晰的理解，但我理解了当我给一个陌生人打开门，却发现对方手里真实地拿着一把刀是什么感受。和神经科医生在他位于贝弗利山的办公室里简单聊了几句之后，不可能成了可能，甚至成了常态：已经发生在别人身上的事情，也真的可能发生在我身上。我可能被闪电击中，可能吃下了一颗桃子，然后被桃核里的氰化物毒死。令人震惊的是：针对正在我的头脑中发生的事情，我的身体给出了与之精准匹配的生理反应。"活得简单一点吧，"我的神经科医生这样劝我，"尽管就我们所知，这样做也未必有用。"换句话说，这又是一个没有叙事的故事。

15

我在洛杉矶的很多熟人都认为，六十年代在1969年8月9日戛然而止，就结束在关于西耶罗大道的传闻像森林大火一样在整个社区蔓延的那个时刻，从某种意义上说，这是对的。在那一天，矛盾爆发了，恐惧被证实了。但在另一重意义上，对我来说，六十年代直到1971年1月才真正结束，那时我离开了富兰克林大道上

---

[a] Telethon, television 与 marathon 的合成词，指冗长的电视募捐节目。

的房子，搬到了海边。这栋在海边的房子本身就是六十年代的一部分，而在我们接手房子之后的几个月里，我在它的前史中偶遇了很多这一时期的纪念品——一份压在抽屉衬纸下面的山达基教文献，一本卡在衣柜隔层深处的《异乡异客》[a]——但过了一阵之后我们做了些装修，在电锯和海风之间，这里被驱魔了。

自此以后，我对于那些代表着六十年代的人们的动向知之甚少。当然，我知道埃尔德里奇·克利弗去了阿尔及利亚，回来的时候成了企业家。我知道吉姆·莫里森死在了巴黎。我知道琳达·卡萨比恩远走新罕布什尔州，去寻找田园牧歌的生活，我还去拜访过她一次，她也来纽约看过我，我们带着孩子们一起坐斯塔滕岛轮渡去看自由女神像。我也知道因谋杀了拉蒙·诺瓦罗被判终身监禁的保罗·弗格森，在服刑期间获得了1975年度美国笔会小说大赛的一等奖，并宣布计划"继续写作"。他说，写作帮助他"反思自己的经历，并理解它意味着什么"。我也经常回想起好莱坞的大房子，想起《午夜告解》和拉蒙·诺瓦罗，以及我和罗曼·波兰斯基是同一个孩子的教父母的事实，但写作还没有帮我想清楚这一切意味着什么。

---

[a] *Stranger in a Strange Land*，美国科幻作家罗伯特·海因莱因的小说，于1961年出版，次年获雨果奖最佳长篇小说奖。该书讲述了一名在火星长大的地球人在返回地球后，试图理解并适应地球文化，并逐渐成为一名精神领袖的过程，对反文化运动和嬉皮士文化有着深远影响。

II.
CALIFORNIA REPUBLIC

加利福尼亚共和国

JAMES PIKE, AMERICAN
(1976)

詹姆斯·派克，美国人

旧金山的圣公会恩典座堂（Grace Episcopal Cathedral）是一个奇特并且世俗得很嚣张的历史遗迹，不仅如此，它还用它的气质，影响了周边的一切。它直接矗立在代表着加州旧式富豪和权贵的枢纽——诺布山之上。它巨大的玫瑰窗在夜晚熠熠生辉，主宰了马克·霍普金斯酒店、费尔蒙酒店、伦道夫酒店和加州大道上的凯瑟琳·赫斯特公寓所能看到的景致。旧金山这座城市致力于一个幻想，那就是所有人类的努力都神秘地朝向西方，朝向太平洋，而圣公会恩典座堂却毅然决然地朝向东方，朝向太平洋联盟俱乐部[a]。当我还是个孩子的时候，我祖母告诉我，恩典座堂是"未完成"的，并且永远都会如此，这正是它的意义所在。"一战"之后的那些年里，母亲会把零钱投进奉献箱里，但恩典座堂永远不会完工；"二战"之后，我也把零钱投进奉献箱里，恩典座堂还是永远不会完工。1964年，来自纽约的圣约翰大教堂并且曾在ABC[b]电视台主持《派克教长秀》的詹姆斯·阿尔伯特·派克回到了家乡，成为加州主教，他筹款三百万美元，在教堂的侧天窗上装饰

---

a Pacific Union Club，成立于1889年，位于诺布山顶的加利福尼亚街1000号，是旧金山最具声望的绅士俱乐部之一。

b American Broadcasting Company，美国广播公司，下文提及时均简称为ABC。

白色专辑

了爱因斯坦、瑟古德·马歇尔和约翰·格伦的人像，并以上帝之名（此时派克已经简化了三位一体，将圣子和圣灵剔除出去）宣布恩典座堂"竣工了"。这对我来说是一个诡异又令人不安的进展，完全错失了重点——至少是我童年时所理解的重点——相比于他之前的举措，这件事让詹姆斯·阿尔伯特·派克深深地印在了我的脑海里，难以抹去。

该如何看待他呢？在恩典座堂建成的五年后，他彻底离开了圣公会，在《展望》杂志中细数了他的怨恨[a]，然后开着一辆从阿维斯（Avis）租来的白色福特科尔蒂纳深入了约旦的沙漠。与他同行的人是他曾经的学生和新婚九个月的妻子，戴安。戴安后来说，他们想去体验耶稣经历过的那种荒野。他们为这次行动准备的物资是一张阿维斯提供的地图和两瓶可口可乐。只有年轻的派克夫人活着回来了，在死海边的一个峡谷，人们找到了詹姆斯·阿尔伯特·派克的尸体，五天后，他的安魂弥撒在旧金山举行，地点正是这座因他的自负而竣工的教堂。在教堂外的台阶上，镜头对准了正在示威，要求释放博比·西尔的黑豹党徒。而在教堂中殿内，戴安·肯尼迪·派克和她丈夫的两位前妻，简·阿尔维斯·派克和埃丝特·亚诺夫斯基·派克看看镜头，又看看彼此。

这是 1969 年。在此后的一些年里，我始终无法理解这个既怪诞又极其"当下"的故事，我对这类会被我祖母称作"该死的老蠢货"的男人有着一种巨大的隔代遗传的愤怒，他们会带着傻乎乎的戴安和两瓶可口可乐到沙漠里去，但我现在明白了，戴安和可口可乐正是将这个故事提升到寓言高度的细节。过去几周，詹姆斯·阿尔伯特·派克在我心上挥之不去，自从我阅读了由威廉·斯特林法罗和安东尼·唐恩合著的传记《派克主教的生与死》(The Death and Life of Bishop Pike) 之后。从这本既带着敬慕又颇具启发性的书中，浮现出一个伟大的文学人物的影子，他是霍华德·休斯和惠特克·钱伯斯那种意义上的文学人物，既暧昧不明，又有使命感，能充分反映他所处的时代和地域特征，以至于他在迦法清教徒公墓的墓碑上，完全可以只刻上这样一行字：**詹姆斯·派克，美国人。**

想想他的出身。他是一个野心勃勃的母亲和一个体弱多病的父亲的独子，出生于 1913 年。在他出生前几年，他的父母从肯塔基搬到了俄克拉何马一片四十英亩的牧豆树农庄上。他们全家曾一度挤在新墨西哥州阿拉莫戈多的一间简陋的棚屋

---

[a] 在 1968 年 10 月 29 日发行的《展望》杂志中，派克主教发表了一篇谈论自己儿子的文章。

詹姆斯·派克，美国人

里，但改善一家人的生活一直是母亲的愿望。她在学校教书，在舞会乐队和默片影院里弹钢琴。她把她的儿子詹姆斯教育成了一名天主教徒，带他报名参加俄克拉何马州博览会上的"优秀宝宝竞赛"，并且连续两年夺得桂冠。六十年后，她对儿子的传记作者说，"我想你们会喜欢这个细节，他从小就是赢家。"

另一个三岁看老的细节，是他小时候就会给纸娃娃穿上牧师的制服。他妈妈看上去是一个有着极强主见的女人。詹姆斯两岁时，父亲去世，六年后，孤儿寡母搬到了洛杉矶，母亲倾尽全力为他打造了一个世界，其中没有任何东西"可以改变詹姆斯的人生，或者以任何方式挫败他"，这种教养模式会在派克的外表和行为举止之中逐渐显现出来，影响他的一生。当他被问到，他的第一次离婚和再婚是否阻碍了他被选为加州主教时，他抱怨道，"毋庸置疑，这一切回忆起来都太乏味了"；当其他人试图通过提起他过去的婚姻和离婚，以及其他"陈年旧事"来挫败他时，他总是表现出出人意料的暴躁，这种暴躁在他的传记中俯拾皆是。

在洛杉矶，詹姆斯就读于好莱坞高中，每天早上都在日落大道上的圣体堂参加弥撒。从好莱坞高中毕业后，詹姆斯又去圣克拉拉读了耶稣会士办的大学，直到他完全否定了天主教会，并说服他妈妈也这么做为止。尽管他当时只有十八岁，但他和他妈妈都将这次青春期的"背弃"看得非常严肃，这也非常符合他们的性格：这对母子给人一种感觉，即他们是彼此唯一的锚，并且需要每天重新发现停泊之处。离开圣克拉拉之后，作为一名新晋的不可知论者，他又去了加州大学洛杉矶分校，然后是南加大，最后一个大跨步去了东部，到耶鲁法学院求学。毕业后，他在华盛顿找到了一份证券交易委员会的工作。"你得明白，他在华盛顿非常孤独。"他母亲在他死后回忆道，"他真的很想回家。真希望他那时就回来了。"然而，对于他这样一个来自西部的小孩来说，这时他终于见到了"真实"的世界，"伟大"的世界，一个可以去战胜的世界。在这个世界里，阶层和信仰一样分明，正如这个"赢在起跑线上"的年轻人很快意识到，并在信里告诉他妈妈的那样："在我们这个阶层里，你遇到的每个去教堂的人几乎都是圣公会信徒，而一个罗马天主教徒或者纯正的清教徒就像母鸡的牙齿一样罕见。"

那种挑战东海岸的劲头，让人们想起盖茨比，还有汤姆·布坎南，以及他极致的冷漠。（大约二十五年以后，在圣巴巴拉，这位加州主教的情妇吞下55片安眠药，他在叫救护车之前还把情妇从他的公寓转移回了她自己的公寓，并试图在她死前掩盖一些证据。）人们甚至会想到迪克·戴弗，同样年少成名，也曾想在妮可身上拥抱美洲大陆的精神内核，就像是詹姆斯·阿尔伯特·派克想要在圣公会中拥抱这种精神内核一样。**在我们这个阶层里，你遇到的每个去教堂的人几乎全是圣公会教徒。**

这是巴里·林登[a]式的美国冒险，这位西部人来到东岸为未来打拼，带着妈妈的爱，以及在他来路上的那些临时停泊点被误认为是"对知识的热忱"的东西。为了证明这种热忱，他的第三任妻子戴安，会反复讲述一个不寻常的故事：他"不到五岁时就从头至尾读完了字典和电话簿，十岁前读完了一整套《大英百科全书》"。戴安还提到了他对巴黎的人类博物馆的热情，在他看来，人类博物馆在一个小时的时间里为他提供了"一次完整的教育"，讲述了"一整部人类种群的历史，以概要的形式"。

"以概要的形式。"人们能感受到那种盲目的热情，换作一个不像戴安那么痴心的妻子，可能会觉得是某种精神错乱。二十世纪三十年代末，刚刚以圣公会教徒的身份开始新职业生涯的詹姆斯·阿尔伯特·派克参加了第一次圣诞弥撒，据说在圣餐快要开始的时候，同为加州人的他的第一任妻子简突然跳了起来，然后尖叫着跑出了教堂。在电话簿里找不到对此的解释，《大英百科全书》里也没有。后来，他发明了一份宣告神职人员婚姻无效的声明，以此掩盖了他和简离婚的事实，尽管这种方式实际上并不被承认。他的自传作者解释说，"在他看来，这段婚姻不单是一个错误，而且从一开始就不具备法律效力。"但这只是**在他看来**。他需要相信他们的婚姻被解除了，因为他想成为加州主教。"他骨子里是个加州人，"他的一位朋友说，"他从小就将旧金山作为目标⋯⋯他为成为加州主教这件事而着迷。天堂或地狱里的任何力量都不能阻止他。"但这也只是**在他看来**。正如尼克·卡罗威在《了不起的盖茨比》里所说的，"汤姆、盖茨比、黛西、乔丹和我，都是西部人。也许我们身上有某些共同的缺陷，导致我们都无法彻底适应东部的生活。"

在他看来。我记得在1964年的某个周一的早上，我站在纽约的圣托马斯教堂里，犹豫要不要偷走一本詹姆斯·阿尔伯特·派克的书，一本叫作《如果你和信仰

---

[a] Barry Lyndon，英国作家威廉·梅克比斯·萨克雷（William Makepeace Thackeray, 1811—1863）的小说《巴里·林登的遭遇》(*The Luck of Barry Lyndon*)的主人公，一个富有野心、狡猾而多变的人物，小说展现了他通过婚姻等手段实现阶级跃升的过程。1975年，美国导演斯坦利·库布里克将其改编成电影《巴里·林登》。

不同的人结婚》(*If You Marry Outside Your Faith*)的牧灵小册子。我身上只有一张二十美金的纸币，舍不得把它留在奉献箱里，但我又想更仔细地阅读它，因为几周前，我刚刚嫁给了一位天主教徒，这似乎恰好是派克主教在思考的问题。我从小受到的教育让我认为，嫁给哪种信仰的人没有太大区别，只要避开那些不许在婚礼上喝酒的奇怪教派就行（我祖母成为圣公会教徒完全是因为西部拓荒的缘故，她的兄弟姐妹都是天主教徒，但在她需要受洗的那些年里，身边没有天主教牧师）。所以，派克主教的立场完全吓到我了，仿佛我不仅犯了错误，并且有全部的道德权利和义务通过将我的婚姻，以及许下的全部承诺视作无效，来消除这个错误。换句话说，我该做的是，忘了它，从头再来。

最后我并没有偷走那本《如果你和信仰不同的人结婚》，而且多年以来，我逐渐相信，我肯定是误读了它。但了解到它写作的背景，即帕克本人的经历之后，我就没这么肯定了。"他从来不会自己打扫。"派克的一位朋友这样评价他，他习惯每次拆开一件新衬衫，都把硬纸板丢在它们掉落的地方，这种**作风**似乎也适用于衣服之外的其他事。这是一个认为自己有资格忘掉重来，并以此为信条生活的男人，当女人变得难搞的时候就甩掉她们，当信仰变得乏味的时候就**换一个**，然后继续生活，不去理会那些被他讥讽为小肚鸡肠、"主观臆断"，以及单纯被他对于人类可能性的更高级、更动态的看法冒犯到的人们。在这种道德上的拓荒者人格中，的确存在着很多自相矛盾和似是而非的地方，这些地方并非没有被人们注意到，但在急着认为这种生活"不过是人性使然"的时候，我怀疑我们忽视了它真正的利害，即作为一种社会历史的重要性。这个男人是他所处时空的米其林指南。在他的事业巅峰，詹姆斯·阿尔伯特·派克戴着他的和平十字架（在"越战"期间，他把他胸前的十字架收了起来，直到他去世，"越战"还没有结束）穿越了美国人生活中每一个唬人的迷魂阵，从民主机构研究中心，到阿斯彭人道主义研究所[a]，再到心灵前沿[b]——在当时，心灵前沿就是灵性诈骗界的福特基金会[c]。詹姆斯·阿尔伯特·派克总是在对的时间出现在对的地点。他去

---

[a] Aspen Institute of Humanistic Studies，1949 年成立的国际非营利组织，总部位于华盛顿。

[b] 即"心灵前沿协会"(Spiritual Frontiers Fellowship)，阿瑟·福特于 1956 年创立的一个非营利志愿者组织。1967 年，福特因声称与詹姆斯·派克死去的儿子通灵而名声大噪。

[c] 民主机构研究中心和阿斯彭人道主义研究所都是由福特基金会（福特汽车的基金会）出资赞助的，而"心灵前沿协会"的创始人恰好也姓福特（Ford）。

白色专辑

日内瓦参加"和平于世"[a]会议，在巴尔的摩旁听卡顿斯维尔九君子[b]的审判，尽管在从机场到法庭的车程中，他才被简要介绍了案情。他通过与亡灵对话，在对的房间、对的时机找到了他的儿子，服用罗米拉尔[c]自杀的小吉姆。这个男人从未停下脚步。如果死亡令人不安，那就从头活过，并把它重新发明为"彼岸之旅"。如果信仰令人困扰，那就离开教会，再重新发明一个"宗教转型基金会"。

从这种"世界是可以被重新发明"的意识中可以嗅出美国二十世纪六十年代的典型气味，在那些年里，似乎没有人有任何记忆或者锚点，在某种意义上，六十年代正是催生詹姆斯·阿尔伯特·派克的年代。当一个从小就是赢家的人在沙漠里死去的时候，他的小舅子参与了搜救队，并祈求上帝、小吉姆和埃德加·凯西[d]的帮助。我想，我从未听过比这更令人心碎的"三位一体"了。

---

a "Pacem in Terris"，教宗若望二十三世于1963年4月11日发布的通谕。当时世界正处于冷战的高潮，教宗在通谕中呼吁通过谈判而非暴力解决冲突，也进一步强调了尊重人权的重要性。1967年5月28日，第2届"和平于世"大会于瑞士日内瓦召开，这不是一次宗教会议，而是一次有七十多个国家的代表与会的国际和平大会。

b Catonsville Nine，1968年5月17日，九名天主教激进分子在马里兰州卡顿斯维尔的征兵办公室抢走了378份征兵文件并在停车场焚烧了它们，以此表达对"越战"的反对。同年10月，九人在联邦法院受审。

c Romilar，一种含有右美沙芬（Dextromethorphan）的止咳药，广泛用于缓解干咳，过量服用可能导致迷幻效应。在二十世纪六七十年代的美国，无须处方便可以在药店买到。

d Edgar Cayce（1877—1945），美国著名预言家，声称可以在类似被催眠的状态下与一个"更高的自我"对话。许多宗教学者认为，他是美国新纪元运动中许多信仰的主要来源。

HOLY WATER
(1977)

圣 水

　　像我们这样生活在干旱地区的人，每每想到水时，总是怀着一种在旁人看来过于夸张的崇敬。明天我将从马里布家里的水龙头接出来的水，今天正从上游的科罗拉多河流经莫哈韦沙漠而来，我总是喜欢去想，这水此刻身在何处。我今晚将在好莱坞某家餐厅里喝到的水，已沿着欧文斯河流下洛杉矶引水道，我还是在想，它此刻身在何处：我尤其喜欢去想象的一个画面是，水从45度的石阶上倾泻而下，是石阶让从山体中密不透风的管道和虹吸装置中流出的欧文斯河谷里的水透了口气。巧合的是，我对于水的崇敬，总是以这种不间断的冥想的形式出现，我总是在想，水流到哪里了，我对水的痴迷，不在于水资源的政治，而在于水道本身，在于水在引水渠、虹吸管、泵站、前池、后池、堰坝和下水道之间的流动，在于宏观尺度上的水道系统。我了解一些我永远不可能亲眼见到的水利工程的数据。我知道凯泽[a]在委内瑞拉的古里水电站关闭最后两个泄水道闸门时所经历的困难。我密切关注着埃及阿斯旺水坝的蒸发量。我可以一边想象着水从拉布拉多的丘吉尔瀑布直下一千尺流入涡轮机的景象，一边哄自己入睡。如果丘吉尔瀑布工程没能让我睡着，我就

---

[a] 指古里水电站的承建商之一，凯泽工业公司（Kaiser Industries），是亨利·凯泽庞大工业集团的重要组成部分。

白色专辑

转而去想家门口的水利工程——比如科罗拉多州胡佛大坝的尾水渠[a]和蒂哈查皮山中的调压井，后者接收了加州引水渠泵起来的水，这座引水渠把水泵到了前所未有的高度——最后，十七岁那年的一个早上会在我的脑海中重演，我坐在一个军队剩下的救生筏上，闯入了萨克拉门托附近的美利坚河上正在施工中的尼姆布斯后池大坝。我记得事情发生时，我正想要打开一罐刺山柑蕾鳀鱼罐头，救生筏旋转着冲进了一个用于为河流临时变道的狭窄滑水槽，我开心得发狂。

我想，部分由于对这份狂喜的记忆，我在萨克拉门托的一个夏日清晨，参观了加州水资源计划的运行控制中心。事实上，加州周边有太多的水被各种各样的机构调配，或许只有这些调水者自己知道，在特定的一天，这些水分别在哪里。但如果只想了解一个大概的图景的话，只需要记住，洛杉矶调配了其中的一些，旧金山调配了一些，垦务局的中央谷地工程调配了一些，而剩下的绝大部分都是由加州水资源计划调配的，他们调配了非常大量的水，而且调配的距离也比其他任何地方都更远。他们把水收集到内华达山脉的花岗岩堡垒里，在奥罗维尔水坝后面储存了大约一万亿加仑的水，每天早上，在加州水资源计划位于萨克拉门托的总部，他们会决定第二天要调配多少水。这一决策是根据供给和需求做出的，理论上很简单，实践起来则要复杂得多。理论上，这一工程的五个分部——奥罗维尔分部、三角洲分部、圣路易斯分部、圣胡安分部和南方分部——会分别在每天早上9点之前给总部打一个电话，告诉调度员各地的承包商需要多少水，而承包商则根据种植商和其他的用水大户的订单来做他们每天早上的估算。一个日程表就这样被制定出来。闸门会根据日程表打开和关闭。水流向南方，输送给需要的人。

但在实践中，这需要天衣无缝的配合、精确度，需要几个人类专家和一台Univac[b] 418的通力合作。在实践中，可能会需要留下大量的水用于发电，或者用于冲淡侵蚀萨克拉门托——圣胡安三角洲的盐，因为这里是整个系统中生态最脆弱的一环。在实践中，一场突如其来的雨可能会让已经在调配路上的水源变得不再被需要，要知道，正在被调配的不是几夸脱牛奶或者几卷轴线，而是庞大的水体，将

---

a 流过水电站的水轮机后，所携带的水能已经被吸收利用后的水流叫作"尾水"（tailwater），把尾水从发电站厂房排泄到下游河床的渠道便是"尾水渠"（tailrace）。

b Univac, Universal Automatic Computer（通用自动计算机）的缩写。

圣水

它们通过奥罗维尔水坝调到三角洲需要两天的时间。三角洲是加州极好的储水地，在过去几年里，这里装满了电子感应器、遥测装置，并且有专人负责封闭水渠，为水流改道，以及在水泵周围驱赶鱼类。将这些水再从三角洲经过加州引水渠调到蒂哈查皮山，并翻过山调到南加州，还需要六天。在运行控制中心，当他们说"让水翻过山"，指的是把从引水渠上流下来的水从圣胡安峡谷的谷底泵上来，让它们翻过蒂哈查皮山脉。而"拉下去"则指的是在系统中的某一处降低水位。在位于萨克拉门托的这间控制室里，配备了 Univac 418 计算机、大型显示屏和闪个不停的指示灯；还有一些闭锁的门、响个不停的警报和不断被打印出的水下感应器发回的数据，在这里，人们可以通过远程遥控，**让水翻过山**，或者将圣胡安蓄水池的水位**降下去**。房间里的这套系统，仿佛一个价值三十亿的完美水利玩具，而在某种程度上，它的确是个玩具。"让我们 12 点开始排干奎尔吧。"这是我拜访运行控制中心的当天，电子通信日志上午 10 点 51 分的条目显示的信息。"奎尔"是洛杉矶县的一个水库，总容量为 1636018000 加仑。日志上记录的回复是"好的"。在那一刻我明白，我已经错过了唯一对我有着天然吸引力的职业：我想要亲自排干奎尔。

当我想要谈论水的输送的时候，并没有太多我认识的人想要继续这场对话，即便我一再强调，这些调度每天都间接地影响着他们的生活。但"间接"对于我认识的大部分人来说并不足够。然而，就在今天早上，有好几个我认识的人不是"间接"而是"直接"地被水源调配的方式影响了。他们此前在新墨西哥州拍摄一部电影，其中一组镜头需要一条足够深的河，深到可以让一辆卡车沉下去，而且是一辆带驾驶室、挂车和五六十个轮子的庞然大物。不巧的是，今年在新墨西哥州的取景地附近，没有一条河有足够深的水位。于是整个剧组转移到了加州的尼德尔斯，科罗拉多河通常会流经这里，它的深度取决于戴维斯水坝的放水量，从十八到二十五英尺不等。好了，重点来了：昨天，南加州刚经历一场反常的热带风暴，在这个通常比较干旱的月份，下了两英寸的雨，这场雨淹没了农田，提供了大量的灌溉水源，多到超出任何一个种植户的几天所需，因此，戴维斯水坝并没有接到任何的供水订单。

没有订单，就不放水。

这就是供需关系。

于是，科罗拉多河今天流经尼德尔斯时的水深只有七英尺，萨姆·佩金帕的愿望——即一池足以让卡车沉入的十八英寸深的水——显然不是戴维斯水坝的调度机制所能满足的。拍摄因此暂停了一个周末，

白色专辑

假设在这期间有种植户订了水,并且负责科罗拉多河的机构放了水的话,拍摄将于下一个周二继续。与此同时,那些灯光师、器材助理、摄影师、助理导演、剧本监督、特技驾驶员,也许甚至是萨姆·佩金帕本人都得在尼德尔斯原地待命一个周末,那里的气温经常在下午5点仍高达110华氏度,晚上8点之后就很难找到地方吃晚餐了。这是一个加州寓言,但却是真实发生的事。

我一直想要一个游泳池,但从来没有拥有过。在差不多一年前,加州正在经历严重旱灾的消息广为流传,很多生活在这个国家水源充足的地区的人们窃喜,经常拿加州人开玩笑,说他们不得不用砖把自家游泳池填平。事实上,泳池一旦蓄满水,并且过滤器已经开始净化和再循环水的流程之后,它几乎就不再需要更多的水了,但游泳池的象征意义一直都很有意思:它被误认为是某种富足生活的陷阱——不管这种生活是真的还是伪装的——也暗示着对身体的享乐主义式的关注。事实上,对于许多像我们这样生活在西部的人来说,泳池并不是富裕的象征,而是秩序的象征,它代表了对不可控之物的掌控。泳池就是水,可用并有用的水,对于西部人来说,它的存在本身就是一种永恒的抚慰。

我们很容易忘记,在所有的自然力量中,我们唯一能够有所掌控的就是水了,尽管这种掌控也是十分晚近才发生的。在我的记忆中,加州夏天总是伴随着水管里的"咳嗽声",这意味着,井已经干枯了;而加州的冬天的典型特征,则是对即将迎来洪峰的河流的彻夜监测,是沙袋,是堤坝上的炸药,是被淹掉的一楼。直至今日,这里依然不是很适合大规模的定居。就在我写作的此刻,大苏尔海岸背后的山脉中,失控的山火已经持续了两周。而昨夜暴发的山洪已经淹没了通往因皮里尔县的所有要道。今天早上我在客厅瓷砖上发现了一道头发丝粗细的裂纹,是上周的地震留下的——4.4级,而我完全没有察觉。在我现在居住的加州这片区域,最显著的气候特征就是干旱,今年,疯长的仙人掌甚至已经蔓延到海边,这很难说是一件令我开心的事。这个冬天会有个别几天,湿度降到10%,7%,甚至4%。风滚草会砸向我的房子,干枯的九重葛在我的私人车道上翻滚飘零,那响尾蛇一般的动静每天要重复发生上百次。加州生活表面上的轻松是一种幻觉,而那些对此信以为真的人,只是在这里短暂停留的过客。我和其他人一样清楚,在一条未被筑坝、在岩层之上自由奔涌的河流中,蕴含着巨大的超越性价值,但当它泛滥时,也曾淹没我的房子,而当它干涸时,我连洗澡水都没有。

圣 水

伯纳德·德沃托 [a] 写道："年平均降水量低于 20 英寸的地方，就是西部。"这或许是我读到过的对西部的最佳定义，而且也在很大程度上解释了，我为何热衷于看到"水在人的掌控之中"。不过，我认识的很多人坚持认为，这种热情背后一定有一个精神分析的解释。事实上，我曾以一种业余的方式探究过较为显而易见的那些解释，并没有发现什么有意思的。某些特定的外部现实就是这样存在着，并且拒绝被阐释。**年平均降水量低于 20 英寸的地方，就是西部。**对于缺水的人来说，水是重要的，就像对于失控的人来说，控制也很重要。大约十五年前，我从杂志上撕下一首卡尔·夏皮罗 [b] 的诗，把它钉在我厨房的墙上。如今，这页纸的一部分仍在我第六个厨房的墙上，我的每次触碰，都让它变得更皱了一点，但为了诗的最后一节我一直保留着它，在我看来，它有一种祝祷般的力量：

加州下雨了，雨滴直直地落下
洗净了枝头硕大的橙子，
灌满了花园，直到它漂浮起来，
让橄榄发光，让瓦片铿亮
染绿了黯淡的山茶花叶子
淹没了终日暴晒的山谷，就像尼罗河一样。

那天早上，我在萨克拉门托去拜访加州水资源计划的运行控制中心时，脑海中反复念着这几行诗。如果说那天早上的 10 点 51 分，我想要排干奎尔，那么到了下午，我想干的更多了。我想要打开克里夫顿·考特前池的进水闸门，再把它关上。我想要去圣路易斯水坝发一些电。我想要在加州引水渠上随机选择一个水池，排干它，然后再灌满，仔细观察水面的跃动。**我想要让水翻过山**，想要切断从引水渠到垦务局的跨谷运河之间的所有水流，只是为了看看垦务局的人多久会打电话来抱怨。我尽可能久地留在那里，看着系统在大屏幕上运转，上面有许多亮灯的检查点。三角洲的盐度报告正从我身后的一台电传打印机上传来，潮汐报告则从另一台机器上传来。地震监测面板此时默不作声，它已经被调低了发出警报的敏感度——南加州的地震警报是"哔"的一声，而北加州的

---

[a] Bernard DeVoto（1897—1955），美国历史学家、作家，以其关于美国西部的通俗历史著作而著称，特别是为他赢得普利策奖的《帝国之路》（The Course of Empire）。

[b] Carl Shapiro（1913—2000），美国著名的诗人、散文家和翻译家，以其清新、简练的诗风和对日常生活的深入观察而著称。1984 年至 1994 年间，夏皮罗每年中有至少一半的时间都在加州度过，下列选段便出自其诗作《加州的冬天》（"California Winter"）。

白色专辑

则是很尖锐的声音——只有里氏3.0及以上的震级才会报警。我在这个房间里已经没有正事要做了,但我仍想要待上一整天。在那一天,我渴望成为那个让橄榄发光,把花园灌满,像尼罗河一样淹没终日暴晒的山谷的人。至今我依然渴望如此。

MANY MANSIONS
(1977)

数座官邸

　　加州州长的最新官邸，自从1975年竣工之后就一直空置着，没做园艺设计、没配家具，也没人入住。官邸坐落于萨克拉门托城外俯瞰美利坚河的峭壁之上，被11英亩的橡树和橄榄树环绕。这栋占地1.2万平方英尺，一共有16个房间的房子，由罗纳德和南希·里根建造，却被杰里·布朗拒绝入住。这座空房子花费了加州财政140万美金，这还不包括土地本身，因为这块地这是里根夫妇的友人于1969年买下并捐赠给加州政府的，这些友人包括费尔斯通轮胎的莱昂纳多·K. 费尔斯通，美国音乐集团的塔尔特·施赖伯，以及洛杉矶的福特汽车经销商霍尔姆斯·塔特尔。每天白天，这栋空房子里的三位维修工人负责擦干净防弹窗户，扫去蜘蛛网、让野草保持常青，以及将响尾蛇赶到河边并让它们远离那35扇木框玻璃户外门。到了晚上，这栋被8英尺高的铁丝网包围着的空房子依旧灯火通明，看门狗时刻保持着警觉，电话响起的时候会令人一惊，惊讶于它居然还没坏掉。"州长官邸。"警卫接起电话，言简意赅，陈述事实，就好像真的有一个影子州长可以接电话。野草长满了原本是网球场、游泳池和桑拿房的地方。美利坚河是曾在1848年发现过金子的地方，当年它在经过此地时流速很快、流量很大，但最近几年上游建了水坝，气候又很干旱，大部分河床都裸露出来。对岸已经被清淤并修成了斜坡。不过，河水逐渐干涸这件事，其实并没有什么实质性的影响，因为这座新州长官邸的怪异之处

白色专辑

之一就是：它根本看不见河景。

总的来说，里根夫妇这栋造价140万美元的梦幻大平层，有着非常奇怪的结构。如果这套房子被放到市场上售卖（这大概率不会发生，因为尽管当年建造它花费了140万，但当地的房产中介似乎一致认为，萨克拉门托县房产的历史最高成交价也不过30万美金），用来形容它的词汇应该是"开阔"和"当代"，尽管准确地说，它既不开阔，也不当代。当你走在其中，频繁听到的两个词一个是"流动"，另一个是"相似"。它的墙壁和当地的土坯房相似，但又不是土坯房：它们和许多超市、住宅以及可口可乐装罐工厂的外墙一样，是用一种常见的水泥砖砌成的，涂上灰泥，刷成有些发旧泛黄的奶油色。门框和裸露的横梁与本地出产的红杉木"相似"，但又不是红杉木：它们是建筑级别的木材，被染成了棕色，说不清质量如何。将来如果真的有人搬进来，混凝土的地板会被铺上地毯，从一侧的墙一直铺到另一侧的墙，而那35扇木框玻璃户外门——或许是这栋房子唯一的特色——会被按计划"挂上布帘"。浴室很小，标准配置。供主人居住的卧室直接向并不存在的游泳池敞开，并没有考虑它可能带来的噪音和干扰。正客厅的壁炉一侧，是一个在业内被称作"酒水吧"的装酒和酒杯的柜子，配备一个水槽和一个乙烯基塑料台面的长柜台（这种乙烯基塑料也和石板"相似"）。整栋房子里的书架加起来只够放一套世界百科全书、几本月度好书，最多再加上三个皇家道尔顿的小雕像，以及一套《鉴赏家》杂志的合订本，但其他的柚木橱柜却价值9万美金，包括"娱乐室"里的"小食餐吧"。当然也少不了最常见的"豪华配置"，主卧浴室里的坐浴盆。而厨房看起来则像是专门为微波炉解冻和压缩垃圾而设计的。这是一栋为热爱零食的一家人而建造的房子。

但是，尽管设施齐全，也很难看出这140万到底花在了哪里。这里被杰里·布朗称作"泰姬陵"，也有人称它为"一头白象""一个度假村"，以及"前任州长巨大自负的纪念碑"。但其实，以上四个它都不是。相反，会令很多人感到意外的是，它只是非常常见的加州标准化住宅的放大版，它彰显的并非巨大的自负，而是一种诡异的自我缺失，是关于建筑有限可能性的案例研究，它有一种固执而邪恶的民主，无精打采，平庸而"开放"，像是华美达酒店的大堂一样，被剥夺了隐私和个人癖好。它是那种"背景音乐式"的建筑，由室内设计师和"好品味"共同打造。我记得我曾采访过南希·里根，当时她的丈夫还是州长，而这栋房子还没有动工。那天我们一起驱车进城来到州议会大厦，里根夫人向我展示了她如何将那里的办公室变得更

数座官邸

明亮、光线更好。她把墙上原本的抛光旧皮革换掉，换上了新建的办公楼很喜欢用的那种米色粗麻布。当我走在萨克拉门托城外美利坚河畔的这栋空房子里时，脑海中一直在回想这一幕。

里根在州长任期内，一直住在萨克拉门托一栋租来的房子里（月租金为1200美金，由州财政支付给里根的一群朋友），而从1903年起到他上任前，加州的历任州长都住在萨克拉门托16街与H街交界处的一栋白色维多利亚哥特式宅邸。这栋极其独特的房子是萨克拉门托的一位名叫阿尔伯特·加勒廷的五金商人于1877年建造的，房子一共三层，有一个圆形穹顶，每扇门上都有"海洋之珍哥伦比亚"[a]的浮雕头像。1903年，州政府花了32500美元买下了它，1908年，我父亲出生在距离它仅有一个街区的另一栋房子里。里根就任后，这片区域很快被"种子"[b]和小生意占据，那类地方是"吱吱弗洛姆"[c]和帕特里夏·赫斯特[d]会去，甚至说不定真的悄悄去过的地方，但无人居住并作为第823号州历史地标向公众开放的州长官邸，仍然是萨克拉门托奇异民居的最佳案例。

巧合的是，我曾一度时不时地光顾那里，那是在厄尔·沃伦任州长的时候，他的女儿妮娜在C. K.麦克拉奇高中是比我高一级的学姐。报纸和《生活》杂志总是叫她"小熊宝贝"，但在学校里，我们都叫她"妮娜"，在明日俱乐部——一个我们俩都参加的本地社团——的每周聚会上，她也被叫作"妮娜"（或者有时是"沃伦"）。我记得我是在这栋老州长官邸加入明日俱乐部的，入会仪式包括被蒙上眼睛，

---

[a] Columbia 是美国的拟人化形象，一个"女神"。《哥伦比亚，海洋之珍》("Columbia, the Gem of the Ocean")是一首爱国歌曲，在十九世纪和二十世纪初广为传唱，一度被视作第二国歌。

[b] The Seed，美国极具争议性的戒毒项目，二十世纪七十年代开始运营，其目标群体是青少年，但机制设计却与锡南农等成年人戒毒机构类似，强调通过群体治疗和心理操控帮助戒毒，甚至要求参与者彼此公开批评和辱骂，这种方式引发了许多批评，认为它有侵犯个人尊严和心理伤害的风险，其极端的做法最终导致组织于八十年代解散，但其方法和理念仍在被后来的戒毒项目借鉴。

[c] 原名为 Lynette Alice Fromme（1948— ），曼森家族成员，尽管没有参与著名的泰特－拉比安卡谋杀案，但因在1975年试图刺杀时任美国总统杰拉德·福特而被判终身监禁，2009年被假释出狱，并于2018年出版了关于曼森家族的回忆录《反思》(Reflexion)。

[d] Patricia Hearst（1954— ），美国报业大亨威廉·赫斯特的孙女。1974年，十九岁的她被激进左翼组织共生解放军绑架，成为该组织的宣传工具。十九个月后被找到，但此时她已因多项重罪被通缉。尽管警方怀疑她自愿加入共生解放军，但她坚称在被绑架期间遭受强奸和威胁。1976年，她因参与抢劫银行的罪名被判刑三十五年。

白色专辑

和其他人一起围着妮娜的卧室站成一圈，我怀着极度的恐惧等待着某种"秘密仪式"，但什么也没发生。对新人进行轻微的言语冒犯是俱乐部传统，但当我听到妮娜——一个在十四岁的我看来美国最光彩夺目、遥不可及的十五岁女孩——用"过于自恋"形容我时，我还是惊呆了。就是在州长官邸度过的那个夜晚，让我第一次明白，我向世界展现的，和对自己展现的，并不一定是同一张面孔。"三楼禁止吸烟，"所有人都在重复这句话，"沃伦太太**说了，三楼禁止吸烟，不然就等着瞧吧**。"

尽管容易失火，但老州长的官邸是当时我在世界上最喜欢的房子，或许至今仍然是。我受邀去参观了新"官邸"的第二天早上，我又回到了老官邸，和另外二十个人一起组成了一个公共观光团，但似乎没有人像我一样觉得它是一个完美居所。"好多楼梯。"他们小声说，仿佛人类的身体已经无法忍受台阶。"好多楼梯"，"好多浪费的空间"。老州长官邸确实有很多楼梯和浪费的空间，但正因为此，它才是一栋可供六十名少女们聚会，同时不会打扰到一家人真实生活的房子。卧室都很大、很私密、有很高的天花板，而且不会向游泳池敞开，你可以想象在其中一间里读一本书，或者写一本书，或者关起门来，一直哭到晚餐开始。浴室也都很大，通风很好，没有坐浴盆，但有空间放脏衣篮、梳妆台，还有椅子可以坐下给在浴缸泡澡的孩子读故事。走廊有宽有窄，楼梯有正有反，还有缝纫室、熨烫室和秘密的房间。在图书馆的镀金镜子上，铸有一尊莎士比亚的半身像，对于一个1877年加州农场小镇上的五金商人来说，是个相当讲究的审美趣味。厨房里没有垃圾压缩机，也没有内置了各种电器的"岛台"，但有两个食品柜，一张精致的老式大理石台面的桌子，是专门用来擀酥皮、制作神圣太妃糖和巧克力叶片的。我去参观的那天，向导问大家，有没有人知道为什么这张旧桌子要用大理石做台面。团里除了我以外，还有大约十几位女性，都是理当做过无数顿饭的年纪，但没有一个人能说出厨房里的那块大理石的任何一个用途。这让我意识到，我们终于已经进化到了这样一个社会，

数座官邸

其中关于糕点台的知识，以及对于楼梯和紧闭的门的审美，可以被认为是"精英主义"的。离开州长官邸的时候，我感到自己就像是玛丽·麦卡锡的小说《美国鸟类》（Birds of America）里的女主角，她认为美国的道德滑坡始于头盘[a]的消失。

这座旧官邸已经被州消防局长判定为不宜居住，只有一名警卫晚上住在里面。而新的州长官邸每年的安保费用却高达8.5万美元。与此同时，现任加州州长小埃德蒙德·G. 布朗[b]则睡在他那套著名的公寓里，床垫直接铺在地板上，这套公寓的月租是275美元，他自掏腰包，用他4.91万美元的年薪来支付。这一切显示出强大而深刻的象征价值，就像是这两栋空房子本身一样，尤其是里根在河畔建造的那栋。州议会里曾经流行着一种表态，那就是宣称自己"从未见过"河畔的那栋房子。州长本人"从未见过"它，州长的新闻秘书伊丽莎白·科尔曼也"从未见过"它。州长的幕僚长盖里·戴维斯，承认自己见过它，但也只有一次，还是因为"玛丽·麦格罗里[c]想看"。用杰里·布朗的话说，这栋没人见过的河畔官邸，"不是我的风格"。

事实上，这恰恰这栋房子的意义所在——它不是杰里·布朗的风格，不是玛丽·麦格罗里的风格，也不是**我们这类人的风格**——它带来了一个问题，因为很显然，这栋房子**是**杰里·布朗的前任州长的风格，也是杰里·布朗的数百万选民的风格。于是，意见被小心地措辞，反对被谨慎地表达。有人说这栋房子离州议会太远，离立法机构太远；有人认为一位未婚的州长维持这样一栋奢侈的住宅很不划算；还有人说，州长本人崇尚简朴，不喜欢奢华。你会听到各种将这栋房子弃之不住的理由，除了真正重要的那个：这是一栋客厅里有吧台的房子，一栋带娱乐室的房子，但这不是一栋适合居住的房子。但这句话很难明言，因为一旦说破，就必然触及那个敏感、难以界定、也最终不会被采纳的问题：品味，而品味问题归根结底是阶级问题。我很少见到哪栋房子能够唤起如此多的难言之物。

---

a First course，指多道式西餐中继开胃酒之后正式开始的第一道菜，通常为开胃菜，如汤、沙拉或冷盘，用以引导味觉，并为主菜做铺垫。

b Edmund Gerald Brown Jr.，杰里·布朗（Jerry Brown）的全名。

c Mary McGrory（1918—2004），美国著名记者和专栏作家，长时间为《华盛顿邮报》撰写专栏，以其犀利的政治观察和鲜明的个性而著称，尤其关注总统权力及其对社会的影响。麦格罗里是第一位获得普利策奖的女性专栏作家。

THE GETTY
(1977)

盖蒂中心

这里大约是由"魔力基督"[a]委任建造的吧。它神秘而炫目的辉煌，隐藏在马里布太平洋海岸公路上方的一片美国梧桐中间，它是一座高雅文化的纪念堂，却很快造成了拥挤的人潮和严重的交通堵塞，以至于现在，人们只能通过预约进入。这座价值1700万美金的度假别墅，由已故的J. 保罗·盖蒂建造，用来存放他收藏的古董、绘画和家具，它成功地击中了每位参观者的那条特定的神经。自盖蒂中心诞生之日起，人们就说它庸俗，说它是"迪士尼"，说它代表了一种"犹太美学"，如果我没有误读诸如"像是贝弗利山暴发户的餐厅"（《洛杉矶时报》，1974年1月6日）和"装饰得像贝莱尔酒店的餐厅"（《纽约时报》，1974年5月28日）这样的评价中的潜台词的话。

盖蒂中心似乎在一个不易察觉的层面搅动了社会的不安。要是在那些被评价为和它风格类似的高档餐厅里提起这个博物馆，往往会招致一通神经质的嘲讽，即便是其中较为开明的餐厅也不例外。仿佛这座建筑是一个本地的恶作剧，是对于低调的好品位和在座每个人的基本格调的蓄意

---

[a] *The Magic Christian*，泰瑞·萨瑟恩（Terry Southern, 1924—1995）于1960年创作的黑色幽默漫画小说，讲述了一位富有且怪异的亿万富翁及其与儿子共同展开的一系列荒诞恶作剧，用以揭示现代社会的虚伪与腐化，后于1969年改编为同名电影。

冒犯。盖蒂中心图案繁复的大理石地板和墙面是"艳俗的"。盖蒂中心幻景般的柱廊壁画像是一个"露天片场"。整座建筑是以一栋公元79年被维苏威火山的泥浆掩埋的度假别墅为灵感进行的即兴创作，到了十八世纪，这栋别墅才因赫库兰尼姆周边的隧道开掘而模糊地重见天日。因此，按照惯例，盖蒂中心因"不是原创"而被不屑一顾，尽管"原创"在这个语境下意味着什么还很难讲。

这里的某些特质让人们感到尴尬。藏品本身经常被人叫作"那类东西"，比如"即便在那类东西里也不是最好的"，或者"如果你喜欢那类东西，那这里绝对是最好的"，无论是哪种评价，翻译过来都是"不是我们喜欢的那类东西"。盖蒂中心那几间装饰着达马克锦缎的展厅里陈列的文艺复兴和巴洛克时期的绘画，就是典型的"那类东西"——因为现代人已经很难对教皇或者丰满的婴儿产生任何直接的情感回应——盖蒂对于法国家具毫无节制的陈列方式也是"那类东西"。一张路易十五时期的写字桌，只有在被一束插在玻璃瓶里的野花和几张装在银相框里的快照去神秘化了之后，才可以取悦到现代人的眼睛，就像霍斯特[a]给 Vogue 杂志拍的那些照片一样。连盖蒂中心最著名的古董文物，也都差不多是"那类东西"，它们唤起的并非它们本身所属的年代，而是十八、十九世纪对于古董的狂热。一尊希腊时代的头像会令许多人感到沮丧，它敲打着我们心中依旧紧绷着的那根弦，让人们联想到祖母客厅里的书，以及一切他们应该去学却从未学过的东西。这种对于"学习"的提醒，弥漫在整个盖蒂的藏品海洋之中。就连盖蒂购得的几幅印象派画作，也是不久前从公共美术馆的展厅里被撤下的，它们因为"不重要"而被雪藏。在某种程度上，对于被训练得坚信博物馆应该有趣、应该充满了亚历山大·考尔德的动态雕塑和巴塞罗那椅的几代人来说，盖蒂的藏品是难以接近的，甚至是在锲而不舍地刁难观众。

简言之，在一种传统的、说教的意义上，盖蒂中心是一座"高雅艺术"的纪念堂，这也是人们对它不满的原因之一。这里排斥关于艺术是什么、应该是什么或曾经是什么的当代观念。今天的博物馆应该去点燃未经训练的想象力，应该将我们每个人心中那个天性自由的孩童解放出来，

---

a Horst P. Horst（1906—1999），德裔美国籍时尚摄影师，以其高雅、戏剧化的摄影风格和对光线的精妙运用而著称，曾为 Vogue 杂志拍摄包括玛丽莲·梦露、凯瑟琳·赫本等知名人物在内的经典肖像。

白色专辑

但这座博物馆并没有做到。这些被购入的艺术品是要来给你上课的，就连陈列艺术的这栋建筑本身也在传递一种教训：盖蒂中心告诉我们，过去或许不同于我们对它一厢情愿的认知。古代的大理石并不总有着迷人的褪色和磨损，古代的大理石一度与这里的大理石无异：都是帝国权力和产业富丽堂皇又咄咄逼人的证据。古代的壁画也不总是泛白、温润而"高雅的"。古代的壁画一度也与这里的壁画无异：像是照着黑手党大佬的梦境描绘的。古代的喷泉曾经也可以喷水，水声淹没了我们期待并希望从过去获得的那种宁静。古代的青铜曾经也闪着浮华的光。古代的世界曾经也是新的，这种新令人不安，它甚至是暴发户式的，就像人们对盖蒂中心的评价一样。（我从没搞清楚过，"暴发户"这个词在美国究竟意味着什么，仿佛说这话的人正在俯瞰着有六百年历史的精致草坪。）当我们所有的公序良俗仍根植于一种散装的浪漫主义的时候，当对于自然人向前进取、向上跃升的能力的赞颂成为一种官方策略，盖蒂中心给我们上了关于古典式怀疑图文并茂、例证丰富的一课。它告诉我们，世界并没有改变太多，过去的我们并不比现在的我们更好，未来的我们也不会比过去的我们更好，就这样，它做出了一个极其不受欢迎的政治表态。

盖蒂中心的创始人或许内心真的持有这样的观点，又或许不是。在某种程度上，他似乎只是想做一件没有人会做或者没有人能做到的事。在他身后才出版的回忆录《如我所见》（*As I See It*）中，他告诉我们，他从不想要"博物馆建筑中那种时髦的混凝土掩体结构"。他拒绝为任何"染色玻璃和不锈钢怪物"买单。他向我们保证,尽管他的别墅竣工后被评论家嗤之以鼻,但"他既不吃惊,也没有动摇"。他已经"计算过了风险",他知道自己在公然藐视那种"教条主义和精英主义"的观点,在他看来,这类观点在"许多艺术圈里的(或者说是附庸风雅的)人"身上相当普遍。

教条主义和精英主义。附庸风雅。乍看之下,盖蒂中心不过是一个"他知道自己喜欢什么并且建了出来"的典型案例,是声名狼藉的国际富豪圈子里的避税方案,但他对于"精英主义"这个词的使用却提出一个有趣的注解。这个建造了盖蒂中心的男人从未亲眼见过它,尽管在他去世前一年半,盖蒂中心就开放了。他应该很享受设计的过程,亲自批准了每一个涂料样品。据说他从每一封参观过博物馆并喜欢它的人的来信中获得了巨大的快乐(这样的来信会立即被博物馆的工作人员转交给他),对他而言,关于这个地方的理念本身似乎就已经足够了,这个理念就是:这不是一座为那些精英主义评论家建造的博物馆,它是为"公众"建造的。这座博物馆将永远只接受创始人自己的资助,它从不需要依靠任何城市或州或联邦的拨款,并且永远"向公众免费开放"。

事实上,正如它的创始人所预见的那样,很多并不经常去博物馆的人都非常喜欢盖蒂中心。其中发挥作用的是一个独特的社会秘密。总的来说,"评论家"不信任富豪,但"公众"相信;"评论家"崇尚一种关于人之潜能的浪漫主义观念,但"公众"并不。最终,和其他奇怪的纪念碑一样,盖蒂中心伫立于太平洋海岸公路之上,像是最富有的人和最不会怀疑他们的人之间的一份看得见摸得着的契约。

BUREAUCRATS
(1976)

官僚

洛杉矶市中心南斯普林街120号二楼的那扇紧闭的大门上，写着**操作中心**四个字。在这扇门后面那间没有窗户的房间里，充满了一种令人敬畏的寂静。从早上6点到晚上7点，在这间没有窗户的房间里，几个男人坐在控制台前，看着巨大面板上的彩灯闪闪烁烁。某个人会小声说"这里有个人突发心脏病了"，或者"我们遭遇了围观效应"。南斯普林街120号是加州交通局——简称"加交局"——的洛杉矶办公室，而这间操作中心，是加交局的工程师们监测他们口中的**42英里环线**的地方。简单地说，42英里环线是圣莫尼卡高速、圣地亚哥高速和港口高速两两相交形成的一个大致的三角形，这42英里只占洛杉矶县一地高速里程数中的不到十分之一，但在南斯普林街120号，这42英里却享受着特殊的崇敬。这段环线是一个"演示系统"——加交局里的每个人都很爱用这个词——是"试点项目"的一部分，这个词在南斯普林也有着图腾一般的重要意义。

在这段环线上，每半英里就有一个嵌入路面的电子感应器，这些感应器每20秒为通过的车辆计一次数。环线有自己的"大脑"，一台施乐Sigma V型计算机昼夜不停地打印着每20秒一次的读数，这些数据记录着环线的8条车道上车辆的行驶情况，哪些在流动，哪些在堵塞。当环线上的行驶速度低于每小时15英里时，施乐Sigma V会让大面板上的红灯闪烁；当外面发生了"事故"时，施乐 Sigma V 也会通知操作组的成员。"事故"可以是圣地亚哥高速上的一起心脏病突发,可以是港口高速上一辆 V 字弯折的铰链货车,也可以是圣莫尼卡高速上一辆撞坏了铁丝网围栏的雪佛兰科迈罗。"外面"指的是事故发生的地方。而南斯普林街 120 号那间无窗的房间则是事故得到"核实"的地方。所谓的"事故核实",就是打开控制台上的闭路电视,看看哪里的交通变缓了(这就是所谓的"围观效应"),哪里就是科迈罗撞坏围栏的地方。

事实上,操作中心的整体气氛带有某种"闭合线路"的意味。毕竟"核实"事故并不能"预防"事故发生,这让这个机构有了一种置身事外的距离感。而就在最近我造访南斯普林街 120 号的那天,我花了好大力气,才想起来我原本想要跟他们聊什么,那是 42 英里环线上特殊的一段,叫作"圣莫尼卡高速"。圣莫尼卡高速全长 16.2 英里,从太平洋一直延伸到洛杉矶市中心,穿过在加交局被称作"东西走廊"的地带,它每天承载的车流量超过加州的任何一条高速,并且有着高速公路专家公认的世界上最美的入口坡道。但在我进城采访的几周前,它刚被加交局变成一个 16.2 英里长的停车场。

问题似乎出在加交局的另一个"演示系统"或"试点项目"上,那是对官僚恐怖主义的一次浅尝,在宣传文案里被称作"钻石车道",而在他们内部则被称作"那个项目"。宣传材料主要包括公交车(又称"钻石车道特快")时刻表和通过计算机("通勤计算机")加入拼车计划的邀请,它不仅明确了这一项目名义上的目标,即鼓励人们通过拼车和公交出行;也暴露了它的真实意图,那就是悄无声息地根除南加州最核心的幻觉——个体的流动自由。但实际上,它收效甚微。看看《洛杉矶时报》的头版标题就知道了:**《高速公路惨案》《钻石车道:加交局的又一次失败》《加交局试点项目失败长名单再添一行》《钻石车道的官方态度:随他们哀号吧》**。

理论上讲,"钻石车道"计划的全部就是将圣莫尼卡高速最内侧的快车道留给载有三人及以上的机动车,但实际上,这意味着 25% 的高速路面被预留给了 3% 的车,再加上层出不穷的其他奇怪的麻烦,给人感觉加交局致力于将洛杉矶附近所有的位移尽可能变得艰难。以地面道路的问题为例,"地面道路"指的是除了高速公路之外,洛杉矶周边所有的路(从城市的一个区域"走地面"到另一个区域通常被认为是极个别的情况),而且地面道路也并不直接归加交局管辖,但如今,负责地面道路的工程师已经出来指控加交局威胁恐吓他。加交局似乎

白色专辑

希望他在自己辖区的地面道路上制造"混乱而拥堵的路况",从而迫使司机不得不回到高速公路上,但在高速公路上,他们会遇到一个更加混乱和拥堵的路况,从而最终选择待在家里,或者乘公交出行。"我们正在启动一个计划,故意让驾车出行的人在高速上更加举步维艰",加交局的一位主管在几个月前的一次交通系统会议上曾明确这样表示,"为了让公众放弃开车,我们已经准备好承受大规模愤怒的民意……我要强调的是,这是一个政治决策,如果公众足够愤怒,以至于把我们这群流氓赶下台,那这个决策就会被推翻。"

当然,这项政治决策是以"更大的福祉"为名提出的,为了"改善环境""节约能源",但即便是这些方面的数据,也带有加交局特有的暧昧不明。正常情况下圣莫尼卡高速每天要承载24万辆轿车和货车,这24万辆车通常会搭载26万人。加交局提出的对于圣莫尼卡高速的终极目标是,用23.22万辆车来搭载同样的26万人,换句话说,要削减7800辆车。23.22万这个数字有一种高瞻远瞩的精确性,但它却无法凭空创造信心,尤其是考虑到截至目前,它唯一的效果就是扰乱了整个洛杉矶盆地的交通,让圣莫尼卡高速每天的交通事故数量增加了两倍,招致了两起针对加交局的诉讼,并且让

大量洛杉矶居民一反常态地拿出了一种被点燃的、自觉的无产阶级做派。市民游击队在钻石车道上泼颜料、撒钉子,钻石车道的维护人员也表达了对于丢弃物的担忧。而在南斯普林街120号,钻石车道的设计者们则倾向于认为"媒体"才是他们难堪境地的始作俑者,即便加交局发在媒体上的声明既语焉不详又前后矛盾,让人想起当年从越南发回来的公报。

想要弄清楚这究竟是怎么一回事,或许需要亲身体验一下这条高速公路,这是洛杉矶仅有的世俗世界的"圣餐礼"。这种体验绝不限于在高速上开车。任何人都可以在高速上"开车",很多并不适合开车的人也会这么做,在这儿犹豫一下,在那儿阻碍一下,错过了变道的节奏,不断问自己我从哪里来的,又要到哪里去。而高速体验真正的参与者只关心他们此刻在哪儿。真正的参与者需要彻底的交付,需要极其强大的专注,以至于看上去像是进入了麻醉后的无意识状态,一种对高速的狂迷。大脑放空,让节奏接管意识。时间开始发生形变,这种形变在车祸发生前的一瞬也很常见。从陆路大道出口驶下圣莫尼卡高速只需要几秒钟的时间,但那是一个有些难度的出口,司机需要穿过两条车道上由圣地亚哥高速汇入的车流,因此对我来说,这几秒钟的路程总像是整个路途中最漫长的一段时间。这个瞬

间是危险的,完成这次并道本身就足够让人兴奋。雷内尔·班纳姆在他1971年的著作《洛杉矶:建筑的四种生态》(*Los Angeles: The Architecture of Four Ecologies*)里用一章的篇幅讨论高速公路,他的论述非常精彩:"一旦掌握了所需的特殊技能,高速公路就会成为一种特殊的存在方式……在洛杉矶生活所必需的那种高度专注,似乎带来了一种意识升华的状态,那种状态让一些本地人感觉近乎神秘。"

一些本地人确实是这样认为的,一些外地人也是如此。"减少那些在'东西走廊'上以一种机械的狂喜状态全速行驶的孤独灵魂的数量,是否具有社会意义,这或许值得商榷,但它绝不会是一件容易的事。"在我造访加交局的那天,他们向我保证,"我们现在看到的只是最初的一段不适应期而已。"我当时正在和一位名叫埃莉诺·伍德的女士交谈,她在专业上彻底地认同"规划"这个概念,以至于我似乎并不能用"高速是一个地区性谜团"这样的想法,让她产生兴趣。"任何时候只要你试图改变人们的日常习惯,他们都会倾向于做出冲动的回应。而这整个项目所需要的,不过是人们对日常规划进行一些调整。我们想要的仅此而已。"

我意识到,在南斯普林街120号以外空气没这么稀薄的地方,"让人们对日常规划做出调整"可能已经是很高的要求了,但在操作中心里,人们太笃信所谓"更高的社会目标"了,以至于我没有表达出我的疑虑。相反,我转移了话题,提到了圣莫尼卡高速上之前的"试点项目":加交局在一两年前安装的一个巨大的电子信息板。他们的构想是,从圣莫尼卡高速传到施乐 Sigma V 计算机的交通信息,可以在操作中心被转译成对司机的建议,再返送回圣莫尼卡高速。这一通操作,其实就是以电子化的方式告诉司机他已经直观地了解到的事情,这似乎是加交局很多计划中都存在的一种诡异的回路,我也很好奇加交局是怎么理解它的功能的。

"实际上,信息板只是一个更大的试点项目中的一部分,"伍德女士说,"这是一个关于事故管理的长期项目。通过这些信息板,我们想知道,司机们会不会根据我们在信息板上提供的信息来调整他们的行为。"

我问她司机们调整了没有。

"事实上没有。"伍德女士最后说,"他们并没有像我们假设的那样,对这些信号做出反应。**但话说回来**,如果我们事先就**知道**他们会怎么做,也就不需要这样一个试点项目,对吧?"

这个闭环看起来无懈可击。伍德女士和我都笑了,然后握手告别。我看着那块

白色专辑

巨型面板上所有关于圣莫尼卡高速的灯都变为绿色,然后离开了加交局,开车从这条路回家,驶过了全程16.2英里。一路上我都知道,我在被施乐Sigma V监控着。一路上信息板都在给我推送咨询拼车的电话号码。当我驶下高速的时候,我突然意识到,也许他们在南斯普林街120号也有自己的狂喜,即让部门永续下去。今天,加州高速巡警报告说,在钻石车道开始实施的前六周,圣莫尼卡高速的交通事故总数——通常在49至72起之间徘徊——达到了204起。而昨天宣布的计划称,钻石车道将以4250美元的成本被推广到其他高速。

GOOD CITIZENS
(1968—1970)

好公民

1

我曾受邀参加一个民权会议，在小萨米·戴维斯俯瞰日落大道的山景房里举行。邀请我的女人说，"让我告诉你怎么去萨米家，你在莫坎博[a]旧址左转"，我喜欢这句话的特质，它仿佛概括了几代人对好莱坞政治行动所持有的那种空洞的狂热。但当我向朋友们复述这句话时，他们显得有些不安。因为在好莱坞，政治并不被广泛地视作娱乐的合法来源，在这里，根据一种挪用来的修辞学，政治理念被简化为好（平等是好的）与坏（大屠杀是坏的）之间的选择，这种倾向使得哪怕是最随意的政治闲聊都像是一场集会。"那些忘却了过去的人，注定要重蹈覆辙。"不久前一个人在晚宴上对我说，而在我们还在吃**野草莓**的时候，他又向我提出了"没有人是一座孤岛"的忠告。事实上，每周我都要听到一两次"没有人是一座孤岛"，通常说话的人认为自己在引用恩斯特·海明威。[b] "这就是民族主义祭坛上的一场献祭啊。"一位演员这样评论菲律宾总统在空难中丧生一事。这种讲话的方式阻碍了进

---

[a] Mocambo，位于美国加州西好莱坞日落大道上的一家夜总会，1941年开业，1958年关闭，以热带风格装潢、活鸟笼、豪华舞台表演著称，是好莱坞上流社会的标志性夜生活场所。

[b] 实际出自英国诗人约翰·多恩（John Donne, 1572—1631）于1624年出版的文集《紧急情况的祷告》（*Devotions Upon Emergent Occasions*）。

白色专辑

一步的讨论,而这仿佛正是其目的所在:自由派好莱坞的公共生活包含了一种"良善初衷的独裁",也包含了一种社会契约,在其中,真实的、难以调和的分歧被认为是一种失败,一种像蛀牙一样的禁忌,在这种氛围里,没有反讽的生存空间。"那些人是我们的无名英雄。"一位非常迷人又聪明的女士在贝弗利山的一场派对上对我说。她指的是加州的立法人员。

我还记得那是1968年,在加州初选和罗伯特·肯尼迪去世前一周左右,我曾在贝弗利山的尤金俱乐部——尤金·麦卡锡的支持者们开设的"俱乐部"之一——度过了一个晚上。与参议员麦卡锡的竞选活动本身类似,贝弗利山的尤金俱乐部有一种**似曾相识**的感觉,散发着1952年人文主义的余晖:墙上挂着本·沙恩[a]的海报,室内装了一盏频闪灯,但不会妨碍"友好对话"的氛围,音乐也不是1968年的摇滚,而是曾经在唱片机上播放的那种爵士乐,在那个时代,所有人都相信"人类一家",人们会买斯堪的纳维亚的不锈钢餐具,并且为阿德莱·史蒂文森投票。就是在尤金俱乐部,我很久以来第一次又听到埃里希·弗洛姆[b]这个名字,还有很多其他名字,它们被人们在对话里抛出,并希望通过某种交感巫术对听者施加作用("我在旧金山见到了参议员,当时我和伦纳德·伯恩斯坦夫人[c]在一起……")。随后迎来了当晚的主要活动:一场威廉·斯

---

[a] Ben Shahn(1898—1969),拉脱维亚裔美国画家、摄影师,以社会现实主义风格著称。其作品关注社会、政治和文化问题,尤其表现工人阶级困境、战争、贫困和种族歧视。他还参与了大萧条时期的公共事务摄影,作品具有强烈的叙事性和情感表达。

[b] Erich Fromm(1900—1980),德国裔美国籍心理学家、社会学家、哲学家和人道主义思想家。其理论强调社会环境对个体心理的影响。他的代表作《逃避自由》(Escape from Freedom)探讨了现代社会中个体对自由的恐惧及其产生的社会根源。

[c] Mrs. Leonard Bernstein,即著名作曲家、指挥家伦纳德·伯恩斯坦(Leonard Bernstein,1918—1990)的妻子费利西娅·蒙泰亚莱格雷(Felicia Montealegre,1922—1978),出生于哥斯达黎加的美国女演员,以其绝佳的品味而著称。同时,蒙泰亚莱格雷也是一位社会活动家,1970年,为声援遭遇司法不公的黑豹党成员,她在家中筹办集会,最终却演变为一场上流社会的社交鸡尾酒会,《新共和》杂志记者汤姆·沃尔夫发表了题为《激进派时髦:莱尼家的派对》("Radical Chic: That Party at Lenny's")的报道,讽刺当时美国上层阶级的矛盾与虚伪,即他们表面上宣扬进步和激进主义,却并未交真实的政治承诺或实践行动,从而引发了长达数年的关于阶级差异与撕裂的大讨论。

蒂伦和演员奥西·戴维斯[a]之间的辩论。戴维斯先生认为，在写作《纳特·特纳的忏悔》[b]一书时，斯蒂伦先生鼓吹了种族主义（"纳特·特纳爱上了一位白人少女，我感到我的国家会为此而疯狂"），而斯蒂伦先生则坚称他并没有鼓励种族主义。（买下了《纳特·特纳》电影改编权的大卫·沃尔普[c]早已明确了自己的立场，他在行业媒体上发问，"怎么会有人抗议一本书？自去年10月以来，它已经经受住了时间的严峻考验。"）夜渐深，斯蒂伦说得越来越少，戴维斯说得越来越多（"你可能会问，我为什么不花五年时间来写一本自己的《纳特·特纳》呢？我不想细说缘由，但是……"）詹姆斯·鲍德温坐在他俩中间，他闭着眼睛，头向后仰着，一副痛苦神情，既可以理解，也颇为戏剧化。鲍德温总结道："如果比尔[d]这本书的全部价值就是引发了今晚的讨论，那它已经称得上是个大事件了。""说得好！"一个坐在地板上的人高喊道，在场的人普遍认为，这是一个兴味盎然而又意义重大的夜晚。

当然，1968年在尤金俱乐部的那个夜晚没什么重要的，你当然也可以说，它肯定是无害的，甚至有一些益处。但那种奇怪的自负和无意义的感觉令我难以忘怀，或许只是因为这些特质正是许多好莱坞的"良善初衷"的共性。在这些人看来，社会问题像是剧本的情节，如果某几个关键场次（比如在法院台阶上的对峙，对反对派领导人反犹历史的揭露，向总统呈交一个法案的详情，或者一次亨利·方达[e]的客串演出）推进顺利，剧情就会势不可当地走向一个光明的结局。在一个情节合理的电影里，马龙·白兰度不会平白无故地在圣昆廷监狱闹事：这就是一种对叙事惯例的信仰。在电影中，事件总要"发

---

a Ossie Davis（1917—2005），美国黑人演员、导演、剧作家及社会活动家，参演过《黑潮》《祖与占》《十二怒汉》等经典影片，致力于提倡种族平等与社会正义。

b *The Confessions of Nat Turner*，威廉·斯蒂伦（William Styron，1925—2006）于1967年出版的历史小说，以虚构的形式讲述1831年奴隶起义领袖纳特·特纳的内心世界，探讨种族、自由与压迫的主题，次年获普利策奖，但也因身为南方白人讲述非裔反抗领袖历史而引发争议。

c David Wolper（1928—2010），美国电影和电视制片人、导演，制作了许多具有开创性的纪录片和电视电影，代表作有《根》《约翰·列侬的理想世界》等。迫于黑人群体的压力，沃尔珀并没有拍摄由《纳特·特纳的忏悔》改编的电影。

d Bill，威廉·斯蒂伦的昵称。

e Henry Fonda（1905—1982），美国著名电影演员，以其简朴、坚毅的银幕形象而闻名，代表作有《十二怒汉》《西部往事》等。

生",也总会有一个结局,永远存在一条强大的因果戏剧链,而如果按照这种方式看待世界,就意味着假定每一种社会可能,都会导向一个结果。如果巴德·舒尔贝格[a]来到瓦茨街区开设一个作家工作坊,那么一定会有"二十位年轻作家"从中涌现出来,因为这种剧情大家都熟悉,那就是贫民窟是如何充满了原始的天赋和生命力。如果一群穷人在华盛顿街头游行并且露宿,并因此收到了芭芭拉·史翠珊在福克斯片场筹集的成捆的衣服,那么一定会有好事发生(这段剧情包含了很多要素,其中很重要的一点是对于华盛顿的一种感性的印象,即它是一个人们可以公开表达意见的场所,参见《迪兹先生来到华盛顿》[b]),而怀疑在这个故事里是没有一席之地的。

在好莱坞的政治里没有小角色:每个人都能让事情"发生"。我当时在好莱坞的住所,从二十世纪三十年代末到五十年代初一直是编剧中的共产党小组经常聚会的地点。如今房子里的一些东西是当时留下来的:一个巨大的斯大林风格的沙发,一块我见过最大的拼布地毯,还有几箱《新大众》杂志[c]。在这栋房子里开过会的人中,有的人上了黑名单,有的人彻底失业了,有的如今一部电影能赚几十万美元,有的人死了,有的人心怀怨恨,而大多数人过上了非常低调的生活。时代的确变了,但最终,带来改变的并不是他们,他们的热情和论争让我在这栋房子里时而感到非常亲切。在某种程度上,这栋房子提示了那种特有的自负,持有这种自负的人将社会生活视为一个可以被心怀善意的人所解决的问题,但我并不会对很多来这栋房子拜访我的人提及这点。

2

美丽的南希·里根,时任加州州长夫人,正站在她在萨克拉门托第 45 街上租来的房子的餐厅里,听一个电视新闻记

---

[a] Budd Schulberg(1914—2009),美国编剧、电视制作人和小说家,曾在《穿过沼泽》《码头风云》等电影中担任编剧,后者为他赢得了奥斯卡最佳改编剧本奖。1965 年的瓦茨骚乱后,舒尔贝格在此成立了"瓦茨作家工作坊",旨在通过艺术与创作来改善社区青少年的生活,并帮助他们表达自己的声音,避免暴力的蔓延。

[b] 原文为 Mr.Deeds Goes to Washington,实际指代的影片可能是《迪兹先生进城》(Mr. Deeds Goes to Town)或《史密斯先生来到华盛顿》(Mr. Smith Goes to Washington),两部影片均讲述了"乡下人"来到"大城市"后,凭借正直善良战胜恶势力,收获财富、事业和爱情的故事。

[c] New Masses,一本美国共产主义杂志,1926 年创刊,1948 年停刊。

者解释他想要做什么。她听得很专注,南希·里根是一位专注的倾听者。记者说,他们的电视摄制组想要拍摄她在一个普通的周二上午在家做的那些事。我也是来旁观她周二上午一般会在家做的那些事的。我们似乎按捺不住要去探索某种媒体前沿了:一个电视新闻记者和两个摄影师可以围观南希·里根被我观察,或者,我可以旁观南希·里根被他们三个观察,又或者,其中一个摄影师可以退居二线,对我们剩下几个人的互相观看和被观看进行一个**真实电影**案例研究。我有一种强烈的感觉,我们正在捕捉到某种启示性的东西,关于南希·里根每秒二十四帧的真相,但那位电视记者选择忽视这一时刻的独特本质。他建议我们拍摄南希·里根在花园里摘花。"这是你日常会做的事情,对吧?"他问。"当然啦!"南希·里根神采奕奕地回答。也许因为她曾经是一名演员,有一种初出茅庐的演员的习惯:为一句哪怕再随意的台词注入大量的戏剧化重音,远远超过萨克拉门托45街上一个平凡的周二早上所需要的分量。"事实上,"她接着说道,仿佛要揭晓一个令人愉快的惊喜,"事实上,我**的确**需要一些花。"

她对我们每个人都笑了笑,我们也对她笑了笑。那个上午我们笑了很多次。"那么,"电视记者打量一下餐桌,贴心地说,"尽管现在的插花已经很美了,但我们还是可以设计一个假装插花的场景,你懂的。"

我们再一次对彼此笑了笑,然后南希·里根果断地走向花园,拿着一只直径大约六英尺、装饰用的草编篮子。"呃,里根夫人,"记者叫住她,"我可以问问您打算选什么花吗?"

"为什么这么问?我还不知道呢。"她一边说,一边站定在花园台阶上,手里拿着篮子。这个场景正在发展出它自己的动作编排。

"您觉得摘点杜鹃花怎么样?"

南希·里根用挑剔的目光看了看杜鹃花丛。然后转向记者,笑了笑说:"你知道现在有一种玫瑰叫'南希·里根玫瑰'吗?"

"哦,不,"他说,"我不知道。"

"它简直太美了,有一种,一种珊瑚的颜色。"

"那南希·里根玫瑰会是您现在想摘的花吗?"

一阵银铃般的笑声响起。"我当然可以**摘**,但我不会**用**它。"她顿了顿,"我**可以**用杜鹃花。"

"没问题,"记者说,"完全没问题。接下来我来提一个问题,您回答的时候能顺手掐一个花苞就完美了……"

"掐一个花苞……"南希·里根重复了一遍,然后在杜鹃花丛前面站定。

白色专辑

"让我们先空拍一遍。"摄影师说。

记者看了看他,说:"空拍一遍的意思是说,你希望她假装掐花苞?"

"假装掐,是的,"摄影师说,"假装掐一下。"

3

在圣莫尼卡的米拉玛酒店外,一场亚热带暴雨已经连续下了好几天。雨水从大洋路上面朝太平洋的出租屋和褪色的酒店外墙上剥落了更多的颜色。它顺着空置的写字楼的空窗子流下来,让海边没有棱角的悬崖显得更加松软,同时放大了圣莫尼卡最具代表性的气质,一种心灰意懒的颓废气息,仿佛在告诉我们,这个地方之所以存在,是因为它是一种繁荣破产后的注解,也是自由放任的小企业伦理无可挽回的失败的证据。即便在再富于想象力的人看来,美国青年商会选择在圣莫尼卡举行全国代表大会都是一件奇怪的事情,但它就这样发生了,一千名代表和他们的太太齐聚在米拉玛酒店里,参加一场接一场的主旨晚宴、颁奖午餐会、祈祷早餐会和杰出男青年论坛。现在是"总统午餐会"时间,大家正在欣赏一个名叫"新世代"的活力四射的演唱组合的表演,而我在观察一位代表年轻貌美的妻子,她正闷闷不乐地挑拣着午餐的食物。"让别人来吃这些泔水吧。"她忽然说,她的声音不仅刺穿了这一场合的冠冕堂皇,也盖过了"新世代"成员乔治·M. 科恩的歌曲串烧。她的丈夫尴尬地看向别处,而她又重复了一遍。坐在我左边的另一位代表正催促我询问房间里的每一位男士,青年商会如何改变了他们的人生。我一边看着桌子另一头的那位女孩,一边问身边的代表,青年商会如何改变了他的人生。"它挽救了我的婚姻,也成就了我的事业,"他小声说,"在这个总统午餐会上,你可以找到一千个激励人心的故事。"桌子另一侧,那位年轻的妻子正用粉红色的餐巾捂着脸抽泣,而"新世代"唱起了《欢乐满人间》[a]的插曲。在许多意义上,在青年商会举办的这场美国十大杰出男青年第 32 届年度代表大会打发掉 1970 年开年的几天,是一种既奇妙又不安的体验。

我以为我来到圣莫尼卡,是为了寻找一种最近被称作"内陆美国人"[b]的抽象概念,我想知道美国商会——他们对于完善

---

[a] 指1964年的美国电影《欢乐满人间》中的插曲"Supercalifragilisticexpialidocious"。
[b] Middle America,既是地理概念,也是文化概念,通常指美国内陆核心地区的非都市区域,以及生活在这些地区的欧洲裔美国人,代表一种保守、稳定、以家庭与宗教为核心的价值体系。在政治语境中,常被视为反对激进主义与沿海自由派的"主流美国"。

自身同时完善世界怀有一种库埃主义[a]的重视——是如何度过过去几年的文化冲击的。这些青年商会会员的确以一种非常真实的方式证实了某些观念——尽管他们表现得过于天真，以至于嘲笑他们成为一种时髦——这些观念被几乎所有来自美国小城市和小镇的人们所共享，甚至也被一部分大城市人所认同，即便是那些嘲笑青年商会的鼓吹行为、煎饼早餐会和安全驾驶比赛的人，也不加审视地接受着这些观念。他们相信商业成功是一种超越性的理想，相信一个人只要从内向变为外向，只要学会高效地沟通和埋头苦干，就自然会获得成功和与之相伴的神圣恩典。他们看待国际问题的方法是，将欠发达地区理解为一个暂时经济困难的区域，认为他们需要的主要是民间项目。（"'兄弟会行动'的消息像来自海上的新风席卷了亚洲拥挤的人潮。"五十年代末青年商会在一个民间项目的报告里这样写道。）哪怕只是因为这些观念，这些社会达尔文主义的最后回响，确实在很多人心中普遍存在，而他们从来懒得去认真表达，那么我还是会想知道，这些青年商会的会员们在想什么，当他们的全国会长那天在米拉玛酒店里说"有太多美国人似乎只看到负面的东西"的时候，他们的心情如何。

起初我以为自己从雨中走进了一个时间隧道：二十世纪六十年代仿佛从未发生过。这些商会会员严格意义上都在二十一岁至三十五岁之间，但令人不安的是，他们呈现出一种径直步入中年的趋势。所谓"中年"，是一种笨拙的幽默，是完全属于另一个世代的巴洛克修辞，和一种仍旧围绕着早在二十年代就已崩溃的社会规范周旋的可悲努力。他们的妻子都很美丽，很宽容。对他们来说，一起喝一杯等于参加"鸡尾酒会"，雨是液态阳光，选择晚餐座位也是一项行政决定。他们知道这是一个"美丽新世界"，并且对此直言不讳。是时候"将兄弟情谊付诸行动了"，是时候"向所有肤色的人开放我们的社区了"，是时候"将注意力转向城市了"，是时候思考青少年中心和诊所的问题，思考费城那位黑人警察兼牧师[b]的榜样效应了——他参照迈阿密的先例组织了一场体面的集会。是时候"谴责冷漠"了。

---

a Couéism，源于法国心理学家埃米尔·库埃（Émile Coué, 1857—1926），是一套以积极的自我暗示为基础的心理治疗和自我完善的方法。

b 指的是马文·弗洛伊德（Marvin Floyd, 1935—2020），他是费城的一位警察兼牧师，二十世纪六十年代末创立了名为"社区远征"（neighborhood crusades）的街头神职组织，致力于消除街头暴力。

白色专辑

"冷漠"这个词高频地出现，用它来形容过去的几年是非常诡异的，我花了一些工夫才理解它的含义。这个词是一个五十年代的"遗物"，自此之后这些人的词汇库就没有更新过；它隐含的意思是，光是"我们这类人"发声还远远不够。它是荒野中的呼喊，而这种想要和五十年代正面接轨的决心本质上是一种逃避。眼前这些人被引导着相信，未来从来只是过去的一种合理延伸，总有足够的时间和空间去"转移关注"，去面对"问题"和提出"解决方案"。他们当然不会承认对于这个今非昔比的世界，他们也有模糊的恐惧。他们当然也不会加入"时髦的怀疑者"的行列，而是会无视那些"悲观的评论员"。某天黄昏，我坐在米拉玛酒店的大堂里，一边看着外面的雨水落下，温水泳池上方雾气缭绕，一边听几个青年商会成员讨论学生抗议，以及它的"解决方案"可否是在校园里建立青年商会组织。关于这一令人震惊的想法，我思考了很久，最终意识到，我所听到的是真正的"地下之音"，是那些不仅被近期的历史所震惊，而且在个体层面上感到背叛的人们的内心声音。这原本应该是属于他们的时代。但事实上并非如此。

NOTES TOWARD A DREAMPOLITIK
(1968—1970)

梦幻政治笔记

1

罗伯特·J. 西奥伯德长老，二十八岁，在圣何塞出生、长大，在1968年10月12日之前，在加州怀尼米港"友爱圣经使徒教会"担任一名牧师。作为一个土生土长的加州人，他从记事起就生活在繁荣的年代。换句话说，这个年轻人在1968年10月12日之前的人生中，一直生活在美国乃至全世界科技最为精密、媒体最为发达的社会的神经中枢里。他的外表和许多计算机操作员、航空电子技术员并无二致，他的背景某种程度上亦然。然而，这个年轻人却完美地避开了这个不断用信息进行自我轰炸的技术社会的影响，因为在十六岁那年，他得到了救赎，在五旬节会领受了圣灵。教会中的其余八十多位成员称呼他为"西奥伯德修士"，他如今只从上帝那里接收信息，"强大的感召"指引着他离开圣何塞，到怀尼米港创建教会；也是在上帝的指引下，最近，也就是1968年10月12日，他带领会众离开怀尼米港，迁往田纳西州的莫非斯堡，以躲避地震的摧毁。

"我们会在12日启程，但我并没有收到任何消息，表明地震会在1968年底之前发生。"西奥伯德修士在某天清晨这样对我说。几周后，他和他的教众将会把行李装上房车和汽车，从加州出发去往田纳西。那天早上，他正在照看孩子们，他两岁大的孩子一边嘬着一个塑料奶瓶，一边走来走去。而西奥伯德修士则一边与我交

白色专辑

谈，一边用手指轻抚着一本压花皮革封面的《圣经》。"我听一个牧师很肯定地说过，地震会在1970年底之前发生，但就我个人而言，上帝只告诉我它肯定会发生，但没告诉我是**什么时候**。"

我向西奥伯德修士提及，大部分的地震学家都预测，圣安德烈斯断层将在近期发生一次大地震，但他似乎并不十分感兴趣：西奥伯德修士对于世界末日的理解，既不源于经验，也不依赖经验。在某种意义上，正是通过类似西奥伯德修士的地震预言这样的方式，五旬节会的思维方式得到了最清晰的自我彰显。无论是他本人，还是我采访过的其他教会成员，都没有因为报纸上关于地震预言并未按时兑现的报道而感到过分忧虑。"我们当然都**听说**过地震，"声音很温柔的莫斯利修女对我说，"因为《圣经》上说，随着世界末日的临近，地震会越来越多。"而在离开家乡、跳上一辆房车、搬去一个没人去过的小镇之前，他们似乎也不需要再三思索。我不停地问西奥伯德修士是怎么选中莫非斯堡这个地方的，他一次又一次地试图告诉我，他"接到了一个男人从那里打来的电话"，或者"上帝指派了这个特定的男人在特定的一天给他打电话"。这个男人似乎也没有直接恳求西奥伯德修士带着众人去田纳西，但西奥伯德修士丝毫不怀疑上帝的旨意就是如此。"从常理出发，我对于搬去莫非斯堡毫无兴趣，"他说，"我们刚买下这栋房子，这是我们拥有过的最好的房子。但我听从上帝的指引，上帝让我**把它挂出去卖掉**。想喝一瓶胡椒博士可乐吗？"

我们仿佛是在用不同的语言交谈，西奥伯德修士和我；就好像我认识每一个单词但不懂语法，因此不断向他提出对他来说似乎不言自明的问题。他看上去的确像是那类人，那类会被五旬节会吸引的人，他们在西部和南部及边境诸州迁徙，在内陆的荒野里不知疲倦地伐树，他们是神秘的拓荒者，行走在美式生活那奇幻电子脉冲的神经中枢之上，却只通过流言蜚语、道听途说和偶然的涓滴效应构成的薄弱链条来获取信息。在我们如今所遵守的社会规范中，没有西奥伯德修士和他的会众们的位置，他们大多是年轻的白人，看上去受过教育，他们既不是有产者，也不是被剥夺者。他们隔着一层玻璃隐秘地参与了全国性的焦虑。他们教导自己的女儿不要化妆，穿过膝的裙子，他们相信神的医治，也相信方言的力量。别人逃离莫非斯堡这样的小镇，而他们要搬过去。他们不让自己被常识玷污，被提出常规假设的能力玷污，这种自我保护达到了一种惊人的程度；西奥伯德修士第一次来到莫非斯堡时，他惊讶地发现，这里的法院大楼在南北战争时期就已经存在了。"一直是**那栋楼**。"他重复了两次，然后拿出了一张快照作为证据。在内陆的荒野里，没有人被历史染血，五旬节会控制力最强的地方，恰恰是在西方文明最薄弱之处，这绝非巧合，在洛杉矶，五旬节会教堂的数量是圣公会的两倍还多。

2

这一幕出现在罗杰·科曼1966年的电影《野帮伙》临近结尾的时候，这是第一部机车剥削电影[a]，在许多方面也是这个类型的经典之作。它是这样展开的：由彼得·方达领导的"天使"机车帮正准备埋葬他们的一位成员。此前，他们已经砸毁了教堂，殴打并堵住了牧师的嘴，为死者举行了守夜仪式，在仪式中，死者的女友在圣坛上被强奸。尸体被坐放在长椅上，穿着全套的机车手服饰，戴着深色护目镜，嘴里叼着一支大麻烟，被当作恋尸癖的欲望对象。此刻，他们站在坟墓前，不知道该如何纪念这一刻，彼得·方达耸耸肩，说："我无话可说。"

这是机车电影中不可或缺的一幕，亡命之徒最终拥抱了他作为人的命运：这是这类影片所特有的一种氛围。它们中的许多都因直观地呈现了美国西部的真实样貌而格外动人，比如废弃的加油站上空飘扬的褪色旗帜，或者沙漠小镇上泛白的街道。这类电影在业内被称为"幕间电影"[b]，很少有成年人真的看过它们。它们的制作成本大多不足二十万美元，只偶尔在纽约放映。然而，这些年来，机车电影已经构成了一种青少年地下民间文学，它不仅找到了受众，还制造了一套神话系统，用以精准地传达其受众每一丝懵懂的怨愤，以及对死亡带来的极端狂喜的渴望。以暴力的方式死去是"正义的"，是一个高光时刻。而活下去，正如彼得·方达在《野帮伙》中所说，也不过继续付房租而已。一部成功的机车电影，就是针对其受众的一场完美的罗夏克墨迹测试。

我最近看了九部这样的电影，第一部是碰巧看的，而剩下的八部则是边做笔记边看的。我看了《地狱飙车天使》和《地狱天使飙车帮》，还看了《天使快跑》《火拼飞车》和《失败者》，以及《野帮伙》

---

a Exploitation Film，指利用某种流行趋势、小众类型或耸动内容来获得经济成功的电影。
b Programmers，一种低成本的电影，最早出现在好莱坞黄金时代的"双片连映"模式中，上半场播放的电影为A级片，下半场的为B级片，而有时，大制片厂不会明确区分A级片和B级片，于是出现了"programmer"的概念，也称为"in-betweeners"或者"intermediates"，这类电影既可以在上半场放映也可以在下半场放映，具体的放映顺序取决于影院的规模和另一部影片的类型。

《暴力天使》《七虎将》和《极速暴力》。我甚至不太确定自己为什么会继续看下去。看过一部机车电影就等于看过所有，它们一丝不苟地遵循着同样的套路：机车手们一起骑车出城，在高速公路飙车，"开始逃亡"，恐吓无辜市民，躲避高速巡警，最后，在浪漫宿命论的熊熊烈火——通常也是真的着火了——中遭遇死神。总会有那样一个时刻：亡命徒首领被揭示为一个存在主义英雄。总会有那样一组有悖伦常的镜头：机车手们撞击着心灵的音障，侮辱寡妇，强奸处女，玷污玫瑰，也玷污十字架，冲破彼岸之门，然后发现"无话可说"。残暴的场面令人麻木，即便生活在一个习惯性愤怒顿足、动不动就会死人的世界里，主人公们依然带着一种不合情理的悠闲，其中的逻辑，最好还是不要深究。

我想，我之所以不断去看这些电影，是因为银幕上所展现的，是一些我无法从《纽约时报》上获得的信息。我开始觉得自己看到了未来的字符。是机车电影让我终于意识到，在今天的美国，对微小不快的容忍已不再是一种被赞赏的美德，而低到几乎不存在的"挫折阈值"不但不被认为是病态的，反而被当作一种"权利"。一个机车手因为外套上的万字符而在工作中被找麻烦，他抄起一个扳手就威胁领班，随后把整件事描述成领班"太紧张了"。另一个机车手把一位老人撞下马路，反而怪老人挡了他的路，老人的死也被归结为一次"找茬"。护士偶然走进一间病房，被机车手打晕并强奸，事后她向警察报案，但就连报警也被描绘为一种背叛，除了女性的歇斯底里、强烈的报复欲和性生活的贫瘠之外，什么都证明不了。任何"犯蠢"的女人都会自食其果，她们的下场是被殴打并逐出团体。餐厅里的一个服务不及时，就构成了不可容忍的挑衅或者"找茬"：店面会被砸烂，老板被打死，女服务员被轮奸。而肇事者只需要跳上哈雷，绝尘而去。

想要知道这样的情绪是为什么样的观众量身定制的，你需要去过足够多的汽车影院，或者有一个汽修专业、在加油站打工，后来又抢劫了加油站的男同学。机车电影是为那些有着模糊的"草莽"血统，在西部或西南部荒唐地长大的孩子们拍的，他们一生都对这个他们无权创造的世界怀有莫名的恨意。如今他们随处可见，整整一代人都成了这样。

3

加州的帕姆斯是洛杉矶的一个区域，许多人开车从二十世纪福克斯往返米高梅时都会经过这里。但开车经过的人往往不会注意到这片区域，它是一片由灰泥平房和两层公寓构成的"隐形草原"，我之所以提起它，仅仅是因为一位名叫达拉斯·比尔兹利的年轻女子就住在那里。达拉斯·比尔兹利在洛杉矶城市肌理不为人知的背面度过了她二十二年的人生，她和母亲一直居住在像帕姆斯、英格尔伍德和韦斯特切斯特这样的地方：她曾就读于洛杉矶国际机场附近的机场初中，后来进入了韦斯特切斯特高中，在那里她没和男生约会过，但尝试竞选了拉拉队长，并且把落选视作她"最大的挫折"。自此之后，她决心成为一名女演员，1968年10月的一个早晨，她买下了《每日综艺》的第五版，为自己刊登了一则广告，广告上写道：**我是这世上独一无二的我。我要成为一名电影明星。**

渴望成为电影明星似乎是一种不合时宜的野心，1968年的女孩子们不应该想要这个。按照当时的观念，她们应该只想修好自己的**业力**（karma），给予并接收所谓的良性共振[a]，将个人野心贬低为执着于自我的游戏。她们理应明白，欲望往往导致痛苦，而成为电影明星的欲望则会直通加州大学洛杉矶分校的精神科。这就是我们的社会共识。但达拉斯·比尔兹利却向《综艺》支付了50美元的首付，并签下了每月35美元，为期8个月的合同，在报纸上将她的欲望昭告天下：**我要成为一名电影明星。**

我给达拉斯打了电话，一个炎热的午后，我们一边绕着好莱坞山兜风一边聊天。达拉斯有一头金色长发，穿了一件吊带连衣裙，她在意丝袜上的每一处脱线，当我问她成为电影明星意味着什么时，她毫不犹豫地回答："意味着被全世界认识，以及在圣诞节给家人带回一大堆礼物，你懂的，一车一车的礼物，堆放在圣诞树下。还意味着幸福，意味着住在海边的大房子里。"她停顿了一下，"但最重要的是**被人认识。被人认识**对我来说很重要！"那天早上她刚见过一个经纪人，她很开心，虽然被拒绝了，但对方说不签下她的决定并不是"针对她个人"。"大经纪人都很好"，她说，"他们会回信、回电话。小经纪人才差劲。但我也理解，我真的理解。"达拉斯相信所有人，即使是经纪人，"本质上也都是好人"，他们之所以会伤害你，是因为"他们自己曾经受过伤，受伤也许是

---

[a] Good vibrations，典出自"沙滩男孩"乐队的同名单曲，这首迷幻摇滚在1966年10月公开发行后迅速风行一时。

白色专辑

上帝的安排,这样后面才会有好事降临。"达拉斯在卡尔弗城的统一教会[a]参加礼拜,这一教会的要旨在于一切都是最好的安排,她自称是"蛮虔诚的信徒",并且"在政治上没有大部分演员那么自由派"。

她对未来的执着是纯粹、不掺杂质的。为了生计她打过很多份工——当过凯利女郎[b],在餐馆端过盘子——但这些未曾扰乱她的抱负。她不参加派对,也不出去约会。"我工作到6点半,然后去上舞蹈课,再到工作室排练——我哪有时间约会?再说了,我对那些也不感兴趣。"那天开车穿过令人昏昏欲睡的好莱坞小巷回家时,我清晰地感到,我认识的每个人身上都携带的一种狂热,尚未传染到这座隐形城市。在隐形城市里,女孩们仍会因为落选啦啦队长而失望,仍会在施瓦布餐厅被星探发掘,然后在摩卡博酒店或者特洛奇酒吧邂逅真爱,仍然梦想着海边的大房子和圣诞树下的礼物,仍然为了成名而祈祷。

4

这是隐形城市的另一面向。

"就我个人而言,"一位年轻女士对我说,"参与这个项目的七个月以来,我真的感觉很不错。我以前是一个加迪纳玩家,专门打小牌的[c]。我会在半夜孩子们睡着后出去打牌,从来没在凌晨5点之前回过家,但问题是,回家后我也睡不着,于是会把每一把牌复盘一遍。于是到了第二天我会很累,易怒,常对孩子们发火。"

她的语气仿佛是从止痛药广告中学来的,但她并不是在推销产品。这是她在匿

---

a Unity Church,1889年由菲尔莫尔夫妇在密苏里州设立的泛灵性组织,起源于超验主义思想,后成为"新思想运动"(New Thought Movement)的一部分。该组织融合基督教语言与泛灵性观念,强调意识对现实具有直接作用,主张人人皆具内在神性,并可通过祈祷、冥想与肯定语来实现健康、繁荣与灵性成长。

b 罗素·凯利办公服务(Russell Kelly Office Service)推出的一项服务,可以外包客户的打字工作,或将一个秘书或文员短期派驻到客户的公司。从事这项工作的女性文员则被称为"凯利女郎"。

c Low-ball,一种以牌面点数低者为胜的扑克玩法,这一玩法,特别是其中的抽牌扑克形式,在二十世纪中期的加迪纳广为流行。

名戒赌会上的自白：在一个冬夜的晚上 9 点，在加州加迪纳的一个社区俱乐部里。加迪纳是洛杉矶县的抽牌扑克之都（不玩明牌 [a]，不提供酒精饮料，除了圣诞节当天全天歇业之外，其余时间扑克俱乐部只在凌晨 5 点到早上 9 点休息），附近的扑克俱乐部就像一种超自然的存在，笼罩在这场戒赌会的周围，它们的存在感，几乎和房间里的美国国旗、华盛顿和林肯的画像，以及由招待委员会布置的桌子一样强。就在拐角处，赌局的刺激仍在继续，而在这间暖气过热的房间里坐着四十个人，他们在折叠椅上不安地动来动去，被烟雾熏得直眨眼睛，热切地渴望着那种刺激。"我以前从没来过加迪纳的戒赌会，"其中一个人说，"原因很简单，加迪纳总是让我出一身冷汗，哪怕只是在高速公路上远远地路过。但今晚我坐在这里，是因为每一个参加戒赌会的夜晚，都是一个没有赌博的夜晚，在上帝和你们的帮助下，我已经 1223 个夜晚没赌了。"另一个人说："我上周三本来要参加卡诺加公园的聚会的，但在高速上掉头回去了，我最终来到了加迪纳，因为我又一次到了离婚的边缘了。"第三个人说："我没有输掉很多钱，但我输掉了我能经手的所有钱，一切都始于我在海军陆战队的日子，我在越南认识了很多**鸽子** [b]，轻轻松松赚到了钱，你可以说，是那段日子把我引向了深渊。"最后一位发言者是个年轻人，他说他在范奈斯高中的机械绘图课上成绩不错。他留着时髦的 1951 年款鸭尾发型。和达拉斯·比尔兹利一样，他也是二十二岁。你说，他们谁能做隐形城市的代言人？

---

[a] Stud，也称"梭哈"，玩家手中部分牌面朝上（明牌），部分牌面朝下（暗牌）。在当时，为规范博彩业的发展，加迪纳制定了具体而严格的扑克类型规定，仅允许合法经营抽牌扑克，禁止经营更具赌博性的明牌扑克等。

[b] Pigeon，赌场黑话，指容易受骗的新手赌客。

III.
WOMEN

女性

THE WOMEN'S MOVEMENT
(1972)

女性运动

要想做一份煎蛋卷，不仅需要打破鸡蛋ª，还需要一个"被压迫者"来打这个蛋：每个革命者都应该懂得这一点，每个女人也是如此。但这是否意味着占美国人口51%的女性构成了一个潜在的革命阶级呢？这点倒是见仁见智。事实上，女性运动最初的"理念"之一，就是要创造出这样一个革命的"阶级"，然而，关于这场运动的公众讨论却始终在日托中心这样的琐碎议题上打转，再次体现了我们的国民生活中所特有的对政治理念的有意抗拒。

女性主义理论家舒拉米斯·费尔斯通在1970年直截了当地宣称："新的女性主义不仅仅是对寻求社会公平的严肃政治运动的一种复兴，它是历史上最重要的革命的第二波浪潮。"这样毫不隐讳的宣言，在女性主义运动的文献中绝非孤例。然而，到了1972年，《时代》杂志在一期"女性特刊"中仍在友善地揣摩，这场运动或许会带来"更少的尿布和更多的但丁"。

这是一幅很美的画面：闲适的女人们坐在凉亭里，低声吟唱着**捐弃一切希望**ᵇ。但这完全建立在大众对这场运动的普遍看法之上，他们将其视作一种对于"自我实

---

a 对英谚"要想做一份煎蛋卷，就得打破鸡蛋"（You can't make an omelette without breaking eggs）的讽刺性化用。该谚语原指"凡事皆有代价"，在二十世纪上半叶的革命语境中，常被引申为"要革命就会有牺牲"，用来为极权政权的暴力统治辩护，因而受到了广泛的批评。

b 语出自但丁《神曲·地狱篇》："凡走进此门者，将捐弃一切希望。"

白色专辑

现"或"自我表达"的不成熟的集体渴望，这种渴望完全缺乏理念，并且只能吸引到**最流于表面**的善意关注。事实上，这场运动是有理念的，这个理念就是马克思主义，正因如此，这一被唤作"女性运动"的奇特历史异象才显得格外值得关注。在美国，马克思主义从来都是一种古怪的、堂吉诃德式的激情。一个又一个的被压迫阶级似乎最终都错过了重点。到头来无产者只想成为有产者。少数族裔似乎被寄予厚望，但结果还是令人失望：事实证明，他们实际上在乎的是具体的议题，他们倾向于把午餐吧和公交车前排座位的种族融合当作真正的目标，而并非更大博弈中的策略或筹码。他们拒绝做出眼下的改革与社会理想之间那必然的逻辑跳跃，而同样令人失望的是，他们没能认识到自己与其他少数族裔之间的共同目标，而是持续表现出一种利己的倾向，让那些沉浸在"兄弟情谊"话术中的组织者感到极度困惑不安。

接着，正当人们心灰意冷的时刻，正当没有任何人想要扮演无产阶级的时候，女性运动出现了，并将女性发明为一个"阶级"。没有人会不赞叹于这一快速变身极致的简单明了。这意味着，当无产阶级不再配合的情况下，一个革命的阶级可以就这样被发明出来，被建构出来，被命名出来，就这样无中生有、成为现实。这一概念既务实又富有远见，颇具爱默生的风格，有令人屏息凝神的魔力。它恰好印证了一种设想，即当十九世纪的超验本能[a]和对于马克思、恩格斯的最新解读相结合，会带来什么。阅读那些女性运动理论家的著作时，我想到的不是玛丽·沃斯通克拉夫特[b]，而是智识巅峰时期的玛格丽特·富勒[c]，是将建议书匆匆送去下印后以粗茶代饭的忙碌，是寒夜里披着单薄雨衣的身影。如果家庭是资本主义最后的堡垒，那就让我们废除家庭。如果传统的种群繁衍方式的存在就是对女性的不公，那就让我们通过技术超越"自然的安排"，正如舒拉米斯·费尔斯通所说，"压迫可以从有记录

---

[a] 指十九世纪三十年代兴起于美国新英格兰地区的"超验主义"（Transcendentalism）运动，涉及哲学、神学、文学多个领域，代表人物是著名诗人爱默生。超验主义认为真理并不来自观察、实验或外在权威，而来自个体内在的直觉、灵感和精神体验。

[b] Mary Wollstonecraft（1759—1797），十八世纪英国作家、哲学家、女性主义者，著有《女权辩护：关于政治和道德问题的批评》。

[c] Margaret Fuller（1810—1850），美国作家、评论家、女权活动家，美国超验主义运动的核心人物之一，爱默生创办的超验主义刊物《日晷》（The Dial）的首任主编与重要撰稿人。她所著的《十九世纪的女性》被认为是美国第一部重要的女权主义著作。

的人类历史追溯回动物王国。"**我接受这个宇宙**。玛格丽特·富勒最终承认,但舒拉米斯·费尔斯通拒绝接受。

这看起来非常新英格兰,这种既狂热又理智的激情。那庄严的**先验**理想主义,尽管披着激进唯物主义的外衣,说到底不过是古典的自力更生与克己牺牲美德的翻版。笨拙而滔滔不绝的语词本身成为一种原则:它拒绝任何风格,并斥之为轻浮。在修辞上决心"打破鸡蛋"的宏愿,在实践中却成了从每块石头中寻找启示的简省。当有人指出即便革命成功了,西方那套"性别歧视"的文学遗产依然存在时,蒂·格蕾丝·阿特金森[a]的态度简直可以概括为:那就烧掉文学。当然,没有书真的会被烧掉:这场运动中的女性完全有能力对手头任何看似顽固的文本进行教条式的改写。"作为父母,你应该成为神话的解读者,"莱蒂·科坦·波格莱宾[b]在《女士》(Ms.)杂志的创刊预览号中建议,"任何童话或儿童故事都是可以拯救的,只需带着孩子一起进行批判性阅读。"另外一些文本分析师想出了拯救其他书的方法,《一位女士的画像》里的伊莎贝尔·阿切尔不必再是她自己的理想主义的受害者,相反,她可以是一个性别歧视的社会的受害者,是一个"内化了妻子的传统定义"的女性。玛丽·麦卡锡的《她的伴侣》(The Company She Keeps)里的叙事者是"被奴役的","因为她坚持在一个男人身上寻找自我认同"。而麦卡锡的另一部小说《她们》则可以用来说明,"一个在一流女子学院受过教育——学习了历史和哲学——的女性,把人生交付给喂奶和煮饭之后会发生什么"。

这些女性似乎从没想过,虚构文学有着某种不可简化的多义性,或许她们也不该这么想,因为虚构在绝大多数时候都敌视意识形态。她们已经发明了一个阶级,现在她们要做的,就是让这个阶级觉醒。她们采取的政治手段是"集体讲述",一开始它被称作"座谈会",后来又叫"意识唤醒",但正如英国女性主义者朱丽叶·米切尔所说,无论它被称作什么,其本质都是对于一种名为"诉苦"的中国革命实践的美式重新解读,并且这种解读是带有心理治疗导向的。她们在内部清洗,再重组,再清洗,绞尽脑汁地挑出彼此的错误和偏颇,或者是"精英主义",或者是"个人野心"。若说她们的一些思想是斯大林主义的,有点太过说教和武断了:但事实的确如此。去争论这些女性是对是错没什么意

---

[a] TI-Grace Atkinson(1938—),美国激进女权主义活动家、作家和哲学家。
[b] Letty Cottin Pogrebin(1939—),美国作家、记者、《女士》杂志的创刊编辑。

白色专辑

义，也不必去深思那显而易见之事，即一种道德想象的粗俗化，类似的社会理想主义总是会导向这样的结果。一旦笃信一种"更大的善"，就必然要在道德悬置之下行动。去问任何一个忠于马克思主义分析的人，一颗大头针的针尖上能站多少个天使，他都只会反问你，别管那些天使了，告诉我，是谁在控制大头针的生产。

而对于我们这些仍然致力于探索道德差异和模糊地带的人来说，女性主义的分析可能显得格外狭隘和极度决定论。尽管如此，它仍是严肃的，对于那些高度敏感的理想主义者来说，看到自己走出了印刷间，走到了《卡维特秀》[a] 上，在某种程度上肯定比单纯的看客感到更加不安。她们的声音被听到了，但好像又没有。她们终于获得了关注，但这种关注又深陷于琐事的泥沼之中。即便是运动中最乐观的女性，也发觉自己被卷入了一场沉闷的公共对话，对话的内容是关于谁洗的碗更多，以及在第六大道上被建筑工人围观时那种难以忍受的羞辱。（这种抱怨并非特例，但这类讨论似乎总是带着一种《飘》里面斯嘉丽小姐式的弦外之音，它暗示着娇弱的温

室花朵被"搭讪"了，被自命不凡的无产者侵犯了，但这层含义从来没有被公开审视过。）她们计算着一生擦净多少平底锅，捡了多少次扔在浴室地板上的毛巾，又洗了多少筐衣服。做饭只能算是"苦役"，声称从中获得了任何快乐都是对这种强制劳动怯懦默许的证据。年幼的孩子只是弄洒和消化食物的可憎机器，专门来掠夺女性的"自由"。从波伏娃对于女性作为"他者"角色的严肃而卓越的认知，到认为改变这一角色的第一步是阿利克斯·凯茨·舒尔曼[b] 的婚姻协议（"妻子掀开被子，丈夫叠好它们"）——一份登载在《女士》杂志上的文件——这之间存在着漫长的距离，但似乎，这种琐碎化正是女性运动发展的方向。

当然，这种对于琐事的喋喋不休在运动初期是很重要的，是将那些习惯于对别人（甚至是对自己）掩饰不满的女性政治化的一种关键手段。舒尔曼夫人对于自己比丈夫拥有的时间少这件事的觉察，恰好是女性运动想要在所有女性心中引发的共鸣（正如简·欧莱利形容的那样，"咔嗒一声"，共识形成了），但如果人们拒绝去

---

a The Dick Cavett Show，美国电视主持人迪克·卡维特（Dick Cavett, 1936— ）主持的访谈节目，1968 年首播，1975 年停播。

b Alix Kates Shulman（1932— ），美国作家，第二波女权主义运动早期的激进活动家。代表作为《舞会女王回忆录》（Memoirs of an Ex-Prom Queen），被誉为"妇女解放运动中涌现的第一部重要的小说"。

理解更大的意图，无法跨越从私人的到政治的之间的逻辑鸿沟，那这种觉察也可能是彻底无效的。将一周的时间拆分成若干小时，在这些时间里让孩子向父母一方提出一些"私人问题"可能会改善舒尔曼夫妇的婚姻，也可能不会，但改善婚姻并不是一场革命的目的。像列宁一样，把家务称作"一个女人能够从事的最无益、最野蛮也最繁重的工作"也许是很有效的，但它只有作为一个政治进程的第一步时才有效，只对于"唤醒"一个阶级，让一个阶级理解自己的社会地位有效，只作为一种隐喻有效：若在二十世纪六十年代末、七十年代初的美国，真的相信这些话有什么切实的意义，那不仅会将整个运动困死在私人层面，更是一种严重的自我欺骗。

当关于运动的文献开始越来越多地反映那些并不真正理解运动的意识形态基础的女性的思想时，人们会逐渐产生一种阻滞感，一种错觉，仿佛理论家们的钻研不过是撞到了某种心灵层面的坚硬地层，那里充满了迷信、小诡辩、一厢情愿、自怨自艾和苦涩幻想。即便是随便翻翻这些文献，都可以立即从中辨识出某种哀怨的幻影，一个被想象出来的"普通女人"，而作者们却过于彻底地对她产生了认同。这一被建构出来的普遍概念是所有人的受害者，唯独不是她自己的。她甚至被她的妇科医生迫害了，因为她乞求避孕药而未果。她特别需要避孕药，因为她在每次约会时都被强奸了，被丈夫强奸，最后还在堕胎医生的手术台上被强奸。在尖头鞋子流行的时候，她，和"许多女人"一样，脚趾被截肢了。她被化妆品广告恐吓，必须用一天中的大部分时间来睡觉，以此延缓皱纹的生长，而当她醒着的时候，她又被电视上洗涤剂的广告所奴役。她把孩子送去托儿所，在那里小女孩们挤在一个"洋娃娃角"，被强行禁止玩积木。如果她出去工作，她的薪水会比一位不合格的男性同职者低三到十倍，她不能出席商务午餐，因为和一个不是她丈夫的男人一起出现在公共场合会让她"难堪"，并且，当她独自出差的时候，她就只有在餐厅里被羞辱和独自在酒店房间"啃甜甜圈"两个选择。

这些半截的真相，因不断重复而自我验证。这些怨怼的想象也发展出了自己的逻辑。如果有人提出了显而易见的问题——比如为什么她不换一个妇科医生，换一份工作，为什么她不从床上起来，不关掉电视，或者为什么会有这么奇怪的细节，她住的酒店的客房服务就只能点甜甜圈吗——那就意味着，要在这套诡异逻辑的内部展开论辩，它与作为一个女性的真实处境之间，只存在着最脆弱和不幸的关联。许多女性的确是傲慢、剥削和性别角色刻板印象的受害者，这件事早就不新鲜了，但同样不新鲜的是，也存在另外一些

白色专辑

女性,她们不是受害者:没有人强迫女性为这一整套叙事买单。

但很显然,在这里起作用的不仅仅是对被歧视的抗议,或者对刻板的性别角色的厌恶。这种厌恶仿佛越来越像是针对成年人性生活本身的:永远做个孩子该多纯净啊。令人印象深刻的是,不时出现在运动文献中的对女同性恋关系的描述,以及对她们关系中更高级的"温柔"和性接触中的"轻柔"的强调,仿佛参与其中的是两只受伤的鸟儿。魄力已经成功地被贬损为一种"男子气概",以至于人们将几百万女性想象得过于柔弱,在任何层面上都无法和一个公开异性恋取向的男性相处。人们已经获得了一个无心插柳却无法逃避的暗示,即女性在建筑工地附近会感到"恐惧和恶心",女性是一种过于纤弱的生物,不能适应街头,不能承受日常生活的粗糙;在运动后期的文献中,人们又得到了另一种印象,即女性太过于敏感,无法面对成年人生活的困难,女性没有准备好面对现实,她们抓住这场运动,是为了获得否认现实的借口。伴随着月经而倏然袭来的恐惧和失落从来没有发生过:只是我们以为它发生了,因为一个男性沙文主义心理医生这样告诉我们。女性无须因为堕胎而做噩梦:只是有人告诉她应该会做噩梦。性的权力只是一种压迫人的迷思,它不再值得恐惧,因为我们从一位将婚外情形容为"不受束缚并使人自由"的女性的自述里了解到,性接触最终导向的是"打趣和大笑",是"躺在一起然后跳起来播放并跟唱一整张《芝麻街歌曲集》[a]"。一个人对于何为女性的真实理解,以及其中难以调和的差异——那种在水下过着深不见底的生活的感受,那种与血液、分娩和死亡的幽暗纠缠——现在都可以被宣布是无效的、不必要的,**人们从来没有过这样的感受**。

我们曾经就是这样被教化的,而现在,我们又被重新输入了程序,被修复,然后输出为一个像丹碧丝卫生棉条广告里的"现代"少女们一样,从未遭受任何侵犯或玷污的人。我们越来越多地听到这种永远滞留在青春期的女性一厢情愿的声音;她们的创伤,并非源于身为女性的阶级地位,而是来自童年期望和错误幻想的落空。从来没有人告诉过苏珊·埃德米斯顿[b]

---

a "芝麻街"(Sesame Street)是美国著名儿童电视节目,通过唱歌、木偶表演等形式,向学龄前儿童进行启蒙教育。《'芝麻街'歌曲集》收录了该节目中的经典教学歌曲,传播非常广泛。

b Susan Edmiston(1955—),美国编辑、作家、撰稿人,在二十世纪七十年代的女权运动中扮演了积极的角色,在《女士》杂志1971年的创刊号中,发表了题为《如何撰写你自己的婚姻契约》("How to Write Your Own Marriage Contract")的文章,对传统的婚姻模式进行了批判。

，"当你说出'我愿意'时，你不是像你以为的那样，为你的永恒之爱许下誓言，而是同意了一整套关于权利、义务和责任的制度，而这套制度很可能是对你所珍视的信仰的诅咒"。也没有人对艾伦·佩克[a]说过，"孩子的出生常常意味着浪漫的消解，自由的丧失，抛弃理想，归回经济"。一位在《纽约》杂志封面上被形容为"相信了女性解放的承诺并来到城市践行这一承诺的郊区主妇"的年轻女性告诉我们，她所理解的女性解放的承诺是什么："是与通明的灯火和纽约的文明互动的机会，没错。是竞争的机会，也没错。但最重要的，是找点乐子的机会。从前缺少的就是乐子。"

永恒之爱，浪漫，乐子。纽约城。这些在自主的成年人的计划里，是相对罕有的期待，但在孩子的幻想中却很常见。而这些过上了"勇敢新生活"的女性的故事，又实在令人心碎。一位有三个孩子的离异妈妈讲出了她想要"实现她大学时代的梦想"的计划，"我要去纽约，成为一名著名作家，或者一名职业作家，如果这也失败了，我就去出版业找一份工作。"

她提到了她的一位朋友，另一位"除了作为女儿、妻子和母亲之外，从来没有过其他生活"的年轻女性，但她"刚刚发现自己是一位颇有天赋的陶艺师"。这种孩子一般的勇气与胆略——在出版业找一份工作，成为一名有天赋的陶艺师——令人不知所措。对现实生活、现实中的男人不切实际的不满，对成年人性生活所带来的真实生殖可能的否定，以一种难以言喻的方式直击人心。"被压迫者有权利**根据自己对压迫的理解和定义**组织起来。"运动中的理论家们顽固地坚持要去解决这些女性的问题，从而说服自己，正在发生的仍旧是一个政治进程，但一切已经不言自明。这些皈依者想要的并不是革命，而是"浪漫"，她们相信的并非女性受到压迫的现实，而是她们自己展开一种新生活的机会，尽管这种新生活恰是以她们过去的生活为模板的。在某种程度上，她们向我们讲述的关于文化如何塑造了她们的故事，比理论家们笔下的故事要悲伤得多。她们还告诉我们，这场运动已经不再是一场事业，而是一种征候。

---

a　Ellen Peck（1942—1995），美国女权主义者、作家、不育主义活动家。1971年，与威廉·格兰齐格（William Granzig, 1939—2019）合著的《育儿陷阱》（*The Baby Trap*），系统性地批判了社会对女性生育的强制期望，被视为"不育主义"（childfree）运动的奠基之作。

DORIS LESSING
(1971)

多丽丝·莱辛

在短时间内大量阅读多丽丝·莱辛，那感觉就好像"天堂猎犬"[a]的原型霸占了你的阁楼。她对你心灵中的其他"住客"充满了深深的蔑视。她在吃饭的时候出现，只是为了消解这家人对"写得好"的执着，并将其贬低为一种堕落。二十多年来，她创作了大量的虚构文学——这些创作越来越源于一种执拗的怒气，而这怒气指向的是虚构这一概念本身——她情感断层上的每一次震动，她自我教育中的每一次滑坡都被她写了下来。**听着！**她永远在下命令，仿佛一个传教士，除了最说教的讽刺之外一无所有：**共产党不是答案。生活不只有阴道高潮。圣十字若望并不像某些圣公会教徒让你相信的那样疯癫。**她向观念猛扑过去，一旦抓住一个，就会以维多利亚式的顽固紧咬不放。

她是一位拥有相当强大原始能量的作家，一个德莱塞[b]式的天生写作者，她只需闭上眼睛，就能凭借她的情感能量"传达"一个情境，这几乎算得上她良知上的一个污点。她像看待自己的生理本能一样，看待自己的虚构天赋，认为那不过是另一个让她落入圈套的把戏。她并不想要"写得

---

[a] 典出自英国诗人弗朗西斯·汤普森（Francis Thompson，1859—1907）于1893年创作的长诗《天堂猎犬》（"The Hound of Heaven"）。诗中，"猎犬"象征上帝的恩典，以不疾不徐、从不止息的步伐，不知疲倦地追逐一个试图逃离的灵魂。

[b] Theodore Dreiser（1871—1945），美国自然主义作家，美国小说的先驱和代表人物。

好"。她对于哪怕是最简单的语言节奏也不屑一顾，对对话也傲慢无感——所有这些对她来说都无关紧要。莱辛女士的写作只服务于迫在眉睫的重大变革：她写作，就像是《金色笔记》中的作家安娜写作一样，只是为了"创造一种看待生活的新方式"。

想想《地狱之行简况》(Briefing for a Descent into Hell)吧，莱辛女士为我们创作了一部彻头彻尾由"观念"构成的小说，它不是关于观念如何在特定人物的生活中发挥作用的小说，相反，人物只是观念呈现的过程中的一些标识。小说的情境是这样的：一个穿着考究但披头散发的男人，也是一个失忆症患者，被人发现在伦敦滑铁卢桥附近的堤岸上游荡。后来他被警察带到了精神病医院，尽管他完全无所谓，但医院还是试图确认他的身份。他是剑桥大学的古典学教授查尔斯·沃特金斯，是这一领域的权威，偶尔也会教授更广泛的话题。最近他开始患上口吃，也是从最近开始，他经常在一些情绪糟糕的夜晚，声讨自己的学科和其他所有学科，将它们都斥为"泔水"。一个五十岁的男人终于崩溃了，而在他的崩溃里集中体现了莱辛女士的信念，即"数百万人崩溃了"，而他们的崩溃制造出的"裂缝，最终会让阳光照进来"。因为尽管查尔斯·沃特金斯在医院里说的"胡话"对于医生来说没有意义，但对读者来说，它们却有明确无误的意义。

查尔斯·沃特金斯过于敏锐地捕捉到了他周遭众人的心理现实，以至于大部分时候《地狱之行简况》读起来像 R. D. 莱恩[a]书中的一个精选案例研究。查尔斯·沃特金斯所描述的那种现实对于任何曾经发过高烧、疲惫到濒临崩溃或者哪怕只是浅尝辄止地体验过生活之庸常的人来说，都不会陌生。他经历了自我的丧失，理解了所有物质在细胞层面的本质，也感受到了似乎总存在于可控的意识思维范围之外的，事物的"同一性"。他幻想了，或者说是"记起"了宇宙的本质。他"记起"了——或者说在电击抹除了这些记忆并让他恢复"理智"之前，险些记起了——一些类似于地球生活"简报"内容。

这则"简报"的细节是由莱辛女士亲自补全的，她非常欣然地摆脱了塑造角色的压力，进入了她那更具劝诫意味的个人口吻。想象一次在金星召开的星际会议，会议的目的是再一次讨论地球自我毁灭的问题。（这种将外星生命预设为比人类更

---

[a] R. D. Laing（1927—1989），苏格兰精神科医生，撰写了大量有关精神疾病的著作，代表作有《分裂的自我》《理智、疯狂与家庭》等。

高等的存在的幻想,既安慰了所有孩童,也安慰了许多作家。)会议流程如下:一些高等生物会降临到地球上,他们的大脑中被植入了任务,即唤起地球对自己愚蠢行为的觉知。一旦来到地球,这些使者对过去更开化生活的记忆就会被抹去。他们会慢慢觉醒,记起自己的使命,但只能模糊地认出彼此,也不记得为什么会这样。当然,我们要明白,无论是在字面意义上还是隐喻意义上,查尔斯·沃特金斯都是那些降临者中的一员,他目前已经觉醒,前提是他能抵御治疗。这是这本书中最初的启示,也是唯一的启示。

即使考虑到莱辛女士惯于以**一张白纸**的姿态面对所有观念,我们在这里讨论的东西也不足为奇。所谓"疯癫中蕴含理智,疯狂的尽头就是真理"的观念,不仅在西方文学中广泛存在,如今还成了整整一代人进行致幻剂实验的思想来源。莱辛女士对于疯狂的文化定义的大部分观点都反映了莱恩的思想,或与其不谋而合,但这一观点已经过于普及,就连莱恩也算不上它的推广者:他的创新仅限于将它从本能知识的领域引入了狭义的精神治疗的语境中。尽管莱辛女士显然认为《地狱之行简况》的内容太过惊世骇俗,以至于她不得不附上一篇阐释性的后记,这是一篇两页纸长的寓言,内容是关于伦敦大型教学医院里某些精神科医生的无知,她此前曾写过这类题材。在《金色笔记》中,安娜为一篇短篇小说做了如下解说:"一个失去了'现实感'的男人,会因此比'正常人'拥有更深刻的现实感。"而当莱辛女士完成《四门之城》(The Four-Gated City)时,她已经进一步提炼了这一命题:琳达·科尔德里奇更深刻的现实感不是她疯狂的结果,而是她的疯狂本身。在《四门之城》的最后三百页中,莱辛呕心沥血地铺陈了这一观念,以至于读者会误以为她已经差不多穷尽了其文学可能性。

但是她对文学可能性的兴趣的确越来越少了,也正是在这里,我们遇到了分歧。在《金色笔记》中,安娜对她的朋友莫莉说:"如果我把它当作一个艺术问题来看,那就简单了,不是吗?"她以此来解释自己不愿再写下一本书的原因,"但我们永远可以这样机智地谈论现代小说。"这听起来或许有些太轻巧了,即便对于那些愿意忽略安娜后来的说辞的读者来说也是如此,她后来说,自己无法再写作,是因为"一个中国农民"正在身后凝视她。("或者一个卡斯特罗手下的游击战士,又或者是一个为了民族解放阵线而战斗的阿尔及利亚人。")《包法利夫人》向我们揭示的资产阶级生活,比几代马克思主义者加起来还要多,但毫无疑问,福楼拜是将它作为一个**艺术问题**来处理的。

但莱辛女士没有将其当作一个**艺术问**

题，这恰恰暗示了她所面临的特殊困境。我们所见证的是一位正在经历深刻且持续的文化性创伤的作家，一位坚定的乌托邦主义者、目的论的信徒，在每一个历史转折点上，她不断地被新的现实打击，这些现实证明世界并没有像它所承诺的那样越来越好。但也正是由于她那独特的思考方式，当面对这些证据时，她不得不更加疯狂地寻找那个终极目标，那唯一确定的答案。

起初，她的求索还没有那么疯狂。她来自南罗得西亚[a]，深刻地被那种死板的农耕社会所印刻，在这里，被放逐的孩子最容易成为讲故事的人。英属非洲有着过于空阔的天幕和过于僵化的社会，在这里发生的任何微小的波动都值得评论，但除此之外，英属非洲还为她带来了一种看待余生的方式：在漫长的岁月里，她可以将自己所见的一切解释为"不公"，不仅是白人对黑人的不公，殖民者对被殖民者的不公，还包括更普遍的阶级不公，尤其是性别不公。在成长的过程中，她不仅深知艰苦的边疆给女性带来了什么，也知道女性是如何回报将她们困于此地的男人的。在她所有的记忆中，都有那个"受难的女性的声音"，苦难由母亲传递给女儿，想要打破这个链条，需要付出巨大的代价。

她把这些记忆写成了第一部长篇小说《野草在歌唱》，完全符合长篇小说的传统。现实就在**那里**，等待着一位全知的第三人称叙事者的观察。《野草在歌唱》结构工整，相对审慎地保持着同一种笔调，它的故事发生在一个一成不变的世界里，人物在这个世界中行走，但对作者和读者所共享的那一套知识一无所知。简而言之，这是一部会被《金色笔记》时期的莱辛拒斥为"虚伪"和"闪躲"的小说。"为什么不直接写下今天莫莉和她儿子之间发生的事情？"安娜这样质问自己，"为什么我从不直接写下发生了什么？为什么我不写日记？显然，把一切都虚构化只是一种自我欺骗的手段……我应该记日记。"

很难想象有哪个角色像《金色笔记》中的安娜·古尔德一样，有如此强烈而持久的自我意识，或者如此执拗地为作者代言。这部小说的全部意图就是要打碎虚构文学那种惯常的距离感，不再区分美与丑、蟾蜍与花园，只是"直接写下发生的一切"。你可以说它的作者是安娜·古尔德，是多丽丝·莱辛也无不可，《金色笔记》是一个作家在震惊状态下写下的日记。在1950年的伦敦，一位年轻女性，决心要成为一个"自由的女性"，成为一名"知识

---

[a] 今津巴布韦。

白色专辑

分子"。她来自一个简单的社会，却踏入了罗伯特·佩恩·沃伦所谓的"动乱的世界"[a]之中，她发现，在非洲对她来说再清楚不过的答案，在这里变得模棱两可。她的期待散发着一种澄亮却过时的勇气，并且毫不意外地幻灭了。在《金色笔记》中，纯粹的意志与刚硬的雄心压倒了一切。大块未经消化的原始经验，关于"今天莫莉和她儿子之间发生了什么"的未经编辑的逐字纪录，汹涌的回忆以及将其斥为多愁善感的自我否定，以及第一次对自己的感受产生怀疑所带来某种敏感性的瓦解：所有这一切都从叙述者的心中流淌出来，流入读者的心灵，毫不在意作为介质的文字的本质如何。叙述者创造"角色"和"场景"，只是为了否定它们的可靠性。她因面对普遍的不确定性时仍执着于记忆的"确定性"而责备自己。莱辛本人始终潜伏在《金色笔记》中，她是一个被质疑所驱动的女性，不仅质疑自己要讲什么，也质疑讲述本身的正当性。

但她仍在继续写，继续写小说。直到五卷本的《暴力之子》结尾，人们才发觉，她那种对记忆的强迫症有所缓解，追求答案的认知狂热也有所转移。到那时，她已经见证了许多东西的逝去，抓住过很多答案，又一个个失去它们。有组织的政治最早被抛弃，弗洛伊德式的决定论似乎也不适用。她记忆中的非洲已然成了另一个国度。她曾经最关心的议题——女性如何定义彼此之间的关系，以及与男性的关系——先是变得尖锐，然后被挪用并简化为一场"运动"，最终也淡出了她注意力的范畴。她被所有这些答案，以及更多的答案背叛了，但却越来越被它们所困，而她的唯一回应，就是去寻找下一个答案。她当然不是唯一一个被困住的人，正因为这样，她的求索才被赋予了更大的价值：寻求终极答案的冲动不仅是莱辛女士的困境，也是她所处时代的主导性幻觉。虽然我无法高扬这种冲动，但她的执着终究是十分动人的。

---

[a] Robert Penn Warren（1905—1989），美国诗人、小说家、文学评论家，曾三获普利策奖。"动乱的世界"（convulsion of the world）一语出自其小说《国王的人马》最后一句："现在，我们将走出这所房子，走进动乱的世界，走出历史又进入历史，承担起时间的可怕的责任。"（引自陶洁译本，上海译文出版社2014年版）

GEORGIA O'KEEFFE
(1976)

乔治亚·欧姬芙

"我出生在哪里，我在哪里、如何度过这一生，这些都不重要。"乔治亚·欧姬芙在她九十岁时出版的一本有文字的画册里这样写道。她似乎想让我们忘掉施蒂格利茨[a]镜头下那张美丽的脸。对于早已强加在她身上的那种带着优越感的浪漫叙事，她表现得不屑一顾，那是一种对极致的美貌、超高的年龄，以及故意离群索居的浪漫化。[b] "真正值得关注的，是我对我去过的地方进行了怎样的创作。"我记得，在1973年8月，芝加哥的一个午后，我带着当时七岁的女儿，去看乔治亚·欧姬芙是如何对她去过的地方进行创作的。当天，一幅欧姬芙巨大尺幅的《云上天空》（*Sky Above Clouds*）油画正挂在芝加哥艺术学院的侧楼梯上方，俯瞰着目测有数层楼高的空旷光域，我女儿看了它一眼，然后跑到楼梯平台上，继续盯着看。过了一会儿她小声问道："这是谁画的？"我告诉她是欧姬芙。"我要跟她聊聊。"她最后说。

那天在芝加哥，我女儿做出了一个完

---

a Alfred Stieglitz（1864—1946），美国摄影师、当代艺术的倡导者，也是欧姬芙的丈夫，从1918到1925年，他为欧姬芙拍摄了大量照片，这也是他职业生涯最高产的一段时期。

b 施蒂格利茨比欧姬芙年长十三岁，两人于1916年相识，1924年施蒂格利茨终于与前妻离婚，并在几个月后与欧姬芙结婚。婚后的几年，欧姬芙大部分时间住在新墨西哥州画画，而施蒂格利茨则很少离开纽约。

白色专辑

全无意识却非常基本的假设，关于人与他们所做的工作之间的关系。她假设她在作品中看到的光芒，反映了创作者本人的光芒，画作之于画家，正如诗歌之于诗人，二者是一体的。一个人独自做出的每一个选择——每一个词的选择或否决，每一笔的落下或省略——都透露出她的性格本质。**风格即人格。**我很少见到这一熟悉的原则像那天下午一样被如此本能地应用，我记得我很欣慰，不只是因为我女儿对风格做出的反应恰如对待人格，而且因为让她产生这样的反应的，是欧姬芙极具个人特色的风格：这是一位将 192 平方英尺的云朵加诸芝加哥这座城市的刚硬女性。

在我们生活的这个世纪，"刚硬"并非为人赞赏的女性特质，甚至在过去二十年里，它也不是官方推崇的男性特质。当这种刚硬在老年人身上显现时，我们倾向于将它转译为"暴躁"或者"古怪"，像是一种只可远远欣赏的汤力水的辛辣味道。从她的作品，以及她对自己作品的阐释来看，乔治亚·欧姬芙既不"暴躁"，也不"古怪"。她只是很刚硬，直来直去，她拒绝一切被灌输的智慧，并对她看到的一切保持开放态度。她早年就对大多数同时代人不屑一顾，认为他们"虚无缥缈"，即便是其中一个她喜欢的人，也被她评价"画得太差"[a]。（她后来补充道，显然是为了和缓她的论断："我想他根本不是一个画家。他没有勇气，而我相信，想要在任何艺术领域创造自己的世界都需要勇气。"）她早在 1939 年就对她作品的仰慕者直言，"你们误解了我的意思"，并认为他们对她著名的花朵画作的欣赏不过是感情用事。同一年，她在一次展览的图录里冷静地写道："当我画了一座红色的山，你们说我不一直画花朵实在是太遗憾了。一朵花可以打动几乎所有人的心，而一座红色的山并不能。"她把自己最著名的油画之一——被大都会博物馆收藏的《牛的头骨：红、白、蓝》——的缘起形容为一次带有嘲讽意味的故意挑衅。"我想到我在东海岸见过的那些城市男人，"她写道，"他们总是在夸夸其谈，说要写出伟大的美国小说、伟大的美国戏剧、伟大的美国诗歌，于是当我把牛头画在蓝色背景上时，我暗自想，那就画一幅美国油画吧。他们不会认为它伟大，因为两侧的红色竖条，以及红蓝白的配色，但他们一定无法忽视它。"

那些城市男人。那些男人。他们。当这位极具攻击性的女性告诉我们她在创作

---

[a] Alon Bement（1876—1954），美国艺术家、作家、艺术教师。欧姬芙评价他为"一个好老师，但同时是一个糟糕的画家"。

乔治亚·欧姬芙

这些极具攻击性的作品时在想些什么，这些词语一次次地跳出来。而这些城市男人，正是她所指控的那些伤感化她笔下的花朵的人："我让你花点时间来看我看到的东西，而当你花了时间，真的注意到了我画的花朵，却把你对花朵的一切联想都加诸我的花朵上，然后你评论我画的花朵，就好像我的所见所想与你一样，但我并不是这样。"**我并不是这样**。想象一下这句话被说出来，而听起来却像是**别践踏我**[a]。"那些男人"认为纽约不可能被画出来，于是乔治亚·欧姬芙就画了纽约，"那些男人"对她明亮的色彩评价不高，于是她就用了更明亮的色彩。那些男人向往欧洲，于是她去了得克萨斯，后来又去了新墨西哥。那些男人谈论塞尚，对"其作品中造型和颜色的'塑料质地'发表冗长又深奥的评论"，而在他们中间那个披着天使外衣的响尾蛇看来，他们把彼此的这些冗长又深奥的评论太当回事了。"我也可以像男人一样画那种色彩阴郁的油画。"这位始终将自己视作局外人的女人在 1922 年的一天这样想，并且她真的画了这样一幅画：一间棚屋，"色调阴沉、毫无生气，门边还有一棵树"。她将这一愤恨之举命名为《陋室》，并在下一个展览上展出了它。"那些男人似乎对它赞许有加，"她在五十四年后这样回忆，语气中的轻蔑丝毫未减，"他们似乎认为，我总算是真正开始画画了。那是我唯一一幅色调阴沉、黯淡无光的油画。"

一些女人战斗，另一些则不会。和两性战争中许多成功的游击队员一样，乔治亚·欧姬芙似乎很早就知道自己是谁，并用这一不变的信念武装了自己，同时，她也很清楚，她一定会被要求证明自己。表面上看，她的成长经历是循规蹈矩的。她是威斯康星大草原上的孩子，玩瓷娃娃，用水彩画多云的天空，因为阳光太难画了。每天晚上，她和兄弟姐妹一起听母亲讲西部荒野的故事，得克萨斯的故事，基特·卡森[b]和比利小子[c]的故事。她告诉大人她想当一个艺术家，而当他们问她要当哪种艺术家时，她很难为情：她并不知道是哪一种。她不知道艺术家是干什么的，也从未看过一张让她产生兴趣的画，除了她母亲

---

[a] Don't tread on me，出自十八世纪美国独立战争时期的加兹登旗（Gadsden flag），象征着自由与反抗，是美国最广为人知的革命口号之一。

[b] Christopher Houston "Kit" Carson（1809—1868），传奇的美国西部拓荒者，曾是毛皮猎人、荒野向导、军人和印第安事务官。

[c] Billy the Kid（1859—1881），美国旧西部的法外之徒和枪手，传说他在二十一岁被击毙之前，曾谋杀了二十一人。

白色专辑

的一本书里钢笔画的《雅典少女》，一些印在布料上的鹅妈妈插图，便笺簿封皮上拿着粉色玫瑰的小女孩，以及祖母的客厅里挂着的一幅油画，画的是马背上的阿拉伯人。十三岁时，多明我会修道院里的修女帮她改画，她感到无地自容。在弗吉尼亚的查塔姆圣公会学院，她画了很多丁香花，还一个人偷跑出去看地平线上蓝岭山脉起伏的轮廓。在芝加哥艺术学院，她震惊于真人模特的出现，甚至想要放弃解剖课。在纽约的艺术学生联盟，她的一位同学对她说，既然自己将来会成为伟大的画家，而她最终只会在女子学校教画画，那么她的任何作品都不会比给他当模特更重要。另一位同学为了向她示范印象派如何画树而直接在她的作品上画了起来。她从来没听说过印象派怎么画树，也并不怎么在乎他们怎么画树。

二十四岁那年，她将所有这些意见抛诸脑后，第一次去得克萨斯生活，那里没有树可以画，也没有人告诉她树不该怎么画。在得克萨斯，只有她渴望已久的地平线。她的妹妹克劳迪娅陪她在得克萨斯住过一阵，傍晚时分，她们会一起走出城镇，走向地平线，看昏星升起。"那颗昏星令我着迷，"她写道，"它以某种方式刺激着我。我妹妹带着枪，我们走着走着，她就会把一些瓶子抛向空中，然后在瓶子落地之前，尽可能把它们击碎。而我一无所有，除了向着无名之处的漫步，除了落日下广袤的旷野和星星。因为这颗星星，我创作了十幅水彩画。"在某种意义上，拿着手枪的妹妹克劳迪娅所能激起的旁人的兴趣，不亚于仰望星空的画家乔治亚，但只有画家为我们留下了璀璨的记录。十幅关于星星的水彩画。

IV. SOJOURNS

客居

IN THE ISLANDS
(1969—1977)

群 岛

1969年：我最好告诉你，我在哪儿，以及为什么。我坐在火奴鲁鲁皇家夏威夷酒店一间天花板很高的房间里，看着长长的半透明窗帘被信风吹得鼓起，试图把我支离破碎的生活重新拼凑起来。我丈夫也在这里，还有我们三岁的女儿。她有着金色的头发，赤着脚，戴着鸡蛋花的花环，像是从天堂而来。她不明白自己为什么不能去海滩玩。她不能去海滩是因为阿留申群岛发生了地震，里氏7.5级，地震可能会引发海啸。如果海啸真的发生，它将在两三分钟内抵达中途岛，而我们正在等待中途岛的消息。我丈夫盯着电视屏幕，而我盯着窗帘，想象着涌动的波涛。

快报到来的时候，无疑是个反高潮的时刻：中途岛报告无异常浪涌。丈夫关掉了电视，望向窗外。我给孩子梳头，避免和他对视。没有了自然灾害，我们又必须面对自己不安的神经。我们是为了避免离婚，才来到这个太平洋中间的小岛的。

我告诉你这些，并非漫无目的地自我剖白，而是想让你在阅读我的文字时知道，我究竟是谁，在哪儿，在想什么。我希望你明白，自己面对的究竟是什么：你面对的是这样一位女性，在过去一段时间里，她感到自己与大部分能引发别人兴趣的观点彻底脱节了；哪怕她曾对社会契约、改良原则，以及人类奋斗的宏伟蓝图有过一点微弱的信念，也终究在某个时间点被错放了地方。过去几年里，我常常觉得自己像一个梦游者，游弋在世界中，对当下的热点议题毫无察觉，对相关数据也一无所

白色专辑

知,只有噩梦中的景象能让我提高警觉:比如被锁在超市停车场车里活活烧死的孩子,在被囚禁的瘸子的农场里把偷来的汽车拆成一堆零件的机车少年,因逐一击毙一个五口之家而感觉"糟透了"的公路狙击手,骗子、疯子、军事调查中出现的狡黠的奥基人[a]的脸,门廊上阴森的潜伏者,走失的孩子,在夜幕下推推搡搡的粗鲁军人。朋友们会阅读《纽约时报》,并试图告诉我世界上发生的新鲜事,而我却只听电话连线节目。

你会明白,这种看待世界的方式带来了很多困难。我很难在事物之间建立关联,也很难再坚持"信守承诺很重要"这个基本观念,在这个我曾被教导的一切都变得无关紧要的世界里,究竟什么是紧要的,这件事本身也变得越来越模糊。我怀着一种本质上是浪漫主义的道德观进入成人世界,始终将《胜利》里的阿克塞尔·海斯特、《鸽翼》中的米利·蒂尔、《野棕榈》中的夏洛特·瑞特恩麦尔,以及其他像他们一样的人视为榜样。我和他们一样相信,救赎存在于一种极端而注定失败的承诺之中,这些承诺是在正常的社会经验范围之外被许下并坚守的。如今我依旧相信这些,但我无法调和救赎与驻扎在我脑子里的**无知的军队**[b]之间的关系。我本可以在这里稍作放纵,讲些泛泛的空话,可以暂时把我自己深刻的情感震荡归咎于更广泛的文化崩溃上,可以大谈社会上的动乱、异化、失范,甚至是刺杀,但这不过是另一个漂亮的障眼法罢了。我不是社会的缩影。我是一个三十四岁的女人,留着长长的直发,穿着旧比基尼泳衣,神经脆弱,坐在太平洋中间的小岛上,等待一场不会到来的海啸。

我们——我、我丈夫和孩子——在这片天堂度过了恢复元气的一周。在悬崖边上,我们对彼此而言都是体贴、圆通和克制的典范。他克制自己不去留意我失神的瞬间,而作为回报,我克制自己不长时间沉溺于报纸上的故事,故事也是关于一对夫妻的,他们先是把自己的婴儿扔进了毛伊岛上一座活火山沸腾的火山口,随后自己也跳了进去。我们也都克制着不去提及那些被踹开的门,被送进医院的精神病人,任何慢性的焦虑或打包好的行李。我们在太阳下躺着,开车穿过甘蔗田去往怀

---

[a] Okie,原指来自俄克拉何马州的人,二十世纪三十年代起成为对因大萧条与沙尘暴而迁徙至加州的贫困农民的带有歧视意味的称呼。

[b] Ignorant armies,典出自英国诗人马修·阿诺德(Matthew Arnold,1822—1888)的名篇《多佛海滩》(*Dover Beach*),原句为"Where ignorant armies clash by night"(无知的军队在夜里厮杀)。后常用来象征信仰与真理失落之后,人类陷入盲目冲突与精神混乱的时代状态。

梅阿海湾。我们在露台上吃早饭，满头银发的女士们亲切地冲我们微笑。我们也回以微笑。在火奴鲁鲁的皇家夏威夷酒店的露台上，幸福的家庭都是相似的。一天早上，我丈夫从拉卡拉瓦商业街回来，告诉我他见到了一个我们在洛杉矶认识的六尺二寸高的变装皇后。据我丈夫说，这位熟人正在选购一套渔网比基尼，没有开口说话。我们都笑了。这让我想起来，我们会为同样的事情发笑，我给他读了一段刊在一本很老旧的《火奴鲁鲁》杂志上的抱怨，杂志是我从某个人的办公室随手拿来的："约翰逊总统最近到访火奴鲁鲁时，晨报的标题是**《用示威迎接总统》**。难道**《用温暖的 Aloha 迎接总统》**就没有新闻价值了吗？"这个星期结束时，我告诉我丈夫，我会更加努力，对事情重视起来。他说，他不是第一次听我说这话了，但周围的空气是温暖的，孩子戴了一个新的鸡蛋花花环，而他的语气里也没有怨恨。也许一切都会好起来的，我说。也许吧，他说。

1970 年：在火奴鲁鲁的每一个清晨，在正对着皇家夏威夷酒店的怀基基海滩上，一位酒店员工会花十五到二十分钟把用绳子围起来的登记住客专享区域里的沙子耙平。由于这片"私人"海滩和"公共"海滩的区别只在于被铺平的沙子、绳索，以及离海更远的距离，起初很难让人理解，为什么会有人坐在那儿，但人们就是会。他们会在那里坐上一整天，并且人还不少，面朝大海平均地排成几排。

过去几年我偶尔来火奴鲁鲁旅行，但直到最近才完全理解，那片用绳索围起来的海滩正是皇家夏威夷酒店存在的核心所在，人们选择坐在那里，并非为了追求"排他性"——就像在怀基基海滩上通常被认为的那样——而为了某种"归属感"。绳索里面的每一个人，都按照心照不宣的定义，被默认为"自己人"。绳索里面的每个人都会照看我们的孩子，就像我们也会照看他们的孩子一样；在绳索里面，没有人会偷房间钥匙，没人吸毒，也不会有人在我们正等待关于最低贷款利率的消息从大陆传来时，在收音机上播放克里登斯清水复兴合唱团的歌。如果我们鼓起勇气同他们交谈，那么绳索里面的每个人都会"认识我们认识的人"：皇家夏威夷酒店的私人海滩是一块属于表面上的陌生人的飞地，他们马上就会发现，他们的侄女们是斯坦福同届的校友，同住在拉古尼塔[a]，或者他们的至交曾在上一届克罗斯比期间共进过午餐。任何一个绳索里面的人都会知道，"克罗斯比"指的是在加州圆石滩举

---

a 指拉古尼塔公寓，建于二十世纪三十年代，是斯坦福大学最古老的住宅之一。

白色专辑

办一个高尔夫锦标赛，这意味着，在很大程度上，皇家夏威夷酒店不单是一家酒店，它是一种社会理念，是现存为数不多的关于一种特定美式生活的线索之一。

当然，好的酒店一贯代表了某种社会理念，完美地映照出它们所服务的特定社会阶层。就像如果没有大英帝国，也就不会有莱佛士酒店。想要了解现在的皇家夏威夷酒店是一个怎样的地方，必须先了解它曾经是一个怎样的地方，从1927年开始，贯穿整个三十年代，它是太平洋上遥远并有着适度异域风情的"粉色宫殿"，是马特森航运公司为了和科罗纳多、布罗德摩尔、德尔蒙特等酒店竞争并超越它们而建造的度假酒店。当时，它几乎是怀基基海滩上唯一的酒店，它让火奴鲁鲁成为一个旅游目的地，让这里的一切变得"夏威夷化"——花环、尤克里里、卢奥、椰叶帽，以及那首名叫《我想学说夏威夷语》的歌——它掀起了全美范围内对于乡村俱乐部舞蹈长达十年的狂热。从皇家夏威夷酒店开业到珍珠港事件之间的十四年里，人们乘坐马特森航运公司的"马洛洛"号和"乐林"号豪华游轮而来，他们不仅带来了扁平旅行箱，还带来了他们的儿女、孙子孙女，仆从、护士、银色的劳斯莱斯和深蓝色的帕卡德敞篷车。他们在皇家夏威夷酒店过冬、消夏，或是单纯住上几个月。结束了南非的狩猎之旅后，他们来皇家夏威夷酒店休养；在回家的路上还能顺道去班夫国家公园和路易斯湖。在火奴鲁鲁，可以玩马球、高尔夫和草地保龄球。每天下午，皇家夏威夷酒店都在藤编的桌子上供应茶饮。女佣为每位客人编织花环。厨师用夏威夷蔗糖雕出美国国会大厦，作为桌上的装饰。

皇家夏威夷酒店那些年间的剪贴簿保存至今，成了美国大大小小的富豪实业家的一份索引。梅隆、杜邦、盖蒂家族和那个刚刚获得世界最大孵化器（可以容纳4.7万颗鸡蛋）专利的男人在那张1928年拍摄于皇家夏威夷酒店的照片上看起来仿佛完全没有差别。多萝西·斯普雷克尔斯[a]在露台上弹奏尤克里里。小瓦尔特·P.克莱斯勒和他的父母一起在皇家夏威夷酒店度过了一个假期。海滩上的一个倩影被描述为"来自科罗拉多州斯普林的社交名媛"，一对年轻夫妇则被形容为"阿克朗市新婚夫妇中的名人"。在皇家夏威夷酒店，他们不仅遇到了彼此，也遇见了一个

---

[a] Dorothy Spreckels（1913—2000），著名实业家克劳斯·斯普雷克尔斯（Claus Spreckels，1828—1908）的孙女。

更广阔的世界,有澳大利亚的大农场主,锡兰 ª 的茶商,古巴的蔗糖商人。

在这些褪色的老照片中,人们看到最多的是母亲和女儿。而男人们,即便在场,也总是展现出一种令人同情的不自在,他们认为自己承担着更严峻的社会角色——例如西雅图的市长,或者越野汽车公司的总裁——因而对这个越冬避暑的世界怀有一种抵触。1931年,胡佛总统的儿子曾在皇家夏威夷酒店住过一段时间,他被招待得很好,在夏威夷的科纳海岸捕到了三十八条鱼,还被拍下了和杜克·卡哈那莫库 ᵇ 在皇家海滩上握手的照片。这张照片被刊登在《城市与乡村》杂志上,同年,这本杂志报道称:"据在火奴鲁鲁港口跳水的男孩们说,渔业依然兴旺,从进港的轮船抛给他们作为鱼饵的硬币面额来看,并没有经济萧条的迹象。"

二十世纪六十年代的社会转型也没怎么影响皇家夏威夷酒店。它在三十年代时映照出的东西,如今依旧,只是形式上稍有变化,少了些张扬浮夸:仿佛一个人这辈子只在长着参天古树的街道上生活。这种生活在其一贯的关切中如此安稳,以至于更大的社会动荡对它的扰动,就像是海平面上的风暴对海底的扰动一样,是间接且滞后的。在这个国家,有上百万人过着这样的生活,而他们却被我们中的大部分人抛诸脑后。有时候我觉得,只有在皇家夏威夷酒店,我才会记起这种生活。在那里,一个温暖的傍晚,一群穿着绿松石蓝和金凤花黄雪纺衫的女人在粉红色的门廊下等车,她们是这种风格天生的继承者,这种风格后来被帕特里夏·尼克松 ᶜ 和她的女儿们所采纳。早上,沙滩刚刚被铺平,拂晓时分的雨让空气变得潮湿而清甜,我看到同样一群女人,穿着印花的丝绸裙和带里衬的羊绒开衫,坐在露台上吃木瓜。从二十世纪二十年代末,也就是她们的少女时代起,每隔几年她们都会和母亲、姐妹们一起来到这里。她们的丈夫们则会以一种熟练的冷漠态度浏览旧金山或者洛杉矶的报纸,这种态度专属于这些把人生安稳寄托在市政债券上的男人们。报纸会晚一天——有时是两天——抵达皇家夏威夷酒店,这让它上面的当日新闻获得了一种特殊而令人不安的距离感。我记得在皇家夏威夷酒店的报刊亭无意间听到的一段对话,那是1968年6月,加州初选后的第二天早上,罗伯特·肯尼迪正躺在洛杉矶

---

a Ceylon,今斯里兰卡,1972年更名并成立共和国。

b Duke Kahanamoku(1890—1968),夏威夷游泳运动员,曾在奥运会上获得三金两银,也是冲浪运动的推广者。

c Patricia Nixon(1912—1993),尼克松总统的夫人。

白色专辑

的好撒玛利亚人医院奄奄一息。"初选结果怎么样?"一个正在买烟的男人问他妻子。她研读了一下前一天的报纸头条。"初期投票踊跃。"她说。那天上午晚些时候,我又听到这个女人在谈论那场刺杀:她丈夫是顺道去证券经纪行查看那当天纽约股市的收盘情况时,才得知这一消息的。

坐在皇家夏威夷酒店的泳池边读《纽约书评》,我感觉自己像一条小蛇潜伏在这个地方的绝对核心地带,用一条巴里纱沙滩罩袍隐藏自己。我把《纽约书评》放到一边,跟一个来这里度蜜月的漂亮的年轻女人聊天。在皇家夏威夷酒店度蜜月是她的家族传统,她和她的三任丈夫都是来这里度的蜜月。我女儿在泳池边和另一个四岁的女孩吉尔交上了朋友。吉尔来自阿拉斯加的费尔班克斯,她的妈妈和姨妈都理所应当地认为两个孩子会再见面,每年都会,就像过往岁月里那种不变的愉悦节奏,而在皇家夏威夷酒店,生活似乎仍然如此。我穿着巴里纱沙滩罩袍,坐在那里看着孩子们,罔顾我所了解的所有事实许下愿望,希望生活真的如此。

1970年:迎风的瓦胡岛和背风的城区被高处的雨林分割开来,从这里俯瞰火奴鲁鲁,你会看到一座名叫"普尔威纳"a

的死火山的中心,它是如此寂静而私密,只需看上一眼,就永远地留在了你心里。火山口种植着榕树和雨树,还有1.95万座坟墓。风铃木的黄色花朵正在山顶上盛放,整片山坡都笼罩在淡紫色的蓝花楹中。这里通常被叫作"庞奇包尔",是太平洋战争国家纪念公墓,埋葬在火山口的死者中有1.3万是"二战"中阵亡的,其余的一些死于朝鲜战争。近十年来,在火山口边缘的公墓外围区域,人们一直在为"越战"中阵亡的美国士兵建造坟墓,埋葬在这里的越战士兵并不多,只是阵亡总数中的一小部分,每周建起一两座,多的时候三座坟墓就够了。他们大多是岛上的男孩,但也有一些被远在几千英里以外的太平洋对岸的亲人运到这里的,仅是运输的困难本身,就足以令人动容。由于"越战"的阵亡者会先被运往加州的特拉维斯空军基地,然后转交给他们的直系亲属,如果这些美国本土的家庭想要把他们的儿子或者丈夫埋葬在火奴鲁鲁,则需要让遗体再次跨越太平洋。庞奇包尔公墓的负责人马丁·T. 科利把这类下葬简称为"运来的越南兵"。

在不久前的一次交谈中,科利对我说:"如果一位父亲或者叔叔从美国本土打电话给我,说要把他们的孩子送来这

---

a Puowaina,夏威夷语,意为"人祭山",人们由此推测这里曾有一座祭坛。

里安葬，我不会问为什么。"当时我们坐在他位于火山口的办公室里，墙上挂着他1944年在欧洲战场获得的铜星和银星勋章证书。马丁·T. 科利穿着一件夏威夷衬衫，他出身于纽约皇后区的南臭氧公园，参与了突出部战役，后来在萨姆－休斯敦堡[a]学习了墓地管理，最终，在二十多年后，来到了太平洋上一座死火山口的办公室，在这里他见证了另一场战争中活着和死去的人。

我看着他翻阅一沓他称之为"通报表"的东西，这是从越南传来的死亡名单。在马丁·T. 科利的办公室里，越南明显更加真实可感，不像在近几个月的美国本土看起来的那么虚幻，像是去年的战争，仿佛早已被弃置于"善意的忽视"的边缘，这种忽视使得任何对于仍在不断累积的伤亡人数的提及都显得有些不合时宜和老生常谈。在火山口，人们没那么容易相信，每周低于一百的"前线阵亡"人数能通过什么花招被最终加总为零，仿佛这场战争从未发生。从这些自动挖坟机的角度看，在1970年的前十二周，死亡数字的总和是1078。他们每个人的通报表都在马丁·T. 科利手上，他会将这些表单保留十五至二十天，然后再扔掉，以防有家庭想要把遗体运来庞奇包尔安葬。"你看，几天前有一家人从俄勒冈运来一个男孩，"他说，"现在又有一个加州的正在运来。我们知道他们各有自己的理由。我们选好墓地，打开墓穴，在灵车从大门开进来之前，我们不会和这些家庭见面。"

几天后一个温暖而有风的下午，我和科利先生一起，站在火山口K区柔软的草地上，等待另一个家庭从大门驶入。他们前一天晚上带着遗体从美国本土起飞，一行六人，妈妈、爸爸、姐姐姐夫和其他两位亲属，他们将在午后的阳光下埋葬他们的儿子，然后在几小时后飞回美国本土。我们等待着，张望着，直到下面的道路上，六位空军护柩兵立正待命。小号手从榕树下窜出来，走到仪仗队后方就位。然后灵车出现了，它正绕着环路盘桓向上驶向K区，灵车和两辆轿车的前车灯在热带的阳光下黯淡不明。"我们办公室里的两个人会参加所有越战阵亡军人的葬礼，"科利先生忽然说，"我的意思是，为了应对家人情绪崩溃或者其他突发状况。"

关于接下来的十分钟，我唯一能告诉你的就是，它显得特别漫长。我们看着灵柩被抬到墓穴旁，看着护柩兵们举起国旗，在温暖的信风中奋力将它抓紧。风吹得很劲，刮倒了墓边摆放的几只插着剑兰的花

---

a Fort Sam Houston，美国陆军位于得克萨斯州圣安东尼奥的一处军事基地。

瓶，也吹散了牧师的话语。"如果上帝支持我们，谁又能反对我们呢？"牧师说。他是一个红头发的年轻陆军少校，穿着棕褐色的制服。后来他又说了什么我就听不清了。我、科利先生，还有一位空军阵亡家属援助官员并肩而立，站在家属就座的六把帆布椅后面，我的目光越过牧师，望向他身后零星的墓地，它们太新了，甚至还没有墓碑，只有插在地上的塑料标识牌。"我们温柔地将遗体交还给大地。"牧师这时说道。仪仗队的成员举起了步枪，鸣枪三响。小号手吹起了葬礼号。护柩兵们将国旗折好，只露出蓝色的背景和几颗星星，其中一人向前走了几步，把国旗呈递给死者的父亲。那是父亲的目光第一次从灵柩上移开，也从护柩兵的身上移开，他望向了这片广阔的墓园。他是一个瘦弱的男人，面颊颤抖、眼含泪水。他站在那儿，正对着我和科利先生，有那么一刻，我们直视着彼此，但他没有看到我，也没看到科利先生，没看到任何人。

那时还不到下午3点。父亲一边把国旗在两手之间来回倒换——仿佛它烫手似的——一边结结巴巴地跟护柩兵说了几句话。这时我离开墓地，走向我的车，等着科利先生跟那位父亲谈完。他想要告诉那位父亲，如果他和他的妻子想在飞机起飞前回到这里看看，墓穴将会在4点之前封好。"有时候，亲眼看到墓穴封好会让他们好受一点"，科利先生追上我的时候跟我说，"有时候他们上飞机了，还会担心坟墓没封好。"他的声音越来越小，"我们在三十分钟之内就能完成"，他最后说，"填土，盖平，插上标识。这是我受训时学过的，到现在还记得。"我们在温暖的风里站了一会儿，然后道别。护柩兵列队登上空军的巴士。小号手从我身边走过，用口哨哼着《雨中曲》。4点刚过，死者的父母回来了，盯着已经封好的坟墓看了许久，然后乘晚班机返回美国本土。他们的儿子是那一周在越南阵亡的101个美国人之一。

1975年：早上8点45从洛杉矶飞往火奴鲁鲁的泛美航空班机在起飞前延误了半个小时。延误期间，空姐提供橙汁和咖啡，两个小孩在走道里玩起了捉迷藏，而在我身后的某一排，一个男人开始冲看上去像是他妻子的女人大喊大叫。之所以说她看起来像是他的妻子只是因为他咒骂的语气听上去太熟练了，尽管我唯一听清楚的一句话是："你别逼我杀人。"过了一会儿，我听到身后几排的舱门打开了，男人匆匆下了飞机。不少泛美航空的雇员也开始上上下下，现场一片混乱。我不知道这个男人是否在起飞前重新登机了，或者这个女人是否独自去了火奴鲁鲁，但在飞越太平洋的过程中，我一直在想这件事情。

群 岛

喝加冰的雪莉酒时在想,吃午饭时在想,飞机左翼的翼尖掠过第一座夏威夷岛屿时我还在想。但直到我们飞过了钻石头山,低空掠过礁石准备在火奴鲁鲁降落时,我才意识到,整件事中我最不喜欢的地方是什么:我不喜欢它是因为它某些方面好像是一种短篇小说,像是一个"小顿悟"式的故事,其中的主角瞥见了陌生人生活中的一场危机——通常是一个在茶室里哭泣的女人,或者透过火车车窗目睹的一场意外,"茶室"和"火车"仍是短篇小说的固定套路,尽管现实生活并非如此——并被影响着去以新的视角看待自己的生活。我去火奴鲁鲁并不是为了去看一种被简化为短篇小说的生活。相反,我去那里是因为我想看生活被扩充成长篇小说,我的愿望依旧未改。在长篇小说里,有充分的空间去容纳花、容纳礁石里的鱼,容纳那些可能会也可能不会被逼着去杀人的人们,但无论他们是哪种人,我都不希望他们被一种叙事传统逼迫着,在早上 8 点 45 飞往火奴鲁鲁的泛美航班上将其大声公之于众。

1977 年:我从未见过任何一张夏威夷的明信片上印的是斯科菲尔德兵营。它紧邻着瓦夏娃水库幽暗的蓄水池,不在常规的游览路线上,因而游人罕至。从火奴鲁鲁往内陆方向驶向斯科菲尔德,一路上能感到气氛阴郁起来,周围的色彩也变暗了。负有盛名的海岸上半透明的柔彩渐渐被瓦胡岛内陆密不透光的深绿所取代。白色珊瑚粉末地面变为红土、甘蔗地红土和深红色铁矾土,它们松软得一捻即碎,附着在草地、靴子和轮毂盖表面,形成一层红色薄膜。怀阿纳埃山脉上积满了云。烧甘蔗的烟从地平线上升起,雨断断续续地落下。就在斯科菲尔德门口的双车道桥对面,瓦希亚瓦一家食品店的门框已经风化了,它的招牌上写着,**买一点绿甘蓝吧**。经过了**按摩室、支票兑现、第 50 州台球厅、畅饮时光、现金收车、斯科菲尔德贷款、斯科菲尔德典当、斯科菲尔德金沙汽车旅馆**等一系列的招牌后,终于到了斯科菲尔德本身,我们从詹姆斯·琼斯的《从这里到永恒》[a]中了解到的那个斯科菲尔德,这里是第 25 "热带闪电"步兵师——从前的夏威夷师,詹姆斯·琼斯服役过的部队,也是罗伯特·E. 李·普鲁伊特、马乔、瓦尔登、斯塔克和"炸药"霍尔姆

---

[a] *From Here to Eternity*,詹姆斯·琼斯(James Jones,1921—1977)于 1951 年出版的长篇小说,讲述了 1941 年珍珠港事件爆发几个月前驻扎在夏威夷的美国步兵连队中的几个军人之间的故事。小说根据琼斯"二战"前在夏威夷的步兵师服役的经历创作而成。1953 年,被改编为同名电影(中文译名为《乱世忠魂》),上映后大获成功,并获得了八项奥斯卡奖。

283

斯[a]所在的部队——的基地。**训练有素，志在必胜，随时出征。所有的战争都是步兵赢下的。进入此门的是全世界最好的战士——第25步兵师的战士。热带闪电再服役登记处**。每次开车进入斯科菲尔德，看到这些标语，都仿佛听到了《从这里到永恒》结尾的布鲁斯：

星期一领到了薪水

不再是一个底层兵

他们把钱全给了我

我的口袋鼓囊囊

钱多到花不完，再服役布鲁斯

没时间可浪费，再服役布鲁斯

一些地方之所以存在，仅仅是因为有人书写过它们。乞力马扎罗属于恩斯特·海明威，密西西比州牛津市属于威廉·福克纳，在牛津市7月的酷暑下，我曾花了一下午的时间走遍墓园寻找福克纳的墓碑，仿佛是去拜谒这片土地真正的主人。一个地方永远属于那个最执着于它的人，那个最难以释怀地铭记它的人，那个解放了它、改造了它、成就了它、激进地爱着它以至于照着自己的形象重塑了它的人，在我心中，不仅是斯科菲尔德兵营，甚至很大一部分的火奴鲁鲁，都永远地属于詹姆斯·琼斯。我第一次来到火奴鲁鲁的酒店街，是1966年的一个周六的晚上，所有的酒吧和文身店都挤满了军警和想赚上一美元的女孩，还有那些马上就要被派去西贡或者刚刚从西贡回来的十九岁青年，他们想在这里找个姑娘。我记得那晚我在寻找《从这里到永恒》里出现过的那些具体的地点：黑猫、蓝锚，以及被琼斯称作"新议会饭店"的妓院。我记得自己曾开车到威尔米娜高地去寻找阿尔玛的房子，也记得在走出皇家夏威夷酒店时，期待见到普鲁伊特和马乔坐在路边，还记得自己走在维艾勒伊乡村俱乐部的高尔夫球场上，想搞清楚普鲁伊特究竟是在哪里死的。我猜是在第五洞果岭旁的沙坑里。

亲眼看到这些被小说标识的地点，很难不感到一阵突然的视线模糊，一种错位，以及真实和想象之间某种令人眩晕的交叠。这种错位感在我上次抵达火奴鲁鲁时格外强烈，那是6月的一天，《从这里到永恒》的作者几周前刚刚去世。在纽约，詹姆斯·琼斯的死为许多思考和反思提供了契机，许多卑劣的罪咎被重新唤起又驱散，人们从他的生与死中，各自悟出许多教训。而在火奴鲁鲁，人们纪念詹姆斯·琼斯的方式是在《火奴鲁鲁星报》刊登了他

---

[a] 均为《从这里到永恒》中的人物。

的《越南日记》节选,即全书的后记。在后记中,他谈到自己曾在1973年重返火奴鲁鲁,去寻找《从这里到永恒》里那些他还记得的地方。他上一次见到这些地方还是1942年,当时二十一岁的他和第25师一起,被派往瓜达尔卡纳尔岛。在詹姆斯·琼斯看来,1973年马卡普乌角的五座碉堡和1942年他离开时一模一样,但皇家夏威夷酒店却没有当年显得那么奢华而令人畏惧了,让他感到特别感伤的是,此时他已经是一个五十多岁的男人,可以走进皇家夏威夷酒店,买下他想要的任何东西。

他买了一杯啤酒,然后回到了巴黎。1977年6月,他去世了,而在火奴鲁鲁最大的几间书店里,竟都买不到他那部伟大的、依然具有生命力的小说,在小说中,他因太爱火奴鲁鲁了而按照自己的形象重塑了它。"这是一本畅销书吗?"我在一家书店被问到,而经营着另一家书店的金发年轻人则建议我去"心灵科学"的书架上找找看。那一刻,我为詹姆斯·琼斯的死而感到哀恸,我从未见过他,但我想我的哀恸是为了我们所有人的:为琼斯,为我自己,为那些卑劣罪咎的受害者们,以及那些驱散了罪恶的人们,为罗伯特·E.李·普鲁伊特,为皇家夏威夷酒店,为那个认为永恒是一种心灵科学的金发傻子。

我不敢肯定,《从这里到永恒》中的那种极致的肃穆,是否是对斯科菲尔德兵营光线的精准刻画,又或者是因为我读了詹姆斯·琼斯,才将那光线视作肃穆。"雨下了整整一个上午,直到中午才突然放晴,当天被洗净的空气,就像是黑水晶一样,赋予了每个画面锐利的清晰度和灰暗的焦点。"正是透过这一灰暗的焦点,詹姆斯·琼斯塑造了斯科菲尔德,而我最后一次看到斯科菲尔德,也是透过这一灰暗的焦点。那是6月的一个周一,上午刚下过雨,空气中桉树的味道格外刺鼻,我再一次产生了那种熟悉的感觉,仿佛离开了明媚的海岸,进入了幽暗的国度。怀阿纳埃山脉黑色的轮廓给人一种隐秘的压迫感。驻地高尔夫球场上的双人比赛仿佛从1940年一直打到现在,并且注定要继续下去。一个穿着作战服的士兵似乎在修剪三角梅树篱,他拿着一把长柄镰刀,向着树篱挥舞,但他的动作慢得近乎催眠,镰刀始终也没真的碰到树篱。在那些斯科菲尔德军官的家属们一直居住的热带木结构平房周围,有一辆临时停放的三轮车,但没有孩子、没有妻子,没有任何生命存在的迹象,只有一只约克夏梗在上校家别墅前的草坪上叫。巧合的是,我自己小时候也曾以军官子女的身份住过不少军营,甚至也在上校营房的草坪上跟小狗玩过,但这一次,我是以普鲁伊特的目光看待这只

白色专辑

约克夏梗的，我讨厌它。

我也曾在其他季节开车去过斯科菲尔德，但这次造访不同。这次来斯科菲尔德的原因和去牛津墓园相似，都是来拜谒这片土地真正的主人。这次我提前预约，与人交谈，提问并记下答案，在"Aloha闪电士官俱乐部"和接待我的人共进午餐，参观了兵团荣获的奖杯，并在我走过的每条走廊里，仔细端详了指挥官们的画像。与火奴鲁鲁书店里那个金发年轻人不同，我在斯科菲尔德遇到的所有人——这些穿着绿色作战服的人——全都清楚詹姆斯·琼斯是谁，他写过什么，甚至连他在斯科菲尔德的三年里在哪儿吃过饭、睡过觉、醉过酒都知道。他们对《从这里到永恒》里的事件和地点了如指掌，哪怕只是其中最微末的细节。他们早已料想到了我想去看的那些地方：D方院、旧监狱、采石场和科莱柯莱山口。几周前，军营剧院还举办了一场《从这里到永恒》的特别放映，组织者是"热带闪电历史协会之友"，我在斯科菲尔德遇到的每个人都去出席了这场放映。谈到对詹姆斯·琼斯对军旅生活的描写，他们中的许多人都很有共鸣，但又对表露这种共鸣十分谨慎，指出今天的军队已经发生了很多变化。另一些人则没有提到变化。其中一个年轻人是第二次入伍了，现在却想离开，他说军队根本没有改变。我们站在D方院的草坪上，那是琼斯的方院、罗伯特·E. 李·普鲁伊特的方院，看着绕着广场闲逛的人，几个士兵在投篮，另一个士兵在擦拭他的M-16步枪，后勤室的两截门里传出断断续续的争吵声，就在这时，他主动谈及自己对在25师的六年军旅生涯的浅浅不满。"我读过那本书，《从这里到永恒》，"他说，"现在这里还是同一套小把戏。"

一切都变了，一切又都没变。军队食堂现在被叫作"用餐设施"，但他们仍然供应牛肉条配吐司，士兵们还是叫它SOS[a]。监狱现在被叫作"禁闭场所"，瓦胡岛上所有军事设施的"禁闭场所"如今都被转移到了珍珠港，而斯科菲尔德的旧监狱现在成了军警总部。就在我造访期间，军警还押进来一名戴着手铐的士兵，上身赤裸，并且没穿鞋。

---

[a] 即 Shit on a Shingle（木板上的屎），美国军队中对牛肉条配面包片的戏称。

穿着夏威夷衬衫的调查员们在训练场上闲聊。几间"禁闭"牢房被用来存放办公用品，牢房里仍保留着光溜溜的木板上下铺，所谓的"板床"，一位曾经负责斯科菲尔德监狱的少校向我解释说，这些床是为了特殊情况准备的，比如当"一个人已经彻底疯了，并且开始撕扯床垫"的时候。墙上还挂着详细说明个人物品摆放顺序的图表：**白色毛巾、带皂盒的肥皂、除臭剂、牙膏、牙刷、梳子、剃须膏、剃刀**。

在很多意义上，那天我感到自己很难离开斯科菲尔德。我仿佛坠入了军队令人昏昏欲睡的日常节奏之中，还学会了军人的嗓音和清脆的讲话方式。我带了一份《热带闪电新闻》回到火奴鲁鲁，晚上在酒店房间里阅读。整个5月，斯科菲尔德军警通报了32起针对酒驾的逮捕，115起针对非法持有大麻的逮捕，以及一些物品的失窃，包括一台山水牌扩音器，一台山水牌前置放大器和调谐器，一台建伍牌信号接收器和唱机转盘，两只博士牌扬声器和一辆1969年的福特野马上的转速表。

一名二等兵、两名四等特技兵和一名中士在"部队访谈"栏目中被问到他们最理想或者最喜欢的驻地是哪儿。一人选择了胡德堡，另一人选择了山姆·休斯顿堡，没有人选择斯科菲尔德。在读者来信栏目里，一位来信者建议陆军妇女军团里一位抗议军士俱乐部演出内容的女兵待在自己家里（"我们之前都是在一个你们女生不必看到的地方演出，但是你们这些可爱的自由派废除了这样的安排"），另一个人则劝那些"营房老鼠"在"无节制地抽烟喝酒和以80分贝的音量听彼得·弗兰普顿的音乐，并以此宣泄对军队的仇恨"之外，"用他们的生命干点别的"。我想到了这些"营房老鼠"，又想到了普鲁伊特和马乔，以及他们对军队的仇恨，在火奴鲁鲁的那个晚上，军队对我来说不过改变了细节，詹姆斯·琼斯早已明白一个伟大而朴素的真理：军队恰如人生。我多么希望能够告诉你，在5月，詹姆斯·琼斯去世的那天，有人在斯科菲尔德兵营为他吹响了安息号，但我想，人生并非如此。

IN HOLLYWOOD
(1973)

好莱坞

"你可以像我一样,认为好莱坞不过如此,"塞西莉娅·布雷迪在《最后的大亨》[a]中对读者这样说,"或者你可以对它不屑一顾,就像我们面对无法理解之物常表现出的那种轻蔑。它当然是可以被理解的,但这种理解是模糊的、一闪而过的。能够把电影业这一复杂的方程式搞明白的人,不超过六个。"在这一意义上,《最后的大亨》不是关于门罗·施塔尔的,而是关于好莱坞的,关于塞西莉娅·布雷迪的,这一点,哪怕是对电影业只有模糊、零星的了解的人也能立刻明白:门罗·施塔尔们来来去去,而塞西莉娅·布雷迪们才是这个圈子里的二代,她们是留下来的幸存者,也是这个社群的继承人,社群的道德风俗之复杂、僵化和虚伪,不逊于北美大陆上任何的其他发明。隆冬时节,在幸存者们位于本尼迪克特峡谷边的豪宅里,壁炉里终日烧着矮橡树和桉木,法式落地窗大敞着,让亚热带的阳光洒金屋内,房间里摆满了白色的蝴蝶兰、蕙兰,以及针织挂毯,里高蜡烛的香气更是必不可少。晚餐的客人用镀金的银叉子挑着烤鱼和**油醋汁**拌比布生菜,他们会婉拒甜品,转而移步放映室,一边喝装在巴卡拉水晶杯里的气泡水,一边看《青涩恋情》。

---

[a] *The Last Tycoon*,菲茨杰拉德未完成的长篇小说,在其死后出版,小说以塞西莉娅·布雷迪的第一人称叙述,她是好莱坞著名制片人帕特·布雷迪的女儿。

好莱坞

电影结束之后,其中一大半女性的精神状态已经从慢性震惊升级为难以捉摸的神志不清,她们会按照惯例用半小时讨论熟人们的极地之旅、健身和芭蕾课带来的心灵平静,以及在沙滩上使用纸巾的讲究。昆廷·贝尔[a]的《弗吉尼亚·伍尔夫》是这个冬天的"焦点事件",其他的还有中国杂技团的演出,比安卡·贾格尔[b]近期对洛杉矶的访问,以及邦威特·泰勒百货公司在贝弗利山分店的开业典礼。男人们会谈论电影、票房、生意和艺人的报价行情。"面对现实吧,"某天晚上我听到有人在说一位导演,他的新片几天前刚上映,票房平平,"上周他还算是个卖座导演。"

这样的晚上会在午夜前结束,人们会一对一对地离开。即使婚姻出现危机,也不会有人提及,直到被人撞见和律师共进午餐。即使健康出现问题,也不会有人承认,直到陷入致命的昏迷。谨慎是一种"好品位",谨慎也是一门好生意,好莱坞的生意里已经有足够多不可预测的因素了,没人愿意把骰子递给那些注意力集中困难的玩家。在这个圈子里,引人注意的越轨既不属灵,也不属肉:异性之间的婚外情,还不如体面稳定的同性婚姻或者中年女性之间管理得当的亲密关系更被人们所接受。我记得奥托·普雷明格[c]曾在我和我丈夫表达疑虑的时候,坚持让他电影里的女主角拥有一段女同性恋关系,"一段美好的女同性恋关系,在这世上最常见不过了。非常容易安排,并且不会威胁到婚姻"。

男人和女人之间的调情,就像晚餐后的小酌,是纽约来的小配角、"一部游"编剧、被业内人士追捧的评论家,以及那些不了解本地这出**戏**是怎么**布景**的人才能享受的奢侈。在继承者们的豪宅里,维护社群就是维护派拉蒙,也是维护环球、哥伦比亚、福克斯、米高梅和华纳。正是在这种求生本能的驱动下,好莱坞时而呈现出一种现存最后稳定社会的样态。

不久前的一个下午,在我丈夫工作的制片厂,一位导演在拍摄中因心脏骤停而瘫倒。6点的时候,管理层在桑拿房里讨论他的病情。

"我给医院打了电话,"制片厂的制作总监说,"也和他的妻子谈过了。"

"听听迪克做了什么,"桑拿房里的另

---

[a] Quentin Bell(1910—1996),英国作家、艺术史家,也是弗吉尼亚·伍尔夫的外甥。他1972年出版了两卷本的《弗吉尼亚·伍尔夫:一部传记》。

[b] Bianca Jagger(1945—),尼加拉瓜演员、社会和人权活动家,她于1971年和"滚石"乐队主唱米克·贾格尔结婚,1978年离婚。

[c] Otto Preminger(1905—1986),奥地利裔美国戏剧和电影导演、电影制片人、演员。

白色专辑

一个人用命令的口吻说,"迪克难道不是做了件大好事吗?"

这个故事揭示了好莱坞社会现实中的诸多要素,但当我讲给圈外人听时,几乎没有人能理解它。一方面,它涉及一个"制片厂",而很多圈外人都对一种误解深信不疑,即认为现代的电影制作已和"制片厂"没什么关系了。他们听说过"独立制片"这个词,并天真地认为这个词就是它的字面意思。他们听了太多"出逃者"的故事,还有"空置的摄影棚",以及为这个行业鸣响的一声声"丧钟"。

事实上,电影这门生意既是拜占庭式的,同时也十分高效,这使得上述这些空洞的修辞更加没有意义:制片厂依然提供着几乎全部的资金,也依然控制着全部有效的发行渠道。作为为一部普通的"独立"电影提供融资和发行服务的回报,制片厂不仅能拿到电影全部利润中最大份额(至少一半)的分红,更重要的是,在达到所谓的"收支平衡点"之前,电影的全部收入,100% 归制片厂所有,但这个收支平衡点是由制片厂人为设定的,通常是电影实际成本或"负成本"的2.7或2.8倍。

最重要的是,这个所谓的"收支平衡点"从来不代表制片厂在任何具体项目上实际收支平衡的点位:在账面以外,制片厂实际回本的时刻要早得多,因为制片厂早就以"管理费"的形式从电影预算中抽走了10%到25%,还向制作公司收取了额外的租赁费用和其他服务费,并且会在电影上映期间继续得到约占影片收入三分之一的"发行费"。换句话说,风险之中本身就隐藏着一笔可观的收益,从制片厂的角度来看,理想的电影通常是那种距离收支平衡仅差一美元的电影。当然,也不是没有比这更完美的"生存记账法",只不过它们主要存在于芝加哥和拉斯维加斯。

尽管如此,对于任何一个书写好莱坞的人来说,从经济现实滑向一种更抓人的比喻是一种常规操作,并且比喻通常以古生物作为喻体,正如约翰·西蒙所说的:"在这里,我无须重申这些众所周知的事实,关于这个行业是如何因为过于庞大、陈旧、没牙而走向衰亡——就像是几亿年前的恐龙一样……"这类"灭绝话语"早已泛滥成灾(西蒙甚至忘了加上不可或缺的拉布雷亚沥青坑[a]的典故)以至于来访者常常断言,制片厂就是"停尸房",它们早就"关门"了,在"新好莱坞","制片厂没有任何权力"。可制片厂有。

---

[a] 洛杉矶汉考克公园旁边的一个古生物研究站点,由于动物容易失足陷入其中,数万年来,沥青坑里累积了大量动物骸骨。研究者在这里发现了已灭绝的哺乳动物化石,包括猛犸象和斯剑虎等。

好莱坞

在现存最后稳定社会的1月，我确凿地知道那是1月，是因为如下经验事实：野芥菜给山坡涂上了一层明黄的釉色，高德温[a]和特艺色彩[b]附近的平房前还摆着圣诞节留下的一品红，很多住在贝弗利山的人仍在拉科斯塔和棕榈泉度假，而许多来自纽约的人却住在贝弗利山酒店。

"整个城市都死气沉沉的，"一位来自纽约的游客对我说，"我昨晚去了马球酒廊[c]，那里简直就是一片荒漠。"每年1月他都这样对我说，而每年1月我都会告诉他，在这里生活和工作的人无论是晚饭前还是晚饭后都不常光顾酒店的酒吧，但他似乎更相信自己的那套。再三思考之后，我只能想出三个纽约的圈外人士，她们对好莱坞的认知在任何意义上都更贴近事实，她们是乔安娜·曼凯维奇·戴维斯、吉尔·塞纳瑞·罗宾逊和简·斯泰因·范登赫维尔，她们分别是已故编剧赫尔曼·曼凯维奇、制片人和米高梅前制片总监多尔·塞纳瑞以及美国音乐公司和环球电影的创始人朱尔斯·斯泰因的女儿。正如塞西莉娅·布雷迪所说："在好莱坞，我们不买陌生人的账。"

几天过去，游客们陆续抵达，去马球酒廊巡视一圈，然后离开，更加确信自己洞穿了一个经过巧妙伪装的灾难地带。早上收到的邮件里有一份来自二十世纪福克斯的报表，关于一部我和我丈夫拥有"点数"——即分成比例——的电影。电影的成本是1367224.57美元，截至目前它的票房总收入是947494.86美元。将这两个数字粗略相减，你可能会认为这份报表暗示了，这部电影距离盈亏平衡还差大约40万美元，但事实并非如此，报表显示，这部电影还差1389112.72美元才能盈亏平衡，也就是说，字面意义上，它仍需要收回1389112.72美元成本，这是底线。

为了不去思考一个耗资一百三十多万，并且已经收回了将近一百万的项目为什么仍有一百三十多万的赤字，我决定去剪个头发，顺便翻了翻行业杂志，并从中得知《"海神"号历险记》的周票房是四百万美元，阿道夫·"爸爸"·祖科尔[d]将在派拉蒙赞助的晚宴上庆祝自己的百岁

---

a 指米高梅制片厂（Metro-Goldwyn-Mayer）。

b Technicolor，一家成立于1893年的法国跨国企业，为通信、传媒和娱乐工业提供创意服务和技术产品，在洛杉矶也设有办公室。

c Polo Lounge，贝弗利山酒店里的一家著名餐厅和酒吧。

d Adolph "Papa" Zukor（1873—1976），匈牙利裔美国电影制片人，派拉蒙影业的创始人之一。他出品了美国最早的剧情长片之一《曾达的囚徒》，被认为是"美国剧情片之父"。

白色专辑

生日，而詹姆斯·奥布里、泰德·阿什利和弗雷迪·菲尔茨圣诞期间在阿卡普尔科合租了一栋别墅。在这桩生意里，詹姆斯·奥布里代表米高梅，泰德·阿什利代表华纳兄弟，弗雷迪·菲尔茨则代表创意管理联合公司[a]、第一艺人[b]和导演公司[c]。玩家会轮换，但游戏始终如一。对于阿道夫·"爸爸"·祖科尔这个年纪的人来说，底线已然清晰，但对于詹姆斯·奥布里、泰德·阿什利和弗雷迪·菲尔茨来说，这一点还不好说。

"听着，我这有一个特别好的故事，"给我剪头发的人对我说，"想象一个多米尼克·桑达[d]那种类型的新人，**明白了吗？**"

目前来说**明白了**。和这个圈子里的其他人一样，这个给我剪头发的男人也在找事情做，找游戏玩，也想要掷下几枚筹码。在这间巨大的赌场里，你不需要拥有资本，只需要一个"好故事"。或者如果你一时想不出什么好故事，也可以花上五百美金，和别人平摊一笔一千美金的版权预付金，去买下别人积压三年（面对现实吧）的好故事。（一本书或一个故事只在卖出去之前是"资产"，一旦交易完成，它就成了"原始素材"，例如"我还没读过《盖茨比》的原始素材"）的确，这座赌场现在已经不像 1969 年那样大门四开了，1969 年的夏秋之际，城里的每家制片厂都被《逍遥骑士》的票房搞得神魂颠倒，那时要让一个电影项目启动，只需要一个 75 万美元成本的提案，一个低成本的 NABET 工会[e]或者非工会的拍摄团队，以及一个优秀的二十二岁的年轻导演。但事实上，这类电影中的绝大部分照旧是由 IATSE 工

---

[a] Creative Management Associates（CMA），一家成立于 1960 年的美国影视人才经纪公司，曾代理众多好莱坞巨星，以开创电影"打包制"著称，对美国电影产业运作方式产生深远影响。

[b] First Artists，一家成立于 1969 年的电影制片公司，由制片人弗雷迪·菲尔茨提出构想，由多位好莱坞知名演员共同创办，致力于赋予明星更大的创作主导权。

[c] The Directors Company，一家在二十世纪七十年代初短暂存在的制片公司，由弗朗西斯·福特·科波拉、彼得·博格丹诺维奇和威廉·弗里德金三位导演和派拉蒙影业合作创立。

[d] Dominique Sanda（1951—　），法国女演员，活跃于二十世纪七十年代，以其古典气质与文艺片形象而闻名。代表作包括贝纳多·贝托鲁奇的《一九零零》《同流者》，卢基诺·维斯康蒂的《家族的肖像》，费尔南多·索拉纳斯的《旅行》等。

[e] The National Association of Broadcast Employees and Technicians（全国广播雇员和技术人员联合会），是一个代表电视、广播、电影及传播行业雇员的工会组织，旨在维护其成员在劳动、薪资、工作条件等方面的权益。

会[a]的团队——而不是 NABET 工会的团队——拍摄的，它们的成本也不是 75 万而是和往常一样的 120 万，而且其中很多最后根本没能上映，被束之高阁。于是好莱坞迎来了一个非常糟糕的夏天，1970年的宿醉之夏[b]，除非是芭芭拉·史翠珊确定出演，否则没有项目能进入制片厂的大门。

在那个夏天，所有优秀的二十二岁导演都回去拍电视广告了，而所有富有创意的二十四岁的制片人上午在伯班克的阳光下抽大麻，下午观看彼此未能上映的影片，就这样耗完他们在华纳兄弟的办公室租期。但那个阶段已经过去，游戏重新开始了，又有钱开发项目了，成与不成只取决于有没有好的故事和对的元素。元素很重要。"我们喜欢这些**元素**。"当制片厂准备投拍时就会这样说。这就是为什么给我剪头发的人要告诉我他的故事。编剧也可以成为元素之一。而我听了下去是因为，在某种程度上，我是一个既被迫又自愿的听众，不仅对于我的发型师来说是这样，对于整个大赌场来说也是如此。

这个地方让所有人都成了赌徒。它的精神是迅疾、偏执又不着边际的。生意本身就是一种艺术形式，并且被用审美性的语言加以描述。"一桩极具想象力的交易"，他们会这样说，或者，"他起草了这个行业里最有创造性的交易。"和其他所有以赌博为核心活动的文化一样，在好莱坞，人们性欲低下，对外部社会的关注只能停留在最表面的程度。下注才是一切，比性更令人沉迷，比政治更直接，并且永远比赚钱更重要，对于真正的赌徒来说，赚钱永远不是这项活动的真正目的。

我打电话给一个经纪人，他告诉我在他的办公桌上，放着一张开给客户的价值 127.5 万美元的支票，这是客户从一部正在上映的电影的第一轮收益中获得的分红。上周，在另一个人的办公室里，我看到了一张类似的支票，价值 485 万美元。每年，这座城市里都会有几张这样的支票。经纪人谈到这样的支票时，会说它"在我的桌子上"，或者"在盖·麦克尔韦恩的桌子上"，仿佛它具体的物理位置为这张纸的真实性提供了佐证。某一年它可能是《午夜牛郎》和《虎豹小霸王》的支票，另一年它则是《爱情故事》和《教父》的支票。

奇怪的是，这些支票并不"真实"，不像一张一千美元的支票那样，有一种真金

---

a The International Alliance of Theatrical Stage Employees（国际戏剧舞台雇员联盟），北美地区的重要工会组织。

b 1970 年被称为美国经济的宿醉之年，林登·约翰逊政府 1965 年以来扩大福利的经济政策和越南战争导致了美国历史上最严重也最持久的通货膨胀。

白色专辑

白银的实感。没有人"需要"485万美元，它也不是真正可以自由支配的收入。相反，它是一两年前掷出骰子时不曾预期的回报，它的真实性不仅被时间的间隔稀释了，更被一个事实所改变，那就是并没有人真的指望过这笔回报。这四百多万美元的意外之财更像是大富翁游戏里的钱，只不过那几张承载了这个数字的实实在在的纸，在好莱坞这个圈子里具有图腾般的重大意义。它们是赌博行为的图腾。每当我听说这些图腾时，都会条件反射地想到谢尔盖·奥修南希[a]，有时他相信自己所说的话，并且努力在道尔沙漠异常真实的阳光下获得治愈，那里有仙人掌，有山地，有爱与金钱长出的翠绿枝叶。

鉴于在这个圈子里，任何一位幸存者都被认为拥有将某种仪式或者幸运的亲缘关系授予他人的能力，阿道夫·"爸爸"·扎克尔的生日晚宴也就因此具备了一种重要的图腾意义。派拉蒙的制片总监罗伯特·埃文斯将这场晚宴形容为"我们这个行业最值得纪念的夜晚之一……还从未有人达到过一百岁的高寿"。晚宴从头至尾播放着派拉蒙老片中的热门歌曲。杰克·瓦伦蒂称这位主宾为"电影世界里的活化石，证明着我们与过去之间的联系"。

扎克尔本人，被《名人录》形容为"电影工业之父"，而在《每日综艺》上，他被描述为"今天是余生中的第一天这一哲学的坚定信奉者"。他在晚宴后现身，表达了他对电影未来的信心，以及对于派拉蒙近期票房表现的满意。出席晚宴的宾客里，不少人都曾在一些场合对阿道夫·"爸爸"·扎克尔出言不逊，但在那天晚上，他们被一种逆来顺受的温暖，以及"终将出席彼此葬礼的共识"所包围。对于幸存者们来说，这种针对新伤旧疤的疗愈仪式，既是一种生活方式，也是创伤本身。这种创伤就叫作"找点乐子"。"我们去找尼克吧，我想我们可以找点乐子。"大卫·O.赛尔兹尼克[b]记得他的父亲曾这样对他说，事实上，老塞尔兹尼克当时正打算去告诉尼克·申克[c]，他要从他手中拿走《宾虚》

---

a 诺曼·梅勒长篇小说《鹿苑》的主人公，刚从美国空军退役，怀揣着从牌局中赢来的十四美元，假扮富商之子来到道尔沙漠。道尔沙漠是梅勒虚构的一个沙漠度假村，是各界名流休闲娱乐的场所。

b David O. Selznick（1902—1965），美国电影制片人、编剧及制片厂高管。其父路易斯·J. 赛尔兹尼克（Lewis J. Selznick, 1870—1933）是美国默片时代的独立制片人之一，曾在二十世纪二十年代初期掌握电影《宾虚》的改编权，在后续的版权与票房分成中也占有一席之地。

c 指 Nicholas M. Schenck（1881—1969），曾任洛威公司总裁，长期掌控米高梅。1925年默片版《宾虚》即由米高梅出品并发行。

好莱坞

一半的票房。

寒冬还在继续，我和丈夫带着女儿飞往图森，在外景地和一位制片人一起开几天剧本会。我们在图森外出吃饭：照看女儿的保姆告诉我，她为她残疾的儿子弄到了一张保罗·纽曼的签名照。我问她儿子多大了。"三十四了。"她说。

我们原计划待两天，结果待了四天，并且几乎没离开过希尔顿酒店。对于剧组的所有人来说，这种片场生活还要持续十二周。制片人和导演收集纳瓦霍腰带，每天和洛杉矶、纽约、伦敦通话。他们还在筹备其他项目，其他"动作"。等到这部电影上映并接受评价的时候，他们已经去别的城市拍下一部电影了。电影一旦上映就已经"死亡"，在它的创作者心中，它开始被渐渐淡忘。就好像四百万美元的支票只是生意的图腾，在很大程度上，电影本身也只是生意的副产品。"我们可以在这个项目上找点乐子。"我们要离开图森的时候，制片人这样说。生意本身就是"找点乐子"。

我写下这些笔记，只是为了说明关于电影和电影人的大部分文字，只能在极少数的情况下以一种极其偶然的方式触及现实。那些影评人用自己对电影的误解哄骗读者时那种大言不惭的态度，一度让我非常迷惑。我曾经想知道，宝琳·凯尔是怎么在"制片厂正在崩溃"这类空穴来风的从句中穿梭自如的，又或者，她得对行业晚宴上的繁文缛节有多深的误读，才会把"好莱坞的太太们"形容为"在派对上清醒地坐在一旁，笑僵了下巴，等待把喝醉了的天才老公们带回家"的女人。（这段意淫，非常突兀地出现在她对《戏剧人生》的影评中，这是一部保罗·马祖斯基执导的电影，且不去谈它的缺点，这部电影以一丝不苟的精准度描绘了好莱坞年轻人每天的成瘾物质摄入量，即一杯三美元的蒙大菲白葡萄酒，以及和其他五个人分享的两根大麻烟。）"喝醉的丈夫"和"崩溃的制片厂"，与其说是源自好莱坞的现实生活，不如说是从一些描写好莱坞生活的奇怪的上西区《剧场90》[a]而来，想必当斯坦利·考夫曼[b]说约翰·休斯顿[c]这样的导演

---

[a] *Playhouse 90*，由美国 CBS 电视网播出的"电视戏剧剧场"类节目，共计133集，每集90分钟，单集剧情独立，内容多为原创剧本或经典文学改编，以其严肃题材与文学性广受推崇。

[b] Stanley Kauffmann（1916—2013），美国作家、编辑、电影与戏剧评论人，曾任《新共和》杂志影评专栏作者，以其严肃的审美标准和精英文化立场著称。

[c] John Huston（1906—1987），美国电影编剧、导演、演员，代表作有《马耳他之鹰》《碧血金沙》《非洲女王号》等，是好莱坞黄金时代少数在艺术成就与票房表现上均获成功的导演之一。

白色专辑

"被成功腐蚀"时,他内心的银幕上也播放着同样的剧集。

对于这种特有的思维方式,还有什么可说的呢?有些影评人仿佛在气质上与费里尼和特吕弗所说的电影制作的"马戏团"成分格格不入,以至于完全无法理解这一过程的社会和情感现实。写到这里,我尤其想到考夫曼,在他的理解里,对这个马戏团不留情面的揭露就是指出空中飞人存在的目的是吸引观众的注意力。我记得他曾告诫他的读者,奥托·普雷明格(就是那个启用约瑟夫·韦尔奇出演《桃色血案》、请路易斯·乃赛尔来撰写罗森堡案的剧本的奥托·普雷明格)不过是一个"商业化的娱乐家"。他还曾睿智地指出,《布利特》里追车戏码"太假了":"在旧金山的正常街道上经历这样一番追逐,早就出人命了。"

考夫曼还有一个奇怪之处,那就是他顽固的正义感和浮夸的用词,和这个行业里其他人毫无区别。他认为 R. D. 莱恩"炽烈地仁慈",路易斯·芒福德"是文明的,也使人文明","我们都欠他一份很大的恩情",而亚瑟·米勒则是一个"悲剧斗士",是"时代的镣铐"限制了他的艺术表达。这简直像是让·赫肖尔特人道主义奖的颁奖辞。考夫曼从《布利特》中识破的不仅是追车戏的"虚假",还有一种"可能的意识形态宣传动机":"(尤其是向年轻人)展示法律和秩序不一定是无聊透顶的。"《布利特》的真正"动机"是想要证明几百万美国人愿意每人花三美元去看史蒂夫·麦奎因飙车,但就像我那个从马球酒廊发回报道的朋友一样,考夫曼更愿意相信自己的判断。"东海岸的人假装对于电影制作过程感兴趣,"斯科特·菲茨杰拉德在他关于好莱坞的笔记里写道,"但如果你真的跟他们讲任何事,就会发现,他们永远只看到木偶,而忽视旁边的腹语者。即便是那些理应更有判断力的知识分子,也只爱听那些虚假、浮夸、庸俗的故事——一旦告诉他们电影和政治、社会和汽车制造一样,也有其隐秘的语法,他们脸上就会露出茫然的表情。"

当然,人们之所以会露出这种茫然的表情,之所以对电影感到近乎反胃的不安,是有原因的。一旦意识到电影不过是生意的副产品,便再难维持"新作批评家"这样的自我想象(这正是考夫曼对自己的职业定义)。评论电影在很大程度上是一个空想出来的职业,因此唯一的问题成了:除了更容易赚到几场讲座费和满足一点可怜的职业野心之外,还有什么理由让人从一开始就投身此道?一部已经完成的电影,几乎拒绝任何对其成功或者失败的原因进行分析的尝试:它每一帧画面的责任不仅被制作过程中的种种意外和妥协所遮蔽,也被融资协议中的条款所稀释。《亡命大煞星》是萨姆·佩金帕的电影，但史蒂夫·麦奎因拥有最终剪辑权。《主妇狂想曲》的导演是欧文·克什纳，但最终剪辑权却在芭芭拉·史翠珊手中。在对导演们的系列访谈中，查尔斯·托马斯·塞缪尔斯问卡罗尔·里德为什么在多部电影中都使用了同一位剪辑师。"因为我无权决定。"里德说。塞缪尔斯问维托里奥·德·西卡，是否觉得由他执导、索菲娅·罗兰主演的一部电影中，有一些镜头有点假。"因为这是第二组拍的，"德·西卡说，"导演不是我。"换句话说，这是卡洛·蓬蒂想要的效果。

称电影为一种"协作的艺术"也并不能准确地描述这种状况。去读一读大卫·O. 塞尔兹尼克在《大卫·O. 塞尔兹尼克备忘录》中写给他手下的导演、编剧、演员和部门主管的指示，你就会非常接近电影制作的真正精神，这不是一种协作的精神，而是一种武装冲突的精神，其中一方手中握有合约，合同就是他使用核武的能力。一些影评人认为，想要了解一部电影到底是谁的作品，就要去"看剧本"：事实上，要想了解一部电影是谁的作品，你要看的不是剧本，而是合约备忘录。

那么，一个影评人能期望做到的最好，就是用一种有趣的、吸引人的智慧来介入这个主题，它的效果类似纸巾上的刺绣，经不起太多审视。他们在并不存在"动机"的地方推测"动机"，并根据薄弱的猜想做出指控。也许要真正了解一部电影中谁做出了哪些决策太难了，让这样的凭空猜测来得过于方便和顺手，以至于它最终传染了所有以写影评为业的作者；或许错误的根源就在于，不应该以此为业。评论电影就像是评论新车，对消费者来说，可能是种有用的服务，也可能不是（因为人们在黑暗的房间中对一块发光银幕的反应，与他们对几乎所有感官刺激的反应一样，既神秘，又极端不理性，所以我倾向于认为大部分的影评都不在点上，但这不重要）；而评论电影也一直都是有其他正经工作的写作者的一种传统消遣方式。对于格雷厄姆·格林来说，在三十年代末用四百多个上午参加媒体试映会是一种逃避，一种"出于乐趣而自愿采纳的"生活方式。也许，只有当一个人将这种乐趣吹捧到"一种与艺术的持久关系"（又是考夫曼的话）的高度时，他才会任性地罔顾现实原则。

现在是现存最后稳定社会的2月。几天前，我去贝弗利山参加了一个午餐会。坐在邻桌的是一个经纪人和一位本该在去外景地拍摄一部新片的路上的导演。我知道他本该在做什么，这部电影早就在

白色专辑

城中被讨论开了：上线 [a] 成本是600万美元。其中200万给一个演员，125万给另一个演员，导演拿80万。剧本版权花了超过50万；第一稿20万，第二稿略低一点。现在第三个编剧已经加入了项目，周薪6000美元。这三个编剧中，有两个得过奥斯卡奖，一个获得过纽约电影评论奖。导演凭借其上一部作品也获得过奥斯卡奖。

而现在，这个导演却坐在贝弗利山的一个午餐会上，说他不想干了。因为剧本不行，整个剧本里只有38页能用。融资也成问题。"他们已经违约了，我们都认可你有权退出。"经纪人小心翼翼地说。这位经纪人代理着项目中的多个主创，并不想让导演退出。但另一方面，他也代理导演，导演显然对此很不高兴。我们很难确切地知道，牵涉其中的任何人到底想要什么，唯一可以确定的是他们希望项目继续下去。"我并不是要左右你的决定，"经纪人说，"但如果你退出，这事儿当场就死了。"导演拿起他们正在喝的那瓶玛尔戈红酒，端详着它的酒标。

"红酒不错。"经纪人说。

"非常好。"

我在山咖 [b] 端上来的时候离开了。他们还没有做出决定。在过去的几天里，很多人都在谈论这部流产的电影，带着一种遗憾的口吻。这是一桩非常有创造力的生意，他们已经尽了最大的努力，也的确找到了一些乐子，现在，快乐结束了——就算他们真的把电影拍出来了，快乐也一样会结束。

---

a "上线"（above the line），指的是在一部电影中能够指导和影响创意方向、过程和叙事的人员，包括导演、制片人、编剧、演员等，其余的制作团队则被称作"下线"（below the line）。

b Sanka，一种不含咖啡因的速溶咖啡。

IN BED
(1968)

床 上

　　每个月三次、四次，有时是五次，我一整天躺在床上偏头痛，对周遭世界感到麻木。而在两次这样的偏头痛发作之间的几乎每一天里，我都会感到一种无来由、非理性的愤怒、血液一下子涌入脑动脉，这预示着，偏头痛就快来了，这时我就会吃药来避免它的到来。如果我不吃药，每四天里我就只有一天是正常清醒的。简而言之，这种被称作偏头痛的生理紊乱，是我生命底色中无法回避的核心。在我十五六岁的时候，我曾经以为我可以通过否认，使自己摆脱这种紊乱，用意志战胜化学，甚至到了二十五岁的时候我仍这样幻想。"你会头痛吗？**偶尔**、**经常**，还是**从不**？"申请表格总是这样提问，"请勾选一项。"我警惕着这种陷阱，因为我渴望得到勾选正确选项所能带来的东西（一份工作、一笔奖学金、人类的尊重以及上帝的恩宠），于是我会在**偶尔**上打钩，我会撒谎。而事实上，每周中都会有一两天，我因为疼痛几乎失去意识，这是一个令人羞耻的秘密，不仅是我生理上低人一等的证据，也是我所有恶劣的态度、糟糕的脾气、错误的思想的证据。

　　我没有脑瘤，没有视疲劳，没有高血压，身体一切正常：我只是会偏头疼，而正如所有没得过偏头疼的人所"了解"的那样，偏头疼是想象出来的。于是我与偏头疼做斗争，无视它发出的警告，不顾疼痛去上学，后来又去上班，撑过中世纪英语的讲座和对广告客户的展示会。眼泪会不受控制地从我的右边脸颊上流下来，我会在卫生间里呕吐，靠着本能跌跌撞撞地回家，把冰盒里的所有冰块全倒在床上，试图冻住右太阳穴上的剧痛，只希望能有个神经外科医生上门切除我的额叶，然后诅咒我的想象力。

又过了很长时间，我才开始用机械论的方式思考，终于接受了偏头疼就是这个样子：我只能与之共存，就像有些人终生与糖尿病共存一样。

偏头疼不是一种神经质的想象。它本质上是一种遗传性的综合征，最经常被提及但绝不是最难忍的症状是一种令人目眩的剧烈血管性头痛，数量惊人的女性深受其苦，相当一部分男性也是如此（托马斯·杰斐逊有偏头痛，尤利西斯·S. 格兰特也有，在他接受李将军投降的那天就发作了），还有一些非常不幸的孩子也患有偏头痛，最小的只有两岁。（我第一次犯偏头痛是在八岁的时候，当时正值科罗拉多州斯普林斯市哥伦比亚小学的一次消防演习。我先是被送回了家，然后又送到我父亲驻守的皮特森空军基地的医务室，陆军航空兵团的医生给我开了一剂灌肠药。）几乎任何事情都可能引发一次偏头疼：压力、过敏、疲劳、气压的突然变化，一张停车罚单引发的意外事件。一道闪过的光，一场消防演习。当然，遗传的只是易感体质，而不是病症本身。换句话说，昨天我因为头疼而卧床一天，不仅是因为我恶劣的态度、糟糕的脾气和错误的思想，还因为我的奶奶、姥姥、爸爸、妈妈都有偏头痛。

没人确切地知道我遗传到的究竟是什么。但偏头痛的化学原理似乎与一种叫作血清素的神经激素有关，它天然地存在于人的大脑中。当偏头痛发作时，血液中血清素水平会急剧下降，而一种治疗偏头痛的药物——美西麦角，商品名叫桑塞特[a]——似乎对于血清素有一定的调节作用。美西麦角是麦角酸的一种衍生物（事实上，山德士制药公司在寻找治疗偏头疼的药物时先合成出了LSD-25），但由于它的使用受到大量禁忌症和副作用的限制，以至于大多数医生只在面对最严重、最使人失能的病例时，才会开这种药。在有处方的情况下，美西麦角作为一种预防性药物需每天服用一次，另一种对一部分人有效的预防药是传统的酒石酸麦角胺，它有助于在先兆期收缩膨胀的血管，在大部分的病例里，这一阶段发生在头痛真正发作之前。

头痛一旦发作，就没有任何药物可以

---

[a] Sansert，一种处方药商品名，有效成分为美西麦角酰胺盐酸盐（methysergide maleate），主要用于预防偏头痛。

影响它了。偏头痛会让一些人产生轻微的幻觉，让另一些人短暂失明，它不仅表现为头痛，还表现为胃肠道功能紊乱，对于一切感官刺激的剧烈过敏，突如其来的压倒性的疲劳，中风般的失语症，以及一种严重的失能，甚至无法建立最日常的联系。当我处于偏头痛的先兆期（对于一些人来说，先兆期会持续十五分钟，对另一些人来说则是几个小时），我会开着车闯红灯，弄丢家里的钥匙，打翻手里的任何东西，双眼无法聚焦，言语无法成句，看起来就像是嗑了药，或是喝醉了一样。而当头痛真正袭来时，同时发生的还有寒战、冷汗、恶心和一种挑战忍耐力极限的虚弱。对于一个深陷偏头痛发作里的人来说，"没有人会死于偏头痛"很难说是幸事还是诅咒。

我丈夫也有偏头痛，这对他来说是一种不幸，对我却是幸运：因为没有什么比一个从未经历过头痛的人责难的眼神更能延长这种痛苦的了。"为什么不吃几片阿司匹林"，没有这种烦恼的人只会站在门廊下这样说，或者"我要是像你一样在这样一个好天气待在屋里，还把所有百叶窗都关上，我也会头痛的"。令所有偏头痛患者痛苦的，不仅是疼痛发作本身，还有这种普遍的偏见，认为我们固执地拒绝吃几片阿司匹林治好自己，认为我们在自己害自己，是"自作自受"。而在最直接的意义上，在"为什么我们偏偏在这周二头痛而不是上周四"这种问题上，我们确实经常自作自受。的确存在医生们所说的"偏头痛人格"，她们一般是野心勃勃、内向、容错率低、有严格条理的完美主义者。"你看起来不像是偏头痛人格，"一位医生曾经这样对我说，"你的头发乱乱的。但我猜你是一个有强迫症的主妇。"事实上，我的家比我的头发打理得更不用心，但医生说得也没错：完美主义也可以表现为花费一周中大部分的时间写、重写或者删掉一个自然段。

但并非所有的完美主义者都偏头痛，也不是所有的偏头痛患者都有所谓的"偏头痛人格"。我们都摆脱不了遗传。我已经尝试过几乎所有可行的办法，去摆脱我自己的偏头痛遗传（我一度学会了用皮下注射针每天给自己打两针组胺，尽管那针太令我害怕了，以至于打针的时候我不得不闭上眼睛），但我还是有偏头痛。现在我学会了与它共处，了解了它什么时候会来，如何与它斗智，甚至当它真的到来的时候，如何将它视作一个朋友而不是入侵的房客。我和我的偏头痛已经达成了某种相互理解。它不会在我真正深陷麻烦的时候发作。哪怕你告诉我，我的房子被烧了，我丈夫离开我了，或者街上正发生枪战，银行正爆发挤兑，我也不会因此而头痛。相反，当我和自己的生活陷入游击战，而不是正面战的时候，在小型家庭混乱、要洗的衣服丢了，帮佣心怀不满，约好的见面临时取消的日子里，在电话响得太多，工作都没做完，并且马上就要起风了的时刻，偏头痛常常会发作。又比如，当我的朋友不请自来的时候。

而一旦它来了，我便不再抵抗，现在的我已经深谙其道。我会躺下，让它发生。起初，每一点细小的不安都会被放大，每一丝焦虑都会变成雷鸣般的恐惧。然后疼痛袭来，我只会专注于疼痛。这就是偏头痛的有用之处，仿佛一场强加在你身上的瑜伽，它是关于疼痛的专注练习。而当十到十二个小时之后，疼痛终于退去，一切也随之消失了，所有隐藏的怨恨，所有徒劳的焦虑。偏头痛仿佛一个断路器，而我身体的保险丝又完好无损地归位了。这种康复的喜悦太令人快乐了。我会打开窗子感受空气，感恩地吃饭，安稳地入睡。我会注意到楼梯拐角的玻璃杯里一朵花的姿态，我会细数自己的幸运。

ON THE ROAD
(1977)

路 上

我们将去往何方？ 他们在所有的电视和广播演播室里问。他们在纽约和洛杉矶问，在波士顿和华盛顿问，在达拉斯、休斯敦、芝加哥和旧金山还在问。当他们提问的时候，有时有眼神交流，有时则紧闭双眼。很多情况下，他们想问的，不仅是我们要去向何方，而是"作为美国人"，或者作为"有责任感的美国人"，作为"美国女性"，甚至还有一次是"作为美国男性和美国女性"，我们要去向何方。我从来不知道答案，答案也并不重要，因为广播电视的话语既恐怖又让人感到解脱的一点是，无论你说什么，都不会改变对话的形式或长度，哪怕一丝一毫。在演播室里，我们的声音就像是一个被要求做一个三分钟、四分钟或七分钟即兴表演的亢奋的演员，而监视器上我们的脸，则是一副"有责任感的美国人"的模样。在赶往波士顿的一间演播室的路上，我看到马尔堡街上的白玉兰开花了。在去达拉斯的另一间演播室的路上，我看到天空中的晨曦映衬着高速公路上的灯光，时而明亮，时而黯淡，呈现出朦胧的淡粉色。在休斯敦的一间演播室外，午后的热浪正沉入深邃原始的绿色之中，而在另一间演播室外，雪飘落在芝加哥夜晚，在湖边的灯光下闪闪发亮。在这些演播室外面，一个天气无常、性格古怪、风物各异的美国向我展开；而在演播室里，我们却抛弃了具体，以火箭速度奔向抽象与宏大，因为他们是采访者，而我是写作者，而我们唯一能够一起谈论的问题就是：**我们将去往何方？**

白色专辑

8:30—9:30
  WFSB 电视台《今晨》节目直播
10:00—10:30
  WINF AM 广播电台《今日世界》节目直播
10:45—11:45
  《哈特福德新闻报》媒体采访
12:00—13:30
  邦诺书店签售
14:00—14:30
  WDRC 广播电台录音
15:00—15:30
  The Hill 政治新闻采访（书面）
19:30—21:00
  在 WHNB 电视台《关于女人》节目录影

到达哈特福德的第一天，中午12点到下午1点半，我和一个男人聊了会儿天，他曾在1970年从一本杂志上剪下了一张我的照片，这次特地到邦诺书店来，想看看1977年的我变成了什么样子。同样是在哈特福德的第一天，下午2点到2点半，我一边听 WDRC 电台的接线员讨论新出的唱片，一边看着雪从松枝上落下来，落在街对面的公墓里。那片公墓的名字叫"圣本尼迪克特山"，我丈夫的父亲就埋葬在那里。"斯蒂利·丹的新唱片到了吗？"接线员们一直在问。在哈特福德的第一天，从早上8点半到晚上9点，我始终忘了提及我正在宣传的这本书的名字。这是我出版的第四本书，但是第一次体验业内所谓的"图书巡回宣传"。我不确定自己在做什么，也不知道为什么要做这件事。我从加州出发，带着两套"好"西装、一箱没回复的信件、一本伊丽莎白·哈德威克的《诱惑与背叛》、一本埃德蒙·威尔逊的《到芬兰车站》、六本朱迪·布鲁姆的书以及我十一岁的女儿。朱迪·布鲁姆的书是用来转移女儿的注意力的，而我女儿是来转移我的注意力的。行程的第三天，我把那一箱没处理的信件寄回了家里，为了给一袋西蒙-舒斯特出版社准备的夸奖我的新闻稿腾地方。第四天，我把《诱惑与背叛》和《到芬兰车站》也寄回了家，为了给一台一千瓦的大功率吹风机腾地方。当我抵达波士顿时，也就是行程的第十天，我意识到，我从未听过，可能也不会再听到美国以这样的音高歌唱：空灵、迅捷、像嗑了地塞米[a]的天使合唱团。

我们将去往何方？ 讨论这一问题的场景总是相同的：在电线、相机和塑料咖啡

---

a Dexamyl，一种用于治疗肥胖、焦虑和抑郁的药物，在二十世纪六七十年代的美国被广泛滥用。

杯的荒野——也就是演播室——里,一片由藤编家具和蕨类植物构成的温馨绿洲。在全国各地的藤编沙发上,我坚定地表达了我的观点,我们正在走进一个"新时代",至于是什么新时代,取决于当时是几点钟。在全国各地的绿房间里,我也听其他人谈论我们将去向何方,以及他们的主业、副业和秘密爱好。我跟一个女人讨论左旋多巴和生物节律,她的父亲是祈祷早餐会的发明者。我和一位曾经的滑鼠一族[a]交换化妆小贴士。我不再阅读报纸,开始依赖于从豪华车司机、滑鼠一族、广播节目的来电听众那里获得资讯,还有机场无线闭路电视上跳出的简讯(**卡特总统呼吁禁用巴比妥类药物**,在拉瓜迪亚机场,这条新闻吸引了我的注意力),穿插在百老汇音乐剧《烽烟雪兰都》(*Shenandoah*)的广告中间。我为随机性所倾倒,随着非线性的节奏摇摆。

我开始将美国视作我的所有物,一张我和我女儿可以随意滑过和点燃的儿童地图。我们不谈城市,只谈机场。如果洛根下雨,那杜勒斯就是晴天,在奥黑尔丢失的行李可以在达拉斯-沃斯堡找回来。[b]在我们搭乘的飞机头等舱里,我和我女儿经常是仅有的两位女性乘客,我第一次意识到,正是这种关于流动性的幻觉,驱动了美国的商业。时间就是金钱。移动就是进步。决策是即时的,他人提供的服务是永恒的。举例来说,客房服务就担负着极大的重要性。我们——我和我十一岁的女儿——需要不定期地即时摄入清炖肉汤、燕麦粥、蟹肉沙拉和油醋汁芦笋。工作时我们需要巴黎水和茶,不工作时则需要加冰的波本威士忌和秀兰·邓波鸡尾酒[c]。当客房服务结束,或者客房部无人接听电话时,一种令人不安的恐慌便会向我们袭来。简单来说,我们陷入了商务旅行特有的荷尔蒙冲动之中,我开始理解了为什么许多男人和少数女人会如此依赖飞机、电话和日程表。我甚至开始带着一种瞻仰神秘力量的敬意看待自己的日程表——一沓厚厚的奶油色的纸,上面印着:**西蒙-舒斯特/海湾西部公司旗下子公司**。我们想要二十四小时客房服务。我们想要直拨电话。我们想要永远在路上。

我们将空气视作自己的元素。在休斯敦,空气是温暖而浓郁的,有种化石燃料的味道,我们假装自己在橡树河社区有

---

a Mouseketeers,美国综艺节目《米老鼠俱乐部》(*The Mickey Mouse Club*)的主要演员。
b 洛根机场位于波士顿,杜勒斯机场位于华盛顿特区,奥黑尔机场位于芝加哥,达拉斯-沃斯堡机场位于得克萨斯北部的达拉斯-沃斯堡都会区。
c 一种不含酒精的鸡尾酒,通常在姜汁汽水中加入少量石榴糖浆调制,并点缀一颗樱桃。

白色专辑

一栋房子。在芝加哥，空气清澈又稀薄，我们假装自己拥有丽思卡尔顿酒店的第二十七层。在纽约，空气是带电的，噼噼啪啪的，经常被观点弄得短路，我们也假装自己有些观点。在纽约每个人都有自己的观点，或者说，观点是必要的。没有观点也构成了一种观点。连我女儿都在形成观点。"和卡尔·伯恩斯坦[a]进行了有趣的交谈。"她加州马里布小学五年级老师布置的日记作业中这样写道。在纽约，很多观点都像是针对上周流行观点的令人振奋的修改意见和大胆纠偏，但由于我刚下飞机，很难分辨哪些观点是"大胆的""修正主义的"，而哪些仅仅是"令人疲惫""陈词滥调"的。等到我要离开纽约的时候，许多人都在表达对于"快乐"的大胆信仰——小孩带来的快乐、婚姻中的快乐、日常生活中的快乐——但快乐很快向下渗漏，变成了一种演艺人格。比如麦克·尼古拉斯就在《新闻周刊》上表达自己的快乐的同时，也表达了对于一种"优雅的悲观"的疲惫。"优雅的悲观"绝对是一种陈词滥调。

这周我们在反思二十世纪六十年代，或者说，莫里斯·迪克斯坦在反思。

下一周我们重新审视了二十世纪五十年代，或者说，希尔顿·克莱默在审视。

我热情地同意，热情地反对。我用一部电话叫客房服务，用另一部电话专注聆听，听人们言之凿凿地讲述自己生活的"质地"是如何被改变了，可能是皈依了"快乐的政治"的，也可能是退回了"优雅的悲观"，可能是因为六十年代、五十年代，或者最近的政府换届，也可能是因为《荆棘鸟》的版权卖出了190万美元——可能变好了，也可能变坏了。

我跟不上这些信息了。

观点的轰炸已令我瘫痪。

我开始看到观点在天空划出弧线，弧线互相交叠，形成航线图。东部航空的航

---

[a] Carl Bernstein（1944— ），美国作家、调查记者，曝光"水门事件"的两名记者之一。

班获准降落,优雅的悲观也要着陆了。约翰·莱纳德和快乐正沿着两条汇聚的航线飞行。我开始将这个国家视作空中的投影,一种全息影像,由图像、观点和电子脉冲构成的无形网格。空中有观点,有飞机,甚至有人:纽约的一个下午,我丈夫看到一个男人从窗户跳下来,坠落在耶鲁俱乐部外的人行道上。我对正在给我拍照的《每日新闻》摄影师提到这件事。"要想登报,你必须抓拍到跳楼者跳下的动态。"他对我说。他拍到过两次,但只有第一次登了报。第二次照片拍得更好,但和奥利机场的 DC-10 坠机事故[a]赶在同一天。"跳楼的人在城市里到处都是,"摄影师说,"很多人根本不是要跳楼,他们是不慎失足的擦窗工。"

对于我们这个国家而言,这说明了什么呢? 第二天我在电台节目里提到跳楼者和擦窗工的时候,被这样问道。**我们将去往何方?** 在芝加哥丽思卡尔顿酒店的二十七层,我和我女儿僵在早餐桌旁边,直到擦窗工安全地滑出我们的视野。在洛杉矶的一个热线电台,保安告诉我节目要延后,因为有一个跳楼者打来电话。"我说让他跳好了。"保安对我说。我想象着一片被跳楼者、坠楼者和 DC-10 客机挤满的天幕。我在起飞和降落时紧握住我女儿的手,在开车进城的路上留意着天线。那闪着红灯的巨大天线在过去的一个月一直是我们的地标,事实上,它确实是我们的目的地。"沿着 10 号州际公路开到天线下面。"我们逐渐理解了这指令的意思,因为我们在路上,在网格上,听广播,也在广播里出现。**我们将去往何方?** "我不知道你们要去哪儿。"我在连着那些天线的最后一间演播室里这样说道——眼睛注视着另一个写着**弗利特伍德·马克**[b]的霓虹灯牌,在那个春天横跨东西两岸的演播室里,到处都是这个名字——"但我要回家了。"

---

a 1974 年 3 月 3 日,土耳其航空第 981 次航班(机型为麦道 DC-10)从伊斯坦布尔的阿塔图尔克机场飞往伦敦希思罗机场,在巴黎奥利机场中转时于埃默农维尔森林坠毁,机上 364 人全部遇难。

b Fleetwood Mac,1967 年在伦敦成立的一个摇滚乐队。他们于 1977 年推出的专辑《流言》(Rumers)中有四首歌进入了美国单曲排行榜的前十位,全球销量超过了四千万张,是历史上最畅销的音乐专辑之一。

ON THE MALL
(1975)

商 场

在繁荣的年景里，它们像金字塔一样悬浮在地表之上，所有那些购物中心、商场和海滨大道，那些广场和市集，小镇和山谷，那些村、林、园、地[a]。石头小镇、希尔斯山谷、山谷市集、五月市集、北门、南门、东门、海湾门[b]。它们仿佛是玩具花园城市，没有人居住，但所有人都在里面消费，一个巨大的平均器，盈利动机和平等理想的完美融合，它们的名字让我回忆起那些已经过时的词语和口号：婴儿潮、消费爆炸、休闲革命、DIY革命、后院革命、郊区。城市土地协会在1957年宣称，"购物中心是当代最杰出的零售商业发展……汽车造就了郊区，而郊区催生了购物中心。"

那是一个特殊又富于远见的年代，战后的那些年，那些"商场""小镇""山谷"都像是为那个年代建造的恒温纪念堂。就连"汽车造就了郊区，郊区催生了购物中心"里的**汽车**二字，都无法再承载它曾经承载的那份特殊的重量：作为一个在二十世纪四十年代末的加州长大的小孩，我记得自己曾经读到并相信，汽车所带来的"移动的自由是美国的第五自由"。一切

---

[a] 美国的购物中心常以小镇、山谷、森林和公园等命名。

[b] Stonetown、Hillsdale、Valley Fair、Mayfair、Northgate、Southgate、Eastgate、Westgate、Gulfgate，都是加州购物中心的名字。

商　场

都在走上坡路，解决方案就在眼前，边疆以"分区住宅"的形式被重新发明了，那是一块全新免费土地，所有定居者都能在上面**从头开始**新生活。在那个稍纵即逝的瞬间，"美国理念"似乎就要自我实现了，通过FHA支持的住房和主要家用电器的购买；而这片新开发的土地上的筑梦者，也因此被赋予了一层神秘光环。他们无中生有，豪赌人生，有赢也有输。他们押上了过去，搏一把未来。如今，我很难想象在我小时候，一个叫作杰里·斯特里杰克的男人，萨克拉门托城外的"城市与乡村"购物中心的开发商（这一购物中心总占地面积14.3万平方英尺，有68家店面和1000个停车位，城市土地协会称其为"用重木和瓷砖结构打造非正式氛围的购物中心典范"），会成为一个模范人物，但在"二战"后的萨克拉门托，我的确经历了这样的童年。我从来不认识也没有见过杰里·斯特里杰克，但在十二岁的时候，我将他想象为某种拓荒者，一个浪漫而富有革命精神的灵魂，而他的天性也的确如此。

我猜詹姆斯·B.道格拉斯和大卫·D.博安农也是一样。

但我第一次听说詹姆斯·B.道格拉斯和大卫·D.博安农并不是在我十二岁的时候，而是在十二年之后，我二十四岁的时候。当时我住在纽约，在Vogue杂志工作，同时远程选修加州大学的一门讲购物中心理论的函授课程。当时的我似乎并不觉得这很奇怪。我记得自己坐在欧文·佩恩[a]工作室冰凉的地板上读《社区建造者手册》，一本詹姆斯·B.道格拉斯对于购物中心融资的建议书。也记得我在位于格雷巴大厦二十层的灰蓝色的办公室里熬夜背大卫·D.博安农的停车比率公式。我"真实"的生活是坐在这间办公室里，描述雅加达、肯奈尔湾和卢瓦尔河谷伟大城堡里人们的生活，但我梦想中的生活是打造一个A级区域购物中心，有三家全产品线的大型百货作为主力商户。

我或许是整个纽约——更不要说是占据格雷巴大厦几层的康泰纳仕[b]办公室里——我认识的唯一一个能够背出A级、B级、C级购物中心区别的人，但我当时完全没意识到这点。（既然你都读到这了，它们之间根本性的区别在于，"A级"或者"区域"购物中心的主力商户是一个售

---

[a] Irving Penn（1917—2009），二十世纪最重要的时尚摄影师之一，以其极具风格化的肖像、静物与时尚摄影作品闻名。自1943年起，长期为Vogue杂志工作。

[b] Condé Nast，美国大型出版集团，旗下拥有《纽约客》《名利场》、GQ、Vogue等知名杂志。

309

白色专辑

卖大型家用电器的全品类百货公司；"B级"或者"社区"购物中心的主力商户是一个规模较小的、不售卖大型家用电器的商场；而"C级"或者"街区"购物中心的主力商户仅为一家超市。）我对于购物中心的兴趣绝非心血来潮。我确实想要建造商场。想建商场是因为我不小心染上了创作小说的习惯，而在我的想象中，拥有几座好的购物中心会比拥有一间 Vogue 杂志灰蓝色的办公室更容易支持我的这一习惯。我甚至设计好了一个最初的方案，打算借此累积足够的资本和信誉，入局购物中心的游戏：打个比方，我可以在皇后区租下几间仓库，然后让曼哈顿的熟食店有机会通过从我的货车上合作进货，从而以更有竞争力的零售价卖出这些商品。现在看来这个计划的确有一些问题（我想到了"混凝土外套"ª 这个词），但当时我并没意识到。事实上，我还打算在那间灰蓝色的办公室里把它实现出来。

詹姆斯·B. 道格拉斯和大卫·D. 博安农。1950年，詹姆斯·B. 道格拉斯的"北门"购物中心在西雅图开业，这是第一家结合了步行商业街和地下货车隧道的区域购物中心。1954年，大卫·D. 博安农的"希尔斯山谷"购物中心，一家占地四十英亩的区域购物中心在旧金山以南的半岛上开业。这是迄今为止，我所掌握的关于詹姆斯·B. 道格拉斯和大卫·D. 博安农的唯一可靠的履历，但他们的许多观点却深深刻在我的记忆里。大卫·D. 博安农认为，为了保护购物中心的完整性，不能用任何专用道路将其切分开。他还认为，建筑退缩线在图纸上好看，但会"让消费者产生抗拒心理"。詹姆斯·B. 道格拉斯建议，小额贷款办公室若想在购物中心里生意兴旺，必须远离主步行道，因为需要小额贷款的人通常不希望被别人看到。我忘记了是詹姆斯·B. 道格拉斯还是大卫·D. 博安农还是别的什么人，传授了关于如何划出停车位四周边线的诀窍（实际上，这项工作被称作"给停车场刷线"，线框出的空间是"车位"）：在购物中心刚刚开业，客流不多的时候，可以把每个停车位划得比它实际需要的宽度宽出一尺——比如说，十尺宽，而不是九尺。通过这一简单的举措，开发商能同时达成两个重要目标，一种购物中心很受欢迎的表象和一种停车很容易的幻觉，而当生意变好，车位变窄之后，没人会真的注意到发生了什么。

我也不记得是谁第一次解决了购物中心曾经的关键两难：主力商户与停车场的相对位置问题。两难之处在于，作为客流

---

a　Concrete overcoat，指当一个人惹恼了不该惹恼的人，就会被浇水泥活埋。

来源和**融资支点**的主力商户——比如希尔斯百货、梅西百货、梅百货公司——希望它的顾客可以从停车场直接走进自己的店铺；而小一点的商户则希望顾客在从停车场走到，比如说，梅西百货的途中能**经过他们的店铺**。这一利益冲突的解决方案其实非常简单：把**两个主力商户**安排在购物中心的两端。这被称作"锚定购物中心"，在购物中心理论中，它的影响十分深远。在学习购物中心理论的过程中，你会发现，很多点你其实也能想到，而一门教授购物中心理论的课程则大费周章地打破了一个迷思，这个迷思就是，商业是某种你我无法参透的深奥玄学。

事实上，购物中心理论的一些方面对我来说至今仍是难解之谜。我搞不懂，为什么社区建设委员会会将"餐厅"列为"第一类"（或"热点"）场所，但将"中餐厅"放逐到"第三类"，与"电力与照明办公室"和"基督教科学会阅读室"并列。我也不知道为什么委员会鼓励用"小动物"来活跃商场的气氛，但点名道姓、态度激烈并毫无理由地将"猴子"排除在外。假如我有一家购物中心，我会想要猴子、中餐厅、麦拉[a]风筝和一群演奏铃鼓的小女孩。

几年前在一个派对上，我遇到了一位来自底特律的女士，她告诉我，她最有共鸣的乔伊斯·卡罗尔·欧茨的小说是《奇境》。

我问她为什么。

她说："因为我老公在那儿有个分店。"

我没明白。

"在奇境，那个购物中心，"女人耐心地说，"我老公在奇境有一个分店。"

我从没去过奇境购物中心，但在我的想象中，那里一定有一群演奏铃鼓的小女孩。

关于购物中心的一些事实：

美国"最大"的购物中心，一般公认是芝加哥城郊的伍德菲尔德，一个"超级"区域或"巨型"购物中心，占地两百万平方英尺，有四家主力商户。美国的"第一家"购物中心是堪萨斯城的乡村俱乐部广场，建于二十世纪二十年代。还有一些其他的早期购物中心，比较著名的有爱德华·H. 伯顿1907年在巴尔的摩兴建的罗兰公园，休·普拉瑟1931年在达拉斯兴建的高地公园购物村，以及休·波特

---

a Mylar，美国杜邦（DuPont）公司于1950年注册的商品名称，用以指代其生产的聚酯薄膜产品，后泛指闪亮、轻薄、柔韧的塑料薄膜材料。

白色专辑

1937年在休斯敦兴建的橡树河购物中心，只不过，在这些早期建设者中，乡村俱乐部广场的开发商，已故的J.C.尼古拉斯在购物中心的相关文献中最常被提及，他通常被称作"先驱者J.C.尼古拉斯""开拓者J.C.尼古拉斯"或者"J.C.尼古拉斯，众所周知的购物中心之父"。

以上是我了解的关于购物中心的一些事实，因为我仍然渴望成为杰里·斯特里杰克、詹姆斯·B.道格拉斯或者大卫·D.博安农。以下是我知道的关于购物中心的另一些事实：尽管我永远不可能成为杰里·斯特里杰克、詹姆斯·B.道格拉斯或者大卫·D.博安农，但如果你在夏威夷的火奴鲁鲁醒来，心情低落，那么你可以逛上一天的不错的购物中心是阿拉莫纳，主力商户是自由之家和希尔斯百货。如果你在加州的奥克斯纳德醒来，心情低落，那么你可以逛上一天的不错的购物中心是滨海大道，主力商户是梅百货和希尔斯百货。如果你在密西西比州的比洛克西醒来，心情低落，那么你可以逛上一天的不错的购物中心是水畔广场，主力商户是戈德乔克斯。火奴鲁鲁的阿拉莫纳要比奥克斯纳德的滨海大道更大，而奥克斯纳德的滨海大道则比比洛克西的水畔广场更大。阿拉莫纳有锦鲤池，滨海大道和水畔广场没有。

抛开这些细枝末节的差别，阿拉莫纳、滨海大道和水畔广场其实是同一个地方，也有着同样的功能：它们不仅是社会的"平均器"，也是焦虑情绪的"镇静剂"。在这些购物中心里，人们仿佛在水中悬浮，不仅光照被暂停了，判断也被暂停了，不仅判断被暂停了，"人格"也被暂停了。在滨海大道，你不会遇见任何熟人；在水畔广场，你不会接到任何电话。"如果你只想买一双长筒袜，那就没必要一头扎进那里。"我的一位朋友不久前向我抱怨阿拉莫纳，我知道，她还没做好准备将自我交付于购物中心这一概念。我上一次去阿拉莫纳，是去买《纽约时报》。因为报纸还没送到，我就在购物中心里坐了一会儿，吃了焦糖玉米。最后，我根本没买《纽约时报》，而是在自由之家买了两顶草帽，在沃尔沃斯买了四瓶指甲油，在希尔斯买了一台打折的烤面包机。在关于购物中心的文献里，这些都被称为冲动消费，但这次冲动的缘起很难说清。我不戴帽子，不喜欢焦糖玉米，也不涂指甲油。但在乘飞机横跨太平洋回家的路上，我只后悔买了烤面包机。

IN BOGOTÁ
(1974)

波哥大

　　哥伦比亚的海岸热得发烫，这里和赤道只差十一个纬度，夜晚的信风不仅没能带来清凉，反而吞吐着灰尘和热浪。天空泛白，赌场寂寥。我原本没打算离开海边，但在这里待了一周之后，我脑海中只剩下波哥大，这座漂浮在安第斯山上的城市，乘飞机只需一小时就能到达。波哥大应该会很凉爽吧。在波哥大我就能买到迟到两天的《纽约时报》、迟到一天的《迈阿密先驱报》，还能买到祖母绿和瓶装水。在波哥大，特昆达玛酒店的浴室里会有新鲜的玫瑰花和二十四小时热水，客房服务可以点鸡肉三明治，还有**快速复印服务**[a]和长途电话接线员，可以在十分钟内帮我转接到洛杉矶。而在卡塔赫纳的房间里，我会在白茫茫一片的海岸清晨醒来，发现自己低声重复着那几个单词和短语，像咒语一样：**波哥大，巴卡塔**。黄金国。祖母绿。热水。凉爽的餐厅里的马德拉肉汤。**海洋印度群岛中的新格拉纳达王国的圣菲波哥大**。哥伦比亚国家航空飞往波哥大的航班每天早上10点40分从卡塔赫纳起飞，但海边慢放般的生活让我又花了四天时间才登上飞机。

　　也许这才是看待波哥大唯一真实的方式，让它在脑海中悬浮，直到发自内心地需要它，因为此地的整个历史都像是一座海市蜃楼，高原草原上的一个幻觉，这

---

[a] 除引文外，本篇中的粗体字均表示原文为西班牙语。

白色专辑

里的金子和绿宝石都遥不可及，整座城市遗世独立、壮丽辉煌，以至于它的存在本身都令世人震惊。在这座安第斯山山脊上的城市里，园丁把玫瑰攀绕在大使馆的外墙上。一群穿着深蓝色校服的小女孩排着队走进一顶褪色的帐篷，那是一个破败的流动马戏团，里面有一只大象、一名大力士以及一个来自马拉开波的文身男。我在 1973 年的某天抵达波哥大，街道沐浴在薄雾和微弱但明亮的光线之下，尼尔森·奈德的流行歌被功放出来，他是一位巴西侏儒歌手，他的唱片回荡在每家迪厅门前。十六世纪的圣弗朗西斯科教堂是西班牙总督走马上任的地方，当时这个国家还被叫作"新格拉纳达"；后来西蒙·玻利瓦尔也是在这里就任了那个注定失败的"大哥伦比亚共和国"的总统。教堂门口，小孩子和老妇人沿街叫卖着古巴雪茄、硬盒美国香烟和头条写着"杰姬和亚里"[a] 的报纸。我在教堂里为我女儿点了一支蜡烛，然后买了一份报纸阅读杰姬和亚里的**故事：来自美国的公主**统治了希腊船王，她晚上要喝粉红香槟、早上要吃牛角面包——像是一个小孩子编出来的故事。后来，在国家银行的黄金博物馆里，我看到了西班牙人当年入侵美洲时想要得到的黄

金，这一对于**黄金国**的想象盛行了一个世纪，据说它正是从这里，从波哥大郊外的瓜塔维塔湖开始的。"许多黄金祭品都被沉入湖底。"人类学家奥利维亚·弗拉霍斯这样描述那个夜晚，奇布查印第安人在安第斯山上点燃篝火，确认了他们对瓜塔维塔湖的统治。

还有许多黄金被堆放在木筏上……接着，未来的统治者走进了火光之中，他赤裸着身体，皮肤上涂满了黏稠的松脂。祭司们在松脂外为他撒上一层层的金粉，直到他像一尊金子铸成的雕像一样闪闪发光。他踏上木筏，木筏随即被砍断绳索，向湖中央漂去。忽然间，他一跃跳进漆黑的湖水。当他浮出水面时，身体上的金粉被洗得干干净净。就此，他成了国王。

听说了这个故事的西班牙人，便亲自来到这里寻找黄金国。那天晚上，我们在奇科区的爱德华多餐厅吃饭，钢琴师在演奏《蓝色的爱》，我们喝着一瓶乐夫普勒酒庄出产的普通红酒，售价二十美元。一位哥伦比亚年轻人在餐桌上对我说："有件事你必须明白，西班牙把最位高权重的贵族都派到了南美。"事实上，我在海边

---

[a] Jackie and Ari, 指美国前第一夫人杰奎琳·肯尼迪和希腊船王亚里士多德·奥纳西斯。两人在总统肯尼迪遇刺五年后结婚，在当时引发了巨大的关注与争议。

波哥大

的时候听过这种臆想的不同变体：当哥伦比亚人谈起他们的过去，我总有一种感觉，在这里，历史似乎在发生之时就开始沉没，沉入自我暗示的无迹可寻的孤独之中。公主在喝粉红香槟，高山之上的人都是金子做的，西班牙把最显赫的贵族派到了南美。这些故事，都像是小孩子的杜撰。

许多年之后，面对行刑队，奥雷良诺·布恩地亚上校将会回想起，他父亲带他去见识冰块的那个遥远的下午。

——加西亚·马尔克斯
《百年孤独》的开篇

在1973年春天波哥大的大型电影院里，《职业大贼》和《疯狂世界》两部美国电影正在上映，它们分别是1967年和1964年发行的电影。[a] 英文平装书书架上摆满了埃德蒙·威尔逊的《冷战与所得税》(The Cold War and the Income Tax)，1964年西涅图书的版本。这一细微但确凿的时间错位，和其他种种错位一样，让我对这里的与世隔绝印象深刻。在金碧辉煌的波哥大新希尔顿酒店四层，人们可以在一个摆满兰花的长廊上吃午餐，在长廊上，既可以俯瞰室内泳池，也可以俯瞰旁边由包装箱和锡罐搭建的贫民窟，

一个疤痕累累的小男孩正在百无聊赖地玩着悠悠球，他的脸被针织面罩遮住了。在特昆达玛酒店的大堂里，两个穿着绿松石蓝的璞琪裤装的布兰尼夫航空空姐，正在跟一个在等待机场豪华接驳车的德国人有一搭没一搭地调情；第三位空姐没有理会那个德国人，她站在一张立体地形图前，图上有很多按钮，每按一下，就会有一个哥伦比亚的主要城市被点亮。海边的圣玛尔塔，卡塔赫纳的巴兰基亚，中科迪勒拉山脉上的麦德林，考卡河上的卡利，马格达莱纳的圣奥古斯汀，亚马孙河上的莱蒂西亚。

我看着她一个个地按下按钮，被巨大黑暗包围的一个个小灯泡被依次点亮，代表波哥大的灯泡闪了两下，然后熄灭了。身穿璞琪裤装的女孩用食指摸索着安第斯山。"人类黎明的高礁。"智利诗人巴勃罗·聂鲁达这样形容安第斯山。西班牙征服者贡萨洛·希梅内斯·德克萨达花了两年时间，耗费了他手下几乎所有人的健康，才从海边抵达波哥大。而这趟旅程只花了我26美金。

"我知道这些是你的包。"机场的男人说。他成功地将我的包从一堆行李、纸箱和建筑工地的碎石中指认出来，在很长一段时间里，波哥大似乎到处都在施工。"它

---

[a] 事实上，两部影片的发行年份分别为1966年与1963年。

315

白色专辑

们闻起来有股美国味儿。"**她看起来像个美国游客。**几天后的早上,我在《观察家报》(*El Espectador*)上读到了我自己。事实上,在哥伦比亚,我常以一种不同于其他地方的方式,意识到自己美国人的身份。我总是遇到美国人、我的同胞,对他们来说,波哥大的情感中心是坐落在第十大道上的那栋巨大的混凝土大使馆,他们是那个被称为"美国在场"的幽灵殖民地的成员,出于礼貌,他们不会把这个名字大声说出来。有几次我遇见一个年轻的美国人,他经营着一个"情报"办公室,并强烈要求我去参观;他遵守着极其正式的礼仪,即便在最散漫的晚宴上都穿着正式晚礼服。据我询问的哥伦比亚人说,他是CIA的人。我记得曾在一个派对上和一个美国新闻处的男人交谈,他用低沉而柔和的嗓音谈论着他所了解的热病——塞拉利昂的热病、蒙罗维亚的热病、哥伦比亚沿海地区的热病。派对的主人打断了这场冗长而枯燥的对话,询问为什么大使没有来。"卡利出了点小状况。"新闻处的男人带着职业微笑回答。他似乎非常忧心,想要确保这个回答没有违背美式礼貌,十分荒诞的是,我也在为此忧心。除了护照上的老鹰,我们没有任何共通之处,但就是这只老鹰,以一种连我自己也说不清楚的方式,让我们成了同谋。两个陌生人共同背负着一份沉重的责任,这责任就是确保老鹰不会冒犯别人。比起哥伦比亚人喜欢的可口可乐,我们更喜欢当地甜腻的罗马可乐。我们把"标准石油"称作"哥伦比亚埃索"。[a] 我们不会谈论热病,除非是只有彼此的场合。后来我还遇到了一个美国男演员,他在波哥大洗了两个星期的冷水澡,后来才发现是房间里的冷热水管装反了:他说他从来没提出过疑问,因为不想被认为是一个傲慢的**外国佬**[b]。

我在那天早上的《时代报》(*El Tiempo*)上读到,古斯塔沃·罗哈斯·皮尼拉将军——他在1953年通过军事政变掌权,并在1957年被推翻前关停了所有媒体——正在一个庇隆主义的平台上对权力发起新一轮的争夺。我原以为派对上的人们会谈起这件事,但他们并没有。一位为加勒比某家报纸供稿的哥伦比亚记者想谈的是,美国电影业为什么不拍关于"越战"的电影。一群年轻的哥伦比亚电影人用一种难以置信的目光看着他。

---

[a] "哥伦比亚埃索"(Esso Colombiano)是"标准石油"(Standard Oil)在哥伦比亚分支机构的品牌名,其中 Esso 源自其英文缩写 S.O. 的发音。

[b] Gringo,意为"外地人",拉丁美洲国家对来自英语国家的外国人(尤指美国白人)的称呼。

波哥大

"这有什么意义呢？"终于，其中一位耸了耸肩说，"在电视上就能看这场战争的直播。"

这群电影人曾经在纽约生活，他们谈论着雷普·汤恩、诺曼·梅勒、里基·利科克和超8毫米胶片。其中一位戴着牧师的大礼帽来参加派对；另一位则披着过膝的淡紫色流苏披肩。和他们一起来的那个女孩，是沿海地区出名的美人，她穿着弗拉明戈粉色的亮片露脐装，将淡红色的头发蓬松地盘在头顶，像一道带电的光环。她一边欣赏酷比亚舞蹈，一边逗弄着一只小豹猫，无论是对古斯塔沃·罗哈斯·皮尼利亚将军能否东山再起，还是对美国电影业为什么不拍关于"越战"的电影的问题，她都兴趣索然。晚些时候，在大门外，这些电影人当着穿着制服的**警察**的面，点燃了粗粗的大麻烟，然后问我是否知道保罗·莫里西和安迪·沃霍尔在罗马的地址。那个来自海边的女孩把豹猫抱在怀里，为它抵挡寒风。

关于我在波哥大度过的时光，我记得的主要是一些画面，记忆很深，却很难串联起来。我记得国家博物馆二楼的墙，洁白而冰冷，上面整齐地挂着历任哥伦比亚总统的肖像——非常多的总统。我记得商店橱窗里的祖母绿，随意地摆放在托盘里，每一颗中心都奇异地泛白，像被水冲淡了，本应燃烧着火光的核心反而是冰冷的。我问了其中一颗的价格。"两万美金。"那个女人说。她正在读一本名叫《星座运势：射手座》的小书，连头都没抬一下。我还记得在午后步行穿过玻利瓦尔广场，这个伟大的广场是哥伦比亚所有权力的发源地，几个穿着深色欧式西装的男人正站在国会台阶上聊天，四周群山环绕，山的轮廓因光影交错而流动起来。在它们的映衬下，国家公园的废弃摩天轮在傍晚时分显得如此渺小。

事实上，群山潜伏在我记忆中的每个画面，也许山本身就是它们之间的联系。一些午后，我会沿着山麓的碎石坡开车穿过奇科区，驶向第七大道，那里的豪宅庭院被修葺得一丝不苟，大门上挂着黄铜铭牌，上面写着欧洲各国使馆、美国基金会或者阿根廷神经科医生的名字。我记得有一天，我把车停在奇科区，去第七大道旁一个很小的购物中心里打电话，购物中心紧挨着一座教堂，教堂里刚刚举行了葬礼。哀悼的人群从教堂里走出来，在街上交谈，女人们大多穿着黑色裤装、真丝百褶裙、纪梵希大衣，戴着淡紫色染色片的眼镜，这些都不是在波哥大能买到的。奇科区看起来和巴黎纽约并没有太大区别，但这里有山，在山的另一边，是加西亚·马尔克斯笔下那个"太新了以至于很多东西都没有名字"的稠密世界。

白色专辑

再往远处走一点，第七大道就成了北方中央高速，这条坑洼不平的路插入群山之中，经过通哈，并最终抵达加拉加斯。从许多方面来说，那里都是一片永恒的边疆，极端令人眩晕。晃晃悠悠的巴士从路中间疾驰而下，时不时猛地一拐，接上一个工人，避开一个坑洞或者一群孩子。在路的后面，广阔的**种植园**平铺开来，巨大的主宅在山坡的褶皱中隐约可见，石墙上偶尔涂着红漆，粗糙地画着镰刀和锤子，以及给**共产党**投票的标语。有一天我行驶到这里时突然下起暴雨，租来的那辆已经跑了十一万英里的车没有雨刷器，于是我只好停靠在路边，看着雨水流过车窗上**亚利桑那州梅萨市西林勇士队**和**加油红潮**的贴纸。路面开始出现一道道冲沟。山上的采石场里，男人们还在劳作，用铲子铲起安第斯山上的碎石，每车挣12.5个比索。

  穿过另一座没有中心的城市
    像洛杉矶一样丑陋，一样每个人有许多辆车
    路过一个20英寸高的水宝宝 [a] 霓虹灯牌
    但下面是一座教堂
    又驶过住在豆腐渣摩天大楼的建筑混凝土板里的
    平均收入700美金的人们
    然后来到莱昂尼总统的白宫，
    他手下小个子配有18英寸连发手枪，
    每分钟能发射45枚子弹，
    我们喝香槟的时候
    两个武装护卫如雕塑般站在一旁，
    有个人去烦总统，问他"女孩们去哪儿了？"
    这位被包围的领袖，着实是个人物，他说，
    "我不知道你的女孩们在哪儿，但我知道我的去哪儿找。"
    这座房子，这先锋的民主，并非建筑在岩石上，
    而是在和岩石一样坚硬的铁血之上
      ——罗伯特·洛厄尔，《加拉加斯》

我还记得的另一个画面，分为两个部分。首先是矿，在波哥大以北五十公里的锡帕基拉山上，一座矿井深入山体，那是一座盐矿。单单这一座盐矿，每年就能够产出整个南美洲所需的盐，这一产量从欧洲人发现南美大陆之前，一直维持到今天。盐才是奇布查王国的经济支柱，并非黄金，而锡帕基拉便是它的都城之一。这

---

[a] Coppertone，美国防晒霜品牌。

座盐矿一望无际，令人窒息，我之所以会走进这里，是因为在矿井内部，山体表面以下450英尺深的地方，有一座可以容纳一万人同时聆听弥撒的天主教堂。十四根巨大的石柱支撑着穹顶。嵌入式的荧光灯照亮了"苦路十四站"[a]，浓稠的空气将光线吞没，使其变得昏暗不定。在这里，人们会不禁联想起奇布查人的牺牲仪式，**西班牙征服者**的神父试图用欧洲弥撒的圣咏来压过被屠杀的孩童的尖叫。

但我们想错了。在盐山里开掘出这座神秘建筑的，并非奇布查人，而是共和国银行。1954年，古斯塔沃·罗哈斯·皮尼利亚将军和他的上校们正统治着哥伦比亚，整个国家已经被内战击垮，从1948年豪尔赫·盖坦在波哥大被刺杀开始，无政府状态持续了十五年。1954年，人们纷纷逃离恐怖盛行的乡村，在相对安全的波哥大搭建棚屋栖身。那时的哥伦比亚几乎没有公共工程项目，也没有任何公共交通：直到1961年，波哥大才首次通过铁路与哥伦比亚海岸相连。当我站在昏暗的山体里，阅读共和国银行的题词时，1954年对我来说，成了非凡的一年，因为用盐建一座天主教堂的灵感在这一年迸发了。但我每每向哥伦比亚人提起这件事时，他们却只是耸耸肩。

画面的第二部分是这样的。我从矿井里出来，在盐山旁边的解放者旅馆（Hosteria del Libertador）寒意森森的餐厅里吃午饭。这里的窗帘很厚，触碰时会散发出淡淡的麝香味，桌布是白色的锦缎，上面仔细地打了补丁。每一根水煮芦笋被端上桌时，都会同时出现一套新的镀银刀叉、一个大平盘和装醋的**调味碟**，以及一组新的"服务生"：十二三岁的小男孩，穿着燕尾服，戴着白手套，上菜的方式让人恍惚觉得，这座安第斯山绝壁上的小旅馆是哈布斯堡王朝治下的维也纳。

我在那里坐了很久。四周的风把从安第斯山上的云吹散了，吹到草原上。在我们脚下450英尺的地方，是1954年用盐建造的天主教堂。**这座房子，这先锋的民主，并非建筑在岩石上，而是在和岩石一样坚硬的铁血之上**。其中一位戴着白手套的小男孩从桌子上拿起一个空酒瓶，把它精准地插进酒瓶架里，他将酒瓶架紧握在身前，向厨房走去，同时偷偷朝**餐厅领班**瞥了一眼，想要寻求他的肯定。后来我才意识到，我从未见过，或许以后也不会再见到，如此动人又毫无意义的欧洲习俗的残余。

---

a　The Stations of the Cross，纪念耶稣受难过程的十四个场景。

AT THE DAM

(1970)

大 坝

自从1967年那个下午,我第一次见到胡佛大坝开始,它的影像就从未彻底从我心里消失。当我在洛杉矶或者纽约和人交谈时,大坝会忽然显影,它崭新的凹面闪着白光,与距我千百英里之外的岩石峡谷中赤赭、灰褐和紫褐色的粗糙岩壁遥相辉映。当我沿着日落大道开车,或即将驶入高速路时,那些电力传输塔会蓦地出现在我面前,在尾水渠的上方令人眩晕地倾斜着。有时我面对的是进水口,有时是横跨峡谷的粗大电缆的阴影,有时则是通向闲置泄洪道的巨大的排水口,在沙漠清亮的月光下显得黑漆漆的。我还经常听到涡轮机转动的声音,常常想知道此刻大坝发生着什么,就在这一确切的时空汇点上,有多少水被泄出,以满足下游的需求,什么灯在闪烁,哪些发电机正满负荷运转,而哪些在空转着。

我曾经想知道,究竟是关于大坝的什么让它不断在我脑海中浮现,出现在那些我本应想起棉兰老海沟[a]、沿着轨道绕圈的星星,或者**起初如此,现在如此,将来也如此,直到永远,阿门**[b]这样的句子的时候。毕竟,大坝太平平无奇了:谁没见过大坝呢。而这座特殊的大坝,已经作为一种理念在全世界的想象中存在了近四十年,

---

[a] Mindanao Trench,菲律宾海沟的旧称。
[b] 基督教中赞美上帝的颂歌《荣耀颂》(*Gloria Patri*)里的句子。

四十年后，我才亲眼见到它。作为博尔德峡谷工程的一个样板，胡佛大坝用几百万吨的混凝土让西南部的存在变得合理，在它落成的那个纯真年代，它用**既成事实**宣告：美国的工程技术承载着人类最光明的前景。

当然，大坝也因此获得了某种情感上的效力，它仿佛一座被错付了的信仰的纪念碑。**他们为了让沙漠开花，献出了生命。** 敬献给为了建造这第一座大型高坝而牺牲的九十六个人的碑文上这样写道，这种套话在当时的语境下是相当动人的，它唤起了人们对资源开发、对"发电机的向善力量"的信仰，这正是三十年代初的时代精神。1931年，博尔德城作为大坝施工的配套城市落成，至今仍保留着一种模型城市的风格。它看上去还像一座新城，玩具般的三角形街区网格里绿草如茵，房屋齐整，以垦务局大楼为中心向四周辐射开来。大坝上的青铜雕塑唤起了一种未来公民孔武有力的形象——高举麦穗直指苍穹，藐视雷霆万钧，只不过这样的未来并没有到来。带翅膀的胜利女神守护着旗杆，国旗在峡谷的风中飘扬。一只空的百事可乐罐在水磨石地板上发出咔嗒咔嗒的声响。这里的一切仿佛完美地定格在时间里。

但历史并不能解释一切，也不能完全说明这座大坝为何如此动人。无论是能源本身，还是它与权力、压力的强大关联，以及这种关联背后几乎赤裸的性暗示，都无法解释它的动人之处。有一次我重访大坝，和一个在垦务局任职的男人一起穿行其中。一开始我们尾随在一个导览团后面，后来我们继续向前，走到了一个游客通常不会造访的区域。他时不时会用"峰值功率""断供期"和"排水作业"等晦涩的术语向我解释一些事情，但总的来说，我们在一个如此陌生、完整、壮丽，又自成一体的地方度过了一个下午，语言在这里显得毫无必要。四下几乎无人，只有起重机在我们头顶运转，仿佛有自己的意志。发电机轰鸣，变压器低吟。我们脚下的格栅在震动。我们眼看着一根百吨重的钢轴垂直落下，深入水流所在之处。最后，我们终于下到了储水的地方，从米德河里抽出的水咆哮着涌入 30 英尺的引水管道中，接着又流入 13 英尺的引水管道中，最终进入涡轮机。"你摸一下。"垦务局的人说。我照做了，我久久地站在那里，双手贴在涡轮机上。这是一个非常特别的时刻，它是如此直接，如此具体，除了它本身之外，不再有任何别的意义。

但在这一切之上，还有某种东西，超越了能源，也超越了历史，我说不清那究竟是什么。那天我从大坝上来时，风刮得更猛烈了，狂风穿过峡谷，席卷整个莫哈韦沙漠。又过了一会儿，沙尘向亨德森和拉斯维加斯的方向扬起，一路飘过**乡村西**

白色专辑

部赌场周五＆周六晚上的招牌，飘过**旅途平安圣母堂——停车祈祷**的标语。但大坝附近没有沙尘，只有岩石、大坝、一棵矮小的灌木和几个垃圾桶，桶盖被铁链拴着，不停撞击着栅栏。我走过那幅大理石星图，垦务局的人告诉我，它追踪着昼夜平分点上恒星的运行轨迹，并永远地将大坝落成的日期凝固下来，任何时代任何会阅读星象的人都可以读出这个日期。他说，星图是为了人类都已逝去，而大坝依然挺立的时代绘制的。他讲出这句话时，我并没有想太多，但后来，当狂风哀鸣，太阳沉入方山，在天空留下最后一次晚霞时，我又想起了这句话。我当然经常见到这样的景象，但从未真正意识到自己看到的是什么，那是摆脱了人类控制的发电机，辉煌地遗世独立，为一个无人的世界输送着电，倾泻着水。

V.
ON THE MORNING AFTER THE SIXTIES

六十年代过后的一个早上

ON THE MORNING AFTER THE SIXTIES

(1970)

六十年代过后的一个早上

我想在这里谈的，是作为**时代之子**这件事。如今回想起二十世纪六十年代，我想起的却是一个不属于六十年代的午后，那是我在伯克利读刚上大二时的一个下午，1953年明媚秋日里的一个星期六。我躺在兄弟会之家的皮沙发上（在那里有一个为校友举办的午餐会，我的约会对象去看球了，我已经不记得自己为什么留了下来），我独自一人躺在那里，一边读莱昂内尔·特里林的书，一边听一个中年男人在一架需要调音的钢琴上试着弹出《蓝色房间》的旋律。整个下午，他都坐在钢琴边，一直在弹《蓝色房间》，但从来没弹准过。至今我仍记得那个画面，记得他弹错的那句是"只靠亲吻，我们就能活下去，永远鲜活"，阳光透过大玻璃窗洒进来，男人端来一杯酒，又重新开始弹奏。他没说一句话，却用行动向我诉说了一些我从未真正了解过的事情：关于糟糕的婚姻、虚度的光阴，以及回望过去这件事本身。如今想来，那个下午的每个细节都显得难以置信：和约会对象一起参加橄榄球午餐会这件事本身，对我来说已经过于遥远，仿佛是沙俄时代的事情——这恰恰说明，我们这代人赖以成长的某种叙事，早已不再有效。

距离读大学时的那个世界，我们已经走出了太远，尤其是在那些年里，不仅是伯克利，其他几十所大学的校园也时不时关闭，作为最初的战场，它们被封锁了边界。而对于五十年代的伯克利的记忆，则不包括街垒或者重组

白色专辑

（Reconstitution）课程。重组对当时的我们来说像是一种"新话"[a]，而街垒则从来与个人生活无关。那时，我们都非常个人化，有时甚至显得不近人情，因此，在可以行动也可以不行动的关头，大部分人始终在原地不动。我猜我想说的是：作为不相信任何政治狂热的一代人，我们身上的那种暧昧性；以及作为从小就坚信"黑暗之心"不存在于社会组织的谬误之中，而是深植于人类血液中的一代人，我们身上的历史冷感。如果人注定要犯错，那所有的社会组织也都注定会出错。即便是在今天，这一前提对我来说依旧足够正确，但它也早早地剥夺了我们感到惊奇的能力。

在五十年代的伯克利，没有人为任何事感到惊奇，那种**一切都已给定**的氛围让讨论变得缺乏活力，辩论更是几乎不存在。世界本就不完美，大学当然也是如此。当时就已经有一些关于 IBM 卡[b]的讨论，但是总体而言，让成千上万人获得免费教育的过程中会涉及自动化管理的想法，听起来也并非不可理喻。我们默认校董会也会做出错误的决策，我们避开那些传说是 FBI 线人的同学。我们是所谓的"沉默的一代"，我们的沉默，既不是因为我们共享着那个时代官方的乐观主义，也不是因为恐惧官方的压迫。我们保持沉默，是因为对于我们中的很多人来说，社会行动所带来的兴奋，不过是用以逃避私人生活，用以暂时掩盖对于宿命般的虚无的恐惧的又一种方式罢了。

我们这代人的特殊性就在于，我们过早地接受了这种宿命。现在想来，我们是最后一代能够与成年人产生认同的青年人。我们中的大部分人后来发现，成人的世界的确如我们预想的那样道德模糊，而这也许也是一个自我实现的预言[c]：我也无法确定，我只能一五一十地告诉你它是怎样的。那些年伯克利的氛围是某种轻微但慢性的"抑郁"，而与这种抑郁相对的，是我记得的几件小事，它们以一种清晰得令人目眩的方式，揭示了我即将步入的那个世界：我记得有一天我在山上散步，遇到

---

a Newspeak，乔治·奥威尔在《1984》中设想的一种新人工语言，是大洋国的官方语言，也是"世界上唯一会逐年减少词汇的语言"。

b IBM cards，一种过时的信息存储装置，通过在一块纸板上的特定位置打孔或者不打孔来表示数字信息。后来类似的设计被应用于考试答题卡或者彩券等。

c Self-fulfilling prophecy，1948 年由社会学家罗伯特·K. 默顿（Robert K. Merton）提出，指人们因相信某事将会成真，并据此采取行动，最终促使该现象发生。

六十年代过后的一个早上

一个女人在冒雨采水仙花。我记得一天晚上有位老师喝多了，倾吐了自己的恐惧和怨恨。我记得自己第一次领悟到语言如何运作时那种真切的喜悦，比如，我发现《黑暗之心》的中心句在它的后记里。所有这些画面都是个人化的，而个人生活就是我们大部分人想要追寻的东西。我们想追求各自的平静。我们想读中古英语的研究生，想出国。我们想赚点钱，想去农场上生活。我们想在历史之外存活下来，在我在伯克利度过的那些年里，这种**固执的幻想**总是被形容为"一座有着体面海滩的小镇"。

但到头来，我根本没有找到那个"有着体面海滩的小镇"，或者说，我并没有去寻找。我在大三大四时住的那间空旷的大公寓（我也曾住在女生宿舍，三Δ姐妹会[a]之家，后来毫不意外地搬了出去，不是因为发生了什么"事端"，而是因为"我"，不好相处的"我"，不喜欢跟六十个人住在一起）里，读着加缪和亨利·詹姆斯的书，看着一株李树花开又花谢；大部分的夜晚，我都在外面散步，仰望着山的暗面上回旋加速器和高能质子加速器发出的微光。那些不可言说的秘密，在那个时代，以一种个人化的方式吸引着我。后来我从伯克利毕业，去了纽约，又离开纽约来到洛杉矶。我为自己所成就的东西，的确是个人的，却并没有带来平静。我在伯克利认识的人里，只有一个后来找到了一种意识形态，将自己置于历史进程之中，摆脱了自身的恐惧，也摆脱了他所处的时代。有几个没过多久就自杀了。还有一个曾在墨西哥尝试自杀，康复后——尽管这种康复在诸多层面都像是进一步的精神错乱——回到了祖国，加入了美国银行为期三年的管培项目。我们中的大部分人过着没那么戏剧化的生活，是那个特殊而内向的时代的幸存者。如果我真的相信，街垒可以改变人类的命运，哪怕只有一丁点儿改变，那我也会走向街垒，很多时候我都希望自己可以相信，但如果说，我真心期待能遇见这样一个美好的结局，那恐怕就不够诚实了。

---

a　Tri Delta（ΔΔΔ）是一个全球范围内的姐妹联谊会，1888年成立于美国波士顿大学。

QUIET DAYS IN MALIBU
(1976—1978)

在马里布的宁静日子

1

某种程度上，这里是所有海滨社区中最特别的一个，二十七英里的海岸线上，没有酒店，没有像样的餐厅，没有任何可以吸引游客消费的东西。这里不是一个度假胜地，按照对度假的传统理解，没有人会在马里布度假。它主要的住宅街道，太平洋海岸公路，就是一条高速公路，从墨西哥边境一路延伸到俄勒冈的加州1号公路，上面行驶着灰狗巴士、冷冻食品卡车，以及从那些售价动辄超过百万的豪宅窗前呼啸而过的十六轮油罐车。和拉霍亚海湾比起来，马里布的海水既不够清澈，也没有那种热带的斑斓色彩。沙滩也不如卡梅尔的洁白和开阔。这里的山光秃秃的，灌木丛生，有大批骑行者和响尾蛇出没，还有伐木、森林火灾和新建的拖车公园留下的伤痕。因为这样那样的原因，马里布经常让初次到访的人感到吃惊，甚至失望。作为一种简单生活的代名词，它的名字依然留在全世界人们的想象中，连雪佛兰的一款汽车都以它来命名。在1971年之前，我从未在这里生活过，以后大概也不会了。

2

迪克·哈多克，一个顾家的男人，二十六年如一日做着同样的工作。无论是在电话里，还是在办公室面对面，他都表现出一种技术中层管理者特有的干练从容的作风，在许多层面上，他就是南加州好公民的典型代表。他住在圣费尔南多谷的一处住宅区，周边有淡水码头和一个不错的购物中心。他的儿子是高中的游泳健将，女儿喜欢打网球。他开车上下班，单程30英里，每周工作40小时，定期上课维持专业技能，坚持锻炼，身材看起来保持得不错。谈到自己的职业时，他会用一种礼貌而疏离的第二人称告诉你，为什么"你和其他人一样需要提升自己"，以及如何"提高你的评级"，"成为部门骨干"，并且"真正了解你的行业"。迪克·哈多克服务了二十六年的行业是在洛杉矶县海滩管理局做职业救生员，他的办公室是北马里布的祖玛海滩上的一座价值19万美金的瞭望台。

那是1975年感恩节的早上，从莫哈韦沙漠吹来的圣塔安娜风在持续了三周之久，让洛杉矶县6.9万英亩的土地陷入火海之后，终于偃旗息鼓。航空中队空投了大量化学灭火剂，但收效甚微。被烧毁了房子的业主愤怒的采访成为六点档新闻的固定元素。那一周，大火产生的浓烟向太平洋方向蔓延了100英里，让白日黯然，却把夜晚点亮，到了感恩节的早上，整个南加州都笼罩着一种仿佛太阳轨道错位的不安感。这是一年中洛杉矶看起来最像洛杉矶的几周之一，尽管是以一种惊险的、令人屏息凝神的方式，整个城市都像是一部关于自然灾难的卡通片。而就在这一周，我和迪克·哈多克，以及他祖玛总部的团队一起度过了一天。

事实上，自从我搬到马里布，就一直想见见那些救生员。在寒冷的冬日清晨开车经过祖玛海滩，会看到他们在公开海域上进行每日强制的半英里游泳训练。在另一些雾气沉沉的深夜，同样是开车经过这里，又会看到瞭望台亮着灯的窗户后面，还有人在走来走去——他们是整个北马里布仅有的还醒着的人。对我来说，救生员是一个极不寻常、近乎神圣的职业选择，他们选择每周四十小时在海上救人于危难，而当浓烟在感恩节的早上飘过祖玛海滩的瞭望台，这些身着红色游泳短裤的人民公仆沉默的日常工作和准军事式的等级制度竟显出一种庄重而梦幻的宿命感。"上校"约翰·麦克法兰已经完成了他日常的半英里跑步和半英里游泳训练，正戴上眼镜开始处理落下的文书工作。如果水温低于56华氏度，他就可以穿着紧身潜水衣下海，但当天的水温还没有那么低，所以他像平日一样，穿着红色游泳短裤。确切地说，当天的水温是58华氏度，而约翰·麦克法兰已经四十八岁了。"中尉"迪克·哈多克告诉我，海滩管理局里的125名全职救生员（除此以外还有600名兼职或者"周期性雇用"的救生员）都要在洛杉矶

白色专辑

县的警察学院学习人群管控,在加州高速巡警学院学习紧急驾驶技术,在南加大医学中心学习临床操作,除此之外,他们还要每天跑半英里、游半英里,每月划五百米桨板一次,跳码头一次。**跳码头**就是它的字面意思,是一种在地桩之间跳跃行进的训练,为了可能来袭的巨浪做准备。

当然还有出去巡逻的人。

还有所谓的"呼派车人员",即两个专业的潜水员兼攀崖者,随时准备登上他们口中那辆"配有红灯和警笛的三级代码车",出发去救援。在这个感恩节的清晨,他们没有出动,而是在瞭望台周围待命,一边在广播里听洛杉矶公羊队击败底特律雄狮队的比赛,一边盯着灰色的地平线,等待求救电话。

没有电话打进来。但无线电和电话不时发出噼里啪啦的声响,报告着祖玛团队负责的其他"行动":天堂湾的"救援艇行动",以及利奥·卡里略、尼古拉斯、迪尤姆角、科拉尔、马里布冲浪者、马里布环礁湖、拉斯图纳斯、北托潘加和南托潘加的"海滩行动",这些都是马里布的公共海滩的名字,但是在那天的祖玛瞭望台里,它们听起来更像是在可疑的停火期仍处于战备状态的战斗岗位的名称。利奥无

战事,冲浪者"情况正常"[a]。

这些救生员在谈论"行动"或者"状况"时,显得最为自在,比如"一个电话监控状况"或者"一个离岸流状况"。他们在谈论"职能"时也很放松,比如"在海滩上维持安全位置的职能"。就像战争状态下的男人一样,他们也有图表、文件、日志、数据,实时追踪十二个小时内发生的状况:**在1975年1月1日中午12:01到1975年感恩节前夜的11:59之间,祖玛海滩共进行了1405次冲浪救援。除此之外,还有36120次预防性救援、872次急救、176个海滩急救电话、12次心肺复苏,8次船只遇险求救,107次船只警告、438名走失又找回的儿童,0起死亡。0起**。没有关于尸体的数据。每当需要使用**尸体**这个词时,迪克·哈多克都会犹豫一下,瞥向别处。

总的来说,救生员喜欢像休斯敦火箭发射中心(Houston Control)那样平淡而又富有诗意的用词。那天早上发生的一切都"真的不错"。在总部的队员都"感觉良好"。天气也"看起来很好"。马里布的浪"只有两尺高,并且浪形糟糕"。那天清晨,海面上有一百来名冲浪者,一百来个晒得脱色的孩子,看不出年龄和性别,他

---

[a] Situation normal,美国军事俚语SNAFU(Situation Normal: All Fucked Up)的省略用法,用以讽刺一种"和平时一样糟"的状况。

在马里布的宁静日子

们在祖玛的海面上起伏着,仿佛仅靠着袋装的牛肉干维生,但等到10点以后,他们已经把感恩节的牛肉干收好,到浪况更佳的海滩去了。"如果气温升高,我们就需要更多的人手,"迪克·哈多克在快到中午时说道,边说边打量着四下无人的警卫塔,"真是那样的话,我们可能会决定启用1号塔和11号塔,我会打电话说祖玛需要两个周期性的救生员,还有可能会给利奥增援一人。"

气温没有升高,反而下起雨来。广播从早上的橄榄球比赛播到了下午的橄榄球比赛,过了一会儿,我和其中一位呼派车队员一起开车去了天堂湾,那里的救援艇团队需要一个潜水员。他们不是要找人打捞尸体、凶器,或是一箱丢失的军火,也不是其他会让局里的潜水员登上新闻的东西。他们需要一个配备水肺和潜水服的潜水员,是因为他们在拆除救援艇的推进器时,将一个10分硬币大小的金属零件掉进了二十英尺深的水里。但我有一种强烈的直觉,他们之所以"特别"需要一个穿着潜水衣的潜水员,其实是因为救援艇上没人想要穿上泳裤回到水中,把推进器装回来。大家似乎达成了一种心照不宣的默契,那就是丢失的零件才是这次潜水的目的。

"我想你知道,水下只有58华氏度。"潜水员说。

"不用告诉我这里有多冷。"救援艇上的中尉说。他的名字叫莱昂纳多·麦金利,早在1942年就当上了终身救生员,年纪大到会称祖玛为"海水浴场"。"等你找到了那个小东西,顺便帮我们把推进器装回去吧,如果你愿意的话。反正你已经下水了对吧?而且还穿着潜水服。"

"我就知道你会这么说。"

我和莱昂纳多·麦金利一起站在船上,看着潜水员消失在水中。清晨,大火带来的烟灰覆盖了水面,现在起风了,烟灰开始搅浑水体。海藻的叶子在水面上起起伏伏,船也晃来晃去。无线电里断断续续地传来消息,一艘名叫"厄休拉"的快艇遇险了。

"其他救援艇去救它了,"莱昂纳多·麦金利说,"我们不去。有些日子我们就像消防队员一样守在这里。另一些日子,比如有离岸流的时候,我一连十个小时都在海上。夏天会有很大的离岸流,从墨西哥涌来的长浪。刮圣塔安娜风时,船只会被掀翻,前几天我们就遇到了一艘,它从圣莫尼卡出发时延误了,我们在他们淹死之前,把他们救了起来。"

我试图盯住那绿玻璃一般的海面,但我做不到。我在卡塔利娜海峡、在加州湾,甚至到旧金山湾都晕过船,而现在,我似乎在一艘仍停泊在天堂湾码头尽头的小船上也快晕船了。无线电里传来新消息,"厄休拉"号已经被拖往雷伊码头。我正努力把注意力集中在码头的地桩上。

"等到他把推进器装好了，"莱昂纳德·麦金利说，"你想出海转转吗？"

我说我还是算了。

"那你改天再来。"麦金利说，我说我会的。尽管我再也没有回去过，但我没有一天不想着莱昂纳德·麦金利和迪克·哈多克，他们在做什么，面对怎样的状况，又有什么行动，在哪一片绿玻璃般的海面上。今天的海水温度是56华氏度。

3

阿马多·巴斯克斯是墨西哥国籍，1947年以来一直作为外籍居留者住在洛杉矶县。和许多在洛杉矶周边生活了很久的墨西哥人一样，他把墨西哥称作"那边"，但相比于英语，他仍然更习惯说西班牙语，言行举止中都显露出一种"异于此地"的礼节、一种得体的分寸和文化上的矜持。

他绝对不是奇卡诺[a]。他更像是被出生在加州的墨西哥人称作"真正的墨西哥人"（Mexican-from-Mexico）的那类人，它被连读成一个单词，以精准地传达他们的不同，他们的正直与个人层面的保守。巴斯克斯出生在哈利斯科州的阿瓦卢尔科，十岁时开始做理发店的学徒。二十七岁时，他北上拜访他的兄弟并找到了新工作，自此之后，他在加州结婚，有了两个孩子，在那极少数知道并理解他所从事的特殊工种的人看来，他堪称一个传奇。我第一次见到阿马多·巴斯克斯时，他是已故电影制片人阿瑟·弗里德创办的商业花圃"阿瑟·弗里德兰花园"的首席园丁，他还是世界上为数不多的真正伟大的兰花育种师之一。

我与阿马多·巴斯克斯最初的相识并非由于我了解兰花，而是因为我喜欢温室。我对兰花的全部了解仅限于在我家附近的山谷里，有人**在温室中**种植兰花。而我对阿马多·巴斯克斯的全部了解仅限于，他是那个会允许我独自待在这些温室中的人。要理解这对我来说有多棒，你得像我一样渴求温室中独有的光线和寂静：从小到大，我一直喜欢待在不同的温室里，但所有这些温室的管理员总是试图把我赶出去。九岁时，我故意错过校车，为了在步行回家的途中路过一个温室。我记得就是在那个温室里，我被告知，花5美分买一株三色堇并不能让我在这里待上一整天，而在另

---

a Chicano，源自西班牙语，通常用来指代美国的墨西哥裔群体，特别是在二十世纪六十年代的奇卡诺运动兴起后，被广泛用于表达文化认同和族群自觉，带有鲜明的政治和社会意义。

一个温室,他们说我的呼吸"正在耗光这里的空气"。

然而,二十五年后,在我家附近的这个山谷里,我发现了一座世界上最美的温室——那里有最波光粼粼的过滤光、最柔和的热带空气、最寂静的花海——而这里的负责人,阿马多·巴斯克斯,对我的存在给予了最友善、最克制的关注。他似乎理所当然地认为我待在那里自有我的理由。而他只有在递给我一颗刚刚敲开的坚果,或者一朵从他正在修剪的植株上剪下来的花时,才会跟我说话。有时,阿瑟·弗里德的兄弟雨果——他当时负责打理花园的生意——会带着真正的客户进入温室,他们是一些穿着深色西装的严肃男士,看上去像是刚刚从台北或德班飞来,说话轻声细语,仿佛是来视察中世纪的珐琅或者未经切割的钻石的。

但随后,这些来自台北或德班的买家就会进入办公室谈生意,温室又再次恢复了彻底的寂静。在这里,温度是恒定的72华氏度,湿度也始终维持在60%。白色蝴蝶兰美妙的弧形花枝就在我的头顶微微颤动着。我通过研究温室里的标签认识了各种杂交品种的名称,尽管当时我还不了解这些异域名字的价值。阿马比丽丝蝴蝶兰 × 里梅斯塔德蝴蝶兰 = 伊丽莎白蝴蝶兰,阿芙罗狄蒂蝴蝶兰 × 里梅斯塔德蝴蝶兰 = 吉尔·格拉蒂奥蝴蝶兰,阿马比丽丝蝴蝶兰 × 吉尔·格拉蒂奥蝴蝶兰 = 凯瑟琳·西格瓦特蝴蝶兰,凯瑟琳·西格瓦特蝴蝶兰 × 伊丽莎白蝴蝶兰 = 多乐丝蝴蝶兰。多丽丝蝴蝶兰是以多丽丝·杜克的名字命名的,该品种于1940年在杜克农场首次开花。每次来到温室,我都至少一次想起那个5美分的三色堇的故事,然后找到阿马多·巴斯克斯,给他看一株我想买的植物,但他只会微笑着摇摇头说"这是用来育种的",或者"今天不卖"。随后他会拎起这盆花,给我展示某个我原本不会注意到的细节,比如花瓣质地或花朵形状上的微小差异。"非常美,"他会说,"你喜欢它真好。"但他没有告诉我的是,他让我把玩的这些植物,这些"用于育种"或"今天不卖"的植物,都是"种公植物",在阿瑟·弗里德兰花园,这样一株植物的价值是1万美元到75万美元不等。

我想,我意识到这件事的那一天,也就是我不再把阿瑟·弗里德的温室当作吃午饭的地方的那一天。但在1976年的某一天,我特意去看望了阿马多·巴斯克斯,并与三年前接管了兰花园生意的马文·萨尔兹曼聊了聊,他是阿瑟·弗里德的女儿芭芭拉的丈夫。(这天,在阿瑟·弗里德兰花园里,共有三株带有**芭芭拉**名字的蝴蝶兰,都是"今日不售"的那种:**芭芭拉·弗里德·萨尔兹曼**–"琼·麦克弗森"、**芭芭拉·弗里德·萨尔兹曼**–"祖玛

白色专辑

谷"和**芭芭拉·弗里德·萨尔兹曼**–"马里布女王"。）与马文·萨尔兹曼的谈话有些奇怪，因为我此前从未踏进过阿瑟·弗里德兰德花园的办公室，从未见过那面挂满了氧化发暗的银奖章的墙，以及著名的弗里德杂交兰的族谱图表，我对真实的兰花生意一无所知。

"说实话，这一行刚开始挺烧钱的。"马文·萨尔兹曼说。他正在翻阅《桑德氏兰花名录》，一本权威的兰花育种书，每隔几年出版一次，收录了英国皇家园艺学会登记在册的每个杂交品种的父母本信息，窗外温室里原始的寂静丝毫没有吸引他的注意。他向我展示了阿马多·巴斯克斯如何将一株植物的花粉放入另一株植物的子房中。他解释说，最佳的授粉时间是满月和涨潮时，因为蝴蝶兰植株此时繁殖力更强。满月是因为在自然界中，蝴蝶兰需要靠夜间出没的飞蛾传粉，经过了六千五百万年的演化，它繁殖力高峰逐渐和环境能见度最高的时间重合。而涨潮则是因为每株植物的含水量都呼应着潮汐的运动。对马文·萨尔兹曼来说，这些都是老生常谈。而我则无法克制自己不向窗外看。

"你从丛林里带回5000株幼苗，然后等待三年，等它们开花，"马文·萨尔兹曼说，"在开花的植株里，你发现了两株你喜欢的，扔掉其余的4998株，然后尝试让这两株杂交。也许授粉成功了，但有85%的概率会失败。假设你足够幸运，它成功了，你还需要再等四年才能看到第一朵花。与此同时，你已经投入了大量资金。阿瑟·弗里德这样的人可以每年从米高梅拿走40万美金的年薪，然后拿出其中的10万美金来启动这个生意，但这并不是很多人能做到的。你会看到很多我们称之为'后院花圃'的地方——那些人总共养了五十或一百株兰花，可能其中有两株是他们觉得特别出众的，于是他们决定用这两株育种——但要说大型花圃，美国可能只有十家，还有十家在欧洲。差不多就是这样，总共二十家。"

二十也是现有的首席园丁的数量，正是这种稀缺性赋予了阿马多·巴斯克斯传奇色彩。过了一会儿，我离开了办公室，去温室找他。在温室里，一切运转如常，模拟着马来西亚雨林特定海拔的环境——不是地面环境，而是距离地面大约一百英尺的高处——那是附生兰生长的野外环境。在雨林里，这些兰花常被风雨摧折。它们要靠昆虫传粉，成功的机会随机而稀少。它们的幼苗会被大叫的猴子和树蟒碾碎。生时无人欣赏，又过早地陨逝。而在温室里，没有任何东西会折断这些兰花，它们将在满月和涨潮时由阿马多·巴斯克斯亲自授粉，而他们的幼苗则会由阿马多·巴斯克斯的妻子玛丽亚在无菌箱里戴着无菌手套、使用无菌工具悉心照料，在这里，兰花仿佛永远不会死去。"我们不知道它们究竟能活多久，"马文·萨尔兹曼告诉我，"它们在受保护的条件下育种的时间还不够长。植物学家估计它们有一百五或二百年的寿命，但我们也说不准。我们唯一知道的是，一百岁的植物不会出现衰老的迹象。"

与阿马多·巴斯克斯一起待在温室里，是一种非常宁静的体验，当然还有那些会比我们活得都久的植物。"过去我们用蕨根土种花。"他突然说道。蕨根土是一种盆栽介质。阿马多·巴斯克斯只会谈论兰花的生长。他说他刚美国时，和他的哥哥一起找了一份工作，在圣马力诺照料私人兰花收藏，随后就陷入了沉默。"那时我不懂兰花，而现在它们就像我的孩子。等待着第一朵花开，就像等待一个婴儿出生一样。有时你等了四年，它终于开花了，却不是你期望的样子，也许你的心都要碎了，但你依然爱它。你永远不会说'另一株更漂亮'。你只会爱它们。兰花就是我的整个生命。"

实际上的确如此。阿马多·巴斯克斯的妻子玛丽亚（蝴蝶兰**玛利亚·巴斯克斯**–"马里布"以她的名字命名；不知为何，除了巴斯克斯自家人以外，阿瑟·弗里德兰花园的每个人都会莫名地把巴斯克斯的名字 Vazquez 误拼成 Vasquez），在阿瑟·弗里德兰花园的实验室工作。他的儿子乔治（同样也有一株蝴蝶兰名叫**乔治·巴斯克斯**–"马里布"）是兰花园的销售经理。他的女儿琳达（**琳达·米娅**–"纯真"）在结婚前也在兰花园工作过。阿马多·巴斯克斯经常半夜起来检查加热器，调整灯光，把种荚捧在手中，试图判断第二天早上是否是将种子播种到无菌瓶中的最好时机。当阿马多和玛丽亚·巴斯克斯去中美洲或南美洲旅行，他们是为了去寻找兰花。几年前，他们第一次去欧洲旅行时，依然在寻找兰花。"我在马德里到处问哪里有兰花，"阿马多·巴斯克斯回忆道，"最后，他们告诉我了一个地方。我过去敲门。那个女人终于同意我进去，愿意让我看看兰花。她带我进了屋子，然后……"

阿马多·瓦斯克斯突然大笑起来。

"她有三株兰花，"他终于忍住笑，继续说，"三株，其中一株已经死了。而且三株全部来自俄勒冈。"

我们站在一片兰花的海洋中，兰花繁盛而华美，他给了我一抱自己培育的洋兰，让我带回家给我女儿，洋兰开的花可能比整个马德里的兰花还要多。那天，我感到自己从未和一个人如此直接、毫不尴尬地谈论过他所热爱的事物。他早些时候告诉我，他从未成为美国公民，因为他心中一直有一个画面，明知不真实却始终挥之不去：那个画面是他站在法官面前，脚下踩着墨西哥国旗。"但我爱我的国家。"他说。阿马多·巴斯克斯爱他的国家。阿马多·巴斯克斯爱他的家人。阿马多·巴斯克斯也爱兰花。"你想知道我对这些植物的感情吗？"他在我要离开时说，"我告诉你，我愿意死在兰花中。"

4

从1971年1月起直到最近，我一直居住在马里布，在我居住的那个街区，我们互相认识彼此的车，也会留意彼此的车，无论是在公路上，还是在特兰卡斯市场或者杜梅角的海湾加油站。我们会在特兰卡斯市场交换信息，在加油站留下包裹和口信，在刮风下雨或者火灾时打电话问候彼此；我们知道对方的化粪池何时需要清理，会留意高速公路上的救护车和海滩上的直升机，关照彼此的狗、马、小孩、马厩的大门和海岸委员会的许可证。高速公路上发生的车祸很可能牵涉到我们认识的人。我家的私人车道上发现了响尾蛇，意味着它的配偶可能就在你家。陌生人在你家海滩上生起的篝火可能会点燃我们两家的山坡。

事实上，我不曾料想到会在马里布过上这种生活。当我1971年从好莱坞搬到太平洋海岸公路旁的一栋房子时，我已经接受了那种传统观念，认为马里布象征着一种简单的生活，甚至还担心我们会被切断与"真实世界"的联系，而我当时所指的"真实世界"，是每天置身于日落大道上的生活。等到七年后我们离开马里布时，我逐渐意识到某种共享的孤立和逆境正是这里的精神气质，现在回想起来，我最爱那栋太平洋海岸公路旁的房子的时候，正是火灾或洪水切断了高速公路，我们被困在家中、无法出门的那些日子。我们搬进这座公路旁的房子时，我们的女儿刚刚五岁。而在她十二岁的那年，大雨下到公路塌陷，她的一个朋友因为服用了过量的安眠酮淹死在祖玛海滩。在1978年山火季的一个早晨，就在我们卖掉太平洋海岸公路旁的房子几个月后，位于圣费尔南多谷的阿古拉一处灌木丛起火。两个小时内，圣塔安娜风把火情推进了2.5万英亩，火势横跨13英里，一直蔓延到海岸，在那里它越过太平洋海岸公路，形成了一个半英里宽的火风暴，风速高达100英里每小时，温度高达2500华氏度。灾民们依偎在祖玛海滩上。烧着的马被射杀在海滩上，鸟儿在空中爆炸。房屋没有爆炸，而是内爆了，就像遭遇了核打击。这场火灾风暴结束时，共有197栋房屋化为灰烬，其中很多属于或曾经属于我们认识的人。高速公路重新开放的几天后，我开车去马里布看望阿马多·巴斯克斯，几个月前，他从弗里德遗产信托手中买下了阿瑟·弗里德兰花园的所有股份，并正准备将它搬迁至半英里外的新花圃——祖玛峡谷兰花园。我在曾是阿瑟·弗里德兰花园主温室的地方找到了他。如今这里不再是花园，而是一片满是碎玻璃和熔化金属的废墟，成千上万个化学烧杯内爆成碎片，这些烧杯都曾装着弗里德花园培育的幼苗，新的杂交品种。"我失去了三年的时间。"阿马多·巴斯克斯说，那一瞬间，我觉得我们两个都会哭出来。"你今天想看花的话，"他接着说，"我们就去另一个地方。"那天我不想去看花。与阿马多·巴斯克斯告别后，我和丈夫、女儿一起去看了我们住了七年的那座太平洋海岸公路旁的房子。当时大火已经烧到距离房子仅125英尺的地方，然后停下了，或者转向了，或者被击退了，很难说清楚。不管怎样，那已经不再是我们的家了。

SALVADOR

萨尔瓦多

周子寰 / 译

献给罗伯特·西尔弗斯和克里斯托弗·迪基

可以说全欧洲曾致力于库尔茨的成长；后来，我还听说，肃清野蛮习俗国际社还曾委托他写一份报告，以作为该社未来工作的指南，这自然是再合适不过了。那个报告他也已经写了出来。我见到过。我读过一遍。文笔优美，到处洋溢着动人的才华……"我们只要简简单单运用一下我们的意志力，就可以发挥出一种实际上没有止境的有益的力量"，等等。从这一点出发，他接着更大加发挥，我也完全被他的理论给弄得神魂颠倒了。报告的结论可谓无比宏伟，只不过，你们知道，很难记住。它给我留下的印象是一种充满无比庄严的慈悲心的、非同一般的博大胸怀。这使得我立即感到热情激荡。那正是能言善辩——或者说辞藻——激动人心的高尚的辞藻所能产生的无穷力量。其中没有一个字涉及实际问题，从而打乱他流水般的词句的迷人魅力，除了出现在最后一页上的一段说明也许可以看作是对某一方法所作的解释，显然是很久以后草草补上的，笔画显得非常零乱。这段说明很简单，但在这篇向一切利他主义精神发出动人呼吁的最后部分，它却像晴空中忽然出现的一阵闪电，照亮了一切而又十分可怕："消灭所有这些畜生！"[a]

——约瑟夫·康拉德，《黑暗之心》

---

[a] 译文引自黄雨石译《黑暗的心》，人民文学出版社2018年版。

有三年历史的圣萨尔瓦多国际机场是光亮的、洁白的、与世隔绝的。在莫利纳"国家转型"的衰落期，它被设想为这样一个地方：远离首都（圣萨尔瓦多距此有四十英里，直到最近还需要几个小时的车程），但方便前往莫利纳和罗梅罗政权的中心幻象——也就是那些正在规划中的海滩度假村、凯悦酒店、太平洋乐园酒店、网球场、高尔夫场、冲浪场、公寓宅邸和**阳光海岸**。萨尔瓦多国民自然死亡的主要原因是胃肠道感染，可他们仍然卓有远见地发明了一个庞大的旅游产业。一般情况下，这里游客罕至，酒店已被遗弃，成为太平洋空旷海滩上的幽灵度假村。当你在这个为幽灵服务的机场降落时，会直接陷入这样一种状态——没有坚实的基础，没有可靠的景深，没有明确的感知，也不会消解为它的反面。

　　唯一的逻辑是默许。移民问题，是在一堆杀伤性自动武器中谈判出来的，但至于是谁挥舞着这些武器（军队、国民警卫队、国家警察、海关警察、财政警察，或者，某种其他不断扩散的幽暗交叠的力量）则显得很模糊。人们避免目光接触，证件被翻来覆去地检查。当你离开机场，行驶在新的高速公路上，穿过那些被热带雨季云层覆盖而呈现出磷光的青山，人们主要看到的是营养不良的牛、杂种狗、石油装甲车、货车和卡车，以及装有一英寸厚强化钢和防弹玻璃的大切诺基吉普车。这种车辆是当地生活的一个固定特征，并且被普遍认为与失踪和死亡有关。1982年

345

萨尔瓦多

3月,有人看到一辆大切诺基跟在荷兰电视台工作人员后面,而后者在查拉特南戈省[a]被杀。1980年,四名美国天主教工人遇害当晚,在他们驾驶的面包车附近,有人目击一辆3/4吨的红色丰田皮卡。1982年的春末夏初,在圣萨尔瓦多的阿马特佩克区,据说每次大规模扣押出现之时("扣押"是当地生活的另一个固定特征,它往往发生在"失踪"之前),三辆没有车牌的丰田卡车(一辆黄色,一辆蓝色,一辆绿色)也会随之出现。至于装甲车的型号和颜色,武器的品牌和口径,以及在特定情况下使用的特定的肢解和斩首方法,这些都是细节了——萨尔瓦多的游客得迅速学会聚神屏息,清除那些关于过去或未来的顾虑,仿佛置身于漫长的健忘症与神游症之中。

恐怖活动是此地的常态。黑白相间的警车成对巡逻,枪管从敞开的窗户中伸出来。路障随时会出现,士兵们从卡车里四散开来,迅速就位,手指始终放在扳机上,保险咔咔作响。瞄准,仿佛只是为了打发时间。每天早上,《今日日报》和《新闻报》都会刊登警示性的报道:一位母亲与两个儿子被八名**身份不明者**砍死在床上。

同一天早上:路边发现一具被勒死的年轻男子尸体,身份不明。以及:另一条路上发现三具年轻男子尸体,身份不明;面部遭划伤,其中一人脸上被刻了十字架。

报纸上的新闻报道构成了美国大使馆死亡人数统计的主要来源,他们将其整理成被大使馆内部人员称为"死亡快报"的周报,将情况呈送至华盛顿。这些数字呈现为一种扭曲的掩码,试图掩盖在萨尔瓦多公认的事实:大部分的杀戮都出自政府部队之手。例如,在1982年1月15日给华盛顿的一份备忘录中,大使馆对1980年9月16日至1981年9月15日的6909起"报告的"政治谋杀案进行了"谨慎的"分类。根据这则备忘录,其中922起被认为"由安全部队实施",952人"由左翼恐怖分子实施",136起"由右翼恐怖分子实施",还有4889人死于"身份不明的袭击者",也就是圣萨尔瓦多的报纸至今仍偏爱的著名的**身份不明者**。(实际上,这些数字加起来不是6909,而是6899,此外,还有10名死者处于官方记录的空白状态。)这个备忘录继续写道:

这里涉及的不确定性,可以从以下事实中看出:在大多数情况下,责任无法确

---

[a] Chalatenango,萨尔瓦多北部边境省,原为印第安人村落,1791年为西班牙人占领,1871年设市,是周围农业区的贸易中心。

定。然而，我们注意到，在萨尔瓦多，人们普遍认为，大量无法解释的杀戮是由安全部队执行的，无论是公开的还是非公开的。大使馆知道，这些戏剧性的主张是由一个或另一个利益集团所为，其中，安全部队被认为是这里谋杀案主要的幕后黑手。萨尔瓦多的攻击和复仇、传统犯罪暴力和政治混乱交织成了网络，导致这种指控无法成立。无论如何，我们这样说并非试图对这数百人，也许是数千人的死亡轻描淡写，至于这个责任，原本是归咎于安全部队的……

在圣萨尔瓦多，通常被称作"人权委员会"的机构所记录的死亡人数往往要比大使馆统计的多，还会有一名摄影师定期外出寻找尸体，并拍摄下来。他拍下的这些尸体往往扭曲成非自然的姿势，而尸体上所附着的面孔（如果还附着在上面的话）也同样扭曲，有时已无法辨认——或是被酸液抹去，或是牙齿错位、耳朵被割掉或打成泥浆，或是已爬满蛆虫。一张照片的说明这样写道：**1982 年 3 月 25 日，在安提果库斯卡特兰发现，身穿天蓝色睡衣**。说明总是很简洁。1982 年 5 月 21 日，在索亚潘戈发现。1982 年 6 月 11 日，在梅希卡诺斯发现。1982 年 5 月 30 日，在埃尔普拉永发现，白色衬衫，紫色裤子，黑色鞋子。

最后这条说明所对应的照片里，是一具没有眼睛的尸体，因为秃鹰先于摄影师发现了尸体。就像其他地方的游客会迅速习得当地的货币汇率、博物馆开放时间这类信息那样，萨尔瓦多的游客，能够迅速习得另一种特殊的实用信息。来到萨尔瓦多你才会知道，秃鹫会从软的地方吃起，眼睛、裸露的生殖器、张开的嘴巴。张开的嘴巴可以塞上某种象征物，用来传达信息，比如，一根阴茎；如果是土地所有权问题，则是争议地区的泥土。以及，毛发腐朽的速度比肌肉慢，在尸堆里，被一头秀发环绕的头骨并不罕见。

所有的法医照片，都会在观看者中造成某种保护性的麻木，但在这里分解尸体是比较困难的。首先，从技术上讲，这些照片不是"法医"照片，因为它们所记录的证据，将永远不会在法庭上出现。其次，毁容的情况太寻常了。地点太近，日期太近。失踪者的亲属也在场：这些女人每天都坐在大主教区这个狭窄的办公室里，等着看保存照片的螺旋式装订相册。这些相册的塑料封面上，印有柔和的彩色照片，照片中的美国年轻人正在约会（一本相册是在秋天的落叶中漫步，另一本相册则是在一片雏菊地里躺下）。这些女人正在寻找她们的丈夫、兄弟、姐妹和孩子的尸体，她们把照片传递下去，没有评论，没有表情。

萨尔瓦多

这里的暴力场面中，比较阴暗的因素之一［是］行刑队。长期以来，这些团体的存在一直受到争议，但许多萨尔瓦多人对此并不认同。谁是行刑队成员？这是另一个困难的问题。我们不认为这些小队是作为永久性组织而存在的。不如这么说，他们根据感知到的需要而凝聚在一起，是临时性的兵团。成员资质也不确定，但除了平民之外，我们认为安全部队的在职和非在职成员，都是参与者。右翼发言人罗伯托·道布伊松少校非官方地证实了这一点，他在1981年初的一次采访中说，当需要执行一个潜在的棘手或灰色任务时，安全部队成员会动用行刑队的伪装。

——摘自前引1982年1月15日的机密备忘录（随后被解密），由驻圣萨尔瓦多大使馆政治部为国务院起草

在萨尔瓦多，死人和碎尸随处可见，每天都有，如同在噩梦或恐怖电影中一样理所当然。秃鹰显然暗示了尸体的存在。街上的一群孩子暗示着尸体的存在。尸体出现在空地的灌木丛里，出现在最富有的地区，被扔进沟渠的垃圾里，出现在公共厕所里，出现在公共汽车站里。一些尸体被丢在城市东部几英里的伊洛潘戈湖，被冲到湖边的别墅和俱乐部附近，这些俱乐部是圣萨尔瓦多仅剩的体育资产阶级常去的地方。一些尸体甚至出现在埃尔普拉永火山，在美国的每个电视屏幕上，经常可以看到月球熔岩区一般腐烂的人肉。但在1982年6月，一本由美国人马里奥·罗森塔尔编辑的英文周刊《萨尔瓦多新闻公报》，却将其描述为"从左派宣传文件中挖出来的……未经证实的故事"。还有一些人出现在"恶魔之门"，位于巴尔波亚公园，这个国家旅游胜地在1982年4月至7月刊的 Aboard TACA，即萨尔瓦多国家航空公司为乘客提供的杂志中，被描述为"绝佳的彩色摄影地"。

1982年6月的一个早晨，我开车前往恶魔之门，行经总统府、被伪装起来的瞭望塔，以及城南军队和武器的集中地，沿着一条狭窄的道路前进。由于山体滑坡，以及路基上的深层裂缝，道路变得更加狭窄。我对这次驾驶有如此强烈的预感，以至于过了一会儿，我开始希望能不知不觉地路过恶魔之门，只是错过它，忽略它，转身回去。然而，我没有办法避开它。恶魔之门在古老而鲜明的文学传统中是一个"风景区"，萨尔瓦多一半的地方，似乎都在一个巨大的岩石裂缝中，自然本身就是一个课堂。一个如此浪漫和"神秘"的地方，在某些方面，有一种戏剧性的献祭色彩，如同对十九世纪风景画的放大模仿。这个地方呈现出卑微的谬误：天空"沉

睡",石头"哭泣",不断渗出的水使蕨类和苔藓变得沉重。树叶很厚,湿滑。唯一的声音是稳定的嗡嗡声,而我相信那是蝉的声音。

在萨尔瓦多,尸体堆放的地方,被视为游客必去的地方,虽然困难,但值得绕道前往。有一天,阿尔瓦罗·马加尼亚总统的一位助手对我说:"你应该看过埃尔普拉永火山。"然后,他从地质学的角度探讨此地,将其作为本国拥有地热资源的证据。他没有提到那些尸体。我不确定他是在试探我,还是仅仅由于他对地热方面的兴趣高于一切。埃尔普拉永火山和恶魔之门的一个区别是,埃尔普拉永火山的大多数尸体,似乎是在其他地方被杀死,然后被扔掉的。而在恶魔之门,据说处决会在原地进行,尸体在山顶被扔掉。有时,记者会说自己想在恶魔之门过夜,以便记录真实的处决过程。然而我在萨尔瓦多的时候,并没有人这样做。

至于后续,也就是大白天的事情,是有据可查的。当我提到我曾访问过恶魔之门时,一位大使馆官员说,"我听说,今天没有什么新鲜事。""上面有吗?"另一个人问。"昨天上面应该有三个。"关于上面是否有尸体,通常有必要下去看一看。下去的路很难走。石板上的苔藓很滑,被镶嵌在高耸的悬崖上,人们正是从这个悬崖开始向下造访尸体,或者是尸体的残骸,被啄食的、生了蛆的肉块、骨头和头发。在某些日子里,总是有直升机在盘旋,跟踪那些下山的人。而在其他日子里,在山顶的空地上有民兵,那里似乎是道路的尽头。不过,在我过去的那个早晨,山顶上只有一男一女和三个小孩,他们在湿漉漉的草地上玩耍,而那个女人在不断启动和刹住一辆丰田小卡车。她似乎是在学习如何开车。她向前开,然后又向边缘开,显然是按照男人的信号一次又一次地开车。

我们没有说话,直到后来下了山,回到临时居住的地方。这时我才意识到一个明确的问题,为什么一个男人和一个女人,会选择一个著名的尸体堆来学习驾驶。这是我丈夫和我在萨尔瓦多度过的两个星期之中,所目睹的奇异场景之一。也正是在这两个星期里,我开始以一种我以前所不明了的方式,真正理解了恐怖的机制。

每当我在圣萨尔瓦多无事可做时,我就会在圣贝尼托和埃斯卡隆区的树荫下散步,那里正午时分的寂静,只是偶尔被对讲机的噼啪声和武器上金属碰撞的咔嚓声打破。我记得在圣贝尼托的一天,我打开包翻找一个地址,听到街上到处都是金属碰撞的声音。总的来说,这里没有人走路,一池子的花朵躺在路边的人行道上,无人干扰。圣贝尼托的大多数房子都比埃斯卡隆的房子新,没有那么怪异,可能也更洋气，但这两个区最引人注目的建筑特征不是房子，而是它们的墙。墙不断地建在墙上，墙上没有常见的南美金杯赛奖杯和九重葛，墙反映了连续几个时代的暴力：原先的石头，追加的五、六或十英尺的砖，最后是带刺的铁丝网，有些是蛇腹形的，有些则是通电的；有些墙上还有瞭望塔、射击孔、监视器，使得墙高达二三十英尺。

在大使馆的安全地图上，圣贝尼托和埃斯卡隆的"事件"相对较少的地区，但仍弥漫着压抑不安。首先，**峡谷**中总是有"事件"发生——扣押、死亡和失踪。在配有围墙、警卫和对讲机的房屋后面，峡谷倾斜而下，两侧挤满棚屋。一天，在埃斯卡隆，有人介绍了一个女人给我，她在喜来登酒店上方的**峡谷**里搭了个小棚子，开了间杂货店。她在佳美和强生婴儿肥皂上贴上价签，偶尔停下来卖几份可乐，装在塑料袋里，加了冰。她低声讲着她的恐惧，她十八岁的儿子，还有最近几晚被带去附近**峡谷**里枪杀的男孩们。

其次就是喜来登，在埃斯卡隆当地有关美国人失踪和死亡的报道中，这家酒店的存在感极其突出。喜来登酒店总是比皇家大道酒店或总统酒店更明亮，有更轻松的节日氛围。游泳池里有孩子，大厅有鲜花，有穿着淡雅裙子的漂亮女人，但停车区通常有几辆防弹的大切诺基，在大厅喝酒的男人都背着带拉链的小包。在圣萨尔瓦多，这种包里装的通常不是护照或信用卡，而是一把勃朗宁9毫米手枪。

在喜来登酒店，一些美国人成了**失踪者**。1980年12月，一位名叫约翰·沙利文的年轻自由撰稿人最后一次露面，就是在这里。1981年1月3日晚11点过后，也是在喜来登，两位美国土地改革顾问，迈克尔·哈默和马克·珀尔曼，以及萨尔瓦多土地改革研究所所长何塞·鲁道夫·维埃拉一同被杀害。三人正在大厅外一家餐厅喝咖啡，杀死他们的人用的是一把英格拉姆MAC-10冲锋枪，没有配消音器，开枪后径直走出大厅，至今仍未被逮捕。甚至还出现在1980年12月四名美国教会妇女遇害事件的调查中：两名马利诺修女，伊塔·福特和毛拉·克拉克；一名乌尔苏拉会修女，多萝西·卡泽尔；以及一位志愿者，让·多诺万。1982年7月，国际人权律师委员会在纽约编写并发布的《萨尔瓦多的正义：一个案例研究》（*Justice in El Salvador: A Case Study*）中，出现了这样的说明：

> 1980年12月19日，[杜阿尔特政府]特别调查委员会报告说，"12月2日晚上11点左右，有人看到一辆红色丰田3/4吨皮卡离开（案发现场）"，并表示正在检查教会妇女所乘"被烧毁的面包车上的一处红色斑点"，以确定这个油漆斑点

是否"可能是该车与红色丰田皮卡碰撞的结果"。一直密切关注此案的马利诺修女会社会问题办公室，直到1981年2月，才从一个被认为"可靠"的信源处得知，FBI已经确认，被烧毁的面包车上的红色斑点，与圣萨尔瓦多喜来登酒店的红色丰田皮卡匹配……但在FBI表明死者车上的油漆斑点来自喜来登卡车之后，国务院仍在与死者家属的沟通中声称"FBI无法确定油漆刮痕的来源"。

这份研究报告中还提到了一位名叫汉斯·克里斯特的萨尔瓦多年轻商人（他的父亲是德国人，在第二次世界大战结束时来到萨尔瓦多），他是喜来登酒店的合伙人。汉斯·克里斯特如今住在迈阿密，他的名字本应出现在马利诺的调查中，但却没有——这让很多人感到不舒服。因为正是汉斯·克里斯特和他的姐夫里卡多·索尔·梅萨，1981年4月首次被指控在喜来登酒店谋杀了迈克尔·哈默和马克·珀尔曼，以及何塞·鲁道夫·维埃拉。这些指控后来被撤销，随后是一系列其他指控、逮捕和释放。1982年秋天，两名前国民警卫队下士对杀人事件供认不讳，并出面做证是汉斯·克里斯特带领他们穿过大厅辨识受害者，但即便如此，定罪仍然是徒劳。美国大使馆对此表示"惊愕"和"难以置信"。克里斯特和梅萨说，这场被撤销的案子是遭到了政府的陷害，在杀人事件当晚，他们只是在喜来登酒店与一名国民警卫队情报人员一起喝酒。事实上，汉斯·克里斯特和里卡多·索尔·梅萨在喜来登酒店喝酒的陈述，确实符合逻辑，因为他们都与酒店有利益关系，而且，里卡多·索尔·梅萨不久前开了一家旱冰迪斯科舞厅，就在凶手当晚穿过的大堂旁边——尽管舞厅后来关门了。据目击者描述，这些杀手穿着整齐，脸部被遮住。我在圣萨尔瓦多时，他们走过的房间已不再是一家餐馆，但子弹的痕迹还保留在门对面的墙上，清晰可见。

每当我有机会参观喜来登酒店时，我都会感到忧虑。这种忧虑对我来说，是整个埃斯卡隆区的底色，即便在它充斥着人群、电影院和餐馆的下游地带也是如此。我记得在墨西哥大使馆附近，一家餐馆带顶棚的门廊下，我曾被这种忧虑击中。那天夜里停电了——不知停电是因为下雨，还是有人蓄意破坏，或者是这座城市里习惯性的一种停电。我突然意识到，在一辆过路汽车投下的光线中，有两个人影。车灯照出他们的剪影，随后又看不见了。其中一个影子，坐在一辆大切诺基烟色玻璃车窗后面，车就停在餐馆前面的路边；另一个影子，蹲在隔壁埃索加油站的油泵之间，拿着一把步枪。我感觉不妙，因为那晚坐在门廊上的人只有我丈夫和我。在没

萨尔瓦多

有车灯的情况下，我们桌上的蜡烛提供了唯一的光亮。我忍住了吹灭它的冲动，只装作继续交谈，小心翼翼。好在一切都没有发生。但我没有忘记那一瞬间，我被恐惧击垮的萎靡不振和羞辱感，而这，就是我所谓的萨尔瓦多恐怖机制的含义。

1981年3月3日：前萨尔瓦多军队情报官员罗伯托·道布伊松召开新闻发布会说，在美国总统选举前，他与里根的几位顾问保持接触。道布伊松说，武装部队应该要求军政府解体。他拒绝说出行动的日期，但说"我认为3月是一个非常有趣的月份"。他还呼吁放弃经济改革。道布伊松此前曾两次被指控密谋推翻政府。社会观察家们推测，既然道布伊松能够举行新闻发布会，并在萨尔瓦多和危地马拉之间自由通行，他一定在军队的某些部门中得到了相当的支持……

1981年3月4日：在圣萨尔瓦多，美国大使馆遭到枪击，没有人受伤。临时代办弗雷德里克·查平说："这一事件具有道布伊松行动的所有特征。而我要声明的是，我们反对政变，也拒绝被恐吓。"

——摘自美国驻圣萨尔瓦多大使馆
定期编写的
《与萨尔瓦多局势有关的事件年表》

自《出埃及记》以来，历史学家们一直在书写那些为自由而牺牲和斗争的人：温泉关战役、斯巴达克斯叛乱、攻打巴士底狱、第二次世界大战中的华沙起义。最近，我们在中美洲的一个发展中国家看到了这种人类冲动的证据。几个月来，世界新闻媒体一直在报道萨尔瓦多的战斗。日复一日，我们看到故事和影片的主题都偏向讲述勇敢的自由战士为了沉默而苦难的人民、为了这个饱受折磨的国家，与残暴

萨尔瓦多

的政府部队进行斗争。然后有一天,这些沉默受难的人民得到了一个机会:可以投票选择他们想要的政府。突然间,山上的自由斗士暴露了他们的真实面目:古巴支持的游击队。在选举日,萨尔瓦多人民,史无前例的 [150 万] 人,冒着埋伏和枪林弹雨,跋涉数英里,为自由而投票。

——1982 年 6 月 8 日,里根总统在对英国议会两院的演讲中,提到了1982 年 3 月 28 日的选举。这次选举使得罗伯托·道布伊松登上了制宪议会主席的位置

他要从哪里来,审判死人和活人。我碰巧在圣萨尔瓦多的一个晚上读到了里根总统的讲话,他在电视上,与多丽丝·戴一起出演《胜利之队》。这部影片在 1952 年由华纳兄弟出品,是关于棒球投手格罗弗·克利夫兰·亚历山大的故事。我抵达温泉关站的时候,正值萨尔瓦多的救世主开始串小红莓,并与多丽丝·戴一起唱《老圣尼古拉》。她穿着婚纱坐上摇椅:"**太棒了。**""**圣诞快乐!**"他们一起喊道,并且用带口音的英语说,"Play ball!"

碰巧的是,我在萨尔瓦多时,"play ball"这个短语是与罗伯托·道布伊松,以及他在民族主义共和国联盟(或者说 ARENA)中的追随者联系在一起的。"这是一个让某些人知道他们必须做点正经事

的过程,"使馆人员会说,"你带来一个年轻的家伙,以及'年轻'所意味着的一切,你向他发出信号,他做点事,然后我们也做点事。"在这种情况下,美国人的措辞有种刻意的随性,那些要做的事情,如同纯粹的冷酷和贝利桥,最终塑造了这片土地。1982 年 7 月,埃利奥特·艾布拉姆斯告诉《纽约时报》,萨尔瓦多军队的内部惩罚可能是"一个非常重要的标志,意味着你不能再做事了",这意味着杀死这个公民。"如果你善后得当,那么一切才有可能。"这是美国国家安全顾问威廉·克拉克的特别助理杰里迈亚·奥莱利在 1982 年 3 月 28 日选举后接受《洛杉矶时报》采访时,对美国的外交努力所做的描述。他在推测迪恩·辛顿大使可能会如何处理道布伊松。"我大概能想象他这样说,'该死的,波比,你有麻烦了……如果你是大家所说的那样,那你会让所有人都很难受的。'"

罗伯托·道布伊松是一个烟鬼,正如我在萨尔瓦多遇到的许多人一样。也许是因为在这个国家,吸烟致死的可能性仍然很小。我从未见过道布伊松少校,但我一直对人们用来描述他的形容词感兴趣。"病态"是用来修饰"杀手"的形容词,前大使罗伯特·E. 怀特这样描述他(根据大使馆 1980 年 6 月 30 日的"事件年表",正是在怀特拒绝了道布伊松的签证之后,

"道布伊松试图非法入境美国，他在华盛顿花了两天时间举行新闻发布会和参加午餐会，然后向移民局自首")。不过，"病态"不是一个能在国内听到的词，其中的意义往往是以黑话的形式传递。

在国内，人们听到的是"年轻"（"以及'年轻'所意味着的一切"令人心照不宣），甚至是"不成熟""急躁""冲动""不耐烦""紧张""易怒""敏感""纠结"，以及最常见的"紧绷"，或者只是"用力"。当时我觉得罗伯托·道布伊松有理由感到紧张，因为在几次政府更迭中一直担当主要角色的何塞·吉列尔莫·加西亚将军，可能会顺理成章地将他视为难以预料的变数，认为这可能破坏每个人将自己的自由一票投给他的能力。在我写这篇文章的时候，我意识到我已经落入了萨尔瓦多的思维定式：保持悬念。因为在游戏的任何特定时刻，都有一半的玩家在流亡，是处在"联系中"的状态。

"我认识道布伊松很久了。"阿尔瓦罗·马加尼亚告诉我，他是军队任命的银行家，萨尔瓦多的临时总统，而且还是在道布伊松的强烈反对下被任命的（"我们在千钧一发之际拦住了那个人。"迪恩·辛顿告诉了我道布伊松意图踢馆马加尼亚的戏码）。我们坐在他总统府楼上的办公室里。那是一栋热带殖民风格的建筑，通风良好且宽敞。他一杯接一杯地喝着利摩日风味的黑咖啡，每喝一杯都抽一根烟，他小心翼翼，像一个不情愿的演员，心里想着如何才能在这部充满意外的电影中生存下来。"自从莫利纳担任总统以来，我经常来这里看莫利纳，道布伊松会在这里，他是军事情报部门的一个年轻人，我在这里认识他。"他凝视着通向内部庭院的走廊，那里有美人蕉、夹竹桃，以及一个破败的喷泉。"我们单独待在一起的时候，我试着和他说话。我也和他交谈过，比如他今天来吃午饭的时候。但他从来不叫我阿尔瓦罗，总是用**您**、**先生**、**阁下**之类的尊称。而我就叫他罗伯托。我说，罗伯托，不要做这个，不要做那个，你知道的。"

马加尼亚在美国芝加哥学习，他的四个大孩子现在都在美国，一个儿子在范德比尔特大学，一个儿子和一个女儿在圣克拉拉大学，另一个女儿在圣克拉拉大学附近贝尔蒙特的圣母大学。我们知道，马加尼亚的名字总是与金钱、教育和寡头家庭的气质联系在一起。但事实上，这里的所有人都与他联系密切。马加尼亚的姐姐住在加利福尼亚，是吉列尔莫·温戈的妻子诺拉·温戈的好朋友，温戈在1982年8月与马加尼亚的姐姐交谈过。当时他在加利福尼亚为FMLN-FDR筹集资金，所谓FMLN-FDR，是今年萨尔瓦多政府反对派的名称。这个反对派的成员，甚至它的缩写都常常变化，但大体上

萨尔瓦多

是这样的：FMLN-FDR 是革命民主阵线（FDR）和五个游击队联合组成的法伊本多·马蒂民族解放阵线（FMLN）的联盟。这五个游击队分别是萨尔瓦多共产党（PCS）、人民解放部队（FPL）、中美洲工人革命党（PRTC）、人民革命军（ERP）和民族反击武装力量（FARN）。在这些团体中，每个团体还有更多的派别，有时甚至有更多的缩写，比如人民革命军的 PRS 和 LP-28。

在道布伊松试图阻止马加尼亚就任临时总统的时候，得到其他寡头分子大力支持的 ARENA 成员开始广泛散发传单，他们将马加尼亚称为共产主义者，更有趣的是，还称他是"小犹太人"。操纵反犹太主义是萨尔瓦多生活中的一股暗流，这一点没有多少人讨论过，也许值得研究一下，因为它指向寡头政治内部的紧张关系——那些在十九世纪中期巩固其财产的家族，与后来那些在 1900 年左右抵达萨尔瓦多并巩固其地位的家族（其中一些是犹太人），二者之间存在一种紧张关系。我记得我曾向一个萨尔瓦多的有钱人打听过，我问他认识的那些已经把资产转移到迈阿密的寡头政权高层有多少。"他们大部分都是犹太人。"他这样回答我。

在圣萨尔瓦多
1965 年那一年
三家最重要的书店里的
畅销书
包含：
锡安长老会纪要
腹泻的萨默塞特·毛姆
写的几本书
还有一本令人不快的
直白的诗集
由一位欧洲名字的女士撰写
尽管如此，她还是用西班牙语写了一些
关于我们国家的文章
和一本
《读者文摘》的小说摘录。
——《圣萨尔瓦多》，罗格·道尔顿著，爱德华·贝克译

已故的罗格·道尔顿·加西亚，1935 年生于萨尔瓦多的一个中产阶级家庭。他在哈瓦那待了几年，1973 年返乡加入了 ERP，即人民革命军。1975 年，他被自己的同志处决，罪名是 CIA 特工。据说，处决他的人是华金·维拉罗伯斯，如今大约三十岁，是 ERP 的指挥官，也是 FMLN 的关键人物。正如墨西哥作家加布里埃尔·扎伊德在 1982 年《异议》（Dissent）杂志冬季刊上指出的那样，罗格·道尔顿为首的知识界也是他的支持者。道尔顿被处决的事件，经常被那些想强调

"反对派也会杀人"的人引用。比如政府国务院这样的地方,或者萨尔瓦多现任政府任何部门的人都会认同这种说法。因为,如果在萨尔瓦多,政府杀人是理所当然的,那么反对派杀人也是理所当然的;这里每个人过去都杀过人,现在也仍在杀人。如果这个地方的历史遵循一种固定模式,那就是:每个人都会继续杀人。

"不要说是我说的,但这里不存在问题,"一位萨尔瓦多的权贵告诉我,"只有野心。"他的意思当然不是说这里没有思想冲突,而是说只有他认识的那些人才有思想冲突,无论战斗、谈判、政变或反政变的结果如何,最终占领总统府的都不会是**农民**或者马利诺修女,而是那些早已掌握权势的人。吉列尔莫·温戈、华金·维拉罗伯斯,甚至罗格·道尔顿的儿子胡安·何塞·道尔顿,或者他在 FPL 中的同志何塞·安东尼奥·莫拉莱斯·卡博内尔,他的父亲是何塞·安东尼奥·莫拉莱斯·埃利希,杜阿尔特军政府成员,在罗梅罗政府期间曾流亡海外[a]。1980 年 6 月,卡博内尔在圣萨尔瓦多被捕前不久写了一封公开信,批评他的父亲对"洋基帝国主义"严重缺乏认知。在 1982 年夏天,卡博内尔和胡安·何塞·道尔顿试图一起进入美国,在旧金山进行演讲,但美国驻墨西哥城的大使馆拒绝为他们发放签证。

与我交谈的这位萨尔瓦多知名人士似乎在说,无论莫拉莱斯·卡博内尔和他的父亲,以及罗格·道尔顿和华金·维拉罗伯斯之间的分歧是什么,都不在人们通常用来划分**左右**的框架之内。他把**局势**看作有权者之间又一次的权力调整,是"野心"的冲突,而不是"问题"的冲突。我意识到,这正是人们所说的那种资产阶级对国内冲突的典型理解方式,但它无法提供任何解决方案。能够解决问题的人都在别的地方,在墨西哥、巴拿马或华盛顿。

这个地方让人怀疑一切。一天下午,我的哈拉宗药片用完了——我每天晚上都会在自来水壶里投一片,用来给饮水消毒(即使在当时,我也知道这是一种**外国佬**才有的疯狂举动,但在这个国家,除了本地人都多少有点小病,包括美国大使馆的护士)——于是我离开皇家大道酒店,走到街道对面的购物中心(Metrocentro),当地人宣称它是"中美洲最大的购物中心"。虽然没找到哈拉宗片,但我开始沉迷于记录这个商场本身:我记下了它播放的背景音乐,《我把心留在了旧金山》

---

a 罗梅罗政府(1977—1979)实行军政府独裁统治,1977 年 2 月,镇压基督教民主党,迫使杜阿尔特与埃希利等党内高层流亡海外,直到 1979 年 10 月政变后才得以返国内,重返政治高层。

萨尔瓦多

和《美国派》(**音乐死去的那天,也是我死去的那天**),虽然唱片店里主推的是一盘名为《巴拉圭经典》的磁带;超市里正在出售的**法式鹅肝酱**;在超市门口逐一检查人们有没有携带武器的警卫;穿着紧身塞吉奥·瓦伦特牌牛仔裤的年轻太太们,身后跟着抱着婴儿的女佣。太太们在挑选浴巾,那种大沙滩巾,其中有一条印着曼哈顿地图,上面的布卢明代尔百货公司格外醒目;还有各种象征着"精致饮酒"风潮的商品,让人想起时髦的鸡尾酒时光:配有酒杯和调酒器的瓶装苏联红牌伏特加套装,制冰桶,各式设计的酒水小推车,上面摆着些样品瓶。

这个购物中心,正是人们想象中萨尔瓦多被拯救后应有的模样,也是拯救它的原因所在。我尽职尽责地把它记录下来:那些我很清楚该如何解读的**色彩**,归纳性的讽刺,被认为可以照亮整个故事的细节。然而,记下这些时,我意识到,我对这种讽刺已经没那么感兴趣了,这个故事大概也不会被这样的细节照亮,或许不会被任何东西照亮,甚至,它可能根本不是一个**故事**,而是一个真正的**暗夜**(noche obscura)。就在我等着穿过英雄大道,返回皇家大道酒店时,我看到士兵们正把一个年轻的平民赶进一辆面包车,枪口对着男孩的后背,我径直走了过去,不愿看见任何东西。

1981年12月11日：萨尔瓦多的阿特拉卡特营对莫拉兹芬的游击队据点进行了为期六天的攻势扫荡。

——来自美国大使馆的《事件年表》

  莫拉桑省是该国最危机四伏的地区之一，12月又发生了一次武装部队行动，这已经是1981年期间莫拉桑省的第四次行动了……莫佐特的小村庄被完全摧毁。由于这个原因，同一时间发生在同一地区的几起屠杀事件被统称为"莫佐特屠杀"。其中唯一的幸存者，鲁菲娜·阿玛雅，三十八岁，她躲在妇女们被囚禁的房子附近的树后面，逃过一劫。她做证说，12月11日星期五早上5点左右，军队抵达并开始将人们从家中带走……中午，男人们被蒙上眼睛，在镇中心被杀害。其中就包括阿玛雅几近失明的丈夫。下午，年轻妇女被带到附近的山上，被强奸、杀害和焚烧。接下来，老妇人被带走并枪杀……在她的藏身之处，阿玛雅听到士兵们在讨论如何掐死这些孩子；随后她听到孩子们的呼救，但没有枪响。在被杀害的孩子中，有三个是阿玛雅的孩子，都在十岁以下……应该强调的是，这个地区的村民收到过FMLN即将开展军事行动的警告，有些人确实离开了。那些选择留下的人，比如福音派新教徒和其他人，认为自己在冲突中是中立的，对军队是友好的。根据阿玛雅的说法："因为我们认识军队的人，所以我们感到安全。"她说，她的丈夫与当地军队的关系一直很好，甚至还持有她

萨尔瓦多

称作"军队安全通行证"的东西。阿玛雅和其他[九个发生屠杀的村庄]幸存者一致认为，阿特拉卡特营是这场大屠杀背后的最大黑手。

——摘自1982年7月20日由美洲观察委员会和美国公民自由联盟编写的《萨尔瓦多人权报告》的补编

我在萨尔瓦多的时候，正值莫佐特大屠杀的六个月之后，1982年7月里根总统认证的大约一个月之前；该认证称萨尔瓦多有资格继续获得援助，鉴于此地在特定领域（指"人权""土地改革""启动民主政治进程"，这些短语**在现场**听来如此遥远，仿佛一种幻觉）取得了足够的进展；莫拉桑正在展开一场激烈冲突，地点位于驻军城镇圣弗朗西斯科−戈特拉和洪都拉斯边境之间那片崎岖的中央山地。交战双方均称，1982年6月发生的这场战斗，是迄今为止整场战争中最激烈的一役。不过究竟实情如何，就像圣萨尔瓦多其他所有事情一样，我们无从而知。

报告陆续传回。1981年接受过美国顾问训练的阿特拉卡特营，显然又出现了。还有另外两个营也在那里：阿通纳营，由驻扎在萨尔瓦多的美国人训练；拉蒙·贝洛索营，刚刚从布拉格堡受训归来。每天早上，在COPREFA（国防部新闻办公室）的报道中，FMLN伤亡惨重，而政府军伤亡很少。每天下午，在游击队秘密电台"我们必将胜利"（Venceremos）的报道中，政府军伤亡惨重，而FMLN伤亡很少。要想了解究竟发生了什么，唯一的办法就是到那里去。不过，莫拉桑是个很难抵达的地方。连接圣萨尔瓦多和该国东部的主要桥梁——莱姆帕河上的奥罗桥——已经在1981年10月被FMLN炸毁，如今要想去圣弗朗西斯科−戈特拉，要么通过铁路桥跨越莱姆帕河；要么坐飞机，这就意味着要去伊洛潘戈军用机场，并设法搭上一架古铁雷斯航空公司的七座螺旋桨飞机，这是一条往返于伊洛潘戈与圣米格尔郊外一片草场之间的航线。在圣米格尔，有时可以找到一辆愿意继续前往圣弗朗西斯科−戈特拉的出租车，或者，也可以乘坐公共汽车，但乘坐公共汽车的问题是，即使能顺利通过路障（没有人被杀或拘留），也可能要耗上好几个小时，因为每个乘客都要接受盘问。此外还有一个问题，在圣米格尔和戈特拉之间，还有一座被炸毁的桥，位于里奥塞科河（Río Seco）上，在旱季里足够**干**（seco），但在雨季，往往无法通行。

6月属于雨季。里奥塞科河的希望不大。在我前往戈特拉的那个早晨，关于未来这一天的一切都显得很不可靠。而我却怀着一种真正放松的心情，踏上了这段冒险之旅,这表明我多么渴望离开圣萨尔瓦多,远离那里暧昧不明的紧张、阴沉的天色,以及梦游症一般的警惕,哪怕只有一天也好。这段旅程只有八十英里,但到达那里却花了大半个上午。先是在伊洛潘戈的跑道上等待,飞行员试图让发动引擎。"**五分钟,**"他不停地说着,拿出一把扳手,"**一小会儿。**"雷云在东面的山上聚集。雨水打在机身上。机舱中坐满了人,七位乘客,来回95科朗。我们静静地看着他笨拙的修理,终于,飞机的引擎从一台到两台都转动起来。

飞到空中时,我深受震撼——一如我在萨尔瓦多时那样。这个国家的缩影,整个共和国比加州的一些县还要小(比圣地亚哥县小,比克恩或伊尼欧小,比圣贝纳迪诺小2.5倍),正是这种情况使得人们幻想这个地方可以被管理,被挽救,成为一种试点项目,就像田纳西流域管理局那样。在二十五分钟的飞行中,我们的脚下是半个国家,5月开始的降雨已经使这片土地绿意盎然,耕地茂盛,看似富饶诱人,咖啡作物在每条沟壑中蔓延,火山山脉突然出现,然后退去。我想要观察山坡上的战斗痕迹,但没有看到。我观察伦巴河上的水电工程,但那里只有被炸毁的桥。

那天早上的飞机上,有四个人想继续去戈特拉,我丈夫和我,还有《华盛顿邮报》的克里斯托弗·迪基和《新闻周刊》的约瑟夫·哈米斯。当飞机在圣米格尔外的草地上降落时,我们与一个愿意带我们至少走到里奥塞科的出租车司机达成了协议。我们与一位当地女人搭乘同一辆出租车,一直到圣米格尔。虽然她和我坐在一个凹背座椅上,但她没有说话,只是直勾勾地盯着前方,一只手攥着她的包,另一只手努力把她的裙摆拉到黑色蕾丝衬裙上。当她在圣米格尔下车时,出租车里还残留着她的香水味,浪凡的"琶音"。

在圣米格尔,街道上出现了1月的战斗痕迹,许多建筑都被查封,被遗弃。圣米格尔曾有一家还算过得去的汽车旅馆,但老板已设法离开了这个国家。这里曾经也有一家可以吃饭的地方,但现在没有了。偶尔有军队卡车飞驰而过,也许是从前线返回的空车,我们尽责地挨个儿记下来。天气越来越热。手上的汗水不断模糊着我对这些空车的记录,我又把它们抄在一张干净的纸上,煞费苦心,仿佛这很重要一样。

这里的天气比首都的天气更干燥,更严酷,更尘土飞扬,但是现在我们已经习惯了,习惯了出租车的颠簸,习惯了我们经常被要求停车、下车,出示我们的身份证明(小心翼翼地将手慢慢伸进一个外袋,每一个动作精心计算,为了不惊动那些拿着M-16的士兵,他们中的许多人似乎

361

还没有成年），然后等待出租车被搜查。一些年轻士兵戴着用鲜艳纱线包裹的十字架，粉色和绿色的纱线如今被灰尘和汗水染上了污渍。出租车司机可能比这些士兵中的大多数人都要大二十岁，他是一个身材矮壮、安分守己的公民，戴着昂贵的太阳镜，不过，在每个路障前，他都会用一个简略到几乎无法察觉的动作，分别触摸挂在后视镜上的两颗天主教念珠，然后在自己身上画十字。

当我们到达里奥塞科河时，能否成功渡河的问题似乎已经无关紧要了，成了一天里又一件让我们分心的小事。这一天从6点开始，现在不到9点，对于一种生活方式来说，这已经不是一天了。司机宣布，我们将尝试渡河，那天的河水似乎很浅，河水迅速流过河床里难以预测的沙子和泥土。我们在岸边站了一会儿，看着一个开推土机和绞车的人用他的设备，一次又一次试图钩住一辆沉没在河流正中的卡车。小男孩们拿着钩子一次次潜入水下，又浮出水面，但并没有把事情搞定。虽然看起来不完全有希望，但我们还是尝试了渡河，我们伺机而动，现在就在那里：在河里。我们先是沿着沙坝走了一个宽大的弧形，却在离开沙洲时被卡住了，接着发动机坏了。出租车在水流中轻轻地摇晃。水一寸一寸地从地板上冒出来。不远处，有些妇女在浅滩上裸泳，她们没有留意到那辆推土机，没有留意到小男孩，以及那辆半淹没的出租车和里面的**外国佬**。在我们等待轮到我们用推土机的时候，我突然想到，早上渡河只意味着我们必须在下午再次渡河，而那时挖土机可能还在或不在这里，但这只是我的想象，与即将来到的一天并不相同。

当我如今想起在戈特拉的那一天，我主要想到的是等待，闲逛，在军营外等待（**指挥中心**，是大门上写着的标志，绿色靴子，搭配绿色贝雷帽），在教堂外等待，在莫拉兹影院外等待——那里的海报预告了电影《恐惧》和《雪岭惊魂》，开放式大厅里排列着50毫米口径的机枪和120毫米的迫击炮。莫拉兹影院里住着一些士兵，他们中的一些人懒散地踢着足球，就在迫击炮之间。另一些人则在酒馆外的角落里彼此说笑，与在莫拉桑影院和教区房屋之间摆摊卖可口可乐的妇女调情。教区、教堂、摊位、酒馆、莫拉桑影院与**军营**都相对而立，位于他们中间的与其说是广场，不如说是一条尘土飞扬的宽阔道路。这种布局，使戈特拉焕发了某种舞台感。任何事件——比如说，一辆装甲运兵车的到来，或者教堂外的送葬队伍——往往立即变成一出歌剧，所有演员都在舞台上。驻军士兵、镇上的年轻女士、小贩、牧师、送葬者，以及，由于我们也在舞台上，于是增添了一个不和谐的挑衅因素——**美国人**，身着**美国人**的服饰，这里是旧的阿伯克龙比卡其裤，那里是阿迪达斯运动鞋，还有一顶印着孤星啤酒标识的棒球帽。

我们站在阳光下，试图避免有害的关注。我们喝着可口可乐，偷偷做着笔记。我们在教区办公室寻找牧师，但只找到了接待员，一个侏儒。我们一次又一次地在**军营**出示我们的证件，试图见到上校，让他允许我们到几公里外的战斗地点去，但得到的回复都是诸如：上校出去了，上校还在回来的路上，上校延误了。上校不在时，代为主管的年轻军官没有资格给我们发许可证。不过他毕业于军校，1982年春天在本宁堡接受训练（**精——彩——绝——伦！**这是他对本宁堡的印象）。他看起来至少对我们这些美国人是通情达理的。假如此时有一支巡逻队前往战争区域，或许我们可以一同前往。

最后，没有巡逻队被派往前线，上校也没有回来（上校没有回来的原因是，当天下午他就死了，死于洪都拉斯边境附近的一起直升机坠毁事故，但我们在戈特拉时没有了解到这一点）。那一天我们没有任何收获，只有偷听到的传言、不确定的观察，以及一些我们未加察觉的、能够或者无法组合起来的信息碎片。就在那个星期，美国刚刚交付给伊洛潘戈六架 A-37B "蜻蜓"攻击机，其中一架在低空呼啸着，然后消失了。一个连的士兵冲进**军营**的大门，飞快地跑向河边，但当我们追上去时，他们只不过是在河里洗澡，他们脱下了军装，在浅水里戏水。在河边的悬崖上，有一个正在完成施工的直升机停机坪，据说这个停机坪将覆盖两座墓葬了阵亡士兵的乱葬岗，不过此时，这些坟墓已经不明显了。出租车司机在等待的时候会和士兵们聊天（聊天、打牌、吃玉米饼和沙丁鱼、听出租车广播里的摇滚音乐），他从士兵们口中得知，有整整两个连的士兵在行动中失踪了，迷失或者死在山里的什么地方，但这也只是流传的消息，模棱两可。

从某种程度上说，当天最不含糊的事实是我们早上在圣卡洛斯附近，在里奥塞科和戈特拉之间的路上看到的唯一一具尸体，那是一具三十岁左右的赤裸男尸，一个清晰的弹孔整齐地钻过他两眼之间。他可能是被杀死他的人剥光的，或者，也可能是被偶然路过的人剥光的，因为在这个国家，衣物太值钱了，不能留在死者身上：情况如何我们无从得知。无论如何，他的生殖器被一根繁茂的树枝遮住了，估计是当时正在挖坟的**农民**遮住的。司机觉得这人是一个**破坏分子**，因为没有证据表明他有家人（在萨尔瓦多与某个死者有亲属关系，就是一种证据确凿的死刑执行令，死者的家人往往会消失），但在戈特拉的人似乎只知道,前天早上那个地方恰好也有一具尸体,而在那之前还有五具尸体。前天早上,戈特拉的一位牧师碰巧看到了那具尸体,但他当天晚些时候开车再经过圣卡洛斯时,尸体已经被埋葬了。大家一致认为,有人在试图掩盖这一切。但究竟在掩盖什么并不明确。

那天,我们花了大约一个小时的时间与牧师们相处,或者说,是与其中两位牧师(都是爱尔兰人)和两位修女(一位是爱尔兰人,一位是美国人)在一起,他们都住在面朝**军营**的教区房子里。这是我亲眼所见,至今仍记忆犹新的一个真实案例:圣恩不仅是在压力之下,而是在围攻之下降临。除了那个美国人——菲利斯修女是几个月前才来到这里外,其他人都在戈特拉待了很长时间,九年,十二年,长到足以在她们之间建立起一种艰深的情谊,一种礼貌和幽默。这让我们觉得,大家一起坐在庭院的门廊,似乎是坐在了文明在莫拉桑的最后阵地。从某些方面来说,也的确如此。

光线透过蕨类植物和木槿花照进门廊,显得凉爽而水灵,那里有老式的柳条摇椅和一张圣弗朗西斯科-戈特拉教区的地图,还有一张放着打字机的木桌,一罐绅士牌混合坚果,以及复印本的《诸圣传(插图本)》和《世俗方济会法则》。桌子后面的阴影里有一台破旧的冰箱,过了一会儿,一位牧师从冰箱里拿出几瓶比尔森啤酒,我们就这样安静地坐在半明半暗之中,喝着冰凉的啤酒,漫不经心地谈论一些无关紧要的事情,聊到当下的局势,但找不到解决方案。

这些人对于解决方案不太热衷,不喜欢抽象的东西:他们的生活建立在具体的事物之上。那天早上有一个教友的葬礼,他在前夜死于脑溢血。在那一周,还有两名儿童死在城外的棚户营地里,死因是腹泻和脱水。当时有大约12000名难民聚集在那里,他们当中的许多人都在生病。营地里没有药品。到处都没有水,自选举前后这里就没有水了,因为给戈特拉供水的水箱被炸毁了。水箱被炸毁的五六个星期以后,大雨开始了,这从一个方面来说是坏事,因为雨水把营地的厕所冲坏了,但从另一个方面来说是好事,因为在教区的房子里,他们可以不再完全依赖河里的水了,河里的水充满了细菌、变形虫和蠕虫。"我们现在有了屋顶的水,"爱尔兰修女珍说,"干净多了。河水是黄绿色的,我们只用它来冲厕所。"

他们一致认为,自选举以来,周边的死亡人数减少了,他们觉得这里比首都的死尸要少,不过,当他们开始彼此谈论这个或那个尸体时,似乎这里又还是有不少人死去的。人们谈论这些尸体的方式,就像在另一种教区里谈论坚信礼的候选人或者喉炎病人那样平淡无奇。路上的几具尸体，有两个在约洛艾金。当然，还有 48 具尸体靠近巴里奥，但那是 4 月的事情了。"上周三，一个**警卫**被杀了。"他们中的一个回忆说。

"星期四。"

"那是星期四吗，杰里？"

"一个狙击手。"

"我也是这么想的。一个狙击手。"

那天我们之所以离开教区，只是因为大雨将至，很明显我们必须赶紧渡河，否则可能几天内都过不去了。牧师拿出了一个留言簿，我在上面签字时想，我一定会再次回到这个门廊，我会带着抗生素和苏格兰威士忌回来，并且待上一段时间。但事实上我没有回来。在我离开萨尔瓦多的几个星期之后，我通过朋友的朋友打听到，教区的房子已经空无一人，神父们受到驻军的威胁和压力，被迫以某种方式离开了戈特拉。我记得，在我离开萨尔瓦多的前一天，我与迪恩·辛顿闲聊，当我提到戈特拉时，他问我有没有见到那些牧师，并对他们的处境表示关切。他特别关心那个美国修女菲利斯（一个美国修女被围困在这个国家某个地区的教区里，而且当时还遭受着美国空军 A-37B 的攻击——在认证之前最后几个微妙的星期里，这对于美国大使馆来说不算什么），并在某个时候向驻防部队的**指挥官**表达了这种担忧。他说，**指挥官**在得知修女和牧师的国籍时感到很惊讶；他还以为他们是法国人，因为用来描述他们的词总是"方济各会"。这些情形，是那些偶尔打开的、通往萨尔瓦多心脏的窗口之一，这些窗子忽而又会关上，只留下有关它不可名状的内部的惊鸿一瞥。

我在萨尔瓦多的时候，那些仍在这个国家的记者，将眼前的敌对行动称为继黎巴嫩、伊朗－伊拉克和福克兰群岛的"第四大战争"。事实上，许多记者已经放弃了圣萨尔瓦多的皇家大道酒店（他们暂时回家了，或者去了马那瓜的洲际酒店，或者任何在危地马拉、巴拿马和特古西加尔巴时他们经常光顾的酒店），以至于餐厅取消了自助早餐，这一事实经常被提及：没有自助早餐意味着没有行动，没有枪击，这是一段媒体的冷淡期，故事被存档，电影很少能上电视。他们会说："得从福克兰群岛找一个 NBC 的工作人员过来，我们才能有自助餐吃。"他们会说："天气有点热了，我们可以看午夜电影。"似乎当广播电视网络的人大批到来时，电影才搞得起来，他们在午夜架起录像机，那是《现代启示录》和伍迪·艾伦的《香蕉》。

那段时间，只有常客住在那里。"你

萨尔瓦多

今天要出去吗？"他们会在早餐时互相询问，"今天可能是个不错的日子，可以到处看看。"酒吧里的阿维斯柜台为每辆汽车和面包车都贴上了**国际新闻**的标志，并在保险协议中修改了一个类型条款：将恐怖分子造成的损失排除在外。美国大使馆发送了"我们必将胜利"电台的翻译文稿，这是由 CIA 在巴拿马准备的。国防部的 COPREFA 送来了"紧急"通知，贴在前台，这是在宣布认证前的几个星期里，专门为美国媒体策划的宣传事件：土地所有权的仪式性转让，以及"叛逃者"的仪式性表演。据《新闻报》报道说，这些人看起来很害怕，他们"放弃了参与颠覆的行列，厌倦了这么多谎言和虚假承诺"。

只有少数记者还在报道这些事件，尤其是当这些事件被**安排**在省驻军、**途中**还有可能碰到什么**突发**时。但**突发事件**总归不太确定，局势也不像之前那么容易掌握，过去，在酒店吃个自助早餐就能获取信息。现在，美国顾问不接受任何采访，尽管记者偶尔还能看到他们在周六晚上的喜来登喝酒，泛泛聊上几句。（美国顾问仍住在喜来登，这让我觉得有些反常，尤其是大使馆已经把派驻在这里的 AID（国际开发署）人员转移到了圣贝尼托一所带安保的房子里。"坦白说，我宁愿留在喜来登，"一位 AID 人员告诉我，"但是自从两个工会成员在喜来登被杀，他们让我们搬过来了。"）那个只要上高速就能找到游击队的时代已经结束了，现在要和他们碰面，唯一确定的方式是通过与墨西哥领导人接触，从洪都拉斯进入他们的控制区。这一过程足以打消**一日游**的念头，况且这早已不再是那样的一场战争，只靠电头上的**萨尔瓦多游击队后方报道**就能自动说明一切。

每个人都和能接触到的政府官员们打过交道，后者中的大多数人都已经变得娴熟老练，与其说是在接受采访，不如说是在进行一场表演；媒体对他们的报道，更像是在对这场表演进行点评，并分析其表达上的微妙变化。罗伯托·道布伊松甚至还参与了一次真实的表演，不知他自己事先是否之前：一个丹麦电影剧组在海地和萨尔瓦多为一部关于外国记者的电影取景，扮演记者的演员在道布伊松进行了**采访**，就在他的办公室里。这个丹麦剧组不仅把皇家大道酒店当作一个普通的酒店来居住（例如，这位明星是我见过的唯一一个会在皇家大道酒店游泳池里游泳的人），还将其视作一个电影元素，在酒店的的酒吧里拍了一个场景，这使得他们在此地的生活多了一种奇特的**色彩**。直到离开圣萨尔瓦多，他们也始终没有说清，事先究竟有没有告诉过道布伊松：这只是一部电影。

1982年6月19日星期六午夜过后22分，萨尔瓦多发生了一场大地震，地震导致棚屋倒塌，山体滑坡，几百人受伤，但只有大约12个人死亡（我说**大约**，是因为这个数据，就像萨尔瓦多其他所有事情的数据一样，有着各种版本），对于这种强度（加州理工学院的地震记录为里氏7.0级，伯克利的为7.4级）和时长（37秒）的地震来说，这个数字少得惊人。地震前的几个小时，我一直被莫名其妙的坏情绪所困扰，在我的祖母看来，这就是加州所谓"地震天气"的附属品，一种闷热，一种寂静，一种不自然的光线；一种紧张不安的感觉。事实上，我的坏情绪并没有特别的预示性，因为在圣萨尔瓦多，每天都是地震天气，那种神经紧张也是此地的流行病。

我记得那个星期五晚上10点30分左右，我和一位名叫维克多·巴里耶尔的萨尔瓦多画家在埃斯卡隆大道上的一家墨西哥餐厅吃过晚饭后，回到皇家大道酒店。几天前，我们在一次聚会上见面时，巴里耶尔说他对谈论美国人的传统很感兴趣，他总是在不了解这个国家和它的历史的情况下就与他们来往了。他解释说，维克多·巴里耶尔可以提供一种关于这个国家及其历史的特殊视角，因为他是已故的马克西米利亚诺·埃尔南德斯·马丁内斯将军的孙子。这位将军是1931年至1944年间萨尔瓦多的独裁者，在1932年的那几个星期，政府杀害了数不清的公民，这是一个教训，萨尔瓦多人仍然把它称为**大屠**

杀，或者杀戮（**数不清**是因为对被杀者数目的估计，从六七千到三万不等。在萨尔瓦多听到的数字甚至更高，不过，正如托马斯·P.安德森在《大屠杀：萨尔瓦多1932年的共产主义起义》中指出的那样："萨尔瓦多人和中世纪的人一样，倾向于用五万这样的数字来描述一个大数目——统计学不是他们的强项"）。

碰巧我对马丁内斯将军感兴趣已经有好几年了，加西亚·马尔克斯的《族长的秋天》似乎就是以他的统治态度为依据的。这位最初的族长，1966年在洪都拉斯流亡时被谋杀。他是一个相当险恶的幻想家，在萨尔瓦多的生活中巩固了军队的地位，据说他在总统府举行**降神会**，并根据一些古怪的思想来处理国家和他自己的事务，并通过广播与其余公民分享这些见解：

儿童赤脚是好事。这样他们就能更好地接受地球上有益的分泌物，即地球的振动。正如植物和动物都不穿鞋子。

生物学家只发现了五种感官。但实际上有十种。饥饿、口渴、生殖、排尿和排便，是没有列入生物学家名单中的感官。

我第一次看到马丁内斯将军的名字是在美国政府印刷局的《圣萨尔瓦多地区手册》中，这是一卷很简单的书（"旨在对需要基本事实汇编的军人和其他人员有用"），其中在马丁内斯将军的建学校计划和增加出口计划的陈述之间，出现了这样一句："他保存着几瓶彩色的水，他把这些水作为治疗几乎所有疾病（包括癌症和心脏病）的方法进行发放，并依靠复杂的魔法配方来解决国家问题。"这句话来自《萨尔瓦多地区手册》，仿佛泛起霓虹灯的光泽，后面的一句话甚至更引人注目，"在首都天花肆虐的时候，他试图用彩色的灯网串起整个城市，来阻止天花的传播。"

在圣萨尔瓦多的时候，我没有一个夜晚不在想象它被那些彩色灯网串起来的样子。我问维克多·巴里耶尔，作为马丁内斯将军的孙子而长大是什么感觉。维克多·巴里耶尔曾在美国加州大学圣地亚哥校区学习过一段时间，他说的是没有口音的标准英文，带有外国人那种略微正式的语法结构，他那种长笛般悠扬的声音，似乎总是在暗示一种更高的合理性。他说，将军有时被误解了。强者往往如此：某些过度行为是不可避免的，因为总得有人站出来解决问题。他说"和那些父亲被我祖父枪毙的男孩们一起上学有时很奇怪"，但他对祖父的主要印象是一个"强者"，一个"能够激发他人巨大忠诚的人"，一个神智学者，从他那里可以学到对"经典文学""历史感"和"德国人"的欣赏。**德国人**尤其影响了维克多·巴里耶尔的**历**

史感。"当你读过叔本华、尼采,你就会理解这里正在发生什么,又将发生些什么……是真的。"

维克多·巴里耶尔耸了耸肩,话题也发生了变化,虽然变化不大,因为萨尔瓦多是世界上那些只有一个主题的地方之一,那就是局势,**问题**,它的各个侧面就像在立体投影仪上被反复呈现。一回转,这个侧面是前大使罗伯特·怀特,"一个真正的浑蛋"。另一个侧面是1980年3月被谋杀的奥斯卡·阿努尔福·罗梅罗大主教,"一个真正的偏执狂"。起初我以为他指的是站在大主教正在做弥撒的小教堂的一扇敞开的门外,用一颗.22口径的达姆弹射穿进主教心脏的什么人,但并不是。"每周日在收音机里听那个人说话,"他说,"就像听希特勒或者墨索里尼说话一样。"无论如何,"我们并不真正知道是谁杀了他,是吗?可能就是这样……"他说这句话的时候拖了很长的尾音,**如同在唱歌**,"或者……也许是左派。但我们必须得想,究竟是谁获利了?你说呢,琼。"

我什么也没说。我只想让晚餐结束。维克多·巴里耶尔带了一个朋友,一个来自查拉特南戈的年轻人,他正在教这个年轻人画画,当我们站起来的时候,这位朋友明显地面露喜色。他今年十八岁,不会说英语,在各式礼节的折磨中撑过了晚餐。"他连西班牙语也说不好,"巴里耶尔在他面前说,"不过,如果他在查拉特南戈砍甘蔗,就会被军队带走并被杀死。如果他在这里外面的大街上,也会被杀死。所以,他每天都来我的画室,学习成为一个原始派画家,而我则保护他不被杀害。这对他来说更好,你觉得呢?"

我说,我同意。他们两个人要回维克多·巴里耶尔和他母亲合住的房子,这个身材矮小的女人被他称为"妈妈",是马丁内斯将军的女儿。把他们送到那里后,我想到这是我一生中第一次在明显的"素材"面前,却完全没有感到职业的兴奋,而只有个人的恐惧。现在在萨尔瓦多最活跃的行刑队,就自称是马克西米利亚诺·埃尔南德斯·马丁内斯大队,但我没有向这位将军的孙子问起此事。

尽管圣萨尔瓦多在两年多的时间里几乎一直处于围困状态,在这个城市里,任意拘留已经合法化(革命管理委员会第507号法令),违反宵禁令的结局是死亡,天黑以后人们就会待在屋里,但仍然存在某种有限的轻浮。比如星期五晚上,当我与维克多·巴里耶尔共进晚餐后回到皇家大道酒店时,游泳池那边就有个私人派对,那里有现场音乐、即兴舞蹈和正宗的康加舞会。

酒吧里还有一些人,他们中的许多人正在电视屏幕上观看《1982年萨尔瓦多

萨尔瓦多

小姐》。这是《1982 年环球小姐》在萨尔瓦多的入围选拔赛，1982 年 7 月在利马举行。关于"环球小姐"的一些事情，让我有种熟悉的感觉，然后我想起了 1975 年在圣萨尔瓦多举行的环球小姐大赛，它以一种可预见的方式结束，学生抗议政府在大赛上花费的资金；政府的反应也是可预见的，他们在街上枪杀了一些学生，并让另一些人消失。（Desaparecer——"消失"，在西班牙语中既是一个不及物动词，也是一个及物动词，这种灵活性已被萨尔瓦多说英语的人所采用，比如，**约翰·沙利文从喜来登酒店消失；政府消失学生**。而在英语文化中，由于没有相似的情况，因此也就没有对应的词语。）

没有人提及《1975 年环球小姐》，以及令人沮丧的《1982 年萨尔瓦多环球小姐》，当我上楼的时候，已经到了要求每个决赛选手从篮子里挑选一个问题并回答的阶段。这些问题与参赛者的希望和梦想有关，答案是**上帝、和平**和**萨尔瓦多**。一位身穿白色晚宴夹克、打着深紫红色领结的当地艺人用西班牙语演唱了《不可能的梦想》。评委们开始审议，决胜的时刻到了。1982 年的萨尔瓦多小姐将是来自圣维森特的候选人珍妮特·玛萝金，她比其他决赛选手高几英寸，而且长得更像**外国佬**。整体而言，四位亚军的反应没有这种场合下惯常表现得那么优雅，这使我想到在这样一场比赛里，获胜不仅仅意味着奖学金、试镜机会或者新的衣柜；在这里获胜可能意味着生与死的区别，这是一张暂时的安全许可证，不仅是对获胜者而言，对她的整个家庭也是如此。

他妈的，他为开业剪彩，在公共场合彻底现身，承受权力带来的风险，见鬼了，他在更和平的时期都从未做过这些，他与终生兄弟罗德里戈·德阿吉拉尔，以及兄弟卫生部部长一起无休止地玩着多米诺骨牌，他们二人是绝无仅有的与他足够亲近的人……也只有他们敢于向他建议在特别召见会上接见穷人选美皇后，她是出自那片赤贫泥沼的不可思议的生灵，我们都称那片街区为斗狗区……我不但要在特别召见会上接见她，还要和她跳第一曲华尔兹，他妈的把这写在报纸上，他命令道，穷人就喜欢这些。然而在召见会后的夜晚，在多米诺骨牌局上，他带着一丝苦涩对罗德里戈·德阿吉拉尔说，穷人的选美皇后根本不配和我跳舞，她太普通了，和那个区其他的玛努艾拉·桑切兹一样，穿着荷叶边的仙女纱裙，戴着镶假珠宝的皇冠，手里拿一支玫瑰，被母亲监视着，仿佛她是金子做的一样，于是他满足了她的一切愿望，其实不过是为他们斗狗区装上电灯和

自来水……[a]

这就是马尔克斯的小说《族长的秋天》。在这个夜晚,从马丁内斯将军的孙子开始,到《1982 萨尔瓦多小姐》,最后以夜里 12 点 22 分的一场地震告终。我开始以一种新的眼光看待马尔克斯——一个社会现实主义者。

在这次地震中可以找到许多隐喻,其中最重要的一个是:这次遭受了巨大破坏的建筑,恰好也是为了抵御地震而专门精心设计的建筑,这就是美国大使馆。在 1965 年建造这座大使馆时,设计理念是让他在压力下保持流动,它的深层地桩可以在特氟龙垫上转移和滑动。但是在过去几年里,当炮轰大使馆成为各方表达不满时最喜欢的方式,整座大楼变得更加坚固了——钢制外墙、屋顶炮位周围的湿沙袋、地下挖出的防空洞——这让它变得坚硬。那天晚上,迪恩·辛顿的办公室的天花板掉了下来。三楼的管道爆裂,淹没了整个楼面。电梯瘫痪了,杂货店成了一片玻璃碎片的海洋。

另一方面,皇家大道酒店,似乎是按照大多数热带建筑漫不经心的传统拼凑起来的。在这场地震中,产生了巨大的晃动(我记得我蹲在七楼房间的门框下,透过窗户,看到圣萨尔瓦多火山似乎在从左到右摇晃),但当晃动停止,蜡烛也找到时,每个人都下了楼,发现什么都没有打破,甚至酒吧后面的杯子依然完好。停电了,但事实上这里经常停电。街上有零星的机枪扫射(这使得下楼比平时更成问题,因为紧急楼梯暴露在街上),但是在圣萨尔瓦多,街道上有零星的机枪扫射并不是那么罕见。("有时下雨也会这样,"一个大使馆的人告诉过我这种现象,"他们变得很兴奋。")总的来说,皇家大道酒店一切如常,尤其是在大厅外的迪斯科舞厅,我下楼时,一台应急发电机似乎已经启动,戴着黑色牛仔帽的服务员拿着饮料在舞池里飞奔,伴着杰里·李·刘易斯的《大火球》,继续起舞。

在萨尔瓦多,很难得到确切的信息,也许是因为这里没有一种重视"确切"的文化。例如,关于这次地震唯一确切的事实,是来自当晚从纽约抵达皇家大道酒店的美联社电报,根据加州理工学院的读数,这次地震为里氏 7.0 级,发生于圣萨尔瓦多以南约 60 英里处的太平洋中心。在接下来的几天里,伴随着一些损害报告在当地报纸上出现,这个数字不断变化。有一

---

a 译文引自轩乐译《族长的秋天》,南海出版社 2021 年版。

天，地震是里氏7.0级，另一天是6.8级。到了周二，《新闻报》报道为7级，但概念完全不同，他们用的不是里氏震级，而是修正的麦卡利震级。

在萨尔瓦多，所有的数字都倾向于具体化、消失，然后以不同的形式重新具体化，好像数字只表示数字的"使用"，是一种意图，一种愿望，一种承认：某人，在某个地方，出于任何原因，需要听到以数字形式表达的某种不可名状的东西。在萨尔瓦多，任何时候都有大量事情被认为是不可名状的，在这种情况下，数字的使用往往会使人感到沮丧，因为他们试图从字面上理解它们，而不是把它们当作可以流变的，只是"听到"或"提到"的命题。关于这次选举，圣萨尔瓦多天主教耶稣会大学的出版物《中美洲研究》首先提出了一个学术争论，选举从1982年3月28日开始，一直持续到夏天。投一次票平均需要两分半钟，还是更少？每个投票箱能否容纳500张选票，还是更多？这些数字有萨尔瓦多式的怪异。据说3月28日有资格投票的人有130万，但据说有150万人投票了。据说这150万人不是130万合格选民的115%，而是合格选民的80%（另一种说法是在"62%—68%"间浮动），因此他们的人数不再是130万，而是一个更大的数字。无论如何，没有人真正知道萨尔瓦多有多少合格的选民，甚至不知道这里有多少人。不管怎么说，提供一个数字似乎都是必要的。但无论如何，选举已经结束了，这是一次成功的选举，**一个和平的解决方案。**

同样，还有一个问题，自1979年以来，有多少财富从萨尔瓦多转移到了迈阿密。1982年3月，迪恩·辛顿估计有7.4亿美元。在同一个月，萨尔瓦多计划部部长估计是这个数字的两倍。我记得我问过马加尼亚总统，当时他碰巧在说，过去十年里他每周二都会与萨尔瓦多中央储备银行的官员共进午餐，这所银行负责审查进出口交易，而传统上金钱正是通过这些交易离开那些动荡的国家，他谈到他认为有多少钱是通过这种途径流到国外的。他说："你会听到有人提到数字。"我问他在这些星期二的午餐会上都听到了哪些数字。"他们提到的数字是6亿。"他说，然后看着我把这个数字写下来，600000000，**萨尔瓦多中央银行。**"纽约联邦储备局提到的数字，"他补充说，"是1亿。"他又看着我写下了这个数字，100000000，**纽约联储。**"那些人不想在迈阿密待一辈子。"他接着说道，但这并没有完全解决问题，也没打算解决问题。

不仅是数字，名字也是如此，他们在萨尔瓦多当地只有一种情境化的意义，名字的改变，意味着人们接受被命名的事物发生了性质上的改变。例如，ORDEN，这个正式成立于1968年的准军事组织，按照典型的赞助路线，作为政府在农村的耳目而运作，如今不再作为ORDEN——或者说"民主国家组织"而存在，而是改为"民主国家阵线"。只有在美国国务院为1982年1月28日的认证提供的官方"解释"中，这种转变才被隐晦地提及："自罗梅罗领袖被推翻后，萨尔瓦多政府采取了明确的行动来终止对人权的侵犯。准军事组织ORDEN已被取缔，**尽管其一些前成员可能仍在活动**。"

这种通过改名字来解决问题的策略，绝不仅限于政府。在圣萨尔瓦多，几乎所有人仍然把大主教区那个存放死者剪贴簿的小办公室称为"人权委员会"，但事实上，人权委员会和大主教管区法律救助署都在1982年春天被勒令腾出教堂财产，并且是以当地特有的方式搬离的——几乎所有东西都留在原地，但此后死者剪贴簿被正式保存在"大主教管区正义与和平委员会"的"法律监管办公室"（无论如何，这个"人权委员会"不能与萨尔瓦多政府的"人权委员会"混为一谈，后者是在马加尼亚总统和里根总统预定会晤的前一天宣布成立的。这个官方**委员会**是一个七人小组，以国家警察局长卡洛斯·雷纳尔多·洛佩斯·纽拉上校的加入而闻名）。这次改名被称为一次"重组"，这是萨尔瓦多许多特有词汇中的一个，往往预示着不可言说的存在。

其他这样的词还有"改进""完善"（改革从未被放弃或忽视，只是在"完善"或"改进"），以及在其他战线最受欢迎的词，"和谈"。在世界的这个角落，语言的使用总是有些不同（一个明显的事实陈述往往表达的是一种希望，或者一些可能真实的东西，一个故事，就像马尔克斯小说里的那个开场：**多年以后，面对行刑队，奥雷利亚诺·布恩迪亚上校将会回想起父亲带他去见识冰块的那个遥远的下午**）。但"改进""完善"，以及"和谈"则源自另一个传统。萨尔瓦多现在使用的语言是广告语言，是说服的语言，广告的产品是在华盛顿、巴拿马或墨西哥精心制作的一个又一个解决方案，属于这个地方遍地的龌龊中的一部分。

这种语言是萨尔瓦多人和美国人共有的，就像达成了一项语言协议。1982年8月，美国助理国务卿托马斯·恩德斯在旧金山联邦俱乐部的一次演讲中说："也许衡量［萨尔瓦多］最显著的进步指标，是军队从一个致力于维持现状的机构，转变为一个带头进行土地改革和支持宪政民主的机构。"托马斯·恩德斯之所以能够说出这种话，正是因为萨尔瓦多国防部部长何塞·吉列尔莫·加西亚将军对自己面对的现状有如此卓越的奉献精神，他打出了美国牌，而罗伯托·道布伊松却没有，他

萨尔瓦多

参与了游戏，也干了些事，明白象征性行动对美国人的重要性：让美国人拥有他们的土地改革计划的重要性；让美国人假装"萨尔瓦多的民主"仍然可能是"一根纤细的芦苇"的重要性（这是埃利奥特·艾布拉姆斯在《纽约时报》上说的）。但有时"进步"也是可以衡量的（"国防部部长已下令立即停止所有侵犯公民权利的行为。"国务院在 1982 年 7 月的认证中指出，这是一个圆满结局）；给美国人一个可以接受的总统的重要性，阿尔瓦罗·马加尼亚，并假装这个可接受的总统实际上是武装部队的总司令，这是**总司令的解决方案**。

解决方案随着市场的发展而改变。**平定**是一种**解决方案**，尽管那些被平定过的地方被证明需要反复平定。**谈判**是一种**解决方案**，无论这个词的使用是多么抽象。这次**选举**，对美国人来说，也是一种**解决方案**，虽然它以对美国持敌视态度的罗伯托·道布伊松的上台而告终。**土地改革**则是一种象征意义上的**解决方案**，虽然它的立足点是政治现实而非经济现实。1981 年 8 月，与政府合作展开这一项目的美国 AID 主任彼得·阿斯金告诉《纽约时报》："它在经济上并不完全成功，但到目前为止，它在政治上取得了成功。在这一点上我很确定。在土地改革和农民没有变得更加激进之间，似乎确实存在着直接的联系。"换句话说，土地改革计划建立在收买、拖延时间、以小博大和"以**小农制**支撑**大地产制**"的原则之上。在这样一个国家，左派无意控制农民的"激进化"，而右派仍然不相信这些农民不能被简单地消灭，这使得这里的土地改革成了一个只有美国人才会真情实感地相信的计划。与其说这是一次"改革"，不如说是一场公关表演。

甚至 la verdad，**真相**，在萨尔瓦多也是一个堕落的词语：我到萨尔瓦多的第一个夜里，在大使馆的聚会上，一位萨尔瓦多妇女问我希望在萨尔瓦多发现什么。我说，在理想情况下，我希望能发现**真相**，她赞许地笑了。她说，其他记者并不想要**真相**。她叫来两个朋友，他们也同意：没有人**说真话**。如果我能写出**真相**，对萨尔瓦多来说是件好事。我意识到我就这样误打误撞发现了一个暗号：这些女人对**真相**这个词的使用，就像在那个春天和夏天里，ARENA 的人们喜欢用的保险杠贴纸一样。保险杠贴纸上用西班牙语写着：**记者们，说真话！**根据罗伯托·道布伊松的说法，这里的**真话**指的就是**真相**。

在缺乏信息的情况下（而且往往有虚假信息的存在），即使是最明显的直截了当的事件，在萨尔瓦多也有难以捉摸的影子，就像那些被重新恢复的传说碎片。就在我在圣弗朗西斯科-戈特拉试图见到驻军**指挥官**的那个下午，这位指挥官萨尔瓦多·贝尔特兰·卢纳上校在一架休斯500-D型直升机的坠毁中丧生，或者说是被普遍认为已经丧生了。一架直升机在战区坠毁，似乎只有有限的几种解释（直升机被击落，或直升机遭遇机械故障，这是我想到的两种解释）。但这架特定直升机的坠毁，就像萨尔瓦多的其他事情一样，成为谣言、疑团、猜测或相互矛盾的报道，最终变成一种无精打采的不安。

坠机事件要么发生在莫拉桑省与洪都拉斯边境附近，要么，人们猜测实际上就是发生在洪都拉斯。直升机上有或没有四个人：飞行员、保镖、贝尔特兰·卢纳上校和国防部副部长弗朗西斯科·阿道夫·卡斯蒂略上校。起初，四个人都死了。一天后，只有三人死亡。"我们必将胜利"电台播出了卡斯蒂略上校的新闻（几天后又传来了一个与卡斯蒂略上校相似的声音），新闻中他不是死了，而是被囚禁了，或者说他是一名囚犯，或者只是声称他是一名囚犯。一天左右后，另一名死者出现了，或者是似乎出现了：这位飞行员似乎既没有死，也没有成为囚犯，而是住进医院，被隔离监禁了。

这架直升机到底发生了什么？（在它飞行期间，或在坠毁后，或在秘密降落后）这个问题为人们提供了好几天的谈资（一天早上，报纸强调休斯500-D **是在危地马拉买的**，在这个迷离的故事中，这个细节是如此坚实，它暗示着一些闻所未闻的谣言，以及一些无法想象的阴谋），在我离开时仍然没有定论。有一次，我问马加尼亚总统到底发生了什么，他曾与飞行员交谈过。他说："他们不会说。"卡斯蒂略上校是个囚犯吗？"我在报纸上看到说，是的。"贝尔特兰·卢纳上校死了吗？"我有这样的印象。"保镖死了吗？"嗯，飞行员说他看到有人躺在地上，不是死了就是失去了知觉，他不知道那是谁，但他认为那可能是卡斯蒂略的保镖，嗯。"直升机到底是在哪里坠毁的？"我没有问他。"我看了看马加尼亚总统，他耸了耸肩。"这很微妙，"他说，"情况很复杂。首先我是总司令，如果我问他，他就应该告诉我。但他可能会说他不想告诉我，那我就得逮捕他。所以我不问。"这在很多方面都符合萨尔瓦多故事的标准剧情，也说明了萨尔瓦多临时总统的处境。

外部世界的消息只是断断续续地传来，而且包含奇特的细节。《新闻报》刊登了一个来自加利福尼亚州旧金山的新闻专栏，我记得有一天早上在这个专栏中读到一则新闻，一个被确认为波希米亚俱乐部前主席的人，在他位于蒂伯龙的家中去世了，享年七十二岁。大多数日子里，《迈阿密先驱报》会在某个时候被送进来，

萨尔瓦多

偶尔也会有《纽约时报》或《华盛顿邮报》，但也有些日子什么都没有。这种时候我往往发现自己在《迈阿密先驱报》的体育版上翻找，寻找克里斯·埃弗特·劳埃德与尼尔·阿姆杜尔合写的传记《克里斯：我的故事》，或者在酒店的平装书摊上转悠，那里的书以言情小说和特殊读物为主，比如《世界最佳黄色笑话》，这本书里所有的笑话似乎都是这样开始的："一个侏儒进了一家妓院……"

事实上，我唯一想从外界得到的消息，越来越多地成了那些萨尔瓦多内部的消息：其他信息似乎都无关紧要，重点是这里，是当下、局势和**问题**，重点是他们说休斯500-D **是在危地马拉买的**意味着什么，里奥塞科河是否可以通行，是否有美国顾问在乌苏卢坦巡逻，什么人正在离开，路障在哪里，今天有没有人在烧车。在这种情况下，世界上其他地方都趋于模糊，来自美国的消息似乎非常遥远，甚至难以理解。我记得有一天早上，我从我在洛杉矶的秘书那里收到了这样一条信息："琼·狄迪恩：《时代》的爱莉姗卓·斯坦利来电，213/273-1530。他们正在准备关于妇女运动的封面报道，听说你在萨尔瓦多，希望你能提供一些意见。斯坦利女士希望他们驻中美洲的通讯员与你联系，我说无法联系到你，但可能会给我回电。她希望你电话联系：杰·考克斯，212/841-2633。"我花了很长时间研究这条信息，试着想象这样一个情景：一位在萨尔瓦多的《时代》特约通讯员，从纽约的杰·考克斯那里收到一份电报，要求就妇女运动问题采访这位恰好在皇家大道酒店的家伙。我当时意识到，这个场景不太对劲，对于在纽约时代生活大厦的高堡里的杰·考克斯来说，萨尔瓦多是难以想象的存在，就像这条留言对于在萨尔瓦多的我一样难以想象。

1982年夏天,阿尔瓦罗·马加尼亚和吉列尔莫·温戈告诉我,尽管他们互相认识,但他们属于"不同的世代"。马加尼亚当时五十六岁,翁戈五十一岁。在萨尔瓦多,五年就是一代人。在这个地方,不仅是世界的其他地方,连同时间本身也倾向于收缩为"此时此地"。历史是一场**大屠杀**,然后是当前的事件,这些事件甚至在发生的时刻就已在逐渐远去。1982年夏天,何塞·吉列尔莫·加西亚将军被普遍认为是一个长久存在的元老,他经历了几届政府的更迭和民族气质的更易,仍旧岿然不动,是一个幸存者。在当时的语境下,他的确是一个幸存者,但那个语境也只有三年,距马亚诺政变仅仅过了三年。在马亚诺政变之前的所有事件,那时已经消失在不确定的记忆中,而发生在1979年10月15日的政变本身,也被认为是如此遥远,以至于人们都在谈论下一个**青年军团**,谈论"新一代"年轻军官准备就绪的新一轮叛乱。"我们以五年为单位进行思考,"有一天,美国大使馆的经济官员告诉我,"但凡超越五年就是进化了。"他在说的是,用所谓"长远的眼光"来看问题的"奢侈",但在真正意义上,美国大使馆的五年,其实已经是萨尔瓦多最**长远的眼光**了,无论是向前还是向后。

没有人回头看的一个原因是,这种看法只会让人沮丧:这是一部特别抗拒英雄主义解读的民族历史。没有特别值得纪念的**解放者**。圣萨尔瓦多的公共雕像倾向于表现抽象的东西,市中心的"自由之翼",位于罗斯福大道和埃斯卡隆大道,

377

萨尔瓦多

以及圣塔克拉高速公路交界处的"世界的萨尔瓦多"雕像，在总统酒店旁的革命纪念碑，表现主义的精神正在蓬勃升腾，巨大的双手伸向天空。如果这个国家作为共和国的历史，似乎没有共同的目的或统一的事件，不过只是对于缺乏理智的野心及其意外后果的一种记录，那么它作为殖民地的三个世纪则更加空白：西班牙的殖民生活集中在南部的哥伦比亚、巴拿马，以及北部的危地马拉，而萨尔瓦多位于两者之间。从1525年到1821年，萨尔瓦多一直是被危地马拉总督府忽视的边缘地带，直至1821年危地马拉宣布从西班牙独立。在独立的时刻，萨尔瓦多对自己的认识是如此微弱，以至于它请求美国允许它作为一个州加入联邦。而美国拒绝了这个请求。

事实上，萨尔瓦多一直都是边缘地带，甚至在西班牙人到达之前就是如此。伟大的中美洲文化只是浅浅地渗透到这个遥远的南方地区。伟大的南美文化只是零星地向北延伸。在某种意义上说，这个地方的特点，与所有边缘地带历史上的卑劣和不连续性是一致的，是那种近乎文化空白的边缘地带。当地文化的某些方面是强加的，其他方面则是借来的。一个启发性的时刻是：在萨尔瓦多松索纳特省附近的城镇纳维萨尔科一个本地工艺品展览上，有人向我解释说，柳条家具是一种传统的本地工艺，但现在很少看到这种家具了，因为如今很难以传统的方式获得柳条了。我问获得柳条的传统方式是什么。结果发现获得柳条的传统方式是从危地马拉进口。

事实上，我在纳维萨尔科度过的这一天，包含了许多启发性的因素。这是6月里一个炎热的星期天。我从圣萨尔瓦多开车过来参加的这场活动，不仅仅是一个工艺品展览，也是一场为期数天的节日的开幕式。这是由教育部文化宫赞助的第6届纳维萨尔科工艺博览会，也是他们旨在鼓励土著文化的诸多项目之一。由于萨尔瓦多的公共政策已经完全转向了消灭土著人口，这场关于土著文化的官方庆典也就成了一项含糊不清的事业，在纳维萨尔科更是如此：那场导致了1932年农民**大屠杀**的起义，就是从这里开始，也在这里结束，是由这个国家这个地区咖啡种植园里的印第安工人发起的。在**大屠杀**之中，纳维萨尔科和松索纳特周围的其他印第安村庄失去了整整一代人。根据六十年代初的估算，整个萨尔瓦多剩余的印第安人人口仅占总人口数的 4% 到 16%；其余的人口被归类为**拉迪诺人**[a]，这是一个文化而非种族的称谓，只意味着西班牙化，包括被同化的印第安人和**梅斯蒂索人**[b]。在这类人口中，那些喜欢强调西班牙血统的上层阶级成员拒绝这种称谓。

1932 年的纳维萨尔科，当时印第安人被绑着大拇指射杀在教堂墙上，有的在路上被射杀，尸体被留给了狗；有的被射杀后，被刺刀推进他们自己挖的乱葬岗。印第安人的衣服被幸存者抛弃了。印第安人的语言纳瓦特尔语被禁止在公共场合出现。在许多方面，种族仍然是这一特定黑暗的核心的不可言喻的因素：在指挥**大屠杀**的时候，即便马克西米利亚诺·埃尔南德斯·马丁内斯将军是通过杀害印第安人来保护他们的利益，却仍然被许多寡头视为"小印第安人"而摒弃。在五十年后的这个炎热的星期天，纳维萨尔科土著文化的庆祝者们，在中午时分将自己安排成两个不同的阵营，**拉迪诺人**坐在学校操场的阴凉处，印第安人则蹲在外面残酷的太阳下。学校操场上有树和桌子，戴着柳条王冠、有着欧洲人特征的集市女王和当地的**警卫队**坐在一起，他们每人都有一把自动武器、一把手枪和一把刺刀。**卫兵们**喝着啤酒，玩着他们的武器。集市女王研究着她的牛血红的美甲。进入学校操场除了需要二十分钱，还需要某种文化自信。

那天早上有印第安人的舞蹈和音乐。还有"集市的祝福"：圣胡安包蒂斯塔的雕像挂在一个装饰着枯萎剑兰的平台上，从教堂一直被抬到市场、学校和卧病者的家中。某种意义上，在这四个多世纪里，天主教神话已经成功融入了当地印第安人的生活，这种集市的祝福，至少是"真实"的土著文化的一部分。但这里的舞蹈和音乐，则来自其他传统。广场上文化宫的办公室前面，停着一辆 Suprema 啤酒音响车，喇叭里整天在放的音乐是《来一桶酒》《蟑螂》和《大家一起跳莎莎舞》。

舞蹈的出处更为复杂。它们是印第安人的，但与其说是流传下来的，不如说是被重新创造出来的，因此，它们不是发源于当地文化，而是来自对当地文化理念上的学习。这种官方强加的东西，由于参与者的文化无能而变得特别丑陋。妇女们穿着近似于当地人打扮的服装，显得笨拙而不自在，她们吃力地走到尘土飞扬的街道上，无精打采地提着篮子，表演自己不太

---

[a] Ladino，源自西班牙语，在中美洲社会中，通常指在文化上高度欧化的群体，他们大多讲西班牙语，信仰天主教，生活方式接近西班牙传统，仅从外貌来看与印第安人难以区分。

[b] Mestizo，源自西班牙语，原意为"混血儿"，通常指同时拥有欧洲殖民者（多为西班牙人）与美洲原住民（如印第安人）血统的群体，如今常用来指代拉丁美洲人。

萨尔瓦多

熟悉的舞蹈。但凡能被看见的男人（主要是小男孩和老人，因为在纳维萨尔科这样的地方，那些还活着的年轻男人都会尽量低调），都穿上了"勇士"的服装：皱巴巴的金属箔片做的头饰，用硬纸板和木头做的剑。他们的头发很稀疏，走路时鬼鬼祟祟。他们中的一些人戴着太阳镜。其他人则移开了目光。他们在集市上的角色包括跺脚、猛冲、挥舞他们的纸板武器，这是一种勇士般的**男性气概**的展示。但在一定程度上，他们每个人都被阉割了——这不仅是历史的阉割，还有一种没那么抽象的阉割——他们被校园里真实的武器，被**警卫队**与集市女王喝啤酒时摆弄的G-3突击步枪所阉割——这一切使得这场展会变得极其下流。

没过多久，我就开始对这一天感到厌恶了，厌恶污垢，厌恶烈日，厌恶那种无处不在的腐肉味，厌恶那些展出的手工艺品——他们连最基本的技艺都不具备（比如说，所谓的缝制物品，都是一些用机器缝制的劣质布料，其中最简单的针线也是歪的），厌恶音响车发出的粗暴的音乐，厌恶这单调乏味的一切。最重要的是，我开始恶心集市本身，这种矫揉造作又贻害无穷的存在，是一种官方的麻醉剂，试图重新创造或延续一种在经济和社会都早已难以为继的生活方式。这一整天都毫无乐趣可言，只有无尽的折磨。广场上有一些树荫，树上贴满了ARENA的海报，但没有一个地方可以让人坐下。这里有一个池壁涂成亮蓝色的喷泉，但是那池脏水被铁丝网围住了，牌子上面写着：**此处禁止坐下**。

我站了一会儿，看了看喷泉。我花七科朗买了一顶约翰迪尔的帽子，站在阳光下，看着小摩天轮，还有旋转木马，但似乎没有孩子有钱或者想要去坐。过了一会儿，我穿过广场，走进教堂。在那周的地震及余震中受损的钟楼上，仍然有砖石碎片掉下来，我试图避开。教堂里正在进行集体洗礼：三四十个婴儿和稍大一点的孩子，可能还有几百个母亲、祖母、姑姑和教母。祭坛上装饰着养在炼乳罐子里的紫菀花。婴儿们惊慌失措，几位母亲拿出几包菲多利零食让他们安静下来。一块掉下来的砖石从教堂后面的脚手架上弹了下来，但没有人回头看。在这个满是妇女和婴儿的教堂里，只有四个男人在场。这可能是出于文化原因，也可能与当时的时间、地点，以及校园里的G-3突击步枪有关。

在我飞往萨尔瓦多的前一周，一位在洛杉矶为我丈夫和我工作的萨尔瓦多妇女，曾反复向我说明我们必须做和不能做什么。我们绝不能在晚上出去。我们必须尽可能地远离街道。我们绝不能乘坐公共汽车或出租车，绝不能离开首都，绝不要妄想我们的护照能保护我们。我们甚至不能把酒店当成安全的地方：有人在酒店被杀。她的语气相当激烈，因为她的两个兄弟于1981年8月在萨尔瓦多被杀，就死在他们的床上。两个兄弟的喉咙都被割破了。她的父亲也被割伤了，但没有死。她的母亲被殴打。同年8月的一个晚上，她的其他十二个亲戚，包括姑姑、叔叔和表弟，都从家里被带走，一段时间后，他们的尸体在一个水沟里被人们发现。我向她保证，我们会记住的，我们会小心的，我们真的会非常小心，尽量（试图轻描淡写）把所有的时间都花在教堂里。

她变得更加激动，我意识到我是以**美国人**的身份在说话：教堂对这个女人来说，并不像对我而言那样中立。我要记住：罗梅罗大主教在圣萨尔瓦多神佑医院的小教堂里做弥撒时被杀。我还必须记住：有三十多人在罗梅罗大主教在圣萨尔瓦多大都会大教堂的葬礼上被杀。我必须记住：在此之前，有二十多人在大都会大教堂的台阶上被杀。CBS拍摄了这一幕。电视上出现了这一幕，尸体在抽搐，那些仍然活着的人在死者身上爬行，因为他们试图离开这里。我必须明白：教会是危险的。

我告诉她，我理解，我知道这一切，我确实抽象地知道，但她对于教会具体的理解，却让我捉摸不透，直到我真的置身那里——在圣萨尔瓦多的大都会大教堂，一个下午，雨水顺着波纹塑料窗流下，聚积在台阶附近的索尼和飞利浦广告牌的支架上。大都会大教堂的效果是直接的，而且完全是文学性的。这是已故大主教奥斯卡·阿努尔福·罗梅罗拒绝完工的大教堂，前提是教会的使命优先于教堂的展示，原始混凝土的高墙上布满了结构杆，现在已经生锈，沾着混凝土的污渍，以扭曲和暴力的角度伸展出来。线路是裸露的。荧光灯管歪歪扭扭地挂着。巨大崇高的祭坛被扭曲的胶合板支撑着。祭坛上的十字架是由暴露的白炽灯泡构成，但在那个下午，灯泡没有亮：事实上，主祭坛上根本没有光源，十字架上没有光，显示美洲北部大陆为灰色、南部大陆为白色的地球仪上也没有光；地球仪上方的和平鸽也没有光，**世界中的萨尔瓦多**没有光。在大教堂这个巨大的野蛮主义空间里，没有灯光的祭坛似乎提供了一个无法回避的信息：在这个时候，在这个地方，世界之光可以被理解为离去、关闭和熄灭。

在许多方面，大都会大教堂是一件真正的政治艺术品，是萨尔瓦多的声明，如同《格尔尼卡》是西班牙的声明。它没有任何情绪上的慰藉。没有任何装饰或建筑参考了那些熟悉的《圣经》寓言，事实上，根本没有任何故事，甚至连耶稣受难像都没有。在我去的那个下午，摆在祭坛上的

萨尔瓦多

花是死的。没有正常教区活动的痕迹。大门开着,通向被封锁的主台阶,在台阶上有洒落的红色油漆,唯恐有人忘记在那里流过的鲜血。大教堂里廉价的油毡上,有干涸的血迹,看起来像是真正的血,是那种缓慢出血时掉落的血点,或者是一个不知道或者不关心自己月经来潮的女人所掉落的血滴。

我在大教堂待了一个多小时,里面有几个女人,一个带着孩子的年轻女人,一个穿着居家拖鞋的老妇人,还有几个人,都穿着黑衣服。其中一位妇女像被强迫似的在过道上走来走去,上上下下,一边走一边大声吟唱。另一个一动不动地跪在右侧耳堂罗梅罗大主教墓前。墓旁粗糙的刺绣挂毯上写着**荣耀归于罗梅罗主教**,下方署名为**被监禁者、失踪者和被谋杀者的母亲**,即"萨尔瓦多政治犯及失踪者亲属委员会"。

坟墓上堆满了祭品和请愿书,纸条上装饰着从贺卡和卡通图集上剪下来的图案。我记得有一张图案是从兔八哥漫画中剪下来的,还有一张是婴儿在摇篮里的铅笔画。这幅画中的婴儿似乎正在通过手腕上的静脉导管接受药物、液体或者血液的静脉注射。我研究了一会儿笔记,然后又回去看了看那个没有灯光的祭坛,以及台阶上的

红漆,从那里可以看到在国家宫殿的阳台上,卫兵们正弯着腰躲雨。许多萨尔瓦多人都对大都会大教堂感到不满,这是应该的,因为这个地方可能是萨尔瓦多唯一明确的政治声明,如同终极发电站中的一个隐喻炸弹。

……我在圣萨尔瓦多实在没事好做。我拟了一篇演讲稿,题目是在往塔帕丘拉的班车上想到的:伟大的美国作家与无名的书——《傻瓜威尔森》《魔鬼字典》与《野棕榈》。参观完这里的大学,没有人能解释,为什么在这种右派掌权的校园,竟然看得到马克思、恩格斯和列宁的壁画像。
——保罗·索鲁,《老巴塔哥尼亚快车》[a]

保罗·索鲁在圣萨尔瓦多访问的是萨尔瓦多国立大学。这次访问(考虑到这个背景,这是一场非同寻常的讲座)发生在七十年代末,那是国立大学真正开放的时期。1972年,莫利纳政府用坦克、大炮和飞机强行关闭了它,这种情况一直持续到1974年。1980年,杜阿尔特政府再次将军队开进校园,当时该校有大约三万名学生,这次事件造成五十人死亡,办公室和实验室被系统地捣毁。当我访问萨尔瓦多时,有几堂课是在圣萨尔瓦多附近的店铺

---

[a] 译文参考自陈朵思、胡洲贤译本,人民文学出版社2019年版。

里进行的。自从军队进入的那天起，除了偶尔有记者能够进来，没有人被允许进入校园。据那些记者描述，墙壁上仍有学生留下的喷漆标语，地板上到处都是纠缠在一起的电脑磁带，以及被负责的国民警卫队成员称为颠覆性小册子的复印件，例如，《新英格兰医学杂志》上一篇关于遗传性酶缺乏症的文章复印件。

在某些方面，国立大学的关闭似乎是萨尔瓦多的另一种情况，在这种情况下，没有人会有好结果，每个人都要流血，哪怕留下的国民**警卫队**成员也不例外，外国记者揭露了他们的无知。耶稣会大学、UCA 或中美洲大学，已经成为这个国家最重要的知识力量，但耶稣会被广泛地认同为左派，以至于一些当地学者不愿意参加 UCA 校园举办的讲座或研讨会。（事实上，自 1977 年以来，那些仍在萨尔瓦多的耶稣会士，一直遭受着白衣战士联盟明确的死亡威胁。卡特政府强迫罗梅罗总统保护耶稣会，据说在杀戮开始的那一天，也就是 1977 年 7 月 22 日，国家警察骑着摩托车，带着乌兹冲锋枪，坐在圣萨尔瓦多耶稣会的住所外面。）无论如何，UCA 都只能管理大约五千名注册学生。科学学科在当地从来没有根深蒂固的传统，在很大程度上已经从当地生活中消失了。

与此同时，许多人谈到现在的国立大学，就好像它仍然存在一样，或者好像它的关闭是某个长期学术日历上的例行事件。我记得有一天，我和国立大学的一位前教员聊天。一天早上，这位女士注意到军队正在外面集结，就离开了办公室。此后，她再也没有见过自己的办公室。她失去了她的书和研究资料，以及她当时还没写完的手稿。不过，她对这些事情的描述很平静，似乎觉得把她的工作丢给国防部，与她后来在教育部的工作没有什么直接矛盾。据说，国立大学的校园正在扩建，这是在热带地区抹除矛盾的一种方式。

一天早上，我被邀请参加了一场萨尔瓦多作家的聚会，这是美国大使馆安排的一种非正式的茶话会。几天来，一直有一个问题，就是在哪里举行这个**文学茶话会**，因为似乎没有一个地方不被至少一个成员认为是禁区，大使的住所一度被认为是最中立的地方。在活动的前一天，最终决定 UCA 是更合适的地方（正如大使馆的一位工作人员所说，有些人不会去 UCA，"不过没关系"）。第二天上午 10 点，我们聚集在一个大会议室里，喝着咖啡，聊着天，起初是老生常谈，但后来讨论开始变得激烈。

这些是那天早上茶话会我听到的一些话：在萨尔瓦多，谈论知识分子的生活是不可能的。每一天我们都在失去更多。我们在不断倒退。知识分子的生活正在枯竭。你现在看到的是萨尔瓦多知识分子的生活。

萨尔瓦多

在这里。在这个房间里。我们是唯一幸存的人。其他一些人离开了这个国家，其他人没有写作，因为他们忙于政治活动。有些人已经失踪了，许多教师也已经失踪了。教书是非常危险的，如果学生误解了老师说的话，那么老师就可能被逮捕。有些人流亡海外，其余的人死了。那些亡者，你知道吗？我们是唯一剩下的人。我们之后没有人，没有年轻人了。这一切都结束了，你知道吗？中午，大家交换了书籍和简历。大使馆的文化专员说，她希望能以一种充满希望的音符结束这场文学茶话会，有人提供了一种说法：**美国人和中美洲人**可以举办这样一个会议，本身就是**一个充满希望的音符**。这就是1982年夏天里，圣萨尔瓦多的**一个充满希望的音符**。

1982年夏天的每个清晨，美国驻萨尔瓦多大使迪恩·辛顿都会在他的办公桌上收到一份当天驻萨尔瓦多的美军名单。我被告知，这份名单上的人数从未超过55人。有些日子里只有35人。如果人数增加到55人，并且认为有必要再引进一个人，那么就会达成一项交易：用新来的美国人，调换一个即将离开的美国人，后者通常驻扎在萨尔瓦多，但为了保持这个神秘的数字，他们会被调往巴拿马。

与MILGP（美国军事集团）有关的一切，都被大使馆视为一种魔法，一种图腾般的存在，被强大的禁忌所限制。那年6月赠送给萨尔瓦多的美国攻击机A-37B，实际上不是由美国人从巴拿马开过来的，而是由萨尔瓦多人开过来的，美国南方空军司令部在巴拿马专门为此培训了萨尔瓦多人。美国顾问可以参加以训练为目的的巡逻，但交战时就不行了。那年6月的一天，CBS和《纽约时报》都报道说，看到两三个美国顾问出现在了乌苏卢坦省的战斗中。于是，MILGP指挥官约翰·D. 瓦格尔斯坦上校从巴拿马的网球场上被叫了回来（他的妻子在巴拿马见了他，因为在萨尔瓦多不允许携带家眷），正如他所说，是为了"应付媒体"。

那天，我恰好来大使官邸吃午饭，碰上瓦格尔斯坦上校从巴拿马回来，他们两人和使馆公共事务官员一起，走到游泳池的远端，在我听不到的地方讨论当天的问题。瓦格尔斯坦上校身材魁梧，剪着平头，嘴唇紧闭，皮肤黝黑，几乎是美国军队的

萨尔瓦多

卡通形象。他从巴拿马赶来与媒体打交道的说法很新颖，也很有趣，因为他在萨尔瓦多访问期间，曾提出过一个相当简明的观点：不与媒体打交道。几个月后，我在洛杉矶看到了NBC的一部纪录片，其中我注意到瓦格尔斯坦上校在此案中做出的努力。美国顾问实际上已经与NBC合作，而NBC又对CBS在6月份对"顾问行动"报道采取了斥责的口吻。然而，总的影响是复杂的，因为即使顾问们在镜头前抱怨"很少有人"问他们做了什么，以及一些记者"把所有精力都花在了另一边"，在镜头的角度中我们似乎看不清楚顾问的脸。但在NBC的这部纪录片中，我在某些片段中认出了某些官员的手段，比如他们提到萨尔瓦多的皮皮尔印第安人"有时很残酷的习俗"。这里所说的习俗是指活剥对方的皮。这是一个前哥伦布时代的传说，不过大使馆的人经常作为证据提出，以说明在人权问题上，当地的趋势是在好转的，或者至少能维持现状。

那天，瓦格尔斯坦上校在大使府邸只待了一杯酒的时间（血腥玛丽，他郁闷地不时呷上一口），他离开后，大使、公共事务官员，以及我和我丈夫在有顶棚的露台上坐下来吃午饭。我们在花园里看到了一只灰喉鸟。我们看着大使的英国牧羊犬在枪声中越过草坪，这是墙外山下军事学院的步枪练习。"只有在我们把整个学院都送到本宁的时候，"大使用他那高亢的蒙大拿语调说，"这里才会有片刻的安静。"枪声再次响起。牧羊犬吠叫着。"**安静。**"仆人低声哼道。

这顿午餐之后，我想了很多。酒是冰镇的，倒在水晶杯里。鱼被放在印有美国之鹰的瓷盘上。牧羊犬、水晶和美国鹰一起对我产生了某种麻醉作用，暂时消除了在萨尔瓦多折磨着每个人的邪恶，我有那么一瞬间体验到了美国官方的错觉，一种似乎可信的错觉，从特定的角度和光线下来看，美国在萨尔瓦多的事业，只不过是在另一个麻烦重重但可能实现的国家，进行的另一项艰巨但可能实现的任务。

迪恩·辛顿是一个有趣的人。他在接替罗伯特·怀特在圣萨尔瓦多的职位之前，曾就职于欧洲、南美洲和非洲。他结过两次婚，一次是和一个美国人，在他们离婚前这个女人给他生了五个孩子，另一次是和一个智利人，不久前这个女人去世了，又给这位继父留下了她在上一段婚姻中所生的五个孩子。在我见到他的时候，他刚刚宣布与一个名叫帕特里夏·德·洛佩斯的萨尔瓦多人订婚。一个即将第三次结婚的人，一个认为自己是十个孩子的父亲的人，一个在蒙巴萨、金沙萨、圣地亚哥、圣萨尔瓦多等动荡之地度过职业生涯的人，很可能是一个相信可能性的人。

1981年2月，他的前任罗伯特·怀特被解除了圣萨尔瓦多大使馆的职务，怀特后来声称，这是里根新政府对国务院整个拉丁美洲部门的一次清洗。在许多美国人看来，迪安·辛顿似乎是政府大棒政策在萨尔瓦多的执行人。不过，迪安·辛顿和罗伯特·怀特对于萨尔瓦多的说法，二者在风格上的差异大于实质性的区别。迪恩·辛顿相信，正如罗伯特·怀特所相信的那样，萨尔瓦多的情况是糟糕的、可怕的、肮脏的，没有经历过的人是无法理解的。迪恩·辛顿还相信，正如罗伯特·怀特在某种程度上所相信的那样，如果美国不做出这样或那样的努力，情况会更加糟糕。

迪恩·辛顿坚信自己能做到。他曾为四名美国女教徒的死亡而进行逮捕。他甚至（"通过更多喊话。"他说）让政府宣布了这些逮捕行动，这成就可不容小觑，因为在萨尔瓦多，"宣布"逮捕与进行逮捕可不是一回事。例如，在迈克尔·哈默、马克·珀尔曼和何塞·鲁道夫·维埃拉在喜来登酒店被杀案件中，不是政府而是美国大使馆宣布了至少两个逮捕令，案件宣布逮捕前卫兵阿贝尔·坎波斯和鲁道夫·奥雷利纳·奥索里奥。美国媒体于1982年9月15日报道了大使馆的这一"公告"，紧接着又发布了另一则公告：1982年9月16日，圣萨尔瓦多的"一位警方发言人"声称，经过一个月的拘留，这些嫌疑人被"释放"了。

在如此明显不稳定的情况下还能坚持下去，需要有相当顽强的个性。迪恩·辛顿当时甚至还在努力为喜来登谋杀案寻找新的嫌疑人。他当时甚至还在忙着为四名美国妇女的谋杀案争取审判。在萨尔瓦多，审判是另一个步骤，不一定是在逮捕之后。那里已经有了进展。一场选举，就是一个强有力的象征，对于许多美国人，甚至对于一些萨尔瓦多人来说都是如此，尽管这种事情的象征性意义在翻译中比在事情现场表现得更好。"早上有一些枪声，"我记得一位教区牧师告诉我关于他所在地区的选举日的情况，"但上午9点左右就安静下来了。军队开着一辆卡车到处去投票——你知道，**你的投票就是解决方案**，所以他们出去投票了。他们希望在自己的身份证上盖章，来表明他们参与投票了。这个印章是他们信誉度的证明。至于他们是否真的想投票，很难说。我想你不得不说，他们更害怕军队而不是游击队，所以他们投票了。"

四个月后，在《纽约时报》杂志上，前大使罗伯特·怀特这样评价这次选举："没有什么比本届政府更能代表我们目前在萨尔瓦多的困境了——政府奇怪地试图把道布伊松重新塑造成一个更有利的形象。"就连选举导致了怀特所说的"政治

萨尔瓦多

灾难"这一事实，也能换个角度思考，正面地描述出来：一个人的政治灾难可能是另一个人的民主动荡。助理国务卿托马斯·恩德斯坚持称之为"新生的民主制度"的诞生之痛。在选举五个月后，在治安法官冈萨罗·阿隆索·加西亚（选举以来第二十位被绑架或杀害的知名基督教民主党人）被十五名武装人员从他在圣·卡耶塔诺·伊特佩克的房子里拖出后不久，恩德斯说："新的萨尔瓦多民主，正在做它应该做的事——将广泛的力量和派系纳入一个有效的民主体系。"

换句话说，即使是铲除反对派的决心，也可以被解释为印证该模式有效的证据。此外，人们对土地改革计划仍有一定的敬畏之心，对其光辉的复杂细节却了解得很少，因此你几乎可以对此作出任何解释。"关于207号法令，207号法令总是只适用于1979年，这是没有人理解的。"当我试图弄清楚第207号法令的实际状况时，马加尼亚总统告诉我，该立法旨在实施"土地归耕作者"计划，规定将所有佃农耕种的土地的所有权，立即转让给这些佃农。"没有人比小农户更保守了，"美洲开发银行前顾问彼得·希拉斯曾援引一位美国AID官员的话评价207号法令，"我们将像繁殖兔子一样培养资本家。"

在我抵达萨尔瓦多之前的几个星期里，207号法令一直是混乱和内讧的根源，

它被叫停了，但又没有真的终止，只是不断重启、暂定又重启。但我以前从未听过有人像马加尼亚总统那样描述这个法令，他把它描述成一个逐步自我崩溃的提案。我小心翼翼地问，他的意思是不是说，实施"土地归耕者"的第207号法令只适用于1979年，是因为实际上在第207号法令生效后，没有一个土地所有者会允许佃农在他的土地上工作，因为这样会损害他自己的利益？"没错！"马加尼亚总统说，好像是在对一个迟钝的学生说话，"完全正确！这就是没有人理解的地方。1980年或1981年没有新的租赁合同。没有人会在207号法令下租借土地，他们必须疯了才会这么做。"

他说的情况显而易见，但与他的言辞不符，这次与马加尼亚总统关于"土地归耕作者"的谈话，听说是这个春天美国对萨尔瓦多政策的核心。美国在萨尔瓦多的努力似乎是基于自我暗示——很多时候都是这样，这种梦工厂旨在掩盖任何可能困扰做梦者的情报。这种印象一直存在，几个月后，我被众议院情报问题常设委员会发布的关于萨尔瓦多的报告（《美国在中美洲的情报表现：成就与问题实例》）中的建议所震撼。报告说，情报工作本身就是一个梦工厂，倾向于支持政策，"而不是提供信息"，提供"强化而不是阐释"，提供"**弹药**而不是分析"。

这种梦工厂的特定倾向,大概是不可避免的,这种倾向是对现状的改善,而不是对现状的阐明。因为萨尔瓦多的情况并没有改善,考虑它就等于是考虑道德上的灭绝。据报道,罗伯特·怀特在看着四名美国妇女的尸体从她们共同的坟墓中被拖出来时说:"这一次他们不会再逃脱了。"但他们确实又逃脱了。怀特被带回了家。这是一个让美国人崩溃的国家,而迪恩·辛顿给人的感觉是一个决心不崩溃的人。在圣贝尼托区教堂大道的官邸露台上,一切都合乎逻辑。一步接一步,进展缓慢。我们是美国人,我们不会丧失斗志。直到午餐后期,在沙拉和夹心巧克力酥球之间,我才想到,我们完全是在讨论事情的表象,讨论如何使情况看起来更好,讨论如何让萨尔瓦多政府**看起来**在做美国政府需要做的事情,以便使得美国援助**看起来**是合理的。

有时有必要在"一步之遥"的时刻上阻止罗伯托·道布伊松(迪恩·辛顿描述 ARENA 企图霸占总统职位的措辞),因为美国方面对道布伊松并不满意,正如国家安全顾问威廉·克拉克的助理杰里迈亚·奥莱里所想象的那样,辛顿在选举后向道布伊松建议:"这对所有人来说都很难。"在美国,积极的一面出现了,这对每个人来说都比较容易接受,那就是选举,以及美国人被谋杀案件发布的逮捕公告,

以及军队官员向驯顺的农民授予土地所有权的仪式,以及财政部警察坐在平台上,总统乘坐直升机前来。莱昂内尔·戈麦斯(他曾在萨尔瓦多农业转型研究所与已被谋杀的何塞·鲁道夫·维埃拉共事)在《食品监督报》(Food Monitor)上指出:"我们的土地改革计划给了他们一个机会,为下一次美国 AID 的拨款增加筹码。"莱昂内尔·戈麦斯所说的"他们",并不是指他的同胞,而是指美国人,指的是美国自由劳工发展研究所,指的是罗伊·普罗斯特曼,他是萨尔瓦多和越南的"土地归耕作者"计划的设计师。

在这种情况下,美国的努力很明显是一种循环(援助,是我们让萨尔瓦多人按我们的方式行事的底牌;而表面上以我们的方式行事,是萨尔瓦多人获得援助的底牌),但是为什么要这样做,却没有人能够回答。我们可以谈论古巴和尼加拉瓜,进而谈论苏联和国家安全,但这似乎只是为了证明一种已经开始的势头:没有人会怀疑古巴和尼加拉瓜曾在不同时期支持过萨尔瓦多政府的武装反对派,但也没有人会对此感到惊讶,或者,考虑到对各方的了解,人们也会毫不含糊地相信,在迪恩·辛顿甚至称之为**内战**的战争中,美国的利益就在这一方或那一方。

我们当然可以像迪恩·辛顿那样,把反对派的一些成员描述为"彻头彻尾的马

克思主义者"，但同样也可以像1980年4月FDR成立之初的大使馆那样，把反对派的其他成员描述为一个"温和派和中左翼团体的广泛联盟"。萨尔瓦多的右派从来不做这种区分：对于右派来说，任何反对派都是共产主义者，还包括大多数美国媒体、天主教会，以及伴随时间的推移，所有不属于右派的萨尔瓦多公民都算是共产主义者。换句话说，在美国和萨尔瓦多，人们对政治术语的理解仍然有一定的模糊性。一开始，"左派"可能只是意味着人们看到家人被杀害或失踪时的抵抗姿态。就美国支持萨尔瓦多两极分化加剧的程度而言，这表明它最终可能意味着别的东西，这就是我们自己制造的"普洛克路斯忒斯之床"。

在这种情况下，最符合美国利益的做法似乎是试图孤立"彻头彻尾的马克思主义者"，同时支持"温和派和中左翼团体的广泛联盟"，通过鼓励一方来打击另一方，拉拢反对派；但美国的政策由于接受了萨尔瓦多右派对于"共产主义"定义的发明，将其视为一种可怕的因素，即使付出最残酷的代价也要予以反对，事实上却适得其反。"**我们相信外国佬**。"ARENA主席职位的竞选者休·巴雷拉在1982年4月告诉《洛杉矶时报》的劳里·贝克伦德。当被问及ARENA是否担心因为他们试图将基督教民主党排除在政府之外从而可能失去美国的援助时，他说："国会不会为了一个政党而甘冒失去整个国家的风险。那样做意味着与美国的盟友作对，鼓励苏联在这里进行干预。这不是明智之举。"换句话说，"反共"被视为正确的，是美国永远会上钩的诱饵。

我们被卷入了一场我们不理解的游戏，一场与我们格格不入的政治热带的权力游戏，这既是因为我们对本地修辞有所误解，又因为我们被自身修辞的弱点所操纵。这些显而易见，但我们仍然留在了游戏当中。在这种情况下，所有争论都趋于平淡。正反两方似乎都偏离了主题。美国的核心努力当中，有一些熟悉的、难以形容的东西，仿佛它不是发生在萨尔瓦多，而是发生在萨尔瓦多的海市蜃楼，这个海市蜃楼与我们的社会并非不同，只不过是"生病"了，是一个暂时在发烧的共和国，只需要激发民主的抗体就可以了。在这个共和国里，一些词在北方和南方都有稳定的含义（例如"选举"和"马克思主义"），在这个共和国里，一些潜藏的善意等待着在我们的支持下被开发。在我到达萨尔瓦多的前几天，《今日日报》上刊登了妇女和平与工作运动的领导人一整版的广告。这则广告以美国大使迪恩·辛顿为代表，指责美国"用你们可悲的援助来勒索我们，这只会让我们屈服于不发达的处境，而像你们这样的强国可以继续剥削我们为数不多的财富，把我们踩在你们的铁蹄之下"。妇女权力与工作运动是一个右派组织，与ARENA组织有联系，这表明善意潜藏得多么深。

这种"勒索"的主题，以及它引人注目的假设——试图阻止萨尔瓦多人互相残杀，构成了一种新的、令人崩溃的帝国主义，这种帝国主义开始越来越频繁地出现。到1982年10月，圣萨尔瓦多的报纸上出现了一些广告，声称勒索导致了军队对萨尔瓦多的"背叛"，他们被看作是美国的"走狗"。在10月底举行的圣萨尔瓦多商会会议上，迪恩·辛顿说，"在本月的头两个星期里，至少有六十八人在萨尔瓦多被谋杀，这里的每个人都熟悉这样的情形"，他强调美国的援助取决于这个地方的发展，并回答了大约五十个书面问题，其中大部分是充满敌意的，比如其中一个问题是："你想勒索我们吗？"

一位使馆官员在电话中向我宣读了这篇讲话，他说这是"大使迄今为止最强硬的声明"。我对此感到困惑，因为大使在1982年2月11日的讲话中，已经以稍微平和的态度提出了大部分相同的观点。他在2月份提出："如果有一个问题会迫使我们的国会撤回或者严重减少对萨尔瓦多的支持，那就是人权问题"；在10月份又提出："如果没有——尽管我们有其他利益，尽管我们致力于反共产主义的斗争，美国可能会被迫拒绝向萨尔瓦多提供援助。"我们很难看出这次讲话相比以前有什么实质性的改变。事实上，这些讲话似乎每隔一个周期就要重复一次，六个月的认证流程正好跟这些季节性事件的节奏相吻合；在走流程的中期，事情总会显得"糟糕"，所以至少在修辞上要显得"更好"，而"改善"则是认证的关键。

我在电话中提到了2月份的演讲，但电话那头的大使馆官员没有看到相似之处。他说，这是一个"更强硬"的声明，可以成为《华盛顿邮报》和《洛杉矶时报》的"头版"。事实上，这个故事确实出现在《华盛顿邮报》和《洛杉矶时报》的头版上，这表明在萨尔瓦多，每六个月就会有新的新闻诞生。

如今每当我听到有人谈论萨尔瓦多这样或那样的解决方案时，我就会想到曾在那里生活过的美国人，他们每个人都以他或她特定的方式被无情地改变了，因为他们曾经生活在这个特定的时间与地点。这些美国人有些离开了，有些仍然留在萨尔瓦多，但是，就像同一场自然灾害的幸存者一样，他们同样地被这个地方打上了烙印。

有很多选项不是闹着玩的。我们可以通过军事手段改造这个地方。这看似是一

个选择，但出于公众舆论的原因，这并不可行。然而，如果不是因为公众舆论的话，萨尔瓦多将是进行全面军事行动的理想试验场。它很小，自成一体，有西半球的文化相似性。

——一位美国驻圣萨尔瓦多大使馆官员

6月15日对于萨尔瓦多来说是一个伟大的日子。这一天萨尔瓦多收到了美国对私营企业额外援助的五百万美元、一个战斗机机队及其相应的观察室。此外，这对我来说也是一个伟大的日子。《纽约时报》的雷·邦纳竟然在伊洛潘机场与我进行了对话，当我向他伸出手时，他拉着我的手握住了……除此之外，另一位记者把我拉到一边说，如果我是一个如此一丝不苟的记者，为什么要写关于他的不实内容。在这里，我无意为自己辩护，只是引用了我的消息来源。后来我们认真谈了谈，并且消除了一些误会。我说这是一个伟大的日子，因为观点相反的记者可以聚在一起，互相学习一些东西，毕竟我们都是在同一条战线上工作。罗伯特·E.怀特投诉我没有发表他的《致编辑的信》（我发表了），不久之后，我甚至给他写了一封信（他没有理会），建议我们要做友好的敌人。唯一的敌人是极权主义，无论这种极权主义如何伪装：共产主义、社会主义、资本主义还是军国主义。人是独一无二的，因为他有自由意志和选择能力。当这一点被压制的时候，他就不再是人，而是动物。这就是为什么我说，尽管我们观点不同，但我们不是敌人。

——马里奥·罗森塔尔，《萨尔瓦多新闻公报》编辑，摘自他在1982年6月14日至20日的专栏"伟大的一天"

你有最后一次机会采访一个默默无闻的萨尔瓦多人。

——一位美国记者。我曾向他提到，在萨尔瓦多·贝尔特兰·卢纳上校坠机而死的那天，我一直在想方设法去见他

情况没有那么糟糕。我和纽约一家银行的政治风险专家聊过，1980年的时候，他们都认为萨尔瓦多在1982年只有10%的机会能达到我们现在的状态。你看我们不是挺稳定的吗？

——同一位使馆官员

通常情况下，我这个级别不会有警卫，但我的上一任受到了死亡威胁，他的名字在某个暗杀名单上。我现在住在他的老房子里。事实上，今天发生了一些奇特的事情。有人打电话来，非常急迫地问我如何联系到与我的上一任一起生活的萨尔瓦多妇女。这个人在电话中声称，这个女人的家人需

要联系她，因为死亡或生病之类的原因，而她没有留下地址。这可能是真的，也可能不是真的。我自然没有提供任何信息。

——另一位使馆官员

怀特大使：几个月前，我国大使馆也送来了这些截获的文件。文件的来源是**毋庸置疑的，因为它们是由阿道夫·马亚诺上校直接交给我的**，他当时是军政府的成员。这些文件是在他们逮捕前少校道布伊松和其他军官时被截获的，他们的罪名是密谋反对萨尔瓦多政府。

参议员佐林斯基：……请继续，大使先生。

怀特大使：我很乐意给你这些文件的复印件，供你记录。在这些文件中，有一百多个参与者的名字，既有在萨尔瓦多军队中积极的反政府阴谋分子，也有居住在美国和危地马拉城、积极资助敢死队的赞助人。我把这份西班牙语的文件，交给了我在萨尔瓦多认识的三位最熟练的政治分析家，我没有对他们做任何引导。我只是让他们读一下这份文件，然后告诉我他们得出了什么结论。他们三人一致认为，这份文件中有令人信服的证据——如果不是百分之百的确定，证明了道布伊松和他的团伙对罗梅罗大主教的谋杀案负有责任。

克兰斯顿议员：你说什么？对谁的谋杀负责？

怀特大使：罗梅罗大主教……

——来自美国参议院外交关系委员会的听证会记录，1981年4月9日，罗伯特·E. 怀特离开圣萨尔瓦多两个月后

在所有这些美国人中，我尤其想到了罗伯特·怀特，因为他代表了被萨尔瓦多所折磨的美国人的真实声音：**你会在其中一页上找到标有下划线和引号的星期一**，他在1981年4月的某一天谈到了这些文件，这些文件被正式纳入记录，正如众议院常设情报特别委员会的报告后来得出的结论，这些文件被CIA忽略了。他谈到了菠萝行动，谈到了血糖，谈到了257支罗伯茨手枪，谈到了迈阿密的地址，谈到了星光镜；谈到了**马亚诺上校直接交给他的文件**，还谈到了那些令人信服的，甚至是确凿的活动证据。然而这些证据在他的听众听来却如同来自太空的信号，难以想象，不可思议，就像来自黑洞的微弱脉冲。1981年那个春天，在华盛顿宁静的阳光下，罗伯特·怀特在离开圣萨尔瓦多两个月后，似乎与这个地方渐行渐远：在圣萨尔瓦多，他可能会最终换个角度思考，**马亚诺上校把文件交给他，又能得到些什么呢**？

直到最近，当我试图向洛杉矶的一位朋友描述我离开萨尔瓦多几天前发生的一

件事时，我才明白在这种特定的情况下，萨尔瓦多生活的质感本质上是无法复述的。我和我丈夫，以及另一个美国人去了圣萨尔瓦多停尸房，与美国大多数停尸房不同的是，它很容易进去，我们只要穿过法院大楼后面敞开的门就可以了。那天早上我们来得太晚，没看到当天的尸体（在萨尔瓦多，人们不太强调防腐处理，也不太强调身份坚定，尸体很快就被送去处理了），不过负责人打开他的日志，给我们看了当天早上的记录：七具尸体，都是男性，没有辨认身份，据说都不超过二十五岁。六人被证明死于**枪伤**，第七人因受惊而中弹。放置尸体的石板已经洗净了，地板上有水。这里有很多苍蝇，还有一台电风扇。

那天早上，和我们同行去停尸房的另一位美国人是报社记者。在1982年夏天的圣萨尔瓦多，七具带有**枪伤**、身份不明的尸体，并不是什么值得深究的新闻，所以我们离开了。在外面的停车场里，有许多被毁坏或被扣押的汽车，其中许多被枪击中，内饰被子弹打烂，挡风玻璃被打碎，珠光色引擎盖上凝固着一层厚厚的血迹。不过这也平凡无奇。直到我们绕过大楼回到记者租的车旁边时，我们每个人才开始感觉到潜在的不同寻常。

车子周围有三个穿制服的人，两个在人行道上，第三个坐在摩托车上，看起来很年轻，挡在我们的车前没有让开的意思。第二辆摩托车已经停在了汽车的正后方，我们前面的空间也被占据。这三个人本来在说笑，但我们上车之后，笑声停止了。记者打开汽车的点火开关，等待着。依然没有人动。人行道上的两个人没有与我们对视。摩托车上的男孩直勾勾地盯着我们，抚摸着支撑在他大腿间的 G-3 突击步枪。记者用西班牙语询问是否可以移动其中一辆摩托车，好让我们离开。人行道上的人什么也没说，只是神秘地笑了笑。男孩只是继续盯着我们，并开始摆弄 G-3 枪管上的消焰器。

我们陷入了僵局。很清楚的是，如果我们在试图离开的过程中剐蹭了任何一辆摩托车，局面就会变得糟糕。另一点似乎也很清楚，如果我们不尝试离开，情况同样不堪设想。我盯着自己的手掌，不知所措。记者加大油门，把车强行驶上了路牙，留下一个最低限度的移动空间，然后干净利落地倒车出来。所幸没再发生什么事。不过刚刚的遭遇在萨尔瓦多已经是稀松平常，与漫无目的的权威进行毫无意义的对抗。然而，我还没听说有任何**解决方案**能够准确处理当地的恐怖活动。

任何情况都可能变成恐怖事件。最普通的差旅也可能变成坏事。在萨尔瓦多的美国人，对于看似良性的危险有一种难以摆脱的担忧。我记得一位电视主播告诉我，某天晚上在他入住的酒店房间里（当时正值选举,由于皇家大道酒店客满,他被安排住在喜来登酒店),他把床垫拿下来,推到窗前。他碰巧带了几件防弹背心,这是他从纽约为摄制组带来的,在去喜来登酒店大厅之前,他穿上了一件。在萨尔瓦多的美国公司(得克萨斯州仪器公司仍在那里,还有嘉吉公司和其他一些公司),每隔几个月就会更换一次经理,而且他们的身份是保密的。一些公司把他们的经理藏在二号或三号岗位上。美国大使馆官员坐的是没有标志的装甲货车(无鹰徽、无封条、无外交车牌),由萨尔瓦多本地的司机和保镖驾驶陪同。我被告知这么做是因为"如果有人被炸飞了,国务院显然希望是当地保安人员动的手,这样你就不会在新闻头条上看到**美国人枪杀萨尔瓦多公民**了"。这些当地保安把自动武器安放在大腿上。

在这样的环境下,逗留在萨尔瓦多似乎是一个无尽的刑期,而离开的前景也令人怀疑。在我要离开前一晚,我没有睡觉,躺在床上听着从皇家大道游泳池派对上飘来的音乐,听到乐队演奏马拉加舞曲,从凌晨3点、4点演奏到5点。此时派对似乎要结束,天亮了,我可以起床了。那天早上,我被大使馆的一辆面包车接去机场,在离酒店几个街区的地方,我确信这不是去机场最直接的路,而这个坐在前面、膝上放着雷明顿手枪的人,也不是大使馆警卫,这是一个来路不明的人。然而,这辆面包车的确是大使馆派来的,它绕道到圣贝尼托去接一位援助署官员,但这也没有让我感到哪怕一丝放松:一到机场,我就一动不动地坐着,把目光从那些在空荡荡的候机室里巡逻的士兵身上移开。

早上9点,当飞往迈阿密的TACA航班宣布起飞时,我头也不回地登上了飞机。我僵直地坐着,直到飞机离开地面。我没有系安全带,也没有把身体向后靠。那天早上,飞机在伯利兹中转,在跑道上降落,跑道两旁是废弃的碉堡和锈迹斑斑的迷彩坦克,似乎要把两个大陆上的每一个漂泊者、投机分子、情报员和这个半球的幻想家都带走。一队传教士学生甚至也在伯利兹上了飞机,他们是来自佐治亚州和亚拉巴马州松树林的孩子,他们脸色蜡黄,一直在教导伯利兹人民认识耶稣,耶稣才是他们的救世主,就像坐在我旁边的那个队员所解释的那样。

他大概二十岁,有美国山地人传承了三百年的血统,飞机一离开伯利兹,他就开始填写一份关于他在伯利兹的经历的调查问卷,费力地用印刷体写出这样的短语:**顺服上帝,重建信念的机会,我的经历中最有价值的部分,最令人沮丧的部分**……在礁岛上空的某个地方,我问他在他的经历中,最令人沮丧的部分是什么。他说,在他的经历中,最沮丧的是看到人们离开十字军时的眼神就像来时那样空洞。

萨尔瓦多

他的经历中最有价值的部分，则是重新下定决心，把耶稣是人民救世主的福音带到不同的地方。他承诺了传播福音的不同的地方，有新西兰、冰岛、芬兰、科罗拉多和萨尔瓦多。这样的**解决方案**不是来自华盛顿、巴拿马或墨西哥，而是来自伯利兹和佐治亚州的松树林。这次从圣萨尔瓦多中转伯利兹，最后抵达迈阿密的飞行，发生在1982年6月。1982年10月底，在我完成这份报道的那一周，美联社、合众国际社、合众国际社电视新闻、NBC新闻、CBS新闻和ABC新闻在皇家大道酒店的办公室，被携带冲锋枪的萨尔瓦多国家警察突袭和搜查；十五名反对萨尔瓦多政府的合法政治和劳工团体领导人在圣萨尔瓦多失踪了。迪恩·辛顿说，他"有理由相信"这些失踪事件不是萨尔瓦多政府授意进行的；萨尔瓦多国防部宣布，十五名失踪公民中，有八人实际上是被政府拘留了；美国国务院宣布，里根政府认为它在争取中美洲政治稳定的运动中已经"渡过了难关"。

1983年3月

MIAMI

迈阿密

董牧孜 / 译

献给艾杜内·杰瑞特·狄迪恩

和弗兰克·里斯·狄迪恩

目 录

第一部分 403

第二部分 411

第三部分 445

第四部分 493

说 明 517

PART I

第一部分

第一部分

1

哈瓦那的虚荣，在迈阿密化为尘土。1933年8月的一个晚上，时任古巴总统的格拉尔多·马查多将军乘飞机离开哈瓦那，开始流亡生活。他带走了五把左轮手枪、七袋黄金，还有五位仍然穿着睡衣的朋友。如今，格拉尔多·马查多被埋葬在迈阿密伍德朗公园公墓的大理石地窖里，陵墓的第十四区。1952年3月的一个晚上，曾在1933年协助推翻了格拉尔多·马查多，并在十五年后成为总统的卡洛斯·普里奥·索卡拉斯飞离哈瓦那，开始流亡生活。他带走了他的外交部部长、内政部部长、妻子和两个年幼的女儿。有一张照片曾记录了这个场合，普里奥夫人非常漂亮，她登机时似乎穿了一套生丝西装，头戴一顶黑色渔网面纱的帽子。她戴着手套和耳环。她的妆容清新明快。这位丈夫、父亲，这个不久前还是总统的男人，戴着墨镜，怀中抱着他们的小女儿玛丽亚·埃莱娜。

如今，卡洛斯·普里奥被安葬在迈阿密伍德朗公园公墓第三区，离格拉尔多·马查多不远，坟墓上立着一块六英尺高的大理石，上面用红白蓝三色瓷砖镶嵌出一面古巴国旗。墓碑上写着：**卡洛斯·普里奥·索卡拉斯，1903—1977**，名字正下方写着：**1930年大学生委员会成员**。仿佛卡洛斯·普里奥·索卡拉斯在哈瓦那大学期间对格拉尔多·马查多采取的反对行动，就是他能免于被世人遗忘的最重要的凭证。再之后，才是**古巴共和国总统（1948—1952）**，一个令人扫兴的收尾。总统任期短暂，而行动的魅力长久，如今都静静地立在迈阿密伍德朗公园公墓飘落的鸡蛋花和盛开的紫薇花之间。"他们说我是一个糟糕的古巴总统，"四年的哈瓦那总统任期结束后，是二十五年的迈阿密时光，大约在第十年时，卡洛斯·普里奥到访肯尼迪白宫，对小阿瑟·M. 施莱辛格这样说道，"也许确实如此。但我是古巴有史以来最好的总统。"

在佛罗里达州，上演了许多有关哈瓦那的尾声，以及一些序幕。佛罗里达州是古巴舞台的一部分，在那里，人们慷慨激昂地退场，也会进行一些幕后交易。在那里，歌队等待着对表演发表评论，有时则参与到表演之中。1955年，流亡者何塞·马蒂在基韦斯特和坦帕的古巴烟草工人之中筹集资金，1894年，他试图从杰克逊维尔北部发起侵略远征。1955年，流亡的菲德尔·卡斯特罗·鲁兹来到迈阿密筹款，他于7月26日开进马埃斯特拉山脉，并从卡洛斯·普里奥那里拿到了钱。1952年，富尔亨西奥·巴蒂斯塔从佛罗里达回来，亲自从卡洛斯·普里奥手中夺回哈瓦那，但到了1958年，菲德尔·卡斯特罗凭借卡洛斯·普里奥的资金，又从富尔亨西奥·巴蒂斯塔手中夺走了哈瓦那。

在此期间，卡洛斯·普里奥的前总理试图在卡马圭省登陆第三支部队，旨在从菲德尔·卡斯特罗手中夺取时机，这是一个明显失败的行动，得到了CIA的支持，并由住在迈阿密海滩家中的卡洛斯·普里奥提供资助。

这一切都具有启示性。在这出被称为el exilio，即**流亡**（即便是那些已经在美国度过了绝大部分人生的古巴人，也依然这样称呼）的无尽歌剧中，也能看到迈阿密海滩私人住宅中的会议能产生什么后果。个人行动被视为能够直接左右事态的发展。革命和反革命都被框定在私营领域，而国家安全机构的存在则完全是为了被某支私人势力征用。这种源自加勒比海和中美洲的特殊政治风格，现如今在美国也已经本土化了，这就是为什么，自从1959年元旦早上，富尔亨西奥·巴蒂斯塔最后一次飞离哈瓦那（在克察尔特南戈航空公司飞往多米尼加共和国的麦道DC-4飞机上，女人们仍穿着晚餐时的晚礼服）以来，在佛罗里达州平坦的沿海沼泽地上，在这座历经十几次繁荣又破灭的遗迹上，棕榈树摇曳，酒店每年有六个月的封闭期，一个引人关注的定居点逐渐发展起来，它不完全是传统意义上的美国城市，而更像是一座热带首都：谣言满天，记忆短暂，建立在资本失控的幻想之上。与它对标的并非纽约、波士顿、洛杉矶、亚特兰大,而是加拉加斯、墨西哥城、哈瓦那、波哥大、巴黎和马德里。自1959年以来,唯一能与迈阿密类比的美国城市是华盛顿,而两地所共有的那种特性,也正日益成为两地现实的基本构造。

在**流亡**的激情中,迈阿密和华盛顿的幻想在某些地方交汇或碰撞,清晰地映现出来。人们重复着怨恨,细数背弃诺言的念珠。人们讲述错误的场合,不完美的理解,其中,二十世纪八十年代的华盛顿偏爱使用一个词,"缺陷",指的是华盛顿的抽象观念与迈阿密的可能性相叠加,这可能正确也可能不正确。1985年4月17日,是被大多数美国人,甚至一些古巴人称为"猪湾事件"入侵失败的二十四周年纪念日。回想起来,迈阿密举行了一系列沉痛的活动,来纪念1961年在马坦萨斯省南部海岸吉隆滩所遭受的损失——2506突击旅,这支由美国政府训练和支持(有一个观点,一个著名的观点,这是约翰·F.肯尼迪在午夜时分作出的决定,通过不提供空中掩护来保留推诿的余地)的流亡入侵部队。

1985年的纪念活动实际上是一个仪式,因此与其他年份几乎没有什么不同,比如1986年——那时珍妮·柯克帕特里克[a]将会出席,挥舞着美国和古巴的纪念小旗,并谈论"如果这个旅获胜,世界将会多么不同"。1985年周年纪念日的早晨,午夜刚过一分钟——一如往年,以及此后的年份,大约三十名2506部队成员,大多数是四五十岁的男人,穿着迷彩服,手持AR-15步枪,他们是参与入侵的退伍老兵,还有一些后来的新兵,聚集在迈阿密西南第8街的吉隆烈士纪念碑前,形成一支护卫队,守望着柔和的佛罗里达之夜。录音带播放了《星条旗永不落》和古巴国歌《巴亚莫之歌》。《巴亚莫之歌》的歌词是这样唱的:**不要惧怕光荣的牺牲,为了祖国献身,就是永生!** 正是这种超然的民族主义情感,构成了这场纪念活动的核心。

上午晚些时候,警察已经封锁了位于西南9街的那幢被风雨侵蚀的平房,这里原本要用作古巴流亡部队2506旅的房屋、博物馆和图书馆,用来收藏真正的圣物碎片,如2506旅的旗帜。"猪湾事件"发生二十个月之后,这面旗帜在橙碗体育场上被赠予约翰·F.肯尼迪,当时他承诺会在"自由的哈瓦那"将旗帜归还给

---

[a] Jeane Kirkpatrick(1926—2006),美国第一位女驻联合国大使,在1980年总统竞选期间首次担任罗纳德·里根总统的外交政策顾问,1981年被任命为美国驻联合国大使。

2506旅，并把它带回了华盛顿。讲起这则寓言的人们会说，后来，肯尼迪把它放在了"布满尘土的地下室"，以几何级数扩展了这面旗帜的象征意义。在纪念日的上午，人们开始翻修那幢平房。刚刚从众议院关于是否援助尼加拉瓜反抗军（康特拉）的辩论中赶回来的克劳德·佩珀，在仪式上将吉隆滩登陆形容为"世界历史上最英勇的事件之一"。而在场的其他许多人，则表达了那个春天整个流亡社群最迫切的担忧，为这一场合赋予了一种历史性的情感张力：八十年代的"自由斗士"，绝不可再遭到2506旅那样的对待，或者说是他们认定中的肯尼迪政府对2506旅的对待。

有时用来形容这种对待的词是**抛弃**，有时是**背叛**，但意思是一样的，这些词背后的热情跨越了所有阶级的界限，不仅在那个上午的平房里，还有之后在纪念碑前的点名仪式，以及再后来，那天晚上在比斯坎湾小教堂为2506旅举行的弥撒上，这个教堂就坐落在古巴对面。那天早上，有人穿着作战服，但也有些人穿着海军蓝的运动夹克，口袋上小心翼翼地别着2506旅的闪亮徽章。有人穿着全国步枪协会的防风夹克，也有人的T恤上印着美国国旗和"这些颜色不会褪去"的标语，还有人的十字架挂在裸露的皮肤上，刀鞘挂在腰带上，腰带系得很低，以至于露出了紧身短裤，但也有人穿着布鲁克斯兄弟衬衫，搭配斜纹领带和柔软的皮革公文包。那天晚些时候，有些人会回到位于布里克尔大街新玻璃塔楼里的办公室，那些办公室里摆着巴塞罗那椅，透过落地窗可以俯瞰海湾、港口、迈阿密海滩和比斯坎湾。也有些人的唯一办公地点是克罗姆大道外的枪支店、射击场和飞行俱乐部。在那里，西戴德区正过渡为大沼泽地，只有水面的突然闪烁，才能显露出沼泽的悄然逼近；毒品在那里交接，尸体在那里被遗弃。

从那以后，他们就被认为是政治上的流浪者——这些2506旅的人，都是些狠角色，在南方航空运输公司航线所及的各个可疑地点之间漂来漂去——但这种看法极具误导性。事实上，2506旅的一些成员，早在菲德尔·卡斯特罗进入哈瓦那之前就住在迈阿密了，还有一些人是在1980年，也就是马列尔偷渡事件[a]那一年才来的。其中有些人是美国公民，有些人则永远不会成为美国公民，但他们首先都是古巴人，身陷于同一种集体咒语，同一种神秘的魔力，同一种怨恨、复仇、理想化和禁忌的狂热情结，这使得流亡成

---

[a] 1980年，为回应国内紧张局势和美国政府的批评，菲德尔·卡斯特罗开放马列尔港，允许任何想离开古巴的人离境，最终约有十五万人乘船抵达美国。

为一种强有力的组织原则。他们不仅把古巴视作自己的出生地，还把它视作一种构想，一种与生俱来但已丧失的权利。他们有着同样一种对**祖国**的定义：某种与个人荣誉不可分割的东西，因此，当个人荣誉被背叛，就必须报复。不仅是他们彼此之间，而几乎是所有在迈阿密古巴人，都有着一个共同的政治母体，在那里，历史的形态、辩证法和趋势自古以来都表现为 la lucha，即**斗争**。

对于他们中的大多数人来说，童年时代当然有与西班牙**斗争**的故事，这是十九世纪古巴的重要场景。对于一些他们的父辈来说，有过对抗格拉尔多·马查多的**斗争**，而对于一些人，则是对抗富尔亨西奥·巴蒂斯塔的**斗争**。对于所有人——无论是最初与"7月26日运动"并肩作战的，还是反抗它的，无论是**胡子拉茨**（"726运动"成员的绰号）还是**巴蒂斯塔**的追随者——现在都是在一个历时二十五年的宏大画布上进行**斗争**，一场纯净的**斗争**，在一个封闭的真空环境中进行的**斗争**，这场**斗争**不仅是对菲德尔·卡斯特罗的对抗，而且是对他的盟友、代理人，以及所有可能被认为曾经帮助或鼓励过他的人的对抗。

究竟什么构成了这样的帮助或鼓励，一直是流亡社群中一个极其耐人寻味的话题，不断地被界定和重新定义，最终精炼为一个明显不同的角度，适用于近期美国历史中的某些事件。以1972年民主党全国委员会总部的水门大厦盗窃案为例，从这个角度看，它被视为一项爱国使命，那些因此入狱的古巴人是**斗争的烈士**。而马列尔偷渡事件则被看作是又一届政府的背叛，是与菲德尔·卡斯特罗的交易，是卡特政府为了维持古巴现状而做出的决定，抽走了原本流亡者梦寐以求可能出现的民众起义的势头。这种背叛从肯尼迪政府开始，一直延续到当下。**废除肯尼迪-赫鲁晓夫协议**，当天的小型摄像机镜头前，有一块标语牌上这样写道，格外引人注意。**受够了背叛**，另一张标语牌，背面是**孔塔多拉集团 / 叛徒 / 出卖 / 祖国**。换句话说，那些支持在中美洲达成政治解决方案的人被认为是卖国贼，出卖了他的国家，也出卖了他的荣誉。

猪湾事件在很多方面继续为迈阿密提供了一个理想的故事，在这个故事中，2506旅的男人永远是勇敢的，永远是被背叛的，而美国永远是诱惑者和背叛者，而**烈士**的鲜血则永远保持新鲜。当天，在吉隆滩纪念碑宣读在古巴牺牲的114名旅队成员的名字时，幸存者们齐声喊**到**，节奏越来越快，紧握的拳头向天空举起——**到**。喊了114次。穿着丝绸连衣裙和高跟凉鞋的女人们在墨镜后面擦着眼泪。**真叫人悲伤**。一个女人一遍又一

迈阿密

遍地喃喃自语，不针对任何人。

迈阿密的悲伤。肯尼迪在1960年的一份竞选声明中宣称："我们必须努力加强流亡中的非巴蒂斯塔的民主反卡斯特罗力量。"迈阿密一度认为约翰·F. 肯尼迪是其信仰的同路人。1985年，猪湾事件周年纪念日前两天的一个夜晚，在华盛顿尼加拉瓜难民基金会举办的一场慈善晚宴上，罗纳德·里根说："我们不能让美国对战后历史上最大的道德挑战之一袖手旁观。"迈阿密再次相信美国总统是其信仰的同路人。在那个4月的晚上，在迈阿密2506旅的弥撒结束后，在面向古巴的小教堂台阶上，甚至分发的古巴甜咖啡纸杯也有一种世俗圣餐的意味，那座小教堂的祭坛上方摆放着一尊镶有亮片的圣母像，一个为她的十五岁成人礼而盛装打扮的圣母——象征着**国家**、**男性气概**、**斗争**，这一多情的三位一体的圣体与圣血。猪湾事件以来的这些年里，**斗争**已经演变为美国城市街头的暗杀和爆炸，演变为涉及美国公民和美国机构的阴谋、反阴谋和秘密交易，演变为一种态度与行动，一种阴影，曾笼罩着两位美国总统任期的骤然终结，也将笼罩第三位总统的执政瘫痪——只是在那个晚上，这种怪异的演变并未被正式探究。

PART II

第二部分

第二部分

2

"一片普遍的荒凉,永恒的水域和沼泽的迷宫,交织在一起,似乎永无止境;周围尽是无尽的沼泽……于是,我想我来到了佛罗里达"约翰·詹姆斯·奥杜邦[a]在1831年的一次探险中给《美国地质与自然科学月刊》的编辑写下这封信。那时这一地区仍被称为佛罗里达。地方是第一位的,只要你到达那里,就会开始理解为什么至少有六届政府认为南佛罗里达是一个如此肥沃的殖民地。

我从未在飞往迈阿密的安检时,不体验到一种特定的失重感,这是一种离开了发达世界对民主制度的顺从,来到一个更加流动的氛围后而加重的警觉感,其中,对极端可能性所固有的不信任,似乎根植于温和的美国,但这种不信任至多只是表面的。在这类航班的登机口,首选语言已经是西班牙语。巴拿马的天气造成了飞机延误。这些预定目的地的名字表明,在这个世界里,许多福音派倾向在历史上得到了接纳,许多对帝国的渴望得到了纵容。东部时间下午5点59分,从纽约/肯尼迪飞往迈阿密、巴拿马、圣地亚哥和布宜诺斯艾利斯的航班杂志架上,摆放着《高

---

[a] John James Audubon(1785—1851),美国著名的画家、博物学家,他绘制的鸟类图鉴被称作"美国国宝"。

413

迈阿密

尔夫》《乌木》和《美国新闻与世界报道》这种常见刊物的原始副本，还有一本名为《南方：第三世界杂志》的月刊，杂志在伦敦编辑，倾向于对政变谣言和资本外流进行快速的背景报道。在迈阿密本地，这种新闻比在北方看起来要重要得多，因为踏足南佛罗里达，意味着已经置身于一个政变谣言和资本外流的地方，这正是将资金投入市场的原因，也是将资金撤出市场的原因。珊瑚阁市[a]投资办公室墙上的图表给出了巴拿马、圣萨尔瓦多和亚松森的时间。当地一家连锁枪支店打出了"父亲节特卖"的广告，英特拉泰克 TEC-9 半自动手枪（配备额外的弹夹、弹壳和消焰器）的价格从 347.8 美元降至 249.95 美元，并提供分期付款。我还记得 1985 年 7 月的一个早晨，我拿起《迈阿密先驱报》，读到迈阿密机场附近的霍华德·约翰逊酒店推出了"游击队折扣"——一种每天 17 美元的房间。在《先驱报》记者的追问下，一名员工称其为"自由战士计划"，"本来应该保密的"。

就像世界其他地方的市民会在购买游击队折扣和半自动武器时寻找优惠一样，在迈阿密，人们对个人安全的兴趣也很高。某些居民区的安全设施几乎是原封不动从波哥大或圣萨尔瓦多移植过来的，即使是普通住户也对围栏防御、封锁区域、运动监视器和闭路电视监控有详细的了解。门窗上的装饰性格栅原来是有防御意图的。入室抢劫在戴德地铁警察局被称为"私闯民宅"，这种措辞往往表明这座城市正处于系统性的围困之中。一家专门从事家庭和汽车安全的公司提供安装防弹窗户的服务，这些窗户经过测试，可以承受 7.62 毫米的北约标准弹药，比如 M60 机枪所用的弹药。在坦伯利岛公寓里，人们发现了一本十页的小册子，以及 11.95 万美元的小面额钞票，这些东西属于一名被指控走私可卡因的嫌疑人。这本小册子提供了保持安全形象的建议："试着在一切习惯上模仿美国人，修剪草坪，清洗汽车……偶尔举办烧烤活动，邀请值得信赖的亲戚。"小册子还建议，谨慎的公民可以在其他场合"扮演房屋的管家。面对任何问题，他都能回答：业主正在旅行中"。

这种法外需求的假设，主导了更加昂贵的住宅物业广告。星岛上有一栋房子，最初是作为迈阿密海滩游艇俱乐部建造的，二十世纪二十年代被赫蒂·格林[b]的儿子

---

[a] Coral Gables，佛罗里达州迈阿密戴德县的一座城市，位于迈阿密下城西南，迈阿密大学所在地。
[b] Hetty Green（1834—1916），绰号"华尔街女巫"，十九世纪女商人、金融家，被称为"美国最富有的女人"，同时也被吉尼斯世界纪录命名为"世界上最大的吝啬鬼"。

改建为住宅。在预览手册的介绍中,标题强调的不是房子的 21 个房间,不是它的多个游泳池,甚至不是它的 255 英尺的海滨临街地,而是它的"非同寻常的安全性和通往海洋的便捷通道"。格罗夫岛是一个豪华公寓综合体,它的雕塑花园中有野口勇、亚历山大·考尔德和路易丝·内维尔森的作品。这座综合体是这样宣传自己的:"距离椰林有一座桥。"在当地的隐语中,这意味着通行受控制,这种情况是采用了新迈阿密建筑中备受青睐的"双重安全"系统,要求在门口或"外围"获得的许可证,必须在第二道防线——建筑物入口处上交。迈阿密的一些人告诉我,在自己和城市之间有一座桥是件好事,因为在动荡时期,它可以被拉起,也可以被封锁。

在当时,迈阿密被呈现为一个富有而邪恶的缤纷新型城市,这种形象出现在新闻报道、杂志文章,甚至广告和时尚宣传中,这些宣传都借鉴了电视剧《迈阿密风云》的"风格"。然而,当我开始在那里生活的时候,迈阿密似乎异常萧条,再次呈现出南方世界的模式。新的公寓楼几乎无人购买。新的办公楼几乎无人租赁。一些投资者出现了撤资的迹象,他们曾误读了在迈阿密来回流动的现金——将其当作他们所理解的可靠的美国货币,并且最终被迫承担了风险。据报道,赫尔姆斯利－斯皮尔公司放弃了一块位于比斯坎湾的未开发土地的赎回权,每年为自己节省了 300 万美元的税收。铁狮门公司放弃了在布劳沃德县兴建价值 8 亿美元的医疗综合大楼的计划。1985 年 6 月,《先驱报》的头条是**财力雄厚的投资者重返北方**。1985 年 8 月,《先驱报》的头条新闻是,昂贵的公寓面临大规模止赎的威胁。1986 年 3 月,《先驱报》的头条新闻是南佛罗里达的强制执行激增。

这给人的感觉就像一个拉丁美洲国家的首都,距离新政府上任还有一两年的时间。购物中心的空间没有租出去,或者租给了错误的租户。对于一个美国城市来说,鞋店和电子游戏厅太多了。还有太多的公共工程项目:有一个新的公共交通系统,但不能有效地运送任何人,这个计划在市中心周围建造旅客捷运系统,据说可以拯救新的公共交通系统。我第一次去迈阿密时,闪闪发光的新地铁车厢空荡荡地驶进达德兰购物中心,然后又空荡荡地开了回来,成为南迪克西高速公路交通拥堵之上的幽灵列车。当我几个月后回到这里时,服务已经减少,耗资数十亿美元的地铁只运行到傍晚。

一种热带的混乱似乎占据主导,即使宏伟的计划已经实现,也难逃失败的命运。小规模毒品交易发生在比斯坎大道未完工的旅客捷运轨道之下,另一个拯救行动的

迈阿密

计划正在进行中，即"比斯坎中心"，一个占地28英亩的体育场馆和会议厅，理论上可以通过地铁或旅客捷运轨道抵达。这个项目进一步的优势是，由于它的预定地点位于1982年奥弗敦骚乱期间封锁的地区，一个总体上麻木但偶尔动荡的贫困地区，这样可以消除至少这28英亩地里的潜在麻烦。某天早上，《先驱报》的头条是**体育馆融资计划依赖酒店客人**；四个月后，**南佛罗里达酒店的客房越来越空**，则成了《先驱报》当天的头条。《先驱报》的一名商业记者在采访当地一位房地产分析师时问他，认为南佛罗里达州何时会复苏。这位分析师反问说："那你告诉我南美什么时候会好转。"

与此同时，建筑起重机仍然在著名的新天际线上盘旋，它漂浮在红树林沼泽和堡礁之间，有一种危险的吸引力，就像海市蜃楼。我记得10月的一个晚上，我漫步在当时的圣廷苑酒店的大理石大堂，这是庞大的新迈阿密中心的一部分，由皮耶特罗·贝鲁斯基[a]为弗吉尼亚开发商西奥多·古尔德设计。那天晚上，在这个巨大的石灰华公共空间里还有另外一个人，一个穿着黑色短礼服的年轻古巴女人，她似乎负责晚宴的桌位安排，但晚宴并没有出现。我能听到我的脚跟踩在大理石上的咔嗒声。我能听到那个穿着黑色塔夫绸晚礼服的年轻女子，用她涂了色的指甲敲打她坐着的桌子。我突然想到，她和我可能是茫茫天际中仅有的两个人。在那周晚些时候，圣廷苑酒店和迈阿密中心的控制权从西奥多·古尔德转移到了纽约银行，这成为一段短暂而痛苦的历史中的最新篇章——涉及听证会、违约和第11章破产申请，随后宣布这家酒店将由洲际连锁集团经营。洲际酒店接手管理时，圣廷苑酒店的入住率为7%。大迈阿密商会主席表示，西奥多·古尔德"为迈阿密市中心作出了非常独特的贡献"。

---

[a] Pietro Belluschi（1899—1994），生于意大利安科纳，曾在罗马大学和康奈尔大学学习工程学，1923年移居美国，后加入波兰人创立的 A. E. Doyle 建筑师事务所，1933年后他成为该事务所的首席设计师，1943年将其改为自己的名字执业。贝鲁斯基设计了众多包含国际元素的商业建筑，此外，他还设计了若干具有地方风格、采用当地材料的作品。在五十年的职业生涯中，他设计了超过一千幢建筑。

第二部分

3

在春天，当我开始访问迈阿密时，整个佛罗里达州都被报道处于干旱状态，地下水位下降，蓄水层未充满，出现了**节约用水**的标志。但在世界上的一部分地区，干旱是一种自然状态，多孔的鲕状石灰岩在一年中大部分时间里都被浅浅的淡水流覆盖着，事实证明，干旱是相对的。在这场干旱期间，珊瑚阁市继续像1924年以来的每个晚上一样，用新鲜的无氯水重新排空威尼斯水池，每天从供水系统中抽出82万加仑的水，然后排入下水道。比斯坎含水层的水量可能比它少，但它上面到处都是水。有时雨下得太大了，挡风玻璃刮水器都不能工作了，汽车在1-95号公路上被淹没，抛锚了。在装饰性的池塘里，水下灯上有水珠翻滚冒泡。奥姆尼酒店六层高的倾斜窗户被水冲走了，从这里可以以第三世界的方式看到上城的贫民窟和那些岛上的房子，这些房子有非同寻常的安全措施，以及通往海洋的便捷通道，但他们同样湿漉漉的。水从香蕉树、棕榈树上溅落，水在平坦的屋顶上积成水坑，水顺着弗拉格勒街上**美国商品**和**美国标准**的招牌流淌下来。河水摇晃着迈阿密河沿岸被扣押的毒品船，拍打着海湾上的堤道。我已经习惯了衣服上微湿的霉味。我往湿鞋子里塞纸巾，不再期望它们会干。

某种流动性弥漫着这个地方的一切。堤道和桥梁，甚至布里克尔大道都不是固定不动的，而是起伏不定，这使得船只的

417

迈阿密

桅杆在那些尚未出租的办公楼的大理石和玻璃外墙之间滑动。建筑物本身似乎就在天空中自由飘浮：在最近几年的繁荣时期，迈阿密兴起了一种建筑风格，似乎已经脱离了其根基，这种风格对于一个在"成为陆地"方面只有临时主张的地形来说并非不合适。这种建筑表面呈现出反光性、色彩变幻的特点。角度则是倾斜的，相互交错，产生令人迷失的效果。阿基坦托尼卡建筑学事务所设计了布里克尔大道上备受赞誉的玻璃公寓，从中心切割出一个五十英尺见方的空间，还有经常被拍摄的"天空露台"，里面漂浮着一棵棕榈树、一个按摩浴缸和一个口红颜色的螺旋楼梯，建筑立面上有蜡笔素描，上面画着月亮、星空和飞在空中的少女，如同夏加尔的画作。斯基德莫尔、欧文斯及梅里尔事务在其东南金融中心的设计中取得了一项重大成就，将五十五层抛光灰色花岗岩建筑呈现得虚幻无形，犹如天空的蓝色幻觉。

在迈阿密，没有什么是确切的，或者坚实的。当地的语音模式中缺少硬辅音，无论是在英语还是西班牙语中都是如此。当地的金钱倾向于如水一样流动：当它没有被洗干净时，就会被转移，或者通过墨西哥输送资金，或者在华盛顿被关停。当地的故事往往涉及水下情节，沉没的事实：比如巴哈马不合理的引渡程序，或者与哥伦比亚国家银行的不稳定关系。我记得我曾试着去了解《先驱报》里一篇这样的报道——在比斯坎大道，一位当铺老板的海滨后院里挖出了六枚手榴弹。几年前，这位老板在自己的床上被近距离射杀，凶手使用的是一支.25口径自动手枪。

在这个故事的外表之下，还隐藏着一些其他细节。比如，那名开枪的妻子和面临联邦武器指控的十九岁女儿，还有租住在车库公寓的空中小姐，她声称当铺老板只是收集一些"基本的东西，像是去除了引信的火箭弹之类的东西"。然而，在故事的深层叙述中，涌现出一连串传闻：CIA（据说与当铺老板有关联），英国军情六处（也与当铺老板有牵扯），已故的安纳斯塔西奥·索摩查·德瓦伊莱（据说在尼加拉瓜政权倒台前，当铺老板将他的家人偷偷带入了迈阿密），已故的伊朗国王（据说由于他在巴拿马的存在，破坏了一个据称当铺老板所知的军火交易计划），约瑟夫·门格勒博士（据说当铺老板正在寻找他），以及一位在鲳鲹鱼海滩被目击的居民，他最后一次被看见时，驾驶一辆肉桂色的凯迪拉克四门城市轿车在迈阿密巡游，并试图购买100万发子弹、1.3万支突击步枪，还有"至少一挺"吉普车载机枪，据他所说是为了支持萨尔瓦多的叛乱分子。

在这种情绪下，迈阿密似乎不再是一

个城市，而更像是一个故事，一个热带的浪漫传奇，一种清醒的梦境，在这里，任何可能性都可以成真，并且会被接纳。即使是最普通的早晨，比如在法院，也可能发展出明显耸人听闻的情节。"我不认为他是和我一起出来的，仅此而已，"我记得有一天在迈阿密联邦法院电梯里听到有人这样说，他的声音越来越大，"你不是说下次他有二十把钥匙，就可以跑到爱达荷州的任何地方去吗？现在他说他有五把钥匙就不知道该怎么办了，这是什么鬼东西？"他的同伴耸了耸肩。我们一直默默地走到主楼层。那天，在一间法庭外，一群哥伦比亚人在等待预审拘留听证会的裁决，她们穿着丝绸衬衫，戴着香奈儿项链和查尔斯·卓丹绒面高跟鞋，孩子们穿着迪奥婴幼儿款的镶花连衣裙。在这场听证会上，政府认为，这两名被告的居所里发现了83公斤可卡因和"300万美元现金"，因此不适合保释。"这并不能说明他是一个长期的毒贩，"两名辩护律师中的一人（他们都是盎格鲁人，其中一位开着一辆奔驰380 SEL，上面挂着辩护牌照）就300万美元的现金争论道，"那可能只是一笔交易的钱。"那天，在大厅的另一边，一宗船只案件正在进行结案陈词。所谓的"船只案件"是指商船或渔船被登船搜查并查获毒品的案件，八到十名哥伦比亚船员会被逮捕。这是一种典型情况，通常在这种情况下，被告中的其中一名哥伦比亚人将被判处十八个月监禁，其他人将被驱逐出境。在"船案"中从未出现过戴着香奈儿项链的女人，律师（通常由"货物"或装运的匿名所有者雇用并付费，而不是由被告付费）往往是古巴人。案件休庭期间，这起案件中的八名古巴辩护律师之一与检察官开玩笑说："你提出了很好的观点，你得给我一些好主意。"另一名辩护律师说："但你还没有听到我的观点，关于共产主义的那部分。绝妙的结案陈词。"

就像任何一个早晨都可能变得可怕，任何一刻都可能变成最后一刻，就像在梦里一样。"我听到一声巨大而短促的噪声，然后就是一片寂静，"迈阿密海滩超市停车场枪击案的目击者告诉《先驱报》，"除了我和两个收银员，周围没人。"有一天早上，我碰巧在验尸官办公室，当时正在对两名马列尔人的尸体进行尸检，这两具尸体显然是前一天晚上9点左右在I-95号公路上被枪杀后从一辆汽车上被推下来的，这又是一个平淡无奇的时刻。事件发生一两个小时后，电视上就报道了。我在11点的新闻里看到了犯罪现场，没料到第二天早上就会看到受害者的尸体。"他来马列尔时，住在我们家，但他和我妈妈相处得不好。"一个年轻女孩在接待室对一个办案的警探说。"这两个人是一起被杀的，"警探追问道，"他们可能认识。"

迈阿密

"当然。"年轻女孩愉快地说。在尸体解剖室里，两名年轻人的手被包裹在棕色纸袋里，这表明警方还没有拿到所需的实验材料。他们的身体呈现出刚刚去世的大理石黄色。房间里还有其他处于不同解剖阶段的尸体，一位身穿白大褂的年轻女子正在取眼角膜，为眼角膜库做准备。"下一个从谁开始呢？"一个助理法医说。"那个胖子？我们来解剖那个胖子吧。"

你甚至不出家门就能进入清醒的梦境，只需要阅读《先驱报》就可以了。一个名叫何塞·"可口可乐"·耶罗的马列尔人，与九名熟人一起被逮捕，他们涉及一宗案件，案中涉及1664磅的可卡因、一艘37英尺长的香烟快艇"连接"号、两辆兰博基尼、160万美元现金、一辆奔驰500 SEL轿车，后备厢里另有35万美元现金，一打劳力士手表，手表的颜色与何塞·"可口可乐"·耶罗的衣橱，以及戴德县和棕榈滩县的房产相匹配。在其中一处房产的搜查中，不仅发现了何塞·"可口可乐"·叶罗面朝下躺在一堆白色粉末中的照片，还发现了一幅阿尔·帕西诺饰托尼·蒙塔纳的镜框海报，托尼·蒙塔那是电影《疤面煞星》中的一名马列尔人，电影中有一个戏剧性的时刻，他也是面朝下躺在一堆白色粉末中。"他们在快车道上被逮捕了，"一名戴德县的缉毒警探告诉《先驱报》，"正是快车道让整个团伙都进了监狱。"南棕榈滩的一名年轻女性走出她父母的公寓停车场，坐进她的1979年款庞蒂亚克火鸟，打开T形车顶，发动引擎，炸弹爆炸时，她失去了四个脚趾。"她绝对知道有人在试图杀她，"警长调查员告诉《先驱报》，"她知道他们要来，但她不知道是什么时候。"

表象往往在这里溶解。晴朗的日子也不总是如此。我记得有一个10月的星期天，我和丈夫被《先驱报》编辑吉恩·米勒带去观看迈阿密海豚队的比赛，那一场比赛中，迈阿密海豚队以21∶17击败匹兹堡钢人队。吉恩·米勒的调查报道曾两次获得普利策奖，并且有权利进入橙碗球场正好位于50码线上的季票席位。在我们下面一排，前海豚队四分卫厄尔·莫雷尔为孩子们签名，孩子们在座位上扭动着，偷偷把节目单塞给他，偷偷瞥他手上的超级碗戒指。那几排后面，一个穿着凉鞋、短裤和黑色T恤的盎格鲁白人少年，当着背后的西班牙裔警官的面吸食大麻香烟。热狗被传递过去，可口可乐洒了出来。索尼便携电视在即时回放的清晰度上进行了比较。NBC 的摄像机沿着场地边线移动，海豚啦啦队员跪在他们的白色塑料丝球上，关于"红狗"和"薄弱后卫"的讨论不少，还有新奥尔良超级碗周末将会看到什么人，以及会吃什么的讨论。

那个星期日下午，在橙碗球场上展示的迈阿密似乎是另一个迈阿密，这个迈阿密的天气较差，表面坚硬，更具美国特色。但到了晚餐时，我们又慢慢回到了热带的感觉：在比斯坎大道旁边一座几乎空无一人的公寓楼顶层的一家几乎没有客人的餐厅里，有六个人坐在桌子旁，其中一个是吉恩·米勒，另一个是马丁·达迪斯，他是迈阿密检察官办公室的主要调查员，曾经带卡尔·伯恩斯坦深入了解"水门事件"的当地情况，他仍然是比斯坎银行关于大额可转让存款证的"行走的数据库"，他了解谁打电话给谁以获取什么回报，以及如何追踪金钱流向。我们坐在那里，谈笑风生，看着一场风暴席卷比斯坎湾。温暖的雨水从大窗户上倾泻而下。看着闪电开始在巴尔港附近分叉。吉恩·米勒提到了阿尔贝托·杜克的审判，当时正在联邦法院进入第四周，这是美国历史上审判规模最大的银行诈骗案。马丁·达迪斯提到了 ESM 政府证券公司的崩溃，当时正在演变成一个或许比杜克案还要大的欺诈案。

闪电不再分岔，而是照亮整个天空，闪烁着一种死白的强光，将海湾映成荧光色，而岛屿则变为黑色，仿佛是底片一样。我坐在那里，听吉恩·米勒和马丁·达迪斯讨论这些关于水下故事的新旧转折，看着闪电照亮了那些岛屿。我在迈阿密度过的时间里，很多人都提到过一个非常特别的项目——如果我想要了解迈阿密，就应该看看它，那就是保加利亚艺术家克里斯托于 1983 年在比斯坎湾完成的项目《被包围的岛屿》，用 200 英尺长的花瓣或由粉红色聚丙烯纤维制成的裙包围了 11 座岛屿。不论是对观念艺术有所了解的人，还是以前没有听说过、也不记得这个包围岛屿的男人的名字的人，都提到过这个项目。所有人都一致认同。粉红色似乎在水里闪闪发光。似乎粉色一直在变化，随着水流、云彩、太阳和夜间的灯光而褪去又重新出现。似乎对许多人来说，这段粉红色在水里的时期已经被明确定义了，就像背光的岛屿、荧光的水和餐桌上的声音——对我来说，那天晚上定义了迈阿密。

迈阿密

4

在我第一次去迈阿密的时候,我总是被告知有些地方我不应该去。有些事情我应该做,有些事我不应该做。我不应该在天黑后独自从奥姆尼走一个半街区到《先驱报》大楼。我应该在夜间开车时锁好车门。如果我在即将驶入1-95号公路时遇到了红灯,我不应该停下来,而是应该左右看看,然后加速前行。我不应该开车穿越自由城,也不应该在上城散步。如果我有机会开车经过所谓的"黑树林"那些几十个街区的项目住房——它们将珊瑚阁市与椰林镇的昂贵绿地分隔开来,我应该重新考虑我的路线,不惜一切代价避开那些权利受限的领地,但实际上这很难做到,

因为迈阿密是一个城市,就像它南面的许多城市一样,你可以在收音机切换电台的时候从有围墙的飞地穿越到彻底的荒芜之中。

最后,我毫发无损地去了所有被告知不要去的地方,做了或没有做大多数我被告知要做或不要做的事情,不过这些话的潜台词,是这座城市的黑人和白人之间存在某种不满,这种不满一直伴随着我,即使只是因为这种不满最戏剧化的季节——1980年春季——在当地记忆中仍然如此重要,在那一季,古巴的某些混乱事件碰巧与佛罗里达法院的一场戏剧同时上演。迈阿密的许多人都向我提起了1980年春季,他们总是谈论着当时的"氛围",那似乎是一种集体狂热。据说,1980年春

季每个人都感到"紧张"或者"紧绷"。据说，这种紧张局势已经"到了不可逆转的地步"，或者"到了崩溃的边缘"。一位女士说："只是等着事情发生，都可能让你发疯。"另一个人说："古巴的孩子们都出去按着喇叭，黑人都坐在门廊上。"还有人说："你知道这种事会发生，但你不知道是什么时候。而且无论如何，它都会发生。毫无疑问，这就像一场噩梦。当你试图醒来却无法醒来的时候。"

这个春季在迈阿密发生的事情，迈阿密的人称之为"麦克达菲事件"，其近因可以追溯到1979年12月17日早上，据警方称，当时一位名叫亚瑟·麦克达菲的三十三岁黑人保险代理人，在红灯前犯了"滚动停车"的错误，骑着他借来的卡瓦萨基摩托车做了个翘起前轮的"飞旋"动作，并冲着停在附近的戴德县公共安全部门的一名警察竖起了中指。警察开始追赶他。八分钟后，当亚瑟·麦克达菲被逮捕时，已经有十多辆戴德县和迈阿密市的警车聚集在现场。关于接下来几分钟的情节，存在不同的说法。已知的是在某个时刻，救援人员被召唤前来处理"事故"，而四天后，亚瑟·麦克达菲在杰克逊纪念医院失去了意识，并最终去世。1980年3月31日，四名迈阿密戴德县公共安全部门的白人警察面临指控，每个人都被指控在亚瑟·麦克达菲案中扮演了一定角色，或是参与殴打，或是随后试图将他的伤势伪装成一场摩托车事故。他们在坦帕市的一个全白人陪审团面前接受审判。这个案件之前曾被转移到坦帕市，原因是迈阿密的一位法官批准了更改审判地点的请求，他说："这个案子就像一颗定时炸弹。我不想看到它在我的法庭或这个社区中爆炸。"

1980年春天发生的哈瓦那事件，也是一颗定时炸弹。那年春天，菲德尔·卡斯特罗和秘鲁政府就如何处置一批向秘鲁驻哈瓦那大使馆申请庇护的心怀不满的古巴人发生了争执。卡斯特罗想让古巴人出来。秘鲁坚持要把他们带到利马。4月4日，在坦帕市麦克达菲一案开始挑选陪审团的第四天，古巴政府在这场争端中采取了明显的堂吉诃德式的行动，推倒了秘鲁驻哈瓦那大使馆的大门，"有意或无意地"启动了被称为"马列尔"的一系列事件。迈阿密人所说的"马列尔"，不仅指地点，不仅指偷渡事件，也不仅仅指许多人眼中的**骗局**。菲德尔·卡斯特罗设法把自己的问题变成迈阿密的问题，随着12.5万难民（其中2.6万人有犯罪记录）进入这个本已动荡不安的社区，随之而来的是一系列混乱。

第一批马列尔难民于1980年4月21日抵达南佛罗里达州。到了5月17日，在坦帕市麦克达菲案交付陪审团裁决的那一

迈阿密

天，已经有大约5.7万名马列尔难民露宿在橙碗球场的看台、橙碗停车场临时搭建的帐篷城，以及市区I-95高速公路下的公共土地上。这个区域是城市中最显眼和最常通行的地方，以防有人没有留意到黑人社区的需求，这些需求在不久的将来可能不会得到迈阿密的充分关注。5月17日是一个星期六，气温在70华氏度以上。在迈阿密，没有下雨的迹象。

这一天似乎异常天真。在这个国家的其他地方，像麦克达菲案这样敏感的审判，法官可能不会允许在一个明朗的星期六上午交付陪审团，但坦帕市的法官却这样做了。在这个国家的其他地方，这种案件的陪审团可能不会在短短2小时45分钟内就宣布裁决，4名被告全部被判无罪释放，每位被告只花了不到42分钟的时间，但坦帕市的陪审团却这样做了。这种结果在很多方面都可以预见，因为在南佛罗里达的市民中，相互和解的动力显然还没有得到发展。橙碗委员会在很大程度上代表了迈阿密的现存秩序，该委员会主席直到1985年还认为并公开表示，委员会在印第安溪乡村俱乐部招待参赛的大学球队"并不冒犯"。印第安溪乡村俱乐部不允许黑人或犹太人成为会员，但允许他们作为客人参加私人聚会。几周后，迈阿密的一名外科医生对《先驱报》记者说："在我工作的医院里，黑人医生智力出色，是非常优秀的人，但他们无法应对国际化的社交圈。"这位记者曾向他询问迈阿密海滩柯林斯大道上的另一家当地机构，巴斯俱乐部对于黑人的限制性政策。

在这里，象征性的举动似乎是缺失的。迈阿密大学在1968年迈阿密骚乱当月发布的一项研究发现，当地的黑人男性对于被警察称为"小伙子"或"黑鬼"感到不满。同年，一支由黑人市民组成的代表团要求将一名警察从自由城的岗位调离，因为他的行为引发了社区的不满，他们却被迈阿密警察局长告知，他们的投诉是"愚蠢的"。几周后，有报道称，涉事警察和他的搭档逮捕了一名十七岁的黑人，指控他携带隐蔽的刀具，强迫他脱光衣服，把他倒挂在迈阿密河上一百英尺高的地方，地点是海豚高速公路一段尚未完工的桥段。

从1968年迈阿密骚乱，到1980年麦克达菲案进入陪审团审理的那个星期六，十二年间，戴德县发生了13起黑人社区愤怒情绪失控的事件，持续时间从几小时到几天不等。尽管这种不满情绪定期爆发，但这里并没有像其他备受困扰的城市那样逐渐学会迁就市民的姿态。在审判涉及警察被指控杀害黑人的案件中，黑人继续被排除在陪审团之外。这类案件的陪审团继续在夏天晴朗的日子里开庭两个小时，然后裁定无罪。

1980年那个晴朗的星期六，麦克达菲案无罪开释的消息在美联社传出，时间是下午2点42分。下午6点02分，迈阿密警察局621小组第一个报警电话报告了自由城发生的骚乱。到晚上9点44分，一个电话打到塔拉哈西，请求派遣国民警卫队进来，骚乱不仅发生在自由城，还发生上城、黑树林和整个城市司法大楼周围，在那里，接听杰克逊纪念医院紧急电话的医生和护士被扔石头和殴打，司法大楼本身也被烧毁。四天后，1980年的自由城骚乱结束了，之所以称之为自由城骚乱，是因为它始于那里，骚乱导致了18人死亡或严重受伤，其中8人是白人，他们误入错误的街道，被扔石头、泼汽油并被点燃。其中一例，是一名来自伯丁斯仓库的二十二岁装卸工，他与女友和弟弟在海滩度过了一天，在回家途中被拖出车外拳打脚踢，他不仅被瓶子、砖头和一块23磅重的混凝土击中，还被《迈阿密先驱报》的街边售货机砸中，被枪击，被螺丝刀刺伤，被一辆绿色凯迪拉克碾过。他的一只耳朵被割掉，耷拉在胸前；他的舌头被割掉，嘴里塞着一朵红玫瑰。

此时，自我保护的本能似乎应该鼓励展开谈判，或者至少是表面上的谈判，但在遭受本国公民攻击的热带城市，很少有人吸取教训。界限只会变得更加坚决，立场只会变得更加坚定，特权只会得到更加激烈的捍卫。1982年12月，又一名黑人男子被警察杀害，引发了又一场骚乱，即1982年上城骚乱。骚乱发生的第二天晚上，科林斯大道上冲浪俱乐部的舞厅举行了一场非常昂贵的派对，这是迈阿密当年最昂贵的派对之一，俱乐部的680名成员中没有黑人，也没有犹太人。在派对上，演员表演了小红帽的故事，舞厅内摆放了200棵新鲜切下的枞树，代表着巴伐利亚的黑森林。在本案中，涉事警察也是一名古巴裔，最终也是由全白人陪审团审判，陪审团再次只用了两个小时就宣判无罪。这一裁决是在1984年3月一个周四傍晚宣布的。星期六早上刚过午夜，迈阿密就恢复了秩序，当地人称赞这是一种进步，甚至不是骚乱。

在奥姆尼国际酒店位于比斯坎大道上的大堂和街道之间，距离百街区东边一条街之外，即1982年上城骚乱期间被警方封锁的地方，有两层商店、电影院和娱乐设施：一个购物中心。这个购物中心的设计，让大多数年轻人尤其是黑人男性可以在傍晚时分围绕旋转木马逗留，等待电影开始，或者等待太空漫步或海洋球池的机会，又或者只是等待一些事情发生。他们可以仰望奥姆尼酒店的舞厅和大堂层，但只有通过一些巧妙的方式才能够到达那

迈阿密

些楼层，因为在天黑后，钢制栅栏会封锁"浮动楼梯"，而武装的保安人员会巡逻电梯区域。这个或多或少被禁止的楼层存在明显的异常，使购物中心在晚上弥漫着一种不清不楚的潜在的麻烦氛围，一种不安感，这种感觉在酒店内也有所体现。在购物中心最热闹的周末夜晚，酒店经常被用于举办古巴本地日历中的盛大庆典，像是十五岁成人礼或者慈善晚宴。来自楼下旋转木马的坚决而颇有不祥意味的音乐让人联想到，这是一个暴力的夜间世界，暴力就埋藏在脚下，或许用不了太久就会爆发。

社会动态很少以单一画面呈现，但在迈阿密的奥姆尼酒店，我看到了这样的情景。我在的那段时间里，我开始将这家酒店及其购物中心视为一个最具戏剧性的例子，展示了当一个城市向第三世界的动荡敞开大门时，本地的无产阶级是如何被抛在了后头。这种情况首次并且最引人注目地发生在迈阿密，但自那以后在美国的其他地方也一直在发生。迈阿密的黑人社区显然没有为世界的变化做好准备。它的普遍经验是乡村的南方。黑人的主张几乎不存在，黑人的政治组织也不见踪影。《1980 年的迈阿密骚乱》（The Miami Riot of 1980）一书关于自由城骚乱的研究指出，直到二十世纪六十年代，迈阿密的黑人才开始能够在戴德县的海滩游泳。

这本书由布鲁克林学院的布鲁斯·波特和佛罗里达国际大学的马文·邓恩合著，后者是一位黑人，曾参与竞选迈阿密市市长，但在 1985 年输给了一位古巴人，泽维尔·苏亚雷斯。当迈阿密的黑人在戴德县法院交税时，他们必须去一个独立的窗口；当迈阿密的黑人在伯丁斯百货公司购物时，虽然他们被允许购买，但不能试穿衣服，他们也不能使用电梯。

这种情况在整个南方都很常见，但这里还发生了一些不同寻常的事情。在南佛罗里达，废除种族隔离不仅来得艰难且晚，而且与其他南方地区都有所不同。在废除种族隔离的同时，古巴人的大量涌入打破了当地的现状，这意味着原本有可能"有助于唤醒一个早期黑人社区"的工作和服务都流向了古巴人，他们往往训练有素，且乐于工作。哈瓦那的银行家们找了一份库存盘点员的工作，每周挣四十五美元的工资。哈瓦那的报纸出版商开着出租车。这些打着黑领结的男人现在与穿着香奈儿和华伦天奴晚礼服的女人在奥姆尼的舞厅里跳舞。那些没有找到库存记录员或出租车司机工作的人，也就是楼下的孩子，穿着高帮运动鞋，成群结队地漫游在封闭的购物中心昏暗的街道上——这个讽刺的细节可能被忽略了，但在其大体轮廓上并没有被忽略。

5

在1986年2月,戴德县成立一百五十周年之际,《迈阿密先驱报》邀请了四位著名的本地历史爱好者列出了"对该县历史影响最大的十个人和十件事件"。这四位分别提交了自己的"戴德历史上最有影响力的人物"名单,其中提到的名字包括朱莉娅·塔特尔("开创性的女商人")、亨利·弗拉格勒("将佛罗里达东海岸铁路引入迈阿密")、小亚历山大·奥尔("保护迈阿密的饮用水免受盐水侵害的研究始创者")、埃弗勒斯特·乔治·苏厄尔("宣传了城市并促进了城市深水港口的发展")、卡尔·费舍尔("迈阿密海滩的缔造者")、休·M. 安德森("我们要感谢他为我们贡献了比斯坎大道、迈阿密海岸,还有其他等等")、查尔斯·H. 克兰登("戴德县公园系统之父")、格伦·柯蒂斯("该地区航空潜力的开发者和推广者"),以及詹姆斯·L. 奈特("他的创意管理使《迈阿密先驱报》成为一股向善的力量"),最后这位是一位退休的《迈阿密先驱报》社论作家提名的。

还有更多的名字。其中有约翰·彭尼坎普("构想了戴德县的都市政府形式,并创立了大沼泽地国家公园")和西奥多·吉布森神父("鼓舞人心的种族正义和社会变革发言人")。有莫里斯·费雷("担任市长长达十二年")、马乔里·斯通曼·道格拉斯("不知疲倦的环保主义者")和鲍曼·F. 阿什博士("迈阿密大

迈阿密

学首任长期校长")。还有大卫·费尔柴尔德,他"推广了热带植物和园艺,使该县成为一个更有吸引力的居住地"。还有威廉·A. 格雷厄姆,"他的迈阿密湖是房地产开发的典范"。迈阿密湖区是由威廉·A. 格雷厄姆和他的兄弟参议员鲍勃·格雷厄姆开发的——在戴德县一百五十周年之际,他成了佛罗里达州州长,在他们父亲拥有的 3000 英亩土地上,在奥帕-洛卡机场以西,他们开发了这个地区。

还有另一位格雷厄姆,厄内斯特·R. 格雷厄姆,他是鲍勃和威廉·A. 的父亲,因其"对甘蔗文化和乳业的实验"而被提名。还有开发商约翰·柯林斯,迈阿密海滩上的柯林斯大道就是他的名字。这里有一对并列的人物,理查德·菲茨帕特里克,他"拥有现在位于东北 14 街和椰林镇之间的 4 平方英里土地",以及威廉·F. 英格利什,他"规划了迈阿密村庄"。这些人物还包括早期的迈阿密医生詹姆斯·M. 杰克逊博士,佛罗里达州的州长拿破仑·波拿巴·布罗沃德,他发起了沼泽地排水工程。在这四张名单中,有三张出现了珊瑚阁市开发商乔治·梅里克[a]的名字,其中一份名单上则出现了迈阿密海豚队教练唐·舒拉的名字。

在这些"戴德县历史上最有影响力的人物"名单上,菲德尔·卡斯特罗的名字没有出现,事实上,也没有任何古巴人的名字,尽管戴德县古巴人的存在并没有完全被《迈阿密先驱报》小组忽视。当提到最重要的"事件"而不是"人物"时,所有四位小组成员都提到了古巴人的到来,但表述略有不同(例如,一位小组成员认为是"1980 年的马列尔大批难民潮"),就好像这次到来跟那些偶发的灾难或创新一样,会使任何不断增长的社区改变航向。这件事大致与其他事件平行,例如 1895 年的严寒、1926 年的飓风、迪克西公路的开通、迈阿密国际机场的建立,以及 1957 年采用的大都会政府形式,"使戴德县委员会能够向人口日益增多的未建制地区提供城市服务"。

在迈阿密,与我交谈的一些盎格鲁裔人士坚定地认为,这是一种必须应对的公民挑战,这种看待当地古巴社区的心态并不罕见,许多人仍然沉浸在相关的幻想中,认为这座城市小巧、容易管理,以可预见的广泛方式繁荣发展,既有南方传统,也具备进步的阳光地带特点,是美国的一部

---

[a] George Merrick (1886—1942),美国房地产开发界的著名历史人物,负责整个佛罗里达州迈阿密戴德县珊瑚阁市的规划和建设,这座城市被认为是美国首批规划社区之一。珊瑚阁市开发于二十世纪二十年代佛罗里达州土地热潮期间,该市的建筑几乎全部是地中海复兴风格建筑。

分，并且属于他们。事实上，当时戴德县 43% 的人口是"西班牙裔"，也就是说大部分人是古巴人。迈阿密人口的 56% 是西班牙裔。迈阿密天际线上最显眼的新建筑是布里克尔大道上的阿基坦托尼卡建筑群，由一家古巴创始人的公司设计。主要银行的董事会中有古巴人，那些不接纳犹太人或黑人的俱乐部中也有古巴人。在最近的市长竞选中有四位古巴人候选人，其中两位，劳尔·马斯维达尔和泽维尔·苏亚雷斯，在初选中击败了现任市长和其他所有候选人，进入决选，其中一位，泽维尔·苏亚雷斯，是一个儿时就从古巴被带到美国的三十六岁律师，之后成了迈阿密市市长。

这个城市的整体氛围，人们的外貌、言谈和社交方式，都是古巴式的。这座城市开始展现的形象，那是它新发现的魅力，它的"火热"（火热的色彩，火热的罪行，棕榈树下的秘密交易），是美国人眼中革命前的哈瓦那。甚至在迈阿密的女性着装上，也有一种明确的哈瓦那风格，更加突出臀部和低领口，更多黑色，更多面纱，这种普遍的轻浮风格，当时在美国城市并不流行。在伯丁斯百货和约丹马许百货的鞋类专柜里，厚底鞋的数量比其他美国城市更多，而跑鞋的展示更少。我记得有一次在"抗癌联盟"度过的一个下午，那是一个帮助癌症患者筹集善款的知名流亡慈善机构。那天志愿者们聚集在一起为慈善晚宴装信封，她们的外表给我留下了深刻的印象。她们的头发光滑，有点复古，留着完美的齐肩发型和法式发髻。她们穿着布鲁诺·马格利的高跟鞋，丝绸和亚麻质地的昂贵礼服。她们似乎更偏好严肃的灰色或黑色，但整体效果仍然充满了郁郁葱葱的热带风情，就像一屋子精心修剪的枕果。

换句话说，这 56% 的西班牙裔并不是看不见的人口。就连《美洲日报》和《先驱报》上的社交新闻——这是西班牙语版的《先驱报》，专为流亡的古巴人撰写和编辑——也暗示了一种主导文化，一种有钱可花的文化，一种明显愿意在公共场合花钱的文化。仅抗癌联盟一家慈善机构，一年内就赞助了两场慈善晚宴舞会、一场慈善舞会、一场慈善儿童时装秀、一场慈善电视马拉松活动、一场慈善珠宝展览、一场环球小姐选手的慈善演讲，以及一场由萨克斯第五大道百货公司和鸡肉千层酥赞助的阿道夫（碰巧是古巴品牌）秋季时装系列的慈善演出。其中一天早上，《先驱报》会带来关于拉丁美洲之友博物馆和天文馆里举行的晚会的新闻，另一天早上则报道了五大俱乐部即将举行的活动，这是一家迈阿密俱乐部，由革命前哈瓦那五家时尚俱乐部的前成员创建。这是一场**鸡尾酒会**，在那里，桌子将被分配给另一场

迈阿密

盛会，即美国癌症协会西班牙裔妇女辅助会的年度"玫瑰皇室舞会"。一些社区成员在多拉举行的晚宴舞会上向"美洲拉丁小姐"致敬，还有一些人则在奥姆尼酒店举行的卓越精神奖晚宴上受到表彰。一些人据说正在科罗拉多州城市韦尔享受滑雪，其他人则更喜欢阿根廷的景区巴里洛切。据报道，一些人由于与宝拉·霍金斯女士的鸡尾酒会时间冲突，无法参加拉丁美洲之友博物馆和天文馆的盛大活动，但他们寄来了支票。

聚会接踵而至，每一场都备受瞩目。几乎每一天都可能看到有人驾车经过标志着珊瑚阁市边界的石灰石拱门和喷泉，一群小女孩戴着头饰，身着华丽的蓬裙、身披羽毛修边的假披风，这是她们在十五岁成人礼时举办的精心策划的生日派对，意味着社区女孩们正式成年。在她们的成人礼上拍照，最受欢迎的面部表情是经典的忧郁。最受欢迎的背景是一种卡斯蒂利亚[a]式的富丽堂皇，这正是珊瑚阁市拱门的用途。由于成人礼暗含的贞洁的理想只有在其自然对立物——**男子气概**的存在下才能存在，通常会有一个哥哥或男朋友在旁边。通常还有一位戴着墨镜的母亲，不仅是为了保护象征意义上的处女，也是为了指出更好的角度、更贵族的位置。少女撩起蓬裙，按照指示移动，通常会露出她当天上学穿的磨损的胶鞋。几周后，她将在《美洲日报》的版面上亮相，成为清晨的一批忧郁的十五岁少女中的一员，每个人都有自己的拱门、自己的喷泉和自己借来的风景。虽然这不完全是已故的乔治·梅里克的初衷，但也可以视为他的一份礼物。

古巴少女成人礼的照片，以及关于五大俱乐部鸡尾酒会的报道，都不太可能出现在迈阿密的白人报纸上，事实上，白人报纸上也没有多少关于古巴多数人日常生活的信息。1986年秋天，佛罗里达国际大学开设了一门晚间课程，名为"古巴的迈阿密：非古巴人指南"，《先驱报》派出了一名特约撰稿人，他像远方的记者一样报道了这些课程。第一次上课结束时，该报的记者报道说："我已经开始对这个文化有了一些了解，尽管它完全包围着我们，但对我来说却一直是难以接触和陌生的。"到第四次课程结束时，他写道："我在迈阿密每天所看到的，每天所穿行的由盎格鲁居民组成的区域，只是另一个世界的一小部分，仅仅是我想象的一部分。……但大多数时候，我们试图忽视古巴的迈阿密，

---

a 指西班牙历史上的卡斯蒂利亚王国（Reino de Castilla，1035—1837），位于伊比利亚半岛中部卡斯蒂利亚地区，是一个具有政治自主权的封建王国，后逐渐和周边王国融合，形成西班牙王国。

尽管我们与这个繁华而难以理解的存在有所接触。"

"古巴迈阿密：非古巴人指南"的首次课程只有十三人参加，包括《先驱报》的记者。第二次课程有两名额外的参与者，还有一名安保人员，因为电话威胁引发了这位《先驱报》记者所称的"某些人扭曲的民族自豪感"。注册人数在一定程度上表明，非古巴人愿意让古巴迈阿密继续保持"不可理解的存在"。事实上，在南佛罗里达已经出现了两种平行的文化，它们彼此独立，但并不完全平等，其中一个关键的区别是这两者之中，只有古巴人对另一方的活动表现出了一丝兴趣。1983年，流亡的银行家路易斯·波提福尔在《迈阿密先驱报》周日版中提到南佛罗里达地区十位杰出的古巴人物时表示，他说："美国社会并不真正了解古巴社会正在发生的事情。""我们是宗派主义的，但至少我们知道美国建制派中谁是谁。他们没有。"这篇文章中提到十位古巴人中的另一位，豪尔赫·马斯·卡诺萨，《先驱报》这样说："他是美国参议员的顾问，联邦官僚的知己，美国反卡斯特罗政策的说客，在迈阿密几乎不为人知。当他的政治团体赞助国防部部长卡斯帕·温伯格在迈阿密举行的午宴演讲时，几乎没有一个出席的美国商界领袖听说过他们的古巴东道主。"

这篇文章的大致主题出现在封面标题下面——**古巴人：他们是迈阿密最有权势的十个人，有一半的人不知道这一点**。正如《先驱报》所说："这是在挑战一种普遍的假设，这种观点认为迈阿密的古巴人不是真正的美国人，他们是这里的外来存在，试图把南佛罗里达州变成北古巴的流亡社区……这十位顶尖人物不是分裂主义者；他们以最传统的方式取得了成功。他们是坚实扎根的公民，是勤劳的人道主义者，是决心融入美国社会的社区楷模。"

这很有趣。这篇文章是由当时《先驱报》编辑部为数不多的古巴裔员工之一写的，但它却在不知不觉中准确地描述了迈阿密盎格鲁人和迈阿密古巴人未能建立联系的确切原因：迈阿密盎格鲁人对古巴人的兴趣只体现在某个层面——只要他们能将古巴人描绘成有志向的移民，"决心融入"和"勤奋工作"的少数族裔，与其他居住在美国的外国居民没有本质上的不同。（但当我说我一直在与古巴人交谈时，有一些盎格鲁人会问我是否遇到过海地人。）盎格鲁人（很明显，他们在古巴社区被称为"美国人"）谈论跨文化交流，以及他们认为有意义的第二代人对汉堡和摇滚乐的偏好。他们谈论"多元化"和迈阿密的"西班牙风味"，在这种风格中，56%的人口被视为装饰性的，就像珊瑚阁市的拱门一样。

尽管盎格鲁人固守着这个"大熔炉"

的形象——也就是，移民要逃离破坏性的革命、要在美国的阳光下寻找一席之地的形象，但他们通常并不明白，大多数古巴人至多会认为同化是一个值得怀疑的目标。许多盎格鲁人也不明白，在古巴人看来，住在佛罗里达仍然在最深层次上被视为一种暂时的状态，一种被接受的政治选择，这种选择是由一种持续的梦想所塑造的——即使不再是直接的期望，也是一种报复式的回归。对古巴人来说，**流亡**是一种仪式，一种受人尊敬的传统。**革命**也是一种仪式，是古巴政治修辞中一个固定的比喻，至少从何塞·马蒂开始，这个概念广义上被解读为改革、进步，甚至仅仅是改变。拉蒙·格劳·圣马丁在1933年秋天，以及1944年至1948年期间担任古巴总统，他把自己描绘成一个革命者，同样，他在1948年的继任者卡洛斯·普里奥也是如此。就连富尔亨西奥·巴蒂斯塔进入哈瓦那的政治生活时也曾呼吁**革命**，后来他被指控背叛了哈瓦那，就像现在的菲德尔·卡斯特罗一样。

这个过程古巴迈阿密人了解，但盎格鲁迈阿密人却不了解，他们甚至对古巴和古巴人最普遍的情况都一无所知。例如，迈阿密的盎格鲁人仍然难以理解古巴人的名字和古巴食物。古巴小说家吉列尔莫·卡夫雷拉·因凡特从伦敦来迈阿密戴德县社区学院讲课，几位盎格鲁教职工与我交谈时称他为**亲王**。古巴食物被普遍视为不同于加勒比和地中海地区食物的微小变化，而是"异国情调"，并且充满了大蒜味。《先驱报》周四美食板块的典型食谱包括：烤柠檬咖喱康沃尔什鸡、脆皮烤鸡、国王蛋糕、辣椒芝士、葡萄干酱火腿、香煎桃子、蒜香鲜虾、简易炒牛肉，以及四种使用干豆的方法（"那些廉价而卑微的豆子，长期以来养活了世界上的贫困人口，如今已经成为时髦群体的新宠"），没有一种是古巴食物。

这一切都是一致的，都源自原初的构想——认为流亡者是一种移民。没有理由对古巴食物感到好奇，因为古巴的青少年更喜欢汉堡包。没有理由正确拼写古巴人的名字，因为它们太复杂了，会被第二代移民——甚至第一代移民简化。豪尔赫·L. 马斯是豪尔赫·莫尔·格雷在名片上的写法。劳尔·马斯维达尔是劳尔·马斯维达尔·伊·胡里竞选迈阿密市长时的名字。没有理由了解古巴历史，因为历史就是移民们正在逃离的东西。即使是革命——这些人移民的原因，也可以用几笔宽泛的描述来概括："巴蒂斯塔""卡斯特罗"和"26旅"。这最后一点，特别引发了迈阿密斯普林斯假日酒店的灵感，1985年7月26日——这是菲德尔·卡斯特罗袭击蒙卡达军营的32周年纪念日，由此开始为期六年的古巴权力争夺战，他们在这天推出了古巴自由酒特价活动，希望吸引当地的古巴人来庆祝他们的节日。"这是个错误,"经理被愤怒的流亡者团团包围,他说,"做这件事的那位先生来自明尼苏达州。"

实际上,无论是在迈阿密还是明尼苏达州,都没有理由去了解古巴人的任何事情,因为迈阿密的古巴人现在即便不是美国人,至少也是渴望成为美国人的,他们正努力证明自己的程度值得盎格鲁人关注,用《先驱报》的话来说,他们是"一个似乎决心融入美国社会的社区楷模",或者,正如1986年时副总统乔治·布什在迈阿密对古巴裔美国人国家基金会的演讲中所表述的那样:"据我所知,这确实是最有力地证明了美国的基本实力和成功,同时也揭示了共产主义和菲德尔·卡斯特罗基本弱点和失败。"

这种特殊的视角,将这些流亡者视为对美国制度的致敬,将他们视为意识形态战斗中的一个得分点,通常会受到那些从东北走廊下来看个究竟并撰写一两篇专栏的外部观察者所鼓励。乔治·威尔在《新闻周刊》中将迈阿密视为"美国吸纳能力的传奇新体现",而西南8街则是"这些模范美国人"所汇聚的地方,七名古巴人曾与他见面,为他介绍了"炸香蕉和黑豆汤等为美国生活增色的古巴贡献"。乔治·吉尔德在《威尔逊季刊》中也从西南8街汲取了几乎相同的经验,他认为这里"更加充满活力,比它那已被摧毁的原型城市(此处指的似乎是哈瓦那)要繁荣。"事实上,对于乔治·吉尔德来说,西南8街这条街道,似乎"充斥着这个垂死的南部岛屿的禁运贸易……卡威汽水、竞争者牌和库尼奥牌香烟、古巴传统的**瓜亚贝拉衬衫**、从店铺传出的拉丁音乐、堆满门店的杧果和块茎作物、葫芦和大蕉、供应吸管的冰镇椰子,以及上映最新反卡斯特罗喜剧的新电影院。"

除了"反卡斯特罗喜剧",这份名单上的大多数东西都能在西南8街大多数日子里找到,但这个清单也是一种幻想,尤其是一种外国佬的幻想,仿佛迈阿密的古巴人,从美利坚合众国成立之前就代表了这个半球的西方文明,他们只以大蕉小贩的身份出现,他们的本土音乐在背后"跳跃"。任何对迈阿密古巴人的这种看法中,都存在着一种极度居高临下的成分,这种居高临下正是迈阿密的盎格鲁人所共有的,他们倾向于将当地古巴社区生活的独特活力和复杂性,简化为庭院中的神龛和**灵药店**里的爱情药水,这是游客眼中加勒比地区的原始异国情调。

古巴人被认为最令人满意的时候,就是他们似乎最充分地分享了美国中产阶级的愿望和礼仪,同时在合适的场合为城市增添了"色彩"的时候。例如,在她们

迈阿密

十五岁的成人礼上（盎格鲁人几乎总是在提这个十五岁的成人礼，他们往往将其作为古巴人奢侈、不负责任或者幼稚的证据之一），或者是每年第8街嘉年华节日的那一天，根据《先驱报》的说法，她们可以在街头跳桑巴舞，烹饪一锅可供两千人享用的海鲜饭（需要10位厨师、2000只青口贝、220磅龙虾和440磅大米），用船桨当勺子。古巴人被认为最不令人满意的时候，则是"表现出宗派主义""独来独往"和"我行我素"的时候。还有两个经常引起冲突的点，即"在不必要的时候说西班牙语"和"参与政治"。这些抱怨都表明了：盎格鲁人眼中古巴人应该有的样子，与古巴人实际上的样子大相径庭。

6

这个关于语言的问题很有意思。西班牙口音在迈阿密很常见，但在洛杉矶、休斯敦，甚至东北城市里也很常见。在迈阿密，西班牙语之所以不同寻常，并不是由于它经常被使用，而在于它经常被听到：比如在洛杉矶，西班牙语仍然是盎格鲁人很少使用的语言，是环境噪声的一部分，是洗车工人、修剪树木和在餐馆清理桌子的人使用的语言。但在迈阿密，那些在餐馆吃饭的人、拥有汽车和树木的人也说西班牙语，这在社会听觉尺度上造成了相当大的差异。在纽约或洛杉矶，那些因语言而感到孤立或失去阶级地位的流亡者在迈阿密茁壮成长。一位不懂英语的企业家在迈阿密仍然可以买卖，谈判，给资产加杠杆，发行债券，如果他愿意的话，还可以每周参加两次晚会，佩戴黑领带。"我已经向《先驱报》提了十次要做一篇关于迈阿密百万富翁的报道，他们会说的英语单词不超过两个。'是'和'不是'。就是这两个字。他们来到这里时，口袋里只有五美元，在不会说英语的情况下，他们就成了百万富翁。"

一个只会说两个英语单词的百万富翁可能会激怒一个不那么富裕的所谓美国城市本地居民，这种粗暴是可以预料的，而且表现得相当直接。1980年，也就是马列尔事件那一年，戴德县的选民通过了一项全民公决，要求县里的事务只能用英语进行。尽管有必要对这项立法进行修订，以排除紧急医疗和某些其他服务；甚至尽管许多当地会议仍然以西班牙语和英语不间断地交替进行，这种语言已成为当地的方言（我有机会查阅到1984年迈阿密市委员会会议的记录，其中写道："星期天我将在波士顿，不幸的是我在波士顿有一个无法推迟的约会，不能与你们在一起了。精神上，我会出席，而且我确信委员会的其他成员也会受到邀请"）。这次公投的存在被许多人视为收复失地，是一个得分点。1985年，一位名叫罗伯特·梅尔比的圣彼得堡验光师发起提案，要让英语成为佛罗里达州的官方语言，就像1986年要求加州确立英语为官方语言一样，这是他四年来的第三次尝试。罗伯特·梅尔比抱怨说："我不知道为什么这里的立法者如此……我应该怎么说呢？如此没骨气。"他指责那些"知道如何计算"的南佛罗里达州政客，"似乎没有人愿意关心这个问题"。

即使是那些与这种努力保持距离的盎格鲁人，那些不认为自己会在经济或社会上受到古巴人威胁的盎格鲁人，对于语言问题仍然存在相当大的不安，也许是因为不懂英语或不愿意讲英语会动摇他们的一种信念——融入社会被同化，是所有人普遍共享的理想。例如，在1985年的市长竞选中，这种不安情绪反复出现，以奇怪但明显无法抑制的方式浮现。这场选举的赢家泽维尔·苏亚雷斯出生在古巴，但在美国接受教育，"据一篇通讯社报道，他的英语'完美无瑕'，这似乎是一项出人意料的成就"。

那一年，在"与候选人见面"的电视直播论坛上，一位不那么知名的古巴籍市长候选人以西班牙语回答了记者们用英语提出的问题，这让记者们感到不安。事后，《先驱报》的政治编辑在报纸上抱怨道："对于我和我目瞪口呆的同事们而言，他就像在一遍又一遍地背诵他的中学校歌或者十诫。我唯一能听懂的就是他时不时用西班牙语念**古巴人投票给古巴人**。"《先驱报》的另一位专栏作家注意到，在领先的候选人中，只有一位劳尔·马斯维达尔留下了电话号码，但是："……如果你白天给马斯维达尔在椰林镇奇奥拉街的号码661-0259打电话，你最好会说西班牙语。我曾与那里的两位女士交谈，她们的英语水平都不够用，连这个号码是否属于候选人的问题都回答不了。"

留意到《先驱报》这则消息的那天早上，我花了一些时间来研究它。那时，劳尔·马斯维达尔是迈阿密储蓄银行和迈阿密储蓄公司的董事会主席。他曾是比斯坎银行的前董事长，也是M银行的少数股东，他曾是M银行的创始人之一。他是佛罗里达州立大学系统的董事会成员。他曾以60万美元的价格购买了位于椰林镇奇奥拉街的房子，特地购买它是因为他需要成为迈阿密居民以便竞选市长（椰林镇是迈阿密市的一部分）。而他之前在珊瑚阁市市辖区的房子，以110万美元的价格卖掉了。要弄清楚奇奥拉街房子里的电话号码是否就是候选人的电话，需要用到的西班牙语大概是这样的：Es la casa de Raúl Masvidal?（这是劳尔·马斯维达尔的房子吗？）答案可能是 Sí（是），也可能是 No（不是）。在我看来，在美国南部边境从事日报工作的人中，几乎没有人会觉得这种交流是完全遥不可及的，更少有人会认为这是美国家庭生活的常态：如果你在白天给城市中产阶级家庭打电话，接听电话的往往是讲西班牙语的妇女。这则报道中还存在着其他因素，一种真实的抵制情绪，一种固执己见的不服从，以及迈阿密戴德县选民在规定他们只能用英语办事时，发出的同一信息的加密版本。马列尔事件那年，一则著名的汽车保险杠贴纸上写着：**愿最后一个离开迈阿密的美国人带上国旗**。"这是美国人在戴德县的最后一个据点。"鳄鱼踢长颈瓶酒吧的老板说，他在1986年超级碗周日的晚上永远关闭了这家位于西南8街与沼泽交界处的酒吧。"不管幸运还是不幸，我不是唯一一个不会说西班牙语的人，"大约一周后，《先驱报》的专栏作家查尔斯·怀特德在一篇关于不说西班牙语的专栏文章中写道，"幸运或不幸的是，我并不孤单。""很多美国人离开了迈阿密，因为他们想住在每个人都说一种语言的地方：他们的语言。"在这种背景下，打到椰林镇奇奥拉街房子里的电话，无论是否属于劳尔·马斯维达尔，似乎都不是字面事实的陈述，而是被看作一种简化的表示，一种挑战，一种立场，以及陷入困境的当权者的内心呼声。

迈阿密

7

总体而言，陷入困境的当权者与他们认为仍然受自己掌控的56%的古巴籍人口，在政治观念上存在分歧，这往往加深了盎格鲁人对古巴人"参与政治"的方式的抱怨。

迈阿密市的每次选举都会产生与《先驱报》有关的谣言，上周二的市长决选中，两位决选者劳尔·马斯维达尔和泽维尔·苏亚雷斯之间产生了一个传言，我觉得我会把它铸成铜，挂在办公室的墙上。这太离奇了。

政治编辑汤姆·费德勒在周四的专栏中报道了此事。前一天，苏亚雷斯先生在决选中轻松击败了本报此前推荐的马斯维达尔先生，然后宣誓就任市长。汤姆写道："小哈瓦那流传的说法是，《先驱报》实际上更喜欢苏亚雷斯，只是利用了马斯维达尔作为幌子。现在请密切关注这一推断：由于报纸知道它的支持实际上会对小哈瓦那的候选人产生不良影响，它在明知苏亚雷斯会成为舆论反弹受益者的情况下，支持了马斯维达尔。因此，根据这种推理，《先驱报》实际上得到了它想要的结果。这很聪明，对吧？"

我真希望我知道那些构思这些扭曲观点的人住在怎样的思维世界。我很想见见他们，真的。也许我们聊一聊，我就能开始理解他们的思维过程，是什么让他们颠倒上下，混淆黑白，指鹿为马。或许我只会待在现在的地方：挠头，发笑，一种莫名其妙的乐趣。

——吉姆·汉普顿，
《迈阿密先驱报》编辑，
1985年11月17日

正如《先驱报》的编辑所做的那样，迈阿密的盎格鲁人继续以"莫名其妙的乐趣"看待流亡政治生活的密集与狂热。正如《先驱报》的编辑所做的那样，他们继续发现这种生活"离奇"。他们对政治的看法与大多数民选代表对政治的看法完全一样，不是他们所做一切事情的基本结构，而是一种具体的、通常是程序化的活动：一次选举，一项立法，在竞选或立法加价过程中达成的协议和让步。任何更普遍的概念都是无定形的，是他们在美国这块自信地带接受散漫教育的碎片：政治是"公民教育"的一部分，是"社会研究"的一部分，是通过视听辅助教授的东西，其目标是促进良好的公民意识。换句话说，政治仍然是一门"学科"，是"那些没有幸运出生在美国的人"曾经学习过的、现在还可以学习的各式各样的格言。这也许是为什么，在那些少见的城市社区试图表达彼此真实情感的机会中，迈阿密的盎格鲁人通常坚定不移地倾向于说教的原因。1986年3月7日，一个名为"南佛罗里达和平联盟"的组织向迈阿密警方申请并获得了示威许可，计划于两周后的一个星期六中午在比斯坎大道的友谊火炬纪念碑举行示威，反对美国对尼加拉瓜反对派的援助。由于尼加拉瓜反抗运动这项事业，是许多迈阿密古巴人最强烈的希望和恐惧，因此这种示威活动的前景不太可能被忽视，事实也的确如此：在适当的时候，在古巴当地电台发出了明显的普遍警报之后，第二张警察许可证被申请并颁发，这张许可证发给了"阿尔法66"的执行主任安德烈斯·纳扎里奥·萨根。阿尔法66是最受尊敬的流亡行动团体之一，自从1962年CIA看似鼓励其成立以来，它经常声称正在对古巴政府采取行动。

这第二张许可证授权了一次反示威，其目的与其说是为了表示对反对派的支持，倒不如说是为了表示对那些被认为是支持西半球共产主义工作的盎格鲁人的反对，这在当下背景中是不言而喻的。"我们认为这是一个挑战，"安德烈斯·纳扎里奥·萨根谈到最初的许可证及其持有者时说。"他们非常清楚自己在捍卫一个共产主义政权，这伤害了古巴流亡人士的感情。"许可证允许南佛罗里达和平联盟的示威活动和阿尔法66的反示威活动在同一时间举行，而且彼此相距只有几码远。在计划活动的前一天，迈阿密警方对这一点进行了辩护，他们称这是一个"人力"决策，一个不想"分配资源"的问题。一

迈阿密

名警方发言人说："鉴于现场有这么多警察，如果有人想做点什么，那就太愚蠢了。"

无论是阿尔法66还是安德烈斯·纳扎里奥·萨根，都没有特别仔细地评估过去二十五年的情况。对此我并不感到过分惊讶，在事件发生后的那个星期天早上，我发现《先驱报》的头版出现了双重标题（示威活动变得丑陋，反对派的抗议活动遭到暴力袭击）和一张四色照片，照片上一些流亡者挥舞着古巴和美国国旗，烧毁了被南佛罗里达和平联盟抛弃的标语牌。看来有人扔了许多鸡蛋和一些石头。看来至少有一颗洋葱被扔了出来，砸中了戴德县青年民主党的主席，他后来在表达对这件事的看法时称自己是"第11代美国人"。

而且，这些投掷物似乎只朝一个方向，即南佛罗里达和平联盟示威者的方向。这是一个约200人的团体，除了戴德县青年民主党人的主席外，还包括一些州和地方的立法者，一些美国友谊服务委员会的成员，一些分发印有革命共产党名字传单的人。一位学校教师告诉《先驱报》，她在那里是因为"美国人需要从这些外国人手中夺回迈阿密"，而对于金属警察路障另一边的阿尔法66示威者来说，最具挑衅性的情况是，至少有一名古巴人是安东尼奥·马塞奥旅的领导人，这是一个成立于二十世纪七十年代中期的异端流亡组织，旨在资助学生访问古巴。

从那个星期六中午到下午3点左右，警方显然成功地把阿尔法66的示威者留在了路障一侧，直到防暴小组被叫来，南佛罗里达和平联盟从冲突中撤离。这两百名和平联盟示威者显然花了三个小时听演讲和唱民歌。而2000名阿尔法66号的示威者显然花了三个小时试图冲过路障，与警察发生冲突，并高喊口号，用**共产主义不行，民主可以**和**俄罗斯不行，里根可以**来压倒民谣歌手。迈阿密市市长泽维尔·苏亚雷斯显然一直站在阿尔法66号路障的一侧，有一次他坐在一辆马自达皮卡的后面讲话，他后来在给《先驱报》的一封信中描述了这种技巧，称之为"与人民交往时，表达我对他们的观点在哲学上的认同，以及对一些人实施这些观点时在手段上的不认同，同时这也是'控制人群的一种有效方式'"。

"不幸的是，他们有权待在街的另一边，"这显然是他当时坐在马自达皮卡车后座上说的话，"我相信你们都清楚地看到了谁站在那一边，包括参议员和众议员，当然还有一些马克思主义团体的成员。"尽管采取了这种控制人群的方法，但那个星期六下午在友谊火炬广场上似乎并没有发生什么事情（只有一名示威者被捕，只有一人需要住院治疗），但当时的狂热持续了几个星期，在《先驱报》上引发了一种煽动性的狂热。人们纷纷提出声明，写信给编辑，大多是按照盎格鲁社区喜欢的警句来写的。

"我从小就被教导，和平表达异议的权利对我们的自由至关重要。"其中一封这样的信写道，作者是一名妇女，她指出自己出席了和平联盟的示威活动，但"幸运"的是"没有遭受到言语的谩骂——因为它完全是用西班牙语写的"。"显然，"她继续说道，"古巴社会中的一些人不承认我的权利……显然，他们对人权的定义与大多数土生土长的美国人不同。事情就是这么简单。不，我的古巴兄弟姐妹，这不是美国的方式。真可耻！"

伏尔泰的话被引用得有些松散（"我不同意你的说法，但我誓死捍卫你说话的权利"），甚至温德尔·威尔基墓碑上的碑文（"因为我们慷慨地分享我们的自由，我们与那些与我们意见不同的人分享我们的权利"）也被说成是"我们的美国信条，美国宪法中的明文规定"。一位记者提到了一个"令人恐惧"的发现："尽管我们生活在一个保障言论自由权的民主国家，但当我们行使这项权利时，我们可以被一群在我们国家寻求庇护的人暴力袭击。"

这里的潜台词是，有些人属于迈阿密，有些人不属于迈阿密，随着信件的增多，潜台词变得越来越明显，最终呈现出一定的斗争色彩。另一位记者进一步建议，"也许，现在是时候考虑换个地方，到那些只有政府和他们自己承受风险的国家来宣泄他们的不满了。"《先驱报》专栏作家卡尔·海森把事情说得更直白："他们来到了错误的国家，"他写道，那些支持反对派的示威者在那个周六下午袭击了一个名叫大卫·坎普的年轻人，"他是一个木匠和舞台管理人员，出生在这里，一直认为自己爱国……这些人需要去一个地方，去一个不必为言论自由的概念或持不同意见的权利而苦苦挣扎的地方。去一个潘恩和杰斐逊的名字都没有意义的地方，去一个即使把《人权法案》钉在鼻子上人们也认不出来的地方。"

如果将政治简化成弗兰克·卡普拉电影中的情节，并不能为古巴政治经历中热带世界的流亡和阴谋提供多少剧情，同样，抵达迈阿密的古巴人对美国本土方式也没有多少本能的感觉。迈阿密的古巴人并没有继承那种过分强调定义"好公民"的权利和责任的传统，也没有继承一个广泛崇拜美国模式下宽松组织的民主制度的传统。相反，他们继承了西班牙宗教法庭的传统，此后是一种如此坚定的反美主义传统，以至于它经常成为古巴人的动力。1895年5月，何塞·马蒂在多斯里奥斯为古巴独立而战时在自己的白色战马之上被杀害，他被杀的几天之前，曾写信给一个朋友："通过古巴的独立，我有责任阻止美国扩张到

迈阿密

西印度群岛，并加重对我们美洲其他国家的打压。我迄今为止所做的一切，以及将来所做的一切，都是为了这个目标。我了解这个怪物，因为我曾经生活在它的巢穴里，而我的武器只是大卫的弹弓。"

在这个本质上是专制的矩阵中，迈阿密的古巴人看到了美国生活中仅仅是偶然的事情，并发现了其中的设计往往是险恶的。他们看到了盎格鲁人的漠不关心（比如关于哪位古巴人将成为迈阿密市市长，两位候选人都不太可能回忆起1926年的飓风或迪克西公路的开通），并推断出其中蕴藏着阴谋意图。他们关注美国的民权运动，看到的是社会动荡。他们对于如何维持秩序有自己的想法，即使是在美国这个怪物的巢穴中。1985年的迈阿密市市长竞选中，一位古巴候选人承诺，如果当选，他将确保"所有未成年儿童不得独自离家"。"他们应该始终由成年人陪同，父母或监护人有责任遵守法律。"同一场选举中的另一位古巴候选人，曾担任巴蒂斯塔安全部队首领的曼努埃尔·贝尼特斯将军则承诺："……可以放心，在六个月内不会有抢劫，生活总体上将得到保护，商店将能够毫无恐惧地开门营业，不必担心抢劫或谋杀……安全部队、县学校人员、教师、专业人士、退休人员、童子军和教会人员都将参加公民教育计划，并不断打击邪恶和不道德行为。"

"不幸的是，"在那次竞选中获胜的候选人、市长泽维尔·苏亚雷斯在谈到友谊火炬广场的和平联盟示威者时说，"他们有权站在街道的另一边。"对于许多古巴人来说，这是一项旨在让那些颠覆社会秩序的人受益的权利，这是理所当然的，因为在这个社区里，任何事情都不会是偶然的，任何事情都不会在一个更大的、通常是敌对的计划中占有一席之地。这种逻辑非常紧密，甚至有点令人感到窒息。在那一年的猪湾事件周年纪念日上，《先驱报》刊登了一篇关于加拿大和意大利游客在古巴被入侵的海滩上度假的故事（度假胜地在古巴出售阳光和乐趣：哈瓦那涉足旅游业，裸体游泳者尽情嬉戏）。在这种观点看来，这不仅仅是一个小小的历史讽刺，也不仅仅是试图找一个按理说不敏感的话题，以便为一个已有二十四年历史的年度新闻寻找报道切入点，而是对古巴"社区"的蓄意侮辱，我一再被告知："这是一记耳光。"《先驱报》在几周前就发表了一篇文章，暗示古巴的消费品供应更加丰富了（自由市场让哈瓦那焕然一新），这不仅加深了对古巴的冒犯，也表明这是由华盛顿主导的系统性行为，标志着美国和哈瓦那之间的和解，而这种和解的迫近，在迈阿密的古巴人中已经成了一种固定观念。

迈阿密的古巴人往往对美国人有一种固定的看法。我经常被告知，美国人从不互相触碰，也不争吵。美国人不像古巴人那样重视家庭。美国人也不像古巴人那样重视祖国。美国人过分看重守时。美国人教育不足。美国人受教育程度低。与此同时，美国人完全按照自己的利益行事，不仅是因为教育不足，还因为他们生性"幼稚"，这个民族能够生活和死去，但他们却永远不会理解阴谋和忠诚之间的细微差别，而在古巴人看来，世界正围绕着这些细微差别运转。

最重要的是，美国人缺乏"激情"，这是其他大多数民族特质的核心缺陷。如果我想要美国人缺乏激情的证据，我就会被反复告知，我只需要考虑到他们不懂得欣赏**斗争**。如果我想进一步证明美国人缺乏激情，我只要打开电视机，看泰德·科佩尔的节目"夜线"就行了。在这个节目中，我多次被告知，可以观察到美国人"持截然相反的观点"，说话时"完全没有激情"，"根本没有任何手势"，"尽管彼此完全对立，但似乎对于密谋对付彼此毫无概念"。

他们反复提及"夜线"节目很吸引人。在迈阿密度过一天或一个晚上后，我会翻阅我的笔记，在我的笔记本上找到标有下划线和方框的内容，配有箭头和注释，我在某一章节中提到了"夜线"。泰德·科佩尔（我从未弄清过原因，总是泰德·科佩尔，而没有其他人）和他的嘉宾所偏爱的话语方式，似乎是我在迈阿密所接触的古巴人一贯的新奇和嘲笑的来源，以至于我开始将他们一次次提及"夜线"节目的行为视为一种简略的表示，是盎格鲁表达的古巴版本——是打到椰林镇奇奥拉街房子里、无论是否属于劳尔·马斯维达尔的英语电话，是一种挑战，一种立场；这是一种信号，这表明发声者就像何塞·马蒂一样了解这只怪兽，并且并不打算在它的巢穴中轻松生活。

"让那些渴望拥有一个安全家园的人去征服它吧，"何塞·马蒂还写道，"让那些不能征服它的人活在鞭子下吧，被流放，像野兽一样被监视，从一个国家被驱逐到另一个国家，用乞丐的微笑掩盖灵魂的死亡，躲避自由人的蔑视。"这只缺乏激情的怪物不理解继续流放的屈辱。在这场持续的流放中，人们理所当然地认为，这个缺乏激情和理解力的怪物可以被利用。在这场持续的流放中，人们理所当然地认为，这个缺乏激情和理解力的怪物是不值得信任的。约翰·F. 肯尼迪在 1960 年针对理查德·尼克松的竞选声明中宣称："我们必须试图加强流亡中的非巴蒂斯塔的民主反卡斯特罗力量。"1985 年，罗纳德·里根在争取尼加拉瓜自由战士的支持时曾宣称："我们不能让美国对战后历史上最大的道德挑战之一置之不理。"

"我们以前看过那种电影。"一位著名

迈阿密

的流亡者在谈到美国的问题时对我说，不像罗纳德·里根所说的那样，他们不会抛弃尼加拉瓜的自由战士。在红树林沼泽和堡礁之间有一座美国城市，这里的居民大多认为美国之前已经抛弃了他们，在猪湾事件和之后的事件中背叛了他们，其后果我们已经见证过了。在沼泽和暗礁之间有一座美国城市，这里的居民也相信美国将再次背叛他们，在洪都拉斯、萨尔瓦多和尼加拉瓜，在一场幽灵战争的所有街垒中背叛他们。他们再次把这场战争视为自己的斗争，而不是华盛顿另一个抽象概念的投射，而是他们自己的斗争，**命运的斗争**，**事业的斗争**，其后果我们尚未看到。

PART III

第三部分

第三部分

8

"不要忘记我们有一个要处置的问题。"小阿瑟·M. 施莱辛格告诉我们，这句话是 1961 年 3 月 11 日艾伦·杜勒斯对约翰·F. 肯尼迪的警告，他警告肯尼迪中止计划中的古巴入侵行动并放弃 2506 旅可能带来的后果——CIA 知道 2506 旅是一个易变且有潜在复仇倾向的资产。据说，四周后，约翰·F. 肯尼迪对小阿瑟·M. 施莱辛格说："如果我们必须摆脱这八百人，把他们丢在古巴比丢在美国要好得多，尤其如果那就是他们想去的地方。"这段对话是由一个对此不太熟悉的人回忆起的——参与入侵部队的人数接近一千五百人，而不是八百人，但这段对话的核心部分——"将他们丢在古巴"的表述听起来非常真实，同样"处置问题"本身也是如此。自从《千日风云》(*A Thousand Days*)出版以来，多年来我曾多次阅读包含这两句台词的章节，但直到我在迈阿密度过一段时间后，我才开始将它们视为幕布的线索，或是主人公在第一幕登台时带来的大炮，以便在第三幕中将其引爆。

"我会说约翰·F. 肯尼迪在迈阿密仍然是第二大最受憎恨的人。"劳尔·马斯维达尔在一个下午对我说，那是他宣布竞选市长不久之后的事情。当时我们在他位于迈阿密的一家银行凉爽而整洁的顶层办公室里，他在这家银行有股份。劳尔·马斯维达尔 1942 年出生在哈瓦那，从许多

447

迈阿密

方面看,他似乎都是迈阿密盎格鲁人和美国其他地区希望看到的被同化的古巴典范。在1983年《迈阿密先驱报》的民意调查中,古巴人和非古巴人同时将他评为迈阿密最有权势的古巴人。他在竞选迈阿密市市长时得到了《先驱报》的支持,但最终败给了泽维尔·苏亚雷斯。在我们谈话的时候,他是"非组织"的两名古巴成员之一(另一名是阿曼多·科连纳,迈阿密企业家,东南第一国民银行顾问委员会成员)。"非组织"是一个非官方的、极其私人的组织,被称为南佛罗里达州的影子政府,它的三十八名成员每个月在彼此的住宅或俱乐部里聚会一次,共进晚餐,包括《先驱报》、东方航空、阿维达迪士尼、巴丁斯百货、迈阿密海豚队,以及主要银行和公用事业公司的所有者或高层管理人员。

"卡斯特罗当然是最讨厌的第一人,"劳尔·马斯维达尔补充说,"然后是肯尼迪。整个肯尼迪家族。"他打开又合上了一个皮夹子——这是他大理石桌上唯一的物品,然后将它与大理石抛光的边缘对齐。他身后的墙上挂着一幅装裱海报,上面写着一句英文标语:**你不能通过让他保持沉默来改变他。**这种情感与当地古巴人的思维方式大相径庭,以至于赋予了这个办公室一种特殊的氛围,好像它是专门为古巴人(有时略带讽刺意味)所说的"主流人群"访客而装饰的。

"我做的一件涉及泰德·肯尼迪的事在这里引起了很大的争议,"劳尔·马斯维达尔接着说,"豪尔赫让我联系肯尼迪参议员。"他说的是豪尔赫·马斯·卡诺萨,迈阿密的工程承包商(《先驱报》几年前曾这样形容他——他是"参议员的顾问""联邦官员的密友""反卡斯特罗美国政策的游说者"和"迈阿密鲜为人知的人物"),他通过古巴裔美国人国家基金会的华盛顿办事处及其附属的自由古巴全国联盟政治行动委员会[a],在游说马尔蒂电台方面发挥了重要作用。"我们试图说服肯尼迪改变他对马尔蒂电台的立场,以提升该法案的声望。我成功做到了。然而,在这里的古巴人看来,这就好像是试图与肯尼迪家族和解。"

这位被指责试图与肯尼迪家族和解的人于1960年抵达美国,那时他十八岁。他被迈阿密大学录取,然后休学两个学期,与2506旅一起为"猪湾事件"训练。在1962年古巴导弹危机之后——这次事件在迈阿密被视为约翰·F.肯尼迪的又一次个人背叛,劳尔·马斯维达尔再次退学,

---

[a] Political Action Committee(PAC),一种通过募款来支持总统候选人或其他政治活动的组织,旨在影响选举结果或推动特定政治议程,在美国政治中发挥着重要作用。

这次他加入了美国军队招募的一支古巴人部队,在肯塔基州诺克斯堡的军事基地接受培训。对于此事,西奥多·C.索伦森在《肯尼迪》一书中有些含糊地提到了一个"特殊安排",根据该安排,"猪湾事件"的老兵们"悄悄地加入了美国武装部队"。

即便经过肯尼迪政府日记写作者的过滤,这似乎也是一个灰色地带。与其他类似的临时尝试一样,为了消除2506计划的影响,这个招募计划即使不是彻头彻尾的欺骗,也在某种程度上鼓励了自欺欺人,它显然愿意让那些"悄悄加入美国武装部队"的古巴人这样做,让他们误以为美国实际上是在准备入侵古巴。句子似乎没有写完,暗示也被省略了。各种可能性似乎都有,但也不是唯一的可能性,因为在这种情况下,人们普遍认为,是"该领域某些无法控制的因素造成的,是某个流氓特工造成的"。"肯尼迪总统来到橙碗球场,向我们许下了一个承诺,"同样是2506旅老兵的豪尔赫·马斯·卡诺萨,某天早上坚持向我反复讲述这个故事,这对于迈阿密来说已经成了一个原始故事,他的声音在讲述的过程中越来越高,"12月。1962年。他说的话后来被证明是另一种意思——我不想说是欺骗,我们姑且称之为误解吧——是对肯尼迪总统的另一种误解。"豪尔赫·马斯·卡诺萨把"总统"和"肯尼迪"这两个词划掉了,把所有的音节都用同样的重音进行了变形。正是这个豪尔赫·马斯·卡诺萨邀请劳尔·马斯维达尔为马尔蒂电台争取到了肯尼迪这个光彩的名字;正是这个豪尔赫·马斯·卡诺萨创立了古巴裔美国人国家基金会,并为该基金会在乔治城俯瞰波托马克河的华丽办公室提供资金;豪尔赫·马斯·卡诺萨已经成了华盛顿的大人物,有时在迈阿密很难见到他。那天早上,我终于沿着南迪克西高速公路开车到他的核心建筑工地去见他,狭小的办公室里挂着一张**格林纳达自由万岁**的海报,还有豪尔赫·马斯·卡诺萨和罗纳德·里根、豪尔赫·马斯·卡诺萨和珍妮·柯克帕特里克、豪尔赫·马斯·卡诺萨和保拉·霍金斯的合影相框。"在橙碗比赛中,他拿到了国旗,"豪尔赫·马斯·卡诺萨继续说,"这是入侵部队带到吉隆滩的旗帜。他把这面旗帜拿在手里,他承诺他会在一个自由的哈瓦那把它还给我们。他呼吁我们加入美国武装部队。去接受培训。再试一次。"

为了让大炮退出舞台而做出的特殊努力,就像许多类似的努力一样,最终搁浅在华盛顿的过度傲慢上。在这种情况下,傲慢的形式表现为低估了流亡者对美国的不信任,高估了他们自欺欺人的能力,尽管这种能力相当可观,但他们在阴谋政治方面的经验比肯尼迪政府自己要丰富得多,这一点总是得到了缓和。一旦流亡者们

迈阿密

明白了演习的目的是让他们有事可做,他们就不会轻易服从。被派到本宁堡的豪尔赫·马斯·卡诺萨只待到完成军官训练课程,就辞职返回了迈阿密。根据劳尔·马斯维达尔的说法,在诺克斯堡,"一旦明确美国和俄罗斯达成协议,美国没有入侵古巴的意图",就爆发了公开的反叛。

劳尔·马斯维达尔说:"发生了很多事情,例如,我们举行了一场罢工,这在军队中是闻所未闻的。有一天,我们决定在营地待几天。他们用各种方式威胁我们。但在那时,我们并不太在乎威胁。"肯尼迪白宫的一名代表最终被派往诺克斯堡,试图解决这一情况,双方达成了一项协议,达成了一项重新谈判的"特殊安排",根据该安排,流亡者同意结束罢工,以换取立即转移到南卡罗来纳州的杰克逊堡的条件(他们说肯塔基太冷了),并且几乎立即获释。此时,劳尔·马斯维达尔回到了迈阿密大学,把车停在大沼泽地酒店,在CIA/迈阿密更为灵活的策略下参与了当时的行动,通过迈阿密大学南校区的一个名为顶峰技术服务公司、代号为JM/WAVE的前台来运营,这似乎是一个迈阿密人都知道而华盛顿人却一无所知的行动。

"我想在那段时间里,我有点像一个全职学生和兼职战士,"劳尔·马斯维达尔回忆起我们谈话的那个下午,"在那些日子里,CIA在佛罗里达群岛有这些渗透小组,他们偶尔会去古巴执行任务。"这些位于礁岛群岛的训练营似乎同时由CIA管理,在古巴导弹危机之后,如何处置他们的问题变得更加复杂,FBI定期突击搜查,在肯尼迪政府的文献中没有太多形象记载。西奥多·C.索伦森在《肯尼迪》一书中提到,"联邦当局对寻求宣传的古巴难民团体进行了镇压,这些团体对古巴港口和船只实施'打了就跑'的袭击",进一步将"寻求宣传的古巴难民团体"与白宫的所有权形式拉开了距离,他补充说,这些团体"除了破坏了我们说服苏联人离开的努力之外,几乎没有破坏什么"。小阿瑟·M.施莱辛格在《千日风云》中完全忽略了迈阿密的行动,这是一部本质上反历史的作品,1962年12月,杰奎琳·肯尼迪站在橙碗球场,面对猪湾事件的老兵(其中1113人刚刚从古巴监禁中归来),用西班牙语说,古巴流亡者的整个问题似乎以一种鼓舞人心的方式得到了解决,她希望自己的儿子成为"至少有2506旅一半勇敢的人"。施莱辛格在《罗伯特·肯尼迪和他的时代》一书中对这段时期进行了更复杂的反思,书中确实提到了迈阿密的行动,但他带着一种深刻的不安,对于美国政府是否卷入了这一事件的问题("但CIA是否在故技重施?")仍然模糊不清,仿佛不可知。

在迈阿密，这个城市的大量日常事务都是由那些"漫不经心地提到自己曾经为CIA执行任务"的人进行的，这种说法显得遥远而近乎妄想。根据1975年和1976年公开发表的报告，这些报告是由教会委员会举行听证会所激发的，美国参议院专门委员会就情报行动进行了调查。据报道，位于迈阿密大学校园内的CIA的JM/WAVE站已经是除了兰利总部外，世界上最大的CIA设施之一，也是佛罗里达州规模最大的雇主之一。据说在JM/WAVE总部，有来自CIA秘密服务分支的三百到四百名案件官员。据说每名案件官员负责管理四到十名古巴"主要特工"，这些特工在代号上被称为"阿摩司"（CIA用来指代"主要特工"的术语）。每名主要特工据说又负责管理十到三十名"普通特工"，其中主要是古巴流亡者。

这里的数字令人印象深刻。即使采用最低的估算，每三百名情报官员中，每人管理四名主要特工，这些主要特工又各自管理十名普通特工，总共就有一万两千名普通特工。而最高数字则达到十二万名普通特工，每名特工可能都有自己的联系人。在JM/WAVE的统一指挥下，有成群的小艇，有伪装成商船的母舰，一位未透露姓名的CIA消息人士向《先驱报》描述为"西半球第三大海军"。还有CIA的迈阿密航空公司南方航空运输公司，这家公司于1960年被收购，并随后通过其控股公司亚堤思科技有限公司和另一家CIA控股公司太平洋公司融资，其中包括CIA的美国航空公司提供的约1670万美元贷款和汉诺威制造商信托公司提供的660万美元贷款。还有数百处迈阿密的房地产，作为安全屋而维护的住宅小屋，作为安全港而维护的滨水地产。除了JM/WAVE总部本身的虚构"顶峰技术服务"外，还有其他五十四家前端企业，提供就业机会和JM/WAVE行动所需的掩护及各种服务。CIA还设有船舶店、枪械店、旅行社，以及房地产经纪和侦探机构。

在六十年代早期，任何人只要在迈阿密街头待上一段时间，就很可能和CIA打过交道，知道什么行动正在进行，知道什么人正在行动，以及为谁行动。在迈阿密同一代古巴人当中，劳尔·马斯维达尔可能是最不寻常的，因为他实际上并没有亲自执行任务。"我更像是这个项目负责人的助手，"在我们谈话的那天，他这样说，"协助后勤工作。确保人们有饭吃，有必要的武器。那是一段令人沮丧的时间，因为你马上就能看到这种模式是怎么回事。这种模式是针对卡斯特罗的活动逐渐减少而产生的。他们只是想让我们保持忙碌。有两个原因。其中一个原因是它提供了CIA感兴趣的一定数量的情报。"

劳尔·马斯维达尔心存戒备，几乎显

迈阿密

得冷漠。他说话谨慎，带着美式管理的平稳节奏，那种在亚利桑那州美国国际管理研究生院雷鸟商学院获得国际商务学位的人的节奏，他三十岁时已是纽约和马德里花旗银行的副总裁。在我们的谈话中，这是他允许情绪进入声音的少数场合之一。"另一个原因，"他说，"是为了让迈阿密的人们认为政府正在有所作为。事实上，有几个古巴人在迈阿密四处奔走，声称他们正在接受训练，他们正在执行任务——嗯，让人们抱有一些希望。"劳尔·马斯维达尔停顿了一下。"所以我猜这对 CIA 来说很重要，"他接着说，"试图让这里的人们不要面对一个非常艰难且令人沮丧的事实，那就是他们不能回家，因为他们最强大、最好的盟友已经背着他们做了一笔交易。"

这里很难获得底层的声音。我们说的是 1963 年，这一年以约翰·F. 肯尼迪的去世而告终。这一年用小阿瑟·M. 施莱辛格的话说，"入侵古巴的念头已经消亡了好几年"（由于入侵古巴的念头显然至少在 1961 年 4 月前都没有消亡，所以"好几年"这个词从表面上看很有趣，并暗示了华盛顿对时间的看法是如何随着其"议程"而扩张和收缩的）；这一年，在导弹危机和 1962 年约翰·F. 肯尼迪达成不入侵古巴的协议之后，政府的反卡斯特罗政策已经得到了"大幅修改"，正如施莱辛格所说，白宫实际上正在"逐渐走向和解"。在那一年，华盛顿对迈阿密流亡行动的官方政策明确且广为宣传——坚决劝阻甚至采取起诉行动；在那一年，流亡人士一再遭到逮捕并被没收武器；JM / WAVE 电台站长后来在向教会委员会做证时描述说，在这一年里，"整个政府机构、海岸警卫队、海关、移民和归化局、FBI、CIA 的整个机构都在共同努力，试图阻止这些行动进入古巴"。（1963 年，JM / WAVE 的站长恰好是西奥多·沙克利，他于 1965 年离开迈阿密，1966 年到 1972 年，在万象和西贡担任政治官员和站长，1987 年在高塔委员会[a]的报告中出现，在汉堡与马努切尔·戈班尼法尔和萨瓦克反间谍机构的前负责人会面；与迈克尔·莱丁共进午餐并讨论 B-11 页的人质问题。）

一方面，"整个政府机构"似乎确实在"共同努力，试图阻止这些行动进入古巴"，另一方面，似乎又并没有这样做。事实证明，CIA 仍然授权为流亡行动组织 JURE（古巴革命统一联合委员会）或古巴革命委员会的"自主行动"（这个概念由国务院的沃尔特·惠特曼·罗斯托提出）提供资金。根据 CIA 备忘录中总结的指导方针，这种"自主行动"是一种行动，"如果被指控参

---

[a] Tower Commision，美国总统里根于 1986 年 12 月 1 日为应对伊朗门事件而成立的委员会。

与共谋",美国将否认与之有任何关系。事实证明,"自主行动"是"第二轨道"方法的一部分,无论它在理论上意味着什么,在实践中,JURE 可以在"第二轨道"上向 CIA 请求并接收爆炸物和手榴弹,即使在"第一轨道"上,JURE 因非法拥有枪支正在接受 FBI 和移民局的调查。

"第二轨道"和"自主行动"当然是华盛顿的用语,是特别小组和常设小组的特殊词汇用语,是"准则"和"方法",是一种拒绝将责任融入语法的语言中的词汇,因此在 1963 年的迈阿密可能有不同的含义,或者根本没有任何意义,在那里,否认责任在很多方面已经成为相反的要点。在 CIA 对 1960 年至 1963 年间企图暗杀菲德尔·卡斯特罗的各种尝试的综述中("这只是推翻政权的整体积极努力的一个方面",换句话说,不是"第三轨道"),有一份 CIA 监察长于 1967 年准备的内部报告在 1978 年解密,并发布给众议院暗杀问题特别委员会。在关于华盛顿的语言问题上,有这样一种有益的反思:

……还有第三点,这不是我们采访的任何人直接提出的,但从采访和对文件的综述中可以清楚地看到。问题的关键在于经常使用提喻法,即在理解整体时提到部分,反之亦然。因此,我们反复遇到诸如"处理卡斯特罗"之类的短语,可以狭义地解读为刺杀他,而其意图则是要广义地理解为推翻卡斯特罗政权。反之,我们发现人们含糊地谈论"对卡斯特罗做点什么",当然他们明确想到的是杀死他。在这种情况下,发言者可能并非实际上所说的意思,或者可能并非说了他们实际上想表达的意思,因此,如果他们的口头简化表达被解释得与预期不同,他们也不应感到惊讶。

华盛顿的梦幻作用叠加在迈阿密的梦境中,换句话说,每个人都有足够的空间相信他们需要相信的事情。小阿瑟·M.施莱辛格在《罗伯特·肯尼迪和他的时代》中最终得出结论,1963 年期间,CIA 在迈阿密继续进行他至今仍倾向于称之为"针对卡斯特罗的私下战争",或者"显然"这样做了,"尽管"他在一个条款中说,"缺乏特别小组的授权",这一条款暗示了这种重叠的特殊角度。1963 年 5 月的一次新闻发布会上,有人问约翰·F. 肯尼迪:"CIA 或白宫是否支持流亡团体的军事行动?"肯尼迪回答:"我们很可能是……好吧,至少我所知没有……我认为截至今天,我们没有支持。"关于 1963 年迈阿密发生的事情,以及 CIA 是在有或没有特别小组授权的情况下采取行动,当时 CIA 反情报部门主管詹姆斯·安格尔顿据称说:"迈阿密的概念是正确的。在拉丁裔地区,在迈阿密设立一个解决拉丁

迈阿密

美洲问题的基地，作为办公室的延伸，是有意义的。如果它是独立自给的，那么它就具有某种外国基地的性质。这是一个新颖的想法。但事情失控了，成了一种自成一体的力量。当目标减弱时，官僚机构很难调整。你怎么处理你的人员？我们对迈阿密的人们负有重大责任。"

根据《罗伯特·肯尼特·肯尼迪和他的时代》一书的脚注，1962年在华盛顿，"常规的特别小组——[麦克斯韦尔]·泰勒、麦克乔治·邦迪、亚历克西斯·约翰逊、[罗斯维尔]·吉尔帕特里克、[莱曼]·莱姆尼策和[约翰]·麦康——每周四下午2点会面。当他们的事务结束后，罗伯特·肯尼迪会到来，它会扩展成特别小组（CI）。在这一天结束时，古巴将成为讨论的主题，而这个由大多数相同的人组成的小组将变成特别小组（增补）。"在肯尼迪政府执政期间，那些对美国的古巴政策最直接感兴趣的人似乎一直在华盛顿进行谈判。根据1963年JM/WAVE电台的站长后来向教会委员会提供的证词，这就是那些在同一时期有着同样兴趣的人出现的背景："**暗杀**是当时氛围的一部分……没有人可以参与古巴的行动，除非在某个时候与一些古巴人进行某种讨论，他们说……制造革命的方法就是枪毙菲德尔和劳尔……因此，在那个时候有人谈论暗杀并不是什么特别的事情。"

1962年12月29日，约翰·F.肯尼迪在橙碗球场手持2506旅旗帜时说："我可以向你们保证，在自由的哈瓦那，这面旗帜将归还给这个旅。"西奥多·C.索伦森将其描述为"肯尼迪对第二次入侵的承诺"。小阿瑟·M.施莱辛格则称之为"一个承诺"，但是"不在剧本中"，是在"当天的激动情绪中许下的承诺"。那天早上，豪尔赫·马斯·卡诺萨的办公室贴着**格林纳达自由万岁**的海报，墙上挂着另一届政府官员的相框照片。他的办公室位于南迪克西公路下行四十分钟的建筑工地，五十分钟是一段漫长的车程，途中经过房车租赁、折扣水床销售、船只维修、鸟类和爬行动物销售、迈达斯消音器和收音机小屋的沼泽地带。他说："我记得后来这里有些人拿肯尼迪总统和他的承诺开玩笑。"豪尔赫·马斯·卡诺萨再次拉长了音节，"肯——尼——迪——总——统"。仔细地听着，因为在相当长的一段时间里，我听着迈阿密的流放者谈论约翰·F.肯尼迪在橙碗球场许下的承诺，但此前还没有听到过任何类似笑话的东西。"好笑的是，"豪尔赫·马斯·卡诺萨说，"他指的**自由哈瓦那**是迈阿密的一家酒吧。"

9

在迈阿密待上一段时间,就是在认知失调中获得某种流畅性。艾伦·杜勒斯所说的**处置问题**,就是迈阿密所说的**斗争**。一个人眼中的**危险人物**,可能是另一个人眼中的**自由战士**,或者用当地的说法,是**行动派**,或者**勇者**。一位名叫米丽娅姆·阿罗塞纳的流亡者在她丈夫爱德华多·阿罗塞纳被捕后,对试图采访她的《迈阿密先驱报》记者说:"这是为英勇之人做的事,而不是像你这样的懦夫做的事。"阿罗塞纳最终被联邦法庭裁定犯有71项罪名,因为他与纽约和迈阿密的爆炸、1980年在纽约刺杀联合国古巴代表费利克斯·加西亚·罗德里格斯和古巴驻联合国使团的随员,以及同年企图刺杀当时担任联合国大使的劳尔·罗亚·科里的一系列事件有关。这一系列审判在猪湾事件二十四周年纪念活动前几天结束,活动在2506旅的平房、吉隆烈士纪念碑,以及面朝古巴的教堂举行。

佛罗里达爆炸案发生在1979年至1983年之间,分别发生在墨西哥驻迈阿密领事馆、委内瑞拉驻迈阿密领事馆,以及一些在流亡社群传闻与古巴现政府有交易、怀有同情或仅仅是漠不关心的迈阿密企业。这些爆炸未造成人员死亡或伤残,尽管在二十世纪七十年代,迈阿密发生了足够多导致死伤的爆炸,以至于市场上出现了专门设计的装置,可以通过远程信号点燃停放的汽车,使受害者能够站在街对

迈阿密

面观看自己可能被焚烧的情景,成为一名感兴趣的旁观者。

政府针对爱德华多·阿罗塞纳案件中提到的许多爆炸案,都涉及FBI所谓的"他的标志",一个带花背板的怀表计时器。"欧米茄7号"(Omega 7)在发给当地西班牙广播电台和报纸的通讯中,承认了所有罪行,到阿罗塞纳审判时,"欧米茄7号"可能是迈阿密和新泽西地区被起诉最多,因此也是最为人所知的流亡行动组织。从流亡开始以来,那里就有一部分规模不大但意义重大的流亡人口。FBI声称,"欧米茄7号"的领导者以代号"奥马尔"而闻名,不仅参与了在皇后区对费利克斯·加西亚·罗德里格斯的机枪扫射,还参与了在曼哈顿对劳尔·罗亚·科里的汽车炸弹袭击(司机在停放于东81街12号的汽车下面发现了一袋炸药),以及在新泽西联合城发生的1979年谋杀案。受害者尤拉利奥·何塞·内格林,是一名支持美国与古巴关系正常化的流亡者。他在与自己十三岁的儿子一起上车时,被半自动武器的火力扫射而丧生。

"欧米茄7号"声称对1979年纽约环球航空公司肯尼迪机场航站楼爆炸事件负责。1978年林肯中心艾弗里·费希尔大厅爆炸案也是"欧米茄7号"制造的。"欧米茄7号"声称以下事件也是他们所为,仅在曼哈顿,1975年和1977年委内瑞拉驻联合国代表团在东51街遭炸弹袭击,1976年和1978年古巴驻联合国代表团在东67街遭炸弹袭击,1979年古巴驻联合国代表团搬迁至列克星敦大道遭炸弹袭击,1979年苏联驻联合国代表团在东67街遭炸弹袭击,1978年,哈德逊街的《每日新闻报》(*El Diario-La Prensa*)办公室被炸;1980年,苏联在第五大道的俄罗斯航空公司售票处被炸;1978年,在宾夕法尼亚广场2号附近的格里·科斯比体育用品店发生爆炸,以此抗议麦迪逊广场花园的名片上印有古巴拳击手。

因此,在**美利坚合众国诉爱德华多·阿罗塞纳案**的三场审判中(第一场在纽约,第二场和第三场在迈阿密),争议的问题不是"欧米茄7号"是否犯下了起诉书中提到的行为,而是爱德华多·阿罗塞纳实际上是否就是该组织的头目"奥马尔"。政府继续坚持认为他是,并取得了相当大的成功。爱德华多·阿罗塞纳继续坚称他没有,尽管1982年,他曾在迈阿密机场附近华美达酒店的一个房间里,就"欧米茄7号"的行动与FBI进行了一些详细的交谈;在纽约审判期间他宣称"无条件支持"这些行动;他还对迈阿密的第二个陪审团说,他是"最坚定的恐怖分子",一个永远不会后悔的人。**父啊,赦免他们**。当陪审团宣布所有罪名成立时,爱德华多·阿罗塞纳说,**因为他们所作的,**

他们不晓得。米丽娅姆·阿罗塞纳）是一个身材矮小、情绪紧张的女人，她在做证期间前倾着身子坐在座位上，在律师与法官商议时，她会移动到她丈夫的身后，保护性地蹲下。她称这次审判为一场"喜剧"，是"美国政府为了使菲德尔·卡斯特罗受益而进行的一场闹剧"。

在对阿罗塞纳进行第三次审判的早期，我曾在迈阿密市中心的联邦法院待过一段时间，观看联邦检察官提供他们的物证，假发、假发片、胶水和新秀丽的公文包（"内含——一双黑色手套，一块奶酪——便携擦布"，或"内含——一支.38口径的左轮手枪"），这些物证是在西南7街上的一座平房中逮捕爱德华多·阿罗塞纳时查获的。从每天早上检方拖到法庭的黄铜箱子中，我们可以想象出奥马尔的整个作案手法。有一把勃朗宁9毫米手枪。有勃朗宁手枪的销售收据，还有.25口径的伯莱塔Jetfire、AR-15和乌兹冲锋枪的收据。有计时器，有爆竹引信。永备牌碱性电池。有一份目标清单，上面列出了违规企业的名字和地点，其中一些被重点强调：《反响》（Replica）杂志、帕德龙雪茄、西班牙仓库、埃韦内塞尔贸易公司等六家公司。最后缺少的只是爆炸材料本身，炸药或塑性炸药，但根据政府的说法，被告已经告诉FBI，这种被称为C-4的塑性炸药在迈阿密街头可以轻易获得。

这一切都是引人入胜的，尤其是因为它出奇地质朴，缺乏对秘密的本能，尽管有假发和假发片。勃朗宁手枪、伯莱塔手枪、AR-15自动步枪和乌兹冲锋枪的销售收据都在被告名下。目标清单的左上角标注有"目标"的记号，这表明政府对新发现的漠不关心，这往往会破坏政府对已发现的东西进行详尽编目。一个以自己的名义买一把勃朗宁手枪、一把伯莱塔手枪、一把AR-15自动步枪和一把乌兹冲锋枪的人，他的首要兴趣并不是成功逃避美国的司法制裁。一个在**目标**记号下编制目标名单的人，实际上最首要的兴趣就是对外披露，对于一个认为"自己不是在犯罪，而是在讨伐"的人来说，向公众发表公开声明的倾向是很自然的。就像"欧米茄7号"模板的刻字上所说的那样，是**欧米茄7号的英雄**。这些模板是第3036号证物，是FBI从西南第72街的一个自助存储柜中找到的。**真相是我们的**。

在政府陈述证据的过程中，始终闪烁着一种顽固的烦躁情绪，一种目的交叉的感觉，他们相互交叉，文化并不完全冲突，而是从不太有希望的角度相互映衬。爱德华多·阿罗塞纳的辩护律师是一位相当邋遢的古巴人，他采取的一般策略是认为这场审判之所以发生，只是因为美国向他称之为"国际社会"的压力屈服。他以轻蔑的微笑注视着。政府律师们，年轻而衣着

迈阿密

考究，不懈地搜寻着他们的行李箱，仿佛是迈阿密的道具大师，经过数年的审判，辩护方谈论国际社会，而检方则谈论便携擦布，这成了一种当地的木偶戏，观众对此的反应对于不熟悉这种形式的人来说始终新奇不已。

在这个剧场里，被告总是被塑造成英雄和殉道者，这完全不是因为观众相信他被冤枉了，不管捏造了什么罪名，他都是无辜的，而是因为观众相信他有罪，换句话说，掌声是给行动的，而不是给演员的。"我同情任何与共产主义做斗争的人，" 2506 旅的队长在爱德华多·阿罗塞纳被捕时对《迈阿密先驱报》说，"最好的共产主义者是死去的共产主义者。如果这是他的斗争方式，我不会谴责他。"阿尔法 66 的安德烈斯·纳扎里奥·萨根曾说："他是一个为古巴的解放而选择了这条道路的人。我们必须尊重他的立场，但我们认为我们的方法更有效。"

这种反应也不仅仅限于那些听众，他们就像 2506 旅或阿尔法 66 的成员一样，可能会对作为政治策略的轰炸表现出某种制度上的容忍。自称迈阿密 WQBA－"非常古巴"广播电台的新闻总监，在向《先驱报》谈及爱德华多·阿罗塞纳时说："这就像问巴勒斯坦人民关于阿拉法特的事情。他可能是一个恐怖分子，但巴勒斯坦人民并不这么认为。"所有的流亡者都支持他

们的行动者。例如，1983 年 7 月爱德华多·阿罗塞纳被捕后，流亡社区组织了一个为他辩护的基金，其中一个捐助者是泽维尔·苏亚雷斯，他当年竞选迈阿密市市长失败，后来才当选。1960 年，萨维尔·苏亚雷斯还是个孩子的时候被带到这个国家。他是维拉诺瓦大学的毕业生。他是哈佛法学院的毕业生。他拥有哈佛大学肯尼迪政府学院公共政策硕士学位。他在谈到爱德华多·阿罗塞纳时表示，他更愿意把他看作自由战士而不是恐怖分子。

有时（比如，当泽维尔·苏亚雷斯说他更愿意把爱德华多·阿罗塞纳视为自由战士而不是恐怖分子时，或者当泽维尔·苏亚雷斯站在一辆马自达皮卡车的车厢上，谈到站在街对面的权利是不幸的时候），迈阿密人相信言论不会带来后果。而在其他时候则不然。1983 年 1 月，欧米茄 7 号被认为在迈阿密四处放置炸弹，这是欧米茄 7 号表现相当活跃的时期之一。其中一次爆炸发生在《反响》杂志办公室，这是一家西班牙语周刊，主要致力于软新闻和娱乐八卦（**卡西·李·克罗斯比：性对她来说非常重要**，这不是一句典型的照片说明），由一位名叫马克斯·莱斯尼克的流亡者编辑。在菲德尔·卡斯特罗于 1953 年袭击蒙卡达军营后的时期，马克斯·莱斯尼克曾是古巴人民党的青年领

袖，这是由埃迪华多·奇巴斯创立的党派，被称为"正统"党。马克斯·莱斯尼克反对巴蒂斯塔，也反对卡斯特罗，理由是他和他的"726运动"对反巴蒂斯塔运动造成了破坏。在卡斯特罗待在马埃斯特拉山脉的时间里，马克斯·莱斯尼克在哈瓦那从事地下活动，反对巴蒂斯塔，但不是与"726运动"一起，而是与埃斯坎布雷第二阵线一起。正是他，在1958年的最后日子里，让CIA对最后一搏的尝试产生兴趣，试图将卡洛斯·普里奥从迈阿密带回，作为巴蒂斯塔的继任者。1961年，他与卡斯特罗，以及古巴最终决裂。

尽管马克斯·莱斯尼克对菲德尔·卡斯特罗明显缺乏热情，但在迈阿密，他被一些人认为不够反卡斯特罗，主要是因为他或《反响》杂志有过一段使用被视为错误措辞的历史。例如，**谈判**就是一个错误的词，因此，在这种情境下，**政治**也是一个错误的词，比如**政治方法**。政治方法意味着让步，甚至妥协，在一个完全围绕不可调和的抵抗原则组织起来的社区里，这是一种不可想象的构想。正是《反响》杂志中偶尔出现的关于这种方法的讨论，才使《反响》成为爱德华多·阿罗塞纳目标名单上的重点人物，1981年至1984年期间，五枚炸弹被放到《反响》杂志的办公室。

《反响》在这一点上遇到的麻烦，部分可以追溯到1974年，当时一位名叫卢西亚诺·尼埃维斯的撰稿人建议，推翻菲德尔·卡斯特罗的方式可能是"政治上的"，通过与古巴境内的古巴人合作，以迫使举行选举并接受合法反对派的存在。一个不同意卢西亚诺·尼埃维斯看法的人在凡尔赛宫用椅子砸向了他的头部。凡尔赛宫是一家位于西南8街的古巴餐厅，许多流亡者中更引人注目的人物都会在深夜光顾这家餐厅。1974年11月，其他几个不同意卢西亚诺·尼埃维斯观点的人合谋试图暗杀他，后来有三名为"实用主义者"的行动组成员因此被审判并定罪，但卢西亚诺·尼埃维斯和《反响》杂志却坚持了下去。

1975年2月，《反响》杂志刊登了卢西亚诺·尼埃维斯的声明，他表示将回到古巴参加菲德尔·卡斯特罗召集的任何选举。两天后，卢西亚诺·尼埃维斯在迈阿密儿童多样性医院停车场被枪杀身亡，当地人认为这是他自己的错。"我很高兴我最终没有公开支持与卡斯特罗和平共处，"迈阿密－戴德县社区学院的一位未透露姓名的教授，在几天后的迈阿密新闻报中被引用说道，这篇文章的标题是《知识分子对古巴杀戮感到恐惧》，"现在，我会更加小心不做出这样的表态。显然，古巴人对此非常敏感。"我在迈阿密的那段时间里，多次有人向我提起在儿童多样性医院停车场的这一事件，而提起这一点总是为了纠正误解。

迈阿密

10

据说爱德华多·阿罗塞纳于1983年1月留在《反响》杂志办公室的炸弹并没有爆炸，但同月另一枚被认为是欧米茄7号制造的炸弹爆炸了，爆炸地点是弗拉格勒街的一家工厂，厂主是流亡的雪茄制造商奥兰多·帕德隆。在很多人看来，奥兰多·帕德隆犯叛国罪，他在1978年以"75人委员会"成员的身份访问哈瓦那（据说他曾被拍到递给菲德尔·卡斯特罗一支帕德隆雪茄），参加了所谓的**对话**（diálogo），这个词与**政治**一词有着同样的反响。

对话始于一位知名流亡银行家贝纳尔多·贝内斯进行的一场私人外交尝试，他这个"有些前瞻性的想法是，流亡者自己在卡特政府的默许下，可以进行一系列对哈瓦那的访问，与古巴政府开展持续对话。国务卿塞勒斯·万斯受到了接触。国家安全委员会[a]、CIA和FBI也被征询意见。对哈瓦那的访问实际发生了，并取得了两项让步：一项是古巴政府同意释放某些政治犯，总计约3600人；另一项是允许希望探望古巴亲属的流亡者，以参加七天旅游团的形式进行访问。

---

[a] National Security Council（NSC），美国总统用来审议国家安全、军事和外交政策事务的机构，由高级国家安全顾问和内阁官员组成，是美国总统行政办公室的一部分。

在迈阿密以外的地方，这样的协议似乎是无懈可击的。在迈阿密以外的地方，这样的协议似乎是为流亡社区的利益服务的，但这样看将忽略流亡者们的风格倾向。人们经常在迈阿密说，美国人总是会为了自己的"利益"行事，这是一种指责。与此形成暗示对比的是，迈阿密的古巴裔们坚持一种更高尚的立场，将**斗争**视为一种神圣的抽象概念，任何关于"利益"或者"协议"的讨论都与当地的气质格格不入，后者是绝对主义的，是西班牙模式的牺牲精神。

也就是说，按照古巴模式。"……我感到自己对牺牲和斗争的信念越来越坚定，"1953年12月19日，菲德尔·卡斯特罗在松树岛的监狱牢房中写道，"我鄙视那种追求贪图安逸和自私自利的生活方式。我认为一个人不应该活得超过他开始衰老、他生命中最光辉时刻的火焰开始熄灭的年龄……"无论是在流亡还是在本土，这都是古巴人首选的自我认知，即对姿态和意图的理想化，这种理想化导致了在**对话**之后的几个月和几年内引发了炸弹袭击、暗杀、公开斥责和公开认罪，以及指责和羞辱，这些事件使一些人崩溃，让许多人疏远，这是一场自相残杀的愤怒爆发，流亡者社区并未完全从中恢复。

贝尔纳多·贝内斯是**对话**的设计者和其主要幸存者，1960年11月11日，他独自一人抵达迈阿密机场。据他回忆，这是他一生中最凄凉的一天。他回忆说，当时他相信流亡至多会持续九个月。他回忆起自己在各方面都没有准备好将流亡视为一种移民，然而，和早期的许多流亡者一样，其中相当一部分人受过教育，可以适应古巴革命前哈瓦那必要的国际商业生活。伯纳多·贝内斯显然设法保持佛罗里达州是一种殖民机会的观念，一个有待开发的印度，并在此精神下蓬勃发展。他首先担任迈阿密储蓄和贷款公司"华盛顿联邦"的高级职员，然后成为一名当地企业家。例如，他是第一位在迈阿密拥有重要汽车经销商的流亡者。他是第一批在迈阿密开设银行的流亡者之一，创办了大陆银行。在"流亡者"文化对抗的世界里，他也是，并且一直是一个更加模糊的区别，他是第一个在美国地方城市旅行的流亡者，这是一条通往同化的传统道路，他公开地做着被批准的作品，他的行为让自己可以参加指导委员会，参加启动晚宴。

"我很坦率，"一天早上，我在伯纳多·贝内斯位于比斯坎湾的家中与他交谈时，他说，"我不拐弯抹角。直到1977年、1978年，我都是迈阿密的古巴人。这要追溯到我还在华盛顿联邦银行的时候，我是所有分支机构的负责人，我是拉丁美洲的联络人。所以有时候我一天要工作二十

迈阿密

个小时还要挤出时间,但是相信我,我做到了。在迈阿密发生的任何重要的事情都与我有关。我是体制内的游击队员,是第一个把其他古巴人带进这个圈子的人。"伯纳多·贝内斯顿了顿,"我,我,我,"他最后说,"然后,我的生活发生了巨大变化。我不再是迈阿密第一个象征性的古巴人了。我是迈阿密的德雷福斯上尉[a]。"

我们坐在厨房柜台前,喝着古巴咖啡那种融合了咖啡因和糖的浓缩液,当伯纳多·贝内斯开始谈论**对话**及其后果时,他反复警视坐在一旁的妻子,她是一位极具魅力的女人,正在利索地清理早餐碗盘,动作果断,显然对眼前的讨论并不感兴趣。伯纳多·贝内斯说,**对话**的诞生是"纯属偶然"。他说,有一次全家去巴拿马度假;他说,在巴拿马曾接到一个朋友的电话,请求与"古巴政府的两名官员"共进午餐;他说,这次在巴拿马的午餐是"结束的开始"。

这个叙述有一种预示的性质,一种顺序的崩溃,就像在梦里一样,或者是从唯一的幸存者那里得到的事故报告。在一开始的某个时候,他与塞勒斯·万斯在华盛顿会面,FBI、CIA和国家安全委员会都参与其中。在结束之前的某个时候,他在哈瓦那与菲德尔·卡斯特罗举行了14次会议,历时120个小时,在此期间,这位在迈阿密拥有一家大型汽车经销商的首位流亡者与迈阿密最受憎恨的头号人物进行了一对一的交谈。

结局本身,也就是伯纳多·贝内斯所说的"审判"和"驱逐",当然是在迈阿密发生的,而且就像在迈阿密发生的许多类似的惩罚一样,是从那些西班牙语广播电台长篇大论的谩骂中开始的,流亡者不仅依靠这些电台来获取新闻,而且依靠这些电台来每天传播谣言和谴责。广播里说贝尔纳多·贝内斯是个共产主义者。据说贝尔纳多·贝内斯是卡斯特罗的特工。据说伯纳多·贝内斯充其量是个**愚蠢的工具**,或者是**有用的白痴**,这是流亡者们在想要避免法律追责时互相称呼的方式。

"这就是迈阿密,"伯纳多·贝内斯谈到广播攻击时说道,"纯粹的迈阿密。一百万古巴人被三家广播电台勒索,完全被控制。我为迈阿密的古巴社区感到遗憾,他们通过右翼力量向这里强加了条件,就像卡斯特罗把条件强加给古巴那样。完全的不宽容。而我们的情况更糟。因为这完全是自愿的。"

---

[a] Alfred Dreyfus(1859—1935),一名法国犹太裔军官,任法国陆军参谋部上尉。十九世纪九十年代,他被指控犯有叛国罪投入监狱。这场诬告案引发了长达十二年的激烈争论。

伯纳多·贝内斯再次看了一眼站在厨房水槽旁的妻子,她双臂交叉着。"我的银行被抗议了三个星期。"他耸了耸肩,"每天早上我进去时,就会有二三十个人尖叫着用他们能想到的词来谩骂我。他们挥舞着标语牌。告诉人们要关闭账户。如果我和妻子去餐馆,人们就会走到我们桌前谩骂我。但也许最糟糕的是我几个月前才得知的一件事。当时我的孩子们从未告诉过我,我的妻子也从未告诉过我,他们知道我经历了什么。我刚刚得知的是:我的孩子的朋友们从未被允许来我们家。因为他们的父母害怕。所有的父母都害怕自己的孩子在我们家时会有炸弹爆炸。"

这种担心并非毫无根据。**对话**发生在1978年秋天。1979年4月,参加**对话**的二十六岁年轻人卡洛斯·穆尼斯·瓦雷拉在波多黎各的圣胡安被一个自称为"零指挥"的组织谋杀。1979年11月,在**对话**的另一位参与者尤拉利奥·何塞·内格林在尤宁市被谋杀,当时他正和他的儿子一起走向车子,两名戴着滑雪面罩的男子突然出现在他面前,枪声开始了。1978年10月,发生在纽约的《新闻日报》(*El Diario-La Prensa*)爆炸案与**对话**有关:该报曾发表过一篇支持允许流亡者访问古巴的社论。1979年3月,肯尼迪机场发生的炸弹袭击与**对话**有关(炸弹装在一个手提箱里,准备装进一架环球航空公司[TWA]17号L-1011飞机的货舱里,飞机将于12分钟后飞往洛杉矶,机上已有150多人):环球航空公司为一些飞往古巴的包机提供了设备。

流亡者对自己造成的创伤不会完全愈合,也不打算完全愈合。**对话**发生七年后,伯纳多·贝内斯的女儿在百货公司购物时出示了父亲的信用卡,销售员(一位古巴人)看了看名字,递还了卡片,然后走开了。伯纳多·贝内斯本人卖掉了自己的商业股份,在迈阿密周边不再那么引人注目。"你得继续生活,"他说,"例如,我在五十岁时发生了一些事情。我变得享乐主义。我减掉了25磅,我蒸桑拿,在我的车库里你会找到一辆新的敞篷车。我开着车在迈阿密四处兜风。车顶是敞开的。"

那天早上,我和伯纳多·贝内斯在比斯坎湾那所舒适的房子里谈了大约一个小时。从那房子的窗户向外看,可以看到迈阿密天际线的建筑,贝内斯曾经在这些建筑中行走,表现得像个有权力的人。贝内斯夫人只说了一次话,用激烈的西班牙语保护她的丈夫。"没有古巴人会读她写的东西。"贝内斯用英语说。"你会惊讶的。"他的妻子用英语说。"我说的任何话都可以印出来,这就是嫁给我的代价,我是个强硬的人。"贝内斯用英语说。"好吧,"他的妻子用英语说,然后走开了,"你需要的只是多买一点人寿保险。"

迈阿密

11

现在，迈阿密的一些流亡者可能会认为，伯纳多·贝内斯或许是牺牲品，作为一个偶然而又可利用的象征，暴露了流亡者内部多年来已经开始两极分化，进而对整个流亡社区的核心价值结构产生了质疑。在**对话**开始时，直到现在，仍然有一些流亡者——其中大多数是儿时被带到美国的，他们之中现在住在纽约和华盛顿的比住在迈阿密的少，他们实际上并不反对菲德尔·卡斯特罗。其中许多人也并不完全是亲卡斯特罗的，除非他们相信古巴仍在进行革命进程，并且这一进程，无论是在菲德尔·卡斯特罗的领导下还是不在他的领导下，都应该继续。1974年4月，"纽约古巴文化圈"旗下《阿雷托》(*Areíto*)季刊的编辑们，在其首期杂志中发布宣言：**我们是古巴人**。"尽管认识到革命进程意味着牺牲、痛苦和错误，"《阿雷托》宣言继续说，"我们坚持认为，1958年的古巴需要能够彻底转变其政治、社会和经济结构的措施。我们理解，这一进程已经为一个更加公正和平等的社会奠定了基础，并且已经不可逆转地在古巴社会扎根。"

《阿雷托》的编辑们在期刊报头上列出了哈瓦那诗人罗伯托·费尔南德斯·雷塔马尔和加夫列尔·加西亚·马尔克斯的名字。在1984年的十周年特刊中，他们重印了1974年的宣言，并补充道："从过去到现在，声援古巴革命始终是我们编辑委员会基于原则的立场……过去的十年带领我们回到古巴,亲身面对整个社会的复杂性,因此摆脱了当时我们团体典型的浪漫主义观念……因此,今天我们更加坚定地采取我们的立场,并认识到其后果。"撰稿人认为,与其说自己是流亡者,不如说是"古巴之外的古巴人",而在这第十周年特刊中,流亡的迈阿密则被描述为"梅耶·兰斯基、古巴庸俗资产阶级和北美安全国家的畸形胎儿"。

《阿雷托》的编辑和撰稿人自称**阿雷托小组**,他们可能只代表了极少数的流亡者,但这些人都很年轻,善于表达,并决心让自己的声音被听到。曾有阿雷托小组的成员参与华盛顿游说团体,该团体最初被称为"促进与古巴关系正常化的古巴裔美国人委员会",不要与它的对立面古巴裔美国人国家基金会混淆。阿雷托小组的一些成员参与了伯纳多·贝内斯的古巴之旅,这些访问构成了**对话**的一部分。(卡洛斯·穆尼斯·瓦雷拉,1979年在波多黎各圣胡安被暗杀的75委员会成员,是阿雷托小组的创始人之一。)曾经有阿雷托小组的成员参与了安东尼奥·马塞奥旅的成立,该旅队以主要由盎格鲁人组织的"我们必将胜利"旅队为蓝本,按照其1978年的宗旨声明,向"任何(1)因家庭决定离开古巴;(2)没有参加反革命活动和不支持暴力反对革命;(3)明确自己反对封锁,支持美国和古巴关系正常化的年轻古巴人"提供在古巴的工作。

这些流亡者的孩子们开始谈论"北美安全国家的畸形胎儿",并撰写了诸如《桑迪诺纪录电影导论》之类的文章,换句话说,他们所追求的道路不太可能逃脱迈阿密流亡者的注意,而事实也确实如此。发生了爆炸事件。他们受到了死亡威胁。安东尼奥·马塞奥旅的成员被称为**卖国贼**,这个旅本身则被认为是菲德尔·卡斯特罗的一种邪恶策略,他希望通过这种策略将流亡者分裂成不同代际。据说阿雷托小组在迈阿密直接由古巴政府资助,这一指控被其编辑们驳斥为诽谤,实际上是**老调重弹**,一套让人咬牙切齿的重复说辞。"对于像我们这样坚持我们立场的人来说,在迈阿密生活是非常困难的,"1983年,一位名叫马里菲丽·佩雷斯-斯特布尔的阿雷托董事会成员,向《迈阿密先驱报》解释她为什么住在纽约,"每个人都知道一切,这使得那些被指责支持卡斯特罗的人,就连做一些像去市场买菜这样简单的事情都变得困难。"

1983年接受《先驱报》采访时,马里菲丽·佩雷斯-斯特布尔是三十四岁。卢尔德·卡萨尔是阿雷托的创始人之一,对许多人来说,她是这个组织的化身。1981年,她在哈瓦那去世,享年四十二岁。《阿雷托》在1985年和1986年完全没有出版。时间在流逝,热度在消退,不过在迈阿密就不那么稳定了。1986年5月,在

迈阿密

第一届西班牙语戏剧节上,纽约剧作家和《阿雷托》前撰稿人多洛雷斯·普里达的一部独幕剧原定演出,但在几天的无线电警报和一次炸弹威胁之后,全部取消了。

这部名为《缝补与歌唱》(Cose r y Cantor)的剧本,被《先驱报》的戏剧评论家描述为"令人愉悦但有瑕疵",一部"温和的小剧",故事讲述了一位在纽约生活的西班牙裔女性及其盎格鲁自我之间的分裂,后者想列清单、去联合国游行,前者则想读《浮华》杂志(Vanidades),去莫内奥之家购买香肠。剧本身似乎并非问题所在。问题似乎在于多洛雷斯·普里达的过去,包括与《阿雷托》**对话**运动及古巴裔美国人委员会的联系,这在迈阿密成了三大"罪状",在这个城市,哪怕只触犯其中一条都会被视为与所谓的"古巴**革命**"有关。WQBA-"非常古巴"广播电台的新闻总监称多洛雷斯·普里达为"流亡者的敌人"。多洛雷斯·普里达居然会想到访问迈阿密,大都会戴德县委员乔治·瓦尔德斯表示,这是"一项卡斯特罗支持者的共产主义阴谋……是古巴政府分裂我们、使我们难堪的策略"。

尽管如此,她在当地的名声达到巅峰时,多洛雷斯·普里达还是去了迈阿密,作为迈阿密-戴德社区学院"迈阿密西班牙剧院的未来:目标与约束"会议的一部分,她督导了一场没有事先安排的《缝补与歌唱》朗诵会,观众在迈阿密警方用手持金属探测器搜身后才被允许入场。多洛雷斯·普里达告诉《迈阿密先驱报》,在迈阿密,"共产主义"这个词被用得太随意,以至于她不知道这是什么意思。"如果你是进步分子,"多洛雷斯·普里达说,"你就是个共产主义者。"多洛雷斯·普里达告诉《先驱报》,她携带的唯一一张卡是美国运通卡。在这场争议发生时,多洛雷斯·普里达四十三岁,她还告诉《先驱报》,除了迈阿密,她唯一害怕表达自己的城市是哈瓦那,唯一一个"人们会小心翼翼地看他们是否能说出自己要说的话"的地方,就是哈瓦那。

在许多方面,这些曾经是学生运动的中年幸存者对我们来说似乎很熟悉。我们曾遇到过,即使不是他们,也是他们在美国出生的同行,他们曾经,以及在许多情况下仍然沿着他们可能被称为"进步"的思维方式思考。这些流亡者至少在某种程度上认为美国的利益就是他们自己的利益,美国的问题也是他们自己的问题;他们似乎在某种程度上与美国经验相契合,而这在迈阿密流亡者中并不常见。例如,他们把越南战争,以及反战运动看作是自己的事情,而在这方面,许多迈阿密的流亡者则不然,其中一些人告诉我,他们当时没有参军,不是因为他们反对战争,而是因为他们当时参与了一场对他们来说更重要的战争。他们在某种程度上经历了六七十年代的社会变革，而许多迈阿密的流亡者则没有经历过，并且他们在某些情况下对这些变化感到困惑和矛盾，这似乎是多洛雷斯·普里达戏剧的一部分。

换句话说，他们是美国人，但又不是。**我们是古巴人**。他们仍然是古巴人，但他们身处古巴之外，作为古巴之外的古巴人，又疏远了自己流亡的同胞，他们开始占据了一个封闭的真空空间，就像在流亡本身一样，在这个空间中，立场被定义和重新定义，分裂被推测和剖析，许多事情漂浮在自己的流散之中。我记得1984年第一期的《阿雷托》杂志，其中几页是用来分析阿雷托小组与一般思想相似的古巴研究学会之间的分裂，以及是什么意识形态错误导致了古巴研究学会不仅暗示已故的卢尔德·卡萨尔"偏离了社会主义现实主义的规范"，而且曲解了她在知识分子和古巴革命进程之间关系的立场。例如，在她对诗人埃韦尔托·帕迪利亚案的1972年原始声明的后续完善中，她明确了这个立场。这些问题似乎与当时在纽约、纽黑文、波士顿或伯克利提出的问题有很大不同，然而有趣的是，它们与当时在迈阿密提出的问题却不谋而合。

1961年1月9日，古巴革命已经进行了两年，2506旅正在危地马拉为4月的入侵进行训练。当时，美国国务院授权迈阿密神父布莱恩·O. 沃尔什阁下，他有权对任何希望在迈阿密天主教教区监护下进入美国的六至十六岁的古巴儿童进行免签。根据《南佛罗里达的天主教：1868—1968》一书记载，这些免签证明是在1961年1月至1963年9月期间发放的，共发放给了14156名儿童，这些儿童都是由仍住在古巴的父母或监护人单独送去的，住在迈阿密教区无人陪伴儿童计划建立和运营的特殊营地里。这样的营地总共有六个，最后一个直到1981年中期才关闭。该书作者迈克尔·J. 麦克纳利是一名迈阿密的牧师，也是圣文森特·德保罗神学院教会历史学科的教授，这所神学院在博因顿海滩上。麦克纳利神父告诉我们，建立这些营地和启动"无人陪伴儿童计划"的原因是，到1960年底，"谣言四起"，说菲德尔·卡斯特罗计划把古巴儿童送到苏联农场工作，且在1961年，"谣言四起"，说菲德尔·卡斯特罗还有另一个计划，"让三到十岁的孩子住在国营宿舍里，每个月只能有两天和父母见面"。正是为了"避免这两种可能性"，父母们把孩子送到迈阿密，参加无人陪伴儿童计划，据麦克纳利神父说，这个项目也被称为"彼得·潘行动"。

谣言四起，总有回响。1978年，由

迈阿密

卢尔德·卡萨尔编辑、由哈瓦那美洲之家出版的《逆风而行》（Contra Viento y marea）一书中，出现了许多关于营地生活的描述，这些描述出自阿雷托团体的联合署名，由亲身经历过的人所撰写。阿雷托小组的这些成员，是作为彼得潘行动的被监护人来到美国的，他们在《逆风而行》中将这种经历描述为也许是他们一生中"最持久的经历"。他们把营地描述为他们激进化的"史前史"，在那里，他们初次开始思考，他们认为这是唯一能解释被父母流放到异国营地生活的"疯狂""政治原始主义"和"创伤经历"的分析，尽管这种分析还不成熟。《逆风而行》中这一部分的发言者，既有在营地度过童年时期的人，也有成年后在营地工作的人：

据说沃尔什教士……几乎拥有无限的权力向儿童发放签证豁免，以"拯救他们免受共产主义之苦"。回顾我国近代史上的这段插曲，可以看出，这是一个近乎疯狂的时期，因为它坚持宣传，声称革命政府将剥夺父母的权威，并将他们的孩子送到俄罗斯……

我第一次开始看透并重新评估一些事情，是在奥帕-洛卡工作的时候，他们把从古巴独自来到这里的孩子带到那里。奥帕-洛卡是由耶稣会管理的。我一次又一次地问自己，是什么促使这些父母把他们的孩子单独送往美国……

有时我们会和美国退伍军人协会的女士们闲聊，她们对这些知道如何用刀叉吃饭的古巴白人很感兴趣……但他们最想听到的是我们如何，以及为什么会在那里的可怕故事：共产主义如何为了摧毁父母的权威，将我们送上前往俄罗斯的船只……我们会唱古巴歌曲，老太太们回家时都会哭泣。

必须说的是，美国人在利用古巴人：大规模移民，孤身前来的孩子……孩子们的离开，很大程度上被用作一种宣传手段。这些营地出来的孩子将是创伤的一代人……

这些描述，尽管带有一定的主观感情色彩，但令人深思。古巴的父母，正如孩子们所总结的，成了**骗局**的受害者，这是诡计，是谎言，因为对于孩子们来说，不论是被流放到苏联的营地还是被流放到美国的营地，二者之间的区别缺乏意义。营地的修女们曾经劝告她们的学生，总有一天他们会理解这个区别，但在孩子们看来，这些修女们同样也是**骗局**的受害者。这些孩子们自己，其中一些后来成了古巴之外、与流亡者社区疏远的古巴人。这些中年学者和作家，他们访问迈阿密时需要通过金属探测器的检查，他们当时认为，且至今仍然认为，他们是被美国政府"利用"和"操纵"的，是被美国政府当成"宣传手段"的受害者；这是一种"谈论美国政府"的方式，与每天在迈阿密流亡时所说的话别无二致。

迈阿密

12

"迈阿密的流亡者并不反共。"一位名叫卡洛斯·M. 路易斯的流亡者在晚餐上说。在流亡者家中，西班牙礼仪仍然盛行，当时大约是11点钟，这是晚餐的首选时间，餐桌上有九个人，八个古巴人和我。在卡洛斯·路易斯发言之前，大家已经进行了一番唇枪舌剑。大家的发言和插话节奏越来越快。现在则是一片沉默。"迈阿密的流亡者不是反共分子，"卡洛斯·路易斯反复表示，"我相信这一点，反共不是他们的动机。"

卡洛斯·路易斯是迈阿密古巴艺术与文化博物馆的馆长，是个有趣且复杂的人物。1962年，他和妻子开启流亡，决定在古巴发生文化重组后搬到纽约。这场文化重组是从查抄了奥兰多·希门尼斯·莱亚尔的纪录片《子午线往事》(*Pasado Meridiano*，即 *P. M.*) 开始的，最终导致菲德尔·卡斯特罗宣布只有得到革命支持的艺术才能被承认。此事在迈阿密被称为 "P. M. 事件"，哈瓦那陷入了一种对抗和折磨的旋涡，这与后来的流亡时期非常相似，对许多人来说，这是一个转折点。

当时的 P. M. 事件，禁止了一部展示哈瓦那 "颓废" 夜生活的电影。这事件几乎成为官方迫害同性恋者的证据，后来由流亡的奥兰多·希门尼斯·莱尔和拿过奥斯卡奖的摄影师内斯托·阿尔芒德罗斯在《行失当为》中进行了详细探讨。这件事导致了年轻的电影制片人内斯托·阿尔芒德罗斯被解雇。他的文章表达了对P. M.的赞赏，但却导致了哈瓦那每周杂志《波希米亚》被关闭，并由更亲政权方向的人重新组建。P. M.事件导致一些古巴艺术家和知识分子开始怀疑他们所珍视的东西是否还能在这场革命中找到容身之处；他们得出结论，正如卡洛斯·路易斯所说，"是时候离开了，留下已经没有意义。"

"第一批人离开是因为他们是巴蒂斯塔的追随者，"卡洛斯·路易斯一边说，一边伸手去拿一瓶酒，"第二批人离开是因为他们失去了财产。"卡洛斯·路易斯停了下来，往杯子里倒了一点。"然后，"他说，"感到不满的人们开始离开，因为他们连牙膏都买不到了。"

"你的意思是这些流亡者反卡斯特罗，但不一定反共产主义。"我们的东道主，一名流亡者，如此说道，似乎不是为了他自己，而是为了我澄清这一点。

"反卡斯特罗，是的，"卡洛斯·路易斯耸耸肩，"反卡斯特罗是不言而喻的。"

希望看到菲德尔·卡斯特罗在古巴下台，这本身并不构成一种政治哲学，这一点在流亡者之中得到了更大的认可，它的遗产是一种相当复杂的政治传统，而华盛顿倾向于把这个问题当作一种想法来接受，因此，古巴流亡者不仅被视为卡斯特罗的难民，而且被视为政治难民。事实上，迈阿密的流亡生活充满了政治区隔，但没有一个完全符合美国的立场。例如，迈阿密是我访问过的唯一一个经常听到一个市民将另一个人的立场描述为"长枪派"或"本质上是纳赛尔派"的美国城市。迈阿密有一些流亡者自认为是共产主义者，也有大量的流亡社会主义者，但他们只在反卡斯特罗这一问题上达成了一致。在迈阿密，有两个著名的流亡无政府主义者团体，许多成员还只有二十多岁，他们都反对卡斯特罗，我被告知，他们因为"性格差异"而彼此分裂，"性格差异"是古巴人对任何事情的解释，从餐桌上的争论到政变。

这些越来越晦涩的立场，源于欧洲和拉美的流亡生涯的传统，在南佛罗里达州却显得充满异国情调。这种紧张的城市氛围，并不能完全为当地的盎格鲁人所理解。他们将流亡者描述为"右翼"或者"极端保守主义"，坚信流亡者占据着政治谱系的一个固定位置，并对这种异乎寻常的行为感到惊异。的确，迈阿密有不少流亡者认为，在西半球，除了菲德尔·卡斯特罗（他被认为拥有恶魔般的权力）之外，最有效的现任政治领袖应该是智利的奥古斯托·皮诺切特将军和巴拉圭的阿尔弗雷多·斯特罗斯纳将军。事实上，即使是在那些不持有这种信念的流亡者的谈话中，这两个名字也经常出现，通常以"像"这

迈阿密

样的结构呈现，说话者试图通过宣称自己"对皮诺切特政府同样敌视"或"对斯特罗斯纳将军同样持坚定反对态度"来使听众感到缓和。还有一点是千真万确的，迈阿密有一些古巴人，最引人注目的是那些"烟草种植者"，他们在富尔根西奥·巴蒂斯塔倒台到安纳斯塔西奥·索摩查倒台期间，设法维持了他们在尼加拉瓜的业务，他们支持尼加拉瓜反对派的武装领导，不是因为他们与索摩查民兵有任何联系，而正是因为他们支持尼加拉瓜反对派的武装领导。

然而，在美国的政治光谱中，"右翼"这个词似乎并不适用。在美国，政治立场被理解为对共同目标所采取的略微不同的方法。这是一种不同的观点，认为政治对人类处境的影响至关重要，以至于在大多数美国人熟悉的政治词汇中，可能找不到适用的词汇。事实上，在迈阿密流亡社区中，几乎每一个有**意识**的成员，每天都在与其他成员进行所谓**意识形态对抗**，争论的内容和人们在**餐桌上**、**收音机**里，以及每周都会出现在西南8街的**廉价小报**上所激烈争论的问题别无二致。一切都在被阅读。有一天，有好几个人问我是否看过早上某篇文章，作者名字我不认识。原来，这篇文章并不是出现在《迈阿密先驱报》或《迈阿密新闻》上，不是出现在《先驱报》或《美洲日报》，也不是出现在任何时事小报上，

甚至不是《纽约时报》上，而是来自《时代报》——从波哥大寄来，晚一天才到。那些分析总是缜密而情绪激昂，晦涩的观点被"澄清"，并立即得到"回应"。比如，马德里的《国家报》上报道罗伯托·费尔南德斯·雷塔马尔在哈瓦那所说的某事，就可以在迈阿密的收音机上得到"回应"。这是一种清晨的思辨活动，每一个流亡迈阿密的成员都能积极参与其中。

有一天晚上，我与阿古斯丁·塔马尔戈聊了聊，他是一名流亡者，与著名流亡者，比如小说家吉列尔莫·卡夫雷拉·因凡特、诗人埃韦尔托·帕迪利亚，以及传奇的726运动的指挥官乌贝尔·马托斯等人一起出现在广播中，他称他们为"所有革命的人"。多年来，他们的广播吸引了社区中所有闲散的过度的敌意。阿古斯丁·塔马尔戈说："我的政治立场与这里大多数电台评论员不同。迈阿密有很多巴蒂斯塔的支持者。他们称我为共产主义者，因为我在《波希米亚》写作，对他们来说，那是一份左翼马克思主义报纸。实际上，也许它更接近中间派。"

1960年，阿古斯丁·塔马尔戈离开古巴开始流亡。那一年，反巴蒂斯塔运动中最具影响力的声音——《波希米亚》杂志暂停出版，并宣布"这是一场被出卖的革命"。离开哈瓦那后，他担任《波希米亚》流亡版的执行编辑。这本杂志最初在

纽约出版，阿古斯丁·塔马尔戈认为他拿的是 CIA 的钱。后来，他去了加拉加斯，据他称是与"不同的商业伙伴合作，与美国利益完全分离"，而"美国利益"这个问题在迈阿密仍然是一个持久的关注焦点。我记得有一次访问时，与我交谈的每个人似乎都在攻击或捍卫流亡作家、前政治犯卡洛斯·阿尔韦托·蒙塔内尔，他在马德里发表的一篇专栏文章引起了一些人的注意，他们认为这篇文章似乎暗示菲德尔·卡斯特罗可以被容忍，因为他们认为他能够脱离苏联的利益，但不会足够脱离美国的利益。有一位流亡者告诉我："蒙塔纳对待菲德尔的想法和里根对待菲德尔的想法完全一样。"即使那些在 1980 年和 1984 年大量投票支持罗纳德·里根的流亡者这样做，也不意味着他们认同里根与菲德尔·卡斯特罗达成秘密协议的信念，对他们来说，投票并不意味着支持这种做法。

实际上，在迈阿密，几乎每个星期都会有某个流亡者发言人在社区内部的非正式网络上受到指责或辩护，指责的内容是他们与美国利益没有足够的分离。有一周，有人说诗人豪尔赫·巴利斯与美国利益不够分离，因为他在古巴度过了二十年的监狱生活，并在迈阿密的广播节目中提出应该在美国和哈瓦那之间展开"思想交流"。另一周，有人说阿曼多·巴利亚达雷斯与美国利益不够分离，他的著作《反对一切希望》（*Contra Toda Esperanza*）描述他在菲德尔·卡斯特罗统治下被监禁二十二年的经历，现在出版了美国版本《反对一切希望》，人们认为他曾接受了美国国家民主基金会的支持。"接受美国的资金没有问题，"塔马戈在我们交谈的那天晚上说，他认为另一位流亡者得到了这笔资金，他热情洋溢地修正道，"接受中国的资金，或者接受其他任何形式的资金都没有问题。如果他们愿意给我钱，我会接受，但只是用来做我想做的事情，而不是他们想让我做的事情。这就是区别所在。"

在我们相识的时候，阿古斯丁·塔马尔戈正在迈阿密为 WOCN－联合电台做夜间广播，他被认为是一个古怪的人，甚至是一个堂吉诃德式的人物，甚至在电台内部也存在争议。这似乎是他对自己角色的理解。"每天晚上都有五万人听我的广播，"他说，"每天晚上我都说佛朗哥是个杀手。每晚我都说皮诺切特是个杀手。这里的大多数其他古巴评论员从不谈论皮诺切特。在这个节目中，人们谈论古巴的过去。我们说，也许革命前的事情并不像这里的人想得那么美好。但人们仍然在听。这让我觉得，也许流亡并不像共产党所说的那样片面。"

那个傍晚，我们坐在弗拉格勒大街的

迈阿密

WOCN-联合电台办公室里,外面的接待室里有一名持枪的保安,他稍后会陪同阿古斯丁·塔马尔戈走到他的车边。迈阿密是这样一座城市,在这座城市里,自从1976年一位名叫埃米利奥·米利安的评论员在 WQBA-"非常古巴"广播电台停车场被炸断双腿以来,每天晚上在广播中表达自己意见的人,对于回家的路都要多加留心。"听我说,"阿古斯丁·塔马尔戈说,"你确实能看到这里的变化。几年前,流亡者中没有人会承认古巴问题的任何解决方案可能来自内部。他们不愿听这个。现在他们承认了。他们承认古巴内部的叛乱可能导致军事解决方案,也就是一场政变。"阿古斯丁·塔马尔戈耸了耸肩,"这是一个真正的进步。几年前在这里,如果你说了这个,你就会立刻被杀掉。"

埃米利奥·米利安失去双腿是因为他在 WQBA-"非常古巴"迈阿密广播电台的一系列社论中暗示,流亡者继续在迈阿密街头相互轰炸和暗杀是适得其反。在1976年的美国城市中,有些美国人很难完全理解这种观点是令人反感的,因为他们习惯了官方对政治暴力的厌恶,但迈阿密的许多人却认为这种暴力是社会结构中不可避免甚至是必要的一部分。1982年,迈阿密市委员会投票向阿尔法66组织提供了一万美元的资助。尽管阿尔法66在迈阿密地区历史悠久,是一个固定的要素,是一个严肃的行动组织,但1978年众议院暗杀特别委员会坚信它是具有"动机、能力和资源"参与暗杀约翰·F.肯尼迪总统的二十个流亡团体之一。根据委员会的报告,该组织"可能与肯尼迪遇刺案中的人物有关,特别是李·哈维·奥斯瓦尔德"。在1983年的一次会议上,同样是迈阿密市委员会宣布3月25日为"奥兰多·博施博士纪念日",以纪念这位迈阿密的儿科医生。他因策划1976年在巴巴多斯海域附近炸毁一架古巴DC-8客机而被关押在加拉加斯的圣卡洛斯监狱,那次爆炸导致73名乘客全部遇难,其中包括古巴国家击剑队的24名成员。

奥兰多·博施的案子很有趣。在1960年7月搬到迈阿密之前,他曾是726运动在拉斯维拉斯省的负责人。他在迈阿密的第一个月,帮助成立了一个名为 MIRR 的叛乱组织,"起义革命复兴运动",这个组织在当年8月份变得出名,当时卡斯特罗的四名军官和一百名士兵发起叛变,并在拉斯维拉斯山区拿起武器。在接下来的几年里,奥兰多·博施因多次因涉嫌参与 MIRR 活动而被逮捕,但直到1968年,他一直被无罪释放。1968年,他因在迈阿密港炮击一艘波兰货船而最终被联邦定罪,并被判处十年监禁,四年后假释。1974年,在迈阿密,奥兰多·博施因涉嫌暗杀一名流亡领袖而被传讯,他违反假释规定,逃离美国。

在1976年的古巴爆炸案中,总共有四名古巴流亡者被委内瑞拉指控。其中两人被指控在飞机上放置了炸弹,另外两人,其中一人是博施医生,另一人是2506旅成员路易斯·波萨达·卡里莱斯,被指控策划或安排了这次炸弹袭击。由于路易斯·波萨达·卡里莱斯恰好是委内瑞拉秘密警察DISIP的前任行动主管,因此古巴航空公司案对于委内瑞拉来说是一个敏感的问题。经过了十年看似拖延的行动后,奥兰多·博施于1986年被委内瑞拉法官宣判无罪,法官指出在飞机实际坠毁时,"奥兰多·博施并未与被指控放置炸弹的两名男子在一起",而这两名男子已被判有罪。这使得这个案件更加复杂。至于第四被告路易斯·波萨达·卡里莱斯,由于他在前一年从距离加拉加斯西南方六十英里的圣胡安德洛斯莫罗斯监狱逃脱(据报道,这得到了2.86万美元的贿赂资助),随后似乎在圣萨尔瓦多的埃斯卡隆地区出现,住在一所租来的房子里,并在以"拉蒙·梅迪纳"的名字在伊洛潘戈空军基地从事秘密的反对派供应行动。

"拉蒙·梅迪纳"这个名字于1986年底开始出现,当时奥利弗·诺斯中校和理查德·V. 塞科德少将组织的反政府军供应网络的第一批细节已经为人所知,有人猜测,他在伊洛潘戈的工作是由费利克斯·罗德里格斯安排的,他又被称为马克斯·戈麦斯,而后者又被副总统乔治·布什的办公室推荐为萨尔瓦多武装部队的顾问。美国副总统乔治·布什的发言人说:"有人问我们布什先生是否曾经认识或认识拉蒙·梅迪纳。""答案是否定的。同样的答案也适用于拉蒙·波萨达或任何其他名字或别名。"几周后,在迈阿密举办了奥兰多·博施的画作展览,展出了大约六十幅油画,价格从二十五美元到五百美元不等,取了《古巴南部海岸》和《热带的黄昏》之类的标题。展览供应茶、三明治和葡萄酒。释放奥兰多·博施委员会主席指出,这些画有一些共同的主题:门、道路、水体不断地打开;这位画家"一直在寻找通往自由的道路"。(路易斯·波萨达·卡里莱斯的委内瑞拉风景油画一年前曾在迈阿密展出。)奥兰多·博施本人仍在加拉加斯的监狱中,等待着另一个需要谈判的障碍,即确认他的无罪释放。从美国的观点来看,他仍然是一名在逃的恐怖分子,如果他试图重新进入美国,就会因违反假释规定而面临立即逮捕。

一个美国城市的政府机构竟然宣布要以"纪念日"表彰一个历史如此扑朔迷离的人,这在美国的大多数地方可能会引起市民深深的不满,但迈阿密是一个特殊的社区,正如《先驱报》在1985年指出的

迈阿密

那样，该社区中有相当比例的人仍然将奥兰多·博施视为英雄。一封给《先驱报》的信抱怨道："你们说'许多流亡者认为博斯是英雄'是错误的。""不仅仅是'很多'，正如你所说的，所有的古巴流亡者都认为博施医生是如此正直的人，如同兰博一样的英雄，即使假设多年前那起共产主义飞机坠毁的指控是真实的，博施医生也只是想用同样的手段还击那些每天在世界各地轰炸、杀戮和伤害无辜公民的国家敌人，包括坐在轮椅上的老年游客。"当人们提到奥兰多·博施时，通常会营造出一种**男子气概**的氛围。"大多数人说得多，做得少，"一位名叫科斯梅·巴罗斯的流亡者在加拉加斯宣判后告诉《先驱报》，"大多数人说得多做得少。""博斯做的比说的多。""他是每个男人都应该成为的样子，"一位名叫诺玛·加西亚的流亡者告诉同一位记者，"如果我们有更多像他这样的男人，今天的古巴将会是自由的。"

奥兰多·博施和路易斯·波萨达·卡里莱斯的案子，以及古巴航空DC-8的爆炸事件，一直都很复杂，就像世界上这个地区的大多数故事一样，不仅仅有一个敏感的联系。除了路易斯·波萨达·卡里莱斯与委内瑞拉秘密警察之间的联系外，还有路易斯·波萨达·卡里莱斯和奥兰多·博施与美国政府之间也有明显的联系。根据《迈阿密先驱报》获得的一份1977年CIA文件，后来被称为拉蒙·梅迪纳的路易斯·波萨达·卡里莱斯在猪湾事件之前接受了CIA的爆破和武器训练，于1965年正式加入CIA，曾在危地马拉短暂工作，然后转移到委内瑞拉和DISIP，最后在1974年辞去了DISIP行动主管的职务。根据《先驱报》引用的

1977年文件，路易斯·波萨达·卡里莱斯一直在CIA的薪水名单上。

根据1978年众议院暗杀特别委员会释放的CIA和FBI备忘录，以及员工采访，奥兰多·博施本人曾在二十世纪六十年代初期与CIA签约，并与古巴反共军的埃维利奥·杜克一起在霍姆斯特德（是佛罗里达州群岛前的最后一个城镇）管理一个训练营。奥兰多·博施告诉众议院委员会的工作人员，他很快就开始认为这个霍姆斯特德的训练营是"徒劳的尝试"。用委员会的话来说，他开始怀疑这种由CIA赞助的营地，仅仅是"让流亡者**保持忙碌**的一种手段"。他说，他在CIA的联系人"私下和非正式"地证实了这一怀疑。

这是南佛罗里达州的一种奇特气候，自1960年以来一直如此。信号似乎变得混乱。传输似乎遭遇干扰。某种大气异常似乎创造出了诡谲多变的镜面效果，其中那些被**保持忙碌**（或处置）的人（或人员、线人）和那些可以被**战略部署**（或使用）的人，看起来就像同一个人，他们的形象会随着聚光灯和华盛顿的遥远议程而不断变化。有时，甚至那些被**保持忙碌**（或被**战略部署**）的人和那些实际主导遥远议程的人，看起来也像同一个人，至少这些镜像在开口说话时是这样的。1978年，奥兰多·博施对《迈阿密新闻》说："必须用暴力对抗暴力。有时你无法避免伤害无辜的人。"同年，理查德·赫尔姆斯（奥兰多·博施在霍姆斯特德管理训练营时，他在华盛顿主导CIA行动）在众议院暗杀特别委员会上说道："我想指出一点，因为我们深陷其中。当一个政府试图推翻另一个政府，而该行动成功时，总会有人被杀。"

13

在1985年和1986年,迈阿密流亡者传言古巴政变将在三四年内发生,会有"内部解决方案""军事解决方案"——正如阿古斯丁·塔马尔戈在WOCN-联合电台办公室里与我聊天时所提到的。在1985年和1986年,迈阿密流亡者也传言,说政变不会发生。在1985年和1986年,迈阿密流亡者还有传言,说如果政变发生,它将沿着反苏联的路线进行,并可能始于某些古巴军事学校的军官中,而这些学校没有被派遣苏联教官。然而,这次政变永远不会发生。1985年和1986年,我在流亡的迈阿密与各种人交谈过,他们说这次政变永远不会发生的原因是,"美国想要一个它能控制的古巴",因为"政变意味着一个新的局面",以及"在政变之后的变化局势中,他们会比共产主义者更加憎恨美国"。

美国永远不会允许发生政变,但实际上到了二十世纪八十年代,政变已在流亡者的剧情中取代了美国永远不会允许的入侵,直到有更具体的事情发生(这一情节的叙述框架,即尼加拉瓜反政府武装计划被遗弃的情节,当然已经预先安排好了),它继续被视为流亡者被美国政府背叛、利用和操纵的主要故事线索。与我交谈的许多流亡者引用了欧米茄7号的审判作为华盛顿继续背叛的证据,这让人感到相当不安。其他人引用了里根政府试图驱逐所谓的"马列尔被排除者"的行动,这些难民的犯罪记录通常是美国移民政策驱逐或拒绝入境的理由。包括阿古斯丁·塔马尔戈在内的许多人引用了马尔蒂电台,关于这一点,流亡者社区似乎存在着相当大的争议。"马尔蒂电台是美国之音的一个部门,"我们在他的WOCN-联合电台办公室见面的那天晚上,阿古斯丁·塔马尔戈说道,"这让我确信,当美国政府与菲德尔·卡斯特罗达成协议时,马尔蒂电台会说'阿门'。"

当时我在迈阿密待的时间不长,还没有接触到当地对马尔蒂电台的看法,认为这是美国政府欺骗流亡社区的另一种方式。我对阿古斯丁·塔马尔戈说,我不太明白。我说,我相信许多其他美国人,包括我在华盛顿交流过的几位朋友——他们参与了国会审议马尔蒂电台立法时的相关议题,他们都倾向于认为马尔蒂电台是迈阿密流亡社区特别想要的东西。我说我实际上见过迈阿密的流亡者,比如豪尔赫·马斯·卡诺萨,他曾竭尽全力促成马尔蒂电台的法案。

"有钱人。"阿古斯丁·塔马尔戈说。

我承认这可能是真的。

"同样是一些有钱人,他们是共和党人。听着。我讨厌共产主义者,但我更讨厌其中一些流亡者。"阿古斯丁·塔马尔戈在这个问题上像是一只叼住骨头不放的狗。"正是因为他们,我们才在这里度过了这么多年。如果像切·格瓦拉这样的人站在我们这一边,我们早就回到古巴了。然而,我们没有切·格瓦拉,而是有了马斯·卡诺萨。我很抱歉。我提到他只是因为他是最富有的人之一。"

这是流亡者谈话中常见的转向人身攻击的情况之一。我知道社区内部存在一种对豪尔赫·马斯·卡诺萨及其支持者(古巴裔美国人国家基金会)领导权的抵制情绪。我也知道这种抵制部分是源于公开定罪的事实:古巴裔美国人国家基金会这个团体比一般的迈阿密流亡者更能理解让美国国会议员容易失去兴趣的说辞,认为在美国政治体制内开展工作,是实现流亡目标的最佳途径;换句话说,袭击古巴和在迈阿密港口炮击苏联船只的时代已经过去了。然而,即使是针对人身攻击,即使是考虑到豪尔赫·马斯·卡诺萨和古巴裔美国人国家基金会在马尔蒂电台方面做出了巨大贡献,关于"马尔蒂电台"作为美国背信弃义的证据的观点对我来说仍然难以理解,所以我当时向另一位流亡者寻求帮助,他是当晚加入我们的年轻人丹尼尔·莫卡特。

"我非常不同意奥古斯丁对于马尔蒂电台的观点,"丹尼尔·莫卡特说道,然后恭敬地补充,"但是整个流亡社区在这个问题上是分裂的。"丹尼尔·莫卡特的妻子吉娜是一位作家,同时也是古巴艺术与文化博物馆馆长卡洛斯·路易斯的助理。1971 年，他离开古巴时只有十四岁，花了四年时间在马德里生活，自那以后（除了 1979 年回到马德里为卡洛斯·阿尔贝托·蒙塔纳工作的一年），他一直住在迈阿密。我们相遇时，他在 WOCN-联合电台工作，同时在圣托马斯大学教授哲学。圣托马斯大学是由奥古斯丁兄弟在迈阿密创办的，曾隶属于哈瓦那的维拉纽瓦大学。他们自称为哲学无政府主义者。那天晚上，他特别强调自己"不是行动派"，但在某些特定时刻和条件下，他支持采取行动。他说自己是"言辞之人"，他选用言辞非常谨慎。

正如这可能表明的那样，丹尼尔·莫卡特对马尔蒂电台和古巴裔美国人国家基金会的立场（也就是说，我开始看到的，他对在美国体制内工作的立场）是微妙的，甚至是矛盾的。他对马尔蒂电台的担忧足以让他拒绝接受一份马尔蒂电台的工作——这在迈阿密被视为一种特别异国情调的赞助形式，而且他在几个关键问题上与那些在华盛顿工作的同龄人有所不同——他们既为马尔蒂电台工作，也为古巴裔美国人国家基金会工作。尽管他说他并不是一个行动派，但丹尼尔·莫卡特确实认为，现在是对古巴政府采取实际行动的好时机，而古巴裔美国人国家基金会明确不认同这一观点。他还相信，进行这类行动的团体不仅应该寻求美国的支持，还应该寻求其他国家的支持。

尽管如此，在某些特定条件下，他原则上同意与他这一代一些华盛顿流亡者，比如马尔蒂电台的拉蒙·梅斯特和古巴裔美国人国家基金会当时的主任弗兰克·卡尔松，他们认为流亡者有可能与美国政府共存，甚至影响美国政府。"我认为美国政府的许多目标非常正当，"丹尼尔·莫卡特说，"很多古巴人也这么认为。因此，他们相信他们可以利用美国政府而不损害他们自己的理想。这就是古巴裔美国人国家基金会的许多人所相信的。"

"他们相信宣传。"阿古斯丁·塔马尔戈打断了他的话。

"我碰巧认为像弗兰克·卡尔松这样的人是根深蒂固的民族主义者，"丹尼尔·莫卡特坚持说。"我相信他认为他正在利用美国政府。"他停顿了一下，耸了耸肩。"当然，美国政府也对他有同样的看法。"

阿古斯丁·塔马尔戈一直很有耐心。"看，马尔蒂电台是美国外交政策的工具。"他用手指点了点，"美国政府决定要与卡斯特罗共存，第二天，我们的马尔蒂电台就会播放一篇长篇报道，讲述我们与美国政府的合作。我们在这件事上没有发言权。在里根政府中更是如此。里根政府在古巴只有一个目标，那就是将卡斯特罗与莫斯科分开，而不是推翻卡斯特罗。他们把在这里说要推翻卡斯特罗的人都关进监狱，他们把欧米茄 7 号也关进了监狱。我们被教导要扔炸弹，要与各种**无赖**合作，然后他们把我们扔进了监狱。我们对此无能为力。现在什么都没发生。没有爆炸，海关排队时没有冲突，没有税收，没有恐怖主义，**什么都没有**。"

我猜想阿古斯丁·塔马尔戈所说的"没有税收"，是指现在的流亡社区没有像过去那样努力从每个流亡者那里征集一部分收入来资助针对古巴的行动，至于他所说的"海关排队时没有冲突"是什么意思，我不知道具体指的是什么，因为他当时厌恶得几乎说不出话来，所以我也没有问。最后，阿古斯丁·塔马尔戈反复念叨着："在里根（政府）时期，**什么也没有**。"

许多流亡者对我说，在里根政府统治下的迈阿密，"什么都没有"。他们所说的"什么都没有"，似乎意味着每天或多或少都没有国内恐怖主义的威胁，但他们说这个"什么都没有"时，似乎只是一种暂时的停顿，一种不确定持续时间的中断，而这种中断就像是一场熟悉的演出中不确定时长的中场休息。在迈阿密，人们普遍认为里根政府通过某种方式成功地使一些流亡者相信，里根政府对"自由斗士"的承诺也延伸到了他们身上，从而某种程度上掌控了流亡行动。在迈阿密，人们还普遍感觉到，里根政府所采取的行动只是另一种镜子戏法，就像另一个霍姆斯特德营地一样，或者说是路易斯·波萨达·卡里莱斯及其多重替身的另一种临时控制，因此这种情况可以预见将会结束。一些流亡者带着相当不祥的预感谈到，在他们看来，该社区错误地希望相信一种历史上值得怀疑的观念，即从长远来看，它的利益将与华盛顿的利益一致。一些流亡者认为，这种相信的愿望，或者更确切地说，这种愿望将悬置怀疑，从未有过且现在也绝不存在一个开放的入场券，流亡者和华盛顿的利益将再次出现分歧，而且分歧很大。

这些流亡者看到，当这种情况发生时，他们所熟悉的挫败感会重新燃起，他们的愤怒只会暂时得到发泄；换句话说，他们看到镜子把戏中蕴藏着另一个故事，可以用来说明古巴流亡者被美国政府背叛、利用、操纵的情况。"如果一些古巴人试图在美国重新制造政治暴力，我不会感到惊讶。"丹尼尔·莫卡特说，那天晚上我们在阿古斯丁·塔马尔戈的 WOCN-联合电台办公室见面。他当时在谈论他所看到的里根政府不愿直接对抗菲德尔·卡斯特罗的倾向。"这里存在一个非常明显的危险，但没有人指出。如果有其他类似欧米茄 7 号的组织冒了出来，我不会感到惊讶。"

迈阿密

我曾问过劳尔·马斯维达尔，那天我在他凉爽的办公室里见到他，墙上贴着一张海报上写着：**你无法通过使一个人沉默，而让他转变信仰**。我问他是否相信，如果华盛顿和迈阿密的利益存在认知上的分歧，即迈阿密普遍认为政府将再次背信弃义，会导致流亡者的行动再次出现。劳尔·马斯维达尔看着我，耸了耸肩。"这种行动今天就在这里。"他说。我也问过路易斯·劳雷多同样的问题，他当时是劳尔·马斯维达尔在迈阿密储蓄银行的总裁，同时也是古巴裔民主党人的主席，或许是戴德县35%古巴选民中最为活跃和显眼的成员。路易斯·劳雷多点了点头，然后摇了摇头，仿佛这个问题不值得考虑。"昨晚我正在谈论这个问题，"他最终说道，"跟一些共和党人。"那天我们在午餐时对坐着，我看着路易斯·劳雷多切他的鱼。"我们有一种聚会，"他接着说，"我对他们说，听着，当这一天到来时，我会支持你们。因为他们会失去所有的信誉。就像希腊的悲剧一样。当它发生时，事情就是这样。"

"那些攻击我的电台人士只是为了追求收视率。"卡洛斯·路易斯说。有一天，我在古巴博物馆遇到他，我们在第8街马拉加餐厅的庭院里四处闲逛，吃点东西，喝杯咖啡，当时正下着雨。"这就是为什么我从未回应他们。我和阿古斯丁·塔马尔戈一起做过节目，效果不错，但我从不回应那些攻击。"

那天的雨把马拉加庭院树上挂着的彩色玻璃和镜子碎片吹得到处都是，还溅到了遮蔽我们桌子的屋檐上。我们一直在笼统地谈论左翼和右翼的行动，卡洛斯·路易斯说他开始怀疑沉默是不是唯一合乎道德的政治回应。几个星期前，在阿尔贝·加缪逝世二十五周年之际，他在《先驱报》上发表了一篇反思加缪的文章，这篇文章的潜台词就是这样，而"电台文人"正在对这个潜台词作出反应，在迈阿密，似乎没有什么话题是因为太遥远或太深奥而不能成为AM广播数小时激烈辱骂的焦点的。

"无论如何，这就是这里的情况，"卡洛斯·路易斯说道，"情况非常混乱。一开始攻击我的那个人完全没有能力讨论加缪的立场。这是非常悲惨的一件事。因为加缪面临的选择根本不是选择。在右翼恐怖主义和左翼恐怖主义之间做出选择对他来说是难以理解的。也许他是对的。随着时间的流逝，我开始认为那些无法做出选择的人比那些做出选择的人更正确。因为没有干净的选择。"

卡洛斯·路易斯心不在焉地用手指敲着湿漉漉的金属桌子。从马拉加餐厅走到第7街的那间小屋是可能的，爱德华多·阿罗塞纳就是在那里被逮捕的,他带着伯莱塔、勃朗宁手枪、AR-15、乌兹冲锋枪和目标名单。也可以从马拉加餐厅走到停车场,埃米利奥·米利安在那里失去了双腿,因为他在WQBA-"非常古巴"广播电台节目上暗示,流亡者继续在迈阿密街头相互轰炸和暗杀是适得其反。那天早上,在我去古巴艺术与文化博物馆的路上,我在一家店面的窗户上注意到了这张海报:**尼加拉瓜的今天,古巴的明天!支持自由战士基金。萨图尔尼诺·贝尔特兰指挥部。自由战士基金,邮政信箱661571,佛罗里达州迈阿密斯普林斯33266。2506旅军事指挥部,邮政信箱4086,佛罗里达州海利亚33014。**

一年半后,尤金·哈森弗斯[a]乘坐的南方航空运输公司飞机C-123K在尼加拉瓜境内坠毁。从罗纳德·里根首次就职典礼到C-123K在尼加拉瓜境内坠毁的这段时间,"没有"什么事情发生,但当然也有"一些"事情发生,这是二十世纪八十年代初迈阿密特有的事情,但让人联想到迈阿密二十世纪六十年代初的事情,某些熟悉的词汇和短语再次出现在其中。在迈阿密,人们再次听到有关"培训"、空运包机、伪装货运清单,以及雇用飞行员执行从迈阿密到中美洲"某处"的单程航班等内容。在华盛顿,人们再次听到有关双轨战略、秘密渠道和替代性途径的说法,以及罗伯特·C.麦克法兰(时任里根政府国家安全事务顾问)在1985年《华盛顿邮报》中的言论。麦克法兰描述了这种做法的几个方面,包括对"政策的延续性""与事态发展保持密切联系的国家利益""不背叛自由斗士的信仰",而这又可以归结为"明确表明美国相信他们的做法"。

在1985年春季的迈阿密,要想确切地表明美国"相信自由斗士的做法"涉及哪些具体的行动,还难以有详细的了解,但很明显的是,一些古巴人已经知道了一些细节。迈阿密附近的一些古巴人后来会说,他们是如何碰巧与尼加拉瓜反政府武装作战的——1985年春季,他们是在由2506旅军事领导的埃弗格莱兹沼泽地区的营地接受的"训练"。还有一些古巴人后来会说,他们是如何碰巧加入尼加拉瓜反政府武装的——1985年春天,他们是在马拉加以西几个街区的第8街小公园里"被招募"的。虽然当时并未发生什么具体行动,但某些熟悉的期望被提了出来。1985年春天,在迈阿密第8街的马拉加

---

a Eugene H. Hasenfus(1941—),一名前美国海军陆战队队员,曾代表美国政府帮助尼加拉瓜右翼反叛武装运送武器。

迈阿密

庭院里，谈论左翼恐怖主义和右翼恐怖主义之间的选择，似乎并不完全是一种投机活动。"根本没有选择。"卡洛斯·路易斯当时说。

14

现在我想起镜子戏法，想着其中可能包含的内容，思考挫折如何被点燃，怒火如何被释放，我想到了吉列尔莫·诺沃，也就是比尔·诺沃。吉列尔莫·诺沃是FBI特工、联邦检察官和美国东海岸各类"恐怖主义专案组"成员所熟知的人物，他与其兄伊格纳西奥·诺沃一起，两个流亡者在1964年首次引起全国注意。当时他们在切·格瓦拉演讲期间，向联合国发射了一枚未爆炸的"巴祖卡"火箭弹。这里有一些滑稽元素（四面受敌的两兄弟在一条小船上上下颠簸，炮弹扑通一声落进东河，没有造成任何伤害），而且，这是许多美国人认为拉美裔本质上很有趣的时期，是一个口音笑话，这件事通常被宽容对待，成为新闻的喜剧注脚。然而，随着时间的推移，诺沃兄弟的名字开始出现在不那么滑稽的脚注中，例如，众议院暗杀特别委员会就约翰·F.肯尼迪遇刺案的1978年调查报告的第十卷，第93页这样写道：

（67）1978年5月31日，玛丽塔·洛伦兹提供的免责声明，由众议院刺杀特别委员会主持的听证会。洛伦兹曾公开声称她曾是卡斯特罗的情妇（《迈阿密新闻》，1976年6月15日），她告诉委员会，她曾出席了1963年9月奥兰多·博施在迈阿密家中举行的会议，李·哈维·奥斯瓦尔多、弗兰克·斯图吉斯、佩德罗·迪亚

迈阿密

兹·兰斯和博斯计划前往达拉斯的会议……她还做证，1963 年 11 月 15 日左右，她和杰里·帕特里克·海明、诺沃兄弟、佩德罗·迪亚兹·兰斯、斯图吉斯、博斯和奥斯瓦尔多乘两辆车队前往达拉斯，并住在一个汽车旅馆，他们在那里被杰克·鲁比联系上了。汽车旅馆房间内有几支步枪和瞄准镜……洛伦兹说，她在 1963 年 11 月 19 日或 20 日左右回到了迈阿密……委员会未找到支持洛伦兹指控的证据。

吉列尔莫·诺沃本人是在 1979 年的一场审判中被定罪的，该审判以古巴被告与智利秘密警察 DINA 之间的联系为基础，他们被指控参与了在华盛顿对前智利外交官奥兰多·莱特利尔和与他同车遇难的美国政策研究所研究员罗尼·莫菲特的暗杀。这一判决在上诉中被推翻（上诉法院裁定，两名监狱线人的证词被不当承认），在 1981 年的重审中，联邦检察官拒绝了辩方提出的认罪协议——是罪名较轻的阴谋罪，再加上吉列尔莫·诺沃的辩护律师提供所谓的"甜头"——吉列尔莫·诺沃"承诺"，他将"制止古巴流亡者在美国的一切暴力行为"，吉列尔莫·诺沃被宣告无罪。

1985 年某个星期一的早上，我在迈阿密的 WRHC-蓝色电台接待室等人时，碰巧遇到了吉列尔莫·诺沃。这个电台的呼号代表古巴哈瓦那广播电台。这次会面既不重要，也不具有任何意义。一个自称"比尔·诺沃"的男子突然出现在我身边，我们简短聊了几分钟，彼此介绍了一下自己的个人经历。他说，他注意到我正在阅读挂在接待室墙上的一封信。他说，他是 WRHC 的销售经理，只在迈阿密住了三年。他说，他自 1954 年以来一直住在美国，大多数时间在纽约和新泽西州。他身材矮小，面部轮廓清晰，穿着一套白色的热带西装，英语带有新泽西州口音，他给人一种似乎能在旁边迅速出现或消失的印象。他从里面的办公室出来，然后又悄悄溜回里面的办公室，他给了我名片后就躲到里面去了。在古巴迈阿密，交换名片或多或少是一种固定的仪式。名片上写着：**吉列尔莫·诺沃·桑波尔，真相公司经理，WRHC-蓝色电台。**

在迈阿密的一个星期一早上，竟然能与诺沃兄弟之一有如此散漫的相遇，这对我来说似乎很不可思议。也许是因为我还不习惯这样的节奏：与智利国家情报局（DINA）打交道，以及对达拉斯汽车旅馆房间的毫无根据的指控，都可以被纳入美国的工作日里。那个星期晚些时候，我询问一个流亡的熟人，他对 WRHC 很熟悉，我问他那里的销售经理吉列尔莫·诺沃是否就是那个在莱特利尔暗杀案中受审的吉列尔莫·诺沃。我的熟人不以为然地说：

"莱特利尔案已经最终宣判无罪。"但我坚持认为,他们是同一个人。我的朋友不耐烦地耸了耸肩,不是因为他觉得最好不要提起这件事,而是因为他不太明白这有什么意义。"比尔·诺沃一直是一个行动派,"他说,"是的,当然。"

在迈阿密成为行动派是会得到多方鼓励的。在WRHC-蓝色电台接待室的墙上,销售经理是吉列尔莫·诺沃,偶尔担任评论员的是菲德尔和劳尔·卡斯特罗的疏远姐妹胡安妮塔,最受欢迎的脱口秀节目主持人是菲利佩·里维罗,他的家族从1832年到1960年在哈瓦那出版了影响力巨大的《航海日报》。1986年,由于他坚持认为大屠杀没有发生,只是捏造出来"诽谤和分裂德国人民",引发了一场争议。之后,他从WRHC-蓝色电台转到了WOCN-联合电台。在1985年那一列里,挂着一封装裱好的信,这是吉列尔莫·诺沃在那个星期一早上第一次出现时提到的信。这封信的日期是1983年10月,由美国总统签署,信中写道:

我从贝基·邓洛普(大概是贝基·诺顿·邓洛普,后来跟随埃德温·米斯进入司法部的白宫助理)那里得知了WRHC正在进行的杰出工作。许多听众也联系过我,称赞你们的新闻报道和社论。你们才华横溢的工作人员为听众提供了充分的信息,值得特别表扬。

当然,我非常高兴的是,你们正在翻译和播出我每周讲话的西班牙语版本。这很重要,因为你们的信号可以传达给古巴人民,他们严格控制的政府媒体压制了任何卡斯特罗和他的共产主义爪牙不想让人民知道的任何新闻。WRHC为所有听众提供了巨大的服务。继续努力,上帝保佑你们。

罗纳德·里根

我第一次在WRHC墙上注意到这封信,并通过阅读它引起了吉列尔莫·诺沃的注意,这封信让我感兴趣,因为在那之前的那一周,我一直在回顾政府关于马尔蒂电台的论点,这些论点都是建立在将光明投射到彻底黑暗中的比喻之上,但没有提到古巴人民似乎在迈阿密的WRHC-蓝色电台上收听这些每周讲话。后来,这封信让我感兴趣,是因为我开始回顾这些每周广播讲话本身,我发现了一篇罗纳德·里根1978年的讲话,当时他还不是总统,他在信中表示,他对皮诺切特政府或被起诉的"古巴反卡斯特罗流亡者"表示怀疑,其中一个人就是吉列尔莫·诺沃,与莱特利尔谋杀案并非无关。

相反,罗纳德·里根曾怀疑("我

不知道答案，但这是一个值得提出的问题……")奥兰多·莱特利耶与"马克思主义者和极左派事业"的联系是否导致了他被暗杀，使他如剧本所描述的那样"被他自己的主人谋杀了"。这里的情节是这样的：罗纳德·里根在1978年推理，"活着"，奥兰多·莱特利耶"可能会被迫妥协；死了，他就可以成为一名烈士。左翼毫不犹豫地把他变为一个烈士"。实际上，这个关于莱特利耶暗杀的版本最初是由北卡罗来纳州参议员杰西·赫尔姆斯提出的，他曾在参议院上告诫他的同事，怀疑皮诺切特政府在莱特利耶案中是"不可信的"，因为恐怖主义"通常是左派的有组织工具"，但里根的重新解释本身也是有趣的，这种说法后来变得司空见惯，即事件可以被修改，使其成为意识形态的例证。

"好莱坞没有黑名单，"罗纳德·里根在1980年竞选期间对《洛杉矶时报》的罗伯特·希尔说，"好莱坞的黑名单，如果有的话，是共产党人提供的。1983年，罗纳德·里根对三十六名华盛顿高中生谈起萨尔瓦多敢死队时说："我现在要表达一个我以前从未公开说过的怀疑，我不知道这一切是否都是右翼所为，或者那些游击队员是否意识到，通过渗透到圣萨尔瓦多等地的城市，他们可以逃脱这些暴力行为的责任，帮助推翻政府，右翼将为此受到指责。""新的情报显示，"罗纳德·里根在1986年3月通过无线电告诉星期六的广播听众，解释为什么他要求国会提供"尼加拉瓜自由斗士"所谓的"反击手段"，"共产主义内政部长托马斯·博尔赫正在进行一场残酷的运动，试图败坏自由斗士的名誉。你看，博尔赫的共产党特工穿着自由斗士的制服，进入乡村，谋杀和肢解普通的尼加拉瓜人。"

这样的故事被时任白宫联络主管的大卫·格根称为"民间艺术"，是总统"试图告诉我们社会如何运作"的方式。白宫工作人员中的其他成员把这些故事描述为总统的"想法"，把它们置于亲切的框架中，就像长辈随意的沉思一样，但它们远不止于此。首先，它们从来不是随意的，而是系统的，并且相当有活力。这些故事讲到了一个单一的观点。这些故事所用的语言不是政治辩论的语言，而是广告的语言（如"新的情报显示……"和"现在已经了解到……"，以及另一个引起我注意的结构，它出现在1984年全国宗教广播协会的一次演讲中，"医学科学家证实……"），这是销售策略的语言。

这不仅仅是措辞上的粗俗。当有人将奥兰多·莱特利尔称为"被他自己的主人谋杀"，或者称将WRHC的信号传达给哪些被"卡斯特罗及其共产主义爪牙"剥夺了信息的人民，或者称将"共产主义内政部长"的"共产主义特工"穿上"自由战士制服"伪装自己时,这些人并不是在辩论一个案例,而是在依赖听众愿意进入汉娜·阿伦特所称的"完全虚构的世界的可怕宁静"。当我在 WRHC-蓝色电台接待室遇见吉列尔莫·诺沃时,我把白宫的表扬词抄写到我的笔记本上,后来我把它打出来贴在自己办公室的墙上,作为一个提醒,提醒我高层华盛顿所说的话与迈阿密实际情况之间的距离,华盛顿高层谈论的是制造那些姿态、传递那些信息、起草那些立场,以维持那个虚构的世界,他们谈论的是双轨战略、替代性途径和特别小组(增强版),谈论的是"不背叛信仰"和"明确表态",而在迈阿密听到的则是实际的后果。

在许多方面,迈阿密事件仍然是我们在后果方面最生动的一课。1962年,约翰·F. 肯尼迪在橙碗体育场说:"我可以向你们保证,这面旗帜将在自由的哈瓦那归还给这个旅。"(这是"虚假的承诺",是"不在剧本中"的承诺,是"在当时的情绪下"做出的承诺。)这是一种抽象表达,是一种集体愿望的修辞表达;一种诗意,当然不会引发任何实际行动。"我们不会允许苏联及其在哈瓦那的帮凶剥夺他人的自由。"罗纳德·里根在1983年的戴德县礼堂上说(礼堂内有2500人,外面有6万人,12次起立鼓掌,与豪尔赫·马斯·卡诺萨和其他203名临时的忠实粉丝在得克萨斯角享用了**烤鸡**午餐),然后罗纳德·里根——这位自约翰·F. 肯尼迪以来首位为了寻求古巴支持而访问迈阿密的美国总统,补充道,"总有一天,古巴会重获自由。"

当然,这只是更多的诗意,又是同样的集体愿望的修辞表达,但罗纳德·里根就像之前的约翰·F. 肯尼迪一样,在这里对那些历史经验告诉他们诗歌无法改变现实的人们说话。我在迈阿密度过的头几个晚上,我住在布里克尔大道上阿基坦托尼卡建筑中的一间充满艺术气息的公寓里,一个午夜,我们围坐在**土豆炖牛肉**旁边,听几个流亡者谈论华盛顿的言论与迈阿密的行为之间的关系。这些流亡者都受过良好的教育。他们博学多识,游历广泛,是比迈阿密或华盛顿更大世界的舒适公民,他们穿着精心剪裁的西装和法式礼服,对纽约、马德里和墨西哥感兴趣。然而,那天晚上在俯瞰比斯坎湾的昂贵公寓里,他们所说的话却源自一种近乎原始的无助,一种退行性的愤怒,因为在这些流亡者看来,他们一再被美国政府利用和背叛。"让我告诉你一件事,"其中一个说,"他们谈论**古巴恐怖分子**。他们所谓的**古巴恐怖分子**就是他们训练出来的家伙。"

这并不是一般流亡者对政府的抱怨,政府本可以接受他们的斗争,但却没有。

这是一份更具体的诉状，控诉所涉政府实际上已经采取了**斗争**，但只是出于自己的目的，在这些流亡者看来，这是一种延续了六届政府的欺骗模式，只是为了达到自己的目的。在他们看来，这种模式表现为美国政府一再鼓励或支持流亡行动，然后，当政策改变，这种行动变得令人尴尬，成为华盛顿当月或当年传递的信息中的不和谐音符时，他们就抛弃了涉及的流亡者，有时不仅抛弃了他们，而且，由于**斗争**本质上是非法的，政府就把他们交出来，让他们成为被起诉的对象；把他们安排好，准备让他们遭受失败的命运。

和许多流亡者一样，他们提到了欧米茄 7 号案件。和许多流亡者一样，他们提到了水门事件中的古巴窃贼，因为那时已经有很多流亡者不信任 CIA，所以他们被告知，手头的任务不仅仅来自 CIA，而是直接来自白宫。他们提到了受人尊敬的流亡领袖何塞·埃利亚斯·德拉托连特的案子。在二十世纪六十年代末，他被 CIA 招募，以自己的名义和声望参与推翻菲德尔·卡斯特罗的新计划，即"解放工作计划"，或称"托连特计划"。

资金再次被筹集起来，期望也再次升温。一段时间以来，整个流亡社区的注意力都集中在托连特计划上，这种能量的分散伴随着岁月流逝，什么都没有发生，这让许多人认为，该计划从一开始可能只是解决处置问题的另一种临时解决方案，又一个镜子戏法。何塞·埃利亚斯·德拉托连特曾被沮丧的、又一次无处可去的流亡社区称为叛徒。何塞·埃利亚斯·德拉托连特曾被称为 CIA 的走狗。何塞·埃利亚斯·德拉托连特最终卒于七十岁，1974 年耶稣受难节的晚上，他坐在珊瑚阁家中看着电视上播放的《长袍》时被暗杀，凶手可能是一个流亡者，自称为"零"，透过窗户上的百叶窗向他开枪。

在餐桌上的谈话，给人以一种情况逐渐走向其亚里士多德式结局的感觉，以及后来我渐渐意识到这种不可避免的加勒比式的进程，从因果关系到结果的推移，在迈阿密的自我认知中占据着核心地位。迈阿密的故事往往有着明确的结局。舞台上的大炮往往会开火。那天晚上讲话最热烈的人之一，是一位非常漂亮的年轻女子，她身穿白色针织连衣裙，是一名律师，活跃于迈阿密的民主党政治活动。这场在俯瞰比斯坎湾的公寓中举行的晚宴，发生在1985年3月，穿白色针织连衣裙的女子是玛丽亚·埃莱娜·普里奥·杜兰，她是1952年3月与父亲的外交部部长、父亲的内政部长、父亲、妹妹和母亲——同样漂亮的戴着渔网面纱的女人——一起流亡的孩子。

我记得那天晚上看到玛丽亚·埃莱娜·普里奥·杜兰，她把头发往后捋，伸手从桌子上拿起一支香烟。就像在马拉加庭院吃午餐时，卡洛斯·路易斯谈到阿尔贝·加缪、右翼恐怖主义与左翼恐怖主义之间的选择一样，这发生在尤金·哈森弗斯搭载的C-123K飞机坠毁在尼加拉瓜境内之前很久，在尤金·哈森弗斯提到已经在伊洛潘戈基地的2506成员的名字之前很久。尼加拉瓜的今天，古巴的明天。"让我告诉你关于古巴恐怖分子的事情，"那晚晚餐的另一个流亡者，一位名叫劳尔·罗德里格斯的杰出迈阿密建筑师，在桌子的另一端说道，"古巴从来没有制造塑性炸药。古巴种植烟草。古巴种植甘蔗。古巴从来没有制造C-4炸药。"玛丽亚·埃莱娜·普里奥·杜兰点燃了香烟，立刻将它熄灭。"C-4，"劳尔·罗德里格斯说，他一边说一边用手重重地拍在白色桌布上，"是在这里制造的。"

PART IV

第四部分

15

1961年4月19日清晨,当华盛顿明确意识到正在吉隆滩进行的入侵已经失败时,约翰·F. 肯尼迪总统派遣国务院的阿道夫·A. 贝尔勒和白宫幕僚团队的小阿瑟·M. 施莱辛格前往迈阿密,会见此前被视为后卡斯特罗时期古巴临时政府的古巴革命委员会,这些委员会成员被暂时隔离在奥帕-洛卡机场的 CIA 营房里,无法与外界联络。"在与肯尼迪团队进行了几个小时的会议后,我感觉到我们被欺骗了。"委员会的一名成员后来告诉流亡社会学家何塞·利亚尼斯,他在《古巴裔美国人:生存大师》(Cuban Americans: Masters of Surv lV al)引用了这位成员的话,但没有透露他的姓名。"他们派给我的这个**傻瓜**[利亚尼斯翻译为**傻脸**]只关心他们的人在政治上受欢迎的程度。"在《千日风云》一书中,小阿瑟·M. 施莱辛格描述了他和阿道夫·贝尔勒在同一次会议中的想法:"我们走出会议大厅,眼前是耀眼的阳光,我们的心沉了下去。我们该如何告诉古巴人,没有希望了,他们的儿子被遗弃在囚禁或死亡的境地,并同时劝阻他们不要公开谴责 CIA 和美国政府呢?"

这里有趣的是,对奥帕-洛卡机场会议的两种看法——迈阿密和华盛顿——似乎非常一致。施莱辛格自己似乎认为,4月的那个早晨,施莱辛格和伯利面临的问题似乎是围绕着如何表现和如何止损展开的，换句话说，他们担心自己的对手在政治上的受欢迎程度。按照他们的设想，解决办法就是让这些流亡者来一次真正的冒险：立即用飞机把他们送到华盛顿，下午在椭圆形办公室接见他们，古巴革命委员会的成员（其中一些人的儿子或兄弟当天就在海滩上）将坐在壁炉旁，听总统谈论"领导的责任"，许多阵线上反对共产主义的斗争，以及他自己对古巴"最终"自由的承诺；据施莱辛格说，在这次会议上，总统讲话"缓慢而深思熟虑"（"我从未见过总统如此令人印象深刻"），古巴革命委员会的成员们"不由自主地""深受感动"。在这里，华盛顿和迈阿密的观点不再一致了：迈阿密以其独特的语气吟诵着诱惑和背叛，这是华盛顿当时未能听到的关键，现在仍然如此。

1984 年 4 月 10 日，在另一届政府执政期间，有人定期提出，在许多战线上反对共产主义的斗争包括对古巴最终自由的承诺。在一个普通的周二上午，《纽约时报》报道称，尼加拉瓜港口的矿业开采"重新引起了国会和里根政府某些官员对于大规模使用秘密活动来推进美国在中美洲利益的疑虑"。而就在这天，美国第 40 任总统罗纳德·里根在华盛顿以下场合进行了拍照：上午 10 点，在白宫南草坪与多米尼加共和国总统萨尔瓦多·豪尔赫·布兰科会面；10 点 30 分，在白宫椭圆形办公室与多米尼加共和国总统萨尔瓦多·豪尔赫·布兰科进行会谈；并且从椭圆形办公室打电话给"挑战者"号航天飞机，这一场景只有一个摄影组拍摄，但是直播到白宫西翼[a]的新闻发布厅：

总统：你好，鲍勃，这些电话——

宇航员克里彭：下午好，总统先生。非常感谢您与我们交谈。

总统：嗯，我们之间的这些通话似乎成了一种习惯。不过，我向你保证，我不会让你付电话费。结束。

宇航员克里彭：我想我付不起，总统先生。（笑声）

总统：再次打电话来，是为了祝贺你和"挑战者"号上的全体机组人员完成了一次历史性任务。今天早上检索太阳极卫星的工作非常出色。你和机组人员再次展示了航天飞机的多功能性，以及通过太空和地面团队的合作我们可以实现什么。我相信你会同意，戈达德航天飞行中心的工作人员为你们操纵卫星做得非常出色。特里，我想当你用那根五十英尺长的机器手臂

---

[a] West Wing，白宫西翼，美国总统办公及召开重要会议的地方，包含总统办公室、内阁会议室等，常用来指代美国政府的决策核心。

抓住卫星的时候,你们为人类付出了巨大的努力。乔治和吉姆,你们的工作也非常出色。你们在太空中工作的照片令人叹为观止。对于那些坐在地球上舒适安逸的我们来说,这些照片也是有点吓人。但是,鲍勃,我了解你们舱内的卫星按照今天的物价大约能值两亿美元,所以如果你们无法在那里修理它,你们能否把它带回来?结束。

航天员克里彭: 嗯,我们——我们会尽力明天修复它,先生,如果出现某些原因导致失败——我们不认为会失败,我们能够将其带回。我们完全同意您的所有言论。挑战者号及其姐妹船是伟大的飞行器,我认为它们可以在太空维修和服务卫星方面取得重要进展。我们相信这是迈出的第一步。我也要赞同您关于戈达德的人员的言论,他们设法重新配置这颗卫星,使我们在几天前遇到小问题后能够检索到它。那些人,以及休斯敦的人员,以及所有参与其中的人都真正使这次恢复成为可能。这是一整个团队的努力。碰巧我们做了有趣的部分。

总统: 好的,让我告诉你们,你们都是一个团队,让所有美国人为你们在太空中的工作感到非常自豪,也让我们对开辟太空这一伟大前沿的未来充满期待。说真的,我只想再说一次,我们为你们感到骄傲,祝贺你们。祝你们任务顺利,一路平安回家,上帝保佑你们。我要停止广播了,让你们继续工作。

白宫西翼的简报室里先是一片沉默。"停止广播,"然后有人说,"不是**结束通话**,而是**停止广播**。"

"而且,**说真的**?"另一个人说,"**说真的**是什么意思?"

椭圆形办公室和太空之间的电话通话持续了四分钟,从中午12:01到12:05,随后简报室立即报告了里根总统和多米尼加共和国总统萨尔瓦多·豪尔赫·布兰科之间的会议,或者更确切地说,是在摄影机组离开椭圆形办公室后举行的会议。这份报告是由负责美洲事务的助理国务卿兰霍恩·莫特利发表的(在兰霍恩·莫特利出现之前,广播中的声音提醒道:"这份简报属于背景资料,出自'一位高级政府官员'之手。")他说,两国总统之间的会晤将讨论如何最好地打击那些在中美洲"破坏稳定"和"反对民主力量"的人,实际上,当摄影机组被护送回椭圆形办公室给宇航员打电话时,一切都结束了。

在他任期中的这个平凡无奇的星期二,美国总统在老行政办公大楼的一个仪式上亮相和拍摄(下午1点30分);在玫瑰园签署了《1984年农业计划修正案》H. R. 4072(下午3点45分);在椭圆形办公室签署了《国内税收法修正案》

迈阿密

H.R.4206（下午4点30分）；在椭圆形办公室接见了电子工业协会董事会（下午4点45分）；之后，参加了三场国宴：晚上7点45分走下大楼梯，晚上9点15分在国宴厅向豪尔赫·布兰科总统祝酒，以及晚上10点35分在东厅向他的客人致辞，包括韦恩·牛顿和他的约会对象，波姬·小丝和她的母亲，奥斯卡·德拉伦塔，皮拉尔·克雷斯比和汤米·拉索达。这一天的活动中，有些对整个白宫记者团开放；其他活动仅限于摄影机组和少数印刷媒体记者，他们会按时递交他们的报道，由白宫新闻办公室进行分发：

记者团报道，里根和公平住房：民权和公平住房组织的代表、建筑商和房地产经纪人出席了仪式，他们与住房和城市发展部合作，确保公平住房法发挥作用。房间里只坐了一半的人。皮尔斯部长颁发了几个奖项。一位名人出席，菲利丝·海曼，她是公平住房的名人，一位百老汇音乐剧明星。总统站在一个标牌下：

公平住房
我支持
里根总统支持
全美国都需要它

他讲了大约五分钟。

——维克·奥斯特洛维茨基，
赫斯特报业集团

记者团报道，总统与豪尔赫·布兰科总统在椭圆形办公室会晤：两位总统肩并肩坐着，互致问候。当我们被带进来时，豪尔赫·布兰科总统正在告诉里根总统他之前访问美国的情况，并表示这次访问是那次访问的延续。有一刻，里根总统说，"当你今天早上讲话的时候，飞机飞过头顶。他们起飞时是一个大问题。它们每隔三分钟就来一架。这引起了很大的公众情绪。"我们从未了解到这种"情绪"是什么，因为总统突然抬头，看到我们期待的目光，然后停顿了下来。在"你们会讨论港口的开采吗？"这个问题之后，里根回答说"拍照时不准提问"，而拉里·斯皮克斯喊道："灯光关掉。"

——维克·奥斯特洛维茨基，
赫斯特报业集团

"我们所做的几乎所有事情，都取决于我们是否认为它会出现在晚间的电视网络新闻节目上，"美联社在那周晚些时候的一篇报道中，援引了当时白宫首席发言人拉里·斯皮克斯的话。"显然，我们想突出当天对总统有利的新闻，"当时的白宫副幕僚长迈克尔·迪弗在同一篇报道中表示。这篇报道是关于他努力让总统在更

"自然"的环境中拍照，比如突然访问蒙蒂塞洛，在巴尔的摩金莺队的休息区吃热狗。"我认为你必须赞扬迈克尔·迪弗和我们的首席先遣队长比尔·汉高，因为他们去年12月在韩国非军事区布置了场景，"不久前，当《纽约时报》要求大卫·格根谈谈他担任白宫联络主管三年期间的亮点时，他说，"照片所传达的信息不亚于总统所说的任何话语。"他指的是总统在访问韩国期间"在三八线处戴着野战眼镜和战斗头盔"的那些静态照片和胶片。"观众们，"大卫·格根补充说，"如果看到总统在一个有趣的场合，会更愿意听你讲话。他们对事件的记忆也会更加生动。我们花了相当多的时间思考这个问题。"

在里根政府执政中期的华盛顿，人们想当然地认为白宫的日程安排应该与每天的网络新闻同步。人们想当然地认为白宫工作人员的努力应该集中在设置有趣的场景上。人们想当然地认为白宫工作人员的首要关注点（每天早上的高级工作人员会议，每周的额外会议，每周四的海外报道会议，以及每周五在布莱尔宫的"头脑风暴"午餐的相关主题）应该是制造所谓的"话题"，制定"指导方针"；创造和战略性管理大卫·格根所说的"我们正试图开发的那个星期或那个月的故事线"。

故事的主角，也就是总统本人，即使在当时也被认为是"超然的"，或者"脱离决策过程的"，这种状态被呈现为一种优点：这里的主人公"授权下属"，他"拒绝陷入细节"，这些具有吸引力的管理技能表明他对整体情况有更好的把握。帕特里克·布坎南报道说，总统"掌握了分隔式思维的艺术"。莫顿·康德拉克想知道"里根先生的对手们何时才会停止低估他，并开始认识到，即使他的智力不像学者，他也必须非常聪明，即使他不为细节操心的方式令人不安，他也必定对困扰国家的重大问题有所了解"。

"你不需要知道谁在白宫的网球场上打球，就能成为一个好总统。"詹姆斯·贝克在担任白宫办公厅主任时喜欢这样说。"总统有很多角色。"白宫助手们经常告诫记者。这种构想足够灵活，甚至柔软，可以覆盖任何被忽略的线索、失误、不可调和的矛盾或是坦率的疯狂。1984年，大卫·格根在一次由美国企业研究所主办的讨论会上说："如果记者或新闻工作者说总统对这个或那个问题一无所知，我没有任何意见。""我认为我们中没有人会质疑这一点。但我认为这种单一的关注点有问题，好像这是我们评判总统的唯一标准。我们从上一届政府中得到的经验是：掌握所有事实与执政之间的关系是多么地微弱。"

在里根政府执政的中期，这种对"执政"奥秘的公开信仰，对据说存在于总统和人民之间的不可言喻的契约（通常是这

迈阿密

样称呼的）的信仰，被视为理所当然的一部分。人们还理所当然地认为，总统职位已被重新定义为一个基本上被动的角色，即"传达者"或"领导者"，而后者又被重新定义为那个在摄像机前简单存在即被认为能够获得对所提出政策的支持的人。我们理所当然地认为，在总统手下人员的立场和野心的变化中可以找到理解该政策的关键。人们理所当然地认为，拉里·斯皮克斯下令关灯时，总统本人即使不是完全不在场，也不是完全在场，他的状态至少可以用"不感兴趣"的代号来表达。最重要的是，我们理所当然地认为，主持人、摄像师、摄影师、音响技术人员、灯光技术人员、制片人、电工和镜头前记者之所以会出现在白宫，是因为总统出现了；而更具创新性的构想是，总统之所以会出现在白宫，是因为主持人、摄像师、摄影师、音响技术人员、灯光技术人员、制片人、电工和镜头前记者在那里。

在里根政府执政的中期，我在华盛顿度过了连续两个春天，我了解到，很多事情都被认为是理所当然，而在不那么抽象的场合，这些事情不一定被认为是理所当然的。我记得在1984年的一个下午，我和大卫·格根谈论政府的中美洲政策，我不是被他所说的话打动，而是被他说话的方式打动，被他描述所谓的"同一基本政策的几个阶段"的术语打动。那天下午，大卫·格根使用的术语"完全是用来展示的"。他首先提到"1981年春天采取的非常强硬的立场"，那时"很多焦点，很多关注"。他谈到了同一年春天稍后的一个时期，"情况看起来不太好，所以我们稍微后退了一步。"他谈到了1982年的一个时期，"当时一些政府官员认为情况可能会变得严重"，那时"我们认为我们应该开始奠定基础，为我们可能不得不做的事情建立一些公众支持"；那时，是向前推进，而不是"后退"的时候。"我想说,这种情况一直持续到1983年底,"1984年的那个下午,大卫·格根终于说道,声音越来越小,也许注意力也越来越不集中了:对他来说,这是一个熟悉的时间线,就像许多从事"可能性的艺术"[a]的人一样,他似乎只对离现在最近的过去表现出有限的兴趣,"然后有些人开始把它视为一个负面问题,并问我们为什么要再次把中美洲摆在首要位置,所以我们努力把它拉回来。"

大卫·格根在三届政府中担任过白宫职务,在此期间,练就了一整套无懈可击的表达方式,包括不置可否的点头、默许和像烟雾一样会消失的措辞,但在1984年的这个春日午后,他话语中的潜台词似乎很清楚,传达出一种对美国政府的看法——这位在过去的十三年中有九年都在美国政府核心部门工作的人对美国政府的看法,与我后来在迈阿密谈话中遇到的那些古巴人对美国政府的看法没有本质上的区别:美国政府是一个只把世界其他地区,比如中美洲,视为"问题"的政府。在某些时段、某些政府任内和某些竞选活动中,中美洲似乎是一个有用的问题,可以将"焦点"和"注意力"有益地引向其中。在其他时段,它似乎是一个"负面"问题,无论出于何种原因,都无法通过"看起来不错"的考验。

然而,在任何时段,中美洲都始终是一个潜在的有价值的资产,不仅是普通的特殊利益和国内资产,而且是一张国家安全的牌,一枚危险的筹码,一枚带有可能的军事行动光环的标志,是最终令人感兴趣的场景。因此,理想情况下,它应该留在牌桌上,有时可以移到"后面",有时可以移到"前面"和"中间"(每当需要表现出坚强和果决的时候,比如,站位高的时候)。每次行动都会给局势带来一定的困境,这被华盛顿的一些人称为**处置问题**,而迈阿密的一些人则称之为**背叛**。

---

[a] The art of the possible,在美国政治术语中,指实用主义政策。

迈阿密

16

在里根执政期间，华盛顿有一部分数量不多但意义重大的人认为，美国参与中美洲事务的承诺并不仅仅是一个议题，也是一个时而向前、时而向后移动的标识。对于这些人来说，美国参与中美洲事务的承诺始终是前线，正如罗纳德·里根在他的第二次就职演讲，以及之前和之后的许多场合所说的，是"人类自由"正在"前进"的战场。这些人早在一开始就相信甚至制定了后来被称为里根主义的思想，他们致力于"推回[a]或者反转苏联力量，这种思想至少自艾森豪威尔政府以来一直是美国右翼的修辞之一，现在可以通过支持世界各地的游击抵抗运动来实现；这些人相信，用1980年夏季《八十年代美洲洲际新政策》（一份由美洲安全委员会发布的长达53页的政策建议）中的话来说："遏制苏联已经不够了。求和已经结束。生存需要一种新的美国外交政策。美国必须抓住主动权，否则将会灭亡。因为第三次世界大战已接近结束。"

《八十年代美洲洲际新政策》，通常被

---

a Rollback，政治学术语，指推翻或消除某种政治状况，特别是在"冷战"时期，指通过积极的军事、经济或政治手段推翻敌对政权或削弱其影响力。就里根政府而言，通常指美国通过各种手段破坏各国新生的共产主义政权，以恢复其建立前的政治状态。

称为圣达菲声明或圣达菲文件，因为产生这份文件的讨论是在新墨西哥州进行的。这是一份奇特的文件，在美国本土不如在马那瓜和哈瓦那被讨论得多。根据《华盛顿邮报》的爱德华·科迪和《与康特拉同行》的克里斯托弗·迪基所说，它在马那瓜和哈瓦那被普遍视为里根政府在该地区意欲实现的蓝图。事实上，圣达菲文件最引人注目的地方不是它被阅读的情况，而是它可能是在马尼瓜或哈瓦那撰写的。作为一份由美国人准备的文件，它似乎不太真实，也许是一份"黑色宣传"，一种由外国政府秘密发布、伪装成出自美国政府、以激起反美情绪的文件。它对语言的掌握并未完全达到英语母语者的水平，关切的语气也不完全符合美国外交政策界的口吻：

在过去的几年里，美国对西半球其他国家的政策一直是抱着最好的希望。大多时候，它被圣达菲委员会描述为"焦虑的妥协"，好像我们可以通过美国规定的淡粉色政策来阻止拉丁美洲政治色彩变得鲜红一样。无论是美国对"我们的邻国"的政策渊源如何，都没有奏效……

在过去十年里，关于军火销售和安全援助政策在国内外已完全破产和名誉扫地……将我们的武器库与美洲的人力结合起来，我们可以创建一个能够抵御苏联和古巴侵略的自由美洲大陆……

美国的政策制定，必须使自己不受到一般和专业媒体在宣传上的影响，这些宣传是由特别敌视美国的势力所鼓动的……

美国的外交政策必须开始对抗（而不是反对）解放神学，因为它在拉丁美洲被"解放神学"神职人员所利用……

必须发起一场运动，通过广播、电视、书籍、文章和小册子等媒介，加上补助金、奖学金和奖励，来吸引伊比利亚-美洲知识精英。大多数知识分子渴望被关心和认可，这样的项目会吸引他们。美国的努力必须反映美国人民的真实情感，而不是纽约和好莱坞的狭隘视野……

人权是一个与文化和政治相关的概念。必须放弃，取而代之的是政治和道德现实主义的不干涉政策。从以下事实可以清楚地看出人权概念在文化和伦理上的相对性质：阿根廷人、巴西人和智利人对美国感到反感，美国每年合法批准了超过一百万名未出生儿童的堕胎，却对杀害一名用炸弹和机枪袭击无辜公民的恐怖分子表现出道德上的愤慨。他们问，左翼恐怖主义受害者的人权状况如何呢？美国的政策制定者必须摒弃这种幻想，即任何以人权为名义举起燃烧瓶的人都是拥有人权的……

哈瓦那必须为其对美洲姐妹国家的侵略政策负责。其中一些措施将包括建立一个由美国政府赞助的"自由古巴之声"电台，向古巴人民传递客观信息，其中包括哈瓦那与莫斯科结成邪恶联盟的代价。如果宣传失败，就必须发动一场反对卡斯特罗的民族解放战争。

《八十年代美洲洲际新政策》的五位作者自称为"圣达菲委员会"，都是右翼知名人士，是华盛顿周围各种保守派游说团体的董事会和信头文件上常见的名字。其中有林·弗朗西斯·布谢，来自美洲安全委员会。还有大卫·C.乔丹，弗吉尼亚大学政府学教授，合著有《当代拉丁美洲的民族主义》一书。还有小戈登·萨姆纳中将，曾担任美洲防务委员会主席，并在里根政府时期担任负责美洲事务的助理国务卿的特别顾问。还有罗杰·方丹，曾担任乔治城大学战略与国际研究中心的拉丁美洲事务主任，后来在里根政府时期担任国家安全委员会的拉美问题专家。最后是刘易斯·塔姆斯，他曾在加拉加斯和马拉开波担任克里奥尔石油公司的管道工程师，后来在里根执政期间，先后被任命为驻哥伦比亚和哥斯达黎加大使。在哥斯达黎加，他最终向高塔委员会和调查向反政府武装运送武器的特别委员会透露了自己的使命，他明白自己肩负着为尼加拉瓜抵抗组织开辟南部战线的任务。

在这些人，以及一部分数量不多但意义重大的人看来，在那些华盛顿周围各种保守派游说团体的董事会和信头文件上常见的人看来，美国在中美洲面临的"危机"是"形而上的"，他们对此看法相同。这场战争是"为了人类的思想"。圣达菲文件所称的"意识形态政治"将"占上风"。随着时间的推移，像詹姆斯·贝克、迈克尔·迪弗和大卫·格根这样的人搬进了白宫，这些人"明白危机和没有危机之间的区别在于'感知'或'设置场景'，尤其是靠近权力中心的人"。在不同程度上，他们都是空想家，是抓住某种观念或被某种观念抓住的人，因此，他们对白宫只是有时有用。

当然，他们有用的地方不仅在于表达美国右翼的关切，还在于在某种不成熟的方式上体现了总统自己的关切：他们甚至成功地通过圣达菲文件，在一个相当惊人的外交政策提案的背景下，深入讨论了罗尔多斯主义和里约条约，进入了那个熔岩般的核心，在那里，"纽约"是问题，"好莱坞"是问题，还有那些堕胎的妇女，而罗纳德·里根的呼吁似乎总是漂浮在这些怨恨的岩浆之上。但这些保守派代言人不太有用的地方，事实上也是相当没用，就在于他们没有意识到要在什么时候把人类思想的战争移到"后方",或者移到任何地方,而不是"前线";当舞台为另一场戏搭建好时,他接受了一个在侧翼的位置。他们往往缺乏对完整剧本的欣赏。他们往往不能在幕后等待,而是需要不断分散注意力,而随着时间的推移,正是这种分散注意力的设计,似乎最能吸引里根政府的注意力和精力。

有时,一种分散注意力的行动被称为"发出信号"。白宫中美洲外联工作组,或者有时被称为"外联行动",就是一个"信号",它是白宫在1982年和1983年期间为之努力的几个项目之一。白宫当时认为时机成熟,正如大卫·格根所说,正是"打下基础"的时候,"要为我们可能要做的事情建立一些公众支持"。用1982年4月国家安全计划小组一份文件的话说,就是通过"协调一致的公共信息努力"来解决"中美洲问题的公共事务方面"。一开始有一个叫作"真相计划"的方案。"真相计划"几乎立刻就变为"公共外交办公室",它成立于1982年,由前迈阿密市政府官员奥托·胡安·莱希领导(他1945年出生于哈瓦那,但他的父母是从奥地利移民到古巴的),他的任务实际上似乎主要是传播机密的,有时是"未经评估价"的资料("未经评估"的资料是没有得到证实,在某些情况下无法得到证实的资料),这些资料倾向于支持行政当局关于尼加拉瓜和萨尔瓦多的主张。

虽然公共外交办公室在成立之初由白宫和国家安全委员会控制,但从技术上讲,它是在国务院的保护下运作的。在白宫本身就有一个"公共联络办公室"(在本届政府中,"公共"这个词甚至比在其他政府中更倾向于暗示正在进行的销售),而正是在这个由费斯·瑞安·惠特尔西负责的"公共联络办公室"之下,白宫中美洲外联工作组就此诞生了。从表面上看,这个想法非常直接:定期举行一系列面向公众的简报会,政府可以在这些会议上"讲述"有关中美洲的"故事",为其在那里的利益"辩护"。"我们没有以系统化的方式向那些完全愿意自己做更多事来支持总统,但却没有获得信息渠道的人传达事实,"费斯·瑞安·惠特尔西在中美洲外联工作组开始会议后不久告诉《洛杉矶时报》,这个小组每周三下午2点30分在旧行政办公大楼450号房间开会。"人们所需要的只是信息。他们知道该怎么处理它。"

这些简报会本身没有那么直接。首先,它们不是对外开放的,或者前四十五场不是对公众开放的,尤其是不对记者开放,而记者本来可以帮助将信息传递给更多的美国人,而不只是那些能够安排周三下午在旧行政办公楼450号房间参加两个小时会议的人。即使在外联简报会最终于1984年4月对新闻界开放后，白宫公共联络办公室似乎对与记者交谈不感兴趣：我记得在华盛顿的一个星期，从星期一到星期五，我多次致电费斯·瑞安·惠特尔西的办公室，每次都说明我的从业背景（一本杂志邀请我撰写一篇关于里根政府的文章，该杂志的华盛顿编辑给了我一份可与白宫取得联系的介绍），详细说明我对讨论外联计划的兴趣，并表达了希望费斯·瑞安·惠特尔西或白宫公共联络办公室的其他人能抽空给我回个电话。然而，那个星期，不管是惠特尔西夫人还是白宫公共联络办公室的其他人，都没有找到这样的时间。这当时并没有让我感到过度惊讶：我过去的经历告诉我，在华盛顿政府工作的人往往会把不在华盛顿政府工作的任何人都视为乞求者，视为需要不断明确合法秩序的公民，并通过不回电话的方式来宣扬这种正当秩序。换句话说，我认为这些没有得到费丝·瑞安·惠特尔西回复的电话，只是一种有关态度的不具体的证据，这种态度伴随着对这片领土的特殊自我陶醉而来。直到后来，我设法参加了几次外联会议，也就是在1984年和1985年一些充满狂热的下午，在那些下午，美国被认为正在进行人类思想之战，不仅与尼加拉瓜的桑迪诺派、萨尔瓦多的FMLN，以及古巴的卡斯特罗政府和莫桑比克的马切尔政府做斗争，还与自己的国会、自己的国务院、自己行政部门的一些成员（詹姆斯·贝克、迈克尔·迪弗）做斗争，其中最尖锐的斗争是针对自己的新闻界。直到后来，我才意识到这一系列未接来电也许是具体的；白宫中美洲外联工作组可能存在一种固有的特殊性，从白宫的角度来看，这个特殊性最好不要讨论。

起初，这种特殊性很难消化。它并不是完全源自实际的简报会，其中大部分似乎都足够标准，尽管他们不经意地具有煽动性，很容易在中美洲之外的地方失去控制，比如转向莫桑比克、安哥拉，以及对国务院非洲办公室的切斯特·克罗克的谴责。有弗朗西斯·X. 甘农，当时是美洲国家组织亚历杭德罗·奥尔菲拉的顾问，他谈论了"中美洲：一个民主的视角"。（"美洲国家组织有人说关于基辛格委员会，'我们应该送他们什么？'我说，'送他们一张地图。'"）还有小亚历山大·M. 海格将军，谈论了"透视中美洲的当务之急"。（"关于中美洲正在发生什么事情，我的看法是这样的：陪审团仍在研究中。"），他以讲故事者的方式描述美国外交政策，海格将军用怀疑的善意称呼其中一个主要人物（"亨利表现出了他那种德国式的暴躁……"），用可疑的小名称呼另一个人（"我再次不会因为回忆起我在1981年反对秘密行动而道歉，正如珍妮·柯克帕特里克会告诉你的……"），并以第三人称称呼自己，"阿尔·海格"，或者只是"海格"。

有些简报会更接近于这种特殊性。我记得1985年的一次特别激动人心的外联会议，其中一位发言人是一个名叫杰克·惠勒的奇人，他喜欢说《消息报》（Izvestia）曾将他描述为"意识形态的歹徒"（"苏联这么称呼我的时候，意味着我开始触及他们的痛处"），但在当天下午的节目中，他被简单地称为"哲学家、旅行家和自由研究基金会的创始人"。恰好我之前曾听过杰克·惠勒的讲话，在一个关于"推回苏联帝国"的保守主义政治行动会议上，他提出将《古兰经》走私进入苏联以"刺激伊斯兰复兴"并引发"千刀万剐"的建议后，他的演讲赢得了大家的起立喝彩。我不仅熟悉他的许多事迹，还熟悉他的古怪，以及对惩罚性行动的一腔热情。杰克·惠勒最近曾与阿富汗的圣战者在一起。他最近曾与安哥拉的乔纳斯·萨文比在一起。他最近曾与柬埔寨和莫桑比克的叛军在一起。他知道南也门有一台秘密的广播电台。他在苏里南看到民主解放的第一次萌芽。当然，他最近曾与尼加拉瓜的反对派在一起，那天下午在旧行政办公大楼450号房间，他带了一些幻灯片和大家分享。

"这是查理。"当第一张幻灯片出现在屏幕上时，杰克·惠勒咯咯地笑了，"查理是个反面人物。他只是看起来要杀了你。实际上他是个很好的人。我告诉他，他长得像查克·贝里。"幻灯片变了，屏幕上出现了杰克·惠勒本人，他的手臂搭在恩里克·贝尔穆德斯身上，恩里克·贝尔穆德斯是FDN（尼加拉瓜民主反对派）的指挥官，直到1979年曾是索摩查国民警卫队的上校：恩里克·贝尔穆德斯相信——他告诉我——只有彻底击败桑迪诺游击队，才能从中美洲铲除苏联-古巴帝国主义和马克思主义的毒瘤。"另一张幻灯片，一个胸部丰满的年轻女子拿着一把步枪，杰克·惠勒又笑了："必须消除的一种观念，那就是绝望的神话。这种神话认为，既然他们赢不了，所以为什么要支持他们……我不介意让她和我并肩作战。"

在这样的下午，敌人是多方面的，而且经常是内部问题。"红色帝国"当然是敌人。"基督教共产主义者"是敌人。"充满内疚感的受虐狂自由派"也是敌人，"总是支持另一方的激进时髦潮人"和"怀着对美国的强烈仇恨的贝弗利山自由派"都是敌人。我记得有一次关于1984年萨尔瓦多选举的简报中，"像汤姆·布罗考这样的人"是敌人，像《纽约时报》的理查德·迈斯林和《迈阿密先驱报》的萨姆·狄龙这样的人，那些"看不起人"的人，那些"不需要去萨尔瓦多就能写出他们的文章"的人；那些"被善待"的人（"……尽管卡米诺皇家酒店的酒吧那天关门，但他们当晚还是回去了……"），但他们仍然坚持追随当天的发言人，一位经常发言的名叫丹尼尔·詹姆斯的人，他在二十世纪五十年代曾是《新领袖》的主编，他对拉丁美洲的好辩兴趣使他成为美洲联盟的主管之一，这是为了支持政府中美洲政策而形成的几个模糊团体之一，被称为"媒体的党派路线"。

"我说的是打引号的'党派路线'，"丹尼尔·詹姆斯赶紧补充道，"因为我并不是在暗示有任何政党参与其中。"这种插入式的免责声明在450号房间并不罕见，在这里，讽刺或者"打引号的发言"通常是通过竖起双手的两根手指并摆动它们来表示的。"党派路线"是带引号的，但对丹尼尔·詹姆斯来说，来自萨尔瓦多的故事"有太多相似之处"。美国媒体似乎一直在"编造"萨尔瓦多的"右翼恐怖行为"。美国媒体似乎一直拒绝在萨尔瓦多"向游击队提出尖锐的问题"。"这说明了什么？"丹尼尔·詹姆斯在1984年的那个下午问道，"这是负责任的报道吗？还是出于某种政治动机？"

在450号房间，这些问题的答案是可以理解的，因为参加白宫中美洲问题外联工作组会议的几乎完全是那些似乎已经被说服改变了信仰的人，那些来自有关国家的行政官员和流亡者，以及来自美国右翼核心和遥远边缘的本土理论家；在很多情况下，真正的信徒不仅参加简报会，有时还会发表简报。我记得见到过美国安全委员会的山姆·狄金斯，该委员会在1980年举办了一次午餐和新闻发布会，罗伯托·多比松在非法访问华盛顿时发表了讲话，该委员会已经坚定地致力于帮助尼加拉瓜的反对派。我还记得见到了林恩·弗朗西斯·布切，她是《圣达菲文件》的作者之一，也是美洲安全委员会的主席，该委员会同样致力于支持尼加拉瓜的反对派。当杰克·惠勒问林恩·弗朗西斯·布切莫桑比克的局势是否让他想起尼加拉瓜的局势时，他说："我同意。"

这个团体似乎不需要太多针对中美洲行政政策的指导。这个团体也不太容易提出那些通常在不太特殊的场合会提出的有关中美洲的常见问题。实际上，对于450号房间里的许多人来说，"中美洲"只有一个问题，那就是为什么美国被迫通过代理人来处理那里的事务，而不是自己去进行人类思想的战争，而正是这个问题简报人员引用了人们熟悉的陈词滥调来回答：美国不得不通过代理人来处理，因为有失败主义者，因为有绥靖主义者，因为有懦夫、有用的傻瓜和叛徒，几乎每个房间里的人都理解，因为如杰克·惠勒所说的那样,"对美国文化、国家和社会的憎恨"感染了国会,感染了国务院,最重要的是感染了媒体。正如奥托·胡安·莱希在被任命为公共外交协调员不久后所说的那样,媒体被尼加拉瓜的桑迪诺派"玩弄得像小提琴一样"。

虽然存在一些棘手的问题,但房间里大多数人似乎对此感到满意,因为简报人员都处理得很好。美国被迫通过代理人进行人类思想的战争(或者,正如美国驻美洲国家组织大使 J. 威廉·米登多夫所称的,"为西方世界的自由而战"),但无论如何,这些代理人如果被允许的话,是可以获胜的:"阻止尼加拉瓜反对派获胜的唯一因素就是国会。"正如小亚历山大·M. 海格将军在 450 号房间对这个团体建议的那样。人类思想的战争之所以通过代理人进行,只是因为美国无法直接参与"战争",但无论如何,美国的介入也不会影响结果:"要粉碎马克思列宁主义具有必然性的神话,需要的是苏联殖民地内部的真正的农民起义,"正如杰克·惠勒在 450 号房间对这个团体建议的那样,"这些英勇的自由斗士只是在请求我们的帮助,他们不希望我们替他们战斗。"

这个看似边缘化的项目却吸引了相当大的政府力量。每周的外联项目规划会议不仅由费丝·瑞安·惠特尔西和她在公共联络办公室的助手参加,还有来自美国新闻署、CIA、国务院和国家安全委员会的代表。国家安全委员会经常由灵活多变的奥利弗·诺斯上校(诺斯上校还负责监督奥托·胡安·莱希在国务院的公共外交办公室)代表,根据 1985 年 8 月《华盛顿邮报》的报道,诺斯上校是外联项目的"中流砥柱",不仅参加规划会议,还是 450 号房间的"首选简报人"。

外联项目中的某些奇特之处在当时显而易见。当然,设计这个项目主要是(如果不是完全)作为政府与其最热情、最具潜在分裂性的传播者之间的每周一次的接触。这个项目就像是一块丢出去的骨头,用以安抚那些信仰的最前沿部队之中那些以不安闻名的人们。此外,显而易见的是,这些在周三下午的 450 房间里的许多人,都与当时正在公开组织的私人资金网络有联系,或者对该网络有用,该网络是为了支持里根主义和人类思想之战而进行的,由约翰·K. 辛格劳布少将正式指导,即使是在当时人们也已知道,这个网络实际上受到在 450 号房间里发表演讲的一些政府官员的非官方指导。

在里根政府的黄金时期,有些事情并不像它们本应该清晰明了的那样。其中一件不太清晰的事情就是,当时我们还没有意识到这些标识是如何被移动的,到底目的是什么,手段又是什么,问题是什么,解决方案又是什么;在那些只用受欢迎度、

迈阿密

媒体报道，以及立法成功与否来衡量自己言行后果的人，不清楚首先出现的究竟是什么：争夺世人心智的战争，私人资金网络，还是为远方战线上的部队采取行动的需求。同样不太清晰的是，在那个充满抽象的城市华盛顿，它完全沉浸在自己发出的信息中，被自己的行动麻醉了，沉迷于思考自己的标识和自己的动作，而忽略了已经存在于局势中的许多残留物。

例如，史蒂文·卡尔就是残留物。例如，赫苏斯·加西亚也是残留物。史蒂文·卡尔在26岁时是佛罗里达南部的底层社会人物，曾经是那不勒斯的建筑工人，他的座右铭是"宁死不屈"，左臂上有一个燃烧的骷髅文身；他因酗酒被海军开除；因盗窃两枚价值578美元的黄金和钻石戒指而被判有罪，这两枚戒指是他的继父送给他母亲的。"她只在假期戴它们，我以为她永远不会注意到它们不见了。"史蒂文·卡尔后来谈到他母亲的戒指的事情时说。他不会说西班牙语。也对尼加拉瓜冲突的任何一方都没有兴趣。然而，在1985年的3月，据他被控武器罪在哥斯达黎加被拘留并等待在圣何塞拉福尔马监狱受审后，他开始讲述自己的故事：他在戴德县的不同地点收集了供应尼加拉瓜反政府武装的武器，在劳德代尔堡－好莱坞国际机场将武器装上一架康维尔440包机，并陪同这批货物前往圣萨尔瓦多的伊洛潘戈机场，并目睹了武器最终交付给一个由2506老兵组成的小队，"他们与反政府武装人员一起在距离尼加拉瓜边界大约三英里的一个基地发动攻击"。

这个故事后来变得众所周知，但在史蒂文·卡尔于1985年夏天首次向《迈阿密先驱报》的胡安·塔马约讲述时，其重要性在于他是第一个公开声称自己拥有关于单一装运的所有阶段的第一手信息的人。到了1986年夏天，史蒂文·卡尔已经被保释出了拉雷福马监狱，回到了南佛罗里达（他是如何回到那里的细节存在争议，但可能涉及美国驻巴拿马和圣何塞的大使馆官员，他们可能给了他一张机票和"滚蛋"的指示，也可能没有），他因偷窃母亲戒指的违反缓刑问题在科利尔县监狱服刑六个月。当然，他当时也向来自各个国会委员会和迈阿密联邦检察官办公室的调查人员讲述了这个故事。到了1986年8月，他的律师请求将他提前释放，并以他讲述的故事会危及其生命为理由，要求将他安置在证人保护计划中。在这一请求得到审理并被拒绝的几天前，史蒂文·卡尔告诉《迈阿密先驱报》："我并不太受很多人欢迎，因为我正在说出真相。等这一切结束后，我在街上行走时会感到不太安全。"

1986年11月20日，史蒂文·卡尔在科利尔县监狱服满刑期并获释。23天后的1986年12月13日凌晨2点30分，史蒂文·卡尔在加利福尼亚州帕诺拉玛市他租住的房间外突然倒下（根据租给他房间的杰基·斯科特的说法，他很少离开这个房间，他睡在房间里，门都锁着，灯也开着），抽搐着，死于明显的可卡因过量。"对不起。"史蒂文·卡尔在杰基·斯科特面前说道，杰基·斯科特的女儿被"一阵骚动"吵醒后，她发现他躺在车道上。杰基·斯科特告诉《洛杉矶时报》，那天晚上她没有看到史蒂文·卡尔喝酒或吸毒，也不能透露他接下来说了什么："我被恐惧支配了——我什么都记不清了。"

赫苏斯·加西亚曾是迈阿密戴德县的一名前矫正局官员，他在1986年初开始讲述自己的故事，当时他因非法持有一把带消音器的MAC-10而在迈阿密服刑。赫苏斯·加西亚出生在美国，父母是古巴移民，他视自己为爱国者。他谈到自己在1985年春季为尼加拉瓜反政府武装收集武器，并提到了一项计划，据他所说，这个计划是1985年2月在迈阿密机场附近霍华德·约翰逊酒店的鸡尾酒酒吧中讨论的。计划是暗杀新任驻哥斯达黎加美国大使，引爆使馆，并将罪行归咎于尼加拉瓜的桑迪诺政府。赫苏斯·加西亚说，这个计划的目的是为美国提供入侵尼加拉瓜的机会，而且还为了执行一份价值一百万美元的合同，据说是哥伦比亚毒品集团给了新任美国驻哥斯达黎加大使，这位大使之前曾担任美国驻哥伦比亚大使，并经常谈到他所谓的"毒品游击队"。

在赫苏斯·加西亚和史蒂文·卡尔所讲述的故事中，有一些细节似乎是相符的。赫苏斯·加西亚和史蒂文·卡尔都提到了迈阿密机场附近的霍华德·约翰逊酒店，这家酒店也因为提供每晚17美元的"游击队折扣"而闻名。赫苏斯·加西亚和史蒂文·卡尔都提到了在迈阿密与一名叫布鲁斯·琼斯的美国人会面，据说他拥有一座位于哥斯达黎加和尼加拉瓜边境的农场。赫苏斯·加西亚和史蒂文·卡尔都提到了托马斯·波西，这位亚拉巴马州的农产品批发商曾创立了准军事组织CMA，即民用物资援助，前身为民用军事援助。赫苏斯·加西亚和史蒂文·卡尔都提到了罗伯特·欧文，这位年轻的斯坦福大学毕业生曾前往华盛顿，在丹·奎尔[a]参议员（印第安纳州共和党）的办公室工作，后

---

a　Dan Quayle，即James Danforth Quayle（1947—），美国共和党成员，1977年至1981年代表印第安纳州担任联邦众议员，1981年至1989年任联邦参议员，1989年至1993年在乔治·H. W. 布什总统任内担任副总统。

迈阿密

来转而从事公关工作，在1985年1月创立了非营利组织民主、教育和援助研究所（IDEA），到了1985年秋季，该机构已与国务院的尼加拉瓜人道主义援助办公室签订了咨询合同。后来曝光的信息显示，他一直负责为奥利弗·诺斯在中美洲运输现金。

正如描述的那样，这是一个小小的世界，在这个世界里，相遇似乎既是偶然的，又是命中注定的，就像迈阿密本身，一个清醒的梦境。在这个世界里，人们常说他们是"不小心加入一个组织"。人们在"夜间新闻"上看到了自由战士，然后在迈阿密看到了他们。人们在汽车旅馆房间里看到箱子，然后推断箱子里装着C-4炸药。人们接到陌生人的电话，然后在凌晨3点去机场接他们，然后开始寻找私人飞机前往中美洲。有些人只是突然冒出来：赫苏斯·加西亚之所以遇到托马斯·波西，是因为他在迈阿密戴德县监狱下午的班次工作那天，托马斯·波西因为试图通过迈阿密机场G登机口的X光射线机时被逮捕，他带了一把.38口径自动手枪。有些人则不是突然冒出来的，而是遍布世界各地：赫苏斯·加西亚说，他在迈阿密见过罗伯特·欧文，更具体地说，就像一位美国助理联邦检察官所说的，"在那个霍华德·约翰逊酒店，他们正在策划那些事"，这位美国助理联邦检察官指的是武器运输。

史蒂文·卡尔说他在哥斯达黎加见过罗伯特·欧文，在靠近尼加拉瓜边境一个基地见证了武器的交付。罗伯特·欧文最终在出席专门委员会审查时承认，他确实在这样的交付现场出现过，但从未看到实际的卸货过程，他的在场纯粹是巧合：另一个偶然但命中注定的相遇。

这两个故事中都没有特别新颖的元素。它们是迈阿密故事，是水下叙事的片段，因此至少从"猪湾事件"以来，这个国家就熟悉这种类型的故事。这些故事通常都不可能自证其实，就像这两个故事一样。这些故事通常来源可疑，要么是由无法提起诉讼的检察官泄露出来，要么像这些故事一样，在狱中采访中被引出。而在传统上，这种情况往往会损害讲故事者的可信度，就像**宁死不屈**的文身一样。此外，任何迈阿密故事都很难跟进，通常需要更广泛地回忆其他迈阿密故事，而大多数迈阿密以外的人都无法做到这一点。此外，单个的迈阿密故事很难跟踪，通常需要比大多数迈阿密以外的人提供的更广泛的迈阿密故事来更详细地回顾。角色经常会反复出现。例如，一位名叫赫克托·科尼略特的人被判爆炸罪，他曾是奥兰多·博施的古巴力量运动成员，在1985年春天竟然还是迈阿密机场附近霍华德·约翰逊酒店的夜间记账员。动机在第一次或第二次出现时通常不明确，可能只有在第三次或第十次出现时才会变得清晰。

迈阿密的故事低俗而耸人听闻，极度依赖归纳推理，因此往往吸引到具有意识形态或偏执倾向的拥护者，这也是许多人很容易忽视它们的另一个原因。1964年，有人向沃伦委员会讲述了这样的故事，但当时很多人更愿意讨论所谓的暴力氛围和疗愈过程。1974年水门事件调查期间也有类似的故事，然而总统最终辞职，疗愈过程得以启动，人们开启新的篇章。这些故事曾在1975年和1976年被告知教堂委员会，在1977年和1978年被告知众议院暗杀特别委员会，但许多人更喜欢将重点放在宪法问题上，而不是把注意力集中在CIA于1963年11月试图使用含有黑叶40的注射器暗杀菲德尔·卡斯特罗，或是在比斯坎湾油桶中的约翰尼·罗塞利，在达拉斯的汽车旅馆房间里玛丽塔·洛伦兹声称她见过的步枪、瞄准镜，以及弗兰克·斯特吉斯、奥兰多·博什、杰克·鲁比和诺沃兄弟的细节。相比之下，人们更关注的是国家权力分立和国会监督的恰当角色。"寻找阴谋，只会让这个国家充满幻想、病态和偏执元素。它把缺少目的的可怕罪行浪漫化，模糊了我们每个人必要的理解，在这样的生活中，往往会发生毫无理由的悲剧。"

这在当时并不罕见，后来也不罕见。尤其是在华盛顿，人们认为任何一届政府对帝国主义的渴望所带来的逻辑后果，会在下次选举时被抹去。对水下叙事的研究，即有关迈阿密人可能根据华盛顿人所说或没说的事情而做或不做的故事，被认为毫无用处。约翰·F. 肯尼迪的遇刺事件，可能与他的政府对"病态、偏执和幻想的热带"的干预有关，但这并不意味着他的遇刺事件必然是这些干预的具体后果（早在1964年，沃伦委员会的两名工作人员 W. 大卫·斯劳森和威廉·科尔曼曾准备了一份备忘录，建议委员会调查李·哈维·奥斯瓦尔德是否受到了反卡斯特罗古巴流亡者的指使或陷害）。在里根政府的残局中，可能会产生一些后果，只能说明我们应该将关注点再次放在可操作的模型上，讨论失控机构、行政部门的傲慢、宪法危机和总统职位的本质，讨论结构上的缺陷和过程上的缺陷。最重要的是，是时候谈论1988年了，当时再次拉动杠杆，后果被抹去，任何持续的病态都会被新团队的热情和活力消除。"迪克·古德温负责处理拉丁美洲和其他十几个问题。"小阿瑟·M. 施莱辛格曾向我们描述过肯尼迪政府早期几个月的情况。这是一个富有

迈阿密

启示性的句子，也许是关于华盛顿生活中这种**白板效应**ᵃ的有意义的描述。

1985年夏末，那次在华盛顿老行政办公大楼450号房间举行的外联会议上，我听到杰克·惠勒谈论了支持世界各地自由斗士的必要性。几个月后，我碰巧收到了一封来自约翰·K.辛格劳布少将的信（"亲爱的美国同胞"），邀请我参加同年9月在达拉斯注册酒店水晶宴会厅举行的国际自由斗士晚宴。这封信的日期是1985年8月7日，当时史蒂文·卡尔已经坐在圣何塞的拉雷福马监狱里，赫苏斯·加西亚则只差一天就会接到一通来自一个二十九岁陌生人的电话，那人自称是艾伦·索姆，声称是美国海军陆战队的少校，并说自己是白宫派来的，招募赫苏斯·加西亚参加了一个被描述为"乔治·布什的心血之作"的任务，随后给迈阿密的FBI办公室打电话，告诉他们可以在哪里找到赫苏斯·加西亚和他的MAC-10冲锋枪。赫苏斯·加西亚后来说，"他看起来像个典型的常青藤学院出来的人，我以为他一定来自CIA"，关于"艾伦·索姆"，后者没有出现在赫苏斯·加西亚的审判中，但他在预审听证会上露面了，他说他听命于一个他只知道叫"萨姆"的人。

辛格劳布将军的信敦促任何无法参加达拉斯晚宴（每位500美元）的收信人，无论如何都要将他们的姓名列在国际自由斗士纪念计划上（每份50美元），而辛格劳布将军会"亲自呈交给里根总统"。辛格劳布将军强调，即使是最小的捐款也将有助于保持"自由之光的燃烧"。例如，阿富汗的圣战者，他们将是达拉斯晚宴的受益者之一（还包括安哥拉、老挝、南越、柬埔寨、莫桑比克、埃塞俄比亚和尼加拉瓜的自由斗士），不久前，他们仅用"几百美元的塑性炸药"就摧毁了"阿富汗政府大约25%由苏联供应的空军"（或根据辛格劳布将军的说法，价值一亿美元的二十架米格战斗机）。

我记得，读到关于**圣战者**和**几百美元的塑性炸药**这句话时，我想起了我最近在飞往迈阿密的航班上所经历的那种可能性扩大或缩小的确切感觉。许多表面上不相关的因素似乎在辛格劳布将军的信中汇聚在一起；而这种汇聚并不是那种十年前被安东尼·刘易斯谴责的"寻找阴谋"的情况。花几百美元买塑性炸药就能

---

a Tabula rasa effect，指在开始新任务或项目时，人们倾向于忽略先前的经验和知识，将思维过程"重置"为一种新的、未经影响的状态。这种现象可能会导致人们在处理新情况时，不受到以往经验的影响，从而提供更创新和灵活的解决方案。

扭转历史的说法,似乎就是我在450号房间看到的辛格拉布将军和许多人所设想的情景,这也是在迈阿密海滩私人住宅里举行的会议被认为可以颠覆政府的情景。在这种叙事中,个人行动被视为直接影响事件的因素。革命和反革命在私营部门中得以形成,而国家安全机构的存在完全是为了被某股私人势力所利用。

这也是一个语言有后果,故事有结局的叙事。**尼加拉瓜的今天,古巴的明天。**当赫苏斯·加西亚谈到在迈阿密机场附近的霍华德·约翰逊酒店的酒吧休息室开会,讨论计划暗杀美国驻哥斯达黎加大使,炸毁那里的美国大使馆,并把责任归咎于桑迪诺派时,他所说的美国大使就是刘易斯·坦布斯,他是《圣达菲文件》的作者之一,这份长达53页的文件,为华盛顿的许多人阐明了这个计划的确切原因——旨在确保美国介入加勒比政治。让我告诉你,古巴的恐怖分子,劳尔·罗德里格斯在俯瞰比斯坎湾的建筑师公寓的午夜晚宴上说。古巴从不制造塑性炸药。古巴种植烟草,古巴种植甘蔗。古巴从不制造C-4炸药。

那个晚上,迈阿密空气即使在午夜时分也是温暖而柔和的,玻璃门敞开着,通向俯瞰海湾的露台。古巴共和国第15任总统的女儿玛丽亚·埃莱娜·普里奥·杜兰,她的父亲的坟墓就在迈阿密伍德朗公园墓地,从那里可以看到另一位流亡总统,尼加拉瓜的安纳斯塔西奥·索摩查·德瓦伊莱,他在被暗杀后四十八小时被送至亚松森的私人墓穴(这个墓穴没有名字,没有日期,也没有墓志铭,只有彩色玻璃窗上的百合花之间刻有字母AS,就像墓穴的居住者已经从历史中抽身而退)。玛丽亚·埃莱娜·普里奥·杜兰点燃了她的香烟,立刻又把它熄灭了。当劳尔·罗德里格斯那天晚上说,**C-4就是在这里制造的**,他谈论的是人们忘记了在华盛顿做出的决定对华盛顿以外的地方所产生的影响,某些观念所产生的反响,以及它们的代价。这场迈阿密的晚宴是在1985年3月26日举行的。赫苏斯·加西亚描述的迈阿密会议已经举行过了。赫苏斯·加西亚和史蒂文·卡尔描述的离开迈阿密的航班已经"发生了"。这些会议和飞行只是已经发生的事情中最不重要的一部分;也是即将发生的事情的一部分;也是在这个故事常常有结局的世界中,尚未发生的事情的一部分。"事实上,我绝对参与了支持自由战士的决定,"两年多后,美国第40任总统于1987年5月15日表示,"这从一开始就是我的主意。"

1987年10月

NOTES

说 明

说　明

这些说明只是作为指南，仅反映了我所借鉴的公开发表资料中的极小部分，我要对这些作者表示感谢。除公开发表的资料外，我还要特别感谢在迈阿密和华盛顿帮助过我的许多人，尤其要感谢《迈阿密先驱报》的编辑和工作人员，特别是马德琳·布莱斯和约翰·卡岑巴赫；古巴美国国家基金会的弗兰克·卡尔松；马尔蒂电台的埃内斯托·贝当古；迈阿密古巴艺术与文化博物馆的卡洛斯·路易斯；迈阿密－戴德县社区学院的里卡多·保罗·略萨，以及华盛顿的小乔治·史蒂文斯夫妇。我还要感谢纽约的罗伯特·西尔弗斯、迈克尔·科达、洛伊丝·华莱士、索菲·索尔金，特别是丽贝卡·斯托，她寻根究底，不知疲倦，本书中任何错误都应归咎于我。

1

在本章的许多历史细节上，我要感谢休·托马斯的著作《古巴》(Cuba, London:Eyre-Spottiswoode, 1971)，在这本书中，我看到了普里奥离开哈瓦那的照片，当然这张照片此前也曾出现在1952年3月24日的《生活》杂志上。

"他们说我是一个糟糕的古巴总统……"出自小阿瑟·M.施莱辛格的《千日风云》, Boston: Houghton Mifflin, 1965)，第216页。

有关试图在卡马圭省登陆的第三支部队的描述，见约翰·多什纳和罗伯托·法

519

布里西奥的著作《十二月的风》(The Winds of December, New York: Coward, McCann-Geoghegan, 1980)。多什纳和法布里西奥还详细描述了富尔亨西奥·巴蒂斯塔于1959年1月1日离开哈瓦那的情况。

文中提到的肯尼迪竞选声明，施莱辛格在《千日风云》的第72页进行了讨论。

里根在尼加拉瓜难民基金会晚宴发表的讲话，参见《迈阿密先驱报》和《纽约时报》1985年4月16日的报道。

2

关于"游击队折扣"，参见胡安·塔马约1985年7月21日发表于《迈阿密先驱报》的《据称，古巴流亡者向叛乱分子运送武器》("Cuban exiles said to ship guns to rebels")。

关于提供保持安全形象建议的小册子，参见布莱恩·达菲1985年6月5日发表于《迈阿密先驱报》的《走私指南提供"做法"指导》("Smuggling guidebook offers 'how to' hints")。

《财力雄厚的投资者重返北方》("Well-heeled investors returning north")，1985年6月16日发表于《先驱报》。《昂贵的公寓面临大规模止赎》("Costly condos threatened with massive foreclosures")发表于1985年8月2日。《南佛罗里达州强制执行激增》("Foreclosures soaring in S. Florida") 发表于1986年3月28日。《体育馆融资计划依赖于酒店客人》("Arena financing plan relies on hotel guests") 发表于1985年6月7日。《南佛罗里达酒店的客房越来越空》("S. Florida hotel rooms get emptier")发表于1985年10月19日。文中提到的房地产分析师，是评估和房地产经济学协会股份有限公司的总裁麦克·坎农，参见多莉·欧文斯1985年7月17日发表于《迈阿密先驱报》的《沃思押注办公室市场过剩将结束》("Wirth betting that office glut will end")。

关于西奥多·古尔德和迈阿密中心，参见1985年8月9日和10月11日的《迈阿密先驱报》。

3

关于手榴弹的藏匿点和当铺老板，参见布赖恩·达菲和南希·安克拉姆分别于1985年10月25日和11月2日发表于《迈阿密先驱报》的报道。

关于迈阿密海滩停车场枪击案，参见黛比·索恩塔格1985年10月9日的报道《前保安在海滩超市停车场意外自杀》

("Former guard accidentally kills self in Beach supermarket lot")。

关于何塞·"可口可乐"·耶罗的逮捕，参见杰夫·李1985年10月22日的报道。

关于南棕榈滩汽车炸弹案，参见查理斯·L. 格兰特1986年6月28日的报道，《警方称炸弹受害者有生命危险》 ("Bomb victim feared for her life, cops say")。

4

自1980年以来，迈阿密黑人的紧张局势不仅在《先驱报》上得到广泛报道，还在《纽约时报》和《洛杉矶时报》上得到广泛报道。相关背景可参阅布鲁斯·波特和马文·邓恩合著的《1980年迈阿密骚乱》(The Miami Riot of 1980, Lexington, Mass.: D. C. Heath and Company-Lexington Books, 1984)，约翰·卡岑巴赫1980年9月发表于《警察杂志》的《迈阿密不堪重负》("Overwhelmed in Miami")，布鲁斯·波特和马文·邓恩于1981年7月发表于《警察杂志》的《城市贫民区被围困》("Under Siege in an Urban Ghetto")，马德琳·布莱斯1985年5月12日发表于《迈阿密先驱报》周日版杂志《热带》的《开放伤口》("Open Wounds")。

关于引述自橙碗委员会主席的话，参见马克·费舍尔1985年3月21日发表于《迈阿密先驱报》的《CRB "斥责" OB在限制性俱乐部举办派对》("CRB 'slaps' OB for party at restrictive club")。关于南佛罗里达私人俱乐部会员政策，参见费舍尔1985年4月7日、8日和9日分别发表于《迈阿密先驱报》的三篇报道。关于冲浪俱乐部聚会，参见《先驱报》"南佛罗里达社会"系列报道1985年4月4日的《迈阿密精英坚守传统》("Miami's Elite Holds Fast to Tradition")。

关于马列尔事件的背景资料，请参阅托马斯·D. 博斯韦尔和詹姆斯·R. 柯蒂斯合著的《古巴裔美国人的经历：文化、形象和观点》(The Cuban-American Experience: Culture, Images and Perspectives, Totowa, N. J.: Rowman-Allanheld, 1984)，何塞·利亚尼斯的《古巴裔美国人：生存大师》(Cuban Americans: Masters of Survival, Cambridge, Mass.: Abt Books, 1982)，以及《迈阿密先驱报》于1983年12月11日和18日刊登的两篇专题报道《古巴人：一个分裂的民族》("The Cubans: A People Divided")

和《古巴人：一个改变了的民族》（"The Cubans: A People Changed"）。本章还参考了赫尔加·席尔瓦1985年在华盛顿特区的古巴美国国家基金会的支持下发表的研究报告《马列尔的孩子：从震惊到融合》（"Children of Mariel: From Shock to Integration"）。

5

《戴德历史上最有影响力的人物》（"The Most Influential People in Dade's History"）和《戴德历史上最重要的事件》（"The Most Important Events in Dade's History"）刊登于1986年2月3日的《迈阿密先驱报》。人口统计数据是迈阿密商会于1986年提供的。

关于"古巴的迈阿密：非古巴人指南"（"Cuban Miami: A Guide for Non-Cubans"）课程，参见1986年10月10日至11月21日期间每周五的《迈阿密先驱报》。关于路易斯·波提福尔的言论，参见吉列尔莫·马丁内斯1983年1月16日发表于《热带》的报道。关于《迈阿密先驱报》美食版，出自1986年3月20日这一期。关于迈阿密斯普林斯假日酒店及其726运动酒吧特价的介绍，参见弗雷德·塔斯克1985年7月26日的《迈阿密先驱报》专栏。

副总统乔治·布什的演讲于1986年5月20日在迈阿密发表。

乔治·威尔的专栏文章《第一批尼卡拉瓜反政府武装》（"The First Contras"）发表于1986年3月31日的《新闻周刊》。乔治·吉尔德的专栏文章《创造》（"Making It"）发表于1985年《威尔逊季刊》冬季版。关于第8街嘉年华"桑巴"，参见1986年3月10日的《迈阿密先驱报》。

6

引言来自1984年1月19日迈阿密市委员会会议记录的第34页，讲话者是当时的迈阿密市长莫里斯·费雷。

关于罗伯特·梅尔比的话，参见安德烈斯·维格鲁奇1985年3月21日发表于《迈阿密先驱报》的《英语支持者重启行动》（"English proponent renews drive"）。关于泽维尔·苏亚雷斯"完美的英语"，参见1985年11月13日发表于《洛杉矶时报》的《迈阿密市市长选举中，律师苏亚雷斯当选》（"Attorney Suarez Elected Mayor in Miami"），由《时报》新闻社提供。关于《迈阿密先驱报》政治编辑汤姆·菲德勒的专栏文章，参见1985年10月6日发表的《在政治的边缘》（"On the fringes of politics"）。关于劳尔·马斯维达尔未公开电话号码的引用，参见弗雷德·塔斯克在《先驱报》1985年9月23日的专栏文章。关于鳄鱼踢长颈瓶酒吧关店，参见伊万·罗维拉·凯利1986年2月8日发表于《先驱报》的《热闹的乡村路边酒馆关闭》（"Colorful country roadhouse closes"）。顺便提一句，唐娜·赖斯在遇到加里·哈特之前，曾为这家酒吧拍过带有联邦旗的照片广告。查尔斯·怀特德在《先驱报》的专栏文章发表于1986年2月9日。

7

关于吉姆·汉普顿的专栏文章，参见1985年11月17日发表于《先驱报》的《选民的致命之吻？滚蛋吧！》（"Voters' kiss of death? Kiss off!"）。关于安德烈斯·纳扎里奥·萨根和警方"发言人"话，参见安德烈斯·维格鲁奇1986年3月21日发表于《先驱报》的《同意在同一地点举行对立集会》（"Opposing rallies OKd at same site"）。关于标题和照片，参见1986年3月23日的报道。关于友谊火炬广场示威的其他消息来源，还包括贾斯汀·吉利斯1986年4月5日发表于《先驱报》的《苏亚雷斯澄清他对"言论自由"的立场》（"Suarez clarifies his stand on 'free speech'"）；关于1986年3月27日和28日《先驱报》的信函专栏，参见《先驱报》的当期内容（苏亚雷斯市长的信件发表于1986年3月27日）；关于查尔斯·怀特德的《先驱报》专栏文章，参见发表于1986年3月25日的《阻碍言论自由是不民主的》（"Impeding right to free speech is undemocratic"）。关于卡尔·海森的《先驱报》专栏文章，参见发表于1986年3月26日的《在集会中袭击人的暴徒不是爱国者》（"Goons who hit man at rally aren't patriots"）。

何塞·马蒂的信是写给曼努埃尔·默卡多的，收录在《何塞·马蒂全集》（*Obras Completas*）第一卷，译文为休·托马斯的版本。

计划限制未成年儿童离家的市长候选人是埃韦利奥·埃斯特雷亚，其声明参见《迈阿密新闻》1985年10月10日的"迈阿密市市长论坛"（"Miami Mayoral Forum"）系列。关于贝尼特斯将军的声明，参见1985年10月8日的同一系列。

《度假胜地在古巴出售阳光和乐趣》（"Resort sells sun, fun—in Cuba"），作者为阿方索·查迪，1985年4月17日发表于《先驱报》。《自由市场让哈瓦那焕然一新》（"Free markets allow Havana to spiff up"），作者同为阿方索·查迪，1985年3月25日发表于《先

迈阿密

驱报》。

关于何塞·马蒂的话，摘自《何塞·马蒂全集》第三卷，也出现在《何塞·马蒂：思想》(José Martí: Thoughts/Pensamientos, New York: Eliseo Torres—Sons—Las Américas Publishing Co., 1980—1985) 第109页，该书由卡洛斯·里波尔翻译，这也是本书采用的译本。

关于肯尼迪和里根的话，参见第一章的说明。

8

关于艾伦·杜勒斯的话，参见施莱辛格的《千日风云》第242页；关于约翰·F.肯尼迪的话，参见该书第257页。

关于民意调查，参见1983年1月16日《迈阿密先驱报》热带版的第84页。关于"非组织"的存在，首次报道参见塞莉娅·W.达格尔1985年9月1日发表于《迈阿密先驱报》的《秘密指导迈阿密38人》("The 38 who secretly guide Dade")。

关于西奥多·C.索伦森的话，参见其著作《肯尼迪》(Kennedy, New York: Harper—Row, 1965) 第722页。

关于JM/WAVE的背景，参见威廉·R.阿姆朗1975年3月9日发表于《迈阿密先驱报》的《CIA在戴德县的运作方式》(How the CIA operated in Dade)，泰勒·布兰奇和乔治·克赖尔三世1975年8月发表于《哈泼斯》的《肯尼迪的复仇》("The Kennedy Vendetta")，约瑟夫·伯克霍尔德·史密斯的《冷战战士肖像》(Portrait of a Cold Warrior, New York: G.P. Putnam's Sons, 1976)，以及《肯尼迪总统遇刺案调查：美国众议院暗杀委员会第95届国会听证会》(Investigation of the Assassination of President John F. Kennedy: Hearings before the Select Committee on Assassinations of the U.S. House of Representatives, 95th Congress, Washington, D.C: U.S. Government Printing Office, 1979)，特别是第十卷。在此期间，CIA在迈阿密的活动也在《肯尼迪总统遇刺案调查：情报机构绩效》(The Investigation of the Assassination of President John F. Kennedy: Performance of the Intelligence Agencies) 一书中有所涉及，该书是《美国参议院第94届国会有关情报活动政府运作审查特别委员会的最终报告》(Final Report of the Select Committee to Study Governmental

Operations with respect to Intelligence Activities, U. S. Senate, 94th Congress,Washington, D. C: U. S. Government Printing Office, 1976)的第五卷。

关于1962年12月肯尼迪总统和夫人出席橙碗比赛的情况,参见索伦森的著作《肯尼迪》第308页,施莱辛格的著作《千日风云》第839页,以及《罗伯特·肯尼迪与他的时代》(Robert Kennedy and His Times, New York: Ballantine Books, 1979)的第579页。"但CIA是否又故技重施?"参见《罗伯特·肯尼迪与他的时代》第586页。

关于南方航空运输公司融资,参见威廉·R.阿姆朗1975年3月10日发表于《迈阿密先驱报》的《CIA廉价出售航空公司》("CIA sold airline cheap"),马丁·默策尔1986年12月10日发表于《迈阿密先驱报》的《航空公司静静地工作》("Airline does job—quietly")。

施莱辛格的话,参见《罗伯特·肯尼迪与他的时代》的第588页。关于教会委员会的证词,做证时间为1976年5月16日,参见《肯尼迪总统遇刺案调查》第五卷第11页。

关于JURE及"自主行动",参见《肯尼迪总统遇刺案调查》第十卷第77页。关于1963年6月特别小组会议批准CIA监督古巴流亡者在古巴境内行动的记载,参见教会委员会1975年的临时报告《涉嫌谋杀外国领导人的阴谋》(Alleged Assassination Plots Involving Foreign Leaders)。

关于CIA内部报告,参见《肯尼迪总统遇刺案调查》第四卷第126页。

施莱辛格的话,参见《罗伯特·肯尼迪与他的时代》第586页。肯尼迪的话,参见《肯尼迪总统遇刺案调查》第十卷第14页。詹姆斯·安格尔顿的话,来自迪克·拉塞尔对位于华盛顿的"陆军-海军俱乐部"的多次采访,参见1976年10月29日发表于《新闻时报》的《小哈瓦那的恐怖统治》("Little Havana's Reign of Terror")。

《罗伯特·肯尼迪与他的时代》的相关脚注见该书第513页。关于教会委员会的证词,做证时间为1976年5月6日,参见《美国参议院第94届国会有关情报活动政府运作审查特别委员会的最终报告》第五卷第14页。

肯尼迪的话,参见《千日风云》第839页。索伦森的话,参见《肯尼迪》第722页。施莱辛格的话,参见《罗伯特·肯尼迪与他的时代》第579页。

迈阿密

9

关于埃迪华·阿罗塞纳的逮捕的报道,参见吉姆·麦基1983年7月24日发表于《迈阿密先驱报》的《阿罗塞纳"武器库"被发现》("Arocena 'Armory' Uncovered"),米里亚姆·阿罗塞纳、2506旅首领、安德烈斯·纳扎里奥·萨根,以及迈阿密WQBA-"非常古巴"电台新闻总监托马斯·加西亚·富斯特的言论也出自该文。关于泽维尔·苏亚雷斯和阿罗塞纳辩护基金,参见赫尔加·席尔瓦和盖伊·古格里奥塔1983年12月11日发表于《迈阿密先驱报》的特别报道《"事业"凝聚流亡社区》("'La Causa' binds exile community")。关于欧米加7号事件,参见二十世纪七十年代末以来《迈阿密先驱报》和《纽约时报》的报道,特别是后者于1980年3月3日发表的罗宾·赫尔曼详细报道《美国赋予追捕反卡斯特罗组织"最高优先级"》("'Highest Priority' Given by U.S. to Capture of Anti-Castro Group")。

关于马克斯·莱斯尼克的背景,参见休·托马斯的《古巴》,约翰·多斯纳和罗伯托·法布里西奥的《十二月的风》和赫尔加·席尔瓦1983年12月11日发表于《迈阿密先驱报》的特别报道《"软蛋"经常被排斥》("Those called 'soft' are often shunned")。

关于发生在凡尔赛宫的卢西亚诺·尼埃维斯事件,参见何塞·利亚尼斯所著《古巴裔美国人:生存大师》第127页。《迈阿密先驱报》1986年11月26日报道,一名名为瓦伦丁·埃尔南德斯的流亡者在1978年因杀害吕西亚诺·尼埃维斯,"被判二十五年监禁,不可保释"。八年后,当他向法院申请提前释放时,收到了六千封支持信,以及一些请愿书,将他描述为"反对共产主义压迫的政治犯"。

10

关于"对话"和奥兰多·帕德龙与雪茄的讨论,参见巴里·贝拉克1982年11月30日发表于《洛杉矶时报》的《反卡斯特罗的热情仍然在小哈瓦那燃烧》("Anti-Fidel Fervor Still Burns in Little Havana"),大卫·维达尔1979年12月21日发表于《纽约时报》的《在联合城,猪湾事件的记忆不会消逝》("In Union City, the Memories of the Bay of Pigs Don' Die"),豪尔赫·菲耶罗1980年1月20日发表于《纽约时报》的《对于社区来说,这次访问是一场悲伤的表演》("For the Comunidad, the Visit Is a Sad Show"),以及马克斯·阿齐克里1984年发表于《阿雷托》第九卷,第36期的《对"内部古巴"与"外部古巴"之间对话的实用分析》("Un análisis pragmático del diálogo entre la Cuba del interior y la del exterior")。

关于菲德尔·卡斯特罗的话,参见卡洛斯·弗兰奇的《古巴革命日记》(Diary of the Cuban Revolution, New York: The Viking Press, 1980)第67页。

关于卡洛斯·穆尼斯·瓦雷拉的背景,参见路易斯·安赫尔·托雷斯1984年发表于《阿雷托》第九卷,第36期的《卡洛斯·穆尼斯简介》("Semblanza de Carlos Muñiz")。关于尤拉利奥·何塞·内格林谋杀案,参见《纽约时报》1979年11月26日的报道《联合城的古巴难民领袖遭谋杀》("Cuban Refugee Leader Slain in Union City")。关于《新闻日报》爆炸案,参见罗宾·赫尔曼1980年3月3日发表于《纽约时报》的文章,第九章的注释。关于TWA爆炸案,参见罗伯特·D. 麦克法1979年3月26日发表于《纽约时报》的《肯尼迪号炸弹伤及行李区四名工人》("Kennedy Bomb Hurts Four Workers in Baggage Area")。

11

关于《阿雷托》于1974年与1984年的声明,其译文由《阿雷托》提供。关于流亡迈阿密被称为"畸形胎儿……",参见卢尔德·阿圭勒斯和加里·麦考因1984年发表在《阿雷托》第九卷,第36期的文章,译文由我提供。

《桑迪诺纪录电影导论》(第118页),参见1984年的《阿雷托》,第十卷,第37期。马里菲丽·佩雷斯-斯塔布尔的话,参见赫尔加·席尔瓦1983年12月11日发表于《迈阿密先驱报》的特别报道《那些被称为软蛋的人……》("Those called soft...")。关于卢尔德·卡萨尔的背景,参见1984年的《阿雷托》,第九卷,第36期。关于洛雷斯·普里达和《缝补与歌唱》的争议,参见《迈阿密先驱报》于1986年5月前两周的广泛报道。

提及雷塔马尔与马尔克斯名字的《阿雷托》报头文章为载于第九卷,第36期的《古巴研究所或多元主义的狭窄界限》("El Instituto de Estudios Cubanos o los estrechos límites del pluralismo",作者署名为阿雷托董事会)和《古巴研究所与<阿雷托>的关系:趋同与分歧》("Sobre las relaciones entre el Instituto de Estudios Cubanos y Areíto: convergencias y divergencias",作者署名为玛丽亚·克里斯蒂娜·埃雷拉/阿雷托董事会)。

关于无人陪伴儿童计划,参见迈克

尔·J. 克纳利的《南佛罗里达的天主教：1868—1968》（Gainesville: University of Florida Press, 1982）。《逆风而行》（Contra Viento y Marea）的摘录，参见《阿雷托》第九卷第36期重印版，译文由我提供。

12

关于"P. M. 事件"，参见"美国大学区域研究"系列的《古巴地区手册》（Area Handbook for Cuba, Washington, D.C.: U.S. Government Printing Office, 1976）第330页，卡洛斯·弗朗基的《与菲德尔的家庭肖像》（Family Portrait with Fidel, New York: Vintage Books, 1985）第131—133页，以及《一个拿着相机的人》（A Man with a Camera, New York: Farrar, Straus—Giroux, 1984）第139页。关于《玻赫米亚》（Bohemia），参见《与菲德尔的家庭肖像》和休·托马斯所著《古巴》的第1292页。

关于何塞·巴尔斯争议，参见利兹·巴尔马塞达和杰伊·杜卡西1984年9月2日发表于《迈阿密先驱报》的《监狱中的英雄，被释放的诗人激起了流亡者的愤怒》（"Hero in jail, freed poet provokes exile ire"）。关于阿曼多·瓦拉代雷斯：国家民主基金会主席卡尔·格什曼在1985年3月29日向参议院外交关系委员会声明称，基金会的努力"涉及教育、文化和传播领域"，其中包括"协助著名古巴作家和前政治犯阿曼多·瓦拉代雷斯组织的一项计划，旨在向欧洲公众传达古巴的人权状况"。

关于奥兰多·博什博士的背景，参见《肯尼迪总统遇刺案调查》第十卷，第89—93页。关于路易斯·波萨达·卡里列斯的背景，参见蒂姆·戈登1986年10月16日发表于《迈阿密先驱报》的《尼卡拉瓜反对派称逃亡者运输物资》（"Sandinistas say escapee ran supplies"），山姆·迪龙1986年10月21日发表于《迈阿密先驱报》的《逃犯可能是反政府武装的供应商》（"Fugitive may be contra supplier"），山姆·迪龙和盖伊·古利奥塔1986年11月2日发表于《迈阿密先驱报》的《逃犯如何加入叛军的供应网络》（"How jail escapee joined rebels' supply network"，该报道还提到了乔治·布什的发言人），以及《肯尼迪总统遇刺案调查》的第十卷，第44页。

释放奥兰多·博施委员会主席的话，参见桑德拉·迪布尔1986年12月13日发表于《迈阿密先驱报》的报道《博什的朋友前来观看他艺术作品展》（"Bosch's friends turn out to view exhibit of his artworks"）。为博什博士辩护的信，参见1985年11月20日的《先驱报》，翻译由我提供。科斯梅·巴罗斯和诺玛·加西亚的话，参见雷纳尔多·拉莫斯1986年7月27日发表于《迈阿密先驱报》的《对于迈阿密的古巴人来说，博什是民间英雄》（"To Miami Cubans, Bosch is folk hero"）。关于1977年CIA文件，参见《逃犯如何加入叛军的供应网络》。

关于奥兰多·博什博士的CIA经历，参见《肯尼迪总统遇刺案调查》第十卷，第90页。理查德·赫尔姆斯的话，参见同一文件的第四卷，第159页。

13

关于罗伯特·C. 麦克法兰的话，参见乔安·奥曼1985年8月26日发表于《华盛顿邮报》国家周刊版的《白宫的尼加拉瓜代理人：一名海军军官政策手段》"The White House's Nicaragua Middleman: A Marine Officer Implements Policy"，这是整个事件中最早提到奥利弗·诺斯中校的文章。

14

关于吉列尔莫·诺沃和莱特利尔案，参见泰勒·布兰奇和尤金·M. 普罗珀合著的《迷宫》（Labyrinth, New York: The Viking Press, 1982）。

关于菲利普·里维罗和迈阿密的古巴广播电台，参见法比奥拉·桑蒂亚哥1986年6月22日发表于《迈阿密先驱报》的《当电台说话，听众行动》（"When stations talk, listeners act"）和《迈阿密的西班牙语广播电台的一些声音》（"Some voices of Miami's Spanish-language radio"）。

关于里根就奥兰多·莱特利尔之死发表的广播讲话，参见罗尼·达格尔所著《论里根：他的人生与总统任期》（On Reagan: The Man and His Presidency, New York: McGraw-Hill, 1983）的第521—523页。关于杰西·赫尔姆斯的话，引自《迷宫》。关于罗纳德·里根对黑名单的评论，参见罗伯特·舍尔所著《足够多的铲子：里根、布什与核战争》（With Enough Shovels: Reagan, Bush—Nuclear War, New York: Random House, 1982）的第259页。

关于罗纳德·里根对萨尔瓦多敢死队的言论，参见乔治·斯科尔顿1983年12月3日发表于《洛杉矶时报》的《里根怀疑叛乱分子参与了敢死队的杀戮》（"Reagan Suspects Rebels of Death Squad Killings"）。关于罗纳德·里根对于桑迪诺派身着自由战士制服乔装自己的评论，参见1986年3月16日《迈阿密先驱报》发表的《尼加拉瓜杀手实为桑迪诺派的特工》（"Nicaraguan killers really Sandinista agents"），以及鲁迪·阿布拉姆森1986年3月16日发表于《洛杉矶时报》的《里根指责桑迪诺派以反对派的身份行凶》（"Sandinistas Kill in Contra Guise, Reagan Charges"）。

大卫·格根的话，参见罗尼·达格尔的《论里根》。关于罗纳德·里根的"医学科学家证实……"等言论，参见弗朗西斯·X.克林斯1984年1月31日发表于《纽约时报》的《里根告诉广播员，流产胎儿遭受痛苦》（"Reagan Tells Broadcasters Aborted Fetuses Suffer Pain"）。汉娜·阿伦特有关宣传的讨论，参见其著作《极权主义的起源》（New York: Harcourt Brace, 1966）第341—364页。

关于罗纳德·里根1983年访问迈阿密的情形，参见乔治·斯科尔顿1983年5月21日发表于《洛杉矶时报》的《里根誓言捍卫拉丁美洲的自由》（"Reagan Vows to Defend Latin American Liberty"），雷金纳德·斯图尔特1983年5月20日发表于《纽约时报》的《迈阿密的古巴人热切盼望里根来访》（"Cubans in Miami Await Reagan's Visit Eagerly"），以及赫尔加·席尔瓦和利兹·巴尔马塞达1983年5月21日发表于《迈阿密先驱报》的《超级明星惊艳小哈瓦那》（"Superstar Wows Little Havana"）。

15

"进行了几个小时的会议后……"，参见何塞·利亚尼斯的《古巴裔美国人：生存大师》第74页。"我们的心沉了下去……"和"我从未见过……"，参见施莱辛格所著《千日风云》第283—284页。"重新引起了国会的疑虑……"，参见菲利普·陶伯曼1984年4月9日发表于《纽约时报》的《拉丁辩论重新聚焦》（"Latin Debate Refocused"）。

拉里·斯皮克斯和迈克尔·迪弗的话，参见迈克尔·普兹尔的美联社报道（1984年4月12日电讯发布，4月15日印刷发行）。大卫·格根的话，参见斯蒂文·R.韦斯曼和弗朗西斯·X.克莱恩1984年1月10日发表于《纽约时报》的文章《问答：大卫·R.格根——总统核心幕僚回顾》（"Q. & A.: David R. Gergen-Key Presidential Buffer Looks Back"）。莫顿·康德拉克的话，参见他对罗伯特·达莱克《罗纳德·里根：象征政治》(Ronald Reagan: The Politics of Symbolism)的评论，发表于1984年3月4日的《纽约时报》书评版。1984年美国企业研究所讨论会于同年3月1日在华盛顿五月花酒店举行，主题为《里根政府与新闻界：问题出在哪里？》("The Reagan Administration and the Press: What's the Problem?")。

16

《八十年代美洲洲际新政策》可以在图书馆（国会图书馆目录号 81-68443）或位于华盛顿特区东南部的第 8 街 729 号的美洲安全委员会获取。关于圣达菲文件，参见爱德华·科迪 1985 年 6 月 17 日发表于《华盛顿邮报》国家周刊版的文章《哈瓦那的失望：美国关系未见缓和》("Disappointment in Havana: No Thaw in U. S. Relations")。关于国家安全计划小组文件中提及的真相计划，以及公共外交办公室的成立，参见阿方索·查迪 1986 年 10 月 13 日发表于《迈阿密先驱报》的《据悉，机密文件泄露将损害尼加拉瓜》("Secrets leaked to harm Nicaragua, sources say")。关于费丝·瑞恩·惠特尔西和奥托·胡安·雷希的引文，出自蒂姆·戈尔登 1983 年 12 月 21 日发表于《洛杉矶时报》的《里根反击中美洲政策的批评者》("Reagan Countering Critics of Policies in Central America")。

关于杰克·惠勒的背景，请参阅保罗·迪恩 1985 年 8 月 1 日发表于《洛杉矶时报》的《冒险家致力于反共事业》("Adventurer Devotes Energy to Anti-Communist Causes")。关于《华盛顿邮报》的故事，参见乔安·奥曼的《白宫的尼加拉瓜代理人：一名海军军官政策手段》。

关于史蒂文·卡尔和赫苏斯·加西亚的背景，参间胡安·塔马约的《据称，古巴流亡者向叛乱分子运送武器》；洛瑞·罗扎 1986 年 8 月 10 日发表于《迈阿密先驱报》的《反叛雇佣兵希望过上新生活》("Contra mercenary wants new life")，史蒂文·J. 海德斯 1987 年 1 月 6 日发表于《迈阿密先驱报》的《证人声称美国参与援助逃脱》("Witness claimed U. S. aided escape")，阿方索·查迪 1986 年 7 月 13 日发表于《迈阿密先驱报》的《反对派武器调查可能会引发首次起诉》("Contra weapons probe may bring first prosecution")，林恩·奥肖内西和马克·亨利 1986 年 12 月 15 日发表于《洛杉矶时报》的《尼加拉瓜武器走私案的证人去世》("Witness in Nicaragua Arms Trafficking Dies"），桑德拉·迪布尔1986年8月4日发表于《迈阿密先驱报》的《反对派支持者入狱》（"Contra supporter lands in jail"），史蒂文·J. 海德斯1986年12月30日发表于《迈阿密先驱报》的《独立律师可能会终结迈阿密的调查》（"Independent counsel may end Miami probe"），阿方索·查迪1986年7月12日发表于《迈阿密先驱报》的《反政府武装可能引发美国调查》（"Rebel guns may spur U. S. probe"），1986年4月11日发表于《纽约时报》的《对反政府武器的调查报告》（"Inquiry Reported into Contra Arms"），凯特琳·兰德尔1986年4月23日发表于《迈阿密先驱报》的《案件五人候审》（"5 await trial in 'sensitive' Costa Rican case"）。关于罗伯特·欧文，参见阿方索·查迪1986年6月8日发表于《迈阿密先驱报》的《理想主义把他卷入了反政府斗争》（"Idealism drew him into contra struggle"）。关于蒂姆·戈尔登，参见1987年2月16日发表于《迈阿密先驱报》的《国务院顾问与滥用反政府援助有关》（"State Department adviser tied to misuse of rebel aid"）。

安东尼·刘易斯的专栏文章《不应该做的事》（"What Not to Do"），发表于1975年9月25日的《纽约时报》。关于W. 大卫·斯劳森和威廉·科尔曼的备忘录，参见1979年《肯尼迪总统遇刺案调查》第十卷第5页。文中引述施莱辛格的话见于《千日风云》第207页。

AFTER HENRY

亨利去后

许晔 / 译

献给亨利·罗宾斯和布雷特·伊斯顿·埃利斯，
他们都曾与本书的出版商共度时光。

目 录

I 亨利去后 ……….539

541　亨利去后

II 华盛顿 ……….547

549　渔王之域

III 加 州 ……….565

567　黄金西部的女孩
576　环太平洋
595　洛杉矶纪事
610　市政厅一瞥
622　洛城黑色故事
629　火 季
634　时代镜报广场

Ⅳ 纽 约 **651**

653　滥情之旅

I.
AFTER HENRY

亨利去后

AFTER HENRY
(1979)

亨利去后

  1966年夏天,我住在布伦特伍德[a],房子是借的,还有了个宝宝[b]。我出了一本书,在三年前。丈夫也在写他的第一本。那几个月的日记账上,4月没有一分钱的收入,5月有305.6美元,6月无,7月有5.29美元,来自一项资本资产的红利,是祖母留给我的50股全美人寿(Transamerica)股票。这份1966年的日记账还记录着洗衣单和儿医预约,记录着收到六十个洗礼礼物,写了六十份感谢信,还有萨克斯[c]夏季促销,从南县油气提取15美元押金的申请,但没记录我们和亨利·罗宾斯初次见面的那天。

  这个遗漏如今于我奇特而伤感,它展现了新生儿和住在别人家会给那些靠心智谋生的人的情绪带来怎样的裂痕。在1966年那个6月夜晚之前,亨利·罗宾斯对我们来说只是个概念,又一个纽约编辑,一个来自法勒-斯特劳斯-吉鲁出版社的陌生人,打电话或写信说要来加州见几个作家。那个夏天,我觉得自己算不上一个作家,所以我含糊其词,羞于与一个编辑共进晚餐,羞于坐下来讨论我根本没在写的"作品",但最后我还是去了:

---

[a] Brentwood,位于旧金山湾区东部的一座城市。
[b] 1966年,琼·狄迪恩与丈夫领养了女儿昆塔娜。
[c] 即萨克斯第五大道百货公司。

亨利去后

最后，我穿上黑色丝绸裙子，与丈夫一起去了贝弗利山的小馆[a]，见到了亨利·罗宾斯，立刻开始开怀大笑。我们三个离开小馆，又去了黛西俱乐部[b]，谈笑到凌晨2点，听着《午夜时分》（"In the Midnight Hour"）和《轻柔如我离去》（"Softly As I leave You"），一遍又一遍，听着彼此风趣、巧妙、轻快的声音，这声音超越了洗丢的衣物、保姆和5.29美元的股息，这声音充满希望，是**作家**的声音。

总而言之，我们都醉了，在夏天结束前，亨利·罗宾斯跟我们俩都签了合同，于是从1966年夏天到1979年夏天，几乎没有哪一周我们不和亨利·罗宾斯聊天，聊让我们开心、感兴趣或烦恼的事，聊我们的希望和顾虑，聊作品、爱、金钱和八卦；聊我们的近况，无论好坏。1979年7月的一个早晨，我们收到来自纽约的消息，几个小时前，亨利·罗宾斯在上班途中去世了，五十一岁的年纪，倒在14街地铁站的地上。我只想和一个人聊这件事，这个人就是亨利。

"童年是无人死亡的王国"，埃德娜·圣文森特·米莱[c]的这句诗，自第一次读后，就一直印在我脑海里，我那时是个孩子，无人死亡。当然有人去世，但他们不是年纪大了，就是出了意外，死于斯塔尼斯劳斯河划艇、给猎枪上膛或时速95英里的酒驾：死亡被诠释为一种"祝福"或一场意外，是突降于别人（从不是我们自己）故事里的戏剧性事件。疾病，在我和身边大部分人仍然滞留的童年王国里，威力都有限。不明病因引起的发烧，只会导致卧床一周；胸痛，检查后发现是癔症。

随着时间的流逝，我们中的很多人都会意识到，此前的顺遂绝非标配，不过是得到了祝福和保佑，或者纯粹是出于幸运，就像手气正旺的赌徒，但那时候，我们都太忙了：日子过得太满、太杂乱，身边有太多朋友、责任、孩子、晚宴、截止日期、接下的活和做不完的活。"你无法想象，认识的每一个人都走了是什么感觉。"一个相熟的老人对我说，我点点头，并没有明白，心想：我当然可以，我能想象；说来惭愧，我甚至想象过，如果能丢下所有的负担和承诺，在没有人认识自己的地方

---

[a] The Bistro，位于贝弗利山的高档餐厅，现已关闭。
[b] The Daisy，位于贝弗利山的高档餐厅，当地第一家会员制私人舞厅，现已关闭。
[c] Edna St. Vincent Millay（1892—1950），美国女诗人、剧作家、女权主义者与社会活动家，1923年凭《竖琴织工集》（The Ballad of the Harp-Weaver and Other Poems）获普利策诗歌奖。

自由漂浮，一定会很平静吧。我曾以为，日子会永远那么满，没空相见的朋友永远那么多。我曾幻想，在未来，我们都会出现在彼此的葬礼上。但我错了。我无法想象，我不能理解。现实是，我会参加亨利的葬礼，而他不会参加我的。

其实葬礼也不是葬礼，更像一场追悼会，是当时盛行的形式。一个湿热的 8 月早晨，我们所有人聚在纽约 64 街中央公园西侧的道德文化学会（Society for Ethical Culture）礼堂里。跟文字打交道的人都知道，他人的文字安排，总是会侵入你的真实生活经验，那个纽约的早晨也不例外。"与我同在：不要离开"，整场仪式里，这句话无声地回响在我耳边；我丈夫在致辞，还有另外六位与亨利·罗宾斯关系密切的作家和出版商——威尔弗里德·希德、唐纳德·巴特尔梅、约翰·欧文、多丽丝·格伦巴赫，法勒-斯特劳斯-吉鲁出版社的罗伯特·吉鲁，达顿出版社的约翰·麦克雷——但我耳边回荡的却是德尔莫尔·施瓦茨一首诗的片段，他去世于十三年前，是另一个纽约夏天的悲剧。**与我同在：不要离开**。之后是：

控制我们的步伐，在老去之前，
一起走在退场的路上，
如同卓别林和他的孤儿姐妹。

五年前，亨利离开了法勒-斯特劳斯-吉鲁，去了西蒙-舒斯特，我也跟着他过去了。两年后，他离开了西蒙-舒斯特，去了达顿。这次我没有跟去，而是留在了签合同的地方，但我仍是亨利的孤儿姐妹，亨利的作家。我记得他总是担心我们的钱不够花，有时他会开口问我们需不需要帮忙，虽然这对他来说很困难。我记得他不喜欢《顺其自然》这个书名。我记得在芝加哥一家旅馆房间，在电话里冲他发火，只因为《真诚的忏悔》(*True Confessions*) 还没有出现在克罗赫-布伦塔诺书店的橱窗里。我记得 1970 年的万圣节晚上，在纽约，我们的孩子一起去西 86 街讨糖，亨利与妻子还有两个孩子住在那里。我记得那间西 86 街的公寓挂着白色窗帘，一个炎热的夏日夜晚，我们都坐在那里，吃着龙蒿鸡肉冻，看着窗帘飘起，在河边的空中飞舞，而我们的世界看起来是花团锦簇中的一个。

我记得跟亨利争论《公祷书》中的第二句是否该使用第二人称。我记得他的受伤和愤怒，当我们，他的孤儿姐妹或孤儿兄弟中的任何一个，收到一条差评、一个批评的字眼，甚至一封他以为会毁掉我们哪怕最微不足道的时刻的信。我记得他飞来加州，只因为我想让他读一读《公祷书》的前 110 页，却又不想寄去纽约。我记得 1975 年的一个晚上，当我需要他时，他就出现在了伯克利；那天晚上我要做一场演讲，但我吓坏了，因为我要在很多英语文学系教授面前发言，而他们中的很多人都教过我。在亨利来之前，我六神无主，仿佛成了我自己梦中被曝光的祭品。我记得他先是到了教授俱乐部，我当时待在那儿，随后陪我在校园里一路走到2000LSB，我即将演讲的地方。我记得他告诉我，一切都会好的。我记得我相信了他。

除了《顺其自然》的书名和《公祷书》第二句的第二人称这两件事，我一直相信亨利对我说的每一句话，即使时间、性格和靠编书写书来谋生的困难，让我们之间的关系变得复杂，我仍然相信他。编辑为作者所做的事是神秘的，而且和大家以为的相反，这些跟书名、词句或"修改"没有多大关系。跟芝加哥的克罗赫－布伦塔诺书店橱窗也没有多大关系，即便我为此对他发过火。比起这些，编辑和作者之间的关系要微妙得多，也深刻得多，同时由于太难捉摸，太过极端，几乎像是亲子关系：编辑——亨利·罗宾斯这样的编辑——是这样的一个人，他给予作家的是一种自我认知，一种能够让他/她独自坐下来开始写作的自我想象。

这是个棘手的任务，需要编辑维持一种信念，一种作家本人都只在极少数瞬间才会闪过的信念；不仅如此，他还要喜欢这个作家，这很难做到。作家很少能讨人喜欢。他们对现实事务一筹莫展，所有的本事都留在了打字机前。他们害怕自己对社会的贡献转瞬即逝，甚或根本没有贡献。而且由于出版业的利润极其微薄，不断吸引着那些对这种边缘性深有体会的人，那些因为无法和赌桌上的高级玩家平起平坐（不是并购经理，不是电影公司经营者，甚至不是出版公司背后控股方的重要人物）而感到愤怒和丢脸的人，于是，出版商或编辑会抓住作家的这种恐惧，放大它，并最终把这个作家变成"真实"出版世界里一个必要但无足轻重的装饰品，也就成了一件再自然不过的事。在真实世界里，出版商和编辑们不会大晚上搭特兰斯航空[a]飞到加州，来安慰一个恐慌不安的二流作家。真实世界里的出版商和编辑们坐的是 G-3[b] 飞机，更喜欢和他们尚未成为的掠食者共游加拉帕戈斯群岛[c]。那些对自己所处的阶级充满鄙夷的出版商和编辑，可以通过把这种鄙夷转移到作家身上来寻求安慰——毕竟，他们没有 G-3 飞机，还被视作要靠出版商养活。

这种安慰，或者说这种鄙夷，都不在亨利的理解范围之内。我最后一次见到他，是在他摔倒在 14 街地铁站地上的两个月前，在洛杉矶的一个夜晚，美国书商协会年度会议接近尾声。他在去派对的路上，顺路来到我们家，我们劝他别去赴宴，留下来和我们一起吃晚饭。那天晚上他跟我说的话，如此含蓄，隐隐地提到了其他人、其他承诺，以及自 1966 年那个夏夜后我们之间发生的一切，但归根结底，他是想让我知道：没有他，我也可以做到。我不相信亨利说的话，这是第三件。

---

a TWA（Trans World Airlines），美国著名航空公司，成立于 1925 年，在二十世纪六七十年代采取低价政策，争取到大量用户，2001 年被美国航空收购。

b Corporate G-3，湾流航空公司制造的商务飞机，广受商业和私人客户欢迎。

c The Galapagos，厄瓜多尔度假胜地。

II. WASHINGTON

华盛顿

IN THE REALM OF THE FISHER KING
(1989)

渔王之域

镜头之外的时间里，罗纳德·里根总统会在白宫回复公民信件，每周五十封，这些信由负责他信件工作的工作人员挑选出来，他的新闻发言人佩吉·努南后来这样告诉我们。他把来信中的家庭合影放进口袋或抽屉里。若他没查到邮政编码，还会向秘书道歉，因为他没有亲自去找。他亲自削铅笔，也亲自冲咖啡，从萨克拉门托一路跟随他到华盛顿的秘书海伦妮·冯达姆说道。

在后里根时代，急着给这个特殊白宫的特殊之处盖棺论定，我们就忘了此地真正的特殊之处：比核心缺失影响更大的，是这空心留下的巨量离心力，在边缘肆意旋转。里根白宫是一个允许宏大愿景生发的地方。一种椭圆形办公室[a]有人坐镇时几无可能存活的热情在这里恣意蔓延。"你去了一个人家里，去洗手间时路过卧室，看到床边桌子上摆着一本厚书，是半打开着的保罗·约翰逊[b]的《摩登时代》。"佩吉·努南，一个给了罗纳德·里根《霍克角男孩们》[c]和"挑战者"号宇航员们"挣脱大地坚

---

a 即总统办公室。
b Paul Johnson（1928—2023），英国记者、历史学家，最初是左翼学者，后期转变为保守主义。
c The boys of Pointe du Hoc，指1984年，里根在纪念诺曼底登陆四十周年活动上的演讲。

亨利去后

固的束缚"[a]，给了乔治·布什"千万点光芒"和"一个更仁善、更亲和的国家"[b]的人，在《我所见的革命：里根时代的政治生活》(What I saw at the Revolution: A Political Life in the Reagan Era)中这般告诉我们。

"三个月后，你又去了一次，它还在那儿。"她写道，"那时有一些特定用词。你得用'概念'而不是'想法'，'口角'而不是'争论'，你有一个'势在必得的态度'，你接触到的是'时代精神'。不是有'意向'而是有'议程'，人不是'错的'而是'完全错误'，你不是'正在做什么'而是'正在搞定什么'，不是'协议'而是'成交'。所有政治都是'局部'的，更重要的是，所有经济都是'微观'的。还有短语，'人事是政策'，'理念有后果'，'理念推动政治'，'这是理念之战'……'无所作为是在维持现状'，'推回勃列日涅夫主义'，以及'天下没有免费的午餐，

尤其是当你跟记者们吃饭的时候'。"

1984年，佩吉·努南来到华盛顿，三十三岁，从布鲁克林到马萨皮夸到菲尔莱·迪金森大学再到CBS做广播，在那儿她给丹·拉瑟[c]写五分钟评论。几年后，当拉瑟告诉她，作为圣诞礼物的替代，他愿意捐款给她最爱的慈善机构时，她选的慈善机构是威廉·J.凯西基金会支持尼加拉瓜反抗军的项目。刚来时，她没有立刻见到里根，直到几个月后，才见到那个她和其他撰稿人要负责其每一场公共演讲的男人；她入职白宫时，演讲撰稿人们已经有一年多没跟里根先生讲上一句话。"我们就跟他挥挥手。"一个人说。

由于没有一个真正的总统，这个来自一个庞大爱尔兰天主教家庭的聪明姑娘，就坐在老行政办公大厦[d]的办公室里，造了一个理想的总统：她读了韦切尔·林赛（尤其是"我赞颂着布赖恩，布赖恩，布赖恩

---

[a] The Challenger crew slipping the surly bonds of earth，来自"二战"时期的军旅诗人小约翰·吉莱斯皮·马吉 (John Gillespie Magee Jr., 1922—1941)。1986年，"挑战者"号载人航天飞机解体，七名宇航员全部遇难。里根就此事发表了演讲。

[b] 两处引语的原文分别为 the thousand points light 与 the kinder, gentler nation，两句都来自1988年乔治·布什在接受共和党总统候选人提名时的演讲。

[c] Dan Rather (1931—)，记者、主持人，佩吉·努南曾评价他是"遇到过的最好的老板"。

[d] Old Executive Office Building，也称艾森豪行政办公大楼，位于白宫西侧，是美国总统行政办公室和副总统行政办公室的办公地点。

/ 勾勒出银色锡安的总统候选人"[a]），读了富兰克林·德拉诺·罗斯福（她对他的描述也是十分理想化的，在达奇斯县[b]，"他坐在一张大桌子前，身边围绕着孩子们，吃着一大盘丰盛的春日午餐，有肥美的红番茄、土豆沙拉配美乃滋酱、魔鬼蛋，瓷盘老旧，花纹都快磨没了"），她觉得"里根听起来就该是这样"。努南小姐告诉我们，她本以为华盛顿是"阿龙·科普兰[c]和《阿巴拉契亚之春》"，见到的却是一场试图自我实现的民粹革命，一个期望变高而办法变少的危机现场，一个壮大中的中产阶级的孩子摩拳擦掌，要拆了现有秩序和压抑的自由主义正统。"有些女友刚生下儿子的自由意志主义者，高举着库尔斯啤酒，和加入派对的社会保守派共饮，后者的妻子努力显得热情，儿子拿着玻璃果酱罐，里面装着爸爸在后院种的不知什么东西。新教原教旨主义[d]者希望不要被皇后区的新保守主义知识分子排斥，而新保守主义者和原教旨主义者聊天时想：不知道在他们眼里，我是不是就像安妮·霍尔的祖母在饭桌上看到的伍迪·艾伦一样。[e]"

她在白宫工作一直到1986年春天，离开时多少有些不情愿，因为当时的幕僚长唐纳德·里甘拒绝升她为首席演讲撰稿人。据拉里·斯皮克斯，这个对革命浪漫没什么好感的人说，里甘认为她太"强硬"，太"教条"，太"右翼"，是不折不扣的"布坎南门徒"。辞职那天，她收到了一封总统的信，自动签字机签的落款。唐纳德·里甘说，她不需要一个所谓的"告别时刻"，即跟总统的临别握手。在唐纳德·里甘自己离开白宫的那天，努南小姐收到一条白宫

---

a Brag and chant of Bryan Bryan Bryan / Candidate for President who sketched a silver Zion，出自美国诗人韦切尔·林赛（Vachel Lindsay，1879—1931）作于1919年的《布莱恩，布莱恩，布莱恩，布莱恩》（"Bryan, Bryan, Bryan, Bryan"），这首诗记录了1896年美国总统大选民主党参选人威廉姆·詹宁斯·布莱恩（William Jennings Bryan，1860—1925）在1896年总统竞选中从被视为明日之星到竞选失败的过程。"锡安"（Zion）在希伯来圣经中指耶路撒冷或以色列。

b Dutchess County，位于纽约州，罗斯福故居所在地。

c Aaron Copland（1900—1990），美国作曲家，芭蕾舞曲《阿巴拉契亚之春》（"Appalachian Spring"）是其代表作之一。

d Christian fundamentalism，兴起于十九世纪晚期，信奉"回到信仰根基"，对《圣经》教义进行严格的字面释义。

e 来自电影《安妮·霍尔》中的复活节聚餐场景。女主角安妮·霍尔邀请伍迪·艾伦饰演的阿尔维·辛格参加复活节家宴，席间安妮·霍尔的奶奶对阿尔维·辛格十分不满，眼中的阿尔维·辛格成了一个戴着黑色高礼帽、严肃古板的犹太人。

的朋友的电话留言:"嗨,佩吉,唐·里甘自己也没有'告别时刻'。"那时,她耳中"华盛顿真正的声音"已经不是《阿巴拉契亚之春》,而是更嘈杂一点,"更接近于,"她说,"'杰斐逊星船'和'他们在摇滚之上建造城市'[a]。"

她口中的白宫是一团火热。她告诉我们,在讨论世俗启蒙主义教条之崩溃时,每个人都能引用理查德·约翰·诺伊豪斯[b]。讨论教育是或本应是"价值中立"的这一假设瓦解时,每个人都能引用迈克尔·诺瓦克[c]。讨论何为自由市场的人道本质时,每个人都能引用乔治·吉尔德[d]。讨论民主如何终结时,每个人都能引用让-弗朗索瓦·雷韦尔[e],讨论威权政府和极权政府时,每个人都能引用珍妮·柯克帕特里克[f],每个人都在说"运动",如"他很早就参加运动了",或者"她挺不错,够硬核"。

他们讨论着用"越过媒体头条,直接奔向大众"来掀翻实用主义者们,那些人坚信没有《华盛顿邮报》和电视网络就赢不了。他们互相点燃热情,交换着无穷无尽的信、备忘录、剪报。"万分感谢马塞多[g]的新专著;他的司法能动主义[h]比特赖布[i]的要有原则多了。"这种信上如此写道。"如果落到了俄罗斯手里,自由世界就完蛋了!"一张贴在剪报上的黄色便利贴上

---

a They Built This City on Rock and Roll,化用自活跃于二十世纪七八十年代的美国摇滚乐队"杰斐逊星船"的代表作《我们建造这座城市》("We Built This City")的歌词。

b Richard John Neuhaus(1936—2009),美国神父、作家,公共神学代表人物,支持社会保守主义,主张宗教应积极参与公共事务与政治辩论。

c Michael Novak(1933—2017),美国天主教知识分子,主张将宗教伦理与自由市场结合,认为教育应有明确的价值导向。

d George Gilder(1939—),美国经济学家。他出版于1981年的《财富与贫困》,为里根政权早期的经济政策提供理论支持,被称为"里根改革圣经"。

e Jean-François Revell(1924—2006),法国哲学家,早年信奉社会主义思想,后来转而倡导自由市场经济和古典自由主义,以批判极权主义与捍卫民主制度著称。

f Jeane Kirkpatrick(1926—2006),美国政治学家、外交官,主导里根时期的外交政策。

g 指Stephen Macedo(1957—),美国政治学家、普林斯顿大学教授,于2018年至2021年担任美国政治与法律哲学学会的会长。

h Judicial activist,一种司法哲学,指法官为了适应变化的社会趋势,可以不遵循旧有法律和判例进行判决。

i 指Laurence H. Tribe(1941—),美国宪法学家,曾执教于哈佛大学,是美国宪法学会(American Constitution Society,ACS)的创始人之一。

渔王之域

这样写着。"坚持！"这一般是结束语。那些后来我们看到的罗伯特·麦克法兰[a]给奥利弗·诺思中校[b]的专业备忘录（"收到。奥利。干得漂亮[c]——要是世界知道你有多少次维护了美国政策正直有力的表象，他们一定会推荐你做国务卿的。但他们不会知道，假如他们知道，一定会为你鸣不平——这就是二十世纪末的民主国家……**干得漂亮！**"），在这个语境里就显得没那么特殊了。

"细皮嫩肉的官僚们都学了一种约翰·福特的角色们干脆老练的腔调。"努南小姐写道，"有次会议上，一个国家安全委员会的小个子男人被问到，认不认识能写声明的人。当然，他在国务院认识个职业笔杆子，写过几篇像样的稿子。"温和派等于"软蛋"，或者"怂包"，或者"胆小鬼"。"他被撕碎了"，他们会这样说一个输了的人，或者"他被干趴了，但还是站着"[d]。他们行走在白宫里，脖子系着领带（"上面沾着些许，"据努南小姐说，"在司法改革会工作午餐上狼吞虎咽三明治时滴下的美乃滋酱"），绣着这场运动的符号：鹰、旗帜、杰斐逊的半身像。小小的金色拉弗曲线[e]表明佩戴者是"自由市场拥趸"。自由钟则代表"司法克制"[f]。

这里偏好的风格，如同偏好的外交政策，似乎是准军事的，而非军事的，只要口气强硬就行。"那可不是我的硬盘里出来的。"奥利弗·诺思中校会突然提高声调，以此表明某个主意不是他出的。"小伙子们。"努南小姐这么称呼他们，其中犀利的、圆滑的、核心圈子里的和想要挤进去的，特意在空军一号里不系安全带；不那么圆滑的，则会炫耀在里根主义边境上执行任务的纪念品。"杰克·惠勒[g]从阿富汗带回来一条俄罗斯军官的皮带，挂在肩膀上。"努南小姐回忆道。"格罗弗·诺奎斯特[h]

---

a Robert McFarlane（1937—2022），美国海军军官，曾任里根总统的国家安全顾问。
b Oliver North（1943— ），美国政治评论家、电视主持人，曾任海军中校。
c Roger，军事术语，意为"收到"。Bravo Zulu，美国海军旗语，意思等同于"well done"。
d Took a lickin' and kept on tickin'，来自二十世纪五六十年代的天美时（Timex）手表广告。广告中，手表经历看似暴力的实验后，却还能正常工作，表明手表质量超凡。
e Laffer curve，美国供给学派经济学家拉弗创造的假说。该曲线描绘了当税率在一定限度内，政府提高税率能增加税收收入，但一旦超过这个限度，提高税率反而会导致税收收入下降。
f Judicial restraint，与司法能动相反，认为法官应当严格遵守成文法和判例进行审判。
g Jack Wheeler，即 John P. Wheeler III（1944—2010）美国商人，曾担任多位总统的随员。
h Grover Norquist（1956— ），美国政治家，减税政策的支持者。

亨利去后

从非洲回来,揉着眼睛,因为他在萨文比[a]帐篷里一直在记笔记。"努南小姐自己也在白宫午宴上与一个"穆贾希丁战士"和他的公关人员打过交道。"前线部队情况如何?"她问。"我们需要帮助。"他说。菲律宾服务生走过来,手里拿着便笺和笔。这位圣战领导人抬起头。"我要肉。"他说。

这不是一个南希·里根能够轻易融入的环境,她偏好的风格源于她出身的世界,一个同样严谨却更有秩序的世界。这个世界的本质没能被真正理解。我还记得,我在里根当政的前两年拜访华盛顿时,对某些误解之顽固深感困惑,这种误解针对的是里根夫妇和被普遍视为其密友的一小撮工业家和企业家,他们像风险投资一般,资助了里根在萨克拉门托和华盛顿的登场。不断有人告诉我,总统首先是一个加州人,一个西部人,组成他"厨房内阁"[b]的熟人同样如此;这些人的"西部性",不仅解释了他们在美国的世界使命问题上相当顽固的立场,也解释了他们何以对那些未必还有机会走上坡路的美国人明显缺乏兴趣或认同。也正是这种"西部性",可以用来解释里根任期之初在华盛顿引发诸多争议的对本地风格的冒犯:过分华丽的衣服、和品牌商借来的首饰、马戏团餐厅[c]里的精致发型、满铺的地毯、做作的餐桌摆设。人们说,里根夫妇及其朋友在风格和物质上都展现出一种特质——最初被称为"加州思维",随着整个班底成型,对异域景观的社会妖魔化变得更具体,又被称为"加州俱乐部思维"。

我记得"加州俱乐部思维"这个说法是在乔治城一个晚宴上听到的,我的反应是一种本能的愤怒(我来自加州,我弟弟平时就住在加州俱乐部);回想起来,耐人寻味的是,其中许多人,包括总统,与加州乃至西部的关系都相当微弱,只是出于方便才被贴上这一标签。的确,威廉·威尔逊[d]出生于洛杉矶,厄尔·乔根森[e]出生于旧金山,但已故的贾斯廷·达特[f]出生

---

a 指 Jonas Malheiro Savimbi(1937—2002),安哥拉反政府武装组织"全国联合进步阵线"的创始人和领导者。
b Kitchen cabinet,里根上任后,任命了很多加州商人做顾问,他们被称为里根的"厨房内阁"。
c Le Cirque,一家位于纽约的著名法式餐厅,成立于1974年,并以其高雅的用餐体验和极尽精致奢华的法式菜肴而闻名,是社交名流聚会的场所。
d William Wilson(1914—2009),商人、外交家,在里根时代曾任美国驻梵蒂冈大使。
e Earle Jorgensen(1898—1999),实业家,其创办的同名企业曾为全美最大的独立金属供应商。
f Justin Dart(1930—2002),社会活动家,为《美国残疾人法案》(ADA)的通过做出重要推动。

于伊利诺伊州，毕业于西北大学，娶了芝加哥的沃尔格林[a]女继承人，直到成为雷克萨尔药业，也就是后来的达特工业的实际控制人，才将其从波士顿迁往洛杉矶。已故的艾尔弗雷德·布卢明代尔[b]出生于纽约，毕业于布朗大学，靠家族在纽约商店的钱创办食客俱乐部[c]。这些人代表的不是"西部"，而是这个世纪美国的新贵阶层，一个正因与任何一块土地的关系都过于淡薄而缺乏社会责任感的群体。

事实上，里根夫妇确实在加州度过了成年后的大部分时光，然而是作为娱乐业的一员，该群体并不属于加州俱乐部。1964年，我刚搬到洛杉矶的时候，以及在之后的数年里，这个群体的上流生活已经相当规矩森严，尤其是对女人而言。女士们在吃完甜品后就要离桌，上楼喝咖啡，独自待在卧室或更衣室里，身边是伦敦运来的小咖啡杯和方糖，还有代替小勺的肉桂棒。女主人的梳妆台上总会放着大瓶的香水，弗拉卡斯（Fracas）、栀子花或晚香玉。离桌前的甜品（舒芙蕾或者覆盆子酱慕斯）必须用"丹麦之花"[d]瓷盘呈上，在此之前，是一套手指碗和小杯垫的仪式[e]。我记得总是听人说起这样一个警示故事，一个年轻女孩撤走了琼·克劳馥的手指碗却落下了小杯垫，琼·克劳馥对她说了一些话。具体细节，诸如琼·克劳馥到底说了什么，对谁说的，在哪场宴会上，每个人的版本都不一样，但一定有琼·克劳馥，一定有小杯垫；里根夫人订购了一套著名的新瓷器，在她的里根时代白宫生活回忆录《轮到我了》[f]里，她说原因之一便是约翰逊瓷器[g]没有手指碗。

这些亚热带夜晚的设计不是让人放松用的。大片从戴维·琼斯[h]订的花摆在桌上，

---

a Walgreen，美国最大的连锁药品零售商之一，成立于1901年，总部位于伊利诺伊州。

b 即Alfred S. Bloomingdale（1916—1982），布卢明代尔百货创始家族的继承人之一，又因金融领域的创新之举被称作"信用卡之父"，后因牵涉性丑闻与里根时代的政商关系而备受争议。

c Diners Club，又译作"大来俱乐部"，是全球第一家提供信用卡服务的公司，后来被花旗银行收购，成为其信用卡业务的一部分。

d Flora Danica，由丹麦皇家瓷器公司制造的一系列瓷器产品，以精美的手绘花卉图案而闻名。丹麦花卉瓷器被视为世界上最珍贵和精美的瓷器之一。

e 手指碗是一种用于清洁手指的小碗，装有温水和香水或花瓣，通常在正式宴会中，正餐结束后，吃甜品前，供客人清洁手指。手指碗下一般会垫有小杯垫，并放在盘子上。

f My Turn，南希·里根撰写的回忆录，内容是回顾自己作为第一夫人的经历，于1989年出版。

g 指英国瓷器公司约翰逊兄弟（Johnson Brothers）生产的陶瓷器，自二十世纪中期以来成为美国中产家庭餐桌上的常见品牌，因其图案典雅、价格适中而广受欢迎。该品牌已于2015年停止生产。

h David Jones，澳大利亚连锁奢侈品店。

亨利去后

让人不愿展开闲聊，以确保换桌[a]能按计划进行。人们穿着奢华的"度假"系列裙装和睡衣，璞琪长裙拖在地上。当女士们下楼，重新加入男士们时，一盘盘白薄荷甜酒鱼贯而入。大型派对在帐篷里，有粉色灯光和蔡森餐厅[b]的辣豆酱。午餐在小馆，后来在花园餐厅和吉米餐厅，吉米的老板是吉米·墨菲，每个人都认识他，他曾在小馆的库尔特·尼克拉斯手下工作。

这些仪式都是此地的**旧制度**，在六十年代末几乎消失殆尽，但在琼·霍华德多年来拍摄并收录在《琼·霍华德的好莱坞：一本照片回忆录》的照片中，仍可一窥细节。虽然里根夫妇没有出现在霍华德小姐的书里（她交往的多是明星、政要或公认的风趣人物，而当时正处于演艺生涯低谷，栖身于电视行业的里根夫妇，在当地并不属于上述三类），但照片展露了此地严苛礼法的冰山一角。在一张1955年独立日摄于约瑟夫·科滕家的午餐照片中，珍妮弗·琼斯领着一列康加舞队走进了泳池里，可引人注目的不是泳池。泳池里有人，没错，甚至还有椅子，但大部分宾客都得体地坐在草坪上，打着条纹领带，或穿着丝绸裙子和高跟鞋。亨利·哈撒韦夫人，某日在阿纳托尔·利特瓦克的海滩别墅的阳光里，穿着薄纱扇边刺绣露肩裙，戴着珍珠耳环。纳塔莉·伍德，和沃伦·贝蒂、乔治·丘克、哈撒韦夫妇在明娜·沃利斯家的草坪上吃午餐，戴着缀有丝带的黑色草帽，身着白裙，配着黑白珠链，妆容完美，头发整齐地收在脑后。

正是从这个世界出发，南希·里根在1966年去了萨克拉门托，又在1980年走进了华盛顿。尽管早在罗纳德·里根当选加州州长前，这个世界就已经开始**在原地**凋敝，但在很大程度上，她从未离开过。《轮到我了》并未展现一个因后来经历而骤变的人生。萨克拉门托的八年几乎没有给她留下任何印记，以至于她把住过的房子形容为——一个网格状的城市，街道以数字和字母命名，从1到66，从A到Y，房子就在45街和M街交会处——"一栋郊区英式乡村别墅"。

她不觉得这有什么奇怪的：这栋房子是一帮人为他们买下再租给他们的（他们每月付1250美元的租金）；还是这帮人，捐给加州政府11英亩的土地，用来修建里根夫人真正想要的"州长府邸"；后来

---

[a] 在正式宴会中，女主人通常会安排客人按时换桌，可以帮助客人更好地互动和结识不同的人，避免只跟自己认识的人坐在一起。

[b] Chasen's，贝弗利山著名餐厅，曾是好莱坞影星、政治家和其他名人的聚会场所。

又提供了数百万美元，用于白宫的装修；最后还买下了贝莱尔圣克劳德路上的那栋房子，里根夫妇在离开华盛顿后就搬了进去（门牌号原本是666，但里根夫妇改成了668，以免跟《启示录》的魔兽[a]产生联系）。她似乎把房子当成了合约的一部分，类似给出外景的演员提供的住处。在"厨房内阁"接手罗纳德·里根的合同前，里根夫妇住在帕西菲克帕利塞兹的一栋房子里，负责翻修这栋房子的是他当时的赞助商通用电气。

里根夫妇这种别人理当打点好他们生活所需的心态，在当时便让很多人震惊，通常被视为富人习性。但这当然不是富人习性，里根夫妇也根本不是富人：他们，以及这种心态，都是好莱坞制片厂的产物，在这个体系里，演员只需演戏，生活自有人照顾。"比起在纽约焦虑地找工作，我还是更喜欢制片厂体系。"里根夫人在《轮到我了》中说。在华盛顿居住的八年里，里根夫人说，她"从来没有去过超市或者其他商店，除了17街和K街的一家贺卡店，我会在那里买生日贺卡"，而且只有在去护理指甲时，才会带钱。

她惊讶地发现（"没人告诉过我们"），在白宫期间，她和丈夫要自己支付食物、干洗和牙膏的费用。她好像一直也不理解，收下品牌商的衣服有什么不妥，尤其是在品牌商都在怂恿她收下时。似乎只有杰弗里·比恩[b]扛住了诱惑，他给帕特里夏·尼克松准备的衣服和给林达·伯德·约翰逊[c]的婚纱都能在商场以零售价买到。"我不是很理解，衣服怎么能**借**给一位女士，"1982年1月，他在接受《洛杉矶时报》采访时说，这是里根夫人的服装问题第一次被提起，"我觉得他们在争哪件衣服有资格放进博物馆时会非常难办……他们还号称她帮忙**拯救**了美国时尚业。我真不知道它的处境已经这么危急了。"

在里根夫人的理解中，这些衣服是"服装"——一项制作费用，就如同住房、餐饮、头等舱、家具、画和车一样，在布景拆除后可以带回家——都应该算在制片厂的账上。所以这部特别影片的制片人——里根夫人经常把他们称作"更富的朋友"，"非常慷慨"的朋友——偶尔误会了自己所扮演的角色，也就不难理解了：海伦妮·冯达姆告诉我们，威廉·威尔逊直到收到警告，任何拥有白宫通行证的人都要接受FBI全方位调查（白宫法律顾问

---

a 在基督教文化中，"兽"象征着末世中的敌基督势力。据《圣经·启示录》第十三章记载："它的数目是六百六十六。"

b Geoffrey Beene（1924—2004）曾为南希·里根设计多套服装，一度成为其公众形象的一部分。

c Lynda Bird Johnson（1944— ），美国第36届总统林登·约翰逊的女儿。

亨利去后

弗雷德·菲尔丁告诉他),才交还了行政办公大厦的180号套房,他在总统就职典礼次日就霸占了这个房间,准备把关名义内阁——与"厨房内阁"相对——的任命。

"就这样,我的管家生涯开始了。"伍德罗·威尔逊的妻子伊迪丝·博林·威尔逊这样写道,那是1919年10月,伍德罗·威尔逊中风瘫痪,此时距他离开白宫还有十八个月。南希·里根的管家生涯里,最初是与詹姆斯·贝克、埃德·米斯[a]和迈克尔·迪弗共事,后来是唐纳德·里甘,这就没那么顺利了。也许是因为每位主管都只了解自己的戏份,但只有詹姆斯·贝克握有相对完整的剧本,所以这份职责变得像拜占庭的宫斗一样复杂。贝克在白宫的终极任务是维护既有秩序,他似乎相当倚重反对力量,放任它们,以平衡各方。"通常在这种大地方,只会有一个或一群人让人害怕,"佩吉·努南观察到,"但在里根的白宫里有两群:幕僚长和他的人,第一夫人和她的人——双重夹击下,白宫人人自危。"努南小姐向我们描述了里根夫人穿过走廊,身后带着她的东厢[b]随从的情形,这群人被西翼说成是"不严肃的"、看 W 和 Vogue 的。里根夫人自己也有各种绰号,"埃维塔"[c]"老妈""夫人""焦躁的造型头"。努南小姐嘲讽她不是"自由派、左派、温和派或缓和派",而是"一个加拉诺[d]主义者,一个只懂她那个阶层常识的华服贵妇"。

实际上,南希·里根要比这有趣多了:她真正难以认同的,正是"她那个阶层"。她的阅历很浅。像很多被封闭的电影圈中塑造出来的女人一样,她对社交技巧一窍不通。她和赖莎·戈尔巴乔夫[e]"没有任何共同话题","对世界的看法完全不同"。她和贝蒂·福特[f]"是两个来自不同世界的不同人"。能让她感到自在的只有迈克尔·迪弗、特德·格雷伯(她的造型师),还有其他少数几个人。她似乎并不清楚谁应该和谁坐在一起。在一次招

---

a　Ed Meese(1931—),美国律师、法学教授,在1984年曾有望任白宫幕僚长,但里根选择了詹姆斯·贝克。
b　East Wing,白宫中第一夫人办公室和公关秘书办公所在地。
c　Evita,即玛丽亚·埃娃·杜瓦蒂·德·庇隆(María Eva Duarte de Perón),阿根廷庇隆总统的夫人,经常以第一夫人的身份介入国政。
d　James Galanos(1912—2016),美国时尚设计师,曾为南希·里根设计过多套礼服。
e　Raisa Gorbachev(1931—1999),苏联领导人戈尔巴乔夫的夫人。
f　Betty Ford(1918—2011),福特总统的夫人。

渔王之域

待萨尔瓦多总统何塞·纳波莱昂·杜阿尔特的国宴上，她坐在了杜阿尔特总统和拉夫·劳伦[a]中间。她的社交经验有限，社交焦虑却无限。海伦妮·冯达姆抱怨过，在第一次总统竞选活动上，里根夫人不同意募款团队找上"她的纽约好友们"；为了凑出1979年11月里根宣布参选的纽约晚宴名单，冯达姆小姐只好派人从杰里·齐普金[b]嘴里榨出几个名字，他不情愿地交出名单，叮嘱道："记住，别说是我给的。"

或许里根夫人最可爱的特质，正是这种小女孩式的恐惧，害怕被冷落，害怕交不上最优秀的朋友，害怕不能去最大的房子参加派对。她把轻慢都记在心里。她躲进一种故作优雅的精致里（比如那栋"郊区的英式乡村别墅"），抛出诸如"不得体"之类的词来自我安慰。1984年，在意大利裔美国人联盟晚宴上，两党候选人都发表了演讲，杰拉尔丁·费拉罗[c]和丈夫离开主席台，"到人群中拉票"，这在她看来"至少可以说，是不得体的"。当约翰·凯勒[d]接替帕特里克·布坎南成为联络主管，却被曝出曾是希特勒青年团成员时，唐纳德·里甘说"这全怪东厢"，这在她看来"不该说出口——而且刻薄"。

在里根夫人眼中，戈尔巴乔夫夫人对她"居高临下"，"希望别人都听她的"。实则因为戈尔巴乔夫夫人先接受了帕梅拉·哈里曼[e]的邀请，才答应她的邀请。本·布拉德利[f]把伊朗门事件称为"水门事件后最搞笑的事"，她在《轮到我了》解释说，或许只是因为他记恨她和凯瑟琳·格雷厄姆[g]交好。1976年共和党全国大会上，贝蒂·福特被安排在地面包厢，而里根夫人只能坐在高空包厢。[h]里根夫人很公正：莫琳·里根说这里有点故意的成分，她"也许是对的"。大会的第二个晚上，当乐队为里根夫人演奏《在老橡树上

---

a　Ralph Lauren（1939— ），美国商人、设计师、慈善家，同名服装品牌的创立者。

b　Jerry Zipkin（1914—1995），美国社交名流，纽约一家房地产公司的继承人，以与南希·里根的友谊而著称，被认为是毛姆《刀锋》中艾略特·坦普尔顿的原型。

c　Geraldine Ferraro（1935—2011），民主党政治家、律师，1984年大选中民主党副总统候选人。

d　John Koehler（1930—2012），德裔美国人、记者，曾短暂担任里根的白宫联络主管。

e　Pamela Harriman（1920—1997），英裔美国人，活跃的民主党筹款人，曾任美国驻法大使。

f　即Benjamin C. Bradlee（1921—2014），《华盛顿邮报》记者、主编，因报道水门事件而闻名。

g　Katharine Graham（1917—2001），美国出版商，《华盛顿邮报》的发行人。

h　地面包厢（Box on the floor），体育场或剧院中设置在地面区域的贵宾包厢。高空包厢（Skybox），位于观众席上方的贵宾包厢。相较于高空包厢，地面包厢距离舞台或演出区域更近，可以提供更好的观看体验。

亨利去后

绑黄色丝带》时，福特夫人开始和托尼·奥兰多[a]共舞。里根夫人很宽容："有些我们的人觉得这是在故意抢我风头，但我不觉得她有这个意思。"

就一个相当类似的事件，迈克尔·迪弗给出了自己版本的描述，在其著作《幕后》里，他向我们生动回忆了1980年的竞选活动中，他带里根夫妇去一所圣公会教堂的经过。里根夫妇当时住在弗吉尼亚州米德尔堡外的一所农场里，这座教堂就在农场旁。在事先去教堂做了安排，并就布道主题和牧师进行了协商（《以西结书》和"骸骨复生"，而不是"重生的基督徒"——强调个人灵魂重生的福音派那一类的）之后，他最终决定让里根夫妇参加11点的周日礼拜。"我们没有被告知，"迪弗写道，"我也没料到，11点的礼拜活动居然也有圣餐礼。"迪弗称，这个仪式"对里根夫妇而言非常陌生"。他描述了"紧张地张望"和"略带慌张"地小声商量该怎么做，因为里根夫妇的经验只限于贝莱尔的长老会，"一个正统的新教教堂，会众传递着托盘，盘上是一些小杯葡萄汁和小方块面包"。那个时刻还是来临了："……走在过道中间的时候，我感到南希抓住了我的手臂……**迈克！**她低声问道，**这些人要用同一个杯子吗？**"

接下来的事情有些像《我爱露西》[b]的桥段。迪弗向里根夫人保证，她只需把圣饼在圣杯里蘸一下。里根夫人照做了，但不知怎的把圣饼掉进了酒里。罗纳德·里根在这里扮演的是里基·里卡多[c]的角色，他的听力太差，听不到迪弗的小声指示，反而听从了夫人的指导，"照我的样子做"。于是他也把圣饼放在了酒里，与夫人那块并排漂着。"南希离开教堂时如释重负，"迪弗写道，"总统则兴高采烈地踏入阳光里，对仪式的进展顺利感到满意。"

我读了好几遍，才意识到它为什么会这么吸引我：这是一个里根时代白宫的完美模型。一个助手，找到了正确的布景（"我快速勘察了一下，找到了一个漂亮的圣公会教堂"），预见了每一个能预见的问题，并且老练地加以解决（他"和牧师有一次谨慎的交谈"，"委婉地提出了一些问题"），却不知怎的，忽略了

---

[a] Tony Orlando（1944— ），美国流行音乐与民谣歌手、词曲作者和音乐制作人，其职业生涯跨越七十年。

[b] *I Love Lucy*，美国连续情景喜剧，女主角露西是一个中产阶级妇女，迷糊、天真，总是闯祸。

[c] Ricky Ricardo，《我爱露西》中露西的丈夫。

关键问题，就像比特堡之行[a]中一样。一个妻子，肩负着在全世界面前维护丈夫颜面的重任，如她在《轮到我了》中所说，这个任务需要高度的警觉。还有一个丈夫，"容易轻信别人"。比方说他"太过信任"戴维·斯托克曼[b]。他曾对赫尔穆特·科尔[c]"许下承诺"，所以"要信守承诺"出访比特堡。《轮到我了》出版时，里根夫人在《早安美国》的采访中透露，面对她口中的"穷人"（又一个不知怎的被忽略的关键问题）时，他"心肠最软"。里根夫人全都知道。她处理着所有这些事。然而在弗吉尼亚州米德尔堡外，她再一次成了事先安排不当的受害者，被"陌生"圣餐桌给难住了，就像担忧手指碗撤走却落下小杯垫一样手足无措。

而这一切的中心，罗纳德·里根，在圣饼的事情上没有得到足够信息（用白宫的话说，"得到的服务不到位"），但他还是往前走，"踏入阳光里"，对他自己和旁人的表现感到满意，对在他面前、为了他的利益而被处理的危机一无所觉（或已经习惯，或无动于衷）。他有而助手和妻子没有的，是故事，是高概念，是埃德·米斯所说的"大局"——"他是个有大局观的人"。这个故事里的大局是总统候选人要在周日上午拜访教堂；而困扰着助手和妻子的细节——哪座教堂，圣饼要怎么放——都不在大局的框架之内。

从加州开始，这届政府的首脑就在根据某种颇为特别的信息行事。他对事情有"直觉"，比如越南战争。"我有种直觉，在这场战争里，我们做得比大家知道的更好。"1967年10月16日，《洛杉矶时报》援引他的话。在总统之位的转化之力作用下，这种无人理解的特别的信息——这些大局，这些高概念——有了魔法的质感，白宫中有些人开始相信，他们这位坐在椭圆形办公室里自己削铅笔的总统正是渔王[d]，圣杯守护者，与选民不可言说的联系

---

a 1985年5月，里根出访德国，参加"二战"结束四十周年纪念活动，并参观了比特堡一处埋葬德军士兵的公墓。由于部分士兵为纳粹党卫队成员，此行引发包括犹太群体在内的广泛批评与不满。

b David Stockman（1946—　），美国商人、政治家，曾任密歇根州议员，并在里根时期担任管理与预算办公室主管。

c Helmut Kohl（1930—2017），时任西德总理。

d The Fisher King，凯尔特神话人物，圣杯守护者，时常以残疾的形象出现。作为领导人，罗纳德·里根不算强势，当时的华盛顿邮报形容他"缺少自我意识"；且奉行保守主义，在执政期间减税，减少军事开支，限制政府对市场的干预，造就了美国历史上一个保守主义的繁盛时期。

之源，同时这种联系又是权力之源。

我们现在知道，有些时候这个白宫已经完全把可能性的艺术抛诸脑后。麦克法兰带着一个蛋糕、一本《圣经》和十本伪造的爱尔兰护照飞往德黑兰，绝非其一贯的行政作风。相反，此地运转是基于它自己的迷信，基于卜骨，基于一种信仰：总统在听取计划汇报时略微流露出的一点兴趣（佩吉·努南解释道，理想的方式是在"总统被迫看一张照片，读一封短信，或者回答一个问题"时汇报），就足以把魔力传递给那一周里能够点燃那些想要革命的孩子们的激情的事物上——战略防御计划[a]、圣战[b]、若纳斯·萨文比、康特拉。

努南小姐回忆起"康特拉会议"，它们建立在一种近乎魔法的信念之上：只要把总统放在正确的布景中（即"越过媒体头条，直接奔向大众"），就足以"激发美国人民的忠诚"。他们在那些会议上，讨论让总统在约翰·F.肯尼迪的猪湾事件演讲纪念日那天也在迈阿密橙碗发表演讲，全然不顾肯尼迪的橙碗演讲这些年来在迈阿密已经成为美国背叛的象征。他们在那些会议上，讨论让总统越过议会中的对手们，在阿拉莫之战[c]遗址附近，在吉姆·赖特[d]选区发表演讲："……从这里往北[空白]英里就是阿拉莫。"努南小姐在笔记本上写道，向我们描绘了让魔力传递的仪式。

"……在此地，勇敢的英雄们[空白]，在此地，驻防指挥官在可怖的最后时日里写下[空白]……"

但是渔王在描绘另一个更大的图景，自加州起，就一直在他的脑海里。我们一次又一次听说，里根夫人让总统远离**邪恶帝国**[e]，却又让他与戈尔巴乔夫和谈。（后来，在 NBC 的《晚间新闻》上，旧金山的占星师琼·奎格利宣称，在这件事上，自己对里根夫妇有一定影响，她"向

---

a　Strategic Defense Initiative（SDI），又名 Star Wars Program（"星球大战计划"），美国二十世纪八十年代的一个军事战略计划，目标为建造太空中的激光装置来作为反弹道导弹系统，在敌人的核弹进入大气层前将其摧毁。

b　指里根执政时期，美国为阿富汗圣战分子提供了大量资金援助。

c　The Alamo，1836 年得克萨斯州脱离墨西哥的事件。墨西哥部队对阿拉莫城发动了袭击，造成驻守的所有士兵死亡，事件刺激了当地人，导致得克萨斯移民加入得克萨斯军队。

d　Jim Wright（1922—2015），民主党议员，时任众议院议长。

e　里根总统在 1983 年苏联入侵阿富汗时发表的演讲中，把苏联称为"邪恶帝国"（Evil Empire）。

他们讲述了戈尔巴乔夫的星座运势，改变了他们对邪恶帝国的看法"。）里根夫人自己则称，她"觉得这很荒唐，两个军力强盛的超级大国坐在一起，却不交谈"，而且"确实稍微推了罗尼一把"。

但到底需要多少推力，我们不得而知。对罗纳德·里根而言，苏联似乎只是一个概念，一个人民绝望地反抗着"共产主义"的地方，正如1951年他在基瓦尼俱乐部的演讲上所说，并在此后的三十五年里一再重复的那样，苏联是一种无生命的邪恶，"试图侵略我们的产业"，被"抗击"，最终被"干趴了"。在这套叙事中，你可以认为真实的苏联人民，也像电影里那样被"侵略了"——唯一渴望的是自由解放。解放力量可能是一个沙恩[a]式的人物——一个"干趴"邪恶的角色；也可能只是理性那甜蜜之光的闪耀。"如果人民可以自由选择，一定会选择和平。"正如1988年，里根总统告诉莫斯科国立大学的学生们的那样。

在这个意义上，他发的牌是完全抽象的，而向东方开放这张牌，一直握在他的手中，是他的大局，他的故事。这个故事这样展开：这些年来，他跟很多人说过（我最早是从乔治·威尔那儿听说的，他警告我不要公开，因为跟总统的谈话是保密的），他想要做的是带苏联的领导人（至于这个领导人是谁，又是一个大局外的细节）坐飞机去洛杉矶。当飞机低飞掠过从圣贝纳迪诺山绵延至洛杉矶机场的中产阶级社区时，他会引导苏联领导人看向窗外，看向下方所有的游泳池。"这些都是资本家的游泳池。"苏联领导人会说。"不。"自由世界的领导人会回答，"这些都是工人的游泳池。"[空白]年过去了，在勇敢的英雄们[空白]的时刻，在自由世界的领导人[空白]的地方，偶然性的历史自行延展开来，而我们至今仍未为那份激情付出代价。

---

a　Shane，1953年同名西部电影里的主角，一个懒散却武艺高强的西部英雄。

III.
CALIFORNIA

加 州

GIRL OF THE GOLDEN WEST
(1982)

黄金西部的女孩

家中的细节涌入记忆。1974年2月4日，傍晚时分，在伯克利迎宾大道2603号，她的复式公寓里，帕特里夏·坎贝尔·赫斯特，十九岁，加州大学伯克利分校艺术历史系学生，已逝的威廉·伦道夫·赫斯特的孙女，穿上一件蓝色毛巾布浴袍，加热了一罐鸡肉面条汤，给她自己和未婚夫史蒂文·威德做了金枪鱼三明治；在电视上看了《碟中谍》和《魔术师》；洗了碗碟；刚坐下学习，门铃就响了；被枪顶着脑袋，蒙上眼睛，绑了57天，作案的是三个男人和五个女人，自称是"共生解放军"[a]。

第58天，她同意加入绑匪，并在共生解放军眼镜蛇旗帜前，拿着一把短柄M-1卡宾枪拍了张照片，直到1975年9月18日，于旧金山被捕前，帕特里夏·坎贝尔·赫斯特积极参与了旧金山海伯尼亚银行抢劫案和萨克拉门托克罗国家银行抢劫案；在洛杉矶克伦肖林荫大道，为掩护一个因抢劫商店被捕的同志，用一把轻型冲锋枪当街扫射；参与或目击了一系列没那么大张旗鼓的偷窃和一些后来被她称为"活动"或者"行动"的爆炸事件。

旧金山海伯尼亚银行抢劫案庭审时，她出现在法庭上，涂着霜白色指甲油，向

---

[a] Symbionese Liberation Army，美国一个小型极端左翼武装组织，1973年至1975年间活跃于加州。

亨利去后

陪审团展示了给 M-1 上膛所必需的枪机。在押期间，她做了一次心理测试，要补全句子"大多数男人 ——"，她写的是"都是浑蛋"。七年后，她和保镖结婚了，带着刚出生的女儿和两只德国牧羊犬，一起住在"大门紧闭的西班牙风格房子里，房子配备了目前市面上最好的电子安全系统"，自称变得"年纪大了，也更睿智了"，并把她对那些事的回忆录，《每一桩秘密》（Every Secret Thing），献给"妈妈和爸爸"。

这是一种特殊的情感教育，一次公开成年仪式，文学意味浓烈，也似乎正当时，为这个时代献上一则寓言。它的一些画面刻入了国民记忆。有帕特里夏·赫斯特穿着初领圣餐的礼服，面带微笑。有帕特里夏·坎贝尔·赫斯特在海伯尼亚银行的监控截图里，没有微笑。又一次，她在订婚照片里微笑，这个普普通通的漂亮女孩，穿着朴素的裙子，站在阳光里，草坪上。又一次，她没有微笑，在"塔妮娅"[a] 快照里，那张抱着 M-1 的著名宝格丽照片。她和父亲、姐姐安妮的合影，这是绑架发生几个月前，在伯林盖姆乡村俱乐部拍的：三个赫斯特都微笑着，还戴着花环，父亲戴的是念珠藤和兰花的夏威夷花环，女儿们则是阿拉伯茉莉花，最稀有、最昂贵的花环，一串又一串的花苞穿在一起，好似象牙珠子。

只要伦道夫和凯瑟琳·赫斯特（在失踪女儿最初幽灵般的来信中，他们是"爸爸"和"妈妈"，但春天逐渐过去，成了"猪猡赫斯特"）见媒体，希尔斯伯勒的房前总是一排麦克风，台阶上摆放的盆栽植物随季节变化，危机之中，这个家依旧打理得井井有条：杜鹃花，倒挂金钟，之后是复活节密密麻麻的蕙兰。还有早期那些丑陋的影像，抢劫、打烂的照相机、扔过西奥克兰窗户的冻火鸡腿，是赫斯特家第一次试图满足共生解放军赎金要求引发的暴力后果；同一个夜晚，电视上播放着新闻，威廉·诺兰[b]，前加州参议员，一个统治了奥克兰半个世纪的家族里最杰出的成员，带着他声称用来防范恐怖分子的手枪，站在俄罗斯河河畔，崩了自己脑袋。

所有这些画面都在讲一个故事，传授一个充满戏剧张力的教训，带着彼此激发的**战栗**，邀请人们去对比和分辨其中究竟。比如，在 FBI "通缉"单上的帕特里夏·坎

---

a 加入共生解放军后，帕特里夏·赫斯特的代号为"塔妮娅"。

b William Knowland（1908—1974），美国政治人物、出版商，曾主导美国冷战时期的外交政策。1974 年 2 月 23 日，因沉迷赌博身负巨债，在加州根维尔开枪自杀。

贝尔·赫斯特的照片，就是从旧照片上裁下来的，那个普普通通的漂亮女孩，穿着朴素的裙子，站在阳光下的草坪上，一个直观的证据：哪怕是黄金女孩，也有可能被钉在历史的聚光灯下。扔进西奥克兰窗户的火鸡腿和面朝下浸在俄罗斯河里的威廉·诺兰之间，其实并没有直接联系，但其中的范式已经浮现出来：一个加州忙着诞生，另一个加州忙着去死。赫斯特家在希尔斯伯勒房子台阶上的蕙兰，在我们眼前融化，化为洛杉矶中南部（范式再次出现，这是两个加州）一棵熊熊燃烧的棕榈树，棕榈树下是一栋平房，人们一度以为帕特里夏·坎贝尔·赫斯特就在里面，在电视直播里被活活烧死。（事实上，帕特里夏·坎贝尔·赫斯特在第三个加州，迪士尼乐园的汽车旅馆房间里，和我们一样，看电视上燃烧的棕榈树，在平房中死亡的是唐纳德·德弗里兹、南希·林·佩里、安杰拉·阿特伍德、帕特里夏·索尔迪西克、卡米拉·哈尔、威廉·沃尔夫，一个黑人逃犯，五个白人中产的孩子[a]。）

讲述故事的不仅有影像，还有声音，录音带里的声音，低落的声音，带着加州口音，逐渐变弱，几乎听不清，接着是一丝浅浅的哀鸣，女学生的讽刺腔调，一个父母都能认出的声音：**妈妈，爸爸。我挺好的。我有些擦伤之类的，但他们都帮我处理了……我希望你们能照他们说的做，爸爸……如果你能在19日前把食物的事情弄好，那就好了……无论你们能搞到什么东西，基本上都可以，从来没有指望你能喂饱整个州……我在这，是因为我是统治阶级家族的一员，我觉得你能开始看到共同点了……大家不该搞得好像我已经死了一样，妈妈别穿黑裙子了，一点用也没有……妈妈，爸爸……我觉得你们根本没尽力……妈妈，爸爸……我觉得没人再关心我了……**然后是：**同志们好。我是塔妮娅。**

1805年，帕特里夏·坎贝尔·赫斯特的曾祖父走到加州，没念过书，没结过婚，三十岁，身无分文，没有前程，这个密苏里农民的儿子花了将近十年，在埃尔多拉多、内华达和萨克拉门托几个县四处寻找"黄金国"。1859年，他找到了，直到1891年去世时，乔治·赫斯特可以给1862年和他结婚的教师留下一笔来自地下的财富，当时产量最多的矿藏，还在源源不断产出金钱，内华达的俄斐矿，南达科他的霍姆斯特克矿，犹他的安大略矿，蒙大拿的阿纳康达矿，墨西哥的圣路易斯矿。他的遗孀，菲比·阿珀森·赫斯

---

[a] 六人均为共生解放军成员。

特，一个瘦小却意志坚定的女人，只有四十八岁，把这笔汨汨涌流的财富拿来支持唯一的孩子，建起了他梦想的出版帝国，捐赠了巨款给她曾孙女将来被绑架时在读的校园[a]，在锡斯基尤县麦克劳德河一片6.7万英亩的土地上，为自己修建了一座熔岩石城堡，这便是最初的温顿庄园。关于这座庄园，它的建筑设计者伯纳德·梅贝克只说过一句："在这里，你可以触及内在的一切。"

这些地点在多大程度上主宰着加州想象，即便是加州人，对此也只有模糊的理解。这想象不仅来自风景本身，更来自对它的占有，来自迁徙的浪漫，以及对旧日眷恋的彻底抛弃，它执拗地维持其象征性，执意在人们眼中只是风景的地方发掘意义。比如优胜美地[b]，一直是凯文·斯塔尔[c]口中"加州的核心符号之一，对任何寻找原汁原味加州美学的人而言，都是身份认同中不可或缺的要素"。卡梅尔[d]的社区和海岸线都有象征意义，虽湮灭在汹涌而来的游客中，但仍保留着一种经久不衰的暗示，艺术即自由，自由即技艺，二十世纪早期波希米亚式泛神论的残余。金门大桥，既代表无限，也代表科技，对加州人而言，它是复杂的意象，代表着这片土地的终结，也是开始。

帕特里夏·坎贝尔·赫斯特在《每一桩秘密》里告诉我们，"温顿"是一个"神秘的地方"，"神奇，异世界"，"甚至超过圣西米恩"，一个"情感上太震撼了，不是我的言辞所能形容"的地方。麦克劳德河上的第一栋梅贝克城堡，大部分加州人只在照片上见过，然而，在1933年烧毁，被更加童趣的朱莉娅·摩根系列山间小屋（"灰姑娘小屋""天使小屋""棕熊小屋"）取代前，菲比·赫斯特的哥特式温顿城堡和她儿子的巴洛克圣西米恩城堡之间，似乎包含了本地意识中两种截然相反的冲动：北方和南方，被供奉的荒野和被抛弃的荒野，放大的自然和放大的自我。温顿有迷雾，指向永恒，大片森林，树倒了便腐烂在那里，一条野河，原始的生火地。

---

a 菲比·阿珀森·赫斯特（Phoebe Apperson Hearst, 1842—1919）是加州大学伯克利分校的主要赞助者之一，人类学博物馆由她的名字命名。

b 指优胜美地国家公园（Yosemite National Park），以其花岗岩峭壁、瀑布、红杉林与冰川谷地貌，在十九世纪便成为自然的圣地。

c Kevin Starr（1940—2017），美国历史学家、加州州立图书馆馆长，以撰写多卷加州历史丛书闻名。

d 指滨海卡梅尔（Carmel-by-the-Sea）。二十世纪以来，伴随着工业化进程，卡梅尔逐渐成为一个反现代化、反城市化的乌托邦式聚落，吸引了大批作家与艺术家在此定居。

黄金西部的女孩

圣西米恩，沐浴在阳光里，只属于此时此刻，有两个游泳池和一个动物园。

这个家族的浪漫冲动已然暗淡。帕特里夏·坎贝尔·赫斯特告诉我们，她"生长的世界里，蓝天明净，阳光灿烂，庭院可供漫步，有长长的绿色草坪，舒适的大宅，带着游泳池、网球场和骑马场的乡村俱乐部"。在门洛公园的圣心修道院，她叫一个修女"下地狱"，觉得自己"很有勇气，虽然很愚蠢"。在蒙特雷的圣卡塔利娜女校，她和帕特里夏·托宾（共生解放军后来抢的一家银行，就是这个女孩的家族开的）一起逃掉了祝福仪式，被记了"一大堆过"。她父亲教她射击，猎鸭子。她母亲不允许她穿牛仔裤去旧金山。这些继承者们不愿让自己的名字出现在公众视线里，对世界也没多大兴趣（"这个家伙又是谁？"史蒂文·威德提议通过雷吉斯·德布雷[a]联系共生解放军时，伦道夫·赫斯特问，得知答案后，他又说，"我们最不需要的就是把一个他妈的南美革命分子搅进来，那跟找死有什么区别"），看待绝大多数与他们不同的人物，都带着一种乡村俱乐部式的不信任，条件反射一般。

然而即便赫斯特不再是最引人注目的加州家族，他们依旧深植在这片土地的符号意义中，而对一个从伯克利，这个菲比·赫斯特愿景的堡垒里，被绑走的赫斯特而言，加州是一出戏剧。"我当时的想法只有一个，活下去，"说起在柜子里的57天时，温顿和圣西米恩的继承人说，"什么爱、婚姻、家族生活、朋友、人类关系，我过往的一切，用共生解放军的话来说，都是资产阶级的纸醉金迷。"

跟过去一刀两断，在一个加州耳朵里，这句话有着遥远的回响，这回响来自移民日记。"这封信不想让任何人丧气。记住，永远不要抄近路，尽快赶路，越快越好。"唐纳大队一个幸存的孩子在回忆那场迁徙时总结道。"别想了。"在第一次与共生解放军成员发生性接触后，《每一桩秘密》的作者在柜子里告诉自己。"别仔细体会你的感受。永远不要仔细体会你的感受——没什么用。"帕特里夏·坎贝尔·赫斯特在旧金山受审时，一群精神科医生被请来探寻整个故事中，那些被视作深不可测的幽暗之处，即那个受害者把自我命运托付给绑架者的

---

a Régis Debray（1940— ），法国记者、媒介学家、政治理论家，二十世纪六十年代初，与切·格瓦拉建立联系；1967年追随格瓦拉赴玻利维亚支援游击队工作，同年被捕；1970年，在法国政府的斡旋下获释，赴智利与总统萨尔瓦多·阿连德对谈，并编纂出版；后回到法国，先后担任一系列政府职务。德布雷以对文化传播机制的独立研究著称，提出"媒介学"理论体系，代表作有《普通媒介学教程》《图像的生与死：西方观图史》《法国的知识权力》等。

时刻。"她经历了我所说的死亡焦虑和崩溃点。"其中一位精神科专家罗伯特·杰伊·利夫顿说。"她用来维持自我的外在支撑全都没有了。"另一位精神科专家路易斯·乔利恩·韦斯特说。这是对这件事的两种解释，还有一种解释，认为帕特里夏·坎贝尔·赫斯特斩断了痛苦，一路向西，如在她之前，她曾祖父做的那样。

1982年，她在《每一桩秘密》里讲述的故事，总体而言，让大众抱怨颇多，一如1976年公审，同样的故事，同样的抱怨，她当时被控持枪抢劫海伯尼亚银行（罪名一）和在刑事犯罪中使用武器（罪名二）。沉默寡言，些许讽刺，不仅不搭理公诉方，甚至连自我陈述都兴致缺缺，在旧金山的审判中，帕特里夏·坎贝尔·赫斯特不是传统上能惹人怜爱的性格。"我不知道。"在我去的几天庭审里，我记得她一遍又一遍地说。"我不记得了。""可能是吧。"有一天，一位检察官问，她和杰克·斯科特开车穿越全国时候住的那些汽车旅馆，难道都没有电话吗？我记得帕特里夏·赫斯特盯着他，似乎在看一个疯子。我记得伦道夫·赫斯特看着地板。我记得凯瑟琳·赫斯特整理着搭在椅背上的加拉诺斯外套。

"是的，我肯定。"女儿说。

检察官问，那些汽车旅馆都在哪儿？

"有一个在……可能……"帕特里夏·赫斯特顿了一下，然后说，"夏延？怀俄明？"她说起这些地名时，就好像它们都是陌生的、异域的，是突然出现，被飞机扔下来的信息。其中一个旅馆在内华达，赫斯特家族发家的地方：继承人说的是内**哇**达，口音像个外国人。

在《每一桩秘密》和审判中，她似乎展现出一种情感疏离，混合消极被动和实用主义的鲁莽（"我必须跨过去。我得竭尽所能……活过每一天，做他们让我做的事，扮演我的角色，祈祷我能活下去"），很多人既无法理解，也感到愤怒。在1982年，正如在1976年，她在**为什么**上模棱两可，却在**怎么样**上异常详细。"我不敢相信我居然真的用了冲锋枪。"她在陈述克伦肖林荫大道扫射事件时说，以下是她当时如何做的："我手指一直扣在扳机上，直到打光了三十发子弹……然后我拿了自己的武器，半自动卡宾枪，又射了三发子弹……"

和审判后一样，书出版以后，公众的疑惑并不在于她的真实性，而在于真诚度，她的总体动机，以及，正如一位助理检察官在审判中提出的，是不是"来真的"。这个方向的质询注定是徒劳的（她是否"爱上了"威廉·沃尔夫，才是审判关注的重点），还诱发了一种奇特的修辞倒退。"她为什么选择写这本书？"马克·斯塔尔在《新闻周刊》里就《每一桩秘密》自问自答,"也许她继承了家族的新闻嗅觉,知道什么可以大卖。""富人变得更富。"简·阿尔珀特[a]在《纽约》杂志里总结道。"帕蒂,"特德·摩根在《纽约时报书评》里写道,"由于出版了这本书,如今得以重回家族传统使命:积累资本。"

这些都是在臆测,一个赫斯特为了钱到底能干出什么,但背后是更大的失望,是一种确信:那个受审的赫斯特有所隐瞒,"漏掉了一些事"。虽然,由于《每一桩秘密》里的记录详尽到了苛刻的地步,人们恐怕很难定义那些事究竟是什么。即使"疑惑仍待回答",正如《新闻周刊》所说,那这些疑惑也不是关于如何装填氰化物子弹的:共生解放军的做法是在子弹头上钻一个小孔,直至快到火药的位置,然后把小孔浸在一堆氰化物晶体里,最后用石蜡封住小孔。哪怕《每一桩秘密》"制造了比它回答的还要多的谜团",正如简·阿尔珀特所说,那这些问题也不是关于如何制造管状炸弹的:把足量的爆炸火药装进管子里,留有足够氧气以供引燃,在帕特里夏·赫斯特眼中,这个问题取决于"合适的火药配比,

黄金西部的女孩

管子长度,烤面包机线,再剪掉泰科精心准备的厕纸"。"泰科",即比尔·哈里斯,坚持要用厕纸包着他的炸弹,然后,当装在米申大街一辆警车下的炸弹哑火后,他的反应是"有史以来最气急败坏的一次"。后来许多记者觉得比尔和埃米莉·哈里斯是更有趣的被告,而非帕特里夏·赫斯特,但《每一桩秘密》呈现了有力的例证,正如作者说的,他们不仅"无趣",而且"无能"——这是她最具贬义的形容词。

对地下世界的叙述继续,帕特里夏·赫斯特对细节很偏执。她告诉我们,比尔·哈里斯最爱的电视剧是《反恐特警》(他说,"通过看这些剧,你能学到很多那些猪狗的诡计");唐纳德·德弗里兹,或者"辛克",用半加仑罐子喝梅子酒,听广播来学习歌词中的革命典故;还有南希·林·佩里,媒体通常把她描述为一个迷人角色,一个"前啦啦队队长,戈德华特女郎[b]",实际上只有四英尺十一英寸高(约一米五),一副学来的黑人口音。埃米莉·哈里斯训练自己"在极端匮乏环境下生存",方法是口香糖只嚼一半。比

---

a Jane Alpert(1947—),美国前极左翼激进分子,为地下杂志和进步报纸撰稿,参与策划多起爆炸案,逃亡四年后自首,后转向激进女性主义,发表多篇文章和回忆录,探讨政治与性别议题。

b Goldwater girl, 1964 年,共和党参议员巴里·戈德华特(Barry Goldwater, 1909—1998)参选总统,呼吁年轻人参与竞选活动,这些支持戈德华特的年轻人被称为"巴里小伙"和"戈德华特女郎"。希拉里·克林顿也曾是一位"戈德华特女郎"。

尔·哈里斯买了一个圆顶小帽，自认为如此，就能在洛杉矶枪战后，逗留在卡茨基尔山时参观格罗辛格庄园，且不引起任何人注意。

和这些人一起的生活扭曲了梦想的逻辑，帕特里夏·赫斯特接受了它，带着追梦者的小心翼翼与无可奈何。任何一张面孔都可能翻脸。任何一个动作都可能致命。"我的姐妹和我从小被教育，我们要为自己的行为负责，不能把我们的违法行径归结为脑子出了问题。我加入了共生解放军，因为如果我不加入，他们就会杀了我。我跟他们在一起，因为我真的相信，FBI要是有机会，一定会杀了我，如果他们不杀我，那共生解放军会杀了我。"就如她自己所说，她越界了。就如她自己所说，她会尽力而为，不去"回头联系家里人和朋友"。

就是在这里，大部分人被卡住了，对她起了怀疑，觉得不能理解，而这一点，也最能体现她是这样一种文化的孩子。我的先祖威廉·基尔戈在1850年跨越大陆前往萨克拉门托途中的日记里，偶尔也会流露出个人情感："……全力以赴的一个早晨，因为我现在必须离开我的家人，不然就得放弃。不用多说，我们启程了。"**不用多说。不要仔细体会你的感受——没什么用。永远不要抄近路，尽快赶路，越快越好。把一个他妈的南美革命分子搅进来，那跟找死有什么区别**。这是一个加州女孩，她成长于一种很少问**为什么**的历史中。

她从不是一个理想主义者，没人喜欢这一点。她因为活了下来而带上了污点。她从另一个世界回来，带回一个没人想听的故事，一段令人沮丧的叙述，一种妄想和无能对抗

黄金西部的女孩

另一种妄想和无能的情形，在七十年代中期旧金山的火热高亢中，这段故事显得格外平淡。1976 年，审判结束的最后一周，《旧金山湾区卫报》发表了一篇采访，一个名为"崭新黎明"组织的成员对她的叛变表示遗憾。"问题在于你是要尊严还是要命，"其中一人说，"如果选择要命，那你活着也没意义了。"认为共生解放军代表了一种值得捍卫的理念（哪怕只是因为任何理念都比没有好），这种想法在那个年代相当普遍，即便大部分人也认同，这个理念走偏了。到了 1977 年 3 月，《湾区卫报》另一个撰稿人对比了共生解放军"鲁莽的冒险主义精神"和"新世界解放阵线"的"纪律严明和技巧娴熟"，后者的"五十多起爆炸都没有造成伤亡"，这让他们成为共生解放军"绝佳的替代"。

我恰好保存了一份这期的《湾区卫报》，日期是 1977 年 3 月 31 日的（顺带一提，那时的《湾区卫报》还不是一份知名的极端报纸，会介绍当地豆腐烹调技艺和社区风情，做得还相当不错），而当我拿出它，阅读那篇共生解放军的文章时，第一次注意到另一篇文章：一份对旧金山牧师的长篇赞美，他"与人争辩，挑战他们的基本设想……就好似他不会让世间的任何邪恶越过他，这是所有道德领袖的共同点。"这位被比作西泽·查韦斯[a]的牧师，据作者称，主导了一大堆"震撼人心"的社会服务项目——分发食物，法律援助，戒毒，疗养院，免费宫颈涂片检查——还有"2.7 万英亩的农业站"。农业站在圭亚那，牧师自然是吉姆·琼斯[b]，他最终选择了尊严，而非自己及其他九百人的性命。这是另外一出当地戏剧，它永远不会被一个坚持按照自己的方式讲述的主角毁掉。

---

a　Cesar Chavez（1927—1993），美国劳工领袖、拉美裔民权运动家，全国农场工人协会（The National Farm Workers Association，NFWA）的联合创始人之一。

b　The Reverend Jim Jones（1931—1978），邪教组织"人民圣殿"的创始人及领袖。1978 年 11 月 18 日，他胁迫九百余名信徒集体服毒自杀，随后举枪自杀，这是美国历史上最严重的集体死亡事件之一。

PACIFIC DISTANCES
(1979—1991)

环太平洋

1

在洛杉矶，人们一天中有相当一部分时间都在开车，独自穿行在对驾驶者毫无意义的街道，正是此地能让一些人激动，同时让另外一些人莫名不安的原因之一。这些花在路途上的时光有一种诱人的疏离感。传统信息不见了。也没有上下文。在卡尔弗城，就像在埃科公园，在东洛杉矶，有着同样的浅色平房。同样乱糟糟的一品红，同样的粉色和黄色木槿。同样的自助洗衣房、汽车修理厂、路边购物商场。同样的旅行社，提供哥斯达黎加航空和哥伦比亚航空的廉价机票。**圣萨尔瓦多**，贝弗利大道的广告牌和比科大道、阿尔瓦拉多街和索托街上的别无二致，许诺着**最低价！** 同样的汽车广播，在我的车里是 KRLA，一个自称"摇滚的心与灵魂"的调幅电台，节目设计总有种错位感，如"1962年热门歌曲"（《宝贝，是你》《请温柔地告诉我》《狮子今晚入眠》）[a]）。另一天，KRLA 的主题是"音乐死去的那天"，完整演绎了1959年的一天，包括插播的新闻（底特律或将进军小型家庭用车市场），就在那一天，载着巴迪·霍利、里奇·瓦朗和大波普的飞机在艾奥瓦州明湖坠落。几

---

[a] 三首歌的原名分别为"Baby, It's You""Break It to Me Gently"和"The Lion Sleeps Tonight"。

天后，KRLA说"音乐死去的那天"节目反响很好，就连"里奇·瓦朗的阿姨都打来了电话"。

对于许多住在洛杉矶的人来说，这种出神的时刻正是在此地生活的核心，但其中没有任何东西可以唤起人们"识别"或构建故事的本能反应。那些人类喜剧中的亮点（心碎的寡妇、坏警察、母子重逢），能为模式更为传统的城市生活增添戏剧冲突，但在这里却难觅踪迹。在洛杉矶的报纸上，没有可卡因女王、崩溃母亲或者恐怖婴儿。哪怕是耸人听闻的事件，也鲜有具体的展开。《母亲跟孩子道歉，开车冲下悬崖》，这是1988年12月的某个早晨《洛杉矶时报》的头条。（这种故事在《纽约时报》里一般只会出现在城市版，或之前被称作"千奇百怪死亡版"的第三版。而最奇怪的一点便是，那些由高乐氏、响尾蛇或垃圾桶撰写的引人注目的故事，总是出现一下就消失了，再也没有下文。）在那个故事里，一个年轻女人和女儿布鲁克住在雷东多比奇的一间公寓里，一个邻居说最近她"看起来有些心情低落"：

据官方通报，周二早晨，雷东多比奇，一名女子对她七岁的女儿道歉后，开车冲下马里布地区的悬崖，以期结束两人的生命。县验尸官办公室确认了母亲的身份信息，苏珊·辛克莱，二十九岁，当场死亡，但孩子幸存，且未受重伤。"抱歉，我必须这么做。"据称，在太平洋海岸公路以北约2.5英里处，死者对孩子说完这句话，便突然转向，冲出马里布的峡谷路。

"抱歉，我必须这么做。"这是我们最后一次听到有关苏珊和布鲁克·辛克莱的消息。1964年，第一次从纽约搬到洛杉矶，我觉得这种叙事残缺是很空虚。但两年后，我发现（很突然的，某天早晨独自在车里时）自己体会到了这种叙事的动人之处。这是两座城市之间的巨大鸿沟，也是两城居民互相看待对方的方式。

2

我们的孩子提醒我们，人生是如此造化弄人。1979年在洛杉矶，我在女儿的学校发表了一次演讲，我站在那，一个成年女性，曾在全国各地无数次站在讲台上对学生发表演讲的人，却被一个问题难住了，一瞬间我好像几乎无法理解这个问题。我是怎么成为一个作家的，我到底是如何，以及为什么做出了这个人生选择？我能看到教室后排坐着我女儿的朋友，克劳迪娅、朱莉、安娜。我能看到女儿满脸通红，尴尬、害怕，后来她告诉我，是因为她在那里，才让我忘了自己要说的话。

我只能告诉他们，如何成为一个作家，

亨利去后

我如今的答案也不比跟他们一般大时更多。我只能告诉他们，大概是1954年秋天，我十九岁，在伯克利上大三，和大概十二个人上了已逝的马克·肖勒的英语文学106A，这类似一个"小说工作坊"，大家每周聚在一起讨论三小时，每个学生都必须一学期写出至少五篇短篇小说。不允许他人旁听。音量要低。1954年秋天，英语文学106A对很多人而言是圣礼般的经历，进入真正作家广阔世界的邀请函，我记得每一节课都是极端兴奋和恐惧并存。我记得班上其他同学，每个都比我曾经梦想要成为的样子还要年长，还要睿智（当时的我在直觉上还没法理解，十九岁并不是永恒的，就像克劳迪娅、朱莉、安娜和我女儿，她们还不能理解人总会度过十三岁），不仅更年长更睿智，也更有经验，更独立，更有趣，有着更多色彩斑斓的过去：婚姻和破裂，金钱和贫穷，性和政治，以及黄昏下的亚得里亚海：不仅是成年人的生活，还有让当时的我格外伤心的，是能变成五篇短篇小说的素材。我记得一个托洛茨基主义者，四十多岁。我记得一个年轻女人，跟一个赤脚男人和一条白色大狗，住在只能点蜡烛的阁楼里。我记得课堂讨论里，有跟保罗·鲍尔斯和简·鲍尔斯[a]的聚会，跟朱娜·巴恩斯[b]有关的事件，那些度过的岁月，在巴黎，在贝弗利山，在尤卡坦，在纽约下东区，在里帕尔斯贝，甚至在使用吗啡的时候。我十九年的人生中，有十七年在萨克拉门托，还有两年在伯克利沃灵大街的三Δ姐妹会宿舍里。我从来没有读过保罗或者简·鲍尔斯，更别提跟他们聚会了，大概十五年后，在圣莫尼卡一个朋友家，我见到了保罗·鲍尔斯，立刻愣住了，心生敬佩，就像是十九岁的我在英语文学106A课上那样。

我觉得，那天在女儿学校，我真正想说的是：我们面前的人生从来不是一条标识清晰的坦途，我们永远不会有，也不该期待一幅通往未来岁月的地图，永远不要着急圆满完成任何人生课题，无论那在十三、十四或十九岁的你看来有多么紧急。我想要告诉女儿和她的朋友们，1975年春天，我作为雷金特讲座[c]的讲者，回到伯克利英语文学系，这种身份转换本该让我

---

a 保罗·鲍尔斯（Paul Bowles，1910—1999），美国作曲家、小说家。简·鲍尔斯（Jane Bowles，1917—1973），美国作家、剧作家。两人是二十世纪美国文学中极具传奇色彩的一对夫妇，以非传统的婚姻关系、异国化的生活方式与现代主义风格作品闻名于世。
b Djuna Barnes（1892—1982），美国艺术家、插画家、记者和作家，代表作为小说《夜林》（*Nightwood*），是酷儿小说的经典之作，也是现代主义文学的重要作品。
c Regents' Lectureship Program，伯克利的讲座项目，演讲者均为非学术领域的佼佼者。

开心,结果却让我惶恐,搅得我心神不宁,不但没回答任何问题,反而掀开了旧问题。但我没有告诉她们。1975 年,在洛杉矶,我无时无刻不展现出井井有条、成熟稳重的一面,是一个能够绝对掌控自己的工作,以及一种使这种工作得以展开的中产阶级家庭生活的女人。但在伯克利教职工俱乐部的单人间里,从行李里拿出衣服和纸,穿过校园的一瞬间,我不由自主地回到了二十年前学生时代的贫民生活。我在抽屉里囤了坚果和巧克力。晚饭吃墨西哥卷饼(**配米饭豆子**),把自己卷进被罩里,看书到凌晨 2 点,抽太多烟,像个学生一样,只是心疼烟钱。我开始记下每日花销,跟大学时一样仔细,教职工俱乐部的房间里已经堆满了从信封上撕下的碎纸片:

1. 15 美元,纸,其他

2. 85 美元,卷饼套餐

0. 5 美元,小费

0. 15 美元,咖啡

我不仅找回了老习惯,还有学生时代的心情。每天早晨,我都充满希望,雄心勃勃,铁塔钟声、桉树芬芳和每日待做事项让我兴奋难耐。去吃早餐的路上,我步伐轻快,深呼吸,思索我的今日"计划":我要写五页纸、回所有电话、午餐吃葡萄干、回十封信。我终于要读 E. H. 贡布里希了。一定要一次就搞懂"结构主义者"的意思。然而,每天下午 4 点,来到课堂上,我再次变得呆滞、麻木,淹没在过度摄入的碳水化合物中,在我的平庸、我的失败中——在二十年后的今天,依然如此!——因为没有"圆满完成"今日任务。

某种意义上,二十年来什么都没变。明亮的光和雾与我记忆中完全一样。溪水仍在树荫下清澈流淌,杜鹃依旧在春天盛开。英文系宣传栏上依旧贴着通知,欢迎大家找迪戈里·维恩夫人咨询拉德克利夫出版流程课[a]。尚未拿到终身教职的科系成员,依然幻想着有机会跳槽到约翰·霍普金斯大学。任何具体事物都会被立刻归纳为普遍法则,任何现实内容都会被转化为抽象概念。1975 年春天,在伯克利之外,是一个充满了极为具体、充满戏剧性的现实事件的季节;但在校园里,却只是又一个抽象概念,又一个普遍趋势的证明,又一个用来支持或反对这种或那种看待世界的观点的例子。电报发来的金边和西贡的照片,有着象征主义画作一般的精心构图。关于西贡到底是"沦陷"还是"解放"的

---

[a] Radcliffe Publishing Procedures course,哈佛大学拉德克利夫学院开设的一项为期六周的暑期项目,内容涵盖图书与期刊的编辑、制作、市场推广等出版流程。

亨利去后

讨论，把事实降格成了一种政治立场，一个语义问题，或另一种观点。

日子一天天过去。我习惯了软塌塌的西装外套和不化妆。我记得在1975年的那个春天，我花了许多时间，试图解码电报大街呈现的意义。离开校园，那个拥有五千门课程，四百万藏书，五百万手稿的校园，那个拥有清爽的林间空地、清澈溪流、宜人景色的校园，过一两个街区，躺着这片低端风险投资的破败荒野，这片杂草丛生的花园，在这里，任何东西卖得都比它本身的价值更贵。电报大街的咖啡不热也不冰。食物毫无生趣地摊在有豁口的盘子上。皮塔饼很干，咖喱味太冲。破败的"印度"商店售卖褪色海报和劣质丝绸。书店里有神秘学专柜。整条街上毒品交易正在进行。这个地方是对某种混乱无序的展现，我在1975年对这里的理解，也似乎不比大学时代更深。

我记得尝试跟几个英语系的人讨论电报大街，他们却聊着一篇我们听过的论文，关于《名利场》《米德尔马契》和《荒凉山庄》的情节。我记得试着跟一个老朋友讨论电报大街，他邀我一块吃晚餐，在一个足够远离校园的地方喝两杯，他却聊着简·阿尔珀特、埃尔德里奇·克利弗、丹尼尔·埃尔斯伯格[a]、莎娜·亚历山大[b]、一个他认识的莫德斯托的农场主、朱尔斯·费弗[c]、赫伯特·戈尔德[d]、赫布·凯恩、埃德·扬斯[e]，还有在密克罗尼西亚的独立运动[f]。我记得我感觉即便过了二十年，自己仍旧和伯克利步调不一，听从了另一种鼓声的蛊惑。我记得一天下午，坐在惠勒楼的办公室里，一个人从外面走进来，他不

---

a Daniel Ellsberg（1931—2023），美国政治运动家、经济学家，1971年，向媒体曝光数千份五角大楼机密文件，彻底改变了公众对"越战"的看法。1973年以间谍罪、盗取国家机密罪等被起诉，最终被宣判无罪。后根据这段经历撰写了《吹哨者自述："五角大楼文件"泄密者回忆录》。

b Shana Alexander（1925—2005），美国记者，在二十世纪七十年代，因与保守派评论家詹姆斯·基尔帕特里克电视辩论而闻名。

c Jules Feiffer（1929—2005），美国漫画家、剧作家和社会评论家，以其讽刺政治、城市生活、冷战焦虑的作品而著称，1986年获普利策奖。

d Herbert Gold（1924—2023），美国作家、记者，作品以描写都市生活、知识分子情感困境和旧金山波希米亚文化而著称，是二十世纪中后期"旧金山文学圈"的重要人物之一。

e Ed Janss，即Edwin Janss Jr.（1914—1989），加州著名房地产开发商，扬斯投资公司（Janss Investment Company）第三代继承人，对"越战"持反对态度。

f 密克罗尼西亚（Micronesia）是西太平洋上的一个岛国，"二战"后由联合国交予美国托管。1979年，密克罗尼西亚进行宪法公投，成立密克罗尼西亚联邦。1986年，正式结束托管，成为独立主权国家。

是学生。他自称是个作家,我就问他写了什么。"你不敢读的东西。"他说。他只承认塞莉纳和朱娜·巴恩斯。除了朱娜·巴恩斯,没有女人能写作。我可能可以写作,但他不知道,他从来没读过我。"不管怎么说,"他补充道,坐在我的桌子边缘,"你的时代结束了,你的热度过去了。"大概已经有二十年了,距离英语文学106A,距离我上一次听到塞莉纳、朱娜·巴恩斯和女人如何不能写作,上一次遇到如此自大的男人,然后我的访客离开办公室,我锁上了门,在午后阳光里,坐了好久。十九岁时,我想要写作。四十岁时,我还是想要写作,这些年间,却没有什么让我坚信我可以。

3

加州大学伯克利分校北门上山,走半个街区,就是埃切韦里楼,一栋建于战后的教学办公楼,结构类似停车场,似乎故意设计成这样,好告诉世人,这里从来没有,也不会有什么不同寻常的。埃切韦里楼东边露台铺着平整的水泥和石块,经常有些学生坐在那里,学习或者晒太阳。那儿有椅子,有草。那儿有灌木,一棵小树。那儿有个排球网,在1979年下半年的一天,我来到埃切韦里楼,有人用粉笔在排球网下的水泥面上写下了一个词,**辐射**,字母没有连写,看起来僵化、官方而恐怖。事实上,就在这里,埃切韦里楼东边露台的排球网之下,正好是核工程系的 TRIGA 三号反应堆[a],轻水[b]冷却,反射,达到临界点,实现持续不断的核反应,自1966年8月10日以来,一直处于运转中。希望拆除反应堆的人说,这东西很危险,会释放致死射线,而且该死的是,它就在海沃德断层西边,只有四十码(约36.5米)远。维护反应堆的人说,这东西不危险,释放致死射线是几乎不可能的,而且在海沃德断层西边**四十码远**只是一种修辞手法,并不具有显著的地震学意义。(地震学家们同意这个判断。)这些观点之争所反映的远不只是语义差异,更是文化差异,是画面系统,乃至对未来预期的差异。

反应堆舱室位于埃切韦里楼地下,金属门上的标识会闪绿光或罗马紫光,取决于状况,要么是**安全**,意味着反应堆舱室和走廊间的气闸已关闭,辐射水平正常,反应堆池水水位正常;或者**危险**,意味着至少其中一个条件没有达标,一般

---

[a] TRIGA,小型核反应堆,一般用于教学训练、科学研究和同位素生产。
[b] 即普通的水,与重水相对应。

亨利去后

是第一个。金属门上的标识只写着**1140室/禁区/准入名单A、B或C/前台咨询**。在我到埃切韦里楼的那天，我被发了一个剂量计，放在口袋里，带领我参观反应堆的是时任主管德·林和核工程教授劳伦斯·格罗斯曼。他们解释说，埃切韦里的TRIGA反应堆是最初TRIGA的改良版，TRIGA是 Training / Research / Isotopes / General Atomic（培训/研究/同位素/通用原子）的首字母缩写，1956年由一个团队设计建成，成员包括爱德华·特勒、西奥多·泰勒和弗里曼·戴森，这个团队给自己定下的目标是保证这个反应堆足够安全，用弗里曼·戴森的话来说就是："就算让一群高中小孩来瞎玩，都不必担心他们会受伤。"

他们解释说，TRIGA运转的热水平比动力反应堆要低得多，而且主要用作"让物质放射性化"。比如营养学家用它检测饮食中的微量元素。考古学家用它断代。NASA把它用于高海拔污染研究，还有一项研究无重力如何影响人体钙代谢。斯坦福用它研究大脑中的锂。山上劳伦斯伯克利实验室的物理学家会下山来，用它实验聚变，或者"干净的"反应堆。一个加纳的研究者一年来用它检测非洲水坑样本里的砷，那是杀死动物的元凶。

在我们聊天的时候，反应堆正在运行一兆瓦。所有指标都正常。反应堆首席操作员哈里·布朗和我们一起，站在反应堆水池旁的金属台上，而我没法把眼睛从堆芯移开，燃料棒周围的切伦科夫辐射，清澈水体二十英尺之下闪烁的蓝光。水池一边有个撇渣器，一条浴巾搭在扶手上。有个钓鱼竿，还有个橡皮鸭子。哈里·布朗用钓鱼竿从堆芯附近的样本架取样本，橡皮鸭子用来检测水流。"或者有小孩子来进行学校参观，"他补充道，"有时候他们不怎么专心，直到我们把鸭子放进池子里。"

我十岁那年，当时所谓的"原子时代"突然强势进入世界的视野。那时，与"原子时代"挂钩的动词是"开启"或者"引领"，每个都代表着某种上升趋势。我记得有人告诉我，结束"二战"的装置只有"一颗柠檬大小"（这是假的），加州大学参与设计建造（这是真的）。我记得一整个周日下午都在听一个特别广播节目，叫《生者与亡者》[a]，三到四个小时里，那些参与设计或目击原子弹爆炸的人们谈论着原子弹，以及（由此延伸出来的）他们自己那超自然

---

[a] The Quick and the Dead，典出自《新约》，指神会审判生者和亡者，莎士比亚戏剧《哈姆雷特》中也曾使用。

的、前所未有的力量，还有他们被骤然抬升至的那个能审判**生者与亡者**的位置。我还记得暑假结束，开学以后，学校教我们在原子弹爆炸演习中，要遮住眼睛和后脑，躲在桌子下。

这些印象如此清晰，以至于我从没想过，我以为或早或晚——最有可能更早，肯定在我长大或结婚或去上大学前——要面对的事情发生的时刻，其实不会出现：先是耀眼的白光，在我的想象中，白光犹如负片，接着是热浪，巨响，以及终曲，死亡，立刻或漫长的死亡，取决于你所处的位置，是在这想象中自内向外脉冲的同心圆的何处。一些年后，我成了伯克利的本科生，在一栋老木瓦房屋里有一间公寓，跟今天埃切韦里楼所在地之间隔着几栋房子，夜晚时，我望向山上，能看到灯光，来自劳伦斯伯克利实验室，那时人们口中的"超酷实验室"[a]，来自回旋加速器和粒子加速器，而我仍旧期待某晚醒来，能看到那些灯光，像负片，仍会幻想着耀眼白光，热浪，以及理所应当的结局。

毕业后，我搬去纽约，过了几个月，或者一年，我发现自己不再幻想耀眼闪光，这种幻想或许是孩子们应对死亡，学会接受生命终将消亡，一如它终将开始，学会应当如何面对绝对的湮灭的方法之一。然而，我知道对我而言，对我们中的很多人而言都是如此，这个画面——这代表死亡的耀眼白光，对"光""白色"和"辐射"这些词寻常组合的诱人反转——成了一种象征，某种程度上决定了后来我的所思所为。我有一本"现代图书馆"版的《亨利·亚当斯的教育》[b]，这是1954年我在伯克利阅读并评价的第一本书，我看到了这篇有关1900年巴黎世博会的文字：

……对亚当斯而言，发电机成了代表无限的符号。当他逐渐熟悉了机械的宏伟神殿，他开始在40英尺的发电机上感受到一种道德力量，与早期基督徒在十字架上感受到的一样。

我在埃切韦里楼地下室见到TRIGA马克三号反应堆时，自亨利·亚当斯赴巴黎已经过去了七十九年，如研究圣米歇尔

---

a 原文为the rad lab，rad 是 Radiation Absorbed Dose（辐射吸收剂量）的缩写，在美国俚语中又有"超酷"的意思。

b 亨利·亚当斯（Henry Adams, 1838—1918）美国历史学家，来自亚当斯政治家族，父亲曾任林肯总统时期的美国驻英大使。《亨利·亚当斯的教育》是他的自传。

山和沙特尔[a]一样,他在那里研究科学。自罗伯特·奥本海默在阿拉莫戈多见到白光已经过去了三十四年。"核议题",我们这样称呼它,表明工业革命之后的世界进程是未定的,可以修改,可以投票,多年来一直都在讨论中,然而,反应堆上存在着某种东西,仍然在抗拒着定义:池水中的深邃蓝色,燃料棒周围的切伦科夫辐射,超越所有蓝色的蓝色,如光一般的蓝色,实际上是水中超声波的蓝色,正是沙特尔教堂玻璃的蓝色。

4

加州大学劳伦斯利弗莫尔实验室,一个重兵把守的建筑群,隐匿在有起伏的牧场和果园的奥克兰东南乡间,通行证不仅要在大门出示,还要在建筑里不同地点,一次又一次,出示给两扇紧锁大门之间的摄像头。这些摄像头不仅要检查通行证,还有证件颜色。红色代表"无许可美国公民",可能不会被发放白色证,后者代表"必须有陪同的访客"。黄色证代表"机密以下权限"。绿底黄带意味着可能是最高级别,但并非完全无限制:LLL 楼 310 室证件办公室门上的标识写着,**是否有必要知情?** 当证件持有者在这个神秘的建筑里,从一点移动到另一点时,这是个必须问的问题。

在利弗莫尔——或者在洛斯阿拉莫斯,或者在桑迪亚,或者在这个国家任何大型实验室里——通行证的符号和字面意义是,政府在此有利益,投了大量钱,大型重要物理研究在此进行。通行证是图腾,属于部落,属于家族。有个家族曾经把整个世界的钚,存进格伦·西博格在伯克利的办公室外的雪茄盒里,有个家族尝试了各种方法来启动 27.5 英寸的伯克利旧式回旋加速器,同时不会瘫痪大部分东湾电力网。"非常轻柔"意思是最好的。我有一张照片的复印件,细腻地展示了这个家族的日常生活,一张拍摄于二十世纪五十年代的快照,那时的利弗莫尔实验室正在太平洋进行大气层核试验。快照上,一位利弗莫尔的科学家,非常年轻,平头,笑容迷人,站在一个不知名的珊瑚岛海滩上,在某一天,或许是实验之前,或许是之后(照片注释没有任何线索)。他拿着一个钓鱼竿,另一只手上是一条皇后扳机鱼,根据照片注释,"离世界纪录只差几盎司[b]"。他只穿着泳裤,还有他的出入证。

---

[a] Mont-Saint-Michel,法国的一座岩石岛,是天主教的圣地,在山顶上建有圣米歇尔隐修院。Chartres,法国中北部城市,市中心有著名的沙特尔大教堂。

[b] 1 盎司 ≈ 31.1 克。

1980年2月的一天，我开车从伯克利到利弗莫尔，冬雨润绿了海岸群山。金合欢沿着高速路延伸，窗外一片迷幻的铬黄。在建筑群里，水仙花和黄水仙扎在柏油人行道两旁。我开车过来，因为我想看看那希瓦，利弗莫尔的20光束激光器，价值3500万美元的机器，是利弗莫尔大物理研究的主角，用来试图制造可控核聚变反应。不加控制的聚变反应很容易，叫作氢弹。可控聚变反应难度更大，甚至被称为"有史以来最难的科技成果"，但最终回报是以一定危险的裂变反应堆带来几乎无穷的核能。可控核聚变的难点在于，要达到一亿摄氏度的热核燃烧，或者比太阳内部温度高出六倍以上，但同时不会炸掉容器。对家族而言，从来没人做过，这是问题所在。

关于如何成功，人们众说纷纭。一些研究者关注"磁瓶"法，用磁场约束等离子体；另一些人关注激光，理论上激光术可以通过同时加热和压缩燃料的微小颗粒，引发可控核聚变。利弗莫尔那时有磁瓶项目，但基本赌在了激光器上，希瓦，以及它后来未完工的继承者，诺瓦。这是个高风险的赌博：大奖最终会落入钱去的地方，而钱会去最可能获大奖的地方。利弗莫尔自然总有访客，很多国会议员、国防部和能源部的官员，还有少数其他人：对家族至关重要的高层朋友们。欧内斯特·O.劳伦斯，伯克利首位诺贝尔奖获得者，劳伦斯伯·克利实验室和劳伦斯·利弗莫尔实验室皆以他命名，他的传记就提供了丰富的例子：在太平洋联盟俱乐部的会议，在波希米亚林地[a]和圣西米恩的短暂停留，甚至"一次与兰迪和凯瑟琳·赫斯特的阿卡普尔科短途旅行"。五十年代的埃内韦塔克实验是个典型例子，劳伦斯在火奴鲁鲁停留就是为了给它铺路：

……他是一位好客的主人，海军上将约翰·E. 金里奇的客人。作为回礼，他和上将，以及其他数位客人一起在皇家夏威夷酒店共进晚餐，之后再启程去埃内韦塔克，从火奴鲁鲁出发要乘坐十个小时飞机。埃内韦塔克有种南国海滨度假村的氛围。沙滩上，一个高档的军官俱乐部为议员和访客们提供娱乐休闲设施。热带海洋欢迎畅游和潜泳。没有电话会干扰风趣的重要人士之间的聊天……椅子放置在沙滩上，供聚在俱乐部的客人们在日落时分 [观

---

[a] Bohemian Grove，位于加州蒙特利奥的波希米亚大道10601号，是一个占地2700英亩的露营地，属于一家位于旧金山的私人绅士俱乐部，即波希米亚俱乐部。每年7月中旬，波希米亚俱乐部都会在这里举办为期两周的露营活动。

赏实验]。这里供应咖啡和三明治，还有墨镜……

在我拜访利弗莫尔那天，工作人员还在忙着1月地震的灾后清理，那是一场发生在代阿布洛山-格林维尔断层的里氏5.5级地震。天花板上的吸音瓷砖掉了下来。头顶灯具砸到桌子上，电线、隔热材料和空调管道缠在一起，挂在天花板上。"办公大楼有损坏，因为这些大楼只符合当地标准。"约翰·埃米特告诉我。他后来是负责利弗莫尔激光器项目的物理学家。在那个1月，天花板掉下来的时候，约翰·埃米特正在办公室跟一个访客聊天。他带着访客出去，赶紧跑回来，确保没人被压在倒下的书架和柜子下，随后又赶往希瓦所在的楼。激光器受损非常小，希瓦有63个微型电脑不断对齐和重新对齐激光束，只有20个激光束偏离原来对准位置1/16英寸。"我们预计没有任何损失，而且确实没有。"约翰·埃米特说，"这个小装置就是设计成这样的。"

约翰·埃米特口中的"小装置"装载在纯白钢铁脚手架里，有几层楼高，将近一个橄榄球场那么大。这个钢架美得惊人，一个纯粹的剧场，一个抽象的舞台，上面的演员们穿着白大褂，戴着绿色护目镜和安全帽。"戴护目镜是因为，哪怕还没启动，也会有一些小激光跳来跳去。"约翰·埃米特说，"戴安全帽是因为上面老有人掉东西下来。"钢架里，一束红外线被分割为二十个光束，每一个都会被放大，不断放大，每天两到三次，直到二十个光束全部击中目标，它们携带的能量相当于全美（除了这间屋子）消耗能量的六十倍。被狂轰滥炸的目标是一个玻璃珠，只有一粒盐大小。整个撞击所需时间为五亿分之一秒。约翰·埃米特和利弗莫尔激光器团队用希瓦达成了可控温度8500万摄氏度，大概相当于日核温度的五倍，但还没到一亿度。他们把希望放在诺瓦上，为了一亿度这个大奖。

还记得在利弗莫尔那个下午，我问约翰·埃米特，如果不戴护目镜去看不可见的红外线光束，会发生什么。"会在你的视网膜上烧个洞。"他面无表情地说。在斯坦福博士时代，他被激光束烧掉了一只眼的视网膜。我问他视力恢复了没有。"恢复了，但有一个小点。"他说。**给我一个这样的大脑，不会无聊，不会低落、哭泣或哀叹 / 不要再让我心力交瘁，因为这个名叫"我"的烦人玩意儿**：这两句来自一份有名的"祈祷词"，二十世纪二十年代晚期追寻"渴望之事"（Desiderata）的先行者，欧内斯特·O.劳伦斯把这两句摆放在他桌上，直到去世。一个小点不是约翰·埃米特关心的事。激光器能成功才是。

5

冬天和春天，火奴鲁鲁：冬天，这里爆发了环卫工人罢工，整整四十二天，整座城市正在逐渐滑向深沉而诱人的热带夏天。垃圾堆积在路纳利罗高速路旁的藤蔓上。机场看起来像是在中美洲，而且是处于政权更迭中的。绿色垃圾塑料袋在道路两旁堆成了山，橘子皮和易拉罐扔进下水道，冲进海里，又被海流冲到岸边，我们在卡哈拉大街租的房子前。一天这般过去：早晨，我重新整理了一下我们自己的绿色塑料袋山，在海岸上捡橘子皮和易拉罐，然后坐在客厅湿漉漉的吧台旁开始工作，这个U形吧台上暂时装备了IBM电动打字机。我打开广播，听到了环卫罢工暂停的新闻：我收到了路纳利罗的临时交通警报，在怀尔德大街出口匝道和普纳荷立交桥间有道路施工。我收到了天气预报：基本是晴天。事实上，水雾如巨大的玻璃薄片，盖住了岛的迎风一侧，十五分钟内过境帕里，但在背风面，瓦胡岛的天空变幻莫测，明明暗暗，骤雨彩虹，**基本是晴天**。不久前，我已经放弃跟大陆上的熟人解释，火奴鲁鲁一天里最简单的行程是怎么让我感到快乐和有趣的，但在这些冬日早晨，我被提醒了，它们确实如此。我跟卡皮欧拉尼儿童医疗中心的儿科医生有预约，在雨中的贝雷塔尼亚街开车让我快乐。我停下来，在卡哈拉商场的星星超市买日用品，生鲜区里一束束文心兰、一英尺长的西洋菜，还有小马诺阿生菜，都让我赏心悦目。有些早晨，环卫罢工也让我快乐。

火奴鲁鲁日常的底色，一个会浸染其他方面的事实，是这片土地完全的与世隔绝。许多美国城市开始变得遥远，只有火奴鲁鲁命定要保持如此，而且只有在火奴鲁鲁，与生俱来的隔绝的态度和规则继续掌控着日常的基调。可知世界的边界清晰明了：你转过街角，或者从办公室窗户向外看一眼，那就是了，蓝色大海。这里没有那种廉价的自由，搞辆车，开去最远的地方，因为瓦胡岛上开去最远的地方只需一小时十五分。"离开"需要真正的旅行，定期航运，需要预订机票，行程确认，还有记忆模糊的经历，被迫困在黑黢黢的机舱里，看到闪烁屏幕上惹人不快的画面；需要妥协于他人的行程，以及最重要的，需要钱。

在火奴鲁鲁，几乎每个在别人家聚会的夜晚，席间都有人刚离开或者即将离开去赶飞机，十小时飞行在当地印象中价值几何，似乎扩大了负担得起和负担不起的人之间的鸿沟。在火奴鲁鲁，恐怕旅游的人比实际能负担得起的人要多：一项研究表明，25%的瓦胡岛家庭近期去大陆旅行，10% 去了国外。很少去欧洲，很少去美国东海岸。不仅因为从火奴鲁鲁去纽约的飞行时间比去香港还长（实际飞行时间差不多，都是十或十一个小时，但从火奴鲁鲁到纽约没有直飞航班），还因为香港感觉更近，同样还有马尼拉，东京，悉尼。一个药剂师建议我下次在香港的时候，可以在柜台购买处方药。一个朋友的女儿因为好成绩获得了奖励，十六岁大堡礁甜蜜周末之旅。远太平洋是故乡，或者在灵魂和外表上像是故乡（瓦胡岛有很多地方，比起美国大陆，更像东南亚），而真正的异乡在别处：航线海报上画着新英格兰秋景，自由女神像，一个遥远文明的异域风情，火奴鲁鲁上大部分人跟这个文明毫无关联，只有突如其来的好奇。对亚洲的亲近，让火奴鲁鲁与美国其他地方的关系变得模糊，在无法预料的地方产生分歧，是这片土地神奇却时常隐藏的离经叛道之处。

1980 年春天，瓦胡岛上的房子价格跟洛杉矶同等房子差不多。珍珠港附近区域，三个房间，一个半卫生间的房子，大概要价 10 万美元（**13.8 万**，在我持续关注的广告上，这个数字某天出现在标题**这是你的幸运日**之下），虽然有时会有一卫的平房出现，售价九万多。在高端区域（**在这里**，如一个广告写的，**生活突然开阔，让你遗忘失落**），不到三分之二英亩土地上，有主屋、客屋、门房，以及钻石头沙滩海水泳池——**绝对所有权**，在火奴鲁鲁，这个词表示一处房产真的要出售——**375 万美元**。

在火奴鲁鲁，**绝对所有权**是个具有魔力的词，因为当地土地管理的特殊之处在于，很少有房产换过主人。如果瓦胡岛按最长 45 英里，最宽 30 英里来算，总面积为 38 万英亩——但大部分是科奥劳岭和怀阿纳埃岭那垂直的火山崖壁，不适宜建房。其中大约 15% 的土地属于联邦政府，夏威夷州政府拥有 15%。剩下的私有土地中，超过 70% 属于大地主们，平均拥有量超过 5000 英亩，尤其在瓦胡岛上，坎贝尔地产、戴蒙地产、卡斯尔和库克，以及坐落在火奴鲁鲁人口最集中地区里的毕晓普地产。毕晓普地产拥有怀基基很大一块，卡哈拉和威亚莱街区，更远一点，夏威夷凯，这里有一家凯泽建工，但是由毕晓普控股。购买毕晓普所有土地上房产的人，对房产没有所有权，只有"租赁权"，一份土地租赁合同，从一个买家转移到另一个买家手中，可能几年内过期，或者（更好的情况）近期重新商订，并定下长期协议。1980 年春天的一个房产广告里，房子位于夏威夷凯，三间卧室，两个卫生间，价值 23 万美元，广告上强调**长期、低价租赁**，另一个位于卡哈拉街区的价值48.9万的同类房，广告也是这样。那个春天的一个周日，多曼办公室，一个火奴鲁鲁大型居民住房中介，在《星报》与《广告人报》的合刊上打广告，47个房产中，有39个是租赁地产。同一天，厄尔·撒克中介公司列出了18处房产，其中10个是租赁地产，包括一处卡哈拉大街上的临海房子，价值125万美元。

一小部分人拥有绝大部分土地，这种状况在发达国家中相对少见（在加州，土地拥有量超过5000英亩的大地主拥有30%的土地；与之相对的，在瓦胡岛，大地主拥有70%的土地），它把一种相当封建和多变的不确定性，一种来自天外的转瞬即逝，植入了在其他地区直截了当的交易、明确的区域划分和居住地的购买里。在一些区域，毕晓普地产提供"转化"选项，一个可以把租赁权转为绝对所有权的机会，价格平均每平方英尺5.62美元。这被看作是某种土地改革，但效果并不好，房产持有者早已把所有钱都投进了租赁权里。我认识的一个人，毕晓普租赁期即将到期，不得不卖了这栋她住了好些年的房子，因为她买不起所有权转化，也负担不起涨价后的新租期。1980年，我跟另一个朋友去看了房子，在卡哈拉大街"另一边"，或者非临海的一边，售价69.5万美元。毕晓普固定租期30年，并且承诺：1989年前，每月490美元；1999年前，每月

735美元；2009年前，每月979美元。带领人们参观房子的女人暗示，可能可以转化。当然，没人能保证这个，也没人能说价格会是多少，哪怕能有个定下的价格。事实是，那时的卡哈拉大街上，没有一间房子的所有权转化了。另一个事实是，毕晓普地产宣传着卡哈拉大街，说这是个适合建酒店的地方。不过，那个女人跟我朋友似乎达成了一致，这个是漂亮的房子，也是个持续到2009年的麻烦。

我第一次来到火奴鲁鲁是在1966年，我在一本游客手册上看到，传统指方向的方式——北，南，东，西——在当地没有人用，当地人用的是"马凯"（makai），海的方向，以及"毛卡"（mauka），山的方向，在城里则是"钻石头"或"埃瓦"（ewa），取决于人所站的方位，这个地点是朝向钻石头还是埃瓦沙滩。比如，皇家夏威夷酒店在埃瓦的钻石头方向，但是在钻石头的埃瓦方向。处于钻石头和科科角之间的卡哈拉希尔顿酒店，可以说在钻石头的科科角方向，也可以说在科科角的钻石头方向。这套定位系统中有一种执拗的本土色彩，让当时的我有些不以为然，尤其是路纳利罗高速路上联邦政府出资修建的标识上写的还是**东**和**西**，但随着时间的推移，我开始理解这种奇美拉一般杂糅的定位系统，也懂得了其中所蕴含的一种深

亨利去后

植于地方习俗的态度,一种在孤立、僵化的岛屿社会中保持流动性的方式。

这种相对主义的定位系统(比如,没有地方是绝对的埃瓦方向;威亚莱沙滩在埃瓦的马卡哈方向,也就是朝向马卡哈的那一侧,但在马卡哈之外,已知的世界又会再次变形),出现在火奴鲁鲁生活里的方方面面,甚至在法庭中都很常见。我记得有几天旁听谋杀案庭审,一个警局证据专家,一个看上去从《夏威夷特警组》里走出来的非常美丽的年轻女性,说"在水槽的埃瓦方向提取到了隐性指纹"。当时同时在场的警佐说,他"在科科角方向的卧室、科科角方向的浴室,还有埃瓦方向的卧室和厨房地板上,都撒了指纹粉"。据称,被告去受害人公寓时,把公文包放在了"沙发朝向埃瓦-海的那一角"。碰巧的是,在这场审判中,其中一位证人,一个多次和受害人一起提供上门服务的年轻女孩(受害者是一位应召女郎,在阿拉莫阿拉附近的自家公寓里,被自己的电话线勒死),提供的个人职业信息是"夏威夷大学全日制学生,修满了十六个学分"。另一个证人,也是一位应召女郎,在被问到职业信息时,说她自己"在建筑行业兼职"。

要去埃瓦,得开过珍珠港,顺福特·韦弗路而下,经过被风吹日晒的房屋骨架,那里曾经是埃瓦种植园的医院,经过日本墓园,然后右转。(如果不右转,而是直行,车会直接开进埃瓦海滩,这是另一个天地。我记得第一次来火奴鲁鲁时,有人告诫我,如果把车钥匙留在车上了,我就会看着它一路滑向埃瓦海滩。)埃瓦没什么特别之处吸引人去,没有购物街,没有商店,没有景点,没有餐馆,甚至都没有地方能散个长步(散步,然后你会径直走向甘蔗,还有 KAPU[a],禁止入内,瓦胡岛制糖公司的标识);这里唯一事实是,这块地方仍在那里,运转良好,是来自另一个时代的种植园小镇。这里有一个学校,一个邮局,一家日用品店。日用品店里打折促销甘蔗器具,装酒的品脱瓶在办公室里,在一个类似带计数器的铁丝笼子里。这里有无瑕圣母天主教堂,有埃瓦本愿寺。电线杆上是被雨洗去颜色的残破海报,过去或未来的革命、五一劳动节、一次游行、一个党团会议、"东方革命领袖纪念会"等。

埃瓦是一个公司小镇,一模一样的木架房子在一条通往糖厂的街上一字排开。只有一座房子鹤立鸡群:有着与其他房子一样的框架,但不是真正的平房,而是嫁接自

---

[a] 夏威夷传统习俗法,也是一种神圣禁忌体系,违反者被视为亵渎神明,会遭天谴,已于1819年废止。

新英格兰风格的房子，**白人**的府邸，主管的府邸，比方圆几英里的任何房子都要大。我曾经问一个火奴鲁鲁精神科医生，有没有观察到某种典型的岛屿综合征，他回答说，有，在出身于种植园劳工家庭的孩子，在成长于岛屿殖民历史记忆的孩子中，他确实看到了。这些患者都有一样的感觉：被盯着，被观察，而且从未达到他人对他们的期待。在埃瓦，你会明白这种感觉是怎样扎根的。在埃瓦，人们会盯着更大的房子。

在我的书桌上，曾经放着一个火奴鲁鲁时间的钟，当它指向 5 点钟左右时，我时常会想起埃瓦。我会想象此时开车穿过埃瓦，糖厂和木架平房浸在琥珀色柔光中，我会想象沿着埃瓦海滩，一直开到易洛魁角的军队住宅区，这个地方规划严谨、文化孤立，某种程度上与埃瓦一样，只不过是以另外一种方式。从易洛魁角的岸边，越过蜿蜒的海岸线，可以望向怀基基，那场景如此令人心碎，隐含着火奴鲁鲁生活里的每一处矛盾，令人欲言又止。

6

1979 年 12 月一个早晨，我去了启德东，这是在香港的九龙，启德机场附近一个明爱会[a]越南难民中转营，一个看不出年龄的女人，蹲在路边，在水泵旁给一只活鸡放血。她用一把小削皮刀在鸡脖子上割开一个口子，又反复扩大，把血挤进一个锡杯里，她时不时地放开鸡，让它跑开。鸡并没有跑起来，而是跟跟跄跄，东倒西歪，最后摇摇晃晃地走向一条乳白色废水已经干涸的细流。一群脸颊上长着亮红色皮疹的小孩，咯咯笑着，跟跟跄跄，学着鸡的样子。女人捉回那只奄奄一息的鸡，以一种迟缓到快要睡着了的动作，继续从刀口处给鸡放血，有节奏地在鸡脖子凌乱染血的羽毛上按压。那只鸡瘫软了许久，才被她放在尘土飞扬的路边。孩子们感到无聊，一哄而散。女人还是蹲在那里，在她的鸡旁边，在 12 月稀薄的阳光里。每当我想起香港，我都会记起那封闭环境里的特殊气味——茉莉花、排泄物和芝麻油不同比例的混合。而在启德东，太小的地方挤着太多的人，几乎没有地方让他们睡觉、做饭、吃饭和洗漱，这种气味甚至蔓延到宽阔却灰扑扑的操场，这个难民营的中心。事实上，我首先注意到的就是气味，气味、尘土，一种扑面而来的身体上的错位感，一种两手空空地来到这里，被分发了奇怪的旧衣，但穿着并不合身的感觉：一个表情严肃的小女孩，穿着一件虽褪色却是华丽金属色的短外套，一个老

---

[a] Caritas，拉丁语，意为"爱德"。明爱会是天主教国际慈善组织，致力于救助弱势群体。

亨利去后

人穿着卫斯理大学[a]运动衫，一个干瘪的女人穿着少女运动衫，上面印着跳舞的猫。在12月的香港，太阳没有暖意，院子里的孩子们仿佛包裹在其他人生活习惯的碎片里。聊天的男人们搓着手，好像这样就能取暖。做饭的女人们在电炉上暖手。在波纹金属板的营房里，每间营房都有144个高低错落的床铺，是金属和胶合板做的。床上铺满了衣服、餐具和凉席，母亲和孩子们坐着，挤在薄薄的毯子里。一个营房外，一个大约四岁的小男孩一定要我尝尝他碗里的饭。另一个则在对着墙尿尿。

在启德东待了几个小时后，难民营日常的凝滞和沉闷就尽现眼前。操场上某处的谈话，只会因为另一处谈话而停止。一顿饭的准备工作会变成为下一顿饭做准备。我在香港时，大概有三十万越南难民，其中大部分是"华裔"，或者祖籍在中国的越南人，在南中国海周边好几个国家的临时难民营里等待转运，在中国香港、泰国、马来西亚、澳门、印度尼西亚和菲律宾。超过九千人在启德东，一万五千人在启德北，一个毗邻的红十字会营地。每一个从越南到香港的具体路径都不一样，但在华裔的故事里，旅程都开始于支付黄金、买通越南的官员和越南境外的团体。这个问题是灰色的。在世界的这一边，难民是门生意。一旦抵达香港，在被送往启德东、启德北或其他临时难民营之前，所有自称是越南难民的人都要经历香港警察的初次询问和审查，以确保他或她不是来自北方的非法移民，他们想要得到的是重新安置，而非遣返，或者就如他们在香港所说的，"送回北边"。只有初次审查后，难民才能获得一张黄色带照片的身份卡，能自由出入难民营大门。启德东的越南人每天进进出出，出去找工作，去市场，或者就只是出去，但难民营外围着高高的铁丝网栅栏，有些地方围着倒刺铁丝网。大门由私人安保看守。黄色身份卡会严格检查。"这样我们才能知道，"一个营地管理告诉我，"在这里的是真正的难民。"

这些真正的难民，他们一直在等待一个领事馆面签机会，这意味着或许终于能有张签证，可以离开，启德东生活里郁结的压力主要来自这种等待，悬而未决，未来不明的希望、计划和关系。自1979年6月，启德东营地开启后，在过营的11573名越南难民中，截至12月，只有大约2000人被重新安置了，大部分去往美国和加拿大。剩下的人等待着，填着表，假

---

a Wesleyan University，美国著名女子文理学院，"七姐妹女子学院"之首，创立于1870年，被称为"第一夫人的摇篮"。

装能流利说一门他们几乎都没听过的语言，在每日面签名单中，茫然地寻找着自己的名字。每周，一些人会被选中，毫不留恋地离开集体，登上一辆卡车，被送往机场，坐上一架飞往陌生国度的航班。

我在启德东的那天，六个越南人离开了，两姐妹和弟弟去澳大利亚，一个父亲和两个儿子去往法国。三个去澳大利亚的是家里最大的孩子，他们家失去了西贡堤岸区的房子和生意，被全体送往"经济新区"，一个被严格看管的越南乡村荒地，很多华裔被扔到这里，自生自灭，修正思想。他们父母花了差不多六盎司黄金，把三个孩子从海防送出西贡，如今孩子们希望能在澳大利亚挣足够的钱，把父母和弟弟妹妹们弄出来。两姐妹，一个二十三岁，一个二十四岁，完全不知道这要多长时间，或者这是否真的可行。只知道她们会带着弟弟坐澳大利亚航空的晚班飞机。她们不确定晚班飞机会降落在澳大利亚的哪座城市，这好像也不重要。

我跟两个女孩聊了一会儿，然后是那位带着儿子要去法国的父亲。这个男人付了十二到十三盎司的黄金，给全家买通了出河内的路。因为他的妻子和女儿们是另一个时间离开河内，所以被分配到了香港另一个难民营里，今天会是几个月来全家第一次团聚。在卡车抵达启德东时，妻子和女儿们已经在车上了。卡车会把他们全部送往机场，然后他们一起坐飞机去尼斯，**全家人**。临近晌午，当卡车驶入大门，这个男人穿过守卫，跳了上去，抱住了一个美丽的女人。"**我的妻子！**"他对着我们这些在院里看过来的人大喊着，一遍又一遍。他手舞足蹈，让女人和小女孩们站在更佳的视野里，"**我的妻子！我的女儿们！**"[a]

我站在阳光里，挥手告别，直至卡车离开，然后转身走回院子里。很大程度上，难民已经成为香港日常中的既定存在。

"他们必须得走，这里没那么多地方给他们。"一个西贡出生的年轻法国女人，在前一晚晚餐时这么跟我说。院子里，我身旁的男人坐着，一动不动，另一个年轻女人十分耐心地从他头发上挑着虱子。院子另一头，一群人面无表情地看着管理人贴出的明日领馆面签名单。几天后，《南华早报》发表了报道，援引情报机构信源称，几百艘船聚集在越南港口，准备运出更多华裔。标题上写着：**香港警惕新一轮入侵**。据信，直到夏季季风来临前，天气不适宜船只驶往香港。大约十二年后，英国政府同意在1997年交还香港，跟越南政府达成协议，将遣返滞留在香港的越南

---

a 本段中三处加粗内容的原文均为法语。

亨利去后

难民。返回越南的航班始于1991年的秋天。一些照片里，越南人哭着，不愿被带往机场。香港政府强调，护送这些难民的警卫没有配备武器。

LOS ANGELES DAYS
(1988)

洛杉矶纪事

1

1988年夏天，洛杉矶有一周发生了一连串小地震，其中最大的在加洛克断层，这是处于洛杉矶北边蒂哈查皮山脉与圣安德烈亚斯断层相交处的一片巨大的右滑断层，地震发生在一个周五下午4点6分，当时我正在开车，离开沙滩，行驶在威尔希尔林荫大道上。从小到大一直深信**坚稳大地**（terra firma）必有意义的人，总是很难理解显而易见的安宁与地震在加州并存，并且倾向于轻描淡写为小范围异常。事实上，与其说这是安宁，倒不如说是自我保护的疏离，一种行之有效的调节方式，普遍出现在当情况太过超乎想象心理，于是心理自我保护机制让人逃避面对时。据我所知，在加州很少有人真的遵循指导，储备一周的水和食物。更少有人会真的遵循指导，动手去拿扳手，关掉要求关闭的主气阀门；需要扳手的时候就是大灾时刻，但人类天性中有些东西让人不愿平日里为大灾做准备。二十世纪六十年代晚期，我有次采访了一个真的做了准备的人：一位五旬节会牧师自称获得了某种有关地震的上天启示，按照它的具体要求，把教众从洛杉矶北部怀尼米港搬去了田纳西州默夫里斯伯勒。几个月后，怀尼米港没有发生地震，反倒是默夫里斯伯勒发生了一场小地震，这个事件太过新奇，上了全国新闻，我记得我当时有点幸灾乐祸。

某种宿命论粉墨登场。当地面开始晃动，一切都进入无法预知的状态。定量，

亨利去后

在这个具体情况中,是指猜测目前的震动在里氏震级上能到几级,人们青睐这种方法,能有一种重新夺回控制权的幻觉,一直蹲在门框下的人会冲去拿电话,试着打给位于帕萨迪纳的加州理工大学,查询震级。"摇,滚,"那个周五下午4点6分,我车上广播里一个DJ说,"控制台绝对在晃……帕萨迪纳还没消息,是吧?"

"我觉得应该是3级。"DJ的同事说。

"绝对有3级,我觉得可能比3级还高点儿。"

"比如8级……开个玩笑。"

"我当时在的地方感觉是6级。"

结果是5.2,伴随着一些稍小的余震,切断了A.D.埃德蒙斯通泵厂在加州高架渠上六个断路器[a]中的四个,暂时阻断了北加州穿过蒂哈查皮山脉的水流,截断半个南加州那个周末的供水。这全在预测范围内,也属于正常范围。没有伤亡。系统里南部四个蓄水池,皮拉米德、卡斯泰克、银木和佩里斯湖,储备了大量的水,可供应周末。在加州,人们能记得的地震通常超过六级,一场5.2级地震算不上大事,实际上加州高架渠建造时,已经把发生这种等级地震的可能性考虑进去:决定把水泵上1900英尺来穿过蒂哈查皮,正是因为高架渠工程师们不愿让管道穿过这里,

这片地区地形极为复杂,时常因受到圣安德烈亚斯和加洛克相反方向位移的影响而发生扭曲,所以被称作加州的结构节点。

然而,这个5.2级,正好发生在加州人口中的"大地震"预言快过期的时候(大地震是一场8级地震,大地震是发生在错误地点或错误时间的7级地震,大地震甚至可以是一个工作日早晨9点,震源靠近洛杉矶市中心的6.5级地震),这让大家有点不安。整个周末,有些人担忧这不是普通的5.2级地震,而是一个"前震",预示着接下来一场大地震(加州理工地震学家说,这种情况的概率是二十分之一),到了周日,其他断层发生了一些很多人眼中的恶兆:下午2点22分,安大略东,3.4级;二十二分钟后,在伯耶萨湖,3.6级;四小时一分钟后,圣何塞东北部,卡拉韦拉斯断层,5.5级。周一,一次2.3级,在普拉亚德雷,一次3级,在圣巴巴拉。

如果不是周五发生了5.2级地震,几乎很少有人会注意到这些小地震(加州理工的地震学家监测着南加州,记录显示每天都会发生3级以下地震,二十到三十次),而且最终无事发生,但这一次,人们注意到了它们,它们给那个周末整座城市外表增添了某种道德重量,赋予那些硬

---

[a] Circuit breaker,用于保护电路免受过电流(过载及短路)损害的电气安全装置。

朗的白色线条和空灵的金色光线一种暂时之态。接下来的几天里，人们会在奇怪的时刻突然抓住桌子或者靠着墙。他们会说"是不是开始了？"或者"我觉得它在晃"。他们几乎总是说"它"，他们口中的"它"不仅指大地，更是他们曾熟知的世界。我这一辈子都在听说"大地震"要来，但如今它开始时，就连我都慌了。

2

令人惊讶的是，离开洛杉矶一段时间后再回来，会发现这座城市运转得竟如此良好。著名的高速路畅通无阻，超市便捷（比如，去一趟太平洋帕利塞兹格尔森，过道宽阔、货架满满、结账迅速、态度正常，堪称购物中的冥想体验），沙滩宜人。1984年奥运会理应手忙脚乱，但居然成功举办了（在第一周，每天都有交通瘫痪和城市混乱的警告，但都让位于一个盛大的街头派对，粉色和海蓝色旗帜飘扬在空荡荡的街头，在韦斯特伍德一度都能找到停车位），甚至还赚了钱，约2.23亿美元，而且没有丑闻。就连房屋买卖的效率都比纽约高（在实际操作中，洛杉矶根本没有独家委托；决定交易能否达成的各类附带条件，也不是由律师裁定，而是由托管公司来协调），一个周六早晨11点，丈夫和我第一次向介展示我们的房子，然后出门办了点事，1点钟回来时，发现我们已经有了三个报价，其中一个比挂牌价高出不少。

两个小时卖掉一栋房子，在1988年的洛杉矶，不算一件稀奇事。大概1988年2月，别人称为冬天、加州人称为春天的季节过了一半（加州"冬天"大概是圣诞季，这体现了当地对积极向上的看重），那时，纽约的居民住房价格因1987年10月的股灾[a]下跌，在洛杉矶西区，甘愿为居住环境的些许改善而投入大笔现金的情绪却相当高涨：比如，从圣莫尼卡的一间中介称作"可改造三居"的房子（三间卧室，其中一间或许可以改造成书房）搬到一间布伦特伍德帕克的自称"四居＋书房"的房子；或者买下挂牌广告中带"H/F泳池"的，意思是有 Heated（加热）和 Filtered（过滤）；或者一个"N/S网球场"，意思是优先考虑位置，因为据说南北向（north-south orientation）可以防止阳光晃到眼睛。

到了1988年6月，一种恐慌开始蔓延，南加州时常有这种恐慌，上一次是在1979年。大量报价是司空见惯，交易暂停是因为银行评估师给房产估值的速度跟

---

[a] 指1987年10月19日全球股市暴跌，被称为"黑色星期一"，这次股灾引起了金融市场恐慌，随之而来的是八十年代末的经济衰退。

不上市场上涨。住宅房产办公室定期宣布"创纪录月份"。人们购买一两百万美元房产作为投资，给他们未成年孩子一个房产中介口中的"市场起跑线"，这也是为什么小地块小户型，标价140万，在挂牌当天却能有三十到四十个报价的原因之一。

似乎一切都预示着一种永远上涨的趋势，这是洛杉矶人的喜乐忧惧与全国人民完全脱节的诸多实例之一。这座城市，在很大意义上建立在这样一种独特的能力之上：可以站在一种相当存在主义的距离来考虑未来。1987年10月19日，这一天对纽约市场的影响极其之大，一些公寓的咨询价在接下来三到四个月内骤降一百万美元；然而在洛杉矶，仿佛完全没有这回事。跟我联系的这些加州房产中介，即便提到过股灾，也只是把它视作美好未来的催化剂，一个反而说明了固定资产非常"固定"的案例。

《洛杉矶时报》每周日都有一个对谈栏目，主题主要是房屋买卖：露丝·赖恩的《火热房产》，从这里你能知道，迄今为止洛杉矶房屋最高成交价为2025万美元（买方是马尔温·戴维斯，卖方是肯尼·罗杰斯，贝弗利山的诺尔豪宅）；1986年售价250万美元的贝莱尔圣克劳德路668号（由厄尔·乔根森、霍姆斯·塔特尔，以及其他十八个里根总统及其夫人的朋友们，为里根夫妇共同出资购买，夫妇俩租下这栋房子，附带购买选项），价值显然大大被低估了，因为即便是贝莱尔右侧一英亩未开发的土地（里根的朋友们购买的房子恰好就在贝莱尔右侧）也将以300万美元价格出售；里根夫妇新入住的社区里，两栋房子分别以1350万美元和1475万美元的价格出售。一个典型的《火热房产》故事会如此写道：

新婚宴尔的特蕾西·E.布雷格曼·雷希特，日间肥皂剧《年轻与骚动不安的一族》里的明星，和她丈夫罗恩·雷希特，一个商业地产开发商，刚买下了他们的第一套房子，2.5英亩，在一个绝佳社区。他们往上到梅尔夫·格里芬家（我听说这个房产将挂牌一个天文数字），往下到皮克费尔豪宅，如今主人是皮娅·左达拉和她的丈夫。雷希特夫妇买下的这栋房产建于1957年，位于贝弗利山的圣伊西德罗路，**价格未知，据称大概几百万美元**，如今他们计划重修……

在1988年的牛市破灭前，我认识了两个西区的房产中介，来自乔恩·道格拉斯公司的贝蒂·巴德朗和罗梅勒·迪纳，两个人当时都说，"随便什么玩意儿"的市场价都要100万，而"相当不错"的市场价是200万。"现在我有两个客户，预算在50万到60万之间，"罗梅勒·迪纳说，"我想了一早上，不知道今天到底能带他们去看什么。"

"要我肯定就不见了。"贝蒂·巴德朗说。

"我刚把他们公寓40万卖掉。受不了了。55万的房子比他们原来的公寓还小。"

"我觉得你应该能在海洋公园那块找到，"贝蒂·巴德朗说，"海洋公园，日落公园，这样的地方。布伦特伍德格伦，对吧，就是那边，拉特里沿线……当然接近六点方向了。"

"接近六点，那你就住在圣迭戈高速路右边了。"罗梅勒·迪纳说。

"但有1700平方英尺。"贝蒂·巴德朗说。

"如果你足够走运的话。我看到一个1500平方英尺的。而且我有种感觉，要是这些人现在出来，他们不会卖自己的公寓。"

贝蒂·巴德朗想了一会儿。"我觉得你应该跟桑尼·福克斯搞好关系。"她最终说。

桑尼·福克斯是乔恩·道格拉斯公司在谢尔曼奥克斯的中介，在圣费尔南多谷，从贝弗利山走圣迭戈高速路，开车只需二十分钟，但对住在西区的人而言——甚至对那些愿意开车四十分钟去马里布的人而言——开车二十分钟都可能会打消购买热情。

"在谷里。"罗梅勒·迪纳顿了一下说。

贝蒂·巴德朗耸耸肩："在谷里。"

"大家不敢下车。"罗梅勒·迪纳说。

"他们是没钱下车。"贝蒂·巴德朗说，"我认识两个人，要是在别的地方，肯定都把房子给卖了。一个在芝加哥找到工作，另一个两年前就去华盛顿工作了。他们都只是把房子出租了。除非他们确定自己不会回来，否则他们想下车的。"

土地明天会比今天更值钱，这个信仰是加州经验的真实写照，而且深植于加州思维里，虽然这看起来相当极端，而且我突然想到，或许当地自我保护机制的能力也在房产买卖领域发挥了作用，能够对大地震进行分类的人，或许比起其他人，不会那么抵触把钱从4+书房，H/F游泳池里拿出来。我问是不是外国购房者炒热了市场。

贝蒂·巴德朗觉得不是。"是那些改善住房的人，比如从75万的房子搬去100万的。"

我问市场是否会受到国防开支削减的影响。

贝蒂·巴德朗觉得不会。"大部分在

亨利去后

西区买房的人都是公司白领，或者是娱乐行业的。那些比如在休斯和道格拉斯[a]工作的人，不会住在布伦特伍德格伦，或者圣莫尼卡，或者贝弗利山。"

我问贝蒂·巴德朗，她觉到底是什么在影响市场。

"银根缩紧可能会影响这个市场，"贝蒂·巴德朗说，"但也是暂时的。"

"然后它永远往上涨。"罗梅勒·迪纳说。

"这也是人们没钱下车的原因。"贝蒂·巴德朗说。

"他们没钱重新上车。"罗梅勒·迪纳说。

3

关于地产及其价值的问题（它们是否该值这么多；遮身的屋顶同时也是此人的最大资产究竟意味着什么），在1988年的春夏之交，毫不意外地在当地人心里引发了远超其应有的关注，这也是为什么在当时，洛杉矶乡村俱乐部西侧一栋在建的房子会成为人们关注的焦点，唤起了洛杉矶西区常年沉寂的情绪。那栋房子属于电视制片人（《豪门恩怨》《爱之船》《梦幻岛》）

阿龙·斯佩林和他的妻子坎迪，位于梅普尔顿和霍尔姆比山的堂景路交会处，1983年，斯佩林夫妇从舒克总裁帕特里克·弗劳利手里买下这片6英亩的土地，总计1025万美元。

这笔交易发生时，这片土地上已经有了一栋相当壮丽的豪宅，曾经住过宾·克罗斯比，但以喜欢阵势巨大的家庭用度（比如，乘坐私人火车环游全国，为了孩子圣诞派对，往贝弗利山运雪）而著称的斯佩林夫妇，决定拆掉克罗斯比/弗劳利府邸，当地人称"拆旧建新"。拆除再建过程，一开始只是住宅施工区，我头一次在民宅施工区见到施工方有两层楼办公室，还有块标识：**施工现场：请戴好安全帽**。这一工程，在接下来几个月不仅成了大众谈资，对这座城市千差万别的居民而言，还成了一个共有的，甚至是政治性的符号。

这个项目，据通常用于在建高层办公楼的工地标识牌显示，最初被称作"庄园"；后来，鉴于建筑结构类似凯悦度假酒店，"庄园"改成了一个有些奇怪的名字，"南梅普尔顿路594号"。据称，这个建筑（"房屋"不足以完全概括它）将有56500平方英尺。据称，内部建筑规划包括一个保龄球馆，一个占地560平方英尺

---

[a] 指休斯航空公司与道格拉斯飞机公司，皆为美国主要军工与航天制造企业。此时，道格拉斯已与麦克唐纳公司合并，组成麦克唐纳·道格拉斯公司（McDonnell Douglas）。

的备用储物间，悬在二楼和阁楼之间。主人宣称，房子有天量的钢铁结构，光是拆掉基础结构，就要花上一个拆除施工队六个月时间，以及四五百万美元。

几个月内，这里成了一个观光景点，傍晚开车参观遇上紧张兮兮的守卫，会变得格外有趣，守卫们会打开周围的泛光灯，照亮钢架和土堆，看起来像个监狱院子。《洛杉矶时报》和《先驱观察报》定期报道项目的传言（"昨天木工团队有人给我们打来电话，分享一个小故事，坎迪·斯佩林要求把她价值4500万的在建豪宅地基降低一些，因为她不希望从将来放置她的床的位置，能看到鲁滨孙百货公司的标识。"），紧接着是来自阿龙·斯佩林激烈的反驳，或者"否认"。"坎迪只在逛街的时候看到过一次鲁滨孙标识。"这个反驳吸引了所有人注意，但无论如何，最有趣的是这个："他们说我们有个奥运会标准的游泳池。假的。这里没有凉亭，没有客房……那些人在晚饭的饭桌上，除了聊他们的电影，就没有什么别的话题了，所以他们就讲坎迪的闲话。"

这一句话，**除了聊他们的电影**，道出了当地一个从不明说的残酷事实，还未成形的问题核心：归根结底，这栋房子属于一个电视制片人，而拍电影的人基本上不和拍电视的人共进晚餐。拍电视的人有最多的钱，但拍电影的人却有最高的地位，并且自认为是社区无须言明的准则的守卫者，规则的守卫者，比如房屋门前什么样的装饰算是过度的。这种差别通常无人点破，但斯佩林家的房子却让人们一反常态。"这城里有的是身价千万的人，"理查德·扎纳克，行业内最成功的电影制片人之一，有次这么跟我丈夫说，"但他们在蔡森餐厅订不到一张桌子。"这个人的父亲开了一家电影公司，他自己也开了一家电影公司，他表达着自己的困惑，就好像发现了行星运行轨迹的异常。

4

在洛杉矶，当人们说起"这个城"，他们指的不是洛杉矶，也不是他们中很多人说的"社区"。"社区"定义更窄，通常指这个城里的某些居民，他们互相信赖，在某些重要的夜晚坐上彼此的餐桌（比如，为了促进美国电影协会发展），把对方女儿引荐入他们认可的学校，比如韦斯特莱克，在霍尔姆比山，距离斯佩林家房子不远，但占地11英亩，而非6英亩。社区

亨利去后

里的人会约在希尔克雷斯特吃午饭，但大部分都不会出席修士俱乐部[a]的忏悔晚宴。社区里的人会带着孩子们短居巴黎、阿斯彭，还有火奴鲁鲁的卡哈拉希尔顿，但去拉斯维加斯只为了出差。换句话说，"社区"成员是那些能在蔡森餐厅订桌的人。

"这个城"则更宽泛，意思是"行业"，电视和电影的从业人员专门用来形容工作环境的。这行业与传统行业相比到底有几分相似，答案经常因它非传统的产品而变得模糊，产品需要"工人们"用非传统方式作业，为此他们获得了非传统数额的报酬：有些人确实靠在电视行业里写作、执导、表演赚了大钱，也同样有人在电影行业里写作、执导、表演赚了"大钱"，虽然没有那么"大"。

然而和其他商业企业一样，赚走最多"大钱"的不是行业里生产线上的工人，而是管理者，那些说了算的人，这正是1988年美国编剧工会[b]发起五个月罢工的最初和最终的原因，直到1988年8月初达成协商，这或许是行业近期历史上最群情激愤的一次罢工。愤怒焦点并非工会和管理层老生常谈的"所谓创新问题"，也不仅仅关乎棋盘上作为博弈棋子的复杂公式和余数。这事关尊严，事关赚最多"大钱"的人是否会给赚较少"大钱"的人多分一点。

换句话说，这是个阶级矛盾，行业外的人——他们首先不明白这个行业极端残酷的竞争本质（一个好合同，在好莱坞理解里，指的是确保对方一定会违反的合同），其次坚持认为行业里每个人都赚得太多——很难完全理解。"在这场战争中，你选哪一边——是有成堆钱的编剧们，还是成吨钱的制作方？"《华盛顿邮报》电视记者汤姆·沙莱斯，在1988年6月29日的一篇文章中质问道（语气上确是如此），这篇文章称编剧们"只想趾高气扬，而不是真的达成协议"，一些人"脑袋过热"，完全没意识到"好日子已经到头了"，利润"下滑"导致的行业问题让他们垂头丧气，罢工带来的唯一影响是摧毁了"那些低薪工作"，比如一个服务员，因为环球影城关掉了一些店面，她失去了工作，汤姆·沙莱斯解读称，看她在电视上接受

---

[a] Friars' Club，纽约著名私人俱乐部，成立于1904年，以聚集演员、作家和娱乐圈名流而闻名。其名称、仪式与活动设计均充满对宗教组织的戏仿，其中最具代表性的是"忏悔晚宴"（roast），即众人轮番以调侃、讽刺的方式"审讯"一位会员，形式上模仿天主教忏悔或清教徒公审，实为即兴喜剧表演。

[b] Writers Guild of America（WGA），代表美国影视编剧权益的主要工会组织，是美国娱乐产业中最有组织、最具谈判力的行业工会之一。

采访时,她"对编剧们和他们的愤怒并没有多少同情"。(罢工期间,这是当地人称作"小人物观点"的例子之一,并认为这是公司应对罢工的传统操作,即解雇非工会雇员。每当好莱坞面临难关时,打字员是第一个走的,这被理解为象征着影视公司要"减员",或者"缩减开支"。)"只是因为影视老板们更有钱,不代表编剧们是对的。或者,更高尚。"汤姆·沙莱斯总结道,"这些人不只是看了太多兰波电影,他们是编了太多兰波电影。"

资方谈判主体,即电影和电视制作联盟发表了观点,而这篇文章反映了这个观点,忠诚得令人拍案,是一篇典型的罢工主流报道,也代表了1988年初夏城里弥漫的情绪。好莱坞从来没怎么给编剧好脸色。在一个基于社会流动性,基于日常校准和重新评估地位和权力的行业里,剧本作家的功能甚至连雇主也只是大概明白,而他们地位始终未变:甚至他们中最成功的也没有实权,所以也没有地位。"我随时都能找到人来写,"雷·斯塔克对我丈夫说,因为他拒绝为斯塔克影业的某部影片撰写剧本,但就在几周前,雷·斯塔克还在跟他说,他是这部片子"唯一的选择"。

众所周知,编剧们(哪怕是唯一的选择)是可以随时被换掉的,这也是为什么人们总以复数形式称呼他们。许多人相信,编剧们最好是被换掉,按季签合同,在这派观点看来,对于承载导演们所谓的"宏伟蓝图"来说,他们能提供的才能和精力都相当有限。一些导演喜欢雇新人——经常是他们曾经合作过的——就在开机之前:悉尼·波拉克,无论谁写了他要执导的电影,习惯在开机前或开机后一段时间内聘用戴维·雷菲尔,或者伊莱恩·梅,或者库尔特·吕特克。"我希望戴维·雷菲尔来的时候,我还在合同里。"一个我认识的编剧有次和波拉克讨论合拍一部电影时说。这是个管用但不推荐的方法。

一部片子的上一任编剧通常被形容成"精疲力竭",或者"在这上面江郎才尽了"。**这**指的是手头的任务,看似简单又机械,更大蓝图里的颜色之一,不过是记下制片人、演员或者导演的要求,加几段对话——众所周知,制片人、演员和导演,没有编剧也能写,如果他们有时间,如果他们不是被迫必须关注蓝图的话。"我有好几个想法,"一句在行业里总能听到的话是,"我只需要一个编剧。"

这些**想法**,当细细探寻后,通常只是些概念(比如"男女关系","在山谷西部没有缘由的反抗"),而必须雇一个编剧来细化这些想法,让他们很反感。编剧们是公认的麻烦精,项目推进的障碍。他们需要时间。他们需要钱。他们通常是一部电影的第一要素,这些人的工作是创造一个世界,足够生动有趣,能打动演员和

亨利去后

导演，然而作为第一要素，他们却总是不愿承认控制前期预算的必要性，不愿为保证项目顺利进行，减少他们的薪酬。"每个人"，他们被告知，都在降薪（"每个人"在这里实际上是指每个编剧），他们却坚持索要"不合理的"费用。一个拍一部电影要拿走几百万美元的导演会经常抱怨，相当尖酸刻薄，说他被编剧们的无端要求给"抢劫"了。"你可真是每一毛钱都不放过。"一个导演有次跟我抱怨说。

在合同谈判过程中，这种反感展现得最为赤裸裸（"我们不会把功劳记给编剧"，制片公司商业律师们会在谈判时这么说，或者，即便一个编剧只是在协议备忘录的基础上，就已经写出了一两个剧本，"我们的政策是如果没有正式合同，就不付钱"），但其实，这已经渗透在社区生活里的方方面面。编剧们无权享受首票分账[a]，不会获托尔伯格奖[b]，也无权决定会议在何时何地召开：这些事情连当地孩子们都知道。有固定工作的编剧们可以活得滋润，但不住在南北向球场的房子里。编剧们有时去巴黎出差，但几乎没可能坐超音速飞机。编剧们有时会在希尔克雷斯特吃午饭，但只在经纪人领他们去的时候。编剧们跟他们居住的社区之间最多只能有个临时关系，这么多年，正是这让他们成了用之即弃的贱民。"去他妈的，他们是一帮软蛋。"一个我认识的导演这般评价编剧工会。

然后，罢工继续着，当编剧们提出了诉求（或者，如一些人说的，"编剧们和他们所谓的要求"），一种天然的愤怒，甚至是暴跳如雷，都开始浮现出来，同样还有对集体谈判的不耐烦。"如果你够好，你可以去谈自己的合同。"我记得一个导演这样跟我说。经常有说法称，支持罢工的只有非全职编剧的工会成员。"许多人都不是编剧，"一个联盟发言人告诉《洛杉矶时报》，"他们交一年一百美元的会费，就有试镜机会。"一个电视制作人向我暗示，或许解决方案是"另一个工会"，一个作用是（虽然他没这么说）花瓶的工会。"一个真正干活的编剧们的工会，"他说，"这种工会我们可以谈。"

在罢工期间，我总是听到有人说，我，虽然是工会成员，但是个"聪明人"，肯定不明白工会"领导层"对我做了什么；当我说我明白，我在罢工期间丢了三部电影，但还是会投谈判方案的反对票，直到一些薪酬问题得到解决时，就会有人劝诫我，

---

a 原文为 gross from dollar one，即 first dollar gross，指电影制作方和演员在电影票房中直接获得的份额，从首日票房时就能获得分成，无须等待日后扣除成本。

b Thalberg Award，即 Irving G. Thalberg Memorial Award（欧文·G. 塔尔贝格纪念奖），是专门针对制作出多部高质量电影的制片人的奖项。

洛杉矶纪事

固执己见不会有结果，因为"制片方不会妥协"，因为"他们在这上面联手了"，因为"他们决定直接无视工会"，以及因为，一个有趣的说法，"他们打算开始找大学生来写——他们甚至打算找记者来写。"

就在这些要惩罚行业自己的编剧，"甚至"找记者来取代他们（"为什么不找航空交通协管员呢？"在听我说完那个威胁后，一个编剧说）的叫嚣声中，一些罢工的事实早早淹没在了口水仗的迷雾里。许多人愿意相信，正如汤姆·沙莱斯总结的，制片方已经"同意涨薪"，但编剧们"说这还不够"。在谈判关键点上，事实上，制作公司提供的方案是在1985年美国编剧协会最后一次协商时确立的后续使用报酬[a]框架上再次削减。许多人愿意相信，正如汤姆·沙莱斯似乎相信的，是编剧们，而非制片方，一直在拒绝谈判。事实上，自联盟1988年3月6日提出"最终方案"，到联邦介入调停，呼吁双方在1988年5月23日和谈时，这场罢工比起罢工，更像是闭厂，制片公司只答应参加一场谈判会，在4月8日，会谈持续了二十分钟，联的谈判人员就离开了。"看起来，编剧们是在砸整个行业的饭碗——他们心甘情愿，无比愚蠢。"电视制片人、前NBC主席格兰特·廷克这样告诉《洛杉矶时报》，此前，工会以2789：933的票数否决了联盟一系列"最后及最终"方案的6月版本，"编剧们脑袋进水了，蠢到了家，才会如此看不明白局势。"

这里发生的事很有趣。这个行业既还没习惯劳资纠纷，也从来没对圈外人友好过，哪怕打算雇用记者。（"在好莱坞，我们从来不找陌生人。"西莉亚·布雷迪[b]在《最后的大亨》里说，这是我知道的对影视行业最准确的描述。）因为深植于行业结构的原因，编剧罢工是当地生活的固定情节，编剧们的收入会流向其他工会——他们几乎不罢工——比例相当固定：编剧工会通过再次获酬每赚到一美元，就会有一美元流向导演协会，三美元去往影视演员协会，就会有八九美元去往IATSE[c]，这是代表幕后人员的主要工会，它收取更

---

a Residual，指制片公司在影片播映之后继续向参与影片制作的创意人员（如编剧、导演、演员等）支付报酬，适用于重播、海外发行等二次发行的情况。

b Celia Brady，小说《最后的大亨》中好莱坞制片公司老板帕特·布雷迪的女儿，整部小说的叙事以她的第一人称视角展开。

c IATSE（International Alliance of Theatrical Stage Employees, Moving Pictures Technicians, Artists and Allied Crafts），戏剧舞台雇员、电影技师、艺术家及相关人员国际联盟。

高的会费，是因为不同于其他几个工会，它的养老医疗等福利全靠再次获酬的资金。"所以比如当编剧工会谈判，要给再次获酬里增加一美元，在影视公司眼里，就不是只有一美元，他们想的是十二三美元，"一个前工会主席告诉我，"整个行业就像个大家庭，成员们互相依赖。"

新情况出现了，而这与高层管理者的态度变化有关。我记得在罢工刚开始的时候，一个曾担任一家影视公司的制作管理，并是在之前的罢工里给自己争取到了管理岗位的人，告诉我，这次的罢工会不一样，很多地方无法预测。这个问题，他说，是因为谈判桌上少了"一个卢·沃瑟曼，一个阿瑟·克里姆"。卢·沃瑟曼，环球音乐公司总裁，据说他是业内总在寻找解决办法的人；他不再活跃后，联美公司的阿瑟·克里姆，以及稍次一些，华纳兄弟的特德·阿什利，填补了这个空缺，这是黑帮**高级军师**的基本职能。"现在管着影视公司的家伙们，他们根本不愿对话。"他说，"锡德·沙因贝格代表环球，巴里·迪勒代表福克斯，这真是搞笑。他们甚至不愿对话。至于迪士尼的人，艾斯纳、卡岑贝格，他们很强硬，这是他们运营公司的风格。"

哈佛大学法学院的"威利斯顿教授"[a]、哈佛谈判项目主管罗杰·费希尔在一篇发表于《洛杉矶时报》有关罢工的分析文章中建议道，在这场纠纷中，劳资双方需要的是"理解，双向沟通，责任感，包容"，而这些正是影视工业的自然选择中要淘汰的特质。1988年6月，罢工进入第三个月，在影视公司管理层真正进入谈判前，他们把这段时间特别称作"完全停摆"。"我跟迪勒、曼库索和戴利都谈过了。"一个业界数一数二的经纪人跟我说。他指的是二十世纪福克斯的巴里·迪勒、派拉蒙的弗兰克·曼库索和华纳兄弟的罗伯特·戴利。"我说，听着，你们这些人，你们想要事情赶紧结束，最好表示你们对此高度重视，要自己承担完全停摆。沙因贝格[环球音乐的悉尼·沙因贝格]和曼库索似乎成了资方的核心代表，但你得记住，这些人个个都是当家花旦，互相看不惯，所以一个大麻烦是他们很难形成统一战线，选出一个人代表他们全体对外发声。"

在一个结构类似黑手党，一直以来围绕着谨慎与团结的帮规而组织起来的行业里，把总裁视作当家花旦是一种新现象，而且似乎并不认可工会与管理层的"共生共存"。当谈判桌上一方的主要人员自视为

---

a　Williston Professor，为纪念哈佛大学谈判和合同法教授塞缪尔·威利斯顿（Samuel Williston，1861—1963）而设置的荣誉称号。

明星、粉丝专栏的主角,这种专栏通常由想要入行的仰慕者们撰写,这于解决罢工无益。迪士尼的迈克尔·艾斯纳上过《时代》的封面。环球的悉尼·沙因贝格上过《曼哈顿公司》杂志封面。总裁们的缺点详细列了出来(迪士尼的杰弗里·卡岑贝格"狂饮"零糖可乐,"有次换挡时打电话,差点儿害死他自己后,他就把保时捷给卖了"),如过去一样,这体现了一个问题,公司营收和总裁薪酬。华纳传媒 1987 年净利润较 1986 年增长了 76.6%。派拉蒙 1987 年净利润较 1986 年增长了 130%。CBS 增长了 21%,ABC 增长了 53%。1987 年,哥伦比亚公司主席兼首席执行官维克托·考夫曼获得了 826154 美元工资收入,以及 1506142 美元的股票期权和奖金。据说,加上期权和奖金,迈克尔·艾斯纳的总收入数字在 2300 万(迪士尼官方数字)到超过 8000 万美元之间(这是股票期权中的股票数显示的),但普遍认为是 6300 万美元。

在管理层都在发布白皮书,解释"娱乐行业面临全新、冷酷的现实"时,尤其最后一个数字,给当地情绪火上浇油,而且时常被拿来与另一个数字做对比,那就是整个编剧工会九千名成员通过再次获酬总共拿到的钱。这个数字是 5800 万美元,与之对比的是迈克尔·艾斯纳的 6300 万,这让很多人很难相信,削减再次获酬能解决所有问题。信任缺失,共同利益也在崩塌。"我们曾坐在桌子两边,跟那些一起合作过电影的人。"一个参加了这次,以及以前罢工谈判的编剧告诉我,"这些人不是电影人。他们的思维就像是他们自己的商业律师。比如像杰夫·卡岑贝格,他有个非常典型的观点。有天晚上,他说:'我就是一个努力的企业家。这剧本属于我。所以为什么我要把权力交给别人,让他们说三道四呢?'"

1988 年 6 月,罢工持续了三个月,洛杉矶有传言说罢工基本结束了,因为影视公司说它结束了,只剩下一个问题,工会谈判人员要怎么补救脸面——听说杰弗里·卡岑贝格曾经表示,得给编剧们扔"一根骨头"。"问题基本上就是布赖恩怎么想了。"那个月,一个接近管理层的人告诉我。他指的是布赖恩·沃尔顿,工会执行主管和首席谈判代表。"这是个说辞问题,要给他一些东西,好给工会成员们看,十五个星期后,我们终于达成了双赢局面。"普遍认为,影视公司铁了心要拆散工会,即便他们矢口否认;但就连那否认本身,如称赞工会做的有效文书工作("如果没有工会,我们自己还得建一个。"杰弗里·卡岑贝格就这一点说道),都表明了在影视公司心里,工会不是工会,而是行业协会。很多人想当然以为,一旦正

亨利去后

确"明示"了形势，最终妥协的不会是影视公司，而是编剧们。"赶紧让这座城重新运转起来，"人们说着，"这罢工必须得结束了。"

　　罢工仍然继续。7月底，在洛杉矶有传言说，再次开启的谈判其实根本不是谈判，"他们"对话只是因为联邦调停命令他们对话，花在谈判桌上的时间，就只是花在一张桌子上的时间，只是停摆。二十一个编剧联署，表示愿意不顾罢工，继续工作，并把这个决定描述为是对工会"最高形式效忠"的证据。"这是要做什么？"人们说着，"这是双输。"

　　"编剧们都是小孩，"大约半个世纪前，门罗·施塔尔[a]在《最后的大亨》中说，以此解释为何他和编剧工会的谈判会在一年后走入死局，"他们在行使权力上没有经验。没什么能代替意志。有时候你得装出有，哪怕你根本没有……所以我必须在工会这事上坚持态度。"最终，这种态度再度出场，再度占据上风。"罢工已经熄火了，"人们开始说，"这太荒唐了，够了。"就似乎编剧们不仅都是些孩子，而且是坏孩子，被惯坏太久了。"我们走进了死胡同，撞上了墙。"电影和电视制作联盟的谈判代表，J. 尼古拉斯·康特三世，在1988年7月31日周日中午的发布会上说，这场发布会由联盟举办，宣布和编剧工会的谈判最终陷入"无可救药的"死局。"我建议沃尔顿先生，是时候扪心自问一次了，为什么他的工会还在罢工。"那天下午，杰弗里·卡岑贝格对《纽约时报》的阿尔琼·哈尔梅兹说。那天晚上，杰弗里·卡岑贝格和其他大型影视公司的总裁们与肯尼思·齐弗伦见面了，他是当地一位著名律师，客户包括一些工会成员，他们因为自己也开了电视制作公司，所以对结束罢工有很大兴趣；肯尼思·齐弗伦提供的方案只有轻微改动，在许多人看来，正是他们一直在找的骨头：一个解决"说辞问题"的方法，让这场如今编剧们也明白早已熄火的罢工，看起来"像是达成了双赢"。下

---

[a] Monroe Stahr，《最后的大亨》中的角色，一位电影制作公司老板，痴迷于生产高质量电影，不考虑成本问题。

一个周日，1988年8月7日，工会全体成员投票表决，结束罢工，通过了那个他们在6月否决的方案。

在罢工的五个月里，许多行业之外的人问我，罢工怎么样了，我听见我自己说着附属市场[a]，历数模范合同谈判[b]的历史，说着"问题"，但罢工的动能，那种特别的势能，能让毫无共同点的人们至少在某一刻，共同投票否决了可能于他们最有力的方案，这些太难解释了。将来会得到或损失的钱，跟在罢工期间损失的钱相比，不值一提。"创新"问题，触及编剧在影视制作中话语权的机制，即便编剧们赢了，也没有强制执行力。

即便如此，我还是参加了罢工，而且齿冷于一小部分编剧，他们表明的反对罢工的态度，促成了终结罢工的条款的诞生，就好像我们回到了四十年前，而他们命名了一切。"你得在行业里干过"，或者"你得生活在那里"，我可以这样解释。直到1988年7月，在亚特兰大民主党全国大会，我才明白了罢工的情感核心。我以一个行业之外的身份去往亚特兰大，"通讯员"（或者，如我们在好莱坞说的，"记者"），通行证能保证我在场中有个座位，但去舞台必须申请临时通行证。有天晚上，我正在等待临时通行证批准，正好遇上了一个认识的导演，保罗·马祖斯基[c]。我们聊了一会儿，然后我注意到，如同其他我在亚特兰大遇到的圈内人，他有高级通行证，一种可以出入所有区域的通行证。所以它也是个舞台通行证，而且因为我正在工作，而他看起来也没打算去舞台，我就问他能否把通行证借给我半小时。

他想了一会儿。

他"非常愿意"借给我，他说，但还是觉得不行。他似乎很惊讶我竟然问了，而且不太高兴，因为我打破了双方心知肚明的行业天规：导演、演员和制片人，他们才有舞台通行证，我应该明白的。编剧们没有，所以他们罢工了。

---

a　Ancillary market，指除影院之外的影视市场，比如电视、DVD、网络流媒体等。在电视出现之前，电影只在影院播放，但电视出现后改变了这一市场结构，所以影院之外的影视市场被称为"附属市场"。

b　Pattern bargaining，工会以一个模范合同为基础，就众多劳动合同进行谈判。

c　Paul Mazursky（1930—2014），美国导演、编剧、演员。保罗·马祖斯基与琼·狄迪恩在1976年的电影《一个明星的诞生》的编剧工作中有过合作。

DOWN AT CITY HALL
(1989)

市政厅一瞥

就在洛杉矶市政厅的大厅里，有段时间，这里有个汤姆·布拉德利的神奇圣坛，现年七十一岁的前非裔警察，于1989年4月，开启了他第5任洛杉矶市长的四年任期。一面奥运会旗帜悬挂在玻璃后面，被恭敬地照亮，五环相扣在闪亮的绸缎上。这里，如壁龛一般，还展示着其他各种1984年洛杉矶奥运会的纪念品，那场盛会不仅是汤姆·布拉德利十六年主政的政绩象征（比如，在1984年的几年后，抵达洛杉矶机场的旅客乘坐下行电梯时，还能看到布拉德利市长的巨幅照片，以及一个让人有些不安的标语，"欢迎来到第23届洛杉矶奥林匹克运动会"，就好像航班时空穿越了似的），这也是布拉德利支持者们想要展现的，在他的领导之下，这座城市一跃成为环太平洋区之美国首府的高光时刻。

一条绯红色丝绸绳子后有一片玻璃板，上面是汤姆·布拉德利的三维立体图像，电话举在耳旁，时隐时现。如果观众走到右边，市长看起来在微笑；如果观众走到左边，市长变得沉稳，低着头，看一份文件。在某个角度上，市长消失了，只留下一片诡异的蓝色。这种消失效果，也映射了很多人眼中市长的捉摸不透，总是吸引着路过的市民们。"给杰克逊站台就是在这儿拍的。"我记得一个电视摄像说，那是在1988年6月的一个下午，加州总统初选前几天，我们路过了这个虚拟汤姆·布拉德利，当时我们刚结束一个新闻发布会，真实的汤姆·布拉德利与杰西·杰克逊同时现身，表现亮眼，极具个人特色，却完全没抢后者的风头。

事实上，这次摄像看起来更像是在拍整个布拉德利政府，拍他的百战百胜，许多洛杉矶人都觉得这很难定义，甚至很难谈论。"我不觉得汤姆·布拉德利会被打败。"1989年市长选举前不久，泽夫·雅罗斯拉夫斯基跟我说，这位洛杉矶市议会议员在1985年发起了对布拉德利一次失败的挑战，在1989年1月再次挑战失败。"至少我办不到。他个人太受欢迎，让大家忽略了事实，其实他在任期间，这座城市在很多方面都出现了最严重的问题，而他还要连任。大部分人都同意我们交通很烂，空气质量糟糕，他们能看到生活里有一百零一件烂事。但没人怪他。"

部分是因为人们认为他能游离于自己政府的日常事务，部分因为他对非裔选民有天然吸引力，在这么多年里，当人们谈起汤姆·布拉德利时，他经常和安德鲁·扬出现在同一个句子里，是一个未来的全国偶像，甚至是可能的副总统人选。把这个经久不衰的神话放到一边，汤姆·布拉德利其实从来就不是个充满魅力，或者，甚至不是个让人特别舒服的候选人。1989年4月选举，大部分洛杉矶选民甚至都懒得参加，他胜出优势微弱得惊人。他的选票从来没出过洛杉矶地界。他在1982年和1986年两次尝试冲击加州州长，却两次败给乔治·德克梅吉恩[a]，他自己作为候选人，并不亮眼。

布拉德利在洛杉矶的支持者并不单单只有非裔族群，甚至他们都不是主要组成，在这座亚裔和拉美裔增长最为迅猛的城市里，非裔占总人口比例不断减少，即便投给布拉德利，这位洛杉矶市议会首位非裔议员，他们也是不情不愿的。在1989年选举期间，与我聊过的一位城市官员指出，布拉德利上次竞选州长时，即便是洛杉矶中南部低收入非裔选区，投票数都在下降，这里哪怕毫无热情，也应是他的传统票仓。"他觉得中南部一定会投给他，"她说，"所以他根本不耕耘。他觉得理所应当，但其实不是这样。"

"在中南部，他可能都没有其他代表中南部的当选者受欢迎。"另一个市政府官员承认，"我的意思是，他们觉得他更喜欢赢得选举，喜欢参加安德鲁王子和萨拉公主或者随便什么公主的晚宴，而不是修缮尼克森公园体育场里坑坑洼洼的地板。"

尼克森公园是个位于瓦茨的住房项目，这里的人或许能投票，但基本不会参与市政竞标，对高速路出口具体位置规

---

[a] George Deukmejian（1928—2018），美国共和党政治人物，1983年至1991年间任加州州长。

亨利去后

划没有兴趣,没有那些因为对他们"很重要",所以对市长而言"很重要"的项目;换言之,他们不需要政治上的近用权,而这正是选举捐款的来源。汤姆·布拉德利是个老派的政客。"如果支持了他,但接触不到他,我们会相当失望。"伊莱·布罗德,一个布拉德利长期支持者,考夫曼-布罗德公司主席,在1988年夏天这样告诉《洛杉矶时报》,"这不是等价交换。(但)毋庸置疑……如果有人……想为选举筹款,而当你六个月后想再跟他们说话,却杳无音信,你就肯定不会再捐了。"

考夫曼-布罗德公司那时是加州最大的单户别墅建造商,开发建造了这些地区:加州日落("起价10.899万美元,两居、三居、四居"),加州气度("起价13万美元,三居、四居"),加州画廊("起价15万美元,三居、四居")。加州日落、加州气度和加州画廊都在帕姆代尔,位于莫哈韦沙漠,洛杉矶东北方向开车一个半小时。由布拉德利市长委任,为城市发展规划建言献策的洛杉矶2000委员会,在他们的最终报告里称,洛杉矶航空管理局正在修改一项停滞的计划,要在17750英亩土地上修建国际机场,而这里恰好离帕姆代尔中心6英里。

建造帕姆代尔机场的计划首次提出于1968年,自七十年代中期后,就没什么人再提了,这项计划在多年来一直遭遇明显阻力,其中一部分来自几乎所有司机和乘客,他们不愿去帕姆代尔。但自一开始,其前景就清晰明了。首先要征用17750英亩的土地(购买和整理土地最终要花掉市政府1亿美元),如此大规模的土地征用,一定会带来土地价格暴涨。肯定得修建高速路连接帕姆代尔和市区,早期预估又要花掉1个亿。甚至,最终还可能有15亿美元的山体隧道工程,可将路程缩短一半。可以考虑建地铁。也可以研究建一个外贸区。带来的需求不仅是房产(比如加州日落、加州气度、加州画廊),还有学校、商场和航空相关产业。

这个设想中的帕姆代尔国际机场,一直作为理想的民生工程存在,悬在那里,时而是个威胁,时而是个承诺,但无论是哪个,它都是台取款机。取款机是这样运作的:感兴趣的投资人和市政府刺激鼓励下,城市最终会扩张到帕姆代尔,而帕姆代尔国际机场则会连接巨大人流量,当达到某个点后,所有可能性都会变成现实,机会勃发,不仅利于房地产,也利于协助房地产发展而必须的人脉。这就是洛杉矶的历史。

1988年6月,汤姆·布拉德利现身于纪念伊莱·布罗德的晚宴舞会上。他作为演讲者,参加了1988年9月庆祝考夫曼-布罗德公司十三周年的派对。作为候选人，布拉德利最得力的工具是，一定出现在赞助者或潜在赞助者希望他出现的地方，无论是哪，一个平淡无趣、些许奇怪的陌生人，出现在犹太成年礼，周年鸡尾酒会，后院烧烤派对上。"这些事都是我喜欢才做的。"布拉德利告诉《洛杉矶时报》，1988年夏天又有一个类似活动，一场邻里间烧烤聚会，在他的规划委员会一位成员位于南艾尔蒙地的家。"我去了那里，然后我告诉你，你这辈子都没见过比这个男人和他妻子更幸福的夫妻，整个家庭都在那儿……我们站在前院里，谈天说地，拍照，每个开车路过的人都在鸣笛，挥手。这对他而言很重要。他很高兴。他高兴我就高兴。这让我快乐。"

这种让人无法理解的风格，在当地经常被称为"低调""安静"，但在当时的语境中，似乎意味着不挡道，不惹事，把钱筹到并给出这些钱应当换得的通道。汤姆·布拉德利被普遍认为是商业友好、地产友好的市长，是任何旧城改造和公共基建项目的支持者，无论项目的最终公共收益多成问题，只要它们能给那些支持政治选举的赞助者们带来可观的机会就好。他经常标榜自己打造了市中心天际线，简单翻译过来，在他上任前，洛杉矶市中心原本是了无生机的金融街区，但因成了墨西哥和中美洲裔社区的商业中心，**中心区**，而重新焕发生机，正是他鼓励了地产商把市中心当作一片可推平的地带，一块干净的油布，等待被改造成与亚特兰大和休斯敦别无二致。

布拉德利在改造瓦茨。他在改造好莱坞。他在改造城里总计超过七千英亩的土地。他在兴建——在一座布局极其分散，大众公共交通显然毫无用处的城市里，在一个大型公共交通项目广受批判的时间点（一个交通经济学家曾测算，旧金山的湾区捷运系统得运营535年，节约的能源才能刚好赶上建造时消耗的能源）——一个世界上最昂贵的公共交通项目：预计花费35亿美元，轨道长达二十英里，从市中心穿过好莱坞，过卡温格山口到圣费尔南多山谷，这分别是项目的"一期"和"二期"工程。项目反对者表示，整个使用轨道交通的人最多占通勤人口的1.5%；而这1.5%中，大部分人要么住在好莱坞新城中心，要么在那工作。"你就去没房子的地方买地。"当鲍勃·霍普被问到致富机密时，他就该这么回答。这是在洛杉矶发财的一条路，另一条路是在早就建了房子的地方买地，然后等着市政府改造它。

地铁和好莱坞旧城改造当然是大项目，是创造机会的主要方式。而真实的布拉德利风格，或许在机会很小时最为明显，比如1989年春天，一项提案要把乔丹－唐斯，一个三十五年的公共住房项目，卖给一个私人开发商。乔丹－唐斯在瓦茨，

亨利去后

中南部。据报道，对乔丹－唐斯的报价是 1000 万美元。合约里还附带一个条件，潜在买家必须再支付 1400 万美元，用于翻新房屋。

现在。当说起乔丹－唐斯，我们说的是 700 个廉租房，坐落在满目疮痍犹如战区的地方，这里家庭收入中位数是 11427 美元，甚至小孩子都拿着 AK-47 冲锋枪。就是这样一片区域，全国房主即使不是放一把火烧了，也一定是避之不及的地方，一家开发商竟然要花 2400 万美元买下，全城市民都在寻找其中的秘密。这个案例里的秘密不难找到：乔丹－唐斯有 40 英亩，目前只开发了 15%。这一大片未开发的地区毗邻即将竣工的世纪高速路，还有瓦茨新城。换句话说，如果一切顺利，这片土地价格很快会水涨船高，而手中 85% 的土地可以出售或者开发。

至于已开发的 15%，乔丹－唐斯地区，也不是第一眼看上去那么麻烦。事实上，这个项目强制作为低收入群体廉租房的期限顶多十五年，而在这期间，开发商会坐收一笔补贴，来自美国住房与城市发展部和市住房机构，每月 42 万美金，外加上一年大约 160 万美元的联邦税收减免。这就是那种小小的完美生意——没有人利益受损，除非那个人恰巧是乔丹－唐斯的租户，付不起让开发商回本的租金——这才是传统中哺育都市政治的乳汁。但很多人相信洛杉矶会不一样，在一个重要方面上，它确实不一样：洛杉矶的不同之处在于，甚少有市民能注意到这小小的完美生意，或者，即便注意到了，他们也不在意。

1988 年有段时间，洛杉矶盛传，泽夫·雅罗斯拉夫斯基，在洛杉矶议会中主要代表西区和富人云集的第五区（谷地的第五区包括贝弗利－费尔法克斯，世纪城，贝莱尔，韦斯特伍德，部分西洛杉矶，圣费尔南多山谷，部分谢尔曼奥克斯，凡奈斯，以及北好莱坞）的议员，能够击败布拉德利。人们说，这是"泽夫之时"。泽夫·雅罗斯拉夫斯基自己常说，这是"一场事关谁来掌管洛杉矶的选举"，意思是究竟是一小撮地产开发商掌管，还是其他市民掌管。他筹集了将近两百万美元的资金。他赢得了一些前布拉德利支持者，包括马克·内桑森，福尔肯有线电视的掌门人，还有巴里·迪勒，二十世纪福克斯的主席。在一场众人视为市长选举表演赛中，他闪电般大获全胜：1988 年 11 月，与阿曼德·哈默[a] 的西方石油公司一场对决，

---

[a] Armand Hammer（1898—1990），美国商人、职业经理人，与苏联关系亲近，被称为"列宁选中的资本家"。

后者自1966年起，就想在与威尔·罗杰斯州立海滩隔着太平洋海岸公路的两英亩海域钻井采油，很多人反对——到今天，经过一系列法律操作，终于阻止了——这项石油开采。

对决将两派对垒摆到明面上，一派有泽夫·雅罗斯拉夫斯基支持，另一派是西方石油阵线，自称洛杉矶公共与海岸保护委员会（Los Angeles Public and Coastal Protection Committee），就在1988年11月8日选民投票之前。洛杉矶公共与海岸保护委员会自有一些能人为它活动。它有布拉德利市长的支持。在选举日傍晚之前，它有《洛杉矶时报》的支持。它不仅有阿曼德·哈默自己的律师阿瑟·格罗曼，还有更重量级的，米基·坎特，来自马纳特－费尔普斯－罗滕伯格－菲利普斯律师事务所，这家律所与加州民主党势力深度捆绑，所以大部分人认为布拉德利支持西方石油，不是因为阿曼德·哈默，而是因为马纳特。它有罗伯特·施勒姆，来自多克－施勒姆公司，曾为特德·肯尼迪写演讲稿，如今在加州专门做竞选。除了以上人才，它还有730万美元的资金支持，其中710万直接来自西方石油。

整个对抗模糊混乱。最初，洛杉矶公共与海岸保护委员会（或者西方石油）的说辞，把投票支持石油开采等同于更高效地对抗犯罪、更严厉地打击毒品、更好的教育、清理有害垃圾，这些都是西方石油对公共和海岸保护承诺的一部分。后来，参与者们不断改换阵营。在反对开采那一方，当然站着它的合著作者泽夫·雅罗斯拉夫斯基，但1978年，市议会讨论石油开采问题时，泽夫·雅罗斯拉夫斯基曾支持西方石油。在西方石油那一方，当然有汤姆·布拉德利，但在1973年第一次被选为市长时，他站在反对开采阵营中，1978年，市议会通过太平洋海岸公路石油开采，但他否决了这项议案。

在1988年夏天和秋天，当开采和反对开采两方都被坚定地放置在选民前时，整座城市里有十七个正在运作的油田，成千上万个油井。南北纵横的高速路边有更多的油井。石油从贝弗利山中学校园里汩汩泵出。石油从希尔克雷斯特乡村俱乐部的高尔夫球场里汩汩泵出。石油从二十世纪福克斯外景拍摄片场汩汩泵出。卡平特里亚之外，圣巴巴拉以南，石油从海洋里汩汩泵出，甚至是林孔－德尔马海滩豪宅主人们，也不再觉得海景中石油钻探台毫无吸引力——而是远在迷雾之中，些许神秘，地平线上略有日本风情的景致。换句话说，在南加州，自古以来，原油钻探和开采都没有真正的政治含量，这让这场观念之争更多地变为一场象征性或者"政治性"的争论，不是单单关于石油开采。泽夫·雅罗斯拉夫斯基赢得了对决——而且只花了280万美元，比西方石油少花400万——在很多人看来，这表明人们对社会运转方式有了不满，人们渴望变革；这种对变革的渴望，正是泽夫·泽夫·雅罗斯拉夫斯基计划在市长竞选宣传主打的。

最开始，人们对汤姆·布拉德利和泽夫·雅罗斯拉夫斯基之间这场命定的市长之战饶有兴致。有些人觉得（也是很多布拉德利支持者们喜欢塑造的），选战是一场期待已久的西区之外（布拉德利）对抗西区（雅罗斯拉夫斯基）的战争，西区锦衣玉食，犹太人居多，基本是到访洛杉矶的游客唯一游玩的地方。事实上，这种场景在采油之争时就已预演了，西方石油一方，即米基·坎特和罗伯特·施勒姆，提出了一种说法，投票给西方石油等于投票反对"一小撮担心自家海景被破坏的自私鬼"，反对"精英"，换言之，反对西区。"他们惯用含沙射影，说这又是一场'西区富人'针对穷苦少数族裔和非裔的阴谋。"市议员马尔温·布劳德的副手告诉我说，这位议员与泽夫·雅罗斯拉夫斯基共同起草了反采油提案，而西方石油公司于太平洋海岸高速路的领地就在他的选

区里，"你总能听到什么'西区富人'与我们所做之事有各种瓜葛。这是在影射犹太人。"

其他人觉得（也是雅罗斯拉夫斯基的支持者们越发喜欢描述的），选战是一场无序扩张的势力（地产商，石油行业，布拉德利）与可控，或者"平稳"，增长的拥护者（环保主义者，废除石油游说群体，西区，雅罗斯拉夫斯基）之间的对决。两种话术在细节上都经不起推敲，而且都选择无视不利己方观点的事实（比如，布拉德利多年来一直是西区心仪的候选人，雅罗斯拉夫斯基自己也跟一两个地产商推杯换盏），但这两出剧目，雅罗斯拉夫斯基的**贪婪VS平稳增长**和布拉德利的**人民VS西区**，持续不断地为一小部分关注城市政治的洛杉矶人供应连载故事。在这些人眼中，选战胜利会落在那个自己故事讲得最好的人头上，落在拥有最好的说书人、最好的麻烦解决者的人手里。

在洛杉矶，公认真正能解决麻烦的只有一小部分人，无论要解决、安排、运作的事情是劳工问题、市府许可，还是选举。他们之中有位大师，保罗·齐弗伦，这位律师的手段时常和政治手段毫无差别，但到这场选战时，他已退出江湖。还有他的

儿子肯尼思·齐弗伦，平息了美国编剧工会1988年夏天的罢工。另一个些微不同的领域里，悉尼·科尔沙克，在1966年解决了德拉诺葡萄工人与申利之间的争端[a]。还有马纳特律所几乎所有成员。有约瑟夫·塞雷尔，一个政治顾问，有传言说："如果你想选上法官，你就打他电话，花5万美元造势。"有罗伯特·施勒姆，参与了艾伦·克兰斯顿上次参议员竞选，以及1988年总统初选时，众议员理查德·格普哈特的竞选造势。有迈克尔·伯曼和卡尔·达戈斯蒂诺，来自BAD选举策划公司，人们口中的直邮（大部分是负面的）天才，当地所谓"韦克斯曼-伯曼机器"的核心，这是个民主党，尤其是犹太裔的政治组织，创始人是迈克尔·伯曼；他的兄弟，众议员霍华德·伯曼；众议员亨利·韦克斯曼；以及众议员梅尔·莱文，1992年，他毛遂自荐，帮艾伦·克兰斯顿操刀参议员竞选。起初，是迈克尔·伯曼琢磨出来如何把霍华德·伯曼、亨利·韦克斯曼和梅尔·莱文送进众议院。随后，迈克尔·伯曼和卡尔·达戈斯蒂诺继续琢磨，如何让韦克斯曼-伯曼候选人赢得全国和地区选举。

这些头面人物在本地都有着一定魅力，对这次市长选举的浓厚兴趣来自一个事实，多克-施勒姆——要记得，是西方石油一方，米基·坎特团队的一员——为布拉德利工作，而伯曼和达戈斯蒂诺受雇于雅罗斯拉夫斯基和布劳德，操刀他们的反石油开采宣传，支持雅罗斯拉夫斯基。施勒姆与伯曼-达戈斯蒂诺两家公司之间的一场市长选战，比尔·博亚尔斯基在《洛杉矶时报》上写道，可能是"丑陋选战中最大的比赛之一"；换句话说，正如一个人在1988年6月跟我说的那样，这是个"伯曼和达戈斯蒂诺干掉多克-施勒姆"的机会。

然后事情发生了，没人说得清到底怎么发生的。1988年8月的一个周五，《洛杉矶时报》的一个记者，肯尼思·赖克，接到了一个不愿透露身份的女人的来电，但说她会给他寄去一些BAD选举策划公司准备的材料。这些材料——下个周一寄到了，还有一张未签名的打印字条，写着，"你应该会对这些感兴趣。政府即便没有BAD公司，也已经足够垃圾了"——包括三份给泽夫·雅罗斯拉夫斯基的竞选策略纪要。一份日期是1988年3月29日，

---

[a] 指1965年9月8日的加州德拉诺葡萄工人罢工，最初由农业工人组织委员会（Agricultural Workers Organizing Committee）发起，抗议低薪与恶劣工况。同年12月，全国农业工人协会（The National Farm Workers Association）对当地第二大葡萄种植商申利公司发起抵制，行动持续至1970年，以工人胜利告终，申利最终同意加薪并改善福利。

另一份是1988年5月4日，第三份标题是《要做的事》，没标明日期。

伯曼和达戈斯蒂诺承认了两份有日期的纪要，称这是他们准备的早期纪要草稿，但否认撰写了第三份未标明日期的纪要，相对应的，《洛杉矶时报》也没有刊登这份纪要。两份纪要上了报纸，雅罗斯拉夫斯基宣称，是有人从他助手的三环活页夹里偷走了它们，但这些纪要立刻引起轩然大波，不是因为它们披露了最关注的洛杉矶人不知道或不相信的事，而是因为它们表达得如此直白赤裸，违背了当地社会契约。《洛杉矶时报》刊登的纪要这样写着：

BAD之所以觉得你 [雅罗斯拉夫斯基] 可以击败布拉德利，是因为你IQ比他高50点（这不是奉承）……只是因为你比布拉德利更倾向于平稳增长，不代表你可以稳赚反增长选民的票……许多人是种族宽容者，他们之所以被布拉德利吸引，是因为他的身高、肤色，还有沉着冷静。他们喜欢投票给他——以减轻以往付给家政工的钱太少的负罪感……

雅罗斯拉夫斯基的想法 [应该是] 根本没道理让那些浮夸的餐厅老板在贝弗利和拉希恩尼加交叉口建什么酒店……雅罗斯拉夫斯基的说法是"根本没道理允许人们在西洛杉矶建新什么的购物商场"……那些负罪感驱动的自由派没理由把那位体面的、有尊严的"有色人种"投出去，除非你的未来设计无懈可击，令人信服。你得拥抱每一棵树，阻止每一栋新楼的修建，解决交通拥堵，清理整个湾区……

为了击败布拉德利，你必须全神贯注、全面彻底地笃信你愿景中的洛杉矶……这是你在种族拉锯战里，能赢得许多偏向布拉德利的犹太人和非犹太人自由派的方法。也是你克服共和党内更偏向黑人保守派，而非你这个跟韦克斯曼-伯曼机器关系亲密的犹太小子的方法……

布拉德利能且一定会刺激非裔选民投票反超白人选民，尤其是如果有二轮选举，人们就会说他的市长之位正面临着一个卑鄙犹太人的严重威胁……

我们知道在洛杉矶，犹太人的财富无穷无尽。几乎每个见到你的犹太人都会喜欢你，所以找他们要两千美金不是什么过分的事儿，既然他们有钱，还喜欢你……

雅罗斯拉夫斯基的竞选活动，会演变成一场犹太联合捐款……

第一眼看去，这上面没有什么惊世骇俗的东西。纪要中的语言被很多人描述为"功利的"，但它当然不是：它只是工作速记，根据他们写下的东西来看，这群人甚至可以说是对整个系统有不切实际的想法，这些人注意到了小小的完美生意，却不赞同，或者不管怎么说，假设外面一定有个选民群体不赞同。这个假设大错特错，策略失算，但对一些开始退缩的前支持者而言，雅罗斯拉夫斯基团队是否错估了选民团并不是问题所在。

"列一个完整的主流犹太慈善组织表，"3月29日的纪要建议道，"每个慈善团体里找一个人，问一份1000美元及以上捐款者名单，要有名字、家庭地址和电话号码……泽夫就开始打电话募资……再列个名单，收集50个还未尽全力的洛杉矶犹太乡村俱乐部的泽夫赞助者……列个名单，列上洛杉矶每个影视公司，好莱坞公关公司，以及100个关注度最高的犹太商界人士……不能让布拉德利变成一场反对强横犹太人选战里的时髦明星……"

在洛杉矶，不只是有犹太选民，而且确实存在明确的犹太利益和犹太金钱。正是这种承认，甚至强调，让很多人感到不安，尤其是西区犹太社区的成员，即雅罗斯拉夫斯基团队希望争取的对象。接下来的事情，很大程度上取决于"观感"：一小群人之间的讨论，就像他们每次有事待决，比如该不该及为何支持某个候选人时那样。"撕裂"这个词开始一遍又一遍地出现。人们说，这将是一场"撕裂性的"选战，甚至是"灾难性的"选战，会"挑起非裔和犹太裔的对立"。他们说，现在"麻烦已经够多了"，至少从1985年起，这个麻烦就初见端倪，那时，汤姆·布拉德利的西区犹太支持者们坚持要求他公开谴责路易斯·法拉堪牧师[a]，而一些非裔领袖则表示抗议，认为他不该听命于西区。大多数人急忙表态说，候选人自己不会主动提起种族议题。正如美国犹太委员会的尼尔·桑德伯格对《洛杉矶时报》的比尔·博亚尔斯基所说的那样，这个问题在于"两个社区里都有一些不稳定分子"。换言之，问题在于两位候选人的"人"。

讨论会召开。电话繁忙。1988年12月，西区一些最为政治活跃的人起草并签署了一封公开信，呼吁泽夫·雅罗斯拉夫斯基撤兵，退出选举，不要再继续他的竞选主张，联署人称之为导火索，哪怕不会导致族裔战争，至少也会引起非裔和犹太裔族群合作的破裂，而这种合作最近让西区如虎添翼，得以超越洛杉矶老牌权贵——市中心和圣马力诺的金钱基地，也就是洛杉矶人口中的加州俱乐部。1月6日，泽夫·雅罗斯拉夫斯基援引了一个非公开民意调查结果，称布拉德利遥遥领先，

---

[a] The Reverend Louis Farrakhan（1933— ），非裔至上主义者，抱有强烈的反犹倾向。他是黑人民族主义组织"伊斯兰民族"（Nation of Islam, NOI）的领导人，因领导1995年华盛顿特区百万人大游行而闻名。

他宣布退出选举。他说，BAD 纪要与这个决定"没有任何关系"。"对选战撕裂社会的恐惧"，他说，"与我没有任何关系。"

这种"对选战撕裂社会的恐惧"，以及随之而来的加州俱乐部成员将要侵入市政厅的阴影，乍看上去虚无缥缈，却是那种最深入人心、有时会席卷整个族群并改变其事务进程的恐惧之一。然而，BAD 纪要的曝光和西方石油宣传中所隐含的两极化，确实引发了大量只能被称作阶级斗争的冲突。"我们中的大部分人早就知道，那些环保主义者都是……白人、中产阶级，对非裔族群和非裔问题并没有表现出多少真正的关心，"玛克辛·沃特斯[a]，在加州议会中代表部分洛杉矶中南部，而且也许是南加州最有影响力、知名度最高的政治家，在 BAD 纪要被披露后，与比尔·博亚尔斯基聊起石油开采问题时，这样说道，"然而我们一直都在表示支持……我想告诉你，我非常支持石油开采。我觉得非常有必要和这种蠢事划清界限，非常有必要，非裔族群不要再跟着别人的议程走，甚至都不知道这议程是在讲什么。"

1989 年 2 月的一个下午，我正好在市政厅采访泽夫·雅罗斯拉夫斯基和马尔温·布劳德，我问他们如何评价"选战撕裂社会"的问题。雅罗斯拉夫斯基说，这种担忧仅限于"很小的一群人"，在他眼中，他们的担忧是被"我在市政厅的邻居们煽动起来的，他们总是说，我们可能会变成另一个芝加哥，另一个埃德·科克[b]"。

"有些在你竞选前就开始了，"马尔温·布劳德对他说，"法拉堪事件。这定下了基调。"

"我告诉你，"泽夫·雅罗斯拉夫斯基说，"如果我竞选非得有个理由，那就是对这种观点的不赞同。没有比这个更让我觉得冒犯，无论政治还是个人意义上，只因我是白人、犹太人，就无权和一个第四任期的在任者竞争，只因他恰好是黑人。"

在那时，泽夫·雅罗斯拉夫斯基正在忙着一场选举，保住他自己的议会位子。他把市长选战抛在脑后。可它还在刺痛。"我从来没说过跟种族话题，"他说，"这本不该是一个问题，除非布拉德利把它炒

---

[a] Maxine Waters（1938— ），美国政客、民主党人，在 1998 年克林顿弹劾案的听证会上发言，认为对克林顿的弹劾是共和党人处于党派之争的计谋，弹劾并非基于他违反宪法或对国家安全、民主制造成威胁，而是基于政治立场的不和。

[b] Ed Koch，即 Edward Irving Koch（1924—2013），美国政治人物，于 1978 年至 1989 年间担任纽约市市长，其政治立场保守、施政风格强硬，喜欢直接与公众对话、辩论，是纽约历史上最具争议的领导人之一。

起来。但我必须说，他们真的是铆足了劲，把我们做过的所有事都安到种族语境里。他们把西方石油提案种族化了。他们把提案 U——我们最初的平稳增长倡议——也种族化了。他们煽风点火，让富人对抗穷人，白人对抗黑人，西区对抗南区……"

"不仅仅是布拉德利，"马尔温·布劳德插了进来，"是那些利用这些实现私利的人。是开发商。是石油公司。"

"我觉得如果选战当时继续的话……"泽夫·雅罗斯拉夫斯基停了下来，"算了。现在就只能是推测。但我觉得市长和他的人，尤其是他的人，在用一种非常危险的选战策略，就是把所有事都变成种族议题。只是为了让他们的候选人从中受益。"

1989 年 2 月的一周，当我采访泽夫·雅罗斯拉夫斯基和马尔温·布劳德时，《洛杉矶时报》做了个电话民调，调查民众对本市和市长的态度。《洛杉矶时报》几天后发表了报道，题目是《民众对洛杉矶生活变得悲观》，60% 的受访者认为，洛杉矶的"生活质量"在过去十五年里恶化了。大概 50% 表示，在过去一年里，他们考虑过离开洛杉矶，大部分想要去圣迭戈。但 67% 的受访者认为，汤姆·布拉德利干得不错，即便就是在他任市长期间，生活质量恶化，许多人想要搬去圣迭戈。

这不是新闻了。总体而言，或许因为这座城市里充满了准备放弃一切，搬去圣迭戈的人（就如同他们自己，或者他们父母，或者他们祖父母那样，放弃一切，搬来洛杉矶），洛杉矶生活似乎不会让人产生那种对民选官员的传统兴趣。"除了新闻记者和一小部分精英，没谁会关心市政府每天都在做什么。"这是一份"功利的"BAD 纪要中的描述。

事实上在洛杉矶，除了一些报道市政新闻的记者，大概只有一百来个人真的在关注市政府。这一百来人里，有很大一部分是马纳特律所的律师。这一百来人都懂得什么是**通道**。其中有些人说泽夫·雅罗斯拉夫斯基当然会再次竞选，在 1993 年，那时他只有四十四岁，而汤姆·布拉德利七十五岁，也该下台了。在这种修正后的观点中，1993 年会是"泽夫之年"。其他人说 1993 年就太晚了，这个关于泽夫·雅罗斯拉夫斯基能否继续维持汤姆·布拉德利著名的非裔–犹太裔联盟的问题，在拉美裔和亚裔迅速增长的洛杉矶，将变得无关紧要、丧失时效性、没有意义。这些人说，1993 年会是其他族群联盟的年代，当地政治版图上新星的年代，比如格洛丽亚·莫利纳、理查德·阿拉特雷，或者迈克·吴，他们的名字将讲述不一样的故事，虽然听众或许还是这一百来个人。

L. A. NOIR
（1989）

洛城黑色故事

洛杉矶市法院47号法庭，1989年春天和夏天的十一周内，这个市中心法庭里举行了一场初步听证会[a]，将决定1983年三十三岁巡演策划罗伊·亚历山大·雷丁被杀一案是撤销，还是移交被告至高等法院，进行首次庭审[b]和正式审判[c]，据说关于这个案子，"正在策划中"的就有五部电影、四本书，还有"无数"篇报道。有时候据说"正在策划中"的是四部电影和五本书，或者一部电影和两本书，或者两部电影和六本书。不管怎么说，四处皆是"雄心壮志"。"每个人都在写这个案子。"

一天早晨，一个负责报道庭审的记者说，当时我们正等着过法庭门前的安检，这项安保措施的实施要归功于一通炸弹威胁电话，以及所有相关人士要把这案子闹大的共同心愿："大钱。"

这非常有趣。某种程度上，凶杀案之所以吸引人，是因为它们展示了世界的某些异常和教训，但罗伊·雷丁谋杀案中，既没有异常，也没有教训，他最后一次被人看见是登上了一辆豪华轿车，去往贝弗利山一家餐厅，斯卡拉，吃晚餐，再一次被看见则是在5号州际公路边的山谷里，

---

[a] Preliminary hearing，检察官提起刑事案件诉讼后，法官将决定证据是否足够支撑指控罪名。如证据足够，则进入认罪协商或正式审判程序。

[b] Arraignment，检方提起公诉后，法官将会告知被告其被指控的罪名、流程、询问是否认罪等。

[c] Trial，决定被告是否有罪的正式庭审环节，被告可选择由陪审团审判还是由法官独自审理。

尸身腐烂。在出席初步听证会的被告人中,有卡伦·德莱尼("拉尼")·雅各布斯·格林伯格,最近于南佛罗里达落网,一个极具魅力的刺头,她丈夫据称是可卡因生意的二号人物,老板是卡洛斯·莱德,唯一一个在美国接受审判和判刑的哥伦比亚大毒枭。(据说拉尼·格林伯格自己也参与其中,做了不少生意,她位于谢尔曼奥克斯的家中失窃,丢失了价值百万美元的可卡因和现金,就发生在罗伊·雷丁失踪前。)其余出庭被告是威廉·门策和亚历克斯·马蒂,没多少魅力的刺头,最近做过拉里·弗林特的保镖。(拉里·弗林特是《好色客》的出版商,雷丁案中出现的抵押物之一,是弗林特在1983年写的一百万美元支票,给已逝的米切尔·利文斯顿·韦贝尔三世,一位曾在亚特兰大外经营一家反恐学校的前军火商,自称阿富汗皇家自由军的退役中将。洛杉矶县警署说,弗林特把这张支票签给韦贝尔,订下合约,要他杀掉弗兰克·辛纳屈[a]、休·赫夫纳[b]、鲍勃·古乔内[c]和沃尔特·安嫩伯格[d]。拉里·弗林特的律师说,不存在这个合约,并表示这张支票没有完成支付,只是个晚宴桌上的玩笑。)还有一位被告缺席,第三个弗林特保镖,正在马里兰打管辖移交的官司。

换句话说,这是一个类型案件,人们熟悉的**洛城黑色故事**。这样的**黑色案件**,洛杉矶每年都有一两个。比方说,仙境案,1981年四人被钝器击打致死。仙境案如此命名,是因为钝器杀人发生在月桂谷仙境大道上的一栋房子里,如雷丁案一样,此案中也有价值100万美元的可卡因失窃,但特色是更加黑色的角色,包括一个夜店老板兼已认罪的可卡因贩子,阿德尔·纳斯鲁拉,又名"埃迪·纳什";一个已死于艾滋的色情片影星,约翰·C.霍姆斯,又名"约翰尼·沃德";还有一个年轻男人,叫斯科特·索尔森,在他第一次为此案出庭做证时,就已经是洛杉矶县监狱的常住人口(在刑事犯罪体系的自然生态系统里,斯科特·索尔森是仙境案里的明星目击证人),他在1982年起诉了利伯雷斯[e],因为对方承诺给他每年10万美元,没有截止期限,作为交换,他提供

---

a Frank Sinatra(1915—1998),美国歌手、演员、主持人,被誉为"二十世纪最伟大的艺人"。
b Hugh Hefner(1926—2017),美国出版商,成人杂志《花花公子》的创立者。
c Bob Guccione(1930—2010),美国出版商,成人杂志《阁楼》(Penthouse)的创立者。
d Walter Annenberg(1908—2002),美国出版商,拥有三家出版社,旗下有十七份杂志等。
e Władziu Valentino Liberace(1919—1987),美国钢琴家、歌手、演员,以其奢华的生活方式而闻名。

的服务包括做利伯雷斯的情人、司机、旅行秘书和驯兽师。

就这个语境来看，雷丁案没什么新奇的。确实，这个故事的边缘地带悬浮着好几起其他非正常死亡，比如拉尼·格林伯格的丈夫，拉里·格林伯格，又名"文尼·德安赫洛"，1988年9月，在位于佛罗里达奥基乔比的房子前门廊，他被自己或别人在脑袋上开了一枪，但这些死亡基本也不让人意外。确实，雷丁案提供了一些凑合的边角料。比如，我很想知道拉里·弗林特到底雇了多少安保人员巡逻多希尼庄园，也就是他的家，以及世纪城，《好色客》办公室所在地。我对迪安·卡恩很感兴趣，他经营着出租豪车的生意，提供带磨砂玻璃加长版凯迪拉克，用这个被揭露的独特世界的语言来说，这正是罗伊·雷丁搭乘的最后一程。我很好奇，在抵达洛杉矶和决定在斯卡拉吃晚饭之前，罗伊·雷丁是如何和小蒂姆、弗兰克·方丹，还有一群跳踢踏舞的侏儒一起，靠在中学礼堂里巡回表演，在这世上闯荡出他自己的路的。

然而，侏儒踢踏舞的巡演策划被刺头干掉，历来都不值得五部电影、四本书和无数篇报道。对此案堪称狂热的兴趣，跟本案主演无关，而是因为此案有个特别出演，罗伯特·埃文斯。在派拉蒙影业拍出了《教父》《爱情故事》和《罗斯玛丽的婴儿》）的黄金时代，罗伯特·埃文斯担任了制片主管，后来转去做独立电影，并出产了《唐人街》和《霹雳钻》这样的成功之作，并在他职业生涯里公认的沉寂期（他最近只做了一部五十五分钟的录像，关于圣若望·保禄二世的生平，并宣称正在写一部自传，书名将会叫《永在影片里的孩子》），成了一个地区检察官的梦想：一个或许处于绝望中、以冒险著称的聚光灯下的人物，还有着见不得光的关系。

洛杉矶县地区检察官认定，拉尼·格林伯格雇用同案犯杀掉了罗伊·雷丁，因为她想分走他在罗伯特·埃文斯1984年的电影《棉花俱乐部》的利益分成，但被拒绝了。据称，罗伊·雷丁想要进入电影行业，是拉尼·格林伯格把他介绍给了罗伯特·埃文斯。据称，罗伊·雷丁提出，他去寻找愿意提供3500万或5000万美元的"波多黎各投资人"，作为交换，他想要一部埃文斯电影（《棉花俱乐部》）或者三部埃文斯电影（《棉花俱乐部》《西西里人》《重返唐人街》）45%的利益分成。

非检察官的脑袋里立刻会蹦出一些异议（所谓"波多黎各投资人"结果只是个有"人脉"的波多黎各银行家，钱从来没到账，所以罗伊·雷丁不可能分到收益，根本就没有这个收益），但似乎并没有公诉方纳入考量。地区检察官并不确信，但暗示罗伯特·埃文斯自己也参与雇用雷丁案的凶手，检方有一个受保护的证人（又一个弗林特的保镖，洛杉矶县警署每个月给他发3000美金），愿意出庭做证，指认被告之一威廉·门策曾跟他说过，拉尼·格林伯格和罗伯特·埃文斯，用证人的话来说，"付了酬金"。按照公诉方的逻辑，很难想象罗伯特·埃文斯雇凶杀掉能下5000万金蛋的鹅，到底能从中获得什么，但负责此案的地区副检察官似乎不愿放过这个可能性，而且告诉记者们，罗伯特·埃文斯是"我们还没完全排除嫌疑的人之一"。

另一方面，罗伯特·埃文斯也是他们并未逮捕的人之一，这表明案件中有漏洞，这是"大钱"的观点，也是地区检察官的观点。刑事司法系统外的看客们，似乎都模糊地认定：罗伯特·埃文斯在1989年夏天"受审了"。**埃文斯在庭上首次与雷丁案扯上关系**，标题们这样告诉他们，或者，用一种过去时态的讣告模式，**成名过早的埃文斯：代表好莱坞之梦的职业生涯**。

"鲍勃总是有种预感，他的职业生涯会在五十岁之前达到顶峰，然后走下坡路。"曾经在派拉蒙时的下属彼得·巴特这样告诉《洛杉矶时报》，又是讣告模式，"他曾依此而生。他曾被它折磨……我们这些熟悉他的人，知道他是个多么乐观的人，这太让人悲痛了。"这是一起被《洛杉矶时报》描述为"聚焦于好莱坞交易的黑暗面"的案件，一个提供了"对电影资本罪恶无情凝视"的案件，每个人都把这个案子简称为"棉花俱乐部"，或者只是"棉花"，比如**"棉花"：大片死于谋杀**。

系统之内，唯一与《棉花俱乐部》有着明确关联的人始终没被起诉，这一事实，使得现实中的"棉花俱乐部"**本身**越来越成问题。不仅罗伯特·埃文斯从来没在47号法庭"受审"，而且正在进行的甚至都不是个"审判"，只是初步听证会，为了判断公诉方是否有足够证据和理由对被告提起诉讼，埃文斯都不在其中。自1978年，一项加州高级法院的裁决，赋予了刑事被告举办初步听证会的权利，哪怕大陪审团都已经发起了起诉，在加州，在决定重罪嫌疑人是否被起诉时，初步听证会基本上已取代了大陪审团，这也是洛杉矶刑事案件审理通常持续好几年的原因之一。麦克马丁虐童案中，光是初步听证会就花了十八个月。

在我跑47号法庭的那段时间，法官是位黑人女性，年轻，头发上却是一片惊心的灰色，看起来无精打采，三心二意。律师们看起来很疲惫。法警们打着电话，聊着家里事。当拉尼·格林伯格进入法庭时，她不是走路，而是踮着脚尖，向前踢踏，有点昂首挺胸的样子，但没人抬头。在罗伯特·埃文斯作为公诉方第一目击证

亨利去后

人出庭时，法庭人满为患，他启用了第五修正案权利[a]，但如果没有埃文斯，法庭里就只有几个记者，两三个退休老头老太太，可能加在一起十几个人，尴尬地采访对方，聊着深夜跟踪案里其他可能的嫌犯，这案子里有个叫理查德·拉米雷斯[b]的人，他被控于1984年到1985年期间，在洛杉矶县犯下13起谋杀和30起其他重罪。一个记者提起了拉米雷斯案，它正处于第六个月的审判，初步听证会用了九周，又花了六个月选陪审团，**山谷袭击者**。另一个做完了连环杀人犯报道。"我还在抢深夜跟踪案的报道，"第三个人说，然后她转向我。"我问问你，"她说，"我就是这么拼。你在这儿是因为什么？"

雷丁案的初步听证会原定三周，但最终花了十一周，1989年7月12日，在47号法庭，法官帕蒂·乔·麦凯裁决，有足够证据把拉尼·格林伯格、亚历克斯·马蒂和威廉·门策移交审理，而且雷丁案凶手的动机可能是经济利益，这意味着被告一旦认罪，就可能面临死刑。"雷丁先生是《棉花俱乐部》未来相关谈判中的阻碍，"公诉方在最终陈述中说道，"如果一些具体细节，比如分成问题，不能达成一致，交易就无法进行下去。就在这时，格林伯格夫人产生了杀害雷丁先生的动机。"

这个结论让我震惊，因为这似乎意味着整个案件建立在一个假想之上：一部完全假设的电影（在罗伊·雷丁被杀时，《棉花俱乐部》只有个招商广告，没有拍摄剧本，没有钱，没有演员，也没有开机日期）带来的完全假设的收益的完全假设的分成，被当作已经存入银行里的钱。在检察官看来，挡在拉尼·格林伯格和"富城"[c]之间的只是一纸合同，是"分成达成一致"的问题。

公诉方在这一点上的信心满满让我困惑，我问了一个电影行业的熟人，他觉得《棉花俱乐部》到底能不能赚钱。他看起来不敢相信我问了什么。有"毛收入"的概念，他提醒我，参与者按照毛收入而非

---

a The Fifth Amendment right，主要关于被告在刑事审判中的权利。罗伯特·埃文斯在此启用的权利是不自证罪行，即确保被告有权拒绝做证，以防止自己作为被告出示不利证据。

b Richard Ramirez（1960—2013），美国历史上著名的连环杀手，于1984至1985年间在加州实施多起入室性侵与谋杀案件，致13人死亡，多人受伤。其作案对象涵盖不同性别与年龄群体，手段残忍，并经常在犯罪现场涂写撒旦符号和标语，引发广泛恐慌。1985年被捕，后被判13项谋杀罪成立，被判死刑，但在执行前便于狱中死于癌症。因其早期犯罪均发生在加州的圣费尔南多山谷，故被称作"山谷袭击者"（Valley Intruder）。

c Fat City，黑人俚语，指向往中的美好生活或想要达成的目标，常用来代指金钱或成功。

净收入分成。有前期投资者。有对《棉花俱乐部》已经许下的承诺，满城皆知。已经有总共 2600 万美元预算砸进去了（最终成本是 4700 万），还有一个不那么节约的制作团队。"它必须有 1 亿到 1.4 亿，取决于被偷了多少，在这之前没人能看到毛利润，"他说，"这宝贝有净利润就是痴人说梦。这不用拿人命为代价，威廉·莫里斯[a]收发室外的一个初级经纪人都能算明白。"

有关棉花俱乐部案，总有一种痴人说梦，一种疯癫，部分源于每个卷入其中的人，他们狂热且错置的信仰，源于相信有天降横财，一夜暴富（五部电影、四本书将会让某个人发财，某个人参与《棉花俱乐部》制作，地区检察官的高关注度案件）；相信谋杀，无论是字面上的，还是比喻上的。事实上在洛杉矶，这种信仰并不少见。这座城市不仅严重依赖于房地产炒作，很大程度上靠信任诈骗来维系，如今更是浮在影视产业、垃圾债券和 B-2 隐形轰炸机之上，在楼阁可以凭空而起的信仰之上，而这是少数几个所有人都在参与的叙事了。对极端可能性的信仰装点了日常生活。任何人都可能某天早晨醒来，发现自己在施瓦布药店，或者成了鲍勃大男孩餐厅里的一具死尸。"幸运一直在你身边，"加州彩票乐透广告里，一个柔美的声音说，背景音乐演奏着《梦里有我》，"想象你中了百万美元……你会怎么做？"

在 1989 年夏天，这种可能性依旧在棉花俱乐部案上闪烁，虽然与我聊过的追梦者们，包括影视行业和司法行业，都对这个案子的发展有些不耐烦。无论是哪个行业，没有一个人，包括案子里的警探，在听到"棉花俱乐部"这几个字后还看不出可能结果的，但证据依旧欠缺。仍旧缺乏扎实的要素。如影视行业里所说的那样，他们当然希望能发展成剧本。警探们和电影制片人们保持联系，车载电话对车载电话，描述着未曾在法庭上出现过的故事线。"一个警署的朋友三年前就跟我说了，"一个制片人告诉我，"事情就是，'全都因为毒品，鲍勃·埃文斯卷入其中，我们要逮捕他'之类的。如果打算并且确定要拍电影的话，他想让我知道这个故事。一周前他打给我，从他车里打来的，想知道我是否打算继续这个项目。"

我听到好几种不同的版本。"这里头的故事是，有个警察怎么也不肯松口。"

---

[a] William Morris，一家总部在好莱坞的人才经纪公司，成立于 1898 年，曾经代言了二十世纪在电视、电影、音乐等领域最知名的演艺人员。

亨利去后

一个制片人告诉我。"戏全都在边缘角色身上。"一个我通过车载电话联系上的警探说。另一个制片人声称，他昨晚在希尔克雷斯特乡村俱乐部，遇到了罗伯特·埃文斯的律师罗伯特·夏皮罗，当时闭路电视转播着拉斯维加斯凯泽宫酒店举办的拳击赛，托马斯·赫恩斯对休格·雷·伦纳德。"我问我们的小伙子最近怎么样，"他说，指的是埃文斯，"夏皮罗说他挺好的。无罪，他说。故事是这样的。一个我们世界里的软蛋，坐在他十六个房间的房子里，不断有警探上门来访。大家伙。真的硬汉。大猩猩。等着他崩溃。"

许多完全不同的版本里有粗糙的故事线，但我们很难不注意到，它们都基于罗伯特·埃文斯卷入此案的戏剧力量。有天，我跟马西娅·莫里西聊到了这个，她——作为共同代理，和曾代理卡洛斯·莱德的迈阿密审判律师爱德华·舒哈特一起——代理拉尼·格林伯格。"他们当然全都**希望**他卷进去。"马西娅·莫里西说。

我问她，地区检察官是不是也在想办法起诉他。

马西娅·莫里西翻了个白眼。"它就叫这个，不是吗？面对现实吧。它叫**棉花俱乐部**。"

FIRE SEASON
(1989)

火 季

"我见过火,我见过雨。"我记得1978年新闻广播台播报曼德维尔和卡南大火的间隙,詹姆斯·泰勒的歌声一遍又一遍响起,两场大火都起始于那一年的10月23日,从我在布伦特伍德的房子楼上窗户,能看见两处大火向着对方蔓延,有条不紊地吞噬了马里布和太平洋帕利塞德大部分地区。新闻上说,卡南大火在20英里外燃烧,而且早已在特兰卡斯山谷越过了太平洋环海高速路。新闻上说,曼德维尔大火的燃烧阵地会在日落大道。我站在窗前,看着俯视日落大道的一座山上有房子垮塌,它的氧气被大火的威力吸尽了。

1978年那一周,洛杉矶县里大约3.4万英亩的土地毁于大火。1968年,超过8万英亩被烧。1970年,接近13万英亩被烧。1975年,超过7.4万英亩,1979年,超过6万英亩被烧。1980年,4.6万英亩,1982年,4.5万英亩。马里布后面的山岭,来自太平洋潮湿的空气让灌木生长更快,从一场火灾恢复需要十二年。而在内陆,小苹果、漆树和柏枝梅这类构成南加州主要植被的灌木,生长则更为缓慢(雨后把群山变成明黄色的野生芥末不是本地物种,而是外来物种,为了恢复火灾烧毁的植被,在二十世纪二十年代引入美国),重新生长需要十五到二十年。自1919年起,县志开始记录火灾,有些地方"被烧过8次"。

换言之,在洛杉矶,火灾没什么特殊之处,毕竟这是个沙漠城市,一年只有两个季节,一个开始于1月,在接下来三到四个月里,风暴从北太平洋而来,裹挟风雨(时常每两三个小时就会有一英寸降雨,有些时候,在有些地区,每一分钟就有一英寸降雨),另一个长达八九个月,炎炎火烧,或者随时准备燃烧。大部分年份里是在9月或10月,早于圣塔安娜风俯冲过所有山口,相对湿度直线下降到7%或者6%或者3%,九重葛开始在路边哗哗作响,人们开始眺望地平线上升起的烟,聆听又一个那些当地极端可能,这里是即将来临的毁灭。1989年却很特殊,两年大旱,第三年降雨量依旧低于均值,当6月迷雾还在海岸线上流连忘返,它就已经随时燃烧了。那一年的5月1日,比往常早了几个月,加州森林部门就宣布火季开始,开始征召更多人手。截至6月最后一周,加州已经发生了超过2000起灌木和森林火灾。单那一周里,就有320起。

初夏一个早晨,我顺圣贝纳迪诺高速路开车去洛杉矶县消防部门,这个机构不仅要负责协调灭火和全县的植被恢复,而且根据加州主要协防协议,它还负责为全州火灾派遣设备和突击队。1985年,洛杉矶县向文图拉县派遣了突击队,应对11.6万英亩的惠勒大火。(这种级别火灾的物流系统是军事级的。惠勒大火最终持续了两周,从全国空运了三千多名消防员,在大火首次报告的十二个小时内,一个营的人力就配齐装备,还配备了厨房、卫生、交通和医疗设施,一个通信网络,一个"紧急状况拖车",一个为长期应急预案做准备的"突发情况"卡车,还有一个"泳池协调员",派遣不在岗的消防员往返于同意他们使用泳池的居民家。"为了这事,我们基本上征用了全市资源。"当时的营队发言人说。)同一年,洛杉矶县向圣路易斯-奥比斯波县派遣了突击队,为了扑灭10万英亩的拉斯皮利塔斯大火。1988年,它派遣特殊训练人员"领导",或者指挥,来自全美的士兵,去抗击黄石大火。

1989年6月一个早晨,当我拜访位于东洛杉矶的总部大楼时,有件事已众所周知,如同一个我采访的人说的那样,"我们大概都知道了今年肯定会有一些火灾",没有任何喘息时间,直到1月或者2月。(洛杉矶时常在11月会下雨,有时足够让消防员控制火势,但11月的雨很少能让灌木丛湿润到足可抵抗一直吹到12月底的圣塔安娜风。)圣塔安娜风经常提前到达,一周温度超过100华氏度。灌木丛的测量湿度,消防部门将之称为"燃料柱",在一些地区早已降至个位数。每日"燃烧指数",火灾发生的可能性从0到200,在那天早晨,洛杉矶盆地为45,被称作"高山"的地区为41,安蒂洛普谷为125,以及圣克拉丽塔谷,192。

任何一个在洛杉矶度过火季的人,都会知道一些特殊用语——比如,理解已

"被控制"的火灾和至今只是"被限制"的火灾的区别（一个"被限制"的火灾通常被如灌木高度一般宽的沟渠围住，但火势依旧失控，随时可能越过沟渠），清楚"完全"和"部分"控制间的区别（"部分"控制是指，如果风向改变，那就控制不住了），了解"以火灭火""坚守阵地"，红旗警报（今日可能有火灾）和红旗警告（三天内可能变成红旗警报）的区别。

可对我来说，"燃烧指数"是个新概念，那天早晨，总部一位林业专家保罗·里平斯给我解释。"看看安蒂洛普谷，到帕姆代尔，兰开斯特，"他说，"今天，温度会有96华氏度，湿度会是17%，风速有15英里每小时，燃料柱是6，挺低的。"

"6就能烧了。"另一位林业专家约翰·哈格米勒说，"如果燃料柱到12，就很难烧起来。这就是区间。只要低于6，那就等着烧吧。"

"所以把所有这些都关联起来，你就能得到安蒂洛普谷今天的燃烧指数是125，对应的形容词是**高**，"保罗·里平斯继续道，"我们用的形容词是**低**、**中等**、**高**、**很高**，以及**极高**。125是**高**，火灾可能性**高**。昨天有超过100英亩被烧了，烧了四个小时。把燃烧指数除以10，就能得到平均火焰长度。所以燃烧指数是125，火焰指数是12.5英尺。火势大不大，跟火焰长度有很大关系。"

"有可能一场草地火灾烧完了，但一点大的损失都没有，"约翰·哈格米勒说，"另外的案例，当可燃物能够向上堆积——比如洒杀虫剂，或者顶梢枯死，大量易燃物——火焰长度就能达到三四十英尺。它会攀上树顶，然后整棵树就倒了。这会造成很大损失。"

那天早晨我采访的人们，对他们称为"重量级选手"的大型火灾，都有着一种又怕又敬的感情，人们对那些火灾记忆犹新。"我会说95%的火灾，我们都有把握控制在5英亩以内，"负责消防部门公关和教育的加里·欧佛斯拜上尉告诉我，"但在我们遭遇了极端圣塔安娜天气的时候，极端天气——它们开始了，所有我们能做的就是尽量控制，直到天气能消停那么一小会。像那种情况的时候，我们就回到我们称为防御性攻击的战术上。基本上就是顺着火灾边缘走，直到我们遇到一个突破口。抵达了一个天然障碍。或者有时我们会在几英里外，提前建一个阵地——在那挖一条沟渠，然后可能点燃迎面火。这火会往主火的方向烧，烧掉路上所有植被，抢夺主火的燃料。"

他们说着一个真正重量级选手如何"移动"，如何"逼近"，如何能"定点"，或者，考虑到所有传统迎面火都无效了，就在距离它一英里的地方，提前撒上灰和火把；一个重量级选手，一旦开始移动，

亨利去后

会"烧掉所有人"。"要是马里布天气状况够好的话,那就基本灭不了。"保罗·里平斯说。他说的这种火,经常在文图拉高速路旁某个灌木丛里燃起来,接着绵延燃烧20英里,直至海边,这种火咆哮着越过山岭只是几秒钟的事,会登上全国新闻,因为在它们抵达马里布海滩前,可能会烧掉名人们的房子。总部人员说"侵入城市",指的就是房屋烧毁。

"我们会把所有资源都投进去。"保罗·里平斯说,然后耸耸肩。

"你可以选一边,然后引导它,"约翰·哈格米勒说,"但在风停,或者可燃物烧完之前,你能做的也不多。"

"在马里布,"保罗·里平斯说,"你现在看到的就是所谓的两层楼高的灌木火灾。"

"你知道那个风,"约翰·哈格米勒说,"你也改变不了这种气候现象。"

"你可以在火上砸下所有资源,"保罗·里平斯说,"但它还是会一直烧到我们说的蓝色大屏障[a]这里。"

我突然想起,距离1978年10月那一晚已经过去十一年了,那时我听着詹姆斯·泰勒唱着《火和雨》,在新闻播报间隙,卡南大火已跃过太平洋海岸高速,冲着蓝色大屏障而去。十二年一次的火灾轮回主宰着在马里布的生活,那场覆盖了我丈夫、女儿和我从1971年到1978年6月居住过的海滩的大火也将如约而至。**美丽的国家再陷大火**。我在笔记本上写下这句,每年火季,某个时刻,我就会想起鲁宾逊·杰弗斯[b]这句诗,我起身离开了。

大约一周后,安蒂洛普谷西边山上,烧掉了3700英亩。火焰高达60英尺。风以每小时40英里的速度呼啸而过。250名消防员参与灭火,紧急撤离了1500名居民,其中一人返回了自己家,发现房子烧没了,据《洛杉矶时报》报道,还是找到了"一面完好无损的美国国旗和一套她母亲手工制作的全套耶稣诞生

---

a 指大海。
b Robinson Jeffers(1887—1962),美国诗人,以描写加州中部海岸的作品而闻名。

瓷器"。安蒂洛普谷大火一周后，惠蒂尔之上的蓬特山，烧了1500英亩。那天气温达到90多华氏度，火焰高达50英尺。有超过970名消防员投入战斗。250个家庭被撤离。他们带走的是人们遭遇火灾时经常拿走的东西，主要是快照，足够小，可以放在车里当纪念品。"我们不会带走一件衣服，但至少我们有这些。"一个即将离开蓬特山的女人告诉《洛杉矶时报》，她一边说，一边把照片打包，塞进后车厢。

与火灾为伴的人们会思考很多，如指导传单上说的，"当火灾发生时"，到底会发生什么。每个洛杉矶县的冰箱上都会贴着这些传单，上面从来不说"如果"。当火灾发生时，就没有水压了。前一晚，用水湿润了一整晚的房顶，会在几秒内变干。塑料垃圾桶必须装满水，随处放置浸湿的麻袋，以便扼杀能变成大火的火星。花园水管必须接上，并要放在能看见的地方。车必须停放在车库里，头朝外。你最宝贵的东西必须放在车里。灯必须保持开着，这样能让房子在烟雾里被看见。我记得我女儿在马里布的幼儿园，秋季学期开学第一天就给我们寄了一份详细紧急预案，列出了基于不同风向和起火点的不同撤退点，孩子们会在那里，等家长来接。最后一个撤退点在穆古角的海军航空基地，沿海岸线往上20英里。

"干燥的风和尘土，头发打结。"四年级时，我们的马力布孩子被要求写一首关于"秋天"的诗，她写道，"花园已死，动物未食……叶落如雨，人们低语，余烬散去。"洛杉矶之外的人很难听到这种韵律。这天早晨的《纽约时报》上，我读到一篇文章，形容洛杉矶人"坚持"与火共生的方法是"回避"。"回避"是一个来自另一种韵律的词。二十五年里，这将是我在洛杉矶县没有房子的第二个火季，也是第二个我没把照片放进靠近门口的盒子里，随时准备逃离火灾的火季。

TIMES MIRROR SQUARE
(1990)

时代镜报广场

哈里森·格雷·奥蒂斯,《洛杉矶时报》(Los Angeles Times,以下简称《时报》)第一位成功的主编和社长兼出版人,在很多方面都是极为典型的洛杉矶市民,应该是那些被南北战争和西进运动同时解放和鼓舞的商业游民中的一位。1837年,他出生于俄亥俄的一间小木屋里。十四岁,他成了印刷学徒。二十三岁,当亚伯拉罕·林肯被提名为总统候选人时,他是共和党全国代表大会的代表之一。他在俄亥俄步兵团服役四十九个月,1862年在安提塔姆受了伤,1864年在弗吉尼亚再次负伤,后来成功把军中人脉变为政府职位,最初做了华盛顿的政府印刷办公室的中级印刷工,之后去了专利办公室。1874年,他初次进军南加州,去考察一个山羊养殖计划,这计划从未实行过,他宣布这片土地是"我到过最肥沃的土地"。他最初漂泊到圣巴巴拉,在那里办了一份小日报,但不太成功(后来他说,他和妻子带着三个孩子,在这片最肥沃的土地上节衣缩食,"收入少得连只兔子都养不活"),然后闯荡到了阿拉斯加,在那里,他非常幸运,得了个政府闲职,作为特殊专员,主管海豹岛的偷猎和禁酒事务,每天能拿10美元。

1882年,这个男人已经四十五岁,过往漂泊不定,前途黯淡无光,可哈里森·格雷·奥蒂斯最终还是抓住了机遇:他辞掉了政府职位,回到南加州,拿着6000美金,其中5000是借来的,买下了只有四页的《洛杉矶日报》(Los

Angeles Daily Times)四分之一的股份，这份失败的报纸是几个月前由《萨克拉门托联合报》(Sacramento Union)一位前编辑创办的(《联合报》是加州最古老的日报，今天依旧在发行，马克·吐温曾在这里做过通讯员)，几乎立刻就被投资人抛弃了。"从小的开始，但终成参天大树之类的。"哈里森·格雷·奥蒂斯后来这样描述这次交易。他似乎立刻明了，他想要的洛杉矶是什么样的，以及一份报纸能在其中扮演什么角色。"洛杉矶不想要花花公子、无业游民和穷光蛋，不想要没本事却指望老天的人。"这位新居民在早期社论中宣布道，他早已褪去了过往的皮，人到中年的皮，之前没本事却指望老天的皮。在他眼中，洛杉矶是个资本聚集地，没有服务业。他说，"它不需要廉价政客、垃圾、废物、脓包、穷酸职员、会计、律师、医生。市场早就人满为患了。我们需要工人！野心家！有脑力，有体力，有胆魄的人！兜里没钱却精力十足的人——一等男人！"

《时报》和它的拥有者，哈里森·格雷·奥蒂斯及钱德勒家族继任者，塑造了洛杉矶，他们影响之深，美国建国初期几个州的居民却很难完全理解。在哈里森·格雷·奥蒂斯买下报纸时，洛杉矶只生活着大约五千人。这里没有航行运河。洛杉矶河可以提供两到三万人的水渠用水，但没有其他地下水。洛杉矶能有今天的用水系统，全因为哈里森·格雷·奥蒂斯和他的女婿哈里·钱德勒想要有，并且打了一系列彻底的水资源战争才得来的。"当水资源问题不再是问题，洛杉矶将迎来从未有过的跨越式发展。"1905年有一项投票，事关是否资助修建运河从北边233英里外欧文斯河引水，初次投票几周前，《时报》劝说读者："邻近的镇子很快会来敲我们的门，求我们让他们也来尝尝用之不竭的水带来的高枕无忧，大洛杉矶将会成为一座伟大的城市。"任何投票反对运河债券的人，《时报》在投票当日警告说，都会"把他自己放置在整座**城市敌对**的位置"。

换言之，反对钱德勒，就是反对更完美的洛杉矶，反对这座城市天命所在的扩张。编造出的干旱，狡诈的产权交易，把北加州的水往南调，这在洛杉矶是个耳熟的故事，在电影《唐人街》里，这个故事在城市另一个地方上演了。如果没有欧文斯河调来的水，就没有圣费尔南多的发展。圣费尔南多谷，恰好也是哈里森·格雷·奥蒂斯和哈里·钱德勒通过两个相互关联的公司，圣费尔南多传教土地公司和洛杉矶郊区房产公司，在运河建造完成前，有时甚至是在运河投票之前，就购买或期权购买了将近6.5万英亩土地的地方：从今天的伯班克到塔扎纳的整个山谷，严格依照

亨利去后

旱地价格，每英亩31到53美元。"大额债券投票之时，兜里一份土地合同，"运河债券初次投票几天前，《时报》上的广告写着，"欧文斯河水将首先惠泽帕科依玛，现在投资，你将会尽享智慧之果，赚到盆满钵满。"

洛杉矶变成今日模样，很大程度源自扩张钱德勒地产的冲动。建造洛杉矶市民中心，联合火车站，以及叫作奥尔韦拉街的奇景（奥尔韦拉街属于洛杉矶广场历史街区，但实际上于1926年被改造成当地首个主题商场，主题是"墨西哥集市"），是因为哈里·钱德勒希望开发市中心北部边缘，《时报》办公大楼，以及他许多其他市中心地产所在地。加州有今天的航天业，要归功于哈里·钱德勒，他相信洛杉矶的未来需要发展新产业，于是在1920年，他说服朋友们借给唐纳德·道格拉斯[a]1.5万美金，造出了实验性的鱼雷飞机。

同一年，哈里·钱德勒说服朋友们建起了加州理工大学，第二年建了一个场馆（洛杉矶纪念体育馆，在南加州大学附近），大到足够吸引1932年的奥运会。有好莱坞露天剧场，是因为哈里·钱德勒想要一个。有洛杉矶高速路系统，是因为哈里·钱德勒知道，人们不会在他的远郊置产，除非他们开车能到，也因为哈里·钱德勒是固特异轮胎－橡胶公司董事会成员，不久后这家公司有了洛杉矶工厂。固特异轮胎－橡胶公司在洛杉矶有工厂，最初也是因为哈里·钱德勒和朋友们投了750万美元，才建起来的。

正是对钱德勒家族命运和洛杉矶命运的完全认同，才让《时报》成为如此独特的机构，也如此有钱。基本可以说，在母公司时代镜报公司之下，钱德勒家族如今不仅拥有《时报》，这份在许多年里，全版广告版面超越全美同行的报纸，还有《新闻日报》、《纽约新闻日报》、《巴尔的摩太阳报》、《哈特福德消息》、《全国日报》、九种类型书籍和教育出版社、十七种类型杂志、CBS在达拉斯和奥斯汀的加盟方、ABC在圣路易斯的加盟方、NBC在伯明翰的加盟方、一个有线电视公司，还有一家专门成立的公司，用来处理曾经是时代镜报的木材厂和牧场（因为这家公司成立的目的就是关掉自己，所以被时代镜报公司描述为"风险资产"）：这个帝国在1989年营业收入高达3517493000美元。

---

[a] Donald Douglas，即Donald Wills Douglas Sr.（1892—1981），美国航天器工程师、实业家，1921年创办了道格拉斯飞行器公司，该公司后来跟麦克唐纳飞行器公司合并成为麦克唐纳－道格拉斯。

时代镜报广场

让《时报》茁壮成长的气候是十分特殊的。在其简短的历史上，洛杉矶一直是个暴发型的城市。住在这里的人们愿意相信，每天早晨丢在门前、厚度与日俱增的报纸也在鼓励他们相信，趋势永远向好。所以，在加州做生意的人自然应当抛弃旧金山，这个自淘金热时期一直担任西部金融中心的城市，把目光投向洛杉矶。钱正往这里涌来。所以旧金山的航运自然应当衰落，哪怕它是世界上最好的自然港之一；而洛杉矶的则兴盛起来，尽管这里的港口需要疏浚，也确实在《时报》和哈里·钱德勒的坚持下实现了。由于洛杉矶原本没有出海口，所以自然应当先吞并二十英里通往海洋的走廊，再与其他两个城市"合并"（州法律禁止一个城市"吞并"另外一个已建制城市），两座城市的名字是圣佩德罗和威尔明顿，都毗邻太平洋。

这里的自然应当建立在一个广而告之的核心之上，无穷无尽的机会必然带来无穷无尽的增长。被这个国度其他地方的人视作的漫无目的——城市的疯狂扩张，明显缺乏统一规划——实际上都有目的，是运转机制本身：这会是一种新型城市，没有可见的边界，是大地上一团真正的云，

终将北接蒂哈查皮牧场，南通墨西哥边界，东至圣贝纳迪诺山脉，西临太平洋；不只是一座城市，而是一个王国，南方之国。钱德勒家族高瞻远瞩，在这团膨胀的云的遥远边缘，买下了成千上万片土地——连接蒂哈查皮的30万英亩，在下加利福尼亚州的86万英亩，这是哈里森·格雷·奥蒂斯和哈里·钱德勒曾试图让塔夫脱[a]政府从墨西哥兼并来的土地，由此重新定义了南加州曾经定下的边界（在当地看来，太平洋不是边界，而是机会，是通往夏威夷和亚洲的桥梁）——是你对任何一个有远见的公民唯一能期待的："洛杉矶的最佳利益，对《时报》而言意义非凡，"1934年，哈里·钱德勒写道，而且长久以来，是《时报》定义了什么是最佳利益。

哈里森·格雷·奥蒂斯时期的《时报》，时常被其主人的敌人们形容为"小偷""恶棍""勒索犯""钻进钱眼里""胆小鬼""恶毒""不美国""背后插刀""小肚鸡肠""横行霸道"。据说，奥蒂斯将军曾说（西班牙－美国战争时，他领导一个远征军远赴菲律宾，被授予准将军衔，此后他就永远是奥蒂斯将军了，他的房子是"营地"和"前哨"，《时报》办公大楼是"堡垒"，《时报》员工是"方阵"），

---

a 指 William Howard Taft（1857—1930），美国第27任总统，同时也是第10任首席大法官。

他有一只相当平易近人的饥饿老虎。任何针对这份报纸的诽谤诉讼和判决,既不是麻烦,也不是羞辱,而是天降选题,一个重新炒热令人不快的故事的机会,完完整整,反复出现。1884年11月,格罗弗·克利夫兰当选总统后,长达十一天里,《时报》还坚称当选的总统是詹姆斯·G.布莱恩,哈里森·格雷·奥蒂斯属意的候选人。

甚至在哈里·钱德勒的儿子诺曼手下,他在1944年至1960年间担任社长兼出版人,《时报》依旧表现得我行我素。那时《时报》里报道的洛杉矶,依旧远离全国乃至国际势力中心,在地理上和发展上与世隔绝,一个故意处于青春期的城市,打定主意只关注自我发展,对外面的世界毫无兴趣。1960年,当诺曼·钱德勒的儿子奥蒂斯被任命为《时报》社长兼出版商时,这份报纸终于有了一个驻外记者,驻地巴黎。掌管着整个洛杉矶的是一小部分人,在银行或市中心老牌律所工作,5点钟开车回到在汉考克公园,或帕萨迪纳,或圣马力诺的家。他们在加州俱乐部或洛杉矶运动员俱乐部吃午餐。他们在新教或天主教教堂举办婚礼和葬礼,基本上不认识住在西区、贝弗利山、贝莱尔、布伦特伍德和太平洋帕利塞兹的人,那些人中最有名的大多从事娱乐行业,而且是犹太人。正如威廉·塞弗恩斯,洛杉矶音乐中心的运营公司前总经理,在近期《时报》帕特·莫里森的访谈中说的那样,那时市中心族群和他口中的"电影族群"之间,有着"巨大的社会鸿沟"。电影族群,他说,"甚至都不知道市中心在哪儿,除了他们去市中心办离婚的时候。"(这本身又是一个文化混淆,因为住在西区的人要离婚,通常不会去市中心,而是去圣莫尼卡。)

诺曼·钱德勒的妻子,多萝西·巴法姆·钱德勒,或者巴夫,认为把西区纳入权力结构符合城市利益,自然也符合《时报》利益,于是她把正在筹款的音乐中心,视作自然开启这个过程的方法。大约是1964年的一个晚宴上,我看见钱德勒夫人跟如今已逝的朱尔斯·斯坦攀谈,他是环球音乐公司的创始人,当时也兼任主席,她希望他能给音乐中心建造捐赠2.5万美金。朱尔斯·斯坦说,他愿意捐钱给钱德勒夫人的音乐中心,多少钱都行,也希望钱德勒夫人捐同样的钱,给他在UCLA医学中心建造的眼科诊所,因为这是西区做事的规矩。"这我办不到,"钱德勒夫人说,随后靠近桌子,展出钱德勒家族眼中拥有一家报纸的真正价值,"但我可以给你价值两万五千美元的公开报道,不收钱。"

等钱德勒夫人计划完成时,音乐中心及一个慈善团体,"神奇蓝丝带",成了西区与市中心的共识之地。但不意味着《时报》所有高级编辑和管理者都喜欢西区；他们中许多人还是将之视为异端，那里的人有太多贴面礼，有太多虽不算危险，但也相当离经叛道的想法。"我挺喜欢去西区的。"我记得汤姆·约翰逊说，他在1980年成了《时报》社长兼出版人，那天一个布伦特伍德的聚会上，我们恰巧坐在一块。他随后从口袋里掏出一个记事本和一支笔，"我喜欢听这儿的人到底在想什么。"也不意味着来自一个更自我沉醉的洛杉矶的一位最为普通的居民，会一直保持沉默，甚或给《时报》寄去一封充满尖酸牢骚的信：

关于《9月派对一览》（作者：珍妮·斯坦，8月31日）：当秋季舞会拉开帷幕，洛杉矶社交季在10月第一个周五开始了。这个起始于五十多年前的活动，汇集了洛杉矶名流，那些在迈克尔餐厅难得一见，也不明白歌剧有什么价值的人。当舞会开始时，家庭都从旅行中回来了，猎鸽季刚结束，猎鹿季还没开始，所以这座城市的男士们没有借口不参加。这之后是一年一度的舞会聚会和品酒骑士团晚餐，再接下来是拉斯玛德里纳斯社交舞会。如果被邀请参加，那么你就被社交圈接纳了。暴发户、想出风头的，还有一心往上爬的，就敬谢不敏了。

刊登了这封信的《时报》，在1989年9月10日，在欧洲有六个办公室，拉丁美洲有五个，亚洲五个，中东三个，还有两个在非洲。它覆盖的区域住着一千三百万到一千四百万人，根据一项兰德公司最新的调查，其中超过一半抵达洛杉矶时已经成年，十八岁及以上，生命字典里从来没有拉斯玛德里纳斯社交舞会。事实上，在洛杉矶，没有什么生命经历众人皆有，没有什么纪念地点众人皆知，没有什么历史古迹有特殊含义，不像圣迭戈和圣莫尼卡高速路交叉处长长的弯曲坡道，或是被凶猛的圣塔安娜风甩在威尔希尔林荫道上三花淡奶大楼白色西墙上的棕榈树。说起"历史"地点，通常等于正在进行的大兴土木，比如把一个商业地产变成历史奥尔韦拉街，或者在曼氏中文剧场历史遗迹周围盖上二十层办公楼和四百个房间的酒店（曼氏中文剧场历史遗迹最初是格劳曼中文剧场，但大家没理由记得这个），这是好莱坞改造工程的一个特色之处。

直到最近，加州人还把科罗拉多之外的美国叫作"东部老家"。如果去纽约，他们是"回"纽约，话语间带着住在遥远西部的暗示。而我女儿这一代的加州人则会说"去"纽约，这是一个人对自己世间位置定义的变化，意义非凡。诺曼和巴

亨利去后

夫·钱德勒的儿子奥蒂斯在1960年继承的洛杉矶——以及，与他母亲一起，在接下来二十年里继续改造的洛杉矶——换言之，是一个全新的概念，拥有成为世界级伟大城市的潜质，但尚未成形，旧有的主导理念已不适应，它趋光的自信正在膨胀，但还未被新的理念所掌控。奥蒂斯·钱德勒作出了决定，如果洛杉矶要成为世界级城市，它需要的是一份世界级报纸，而他要开创一个。

有什么事情一份日报能比电视做得更好？部分是为了回答这个问题，部分是出于地理的考虑——西海岸的报纸享有三小时的付梓优势，也承受着三小时的出印劣势——奥蒂斯·钱德勒，那时三十二岁，认为《时报》应当成为一种日刊杂志，一份报纸既可以抢突发新闻，又愿意投入大量资源，提供市场稀缺的分析和背景信息。他一开始说得很明白，这份报纸不再是他父亲的，而是他的，他在1961年不顾其他家庭成员，连续做了五篇关于约翰·伯奇协会的报道，哪怕他婶婶艾伯塔和叔叔菲利普·钱德勒都是其中具有影响力的成员。奥蒂斯·钱德勒跟进着约翰·伯奇协会系列报道，容我提醒，他在反约翰·伯奇协会的头版社论上，签上了其姓氏钱德勒。"他双腿跨过大海，伸展双臂，笼罩大地。"《时报》大楼大厅里，一个旋转地球的基底上有黄铜字母写道（《安东尼与克莉奥佩特拉》[a]第五幕，蝰蛇快要出现时，克莉奥佩特拉形容安东尼的话，不知为何被用在这里），"他的声音融于仙乐。"奥蒂斯·钱德勒能将《时报》声音融于仙乐的一个原因是，他的《时报》比父亲的更能赚钱。"报纸每天都在发行，他们都能看到，"后来他如此描述他的家族，"他们一直在抱怨我的新闻策略。但他们从不抱怨收益结果。"

事实上，《时报》发展出了一种不寻常的报道方式，一种新闻哲学，时常被称作"长篇累牍，一锤定音"。《时报》允许甚至鼓励记者给读者提供一种现场目击者皆知，但很少被写进报道里的细节。"山姆之子"[b]在纽约被逮捕的那一晚，根据当

---

[a] Antony and Cleopatra，莎士比亚悲剧，描写埃及艳后的故事，据说埃及艳后是用毒蛇自尽的，剧中也是如此。

[b] "Son of Sam"，美国连环杀手大卫·伯科维茨（David Berkowitz, 1953— ）的绰号。他于1976年至1977年间在纽约枪杀六人、重伤七人，作案目标多为情侣，作案期间还向媒体寄送挑衅信件，引发全城恐慌；被捕后声称自己被化身为邻居山姆家黑狗的恶魔控制而行凶，被判六项终身监禁。此案促成"山姆之子法"出台，即禁止罪犯通过出版或媒体采访等方式从其罪行中获利。

时《时报》纽约办公室的查尔斯·T.鲍尔斯报道，鲁恩·阿利奇[a]在警局附近徘徊，"穿得像是要参加触身橄榄球比赛，一只手一杯苏格兰威士忌，另一只手一个便携式双向对讲机，把他从线人处得到的信息传输给西岸"，这些细节向读者描述了这个全国瞩目的警察行动的基本全貌。1982年早春，在圣萨尔瓦多，当中间派的基督教民主党，武装派的国家联合党，以及右翼的阿雷纳党，全都聚集在弗朗西斯科（"恰奇"）·格雷罗[b]的庭院里一株皮托树下，《时报》的劳里·贝克伦问格雷罗，这位因为这件事不断遭遇刺杀的人，这群人意见如此南辕北辙，怎么能在一起合作。"我们互相认识——我们互相认识都好多年了，"他说，"你低估了我们**热带政治家**。"几天后，当劳里·贝克伦问一个阿雷纳党领袖，为什么正试图把基督教民主党排挤出去的阿雷纳党，不害怕失去美国援助，她得到并记录下的答案，总结了美国和萨尔瓦多右翼的整个关系："我们相信美国佬。"

这种细节有时会被其他报纸的记者们讥讽为"洛杉矶特色"，但实际上它远非如此：细节展现了情景的基调，一旦缺失便无法理解全文的潜台词，而且与读者分享这种潜台词是这些记者的天性，因为他们供职的这份报纸和报纸发行的城市天性如此，所以他们也不会把自己视为圈内人。"杰西不想竞选任何职位，除了他的大嘴。"1990年初，《时报》一篇贝拉·斯顿博撰稿的报道里，引用了华盛顿特区市长马里昂·巴里对杰西·杰克逊的一句评价；《纽约时报》和《华盛顿邮报》不得不跟进，报道争议后续，后来纽约有人告诉我，那篇文章里没有什么新信息，许多《邮报》和《纽约时报》驻华盛顿的记者早就知道了。或许这是真的，但只有《时报》报道了。

《时报》作出了与众不同的决定。奥蒂斯·钱德勒坚持要寻找和雇用这个国家最优秀的人，无论其政治立场是什么。政治漫画家保罗·康拉德被从《丹佛邮报》诱惑出来。一位报纸编辑应他要求在机场碰面，进行了一场面试。罗伯特·希尔，《堡垒》和《新时代》杂志的一位政治新闻记者，名声在外，却没有报纸的经验，不仅被雇用了，他的所有要求还一应

---

[a] Roone Arledge（1931—2002），美国广播电视史上最具影响力的制作人和高管之一，曾担任ABC体育和新闻部门的总裁。他引入了慢动作回放、即时重播、手持摄影、现场音效等技术，注重对运动员个人的宣传，深刻改变了电视媒体的面貌。

[b] Francisco "Chachi" Guerrero（1925—1989），萨尔瓦多政治家、律师，曾担任副总统、立法议会议长、外交部长及最高法院院长等职务，于1989年11月28日遭暗杀身亡。

亨利去后

满足，包括使用总裁餐厅，毕加索室。"既然我们付给希尔那么多钱，我当然希望他冒犯人。"一个电视网络负责人打电话来抱怨希尔采访中太冒犯人，1971年到1989年担任《时报》主编的威廉·托马斯如此回答他。那时的《时报》已经不再遵守报纸记者编辑的传统薪酬标准，有时会开出行业标准的两倍。"我不认为报纸应该排在杂志、电视或者公关后面。"奥蒂斯·钱德勒以前说。他给《时报》买下了一个驻华盛顿的明星团队。他给《时报》买下了一个外国记者。

到1980年，当奥蒂斯·钱德勒委任汤姆·约翰逊做《时报》社长，给自己造了一个叫总编辑的职位时，《时报》平均每周刊载的新闻专栏要远多于《纽约时报》或《华盛顿邮报》。它会刊登关于全国和全世界新闻的背景信息分析长文章，而其他报纸认为这是电视的业务。它的华盛顿办公室，就连《华盛顿邮报》的鲍勃·伍德沃德最近都承认经常败给他们。它的外国新闻报道，尤其是关于中美洲和中东的部分，一天天壮大，超越了全美所有其他竞争者。"比起只是希望《时报》跻身全美顶级报纸之列，奥蒂斯的目标可能更具体一些。"尼克·威廉斯，1958年至1971年任《时报》主编，在奥蒂斯·钱德勒升任《时报》社长后说，"他说，'我希望它成为这个国家排名第一的报纸。'"然而1989年秋天，有件事开始让洛杉矶人忧心，《时报》先前在广告牌、电视广告、广播、巴士站、巴士路线沿线、展架宣传单、插页广告，甚至自己通讯上大肆宣传的"全新，更快的《时报》"，在10月的一个早晨，公开了第一版，人们开始担心，拥有全国第一的报纸这么奢侈的事情，钱德勒家族和这座城市还能否承担得起。

很难说清楚那个秋天《时报》里到底发生了什么。一堆靴子早已落地了。1989年1月，新主编已经进驻，一个外人，无法探知其深浅，来自东部（其实他来自田纳西，但基础训练是在《华盛顿邮报》本杰明·布拉德利的手下完成的，但在《时报》内部，他还是被意味深长地称为**东部人**），谢尔比·科菲三世。几个月后，出了一份针对《时报》橙县问题的新方案公告，往南几英里，在橙县，《时报》地区版至今都还没能战败《橙县纪事报》，这份报纸遥遥领先，坐拥的市场富得流油，让它在几年前就有了比《时报》更多的全版广告版面。

橙县问题的新方案看起来非常直白（橙县版的主编，那时还是纳尔达·扎基诺，要求再招二十九个记者，增加一家印刷厂，《时报》在橙县的独立运营，而且直接对谢尔比·科菲汇报），即便它确实有了一个橙县新"总裁"，或者一个商业代表，劳伦斯·M. 希格比，他的特殊技能——他是市场专家，曾任职于塔可钟、百事，以及尼克松主政白宫期间的H. R. 霍尔德曼[a]办公室，在那他被叫作"霍尔德曼的霍尔德曼"——却让有些人感到不快。纳尔达·扎基诺在《时报》广受爱戴（她算是和这份报纸一起成长起来的，而且和罗伯特·希尔结婚了），但希格比是个未知变量，而且有一些传言，橙县的权限如此之高，不是每个人都满意。据《华尔街时报》报道，出版商汤姆·约翰逊在1989年8月的一次与华盛顿办公室的谈话时承认，给纳尔达·扎基诺和劳伦斯·希格比在橙县独立运营的决定，让洛杉矶"血流成河"。他把橙县的现状称为"我的失败"，在这个地区"我应该更早地行动起来"。

然而，1989年9月，早在外人开始注意到《时报》的血迹，或者甚至早在靴子落下前，一切就已尘埃落定了。9月，一个出人意料的公告发布了，汤姆·约翰逊，这个奥蒂斯·钱德勒亲自选定，之后挖来谢尔比·科菲做主编的社长，却往上走了几层，去负责所谓"更宏观的业务"，比如新闻纸供应。公告解释，从现在起，社长的位子将交给戴维·拉文索尔，他曾在《纽约先驱论坛报》和《华盛顿邮报》工作过一段时间，随后去了《今日新闻》（他做主编，之后是社长），自1987年起，一直担任时代镜报母公司的主席，以及，主要因为他在《纽约今日新闻》时，在皇后区击败了《纽约时报》，由此声名鹊起，知道如何打赢一场《时报》想要在橙县赢得的局部战争。戴维·拉文索尔跟谢尔比·科菲一样，在公司里被叫作**东部人**。

随后，在1989年10月11日，报纸全新改版，此报声量最大的读者们中，有不少人每天早晨都拿它跟《纽约时报》全国版对比，对这次改版的反馈较为负面。似乎《时报》的部分读者不想要头版的彩色照片。这些读者似乎也不喜欢新闻摘要，或者新闻简报，或者小方块里的故事背景综述，只有三四句话，没有从句。一个尼格湖的订阅用户在给主编的一封信中，自称"心碎不已"。一个坦普尔城的读者称，这些调整"背离了我坚信的标准，让我简直不敢相信"。到12月1日，甚至加州理工的学生报纸《加州科技报》都开起了《时报》的小玩笑，自称是"全新，更快版本的科技报"，而且号称决定"要把

---

[a] H. R. Haldeman（1926—1993），尼克松任内的白宫幕僚长，以其铁腕风格、信息控制与强执行力而著称，是尼克松最为信任的幕僚之一，在水门事件中因参与掩盖行为被判入狱。

所有文字故事换成图片，以此增加头版上的信息量"。《时报》自己失物招领的分类栏里，夹在秋田犬的寻狗启事（"身上有文身"）、沙特阿拉伯航空证件寻物启事和寻找镶嵌白金祖母绿形切割的四克拉钻石戒指（"有情感价值"）的启事中，有一张纸条，明显是一群《时报》自己的记者放的："洛杉矶时报：最后一次见到时，处于伪装成《今日美国》[a]的诡异状态。如果找到了，请归还至时代镜报广场。"

"今日美国"这个词，在全新更快版本出来后几个月里，经常出现，如同"新可乐"和"迈克尔·杜卡基斯"。传言说，谢尔比·科菲和戴维·拉文索尔让市场营销部门控制了这份报纸。传言说，市场营销部门决定把报纸缩减至地区版本，特别是橙县版本，然后把地区版本缩减成郊区买手集锦。传言说，这份报纸会有意进行低级化处理，迎合营销人员和骨干编辑在橙县做的录像焦点访谈讨论里那几千号人的兴趣和冲动（少点要读的东西，多点本地新店公告）。一个新版本的报纸和杂志通常，不可避免地，会指出所谓产品缺点，然后坚称正因如此，才会推出这个特别的全新版本——广告强调了新版本《时报》的超强可读性，如此简单，如此轻量，读者花一点点时间就能看完——这让很多人觉得，这份报纸铁了心要变得更轻更薄。"读它，"《时报》展架宣传单命令人们，"快。"

可想而知，这个全新更快版本的设计师变得敏感易怒，甚至完全失去耐心。有疑虑的人日渐被视作冥顽不灵、思想封建，是改革马槽里暴躁的狗[b]。"你看看这个，"纳尔达·扎基诺，橙县版本的主编，也是新版设计的关键角色之一，挥舞着那天早晨的《今日美国》和《时报》，命令我说，"它们看起来一样吗？不。它们看起来完全不一样。我知道报社内有些负面评价。'这就成了《今日美国》。'他们这么讲。嗯，看看它。它不是《今日美国》。但我们是一份报纸。我们希望人们读报纸。这么多年我都在拼命努力，想让人们去看报纸。即便有社内批评，我们从来没收到外面的批评。反响都非常，非常好。"

谢尔比·科菲提到了沃尔特·伯纳德在1977年为亨利·阿纳托尔·格伦沃尔德[c]做的《时代》改版。"他们被愤怒淹没了。"他说，"他们收到了成千上万封来信，几百个取消订阅。我记得第一次见到这种

---

[a] USA Today，美国日报媒体，文章风格相较《纽约时报》等报纸更加简单易读。

[b] "马槽里的狗"，古希腊寓言故事，形容自己不做事，也不让别人做事的人。

[c] Henry Anatole Grunwald（1922—2005），出生于澳大利亚的美国记者，曾任《时代》杂志主编，以及《时代》集团总编辑。

阵仗，我吓坏了。事实上我都在想他们是不是疯了。他们变成彩色的。他们变了栏目，字体也不一样了。但几年后，这成了最成功的改版之一，或许是最成功的。我觉得你不得不接受，因为现实如此，大家得要六个月到一年时间才能习惯。"

普遍观点认为，改版计划的出现，最初是为了应对橙县版本的需求，于是围绕着这份报纸，一种恐慌滋生了。人们用电子邮件传着谣言。人们争论着是否该放任橙县版本让当地活动公告占据头版头条（"今夜：蒂托·普恩特将为圣胡安卡皮斯特拉诺带来他的全明星拉丁爵士表演……普恩特，莎莎舞音乐巨匠，纽约著名蓝音符俱乐部一个炙手可热的新秀。时间：晚上8点。卡米诺卡皮斯特拉诺，考奇酒店。门票：19.5美元。 热线电话：（714-496-8930"），却还挂着《时报》的名字。人们发现橙县版本逐渐不怎么叫自己《洛杉矶时报》——有些人打电话来，急切地想要到订阅《橙县时报》的联系方式。人们用动词"驱动"的不同形式互相折磨，比如说"市场驱动"和"用户驱动"，"许多人说这份报纸是市场驱动的，但它不是，它的真正驱动力是新闻"，"不同于《国家》杂志之类的报刊，这份报纸有很多不同的驱动力"。（我在《时报》的那几天听到的故事里，区分《时报》和《国家》杂志的必要性，或许是最有趣但绝不是唯一一个牵强的论点。）

一系列不同寻常的人事调动，并没有安抚沸腾的情绪。1989年11月的第一周，《洛杉矶先驱报》停刊了，许多它的专栏作家、体育、艺术和娱乐撰稿人立刻开始出现在《时报》上。一周多后，丹尼斯·布里顿，曾经和谢尔比·科菲及另外两个编辑是《时报》总编辑职位最后的强力竞争者（汤姆·约翰逊要求四个候选人提交报告，分析《时报》的内容，以及哪里还可以改进加强），不再担任《时报》副主编，接受了《芝加哥太阳报》主编职位。一周后，公司宣布自1971年起担任《时报》评论版主编的安东尼·戴将会被托马斯·普拉特取代，他曾经负责《纽约新闻日报》部分独立的评论和专栏版，并被期许能为橙县发展同类的业务。在那时的动荡不安中，一些人很容易会认为这些变动都是一脉相承的，比如，安东尼·戴离开评论版是因为新的快阅读，或者因为时代镜报董事会里有些人偶尔流露的对报纸评论部在某些议题上立场的不满，尤其是在中美洲政策上强烈的反政府倾向。安东尼·戴说，他只被告知"是时候作出改变了"，可以给他一个记者的职位，并且分配给他一条线（"现代社会的理念和意识形态"），他可以直接向谢尔比·科菲汇报。"上周六有一个奇怪的、感人到诡异的给托尼的派对，汤姆·约翰

亨利去后

逊在派对上讲话了,"在戴被解雇后不久,一个《时报》的朋友写给我说,"而且他们给托尼唱了歌——其中有首《昨日》,把词都改成了'托尼日'('为什么他必须走,我们不知道,他们不说')。"

正如《时报》里有些人的看法,这个问题有一部分是因为谢尔比·科菲和戴维·拉文索尔和《时报》里其他人没有多少共同经历。许多《时报》的人觉得谢尔比·科菲看上去深不可测。他似乎给自己布置了神秘任务。他的行为举止基本上是南方风格,在洛杉矶却很陌生。他的妻子玛丽·李,对《时报》很多人而言,同样难以理解,一位优雅的南部女士,看上去像是终身棉花少女[a],实际上是名医生,甚至不是妇科或儿科医生,而是创伤外科医生,在帕萨迪纳的亨廷顿医院急诊室工作。"急诊室的黄金法则,"在玛丽·李·科菲抵达洛杉矶不久,我第一次见她时,她慵懒地说。她穿着一件白色安哥拉毛衣,"就是吊着他们的命,直到8点5分。"

谢尔比·科菲和戴维·拉文索尔两人一起,展现出了这样一个企业角色,昭示了《时报》的新基调:更轻,或许有点更无情,也更市场导向。"自1881年,《时报》就开启了它辉煌的新闻之路,"那时,一条《时报》求助广告上写着,"随着迈进第二个百年,我们已经成为美国最大报纸之一。为了帮助我们保持领先地位,我们现在需要一位宣传文案。"新闻编辑室里有些人开始把这两位叫作第1街克里普斯帮(克里普斯帮是洛杉矶当地知名帮派,而《时报》的大楼在第1街上),把他们的改革叫作"驾车枪击"。他们总是被称作"关系网全在华盛顿或纽约的人","用东部脑袋思考洛杉矶想要什么或值得什么的人"。谢尔比·科菲的新主编被叫作"复制娇妻"[b],谢尔比·科菲自己则被当面叫成"新闻界的丹·奎尔"。(这个当面叫外号的记者没有被《时报》开除,表明了这家报馆包容本质,还有科菲对异议兼收并蓄的决心。)1989年圣诞季,他一张照片被放大,上头钉了一顶红帽子,出现在《时报》一个栏目里。"他知道你什么时候睡觉,"巨作上写着,"以及跟谁一起。"

所谓科菲和拉文索尔是**东部人**,一直都不是什么深层问题。**东部人**,这个词在洛杉矶的意思比第1街克里普斯帮更难解释。它同时具有傲慢和自我防卫,跟地理也没

---

[a] Maid of Cotton,1939年到1993年每年举办的选美比赛,选手来自生产棉花的州或县。
[b] The Stepford Wives,1975年上映的电影,电影里,一群有钱男性把妻子改造成唯命是从的机器人。

有多大关系（自己是从东部来的人也经常鄙夷别人是**东部人**），而是一种难以无法拆解的复杂心理。在当地人看来，一个**东部人**会坚信洛杉矶只有西区那一块，只有影视工业。而且**东部人**甚至都不理解影视工业：他们1月过来玩，在斯帕戈餐厅吃饭，抱怨景色都被广告牌和电影广告给毁了，完全不明白对斯帕戈餐厅窗边桌的常客而言，电影广告才是最好看的景色。**东部人**把洛杉矶叫作洛城、梦幻之城、左岸。"我猜你来这应该很高兴吧。"东部人在纽约遇到加州人时会说。"我猜你还可以经常看《时报》。"**东部人**在他们的1月洛杉矶之旅时说，他们指的是《纽约时报》。

东部人几乎不看《时报》，即便看了，也会抱怨文章太长。"他们必须改进。"当我提到《时报》正在经历变革，一个《纽约时报》的编辑说。他说这份报纸以前"没有可读性"。他说，它是"一大团灰色"。我问他什么意思。"这些文字占据了整个版面，"他说，"然后故事中断，到下一页又开始了。"他说这句话的那天，《纽约时报》头版上八篇文章里有七篇都跳到了其他版面。"东部那块有谁关心啊？"当我说要写《时报》的变革时，一个内部人问我，"如果这事儿发生在《纽约时报》，那《华盛顿邮报》上肯定全都是这事儿。"

当洛杉矶人说起《时报》发生了什么，他们说的是比这份报纸本身任何真实的、猜想的、令人恐惧的改变更难定义的事，事实上，报纸的改变看起来还不错。一天一天，《时报》其实没多少改变。似乎有时专栏一比以往少了点全国新闻分析。似乎多了一些合作性软广，由《先驱导报》停刊后的专栏作家和艺术评论家负责。但"全新更快版本的《时报》"（或者，按先前广告词里说的，"全新、快阅读《时报》"）每天登载的字数还是多于《新约》。每周刊登的新闻专栏还是多于《纽约时报》和《华盛顿邮报》。文章长度还是无人能及——比如，戴维·肖在1990年1月关于麦克马丁虐童案的系列报道，就长达1.7万字。该报社论在托马斯·普拉特治下，跟安东尼·戴时期一样强硬。它的记者还是用不会出现在别的报纸上的细节丰富着故事，比如（1990年1月1日，肯尼思·弗里德发自巴拿马）将近125个记者在巴拿马停留不到十二个小时，没踏出霍华德空军基地一步，因为他们被告知巴拿马城里正在发生巷战（"外面在打仗。"一个通讯员告诉他们），之后他们接受了南方司令的提议，坐飞机回迈阿密。

更重要的是，《时报》开始了激进的地区新闻报道，这不是该报的传统强项，以及更多的"特别报道"，8到14页的栏目，无广告，提供了一种全方位新闻杂志报道，比如关于中国，或者东欧，或者1989年10月北加州地震，或者南加州环境现状。大概1989年圣诞节前一周，谢尔比·科菲开办了日报"莫斯科版"，一份6到8页的当日《时报》报道精选。这个莫斯科版本在洛杉矶制作，再传真至《时报》莫斯科分部，然后送到大概125位苏联官员手中，结果莫斯科版大获成功，莫斯科分部还收到了苏联外交部电话，请求《时报》能把报纸发行延长至周末，甚至到圣诞日。

"或许在对抗报纸低幼化的战争里，谢尔比做的比我们知道或者他自己说的更多。"一个《时报》编辑跟我说，他对正在进行的变革有点拿不准，但认为一些员工的结论过于武断，"《时报》基本上没变，这对我来说就是完美例证，能反驳'全新更快版本《时报》里的**新字**'。这么微小的新变化，要是作为采编部门的例行调整来启动，怎么可能得到这么大力度的推广。但它不是来自采编部门讨论。它来自市场调查，所以才能如此大规模地推广。《时报》需要在橙县重启比赛的方法，而这就是那个方法。但你若是想改变一份报纸的某个地方，就得把所有的地方都改掉。只要《时报》打开这个开关，大潮就会席卷整个系统。"

某种程度上说，这种紧张不安与整个**东部人**的难题有关。问题不在于谢尔比·科菲或者戴维·拉文索尔是不是所谓的**东部人**，而在于**东部人**被引入后，社长办公室里再也没有一个钱德勒，再也不会有人天然认为《时报》比起诸如《今日新闻》更重要，再也不会有人理所当然能够深刻地理解《时报》走了多远，洛杉矶这座城市走了多远，这片土地的理念是多么脆弱，多么容易迷失。洛杉矶成了最精心规划、最不放任肆意的美国城市。它的发展走向并非源自地理环境，而是完全源自人的意志，源自一个想法。正是奥蒂斯将军和哈里·钱德勒认为洛杉矶的未来是一个不断扩张的可能，并且教导《时报》的读者，想要实现那样的未来，到底需要什么。正是奥蒂斯·钱德勒阐述了这个愿景，定义了《时报》的影响力范围是区域性的，从圣巴巴拉到边界，从山到海，他告诉《时报》的读者，这就是他们想要的。

如今的《时报》似乎正在对读者讲述截然不同的故事，基于的逻辑不是无限扩张自然伴随无限机遇，而是降低风险，是商业逻辑，顺着这个逻辑，到了某个节点上，《时报》的利益跟洛杉矶的利益可能已经不再重合。"你跟橙县的人聊一聊，他们不想知道洛杉矶的新闻。"戴维·拉文索尔在1989年11月末一个下午说，"我们做了调查。问他们，他们想看什么新闻，洛杉矶新闻得分非常，非常低。"

我们聊了他感觉南加州是分裂而非联合的，聊了一个《时报》编辑说的，文图拉、圣迭戈和橙县势力均衡的新兴社区"对洛杉矶极端疏远"。对洛杉矶极端疏远正是橙县版被给予独立权限的原因。

"我在纽约市场打拼了很多年，不管哪个角度来说，这都是个更复杂的市场，"戴维·拉文索尔说，"《纽约时报》和其他一些报纸传统上就能连接整个纽约社群。这里就难多了。如果有什么事能团结整个地区——任何重要的事，任何除了棒球的事——大概就是《时报》了。但现在人们都只想着自己。他们不会考虑整个地区。部分是因为交通、工作、交流困难，或者其他什么东西，但也是因为生活方式。橙县的人不喜欢洛杉矶西区。他们也不喜欢洛杉矶南区。他们什么都不喜欢。他们在县界上排成一排，背对着洛杉矶。"

许多年前，有人问奥蒂斯·钱德勒，如果《时报》明天停刊，有多少读者会想念它。"或许都不到一半。"奥蒂斯·钱德勒说，也被自己的报纸如此引用。出于一些他的市场调查人员不清楚的原因，无论如何，他一直试图把报纸做到全国最好。在1989年圣诞季，作为传统，在《时报》举办了派对，作为传统，社长要做圣诞祝酒。以往《时报》的社长会强调公司的发展、取得的成绩，并展望未来。今年很不错，戴维·拉文索尔在1989年圣诞派对上说，而且他很高兴这一年终于过完了。

IV.
NEW YORK

纽约

SENTIMENTAL JOURNEYS
(1990)

滥情之旅

1

我们都知道她的故事，但不是所有人都知道她的名字，这是故事中诸多模糊暧昧的地方之一。她二十九岁，未婚，白人，在曼哈顿下城区的所罗门兄弟公司企业金融部门任投资经理，在能源和自然资源组。她作为所罗门团队成员，曾与得克萨斯州的石油股票发行公司合作，其中一位老板说，她工作"极其优异"。她独自住在83街东一间公寓里，是约克和东端之间的一个转租单元公寓，她正考虑买下来。她经常工作到很晚，回家后，通常会换上慢跑服，在晚上8点30分到9点30分之间跑步，穿过中央公园跑上六七英里，顺着东大道向北，接着在靠近102街，连接东西大道的人烟稀少的路上向西，随后在西大道上向南。这条路线之后被一些人质疑，他们通常把公园看作天黑后要避开的地方，另一些人则不同意，他们中更为老练者把市民使用公共区域的绝对权利挂在嘴边（"那个公园属于我们，这一次，没人能把它从我们手里夺走。"龙尼·埃尔德里奇，当时纽约市议员民主党候选人，在《纽约时报》评论版上发文称），他们中另一些人则把"跑步"称为一种先发制人的权利。"跑者都有A型控制人格，他们不喜欢日程被打乱。"一个跑者，职业是证券交易员，在这一点上如此告诉《纽约时报》。"跑步是生活方式的一部分。"另一个跑者说。"我个人非常愤怒，"第三位说，"因为女性应该有权在任但对本案的这个女人而言，这些理论上的权利都没有实现。1989年4月20日凌晨1点30分，她被人发现躺在距离102街连接路不远的地方，衣服被脱光了。她被送去97街东的大都会医院时，生命垂危。失血75%。头骨被击碎了，左眼眼球被打到凹陷下去，大脑皮层特征性皱褶被压平。她的阴道里发现了土和小树枝，说明她遭遇了性侵。直到5月2日，她终于从昏迷中醒来时，六个非裔和拉丁裔青少年因此次袭击和性侵被起诉，其中四个有录像口供，另一个有未署名的音频口供，描述了他们自己在袭击事件中的角色，虽非本愿，但她无意间成了纽约公共生活滥情叙事的祭品。

中央公园噩梦，标题和介绍文字这样写道：青少年狼群在慢跑路线上殴打强奸华尔街高管。中央公园恐怖故事。狼群捕猎。女跑者被流浪帮派野蛮袭击濒死。强奸暴行。公园暴徒说'爆了'，街头黑话，意思是变得狂暴。强奸案嫌犯：'很好玩。'强奸案嫌犯狱中妄言：'她有点滋味。'这些青少年重回看守所，认罪自白血腥且完整。一个大叫'来点伴奏'，然后他们开始对那个'野东西'唱饶舌歌曲。跑者和狼群。一群狂暴者和一个祈祷者。袭击发生后的周一早晨，《纽约邮报》头版是州长马里奥·科莫[a]的照片和标题，**没有人是安全的**，以及一段文字：科莫州长非常震惊，昨日就中央公园野蛮性侵事件讲话："民众感到愤怒和害怕——我母亲，我的家庭也是。对我，一个一辈子住在这座城市里的人来说，绝对敲响了警钟。"

之后人们会记得，那一年还有3254起性侵案，包括袭击案后一周，一个黑人女性在特赖恩堡公园几乎被斩首；两周后，一个黑人女性在布莱克林被抢劫、性侵、强迫肛交，然后被抛到一栋四层建筑的通风井，但这些报道的重点都在于修辞，因为众人皆知：犯罪之所以能成为新闻，是因为它们能够提供一个故事，一个教训，一个抽象概念，无论它有多么荒谬。1986年，珍妮弗·莱文死于中央公园，十八岁，凶手是罗伯特·钱伯斯，十九岁，这个"故事"里充满了杜撰，却几乎没有得到任何澄清。它讲述的并不是那些生活困苦、边缘，渴望往上爬却始终卡在底层的人们，也不是已披露细节中所凸显的德莱塞式对"体面生活"的追求（罗伯特·钱伯斯的母亲是一名私人

---

[a] Mario Cuomo（1932—2015），美国政治人物，于1983年到1994年间担任纽约州长，连续三次当选，任期长达12年，在此之前曾出任州务卿和副州长，行政经验丰富。作为民主党内的自由派代表人物，科莫在1984年旧金山民主党全国党大会上做了重要演讲。1992年他支持比尔·克林顿竞选总统，并在当年纽约举行的民主党大会上发表提名克林顿为总统的演讲。

护士,要上十二个小时的夜班,好让儿子进入私立学校和尼克博克·格雷斯[a]),而是"私校生"[b]们,是熟悉的"太多太快"[c]。

苏珊·布朗米勒花了一年时间,观察新闻对性侵的描写,作为她的研究《违背我们的意愿:男性、女性和性侵》(*Against Our Will: Men, Women and Rape*)的素材。她毫不意外地发现,"虽然纽约市警方数据显示,黑人女性比白人女性更常成为性侵受害者,但小报标题更钟爱的受害者……却是年轻白人中产女性,且总是'面容姣好'。"据苏珊·布朗米勒女士称,1971年,在《今日新闻》对性侵-谋杀案的"四星最终版"[d]报道里,只有两个故事的受害者没在第一段就被描述为"面容姣好":一个故事的受害者是一个八岁的孩子;另一个故事则是对前一天故事的跟进报道,而前一天的报道中已提及"面容姣好"。她发现《纽约时报》那一年不太报道性侵案,而一旦报道,就都是"某些中产,比如'护士''舞蹈演员'或者'教师',最爱的背景则是'中央公园'及同类场所。"作为新闻叙事,"慢跑者"案被认为展现了受害者与被指控的袭击者之间显著的"差异",被指控的袭击者中有四个住在朔姆堡广场(Schomburg Plaza)——位于东哈勒姆第五大道和110街东北角的一栋政府补贴公寓楼;其余的人则住在朔姆堡广场以北和以西的廉租房和翻修公寓里。大概有二十五个青少年被带来问询,其中八个被拘留。最终被起诉的六个,年龄从十四岁到十六岁不等。六个人都没有前科,在个语境里,居然被当作一种难得的"成就";除此之外,在他们的同学看来,一个人对自己昂贵的篮球鞋非常自豪,另一个人则是一个**追随者**(follower)。**我这个人再和气不过,平静、沉着又平和**,六个人中的优素福·萨拉姆以说唱的方式表达自我,这是宣判前,他的自我陈述的一部分。

我这个人最懒散不过,但现在想让你

---

a Knickerbocker Greys,1881年成立于曼哈顿的童军组织,成员多为精英家庭的孩子。

b Preppies,原指就读于预科私立中学(preparatory school)的学生,后泛指家庭优渥、衣着考究、风度翩翩的精英青年。罗伯特·钱伯斯也因此被媒体称为"私校杀手"(the Preppy Killer)。

c *Too Much, Too Soon*,好莱坞影星黛安娜·巴里莫尔(Diana Barrymore,1921—1960)的自传,于1958年被改编为同年电影。黛安娜·巴里莫尔是默片时代著名影星约翰·巴里莫尔的女儿,自小接受了精英教育,但一生饱受酗酒和不幸婚姻的折磨。

d Four-star final edition,报业术语,指每日印刷的最后一版,通常也是内容最为完整的一版。在二十世纪的美国都市日报中,星级表示出刊顺序,通常早报为一星,午报为二星,傍晚或夜版为三星或四星。"四星最终版"即当天的最终定稿版。

亨利去后

知道，所以我开口说：

我习惯了被利用，被虐待，被放在新闻里播……

我不鄙夷他们所有人，只是其中几个。

他们试图贬低我，好像我只有一英寸，是个侏儒、老鼠，不是人，而是别的什么。

与之形成鲜明对比的是，受害者是一个**引领者**（leader），是《时报》描述的"八十年代入侵纽约的年轻职业人浪潮"一分子，是"大方美丽，接受过高等教育，白人"，根据《时报》报道，她不仅"相信他们拥有全世界"，还"坚信有理由如此"。她来自匹兹堡郊区，上圣克莱尔区，是一个退休的威斯汀豪斯[a]高级经理的女儿。她曾经在卫斯理加入了ΦΒΚ，是耶鲁管理学院的研究生，国会实习生，获得过罗德奖学金提名，据她在卫斯理就读时的学院主任回忆，她"或许是十年内最优异的四五个学生之一"。新闻上说她是素食主义者，"爱玩爱笑"，以及，虽然只在"时间允许的情况下"，但还是对（《时报》提供的细节）"美国的商业道德问题充满担忧"。

换言之，就在她处于生死边缘，以及后来的清醒和昏迷之间时，人们还是把她扭曲成了纽约理想的姐妹、女儿、巴克拉克新娘[b]：一个年轻女性，拥有传统中产的特权和未来，如今却变成这样，让很多人忽略了一个事实，这桩公诉案并非铁案。即便公诉方可以用这起袭击性侵案里被告自己的录像口供证明其有罪，但缺乏确凿的法医物证——精液不符、指甲划伤的伤口不符、血型不符——在这类案件中，一般应该有这样的证据。即便陪审团在第二场庭审中最终提到了物证，称这在他们认定一名被告凯文·理查森有罪中起了关键作用，但实际上本案没多少实物证据。在凯文·理查森衣服和内裤上发现的毛发碎片，与受害者的"相似且一致"，但即便是公诉方的犯罪学家也做证称，毛发样本并不是决定性证据，因为不同于指纹，无法通过毛发追

---

[a] 指威斯汀豪斯电气公司（Westinghouse Electric Corporation），由乔治·威斯汀豪斯（George Westinghouse, 1846—1914）于1886年在宾夕法尼亚州匹兹堡创立，以电力与工程技术为核心，在交流电推广与核能技术发展中扮演重要角色，是二十世纪美国工业的重要代表。——译作"西屋"。

[b] 指在巴克拉克照相馆（Bachrach Studios）拍摄婚纱照的新娘。该照相馆于1868年由戴维·巴克拉克（David Bachrach）创立，是美国历史最悠久的照相馆之一，曾为多位美国总统、名人、军官、大学毕业生拍摄肖像。二十世纪以来，许多中产家庭都选择在巴克拉克照相馆拍摄结婚照、毕业照和家庭合照。

踪到特定个人。被告衣服上也发现了尘土，同样，与袭击发生的公园地区土壤一致，但公诉方的犯罪学家承认，这些土壤样本也和公园里其他未开发地区的土壤相似。然而，物证如此之少，可能会招致来自被告方相当猛烈的辩护——纽约著名刑事律师中诸如杰克·利特曼和巴里·斯洛尼克的典型风格——这种说法在接下来几周甚至几个月里，会被批为是对受害者的二次伤害。她是《纽约邮报》的勇气小姐，是《今日新闻》和《纽约新闻日报》的勇气楷模。她对《纽约时报》的安娜·昆德伦而言，是"从尘土中站起的纽约之星，一个历经过最好，最坏，还继续人生，享受生活的纽约人"。对戴维·丁金斯，纽约第一任非裔市长而言，她象征着他对这座城市不切实际的希望："我希望城市能从这件事里学到教训，并从这位在事件中遇袭的年轻女性身上，获得启迪，"他说，"即便历经万难，她还是重建了生活。既然一个人可以做到，那么一个人类社会也可以做到。"甚至后来，她对时任所罗门兄弟公司主席和首席执行官的约翰·古特弗罗因德而言，是"让这座城市如此精彩如此伟大"的个人具象，如今"被我们城市的另一面打倒了，另一面如此肮脏恐怖，正如活力四射的这一面如此美好"。正是在混淆受害者和城市，模糊个人悲剧和公共危险之中，人们才会发现罪恶的"故事"，它的教训，及其结局里的美好愿景。

此案的受害者如此轻易被抽象化，其境遇如此轻易被拿来代表城市本身的境遇，一个原因是她作为性侵的受害者，在大部分新闻报道中却处于匿名。虽然不披露性侵案受害者的名字是美国和英国媒体的传统（法国媒体会披露性侵案成年受害者的名字），这出于人之常情，为了保护受害者，但对这种特殊保护的合理化，却是基于一些漏洞百出，甚至不切实际的假设之上。给予性侵案受害者其他袭击案受害者所没有的保护，这种传统是在假定，性侵案里存在着其他袭击案中所没有的侵害。这种传统假定，这种侵犯理应保密，因为性侵案受害者会感受到这种袭击独有的羞耻感和自我唾弃，而一旦身份泄露，她的感受会更为猛烈；换言之，她是自己遇袭事件中模糊不清的参与者，这类受害者和袭击者之间有一份特殊的契约。最后，这个传统假定，一旦这种特殊契约被公之于众，受害者会沦为猎奇的天然客体；男性的插入动作拥有如此强大的神秘力量，被插入的女性（与之相反的，比如她的脸被棍子打烂了，或者她的脑袋被一根长管贯穿）被永久地标记了，"不一样了"，甚至——尤其是在受害者和施暴者间有种族和社会"差异"时，就像十九世纪故事里，女人被印第安人掳走了——"毁了"。

亨利去后

这是非常典型的男性视角假设（女人都不想被性侵，她们也不想脑子被打烂，但几乎没人会弄混二者的区别），总体而言，容易变成自我证明的预言，引导受害者用她保护者的逻辑定义她的遇袭事件。"我们把性侵和其他暴力区别开来，最终是在伤害女性。"达特茅斯道德伦理研究所主任德尼·埃利奥特，在《时代》一场讨论中，针对这种传统如是说。"通过区别对待性侵受害者，我们正在集体参与这种性侵羞辱。"《得梅因纪事报》主编热纳瓦·奥弗霍尔泽，在谈起她在1990年2月发表一篇报道的决定时说，这篇报道有五部分，关于一位愿意公开姓名的性侵案受害者。"当我们整个社会拒绝公开讨论性侵时，我认为我们正在削弱自己应对它的能力。"苏珊·埃斯特里希，哈佛法学院教授，也是迈克尔·杜卡基斯1988年总统竞选班底的负责人，在《真实性侵》这本书里，谈起了她自己1974年遭遇性侵后的情感挣扎：

起初，被性侵是你根本不想提起的事。然后你突然发现，那些家里进贼的人，或者在中央公园被抢的人，一直在讲着这些事⋯⋯如果这不是我的错，为什么我应该感到羞耻？如果我不羞耻，如果这不该只是"个人的"事，那为什么在我提起的时候，你们看起来那么顾虑重重？

在1989年中央公园袭击案中，有一些特殊情况加强了这种不该公开受害者姓名的传统。根据对她进行检查的大都会医院医生的说法，以及嫌犯的口供（她本人不记得那场袭击和后来六周内发生的事），很显然，她被不止一人性侵过。她遭受殴打，手段极其残忍，大概十五个月后，双眼都无法聚焦，也无法脱离辅助行走。她失去了嗅觉。她阅读时有重影。她那时被诊断永久性地丧失了大脑的部分功能。

基于这些情况，无论是受害者的家庭，还是受害者自己，都不愿将名字公之于众，这立刻引起了广泛的同情，像是一种对她在中央公园里未得到保护的补偿。然而在这个案件中，有一种特殊的情感暗流，某种程度上来自美国黑人历史中，有关性侵白人女性这一符号的深刻而隐晦的联系和禁忌。在许多黑人集体记忆中，性侵是他们受害者化的重要核心。黑人男性被指控性侵白人女性，然而与此同时，正如马尔科姆·X[a]在《马尔科姆·X自传》中写的，黑人女性被"白人奴隶主性侵，直到开始出现一个家庭制造，手工打造，洗脑彻底的种族，不再是它原本的颜色，甚

---

[a] Malcolm X（1925—1965），美国黑人穆斯林牧师、民权活动家。

至永远不知道真实的家族姓氏。"白人男性和黑人女性性接触的频率,反而加强了黑人男性和白人女性类似接触的禁忌之力。W. J. 卡什[a]在《南方思维》(The Mind of the South)中写道,废除奴隶制:

……从根本上摧毁了黑人的桎梏,给他打开了至少法理上向上流通的机会,对每个南部人来说,这不可避免地打开了一幅新图景,终点是推翻这层禁忌。假如黑人被允许向上流动,谁能说(再次重申,他天生低等的这种主义逻辑站不住脚)有一天他不会一路走到最高处,然后主张完全平等,包括,尤其是最为关键的婚姻权?

因此,南部人觉得,黑鬼提出的关于任何事情的任何主张,都在事实上构成了对南方女性的攻击。他们所看到的未来(或多或少是故意如此),是在重建时代[b]的大背景下,女性将会走向下贱,跟性侵本身一样。而且,无论这是否符合逻辑,他们都对此都非常笃定,就像性侵一般,把这种未来强加在女性身上;因此,在这种情况下,"性侵"这个词本身就等同于**事实上**的行为。

在这个案件中,性侵概念不是唯一一个潜藏的危险暗流。对美国黑人而言,关于"命名"这个问题,历史上有一整套冗长复杂的称呼:奴隶名,主人名,非洲名,用我正当的名字唤我,没人知晓我的姓名;在黑人男性因叫了白人女性的名字而被鞭打的故事里,命名的特殊意义和性侵的意义直接锁定。很明显,在本案中,正是历史材料的交错覆盖,才成功点燃了憎恶和酝酿中的仇恨,而同样明显的是,一些最终发生的事——不断讨论私刑处决、被告对斯科茨伯勒男孩的认同、令人恼怒的不断重复受害者名字、诡异且自我辩护地坚称没有性侵而受害者也几乎没有受伤——其动力都来自这个历史包袱。"几年前,如果一个白人女性说一个黑人男性色眯眯地看着她,他会被吊起来,比开花的木兰树还高,一个白人流氓会一边欣赏,一边喝茶吃饼干。"优素福·萨拉姆的母亲提醒《阿姆斯特丹新闻》的读者道。"在美利坚合众国,当一个白人女性被性侵,你做的第一件事就是逮捕一群黑人年轻人,我觉得这就是现在正在发生的事。"哈勒姆的阿比西尼亚浸信会

---

a W. J. Cash(1990—1941),美国记者,在完成《南方思维》后不久便自杀身亡。
b Reconstruction,指1865年至1877年的历史时期,是美国南北战争之后国家重建,以及让解放的黑奴融入社会的时间段。

亨利去后

教堂的神父卡尔文·O. 巴茨三世告诉《纽约时报》。"因为我说出了跑者的名字，所以现在你要逮捕我吗？"加里·伯德在自己的 WLIB 广播节目上反问道，他的话被埃德温·戴蒙德在《纽约杂志》中引用了：

　　我的意思是，她显然是个公众人物了，而且很神秘，我可以这么说。嗯，我们住的这个搞笑的地方叫美国，而且我们应该对他们正在耍的惯用伎俩感到震惊吗？最开始就是这个伎俩让我们到这一步的。

　　这反映了不公开受害者姓名所带来的问题之一：她其实一直被命名着。法庭上的每个人，每个报社或电视台的记者，或者无论为了什么专业原因而跟进此案的人，都知道她的名字。在所有法庭记录和庭审中，都以本名称呼她。在袭击案发生后的几天，她在当地电视上有个名字。她经常被赋予各种各样的名字——这是困难的一部分，部分导致了未给她命名的人的自尊自大和给她命名的人的神经过敏——在曼哈顿的黑人报纸，《阿姆斯特丹新闻》和《城市太阳报》上，在 WLIB 上，她同样有了个名字，这家曼哈顿广播台的拥有者是黑人，包括珀西·萨顿[a]，直到 1985 年，他把他的股份转让给了儿子，市长丁金斯。

　　中央大街和 96 街以北地区的人知道她的名字，但两地中间的人不知道，这造成了一定的公众认知混乱，尤其是就连青少年嫌疑人的名字都被警方和媒体在庭审宣读指控（更别说正式起诉）之前公布了。"警察一般会对涉案未成年人的名字进行保密，"《时报》解释道（实际上警察一般会保密涉案"青少年"的名字，或者十六岁以下的未成年人，但不包括十六岁或十七岁的未成年人），"但官方说鉴于该案的恶劣程度，他们公开了参与袭击这位女性的青少年嫌犯的名字。"这里似乎有个可辩论的点，"该案的恶劣程度"似乎不再是一个应避免武断下结论的充分理由，审慎起见，应当隐去未成年嫌犯的姓名；但警方公布和《时报》刊登出的其中一个名字属于一位十四岁少年，而他最终没有被起诉。

　　最开始，此案里有些部分警察和检察官没处理好，也有其他部分媒体没处理好。纽约州法律规定，十六岁以下儿童如要接受审讯，必须有父母中一方或监护人在场，警察说从市政交通公交卡上看，优素福·萨拉姆已年满十六岁，但实际上他只有十五岁，警察却坚持审讯，而他的母亲等在外面，这看起来策略上很不明智。琳

---

a　Percy Sutton（1920—2009），美国政治和商业领袖，马尔科姆·X 的法定代表人。

达·费尔斯坦,负责曼哈顿性犯罪的地区助理检察官,在警署里无视了那位母亲关于儿子十五岁的说法,并且后来在法庭上声称她对男孩的年龄了解非常模糊,因为那位母亲用的词是"未成年人",但这似乎也是不明智的。

戴维·诺琴蒂,一个联邦助理检察官,在"兄长项目"[a]中与优素福·萨拉姆结对,并应他母亲的请求来到警署,琳达·费尔斯坦却告诉他,他在这里"没有法律上的位置",而且她会给他上司发一封投诉信,这似乎同样是不明智的。在这个还未尘埃落定的案子里,警察遵循惯常操作,用他们的话复述雷蒙德·桑塔纳最初的口供,这看起来不够谨慎,因为警察的话一定会让法庭上一些人心生怀疑,比如一个被审讯一整晚到第二天下午的十四岁少年说:

1989年4月19日,大概晚上8点30分,我在113街和麦迪逊大道附近的塔夫脱公寓。我在那跟好几个朋友在一起……大概9点,我们全部人(我和其他大概十五个人)在麦迪逊大道往南走到110街东,然后往西走去第五大道。在第五大道和110街,我们遇到了另外一群人,大概十五个男性,他们跟我们一起从那个地点进了中央公园,他们想抢劫路过骑自行车和慢跑的人……

本案中,大多数被告都有录像口供,承认在袭击和性侵案中至少有参与,在这样一个案子里,这种对信息收集和传播的漫不经心看起来很奇特,而且对他们自己不利,是一种迫于压力或不经思考的标准流程,这不仅给黑人群体的恐惧、愤怒和阴谋论火上浇油,而且让一个原本从认罪供述来看铁证如山的案子,暴露出了疑点,这种疑点最终让陪审团在前三个被告的审判中,意见僵持长达十天,在接下来两个被告审判中,僵持了十二天。《曼哈顿律师》在1990年10月刊报道,陪审团在第一个审判中无法达成一致的原因是,其中一位陪审员罗纳德·戈尔德,"对(安特仑)麦克雷在认罪录像里讲的故事和检察官的描述之间有矛盾之处,感到非常困扰":

为什么麦克雷要把性侵场景放在蓄水池旁,戈尔德问,但所有证据都指向发生地在102街交叉口?为什么麦克雷说跑者是在她摔倒的地方被性侵的,而公诉方说她首先被拖拽了三百英尺,进了林子?为什么麦克雷描述自己压住她的手,而她被发现时是被捆着,而且嘴被堵住?

在过去的两天,辩论白热化,陪审员

---

a Big Brother program,美国非营利组织,把成年志愿者和未成年结成对子,引导未成年人成长。

们从戈尔德的（麦克雷）清白阵营里进进出出……

在陪审团第五次观看了麦克雷认罪录像后，米兰达（拉斐尔·米兰达，另一位陪审员）已经熟稔于心，在他用麦克雷自己的话反驳戈尔德的观点时，甚至可以引述录像画面下的时间码。（录像中，麦克雷承认在受害者衣服被扒掉时，他压住受害者左臂，又主动供述，自己"在她身上"，说他侵犯了她，但没有勃起，"这样每个人就会……只是知道我干了"。）给戈尔德的压力日渐增加。三个陪审员都同意，很明显，戈尔德可能被自己的情绪和其他事情压垮了，最终精疲力竭，选择屈服。虽然沮丧的戈尔德告诉其他陪审员，最终妥协让他心里很不舒服，但布鲁兰德（哈罗德·布鲁兰德，另一个曾经认为麦克雷是清白的陪审员）认为这是程序的一部分。

"我很希望能有天告诉龙尼，神经紧绷的疲惫感是法庭体系自带的一个要素。他们都知道，"布鲁兰德聊起法庭工作人员时说，"他们知道我们将只能忍受这么长。这只是，你知道的，谁够硬气能坚持己见的问题。"

这个案子引起的公众情感已经定型，以至于哪怕只是一个陪审员，可能对公诉方存有哪怕只是那么一瞬的质疑，更别提持续了十天的质疑，对这座城市的很多人而言，都无法理解，甚至无法想象：跑者袭击事件在那时已经成为叙事，关乎对抗的叙事，关乎科莫州长说的"绝对敲响了警钟"，关于这座城市哪里出了问题，关乎解决方案。这座城市的问题已经被找了出来，名叫雷蒙德·桑塔纳、优素福·萨拉姆、安特仑·麦克雷、卡雷·怀斯、凯文·理查森，以及史蒂夫·洛佩斯。"当他们在中央公园肆意妄为，折磨和摧毁他人的时候，他们绝对想不到今天。"在前三个被告宣判后，鲍勃·赫伯特在《纽约今日新闻》中写道：

这个念头不可能闪过他们癫狂的大脑。结党而行，他们会嘲讽这个想法。他们会大笑。

然而这发生了。最终，优素福·萨拉姆、安特仑·麦克雷和雷蒙德·桑塔纳被一个女人钉死了。

周六晚上，伊丽莎白·莱德勒站在法庭里，看着三人被押向监狱……在庭审期间，她看起来只有又高又瘦的萨拉姆一半高，他在证人席上对她冷笑。萨拉姆显然太过愚钝，不清楚莱德勒——这个瘦小、声音柔和、一头卷发的检察官——是跑者的复仇女神……

你能发现她的思绪在别的地方，她正在想着那位跑者。

你能发现她在想着：我做到了。

我为你做到了。

要如此行，为的是记念我[a]：于是解决方案，或者是如此说服人心的神话这般暗示，是吞下这位跑者符号中的身体和血，此刻，对她的理想化已经完成，并且极致呈现于细节中，强调着她的"差别"，或者更尊贵的阶层。跑者的样子是，据《新闻日报》称，"修长脖颈上绕着轻盈金链"，以及据《纽约今日新闻》描述，戴着一个"不粗不细的"金戒指，涂着"薄薄一层闪亮的"口红。在《邮报》中，跑者甚至不会"屈尊看那些被诉的袭击者一眼"。据《纽约今日新闻》描述，跑者一口"播音腔"，所以这口音可能"对很多纽约本地人来说都有些陌生"。《时报》注意到，第一次出现在证人席上时，她被迫面对"大多数人一辈子都不必在大庭广众之下回答的问题"，基本上是关于袭击发生前的一个周日，她使用相机光圈的事，她回答了所有问题，根据《今日新闻》社论的说法，是带着"坚毅不屈的尊严"，给整座城市上了一堂"关于勇气和阶级"的课。

对想象中完美品质、气度、品位浓墨重彩的描绘会导致曲解和缺失细节，最终呈现的并非真实犯罪案件中真实的受害者，而是一个稍早时代的虚构角色，一个锦衣玉食长大的处女，她的存在惠泽了这座城市，回报却是"真实世界"的滋味。与之对比的，被告们被描绘得无法理解这些细微差别，对常识和中产生活的装备一窍不通。"你有跑步服吗？"伊丽莎白·莱德勒问优素福·萨拉姆，试图以此攻击他说法的可信度，后者称在那一晚去公园只是"四处走走"。他有没有"跑步服"，他有没有"运动装备"，他有没有"一辆自行车"。一种有毒的怀旧感充斥整个案子，一种对纽约的渴望，这个纽约一度似乎只会关心"运动装备"，关心购物和消费，而非富裕与贫穷：这个受害者必须匿名的原因是，她去布卢明代尔百货时可以不被认出来，这个惊人言论来自《纽约邮报》主编杰里·纳赫曼，随后来自另外一些人，他们似乎在此案中找到了一种特殊共鸣。

一些主角是年轻白人中产女性的纽约故事，上不了评论版，也不一定能上头版。1990年4月，一个年轻白人中产女性，名叫劳丽·苏·罗森塔尔，在一个传统犹太家庭长大，二十九岁时还与父母一

---

[a] Do this in remembrance of me，典出自《圣经》。耶稣在最后的晚餐中拿起饼和杯，祝谢后分给门徒，并称"这是我的身体，为你们舍的""这杯是用我的血所立的新约，你们每逢喝的时候，要如此行，为的是记念我"，故而基督徒们会在圣餐中以吃饼、喝红酒的方式来纪念耶稣。

亨利去后

起住在皇后区杰梅卡，据验尸官报告，她在曼哈顿68街东36号一间公寓内，死于达沃凯特[a]和酒混合后的意外中毒。这间公寓属于一个男人，据她父母说，她跟这个男人在一起大概一年，男人名叫彼得·弗兰科内里，一个小小的城市助理专员。彼得·弗兰科内里在建筑部门负责房屋电梯和锅炉检查，已婚，用毯子把劳丽·苏·罗森塔尔的尸体包起来，连同她的手提包和身份证，一起扔在了房子外的垃圾堆里，然后去了位于哈得孙大街60号的办公室。之后，911接到一个匿名电话。弗兰科内里没被盯上，直到她的父母给了警方他的传呼机号码，跟他们在她的通信录里找到的一致。《新闻日报》对此事的报道远比《今日新闻》《邮报》或《时报》详细，报道称：

警方最初报告显示，罗森塔尔身上没有可见伤痕。但罗森塔尔的母亲，西尔，昨天说，他们家被告知，尸检报告表明她女儿尸体上有两处"不明淤伤"。

拉里和西尔·罗森塔尔称，这些发现似乎支持了他们的怀疑，他们女儿情绪非常低落，因为他们在周四凌晨3点接到了女儿的电话，"说他打了她。"他们把这段谈话告诉了警方。

"我跟她说，拦一辆出租车就回家吧。"拉里·罗森塔尔昨天说，"然后我听到的就是两个警探告诉我这些不幸的事。"

"ME（法医）说这些淤伤不能构成殴打，但他们会继续调查。"西尔·罗森塔尔说。

"确实是有一些小淤伤。"几天后，首席法医办公室发言人告诉《新闻日报》，但这些淤伤"不是导致她死亡的原因"。这值得复盘：一个年轻女人在凌晨3点给父母打电话，"伤痛欲绝"。她说她被家暴了。几个小时后，在麦迪逊和公园大道之间的68街东上，几步之外是波托、普拉泰西[b]、阿玛尼、圣罗兰和韦斯特伯里酒店，在这一日，纽约邮编10021的片区[c]里，吉姆·巴克[d]的驯狗师正在聚集早晨散步的狗群，亨利·克拉维斯[e]的宾利车正停

---

a Darvocet，一种处方镇痛药，主要成分为丙氧苯酚与对乙酰氨基酚，曾在美国广泛使用，后因其具有心脏毒性，于2010年被美国食品药品监督管理局撤市。

b 波托（Porthault）与普拉泰西（Pratesi）均为床上用品奢侈品牌。

c 指纽约曼哈顿上东区。

d Jim Buck（1931—2013），出生于曼哈顿精英家族，1960年辞去工作，成为一名专业遛狗员，之后开了一家宠物狗培训学校。

e Henry Kravis（1944— ），投资公司科尔伯格-克拉维斯-罗伯茨（KKR）的创始人之一。

滥情之旅

在他公园大道公寓门外,建筑工人正在弗里克博物馆旁边,加班加点,给比尔·科斯比[a]和稀有牌(The Limited)女装集团老板改造价值数百万美元的房子,然后某个时刻,这位年轻白人中产女性的尸体,身上带着淤伤,被扔进了垃圾里。

"事情闹这么大,只是因为他的身份,"一个不愿透露姓名的警察后来告诉《新闻日报》的吉姆·德怀尔,**他**指的是把年轻女人扔进垃圾堆的那个男人,"换作别人,根本闹不出什么动静。最多开张传票,事情就了结了。"劳丽·苏·罗森塔尔的死亡确实也没闹出什么动静,这看起来天然是个小报故事,但在好几个地方,却没能引起当地的遐想。首先,她无法被修剪成小报热衷的受害者角色,这种角色通常在故事里饱受命运捉弄(无论出于什么原因,劳丽·苏·罗森塔尔没有选择回家的出租车,而是选择吃下达沃凯特,她父母说这是为了治疗安定依赖,而且她应该知道弗兰科内里的已婚身份将近一年了,但还是跟他在一起);其次,她没上过贵族学校,或在光鲜亮丽的行业工作(不是常青藤,不是华尔街高管),所以很难把她塑造成"让这座城市如此精彩如此伟大"的一分子。

1990年8月,彼得·弗兰科内里认罪了,罪名很轻,非法毁坏尸体,刑庭法官彼得·贝尼特斯判他七十五小时的社区服务。这既不出乎意料,也不算个故事(在《新闻日报》里只有二十三行,在城市版的29页),对此案宽大处理,让很多人松了口气。地区检察官办公室已经申请要求"一些徒刑",徒刑时间经常被描述为"一丁点儿",但据说没人想要绞死这个男人:彼得·弗兰科内里是那种认识很多人的人,知道如何在这座城市里生活,比如他不仅在麦迪逊和公园大道之间的68街东上有间公寓,还在南安普敦有栋房子,他还知道把尸体扔进垃圾堆里,这不是什么值得大惊小怪的事,只要处理得当。或许,这种想法才是这座城市真正的"最终敲响的警钟",却不是城市想要认可的警钟。

2

中央公园跑者袭击案后最初几天,冒出来的花边新闻里,或许最吸人眼球的,是一部分纽约人显然相信这座城市治安相当良好,于是把中央公园纳入了健身计划里。哪怕是袭击事件发生后,"谨慎"也只被定义为"待在90街南边地区",或者

---

a Bill Cosby(1937—),美国黑人喜剧演员、脱口秀明星,有"美国爸爸"之称,被认为是美国黑人在娱乐业的开拓者之一。

亨利去后

"在规划线路时,要有考虑这个问题的意识"。或者,在一个接受《时报》采访的女性那里,是决定辞掉白天的工作(她是个律师),因为她"烦透了被困在那里,在夜里跑步时间越来越晚"。"我认为所有跑者都能描述出夜跑带来的那种丝滑轻盈的感觉,"《跑者世界》一个编辑告诉《时报》,"你会忽略周遭世界,你会只专注在跑步上。"

夜晚的中央公园是"忽略周遭世界"的好地方,这也是最近的事。在弗雷德里克·劳·奥姆斯特德和卡尔弗特·沃克斯设计他们赢得1858年中央公园设计大赛的草图时,决定在地面以下开辟横贯车道,这有两个原因。一个原因,也是经常被引用的,美学考虑,从设计者的角度来说,大赛明确要求有四个交叉口,分别在65街、79街、85街和97街,它们会横插进本来一览无余的景色,是"我们希望这座公园引发的美妙情感中不和谐的杂音"。另一个原因,显然同样具有说服力,是安全考虑。在他们的"绿地计划"中,奥姆斯特德和沃克斯写道,地面水平交叉口的问题会是:

横贯车道将……必须保持开放,那么傍晚之后,公园地区就无法用于任何公共活动;经验证明,即便是伦敦,它拥有全世界最令人羡慕的警察管理,依旧无法保证公众在夜晚能安全穿越大型开放地带。

所以这些公共道路两旁需有足够照明,为了防止盗贼通过躲进公园昏暗角落,躲避警察追捕,必须有坚固的栏杆或墙,六到八英尺高。

换言之,这座公园在孕育之初,就被认定为在夜晚之后会充满危险,是一个"昏暗"的地方,"无法用于任何公共活动",一个"盗贼"的庇护所。欧洲的公园傍晚会关闭,奥姆斯特德在他1882年的小册子《公园之祸:"一个完全异想天开的男人"厚笔记拾零》("The Spoils of the Park: With a Few Leaves From Leaves from the Deep-laden-Note-books of 'A wholly Unpracticaal Man'")中写道:"但有一条穿过海德公园的地面道路保持开放,大都会警局的警监告诉我,因为公园里发现了藏身地方,所以一个人晚上走在这条路上,被勒死或洗劫的概率要比伦敦其他地方大得多。"

这种实用主义城市生活方式,在最初"跑者案"报道的高亢声调中(报道呈现的是一座被野兽占领的城市),让步给了更加理想化的观念,认定纽约要么曾经是,要么应该是"安全的",而如今却不是了,正如科莫州长所说,"没有人是安全的"。相应的,如今是时候要"把它夺回来",

滥情之旅

要"说不",如戴维·丁金斯在1989年夏天市长竞选时说的,是时候要"画一条底线"。划线对抗的是"犯罪",一个抽象、悬浮的幽灵,能驱散它的是某些个人宣言行动,是某种道德重新武装,后来在丁金斯市长的计划中,是通过发起每周"反犯罪周二夜晚游行"活动,让整座城市重新焕发。

汤姆·威克在《时报》里写道,此案受害者在晚上进入公园,"宣告了自由高于恐惧"。袭击事件一周后,苏珊·蔡斯在《时报》专栏上建议读者们一起行动,晚上走进公园。"一个女性不能在非传统时间内在公园跑步,"她写道,"接受它,你说。我做不到。事情不应该是这样,不该在纽约,在1989年,在春天。"龙尼·埃尔德里奇同样建议读者们在晚上走进公园,但是去点蜡烛。"如果我们允许自己从这座城市最宏伟的地方被攮出去,那我们是谁?"她问,以及,"如果我们放弃了公园,我们应该做什么:回到哥伦布大道上重新种草?"这很有趣,如它们所提议的,这座城市不能忽略的问题,通过居民意志,或者划条线"说不"就能解决;换言之,依赖某种神秘姿态来改变城市命运。

总是把现实经历滥情化,即鼓动上述这种依赖,在纽约不是什么新鲜事。一百多年来,对粗线条的偏爱、对角色的扭曲和扁平化、把事件简化为故事,一直都是这座城市自我呈现的核心:自由女神、挤在港口的移民、彩带游行、英雄、下水道、明亮的光、破碎的心,八百万个故事在这座赤裸的城市里;八百万个故事,一模一样的故事,每个都被精心设计,用以模糊这座城市里种族和阶级之间的真实矛盾,更重要的是,要模糊让这些矛盾变得不可调和的公众参与和商业安排。

中央公园本身就是一个这样的"故事",一个人造的十九世纪英伦浪漫传统中的田园牧歌,在曼哈顿人口增长了58%的十年里,是大家眼里能带来工程竞标和选民雇用的公共项目,规模几乎是纽约历史之最。在建造它的二十年里,需要转移一千万车灰土。需要种植四到五百万棵树和灌木,需要运进五十万立方码的表土,铺设一百一十四英里的陶瓷管道。

公园竣工也不意味着没有其他机会:1870年,有次威廉·马西·特威德[a]修订了城市规章,造了他的公园部门,一旦需要工作岗位,那就修新马路。树可以被挖出来,再重新种上。工人可以被放任

---

a William Marcy Tweed(1823—1878),美国政治人物,绰号"老板"特威德,在十九世纪纽约政坛上举足轻重的人物,政治组织坦马尼协会的会长,该组织是民主党的政治机器。

667

随意修剪、清理、砍倒树木。当弗雷德里克·劳·奥姆斯特德表示反对时，他会被驳回，最终被踢出去。"来自一个伟大的政治组织的'代表'通过预约找到我。"奥姆斯特德在《公园之祸》中写道，回忆着他当时工作时的环境：

在自我介绍和握手寒暄后，站成了一个圈，一位先生走到我面前，说，"我们知道您的压力一定非常大……但您方便的话，我们协会希望您可以确认一下，我们可以期待您拥有的职位份额大概有多少，以及希望您作出合适的安排，以便我们使用。我们冒昧建议，先生，您可以把我们应分的雇用单寄给我们，除此之外没有更方便的途径了，如果您愿意，先生，请用这个模板，**名字栏留给我们填写**。"一沓打印的雇用单，我从中随便抽了一张。那是一张空白委任单，上面有特威德先生的签名。

作为公园的管理者，有回，我在六天内收到超过七千封职位委任推荐信，几乎全都来自办公室里的大人物们……我有次听到一个城市强权部门的候选人，在我家台阶上，对着一大群这种被推荐人发表演讲，告诉他们，我将会给他们工作，而且很直白地建议，如果我在这件事上进展太慢，那么一条绕在我脖子上的绳子，或许我会更容易听进去好建议。有个周日早晨，我还没起床，有十多个人强行进入我家，一些人闯进起居室，非常着急要给我那些推荐信。

那时的中央公园，或许对奥姆斯特德没有这般意义，但对其贷款审批者而言，意味着合同、混凝土和回扣，意味着项目拨款，但为了模糊项目拨款的伤感化，"故事"，却意味着某种戏剧化的对比，或者极端，人们以为就是这些，让此处生活与别处不同。这些"对比"一直以来是纽约叙事的主轴，并很早就显出端倪：菲利普·霍恩，1826年和1827年的纽约市长，在1843年描述这座城市，"人满为患，那里有两个极端，极尽奢靡的生活，昂贵的建筑和挥霍无度的浪费，每一天，每一小时，都在与贫穷、肮脏和绝望毁灭呈现出鲜明对比。"鉴于这个叙事，中央公园可以且终将会，如奥姆斯特德自己期冀的那样，成为一篇民主散文，一个社会实验，旨在让新移民群体融入社会，以及改善危险的贫富分化。早在设计出中央公园几年前，奥姆斯特德就建议，这座城市的特权阶层有责任，同时也是他们的利益之所在，要"开发公园，花园，音乐，舞蹈学校，重聚派对，这些将会极具诱惑力，推动良善和邪恶，绅士和流氓交流沟通"。

"绅士"和"流氓"之间也许有利益冲突，但这个观点被无视了：然后到了今天，大众偏爱的叙事成功掩盖了真实冲突，遮蔽了对富有的定义，在多大程度上取决于工人阶级的长期物资匮乏；巩固了"绅士"的管护责任，并掐灭了形成一个自觉自发，或者政治化的无产阶级的可能性。在这种叙事里，社会和经济现象都被个人化了。政治只是选举。问题最好由"领袖"的出现和选举来解决，而他们能够号召普通公民来"参与"，或者"作出改变"。"你会来帮忙吗？"丁金斯市长问纽约人，1990年9月，他在圣帕特里克天主教堂发表演讲，作为对后来媒体热议的"纽约犯罪潮"的回应，"你关心吗？你做好准备成为解决方案的一分子了吗？"

"坚持，"库莫州长鼓励着同一批纽约人，"相信。参与。不要放弃。"曼哈顿自治区主席露丝·梅辛杰，在一所学校的旗杆竣工仪式上演讲中，提到了"加入"和"参与"，或者"携手努力让'大苹果'重焕光彩"的重要性。在一篇关于威廉·悉尼·波特，或者"欧·亨利"，在1902年至1910年间写作的流行"纽约"故事的讨论中，纽约州立大学石溪分校的威廉·R.泰勒探讨了这些故事如何以它们的"专注于个人困境"，它们的"缺乏社会或政治分析"，以及"意识形态中立性"，提供了"一种奇迹般的社会黏合剂"：

这些对城市不同阶层间关系的描述是情感化的，这有一个特别的历史意涵：缺乏政治同情的怜悯。它们把人类苦难，降级成原子化的个人煎熬，他们重复着充满斗志却悲惨的生活，一周又一周，直至十多年……它们对压迫、阶级差异、人类苦难和爱慕的抒情化解释，参与创造了一门解读城市复杂社会的新语言，这门语言开始取代廉价的道德主义，后者是纽约人从十九世纪对城市的解读中继承来的。这门语言把苦难落在一些特定时刻，并限制在一些特定情境中；它柔和了差异，因为不管是社会光谱的哪一端，解读它的方式几乎是一样的。

故事中，凶恶的罪行施于无辜受害者之身，这便提供了一种对阶层差异和人类苦难的类似的感性化描述，一种同时承诺了答案和惩罚的解读，故事在很长时间里，作为城市的内啡肽，一种内在的天然吗啡，模糊了真实的棱角和很大程度上无解的问题。纽约有个特别之处，生活在这个国度等级没那么森严的地区的人一直很难理解，即这里的舒适度和机会低得可怜，而其居民早已接受。那种对隐私、安全和个人自由的浪漫的资本主义追求，在全国都是自然而然的事，但在本地，没什么市场。在这座城市，几乎每一个本能反应都是在扼杀正常竞争，而不是在鼓励它，这座城市的运转基础不是市场经济，而是小勾兑、打点、通融、**贿赂**，跳过商品和服务直接交换的安排，掐灭一个竞争市场中会自然出现的优胜劣汰。

1990年，五个自治区[a]中只有581家超市（按照商业杂志《先行零售商》的定义，一家超市是指年销售额200万美元的市场），或者，按800万人口来算，每13769人才有一个超市。搬回家，或像在雅加达一样用小推车运回家的日用品，通常定价过高，因为缺乏竞争，也因为为确保缺乏竞争而必须支付的费用在上涨（我们逐渐明白，货品生产属于甘比诺家，鱼属于卢凯塞家和杰诺韦塞家，市场建造，以上家族都有份，但让你开门做生意的权力，最终属于这里或那里的检查员）。

在纽约，就像在墨西哥城，基本要花十年时间走流程，定目标，招标，签合同，才能建起一座新学校；二十或三十年来建造一条高速路，或者，在布鲁克纳大道和西区高速路的例子中，没能建起来。一个近期公共丑闻揭露，有一批市政府下单的宫颈涂片一年多都没有出结果（在发达国家，宫颈涂片，这项用于检测宫颈癌的检查，基本会在几天内出结果）；而没有变成公共丑闻，我行我素却依旧被接受的，是甚至于公园大道的妇科医生下单的宫颈涂片，都可以好几周没人管。

这种与第三世界城市的相似之处，绝非无心插柳，或只是一个多语言人口的"特色"：所有这些城市的规划，本质不是为了提高居民生活水平，而是奔着劳动力密集而去，为了容纳第三世界人口，理想状态是到堪堪存活的水平，因为在堪堪存活的水平时，劳动群体是最容易控制，也是最死心塌地的。某些方面来说，纽约的诱人之处，它许诺的机会和更高工资，它作为一个发达世界城市的承诺，是注定最终无法实现的。在稍欠发达的国家，这种城市的活力来自广泛吸纳廉价劳工和缺乏监管上，而纽约则根植于井喷的新产业和不断涌现的新雇主，以取代因成本飞涨而淘汰的产业，如纺织工业，他们发现在香港，或吉隆坡，或台北制作衣服更便宜。

这是纽约的老传统了，背靠一个扩张的全国经济，丢掉一个产业，又获得一个新的。但纽约最近犯了错，错把这种新旧更替的历史视作永不枯竭的资源，总是可以随心所欲征税，只要随时能榨出一美元，总是可以设个监管，总是可以予取予求。到1977年，纽约失去了大约60万个工作岗位，绝大部分来自制造业，以及那些在城内维持微薄利润的小企业。在"恢复"时代，1977年至1988年间，确实，大部分这些工作都被取代了，但方式可能相当

---

[a] Borough，大型城市里的镇或街区，拥有自己的议会。

危险：在新创造的50万个工作中，大部分来自对经济下行最敏感的领域，金融和商业服务，还有相当一部分来自一个不仅对苦日子敏感，甚至在好日子时也在消耗城市的领域，旅游和餐饮服务。

许多产业发现纽约是可替代的，这种表述无法激励真正的努力，好让这座城市变得更具有竞争力。税收变得愈加困难，监管变得愈加庞大冗杂。1983年至1990年，纽约市政机构创造了4.93万个新岗位，但与此同时，人们普遍认为机构提供的服务大幅下降了。任何"改革"计划，通常会创造出更多新职位：1988年，为了解决学校建造或修缮需时过长的问题，成立了一个新机构，学校建设管理局。它号称，一个纽约市的学校如今只需五年就可建成。学校建设管理局的主管年薪14.5万美元，另外三位副手，每人一年11万美元。该局位于长岛国际设计中心的新总部考虑在顶楼设置一个行政健身房，配备鹦鹉螺健身器械。改革进行了两年，对已建学校的修缮申请就堆积到了3.3万个。"为了让朋友的慈善机构从援助一个半盲智障中解脱出来，就动用公共资金雇用他，让他做水泥检查，但为了墙体永久稳固度考虑，这可能行不通。"奥姆斯特德在中央公园经历后写道，"然而，为了选举中竞选纲领胜利考虑，这就太完美了。"

事实上，在纽约，除非居民自己也是不是行点小贿，否则这个美国城市中最高的人均税收（以及，任何经营小企业的人都知道，税务名目也是最多的）带来的，只会是愈加繁多的监管政策，它们设计之初就是为了让和立法者有利益输送的承包商、机构和联盟渔利。比如一个厨房电器，水槽粉碎机，在美国其他地方是战后家庭的标准配置，但在纽约是非法的。一个市政雇员对我说，厨余垃圾不仅会滋生老鼠和"细菌"，但料想堆放在路边的垃圾袋却不会（当我问起这怎么可能时，答案是，"因为事实如此"），而且还会鼓励人们"把他们的婴儿扔进去"。

一方面，这展现了因为寻租体系（要收集的垃圾越多，就可以雇用越多的垃圾清理工），一个寻常的城市家庭标配，在这个类似第三世界城市的官僚丛林里，是如何被冠上巫毒的污名；另一方面，它反映了一条特别的城市犯罪之道，即要承认贪污和欺诈是每项交易的基石。"垃圾处理费简直上天了，"一位管理者说，他来自超市通用公司，路标超市的母公司，近期在《城市极限》上谈起为什么产业链更愿意选址在郊区时说，"每次你都需要雇一个承包商，这是个问题。"然而，这个问题不仅来自承包商，更来自跟承包商有生意往来的每个人——一个直接或间接的寻租体系，深入进了城市的肌理——他们身

亨利去后

上有这样或那样的利益，一个年轻中产白人女性死在负责检查锅炉和电梯的助理专员的 68 街东公寓里，这件事在当地乏人问津，这是原因之一。

只有在这种扭曲的"对比"叙事中，这座城市至关重要的罪恶，以及相伴随的文明泯灭，才会成为自豪之处，"活力"的证据：如果你能在这成功，自然能在所有地方成功，你好蠢蛋，机灵点。那些弄不到小勾兑的人，那些去零售商店购物的人，那些不知道如何才能让电工活通过验收的人，全都被鄙夷为乡下人、通勤佬[a]、外地人，他们不知道如何才能不被抢劫。"每个游客的噩梦在周末变为一对马里兰夫妇的现实，丈夫在第五大道的特朗普大厦前遭遇殴打和抢劫。"这是 1990 年夏天，《纽约邮报》一个故事的开头。"你以为我们从哪儿来，艾奥瓦吗？"拿到罗伯特·钱伯斯供述的检察官在录像上说，以此表明他对钱伯斯对珍妮弗·莱文之死的描述感到怀疑。"他们跟在你们这样外地来的可怜人身后，他们抢劫游客。" 46 街西一家电脑店的职员解释道，当时丈夫和我在这里躲避三个抢劫犯。丈夫说我们住在纽约。"所以他们没抓到你们，"那个职员说，毫不费力地把这个变化整合进已有数据里，"所以你们才能跑这么快。"

换言之，这个叙事宽慰着我们，向我们保证世界是可知的，甚至平坦的，而纽约是它的中心，它的马达，它危险却至关重要的"活力"。《遭致命抢劫的一家人爱纽约》，这是《时报》关于 1990 年 9 月一起杀人案跟踪报道的标题，案件发生在第七大道独立地铁站，死者是一位来自犹他州的二十二岁游客。这个年轻人和他的父母，他的哥哥和嫂子看了场美网公开赛，据称当时是在去往一家市中心摩洛哥餐厅吃晚饭的路上。"对他们而言，纽约是世界上最伟大的地方。"媒体引用了这个家庭在犹他州的一个朋友的话。因为叙事需要这个国家其他地方提供一种与纽约的强烈对比，所以这个家庭在犹他的家乡被《时报》描述为"生活围绕着杨百翰大学[b]的节奏规律地行进着"，"这里一年只有大概一起凶杀案"。实际上，他们家乡是普罗沃，

---

a Bridge-and-tunnels，指住在纽约城远郊，需要每天往返曼哈顿岛上班的人。
b Brigham Young University，全美最大的教会大学。

滥情之旅

加里·吉尔摩[a]曾在那里射杀了一个汽车旅店管理员,在现实中,也在《刽子手之歌》里。"她爱纽约,她爱这里,"袭击案发生后,遇袭者的一个朋友告诉《时报》,"我认为她喜欢这里的快节奏,竞争。"

《时报》总结道,纽约"激发了"跑者,"与她的活力相当"。那时,整座城市已经瘫痪了,4万个工作从金融市场中消失了,前交易员在波道夫·古德曼百货公司的男装店卖衬衫,房贷断供率翻了一倍,5000万或6000万平方英尺的办公区域空置(6000万平方英尺空置办公区域相当于世贸塔熄灯15层),甚至在70街区,麦迪逊大道上的精品商店都拉下了门帘,人去楼空;那时,钱从所有市场流出,在八十年代把精力和资本借给这座城市的欧洲人,继续他们的新生活,消失不见,去往更加热闹的乐园,这个城市"活力"说法成了空洞口号,一如打击"犯罪"是城市的重中之重。

戳破了这个幻想,它造成的破坏无法一眼看出来。"我们拥有的是纽约的崛起时刻。"千禧年纽约城市委员会于其1987年报告上说,这个委员会在爱德华·科克任市长时组建,汇集了城市众多行业和机构最睿智者的思考。"城市经济会比几十年前更加强健,其自身韧性和全国经济是其推动力;纽约将是当之无愧的国际金融中心,美国经济的窗口。"

随后,市民们逐渐明白,它不是。纽约"出了问题"的诊断下得很迟缓,一种最初只能在短暂缓解期得见端倪的慢性病。当市场在1987年初次下跌时,损失可能看起来是别人的麻烦(或者甚至是罪有应得),当市场重归表面强劲时,似乎变得更加遥远,但在难以察觉中,不可挽回地改变了生活的基调。到1990年4月,住在纽约及周边的人们向《时报》表达了他们正在经历的痛苦和恐慌:"我觉得烦透了,我失去了很多对生活的掌控。"一个人说,"我有时在想,'我是不是疯了才会来这儿?'""人们一想到未来,就愁云密布。"一个心理医生说。人们"很失落""感觉了无生趣""被困住""愤怒""恐惧",以及"在崩溃边缘"。

3

纽约在八十年代高歌猛进,增长没有尽头,1987年10月纽约金融市场崩溃却

---

[a] Gary Gilmore(1940—1977),1976年7月在犹他州犯下两起谋杀案,在庭审上主动要求判处和执行死刑,于1977年11月被枪决,这是自1976年恢复死刑后,美国第一起死刑判决。1979年,诺曼·梅勒根据其生平创作了纪实文学《刽子手之歌》,赢得了该年度的普利策奖。1982年,梅勒将《刽子手之歌》改编为同名电影,汤米·李·琼斯凭借对吉尔摩的演绎荣获艾美奖。

673

亨利去后

很大程度上，这种崩溃是纽约独有的，外界难以理解。甚至后来，当纽约的麻烦成了热议话题，来自没有那么绝望的地方的美国人，依旧很难理解这些问题的本质，而且倾向于把它们归因为"犯罪"，纽约人自己也这么认为。**逃离纽约**是1990年9月10日《纽约邮报》的头版头条。"《时代》/CNN[a]调查显示，犯罪肆虐让59%的住户感到恐慌。许多人会离开纽约。"这个民意调查出现在1990年9月17日的《时代》中，那一期封面上写着**大苹果的溃烂**。"原因：毒品和暴力犯罪激增，政府似乎束手无策。"刊内故事解释道。本地专栏作家称之为"这个城市的下水道"。《时报》刊登了一篇哀伤的文章，关于伊丽莎白·罗哈廷的爱马仕包在阿卡迪亚外被抢了，这家餐厅位于62街东，曾几何时是纽约的中心，那个如今所有人怀念的纽约，那个能日进斗金和花天酒地，却不过分强调财富和贫穷的纽约，那个免税的纽约；费利克斯·罗哈廷[b]被公认是在七十年代中期把这座城市从金融风暴中拯救出来的人，这件事却发生在他妻子身上，在许多人看来，这是一记响亮的讽刺。

这个犯罪的问题是值得玩味的。事实上，有八个美国城市的凶杀率更高，十二个哈得孙的总体犯罪率要更高。很长时间里，犯罪被认为只存在于城市中不富裕的地区，然而到了七十年代中期，随着失业率和房产维持成本居高不下，以及曾经运转良好的社区被废弃、烧毁、随意占有，犯罪问题成了地区的顽疾。"在有些贫困社区，犯罪几乎成了生活方式。"吉姆·斯利珀，《新闻日报》编辑、《最近的陌生人：纽约自由主义和种族政治》一书的作者，在讨论那段时期的社会撕裂时说道：

……一种犯罪亚文化，在家庭和更大的"遵纪守法"社区里，有着利益和情感的复杂关系。比如，生意惨淡的商人或许会"包庇"偷来的赃物，以此给窃贼和强盗提供了快速遮掩，也孕育了更多犯罪动机；毒品经济扩张，重新塑造了犯罪形态，折磨着家庭和亲友的忠诚度。在晌午时分，走在一个贫穷少数族裔社区里相当繁忙的街道上，都会变成一次在怪异野蛮地区的心惊之旅。

---

[a] Cable News Network（美国有线电视新闻网），创立于1980年，是全球首家24小时新闻频道，下文提及时均简称为CNN。

[b] Felix Rohatyn（1928—2019），美国投资银行家。1975年，纽约市濒临财政破产，时任纽约市政援助公司（MAC）主席罗哈廷利成功说服各大银行继续购买或延期纽约市债券、纽约市政府进行财政改革，成功扭转了纽约市的信用崩溃危机。

让十年后变得显著不同的，让犯罪变成一个"故事"的，是精英阶层纽约居民，尤其是更高阶层的白人，甚至响午时分走在他们自己的社区里，都会感到不安。尽管纽约警察局数据显示，实际上白人纽约居民遇到的致命危险并没有增长（1977年至1989年，凶杀案从1557起上升到1903起，全都落在纽约警局的拉美裔、亚裔和黑人受害者分类中；白人受害者稳定下降，从1977年的361人到1984年的227人，再到1989年的190人），但对这种危险的感觉变得普遍，街上的偷窃和抢劫，以及"穿着连帽运动衫，把手揣进兜里的年轻人很可能是个强盗"的习惯性直觉，都让这感觉愈发苦涩。这些更高阶层的精英纽约人，不仅在街上感到不安，必要的街上逃跑技巧成了一个令人疲惫不堪的常态，甚至在守卫最森严的公寓楼里，也不觉得安全。住在这些公寓楼里，十二、十六或二十四个房间公寓的拥有者们，看着盆栽榕树从他们的大门前消失，涂鸦出现在他们的石灰岩墙上，被击碎的车窗安全玻璃碎片撒落在他们的道路两旁，愈发自然地会想象惨烈结局，比如，发生在替班夜间门卫和六个67街东朱莉娅·里奇曼高中辍学生之间的激烈打斗。

然而那些在1990年4月跟《时报》说他们失去的掌控，他们的恐慌，他们的了无生趣，他们的愤怒，他们的愁云密闭的纽约人，没有谈起毒品，或者犯罪，或者这座城市愈发显眼，某种程度上已经膨胀的病症。这些人中，大部分都没有十二间、十六间房间的公寓楼，没有门卫，也没有幻想恐惧的奢侈。相反，这些人谈论的是一种即时的恐惧，关于钱，关于他们的房子、公寓和共管公寓资产暴跌，关于抵押查封和损失的可能性和概率；关于他们的惶惶不可终日，恐惧变成他们每天看到的那么多人，掉落到准线下，在寒冷中流离失所，被遗弃在大街上。

如今弥漫着一种氛围，1987年至1988年间许多占据了城市注意力的问题，比如莫蒂默·朱克曼[a]是否应当"被允许"在如今体育场[b]的地方建造一栋59层大楼，如今回头看，令人唏嘘，那些都是以前美好时代的无病呻吟。"任何脑子没坏的人都不会现在入场。"库什曼－韦克菲尔德[c]的一位副总裁，就体育场项目推迟

---

[a] Mortimer Zuckerman（1937— ），加拿大裔美国富商、媒体大亨，波士顿地产（Boston Properties）创始人之一。二十世纪八十年代起，陆续收购了《美国新闻与世界报道》《纽约每日新闻》和《大西洋月刊》等媒体（后两者现已易主）。
[b] The Coliseum，原曼哈顿哥伦布圆环的体育馆，2000年被拆除，原址建起了时代华纳中心。
[c] Cushman and Wakefield，全球最大房地产服务公司之一，创立于1917年，总部位于芝加哥。

亨利去后

一事如此告诉《纽约观察家报》,事实上,在1987年黑色星期一后不久,这个项目就失去了预定的大租户所罗门兄弟公司。"这就是自杀。你还不如坐在浴缸里,给腕上来一刀。"因为多种原因,比起对犯罪的恐惧,这种恐惧更难融入叙事中。

　　把一种感性化的,或者说错误的叙事强加于天差地别、时常随机的生活经验之上,后者构成了一座城市或一个国家的生活,这必然意味着这座城市或这个国家里发生的大部分事件,将会被改造为一连串纯属描述性的套路剧情,或者表演机会。丁金斯市长可以呼吁"打破抵制"(弗拉特布什抵制运动[a],是黑人社区组织以表达对韩国商人不满的运动),就靠在教堂大道上一家韩国百货店买了几美元的东西,一种对公民生活如此象征性的替代。库莫州长可以"对犯罪宣战",靠再征召5000名警察;丁金斯市长可以"加大赌注",靠征召6500名。"白人婊子到公园里找黑人男性。"一个黑人女性可以说,在1990年夏天法庭外的走廊里,声音洪亮但依旧在闲聊,在那个法庭里,中央公园袭击案的前三个被告,安特仑·麦克雷、优素福·萨拉姆和雷蒙德·桑塔纳,以故意杀人未遂、袭击、强迫肛交和强奸被审判。"男朋友把她揍死了,他们就栽赃到我们的男孩头上来。"那个女人可以继续说,随后,提到了曾经和受害者分摊公寓房租的年轻男子,"那个室友怎么样了,有人检测他的精液吗?没有。他是个白人。他们不会对自己人这样做。"

　　记者、制片人、法庭画家、摄影记者、摄像师、技术人员和暑期实习生,每天聚在中央大街111号的人们,可以交换目光,可以拿起手机,以示漠不关心。可以与法警闲谈,以示团结。然后,那个女人可以提高嗓门:"白人男的,他们都是魔鬼,就连那些还没出生的,也都是**魔鬼。小恶魔**。我搞不懂这些恶魔,我猜他们觉得**法庭**是他们自己家开的。"记者们的目光落在她身后某处,面无表情,不和她对视,这是一种更得体的敌意,也更致命。那女人没有移动脚步,但移开了视线,目光落在另一个黑人身上,《每日新闻》的黑人专栏作家鲍勃·赫伯特。"你,"她可以说,"你真丢脸。到前面去。去那儿排队。跟那些白人男的站到一起去。看看他们,一个个坐在他们头等座位上,而我的同胞却在

---

a　The Flatbush boycott,1990年纽约布鲁克林的弗拉特布什社区爆发的抵制韩裔商店的运动,持续十八个月,起因是一名黑人女子声称在一家韩商店遭到了骚扰和袭击。该事件发生于经济下行、族群关系紧张、社会分化加剧之际,迅速激起社区层面的广泛抵制行动。

楼下，挡在**路障**后……像**牛**一样……甚至不能进入这个房间，看着儿子被私刑处死……咦，队伍里有个**黑人**？一个**黑鬼**？噢，抱歉，嘘，白人没发现，他**混进去**了……"

在这座城市，巨大问题极具破坏力，愈发司空见惯——贫困的问题、计划夭折的问题、早已凸显的问题，存在于那些疯狂、病态、贫穷、无法承受之中，逐渐与肤色无关——中央公园跑者案提供的，不仅仅是一个安全的或者结构化的舞台，在这里，可以发泄各种各样的愤怒，哪怕有时与主题几乎毫不相关。"这场审判，"《每日新闻》在1990年7月一天早晨的社论版上宣告，此时正值前三个被告的庭审过半，"不仅仅是关于对一个单身女性的性侵和暴行。这是关于对这座城市的性侵和暴行。这位跑者是所有问题的象征。也是所有正确之路，因为她是启示。"

《每日新闻》并没有定义"对城市的性侵和暴行"以何种方式展露，这个定义也不是必须下的：在这座城市里，来自暴行的威胁或恐惧如此迫在眉睫，市民们被呼吁立刻组织自我防卫，成立市民巡逻队或武装部队，就好像在贝鲁特。在这座城市里，已经有大约二十到三十个社区为了换取保护，把决定谁属于社区、谁不属

于，以及该如何处理的权力交给了"守护天使"[a]。在这座城市里，有个布鲁克林的义务警察组织，自称"毒品清洁工"，据称试图清光贝德福德－斯泰弗森特社区的毒品，在9月前要"达成协议"，方法是对一个废弃客车泼汽油，点火，里头还坐着三个无家可归的市民。在这座城市里，面临着萎靡的经济，《时报》却很快看到了"城市总体上有光明的一面"，这光明的一面是，即便据信越来越多的中高收入家庭想要离开，"市场暴跌让很多这样的家庭无法离开纽约"。

这座城市迅速消失在实际生活和偏好叙事之间鸿沟里，当人们聊着中央公园跑者案时，他们说的仿佛是一首诗歌，一种表达方式，没有平铺直叙，虽是各种各样的版本，却同等暴烈，同等神秘，讲的是同一个灾难。有一个版本，信仰者急不可耐地把跑者袭击案当作这座城市病症的完美示例，说城市被它的底层阶级系统性地毁坏、欺辱和强奸了。与之对立的另一个版本，拥趸急不可耐地把逮捕被告视作他们自己受害状态的完美示例，说在这座城市里，无权者被有权者系统性地毁坏、欺辱和强奸了。这个案子占据了这座城市狂热注意力如此之久，它提供了一种城市之痛

---

[a] The Guardian Angels，1979年组建的志愿组织，旨在为平民提供保护，以应对纽约泛滥的暴力犯罪。

的叙事，一种框架，真正在扭曲城市的真实的社会和经济力量，可以变成个人故事，最终变得模糊。

或者更准确地说，它提供了两种互斥的叙事。对一些黑人而言，尤其是那些经历过或不信任司法系统的人，其程度之深，会让他们无视事实，哪怕六个被告中，有五个在不同程度上都承认参与袭击，他们仍要把关注点放在缺少支持性的法医证据把受害者和被告们直接联系起来，他们可以把这个案子解读为不仅是他们受害状态的铁证，更是他们眼中导致这种受害状态的白人阴谋论的铁证。《阿姆斯特丹新闻》没有立刻自动转向种族视角（这在1990年秋天是一个热门话题，FBI因其征召少数族裔而获得称赞，哈勒姆国民卫队[a]因其崇高道德，自愿奔赴海湾战争而广受赞扬），但在其看来，就这个意义而言，被告可被视作"一场政治审判"的受害者，一场"合法私刑"的受害者，是"打一开始就被操纵的案子"的受害者，"白人媒体"决定了"在这起针对一位背景良好，聪慧，漂亮，拥有美好未来的白人女性的故意杀人未遂、强奸、鸡奸罪的案件中，任何被捕被诉的人都是有罪的，就这么简单"。

在小奥尔顿·H. 马多克斯[b]看来，这个案子上能总结出一个信息，即美国司法系统里一直存在"固有并不加掩饰的种族歧视"，"当一个黑人男性被控性侵了一个白人女性时，完全失灵了"。对其他人而言，信息更加宏观，且成功固化了一个脆弱却信众广泛的神话，有关黑人英雄般的过往，一种叙事，将欧洲统治解释成对非洲优越性的复仇反应。"今天，白人不得不直面黑色大陆，非洲，正在发生之事。"马尔科姆·X写道。

看看那里发现的工艺品，它们一次又一次地证明，远在白色人种走出洞穴前，黑色人种就曾拥有过多么伟大、精美、细腻的文明。撒哈拉之下，今日美国大部分黑人的远祖被绑架的地方，发掘出了一些现代人迄今为止见到的最精美的工艺品、雕塑和其他物品。它们中的一些，如今在纽约现代艺术博物馆之类的地方展出。精度和工艺如此精准的金器无人能敌。黑色双手打造的远古器具……那些黑色双手打磨的，今人望尘莫及。

历史被"白化"太甚，对千年前黑人的才能、绚烂文明和文化，甚至黑人教授

---

[a] The Harlem National Guard，纽约国民卫队中第一支黑人队伍。
[b] Alton H. Maddox Jr.（1945—2023），美国黑人律师，曾参与二十世纪八十年代以来多起备受瞩目的民权案件。

滥情之旅

知道的，也不比最无知的黑人多多少……

"我们伟大的非洲女王，"阿尔·沙普顿神父[a]如此描述塔瓦纳·布劳利[b]的母亲，格伦达·布劳利，"她从匿名中走了出来，从晦暗中走了出来，走进了历史中。"据说，在优素福·萨拉姆受审的法庭外走廊里，行走的样子"如同一个非洲的王"。

"无论塔瓦纳袭击案是否发生过，已经没意义了。"威廉·孔斯特勒[c]如此告诉《纽约新闻日报》，那时数个白人警察被指控对塔瓦纳·布劳利进行了性侵和折磨，此案作为一个真实公诉案件，而非一个人们需要相信之事的窗口，却似乎无法成立。"如果她的故事是编出来的，只是不想父母因为她整夜不归而惩罚她，这还是无法遮盖事实，许多年轻黑人女性都被人用她描述的那种方式对待。"在这方观点看来，犯罪是否发生的重要性全然存在于对犯罪的"描述"中，斯坦利·戴蒙德在《国家》杂志中将其定义为"一个没有发生的犯罪"，但却是"由黑人演员富有技巧和略带歇斯底的描述，作为世风堕落的标志例证、一个令人作呕的典范，反映了许许多多黑人女性的真实境遇"。

走廊上和直播间里进行的讨论，许多都围绕着跑者案的边缘，似乎都来源于阴谋论，这种阴谋论在自称无权者的人群中迅速蔓延。《纽约时报》和WCBS-TV新闻在1990年6月的一项民调显示，关于美利坚合众国政府"挑出黑人民选官员进行调查，以破坏他们的公信度，但不会对白人民选官员这样做"，有77%的黑人受访者选择了"真实"或者"可能真实"（相反答案为"几乎确定并非真实"）。政府"为了摧毁黑人，故意放任毒品在低收入黑人社区泛滥"，60%的人认为真实或可能真实。"引发艾滋病的病毒是实验室内制成，为了感染黑人族群"，29%的人选择真实或可能真实。每一项问题中，"真实"或"可能真实"的相反选项是"几乎确定并非真实"，这个选项本身看起来，似乎就不那么确信阴谋论是假的。"摧毁黑人男孩的阴谋论非常复杂，盘根错节。"芝加哥教育咨询顾问贾万扎·孔居弗，在他的《反击摧毁黑人男孩的阴谋论》中写道，这份1982年的小册子后来变为三卷巨著：

---

a　The Reverend Al Sharpton（1954— ），美国黑人民权运动家、浸信会牧师、脱口秀主持人，政治人物，2004年美国总统大选的民主党候选人。

b　Tawana Brawley（1971— ），一位纽约黑人女性。1987年11月，时年十五岁的布劳利控告四名白人男子在长达四天的时间里对她实施了性侵和绑架。1988年，大陪审团宣布此该指控不实。

c　William Kunstler（1919—1995），美国律师、民权运动家。

679

亨利去后

许多人参与了这个阴谋论，从最显而易见的，到更难识别的沉默隐匿者。那些遵循白人种族主义、帝国主义和白人男性至上主义的人，比较容易识别。那些积极推销毒品和帮派暴力的人，是活跃的阴谋论者，也容易识别。而让阴谋变得更为复杂的，是那些没有参与编纂摧毁黑人男孩阴谋，但以无动于衷让阴谋论得以延续的人。这群被动的阴谋论者里有父母，教育工作者，还有否认自己是种族主义者，却默许系统性种族主义继续存在的白人自由派。

那些阴谋论者认定，一场摧毁黑人，尤其是黑人男孩的阴谋正在进行，那么结论不言而喻，这些被告是无辜的，甚至他们自己的口供也被操纵和歪曲，变得对他们不利。在走廊上和直播间里，这种阴谋论被添油加醋，一系列捏造的细节不仅与事实相悖，甚至自相矛盾。据说检方隐匿了一些证据，受害者去公园是见一个毒贩。另一个交替或同时出现的说法，据说检方隐匿了一些证据，受害者去公园是去参加一个撒旦祭祀。据说，那些她伤痕累累的身体照片不是"真的"照片，"他们"，也就是检方，"弄了些尸体拍照片"。据说那个出现在证人席上，自称是受害者的年轻女子，不是"真的"受害者，而是"他们"在这个案子里弄来的演员。

每一种说法都在表达一个意思，这一切必然有秘密，"他们"，那些在法庭中拥有权力的人，手里掌握着信息——因为信息就是权力——却操弄系统，不让无权者知道。C. 弗农·梅森在安特仑·麦克雷量刑阶段做了他的律师，正式介入这个案件，在前三个被告宣判那天，他提交了一份简报，其中有一个令人费解的虚假声明，称那时还未被传唤做证的受害者男朋友，是个黑人。一些白人急不可待地卷进这个声明，如他所愿（《每日新闻》专栏作家盖尔·科林斯把它称作梅森"那一个小时中最弱的论点——声称跑者有个黑人爱人"），但这只会加深种族割裂感，割裂感是声明别有用心的潜台词，没有意涵，也没有意义，却深深切中了一种情绪，认为白人密谋着要把黑人淹死在悲惨之中。"只需回答我，谁上瘾了？"我记得一个黑人旁听者在离开法庭时问另一个。"我会告诉你谁上瘾了，整个城市上瘾了。"他带着一个小册子，上面描绘着一个景象，政府密谋用毒品淹没他们的社区来灭绝黑人，这景象包含了所有耳熟能详的要素，老挝、柬埔寨、金三角、CIA，更多秘密，更多诗篇。

"从一开始我就说，这不是一个种族的案子。"曼哈顿地区检察官罗伯特·摩根索，在跑者案一审宣判后说。他说在他看来，有些人"分裂种族，为了一己私利"，以及这座城市是如何被那些"试图利用"此案的人给"愚弄了"。"我们曾经希望，在陪审团作出裁决后不久，围绕跑者案的种族矛盾就能逐渐消失。"几天后，一篇《邮报》社论写道。这篇社论谈及了一群"丑陋的捧场'活动家'"，他们制造的"撕裂氛围"，市民们对"主流非裔领袖们"能站出来的期盼，并赞扬判决把纽约"从罪恶混乱的边缘带了回来"：

唉，在跑者案中，等待落空了。对一个证明罪犯有时会被绳之以法并得到惩罚的判决，纽约人没有听到没有嘉奖，听到的反而是江湖骗子，比如阿尔·沙普顿神父，号称这个案子结果提早就定了。他们听到 C. 弗农·梅森，塔瓦纳·布劳利骗局的推手之一——这位律师认为丁金斯市长戴了"太多犹太圆顶帽"——计划着要上诉……

有些人更愿意把这座城市看成一个永远朝气蓬勃的社群，被相互冲突的要素的自然博弈所规训，被极致"反差"所丰满，正如丁金斯市长说的，"精美华丽的马赛克"，对他们而言，这个案子提供了一系列有用的要素。这证明了"犯罪"正溃烂蚕食城市生活。在东哈勒姆袭击者口中的某个蛮荒之夜，在上东区和华尔街受害者的纯洁无瑕和遭受侵害中，展现了《每日新闻》所称的"对这座城市的性侵和暴行"，精准得令人战栗，并贴心地给出了个人具象。在跟进此案的记者中，那些叙事套路是"英雄警察"和"无畏的检察官"携手打击"犯罪"（《跑者案地区检察官隐秘的痛苦》），在一审宣判后几天，我们从《邮报》上知道了"当无畏的检察官把强奸犯关进监狱里时，她离婚了"。他们似乎对重复和加深这些要素，抱有无穷的热情，却同时有着无穷无尽的抵触，甚至可以说抗拒，不愿意去发掘那些不同观点，来自被告家庭、朋友、被告自己，或者是每日聚在法庭外走廊另一头的政治盟友们（或者，如他们在新闻报道里称呼的，"支持者们"）。

这看起来很神奇。美国记者都认同，刑事案件对案件发生的城市或文化而言，是个展示窗口，是能走进家庭，甚至一探平常封闭文化的机会，但在此案中，对被告世界的冷漠甚至延伸到了名字和职位的报道。优素福·萨拉姆的母亲还年轻、**面容姣好**、还有些欧洲风情，于是经常登上版面，她和儿子成为跑者一号案家喻户晓的"形象"，然而却从没人写对过她的名字。有阵子，报纸上叫她"谢罗妮"，有时是"谢罗奈"·麦克尔霍诺尔，后来她成了谢罗妮·麦克尔霍诺尔·萨拉姆。在她出庭做证后，名字拼写修正成了"莎龙妮"，虽然这可能又是一个错误，因为她给《阿姆斯特丹新闻》写了一篇文章，署名拼写是"莎朗"。她的工作经常被写成"设计师"（后来，在儿子判刑后，她去做了威廉·孔斯特勒的律师助理），但似乎没人拿这个当回事，所以没写她到底设计了什么，或者为谁工作；直到她出庭作证，《新闻日报》报道她的证词时说，在儿子被捕的那天晚上，她很晚才到警署，因为她是帕森斯设计学校的老师，"设计师"这个词才落到实地，指向一个真正的职位。

《邮报》新闻专栏总把跑者一号案被告称为"流氓"。记者们总说，被告和他们的家人"在冷笑"。（作为回击，走廊另一头的人们说记者们"在蔑笑"。）"被告有罪或无罪的问题，不如班森贺案中那么强。"在庭审宣判之前很久，一个负责报道跑者案一审的《新闻日报》记者这般告诉《纽约观察家报》，以此解释为何《新闻日报》似乎对此案的报道不如班森贺庭审那般多，"中央公园那天晚上到底发生了什么，不是什么大问题。确实少了一些细节，但谁对谁做了什么，这很清楚。"

事实上，这接近了核心：就口供视频来看，谁对谁做了什么很清楚，这正是这个案子让人解放的一面，这个事件让许多市民能够表达和思考他们本可能不表达的事情。不同于纽约其他近期关注度高的案子，不同于班森贺案，不同于霍华德沙滩案，不同于伯恩哈德·戈茨案，在这个案件中，核心议题并不完全事关种族，而是中产阶级可以对抗存在感越来越强的下层阶级，无论肤色黑白，不会感到愧疚。这个案子给了这些中产阶级一个渠道，转移和表达以前不被容忍，如今明显日益汹涌的愤怒，愤怒于城市的混乱，愤怒于一切恶心和不安愧疚，当你想到在一座城市里，有一大家子睡纸箱子，而这些纸箱子曾经装着运给富裕家庭的新款零下冰箱，2600美元一个。最重要的，在这个案子里，甚至已转移愤怒都可以被转移得更远，变得拐弯抹角，针对个人：这个案子里，可以认为城市伤痛的始作俑者不是底层阶级，反而是自称为底层发声的特定一些人，用罗伯特·摩根索的话来说，一些"试图利用"此案"推动一己私利"的人；一些甚至希望"分裂种族"的人。

如果你把这座城市的问题看作是故意破坏一个天然团结和谐社区，而假社区没有遭到破坏，内部的"反差"本该会孕育出一或许危险但生机勃勃的"活力"，那么这些问题就可追根溯源，像"犯罪"一样，可以靠呼吁"更强领导"而得到解决。基于这个故事走向，通过丑化阿尔·沙普顿神父，人们能获得一些宽慰，而这位神父只要出现在一些他感兴趣的刑事案件边缘，就会有一种极端化的力量，反而固化了这个叙事。吉姆·斯利珀在《最近的陌生人》

中描绘了沙普顿领导的在班森贺十五次游行中的一次，1989年，十六岁的优素福·霍金斯在东纽约被杀害，事发时，他进入了班森贺区域，一群年轻白人袭击了他，起初是用棒球棍，最后是子弹。

1989年8月27日，《每日新闻》刊登的照片中，阿尔·沙普顿神父和一群黑人青少年在班森贺游行，抗议霍金斯之死，照片却显示他们不是真的在"游行"。他们畏畏缩缩，挤在一起，在劈头盖脸的唾骂声中低垂着头，瞪着眼睛，盯着其他的同伴，盯着沙普顿，吓破了胆。他们也是无辜者——或者曾经是，直到今天，他们会刻骨铭心。因为沙普顿和他们在一起，他的头低着，脸上表情显示他知道他们的感受，他在整个纽约的黑人心里。

然而这张照片有问题。有些班森贺社区领袖想参加游行，沙普顿没有邀请他们，也没有与他们协调。如果给这些领袖足够的时间来组织，就能控制住那些挥舞西瓜的流氓；如果让那些比沙普顿更有名望的非裔领袖出力，就能呼吁城市中的白人群体一起参加，壮大游行声势，人们向沙普顿断言，流氓会破坏游行。有好几回，他甚至朝他们飞吻，故意激怒他们……

"我知道班森贺会告诉我们这到底是不是一个种族事件，"在最近的《前线》纪录片中，沙普顿解释他在班森贺的策略。"我对班森贺而言太过有争议，其实帮助他们忘了摄像机还在那，"他说，"所以我决定帮助他们……我会对他们抛飞吻，他们就会暴怒。"在跑者案一审后，一个笑话这样说：**提问，你和希特勒、萨达姆·侯赛因、阿尔·沙普顿在一个房间。你只有两颗子弹。你会对谁开枪？答案：阿尔·沙普顿。枪毙两回。**

纽约为了最大化观众舒适度，而传统上分配给非裔名人的角色，沙普顿并不完全符合。他在很多方面上像个幽灵，对宗教、政治和表演行业之间联系有着天生直觉，终其一生，他都是他人希望和恐惧的容器。他第一次布道是在四岁。十一岁，他和玛哈里亚·杰克逊[a]一同巡演。在罗伯特·D. 麦克法登、拉尔夫·布卢门撒尔、M. A. 法伯、E. R. 希普、查尔斯·斯特鲁姆、克雷格·沃尔夫，这些《纽约时报》记者和编辑合著的《义愤：塔瓦纳·布劳利骗局背后的故事》（*Outrage: The Story Behind the Tawana Brawley Hoax*）中，沙普顿最初师从小亚当·克莱顿·鲍威尔（"你得知道何时出击，你得知道何时放弃，而当

---

[a] Mahalia Jackson（1911—1972），美国福音歌手，美国二十世纪最具影响力的歌唱家之一。

该放弃时,就不要强求。"鲍威尔告诉他),随后师从杰西·杰克逊神父("一旦打开煤气,你就得做饭,不然气就烧光了。"杰克逊告诉他),在从贝亚德·拉斯廷处得到奖学金,又参与雪利·奇泽姆[a]竞选造势后,最终师从詹姆斯·布朗[b]。"有次他悄悄跟着布朗走入长廊,通过一扇门,然后他大为震撼的,是一个被闪光灯淹没的舞台,"《义愤》的作者们写道,"他立刻手舞足蹈起来。"

或许是这种抓住聚光灯和机遇的才能,这种致命的对于手舞足蹈的爱好,决定了沙普顿无法胜任"好黑鬼"(Good Negro)的角色,无法成为种族荣光,无法变成大众想象中的典型人物,那种优雅举止、文质彬彬的人,那种如吉姆·沃克形容乔·路易斯[c]那样,你会看到他"在亚伯拉罕·林肯墓前放一朵玫瑰"的人。于是留给沙普顿的,也是沙普顿自导自演的角色,是"义愤填膺的黑人"(Outrageous Nigger),一个熟悉的角色——六十年前分给了迪万神父[d],三十年前给了亚当·克莱顿·鲍威尔——第一要务是他自己,伪善在可控范围内是重中之重。比如,在第一批跑者案审判,陪审团意见僵持的十天里,总有人说沙普顿没在中央大街111号等待判决,而是选择在C.弗农·梅森办公室里"享受空调",等着传呼机的召唤。

白人,以及一些黑人总是说,沙普顿"代表不了任何人",他是"毛遂自荐""王婆卖瓜"。他是黑人身份的"利用者""对他们弊大于利"的人。有说法指出,他在1989年6月曾因重大盗窃罪被纽约州检察起诉。(他最终被宣判无罪。)有说法指出,《纽约新闻日报》分析了可能来自联邦执法机构的信息,在1988年1月,认定他是联邦线人,而且他承认自己曾经让政府在一次打击毒品执法行动时监听他的电话。"领袖"有促进全社会福祉的神奇能力,在以此为基础的叙事中,他经常被人说"不是对的领袖","根本不是

---

[a] Shirley Chisholm(1924—2005),美国政治人物,是美国历史上首位当选国会众议员的非裔女性,也是首位代表主要政党竞选总统的非裔女性。

[b] James Brown(1933—2006),美国歌手、作曲人,被誉为"放克音乐之父",是二十世纪最具影响力的黑人音乐人之一。

[c] Joe Louis(1914—1981),美国职业拳击手,被公认为是最伟大的拳击手之一,曾长期统治重量级拳坛,有"棕色轰炸机"之称。

[d] Father Divine,即Reverend M. J. Divine(1882—1965),美国非裔宗教领袖,自称为上帝化身,发起"和平使命运动"(Peace Mission Movement),在二十世纪上半叶影响广泛。

非裔社群需要的领袖"。他的着装，他的举止，都被人取笑（《时尚先生》让我丈夫写一篇文章，假设在沙普顿打理头发时采访他），他的动机被嘲讽，他的策略是把广受鄙视当作王牌，这是一个最高段位玩家的玩法，却鲜少有人能理解。

白人倾向于相信和批评沙普顿在"利用"种族议题——如果说所有政治行动都根植于对某个议题的"利用"，那么他确实如此。白人同样倾向于认为他具有破坏力，毫无责任感，罔顾事实，也罔顾白人感情——最臭名昭著的是在塔瓦纳·布劳利案煽风点火，在这个凭空捏造的案子里，白人男人们被指控犯下了罪过，而沙普顿非常明白这都是假的，那么他确实是在利用。有件事似乎完全没被理解，即对沙普顿，这个对让问题变得更好控制毫无兴趣的人而言（"问题是，你想要'减缓'还是想要'治愈'它。"在回应他举行游行不是为了在班森贺"缓解矛盾"的质疑时，他说），有时黑人和白人看起来利益不一致，但这绝不意味着需要一个改善方案。这种利益不一致反而是一个撞大运的机会，一个现成的组织工具，一个富有戏剧色彩的白描，关于谁有权谁无权，谁飞黄腾达谁穷困潦倒；一个受害者心态的比喻，感受到它的不仅有黑人，还有所有沙普顿口中的"被丢下的人"。**我们有力量，**《沙普顿和富拉尼在巴比伦：纽约城之战》，沙普顿和新联盟党领袖莉奥诺拉·富拉尼讲话录音中，一个演讲者大吼，**我们是天选之民。不再痛苦。甚至不能互相对话的我们。却学会了一起走。**

"我不再确定一两年前我对阿尔·沙普顿的判断是否还适用。"曾对沙普顿批评颇多的《纽约邮报》主编杰里·纳赫曼在1990年9月这样告诉《华盛顿邮报》的霍华德·库尔茨，"我在大街上待了很久。那里充满了愤怒和失望。无论对错，他或许传达了很多这种典型情绪，比我们中的一些人想象的要多。"《阿姆斯特丹新闻》主编兼社长威尔伯特·塔特姆，试图向库尔茨解释，在他的眼中，沙普顿是如何被刻画为"非裔领袖的讽刺画像"的：

他胖。他穿慢跑服。他戴奖章和金链子。不可原谅中最不可原谅的，他烫过头发。白人媒体，可能是无意识地，说，"我们要宣传这个人，因为这样我们就能展现非裔领袖多么荒唐和稀少。"他们要做什么，阿尔一清二楚，一清二楚。阿尔可能是诞生在这个国家的最睿智的策略家……

白人总是提到，作为一个直击要害的论点，参加沙普顿游行的人都是他买来的；经常提到的数字是5美元（直到1990年11月，当沙普顿征召群众游行，抗议警察杀害一位黑人女性，据说她因为房屋纠纷抢夺了一根警棍，《邮报》援引的一个警方信源称,价格飙升到了20美元),但跑者案的一位检察官给出的数字是4美元。在很多层面上,这都是一个误解、一个隔阂,或者如黑人所说,一种由来已久、难以言喻的不尊重,但在最简单的层面上,它揭示了在白人心中,所谓的"黑人时间"究竟价值几何。

1990年秋天,对中央公园袭击案六名被告中的第四和第五个,凯文·理查森和卡雷·怀斯的审判开始了。这个特别的叙事随着前三个被告的判决已经完结,或者说张力被释放殆尽,所以那时这座城对它的兴趣已经消退。[a] 那些试图"利用"此案的"江湖骗子"被迅速拉到幕后,等着下一次出场,证明自己的用处。即便是这个第二场审判的判决,也因为撞上了纽约大舞台上经久不衰的剧目,即约翰·(潮人唐)·戈蒂[b]的再次被捕,而在本地新闻上乏人问津。事实上,经济才是这座城市舞台上崭新又熟悉的叙事中心:在这部作品中,生机勃勃却遭遇困境的城市能否平安度过又一场"危机"(答案是一个响亮的**是**);这个作品,或者这个"梦幻之作",不仅强调了这种"危机"的循环属性,还强调了城市"反差"的再生能力。"有移民、多样的文化和机构、丰富的基础设施、资本和人才资源,一个多世纪以来,纽约已经成为现代城市完美典范,而且还在不断自我重塑,"在《纽约杂志》封面报道**艰难时刻**中,迈克尔·斯通总结道,"虽然这个过程可能漫长、痛苦,但没有理由相信它不会再次发生。"

这些都是众所周知的论点,支持着一种叙事,关于"危机"及其解决,或者恢复,有着跌宕起伏的故事线,但这种叙事

---

a 中央公园跑者袭击案中的五名被告均被判有罪,入狱时,他们中最大的十六岁,最小的十四岁。2002年,连环强奸犯和杀人犯马蒂亚斯·雷耶斯供述,此案是他所为,且新出现的DNA证据,也与马蒂亚斯·雷耶斯符合。五名被告在狱中服刑了六到十三年不等后,定罪被推翻,并获得总计4100万美元的国家赔偿。

b John "The Dapper Don" Gotti(1940—2002),纽约黑帮甘比诺家族首领。

只会进一步掩盖城市困境背后的经济和历史基础：由来已久且缺乏证据的共谋，游走在法律边缘的市政与商业操纵，交易、谈判、利益输送，贿赂与诈骗，管道、表土、混凝土与垃圾；那些有内部消息的人、有门路的人、在卫生或建设部门或学校建设局或福利广场[a]有靠山的人，他们相信**事情闹这么大，只是因为他的身份；换作别人，最多开张传票，事情就了结了。**1990年11月12日，《纽约时报》头版刊登了一篇城市问题分析文章，写得过了头，甚至认为"公共支出"非但没有一直榨取城市的活力和资源，反而是"一个重要的积极因素"：

在几十年里，从未有这么多钱投入这片区域的公共设施建设里——机场、高速路、桥、下水道、地铁和其他项目。这个财年，大概有120亿美元会投入都市区。这样的政府支出是对新私营地产颓势的对冲，其价值自1987年下跌了43%，主要原因是房产价格的暴跌……虽然自春天开始，私营部门几乎每个行业都在裁员降薪，政府招聘却在攀升，自1987年起保持了每年两万人的增长……

在这座城市，税负的扩张早已把私营企业的工作岗位驱赶出去，或许已经不剩多少人可供征税，以支撑庞大的公共项目和政府体系，但这个问题鲜有人愿意严肃面对：在纽约，滥情的故事被一再讲述，为自己的懒惰之罪辩护，在它的市民看来，这座城市的必然性始终是一切的前提与核心，是所有故事赖以建构的最初与最后的词语。我们爱纽约，这个叙事这样许诺，因为它与我们的活力相当。

---

[a] Foley Square，位于纽约下曼哈顿，纽约市政厅所在地。

POLITICAL FICTIONS

政治虚构

傅适野 / 译

本书献给罗伯特·西尔弗斯。

同时也献给约翰·格雷戈里·邓恩，

他经历过我所有的探索发现，

而这一切他已全都知晓。

目录

前 言 ……… 695

703　局内人棒球

725　奥兹的西翼

755　紧盯战利品

780　巨星纽特·金里奇

793　政治色情片

806　斗士克林顿

825　维希华盛顿

846　上帝的国度

FOREWORD

前 言

1988年初,《纽约书评》的罗伯特·西尔弗斯问我愿不愿意写一写新罕布什尔州刚刚启动的总统竞选。采访资质他来安排,我要做的只是到现场,看看有什么可看的,写点东西出来。我感到很荣幸(总统选举可是个"严肃"题材,之前还没人就此征求过我的意见),却又一再推迟那个唯一的关键时刻,也就是到现场,给予它应有的关注。一二月份,我在加州卖房子,一个好用的借口。三四月份,我在纽约买公寓,另一个好用的借口。我要打包,安排拆包和粉刷,还有许多家庭琐事要协调。剪报、书籍和选举日程不断寄来,我读都没读就把它们码在了书架上。《纽约书评》的截稿日期一再更新,但国内政治总有种高深莫测、拒人千里的感觉,一种无从消弭的神秘隔阂感,让我对相关新闻始终提不起兴趣。新闻报道中的竞选活动仿佛是以一种我不懂的语言展开的,所传达的利害关切似乎也很难把握。就在我已经下定决心放弃这个我显然没有门路、缺乏知识,也无法理解的选题时,我又接到了《纽约书评》打来的紧急电话。加州初选还有几天就要开始。民主党和共和党的全国代表大会也只有几周了。编辑部第二天就能把我送上一架竞选专机,杰西·杰克逊正要从纽瓦克飞往加州,等到了洛杉矶,编辑部还可以帮我安排和其他竞选团队碰面。恰巧那天我丈夫要去爱尔兰做一些研究,我们的女儿要去危地马拉和尼加拉瓜过暑假,终于,我再也没有借口不去看加州初选了(甚至还要亲自投上

695

一票，因为我的登记地还在洛杉矶县），于是我前往纽瓦克，登上了那架飞机。据第二天凌晨 3 点我在洛杉矶凯悦威尔希尔酒店一个房间写下的笔记——在此之前，我还参加了一场在中南部[a]的集会、一个在好莱坞宫[b]举行的筹款会，以及一场有关住房项目的见面会（记者们在不停地问："你觉得这里'瓦茨'吗？""谁能说说枪的事儿？""AK 是什么人造的？"[c]），候选人当天晚上剩下的时间都耗在了这里——我的美国政治初体验如下：

我被告知竞选团队将在 11 点半离开纽瓦克，因此要在 10 点半之前抵达巴特勒航空站。联络人是德玛莉·柯布。航站门口的工作人员对杰克逊竞选一无所知，但还是答应帮我打电话，并按指示让我去 14 号机库。14 号机库属于美联航，几乎完全紧闭，只有一道金属波纹卷帘门，从底部拉起了大约两英尺。几个男人走了过来，他们对杰克逊的航班也不清楚，说他们"只是管电话的"，但他们弯腰钻进了卷帘门，我也跟着进去了。

机库里空荡荡的。我绕着马尔科姆·福布斯那架绿色的 727 飞机——"资本主义的工具"转了一圈。我环顾停机坪，四下无人。后来一个机修工走过来，让我去楼上的办公室看看。我照做了。通往楼梯的金属门锁着。我追上那个机修工。他说可以帮我撬开，也确实这么做了。到了楼上，我找到一个人，他让我去"J 口"。

在 J 口，一个通往停机坪的没有标识的门口，我看到一辆敞着后盖的厢式货车，四名年轻男性在那里等着。他们说自己是杰克逊竞选团队的，正在等特勤局来，还有巡回竞选团队。我坐在包上，拜托他们在德玛莉·柯布来的时候指给我看。其中一个人告诉我，德玛莉已经在加州了，他说他是德玛莉的侄子，名叫斯蒂芬·盖恩斯。

---

a South Central，洛杉矶市中心南部一块约 41 平方公里的矩形区域，长期受困于贫穷、暴力、毒品、种族矛盾等问题，1992 年的洛杉矶骚乱便起源于此地。此外，该地区历史悠久、文化影响深远，在嘻哈音乐和社区抗议方面有着重要地位。

b Hollywood Palace，洛杉矶著名地标建筑，1927 年作为剧院开始运营，专注于电影放映与舞台表演；1970 年，成为演出和政治筹款活动的举办地。

c 瓦茨（Watts）是洛杉矶中南部的一个地区，因 1965 年的瓦茨骚乱而闻名，后成为城市贫困、种族冲突和暴力的象征。八十年代，随着可卡因的蔓延和帮派冲突的加剧，洛杉矶迎来了枪支暴力的激增，尤其是非法贩运的 AK 步枪，催生了围绕枪支管控、警察军事化与毒品经济的广泛争论。

前 言

"她是谁?"特勤局的工作人员抵达后不停地问,"她没有得到竞选团队的批准,她在这里做什么?""我只知道,她在芝加哥认识人。"斯蒂芬·盖恩斯一直强调。总之,特勤们专注于检查行李。最后,其中一个说干脆也扫一下我的包。扫完以后,他看上去很疑惑,似乎不知道该把我安置在哪里。我不该和安检完的包一起留在停机坪,但也不该在飞机上。"喏,"他最后说,"你就在飞机上等吧。"

我独自一人在飞机上等待。每过一段时间,就会有一个特勤出现,说:"你本来不该上来的,知道吗?但凡有别的地方能安置你,我们早就让你过去了。"飞行员从座舱探出头来。"给我估算一下有多少人要飞。"他对我说。我说我不知道。"五十五?"飞行员说。我耸耸肩。"那就按五十五吧。"飞行员说,"省得管加油的哥们儿不好交代。"这些听起来都不太妙。

我最终发表的那篇关于 1988 年选举的《局内人棒球[a]》是后来关于美国政治诸多面向的一系列文章中的第一篇。我逐渐意识到,这些文章中的绝大部分所关涉的,是政治进程在何种意义上不再是对美国经验的反映,而是越来越源自一套关于美国经验的寓言。随着这些文章陆续发表,我经常被问及个人政治倾向"是"什么或"来自何处",频率之高令我困惑,仿佛那是一种反常、模糊、多少有些难以理解的东西。但事实并非如此。这种倾向是战后经济繁荣时期,在保守(在"保守"一词变味之前)的加州共和党人中度过大半童年时光的自然而然的产物。和我一起长大的人们对低税收、收支平衡和有限政府很是关心。他们相信,无论如何,一个有限政府无权操纵公民的私人或文化生活。在 1964 年,基于这样的关心与信念,我为巴里·戈德华特投下了热忱的一票。如果戈德华特不会变老并继续参选,我一定会在此后每一次选举中投票给他。但事与愿违,加州的共和党人抛弃了一个货真价实的保守派(戈德华特),转而拥抱罗纳德·里根,其中的热切让我震惊,甚至有种作为个人被冒犯的感觉,尽管这么说有点奇怪。在那之后,我登记成为一名民主党人,是家族中第一个(恐怕也是我这一辈中唯一一个)这么做的成员。这种转向并不意味着在任何具体议题上持有与过去相反的观点,这对我来说是个新奇的发现。也正是这一发现,让我开始用一种怀疑的

---

a Inside baseball,即圈内人(insider)的游戏,源自棒球术语内角球(inside pitch),用以指代更为复杂、专业的技法,后引申为只有行业内部人士才能理解的专业细节和复杂策略。

政治虚构

眼光来看待"美国的两党制"——这才是我对美国政治真正的入门时刻。

在纽瓦克机场登上专机后的十几年间，在某个时刻我突然意识到，政治写作中存在某种西西弗斯式的特质。宏观的模式可以提炼，具体的矛盾能够记录，但再多的规律或例证，都不足以阻止那块**石头**，也就是我们对政治的认知，重新滚下山坡。新罕布什尔州的罗曼史很可能再次上演。候选人"性格"中的关键事件将会被再次挖掘。甚至是那些曾经清晰无比的往事，也会再次从集体记忆中消失，悄无声息地沉入不断崩解的新闻-评论循环的洪流——这个国家的**遗忘之河**。比如说，我们可以清晰地看到，早在1988年，政治进程对它本应代表的选民的偏离，就已经到了堪称危险的地步。同样清晰的是，早在1988年，两大主要党派就已决定模糊双方之间任何可察觉的区别，并进一步将争夺的空间收缩为一小部分被挑选出来的"目标"选民，这一决策对民主实践的基本原则——确保国家的每一位公民在国家事务中都有发言权——构成了相当大的威胁。同样清晰的还有，早在1988年，为激起目标选民的怨恨与愤怒而采用的话术操纵，已将这个国家的政治对话降低到了令人沮丧的程度，其最高级的表达形式也不过是一种有毒的怀旧情绪罢了。也许最令人震惊的一点是，早在1988年，该政治进程的局内人就已固化为一个永久性的政治阶层，其显著特点就是随时准备着抛弃那些不在这一进程中的人。人们早就知道了这一切。然而，到了2000年11月的总统大选，也就是日后被称作"佛罗里达"的那三十六天时，人们早在1988年就已熟知的这一切都需要被重新发现，就像西西弗斯要把石头再次推上山一样。

或许，政治进程中最为经久不衰的一则寓言便是它自诩为国家公民提供了"选择"，而公民似乎并不领情。2000年11月总统大选前的那个星期六早上，《华盛顿邮报》的头版刊登了一篇由理查德·莫林和克劳迪娅·迪恩撰写的文章，题为《投票人数走低，冷漠已成主导力量》。这篇文章的核心观点基于《华盛顿邮报》和哈佛大学琼·肖伦斯坦中心共同发起的"消失的投票选民"项目对投票选民和非投票选民态度的民调，并在一篇作为延伸阅读的专题报道中得到了进一步强化，该报道的主角是密苏里州公民迈克·麦克拉斯基，一位三十七岁的退伍军人，尽管他在"自家前院中间竖起了一根二十一英尺高的星条旗旗杆"，但他从未投过票，现在也不打算去投票。他的妻子丹妮尔·麦克拉斯基确定会投票，《华盛顿邮报》注意到，她很乐意谈及"对于社会保障、医疗保健和健康维护组织（HMO）的看法，以及在拉里·金的节目上听到的内容、在克里斯·马修斯的节目上听到的内容，以及乔治·W. 布什将会如何行动、阿尔·戈尔又将会如何行动"。与此同时，《华盛顿邮报》补充道，"麦克·麦克拉斯基一边逗着狗狗们，一边心不在焉地听着，因为他其实并不需要仔细了解这些"，以一种近乎直白的方式告诉它的读者，究竟哪一位麦克拉斯基才是值得支持的。除了正文，报道中还有一些图表，用以说明美国人为什么不投票。《华盛顿邮报》对自制图表的分析是："冷漠是约一亿美国民众选择下周二不投票的首要原因。"

不过，这些图表本身却呈现出一种更加复杂的情况：只有35%的非投票选民，也就是美国全部成年人口的约17%，被划分到了"冷漠"的范畴，据肖伦斯坦研究项目的一位负责人称，这一类别指的是"没有公民责任感""对政治不感兴趣""不关心公共事务"的人群。还有14%的非投票选民被划分到"无法投票"的范畴，包括"由于年事过高或身体不便而无法前往投票站的群体"，以及"近期住址有变更但尚未登记的群体"——也就是说，在实际操作上无法投票的群体。其余51%的非投票选民，约为美国全部成年人口的四分之一，被划分到"隔绝"（对美国政治感到愤怒的人们……他们对政客和政治进程感到极度厌恶，宁可选择退出）或"幻灭"（相较于政治本身，这些非投票选民更加反感的是政治的运行方式）的范畴，二者都是"冷漠"的反面。图表显示，事实上，有70%以上的非投票选民已经完成了登记，这一数据也对那35%的"冷漠"选民的"冷漠"程度提出了质疑。

对肖伦斯坦中心实际民调结果的研究，进一步削弱了《华盛顿邮报》"冷漠"这一结论的可信度。肖伦斯坦中心的民调结果与该报道在同一个周六发布，结果显示有投票意向者和无投票意向者在对政客及政治进程的态度上的差别非常细微——直到那个明显的分歧出现。89%的非投票选民和76%的投票选民都认同"大多数政治候选人为了当选什么话都说得出来"这一看法。78%的非投票选民和70%的投票选民都认同"候选人更关注相互斗争，而非解决国家问题"。近70%的非投票选民和投票选民都认同"竞选更像是闹剧或娱乐活动，而不是值得严肃对待的事"。投票选民和非投票选民态度的真正分歧在于对具体政策的看法。比如说，投票选民倾向于认为联邦预算的盈余应该用于减税。而非投票选民——总体上受教育程度更低、收入更少——则更倾向于认为盈余应该用于医疗、福利和教育。对此，《华盛顿邮报》的结论是："非投票选民有不同的需求，但政客为什么要听他们的呢？"

政治虚构

这种将投票视为一种消费者交易行为的观念（即选民用选票"付费"，以换取职业政客、"领袖"或由此类推出的某个"级别更高的人"的倾听），乍一看，似乎只是一份空洞的社会契约。虽然这并不意味着这份契约本质上就无法生效，如果真能兑现，那也未尝不可。但事实上，这份契约当然没有兑现："选票"只能让"选民"在情感层面觉得政治阶层会倾听自己的声音，遑论对这一阶层的实际运转有任何影响力了。1988年夏天，在亚特兰大凯悦酒店举行的民主党大会上，当迈克尔·杜卡基斯的纽约筹款委员会主席光脚站在桌子上说"我参与进程已经有段时间了，我注意到，那些开支票的人才会被当作握有一定权力的人"时，她对这个契约是如何运转，又是如何失效的，有着足够清晰的理解。1988年，当洛杉矶西区唯一一位为杰西·杰克逊筹款的知名民主党人士说出"当我开口要人帮忙时，人们可能不会接我的电话，这点我承认，但这就是我的选择"时，他对这个契约是如何运转，又是如何失效的，有着足够清晰的理解。

还是这位民主党人士，斯坦利·赛因鲍姆，当他在1992年说出"我的意思是，要想入场，一千已经不够了，你得花十万"时，他对这个契约是如何运转，又是如何失效的，有着足够清晰的理解。当担任八年加州州长后成为加州党主席的杰里·布朗——他显著提高了加州民主党选举的筹款标准——1992年在麦迪逊广场花园的民主党大会上说出，现在是时候倾听"一直为我们战斗，但从未参加过我们的招待会的人们"的声音时，他对这个契约是如何运转，又是如何失效的，有着足够清晰的理解。当乔治·W. 布什律师团中的一人在2000年12月告诉《洛杉矶时报》"要参与这个游戏，你人就必须在佛罗里达州"时，他对这个契约是如何运转，又是如何失效的，也有着足够清晰的理解。"几乎每一个和共和党有关的说客、政治组织者、顾问团都派了代表出席，"罗伯特·B. 赖希在《纽约时报》社论版发表的文章中引用一位共和党官员的话，也印证了这一观点，"如果你曾经是，或者想成为一位共和党人，你当时一定在那儿。"

尽管两党的专业人士对此都有着足够清晰的理解，但2000年佛罗里达州大选的最终结果取决于寥寥几张选票这一事实，在主流叙事中仍被视作"每张选票都重要"的明证，是美国选民拥有绝对权力的铁证。"不管人们怎样看待过去两周，它至少让年轻人意识到了政治选举、日常新闻和投票的重要性。"消失的投票选民"项目的一位负责人根据民调数据得出的结论令人颇为费解，鉴于数据显示，在佛罗里达事件后，尽管年轻受访者对选举的关注度有所提升，但有70%的美国民众——来自各个年龄段——感到沮丧，50%认为这次选举"对选民不公平"。肖伦斯坦中心民调显示，选举结束两周后，面对"你认为你所在的群体对政府行为的影响力有多大？"这样的问题，回答"没有"的人从之前的十分之一涨到了四分之一。

虽然大选后的三十六天作为"公民教育"的意义被一再强调，但实际上，这段时间——从第一天早上，一位弟弟凑巧在佛罗里达州做州长的候选人已经安排好了几家将起到关键作用的塔拉哈西当地律所，到第三十五天晚上，最高法院判定这位候选人在**布什诉戈尔**一案中获胜——所揭示的，恰恰是与政治进程局内人那种毫不掩饰的权力相比，选民是多么微不足道。"共和党不需要找大律所，也不需要和它们利益捆绑，"戈尔的一位战略顾问向《华盛顿邮报》解释第一天早上的情况时说道，"杰布·布什并不需要提前给他们递话。"至于第三十五天的情况，评论员科基·罗伯茨在《本周》节目上，代表这个永久性的政治阶层，为秩序、延续性，以及这份只会对自己兑现的契约的维系做出了辩护："我认为民众确实觉得这一裁决是政治斗争的结果，但他们觉得还好。他们能想到法院是有政治倾向的，而且想让选举快点结束。"在没有任何确凿证据支撑她对"民众"的预期或愿望这种颇具创见的解读的情况下，她抛出了当时在政治进程内部被普遍认同的逻辑："至少现在，我们终于进入了后－选举阶段的弥合期。就是这样。"

政治进程局内人普遍将2000年11月大选后的种种事件解读为某种异常，某种愤怒或者教训（还是公民教育那一套）的来源，但无论如何，都是随机的小概率事件，完全无法预料，也因此十分危险：它是一场"灾难"，一次"溃败"，倘若无法"终止"，或没能等到罗伯茨女士及其他许多人渴望的"后选举阶段的弥合"，那它最终只是一种会招致"混乱"的干扰。但事实上，从很多方面来看，上述种种事件不仅完全可以预料，甚至再熟悉不过：驱动着后选举阶段的应激性愤怒，和自二十世纪六十年代以来就在驱动美国政治的应激性愤怒并无二致。如今，和从前一样，"法治"一词被挂在嘴边，尽管我们一头雾水，像佛罗里达重新计票这种明显是一众律师深度参与的事情，怎么会被说成是对法治的威胁呢。和从前一样，法院系统被认为是"法治"的头号威胁。在《懒行向蛾摩拉：现代自由主义和美国的衰落》

701

政治虚构

中，罗伯特·H. 博克[a]将其描述为所谓"'智识'阶层"的"执法部门"，一个"在很大程度上要对极端个人主义和极端平均主义的扩散负责"的政府部门。和从前一样，无论哪个党派，盛行的论调都是自以为是、自我受害者化、装腔作势的，这正是理查德·霍夫施塔特早在1965年提出的"美国政治中的偏执狂风格"的一个浮夸的例证。

一切都很熟悉，但2000年总统大选后的一系列事件所展现的，并不仅仅是又一次通过激发公众怨怼以使某个阵营占据优势的过程。在民主党领导委员会的阿尔·弗洛姆看来，民主党之所以会败选，是因为其候选人试图释放的"民粹"信号并未在"富裕的、受过良好教育的、多元的、住在郊区的、'会上网的'、温和理性的"目标选民中引发共鸣。而同样的形容词也可以用来形容共和党的目标选民，按照弗洛姆先生的说法，这才是关键所在：2000年大选的"真相"是共和党和民主党最终实现了"势均力敌"，也就是说，两党已经各就各位，准备平分所剩不多的选民，也就是那些将成为"在信息时代占据主导地位的选民"的"中产及中上阶层美国人"。换句话说，我们终于抵达了政治进程一直在趋近的那个零和点：民主党摆脱其传统低收入选民基础的决心，完美匹配了共和党最大化其一贯的低投票率优势的决心。"没人在乎这个国家的选民是怎么想的，"正如1998年共和党一位颇有先见之明的战略顾问在《华盛顿邮报》上所说，"这和本次大选毫无关系。"

这样看来，"佛罗里达"可以被视作一个清晰的表意符号，完美象征着政治进程本身，以及它将我们引向何方：一场总统大选沦为两党就几百名选民展开的为期三十六天的争夺战，正是政治进程本身的一个缩影，它永不止息地运转，直到移除所有已知的风险，将争夺收紧到最小的选民群体。弗洛姆先生以一种看似诚恳的热情指出，2000年大选中有53%的选民收入在5万美元以上（"这是史无前例的"）。有43%来自郊区。74%接受过高等教育。42%有大学学位。70%有投资股票。但这绝非这个国家的人口概况，近半数公民与所属的政府之间只有依附关系，我们口口声声要在世界范围内推行的所谓民主制，如今在自己的国家也只是一种虚构。然而，相较于将政治进程握在如今掌握它的人手中这一优先级更高的事项而言，凡此种种，虽然也是事实，却无足轻重。

---

a Robert H. Bork（1927—2012），美国法官、政客和法律学者，当代司法保守主义的旗手，曾任美国司法部部长、华盛顿特区巡回上诉法院法官，著有《美国的诱惑》与《懒行向蛾摩拉》等。

INSIDER BASEBALL
(1988)

局内人棒球

1

1988年夏天，在加利福尼亚、亚特兰大和新奥尔良先后观摩了加州初选和民主党、共和党的全国代表大会后，我突然意识到一点：整体而言，高中时候我经常一起玩儿的朋友都喜欢在加油站晃来晃去，而这并非偶然。他们并没有参加学生会竞选，也没去读耶鲁或者斯沃斯莫尔学院或者德葩大学，他们甚至没有申请这些学校。他们被征召入伍，在奥德堡接受基本训练。他们搞大女孩的肚子后和她们结婚，并在深夜驱车前往卡森城，花五美元参加穿着睡衣的治安法官主持的证婚仪式，以此开启他们所谓的往后余生的第一夜。他们在舅舅曾经被裁员的公司找到工作。他们或付清账单，或无力支付，他们付了统一开发的郊区住宅的首付，他们生活在社会和经济的边缘地带——用生活在华盛顿或把华盛顿视为中心的那些人的话说，就是"外面"。他们注定不会成为我们所谓的"政治进程"——用来指代美国那种交换权力、维持既有秩序的传统方式时，我们会用的词——的参与者。

"如今人人都有机会参与这一政治进程。"1988年，在杰西·杰克逊在亚特兰大民主党大会发表演讲的次日早上7点50分，汤姆·海登在NBC的节目上接受布莱恩特·冈贝尔的采访时，这样解释1968年和1988年的"不同之处"。但就一个以"团结"为核心指导原则，尤其不鼓励参与的大会而言，上述表述显然并不

政治虚构

属实。然而,身处这一政治进程内部的人,形成了一个自我创造和自我参照的阶层,一种全新的管理精英,他们倾向于将世界描述成他们希望**外面**的人们相信的样子,而不一定是它实际的样子。他们偏好理论而非观察,将经验所得贬低为"轶事"。他们倾向于使用一种在华盛顿通行但并不为普通人所共享的语言。他们谈论"项目"和"政策",以及如何"落实"它们,谈论"权衡"和"选民结构",谈论如何"定位"候选人或帮候选人"保持距离",谈论"故事"及其"传播效果"。

他们谈论候选人的"表现",通常指候选人回避问题的技巧。他们不是普通的公民,而是专业的内部人士,能够敏锐地接收到远在大众听觉范围之外的信号。"听说他今天下午表现不错。"1988 年 8 月的一个晚上,他们坐在位于新奥尔良的路易斯安那超级穹顶体育馆新闻区聊着天,丹·奎尔将于当晚被提名为副总统。"听说布林克利那边他表现得也不错。"但当晚气球落下时,叙事已经变了:"奎尔,不行。"专业人士们一边拂去笔记本电脑上的五彩纸屑,一边说道。这些人在谈论政治进程时,关心的只是作为目的的进程本身,与选民及其可能的关切之间,只残

存着一种名义上的联系。"她曾经很关注实际政策,但如今也卷入了政治进程。"一位颇负盛名的保守党人在新奥尔良对我说,试图向我解释,一位认为杰克·肯普能够"说出外面的民众的真实期望"的老相识,为何会转而支持乔治·布什。"任何让政治进程向民众靠拢的作为,都是向善的。"在 1987 年的自传《注视未来》中,乔治·布什曾这样宣称,这句话传达了一个相当晚近的观念:民众和政治进程并不一定会自动会合。

因此,当我们在谈论政治进程时,指的不再是"民主进程",或确保一个国家的公民就国家事务发声的一般性机制,而是越来越多地谈论其对立面:一个高度专业化的机制,其准入渠道自然也只向内部的专业人士开放,包括那些管理政策运行和对此进行报道的人,那些组织民调和引用民调的人,那些在周日秀上提出问题和回答问题的人,那些媒体顾问、专栏作家和政策顾问,那些举办闭门早餐会和前往参加的人;那些年复一年地发明着公共生活叙事的少数局内人。"真没想到,你还是个政治迷。"当我提及自己计划撰写竞选相关的文章时,马丁·卡普兰这样说道。他之前是《华盛顿邮报》的记者、蒙代尔[a]

---

[a] 指沃尔特·蒙代尔(Walter Mondale, 1928—2021),美国第 42 任副总统,1984 年作为民主党总统候选人败于罗纳德·里根。

的演讲稿撰写人,他的妻子是杜卡基斯竞选团队的经理苏珊·埃斯特里希。正是这句话中潜在的假设——叙事不仅只能由内部专家撰写,也只有内部专家才能看懂——说明了,为何一次大选就能暴露出这些直击政治结构核心、令人不安的问题。

2

这样一场竞选让人印象最为深刻的,恰恰是它和这个国家真实生活之间的疏离。最广为人知的数字图表彰显出一种国民性冷感,政治进程的局内人通常将其解释为无知,或者"冷漠"。总之,绝非他们自身的缺陷,而是他们拿到的那团用以塑造的黏土材料(即选民)的问题。在1984年美国总统大选中,有投票资格的公民中参与投票的人数刚刚过半。尼尔森媒体研究公司的数据显示,全美平均有18.5%的所谓"电视用户"收看了1988年新奥尔良共和党大会的电视转播,这意味着有81.5%的用户并没有收看。1988年亚特兰大民主党大会的平均收视率是20.2%,也就是说79.8%的用户没有收看。什么人会收看,什么人不会收看,其实都是可以预测的:"电视用户虽然数量少,但结构还是很好。"一位供职于博泽尔·雅各布斯·凯尼恩和埃克哈特公司的编程主管在1988年7月告诉《纽约时报》,该公司决定在CBS和CNN为美林证券公司购买"竞选造势"的广告时段。"收视率比1984年下降了约9%,但我们的目标受众高消费阶层还在。"一位NBC市场主管在接受《纽约时报》采访时也承认这一点。

这篇文章让我想起1988年加州初选的前一天,我站在加州中部某校园中一个尘土飞扬的运动场上,当时领先的民主党候选人再次到访此地,就他希望成为一个什么样的总统这一主题发表演讲。人群无精打采,坐立不安。头顶上是灰色的积雨云。天空下起小雨。"欢迎来到硅谷。"一位官员这样问候候选人,但这里实际上并不是硅谷,而是圣何塞,并且是圣何塞尚未被技术繁荣触及的区域;把双色雪佛兰羚羊改装成低趴车,仍然是这个街区的主要活动之一。"我希望成为一个能让大家团结一心的候选人。"话音未落,一位男性从我身旁挤过,用肩膀在一群抱着孩子的女性中开辟出一条前进的道路。这不是一位中坚阶层的好公民,不是高消费阶层目标受众的一员。这是一个穿着羽绒背心、戴着迷彩帽的男人,一个眼睛里闪着微小而坚定的光亮的男人,不在那18.5%内也不在那20.2%之内,而是81.5%和79.8%之中的一员。"我得见见下一任总统,"他小声重复着,"我有话跟他说。"

"……因为这就是这个党派的意义所在。"候选人说。

政治虚构

"他在哪儿?"这个男人问道,一脸迷惑,"他是谁?"

"不清楚。"有人说。

"……因为这就是这个国家的意义所在。"候选人说。

这就是美国仅剩的真正意义上的文化冲突:经验和理论之间的冲突。在经验层面,这个国家是双色雪佛兰羚羊车和戴着迷彩帽、眼中闪着微光的人们的国家;但思维偏向理论的人们并不乐意接受这样的观点。即便我们都站在同一片落满灰尘的沥青地面上,站在同一片悬铃木下,就这一点也无法达成普遍的共识。以下是乔·克莱因对加州初选开始前的最后几天的描述,发表于几周后的《纽约》杂志:

在上周轻而易举地横扫加州然后被提名的过程中,迈克尔·杜卡基斯穿过了一个神秘的美式门槛……人群如今更加庞大,也更加兴奋。他们似乎正在搜寻爱戴他的理由。他们热切地欢呼,几乎毫无挑衅之意。人们伸手去触碰他——不是握手,只是碰上一下……杜卡基斯似乎正在公众心中完成一个过渡仪式:他正在成为总统。

1988年6月这段迈克尔·杜卡基斯跨越(或未能跨越)神秘美式门槛的时间,实际上颇具启发性。圣何塞的学校操场的收官日正好是加州初选的前一天,它起初看起来毫无章法、不得要领,是被飞机航班分割的三个基本上毫无意义的活动。那天早上在林地山的塔夫特高中有小女孩对着摄像机挥舞红色和金色的绒球玩具。乐队演奏着《抓住这只老虎》。"造梦……者……"合唱团低声唱着。"杜卡基斯州长……这是……塔夫特高中。"学生会主席致辞。"据我所知,这是第一次有一位总统候选人到访塔夫特高中,"杜卡基斯州长说,"在这种情况下……你们该支持谁……还有任何疑问吗?"

"杰克逊!"学校后方的小道上,一群墨西哥裔男孩齐声喊道。

"这所有的一切都是为了,"杜卡基斯州长说,"医疗保健,以及优质的教师和优质的教学。"

杜卡基斯的竞选团队草草结束了这场活动,转战另一场:午餐时间在圣地亚哥市中心一片办公楼间广场进行的"造势集会",很多人在去吃午饭的路上经过那里,这是一个借来的群体,听得不怎么认真。摄像机聚焦在气球上。声音技术人员捕捉到了《拉邦巴》的旋律。"我们会严肃对待这个国家的儿童抚养政策,以及实施更加强硬的国内外毒品管制,"杜卡基斯州长说道,"这是艰难的抉择,但我们会让教师成为这个国家中受人尊重的职业。"

那天在任何一个集会地点所说的任何

内容听起来都和观众无甚关联（"我想和你们，和这个国家的所有劳动人民并肩工作。"候选人在圣地亚哥市中心的办公楼间广场这样说道，但在圣地亚哥市中心的办公楼里工作的人们并不认为自己是"劳动人民"）。那天下午，在去圣何塞机场的大巴车上，我问一位整个春天都穿梭于不同竞选团队之间的记者（在不同航班间穿梭的人们普遍认为，6月之前，布什的航班最难接触到候选人，但提供的食物是最好的，杜卡基斯的航班在接触候选人和提供食物方面都表现平平，而杰克逊的航班完全可以接触到候选人，但没有时间吃饭），候选人当天的表现是不是有点偏题。

"不见得，"这位记者回答，"他覆盖了三个主要市场。"

换句话说，对于那些长期跟踪报道选举的人来说，他们理所当然地认为他们所追踪的——事实上也是他们所报道的——这些"活动"不仅毫无意义，而且故意如此：这些场合主要是为了拍摄影像资料，确保候选人不会出错（"他们希望他不出任何差错。"追踪报道乔治·布什的NBC记者1988年9月25日晚上在维克森林大学举行的辩论上一直这么说。一个半小时后他说："他没犯什么大错"）；这些造势活动的目的只是为那些无须付费的电视镜头提供背景画面，就在我们说话间，这些画面正在加州三个主要媒体市场的本地新闻中播出。几周后，《洛杉矶时报》在一篇报道中指出"缺乏设计和执行力的造势活动"如何妨碍了媒体对布什竞选团队在太平洋西北部地区的"环保"主题巡回活动的报道。"在垂钓之旅中，摄像团队的录像带根本送不出来。""在伐木场，布什先遣团队的摄像机角度安排得极其糟糕，以至于在某个场景的镜头里只有他的腿。"这篇报道引用了布什一位顾问的话："没有理由不提供合适的机位，我们会严肃对待此事。"

任何巡回竞选活动，本质上都是一个剧组的布景，需要花费高昂的成本，从一个地点迁移到另一个地点。每一位在加州初选前一天搭乘杜卡基斯专机的记者，其雇主都要为这次不到三小时的空中飞行支付高达1129.51美元的账单；亚特兰大的民主党大会期间，一天早上，迈克尔·杜卡基斯和劳埃德·本特森与杰西·杰克逊会面，碰巧搭乘了杜卡基斯竞选团队大巴从凯悦酒店前往世界会议中心的所有记者，其雇主收到的账单是每人217.18美元，这段距离大概也就十个街区。这就是布景里的等级制：其中有演员，有导演，有剧本顾问，也有场务。布景是孤立隔绝的，也有对局外人的傲慢和蔑视。我想起杜卡基斯竞选团队中那些两颊绯红的年轻助理，

政治虚构

对反讽和历史一无所知，竟然会以"最优秀、最聪明的人"[a]来自我标榜。维克森林辩论后的次日早上，《纽约时报》的迈克尔·奥雷斯蒂斯为我们奉上了一段令人难忘的描述，讲的是布什的助手穿过维克森林校园的情景：

> 布什团队精确计量了发言人迅速从他们观看辩论的房间走到记者们正在整理文章的媒体中心需要多长时间。答案是三分半——对于布什先生的战略顾问李·阿特沃特、罗伯特·蒂特和达尔曼先生来说，这个时间太长了。于是，年轻的助理们请学生和其他围观者为他们让开一条路，好让他们能够小跑过去。

> 布景也有很多乏味的时刻：等待片场布置的时间，等待大巴加入车队的时间，等待发稿电话的时间，等待特勤局（他们在巡回竞选活动中被称为"工作人员"——不是特勤局，而只是"工作人员""这一组"或"这个轮次"）检查飞机的时间。这种例行公事助长了一种被动性。飞机或大巴来了，人们就上去。日程安排出来了，人们就遵从。有时间发稿就发，没时间就不发。一位《波士顿环球报》的记者向《洛杉矶时报》抱怨："我们本来能发一篇头版的。"但布什的竞选团队未能预先提供西雅图"环保"主题演讲的稿件，而这场演讲的结束时间距离前往加州的飞机起飞只有二十分钟。对此，一位 ABC 制作人对《洛杉矶时报》说："有时候你真会坐在那里叹口气，'需要迈克尔·迪弗[b]的时候，他在哪里呢？'"

对于巡回竞选团队的工作人员和随行媒体来说，最后的胜选并不意味着一场全新的制作，而只是一个新的场地：竞选日当天那些精心的布景和特定的镜头（沙滩上的散步，在保障性住房社区进行的见面寒暄）几乎是无缝式地过渡到了白宫南草坪、椭圆形办公室的签字仪式、官员日常出席活动和离开的场景，而其中的疏离、傲慢和乏味则毫发无损。"年轻的助理"仍然会在。需要让开一条路的"围观者"仍然会在。只不过是换了个地点的另一次亮相。"我们已经拍了一个从停机坪起飞的镜头。"他们会在竞选专机上这么说。"这个日程里有两个玫瑰园的镜头。"他们会在白宫的新闻简报室里这么说。当大卫·弗罗斯特问罗纳德·里根，白宫生

---

a The best and the brightest，美国著名记者、历史学家大卫·哈伯斯塔姆对推动美国政府介入越南事务的精英官员的讽刺性描述，其同名书的中译本名为《出类拔萃之辈》。

b Michael Deaver（1938—2007），美国资深政治顾问，曾担任罗纳德·里根总统的副幕僚长，负责媒体管理、日程安排等工作，被认为是政客公共形象塑造与媒体政治领域的开创者。

活与他的预期有何差别时,里根说:"我很惊讶这一切竟然如此熟悉——前一晚我会收到一张日程表,上面写着第二天需要做什么。"

3

美国记者"喜欢"报道大选(他们可以离开办公室,走上街头,有气球,有音乐,能跑大新闻——那种能让你获得同行尊敬、登上周日秀、获得演讲酬劳并时常出入华盛顿的新闻),这也是为何在报道者中生发出一种巨大的热情,足以让人忽视这些报道中所固有的矛盾:这些事件就是为了被报道才发生的。为了换取"接触候选人的渠道",他们自愿传播信源希望传递的画面。为了换取某些能够进行"再加工"的丰富细节(比如,劳埃德·本特森被提名为1988年民主党候选人的那个晚上,杜卡基斯竞选团队进行商议的那张"餐桌";再比如,1988年布什竞选团队的核心成员在搭乘"空军二号"去往新奥尔良共和党大会的路上写下的"纸条",上面是他们各自心目中副总统人选的名字),他们甚至愿意把这些画面当作事实,而非竞选团队想要讲述的故事加以展示。以下是《时代》从新奥尔良发出的报道,内容是乔治·布什如何回应人们对他选的竞选搭档丹·奎尔的批评:

在支持他亲自提拔到高位的人选这件事上,布什从未犹豫。"丹尼怎么样了?"他问了好几次。但这位副总统并没有强烈的冲动去当面质问奎尔。尴尬的盘问于是留给了贝克。午间时分,奎尔开始对继续被盘问表现得颇不耐烦。"我们走吧。"他催促道,但贝克仍在继续追问。到下午早些时候,布什"作战指挥部"内的气氛开始回暖。没有更多的爆料了:至少在眼下,媒体飓风已经过境。

"通过暴露[布什竞选团队]操控媒体的粗暴手段来争取媒体支持。"这是威廉·萨菲尔给杜卡基斯竞选团队的建议。"因为我们讨厌被人操纵。"以下是桑迪·格雷迪从亚特兰大和杜卡基斯竞选团队发来的报道:

就在迈克尔·杜卡基斯即将面对人生中规模最庞大的观众的十分钟前,他八十四岁的母亲尤特佩给了他一个拥抱:"你最好给我好好表现,迈克尔。"杜卡基斯咧嘴一笑,说:"我会尽力的,妈。"

《纽约时报》在1988年3月这样报道:"CBS新闻的政治编辑马丁·普利斯纳和电视制作人、前政治助理苏珊·莫里森,会定期在他们位于华盛顿的住处举办

政治虚构

政治小圈子的聚会。在这种聚会上，他们会组织不记名投票，询问在场的专家们究竟谁会赢得大选……到了1987年11月1日，最新一次的普利斯纳－莫里森'民调'显示，多尔先生[a]的组织策划颇有成效。"共生关系就此达成，唯一的局外人是选民，他们越来越被视作一种假设中的存在，被认为会对局内人愈发老练的政治陈词而非实际的政治议题做出积极回应："目前共和党传达的信息比我们的更加简单清晰。"加州的民主党主席彼得·凯利1988年8月对《洛杉矶时报》说道，谈及所谓"宣誓效忠"问题[b]时，他颇有怨言，不是议题本身有什么问题，而是因为布什已经掌握了主动，或者说"象征意义"。

《布什在电视图像战役中获胜》——1988年9月，《华盛顿邮报》的头版以此为标题，并引用了ABC新闻政治记者杰夫·格林菲尔德的话："乔治·布什基本上都在室外，不穿外套，有时候衣袖还会卷起来，看上去热情洋溢，像个'快乐的战士'[c]。而迈克尔·杜卡基斯几乎都在室内，穿着外套，而且几乎总是在讲台后面。"据同一周的《新闻周刊》报道，布什竞选团队在拍摄"戏剧性场景——比如波士顿港[d]方面显然更胜一筹，从而赢得了这场"至关重要的布景之战"。报道引用了一个追踪杜卡基斯竞选的CBS制片人的牢骚，有一次在加州一个海滩上，杜卡基斯州长对学生演讲，但他面向的是学生，而非摄像机。"杜卡基斯出现在这个海滩上的唯一理由就是拍照，"这位制片人说，"那他最起码要让人看到他的脸。"《新闻周刊》得出结论："图像往往胜于雄辩。"

这篇关于"布景之战"的报道刊登在1988年9月12日《新闻周刊》的第24页。同一期的第23页是两个半版的彩色照片，它们是本期国内政治报道（《**亲自**

---

a 指鲍勃·多尔（Bob Dole, 1923—2021），美国律师、共和党政治人物，曾任美国众议员（1961—1969）和堪萨斯州参议员（1969—1996），是共和党1976年的副总统候选人和1996年的总统候选人。1987年11月前后，多尔正在争取1988年美国总统选举的共和党总统提名。

b 在担任马萨诸塞州州长期间，杜卡基斯曾否决一项州议会通过的法案，要求所有公立学校教师每日带领学生宣读效忠誓词。他的否决理由是州宪法已有类似规定，无须重复立法。但在1988年总统选战中，该事件被布什竞选团队作为其"缺乏爱国精神"的象征加以大肆宣传。

c Happy Warrior，典出英国诗人华兹华斯纪念纳尔逊勋爵的诗歌《快乐战士的性情》（"Character of the Happy Warrior"）。1924年，富兰克林·罗斯福在提名民主党人阿尔·史密斯为总统候选人时首次使用，后成为美国政界惯用标签，用以形容在逆境中依然乐观、坚定的政治人物。

d 指布什竞选团队安排布什以波士顿港浑浊的污水为背景拍摄宣传画面，借此批评迈克尔·杜卡基斯在担任马萨诸塞州州长期间对环境治理不力。

下场，不择手段：互泼脏水的选战全面打响，布什保持攻势——而杜卡基斯则召回了他的主力巷战人员》）的配图，两个候选人一人一张，似乎是为了回应第24页及《华盛顿邮报》的关切而特意安排的。照片中，乔治·布什在室内，站在讲台后面，穿着外套；而迈克尔·杜卡基斯则在室外，没穿外套，袖子卷了上去，热情洋溢，正准备在停机坪上投掷棒球：他们从杰夫·格林菲尔德那儿学到了一些东西，还是有人事先告知了杰夫·格林菲尔德一些东西？"我们和媒体交谈，然后事情就会有它自己的走向。"马克·西格尔，一位民主党政治顾问对伊丽莎白·德鲁说。

至于停机坪上的这颗棒球，在迈克尔·杜卡基斯出现在伍德兰希斯高中、圣地亚哥的办公楼间广场，以及圣何塞一所学校操场的那天，其实还有第四场活动，尽管它没有出现在日程表上。电视摄制团队称之为"抵达停机坪后的传球"。这场活动发生在上午稍晚时分，在圣地亚哥机场的停机坪上，就在竞选团队的包机波音737停稳、候选人走出舱门之后。整个过程中只出现了一瞬间的犹疑，或者是决策。紧接着，有人拿出棒球手套，巡回竞选团队的新闻秘书杰克·威克斯把一颗棒球抛给候选人。候选人又把球传了回来。我们剩下的人就站在太阳底下，全神贯注地看着：大概有四十人站在停机坪上，注视着一个穿着袖子挽起来的衬衫、打着红色领带的矮小身影把球传给新闻秘书，就连一架阿拉斯加航空的波音767飞机的降落，也无法让这些人的眼睛移开。

"就是个普通人。"其中一位摄影师说，他的语调和杜卡基斯早前面向蓝领选民的一支广告中的"工会代表"如出一辙，此人信誓旦旦地说自己已经认识"迈克"很久了，尽管他不是"下班来杯小酒就很开心的那种哥们儿"，但他仍然支持他。

"我觉得他就是个普通人，"另一个摄影师说，"绝对的。"

"我愿意没事儿跟他待上一会儿那种。"之前那个摄影师说。

就在这时，卡拉·杜卡基斯，候选人的一个女儿从波音737里走出来。

"你愿意跟他喝一杯吗？"

杰克·威克斯把球传给卡拉·杜卡基斯。

"我愿意跟他喝一杯。"

卡拉·杜卡基斯把球传给她父亲。她父亲接住球，然后传回给她。

"好了，"其中一个摄影师说，"我们拍到女儿了。很好。这就够了。很好。"

那天稍晚时候，选举团队里的一位CNN制片人告诉我，杜卡基斯团队录制的首个传球画面，实际上是在俄亥俄州某个保龄球馆外。是CNN拍的。竞选团队意识到只有一台摄像机拍到了那个画面，于是安排了这次的重拍。

"我们有很多和传球类似的画面，"制片人说，"比如希腊舞。"

我问她，现在还会花心思去拍这样的画面吗。

"还是会拍，"她说，"只是我再也不会打电话说，'嘿，先别挂，我拍到他跳舞了。'"

这听上去合情合理（毕竟，万一候选人在传球过程中击中了一位公民，CNN也总该拍上一拍），但直到读到乔·克莱因有关加州那些日子的报道时，我才意识到，圣地亚哥机场停机坪发生的那个极其诡异而做作的场景会变成历史，至少是暂时性的历史。"杜卡基斯看上去极其快活，"乔·克莱因写道，"他和助手们互相传球。他居然会多种语言。他还会跳希腊舞……"在1988年7月25日的《美国新闻和世界报道》中，迈克尔·克雷默在他的封面故事（**《杜卡基斯足够强硬吗？》**）开篇，对这一抛球过程进行了更深入的描摹：

温度计显示是101华氏度，但在凤凰城酷热的机场停机坪等待的当地人猜测有115华氏度。毕竟，迈克尔·杜卡基斯是在沙漠的正午烈日下沉溺于他真正喜爱的竞选仪式——和他的助手杰克·威克斯的传球游戏。"这些天以来，"他说，"在下飞机后传球是我唯一的锻炼。"在十六分钟里，杜卡基斯接住了高飞球，打出了好球。中途他卷起袖子，但一直没有解开领带。最后，谢天谢地，终于结束了，是时候问出那个明显是玩笑的问题："州长，在这么热的天气里传球，说明你的心理素质怎么样来着？"没有丝毫犹豫，没有一丝笑容，杜卡基斯呼应了他最近几个月一直在陈述的观点："说明我很强硬。"

这也并非最后的版本。1988年7月31日，《华盛顿邮报》的大卫·S. 布罗德（当时和杜卡基斯竞选团队同在凤凰城）为我们提供了故事的另一个版本，并且由于他在这一政治进程中资历颇深，这可能也是关于传球最为官方的版本：

杜卡基斯呼唤杰克·威克斯，他是一位英俊的、卷发的威尔士人，负责好脾气地指引我们这些任性的媒体人处理每天变化莫测的竞选日程。威克斯恭敬地拿出两个手套和一个棒球，就在停机坪上，在地表温度即将达到沸点的情况下，州长向威克斯投掷了成百个九十英尺远的高空投球，以此活动胳膊，缓解背部的僵硬。

于是乎，我们在停机坪上看到的传球成了一种心照不宣的默契：这是一个很多人都目睹过的不断重复的瞬间，所见者都认为这是精心设计的布景，而其中的绝大部分认为只有局外人，只有"太过天真"而不知道游戏规则的人，才会这样描述它。

4

关于竞选的叙事由很多诸如此类或大或小的默契和心照不宣的共识组成，为了一个充满戏剧性的故事线，大家牺牲了很多洞察。比方说，大家都心照不宣地认为，1988年新奥尔良共和党大会的第一晚是罗纳德·里根"最后的振臂一呼"。**《里根振奋了老大党》**是《纽约新闻日报》第二天早上的头版标题；但事实上，里根在超级穹顶的演讲，现场反响平平。因为他此次亮相并非面向现场观众，而是迎合了摄影机那种更为私密的表达方式。同样心照不宣的是，1988年在亚特兰大民主党大会的最后一晚，迈克尔·杜卡基斯所做的提名演讲彰显了他的"激情"或者"领导力"。"这位言简意赅的候选人能否向内发掘，找到真正属于领袖的语言？"《时代》这样问道，"他能否超越'好工作配好薪水'这一平庸的承诺，为民主党的新愿景赋予新的声音？"

正确的答案是他可以，鉴于此处故事的推进需要一个真正有竞争力的候选人（一个支持率能"领先"17%的竞争者，这样一来，乔治·布什的支持率就能"落后"17%，在这种处境下他就能够奋起"夺回"自己的机会了）。"这是他人生中最精彩的演讲。"大卫·S. 布罗德这样报道。桑迪·格雷迪认为它"精彩绝伦"，激起了"肯尼迪式的回响"，显示了"出人意表的技艺和激情"。《新闻周刊》见证了迈克尔·杜卡基斯"用他极具个人色彩的提名演讲让大会现场振奋不已"。事实上，那天晚上真正让集会振奋的，并非他的演讲，这场演讲不过是杜卡基斯州长在初选期间使用的一系列彼此毫不相关的从句（"我的朋友们……移民的儿子……好工作配好薪水……让教师变成一个受人尊敬的职业……这就是民主党的宗旨"）的组合，真正振奋人心的，是随着灯光变暗，镭射光扫过会场，淹没整个会场的那种演唱会级别声量的"美国之旅"的口号声，是轰隆作响的低音炮。

人们心照不宣，认为这种虚构的叙事将召唤出诸多熟悉的元素。有持续不断的"赛马"故事线，像日复一日上演的可靠戏码，一位候选人落后，另一位赶超。有新民调带来的惊喜，也有午夜航班上一对一谈话的魅力（在一个国家沉睡之时，候

政治虚构

选人和密友苦心推敲着这个国家的命运），这一桥段由西奥多·H. 怀特[a]开创。还有一种虽未经检验但却旷日持久的信念，即将竞选视为一场个人奥德赛，以及将精神上的收获归于那些有勇气践行的人。也有候选人可供陈列的过往中面临的严酷考验，一个"改变命运"的时刻。在这种叙事模式中，罗伯特·多尔的人生在1945年他在意大利受伤时发生了改变。乔治·布什的人生则在他和妻子在西得克萨斯州决定"白手起家，自食其力"（他的原话，或者是他演讲稿撰写人佩吉·努南的原话，摘自1988年共和党大会的提名演讲《实现梦想》，这个演讲强调采取行动，卷起袖子，抛弃特权）时彻底改变。对布鲁斯·巴比特[b]而言，是学生时代在玻利维亚度过的某个夏天，"心中的大坝从某种程度上崩塌了"。对迈克尔·杜卡基斯来说，大坝并不是在他独自在南美（具体来说是秘鲁）度过的学生时代崩溃，而是1978年他在马萨诸塞州的败选：在1988年的竞选中，我们反复读到，他悲剧性的缺陷既非他在早期选举失利后显而易见的闷闷不乐，也非很多人日后所见的一种相当机械的自我满足（"我们两个都对自己的所作所为感到自豪，"他在亚特兰大接受NBC采访时这样说道，这是他最喜欢的句式之一，"实际上为彼此感到骄傲……并且非常自豪，名叫杜卡基斯和杰克逊的伙计们走了这么远"），而是一种更具吸引力的狂妄自大。

这种叙事需要概括和简化。迈克尔·杜卡基斯身形瘦小，和哈佛有关，这暗示着他可以被塑造为"知识分子"；而另一方面，"移民因素"可能会让他显得强硬（"说明我很强硬"），像一个"街头斗士"。1988年7月25日的《美国新闻与世界报道》的封面这样写道："他冷静、敏锐，仍在努力证明自己足够强硬。"报道引用了他的一位顾问的话："强硬就是一切。人们需要感受到一位候选人足够强硬，才能当总统。这是人们对候选人最为基本的印象。"乔治·布什则展现出一种饱受折磨的叙事困境。布什的风格复杂、带有讽刺意味，有东北部精英特有的矜持的锐气。那些讲故事的人或是没有领会，或是并没有对这种风格做出回应。这种风格最初被称为"懦夫因素"，后来也并没有演变为对他的个性更为复杂的看法，反

---

[a] Theodore H. White（1915—1986），美国新闻记者、历史学家和小说家，毕业于哈佛大学，师从美国著名汉学家费正清，中文名为白修德，以记述中国的抗日战争与多届美国总统选举而著称。其代表作《美国总统的诞生》（1960年）开创了以小说的手法描写政治家及其竞选活动的先河。

[b] Bruce Babbit（1938— ），美国律师、政治人物，曾任亚利桑那州州长（1978—1987）及克林顿政府时期的内政部长（1993—2001）。1988年，巴比特曾参加民主党总统初选。

而是被完全相反的标签取代：到了1988年8月底，乔治·布什不再是"懦夫"，而是"颠覆"了这一看法，"突出重围"，开辟自己的道路：他不再是虚弱的东北部产物，而是在得克萨斯州蓬勃发展，也正因如此，"他足够强硬，适合当总统"。

乔治·布什在得克萨斯州取得成功，或许并非受限于他东北部精英的身份，而是恰恰相反，得益于此。这种细微的差别并非媒体叙事的一部分："当时他被认为是得克萨斯州历史上最具领袖魅力的民选官员之一。"休斯敦国会议员比尔·阿彻说，"他的魅力，是人们反复谈论的话题。"而人们之所以谈论，可能是因为乔治·布什在得克萨斯州的那些年间，安德沃和耶鲁，以及这些名字暗示的可继承的避税政策，恰好是休斯敦和达拉斯当权者渴求的理想，但媒体叙事需要的则是一个没那么模糊的版本，正如布什，或是佩吉·努南在那篇著名的《实现梦想》提名演讲中所说的、没有主语代词的句子："住在一个狭长的小房子里，三个人一个房间。做石油生意，自己开了公司……从小房子搬到复式公寓，再到独栋住宅。过上了梦想中的生活——周五晚上是高中橄榄球比赛、少年棒球联赛，邻里烧烤……带着孩子、狗和一辆车，驶入未知的领地……"

毫无疑问，大众对任何故事的兴趣都取决于对个性，或者"性格"的虚构，只

不过在这种政治叙事中，虚构的目的在于维持一种虚幻的共识，而虚构的方式并非解决实际存在的问题，而是掩盖它们。到1988年，人们普遍达成了一种共识：美国面临着某些社会和经济现实，虽不至于棘手，但也确实无法通过竞选候选人（不论他们的党派倾向）提出的政策补丁来解决。我们尚未适应第三世界部分区域的工业化。我们尚未适应一个经济格局重新洗牌的世界，而美国在其中已不再是变革的主要推动者。"我们确实处于一个过渡时代，"布伦特·斯考克罗夫特，布什的首席外交政策顾问在1988年秋天告诉《洛杉矶时报》的罗伯特·希尔，"我们从一个战后世界过渡而来，在那个世界中，苏联是敌人，美国是超级大国，美国一方面要巩固盟友，同时帮助曾经的敌人，以及协助第三世界实现独立。那个世界，以及上述种种，正在走向终结，或者已经终结，而我们如今正在进入一个全新的、截然不同的世界，相比旧世界，这个新世界将更加复杂，也更加不明确。"

然而，在1988年大选中占据主导地位的，并非对一个全新且截然不同的世界的认识，而是对旧世界的怀念，一颗经过编码的定心丸，即任何有关模糊性和变化的蛛丝马迹，也就是乔治·布什所谓的"价值的堕落"，统统会被加强的社会控制妥善处理。"强制"一词在布什和杜卡基

斯竞选阵营的语言中扮演着极其重要的角色，这并非偶然，尽管他们似乎完全没有意识到，这个方法并不新鲜。杜卡基斯曾经承诺，为了实现"不让任何一个毒贩或毒品获利行为在地球上有任何安全的藏身之处"这一目标，缉毒所的数量将"翻番"，但这并非一个行之有效的方法。乔治·布什也不断允诺，他支持死刑和"宣誓效忠"，以及祈祷，又或者是公立学校"默哀"。"我们必须改变整个文化。"他在维克森林辩论上这样说道。民调显示，选民渴望"改变"，而这种改变的愿望被双方选举阵营翻译成一种对"回归"的渴望，一种倒退回乔治·布什反复提及的"更温和的美国"的愿望。

如果说两位候选人之间存在"差异"，那这种差异也只在于他们所描绘的"更温和的美国"处于时间轴上的哪个位置。杜卡基斯阵营侧重"计划"，他的团队提出的计划更接近于"二战"后的蓬勃年代曾经奏效的举措（比如鼓励私营企业参与低成本住房建设）。布什团队则侧重"价值"，但他们所指的价值并非战后价值，而是战前的美国价值。对双方而言，"观念"都无足轻重。"这次选举并非关于意识形态，而是关于能力。"迈克尔·杜卡基斯在亚特兰大这样说道。"说到底，这是在两个人之间进行选择。"他的资深顾问之一托马斯·基利对《华盛顿邮报》说。"在所有的尖叫和欢呼过后，在尘埃落定之时，最关键的是坐在办公桌前的那个人是谁。"乔治·布什在新奥尔良这样说道。也就是说，所谓的"尘埃落定"，所谓的选举"关于"什么，所谓的美国的问题或优势，都并非历史性的转折——毕竟历史性的转折往往不受个体公民行动的影响——而是关乎"性格"；而"性格"一旦被认为是重要的，那么每一位公民——因为每个人都是性格的评判者，人格领域的专家——都将被视作重要的。这种观点，即公民在两个维持中间立场的候选人之间做出的选择会带来"不同"，正是这种叙事最为核心的要素，也是它最为虚构的部分。

5

1968年民主党全国代表大会期间，提名程序是在芝加哥街头进行的全民投票。在那之后，类似情况不再被允许发生。大家普遍认为，此次事件加强了对初选的重视，以及随之而来的媒体对初选的更多报道，进而导致全国代表大会不再有任何实质作用，反而更像一个单纯的庆祝仪式。1987年初，在1988年大选的初选开始之时，《华盛顿邮报》的大卫·S. 布罗德提供了一个强有力的分析，他指出，提名程序中这些"改革"的权力并不属于党派领导层（选择权最终的栖息之所），而是属

于"现有的传播系统",他指的正是媒体,或者是党派领导层贩卖他们选择的媒介:

一旦竞选活动铺开到十八个州——事实上新罕布什尔州初选结束后的第二天将确实如此,当焦点转移至席卷全国的超级初选时,现有的传播系统的最大容量是各个党派中两到三位候选人。电视网络、报纸或者杂志都没有人力、空间和时间来描述和分析两党同时进行的几乎覆盖半个国家的初选动态。这对我们而言基本上是不可能完成的任务。鉴于我们无法减少在超级星期二参与投票的州的数量,我们就必须减少报道严肃竞争者的候选人人数。这种新闻判断是武断的——没错,但这里不容上诉。那些在艾奥瓦州或新罕布什尔州初选中位列第一或第二的候选人将获得大众媒体的青睐,从而获得参与下一轮的筹码。那些没有拔得头筹的候选人将不会获得大众媒体的青睐。只有两位牧师——杰西·L. 杰克逊和马里昂·G.（帕特）·罗伯森是小小的例外,他们有基于教会的传播和支持网络,所以更少依赖大众媒体的关注。除此之外,无人例外。

到了1988年7月和8月,当现有的传媒系统在亚特兰大和新奥尔良部署完毕时,优先级已经显而易见。"**注意注意注意**,"一些纸媒记者在亚特兰大领取采访证时收到的打印便签上这样写道,"由于民主党全国代表大会委员会允许电子媒体的转播间超出原定规格,你所分配到的座位对演讲台和会场的视线将会被遮挡。"也就是说,广播和电视网络的高空包厢,建在了原本被分配给报刊纸媒的区域前方。"出于实际考量,这一区域被选中,成了一个大型电视演播室,能够将我们的信息传达给美国民众,给全国观众。"民主党国家委员会主席保罗·柯克说道,他试图解释为何演讲台和高空包厢极大地占据了奥姆尼体育馆的空间,以至于数千名代表和候补代表在杰西·杰克逊发言的当晚被拒之门外。亚特兰大市市长安德鲁·杨为这次封锁道歉,但同时也表示接下来几晚仍会如此:"这个国家将要投票的一亿五千万人口是我们的主要目标。"即便如此,大会代表仍被认为扮演着切实的角色。"大厅里的诸位对整体观感来说十分重要。"CBS新闻负责选举大会报道的资深制作人莱恩·瓦纳多斯在谈到共和党大会时对《纽约时报》说。换句话说,代表们是群演,让布景看起来更加真实。

在1988年那八个夏夜里——四晚在亚特兰大,四晚在新奥尔良,尽管当时全美大约80%的电视机在播放和选举无关的内容,但这一政治进程的局内人的全副精力却都集中在这个故事的编造上,在这

政治虚构

个故事中，他们既是主角，同时也是主要观众。举行大会的"大型体育馆"成了自足的世界，不断将此地的影像传回此地，连接场馆与那些只能论"×层"不能论"×楼"的模块化功能区的是一些空中步道，而非那些看似连接两者实则并不相通的神秘喷泉、玻璃直梯和自动扶梯。不论是在新奥尔良的路易斯安那超级穹顶，还是亚特兰大的奥姆尼体育馆中，网格状排列的照明灯都如催眠般明明灭灭。携带来复枪的男人在狭窄的人行通道上巡视。塞满气球的网罩在头顶轻轻摇晃，为那个所谓的"高光镜头"做准备，在那个瞬间，或者"窗口"，一切就绪并且没有一家电视台会把节目切至商业广告。微型摄像机在会场地面游走，如捕鱼一般，在亚特兰大找的是罗伯·劳，在新奥尔良找的是唐纳德·特朗普。在NBC的高空包厢里，汤姆·布罗考正来回踱步，他一边调整领带、穿上外套，一边凑近和约翰·钱塞勒交谈。在CNN的高空包厢里，玛丽·艾丽斯·威廉姆斯端坐着，沐浴着白色的灯光，像高空包厢中的金发圣母。在纸媒专区的电视屏幕上，这些画面再次出现，只是角度不同：汤姆·布罗考和玛丽·艾丽斯·威廉姆斯再次出现，不仅在我们头上方播报，同时也在对我们播报，闭环完成。

在黄金时段结束、高空包厢熄灯后，真正的政治行动开始在空中通道之间穿梭，涌入不同楼层、不同酒店的大堂——无论是凯悦、万豪、希尔顿，还是威斯汀。从一个大堂到另一个大堂、从一层楼到另一楼层的流转中，同一批人反复出现，尽管角色有微小的变动。在亚特兰大凯悦酒店的某层，我见到了以杰克逊顾问身份出现的安·刘易斯。而在新奥尔良凯悦酒店的某层，我见到了作为《女士》杂志通信记者的安·刘易斯。有些画面令人印象深刻。"我参与进程已经有段时间了，我注意到，那些开支票的人才会被当作握有一定权力的人。"我想起纳丁·阿克，杜卡基斯纽约募款会的主席，这是她在亚特兰大凯悦酒店的一个套房中的发言。那是一位拥有金色长发的苗条女性，她赤脚站在一张桌子上，向在场的各位解释他们该如何参与这场政治行动。"那些夜晚的美妙之处在于，你甚至可以见到迈克尔·哈灵顿。"我想起理查德·维格里在新奥尔良的一个聚会上这样对我说过。这个曾经为美国右翼运作政治活动的男人，听上去在缅怀二十世纪六十年代初我俩共同度过的那些夜晚，地点是我们一位共同女性好友位于华盛顿广场的公寓。在当时，那些夜间聚会是政治边缘思想的沙龙。

民主党全国委员会称，1988年亚特兰大民主党全国代表大会期间，媒体出席率是1984年大会的两倍。在新奥尔良，

"媒体区"不仅有117家报纸、新闻服务机构及美国电视和广播,还有52家外国电视网络。在法国区的每一个街角,都有人在做现场报道。媒体还获得了可供拨打的电话号码,方便他们联系到"共和党州和地方官员",或者"帕特·罗伯逊竞选阵营",或者"里根的民调专家理查德·沃思林",以获得即时信息。报社派来三十、四十、五十人的团队。每一个酒店大堂都堆满了新鲜出炉的报纸,有《亚特兰大宪章报》《新奥尔良皮卡尤恩时报》《华盛顿邮报》《迈阿密先驱报》和《洛杉矶时报》。在亚特兰大,这些报纸被"回收",制成三万张海报,分发给新奥尔良的媒体。

在一种近乎麻痹的氛围中,这一完美的闭环成了美国政治生活的某种典范:这是一个不存在半衰期的世界,正如美国政治生活本身,以及这种生活依赖的印刷品和来回传输的图像一样。大家都心知肚明,在这里所说的每一句话都会通过电波传送出去,然后消失。加里森·凯勒和他可爱的孩子们会消失。安·理查德森和她辛辣的回击会消失。菲利斯·施拉夫利和奥林匹亚·斯诺会消失。所有的观点、所有的谣言、所有在亚特兰大和新奥尔良说西班牙语的女佣都会消失,而留下的只有巨大的体育馆本身,那些体育馆、酒店大堂和内部分明的层级,以及连接它们的空中通道,那个城市广场和象征意义上的市场。在那里,叙事在被书写的同时旋即被消费,迅速、高效而彻底。

6

体育馆中的这个世界和我们所认知的世界之间,存在某种时差。某晚在纽约,在民主党和共和党大会的间隙,我恰好朝着拉斐特街走去,前往公共剧院看英国出生的电影人理查德·里柯克在美国的五十年间参与拍摄的纪录片片段。我们看到1941年弗吉尼亚的民间歌手,1946年路易斯安那的石油钻井工(这是里柯克为罗伯特·弗拉哈迪拍摄的《路易斯安那故事》),1954年在玉米带巡演的帐篷表演者;我们看到1960年准备参加印第安纳波利斯五百英里大奖赛的艾迪·萨克斯,以及1961年出现在西班牙裔哈莱姆区的皮尔·托马斯。我们看到游行,我们看到花式短棍表演者。我们看到1963年南达科他州的五胞胎。那晚在公共剧院屏幕上出现的图像和态度来自一个几乎消失殆尽的美国,而令人震惊的是:"此次大选"正是建立在这些图像和态度之上。

乔治·布什提倡的"带着孩子们、一只狗和一辆汽车"进入的"未知领域",也存在于这一消失殆尽的美国中,它早已被划分、被切割,成了那些政治进程的局外人用首付款买下的整体开发的住宅区。迈

政治虚构

克尔·杜卡基斯的"扫雪机",连同它旨在传达的对资源的态度(令人发笑的节俭和令人钦佩的精打细算),都脱胎于对这个消失殆尽的美国的一种模糊的印象:彼时的美国公民认为这种价值观是有趣的、值得赞赏的。"宣誓效忠"这一议题也重新指向了那个消失殆尽的世界,"一个没有毒品的美国"在那时曾经还是一种能够实现的理想。这让我想起当时杜卡基斯的外交政策顾问马德琳·奥尔布赖特。她在亚特兰大驳斥民主党纲领中一项"不率先使用核武器"的少数派主张时,曾想象出这样一个情境:"苏联军队占领欧洲"后,依照承诺不率先使用核武器的美国削弱了自身的行动能力。她仿佛在谈论一个自1948年后就未曾改变过的世界。支撑她这番言论的,一方面是政治阶层在1988年对美国人民最深关切的错误估计,他们在自掘坟墓——尽管很大程度上这是一个还算舒服的坟墓;另一方面则是政治阶层内部某种心照不宣的共识,再次佐证了他们对现实的视而不见。

杰西·杰克逊搭乘"旅途"大巴驶向的,正是一种镇静剂般的幻想,在这一幻想中,作为帝国的美国可以重现荣光。"过去几天,一阵恐慌感席卷了整个党派,这在此前闻所未闻。"1988年春天,面对那危机四伏的几周,大卫·加思对《纽约时报》说道。当时的情况是,一个从未担任过民选公职的黑人候选人,一个可能会带领整个民主党走下坡路、被认为绝对不会当选的候选人,确实有可能赢下最多的代表票,要代表民主党前往亚特兰大了。"整个党派都面临着一个非同寻常的结果。"民调专家保罗·马斯林这样说道。"我们不知所措。"罗伯特·S.斯特劳斯说。据《纽约时报》报道,一位尚未表态的超级代表说"杜卡基斯竞选团队在伊利诺伊州初选失利后,改变了他们要向选民传达的信息。杜卡基斯先生不再是'天选'之人,而是秩序的候选人。'火车正在驶离站台,而你最好在车上,他们不再发表这种老生常谈了,'这位官员说道,'他们现在会说,恐怖分子将引爆站台,而我们是唯一能够拆除炸弹的人。'"

杰西·杰克逊带来的威胁,或可能性,他作为候选人的"历史性"(正如人们确定他并无胜算后喜欢说的),不仅仅因为他是黑人。恰恰相反,他是黑人这一事实,曾经,并且在将来也可能再度被孤立地看待、被隔离出去。比方说,杜卡基斯团队的唐娜·布拉奇尔1988年9月对《纽约时报》说:"等到下周,我们开始处理黑人媒体的事情时,还需要杰西·杰克逊作为我们的代表,出现在黑人社区的节目中。"她意在强调杜卡基斯团队在努力和杰克逊"言归于好"。换句话说,"黑人"

身份可以被利用，甚至成为一种道德力量，一种让美国白人姿态更加完美的手段："见证一位黑人候选人遭遇并且克服潜藏在几乎每一个白人身上的种族歧视，这多么令人动容，也极为重要。"安东尼·刘易斯在1988年3月的专栏中这样写道。这篇文章指出，"杰西·杰克逊会胜出"这个想法仅仅是一种长久以来危害"民主党"的"浪漫的错觉"。"看着杰西·杰克逊已经取得的成果，你无法不思考，如果洛杉矶的汤姆·布拉德利或亚特兰大的安迪·杨参选，他们将取得何种成就。"我听到有人在一档夜间谈话节目上这样说道，当时杰西·杰克逊的竞选已经步入了所谓的"历史性"阶段——或者，用候选人自己的话说，就是"无止境"的阶段。

"黑人"本身，倘若放置在正确的语境中——指全部由黑人和支持黑人的自由派白人构成的通情达理的选民——是可以被这个政治进程接纳的。但在1988年杰克逊的参选中，起作用的却是一些不那么传统的因素。我回想起加州初选前的那个周末，我在佩布尔比奇的某位美国大公司的董事长家中吃的那顿晚饭。当晚有十六个人，都是白人，都很有钱，都衣着考究，都接受过良好的教育，都是保守主义者。那晚我注意到十六位中的六位，或者说在场的每一位登记为民主党人的宾客，都打算在下周二投票给杰西·杰克逊。他们给出的原因模糊，但态度十分坚决。"我听过他讲话，他听起来不像一个政客。"其中一个人说。"他谈论的是当下。"另一个说，"从这里走出去，环顾四周，你就会知道我们遇到了一些麻烦，而他正在谈论这些问题。"

为何1988年杰克逊参选在当时会被视为一颗亟待拆除的定时炸弹呢？原因并不在于黑人们支持一位黑人候选人，而是有数量可观的白人支持他——在多数情况下，白人不仅是在支持他，并且是在克服着他们自身深重的情感和经济冲突而支持他。这种支持并非因为他是黑人，而是即便他是黑人，他们仍然支持他，因为这位候选人最大的吸引力在于他"听上去不像一个政客"。对于这些选民来说，他们并不在乎主流政治叙事致力于打造的卖点，也就是"性格"。很多我打过照面的杰克逊的白人支持者平静地将这位候选人称为"一个骗子"，甚至用乔治·布什的话说，他是一个"投机者"。"但是……"他们会说。而"但是"几乎无一例外地意味着，他们愿意踏出既有的政治版图，支持一位对抗"庸常政治"，对抗所谓的"追求共识的中间派政治"的候选人（正如这位候选人自己反复提到的那样），对抗已经成为整个政治进程前提的那种观念，即赢得竞选和维持公职确保了某种公共叙事的发明，而这种叙事丝毫不根植于任何可供观察的现实。

换句话说，这些支持杰克逊的白人选民，并非理想主义者，而是经验主义者。等到杰西·杰克逊抵达加州，他最终在这里赢得了全部白人选民中25%的选票和年龄从三十到四十四岁这一关键年龄段的选民中49%的选票，理想主义者们都集结在唯一可能取代他的候选人身后，在当时，这位候选人被断言是"有总统相的"。在1988年5月和6月上旬的洛杉矶，那些没有皈依杜卡基斯阵营的民主党人士被形容为"自我放纵的"，或者"不成熟的"，甚至被叫作"议题懦夫"，而这一令人沮丧的说法，实则预示了即将到来的竞选的核心要义。我记起和一个加州人有过的交谈，他富有，坐拥大量政治资源。在初选阶段，在以自由派著称的洛杉矶西区，他基本上是唯一一位支持杰西·杰克逊的民主党人。他说他有能力为"对议题而非政治进程更加感兴趣的奢望"买单，但同时他也要付出代价："当我开口要人帮忙时，人们可能不会接我的电话，这点我承认，但这就是我的选择。"

7

1988年6月的那个晚上，当迈克尔·杜卡基斯成为加州民主党初选的获胜者时，炸弹被正式解除。当晚，洛杉矶市中心比特摩尔酒店的水晶厅内举行了"庆功会"。但与其说是庆功，不如说是专业政客对选举结果的认证仪式，是那些没人敢不接他们电话的加州民主党人的仪式性聚会。查尔斯·马纳特来了。约翰·爱默生和查尔斯·帕尔默来了。约翰·范德坎普来了。利奥·麦卡锡来了。罗伯特·施勒姆也来了。那天晚上，洛杉矶所有做工精良的西装和带字母刺绣的衬衫济济一堂，他们在比特摩尔宽敞的回廊上低语，彼此打着包票。大宴会厅拉起了警戒线，仿佛在驱赶迟到的闯入者。一旦特勤局、随行记者团、本地媒体、来访的全国媒体、竞选团队工作人员，以及候选人本人抵达后，席位便所剩无几，只够留给为数可控的一小群人，而摄像机会尽职尽责地扫过他们。

事实上，那天晚上真正的"庆祝者"并不在比特摩尔酒店，而是在几个街区外的洛杉矶希尔顿酒店，他们在有着镜面天花板的宴会大厅跳舞，这里是杰克逊竞选团队集会的地方。尽管落败，但落选阵营的活力显然高于获胜阵营。杰克逊团队的聚会溢出宴会厅，蔓延到他们所在酒店的其他楼层，并且持续到凌晨三四点：杰克逊团队的聚会来者不拒，这在竞选团队中并不常见，而这也再次凸显了民粹主义精神，正是这种精神赋予了这一聚会勃勃生机。我想起洛杉矶希尔顿酒店的那个晚上，穿着金色亮片连衣裙的漂亮女人怀抱一个婴儿起舞,我想起空的科罗娜、百威和亚瑟王啤酒瓶,散落在电视电缆线圈之中。我想起在台上跳舞的候选人,在6月的这个夜晚,在这个并未爆出"冷门"的夜晚,在这位候选人的竞选实则已画上句号的这个夜晚,他对随行的女记者们挥了挥手,这是一个恶作剧式的小动作,记者们也喜欢这样朝候选人挥手,"媒体小妞的挥手",那种伸直手臂、手掌朝外的动作,她们称之为"南希·里根式挥手"。随后他解下领带,把它扔到人群中,像一个摇滚明星那样。这当然也是一种叙事,但却是较为当下的一种。它似乎根植于某种可以辨认的现实,因此对自我隔绝于传统叙事中那种刻意为之的怀旧的人来说,这一叙事具有强烈的魅力。

最终,人们做出了可预见的决定,顺应了这个政治进程,结果自然也可以预见,虽然其意义依然模糊。1988年共和党全国代表大会在新奥尔良的最后一个下午,我从位于法国区的酒店朝坎普街走去。我想看看坎普街544号,一个在大会分发的旅游地图中未经标注,但在美国阴谋论文学中却颇为突出的地方。"坎普街544号"是李·哈维·奥斯瓦尔德1963年5月到9月间在新奥尔良派发"争取公平对待古巴委员会"[a]的自制传单所使用的地址。即便是在李·哈维·奥斯瓦尔德刺杀约翰·菲兹杰拉德·肯尼迪的很多年后,仍有一些人坚持认为那些传单是奥斯瓦尔德一直以来都支持菲德尔·卡斯特罗的证据,而另一派则认为他是被安插过去假装支持菲德尔·卡斯特罗的。盖伊·巴尼斯特[b]的侦探社就在坎普街544号。大卫·费列[c]和杰克·马丁经常光顾坎普街544号一楼的咖啡厅。"古巴革命委员会"在坎普街544号租了办公室,倘若1961年古巴猪湾入侵没有失败,古巴革命委员会本将成为古巴的临时政府。人们对有关坎普

---

[a] Fair Play for Cuba Committee,1960年4月在纽约成立的一个行动者小组,由美国活动家、记者、学者罗伯特·泰伯尔创立,其目的是为古巴革命提供民间支持,以对抗美国政府的袭击。该委员会反对1961年的猪湾入侵,并在1962年的古巴导弹危机中对古巴持同情态度。该委员会的成员均处于FBI的监视之下。

[b] Guy Banister(1901—1964),前FBI特工,后组织私家侦探社,死后被新奥尔良的地区检察官吉姆·加里森指控参与了刺杀肯尼迪的行动。杰克·马丁是他的侦探之一,肯尼迪遇刺当天二人在附近酒吧喝酒,回到办公室后发生争执,巴尼斯特拔枪将杰克·马丁射伤,几天后,马丁宣称大卫·费列参与了刺杀肯尼迪事件。

[c] David Ferrie(1918—1967),美国飞行员,反卡斯特罗活动专家,巴尼斯特的客户之一,被加里森指控参与了刺杀总统肯尼迪的行动,还与奥斯瓦尔德早就相识,费里否认了上述两项指控。

政治虚构

街544号的美国政治叙事一向都很当真，为之争吵，反目，抄家伙也是有的。

而事实是，我并没有找到坎普街544号，因为这个地址已经不复存在：那个小房子已经被买下、夷平，取而代之的是一栋全新的联邦法院。那天下午，街对面的拉斐特广场上放着一个扬声器，一位年轻男性在临时搭的台子上大谈堕胎，以及被扔进垃圾粉碎机的被抛弃的婴儿，"新奥尔良的下水干道全被它们堵死了"，但除了我并没有人在听。**撒旦，你这骗子。**和他一起站在台上的年轻女性伴着一卷磁带对口型唱着，她告诉我，这卷带子是一个女人和亚拉巴马州巡回传教团"快乐猎人"一起录的。**无可否认，你是谎言之父……**那个年轻女人穿着一件黑色披风，装扮成撒旦或者死神的样子，我不太确定到底是哪个，虽然这似乎也不是一个值得细究的区别。

那天，来自墨西哥湾的阴云密布，空气湿润，坎普街的愁思中，包含某种被遗弃的历史性时刻，旋即又被一些非同寻常的事物加剧：新奥尔良的警察开始在坎普街上站成一排，封锁了运河街西边的每一个十字路口。我注意到屋顶上有一个穿制服的男人。不久，特勤局的人也来了，耳朵都佩戴着通信设备。候选人们似乎要沿着坎普街往东走上一段，从位于会议中心的共和党国家代表大会金融委员会晚宴（邀请制）现场，赶往希尔顿，参加俄亥俄州党团会议（媒体邀请制）。我站在坎普街的街角，这里可以被看作遥远的叙事与这个国家的实际生活意外碰撞的交会点之一，等着那被彻底隔离保护的车队行驶过去，车队和政治进程一样，它们的存在只是为了自身机制的延续。然后我步行去了超级穹顶体育馆。那天晚上，在超级穹顶，人们说"听说布林克利那边他表现得也不错"；随后，伴随着五彩纸屑的掉落，人们又说"奎尔，没用"。

THE WEST WING OF OZ

(1988—1997)

奥兹的西翼

1

1986年8月，乔治·布什以美国副总统的身份出访以色列和约旦，同行人员包括布什团队、特勤局成员、随行媒体，以及一个私人摄制组，该摄制组成员头戴"摄手公司"（Shooters Inc.）棒球帽，拍摄定金为一万美元，由布什一个名为"美国未来基金"的政治行动委员会支付。据《洛杉矶时报》和《纽约时报》报道，布什在以色列的行程包括在哭墙、大屠杀纪念碑、戴维·本-古里安[a]坟墓，以及其他三十二个精心挑选的地点进行拍摄，用时任副总统新闻秘书马林·菲茨沃特的话说，用以表现乔治·布什"对这些议题都很熟悉"。摄制组并未随布什一同前往约旦（一位工作人员向《洛杉矶时报》解释说："拍他跟阿拉伯人闲聊没什么用"），但布什在安曼的先遣团队还是投入了大量精力以优化随行媒体的视觉效果。

举例来说，先遣团队要求约旦军乐队把白色制服换成红色；要求约旦军队向以色列空军借调直升机，因为约旦军方没有足够的设备来接送布什的随行媒体；为了确保副总统出现在镜头里时，背景中现场军事行动的色调符合预期，他们要求约旦方面在一个能够俯瞰以色列和戈兰高地的敏感地点进行军事演习，还要求他们在那

---

[a] David Ben-Gurion（1886—1973），以色列政治人物，该国第一位总理，执政长达十三年。

政治虚构

里的约旦军事基地上空升起美国国旗；要求拍摄布什通过望远镜观察'敌占区'的画面，尽管该提议最终被美国国务院否决，因为当时的"敌占区"实际上是以色列；他们还要求行程中的每一站都必须有骆驼，这也许是所有要求中最令人瞠目的细节。

几个月后，我碰巧去了安曼，和美国驻安曼大使馆的几位工作人员提起了我读到的这次布什之行。他们一致表示，他们真想"一枪毙了"那些记者，尤其是《洛杉矶时报》的查尔斯·P.华莱士，但报道本身是准确的。"你就当没听见，但他们写出来的还不到一半。"其中一位说道。

实际上，关于我们选出来的这些官员，这正是我们期待听到的那种报道。我们不仅期待他们把其他国家当作国内政治舞台中可更换的布景，甚至鼓励他们这么做。1961年4月在猪湾事件失败后，约翰·肯尼迪的支持率比3月上升了4个百分点；1965年对多米尼加共和国进行军事干预后，林登·约翰逊的支持率上升了6个百分点；1983年入侵格林纳达后，罗纳德·里根的支持率上升了4个百分点。而同一个冬天在华盛顿政客口中的"黎巴嫩"事件——即被派遣到贝鲁特的美国海军陆战队中有241人死亡，以及随之而来的撤离——在加勒比地区这一经官方认证为"成功"的军事行动的余晖中，几乎被遗忘了。"杰马耶勒[a]可能今晚就会倒台，但这也只是个两天就会过去的新闻。"我想起大卫·格根几个月之后说的话。1984年5月，《纽约时报》的弗朗西斯·X.克莱恩斯描述了詹姆斯·贝克的观点，在里根执政期间，詹姆斯·贝克经常被称为拥有超凡执行力的经理，"终极实用主义者"："贝克称，通过对黎巴嫩的进攻行动，里根总统避免了另一起类似美国人质被伊朗扣留的'软弱'事件；而通过撤回海军陆战队，总统也避免了另一个'越南'惨剧……'撤回海军陆战队打破了总统好战的论调。'他［贝克］说。"换句话说，"当务之急"是维持国内民众对里根总统的信心，这一任务在这位"终极实用主义者"离开白宫后，落到了没那么高明的政客身上。

历史即语境。当一个国家的经济大权转移到了债权人手中，而它的民选政府夺回控制权的能力却严重受限于政治因素时，整个政治进程对信念的依赖程度之深，远

---

a Bachir Gemayel（1947—1982），政治家、黎巴嫩基督教长枪党（Kataeb Party）领导人。1982年8月，美国支持以色列推动其当选总统，试图通过建立亲西方政府来稳定黎巴嫩局势。然而，杰马耶勒上台不足一个月即遭炸弹袭击身亡，致使冲突加剧，以色列国防军入侵贝鲁特。

非 1984 年或 1980 年可想。1988 年 8 月，新奥尔良的那个晚上，乔治·布什接受共和党总统候选人提名，并阐明他"支持自由，保卫自由，做所有为自由而战者宽容的朋友，无论他们来自东方还是西方"的主张时，路易斯安那超级穹顶中的一些人已将"宽容"一词解读为对里根主义的抛弃，在他们看来，这意味着在未来所有主张"推回"的行动中，布什政府都将扮演一个消极而非积极的角色。

这种解读忽视了里根主义的真正本质，对于里根政府来说，它的作用本质上是政治性的。从历史上看，在本土施展空间狭小的政府向来都喜欢在海外寻找助兴节目，制造民调专家所说的"戏剧性事件"，一种外部危机，最好是非常遥远，以至于它能够持续作为一种抽象概念存在。1988 年 11 月的大选之夜，以及随后的几个晚上，我恰好在晚宴上坐在几位经验颇丰的金融界人士旁边。他们一致认为，海外市场留给新上台的布什政府的"清账"时间有限，更何况出于政治原因，它还做出了不加税的承诺，使得其选择越发受限。他们的分歧点只在于这段时间的长短和这次衰退的本质。有人认为是两年，也有人认为是六个月。有人觉得会"崩盘"（一个高频词），也有人认为会是逐步收紧，缓慢过渡到杰里·布朗任加州州长时所说的"低预期时代"。

这些男人在私下里一致持悲观态度。就他们目之所及，国内的操作空间已被压缩为零。而在这种情况下，乔治·布什在大选后动身前往佛罗里达州度假前的那个周四，抽空会见的不是那周一直在给他发消息的世界各地的投资人（美元对日元、马克、英镑的汇率再次下跌；道琼斯指数下跌 78.47 点），不是德国、日本甚至美国金融圈中的任何人，而是阿富汗抵抗组织的代表，这实在很难令人振奋。"我偶尔也会想到这些事，但不是很经常。"几天之后在佛罗里达州，被 CBS 的工作人员问及下跌的股市时，我们的候任总统这样说道。

1988 年 12 月 22 日

2

1981 年 12 月，萨尔瓦多，在圣萨尔瓦多的大主教奥斯卡·阿努尔福·罗梅罗被谋杀的二十一个月后，四位美国天主教传教会的女性在圣萨尔瓦多城外被谋杀的十二个月后，圣萨尔瓦多土地改革机构负责人和他的两位美国助手在圣萨尔瓦多的喜来登酒店被谋杀的十一个月后，也就是说，在里根政府已经对严重侮辱其中美洲政策的行为表现出最大程度的容忍时，位于莫拉桑省托罗拉河以北的某些偏远村庄

政治虚构

发生了某些事情。在所有村庄中后来最为大家熟知的莫佐特，我所说的事件从12月10日星期四下午稍晚时候开始，在星期六破晓时分结束，当时这个村庄挤满了从所谓没那么安全的区域涌入的难民。

那天晚些时候，在滨河伊斯特兰，莫佐特往东南两公里处，也发生了类似事件，而在阿兰巴拉、拉霍亚、阿马里略、潘多山、霍阿特卡和兰切里亚角，类似事件或已经发生，或将在几小时后发生。两位被派来调查的美国大使馆官员托德·格林特里和海军少校约翰·麦凯之后多次向美国作家马克·丹纳形容，这是"糟糕的事情""可怕的事情"，"很可能发生了大屠杀，人们排成一队然后被射杀"，"这很可能是针对平民的暴行"，而当时最迫切的任务，是打磨出一篇能够"在远处的人们中享有声望的报道，这些人的当务之急绝非彻查真相，你也知道，我们说的是诸如托马斯·恩德斯之流"。

1992年12月10日，在后来为人所熟知的莫佐特大屠杀（在12月那个漫长的周末，大部分杀戮都发生在萨尔瓦多政府军阿特拉卡特营成员在莫佐特度过的三十六个小时内）开始的十一年后，四位美国法医向联合国真相委员会提交了他们对于骨骼残骸和遗物的分析结果，这些残存物由一队阿根廷法医人类学家复原，他们最初集结起来为的是修复自己国家有关"肮脏战争"的证据。在专心研究了从莫佐特教堂圣器收藏室挖掘出来的物质残骸后，这些美国人得以辨认出143具人类骸骨，其中136具是儿童和青少年的。剩下的七位成年人中，有六位是女性，其中一位处于孕晚期。儿童的平均年龄是六岁。

呈给联合国的报告称圣器收藏室里的死亡人数可能更多，这是幸存者提及的能找到尸体的几个地点之一，鉴于"很多更小的婴儿可能全部被烧成了灰"（阿特拉卡特营离开莫佐特前烧毁了村子的大部分地区），以及"由于肢体部分过度分散，其他儿童可能没有被统计在内"。报告称，当初命令部队参与莫桑拉行动的十名官员中，三人已经去世，四人仍在萨尔瓦多陆军服役，但没有任何人在任何情况下正式受到过和屠杀有关的任何指控。一年前，Tutela Legal，即圣萨尔瓦多主教区人权办公室，汇编了或许是最终的也是最全面的已知或被认为死于莫佐特或附近村庄的人员名单。该名单列举了767位男性、女性和儿童，最年轻的是一位按日计酬的临时工米格尔·马尔克斯刚出生两天的孙子（这位祖父也被杀害，同样被杀的还有他的儿子、儿媳、两个女儿，以及他其他七个孙辈），最年长的是一位名叫莱昂西奥·迪亚兹的男性，据说有105岁，并且有一位名叫莱昂西卡·马尔克斯的百岁伴侣，后者也被杀害了。在名单上列出的

767 名受害者中，有 358 位是婴儿及十三岁以下的儿童。

这当然并非新鲜事，而正是这一事实触动了马克·丹纳，促使他写下了那本冷静、严谨且详尽的《莫佐特大屠杀：冷战的寓言》。莫佐特大屠杀的基本事实于 1982 年 1 月 27 日发表在《纽约时报》和《华盛顿邮报》头版，同时刊出的还有苏珊·梅塞拉斯拍摄的照片，她曾和《纽约时报》记者雷蒙德·邦纳一道，从洪都拉斯徒步进入莫拉桑省。邦纳声称他见过烧焦的骨骼，在他看来属于几十名男人、女人和孩子。虽然"对一个大屠杀时不在场的旁观者来说，臆断死亡人数或者谁杀了这些人是不可能的"，但他报道说，受害者幸存的亲属和朋友认为死亡人数多达 733 人，而杀戮行为的实施者是在阿特拉卡特营巡视该区域时"穿制服的士兵"。

阿尔玛·吉勒莫普利托，当时《华盛顿邮报》的特约记者，在邦纳和梅塞拉斯离开几天后进入莫佐特，也提到她看见了尸体和被肢解的部分，她也引用了同一个幸存者的话，同时也引用了萨尔瓦多驻华盛顿大使埃内斯托·里瓦斯·加仑特的话，后者对从莫拉桑发来的报道嗤之以鼻，认为它们是"引导民众相信某种阴谋论"的那类报道，其目的要么是打乱原定于 1982 年 3 月的萨尔瓦多选举，要么是试图"削弱里根总统必须向国会提交的认证的可信度"。这个"认证"，是美国继续对萨尔瓦多提供援助的硬性条件，在 1982 年到 1983 年间每半年进行一次，其内容包括宣称萨尔瓦多政府"正在做出协调一致的重大努力，以遵守国际公认的人权标准"，以及"正在实现对其本国全部武装力量的实际控制，以终止这些武装对萨尔瓦多平民的无差别酷刑与谋杀"。

里根政府在 1982 年 1 月 28 日，也就是邦纳和阿尔玛·吉勒莫普利托从莫拉桑发回的详尽报道刊登在《纽约时报》和《华盛顿邮报》的第二天，对上述问题进行了认证。因此，马克·丹纳那篇《莫佐特大屠杀》真正的主题并非大屠杀本身，而是关于大屠杀——其实施者是经美国特种部队训练的军队，配备的武器是美国生产的 M-16，弹药产自密苏里州的莱克城，是为美国政府生产的——的报道在美国本土是如何被知晓，又如何被忽视的，是莫佐特的故事如何"被暴露在聚光灯下，之后又任由它陷入黑暗里"。

有关莫拉桑地区发生了某些严重事故的报道几乎马上就传开了。全国基督教协进会纽约办公室的威廉·L. 惠芙勒教士最早是从一个在 Socorro Juridico——当时圣萨尔瓦多大主教的法律援助办公室——的联系人那里听说的。惠芙勒给

政治虚构

《纽约时报》墨西哥城分社的雷蒙德·邦纳留了一条口信，同时也给圣萨尔瓦多的大使迪恩·辛顿发了一封电报，日期显示为1981年12月15日，询问"有关12月10日到13日之间政府联合军队和安全部队在莫拉桑省发起的行动的准确消息或可靠报道，这一行动最终导致超过900名平民丧生"。

辛顿直到1月8日才回复，那时候游击队的"我们必将胜利"电台已经恢复运行（实际上，暂时破坏"我们必将胜利"的信号发射器，可能是阿特拉卡特军在莫拉桑行动中唯一成功实现的目标），并且播出了一位名叫鲁菲娜·阿马亚的幸存者有关此次大屠杀的详细叙述。鲁菲娜·阿马亚目睹丈夫和四个孩子被杀害，孩子的年龄分别是九岁、五岁、三岁和八个月。士兵们正在抓捕成群挣扎着和尖叫着的女性，其中好多人被迫和她们的婴儿与孩子分离，被杀害，被焚烧，然而在一片混乱与恐惧中，阿马亚自己却被士兵无意间遗漏了。"我不知道你的消息来源是什么，但就此类事件而言，我看到的唯一信源是地下电台'我们必将胜利'的报告。"辛顿在1月8日发给全国基督教协进会的电报中有一部分这样写道。"坦白讲，我不认为'我们必将胜利'电台是一个可靠的消息来源。"考虑到直到全国基督教协进会的问询发出后，'我们必将胜利'电台才恢复了它的广播能力，辛顿用这封电报里十二段中的十段来解释'我们必将胜利'电台的不可靠，事后回看，这种做法暗示着大使馆正在经历某种信心危机，甚至可能陷入了恐慌。

实际上，可以肯定的是，在1月8日之前，可能是12月中旬左右，时任美国驻萨尔瓦多大使馆的初级情报官、后来担任美国国务院驻尼加拉瓜事务官的托德·格林特里，已经向辛顿转达了一份来自他的左翼线人的莫拉桑大屠杀报告，同时还有来自FMLN的一份可以护送他前往事发当地的邀约。"我很清楚，如果游击队主动提出护送，那这事绝对不是假的，也不是他们编的，"格林特里告诉丹纳，"我当时就很肯定，一定是发生了什么事，而且很严重。我的意思是，他们愿意这么做，那一定是出事了。"但辛顿的决定是，格林特里不得在游击队的护送下进入莫佐特。"我得强调，我从来没觉得他们想把这事儿压下去，"格林特里向丹纳回忆做出该决定的那场会议时说，"但我们的行动确实受到了政治和军事的双重限制。"

当时是否有过展开独立调查（当时美国国会允许在萨尔瓦多派驻的55名美军军事顾问中，至少有10人在阿特拉卡特营）的讨论，我们不得而知，尽管被安排到阿特拉卡特营的其中一位官员告诉丹纳，军事顾问团[a]中曾有人在大屠杀发生几天后打电话给位于拉利伯塔德省的阿特拉卡特基地，并且"与特种军成员交谈，告知他们希望蒙特罗萨[陆军中校多明戈·蒙特洛萨·巴里奥斯，阿特拉卡特的指挥官]过来，他们想和他谈谈此次军事行动中发生的一些事情"。蒙特罗萨拒绝前往，一个当时美国对于受它资助的军事力量的控制水平的颇具暗示意味的例证。至于大使馆拒绝FMLN提出的护送格林特里前往大屠杀现场的这一决定，是否和华盛顿方面讨论过，我们也不得而知。"无论我们多想进一步获取信息，国务院里没人会拍板做这个决定。"皮特·罗梅罗，时任国务院萨尔瓦多专家，这样告诉丹纳。

因此，大部分的利益相关方，其实在1月6日前，也就是雷蒙德·邦纳和苏珊·梅塞拉斯率先走进莫佐特时，就对莫拉桑发生的事情有所耳闻，即便不知道细节，也知道个大概。几天后，阿尔玛·吉勒莫普利托紧随其后抵达。可直到1月30日，也就是这篇报道刊登在《纽约时报》和《华盛顿邮报》头版的三天后，美国大使馆才派托德·格林特里和海军少校约翰·麦凯前往莫拉桑。麦凯当时在美国大使馆的国防武官办公室任职，丹纳采访他时他已经是一位被派驻到布鲁塞尔北约总部的陆军上校。准确来说，格林特里和麦凯并没有抵达莫佐特，尽管他们确实在空中途经了莫佐特。格林特里在空中对莫佐特的印象是"莫佐特已经基本被毁了"。当他们降落在莫拉桑的地面上时（尽管并非莫佐特），在一个阿特拉卡特小队的陪同下，格林特里和麦凯采访了北部村庄中已经抵达圣弗朗西斯科戈特拉难民营的村民。尽管两位美国人事后回忆他们能够"观察和感受到这种巨大的恐惧"，但他们并没有获得大屠杀亲历者的目击证词，他们也并没有指望获得证词。

"你见到的是一群受到极度惊吓、惶恐不安的人，如今军队的出现令他们更加恐惧，"麦凯告诉丹纳，"我的意思是，阿特拉卡特很可能做了一些可怕的事情，而现在这些外国佬以调查为名现身，但却是在这些士兵的陪同下。这可能是最糟糕的情况了。我是说，你不需要非得是一个火箭科学家就能明白军方的人为什么会出现在那里。"格林特里和麦凯随后向莫佐特进发，走到距离那个曾经的村庄大约一小时脚程的地方，陪同他们的阿特拉卡特士

---

[a] Milgroup，即 Military Advisory Group，美国政府派驻外国的军事援助小组，通常驻扎在受援国，帮助该国军队提升战斗能力、进行战略规划、执行反游击战，或处理其他安全相关问题。

政治虚构

兵停下了，拒绝再往前走。"最后，我们到了（莫佐特），但我们并不想判定那里确实发生过可怕的事情。"麦凯对丹纳说。"我们没有抵达事发现场这一事实后来对我们的报告非常不利。你也知道，萨尔瓦多军方一向不擅长清理弹壳。"那天晚上，回到圣萨尔瓦多大使馆后，格林特里撰写了一份报告，总结他和麦凯的调查结果，其首要目标似乎是展示"可信度"。

也是在这个当口，莫佐特事件进入了华盛顿稀薄的空气，在那里，官方的说法是受到里根政府的启发，萨尔瓦多终于"转向"了民主。"鲍勃·怀特任期结束，辛顿继任之前的过渡时期［辛顿接替了鲍勃·怀特成为大使］，辛顿上任后的前六个月，这绝对是最糟糕的一段时间，真实地失控了。"格林特里对丹纳这样说道。他想说的是，人们在萨尔瓦多当地已知的或怀疑的情况，在华盛顿看来并不"可信"，并且这种怀疑在当时呈指数级增长。"鲍勃·怀特和大使馆的所有人，都因为修女被谋杀、美国劳工联合会和产业工会联合会的伙计们（他们俩和萨尔瓦多土地改革局的头目一起在圣萨尔瓦多喜来登酒店被杀）被谋杀，以及军方那种失控的状态而遭受了彻底的精神创伤，而这就意味着，使馆传回的报告中的所有信息都会被认为是值得怀疑的。"

第二天，在复审和修改之后，格林特里的报告以辛顿的名义发往国务院。这封电报包含着一个谨慎并将在日后被反复重申的主张，即"无法证明或证伪政府军方对莫佐特平民使用了过度的暴力"，以及"没有证据可以证实政府军在行动区域内系统性地屠杀了平民，以及被杀的平民人数也远没有国际上流传的其他报告中提到的数字那么大"。格林特里的电报中也包含着一个来自受访者之一的霍科艾蒂克市市长的怪异提醒，这个提醒隐藏在文本深处。电报称，这位市长"暗示自己知道莫佐特曾发生过激烈战斗"，但"不愿意谈论政府军的作为"。他当时给出了一个非常隐晦的评论，既含蓄又准确地传达了大使馆对莫拉桑事件所持的立场。那封电报引用的霍科艾蒂克市市长对托德·格林特里和梅杰·麦凯说的话是这样的："我们应该在另一个时间、在另一个国家谈论此事。"

大使馆电报的这部分内容，并没有出现在两天后美国国务院主管美洲事务的助理国务卿托马斯·O. 恩德斯呈给美国众议院西半球事务小组委员会的声明中（它也不会出现在1983年根据《信息自由法》的规定交给雷蒙德·邦纳的电报删节版中）。恩德斯这份声明的引人注目之处不仅在于它说了什么和没说什么，还在于它的语气，这种语气暗示了一种发挥到极致的夸张的傲慢,而这种傲慢在美国东北部通常被解读为一种理所当然。"你们很多人应该都读到过,"他说,强调在死亡及失踪统计数字上他所谓的"例外辩护"ᵃ,"大主教辖区的法律援助办公室,西班牙语名字叫 Socorro Judico [原文如此],国际媒体报道经常援引它。奇怪的是,它没有列出游击队或者恐怖分子暴力的受害者。显然他们没有犯下暴力行为。"

这是一种封建领主式的蔑视,常被珍妮·柯克帕特里克、埃利奥特·艾布拉姆斯,以及其他经常捍卫政府中美洲政策的人模仿,但却从未完全掌握。"有另一个组织,中美洲大学,也在收集数据。"恩德斯继续说道,他指的是由基督会创办的 UCA(何塞·西梅昂·卡纳斯中美洲大学)。"这些数据包含'被准军事组织杀害的人',这是国会议员邦克的叫法,但在西班牙语里,他们被称作 ajusticiados,指的是被处决者,处决他们是在'执行正义'。而从中美洲大学将这类人纳入统计这一事实来看,该组织的偏见是显而易见的。"直到这时恩德斯才将注意力转向他所谓的有关大屠杀的"指控",包括莫佐特事件。"我们下派了两位大使馆官员去调查这些报告。"恩德斯说道,不经意间阐明了华盛顿和莫拉桑之间的距离感,在当地的语言习惯里,人们不会说**下到**莫拉桑,而是从圣萨尔瓦多**上去**。恩德斯继续说道:

> 从他们提供的报告能够很清楚地看到,去年 12 月,占领莫佐特的游击队和具有攻击性的政府军之间存在对峙。没有证据证明政府军在行动区域系统性地实施了屠杀,又或者是被杀害的平民人数几乎达到了媒体中引用的 733 人或者 926 人。我注意到他们问了那个行政区有多少人,并且被告知在 12 月大概有不超过 300 人,而如今那里有很多幸存者,也包括难民。

恩德斯在 1982 年 2 月 2 日发表了这番言论。2 月 1 日,迪恩·辛顿给国务院发了一封纠错电报,为的是回应对他给美国基督教会联合会的回复的误读。在他看来,这个疏忽明显是一个无心之失。这封电报的其中一部分这样写道:

> 如果国务院在描述我有关这场所谓的大屠杀的观点时能够格外谨慎,我将心怀感激。这里我指的是电报中第三段涉及我的信件的部分被描述成"否认该事件"。

---

a Special pleading,逻辑学中常见的一种非形式谬误,指一个人在援引普遍规则为自己所支持的观点辩护的同时,却又在缺乏正当理由的情况下,试图为某个特定个体或立场寻求例外。

政治虚构

我的信件没有"否认"该事件：报告说的是当时我没有确认，根据"我们必将胜利"电台仅存的证据，以及在缺乏其他报告的情况下，我没有任何理由相信"我们必将胜利"电台的报告。我现在仍然不相信"我们必将胜利"电台的版本，但新增的证据强烈暗示着发生了一些本不该发生的事情，而且萨尔瓦多军方极有可能做了出格的事情。至于犯下这一行径的很可能是莫佐特的阿特拉卡特军的部队，这一指控仍然有待证实或证伪。

几天后，罔顾辛顿的这封电报，负责人权和人道主义事务的助理国务卿埃利奥特·艾布拉姆斯在呈给参议院外交关系委员会的声明中，依然呼应了恩德斯的说法。莫佐特事件，艾布拉姆斯说道："从某种角度来说是非常耐人寻味的。"在当时，"耐人寻味"是和"奇怪"和"非同寻常"一样的高频词。比方说，恩德斯注意到法律援助办公室"并没有列出游击队和恐怖主义暴力的受害者，而这是非同寻常的"。我记得在那段时间，我曾目睹珍妮·柯克帕特里克含沙射影地哄骗观众，直到他们变得暴怒。她说自己对于"**非同寻常**的标准"，以及认证要求施加的"**非凡**的，甚至是严苛到**离奇**的"标准产生"**兴趣**"，甚至是"**被逗乐**"。埃利奥特·艾布拉姆斯认为莫佐特的"耐人寻味"之处在于："……

我们发现，举例来说，首先这些数字并不可信，因为恩德斯国务卿已经指出，我们得到的消息是辖区内只有300人。"艾布拉姆斯进一步质疑，如果确有其事，为何一个发生在12月中旬的大屠杀，直到1月底才被"公布"。

十年后，在一个访谈中，艾布拉姆斯仍然在问同一个问题，以同一种含沙射影的方式："如果这真的是一次屠杀，而非两方交火，为什么我们一开始没有从FMLN那里听说这件事？我的意思是，我们一个月之后才开始听说此事。"换句话说，伴随着对圣器收藏室的挖掘，艾布拉姆斯仍然试图在大势已定之事上进行协商，仍然试图让讨论退回到那个熟悉的问题上：究竟是否发生过大屠杀。在恩德斯和丹纳的交谈中，他早已超越了这种如今已无效的质疑方式，轻而易举地把否认大屠杀的存在上升到了关乎大局的高度："最为重要的是，如果这是真的，莫佐特事件可能让所有的努力毁于一旦。谁知道呢？我第一次听说这件事时，毫无疑问地想到了这点。"换句话说，否认大屠杀是有必要的，因为如果真的发生过屠杀，这一"美国政府在萨尔瓦多进行的军事活动"就会"无法继续获得资金支持"，这是恩德斯的原话。

但对这一军事活动的资助并没有中

断。相反，它在当时成了"越战"后美国支持受叛乱威胁的外国政府的行动中最昂贵的一个。渐渐地，在1982年的春夏之交，在有关美国在中美洲扮演的角色的讨论中，逐渐占据主导地位的是对大使馆那些如外科手术般精确的声明进行的粗糙解读。到那个春天的2月10日，《华尔街日报》在社论中指出，圣萨尔瓦多的"极端分子早已习得了穿上军队制服迷惑受害者这一伎俩"（这似乎成为罗纳德·里根后来宣称"共产主义特工人员"穿着"自由斗士制服"以败坏尼加拉瓜反政府武装力量的名声的依据）。对雷蒙德·邦纳尖刻的苛责成了常态，用《华尔街日报》的乔治·梅隆的话来说，雷蒙德·邦纳已经被塑造成了"一位带有政治倾向"的人物。

邦纳毕业于斯坦福法学院，曾经是旧金山地方检察院的检察官，曾经以海军军官的身份在越南服役。约翰·麦凯，和托德·格林特里一起前往莫拉桑的海军少校，曾和邦纳一同在越南服役，也是在那里，麦凯失去了一只眼睛。"我们不可能说'我的天，那里曾经发生过一场屠杀'，"麦凯在谈到他和格林特里前往莫拉桑后，大使馆给华盛顿发的那封电报时说，"但说实话，那封被公开的电报存在含混之处——就我自己而言，我对它持怀疑态度。然后我看到了《纽约时报》那篇报道和那张照片，确实引发了我的思考。邦纳和我先结伴去了匡蒂科[a]，然后一起去了越南。"1980年夏末，邦纳被问及他对美国在圣萨尔瓦多政策的看法。在那之前，他在玻利维亚和危地马拉度过了大部分时光，其间他只是短暂地拜访过圣萨尔瓦多几次。"如果你问我有关玻利维亚，或者危地马拉或者其他任何一个国家的问题，我很可能有一些看法，"邦纳回忆起他当时说的话，"但是圣萨尔瓦多，好家伙，我真的不知道。我想我们在做正确的事情吧。"

因此在当时，邦纳似乎不太可能成为华盛顿和纽约兴起的那场针对他的舆论攻势的靶子。但对发起这一攻势的人而言，所谓"政治倾向"问题在1982年8月《纽约时报》突然让邦纳撤离中美洲时，就已得到了一劳永逸的定论。当时《纽约时报》的执行主编A. M. 罗森塔尔称，邦纳被召回是因为他"不懂得将一个故事编织起来的技巧……我召回他是因为把未经培训的他留在那里看上去极不公平"。而事实上，1981年的大部分时间，邦纳都是在《纽约时报》的本地新闻部度过的，但罗森塔尔指出那些认为邦纳是因为"培训"以外

---

[a] Quantico，位于美国弗吉尼亚州，美国海军陆战队最重要的训练基地之一，同时也是多个联邦执法和军事机构的驻地。

的原因被召回的人们，是因为厌恶罗森塔尔其人。"我在《纽约时报》是改革的推动者，"他说，"很多人不喜欢我的政策。"

这种自我指涉的方式起到了模糊焦点的作用。无论罗森塔尔以何种理由召回邦纳，正是召回本身，以及一个显而易见的事实，即报社没有为一位赌上整个报社的声誉报道（并且这篇报道还被政府否认了）的记者撑腰，向那些对莫佐特的报道持怀疑态度的人传递了强烈的信号。《纽约时报》对邦纳的召回旋即被更多人——其中很多甚至对萨尔瓦多或者美国在中美洲的政策知之甚少——视为他在莫佐特一事上错误的"证明"；甚至直到几年前，人们仍然会随意评价邦纳说《纽约时报》"不得不让邦纳撤出"，又或者说他"轻信了所谓的屠杀"。

"在一年多的时间里，我们都在关注这场指责我们迫害了前《纽约时报》记者雷蒙德·邦纳的运动。"《华尔街日报》在1993年的一篇社论中写道。"莫佐特的儿童骸骨挖掘工作被认为是邦纳先生无辜的证据，也被用来证伪我们过去的言论……但当初并不是我们解雇了邦纳先生，而是《纽约时报》。或者，更加准确地说，是在当时的总编辑A. M. 罗森塔尔亲自前往圣萨尔瓦多实地采访后，《纽约时报》把邦纳先生拉出日常轨道，拉回纽约，随后他离开了报社。"为了为自身的合理性辩护，《华尔街日报》还指出，它1982年最开始对邦纳的攻势中，"并没有一个字涉及对《华盛顿邮报》记者阿尔玛·吉勒莫普利托的批评"。

在《莫佐特大屠杀》一书末尾附上的文件中，丹纳收录了邦纳和阿尔玛·吉勒莫普利托的报道全文。就报道本身和对观察所见的陈述而言，二人的报道并无实质区别，但两者存在一些微不足道的差异，邦纳的批评者正是抓住了这些差异。吉勒莫普利托自称为"这位记者"，并称是"法拉本多·马蒂解放阵线"带领她进入莫拉桑地区的。邦纳自称为"一位访客，和靠武力夺权的军政府做斗争的力量同行，走访这一区域，该力量如今统治着圣萨尔瓦多"，这种力量指的是FMLN。吉勒莫普利托这样写道："三位声称目睹了这一所谓的大屠杀的幸存者说，数百位平民，包括女性和儿童，被从这个村庄及其周围地区的家中带走，在12月一次针对左翼游击队的进攻中被萨尔瓦多陆军杀害。"随后她详细描述了她目睹的尸体。邦纳这样开始："根据对住在这个小山村和周边小村庄的村民的采访，我们可以确定上个月这里发生了大规模屠杀。"之后他也详细描述了他亲眼所见的尸体。在两人的陈述中，邦纳较少修饰，但如果要说两者存在差异，那唯一的依据只能是狭隘的、几乎可以等同于法律术语的新闻写作规范了。

在当时，至少有两个明确的原因让邦纳而非吉勒莫普利托成为这一攻击的主要目标。原因之一是，与吉勒莫普利托不同，邦纳每天都持续从圣萨尔瓦多发回报道，也正因如此，1982年的整个春天和夏天，在迪恩·辛顿力所能及地将当时的情况按照国务院的期望进行汇报的过程中，邦纳一直都是一粒顽固的微尘。"我担心他会招来杀身之祸。"我回想起一位大使馆官员1982年6月和辛顿共进午餐时的话，那种语气带着美国大使馆在处理棘手状况时常见的虚张声势的男子气概。"这将是一个悲剧。"另一个让邦纳而非吉勒莫普利托被盯上的确凿原因则是：本杰明·C.布拉德利和《华盛顿邮报》支援了他们的记者。而A. M. 罗森塔尔和《纽约时报》没有。

莫佐特大屠杀发生时，距离我们中的大部分人目睹了直升机掀翻西贡大使馆的屋顶然后被推下美国航母的飞行甲板、坠入南中国海，仅仅过了六年。从莫佐特教堂圣器室挖掘出尸体时，我们和莫佐特之间的时间跨度是莫佐特和这些直升机事件之间时间跨度的两倍。这不是一个无关紧要的时间线，它揭示了雷蒙德·邦纳发自莫拉桑的报道引起强烈反响，而阿尔玛·吉勒莫普利托的报道则没有的第三个原因。邦纳是美国人。而阿尔玛·吉勒莫普利托出生并且当时也居住在墨西哥，某种程度上这可以被解读为她丧失了扮演所谓的"敌对文化"一分子资格的原因，这种文化被解读为对美国商业和美国政府的利益怀有敌意，这种文化也被认为导致了美国在越南的"失败"，这种文化甚至在当时将越南和萨尔瓦多进行了类比。

鉴于无论是在美国军方还是政策界眼中，萨尔瓦多都是一个"吸取越南教训"的机会，因此这两者间的某些相似性是无法避免的。为诸如1981年莫拉桑地区的清剿行动提供合理性的反叛乱理论，原本被设想为对越战失败经验的一种"修正（在萨尔瓦多，这种"修正"强调要纠正冲突的"根本原因"，或是通过对萨尔瓦多社会的"民主化"来赢得民众的支持），但这些说法听起来还是令人沮丧地雷同。他们喜欢用"安抚"这个词，还有"第三势力"，通常指的是何塞·纳波莱昂·杜阿尔特。"你真正要占领的是**农民**脑子里的那一亩三分地。"1985年，指挥官约翰·C. 瓦格斯坦在美国企业协会发表题为《后越南时代的低烈度冲突[a]》的演讲时

---

a Low-Intensity Conflict（LIC），指介于大型战争与和平状态之间的军事冲突形式，通常表现为游击战、叛乱、恐怖活动、地方性军事行动等形式，具有规模小、复杂度高、持续时间长等特征。

政治虚构

这样说道,他在莫佐特大屠杀不久之后就接手了军事顾问团的指挥。到了1986年,《华尔街日报》还在引用一位美国军事顾问的话,说萨尔瓦多军方赞助的一个社区活动"赢得了民心",内容包括小丑表演、墨西哥流浪乐队表演,以及军官讲话,呼吁农民拒绝游击队。"这就是低烈度冲突原则的应用。"这位顾问说。

同样,和在越南的情况类似,这一原则在负责执行的人那里遭到了抵抗。"在[这一]时期,试图解决根本性问题的尝试远没有稳定军事局面的有组织行动来得有效。"四位美国军官在1988年的《小规模战争中的美国军事政策:以萨尔瓦多为例》一文中指出,这是为外交政策分析机构撰写的所谓的"'指挥官'报告"。"美国军官认识到……政府必须转变为一个被公众视为高效、公正并致力于带来真正改革的机构。但萨尔瓦多军方和他们的美国顾问巧妙回避了对这一概念行之有效的实施。"在1991年兰德研究所为国防部撰写的另一份报告中,本杰明·C.施瓦茨指出:"萨尔瓦多军官那种贪婪和明显的战术性无能让被派遣到萨尔瓦多的美国专家精疲力竭,以至于所有过去两年间在那里服役并因为这个报告而接受采访的人都认为,萨尔瓦多军方不想赢得这场战争,因为一旦胜利,他们就会失去在过去十年间让他们富足的美国援助。"

和西贡一样,在圣萨尔瓦多,这一点早已被视为诸多令人头痛的既定事实之一,也正因如此,派驻官员很难和华盛顿筹划海外活动的人们推心置腹。在《莫佐特大屠杀》中不愿与丹纳交谈的迪恩·辛顿,就是外事官员职业形象的绝佳典范——在一个本就十分可疑的局势下,试图落实一项更加可疑的政策。辛顿一直都是美国外交政策的模范排头兵,他1983年离开萨尔瓦多后,前往巴基斯坦,一个更加偏僻但却同样可疑的地区,之后回到中美洲,收拾反政府势力和当时巴拿马行动留下的烂摊子。阿尔玛·吉勒莫普利托在之后的作品中尤其尖锐地指出,华盛顿的梦想摇身一变就成了中美洲和南美洲国家的责任。她在《流血的心脏》一书中提到,直到1992年,在辛顿任职的巴拿马大使馆中,人们依然倾向于将1989年美国对巴拿马的侵略称为"**解放**运动"。

"这是一个自杀式任务,"当《纽约时报》的瓦伦·霍奇在莫佐特大屠杀不久后询问前往圣萨尔瓦多的任务是否有利于外交官的仕途时,圣萨尔瓦大使馆一位不具名的官员这样回答,"疯子才会来这儿。你认为有多少人从越南的工作中获益?"让圣萨尔瓦多大使馆成为一个自杀式任务的当然是这种特定的认识,即这里的实际情况在电报线的另一端将不受欢迎。

"谁在进行杀戮,这根本不是秘密。"莫佐特大使馆当时负责公共事务的官员霍华德·莱恩告诉丹纳,"我的意思是,你在抵达这个国家的四十八小时内对此就会有清晰的认识,而这完全不是秘密——除非是在白宫。"

马克·丹纳在《莫佐特大屠杀》中详细记录的是这样一个过程:亲历者口述(邦纳、吉勒莫普利托)和现场照片(由梅塞拉斯拍摄)被大量美国人否认,仅仅是因为政府在没有提供任何证据的前提下宣称,这些口述(照片在所有人的论述中都诡异地消失了)描述的是一件本质上无法证实的事件,因此,这些叙述从定义上来说就是不真实的。托马斯·恩德斯在他1982年2月2日在国会山的声明开头说道:"我想我们都发现了,准确的消息是难以证实的。"他继续发言,首先质疑是否有可能查明谁应为这些死亡负责——如果这些"死亡"确实发生过的话。随后他提出了一个终极问题,那个致命一击的问题,也就是关乎报道这些死者的真正动机或者说利益所在的问题:"这个死亡数量惊人的事件的责任,从来没有以合乎法律程序的方式被确认,同时也缺乏清晰或连贯的证据作为支持。据我们大使馆所知,70%的政治谋杀都是由身份不明的暗杀者实施的。更何况,与之相关的叙事中,还存在着大量的例外辩护。"

纵观恩德斯在《莫佐特大屠杀》一书中的形象,最令人震惊的一点在于,他明显无法察觉自己在1982年对美国众议院西半球事务小组委员会说的话和十年后他对丹纳所言之间的矛盾。丹纳曾向恩德斯提起过一个传闻,很多知名的萨尔瓦多人都对此深信不疑,即两个美国顾问在托罗拉河下游的营地目睹了莫佐特行动。以下是恩德斯给出的答案:"当然,我记得在我们和大使馆之间的争论点之一是,在这次出兵中是否有美国顾问?大使馆曾极力与跟随阿特拉卡特营的顾问们对话,试图找出真相。任何承认知情的行为,"恩德斯做出让步,"都可能会毁掉那些人的职业生涯——他们可能会被解雇。所以没有人会主动站出来说,'嗨,我当时就在现场。'"恩德斯补充说,对于一个致力于持续为战争提供资金的政府来说,这种公开披露的后果可能是"毁灭性的",他继续说,"美国顾问和一个犯下暴行的部队在一起?你能想象还有什么事比这更能摧毁整个军事行动吗?"

至少当时,恩德斯承认了"出兵"的存在。他甚至承认了"暴行"的可能(出兵是确定发生了的,而暴行只是以假设的方式存在)。他曾向大使馆提出是否有"美国顾问"在场的问题。但1982年,恩德斯说的是："……坦白讲，我们并没有随军顾问。他们是军事教练。他们留守。""顾问"和"教练"之间是否存在区别，即便恩德斯自己，都犹豫不决。而这种区分，只是诸多法律术语上的区分中的一个，使用它仅仅是为了在修辞上占据有利地位。

丹纳将莫佐特事件后的数天数月内发生的事情，形容为"一个冷战的寓言"。它确实是，而作为这样一个寓言，莫佐特事件是清晰可辨的，但同时它也有着其他意味。它是一个关于意识形态的寓言，也是关于一种显然无法平息的愤怒的寓言。这种愤怒开始指向那些被认为不共享这一意识形态的人。"在这一轮报道中，有关大屠杀的指控远比上一轮要少。"1982年7月，当认证问题又一次摆在众议院外交事务委员会面前时，托马斯·恩德斯仍有底气这么说。"部分原因可能是，"他仍然是效忠派，但措辞仍然十分谨慎——**要少，部分原因，可能**——"很多早先的报道被证实为编造或夸大。"在同一个听证会上，当时负责美洲国防事务的副助理部长内斯托尔·桑切斯突出强调了"美国教练在萨尔瓦多训练的第一个快速反应部队"，不仅因为"它在和游击队作战时的战术性能"，也因为"它对于民众的人道对待"。

美国教练"在萨尔瓦多训练的第一个快速反应部队"是阿特拉卡特营。在越南战争结束仅六年后，面对一个初现端倪且高度雷同的美国式介入，莫佐特事件——我们如今用这个名字指代的不仅是大屠杀本身，更是屠杀被披露之后的系统性掩盖和推诿——是第一手的铁证。它证明了某种特定的国民再次浮现，他们如此迫不及待地接受政府版本的叙述，或如此愤怒以至于愿意再度接受对于历史的修正。在这种修正中，那些持不同观点的美国人——那些为了他们的"政治倾向"而"编造"有关以"对民众的人道对待"闻名的部队实施的大屠杀的报道的美国人——又一次成为我们真正的，也是唯一真正邪恶的敌人。

1994年7月14日

3

助手为我们提供细节，如今复述宛若咒语。罗纳德·里根担任美国总统的八年间，绝大多数早上的9点整，他都会准时抵达椭圆形办公室，桌子上摆着他的个人日程，印在绿色信纸上，上面还烫印着金色的总统印章。9点到10点间，他会先听取幕僚长和副总统的简报，然后是国家安全顾问的汇报。在没有迫在眉睫的要紧事的情况下，10点他将迎来休息时间。在这一小时中他回复来自市民的精选来信，把

《人事周刊》和《国民评论》中他感兴趣的文章做成剪报。接下来是其他会议，比如和国会领导层的会面。"我很快了解到这些会议只持续一小时，不多不少。"时任白宫众议院多数党党鞭的托尼·柯艾略在《回忆里根：罗纳德·里根肖像》中告诉我们，这本书由皮特·汉纳福德编辑，出版于1997年。"如果他在卡片上写下的议程在这一小时接近尾声时尚未结束，他会起身离开。如果议程提前结束，他会用玩笑打发剩下的时间（他笑话讲得很好）。"他的新闻秘书拉里·斯皮克斯称，在一些会议上，总统先生会背诵罗伯特·瑟维斯的《山姆·麦基的火葬》来打发时间。

当日程表安排的并非一个会议而是一次露面或者一个出镜机会时，总统先生会进行彩排。"你会走出门然后走下楼梯。"迈克·迪沃或其他人会这样说。这是唐纳德·雷根告诉我们的，他在1981年到1985年间担任财政部部长，在1985年到1987年间担任白宫幕僚长。"讲台在右手边十步的位置，观众会呈半圆状，摄像机会在半圆右端的末尾；你结束讲话后往后退两步，但不要离开讲台，因为他们会给你一条拼布床单。"拉里·斯皮克斯在1988年出版的《直言不讳：从白宫内部看里根任期》中告诉我们，在每一次会晤或者露面结束后，总统先生会在他的日程表上画一条垂直向下的竖线和一个指向下一项日程的箭头。"这给我一种我在完成某事的感觉。"总统先生告诉斯皮克斯。唐纳德·雷根在他1988年出版的《郑重声明：从华尔街到华盛顿》中告诉我们，这份日程表还会提醒总统先生什么时候应该给工作人员送生日礼物（"一顶滑稽的帽子或者是印着俏皮话的T恤"）。"这些礼物是别人挑选的，甚至有时候里根几乎不认识他送礼物的那些人，但他在这些互动中得到的乐趣是真挚的……有一次他阴差阳错地搞错了一个人的生日，然后打电话送上祝福，结果没人忍心告诉他这个错误。"

"我不记得有任何一次他改时间或者取消预约，甚至没有抱怨过他日程表上的任何一项事务。"雷根写道。当他第一次目睹这种表面愉快但实则缺乏兴趣的态度时，不经意间流露出某种满是疑惑的惊异感：当时雷根还在财政部任职，他发现自己被安排到日程表中，连同詹姆斯·贝克及迈克尔·迪沃一道，向总统介绍他和当时的幕僚长贝克调换工作这一新奇的想法。"里根波澜不惊地听着，"雷根回忆道，"他看上去平静、放松——几乎不感兴趣。这在当时那种情境下似乎有些古怪。"尽管雷根试图就如此严肃的变动提供进一步商讨的可能性，整个会议，包括几句关于圣诞假期的寒暄，仍然短于预定的三十分钟。（"我很感激，唐，"总统以一种欢快的语调回复道,那是他的典型腔调,"但我不觉得我们有什么理由不按照你们说的来。")"我不知道该如何理解他的消极被动。"雷根写道,"他似乎在接受一个**既定事实**,而非做出一个决定。有人可能会认为是某些并不在场的势力摆平了这件事。"回顾此事,雷根了悟:

> 作为总统,罗纳德·里根按照他一辈子的工作习惯行事:他认为自己的日程类似分镜剧本,角色来来往往,场景经过排练,然后被表演出来,情节每天只推进一次,并且常常不是按照先后顺序。幕僚长类似制片人,确保明星具备做到最好所需的一切;职员像剧组工作人员,隐藏在照明灯后面,注视着凝结他们默默付出的心血后完成的表演……里根的表演几乎常常是完美无瑕的。如果他被安排在10点整接见一位访客,他会在9点58分结束手头的所有工作,清理他的桌面,清空此前在他脑中的一切,为下一幕做好准备。

在1987年以资深国内政策分析师的身份入驻里根任期内的白宫时,丹尼斯·迪索萨二十六岁,他1978年才成为美国公民,但已经在右翼人士所谓的"运动"中崭露头角。他虽然是土生土长的印度人,但似乎天生就能精准把握那些能够引发怨恨政治的敏感话题(平权行动、文化多元主义、性别研究、宽泛意义的学院),并在这些领域表现活跃。他最初是《达特茅斯评论》[a]的创始编辑,然后是同样强硬的《普林斯顿展望》的编辑,之后是美国传统基金会旗下《政策评论》的总编辑,同时他还撰写了道德多数派[b]的杰里·法维尔的传记。

二十世纪八十年代的华盛顿,是一个凭借本科时期的幸福时光就能成就职业生涯的年代。迪索萨在《达特茅斯评论》的一位同事后来成了里根的演讲撰稿人之一,另一个则成了乔治·布什的演讲撰稿人。还有一位,基尼·琼斯成了教育部部长威廉·本内特的演讲撰稿人,他发表在《达特茅斯评论》的《这不是摇摆舞,兄弟》("Dis Sho' Ain't No Jive, Bro")恶名在外,内容是对黑人学生幼稚却又颇具煽

---

a *The Dartmouth Review*,美国著名常春藤联盟大学达特茅斯学院的学生于1980年创办的学生报纸,以其激进的保守主义立场而著称,催生了包括《斯坦福评论》在内的诸多学报,推动了"文化保守主义"在大学校园中的讨论。

b Moral Majority,美国福音派牧师杰里·法维尔于1979年创立的政治组织,旨在将基督教保守主义价值观引入美国政治,主张反对堕胎与同性恋,支持学校祷告和家庭传统价值。该组织认为自身及其信徒代表沉默的、在道德上构成主流的美国人。

动性的嘲仿（这些男生说，我们来达特茅斯可不是学古典学的，瞧瞧，荷马、莎士比亚，坟头草都三尺高了，还指望我们跟他们学什么呢？）。还有劳拉·英格拉姆，她因公布同性恋学生协会一场会议的秘密录音而在《达特茅斯评论》声名鹊起，迪索萨的作品《不自由的教育》便是题献给她的。此后她曾担任克拉伦斯·托马斯的法官助理，之后更是成了MSNBC（微软全国广播公司）中最令人瞩目的金发评论员之一。"还有比这更令人兴奋的吗？"在《这不是摇摆舞，兄弟》刊登时期担任《达特茅斯评论》主编的迪索萨后来写道，年轻时在华盛顿投身运动的岁月非常美好："二十世纪八十年代，我们这一代年轻的保守派，在里根及其提倡并体现的美国精神的鼓舞之下，来到了华盛顿。世界在改变，而我们希望成为这种改变的推动者。里根是一位七旬老人，但他有着一颗年轻的心。他雇用我这样的人，因为他渴望白宫出现年轻面孔和新鲜想法。我们满怀活力与决心，团结在他的事业周围。"

"他雇用我这样的人"似乎揭示了一个总统过度的行政意志，尤其是考虑到该总统对谁是他的财政部部长或幕僚长毫不关心。但主动语态的使用恰恰是关键所在。迪索萨在1997年出版的《罗纳德·里根：一个普通人如何成为卓越领袖》（和1991年出版的《不自由的教育：校园中的种族和性政治》及1995年出版的《种族主义的终结：多种族社会的原则》一样，这本书是在美国企业研究所的培养框架下完成的）一书中，意图提供他所谓的对里根岁月的"修正主义"视角，即为"新一代年轻人"纠正历史记录，而这些年轻人，由于缺乏"可替代信源"，所以无法察觉他们的老师和媒体所持有的"明显的偏见"。

迪索萨的观点是，里根被系统性地误读了，而这一观点是经过迪索萨行之有效并且明显取之不尽的能力——将自己呈现为腹背受敌的少数派的一员——打磨而成的。在他看来，误读始于里根的"自由派批评家"，这些人又被具体指认为"评论员、政治科学家和历史学家""睿智的男人""知识精英"和"行家"。在迪索萨看来，更加严重的误读来自里根的党派内部，不仅来自他那些更加实用主义的同僚（"实用主义者"或"忘恩负义者和变节者"，两者对于自己所服务的管理层中心的疏离感有明显相似的描述，在迪索萨看来，这是"一个几乎肆无忌惮的不忠"），甚至也来自他的"铁杆"仰慕者，或者"真正的信徒"，这些运动保守派认为里根是一个太过经常被他团队中的实用主义者控制的"可塑的傀儡"。"我就是这些保守派中的一分子。"迪索萨坦言：

即便里根证明了我们是错的，并且显

示出他作为总统的高效，作为他意识形态阵营中一分子的我们中的很多人仍然无法理解他成功的秘诀。我们无法理解他如何构想和实现了他宏伟的目标，毫不费力地攻克了他强劲有力的对手，然后赢得了美国人民的尊重。很多和他共事的人仍然感到困惑。这项研究试图解开这一谜题。

在迪索萨那种诡辩般的探寻中，他试图找到一个捉摸不定的框架，让里根被视作一个"发起者""改变的决定性动因"，以及"他个人成功的缔造者"，但他并没有实质性突破。这种"解开谜题"的尝试至少可以回溯到1980年的总统交接期间，有些人开始注意到，如果没有针对当选总统做出的建设性的解读，他看上去不怎么像全身心投入。在一个有关秘密国际协议和承诺的交接报告会上，吉米·卡特称，里根礼貌地聆听，但没有提问，也没有做笔记。迈克尔·迪沃尔称，在1981年就职典礼开始的两小时前，里根仍在睡觉。实际上迪沃尔并不觉得这有什么离奇的，除他以外见证过里根担任加州州长时表现的人也不会大惊小怪。"我记得在我成为他的继任者的几天后，我和他坐在州长办公室里。"杰里·布朗在《回忆里根：罗纳德·里根肖像》中回忆道：

我们并没有就当天的交接展开涉及具体细节的对话。我并不认为罗纳德·里根是一个讲究具体细节的人……毫无疑问他是在扮演州长这一仪式性角色，并且完成得很好。我认为这项工作很大程度上是仪式性的。我如今对此的看法是，大多数执政的政客认为自己在工作，但实际上全是在下达指令……大部分日常事务是非常象征性的。这就是做州长的挫败之一。一开始，我认真对待会议上呈现的材料，但很快我就发现来访代表们仅仅因为和州长共处一室就感到满足。这是一种幻觉，像一出戏剧。还是那句话，如果这能让人满意，那它就是有价值的。里根似乎明白这一切。

事实上，恰恰是这种心照不宣的默契，驱动着里根的总统秀。很多人对此心知肚明但不做表露，因为相较于这样的表述，当时的华盛顿更喜欢那种听起来没那么随遇而安的叙事（比如，西翼办公室灯火通明，敬业的工作狂们在争分夺秒地工作）。从一开始，虚构一个看起来主动而非被动的总统，虚构一个被视为拥有神秘又无形的力量，并因此具备奇迹般领导潜能的总统，就成了白宫的当务之急。在里根政府上任两个月后，伊丽莎白·德鲁这样写道："里根的助手一直在告诉记者，总统先生亲自做了某某决定，仿佛他们认为有必要说明有些决定确实是他做的。"与此同时，NBC 和《时代》也被邀请来做《与里根总统共处的一天》专题报道："一个白宫助手告诉我，'我们认为这么做很重要，因为外界总认为这是个傀儡总统。显然事实并非如此。'"

这位**显然并非傀儡**的总统将会展示他如何做决定，并且不止于此：他在展示中的决定（或者更常见的情况是，他在展示中发表的演讲——人们已经迅速领悟到修辞与行动可以互换）还将产生显而易见的，最好是非黑即白的二元分明的结果。胜利，尤其是外交领域的胜利，为积极主动的总统提供了可供扮演的角色，往往包含戏剧性的"挺身而出"戏码，而胜利的定义将会被窄化：选举或改革中的任何蛛丝马迹都会被解读为民主国家阵营或将再添新丁的信号。这样一来，所有的胜利都同等重要：迪索萨告诉我们，入侵格林纳达的决定是对勃列日涅夫主义的逆转。"里根听得很认真，但说得很少，"迪索萨记录下了总统在入侵格林纳达前那个"挺身而出"的时刻，称相关记录来自埃德温·米斯和卡斯帕·温伯格，"最后他问参谋长联席会议上的人，他们觉得此次军事行动能否成功。"与会者表示，他们认为该行动"可以完成"，这次行动的计划是向一个比巴巴多斯还要小得多的岛部署总计 6000 名的海军陆战队员和空降兵。

"很好，"据说里根是这么说的，"既然如此，那就让我们继续吧。"

入侵格林纳达颇具启示意义。这次军事行动是里根为数不多的公开（用他自己的话说，也是唯一取得"成功的"一次）动用军事权力的行动之一，考虑到这个岛正在建设一个一万英尺的飞机跑道，当时的政府批准了这一行动。其次（或者是首先，这取决于谁在说话）是因为美国的医学生被"关押"（实际上他们本可以通过定期航班或者包机的方式离开）在岛上的一所医学院里。"我不认为这是一次入侵。"珍妮·科克帕特里克在这次行动的几天后在《与媒体见面》上说道，"我认为这是一次救援，我认为我们应该停止将其称为**一次入侵**。"诺尔曼·波德霍雷茨在《纽约时报》评论版写道，这次入侵，或曰救援，标志着"一个自越南战争以来一直饱受那种混淆我们思想、麻痹我们国民意志的炮弹休克症[a]之苦的美国"开始逐渐"恢复，走向健康"。迪索萨将其描述为"里根第一个有机会推翻一个共产主义政权"，

---

[a] Shell Shock，最早用于描述"一战"中士兵由炮击和战斗压力所引发的一系列心理和生理症状，如恐慌、颤抖、失眠、健忘等，被视为现代创伤后应激障碍（Post-Traumatic Stress Disorder，PTSD）概念的雏形。

政治虚构

一个"面对工作人员的担忧和国会领导的怀疑展现出领导力"的时刻。

入侵格林纳达发生不久之后,针对此次行动颁发的奖章数量甚至超过了实际的参战者,总统以总司令的身份,在一个给国家荣誉勋章获得者颁奖的仪式上发表演讲。"他站在一个巨大的浅蓝色丝带和五角星奖章下宣布,"我们软弱的日子过去了。我们的军事力量已经重整旗鼓,昂首挺胸。"格林纳达事件,就在它正真实发生的同时,几乎立刻被塑造成"推回"的象征核心,而这也是"里根主义"的关键所在。很可能是在为"没有其他信息来源的年轻一代"着想,迪索萨在《罗纳德·里根:一个普通人如何成为卓越领袖》的前几十页列出了一个青壮年版的大事年表。在这个年表中,里根政府始于现代历史的最低潮期("在世界上大部分地区,资本主义和民主制都正在衰退……"而美国自身则面临"自大萧条以来最严重的经济危机"),终于历史的最高潮,即重生的爱国主义和意志的凯旋飙升,这股浪潮鼓舞了士气,终结了冷战。

在这一版本的叙事中,从1980年到1988年,不管是在格林纳达事件之前还是之后,里根作为第一推动者的角色更多体现在他的言论而非实际行动中,体现在总统做好准备"越过"国会或者媒体或者当时当刻阻挠政府目标的任何人的那些瞬间。在《罗纳德·里根:一个普通人如何成为卓越领袖》中,迪索萨用了264页中的4页,对1983年那场"邪恶帝国"演讲进行了详细的文本分析(更进一步的讨论出现在另外4页中),他向我们保证,这个演讲是"里根总统任期内最重要的演讲,是瓦茨拉夫·哈维尔所谓的'改变历史的语言力量'的经典阐释"。

很大程度上,里根的修辞是从事实推断结果,而这并没有削弱人们对里根那如激光束般具备精准效力的修辞术的笃信。"努力实现一种重大的政策变化,打磨一个切实可行的政策新方案,并且坚持到底是一种成就。"里根执政早期的首席国内政策顾问马丁·安德森在《回忆里根》中这样讲道。但他援引的成就是1983年的战略防御计划,又名"星球大战"演讲。"1983年的另一重要事件发生在战略防御计划演讲的两周后。"他补充道,而这再次证明了,他谈论的并非一个实际的"事件",而是另一个演讲,这次是备受欢迎的"邪恶帝国"演讲。

威廉·克里斯托尔最近提到我们要感谢里根1984年"杰出的"诺曼底演讲,仿佛这个由佩吉·努南撰写的演讲,在某种程度上和它用以纪念的那次入侵在规模"宏大"程度上不相上下。("在几周前国家安全委员会给我的初稿中,他们希望总

奥兹的西翼

统在武器管控上转移话锋",努南女士后来谈到她撰写的诺曼底演讲稿时说,"阅读的时候我在想,用当时流行的话说就是,哦,劳烦用勺子堵住我的嘴,这压根儿不是一个关于武力协商的演讲,你们这些蠢货,这是一个关于辉煌的演讲。")为了证明在"预测"和"预言"背后里根的计算力,迪索萨援引1987年在勃兰登堡门进行的"推倒这堵墙"的演讲作为证据。"不久之后,"他写道,"这堵墙确实倒塌了,里根的所有预言都实现了。人类历史上最强有力的帝国崩溃了。这不仅仅是里根预言过的结果,他预谋了这个结果。"

政治历史学家杰弗瑞·K.图里斯在1987年出版的《修辞性总统制》中饶有兴趣地研究了将里根重塑为一个领导力只存在于他的公共言说中的领袖——一个终极"克里斯玛型"总统——的后果,他相当详细地概括出某种特定总统风格所呈现的困境,它削弱宪法权威和官僚权威的效力,它的效果仰赖于创造出来的危机("越过"反对意见,展示一些亟待传达的紧急信息),并因此十分罕见地将政策制定权交到演讲撰稿人手中:

很多演讲在发表前很久就安排好了。

因此发表演讲的承诺往往先于对具体议题的了解,这经常使工作人员不得不为演讲寻找或创造一个议题……危机的常态化是修辞型总统制的内在特征之一,同时伴随着对魅力型权威[a]的持续而反复的尝试。在里根身上,这种风格又被一种反对华盛顿建制派、反对官僚和官僚机构的意识形态和修辞进一步强化……他比其他任何总统都更能说明这样一种可能性和危险,即那些原本用来说服无法充分理解政策本身的人们的修辞,到最后却说服了总统自己。在重塑政治格局后,修辞性总统制进而重塑总统对于政治的理解。

由于迪索萨对里根总统任期的描述和那些在里根卸任后就已经踏上巡回签售之旅的"忘恩负义者和变节者"的书中给出的细节描述无甚差异,"领导力"叙事的叠加意味着和一些"已经公开发布的"相当棘手的材料缠斗。他人注意到的那些特殊之处(总统先生很"疏离"或者"不完全知情"或者"在细节上不甚明了"或者"被动")需要被转译为宏伟蓝图的证据。个人生平的细节需要被提炼为体现"性格"的素材,而这么做的效果常常是逻辑上难以连贯自洽。"这是一位在中西部的贫困

---

a Charisma,魅力型权威,由德国社会学家马克斯·韦伯在《经济与社会》中提出,指领袖因其个性或魅力而获得的非制度性权威。

政治虚构

中长大的酒鬼的儿子，"迪索萨在第10页告诉我们。"在没有任何资源的情况下，他勇闯好莱坞，在残酷的文化中幸存，最终成为一线明星。"

这并非完全属实，里根从来都不是"一线明星"，而是一个值得信赖的制片厂合同工，他碰巧赶上一个影视需求衰退的时期，在成为通用电气公司的发言人之前，一度沦落到在拉斯维加斯的"最后的边疆"（Last Frontier）赌场酒店为名为"大陆"（The Continentals）的酒吧表演做开场主持。但是"在残酷的文化中幸存，最终成为一线明星"符合迪索萨在这一页试图论证的观点，即正是"这种个人[以及]政治方面的神秘力量"，让里根得以改变"他的国家乃至整个世界"。而到了第45页，迪索萨论证的重点转向了总统在"谈判和团队协作"中展示出的灵活性和技巧，于是他重构了里根的个人经历，以满足论证的需求："里根从来不是什么一线明星，不允许自己有如此强烈的自恋情绪……当很多演员对于上电视嗤之以鼻，认为它低于电影的时候，里根欣然转向电视这一新媒介，从而为自己争取到了更多出镜机会。"

这种持续的修剪和画蛇添足般的增补将迪索萨引向相当波涛汹涌的水域，在这里，逻辑连贯似乎被抛弃了。如果像迪索萨暗示的那样，里根那著名的"口误"是精心计算好的（"当我们回顾里根的口误时，我们看到有时候他将它们当作某种暗号，用来传递对敌对媒体来说可能无法理解的重要政治信息"），那总统是否可以被视为一个政治煽动家，故意用他知道永远不会经得起推敲的"事实"（比如福利女皇，用来购买存款证的学生贷款，走进杂货店并用食物救济券买了一个橙子，再用零钱买了一瓶伏特加的年轻人）来操纵选民？完全不会：总统沉溺于"道德故事"，以及对"一个更加广泛的主题的解释"。"某个特定细节的错误并不能否定一个故事的寓意。"如果里根把住房和城市发展部的非裔部长萨缪尔·皮尔斯错认成"市长先生"，这是否说明，里根充其量只是和他的政府班底，以及美国城市维持一种很松散的关系？此言差矣，这仅仅是一种"疏忽"："他没认出萨缪尔·皮尔斯，这确实不妥，但他疏忽的原因是他对住房和城市发展部没有兴趣，在他看来，这是公共政策上的一个无底洞。"

如果里根的目标是削减政府的规模和开支，却在其任期内（按1990年的美元计算）让国家债务增加了1.5万亿美元（"作为个人，你们和我可以靠借贷过一种入不敷出的生活，然而只能维持一段有限的时期。"他在1981年的就职演讲中说道，"我们怎么可以认为，作为一个国家整体，我们就不应受到同样的约束呢？"），那么是否可以说总统没有完成自己的使命呢？不是的，在过去八年中，他在削减税收的同时，成功增加了国内福利支出，同时将国防开支总额提高到两万亿美元。他完成这一使命的方式带来了一丝希望。迪索萨解释道："由于命运的奇妙转折，赤字为里根达成了他无法直接实现的目标：这是本世纪以来国会首次开始向政府的增长施加限制。"正如迪索萨所言，如果里根不仅缺乏"对历史的研读"和"百科全书式的知识"，而且缺乏"充分受过教育的人的两个特性：自我认识和开放心态"，那是否意味着教条主义会削弱他观点的价值？未必："里根透过对错分明的视角看待世界"，因此他拥有一种"并非来自书本，而是来自他自身的"知识体系。

正是通过"并非来自书本而是来自他自身的"知识体系，我们得以再次进入那一时期真正的神秘时刻：也就是对神圣而不可言喻之物的执着追求，它始于为这届政府树立一位"领导者"的需求，最终却将白宫转变成某种货物崇拜的现场。"呼唤'下一个罗纳德·里根'没有意义"，迪索萨总结道，他在不经意间准确捕捉到这一时期的拜物精神，"他不会回来，也不会再有和他类似的人出现了。"鉴于对里根政府而言，里根大权在握是理所当然

之事，但同时，大量显而易见的证据又表明情况并非如此。那么人们就只好认为，此人一定是个"谜"，像狗哨一样，拥有超出我等先天不足的凡人听觉范围的技巧。

迪索萨告诉我们，里根的官方传记作者埃德蒙德·莫里斯，在1990年将他的传主描述为他遇到的最难理解的人物之一。他告诉我们，从里根在萨克拉门托和华盛顿任职时期持续报道里根，并且写了三本和他相关的著作的卢·坎农，也认为里根是个谜，并且"仍然试图理解他"。他告诉我们，里根和埃德温·米斯从来不在私下场合见面，尽管在萨克拉门托和华盛顿，这两人的日常生活堪称密不可分。里根有"无数的熟人"，迪索萨观察到，但明显只有一个密友，那就是演员罗伯特·泰勒。南希·里根定期和朋友打电话聊天，但她的丈夫却不会这样，"他会打个招呼，相互寒暄几句，然后把听筒交给她。"迪索萨写道，"有的人虽然和里根共事多年"，但仍旧会"因为里根性格的矛盾性而沮丧，最终放弃理解他的企图"。

然而，上述种种"矛盾性"，本质上是一种类别混淆造成的错觉。如果把里根定义为"总统"，甚至是"州长"，他的确略显乏味，也有缺失。但如果把他定义为"演员"，从他公共生活的开始到结束，他都始终如一，可以被理解，甚至完全可预测。迪索萨承认，里根的演员生涯是他性

政治虚构

格构成中一个重要的部分，但他将"演员"视为一块垫脚石，是真正的罗纳德·里根，即"总统"里根既已掌握并最终摆脱的角色，尽管在摆脱之前，他确实从中吸取了某些"能让他更加高效地执政"的经验教训：比如公众亲和力的重要性，或者如果"宏大的想法没那么抽象而是更加人格化和视觉化"，会更加有效地传达给民众。在试图解释里根如何能够"对助手一律公正、和蔼可亲"，但同时"未与他们建立私人关系"时，迪索萨在"总统"这一定义内部深耕，得出了一个"领导力"角度的解释："他将助手们视为达成目标的手段。"

"人们为他工作十年，然后离开，而他不会和他们联系——电话都不会打一个。"迪索萨写道，并且再一次援引"领导力"理论，"因此我们必须颠覆传统的看法：他不是他们的棋子，他们是他的棋子。"但这种说法并不合情理（如果他们是棋子，而他是老大，难道他不应该将他们列入快速拨号名单，以便于进一步部署？）并且会持续如此，因为他的分类标准就是错的：在一个行当中所谓的神秘行为，在另一个行当中可能就是标准操作流程，而恰恰是在娱乐工业独特的工作节奏中，他与政府班底的那种"神秘性"消失了。里根能够在不和助手建立私交（甚至不知道他们办公室地点或者他们的名字）的情况下做到"对他们一律公正、和蔼可亲"，并非因为"他将他们视为实现目标的手段"，而是因为他将他们视为工作人员（"隐藏在摄影灯背后。"用罗纳德·里根的话来说），像领班和场务助理和剧本指导，甚至是小配角，像他一样的演员，但不是主要演员，因此他并不需要记住他们的名字。

类似地，与人共事十年但不再联系他们的这种能力精准反映了这一片场和地点中强烈但却短暂的同志情谊。在这里，角色们例行公事地交换充分象征着联结的仪式性图腾（不公开的家庭电话号码、手机号、车牌号、三重加密的号码，以及他们在阿斯彭、圣丹斯或马撒葡萄园岛小住时满满当当的日程表），这一交换基于百分之百的相互信任，即杀青后，大家接到的电话只可能是为了补录台词或补拍。即使是总统最不起眼的癖好——几乎所有里根的助手都提到过的他对行程表的绝对遵守，比如在已完成的任务上画一条线，再用箭头指向下一个任务（迪索萨又讲了一遍箭头的事，作为"他履行职责时认真又利落"的证据）——也源于在片场时的习惯，因为那里每天都会分发最新修改版的拍摄时间表。他的日程表上可能写着"场景183A：华盛顿街外景——车队——白天"。而"场景183A"一旦完成，就会被画上一条竖线，箭头指向"场景17：安德鲁斯空军基地——环境镜头——白天"：演员们无须了解拍摄的具体顺序，只需知道这一天的下一个任务是什么。

当里根被问及相比做演员，他是否更喜欢当总统时，他回答道："是的，因为做总统时我还可以写剧本。"在迪索萨看来，这个回答是总统对于他"克服困难"实现目标的一种幽默自嘲，也许确实是他有意为之的。但里根任期更深层次的特点——而这一点在当时就显而易见——源于他的一种倾向，即将担任总统当作一个亟待攻克的剧本。在每一部电影的开发过程中，都有一个众所周知的"啃剧本"的过程，在这个过程中"故事"被形塑被改变以适应必然位于故事中心的理想化人物。这一过程的成果是"角色清晰度"。一位对此熟知的总统会马上领悟到，比方说，如果在和以色列总理伊扎克·沙米尔的会晤中戏剧性地呈现他，总统本人，或者是明星本人，如何经历了大屠杀，这一场戏的效果将会提升。

这样一来，里根1983年和沙米尔会晤时的某些行为就解释得通了。他告诉沙米尔，在第二次世界大战期间他曾为陆军通信兵拍摄记录了纳粹死亡集中营（实际上他整个战争期间都在卡尔弗城度过，在哈尔·罗奇工作室制作培训影片）。他（很有先见之明地）保留了一卷胶片，以防之后有人否认大屠杀的存在。而他（就在最近！）抓住机会播放了这卷胶片，改变了一个对大屠杀表示怀疑的人的看法。一位熟知单个场景如何能让整个剧本发生飞跃性转变的总统，自然会在北卡罗来纳州夏洛特市面对记者时给出一个优化版本的种族隔离政策如何在美国军队中终结的叙事，正如卢·坎农告诉我们的那样，里根在他1975年参加初选时就是这样做的：

> "当日本人在珍珠港投下炸弹时，有一位全职担任炊事兵的黑人水手……他手臂里抱着一挺机关枪——这并非易事——站在一个码头的尽头，猛烈地向俯冲下来的日本飞机扫射，然后那种[种族隔离]全部被改变了。"当一位记者指出海陆空三军中的种族隔离实际上是在战后第三年，是在杜鲁门总统1948年签署的一项行政令后才结束的，里根坚持他的立场。"我记得那个场景，"里根后来在竞选包机上告诉我，"那一幕非常震撼"。

在剧本讨论会中最常被问到，但万变不离其宗的问题往往是：**我们为什么要在意这个角色？我们怎么才能让观众更关心他？怎么才能让美国人为这个人加油？**毫无疑问，这个"人"，是主角，是明星，无穷的时间和精力都花在寻找他的"勾人之处"上，也就是这个角色的秘密。这一秘密将在第一幕埋下伏笔、在第二幕结尾公之于众、在第三幕画风一转，变成"酒鬼的儿子"。或者说，这甚至可以成为**站在一个码头的尽头，手臂里抱着一挺机关枪，然后那种[种族隔离]全部被改变了**背后的秘密。我们后来从罗纳德·里根的私人医生、陆军准将约翰·哈顿那里了解到，他真正意识到艾滋病大流行的严重性是在1985年7月（在那之前他似乎将其解释为对不当行为的一种惩罚，"并且会说出这样的话：'这是不是一种天谴'"），当时，他从一个新闻报道中得知备受美国人喜爱的罗克·赫德森[a]身患艾滋病。

在《罗纳德·里根：一个普通人如何成为卓越领袖》中，有一段引人注目的描述，它似乎并非基于迪索萨对这一时期著名和不具名的政治操盘手（他那长达两页的致谢名单，以一种颇为感伤的方式唤起了那个时代的激情，其中列出的名字本身就极具象征意味，比如艾略特·艾布拉姆斯、乔治·吉尔德、乔希·吉尔德、迈克尔·莱丁、约书亚·穆拉夫奇克、格罗弗·诺奎斯特、罗伯特·赖利、约瑟夫·索博兰和费思·菲特尔西）的直接接触，而是基于简·梅耶尔和道伊尔·麦马纳在他们的作品《滑坡：总统的解体，1984—1988》中所做的报道。地点是白宫。时间是1983年10月26日，也就是美国学生在格林纳达入侵行动中"获救"并前往南卡罗来纳州的查尔斯顿空军基地的那天。"在他们抵达的那天，"迪索萨写道，"曾参与策划了格林纳达入侵的奥利弗·诺思冲进了总统办公室。"

他说没人告诉学生们入侵的原因，也没人知道他们会对媒体说些什么。"跟我来。"里根说。他将诺斯带到一个有电视监视器的房间。在那里他们看着第一个年轻人走出飞机，走到跑道那边，跪下来，然后亲吻了美利坚合众国的土地。"你看，奥利，"里根说，"你应该对美国人民多点信心。"里根知道，伴随着这位学生这个戏剧性的举动，有关格林纳达入侵是否合法的全民争论事实上已经结束了。

这段文字在多个层次上都引发了读者的思考（为什么被援救的学生还需要被告知援救的原因？"对美国人民多点信心"是如何过渡到通往下飞机的第一个学生向镜头展示政府希望展示的画面这一期望的？），但其中最值得注意的，是"奥利"和他早在1983年就能畅通无阻地进入总统办公室。在适当的时机，有人将会站出来反复宣称，陆军中校诺思是一个行为异

---

[a] Rock Hudson（1925—1985），美国电影、电视演员，代表作有《天堂尽许》《巨人》《枕边话》等，1985年因艾滋病去世，成为美国第一位因艾滋病及其并发症去世的名人。

常的幻想家，他夸大甚至虚构了他和总统的亲近程度。"他说他有时候会在椭圆形办公室和罗尼独处。"南希·里根在《轮到我了》——她为了纠正上述说法而亲自撰写的文章——中写道，"但这从未发生。"诺思声称医学生从格林纳达回国时他在椭圆形办公室里，但拉里·斯比克斯称这是一个"彻头彻尾的谎言"。"我们翻阅了书面记录，"他写道，"奥利从来没有和总统单独在椭圆形办公室相处过。"但迪索萨描绘的这段小插曲却把诺思（他的几个代号包括"古德先生"和"怀特先生"）塑造成他自己偏爱的形象：他在现场，他在画面中，在紧要关头他能够把总统当作密友。

到了1983年10月，那场后来被称为"伊朗门"的事件——或者如迪索萨所说，是"未来世代根本不会记得的历史注脚"——已经进入了关键阶段。当时，白宫已深陷险境，某些幽灵般的任务与剧本的要求发生了冲突，导致了有害的后果。迪索萨向他的年轻读者保证，"伊朗门事件似乎是在里根并未知情或同意的情况下在白宫发生的"，但即便我们无视里根助理所坚称的总统知晓所有细节（除了资金的去向，这一点尚不明晰），也不理会总统自己所声称的"一开始就是我的主意"，这一系列操作也绝非华盛顿体制内专业人士一贯的行事风格。

恰恰相反，此情此景，更像是剧本讨论会上头昏脑涨间得来的灵感，难产已久的关键台词忽然冒出现的那个瞬间：一方面，我们有"冬狮"，正如迪索萨对里根的称呼，一个年迈的自由斗士（**注意，有可能：我们在第二幕得知他身患绝症但从未告诉任何人？？？**），他将生命献给了根除暴政，而如今，他显然孤身一人（**注意，所有人都反对他，甚至连亲信助手也退缩了**），面对他最后也是最艰难的与不公正力量的对决。而灵感，即该剧本的破解之道——总是在桌面堆满外卖、制片人借故开溜时浮现，总是让人觉得：这么明显的办法，怎么早没想到呢——是这样的：孤独的冬狮实际上一点都不孤独，因为我们还有年轻的陆军上校"古德先生"，一位天生的表演者，一个有英雄色彩的角色，一个真正的人物，一个（据拉里·斯比克斯称）"喜欢在特情室大显身手的人……站在地板中间，两只耳朵旁各有一个电话，向远方的特工发出神秘的命令"，他（佩吉·努南称）能令人信服地说出诸如"别忘了，这是与凯西[a]和诺思大约

---

a 指William Casey（1913—1987），"二战"期间曾在战略情报局（即中央情报局的前身）工作，1981年至1987年间，担任第11任中央情报局（CIA）局长，伊朗门事件便发生在其任内。

政治虚构

在今天下午3点的通话内容",或者"别跟我提帕斯托拉[反政府势力领袖伊顿·帕斯托拉,又名'零号指挥官'],我不是在和帕斯托拉讲话"。

"总统"反复实践所得的本能促使他去寻找给定场景中最强有力的叙事线索,清除那些削弱了角色清晰度的冗余元素。对他而言,穷其一生,历史真相最终都以每秒24帧的速度运行,因此伊朗门是势不可当的,是一个从概念上就整装待发的项目,是一个拥有两个鲜明角色的剧本,一个是年轻的海军军官,他唯一的目标是服务于总统,一个是年迈的总统,他唯一的目标是解放被欺压者(专制统治者是尼亚加拉人还是伊朗人还是其他国家的人,这只是一个情节点,一个可以稍后研究的细节),是一个有关兄弟情义的故事,是一个有关一位父亲找到了他从未有过的儿子的故事(在这一稿"精简"过的剧本中),是一部哥们儿电影,但比哥们儿电影略胜一筹:是一部有师徒关系的哥们儿电影,还有动作戏。

"在追求个人权力的过程中,里根没有玷污公众信任。"迪索萨这样告诉我们,很可能是因为他注意到在第158页他让"奥利"闯入总统办公室的情节,所以到了《罗纳德·里根:一个普通人如何成为卓越领袖》的第247页,他似乎多多少少修正了之前做出的(第16页)评价,即伊朗门是"未经里根同意的情况下完成的一系列交易"。在第247页,我们看到了从被动语态到主动语态的转变:"他这么做是因为他对人质及其家人的苦难感同身受……他拒绝听从舒尔茨和魏因贝里耶提出的谨慎建议,即完全远离这档子蠢事。"迪索萨没能完全理解的是,对于这位演员来说,在这样一个剧本中,恰恰是有人认为他在做一件"蠢事"这一观点本身,坚定了他要推进下去的决心。"总有人说我们的尝试是不可能的。"他在很多演讲中用上百种方式表达过这个意思。这位总统发自内心地——正如年轻的军官也知道的那样——领会到一部成功的动作片的诀窍,恰恰是一档子愚蠢的事,一个孤独的探索,一个注定的败局,一场迎难而上的战斗:这一任务将交给美国人支持和信赖的某个人物,他将全力以赴,无视那些给出忠告的人,在他们眼中,这根本是个不可能完成的任务。好了,咔,收工。

1997年12月18日

EYES ON THE PRIZE
(1992)

紧盯战利品 [a]

1

在对我们国家治理方式的"变革"的普遍渴望中,我们不妨稍作停顿,反思一下,究竟是什么在改变,由谁改变,以及为谁而变。纽约麦迪逊广场花园,从1992年7月13日到7月16日晚上,在整整四天四夜里,民主党都致力于宣扬一条日臻完善的"中间路线",但在黄金时段的电视节目中,民主党曾经的传统支持者完全没有出现;该党曾经扮演的那个心照不宣的角色,吸纳移民、赋予经济上被剥夺公民权的人以权利,以及对于不满情绪的所谓"收编",在此次大会上也销声匿迹。杰西·杰克逊和吉米·卡特只在竞选的全明星赛环节露面。杰里·布朗则主要在C-SPAN(公共事务卫星有线电视网)谈论"一直为我们战斗,但从未参加过我们的招待会的人们"。

"这个大会看上去更像我们国家,而非一个乡间俱乐部。"众议员汤姆·福利宣称,许多发言人附和了他的看法。然而,

---

[a] Eyes on the Prize,英语俗语,意指专注目标、坚持到底,直至实现最终胜利。1987年,一部名为《矢志不移:美国民权运动》(*Eyes on the Prize: America's Civil Rights Years, 1954-1985*)的电视纪录片首播,强化了该短语的政治色彩,常用来指代一个政治群体对目标的专注、信仰与坚持。

政治虚构

大会更偏好的形象却是那些阳光地带的乡村俱乐部，比如戈尔夫妇在讲台上安详地跳舞的画面。大会更偏好的音乐不是《美好时光再临》，而是"佛利伍麦克"乐队的歌曲，尽管在新罕布什尔州初选前，键盘手克里斯汀·麦克维曾要求克林顿竞选团队停止使用她的歌曲《不要停止》。那些想和戈尔夫妇跳舞的人加入了俱乐部，明确表示他们已经做好准备，超越他们的候选人经常说的"两党的愚蠢政策"，尤其是他们自己所在党派的政策。我们反复听到"民主党"和"共和党"，仿佛祷告者在祈求一场选举之雨，它们是过时的、没有意义的词汇，正如"自由派"和"保守派"。"我们提供的选择并非保守派或自由派的，甚至不是民主党或共和党的，"候选人告诉我们，"它完全不同。它是新的……我称之为一项**新契约**。"

克林顿州长所谓的"新契约"（有段时间他称之为"第三条道路"，虽然这么说不太恰当，但听起来颇具秘鲁文化色彩）本质上是民主党领导委员会的"新选择"，或者最近的"新社会契约"，一系列旨在"重塑政府"的政策调整（正如克林顿的顾问大卫·奥斯本在《重塑政府》一书中提到的），其方式绝非削弱政府的角色，而是对其进行重新配置。新契约或第三条道路或新选择或全新的社会契约，这些观点在共和党和民主党的思想中都很流行，但也存在某种骗局：比如说，"新契约"的部分内容呼吁联邦政府"削减10万名官员"，但在不新增10万名官僚的情况下，我们尚不清楚将由谁来执行克林顿－戈尔阵营在《人民至上：我们如何改变美国》(Putting People First: How We Can All Change America)中所承诺的新的联邦政府项目（1337亿美元"用于增加就业"，225亿美元"用于奖励工作和家庭"，633亿美元用于鼓励"终身学习"）。尽管如此，"新契约"仍然是候选人的"行动计划"，同时也是他"基于传统价值的新选择"，在这点上他涵盖了共和党的一大基础选民。

从某种程度上说，这次大会真正的主题演讲并不是由官方的演讲者发表的，而是民主党全国委员会财政主席、西弗吉尼亚州参议员约翰·D（杰伊）.洛克菲勒四世发表的。参议员洛克菲勒称自己是"那些不会威胁到大捐赠人的民主党人之一"，他提到，今年民主党有可能展开"有史以来资金最充足的总统竞选活动"，"捐赠人的基本盘比以往任何时候都大"，使民主党得以购买"焦点小组、民意调查、研究，以及任何能让信息传播出去的东西"。要传达的信息是：我们很强硬，会狠狠出击，要振作起来。"我们民主党人需要做些改变。"候选人在接受提名时说，他代表的是那些"纳税、抚养孩子、遵守规则"的人。在这里他指的是"被遗忘的中产阶级",他们自新罕布什尔州初选以来一直是他的目标选民。他向"这个国家里选择抛弃孩子、忽视子女抚养费的父亲们"发出了最后通牒:"承担起对孩子们的责任,否则我们会强制你们这么做。"他承诺"终结我们所知的福利制度","在你们的街区增设十万警力",扭转"日本首相……曾说的……他同情美国"的局面。

在这位候选人所描绘的这个世界里,日本首相伙同福利皇后和赖账爸爸(在《人民至上》中被称为"赖账父母"),嘲弄那些纳税、抚养孩子,以及遵守规则的人。这个世界从头到尾都是焦点小组访谈产生的模糊的怨恨而建构的,因此无疑和任何人真正愿意解决的实际问题保持着安全距离。候选人谈到要"对抗大型保险公司,以降低成本,并提供全民医保",但《人民至上》明确表示,这个更加全面的医保若能实现,不仅需要削减年收入超过12.5万美元人群的联邦医疗保险(这点没人会反对),同时也要"削减医疗成本",而这实际上意味着再次削减福利,而且是所有收入水平人群的福利。(这是个棘手的事情。医疗成本持续上升,并不一定如《人民至上》所言,是因为有保险的消费者"被骗了",而恰恰是因为有保险的消费者在无形中填补着联邦医疗保险和医疗补助计划[a]长期以来向医院支付的治疗费用标准过低所导致的亏空。)

这位候选人谈到要"减少福利依赖"和"增强自主能力",后者是布什政府那些主张"新范式"的理论家偏爱的词汇,用来形容将公租房卖给租户这类不太可行的想法,但目前尚不清楚,这位候选人究竟有多大的政治意愿去削减福利政策,以及具体要削减哪一项政策。在《人民至上》中,唯一被落实到节省财政开支上的"福利改革"是削减收入超过12.5万美元人群的医保支出。人们很难不记得,就在四个月前,克林顿州长还在佛罗里达州的老年公寓中反复宣传,给保罗·聪格斯[b]贴上"反对老年人"的标签,因为他曾提议要限制收入超过12.5万美元人群在社会保障福利方面的生活成本调整(为应对通货膨胀而对社保福利做出的年度上调)。

他谈到削减国防开支,但同时也谈到

---

[a] 二者均设立于1965年,联邦医疗保险(Medicare)是社会保险制度的一部分,面向六十五岁及以上人群与特定残障人群,资金来源为工资税;医疗补助计划(Medicaid)则属于社会福利体系,服务对象为低收入人群,由联邦与州政府共同出资承担。

[b] Paul Tsongas(1941—1997),美国政客,1992年参与美国总统竞选,获得八场初选的胜利,最后败给克林顿。他尤其关注联邦财政赤字问题。

政治虚构

维持"世界上最强大的国防",然而,《人民至上》提出的"1993年(超过布什政府的计划)国防开支削减"的部分非常有限,只有20亿美元,克林顿州长在康涅狄格州初选失利后的新闻发布会上承诺,将保留位于格罗顿的海狼潜艇计划,这是布什政府原本要削减的一项数十亿美元的国防开支。他在所有初选活动上都谈到"整顿官僚制"的必要性,除了在纽约。在那里,为他背书的核心工会包括公务员工会协会(在纽约州有20万成员)和美国州、县和市雇员联合会的第37区议会(纽约市有135000成员)。在这个问题上,民主党领导委员会进步政策研究所所长、克林顿的顾问威尔·马歇尔曾对《洛杉矶时报》的罗纳德·布朗斯坦强调:"在旧官僚主义方法失败的堡垒里,有一个真正的机会来讨论新想法。但另一方面,他得到了很多公共雇员工会的支持,他在为自己的生命而战,他需要尽其所能获取支持。"

换句话说,这些民主党人士接受了罗恩·布朗赋予他们的责任:"打个比方说,我们要紧盯战利品。"他们是,如他们自己所言,信念坚定不动摇的民主党人士。在他们的大会上,几乎没有什么可以即兴发挥的。他们谈到"团结"。他们谈到"新一代",谈到"改变",谈到"人民至上"。作为"人民至上"的证据,他们播放了"真实人物"的影像资料,聚焦诸如"凯尔·哈里森"这样的真实公民的柔光影像。他是阿肯色大学费耶特维尔校区的一名学生,非常配合地将自己描述为"被遗忘的中产阶级"的一分子。会议代表还得到了克林顿助手所谓的"祈祷之书",一套六张的蓝色口袋卡片,涵盖他们可能会被问到的问题,比如有关"真实的比尔·克林顿"。("他父亲在他出生前就去世了,他母亲不得不离开家去学习护理……比尔在一个没有室内水暖系统的房子里长大。")在麦迪逊广场花园里为民主党全国委员会的"超级贵宾包厢"工作的志愿者们,则配备了经官方许可的对话内容,或称"金句语录"("艾尔·戈尔恭维比尔·克林顿,他们是一支强队",或者"共和党已江郎才尽,他们一成不变……所有美国人都在蒙受损失"),此外,还有应对更加特别、比贵宾级别更高的超级贵宾的提问时的"公关用语",其中第三条和第四条是这样写的:

3."蒂珀·戈尔此前致力于推动在被归类为暴力或者淫秽的专辑上贴上警告标签。这难道不是对于第一宪法修正案中言论自由权的限制吗?"

首先要明确——阿尔·戈尔才是副总统候选人,这次大会将决定该党派,以及这次竞选的政治纲领。其次,和其他美国公民一样，蒂珀·戈尔有权表达自己的观点。她是一位优秀的活动家，将会努力支持本党政治纲领以及克林顿－戈尔的这一竞选组合。

4."为何一些通常支持民主党候选人的娱乐明星，在今年的选举中要么袖手旁观，要么转而支持罗斯·佩罗？"

对某些人来说，有很多其他议题，诸如人权、环境、女权、艾滋病，凡此种种，成了他们优先考虑的事情。与此同时，选择支持其他竞选团队的人们一定自有原因，我尊重他们这么做的权利。

"如果拿不准，"贵宾包厢的志愿者被告知，"那最好的回答是，'谢谢，我会请工作人员来告知您竞选团队在该问题上的立场。'"这一年被频繁称作"女性之年"，这次大会明显也是为吸引女性选民而设计的，但它对"什么或许能吸引女性"的理解却如此拙劣、偏差，仿佛它的策划者是一群想要借此机会向选民传递如下信号的男性：任何可能会有自己议程的女性，都在他们的掌控之中。现场安排了音乐剧《威尔·罗杰斯的生平》中的集体歌舞片段表演，女郎们的胸前还有两团蓬松的毛球。两位据称相当精明强干的成熟女性，克林顿夫人和戈尔夫人，在会场摇身一变，成了一对"快乐加倍"的金发女郎[a]，蹦蹦跳跳，跟随着指令鼓掌。和里根夫人一样，她们的随行名单里也有一位专门负责帮她们打理造型的发型师。

民主党确实引入了五位女性参议员候选人（卡罗尔·莫斯里·布劳恩、吉恩·劳埃德·琼斯、林恩·耶克尔、芭芭拉·博克瑟和戴安娜·范因斯坦），以及四位最引人注目的女性政治新秀（凯斯琳·布朗、芭芭拉·罗伯特、莎伦·普拉特·凯利和帕特·施罗德）。但从一开始，他们就有所顾虑，担心女性太多会让观众受到威胁，于是大会将她们的亮相安排在星期二晚上，和吉米·卡特、杰西·杰克逊，以及和艾滋病相关的报告同一时间，以此来边缘化她们。而周一到周四的大会日程中，周二一直被称为"失败者之夜"。（收到一些投诉后，参议院候选人也被移到了周一的日程里，而政治新秀的日程保持不变。）"我们要把过去的失败者之夜变成如今的女性之夜。"罗恩·布朗曾对一位我认识的女

---

[a] Double-the-fun blondes，源自美国箭牌"双倍薄荷"口香糖广告，画面中常出现两位着装一致的金发女性，以呼应其口号"Double your pleasure, double your fun"（"愉悦加倍，快乐加倍"），后这一双人形象逐渐成为活泼、美丽、无害的女性的文化象征。

政治虚构

性说,她是娱乐界的一位著名的民主党人。

整个大会的进程如此紧凑、按部就班,以至于有时候不得不用一些没来由的音乐插曲来填补黄金时段之前的空档,有一次甚至干脆安排了一个长达十分钟的休息。"这次大会的负责人简直不可理喻。"得克萨斯州州长安·理查兹的一位助理在大会的第二天晚上这样说道。理查兹是大会主席,按照过去的惯例,她应该算是大会的负责人之一。"当直播开始时,他们连一分钟都不给我们。最后她[理查兹州长]对我们说,姑娘们,我的自尊心不需要这个来维系,所以也别让你们自己被拖累。"而负责运营杰里·布朗竞选团队的乔迪·埃文斯则被告知,把他的名字列入提名名单会"打乱日程"。

布朗州长之所以能担任加州州长长达八年,并不是因为他不懂政治,也不是因为他不明白政治姿态的含义。恰恰是因为他深谙此道。但正因如此,他才成了本届完美展现民主党政治主张的大会上的一个破绽。他是民主党初选候选人中唯一一位在华盛顿首场辩论当晚没有去帕梅拉·哈里曼家赴宴的人,这并非偶然。他在纽约维持着显然是堂吉诃德式的游侠形象,以至于《纽约时报》的莫琳·多德称他为"企鹅"。他在《滚石》杂志办公室办公,他在丹尼斯·里韦拉的1199医院工人联合会[a]获取消息。他有一天晚上住在流浪汉庇护所,其他几晚都在我的公寓里过夜。他放弃了落下的"气球雨"和讲台上的握手仪式,选择在大会结束时和他的志愿者们待在一起。大会的最后一晚,他没有去民主党全国委员会筹措到四百万美元的晚宴现场,而是去了伊莱恩家[b]。

他告诉克林顿州长,虽然这种可能性微乎其微,但如果能修订纲领、加入下述四条规定,他将"全力支持"这对参选搭档:"所有政治捐款的上限为一百美元;取消政治行动委员会;由政府自身执行全民登记(同时允许当天登记);最后,将选举日设为节假日。"但由于克林顿竞选团队无意讨论这些条款(回复说:"我希望在竞选过程中和您一起推动这些重要议题"),布朗得以摆脱一个对他来说相当棘手且孤立无援的困境:鉴于他将自己的参选定位为"为民主党之魂而战",而他准备转而支持

---

[a] 指1199SEIU,美国最大的医疗工会之一,成员超过四十万人。该工会成立于1932年,在丹尼斯·里韦拉(Dennis Rivera,1950—)领导期间迅速壮大,成为美国政治和劳工运动中的重要力量之一。

[b] Elaine's,纽约市著名餐厅兼酒吧,政界和文化界名流聚集地,1963年由伊莱恩·考夫曼(Elaine Kaufman,1929—2010)创办,2011年停止营业。

的这对搭档却是他在这场"党魂之战"中所要对抗的那类人的典型代表。

"我要感谢一个今晚不在现场的人，"那天晚上，他拒绝了为克林顿背书，却还是在日程中插了一脚，"一个自大萧条以来首次缺席民主党全国大会的人，我眼中最伟大的民主党人：我的父亲，帕特·布朗。"这番话指向的是民主党的过去，一种延续，一种集体记忆，显得刺耳而不合时宜，因为这一党派正决心抹除自身的历史，除了玫瑰园中阳光灿烂的那一天，它被封存在胶片里，反复展示：约翰·F. 肯尼迪总统和"少年国家"[a]代表比尔·克林顿的握手，能看出克林顿挤开了那些没那么积极的同辈，争取到了这一圣杯——这位候选人人生中第一个能派上用场的拍照机会。

2

最近的一些契机早早为我们勾勒出民主党竞选计划的大致轮廓。首先是对克林顿州长的打造，或者重塑。从各方的说法，尤其是从这些说法中相互矛盾的线索来看，这是一个作为"角色"远比作为"候选人"更引人入胜的形象，他的人格紧紧围绕自身的断裂之处组织起来，以至于他令人印象最为深刻的呈现通常是自艾自怜。克林顿在接受《华盛顿邮报》的采访时谈到他1980年在阿肯色州的失利："我当时太年轻了，缺乏经验，不知道如何突破危机，扭转局势。"在他写给阿肯色州大学预备役军官训练团项目负责人尤金·霍尔姆斯上校——于情于理，他都不太可能关心这些问题——那封著名而又极其奇怪的信中，他谈到他的"痛苦"，谈到他"失去了自尊和自信"；他说，有一段时间，他"连续几周几乎无法入眠，一直强迫性地进食和阅读，直到精疲力竭"。他谈到新闻媒体持续揪住这个和一些其他问题不放，将它们视作"我所经受的审判"。

"当人们批评我时，就会回到'滑头威利'[b]这套陈腐的说辞。"在纽约初选前他向《新闻周刊》的乔纳森·奥尔特和埃莉诺·克里夫特解释道，"部分原因是我常常微笑，试图故作轻松。另一部分原因在于我的成长方式。我小时候也遇到过类似的困难。"克林顿州长经常谈起他童年时期的这些困难，通常都是在涉及他成年之后的提问时，而这种关联方式令人颇感不安。他向《华尔街日报》透露，这类问

---

[a] Boys Nation，美国退伍军人协会主办的年度项目，旨在培养公民意识、政府知识与领导力，每年从约两万名参与者中遴选出一百位"少年参议员"，代表各州赴华盛顿参与为期一周的交流活动。

[b] Slick Willy，比尔·克林顿的绰号，用来形容他在措辞、达成协议时模棱两可、含混不清的表达。

政治虚构

题不禁让他怀疑"我能否重新为别人而非自己而战。我不得不问自己：我与人交流或者交往的方式出了什么问题？是因为我的童年经历吗？我倒不觉得自己是个烂人。我唯一明确的是，我一生都在努力变成一个更好的人"。

当他终其一生的努力面临矛盾时，他有时又没有他表现得那么坦率。直到1992年总统大选进行到5月中旬，他仍在进行他所谓的"巨大努力"，以重建他的服役史。这一问题首次遭到质疑是在1978年10月的阿肯色州，但他在这一点上非常明确："我是否违反了本州或者国家法律？绝对没有。"不过，从"童年经历"的角度看，这种个人性格上的回避或可被解读为所谓的"讨好他人"的证据，他"让人们团结一致的需要"：这是竞选报道中不可或缺的那类英雄叙事。"我一直在努力解决问题，因为这是我长期以来扮演的角色。"这位候选人曾对《华盛顿邮报》的大卫·马拉尼斯说道，而在另一个采访中他又说，"从这个角度来说，我童年时代的个人痛苦，以及我对暴露这种痛苦的不情愿，也许能够解释某些看起来具有误导性的行为。"

他频繁提到"我的痛苦"，还提到"我的激情"或"我的执念"，比如，"这将是我作为总统的执念的一部分"。他将没那么热衷于允许他实现他的激情或执念的人归为"不了解我的人"，并表示他需要"让阿肯色州以外的人们像这里的人们一样了解我"，然而我们大多数人都不相信自我最好的一面是被隐藏起来的。"我比有些人更能感知他人的痛苦。"他告诉《纽约时报》的皮特·阿普尔博姆。在对报道进行必要的再创作的过程中，看似自欺欺人的东西变为"韧性"，也就是经常被提及的"抗打击能力"。在大会上，纽约州州长马里奥·科莫用"东山再起的小子"向他致敬。但其实，这一称呼最初是候选人对自己的夸赞，用来将他在新罕布什尔州初选中屈居第二包装成一次胜利。而在科莫州长的复述中，这个说法充满一种不情愿的讽刺，带着一种典型的纽约式尖锐。

关于这位候选人，我们还知道些什么？我们知道，他或他的竞选团队，非常擅长所谓的"负面竞选"。比如超级星期二的前夜，在佛罗里达州，就上演了"致命一击"。克林顿的支持者派发传单，暗示他在那里的主要竞争对手、参议员聪格斯不仅反对老人，也不支持以色列（戴着圆顶小帽在德尔雷海滩参加竞选活动的克林顿州长，在初选之后承认这些传单是具有误导性的）。比如纽约初选前的那个周末，克林顿阵营播出了一则电台广告，这条几小时后就被迫撤下的广告谴责了当时仅存的对手杰里·布朗，说他反对"选择权",即堕胎权。事实上,布朗州长在加州对于选择的态度和科莫州长在纽约的态度并无二致:两人都表示,作为个人,他们接受天主教会在堕胎问题上的立场,但作为州长,他们既支持堕胎的权利,也支持为堕胎提供全部公共资金。这一表态明显比克林顿州长先前的立场更加明确。克林顿州长曾在阿肯色州签署了一项法案,要求未成年人在堕胎前告知双方父母,并且他显然没有对该州1988年出台的禁止公共资助堕胎的宪法修正案明确表态。

这个修正案仍存在晦暗不明之处。"我反对人民通过投票禁止对堕胎的公共资助。"1992年4月,克林顿州长在纽约州初选前的那个星期天接受WNBC采访时,对此事做出了相当明确的回应。但到1992年7月,一封写于1986年(阿肯色州修正案的早期版本也在同一年提出的)的信出现了,同样也毫不含糊。据《纽约邮报》报道,这封信是由"共和党工作人员"提供给新闻机构的,是克林顿州长写给阿肯色州反堕胎组织的。信中写道:"我确实支持拟议的阿肯色州宪法第65修正案这一理念,并同意其所述的目的。我反对堕胎,也反对政府资助堕胎。我们不应该将州政府资金花在堕胎上,因为太多人认为堕胎是错误的。"

随着时间推移,一些明显的意外,甚至是一些明显的判断上的错误开始浮现。与其说是偶然,不如说是策略。比如希拉里·克林顿的"失态"。在接受《名利场》采访时,她向记者盖尔·西莉抱怨,媒体在报道她丈夫和珍妮弗·弗劳尔斯[a]所谓的"友谊"时,表现出"双重标准",因为安妮·考克斯·钱伯斯[b]("坐在她的阳光房里")曾告诉她,有关"布什和他的风流韵事在华盛顿显然是众所周知的"。这番言论是某种"失态",一个"错误",但就在《名利场》这篇报道刊出的同时,克林顿竞选团队的战略家恰好向布什的竞选团队发出先发制人的警告;罗恩·布朗提议,如果通奸的问题无法解决,布什团队也需要面临同样的问题;民主党顾问罗伯特·斯奎尔在NBC今日秀上提议布什也应该对所谓的"詹妮弗问题"做出回应。此次失态不仅是取得了表面上的胜利,更重要的是可观的长尾效应:克林顿夫人在这里是"女性化的",一个易碎的器皿,她在下午茶时间在阳光房中和一位友人闲谈,然后将这则八卦传播给一位新朋友,一位

---

[a] Gennifer Flowers(1950—),美国作家、歌手、模特、演员,前阿肯色州雇员,前电视新闻记者。在1992年总统竞选期间,弗劳尔斯出面宣称,她与克林顿曾有一段长达十二年的婚外情。

[b] Anne Cox Chambers(1919—2020),美国传媒大亨、外交官、慈善家,1977年至1981年间担任美国驻比利时大使,与姐姐芭芭拉·考克斯·安东尼共同经营家族企业考克斯集团。

政治虚构

"没那么女性化"的记者。这位记者看上去利用了希拉里在私下对她流露出的信任，利用了妻子为丈夫辩护的轻率时刻。而这位Err下错误但深感悔悟的妻子，就可以由未来的总司令，也就是她的丈夫严厉而又温和地"训斥"（"重点是，她道歉了……她犯了错误，她已经承认了"），对二人而言，都不失为一种形象上的提升。

我们还知道些什么？我们知道，这位候选人在登上全国政治舞台时，带着一套相当鲜明的地方风格和态度，一种文化残余，这种文化相当重视参与体育运动、掌控、与一类女性调情的同时理想化另一类女性。的确，在克林顿州长身上，这种"南方气质"有时看起来与其说是先天遗传，不如说是后天所得；这一习得的过程似乎也让这位候选人在游说时丧失了一定程度的可靠性。"你不配和我妻子相提并论。"当布朗州长暗示克林顿夫人任职的律师事务所和阿肯色州政府可能存在利益冲突时，克林顿这样说道。这句话听起来如此粗俗，以至于让人怀疑他是否真正掌握了这种"南方气质"的分寸。尽管如此，这种风格已初具雏形，并成功地营造出这样一个形象：不同于其他人，这位候选人与被许多选民认为受到了过度照顾的"特殊利益集团"之间没有千丝万缕的关联。

女性属于这样的"特殊利益集团"。黑人也是。在女性问题上表现出坚定的立场是一个微妙的问题，因为民主党越来越依赖于那些宣称她们只看重一个议题——也就是堕胎选择权——的女性选民的支持。对此，这位候选人重申，他希望堕胎"安全、合法且罕见"，这是一种无可辩驳但又十分安全的父权制表达。谈到黑人时，这位候选人则宣称自己在这个问题上拥有一种模棱两可的地域专业知识。"在我的家乡，我们都知道什么是煽动种族仇恨。"克林顿州长在小石城的旧州议会大厦宣布竞选总统时说。此后，他又用不同的说法反复重申这个概念，其中大部分都涉及"分裂政治"。"他们多年来一直用它来分裂我们。我熟知这个伎俩，我不会轻易让他们得逞。"《纽约新闻日报》的一篇社论认为，这是这位候选人"最可信的时刻"，证明了他"忠于结束美国种族分裂的事业"。《华盛顿邮报》的理查德·科恩甚至引用了克林顿年轻时写给霍尔姆斯上校的一封信件的底稿，作为"比尔·克林顿在黑人社群中享有广泛支持的早期证据"。二十三岁的克林顿在信中表示，他对越南战争的反对激起了"一种一直以来我只对美国的种族主义才有的深切感情"。

然而，克林顿州长在这个问题上的实际言论仍有一种奇怪的潜台词。举例来说，他声称自己有着独特的南方式理解的"种族迫害"，就不止一种运作方式："种族迫害"是克林顿州长对参议员聪格斯的指控。当时聪格斯在南方投放的竞选广告中播放了一段视频，画面中克林顿州长在并不知道被拍摄的情况下，被一个误会（有人向他传达了错误的信息，说杰西·杰克逊支持参议员哈金）激怒，说杰克逊"背后中伤"和"肮脏的欺骗"。类似地，当克林顿竞选团队试图提醒纽约的初选选民，如果布朗州长成为党内总统候选人，他将会提名杰西·杰克逊做他的副总统候选人时，他也指责布朗州长的做法是让"纽约因种族而分裂"。当克林顿州长谈及种族问题时，人们经常会在他非常清晰的表述中，听出另一层意思。例如，当他说那些不被允许"逍遥法外"的"他们"时，他表面上指的是那些搞"分裂政治"的人，然而，"分裂政治"和"种族迫害"一样，本身就是一个充满歧义的概念：在记忆中，大量美国白人一直认为，民权立法本身就代表了"分裂政治"。

种族问题向来不是美国政客们会敞开心扉、直言不讳的话题。苏珊·埃斯特里希曾是1988年迈克·杜卡基斯竞选团队的负责人，她后来向《斯克利普斯·霍华德报》的首席政治撰稿人、《少数党派：为何民主党在1992年及以后面临失败》一书的作者彼得·布朗指出，她并没有在1988年党派焦点小组访谈中听到选民直接说他们"反对"黑人。她说，她真正听到的是："我想找一份体面的工作，送我的孩子上一所好学校。"在她看来，他们真正想表达的是："当我们剩下的人一心想大步向前的时候，你们会是那个不遗余力只为黑人的党派吗？"尽管这位1992年的民主党总统候选人在麦迪逊花园广场分享了"他不分种族地把人们团结在一起的热情承诺"来自何方（他说来自他的祖父，他在一个黑人社区经营一家杂货店，当顾客付不起钱时，他"允许赊账"），但这仍然是一次非常小心的竞选，为的是不给人留下不遗余力只为黑人的印象。

在佐治亚州、马里兰州和科罗拉多州初选的前一天，有人拍下这样一张照片：克林顿州长和佐治亚州参议员萨姆·纳恩站在石山惩教所一群几乎全是黑人的囚犯前面。在三个竞争激烈的初选前夜选择在这样的场合拍照并不常见。参议员汤姆·哈金立刻在南卡罗来纳州的农村地区分发了大约八万张石山照片的影印版（和他自己和杰西·杰克逊的合照并列），对这张照片的解释一度成为杰里·布朗竞选演讲中的主要内容："两个白人和四十个黑人囚犯，他想表达什么？他在说，我们已经把他们控制住了，伙计们，别担心。"在密歇根州初选前，克林顿州长在底特律

政治虚构

的一个白人为主的郊区拉票,他对布什团队1988年竞选时提及威利·霍顿的做法[a]给出了令人不安的回应:"这个家伙打着威利·霍顿的旗号,把人们吓得魂飞魄散,却又削减对地方检察官的援助,削减对地方执法部门的援助,还削减海岸警卫队、海关和边境巡逻队的预算,原本这些都是拦截毒品的重要力量。"

伊利诺伊州和密歇根州初选结束后的第二天,克林顿在至少一名电视摄制组工作人员的陪同下,在小石城一家尚未取消种族隔离制度的乡村俱乐部打九洞高尔夫球。这显然是一个没有经过竞选团队把关的决定,这一娱乐休闲活动也超出了正常的政治行为范畴,以至于看起来有些反常,尤其是对小石城而言这个问题并不陌生。大约一年前,阿肯色州的十二名议员对另一家尚未取消种族隔离制度的俱乐部的活动进行了抵制,并且《波士顿先驱报》和《纽约邮报》此前都曾报道过克林顿州长在小石城几个尚未废止种族隔离制度的俱乐部拥有荣誉会员身份。随后是克林顿对1992年5月洛杉矶骚乱模棱两可的回应(对"个人责任"和"结束分裂"的愿望仍然是"典型克林顿式的对各种不满的不可挑剔但难以捉摸的立场"),六周后,是他在竞选中最为利落的一次外科手术式打击:所谓的黑人女战士索尔贾时刻。

黑人女战士索尔贾,本名丽萨·威廉姆森,1992年她二十八岁,是一位说唱歌手、作家和社区活动家。她毕业于罗格斯大学。高中时,她曾在美国退伍军人协会主办的宪法演讲比赛中获奖。洛杉矶骚乱发生后不久,她在接受《华盛顿邮报》采访时这样说道:"我的意思是,如果黑人每天都在杀黑人,为什么不花一周时间去杀白人呢?你明白我的意思吗?换句话说,白人,以及本届政府和市长,都很清楚,洛杉矶每天都有黑人死于帮派暴力。如果你是一个帮派成员,你本来就要杀人,那为什么不去杀白人呢?"接下来发生的事情纯属偶然,但这种偶然的机会往往决定着一场竞选的成败:就在几周后,在杰西·杰克逊主持的彩虹联盟会议上,克林顿被安排发表演讲,而克林顿竞选团队注意到,这位黑人女战士恰好在前一天发表了讲话。显然,克林顿的助手们事先已经向部分记者透露,克林顿州长会利用他的彩虹联盟演讲来展示与杰西·杰克逊"保持距离"的态度。于是,通过公然谴责黑

---

[a] 1988年美国总统大选期间,马萨诸塞州一名谋杀犯威利·霍顿(Willie Horton)在假释期间逃逸,并再次犯下强奸与抢劫案。共和党遂借此攻击时任州长、民主党总统候选人迈克尔·杜卡基斯,指责其推动的假释政策对罪犯过于宽容。布什团队在宣传中还刻意强调霍顿为非裔黑人男性,受害者则是一对白人男女,以进一步激起选民对治安与族群问题的焦虑,削弱杜卡基斯的竞争力。

人女战士索尔贾所谓的"仇恨言论"来向白人选民发送信号，就成了一个天赐的良机，也是用来传达这一政治立场时最无懈可击的切入点。克林顿把握住了这个机会，而对于这场竞选和它的观察者来说，这正是此次事件的"成功"之处，也是候选人"强势"的体现。

很多著名的民主党人认为，他们的党派被杰西·杰克逊挟制的程度，再怎么高估也不为过。我记得党内772名"超级代表"（这类代表的设立，是为了将提名过程的控制权从初选选民转移到党内领导层手中）中的一位曾告诉我，杰克逊在1988年亚特兰大大会上的演讲对民主党来说是"一场灾难"，并且"导致了杜卡基斯的失利"。旧金山的一位律师兼筹款人杜安·加勒特曾对《克里斯普斯·霍华德报》的政治撰稿人彼得·布朗说："原本能够让杜卡基斯大为受益的关键，就是在大会上和杰西开战。我这么说不是出于刻薄或小气，而是要表明杜卡基斯才是话事人。"克林顿州长在1992年的竞选活动中，很大程度上都在创造一种局面，让人们看到他在做杜卡基斯没做过的事情。比如，政治评论员埃莉诺·克里夫特在一个周日晨间节目中，将那句"你不配和我妻子相提并论"解读为一种杜卡基斯无法取得的成功。她说，这位候选人"必须通过杜卡基斯测试，必须表现出对他妻子的强烈而真实的情感"。从这个角度看，黑人女战士索尔贾时刻，代表了克林顿对"结束分裂"发出的呼吁，这一呼吁既将他与杰克逊拉开距离，又表明了他才是"话事人"，真正掌权的人，有能力"勇敢地面对"一种被很多白人选民视为美国种族分裂根源的黑人的愤怒。

"这是一场精彩的政变，"玛丽·麦格罗里在《华盛顿邮报》上总结道，"克林顿并没有直接挑战杰克逊。他并没有在黑人最关心的核心议题上挑起争端。"那么，黑人女战士索尔贾自身是否是一个靶子，在当时就无关紧要了。克林顿在彩虹联盟会议上的实际发言内容（他说黑人女战士索尔贾在《华盛顿邮报》上的言论"充满了那种人们不会尊重的仇恨"，是"跨越种族界限相互指责"的一个例证，而"我们所有人都有义务在看到偏见时指出它"），也远不及这一发言相关的报道重要，更不如候选人利用这些报道的方式重要：他已经发出了信号，并且反复强调了这个信号，正如他在允许阿肯色州对利基·雷·雷克托实施注射死刑时巩固强化了自己敢于做出"艰难的抉择"的意愿一样。这次处决发生在周日超级碗的四十八小时前，也是在这个星期天，克林顿夫妇在《六十分钟》节目中回应了克林顿和珍妮弗·弗劳尔斯的绯闻。克林顿州长为逃避服兵役而采取的行动，被巧妙地重新包装成另一个"艰难的抉择"，一个去做他认为"正确"的事情的决定（"我支持波斯湾战争，因为我认为它是正确的、符合我们国家利益的；正如我反对越南战争，因为我认为它是错误的，不符合我们的国家利益"）；这是他向三军总司令转型的关键所在，在这种转变中，他开始提及自己应对海外危机的能力，比如"他曾在包括洪都拉斯在内的几个地点部署了阿肯色州国民警卫队"。

"如果你想成为总统，你就必须坚持你认为正确的事情。"克林顿州长在谈到他的黑人女战士索尔贾时刻时说。"他们选择反击我，我想，基本上是采取以下立场，因为我是白人，所以我不该那么说，但我并不同意。"他在《拉里·金现场秀》上这样说。他的首席顾问之一斯图尔特·艾森斯塔特则更加坦率："克林顿的策略并非没有风险。"他在向《纽约时报》阐述竞选团队在此事上的考量时说，他们认为，争取不满的白人选民应该是竞选的首要任务。艾森斯塔特曾是卡特的顾问，当时是一名说客，比如他曾代表全国制造商协会反对一项有关工人对有毒化学品的知情权的法律。"但我们别无选择。我们的基本盘太小了，即便在三方角逐中，我们也赢面不大。因此，传统的民主党竞选策略已经行不通了。"

3

在1992年前的六次全国大选中，民主党候选人输掉了其中的五次，这是由于该党派和他们传统的基本盘绑定太深，从而产生了不良影响。这种洞见无疑并不新鲜。它的根源可以回溯到越南战争期间，在1968年和1972年，尼克松分别战胜了"自由派"候选人休伯特·汉弗莱和乔治·麦戈文。这种洞见成形于凯文·菲利普斯1970年出版的《新兴的共和党多数派》，并在1980年和1984年所谓的里根民主党人倒戈后，成为党内修正主义主流的固定观念。这些"里根民主党人"，在统计学意义上，是相当小的一群人，此后成为所有选举力争的目标群体，这种关注范围的日益缩小带来了可以预见的后果，其中最重要的一个是，总统选举全靠暗号。

举例来说，克林顿州长并不提里根民主党人。相反，他讲的是在机场被一位警察拦下，这位警察想告诉他，他"真希望再投票给民主党"。他讲的是"被遗忘的中产阶级"，或者在1991年对民主党领导委员会发表的演讲中提到的"不堪重负的中产阶级"，也就是"那些曾经投票给我们的人"。已故的保罗·塔利，时任民主党全国委员会政治主任，在接受《纽约时报》采访时，将假想中"曾经投票给我们的人"描述为"一位郊区居民，家庭年收入约为三万五千美元,四十五岁以下,有一个或两个小孩,夫妻双方都有工作"。詹姆斯·卡维尔则说:"一个三十二岁的公民,有两个孩子在日托中心,在郊区某个办公大楼工作。"

这位在郊区工作并且有两个孩子的选民是"中产阶级",这是所有人都达成的共识,根据保罗·聪格斯的民主党战略分析师泰德·范戴克的说法,"中产阶级"这一措辞向里根民主党人释放了一个信号:"如今你们可以安心回归自己的政党了,因为穷人、黑人、西班牙裔、内城贫民、无家可归者、忍饥挨饿者,以及其他在'内陆美国人'那里失宠的群体,再也无法像二十世纪六七十年代那样,得到'软弱的'民主党自由派的优待了。""中产阶级"除了这种带有暗示性的意义外,已经成为一副空壳。这一点清晰地体现在一场亚特兰大的克林顿集会上,当时佐治亚州州长泽尔·米勒嘲笑参议员聪格斯是"一位反对死刑、反对中产阶级的政客"。在彩虹联盟的会议上,克林顿州长回答一个直接的问题时表示,中产阶级并非种族主义的"代名词"。实际上,这是准确的,因为对这一代名词的使用从来都不限于种族主义;它面向更广阔的人群,旨在唤起那些在过去半个世纪中因人口、经济和文化变迁而感到被孤立和被抛弃的美国人所共享的一整套立场。克林顿州长解释道,"中产阶级"意味着"几乎每个美国人都视若珍宝的价值观:对家庭的支持,对工作的奖励,以及改变现状的愿望"。

这同样是准确的,但"几乎每个美国人"这一表述也暗示着存在一些"未被点名的其他美国人",他们可能并不珍视这些价值观,正因如此,它吸引到的群体,更愿意将过去半个世纪的变化视为可以修正的错误,是过于"自由主义"的社会政策的残骸。"我公共生活的绝大部分时间都在思考,怎样才能再次给我们的孩子提供一个安全的生活环境。"克林顿州长也曾这样说,这种说法散发着同样诱人的怀旧气息。将政治语言简化为暗号,简化为"中产阶级"和"对工作的奖励"、安全的孩子和黑人女战士索尔贾,这种简化在很大程度上,是大量美国人认为政治很愚蠢的原因,然而,这种简化如今被视作理所当然的必要条件:在《少数派政党》一书中,彼得·布朗引用了民主党民调专家娜塔莉·戴维斯向亚拉巴马州政党官员提出的建议:

与其谈论民主党帮助某些人摆脱贫困,不如把该党派的目标描述为帮助普通美国人过上好日子。

与其说民主党要消除无家可归现象,让底层民众接受教育,不如想办法让年轻

政治虚构

夫妇买得起第一套房，为中产家庭提供经济支持，让他们送孩子上大学。

与其说民主党想为穷人提供医疗保障，不如把重点放在确保所有有工作的美国人都能拥有医保上。

人们对这种话术十分熟悉，这是一种推销术或包装。如果说这套话术让普通"年轻夫妇"或"中产阶级家庭"或"有工作的美国人"本能地想要忽视它、换台，或按下静音键，那它同时也是民主党1992全国代表大会提名的候选人靠本能就能理解的一种说话方式：比尔·克林顿是一位推销员的儿子，一位别克经销商的继子，他对达成交易了如指掌。"如果以阶级斗争为纲，我们必输无疑。"他在1988年竞选结束后告诉彼得·布朗。1985年，他和密歇根州长詹姆斯·布兰卡德、佐治亚州参议员纳恩、弗吉尼亚州参议员查尔斯·罗伯共同创立了民主党领导委员会，该委员会在重塑民主党"形象"、吸引主要说客的资金方面发挥了重要作用。而这个被重新包装后的民主党主席罗恩·布朗本人就是一名说客，他是华盛顿最具影响力的律所之一巴顿博格斯布洛的合伙人。早在1988年，罗恩·布朗就为包括日立、三菱和东芝在内的日本电力公司游说，但就在克林顿州长站在麦迪逊广场花园的讲台上，让代表们对"日本首相竟然说他很同情美国"发出嘘声时，布朗本人也在台上。毫无疑问，这仅仅是另一种暗号，并且大家都默认了它的存在。

民主党领导委员会在美国政治日益收缩的过程中发挥了关键作用。正是民主党领导委员会发明了"超级星期二"，一种将初选集中安排在南方各州的策略，以"提前"打击明显是自由派的候选人。然而，这一策略在1988年适得其反，使得杰西·杰克逊从超级星期二新注册的选民那里获取足够的动力，并在亚特兰大大显身手，杰克逊在民主党领导委员会主办的一场辩论开场时，特别感谢参议员罗伯促成了超级星期二。据彼得·布朗称，这把"坐在前排，在罗伯的旁边"的克林顿州长逗乐了，他差点儿从椅子上摔下来。但杰克逊的这番言论仅在有限的程度上扭转了新晋民主党领导层的看法。这种改变具体体现在，罗恩·布朗确保在1992年竞选开始前，把杰克逊排除在外。

民主党领导委员会的策略暗含的逻辑是，该党要抛弃那些不再投票的选民，并聚焦那些仍会投票的选民，或者说"去有鸭子的地方狩猎"，但这种智慧并没有得到普遍认同。杰西·杰克逊曾试图证明，登记更多"鸭子"是可能的。他出现在麦迪逊广场花园，以一个典型的悲剧人物的形象，为1992年的竞选阵容背书。他曾试图将自己的支持者纳入这个体系，但最终以失败告终。他甚至面临着被那群他本来代表的选民抛弃的风险。杰里·布朗曾试图证明，政治学家瓦尔特·迪恩·伯纳姆所说的"美国最大的政党"，即由那些不知道为什么要投票的人组成的"政党"，是有可能在民主党内部被重新激活的。但由于他对该党派根深蒂固的忠诚，他的竞选活动始终像一场在大多数美国人看来令人费解并最终变得晦涩难懂的党内斗争。这是一场为党派"灵魂"而战的斗争，只不过大家对此早已不再关心，甚至从未关心过。"民主党最不愿意做的事情就是宣称存在阶级斗争的可能性。"伯纳姆在《新视角》季刊中写道，"相比之下，共和党人总是十分乐于宣称阶级斗争。他们一直以来都在对民主党名义上代表的选民群体发动单方面的阶级斗争。从这个角度讲，共和党才是美国唯一真正的政党。他们代表意识形态和利益，而不是妥协。"

4

在民主党内外，人们普遍认为，1988年迈克尔·杜卡基斯的败选是1968年、1972年、1980年和1984年困扰民主党的同一病症的又一次体现。事后有人说，杜卡基斯州长不仅过于"自由派"，而且过于东北部，与这个曾经是民主党大本营，但现在已经没有足够选票来赢得总统选举的地区关系过于密切。（从这个角度看，马里奥·科默有同样的问题，他作为候选人极高的可见度和吸引力放大了这一问题。）但事实上，杜卡基斯州长并不是以"自由派"的身份获得提名的；当时民主党人士团结在他周围，恰恰因为他似乎提供了一种"中间派"阵营的可能性，一个"无关意识形态，而是关于能力"的阵营，这正是杜卡基斯州长1988年在亚特兰大所承诺的，听起来也很像克林顿州长1992年在麦迪逊广场花园所承诺的（"不是保守派也不是自由派，不是民主党也不是共和党"，而是一个"行之有效的"选择）。

实际上，1988年亚特兰大民主党全国代表大会上的言论，和1992年纽约民主党全国代表大会上的言论有许多令人沮丧的相似之处。比如，两场大会都反复强调"团结"，强调"一切按计划进行"。"这个党派的列车正在准点运行。"我记得有人在亚特兰大这么说，现场随即响起了此处应有的掌声。比如两场大会都有同样的纲领性重点，装饰以同样感伤的说教。比如，两场大会上，同样的论调都大获成功，即不囊括任何少数派的政治纲要，因为这些政治纲要可能意味着不充分的赞成，或缺乏"团结"。两场大会甚至强调同样的社会控制，强调"执法"，尽管1988年的类似言论并不如1992年这般激进，或表

政治虚构

现出如此令人担忧的冷漠，无视此类执法机构在其他国家所代表的含义。比如克林顿－戈尔阵营提出的计划：召集"失业的退伍军人和现役军人"，组建一个他们所谓的"国家警察队"。

"在此之前"，玛丽·麦格罗里在1992年民主党全国代表大会的最后一天在《华盛顿邮报》上写道，1988年亚特兰大的民主党全国代表大会一直"被认为是最成功的"。她说，克林顿"希望超越它，并且毫无疑问，要在11月取得一个截然不同的结果"。1988年选举落败不久后，加州民主党的一位主要筹款人斯坦利·希恩鲍姆告诉我，他在八十年代中期对民主党的前进方向感到沮丧。他说自己被排除在民主党领导讨论这一惨败和下一步行动的会议之外。"我不断听到别人这样说，不要叫希恩鲍姆，他只想讨论政策议题。"他说。这些民主党人士似乎已经说服了自己，他们再一次输在了"政策议题"上，尤其是在他们看来和杰西·杰克逊关系过于密切的那些议题，而他们现在只想讨论操作层面的问题，技术、诀窍和资金：四年后，洛克菲勒参议员在麦迪逊广场花园将其描述为"焦点小组、民意调查、研究、任何能将信息传递出去的方法"。但问题是，在谢恩鲍姆看来，再也没有什么信息可供传达了：

当你陷入这场"该如何更好地运营竞选活动"的流程，而不是思考能为曾属于你的选民做些什么时，你就无法真正打动任何人。如今全部的焦点都在大金主身上。在杜卡基斯和鲍勃·法默的领导下，民主党人熟知如何利用政治行动委员会和软性捐款绕过竞选资金的限制。他们在筹款方面表现十分出色，但这对他们一点好处都没有。我的意思是，现在早就不是一千美元就能参与的时代了。现在要想参与其中，你得拿出十万美元。所以谁才是玩家？是那些掏得出十万美元的人。谁能掏出十万美元？那些不会涉足哈林区，不会涉足洛杉矶中南部的人。他们甚至都不再乘坐米高梅 [MGM Grand Air，当时是娱乐业首选的洲际航空公司] 的飞机，他们有自己的飞机。看看民主党领导委员会的那伙人吧，他们的逻辑是：如果我们谈政策议题，会赶走太多人。

1992年和1988年一样，重要的是"赢得这次选举"，这就是为什么每位主要的民主党全国委员会筹款人，或"管理受托人"，在1992年的筹措目标从原来的10万美元提高到了20万美元。1992年和1988年一样，重要的是"不要让候选人背负一个他将来不得不为之辩护的立场"。1992年和1988年一样，重要的几乎完全是语义层面的问题，一种让民主党避免那些无利可图的议题的修辞法，因为可以想象，这些议题可能需要民主党为之抗争。"我不仅认为乔治·布什在这些议题上很受欢迎，而且我认为他是绝对正确的。"这位1992年的民主党候选人在1991年曾这样评价一个传统上可能被认为构成一个政治议题的问题，即当时共和党政府的外交政策。等到这位候选人抵达麦迪逊广场花园时，他已经把时任共和党总统1992年2月在新罕布什尔州康科德正式开始竞选连任时使用的那句口号原封不动地纳入自己的获选感言中："如果我们能改变世界，我们就能改变美国。"

除了少数几个精心挑选的、往往具有象征意味的议题外，在这种对所有议题几乎达成坚定共识的背景下，美国大选必然会围绕"性格"或"价值观"展开辩论，这种辩论被故意琐碎化，以掩盖两党都不愿意提及的事实：哪怕是为数不多的那几个有可能通过系统化的政策手段来解决的问题，本身也存在着巨大的困难。如果两党制的双方都致力于校准其精确度，以提供恰好足以当选的、流于表面的小修小补，那它便不太可能是一个有意义的制度；以此类推，当一场选举被精心设计为一种**领袖个人秀**，只是为了在那些日益减少的仍关心政治的选民面前"展现总统风范"，那它也不太可能是有意义的选举。有趣的是，克林顿州长在离开新罕布什尔的当天早上，就开始"展现总统风范"，尽管他的"性格问题"在当时引起了人们的热议，而且就在前一天的投票中，他的得票率还落后于参议员聪格斯8个百分点，在民主党内的支持率也没有超过25%。

他之所以显得像个总统，很大程度上是因为他资金充足，身手老练，能够搭乘摩托车和私人飞机离开那场令人失望的表演，他身边的媒体随行人员和十人特勤队，为这场表演平添了一份真实感。到加州初选的前一天，他甚至开始表现出一种帝王般不可触碰的总统气场：在C-SPAN的现场直播中我们看到，加州大学洛杉矶分校校园人群中，候选人和他的特勤警戒线突然淹没在标语和面孔的海洋中，只听见人群中传来喊声："比尔，比尔，这里，比尔。"有人一直在说。"你有大麻吗？就一根？我保证不吸进去？"然后，同一个声音再次响起，明显是对助手或特勤说的："我没碰他，嘿，我说了我没碰他，把你他妈的手拿开。"

几周后，在7月一个炎热的早上，克林顿州长站在小石城的州长官邸外，宣布他的副总统提名人选。他以一个简单但新颖的方式，消除了某些人眼中他的一整套总统风范表演中唯一的不和谐音符：他解决了"性格问题"，向选民提供了一个升级版的自己，一个更值得尊敬的比尔·克

政治虚构

林顿。参议员戈尔代表的是绝大多数美国人都十分熟悉的版本,这个版本的"自我"已经出版了一本参选时必不可少的著作(《平衡中的地球:生态学和人类精神》),关心的是一个看似时髦但实则安全的议题。这个版本的"自我"在被问及环境问题时,也无须为自己来自阿肯色州这一事实做出辩护。最重要的是,这个版本的"自我"在国会度过了十五年,不仅没有什么明显的性格缺陷,也没有太多的政治立场,能让人轻易识别出他的民主党人身份。

人们普遍认为,参议员戈尔为这对竞选搭档夯实了基础,提高了这对组合原本相当令人不安的社会舒适度水平:戈尔家族整整两代人陪伴我们直至今日,不像克林顿夫妇那样,偶然给人一种即将脱轨、回归虚空的感觉。(这种无法脚踏实地的特质反映了美国现实生活中最古老、也最深层的忧虑,只是我们不常在候选人身上看到。我们曾在加里·哈特身上看到过这一点,它被称为"怪异因素",最终引发了足以终结他的政治生涯的信任危机。)除此之外,参议员戈尔还赋予了克林顿州长来自参议院的庄重感,以及一份参议员式的外交政策经验,而这些本来可能会被认为是这对组合所匮乏的。戈尔曾支持布什政府在波斯湾使用武力,也曾支持向尼加拉瓜反政府武装力量提供非武器援助,他还曾支持里根政府轰炸利比亚,以及入侵格林纳达。

在距离家乡更近的地方,在更接近他所在的政党眼中"最为致命的负担"时,戈尔参议员在1988年那次半途放弃的总统竞选中,被认为是唯一一位愿意批评或"挑战"杰西·杰克逊的民主党候选人。正是这位民主党副总统候选人,他可以站在小石城炙热的正午阳光下,把他的出生地田纳西州的迦太基描述为"一个人们知道你出生时会在意,知道你去世时会关心的地方"。他可以在麦迪逊广场花园重复这个表述,也是在那里他介绍了他的父亲,参议员老阿尔伯特·戈尔的简要经历。他曾在众议院任职七届,在参议院任职三届,1970年因反对越南战争而失去席位(这是他儿子得到的教训):"他是一所只有一间教室的学校的老师,通过努力进入了美国参议院。"正如年轻的参议员戈尔所展示的,迦太基的政治坐标根植于里根领导的美国的某处,就像他父亲那个只有一间教室的学校一样。就这一点而言,小石城州长官邸后面的草坪上的那个全景画面,也根植于此。候选人和他的竞选搭档,连同他们的妻子们和孩子们,他们被夏日晒黑的皮肤,以及被阳光晒得发白的长长的直发。这些画面指向**我们这类人,你们这类人,称职的父母,乡间俱乐部,游泳池中的氯气**。"这就是美国的模样,"在提名大会前夕，当克林顿州长率领同一批大获成功的竞选阵容走下飞机时，他这样说道，"而我们将把它献给你们。"

5

在他说出这番话的那个夏天，美国的一座城市（洛杉矶）已经被点燃。他是在美国的另一个城市（纽约）说这番话的，而就在一周前，华盛顿高地几乎成为整个城市燃爆的导火索。这一年有944000名美国公民和企业申请破产，比前一年增长了21%。这一年光在纽约市就有213000个就业岗位消失了，比克林顿州长提出的联邦政府"10万名官员"的自然减员计划还多出113000个。这一年房地产价值暴跌，导致花旗集团不得不同意以1.19亿美元的价格，将45街和百老汇交会处一栋44层的空置写字楼卖给贝塔斯曼集团，这个售价比花旗集团持有的对该房产的2.53亿美元抵押贷款整整低了1.34亿美元。四年前，在1988年那期《新视角季刊》的同一次采访中，瓦尔特·迪恩·伯纳姆曾指出，现有的两个政党都没有足够的政治资源实施解决美国财政危机所需的紧缩政策，共和党是由于他们的基础一开始就很有限，民主党则是"丧失了信誉，曾经有可能相信并支持他们的绝大部分人，如今都退出了政治体系，不再投票"：

很明显，当财政紧缩足够严重时，我们会发现自己离任何可以被称为民主的制度渐行渐远……公众越不感兴趣，他们就越远离。在这种情况下，恐怕已经没有什么补救办法了。整个体系正变成越来越明显的寡头化。无论是政治僵局，还是日益盛行的为解决财政危机而进行的两党合作，都在加速这种趋势。

在1988年的总统选举中，半数有资格投票的人没有投票。在1992年加州初选中，有投票资格的人实际投票的比例是44%。在1992年纽约初选中，只有26%的登记选民参加了投票，仅占实际达到法定投票年龄的人口的7%。当50%的选民（或者56%，或者74%，或者在纽约的情况下高达93%）认为自己和大众福祉或候选人的利益无甚关联，从而认为投票毫无意义时，会发生什么？在困难时期，这种情况的含义可能与繁荣时期截然不同。一种自我保护的本能可能暗示着，我们自身的福祉，很大程度上取决于让更多人认为自己和这个国家息息相关。

然而，在这一年里，民主党并不倾向于解决让不投票的公民参与政治进程的问题。相反，民主党领导层关注的焦点是他们臆想中的里根民主党人。正如克林顿的顾问、民主党领导委员会下属的进步政策研究所副主席罗伯特·J.夏皮罗在接受《洛杉矶时报》的罗纳德·布朗斯坦采访时所描述的那样，此举旨在"试图继承民主党的传统目标……用符合这个国家的价值观的方式来实现这些目标"。这里所谓的"这个国家的价值观"，也就是这个国家中变得举足轻重的那部分选民群体的价值观，换句话说，就是所谓的"摇摆选民"。1985年，人们开始尝试定义这种价值观。当时，密歇根州众议院民主党核心小组委托斯坦利·格林伯格对密歇根州马克姆县的选民进行了一项开创性研究。在密歇根州斯特灵高地的一家汽车旅馆里，格林伯格召集了一个焦点小组，由三十六位注册为民主党人、但曾投票支持罗纳德·里根的选民组成。彼得·布朗称：

这些选民被分成四组。每位参与者将获得35美元的报酬，参与两小时的讨论，现场提供冷餐。当格林伯格念出一句罗伯特·肯尼迪的名言时，讨论的基调就定下来了。这位曾受到这些虔诚的罗马天主教徒选民尊敬的政治人物，在那句话中慷慨激昂地呼吁美国人履行他们对于黑人公民的特殊义务，这些黑人的祖先经历过奴隶时期，而他们自己也是种族歧视的受害者……

"一派胡言。"一位参与者大喊。

"难怪他们杀了他。"另一个说。

"我受够了。"第三个人附和道……

最终的报告让密歇根州和全国范围内的民主党人士不寒而栗。这是那一个十年后半段中一系列持续进行的研究项目中的第一个，它们用字面意义上的"黑与白"来解释这个问题。

格林伯格指出，这些传统民主党人之所以投票支持里根，是因为他们有这样一种感觉："民主党不再以真情实感回应普通中产群体的脆弱和负担。相反，党和政府沉迷于少数群体的需求……他们推出的一系列财政支出计划并没有给中产阶级带来明显或可观的好处。"

"传统"在这里有多重含义。这些都是"传统的"民主党人，但黑人选民则倾向于共享夏皮罗所谓的"民主党的传统目标"。可以预见的是，一位候选人如果既想吸引前者，又想抓住后者，他在某些问题上就不会完全坦率，这也是为什么克林顿的"计划"，即他在《人民至上》中所阐述的政策，展现出一种独特的模糊性。首先它的细节很难提炼，因为《人民至上》本质上是演讲稿和立场文件的拼贴作品，只是偶尔才会出现一些奇怪的细节，比如呼吁"取消对蜂蜜生产商的纳税补贴"。从一个角度看，该计划可以看作将福利从所谓的"特殊利益群体"转移到那些"努力工作、遵守规则"的人身上,换言之,就是在投票人口中分配有限的财富。《人民至上》经常以各种不同形式慷慨激昂地谈起"奖励工作""为工薪家庭提供税收公平""结束我们所知的福利制度""打击游手好闲的父母"。然而,从另一个角度看,《人民至上》可以被视作强调给予那些过去曾经需要帮助和现在即将"获得赋权"的人们理应获得的好处:

赋予人们长达两年的他们需要的教育、培训和托儿支持,让他们得以打破依赖的循环;扩大扫盲计划,帮助人们获得高中文凭或同等学历,并掌握具体的职业技能;同时确保他们在学习期间孩子能得到妥善照顾。

两年后,**要求有工作能力的人工作**,不管是在私营企业还是社区服务;提供就业援助,促进人人就业,并为找不到工作的人提供有尊严有意义的社区服务工作。

扩大工资收入所得税抵免,确保"工作工资",确保每一个有全职工作的美国家庭,即便收入微薄,也不必让孩子被迫在贫困中成长。

这些矛盾究竟该如何调和,在文本本身中似乎缺乏明确的线索。然而,《人民至上》的大部分内容似乎来源于民主党领导委员会的理念,尤其是在1992年5月的一次会议中分发的名为《讨论指南》的文件中表达的观点。也是在这次会议上,曾经担任该委员会主席、现已成为总统候选人的克林顿州长载誉归来。这份文件的主旨,后来被民主党领导委员会在1992年7月的双月刊《新民主党人》上进一步阐述为"新社会契约"。正是这份"新社会契约"为克林顿的政策纲领提供了颇具指导意义的潜台词。丹尼尔·扬克洛维奇在《新民主党人》中指出:"数据表明,公众已经做好改变社会福利的道德基础的准备,从单行道——如果你需要,你就有权得到它——转向一种更加平衡的社会契约。如果社会给予你好处,你就必须在你有能力的情况下,以某种恰当的形式予以回馈。这意味着不再有'免费赠品',不再有揩油,不再有对于中产阶级的不公允。"

就在前几页,民主党领导委员会下属的进步政策研究所主席威尔·马歇尔引用了扬克洛维奇的话,解释如何解决这一问题,即"新的权利和福利的激增"——包括"接受补习和大学教育的权利、堕胎的权利、男女同酬的权利、儿童和医疗保健的权利、获得免费法律援助的权利、残障人士使用公共设施的权利等",这意味着"为了向'特殊利益群体'进行公共转移支付而必须提高税收";"公众的意思是,政府的福利项目应该要求某种形式的互利互惠，人们不应该再期望不劳而获。"

"免费赠品""揩油""不劳而获"，这些词在用来形容那些已经被赋予权重的福利项目时，是非常带有倾向性的语言，因为这些福利本身，比如社会保障、医疗保险、抵押贷款利息和养老基金的税收减免，都在向有投票权的阶层倾斜。但在焦点小组中，这些词汇却成了高频词。类似地，堕胎的"新权利"并不意味着向'特殊利益群体'进行公共转移支付而必须提高税收"，需要公共资助堕胎的女性也可能更需要生育资助和抚养儿童家庭补助计划，后者显然是更加昂贵的选择，但其中的政治意味是不同的：在"摇摆选民"中，堕胎仍然是一个非常棘手的问题。

克林顿的政治纲领中引发最多讨论的、最雄心勃勃的部分，是他提出让联邦政府不仅参与医保计划，还要参与基础设施重建和对劳动力的再培训和教育（至于参与方式和成本，在《人民至上》中并没有令人满意的详细描述）。然而，《新民主党人》的言论表明，即便是这些提议，也可能是根据"公众的声音"而精心设计的。丹尼尔·扬克洛维奇在描述民主党领导委员会为评估选民情绪进行的焦点小组研究的结果时指出，这是因为"美国人民相信，积极作为的政府在解决我们国家面临的巨大挑战时非常重要"：

他们拒绝取消政府职能的呼声，不愿把诸如帮助孩子上大学这类问题交给变化无常的市场……而任何帮助家庭送孩子上大学的提议将会吸引公众对教育与日俱增的重视和他们对经济的担忧，国民兵役极具吸引力，因为它强调了互惠互利的价值。[克林顿曾提议将国民兵役作为一种偿还大学贷款的方式。]公众普遍坚信，"天下没有免费的午餐"。在几乎每个焦点小组中，人们都赞成底特律那位男士的话："我相信要礼尚往来，我不认为有谁能坐享其成……"

强调互利互惠的责任的福利改革提案很受公众的欢迎，因为它们再次强调了美国的核心价值观……

大家几乎一致（76%）认为，这个国家的民选领导人没有关注国家的长期需求……他们相信教育、培训，以及劳动力的敬业精神是经济活力的关键所在……

所有这些都指向一种可能的解决方案，即大力投入培训、教育和外展服务；对"最具备资格的"含义进行实际和现实层面的检查，确保少数族裔不会因此被排除；认真且严肃地对待黑人群体的不信任，并致力于营造一种全新的信任机制。

这不是一个容易实施的简单策略。但它提供了妥协的基础，而不是必然导致冲突和失败——道德上和选举上都是如此。

这个"新社会契约"的惊人之处在于，它对于解决我们社会和经济困境的构想，即"计划"，与克林顿州长在麦迪逊广场花园的演讲一样，是专门根据焦点小组讨论中的反馈打造的。"新社会契约"讨论的不是民主党应该提倡什么，而是它"被认为必须推崇什么"，不是什么可能奏效，而是什么可能产生"共鸣"，特别是"什么最能明确地引发焦点小组参与者的共鸣"。对于威尔·马歇尔和可能的民主党新领导层而言，确认"进步派对经济政策的看法需要进行深刻的变革"，并非基于经济现实，而是基于"公众思想的演变"。

对焦点小组的依赖并不新鲜，也不是民主党（最著名的威利·霍顿事件诞生于1988年布什竞选团队在新泽西帕拉默斯进行的一个焦点小组访谈）甚至是政治独有的。电影在制作的每个阶段都要通过焦点小组的测试，有时甚至是在制作之前，在"构想"阶段就介入了。至少在过去几十年间，新产品一直要面对焦点研究的详尽检验。然而，市场营销中对焦点小组的运用，其总体意图是对公众舆论进行抽样调查，从少数人的观点中推断多数人的观点。在1992年的竞选活动中引入焦点小组，这一举措看似新颖的地方在于，两党中有兴趣聆听的群体在人口中的占比越来越少，以及这种极端的选择性已经在一定程度上把对国家的治理变成一系列信号，其受众并非大多数民众，而是另有其人。"当人们被要求优先考虑美国的外交政策时，"丹尼尔·扬克洛维奇指出，"他们更倾向于进一步强化我们的经济利益，而非支持民主制。二者的比例是2∶1。"

这就是民主党领导委员会所说的"政府内部的革命"的含义，根据《新民主党人》的说法，如果民主党"期望赢回美国人民的信任"，就必须领导这场革命。在信任越来越难获得的地方，在美国最大的政党，即那些不投票的人，变得越来越庞大的情况下，两个主要少数党派的焦点小组中提出的有关"免费赠品""敲诈"和"不劳而获"的问题，有关威利·霍顿和黑人女战士索尔贾的问题，仍然不够明朗。在整个国家对参与式民主制的容忍已经消耗殆尽的情况下，更加不明朗且令人担忧的，是当"美国人民"，也就是对那几十个被选出来却不过是为了吃顿冷餐并赚上三十五美元的登记选民们的一个好听点的叫法，决定说点别的什么时，将会引发怎样的革命。

NEWT GINGRICH, SUPERSTAR
(1995)

巨星纽特·金里奇

1

据众议院议长、这个国家文化和历史失忆症的主要受益者之一——佐治亚州共和党众议员纽顿·勒罗伊·金里奇阁下自己说，那些"影响"或"改变"了他的思想，或是给他"留下了不可磨灭的印象"的人物、书籍和事件包括：亚伯拉罕·林肯、托马斯·杰斐逊、富兰克林·罗斯福、艾萨克·阿西莫夫、亚历西斯·德·托克维尔、汤姆·克兰西[a]、艾伦·德鲁里的《华府千秋》、罗伯特·沃波尔、威廉·格莱斯顿[b]、戈登·伍德、彼得·德鲁克、阿诺德·汤因比的《历史研究》、拿破仑·希尔的《思考致富》、C.P. 斯诺的"两种文化"系列讲座（议长从中吸取的教训是"要是你口齿伶俐、能言善辩，那搞不好你虽然根本不知道自己在说什么，但听上去却头头是道；但如果你真正懂得很多，那恐怕就上不了谈话节目了，因为没人能听懂你在说什么"）、亚当·斯密、《禅与摩托车维修艺术》、"可口可乐多年来的伟

---

[a] Tom Clancy（1947—2013），美国畅销小说作家，擅长书写以美苏"冷战"为背景的政治、军事科技与间谍故事。代表作有《猎杀"红色十月"号》《惊天核网》《爱国者游戏》《细胞分裂》《幽灵行动》等，其处女作《猎杀"红色十月"号》曾获时任总统里根的赞赏。

[b] William Gladstone（1809—1898），英国自由党政治家，在长达六十多年的职业生涯中，曾四次担任英国首相，还曾四次担任财政大臣，主张机会均等，反对贸易保护主义。

大领导伍德拉夫"、一位名叫赫尔曼·凯恩的奥马哈企业家("他是'教父比萨'的首席执行官,一位生于亚特兰大的非裔美国人,他爸爸是伍德拉夫的司机")、雷·克罗克的《埋头苦干》,以及约翰·赫伊津哈的《中世纪的衰落》。

还有:达里尔·康纳的《以变革的速度管理》、山姆·沃尔顿的《富甲美国》、斯蒂芬·柯维的《高效能人士的七个习惯》、1913年版的《女童子军手册》、匿名戒酒会的《活在当下》、戈尔·维达尔的《林肯》("虽然我并不是维达尔的铁杆粉丝")、西德尼·波拉克和罗伯特·雷德福的《猛虎过山》("一部伟大的电影,一份对正宗美国人的入门级影片")、阳光地带的过度商业开发("目睹七十年代早期亚特兰大房地产的繁荣时,首先触动我的是这种回避历史教训的美式激情")、科幻作家杰里·普耐尔、商业顾问W.爱德华兹·戴明("由戴明定义的质量"是金里奇的"美国文明五大支柱"中的"第五支柱"),以及著名的托夫勒夫妇——阿尔文和海蒂,"人类境况的重要评论家",也是金里奇的"亲密朋友"。

正是这些及其他影响因素赋予了金里奇先生——用《亚特兰大宪法报》记者、《纽特》一书的作者迪克·威廉斯的话说——"一个他从高中时就开始建立的智识基础,他一直在收集名言和点子,写在纸条上,存进鞋盒里。"也正是收集在鞋盒里的这些写着名言和点子的纸片(据金里奇先生的一位同学估计,他大概有五十个这样的盒子,以备"在课堂和政治上"使用)反过来催生了金里奇先生1984年的《机遇窗口》(Window of Opportunity),杰里·普耐尔在该书序言中将其描述为"一个详细的蓝图,一个不仅证明了人人都可致富,还展示了致富方法的实用教程");1993年电视里播出的金里奇先生在佐治亚州瓦利斯卡的莱因哈特学院所做的"复兴美国文明"系列讲座;以及1995年的两本书:小说《1945》与政论集《复兴美国》(To Renew America)。

《1945》是推想小说中所谓"架空历史小说"的一个相当粗糙的例子,书中假设希特勒在1941年12月6日的一次坠机事故后"昏迷数周",所以没有对美国宣战。到了1945年,希特勒已经完全康复,正准备发动阿米尼乌斯行动,一项旨在占领英格兰(丘吉尔政府倒台后,英格兰在1943年"接受了一个非常宽容的停战协议"),并通过击沉美国舰队、摧毁正在研制原子弹的橡树岭来削弱美国反应能力的综合行动。"杀掉橡树岭的所有科学家,就能扼杀他们的原子弹计划。"负责渗透和破坏该设施的德国官员这样宣称,"这就是元首为什么想要在美国人用这一终极武器打败我们之前发动战争来阻止这一切。"在哈珀柯林斯出版社当初为之开出了450万美元天价预付款的《复兴美国》一书中，他再次调用了《机遇窗口》和"复兴美国文明"系列讲座中熟悉的主题，致力于"恢复我们历史上曾有过的行事准则"——在他看来，这种准则上一次的彰显，还是"在第二次世界大战和'冷战'期间，在人们体现出的确凿无疑和坚定信念"中。

要说金里奇先生的思考过于"笼统"，就像有些人抱怨的那样，似乎还不足以准确描述问题：他在写作和讲座中展示的"方案"在很大程度上依然玄而又玄。比如说，"复兴美国文明"系列讲座——金里奇先生在该讲座中谈到了"美国文明的历史教训"（美国文明五大支柱中的第一个支柱）——的录像里有几段关于内战的电视电影和纪录片片段，但并没有多少线索表明美国文明的教训为什么是"历史性的"，至于美国文明的其他四大支柱（"个人力量""创业型自由企业""发明和发现的精神""由戴明定义的质量"）怎么就不能被视作第一大支柱的分支或文明的教训，就更是毫无头绪了。类似地，想要从一到五逐条看完金里奇先生"学习美国历史的五个理由"（"一、历史是一种集体记忆""二、美国历史是我们文明的历史""三、只有通过历史，我们才能更好地理解美国例外论""四、历史是一种可供学习和利用的资源""五、从历史经验中，我们可以学到解决问题的技巧"）只会令人心烦意乱，搞不清楚究竟是谁的神经突触失灵了。

金里奇先生的书面及演讲作品（用他的话说就是他的"教学"）之所以看上去这么随意，仿佛都建立在一些直白的要点和粗浅的常识之上，是因为他传达给我们的大部分内容都是大纲式的，其中要点都是大写的（在编辑方式更为传统的《复兴美国》中，大写的使用被限制了），并加以系统化的编号，尽管并不恰当。比如美国文明第二大支柱"个人力量"有"七个关键面向"和"九个愿景级原则"。比如"由戴明定义的质量"（第五大支柱）的"五项核心原则"；比如第三大支柱"创业型自由企业"的"三大概念"与同样是在第三大支柱下的"创业型自由企业的五个敌人"（"官僚主义""资格认证""征税""诉讼""监管"）看上去就像是在互相重复，并且怎么看怎么像第四大支柱中的"福利国家对进步的七种阻碍"，唯一的不同是后者还囊括了"集权制""反对进步的文化态度"和"无知"。

在《机遇窗口》中，金里奇先生告诉我们"改变世界的伟大力量本质上是六个部分的合力"，并且提供了"通向大胆未来的五个简单步骤"。在医疗保健问题上，金里奇先生提出了"必须做出变革的八个领域"。在军备控制问题上，他预测了"帮助自由世界在核武器时代存活下来的七项重要任务"。几段之后，这七项要务就让位于"两大方案"，然后是"给下一代的三个宽泛的战略选择"，到最后，眼见着就成了"六个现实的目标，以增加我们的后代生活在一个没有核战争的世界中的可能性"。

作为一种分析方法，"概述"或"列举"仍然备受管理与励志专家们青睐，也被金里奇先生如获至宝地一用再用。（平衡预算和"找到一种真的能够用机遇社会取代现有福利国家的方法"在2002年前都可以实现，他在宣誓就职众议院议长时向国会提议，"如果我们能够运用爱德华兹·戴明和彼得·德鲁克的原则"。）然而，仔细一看便可发现，他自己的"领域""要务"和"方案"，他的"步骤""选择"和"目标"，其实都没怎么推进论述。《复兴美国》中列出的解决毒品问题的"七个必要步骤"中的第七个是呼吁政府"加强针对全球毒枭的情报工作，协助外国政府进行抓捕"，这正是缉毒局和美国南方司令部近年来一直在做的事情，只是换了个说法罢了。"七个必要步骤"中还有一个是重振里根夫人的"对毒品说'不'"运动——迟早，所有高尚的信条都会以这样或那样的方式被囊括进金里奇先生的五个、四个或十一个步骤中。

医疗保健系统"必须作出变革的八个领域"中的第一个是呼吁"关注预防医学和健康"，在《机遇窗口》中，它指的是为每个没去看医生的医疗保险受益者提供500美元作为补偿，《复兴美国》将这一概念拓展为"员工保险计划"，为每位员工提供一个存有3000美元的"医保储蓄"账户，这笔钱既可以花在医疗保健上，也可以作为年终奖领取，也就是说，这是一种通过改称"医保储蓄"来逐步淘汰医疗保险的方法。金里奇先生援引了通过黄金法则保险公司的医保储蓄账户实现的"医疗费用方面的巨额储蓄"作为例证，在金里奇先生进入国民视野以来的这几年间，这家公司管理层和员工们的储蓄刚好派上了用场：他们捐赠了42510美元给他的竞选委员，117076美元给他的GOPAC[a]，一笔数目不详的资金给赞助他讲座的基金会，以及523775美元给共和党。黄金法则保险公司还资助了金里奇先生在NET[b]与人合作主持的观众来电节目

---

a GOPAC，美国共和党于1978年设立的基层政治培训机构，旨在增强其在州和地方的选举实力。

b National Empowerment Television，旨在向基层民众宣传保守派政治主张的有线电视网络。

《发展报告》。"将贡献和表现联系起来"是"普通美国民众学习将自己和当选政客之间新的关系组织化和系统化的第一步",金里奇先生在《机遇窗口》中告诉我们。

《复兴美国》中那些即便是不会让人立刻联想到伦理冲突的观点,往往也会一头撞向另一种冲突。用金里奇先生的话说,我们有"将对自然界的损害降到最低的绝对义务"和"保护生态系统的道德义务"。由于这与他卸下"华盛顿制定的环境法规"这一"荒谬的负担"的愿望存在着冲突,保护生态系统这一道德义务的实现就落在了金里奇先生所在选区的选民琳达·巴瓦罗的身上,她把两升装的可口可乐瓶做成T恤,并在迪士尼乐园中售卖。"琳达,"金里奇先生写道,"凭借着在环境方面的良好表现,也很有可能获得良好的经济收益。在一个自由国度里,健康的自由市场就应该是这样运作的。"

就连金里奇先生那些最无可指摘的观点都有可能走上这些无法预测的弯路。"第三次信息浪潮"为"大部分美国人生活方式上的选择提供了巨大的提升潜力",也为"持续的、终身的学习"提供了机会,好让那些被分流安置或裁员的人能够"在信息时代创造出的角落和缝隙中、在企业结构和等级制度*之外*存活下来(到这儿还算不错),但让我们来看看金里奇先生滑入了怎样一条"信息革命的缝隙"吧:

比方说你想学蜡染,因为商场里新开了一家手工艺品店,老板告诉你店里可以卖一些你的作品。首先,你在网上的"蜡染站"注册,上面会给你一个推荐清单……第二天,你可能会收到一份推荐的录像带或录音带的清单,这些都可以在第二天由联邦快递送到你家门口。或者你也可能更喜欢更加个性化的学习系统,跟着离你最近的蜡染大师做学徒……用不了二十四个小时,你就从事起了新的职业。

类似地,在《复兴美国》中,有关"科学、太空和海洋最新前沿"的讨论虽然也很俗套,但一开始还很合理,后来突然就发生了转向:"为何不立志建造一个真正的侏罗纪公园?……这难道不是人类历史上最令人惊叹的成就之一吗?要是我们能复活那些灭绝物种会怎么样?"再往后翻上几页,我们发现对"科学、太空和海洋最新前沿"的讨论又蹿到了"太空蜜月"("想象一下失重感及其效果,你对它的吸引力应该就有点概念了")。这个概念最早出现在《机遇窗口》中,当时举这个例子,是用来说明创业型企业是如何在所在地区创造就业岗位的:"我坚信太空旅行产业有着广阔的前景,一个原因就是想到了亚特兰大机场,它为亚特兰大地区提供了

3.5万个航空相关的就业岗位。"

对太空蜜月和回收来的两升装可口可乐瓶的包装，恰好是吸引金里奇先生的那种细节：如果不是能在迪士尼乐园里售卖这个点子，他大概率就会失去兴趣。1995年，在纽约第92街的YMHA公开露面时，被问及如果当时由他负责，会对波斯尼亚地区采取何种行动，他说试着"创建一个覆盖整个巴尔干半岛的开发区"。他的"机遇社会自治的九项原则"的第九项中也多少有些虎头蛇尾："最后，尝试，再尝试。自治是一项艰巨而苛刻的任务，自由的存亡都依赖于此。"《机遇窗口》和《复兴美国》中的很多提议都这样消散了，草草收尾，仿佛提议者的兴趣已经溜到了别的地方。迪克·威廉斯告诉我们，金里奇先生以十五分钟为单位来管理他的一天，这是从彼得·德鲁克的《卓有成效的管理者》中学到的。金里奇先生亲自告诉我们，他坚信要把尽可能多的十五分钟投入阅读，尤其是对传记的阅读中，因为在他看来，这能够提供直接的个人收益："我不管你想成为什么样的人。如果你想发财，那就去读那些富人的传记。如果你想成为一个明星，那就去读那些明星的传记。"

阅读不仅能提供这类静脉注射式的灵感，还能提供被《福布斯》杂志称作"有关人生经营的思考"的"金句"，也就是能从鞋盒中取出来并加以展开或"运用"的修辞性辅助。"今天早上，我被比尔·爱默生的话深深触动了。"金里奇先生在众议院议长的就职仪式上说。"这是本杰明·富兰克林的一句相当著名的话。"金里奇先生喜欢用策略适用性和即时有效性这一体系来衡量自己做的所有事情："学习美国历史的五个理由"中的第四个和第五个，也是最为关键的两条，是"历史是一种可以学习和利用的资源"，以及"这些技巧能够帮助你从历史经验中学习解决问题的方法"。

金里奇先生的言论中有相当一部分都经不起推敲。其中有一种令人沮丧的观点，认为未来是某种扩大版的达美航空枢纽，在那里，"每份新闻杂志都有一个专门的板块来介绍每周来自太空的新闻"，从那里，我们可以"飞往太阳系中的希尔顿和万豪酒店，而人类也将永久性地摆脱地球的限制"。还有那些为了证明正在讨论的观点而举出的不太可信的故事，以及并不怎么说得通的"个性化"（金里奇的一个关键概念）。在阅读彼得·德鲁克的《断层时代》和约翰·奈斯比特的《大趋势》时，金里奇先生了解到，美国"的经济和生活方式正在从一种类型转向另一种类型"，但直到他"惊讶地发现"他能够通过"首先拨打代表国际电话的代码001，然后是法国代码,接着是巴黎附近区域的区号,最后是我女儿的电话号码"给他在国外读大三的大女儿打电话时,才真正理解这句话究竟是什么意思。

这一发现似乎发生在1982年或1983年(他的大女儿生于1963年),这只是一个人的头脑无法卓有成效地进行独立思考的迹象之一。此外,还有着在势不可当、一路飙飞的分条列点过程中随手抓取的拼写、名字和想法,与准确性的关系也相当随机。在《机遇窗口》和他的演讲中,彼得·德鲁克的《断层时代》成了《断崖时代》,加里·威尔斯的《发明美国》成了"加里·威尔的《发现美国》",戈登·伍德成了戈登·伍兹。在《复兴美国》中,能看出一些经过专业编辑的痕迹,但依然将所谓的"情境伦理学"和"解构主义"定义为"一种认为行为并无普遍规律的观点"的同义词。亚历西斯·德·托克维尔被视作一种外来的助推器,能"告诉全世界'美国的民主'是行之有效的"是他的荣幸。更奇怪的是,托克维尔甚至被视为"美国文化"的典范:"从詹姆斯敦殖民地和清教徒,到托克维尔的《论美国的民主》,再到诺曼·洛克威尔[a]二十世纪四五十年代的画作,我们可以清晰地感觉到作为一个美国人意味着什么。"

还有对千禧年的兴趣,对那些本质上并无实义的特定日期和数字的意义近乎幻想般的坚持。金里奇先生称,美国历史的"断层"(又是彼得·德鲁克)正好是从1965年一直持续到1994年:"而1965年到1994年间所发生的,是美国走上了错误的轨道。如今这是个重要的区别。""一个以三个0收尾的年份确实很罕见。"他在《机遇窗口》中宣称。"我们即将开启第104届国会,"他在就职仪式上这样说道,"不知各位有没有想过这个概念:208年。"这种对无意义的具体化(这是一个曾估算出自己第二次婚姻能否存活的比率是"53:47"的男人)的青睐,还伴随着一种将真正具体的事物鼓吹为普遍原则和宏大概念的癖好。1984年,他教诲他的选民,华盛顿盛开的樱花提醒我们"生命自有其节律。冬去春又来。"对金里奇先生来说,《阿甘正传》意味着"再次确认反主流文化对人类和基本价值观的摧毁"。《星球大战》的票房比《太空先锋》的更高则告诉我们"我们放任官僚机构主导了太多的科学探险"。在没有任何具体的东西供其抓取或鼓吹时,他往往就会危险地冲出句法的轨道:

---

[a] Norman Rockwell(1894—1978),美国插画家,作品因反映美国文化而广为流传,最知名的是他为《星期六晚邮报》绘制的日常生活主题插画,代表作包括《四大自由》《爱说闲话的人》等。

我认为，如果你能思索片刻——而这也是我想要说回"虚拟性"这一概念的部分原因——如果你能想想这个概念，即我们一生中最大的挑战首先是想象一个值得穷其一生去实现的未来，其次是凭借我们今日之技术和能力把它变成某种虚拟状态，不管是在现实这种复杂的程度上实现，还是仅仅是在你的脑海中，大部分有关领导力的研究认为，领袖们在推行的其实是过去的决定，伟大领袖之所以能够给人信心，有一部分就是因为他们已经充分预见了这一成就，如今剩下的只是实施的问题。所以这是截然不同的。所以，从某种角度来说，我认为你能够在各个历史阶段的大部分领导人身上发现这种精神层面的虚拟性。

2

金里奇先生有种本事，能够把通过详尽调查得出的选民喜好与偏见粉饰成绝不同流合污的原则问题，其政治存在的实质就来源于此。他选取的立场敏锐地捕捉到了相当一部分美国人流露出的恐惧和怨恨，到了他口中却成了：他孤立无援，遭到"体制""华盛顿""自由派精英""东海岸精英"（《1945》中会写到哈佛大学引起了当时富有同情心的总统对"东海岸的势利与智识上的傲慢"的反感绝非偶然），或者仅仅是一个模糊的"他们"的一致反对。"我活得有点边缘化。"金里奇先生告诉迪克·威廉斯。"我推行这一系统。"当时，在 GOPAC 的一份著名备忘中，金里奇先生建议共和党候选人用"衰退""病态""可悲""停滞""腐败""浪费"和"叛徒"等词汇来描述民主党人士，同时用"分享""改变""真理""道德""勇气""家庭""和平"和"责任"来形容共和党人，每个词都经过了焦点小组的测验和润色，以发挥这份备忘所谓"语言，一个关键的控制机制"的功能。

1994 年的《与美国的契约》[a] 被包装成一个"大胆的议程"——甚至在一定程度上也被它的反对者所接受（反对者认为它太过大胆，只得通过争论各退一步），一个"对美国未来的展望"（反对者也抢着来分一杯羹，争论的焦点仅在于实现的手段），然而，这十项动议中每一项的提出与之后的打磨都来自弗兰克·伦茨主持的焦点小组，在 1992 年，伦茨还曾先后帮帕特·布坎南和罗斯·佩罗做过竞选民意调查。《与美国的契约》是专为吸引

---

a Contract with American，共和党在 1994 年大选期间提出的一项立法议程，承诺如能赢得多数席位，将在一百天内推动文件中十项动议的公开辩论与投票表决。

政治虚构

那些厌恶党派政治的摇摆的佩罗支持者而设计的。"金里奇先生在1995年出席YMHA活动时说。"选的这十点基本上代表了美国人民内心深切的愿望,"这是他在《复兴美国》中对该过程略为隐晦的描述。"毫不夸张地说,《与美国的契约》是从我们与美国民众的对话中,从我们基本的保守主义价值观中脱胎而来的。"

不管是谁在为这一调研买单,观点调查中浮现的偏好和态度是相当一致的。最后进入政治焦点小组的大多数美国选民都对目前的福利系统感到不满,都认为平权法案矫枉过正,都反对犯罪,并且支持"机会"。他们跟替共和党候选人工作的研究员是这么说的,跟替民主党候选人工作的研究员也是这么说的。当然,这也是为什么任何一个党派,只要他们自己的研究员恰巧与美国民众进行过同样的对话,就会丧失反对《与美国的契约》的立场。"如今在这个城市里,你可以得出一个简单的原则,"金里奇先生1995年1月告诉共和党全国委员会,"我是个真正的革命者;他们是真正的反对派。我们将改变他们的世界;他们将竭尽全力来阻止我们。他们将动用一切工具——只要能够用来对付我们,再滑稽、再扭曲、再失真都不为过。"他还跟弗雷德·巴恩斯说自己是"这个国家的革命领袖。我正在努力用一个由机会、创业精神和经典美国文明构成的体系来取代福利国家、反主流文化和旧有体制"。

和往常一样,到了国会上,这些冠冕堂皇的东西都化为了生意。随着《个人责任》[a]和《老年公民公平法案》[b]在众议院的通过,我们发现"取代福利国家"的意思原来是逐步取消一个160亿美元规模的穷人(抚养未成年子女家庭援助计划)福利项目,通过提高收入检测[c]水平来扩大一个其规模已经高达3350亿美元的中产阶级福利项目——社会保障。金里奇先生早就抓住了对社会保障福利进行任何收入检测都是不公平的(弗兰克·伦茨将"公平"

---

[a] The Personal Responsibility,即1996年通过的《个人责任与工作机会协调法》(Personal Responsibility and Work Opportunity Reconciliation Act,PRWORA),该法案以贫困家庭临时救助项目(TANF)取代了《社会保障法》中抚养未成年子女家庭援助计划项目(AFDC),将接受临时援助与参加工作结合起来。

[b] Senior Citizens Fairness Acts,即《老年公民税收平等法案》(Senior Citizens' Tax Fairness Act),主要内容是对老年公民减税。

[c] Earnings test,在美国社会安全保险系统中,年龄达到六十二岁但仍未达到社会安全退休年龄的员工需要进行退休收入测试,该测试有效推迟了收入达到一定门槛的人群的福利。

和"不公平"作为热词单列了出来）这一议题，在《机遇窗口》中，他又讲了一个可疑的故事对其进行阐释或"个性化"，故事的主角是"沃伦"，一位"想做点事，好让他的身心保持忙碌，并为自己所爱的社区和世界做贡献"的退休人士，在社保局威胁说要减少，或者用金里奇先生的话说就是"中断"他的福利时，他被迫放弃了出售他选择做出的那份"贡献"——在这个故事里碰巧是骨牙雕。当《华盛顿邮报》的丹·巴尔兹和查尔斯·R.巴布科克指出，议长对所谓"65%议题"的偏好可以被理解为对公众意见的迎合时，金里奇先生纠正了他们的说法："政治，"他说，"本来就关乎公众意见和对公众支持的争取。这就像是在说，沃尔玛把人们想买的东西都摆上货架，难道不是在迎合他们吗。"

3

"我教的这门课是我五十一岁时的一个思想概况，建立在我的全部经历之上，坦白讲，这可要比大多数终身教授的还要丰富。"1995年1月，金里奇先生对《纽约时报》说，"我并非体制认可的有官僚头衔的学者。我也没写过二十二本毫无意义的书。"对于这位议长的成长经历，我们所掌握的细节描绘了一段熟悉的战后史，他原名叫纽顿·勒罗伊·麦克弗森，后来用了他母亲第二任丈夫的姓氏，这和威廉·杰斐逊·克林顿的经历别无二致，后者原名叫威廉·杰斐逊·布莱斯，也是用了母亲第二任丈夫的姓氏。两人都是母亲心爱的长子，在"二战"期间和战后初期改变了美国的经济和社会混乱中，两位母亲都只能自己养活自己。在她们忙于赚钱谋生时，两人都被寄养在亲戚家。两人在进入青春期时似乎都坚定地相信这将是成败攸关的几年，而锻炼的重点便在于坚持、战胜与克服。

为了达到这一目的，两人仰赖的方法不同，但他们那些已内化为本能的技巧都源于这样的一系列资料：个人提升、高效的自我表现、推销技巧、五个简单步骤。极具个人魅力的克林顿先生在名单上详细记录下了自己见过的每一个人，以待时机成熟时联系他们。而对金里奇先生来说，由于母亲再婚后曾多次举家搬迁，从一个陆军驻地搬到另一个陆军驻地，从堪萨斯州搬到法国再到德国然后是佐治亚州，这样的社交技巧没能得到发展，这迫使他回归他的阅读、他的自我教育和他的鞋盒。他回忆起年轻时读到的一篇文章。"讲的是林肯的五次失败，好多年间我都把它放在钱包里随身携带。"十六岁时，在从斯图加特前往本宁堡的途中，他得出结论："除了全身心投入到学习如何领导他人和

政治虚构

如何变得高效之外，不存在任何的道德选项。"他继父给了他一套《美国百科全书》，他每晚都在读。在本宁堡附近的贝克高中，他也想入乡随俗，加入南方人的体育运动，却因头痛而不得不退出。他的民主党对手在1994年称他为"怂包"，以及"那个赢得科学竞赛的家伙"。

"我想我那时很孤独，也很发愤。"金里奇先生告诉迪克·威廉斯，"如果你在高中第一年就决定了自己的志业是用尽一生去改变同胞的未来，那你可能确实挺不合群的。"他采取的防卫方式是扮演"班上的学霸"这一角色（他的同学们票选他为"最聪明的人"），他是那个衬衣口袋里装着钢笔和计算尺的人，那个能够引爆整场辩论会、在全国优秀学生奖学金考试中并列全县最高分的人，通过辅导校花功课与半公开地和几何老师约会，他聪明地绕开了自己缺乏高中炫酷范儿这个问题。在埃默里大学读大一期间，他和那位几何老师结了婚，并共同创立了埃默里青年共和党俱乐部。在杜兰大学读研究生期间，他组织了长达一周的抗议活动，反对行政部门对校报的审查，也是在研究生期间，他发现了阿尔文·托夫勒的作品，还开设了一门讲"2000年"的非学分课程。

换句话说，他为自己选定了一个仪式性的角色——一个新领域的开创者，跟随着不同节拍前进的人，恰恰是在这种心态之下，推想小说找到了它最为强有力的支撑。**假如**某个事件没有发生呢，**假如**某个历史人物没有出生、陷入了昏迷或是选择了另一个方向呢：美国中学教育中的"异类"们确实满脑子都是这类问题。这种冲动是反神学的，对于这些读者而言则转化为了激动人心的偶像破坏主义。据金里奇先生称，在艾萨克·阿西莫夫的"基地三部曲"中，"天主教会在黑暗时代与中世纪保存文明知识的角色是由一个名叫'基地'的世俗知识分子团体扮演的"。这体现出一种倾向，即人们普遍认为历史是随机的，但又是可逆的，是事件和人物的总和。金里奇先生指出，艾萨克·阿西莫夫"不相信一个机械论的世界。相反，在阿西莫夫看来，人类的命运始终掌握在他们自己手中"。

金里奇先生在《复兴美国》中告诉我们，正是高中时期对艾萨克·阿西莫夫的阅读，第一次"让我把注意力集中在文明的命运上。我开始意识到，虽然大多数人都沉浸在日常活动中，但日常行为实际上发生在一个全球力量持续变动的宏大背景中"。金里奇先生时常会被称作"未来主义者"，这一称呼有时带有轻蔑意味。但即便是在谈论那些"全球力量持续变动"，谈论一场"如此巨大的具有历史意义的变革，人类历史上只有农业革命和工业革命能与之相提并论"时，他对未来的展望依然是 1955 年式的，只不过是加载了"2000 年版"的外挂。《复兴美国》让我们"想象一下，仅仅十来年后的一个早上"：

一觉醒来，眼前是一面墙那么大的高清电视，正在播放毛伊岛的冲浪画面（这是我最爱的岛——你也可以选择自己喜欢的场景。）你可以一边散步、慢跑或使用健身器械，一边浏览早间新闻，查看当天的日程安排。你的家庭办公室里配备了各种通信设备，因此你可以避开高峰时段的交通拥堵……生病时，你只需坐在诊断椅上和当地的健康诊所远程沟通。感应器会测量你的血压，分析你的血液样本，或者进行咽拭子检查。检查结果会迅速传送给健康助理，由他们进行指导并开具处方……如果你需要一名专家，一个触手可及的数据库会权衡成本、口碑和疗效，为你提供广泛的选择。你能够在充分掌握信息的前提下选择你想要承担何种风险，以及支付多少费用。

这种"诊断椅"，或"个性化健康椅"，最早出现在《机遇窗口》中。它还可以通过编程"长期监测你的饮食状况并调整食谱，从而在实现理想的营养效果的同时最大程度地降低饮食的单调乏味"。《机遇窗口》这本书描绘了这样一种未来：我们或者我们的后代还能够利用电脑技术来矫正高尔夫挥杆动作，提供税收和个人退休账户方面的建议，并提供"数以千计有关度假、娱乐和教育机会"的数据，比如佐治亚州梅肯的奥克马尔吉印第安土丘公园，那里有"壮丽的自然步行区，美丽的古代印第安人墓葬土丘群，以及一座精致的博物馆，展示从公元 900 年至今的该地区的历史"。至于那些认为未来可能会更可怕或者更有趣的人（没有毛伊岛，没有梅肯，个人退休账户也早就破产了），金里奇先生会首先建议他们阅读科幻小说，因为"比起一直被告知这个星球即将死去、人类做的所有事情都是错误的一代，从汤姆·斯威夫特[a]或者儒勒·凡尔纳那里领略到魔法魅力的一代人对未来的看法要乐观得多"。

如果愿望是马，那乞丐早就骑上了[b]，从汤姆·斯威夫特或儒勒·凡尔纳那里领略到魔法的一代人这样说道。知道有一大

---

a　Tom Swift，美国科普与冒险小说"汤姆·斯威夫特历险记"系列的主人公。
b　If wishes were horses, beggars would ride. 苏格兰谚语，意思是要是光靠想想就能让愿望成真，那就连最贫穷的乞丐也能得到他想要的一切了。

政治虚构

批美国人在关心能否获得合适的医保是一回事,通过谈论"健康椅"让他们心神不宁又是另外一回事了,它让人想到的并非未来,而是过去,是小镇民科的嗡嗡低语,是法院广场上喋喋不休的指点江山的人群。在这些简陋的表达中,有着某种让人卸下防备,甚至感到心酸的东西,一种孤独的渴望,一种在公众面前大放异彩的坚定决心,引导着金里奇先生一次又一次地展露他那些本不该被我们看到的个人兴趣。在《复兴美国》的结尾,他用一种"个性化"的方式表达了自己对选民关切的重视,描述了在当上议长之前他和第二任妻子玛丽安是如何共度圣诞节的,那是在俄亥俄州的里托尼亚,"一个美妙的小镇,就像是诺曼·洛克威尔给《星期六晚邮报》画的封面场景"。

在这段描述的大部分内容里,金里奇先生都停留在第95届众议院法案的0003号与0006号,即《夺回我们的街道法案》和《重建美国梦法案》构成的安全地带中。他表达了对玛丽安八十岁高龄的母亲的关切,她"一辈子都在工作和储蓄",如今却要为"听说联邦医保将会在2002年破产的报告"而担忧。他担心八岁大的外甥肖恩"无法像我在哈里斯堡时那样自由地在扬斯敦街头闲逛"。他想不出玛丽安的姐姐和姐夫要怎么供他们的儿子乔恩和马克读完大学。紧接着,在这段精心编排的圣诞狂想曲中途,金里奇先生突然莫名其妙地失控了,偏离了他原本要传达的信息:"在内心深处,"他沮丧地吐露,"我仍是那个快乐的四岁小孩,每天早上醒来时都希望能够发现朋友或亲戚在什么地方留给我的一块饼干。"这块饼干令人担忧:它是被遗忘了,还是被藏起来了?他们为什么要把它藏起来?他们在哪儿?他们是睡着了,还是出去了?是该来却没来的朋友,还是说话不算话的亲戚?饼干是奖励,而藏起来是恶作剧?从这些难以理解的跑题与意外的真情流露中,从饼干、健康椅和毛伊岛的高清景观中,从"十个步骤""五大支柱"和改善高尔夫挥杆的30 GB数据中,我们看到的是一个难以解释的阴影,一股失败的气息,这也正是为什么,在这样一个对失败者普遍并不宽容的国家中——这种不宽容甚至比金里奇声称的那种对失败的排斥还要严重——他在广大选民中的人气或许还将继续下滑的原因之一。

POLITICAL PORNOGRAPHY
(1996)

政治色情片 [a]

　　1996年6月23日，星期日的早晨，也是鲍勃·伍德沃德新书《选择》的出版前保密禁令正式解除的日子，《华盛顿邮报》——伍德沃德先生成名的地方；从1971年起，他一直供职于这家报社，先是做记者，后来是编辑——在头版头条刊登了两篇报道，详细介绍了报纸编辑们认为《选择》一书中最具新闻价值的内容。从第一栏到第四栏，就在报头和栏目标题《选择：克林顿与多尔竞选内幕》的正下面，是书中段落摘编而成的一篇叙述文章，描述了希拉里·克林顿在1994年到1996年间和琼·休斯敦[b]的几次会面。《华盛顿邮报》将休斯敦形容为一个"相信灵魂、神话，以及其他与历史和彼世之间神秘联系"的人，也是克林顿夫人的"十到十一个知己"——克林顿夫人的母亲也算在内——中"最戏剧化的一位"。

　　克林顿夫人和琼·休斯敦这份并不算出格，而且终究不过是私人性质的对话，

---

[a] Pornography，原指色情作品。在 political pornography 中，指对政治议题进行情绪化、感官化、戏剧化处理，借助煽动性叙事来激起愤怒、仇恨或认同，从而达到扭曲现实、操控民意的目的。

[b] Jean Houston（1937—　），美国精神成长作家，"人类潜能运动"参与者。在克林顿首个总统任期内，希拉里邀请她担任《举全村之力》(It Takes a Village) 的写作顾问。休斯敦发明了一项与历史人物对话的练习，该练习由伍德沃德披露后，多家媒体称其为"希拉里的心灵导师"或"第一夫人的精神顾问"。

政治虚构

有着一个看似准确，但也毫无惊喜的标题，《困难时期，第一夫人向外求援，向内观省》("At a Difficult Time, First Lady Reaches Out, Looks Within")，占据了154栏英寸的篇幅，后面紧跟一个6栏英寸的方块，解释了伍德沃德先生采访时所遵循的规则。报道中不乏此类爆料，如：一位不愿透露姓名的消息人士称，(伍德沃德先生告诉我们，除了信源同意实名的情况，其他内容均"遵循'匿名'或'严格匿名'这一新闻基本原则"，即记者可以使用信息，但不能公开信源)，克林顿夫人曾在1995年某个未明确声明的时间点，向琼·休斯敦表示"她很确定，良好的习惯是生存的关键"("对话和引语均来自其中至少一位参与者，或该参与者同一时期的备忘录、笔记或日记")。

那天，《邮报》头版折页以上的剩余版面留给了一篇基于《选择》的报道，作者是丹·鲍尔茨，全长79栏英寸，标题为《多尔在十五人名单中寻找"10分"之选：书中称，竞选搭档绝不能激怒右派》("Dole Seeks 'a 10' Among List of 15: Running Mate Must Not Anger Right, Book Says")。报道称，伍德沃德先生"引用了多尔的话，说他想要一个在公众眼中是'10分'的竞选搭档，这位候选人告诉他的副总统遴选团队负责人罗伯特·F. 埃尔斯沃思，'别给我找一个会激[怒]右派的人'"。对这一披露感到惊讶，从而继续读下去的《邮报》读者将了解到："在埃尔斯沃思和多尔的竞选经理斯科特·里德于春末拟定的十五人名单中，排在第一个的便是科林·L. 鲍威尔[a]。"读到这里，我本以为接下来会有一些关于遴选团队要怎样或能否用他们的首选科林·L. 鲍威尔来满足"别给我找一个会激怒保守派的人"这一要求的讨论，但无论是在《邮报》上，还是在《选择》里，我都没有找到。

伍德沃德先生不愿深究采访对象对他所说的话背后的逻辑，这一点通常被视为一种令人钦佩的品质：往好了说，这是一种精英官僚式的谦逊自持；往坏了说，也是某种高层管理人员的大局意识。对于一个还有更重要的比赛要打的人来说，这是一种完全可以理解的疏漏。然而，我们在《选择》一书中所看到的，并不仅仅是突发新闻中仓促留下的矛盾之处，也不仅仅是关键时刻漏接的一两个球，毕竟，正如伍德沃德先生自己所描述的那样，他的角色是"和许多候选人、关键人物坐在一起，

---

[a] Colin L. Powell (1937—2021)，美国军人，第65任美国国务卿，是美国历史上首位任职美国国务卿的非裔美国人。他在1990年至1991年的海湾战争中担任参谋长联席会议主席。

政治色情片

探讨竞选活动中的最新进展"。和之前的作品一样,伍德沃德这本书最大的亮点莫过于其"局内人的内幕故事"这一呈现方式,而这些前作,无一例外都成了超级畅销书。然而在这些书中,却都很难观测到大脑活动的迹象。

作者本人放弃了"历史的视角"。他更喜欢的方法是"在可能的结果或意义尚未完全明晰,或可能的后果还没有被衡量之前,对事件本身进行研究"。拒绝考虑结果、意义、后果,作为一种写作方法,颇有种禅宗般的纯粹,但也导向了这样一种写作方式:其中,没有哪种研究方法因为太过普通而无须解释("记录将显示我如何从记录或访谈中获取信息……之后我可以和其他信源交谈,并在必要时对其中的大部分一次次地回访"),也没有什么研究成果因为过于老套而不值一记。他呈现的世界是一个乌有之乡,在那里,不仅归纳推理消失了,就连通常对上下文线索的依赖也不复存在。任何想知道副总统戈尔对白水事件作何感想的读者,只要翻到《选择》的第418页,就能知道他认为这件事"微不足道,不公平",但他偶尔也会担心"共和党人和华盛顿的丑闻机器"会一直把它放在前景和中心。任何不愿意对迪克·莫里斯[a]有关联邦医保的民调数据进行无端猜测的读者,都可以翻到《选择》的第235页,从而发现"选民喜欢联邦医保,信任它,并认为它是唯一行之有效的联邦项目"。

这种机械堆砌的写作方式需要读者持续而集中的注意力,因为它在页面上的存在本身就在暗示,一定有某种重要的、迄今尚未曝光的信息,刚刚被一位记者千方百计、不遗余力地揭露出来。我们在《选择》中了解到,克林顿总统和戈尔副总统每周共进一次午餐,"有时会因为其他事务,直到下午3点才开始"。总统"以胃口好而著称,但正努力吃得清淡一些"。在这些日常细节的引导下,熟悉叙事套路的读者可能会认为一个戏剧性的时刻即将到来,但实际上,在这个关于每周午餐长达4页的序曲后,所谓的关键信息不过是:总统先生"认为他受到的大部分批评有失公允",副总统"对此提出了一些建议。克林顿总能在自己内心找到额外的储备力量。他这次必须找到更多,戈尔说"。

伍德沃德先生选择不记录,或者他显然没打算追问的内容,从很多方面来说都比他写下来的内容更具启发性。"我收集

---

[a] Dick Morris(1946—),美国政治作家、评论员、民调专家和政治竞选顾问。自克林顿1978年担任阿肯色州州长时便是其朋友兼顾问,1992年克林顿当选后,莫里斯成为一名白宫政治顾问。

整理的报道,有时可能比未来的历史学家拼凑的内容更加全面,他们必须依赖一份备忘录、一封信或对过往的回忆。"他在《议程》(The Agenda)的序言中写道。这本书报道了克林顿当选后前几年的特定大事件,在书中他试图采取零度叙事,"力图给关键事件的每一位核心参与者一个机会,讲述他们的回忆和观点"。然而,可能对拼凑出克林顿政府如何制订医疗改革计划的细节感兴趣的"未来的历史学家"会发现,尽管有一个看上去十分详尽的索引页,《议程》中接受采访的参与者中没有任何人想讨论这个过程的核心疑问,即究竟是出于何种政治上的误判,一个原本意图在医疗改革中消除第三方利益的计划(或者"和保险业一较高下",正如1992年克林顿-戈尔在竞选宣言《人民至上》中所表达的)成了一个被群众广泛不信任的计划,其原因恰恰是它似乎扩大和进一步巩固了保险业的角色。

在《选择》中,这种对略微动用一下认知能力的抵触,已然达到了一个顶峰。在书中,几乎没有哪位候选人或潜在候选人对作者说的话因为太微不足道而不适合纳入,也没有多少因为太过随意而不宜收录("他们中的大多数都允许我对访谈进行录音;不能录音的,我也做了详细笔记。")克林顿总统拒绝直接就这本书接受采访,但多尔参议员"接受了十二个小时以上的采访,整理出的文字实录有两百多页"。根据《选择》中的索引("多尔、罗伯特·J.'鲍勃',由作者采访"),有关这些采访的描述,特别是时间、地点、天气和着装细节(在一次周六在候选人办公室进行的采访中,他"随意地穿了一件帅气的绿色羊毛衬衫"),能够在87—89页、183页、214—215页、338页、345—348页、378页、414页和423页找到。

研究这些文字,我们能发现作者对这项事业怀抱的谦恭精神。1995年2月4日,星期六,多尔参议员选择穿着"一件帅气的绿色羊毛衬衫",在位于哈特参议院办公大楼的办公室接受了九十分钟的采访("我的录音机放在他椅子的扶手上,他的新闻秘书克拉克森·海恩记了大量笔记")。采访过程中,伍德沃德先生问多尔,1988年他是否认为自己是最佳候选人。他如实汇报了多尔的回答:"我确实这么想。"这让伍德沃德先生有机会问出他此前为读者定义的"我这本书的一个重要问题"(这相当令人费解,因为在《选择》中没有什么其他内容指向这点):"但你没有当选,"他提醒多尔参议员,"所以你从那段经历中只能得出一个结论,这个系统不会选出最优秀的人。"

不出所料,多尔参议员欣然回答说:"我认为确实如此。我想伊丽莎白经常提

政治色情片

到这点,无论是总统、参议员还是其他什么职务,很多最佳人选——人们会形容[为]最佳人选的人——都没能成功。这就是系统运作的方式。你也接受这个结果,即便你失败了,只要你对自己有足够的信心,那你的失败就并不是因为你不是最佳人选。你的失败有着其他的原因。你总是能把这些事情合理化。"

1995年7月1日星期六,还是在多尔的哈特办公室(多尔参议员穿着"休闲卡其裤,一件带袖扣的蓝色衬衫,一双紫色耐克网球鞋"),伍德沃德先生在长达两个半小时的采访中,从这位候选人口中获得了如下思考:

关于他的日程安排:"我们正努力掌握节奏。比如今天我们没有出差,这是很不可思议的。明天我们要去艾奥瓦州,凌晨一点钟回来。周一我们放一天假。之后再去新罕布什尔州。"

关于他的演讲稿撰写人:"你不能只是读一篇别人写的东西,然后说,'哇,这太炸裂了。'你必须对它有感情,你必须想,吉米,这或许行得通。这就是我要传达的信息。我认为我们仍然在测试,我认为你不能说如果我在第一天说了这个,它将永远铭刻在石头上。"

关于竞选信息,回应伍德沃德先生提出的"人们都在等着有人把某些还没人说过的话说出来":"没错,我觉得你说得对。"

关于他的策略:"只要我们切中要害,统一口径,银行里有钱,人们都在登记注册,我们基本上就是在做对的事情了。但我的经验也足以告诉我,有人可能会犯错,然后一切都完了。"

关于参议院:"必须有人管理它。而它可能根本就无法控制。你也知道,它有时是个令人沮丧的地方,但通常来说它都顺利运转。"

"我并非毫无疑问。"伍德沃德先生总结道,"但我也越来越累了,看来是时候站起来感谢他了。"

在《选择》的序言中,伍德沃德先生恪尽职守地试图提供所谓的"为什么"段落,即"广告牌式的总结",用一两句话向读者解释为什么要写这本书,以及写的是什么。显然,这些问题让他相当不适:

总统选举是远比立法议程或者政府角色更为决定性的瞬间。对这个国家而言,总统选举是测量点,每位候选人都必须尝试回答这个国家提出的一系列问题。我们

797

政治虚构

是谁？什么是重要的？我们要去向哪里？候选人的最佳答案嵌入他们私人的和公开的行动中。我认为，行动即个性，经过种种努力和层层筛选，性格才是最重要的。

这种**你去往何方**（quo vadis）或告别致辞的模式，是伍德沃德先生面对诸如"他的著作是关于什么的"这一问题时的反复崩溃之处，仿佛他的程序设定并没有延伸至此。"这个有关人性的故事才是核心"从某种程度上是他在解释《指挥官们》[a]中所做的事情时较为敷衍的说法。至于1984年那本关于喜剧演员约翰·贝鲁西的生平与死亡的《亢奋》[b]，伍德沃德先生和217人进行了正式谈话，获得了"工作月历、日记、电话记录、信用卡收据、医疗记录、手写笔记、信件、照片、报纸和杂志文章、一沓贝鲁西生前最后几年的会计账目、每日电影拍摄报告、合同、酒店记录、出行记录、出租车收据、豪华轿车账单及贝鲁西每月的现金支出记录"，和《2001太空漫游》中最终崩溃的人工智能系统 HAL 类似，他仍然被以下问题困扰："为什么？发生了什么？谁该对此负责，如果有人可以负责的话？事情有没有可能有所不同，会不会更好？这是他的家人、朋友和同事提出的问题。成功意味着另一种意义上的失败吗，或者还存在其他可能吗？这些问题仍然存在。但他最杰出和最完整可靠的遗产是他的作品。他曾经让我们开怀大笑，如今他也能让我们思考。"

不论从任何意义上说，这些书"所写的"，都仅仅是作者自己的方法，从表面上看，这种方法和别人的方法并没有明显的不同。伍德沃德先生做采访，录音和记笔记（详细的笔记）。他"格外用心地比较和核实不同信源对同一事件的描述"。他设法获取文件，阅读和归档保存：比如他和斯科特·阿姆斯特朗合著的有关最高法院的《三兄弟》（The Brethren）一书中，他收集的文件塞满了"八个抽屉"。他查阅了《美国政治年鉴》（"这堪比《圣经》，我仰赖它"），他阅读了别人有关这个主题的著作。"在准备我自己的报道时，"他给我们讲了有关《选择》的情况，"我和我的助手，凯伦·亚历山大，阅读并反复研究了几百篇报纸和杂志文章。"

如果需要旅行才能获得他想要的信息，他会不辞劳苦："我多次往返于东西

---

[a] *The Commanders*，鲍勃·伍德沃德于1991年出版的书，聚焦海湾战争期间美国军方高层指挥官的决策过程。

[b] John Belushi（1949—1982），美国喜剧演员、歌手，代表作有《动物屋》《一九四一》《蓝调兄弟》等，33岁时因毒品过量猝死。该传记原文名为 *Wired*，指吸毒后亢奋失控的状态。

海岸之间,走访一切可能的人,去所有可能的地点。"他谈到为《亢奋》一书做的调研时说。鉴于约翰·贝鲁西曾在电影行业工作,并在洛杉矶的马蒙特酒店去世,这些穿梭在东西海岸间的旅行似乎代表了锲而不舍的事实收集过程中的最低限度,但这不重要:早在 1984 年,作者就已经超越了这种方法,进入了令人狂热的方法论世界,在这一学科中,写书的理由很可能就是亲自在场这一纯粹的事实。"我想了解更多,而《新闻周刊》杂志当时说,或许这是我的下一个选题。"《拉里·金现场秀》的一位热线听众问他是否不想写有关白水事件的报道,他这样回答,"我不知道。我不了解白水事件,也不知道它到底意味着什么。我在等待——如果可以这么说的话——某个内部人士给我打来电话,说'我愿意谈谈'。"

在这里我们触及了这种方法的唯一独特之处,同时也是问题所在。任何一名检察官,以及伍德沃德先生本人一定知道,打来电话说"我愿意谈谈"的内部人士是线人或告密者,他们通常是试图进行认罪协商,来改善自身处境,把责任推卸给别人,以谋求减轻或撤销某些指控的机会。鉴于罪犯或民事线人的陈述被认为带有个人利益的色彩,线人是不被尊重的,甚至会遭到谩骂,受到严格检视,并时常遭到驳斥。但和伍德沃德交谈的线人知道自己的证词不仅会被尊重,而且加以打磨,会成为内幕故事的一部分,这就是很多内部人士,尤其是自诩为专业人士或流程管理者的人——助理秘书、副顾问、游戏的玩家、那些希望在领导人任期结束后依然能保住自己职位的助手,而他们做好了把领导描述为倒霉蛋的准备——想和他交谈的原因。多尔竞选团队的很多助手确实愿意为《选择》一书接受采访,他们需要花上九牛二虎之力,同时也要具备巧妙的策略,才能使这位他们不得不支持的候选人勉强跟得上最新进展和项目:

作为补充,多尔还提到了很多过去的情况,以前是如何操作的,里德对此进行回应,说他会如何处理类似情况。里德认为,分散和随意的做法是行不通的。凭直觉凭空做决定不是他的行事方式……多尔需要找到一条清晰易懂的表述,作为竞选的基础,里德说。在内心深处,他补充道,他知道多尔清楚自己想表达什么,但要把这些想法组织起来并且传达出去,他可能需要一些帮助……里德感觉他击中了那个正确的软肋。

类似地,很多克林顿的外交政策顾问也很愿意为《选择》一书接受采访,在波斯尼亚问题上,他们也同样需要九牛二虎

政治虚构

之力，同时也要具备巧妙的策略，指导总统从一次"著名的愤怒"（"我一败涂地！"据报道，克林顿在得知斯雷布雷尼察陷落[a]后，"释放了他的沮丧之情"和"喷薄而出的脏话"）中走出，转而去更加细致地理解那些政策选择。这些政策正是他的助手们——比如副国家安全顾问桑迪·伯杰和国家安全顾问安东尼·雷克——一直以来默默筹划的结果，虽然从未得到重视。"伯杰提醒他，"伍德沃德告诉我们，"雷克正试图制定一个收官战略。"几天后，在总统办公室的一次会议中，副总统戈尔提到《华盛顿邮报》上一张斯雷布雷尼察难民在树上上吊自杀的照片时，这种巧妙的策略仍在继续：

"我二十一岁的女儿问起这张照片，"戈尔说，"我该怎么跟她说？为什么会发生这样的事情，而我们却无动于衷？"

这是一个令人恐惧的瞬间。副总统正面直面并批评总统。戈尔相信他明白自己的角色。他不能把总统逼得太紧，但他们已经建立了不错的关系，而他觉得当他感觉强烈时，他必须打出自己的那张牌。除非他偶尔越界一次，否则他无法确切地知道越界意味着什么。

"我女儿很惊讶，这个世界竟然允许这种事情发生。"戈尔小心翼翼地说，"我也一样。"

克林顿说他们将有所行动。

这是一幅漫画，但在这幅漫画中，那些与作者交谈的人，无一不是站在道德制高点上。同样在那次《拉里·金现场秀》上，伍德沃德先生被问及在他看来，人们为什么和他交谈，他回应道：

只是因为我得到了可靠的消息，我和中层、较低层级的人交谈，也试着和高层人士交谈。他们知道我将会反映他们的观点。在我早期的一本书中，书里的人给我打电话问："我会以什么面目出现？"我说："嗯，基本上我写的都是自画像。"……它们真的是自画像，因为我去找别人，我会反复核实他们的信息，你是谁？你在干什么？你出现在书里的什么位置？你说了什么？你感觉如何？

换句话说，那些和伍德沃德先生交谈的人们可以确信：他会是文明礼貌的（"我

---

[a] The fall of Srebrenica，即斯雷布雷尼察大屠杀，指1995年7月波斯尼亚战争期间，波黑塞族军队攻占联合国设立的"安全区"斯雷布雷尼察后，对八千余名穆斯林男子与男童实施系统性拘押与屠杀，对数千名妇女、儿童和老人施以强奸与驱逐的事件。这是欧洲自"二战"以来最严重的种族灭绝事件之一。

政治色情片

也越来越累，似乎该起身向他致谢了")；他不觉得有必要在他被告知的事情和已知事实之间建立关联；即便是最为明显的利己的叙述，他也没有将其视作毫无后见之明的中立之词（比如来自理查德·达曼[a]的后见之明，他在1992年向伍德沃德先生毛遂自荐，后者转头将他作为1990年布什预算方案中的无助的卡珊德拉形象展示给了美国）；最重要的是，他将始终如一地"公平公正"，这既是伍德沃德先生的罗盘，也是他迷失方向的原因。

我曾经听到一群记者达成共识，不管何种类型的新闻报道，操作人数的上限是二十人。他们所说的"操作新闻"意味着确立基调、设定节奏、制定议程、确定新闻的时间和地点，以及形塑它的内容。有人专门报道越南新闻，有人报道中美洲新闻，有人报道华盛顿新闻。美国总统大选是一则华盛顿新闻，这意味着在华盛顿从事新闻报道的这一小撮人——写最具影响力的专栏的人，制作华盛顿式自言自语的周日秀的人——同时也负责报道竞选活动。鲍勃·伍德沃德是这些人中的一员，他的不寻常之处在于，他并不是电视对话和印刷出版物的常客，在著作之外的新闻报刊上也很少露面。

在新闻报道这个行业，实际上是在整个新闻业里，某些传统是毋庸置疑的。"观点"必须被明确标注，被限制在报纸评论版或者电视谈话节目中。"新闻分析"也必须被明确标注，并且只能作为伴随"新闻报道"的附属内容。而在报纸的其他版面，比如晚间新闻版面，报道必须是"公允的""不偏不倚的""公正的"。"公正"似乎是伍德沃德先生尤其看中的品质（"我很久之前就知道，"他告诉拉里·金，"你得收起自己的观点、态度和倾向——把它们放进屁股兜里，因为它们只会妨碍你的工作"），他在向助手的致谢中也反复提及这点。

是"耶鲁大学1993届的毕业生凯伦·亚历山大"，为《选择》"带来了无与伦比的智慧、优雅、执着和根植于内心的公平感"。而《议程》一书中，则是"耶鲁大学1990届的毕业生大卫·格林伯格"，他"反复努力，尝试让我们的报道和写作更加平衡、公正和明晰"。正是"耶鲁大学1989届的毕业生马克·E. 所罗门"，为《指挥官们》"带来了公平和平衡感"。

---

[a] Richard Darman（1943—2008），美国商人、政府官员，在里根和布什当政期间担任要职。

政治虚构

而在《面纱》[a]一书中，则是"加州大学伯克利分校1982届的毕业生芭芭拉·费曼"，她的"友谊和公正感指引着日常事务"。在《三兄弟》中，伍德沃德先生和他的合著者斯科特·阿姆斯特朗感谢了"阿尔·卡门，前《落基山新闻》记者"的"全面性、怀疑主义和公正感"。

对于"公正感"的卑躬屈膝是新闻编辑部里一种再熟悉不过的虔诚，在实践中，它往往成为大量机械性报道和懒惰思想的借口，但在理论上，它是一种良善的理想。然而在华盛顿，新闻管理已经成为这一核心行业的当务之急，"公正感"往往意味着小心谨慎的被动性，意味着达成一种协议，不按照事情真实发生的方式，而是按照事件所呈现的样貌进行的报道，也就是说，报道它经过加工后的样貌。诸如国会听证会或总统出访这种制度化的事件会被尽职尽责地报道，但在木槌落下的那一刻，在空军一号返回安德鲁斯的那一刻，新闻报道就消失了。对很多华盛顿记者来说，"伊朗门"仅限于听证会阶段。后来被称为"储贷危机"的一系列事件——与其说是一场"危机"，不如说是引发了中产阶级自信不受控的滑坡的一种结构性故障——只有在可能升级为"危机"的情况下（如听证会、控诉），才会作为"新闻"存在。同样，"白水事件"（比如"我不知道白水事件及其真正含义"）作为一则新闻幸存下来，只是因为报道过它的人能够校准"确凿的证据"或"证据"消长变化的可能性。

"如果有证据，就应该去追究。"伍德沃德先生这样告诉拉里·金，"公平地说，克林顿夫妇，这……你也知道，我们做新闻的，以及政界人士必须对不公的诽谤格外敏感……这是不公平的，并且还是回到那个问题，证据是什么？"然而，白水事件中牵涉的真正利益就存在于既有记录中：这"事关"储贷危机，并且顺带提供了对政治和金融交易进行细致而具体的考察的机会。正是这些交易，引发了中产阶级信心的滑坡。白水事件"真正的意涵"，是为这种滑坡提供了一种理解，但在报道中这滑坡仿佛存在于真空中，是一种神秘莫测的现象，和华盛顿发布的周期性经济增长数字毫无关联，而这本身就是非常怪异的。这本可以成为一个有价值的新闻报道，它不是光靠等待某些局内人打来电话说"我想谈谈"就能拼凑出来的。

在报道过程中，每一位记者都依赖、

---

[a] The Veil，鲍勃·伍德沃德1987年出版的书，主要探讨美国情报界，特别是CIA在八十年代的运作，揭示了CIA与其他政府部门的复杂关系及其在伊朗门事件中的角色。

呵护或保护他们的信源。只有当对信源的保护阻碍了报道本身时，记者才会面临一个专业上的，甚至是道德上的选择：他可以告发信源，转向另一场新闻争夺战，或者可以改变立场，修改报道，以继续服务于信源。伍德沃德先生在成书过程中，并不需要在信源和报道之间做出选择，对此他有充分的理由：他的立场不需要他整理证据并得出结论，这样的冲动在追求公平这一更高利益时，是需要避免的，因此他得以始终如一地、便捷地将新闻报道定义为信源向他描述的那样。

这种对信源的忠诚——不管信源是谁，都将伍德沃德先生引向一条乍一看像死胡同的道路。在《选择》的第16页，我们看到一个说法，它很可能来自白宫的某个信源，1994年初，克林顿母亲过世的第二天早上，克林顿"大为震惊"，因为多尔参议员竟然在电视网的新闻节目上将白水事件描述为"难以置信的""令人惊异的超级大新闻"，并称"现在比以往任何时候都更需要一个独立检察官"。在《选择》第246页，我们看到，1995年12月27日，多尔参议员告诉伍德沃德先生，"他从来没有用白水事件对总统展开人身攻击"。对此伍德沃德先生只是回应道："你挑选副总统的标准会是什么？"在《选择》第423页，我们看到伍德沃德先生，在1996年4月20日——这个时候虽然他

不记得他在第346页提过的多尔参议员的话，但他显然记得他在第16页提过的多尔参议员的话——告知多尔参议员总统对于"他在1994年年初克林顿母亲去世的第二天早上积极呼吁任命白水事件的独立检察官"这一有攻击性的行为感到不满。

直到现在，我们似乎才抵达了伍德沃德先生的重点，这与他自身作为诚实的中间人的角色有关，也与他对候选人的良知有关。根据他的报道，多尔参议员被这一披露"困扰"，甚至到了"被他可能做过的事情折磨"的程度，以至于他着手给克林顿写了一封道歉信：

那周晚些时候，多尔在白宫出席反恐法案的签字仪式。克林顿把他带到走廊，方便二人单独交谈。总统对那封信表示感谢。他说自己读了两遍。他很感动，也很感激。

"妈妈很重要。"多尔说。

两人都有点激动。他们对视片刻，然后继续谈正事。很快，他们就那年剩余时间的预算达成共识。这并非他们两人数月以来都在期待并想努力推进的七年协议。但至少是个开始。

"这个有关人性的故事才是核心。"伍德沃德先生如此评价《指挥官们》。相信这一幕真的发生在白宫走廊并不困难：我们知道它发生了，正是因为不管它发生与

政治虚构

否都不重要，也无甚意义，正如《面纱》中那个著名场面：作者和威廉·凯西在乔治城医院 C6316 房间进行的交流，从一开始就毫无信息量。"你早就知道，不是吗？"伍德沃德先生当时想这么问凯西。

　　向反政府军转移资金的秘密行动必须是第一个问题：你一直都知道，对吗？

　　他猛地抬起头，盯着我看，最终点了点头，表示同意。

　　为什么？我问道。

　　"我曾经相信。"

　　什么？

　　"我曾经相信。"

　　然后他睡着了，我没机会再问问题了。

　　1987 年《面纱》一书出版后不久，这段描述成为很多脱口秀节目和餐桌上闲谈的争论焦点（伍德沃德先生到底在不在房间里，凯西先生真的点头了吗，护士在哪儿，CIA 的安保人员怎么没出现？），令人颇为震惊的是，其中还包括关于这次医院探访是否可以"得到证实"的热烈讨论。显然没什么理由怀疑这个描述的真实性，以至于真实与否这个问题反而遮蔽了一个更关键的疑点，就像这段乔治城医院 C6316 病房中的描写所遮蔽的那样，那就是时间点的问题，或者说，伍德沃德到底知道了什么，以及他是什么时候知道的。

　　根据《面纱》的描述，这次医院探访发生在 1987 年 1 月 29 日凯西先生辞职"几天"之后。这是哈森弗斯飞机在尼加拉瓜坠毁近四个月后，司法部披露美国正在向伊朗出售武器，以将利润转移给反政府武装组织的两个多月后，在众议院和参议院常设情报小组委员会完成了对这项资金转移的调查报告的整整一个月后。1987 年 1 月第一个星期成立的两个国会调查委员会，即秘密军事援助伊朗和尼加拉瓜反政府武装组织的参议院特别委员会和调查与伊朗进行秘密武器交易的众议院特别委员会，都已经启动。高塔委员会 [a] 的报告将在三周内公布。

　　在这样的背景下，在已经积累了如此大量的信息后，伍德沃德先生探访医院时，甚至更确切地说，在他将这段探访写进书里时，CIA 局长是否"知晓"资金转移这一问题，便不再是争论的焦点，不再相关，甚至不再构成一个问题。事已至此，医院采访仅仅作为令人垂涎的消遣而存在于纸端，转移了人们对于资金转移提出的真正问题的注意力，它仅仅是一个华盛顿偏爱的视角的戏剧化，反映的并非一个结

---

[a] Tower Commision，美国总统里根于 1986 年 12 月 1 日为应对伊朗门事件而成立的委员会。

构性问题，而是一个"人性的故事"，即一个人的狂妄自大如何撼动既有秩序的坚固基础，而这种对稳定现状的破坏，最终也走向了令人满意的结局，即这个人的死亡。

伍德沃德先生描绘的华盛顿，就其本质而言，是一个坚固的实体，一个由体面意图构成的西洋镜，在其中明智的管理者最终会掌控大局，尽管他们被误解，偶尔也会被误导。美国的军事领袖将像《指挥官们》里出现的科林·鲍威尔那样，会被描绘成在战斗前夜心系军队，想着"孩子们"，想着"青少年们"：一个人性的故事。最高法院的书记员将像《三兄弟》中伯格法院的书记员们那样，被描绘成在大法官们航行于意识形态错误的暗礁之间时，提供了机敏的指导：一个人性的故事。更多外国外交使团成员将像《指挥官们》和《面纱》中的沙特大使班达尔亲王那样，被描绘成能够进入权力核心并不仅仅是因为拥有石油，而且因为他们的"不拘小节"，他们的"直截了当"，他们身上体现出的"新一代外交官"的典范，是"既迷人又世俗的活动家"：这同样是一个人性的故事。反对党领导人，比如《选择》中的克林顿总统和多尔参议员，将被描绘成就母亲的重要性这点上达成共识：这是终极版的人性故事。

对于那些认为和伍德沃德先生交谈行之有效的人来说，这种未经加工的个性化有助于聚拢焦点，限制可能讨论或猜测的范围，这就是它的意义所在。在他们眼中，伍德沃德先生是一位广受信任的记者，甚至是美国的一个象征，可以仰仗他去呈现一个华盛顿，在那里，成问题或值得质疑的事情将通过"确凿的证据"而最终得到解决，不管这样的证据是存在还是缺席。一旦有人找到这种狭义的"证据"，他就可以"公允地"宣称，枪杆上唯一一枚指纹是坏了一锅粥的老鼠屎，是害群之马。

"我反复思考个人责任的问题，也就是凯西的责任。"伍德沃德先生作思考状（他打算在拜访一位处于弥留之际的信源时质疑他被告知的事情的真实性，这显然是破天荒头一次），那是他最后一次来到乔治城医院的 C6316 房间，"有那么一瞬间，我希望他能够解脱。唯一的办法是某种程度的坦白，或向他的同事道歉，或表达新的理解。在最后一个问题'凯西没有回答的关键问题'下面，我写道，'你现在明白这是错的了吗？'"将这种玫瑰花蕾时刻[a]写下来，意味着讲述"人性故事的核心"，同时也是一部自导自演的"政治色情片"。

---

a Rosebud moment，典出自电影《公民凯恩》，指人物在临终前吐露真心的戏剧性时刻。

CLINTON AGONISTES
(1998)

斗士克林顿 [a]

1

没有哪个上过美国公立高中的人，在看过威廉·杰弗逊·克林顿1992年竞选总统的场面时，会识别不出这位外省青少年身上散发的那种熟悉的带有掠夺意味的性欲望。就在同一年，杰西·杰克逊在另一个场合说："此人除了欲望外，一无所有。"凡是看过他在C-SPAN的《通往白宫之路》中表现的人，都不会没注意到，一旦事态没有如他所愿时，他那种自艾自怜、求全责备和眯缝起眼的状态，就像野生动物纪录片中的情景：这种行为模式十分稳定，以至于杰里·布朗1992年竞选团队的助手们一直在寻找激怒他的机会。这位候选人面对令人尴尬的问题时一贯闪烁其词的倾向，早已被记录在案并引发了广泛的讨论，其中最详尽的是1969

---

a 典出自弥尔顿的《斗士参孙》(Samson Agonistes)。《斗士参孙》是英国文学史中最出色的希腊式古典悲剧，讲述了具有超人勇力的参孙遭妻子出卖而失去神力，且双目失明，身陷囹圄，但他仍力抗强暴，终与敌人同归于尽的故事。勇于牺牲的参孙是作者悲壮经历的写照。"斗士"(Agonistes)常被用于形容陷入困境的人。

年他面对越南战争征兵抽签制度ª时的闪烁其词。但即便如此，他在大选中一直领先。在珍妮弗·弗劳尔斯向《明星报》讲述了她的故事后，克林顿和她这段持久但起初并不见光的婚外情被公之于众、得到承认，而他仍然屹立不倒。"我承认我错了，"在当年的超级碗星期天，他和妻子一同在《六十分钟》节目上露面，他相当具有前瞻性地对美国公众说道，"我承认在婚姻中我造成了对方的痛苦。我知道，对于绝大部分今晚正在收看这个节目的美国人来说，他们明白我们的意思，他们会懂的，并且他们也会体会到我们无比的坦诚。而我认为摆在媒体面前的问题是，我们是否要卷入一场猫鼠游戏？"

换句话说，这位美国第42任总统如今广为人知的所有事情，在1992年新罕布什尔州初选前其实就尽人皆知了。他在1998年8月向独立检察官办公室做证时隐晦地传递的信息，和他在1992年1月公开表达的信息并无本质差别：**我知道，对于绝大部分今晚正在收看这个节目的美国人来说，他们明白我们的意思，他们会懂的，并且他们也会体会到我们无比的坦诚**。到1992年大选时，公众眼中的候选人已经是我们今日之所见：相较于独立检察官办公室**呈给众议院**的那份怪异得如小说般的调查报告中的形象，他更加丰满，也更加生动，但拥有类似的本质：总是被相似的危险吸引，如饥似渴地渴望关怀，内心极其支离破碎。但同时，他不会被打倒，是一股不容忽视的力量，他拥有某种天赐之力，这种力量只属于那些经历过内心缠斗并最终幸存的人。早在1992年已经显而易见的那些错误，并不是没被报道过，但是在美国的某些地区，尤其是那些因被神圣化为"美国价值的核心地带"而在政治上变得麻木的地方，人们并没有把握住机会，针对这些错误发出诘问，表达愤怒。"在1600万美国人失业、4000万美国人没有医疗保险，以及300万美国人无家可归的情况下，我们对总统候选人比尔·克林顿此前所谓的婚姻不忠问题的评论如下，"《皮奥瑞亚明星报》在《六十分钟》播出时在社论版写道，"'那又怎样？不过如此。'"

对一些人来说，候选人明显的反复无常，可能指向意识形态或政策上雷同的瞬息万变，但即便是沿海地区的舆论领袖，

---

a 1969 draft status，指从1969年11月开始，美国征兵部门开始对征兵实行抽签制度，这是一种与乐透类似的抽签制度，依靠概率抽取需要服兵役的全美适龄男子。很多美国年轻人希望推迟或者逃避兵役。很多推迟服役的人均来自富裕家庭，并受过良好的教育。在1992年竞选期间，克林顿在1969年越南战争期间曾推迟服役一事引发争议。

政治虚构

似乎也乐意在这一涉及性的问题上对他网开一面："私人行为在多大程度上和公职相关？"《洛杉矶时报》社论版在1992年1月这样问道。"我们对一位候选人性生活的知情权难道不应该仅限于……强奸、性骚扰或性别歧视等行为吗？"《纽约时报》对《六十分钟》的报道刊登在A14版，标题是《克林顿捍卫隐私，称媒体过度干涉》。第二天，该报又刊出一篇社论《暗送秋波、诽谤和州长克林顿》，该文章不仅称赞这位候选人在"无聊的好奇心和负责任的公众关注"之间划清了界限，同时还认为"他将不会提供细节，他也不必这么做，除非事态发展到他的私人行径可能触及影响他的公共表现，或他是否能够胜任公职"的地步。就在同一天，1992年1月28日，A. M. 罗森塔尔在《纽约时报》写道，克林顿夫妇"为美国公众奉上了一份礼物和一个持久的机会"：

> 这份礼物，就是他们将我们视作成年人。这个机会，就是我们真的像成年人一样行事……至少我们能怀抱这样的希望：美国人将会厌倦对政客性史那令人垂涎的审讯，并且愿意说出，让所有这些事，以及拷问者统统见鬼去吧。这将会是对克林顿夫妇这份礼物最好的答谢——美国人终于长大成人了。

在1992年，鲜有主流媒体要求候选人表现出"悔悟"。在1992年，也基本没有人要求他"痛改前非"。这是一个值得怀疑的概念，即便在诸如法庭这样的场所，刑事审判已经进入量刑阶段，"懊悔"如例行公事般在此生发。在1992年，也几乎没有人说美国如此幼稚，以至于需要一位在私生活方面无可指摘的总统。如今，这一在当时几乎无人提出，在此后却有无数人不断强调的标准，被一些人解读为媒体的利益和优先事项发生改变的证据。事实上，媒体的利益和优先事项始终如一：当时和现在一样，当媒体掘地三尺追踪一则谣言或一条线索（追赶它，捕获它，为它铲平整片森林，甚至不惜摧毁整个村落）时，公众可以毫无保留地信赖媒体，但这一切的前提是谣言或线索有望推进当天头条新闻的发展，推进共享的叙事，推进那个宏大的主线。不论这新闻是什么，它都需要动员一切资源，记者会报道它、专栏作家会评论它、随时待命的专家们会在谈话类节目上分析它。（《1998年专家、权威人士和新闻发言人年鉴》显然为那些人脉尚不发达的新闻工作者提供了1477个电话号码，而这些宾客"将会驱动来年的新闻议题"。）在《舆论闭环》（*Spin Cycle*）一书中，《华盛顿邮报》的霍华德·库尔茨致力于展示"克林顿宣传机器"（乔·克莱因也有过类似的表述，称其为

"美国政治史上最精密的传播系统",尽管有大量相反的例证让这种说法显得有些可疑)在操控媒体议程方面的能力。在这本书中,有关媒体自身如何设置议程的描述显然是天真的:

> 头版独家会在其他新闻媒体中掀起波澜,统领新闻发布会,最终极有可能出现在电视网络新闻平台上。虽然新闻杂志记者的影响力日渐式微,但他们仍然能够凭借一个封面故事或幕后揭秘报道改变舆论的走向,或是巩固已有的共识。两组至关重要的增援部队支持着白宫的正规军……一个是专栏作家和意见领袖——《新闻周刊》的乔纳森·奥尔特、《纽约客》的乔·克莱因、《纽约时报》的威廉·赛菲尔和莫琳·多德、《华盛顿邮报》的小E. J. 迪翁和理查德·科恩——他们能够迅速改变时代精神……另一边是穷追不舍的调查记者团——《时代》的杰夫·格斯、《华盛顿邮报》的鲍勃·伍德沃德、《华尔街日报》的格伦·辛普森、《洛杉矶时报》的阿兰·米勒。

一旦这一小撮人就"时代精神"达成一致,任何与此不相关的事件,不管其实际意义是什么,要么被排除在新闻之外,要么在真的事关紧急的情况下成为一则简讯。以下是降格被排除在新闻之外的例子:罗伯特·希尔在刊登于《洛杉矶时报》的《舆论闭环》书评中指出,这本书的索引中有十八次提到宝拉·琼斯[a],十六次提到黄建南[b],但一次都没提到萨达姆·侯赛因。降格为简讯的例子如下:1998年8月16日,在得知北爱尔兰奥马爆炸案的最新消息("长达三十年的暴力史中最严重的袭击……我们掌握的最新数据是28人死亡……202人受伤……103人仍在医院")和美国驻东非大使馆爆炸事件后,沃尔夫·布利策在一期本该专注于讨论莫妮卡·莱温斯基事件相关的"法律影响、政治考量和历史后果"的长达两小时的《沃尔夫·布利策夜间秀》中说道:"感谢凯瑟琳·邦德从内罗毕发来现场报道。现在让我们将目光转向让整个华盛顿都为之屏息的故事……"

1992年,就像任何一个选举年一样,

---

a Paula Jones(1966—),前阿肯色州雇员,她于1994年控告克林顿曾于1991年担任阿肯色州州长期间对自己进行性骚扰。

b John Huang(1945—),二十世纪九十年代美国政坛知名的华裔政治筹款人,因在克林顿总统连任期间为民主党大举筹款而受到重用,担任美国商务部副部长助理,但随后卷入1996年政治献金丑闻,被指接受非法捐款并违反竞选资金法规,最终被判罚款并处以缓刑。

政治虚构

让整个华盛顿为之屏息的故事就是大选本身，而鉴于时代精神的捍卫者们，在政治专业人士那里得到暗示后，早早认定克林顿州长是最有可能当选的民主党候选人，因此他的个人缺点仅仅是他竞选之路的一小步，是对他的领导力的一次试炼。早在新罕布什尔州初选开始前，克林顿州长就被称为拥有"中间派资格"的民主党候选人；"对美国经济状况进行了评估"的民主党候选人，这种评估既借鉴了诸如杰克·肯普等共和党派人士的观点，也借鉴了自由派的观点；会前往加州、赢得来自"共和党高层筹款人"支持的民主党候选人。一言以蔽之，这位候选人"赢得了党内官员和战略家的一致好评"。一项对民主党全国委员会成员的调查显示，克林顿处于领先地位。有报道称，已故的时任民主党主席罗纳德·H. 布朗在新罕布什尔州选举尚未开始前，就曾向马里奥·科莫施压，要求他把自己的名字从纽约初选名单中移除，如此一来，这位有可能造成内讧的宠儿候选人就不会阻碍天选之子的竞选之路了。

1992年1月26日早上，也就是《六十分钟》播出的那个周日，这位候选人批准了对脑损伤的里基·雷·雷克托在阿肯色州执行死刑，从而巩固了他的中间派形象。不久之后，《洛杉矶时报》的威廉·施耐德授予克林顿州长众人趋之若鹜的"大密号"[a]称号，声称"民主党建制派正跟随克林顿，亦步亦趋"。在一个将相当大比例的代表大会选票（1996年为18%）保留给"超级代表"（即七百多名当选代表和"不受任何普选约束的党内官员"）的政党中，这种专业人士的前期解读中传递出来的信息非常明确，就像专业人士在1988年选择迈克·杜卡基斯时一样：列车正在驶离车站，与"新闻报道"类似，竞选也要求候选人是将会坚持到底的竞争者，所以所有不方便携带的行李，包括"性格问题"，将会被留在站台上。真正被带上车的，是乔·克莱因在1998年的《纽约客》中回忆起的作战室那种"少年老成的心绪"，"那些通宵……谈论政策或哲学的人"，那位"喜欢探讨严肃事件，几乎对美国每一个社会项目都感兴趣的候选人"。他的回忆呼应了他自己在1992年对候选人比尔·克林顿（那是在时代精神还未转向之前）的报道中的基调，它充盈着带有浪漫色彩的轻信。

---

a　The Big Mo，最初是美国战列舰"密苏里"号（USS Missouri）的绰号，后来在政治俚语中演变为"强劲的动力"（big Momentum）的简称，用以形容在竞选活动中，因连续胜利而迅速积聚的信心与声势，从而带来局势上的决定性转机。

斗士克林顿

2

1998年1月16日，肯尼思·温斯顿·斯塔尔[a]通过一项被模糊命名为"关于麦迪逊担保储蓄与贷款协会一案"的法院命令取得授权后，将他对白水事件锲而不舍但屡屡碰壁的调查拓展至莫妮卡·莱温斯基事件上。同样是在1月16日，莫妮卡·莱温斯基在弗吉尼亚五角城丽思卡尔顿酒店1016号房间被拘留11个小时25分钟，根据独立检察官的"会议"记录，当时负责向莱温斯基小姐宣读"依照FD-395表格，审讯和权利建议中她的权利"的FBI警探，"未能完成宣读"，至于其中原因，这份会议记录没有解释说明。莱温斯基小姐自己也证实了这一点：

然后[独立检察官办公室的]杰基·贝内特走进来，跟他一起的还有一大堆人，整个房间很局促，然后他对我说，你知道吗，你必须做个决定。我当时想给我妈妈打电话来着，因为他们不让我打给辩护律师，所以我只是——我只想打给我妈妈然后他们——然后杰基·贝内特说："你二十四岁了，你很聪明，你也足够成熟了，你不需要打给你妈妈。"

1月17日，克林顿总统在宝拉·科尔·琼斯对他提起的民事诉讼一案出庭做证时，可能触发了作伪证的陷阱，但也可能没有，而这一陷阱可能是肯尼思·斯塔尔设置的，也可能不是。到1月21日早上，《华盛顿邮报》的苏珊·施米特和ABC新闻的记者杰基·贾德在《早安美国》节目中十分草率地引用了一些"信源"，声称莫妮卡·莱温斯基在录音陈述里说总统和弗农·乔丹[b]让她说谎。"性格问题"就此从无足轻重的话题变为全力推进的焦点议题。此时，萨姆·唐纳森、乔治·斯特凡诺普洛斯和乔纳森·奥尔特已经开始在电视节目中讨论"弹劾程序"了。

在有关此事如何，以及为何以如此不合常理的方式全面升级的大部分讨论中，

---

[a] Kenneth Winston Starr（1947— ），1981年起进入美国司法部工作，1983年任联邦上诉法院法官，1989年任司法部副部长，1994年8月任独立检察官，负责调查白水案、琼斯诉克林顿性骚扰案，以及克林顿涉嫌妨碍司法公正案。1998年9月9日，斯塔尔向国会递交了长达445页对美国总统克林顿的调查报告和36箱附件，报告中称有11项可能构成弹劾克林顿的依据。1999年10月15日，斯塔尔辞去独立检察官一职，回到华盛顿的私人律师事务所工作。

[b] Vernon Jordan（1935— ），企业主管和民权运动人士。在民权运动组织工作多年后，克林顿总统任命他为贴身顾问。

政治虚构

人们毫无疑问将矛头指向了媒体，媒体也迅速转向自我批评（或者用很多人比较喜欢的措辞，"自我鞭笞"，这个表述暗示着任何反对意见都是吹毛求疵），认为存在过度报道、在某些情况下甚至是失实报道的情况。这可能是因为，并非所有推进这则新闻的专家、权威人士和发言人都有处理这类地方新闻的丰富经验——在这一新闻条线中，默认的原则是，地方检察官办公室会提前泄露他们自认为没有胜算的案件。结果，检方有选择性的暗示竟然被当作事实，嵌入整个事件的报道中。在1998年三四月刊的《哥伦比亚新闻评论》中，朱尔斯·威特科福写道："有大量没有明确信源的消息"，不过，由于他倾向于把最臭名昭著的例子归结到"业余新闻人"和"新闻骗子"身上（阿里安娜·赫芬顿和马特·德鲁奇[a]），他仍然看到了"希望"。这种希望的依据是，在两个月时间中他深入该事件，察觉到"前几周的疯狂情绪在逐渐减退"。对"颇有建树的专业新闻从业者"来说，即便有失误，都"只是在报道一则突发的重要新闻的竞争激烈到白热化阶段时操作标准方面的一个小小失误"。

在同一期《哥伦比亚新闻评论》——这期的封面标题是"问题出在何处……以及我们现在该做些什么"——中，多位记者、编辑和新闻主管们也接受了采访，并表达了类似的希望。他们指出，受众可能混淆了消遣娱乐和新闻节目。他们指出有必要对不同类型的信息泄露进行更加细致区分。他们还提到了"新技术""过度竞争"和"当今新闻周期的节奏"，这些都指向这样一个事实，即互联网、有线电视频道的成倍增长彻底打破了传统的周期性新闻报道，使新闻变为由实时原材料构成的二十四小时信息流。《芝加哥论坛报》的新闻副主编詹姆斯·奥谢说："就信息流向全国的方式而言，我们正置身于一个新世界。"（实际上，莱温斯基事件最早不是传统媒体报道的，而是1998年1月18日凌晨1点11在"德鲁奇报道"网站上首次曝光的）"由于信源不足而决定不刊登一篇报道的日子一去不复返了。当一篇报道进入公众领域，正如"德鲁奇报道"的这篇一样，你就必须对它加以说明，你得告诉读者，'这件事已经被报道了，你可能在电视或互联网上有所耳闻。我们无法独立证实此事。'然后为读者提供足够的信息，以供他们判断它是否可信。"

在这些参与讨论的嘉宾中，只有《纽

---

[a] Matt Drudge（1966— ），美国政治评论员，以及美国新闻网站"德鲁奇报道"的创办人，因最早报道了克林顿的性丑闻而闻名。

约时报》的安东尼·路易斯提出了质疑。他并不认同在这个语境中，这则"新闻"是（用威特科福的话说）"一则突发的、竞争激烈的重要新闻事件"。他认为"媒体对性和政府官员的痴迷"是"疯狂的"，但同时他也承认，"在琳达·特里普[a]向检察官提供证据后，我们很难说不应该报道此事"。对此更普遍的态度似乎是，虽然报道中可能存在越界或错误，但这一事件从根本上说是重要的，因为它调动着每个人的全部资源——这个过程本身实际上与大选无异，而正因这则新闻提供了一种特别丰富多彩的个性化的"赛马"叙事，使得它在日后成为绝大多数美国政治报道的典范。《时代》的沃尔特·艾萨克森说："这是一个非常行之有效的叙事，关于一个意志坚定的检察官和一位总统，而后者的所作所为受到了合乎法律程序的质疑。""涉及性元素的新闻也可以是非常正当的新闻，我们不能因为其中的性元素让大家过度兴奋而放弃我们的新闻标准。"

这确实是一则"涉及性"的新闻报道，一则包含"性元素"的报道，但正如我们频繁听到的，它并不是关于性的，正如《华尔街日报》多年间发表的几十篇社论中的一篇所说的那样，白水事件"也不仅是一桩土地交易"。毋庸置疑，这两则新闻的主题，都是"意志坚定的检察官"和他位居高位的目标，究竟谁会坚持到底，赢得胜利（尽管在缺乏性元素的和反对总统的证据的情况下，这两个故事中的一个显然更难引起公众的兴趣）。"接下来的四十八到七十二小时至关重要。"1998年1月21日提姆·拉塞特在NBC新闻频道上这样说道。该电视台每天都会对这类"突然死亡"[b]式的剧情进行重新评估，而截至8月份，MSNBC就凭借一己之力，将有线电视的尼尔森入户数量[c]从一年前的4.9万户增加到19.7万户。"我认为他的任期时日无多了。"萨姆·唐纳森在同一周的周日说。

"在声望颇高但内容乏味的白宫新闻条线中，没有什么比总统下台更令人兴奋的了。"雅各布·韦斯伯格在3月的 *Slate* 杂志中分享了他的观察。当时所有人都认

---

[a] Linda Tripp（1949—2020），前五角大楼职员，因将莱温斯基与其谈及与克林顿关系的通话录音提交给特别检察官斯塔尔，成为该案件中的关键证人之一。

[b] Sudden-death，指在某些竞技项目中，若正赛结束后仍未分出胜负，将进入加时赛，先得分者即为胜者，比赛随即终止。这种赛制有助于制造悬念、渲染紧张气氛，也更具戏剧性和观赏性。

[c] Nielsen Ratings，一种收视率测量系统，这一方式最早在二十世纪二十年代开始被用来测量广播节目的收听率，五十年代之后，这套方法也开始用在测量电视节目的收视率上。

政治虚构

为，总统"完蛋了"，总统"不得不走"，或者"需要下台"。从 1 月底到 2 月初的这段时间里，总统必须下台的理由简洁明确、易于解释，也足够充分，主要是基于独立检察官办公室未署名发布的令人震惊的重罪指控：妨碍司法公正，唆使他人做伪证。随后，随着种种疑点对故事进展构成威胁（在一个民事诉讼中指控某人做伪证不会很不寻常吗？这个时间线是否构成克林顿妨碍司法公正的间接证据，又或者实际上它的存在恰恰反驳了这一说法？如果有人在证人陈述环节就某事撒谎，而该事件后来被判定为对此案无关紧要，因此不予采信，正如**琼斯诉克林顿**案中对莱温斯基证言的判定那样，那这到底算不算做伪证呢？），总统"必须下台"的原因变得没那么简洁明确了，而是更具主观色彩，更多地成为一种"首都本地的气氛"，也正因如此，首都以外的众人似乎不太能参与到弹劾总统的诸种原因的讨论当中。

正如人们在 MSNBC 不断重申的那样，**这则新闻仍在持续发酵**。到 1998 年 4 月 1 日，美国地方法院法官苏珊·维伯·赖特驳回**琼斯诉克林顿**案，从法律程序上看，克林顿基本上已经不太可能被判处重刑。但至此，该事件早已越过了烦琐的法律（或者"墨守法规的"，当时被广泛使用的一个词）限制：在美国公众第一次听到莫妮卡·莱温斯基这个名字的十周后，尽管

缺乏任何关于总统渎职的指控，总统必须下台的原因成了他已经被"削弱"了，他可能"无法继续履职"。总统的前幕僚长莱昂·帕内塔也表达了担忧，说这是一个"缓慢的滴漏般的过程，而总统在领导整个国家的能力方面正在付出代价"。1998 年 3 月下旬，当国会工作人员被问及他们眼中形势将走向何方时，21% 的民主党派人士（43% 的共和党派人士）预测，如果总统不辞职，将启动弹劾程序。

简而言之，这个故事已经被设定成一次令人满意的持久战。到 1998 年 8 月 17 日，在总统证实了莱温斯基十一天前向大陪审团提供的证词中的基本事实后，几乎所有东海岸的"新闻评论员"都在实时直播（我们看到了许多迷人的避暑别墅的内部景观）中探讨"总统的公信力"，探讨"他能否领导美国"或"能否以合理有效的方式继续执政"。那一周中最切中要害的问题是《时代》的加里·威尔斯提出的，《纽约时报》的托马斯·L. 弗里德曼也从另一个角度进行了探讨。基于对克林顿总统本质上具有荣誉感的信念，以及对"有原则的辞职"所包含的救赎性力量的信仰（如果他将面临毁灭性的纠缠的话），威尔斯试图在这种困境中找到道德说教的可能性，即通过辞职，整个国家和总统都将获得精神上的成长。这一观点和弗里德曼观点的分歧之处极具启发性。对弗里德曼而

言，提出"他能够领导吗"似乎仅仅是一种策略。政治进程中的专业人士用这个论断来重新教育那些"仍然认为克林顿先生应该执政"的"绝大多数"美国人。截至那时，公众显然不愿意加入专栏和谈话类节目的讨论，急于下结论。对于这一现象，专业人士深感困惑。

换句话说，我们已经抵达了一个令人沮丧但并不陌生的局面，即便电话记录、电子通行访问控制报告和长达数页的大陪审团证词就漂浮在我们周围，我们仍然注定停在此处：这一局面如今被称为"脱节"，指的是在专业人士——那些担任公职的人，那些为政府工作的人，以及那些报道公职相关新闻的人——看来不言自明之事和在绝大多数美国人看来不言自明之事之间存在的落差。约翰·肯尼迪和沃伦·哈丁都曾在椭圆形办公室（最近更普遍的说法是"工作场所"，或者"他女儿睡觉的同一屋檐下"）发生过婚外情，但婚外情绝非美国人对他们两人的主要印象。"如果退一步看，它看起来仍然不像一次宪法危机，"针对这一点，前联邦检察官E.劳伦斯·巴塞拉对《洛杉矶时报》这样说道。"这仍然是一个总统是否与只有他一半年纪的女性发生性关系的案件。美国人已经认识到——显然比政客们、律师们和媒体更加清楚——如果这最终是关于

性的，那它真的与他人无关。谎言有可接受和不可接受之分，而在性生活方面撒谎是可以容忍的谎言之一。"

据《华盛顿邮报》报道，在总统8月17日向公众坦白的十天后，或者是在没完没了反复解释这一坦白的不足之处的十天后，克林顿先生自己的民调和其他机构做的民调结果并无出入，并且尽管前有肯尼思·斯塔尔的"叙述"和"弹劾理由"，后有克林顿先生的证词录像和长达3183页的"辅助文件"，这种民意结果也基本没有改变：大部分民众一直以来都相信克林顿先生和莫妮卡·莱温斯基有某种瓜葛（"一次出轨，两次出轨，很可能有一连串出轨"，一位三十四岁的女性在一个《洛杉矶时报》组织的焦点小组讨论中告诉民主党民意测验专家皮特·哈特），并坚持认为这是一次私人事务，而非政治问题，认为肯尼思·斯塔尔是那种大家在成长过程中避之唯恐不及的纠察队，表面道貌岸然，实则精虫上脑（就像在跳绳歌谣中唱的那样：**多根嘟嘟！多根嘟嘟！/机构里的男孩们来了！/他们不抽烟他们不咀嚼/他们不和这么做的女孩们结伴**），而且，即便他们明确知道宣誓后做伪证的严重性，他们仍然不愿意看到总统被罢免。

总统试图隐瞒私生活中令人尴尬但并不违法的一段关系，这一指控在大多数美国人看来，并不算什么严重的问题。至于

政治虚构

他究竟有没有要求弗农·乔丹给罗恩·佩雷曼打电话？实际上弗农·乔丹是在莫妮卡·莱温斯基收到传票前就打了电话还是之后？美国民众对此似乎并不关心。在首都之外，人们似乎普遍认识到，整个"危机"，尽管稍微带点娱乐性，却一如既往地象征了政治本身，尤其因为它是从1994年**琼斯诉克林顿**一案演化而来的，而如果克林顿没有当选总统，这个案可能永远不会被提起诉讼，也不会获得经费支持。如此一来，对于托马斯·L. 弗里德曼来说，破解这一局面的方法是重新调整问题的焦点，巧妙绕开"他能否继续担任总统"这一浅滩，从而获得更理想的民调结果。"公众最关心的问题是，"弗里德曼写道，"克林顿是否能够以合理有效的方式继续执政"。

但鉴于"总统是否能够以合理有效的方式继续执政"这个观点的逻辑推论，将会引发显然已经对这一自私自利的政治阶层失去耐心的公众的一连串疑问（如果总统不能执政，那是谁在阻挠他？他们真的会让一个跛脚鸭总统继续执政吗？说到底什么才算"执政"，而我们是否真的需要它？），因此大部分专业人士退回到了一个没那么禁不起考验的版本：它如此简单，如此情绪化，以至于不容"美国人民"争辩，也无法反驳。而这些美国人民，越来越被视作桀骜不驯的孩子，对负责任的指导任性抵抗。威廉·J. 本内特[a]在《会见新闻界》中告诉我们，这个故事讲的是，当一个国家的总统"无法树立良好典范"，也没有"教导孩子明辨是非"时，这个国家将遭遇"道德和智力上的缴械"。科基·罗伯茨在《纽约每日新闻》中告诉我们，这个故事旨在强化如下教训："行为不道德和说谎的人会受到惩罚"。威廉·克里斯托尔在《本周》节目中告诉我们，这个故事关于总统的"拒不服从""轻视"和他"对某些公共道德标准的拒绝"。

某些教条被反复重申，以至于提及它们时只需用缩写代指。尽管大多数美国人有一种近乎本能的直觉，即不论真实情况究竟如何，莫妮卡·莱温斯基很有可能并非一个被动的参与者，后来独立检察官报告也证实了这一点。但我们反复听到的是实习生在特定情境中的神圣不可侵犯性（实习生"交由我们照顾"，实习生是"他们父母借给我们的"），直到科基·罗伯茨对一个不够义愤填膺的国会女议员发出吹毛求疵的质问（"和一个**实习生**？"），这

---

a William J. Bennett（1943— ），美国政客、保守派、政治评论家，于1985年到1988年间担任里根政府的教育部部长。

个质问一锤定音，这是一个无须法官或陪审团就能作出的裁决。我们也反复听到"我们的孩子"或"我们的小孩"，他们被描绘为《晚间新闻》的忠实观众。在他们面前，性从未被提及，而对于总统职务的讨论却是家常便饭。"我希望告诉我的孩子们，'你应该讲真话。'"《国家期刊》的斯图尔特·泰勒在《会见新闻界》节目中告诉我们。"我希望能告诉他们，'你得尊重总统。'我希望我能够同时告诉他们这两件事。"乔纳森·奥尔特在《新闻周刊》中则将总统视为"让人几乎没法和自己的孩子谈论美国总统制，甚至不敢让他们看新闻的人"。

"我以一位母亲的身份看待这件事。"科基·罗伯茨在《本周》上说。"我们有权利对这位总统说，'你的所作所为为我们的孩子树立了一个可耻的榜样'。"威廉·J. 本内特在《会见新闻界》上说。公众显然无法理解这种子女－教堂式[a]的观点（也许是因为并非所有美国人都有能力把自己的孩子理想化，这过于奢侈），这种无法理解本身也构成愤怒和蔑视的宣泄场：公众被认为太过"沾沾自喜"，或太过"富裕"，或太过"专注于道琼斯指数"。莫娜·查伦在《沃尔夫·布利策夜间秀》中抱怨说，公众实际上成了未被起诉的同谋："这本该激起我们的愤怒，让我们以他为耻。他的行为方式使整个国家都为之蒙羞，整个国家现在看似沆瀣一气，因为他们没有在义愤中奋起。"

正是这种僵局（或者，事实证明这是一个死胡同）导致很多人陷入一种注定只能是一厢情愿的局面：我们反复听到，当"美国民众"在独立检察官报告的逼迫下，将注意力从道琼斯指数移开，转向《纽约时报》的托马斯·L. 弗里德曼所谓的"将会从肯·斯塔尔的调查中浮现出来的龌龊细节"时，就能摆脱同谋之嫌。"人们并不像表面看起来那么精于世故。"威廉·克里斯托尔在总统发表电视讲话的前一天满怀希望地说道。"在首都圈内[b]，我们都知道那份报告的内容，"共和党战略家玛丽·玛塔琳说，"我不认为……整个国家有必要再听到关于纸巾、裙子、雪茄、领带或其他任何相关的内容。"乔治·威尔

---

a kinder-kirche，来自德语 Kinder、Kuche、Kirche，即子女、厨房、教堂，是一句传统的德语口号，描述了德国传统价值观中保守的女性社会角色，即女性应该照顾并教育子女、处理家务并遵循教会的道德规范。这句口号在纳粹德国时期被着力宣传，"二战"结束后，随着女性主义的兴起，逐渐消失在公众话语中。

b Inside the Beltway，原指环绕华盛顿特区的 495 号州际公路以内区域，常用来指代联邦政府内部人士，包括官员、游说者及媒体等。

政治虚构

在《本周》中，向他的同僚保证，在斯塔尔那份报告出来后，对总统的支持将烟消云散。"因为肯·斯塔尔必须——总统迫使他采取行动——详细描述那些能证明总统做伪证的性行为。而一旦这份报告写成并公开发表，国会将会在公众的关注下卷入其中……而一旦那条裙子牵扯其中，一些肯·斯塔尔的报告中的细节牵扯其中，人们——将会有数量可观的群体，出于恶心——会说，'我希望他不再出现在我的客厅里。'"

大部分人不希望在客厅里看到的人，实则是"肯"（那些有意维护他这一版本的故事的人如今都这样称呼他），但这个现象反而被视为白宫方面居心叵测地引导舆论的证据。"总统班底，"威廉·J. 本内特在《愤怒之死：比尔·克林顿和对美国理想的攻击》一书中发出警告，"……残酷无情地将他们的对手描绘为心胸狭窄和偏狭的狂热分子，他们对隐私没有丝毫尊重。"他继续说道：

与此同时，他们给支持者提供了一种诱惑：引诱他们自视为通达人情、精于世故的现实主义者：简言之，自视为欧洲人。我们剩下的人应该抵制这种诱惑。在美国，道德是我们政治生活和态度的核心，但在欧洲就不是这样，而这种道德倾向恰恰是我们最宝贵的品质……欧洲人或许在，比如说，葡萄酒或高级时装方面值得我们学习。但是在政治生活的道德问题上，美国值得欧洲学习的地方太多了。

现如今，美国式纯真的实现与否似乎取决于斯塔尔报告中露骨的措辞。福克斯新闻承诺，这份报告将细致描绘"那些大部分美国人视为非同寻常的行为"。《新闻周刊》承诺，这些细节会让美国人"想吐"。《新闻日报》承诺，"有关六次性行为的具体细节"将在"8月26日一个非同寻常的两小时问讯"中呈现，"其间莱温斯基在斯塔尔位于市中心的办公室宣誓做证，而非在大陪审团面前"。

这些细节令人震惊，绝无可能轻描淡写地一笔带过。8月6日，莫妮卡·莱温斯基告诉大陪审团，曾发生过性行为。8月17日，总统在给大陪审团的证词和全国电视讲话中都默认了这一点。考虑到这一顺序，"8月26日非同寻常的两小时问讯"在某些人看来可能是毫无必要的，甚至是过火的，尤其考虑到检方百分百清楚，他们在这次问讯中打探到的细节"将会在两周后传遍全世界，它们会出现在斯塔尔报告中，标题分别为《11月15日的性接触》《11月17日的性接触》《12月31日的性接触》《1月7日的性接触》《1月21日的性接触》《2月4日的性接触和后续电话》《3月31日的性接触》《复活节的电话对话和性接触》《2月28日的性接触》和《3月29日的性接触》，但检方却仍然以近乎猥琐的方式，坚持遵守着某些奇特而扭曲的社交礼节。"考虑到莱温斯基及其证词之露骨，"《新闻日报》报道称，"那场问询期间所有在场的检察官、辩护律师和速记员都是女性。"

鉴于似乎尽人皆知的"露骨的证词""不同寻常的行为"和"令人作呕的细节"（想必是独立检察办公室泄露出去的）最终不过是涉及自慰，我们很难不怀疑，那些知情人士是否正在经历某种修辞意义上的自体中毒，沉醉在源源不断的信息流带来的狂热之中。在这个国家，首次性行为的平均年龄多年来一直是十六岁，在很多地方甚至更早。而这个国家女性初婚的平均年龄是二十五岁，男性二十七岁，这就意味着美国人的婚前性行为平均持续时间是九到十一年。在这个国家，每十桩婚姻中有六桩可能以离婚告终，其中很大一部分是在婚外性行为后离婚的。截至1990年人口普查时，这个国家有410万家庭是由未婚伴侣组成的。其中超过35%的家庭有孩子。早在七十年代末，这个国家一些学校的七年级学生就开始阅读波士顿妇女健康丛书社的《我们的身体，我们自己》，这本书解释了自慰在性行为中的角色，以及如何借助外物自慰。在这样的背景下，那些显然愿意忽略发生在椭圆形办公室的风流韵事的美国人，却因为这些再普通不过的细节而大惊失色。这种想法看上去极度令人费解。同样令人费解的是，有些人声称自己无法理解为何美国公众会支持卷入普通性行为中的人那边，而非引出这一性行为的细节，并将其作为公开石刑的证据的人。

当然，这些被霍华德·菲尔曼最近在MSNBC上称为"国家政治阶层"的人，这些"阅读《热线》或观看有线电视政治类节目的"人，并不是在谈论广泛意义上的美国公众。他们根本不了解美国公众。他们偶尔会在焦点小组访谈或演讲后的提问环节听到一两个美国人的声音，但他们的注意力并不在此，他们聚焦政治进程，而这个政治进程已经不再代表整个国家的关切，而是那些日益掌控着这个国家的井然有序运转的利益集团的关切。霍华德·菲尔曼在MSNBC的同一个节目中谈到，他察觉到"在华盛顿和在全国蔓延"的"全面恐慌"，他指的是他给"很多民主党顾问、民调专家、媒体人，以及其他人打的电话"，也包括打给候选人的电话，"比如威斯康星一位正在竞选民主党席位的女性，她说她开始接到来自普通民众的电话和提问，人们想知道她对于比尔·克林顿的看法"。

然而,"普通民众"既不打电话给他们的民意代表,也不参加筹款活动和提问环节。这么做的都是有资源的、有投入的、有特殊利益的公民。当俄克拉何马州共和党众议员汤姆·科伯恩对《华盛顿邮报》说,1998年9月,他在三天内接到500通有关弹劾的电话和850封电子邮件时,他在很大程度上似乎不是在呈现"普通民众"的声音,而是那些已经知道或得到了他的电话号码或电子邮箱地址的选民的声音。换句话说,他在呈现一场有组织的选举闪电战。当家庭研究委员会的加里·鲍尔抓住机会,在艾奥瓦州投放了一系列要求克林顿下台的电视广告,以此试水竞选总统时,他更感兴趣的似乎不是接触"普通民众",而是动员特定的党团选民,这些选民可能已经就弹劾问题给华盛顿打过电话或发过电子邮件表明立场了。

当这些人在政治谈话节目上谈论美国民众无法忍受"这些细节"时,他们是在用暗语谈论某一类特定的美国人,这类人是人口中的少数群体,但却是最近的竞选活动在日渐瞄准的群体。这些人在谈论政治,谈论"有价值观的选民""支持家庭"的选民,至此,他们和他们所在的整个国家已经全然隔绝开来了,以至于他们似乎愿意把投票权保留给——换句话说,拱手让给——这个关键的核心选民群。

3

制作一档电视节目,让沃尔夫·布利策或约翰·吉布森主持,调解一名无偿出镜的"前联邦检察官"和一名无偿出镜的"法律学者"之间的争论,其成本明显低于制作传统节目。正如人们所言,这是"一天的最后",即最基本的事实。这一事实引发了"新闻评论"节目的爆炸式增长,如果想确保观众不换台,就需要不间断的突发新闻,每隔一小时,这些突发新闻就会被加码。虽然海湾战争造就了CNN,但却是O. J. 辛普森案教会了整个广播行业如何精准地操纵紧张感。最终导致克林顿被弹劾的这场危机,从一开始就是,并且持续是这样一种局面:有这么一小撮人,他们中的每一位都坚信自己能在克林顿一案中有所斩获(一份出书合同,一则独家新闻,一个电视台"分析师"的挂名职务,这是文化战中的必争之地,或在斯塔尔的情况中,是他没能成功在白水事件上拉克林顿夫妇中的任何一人下马的正当理由),试图控制并利用该情形,从中获益。这并非意料之外,同样不意外的,是在这种情境中,相当贫瘠但本质上并不算引人注目的越轨行为会被道德重整这种修辞术放大。

"你不能玷污正义的殿堂,"肯尼思·斯塔尔多次在草坪和车道上露面时告诉记者，"我们不能容忍善意的谎言。我们不能容忍闪烁的言辞。我们只接受真相……我们的职责是决定是否有人犯下罪行。"这是来自美国最后一片荒野的真实而孤独的声音，是一位出身得克萨斯州、信奉原教旨主义教派（即"基督的教会"）的牧师之子的声音，这一教派非常重视惩罚，甚至禁止在教堂里使用器乐演奏。这是一位深谙冒险之道的男性的声音，一位因那只名为"白水事件"的巨大白鲸蒙羞的亚哈船长，因此，在追寻梅尔维尔所谓"至高无上的真理"的过程中，他向众议院提交了一份报告，尽管他持续收到来自支持者的警告（最显而易见的一份出现在《华盛顿邮报》的评论版），叫他不要这么做。在这份报告中，他扳倒这届政府的企图总体而言是基于一个热情但精神状态颇不稳定的当事人对十次后座亲密行为的详细描述，而这位当事人似乎还将这些事件保存在了电脑硬盘里。

这是一份怪异的报告。《纽约时报》在该报告首次部分公布的第二天报道称，斯蒂芬·贝茨完成了其中的部分写作，他被认为是"独立检察官办公室的一位兼职雇员，也是《威尔森季刊》的兼职文学编辑"，一位显而易见的博学大师。1987年自哈佛大学法学院毕业后，他"为《国家》、《旗帜》周刊、《花花公子》和《新共和》等风格各异的刊物撰稿"。据《纽约时报》报道，贝茨先生和斯塔尔先生曾一起为一本关于奥哈马一名高中生的书撰写提案，学校禁止她创立《圣经》研读小组。这本并没有出版社愿意出版的图书选题，当时准备叫《布里奇特的故事》。这一点很有意思，因为斯塔尔报告中"叙述"的部分，包括大量与法律毫不相干、"故事性"的细节（比如莱温斯基写给总统而总统宣称他并没有读过的恐吓信，尽管"莱温斯基小姐怀疑他实际上读过全部内容"），很大程度上被塑造为"莫妮卡的故事"。我们反复和她共享同一种"感受"，正如我们本可能会共享布里奇特的感受一样。"那天我离开的时候，多少有些情绪上的惊愕。"据说莱温斯基曾在一次做证中说，因为"我知道他爱我"。

请注意这一天，即1997年7月4日，距离总统最近一次试图断绝和莱温斯基的关系已经过去了六周。此前数周，莱温斯基如炮火般密集地用信息和电话轰炸白宫工作人员，详述自己无法联系到总统本人的沮丧，她对总统欠她一份工作的笃信，以及她夸张的好意（"我知道在你们眼中我只是个阻碍——一个完全不为某人着想的女人，但当我说'有'的时候请相信我"）。随后，莱温斯基小姐寄出了一封信。根据斯塔尔报告的叙述，这封信"拐弯抹角地威胁要公开他们的关系"。就在7月4日这天，总统终于同意和她见面了。他

政治虚构

指责她威胁他。她则指责他没能为她争取一份合适的工作，事实上她在稍晚些的一份声明中，将合适的工作定义为"《乔治》杂志的随便什么职务"。"对我来说最重要的是，"她在这份声明中明确表示，"我对这份工作要很投入，很感兴趣，**不是某人的执行助理，薪酬能够让我在纽约过上舒适的生活。**"

这时她哭了。根据"叙述"，他"赞赏她的智慧和美貌"。据莱温斯基小姐描述，他说"希望能有更多时间陪我"。她离开椭圆形办公室时，"情感上很受冲击"，确信"他爱我"。换句话说，这段"叙述"呈现了一个不可靠的第一人称叙述者，学习虚构写作的学生们都很熟悉，这是一种经典的文学技巧，以此让读者意识到这种情境和叙述者本身，并非叙述者所讲述的那样。报告的作者当然不可能有意将目击证人描绘为一个施害者，而总统是她倒霉的受害者，但全世界读到的确实是这个意思。斯塔尔报告的作者们竟然犯了如此基本的写作技巧错误，这一事实说明，在提交报告的时候，这位如宗教大法官般的检察官正义凛然的声音，已经与他那些老谋深算的盟友那更加谨慎的声音完全隔绝了。

对于这些盟友来说，宗教大法官能否唤起大多数美国人的共鸣，这一点一直都无关紧要：它提供的，是一个将原教旨主义或"价值议题"重新引入大众话语的机会，而那些不那么信奉这种道德立场的人，则主动帮忙放大了这种声音。"绝大多数政客都忽略了这个问题的核心和灵魂，"拉夫·里德在1996年这样写道，他此前曾将"文化、家庭、价值观的丧失、文明程度的下降，以及对儿童的破坏"视为基督教联盟[a]的主要关注点，该联盟在1996年声称，他们的成员中有四分之一到三分之一是注册的民主党人。尽管在过去二十年间，推动"价值观"议程一直是"宗教"（基督教）右翼和新保守派右翼的共同事业，但里德认为，太多政客仍然"像会计一样展开辩论"。1996年，约翰·波德霍雷茨[b]在呼吁共和党人抵抗罗伯特·多尔和纽特·金里奇对共和党"去意识形态化"的努力时，也呼应了里德对经济议题过度

---

[a] The Christian Coalition, 1988年竞选共和党总统提名失利的基督教牧师帕特·罗伯逊（即Marion Gordon "Pat" Robertson, 1930—2023）以其竞选中的支持者为基础，于1989年成立的组织。该组织在总干事拉尔夫·里德（Ralph Reed, 1961— ）的领导下，大力倡导"亲家庭"运动，发展迅速。

[b] John Podhoretz（1961— ），美国作家、《评论》杂志编辑，曾担任里根总统和乔治·布什总统的演讲稿撰写人。

强调的这一批判，但没有里德那么直截了当。"这些经济问题无法回应这个国家的精神健康问题，"他写道，"它们无法触及我们共享的一种不祥预感，即每一次呼吸之间，美国人都在不知不觉中摄入一种哲学，它强调个人享乐胜过个体责任，成为最好的自己的那种能力在逐渐减弱。"

是否"所有人"都共享这种"不祥的预感"，同样无关紧要，因为无论是里德还是波德霍雷茨，都不是在谈论我们**所有人**。1996年，这个国家只有不到50%达到投票年龄的人参与总统竞选投票。在前五届总统选举中，这一数字在50%到55%之间浮动。1974年以来，仅有33%到38%的人在中期选举中投票。而在初选中投票的人数更是进一步下降，在有些地方甚至跌至个位数，而正是初选决定了未来这场竞选将围绕哪些议题展开。拉夫·里德和约翰·波德霍雷茨在1996年谈论的，正如威廉·克里斯托尔和玛丽·玛塔琳将会在1998年谈到的那样，是那一小撮公民。对他们来说，"这个国家的精神健康问题"将成为一系列"社会性"议题，或是与控制和尊重相关的议题的代名词。换句话说，他们讨论的是在美国政治中所谓最有可能投票的这一小部分选民。

1996年，基督教联盟和《旗帜》周刊要求共和党及其（从逻辑上来说的）对手做的，是通过把那些与国家整体状况有关的问题排除在辩论之外，进一步缩小最有可能投票的选民的范围。乍看之下，在当时这似乎只会导致边缘化。甚至直到1996年，这仍然被认为是一个相当徒劳的希望，即这个国家的意见领袖们能就如下领域达成共识：重新武装公民的道德生活，需要以更高的利益为理由，推翻三个世纪以来的法律先例甚至宪法保护，以证明存在道德错误，或正如肯尼思·斯塔尔在递交给最高法院的案情摘要中所说的，确定存在犯罪行为。而这份摘要涉及是否可以强制文森特·福斯特的律师交出他在福斯特死前与他的谈话记录。然而到1998年8月，其中两位意见领袖，乔治·威尔和科基·罗伯茨却坚定了国会中部分议员的决心，让他们不要轻易屈从于选民们的倾向，也就是区分死罪和轻罪。

乔治·威尔： 科基，这个男人[总统]散布的如癌细胞般转移的腐败现在已经显而易见了。这种腐败甚至侵蚀了作为一名代表的真正含义。我们听到国会里有人说："我们的职责仅仅是解读民调并遵从民调。"好吧，如果是这样的话，这在智识上并不难理解，在道德上也并不苛刻。但它让做代表这件事成了闹剧……

科基·罗伯茨： 不，到那个时候，我们干脆推行直接民主制算了。

乔治·威尔：没错。把他们从这儿赶出去，然后用电脑取代他们……

科基·罗伯茨：……我必须强调，我认为让[弹劾]程序发挥作用意义重大，因为它能让人们在整个过程中引领民意，而非追随民意。

乔治·威尔：这个想法真不错。

科基·罗伯茨：让我们拭目以待。

把国会未能充分地将自己和选民的意见区隔开来，说成是"侵蚀了作为一名代表的真正含义"，实际上就是在谈论剥夺美国公民的投票权（另一种末日，或者最基本的事实）。一位不愿透露姓名的白宫顾问告诉《华盛顿邮报》，在总统是否应该"道歉"这个问题上，政治专业人士和曾经（至少在形式上）被纳入决策考量的选民群体之间存在意见上的分歧。"公众对此还好，但精英们不会罢休。你必须让精英赢得胜利。"

事实上，没有人真的怀疑精英会取得胜利这一事实，因为即便在对斯塔尔报告和总统的录像证词公布后，在民调有所降温之前，这一政治进程已经实现了它长期以来所追求的完美循环。"在何为可接受范围内的行为一事上，我好奇政治阶层中还有谁和克林顿看法一致。"乔治·威尔在8月解释他为什么支持启动弹劾程序而非总统主动辞职时说。"让我们把这些人公之于众。"大部分美国人似乎能够把克林顿在这件事中的行为和他作为总统的表现区分开来，但至此，这一事实已经无关紧要，正如国会审议的最终结果也无关紧要一样。结果早已注定：鉴于将来的选举将越来越聚焦在正确的性行为或"道德"行为这一伪问题上，这些选举的结果将会越来越取决于那些忠诚和组织严密的少数派，而这些人是因为"支持家庭"或者"价值观"议题而前往投票站的最可靠的选民。如果在一场选举中，两位候选人争论的焦点是究竟谁拥有更加正确的"价值观"，那大多数选民将没有投票的理由。上述事实已经开始被一些没那么谨慎的专业人士称作美妙的部分、额外的好处，而这种好处最终会让局外人永远无法理解整个政治进程。"谁会在乎每一个成年人的想法？"1998年9月初，一位共和党战略家向《华盛顿邮报》发问，"这跟此次选举毫无关系。"

VICHY WASHINGTON
(1999)

维希华盛顿[a]

1

在1999年4月下旬的一个晚上，将近350位所谓"为共和党之魂而战"的幸存者聚集在华盛顿的五月花酒店，向众议员亨利·J. 海德和十二位众议院管理人致敬。在亨利的领导下，他们已将弹劾指控提交至参议院进行表决。C-SPAN电视台捕捉到了这一公开活动中独特的如家庭聚会般的热情，组织这场活动是为了帮助独立妇女论坛，该论坛的部分资金来自理查德·梅隆·斯凯夫[b]和"女性小组"，1994年肯尼思·斯塔尔正是以该组织的名义自愿提交了一份"法庭之友"（Amicus curiae）陈述，力争**琼斯诉克林顿**一案应该继续推进。在五月花酒店的现场直播中，屏幕上出现的是总统弹劾案之前就已经持续一整年的娱乐秀中熟悉的面孔，他们在觥筹交错间寒暄。现场有穿着乡村俱乐部晚礼服的漂亮女人，在同桌人妙语连珠时，她们在一旁微笑，表示赞赏。现场也有西装革履的四重奏合唱团同

---

a Vichy Washington，对Vichy Government（维希政府）的戏仿。维希政府是"二战"期间，纳粹德国于1940年占领法国后在维希成立的傀儡政权，名义上保有主权，实则完全受纳粹控制。

b Richard Mellon Scaife（1932—2014），美国保守派出版商，梅隆家族继承人，右翼智库与媒体的重要资助人。斯凯夫也是《美国观察者》"阿肯色项目"的主要资助者，该项目旨在调查并报道时任总统比尔·克林顿及其政府的行为，包括白水事件和莱温斯基丑闻等。

唱着"啊爱情万岁啊万岁啊万岁"和《再见我的科尼岛甜心》。亨利·海德则坚持不懈地用勺子舀着他的甜点，规律地咀嚼口中的巧克力，即便是俯身亮明观点的鲍勃·巴尔也没有改变他咀嚼的决心。

"勇气"这个词被反复提及。独立女性论坛的一位董事米杰·戴克特称赞亨利·海德的"男子气概"，并表示，弹劾审判期间在电视上目睹"他和他那支欢快的队伍"，让她回想起鲁德亚德·吉卜林那"一连串如果"[a]。《华尔街日报》的编辑罗伯特·L. 巴特利也从这些管理人的做法中获得了类似的灵感。他们"向美国民众揭露真相，而且是当着所有民意调查和焦点小组的面这么做，他们很显然在做一件不受欢迎的事情，我认为正因如此，他们才值得我们最崇高的敬意"。迈克尔·诺瓦克回忆起亨利五世在阿金库尔战役之前说的话，亨利·海德在参议院弹劾审判的结案陈词中也化用了亨利五世的话，只是在这个场合改成了"我们自己的哈尔王子，我们自己的亨利国王"："凡是度过了今天这一关、能安然无恙回到家乡的人，每当提起了这一天，将会肃然起立……到那时，我们的名字将如家喻户晓的词语般在他口中传颂：亨利国王啊，罗根和哈钦森啊，卡纳迪啊，坎农啊，麦科勒姆、林赛·格雷厄姆、盖卡斯、查伯特、布莱恩特、拜尔、巴尔和森森布伦纳啊。"[b]

对于那些仍然误认为里根任期的基础是如今被称为"社会议题"的那些事物的人来说，今晚似乎是最后的堡垒。熟悉的旋律再起，最爱的音符敲响。即便只是轻描淡写地提及"六十年代"的种种祸害（"……据肖恩·威伦茨称，这位学者是六十年代所有充满智识美德和荣光的学者的典范"），也足以令现场观众欢欣鼓舞。为了向那位不仅提出了海德修正案（禁止为堕胎提供医疗补助），而且在一年前还曾为一名因非法封锁堕胎诊所而被控告的被告出庭作证、担任品格证人的男性致敬（"他对我而言是个英雄，"海德曾经这样说，"他拥有我们大多数人都缺乏的勇气"），那些"未出生的生命"被塑造为"陌生人、他者、多余的人、不合时宜的人"。

提及"玛克辛·沃特斯"就会唤起嘲笑。"巴尼特·弗兰克"则是一个心照不

---

a 《如果》（"If"）是吉卜林以父亲视角写给儿子的一首诗，表达父亲对儿子殷切的期望，诗歌很强调男性气质，最后一句为："并且，更重要的是，你将成为一个顶天立地的男子汉了，我的儿子！"
b 化用自莎士比亚历史剧《亨利五世》中的片段《克里斯宾节的演讲》，是亨利五世在阿金库尔战役前夜为鼓舞士气而发表的演讲。此处，士兵的名字被替换成了十三位众议院共和党人的名字，他们来自众议院司法委员会，在参议院弹劾审判中担任检方代表，负责陈述弹劾条款并展示证据。

宣的笑料。[a] 对于这份立场所带来的孤独，他们接受良好，甚至以此为傲。比起哀悼失败，那晚的气氛更像是在庆祝胜利；没有懊悔，只有再次献身。仿佛在五月花酒店的宴会厅中，就存在着美国政治对话最终得以重塑的契机：在弹劾失败的祭坛上，在对那些殉道的弹劾代表的纪念中，长期以来，将保守主义运动推向徒劳无功境地的"道德重整"的诉求，似乎终于迎来了属于它的时刻。"我们刚走进来的时候，"威廉·J. 本内特告诉那晚的客人，"我对我的朋友丹·奥利弗说，'阵容不错。'丹说，'阵容不错？哥们儿，就这些了。这就是我们的军队。都在这里了。'"

虽然弹劾总统的尝试失败了，但最初的目标或许还是达成了；期待中的凤凰，可能正在从无罪开释的灰烬中涅槃——这种想法，在1998年11月大选刚刚结束之际，在很多人看来，仍不过是痴心妄想。美国人民并不愿看到总统被弹劾，表现在选举结果上就是共和党损失了五个国会席位。"很明显，弹劾已经从公众视野中消失了。"在选举之夜，当亨利·海德意识到，他不仅没能获得期待中的政治支持，还丢掉了五张选票时，对《洛杉矶时报》的记者这样说道。第二天早上，在奥黑尔希尔顿酒店，他告诉三个助手，他所主持的众议院司法委员会的调查——在此之前，这一调查被党内领导莫名视作高度契合民意，有望带来二十席的增益——如今必须压缩时间，务必在那些跛脚鸭议员还能投票的时候把弹劾案送出。

在接下来的几周内，当共和党人意识到，他们因满足保守派基本盘对弹劾的渴望而遭受了意外打击时，他们提出了很多天马行空的方案，试图从自己制造的困境中脱身。宾夕法尼亚州参议员阿伦·斯佩克特在《纽约时报》的评论版主张"放弃弹劾"，实际上是在把这突如其来的烫手山芋交给了法庭。鉴于没有多少律师认为针对作伪证的指控是成立的，这样问题就迎刃而解。罗伯特·多尔提出了一个方案，基于一个几乎不太可能发生的前提，即总统自己同意接受谴责。就连亨利·海德也提到了总统通过自愿请辞来挽回局面的可能性："我认为，如果他真的这么做了，他将会非常英勇。他将会成为他所在政党的救星……这将会是一种光荣的告别方式。"到1998年12月中旬，前参议员阿伦·K. 辛普森表达了大多数共和党人默认的最后底线，即他们在自己的保守派基本盘以外遭受的任何损失在2000年之前都将得到控制，因为根据他们的假设，那

---

[a] 二人皆为民主党众议员，在保守派语境中常被作为"自由派激进分子"的代表。

些没那么意识形态化的选民的记忆无法持续很久。辛普森说:"美国人注意力的持续时间就是'下个月哪部电影要上映?',以及他们股票的季度报告会不会有变化。"

这种对广大选民漫不经心的轻视,到那时已经相当普遍,以至于基本上无人注意。从1998年1月到1999年春天,在这场席卷美国的舆论风暴中,很多在当时看来晦暗不明的部分,从那时起开始被照亮,但仍旧新奇且难以解释的是,政治建制派越来越夸张地坚称,他们与这个国家保持着距离,甚至自视高于国家之上,而直到不久前,国家还被建制派视为自身的合法性所在。在CNN、MSNBC电台和周日秀的聚光灯下,自我宣称远离"他们"或"外面的人"成了家常便饭。对于愤怒的修辞性表达,或"公开表达",成了一种道德立场,即便公开表达的理由已经不可追忆。"……无论弹劾是否会发生,"罗伯特·H.博克在1998年接受《华盛顿邮报》采访时谈到他支持弹劾时这样说道,"我仍然认为我是对的……我只是说出来了。我想是在一个电视节目上,可能是拉里·金的节目。我多希望我能够回忆起来我所关心的事情,但我现在想不起来。"

自1998年春天以来,任何人只要一打开电视,就能反复听到,选民是总统或政府或整个国家自身"腐败"的"同谋",而这种腐败,正如在神话中那样,恰好需要通过移除最显眼的人物来达到"净化"。保守派月刊《第一要务》(First Things)的编辑约翰·纽豪斯牧师告诉《华盛顿邮报》的迈克尔·鲍威尔:"对我们而言,弹劾可能是一剂巨大的催吐剂——文化上的、政治上的,道德上的。""它将净化我们。"公众之所以是"同谋",整个国家之所以需要"净化",是因为公众是"物质主义者",只关心"道琼斯指数"或"他们的养老基金"。而公众之所以是"物质主义者",是因为公众没有道德可言。新罕布什尔州参议员罗伯特·C.史密斯在宣布竞选总统时说:"我妻子喜欢说,他们肯定是对周六晚上从'猫头鹰餐厅'出来的人做的民调。"保罗·M.韦里奇写信给他在自由国会基金会的支持者,称美国已经被一种"背离传统的意识形态"掌控,因此他们应该放弃"道德多数派"依然存在这一妄想,采取措施把自己的家庭从中"隔离"出来。"我不会为公众辩护。"威廉·J.本内特在1999年2月对《纽约时报》说,"绝对不会。如果有人想要迎合公众,认为他们是对的,这是他们的自由。但这一次他们是错的。"

"受欢迎的并不总是正确的。"俄克拉何马州众议员J.C.沃茨在众议院为弹劾辩护时说,"如果指望民调,《十诫》早就被否决了。民调也可能会支持奴隶制,嘲笑女性权益。"1999年1月的那个周末，民调显示共和党的"好感度"下降到36%，是水门事件以来的最低点，参议员菲尔·格拉姆在《会见新闻界》节目中说，得克萨斯州人民"选我不是为了让我解读那些民调"。即便在约翰·伯奇协会的保险杠贴纸在道路上随处可见的年代，我们也从未像现在这样被一再提醒，这并非民主政体，而是一个共和政体，或"代议制政府"。对于这场运动中更擅长归纳法的战略家而言，下一个合乎逻辑的步骤是显而易见的：由于从定义上来说，一个共和政体仰赖于选民，既然眼下选民已经证明自己是"同谋"，那么共和政体本身也愈发值得怀疑，需要重新思考。查尔斯·穆雷1999年2月在《旗帜》周刊中写道："我认为，克林顿事件及其余波将成为一个决定性时刻，暴露出美国共和制度的腐败。""我们究竟要加固这个制度，还是彻底放弃它，这仍然是个悬而未决的问题。"

2

1994年2月11日早上，时任《华盛顿邮报》记者，后来成为《揭秘克林顿：一个记者的故事》一书作者的迈克尔·伊西科夫，收到保守派战略家克雷格·雪莉提供的消息，内容是当天下午将在奥尼姆肖雷汉姆酒店召开的保守派政治行动会议[a]上的一项发言。克里夫·杰克逊，这位一手策划了"州警门"事件的来自阿肯色州的霍特斯普林斯市的律师将一位女士带到华盛顿，并安排她在会议的媒体发布会上发言。伊西科夫去了肖雷汉姆酒店，目睹了宝拉·琼斯的公开亮相，事后这被证明是她的首次公开露面。第二天早上，他在肖雷汉姆的一间套房中和她进行了长达三小时的访谈，她的丈夫和她当时的律师丹尼·特雷勒陪同在侧。伊西科夫问起宝拉她十八个月大的儿子麦迪逊，并且向她谈起他自己的小宝贝女儿。他问她父母是民主党人还是共和党人，在这一点上宝拉并没有给出确切的答复。"我猜男性可能会比女性[对政治更感兴趣]。"她说，"但这并不是我感兴趣的事情。"伊西科夫告诉我们，他曾分别单独询问特雷勒和杰克逊关于他们二人最初介入此事的情况，并报道称他们给出的答案"指向一个无辜的解释"。即便伊西科夫确实主动问了宝拉·琼斯本人，既然她对政治不感兴趣，为什么她的律师会帮她勾搭上克里夫·杰克逊和克雷格·雪莉和保守政治行动会议，

---

[a] Conservative Political Action Conference，美国保守派活动家每年举行的一次会议，由美国保守派联盟主办，创立于1973年，是美国规模最大的保守派政治活动之一。

那他也没有选择把她的回答记录下来，尽管他满怀热情地详细描述了初次采访中的某些细节：

宝拉·琼斯："他穿着拳击短裤，接着他勃起了……握着它……不停摆弄它，或者什么的。然后他让我——我不知道他的确切用词——为他口交或者——我知道你得知道他的原话。"

伊西科夫："原话。"

宝拉·琼斯："他让我做点什么。这点我知道。我跟你说，我当时太震惊了。我觉得他想让我亲它……他说这话的方式非常恶心，就是一种精虫上脑的感觉……"

伊西科夫："你说的'非常恶心'是什么意思？"

宝拉·琼斯："恶心就是'拜托了，我太想要了'——类似这种，好像他确实很想要一样，你懂的。"

在接下来的几年里，伊西科夫先是在《华盛顿邮报》负责报道宝拉·琼斯的故事，然后在《新闻周刊》报道宝拉·琼斯、凯瑟琳·威利和莫妮卡·莱温斯基事件。在这个过程中，他多次面临这样的选择时刻，一个没那么执着的记者很可能会把注意力转移到事件发展过程中那些反常之处上，比如确凿的证人和具有指控性的访谈为何会奇迹般出现。但伊西科夫的目光始终锁定目标，锁定他的故事，确切地说，就是"揭露"克林顿。比方说有这样一个时刻，乔·卡姆马拉塔——琼斯案的幕后工作人员选定的替代丹尼·特雷勒的律师人选之一——为了满足了伊西科夫寻找"克林顿对其他女性也做过类似事情的证据"的需要，回忆起他接到的一通"神秘电话"。这个电话来自一位不愿透露姓名的女性，说她在白宫工作时也发生过"类似情况"。"我认为这很蹊跷。"伊西科夫回忆道，"打电话的人透露了一大堆细节。至于卡姆马拉塔，他非常乐意让我查清楚。如果我能够追踪查到这位女性，他认为，我很有可能会告诉他。这样他就能传唤她了。对他而言，我可以省去他的跑腿工作。"

想想看。伊西科夫认为这通电话很"蹊跷"，但这引发的任何一丝怀疑都没有将他引向一个想法，即琼斯的辩护团队，或通过她的辩护团队运作的某些人，有可能在编造故事。正如我们所料，这个线索将伊西科夫引向凯瑟琳·威利，从此我们进入了另一个新闻报道上的模糊地带。"在咄咄逼人的记者和勉为其难的信源之间的一场新闻之舞开始了，"伊西科夫写道，"这场舞蹈将持续数月。"在一般的新闻采写经验中，勉为其难的信源会挂掉电话，或闭口不谈，然后屏蔽来电，或者干脆出城。而这个"勉为其难"的信源却在探取了伊西科夫在"未得到她的许可前"不得发表的承诺后，同意接受了两个多小时的采访，并且用"扣人心弦且极其细致的方式"讲述了她的故事。

当这位"咄咄逼人的记者"问凯瑟琳·威利，是否有人能证实她的说法时——这是另一个关键节点，如果她真的不希望这个故事被曝光，她本可以借机打住，通过说"不"来挽回她的损失，但凯瑟琳·威利却主动提到两位女性。其中一位是朱莉·希亚特·斯蒂尔，她当场就给朱莉打了个电话，安排斯蒂尔和伊西科夫在当天的晚些时候见面。第二位女性是琳达·特里普，当时在五角大楼工作。作为这个案件中勤勉又锲而不舍的情报收集者，伊西科夫跟随一位可以进入五角大楼的《新闻周刊》记者，参加了与朱莉·希亚特·斯蒂尔那顺利得令人起疑的会面。随后，他在五角大楼地下室的一个小隔间里见到了琳达·特里普，虽然她"警惕于"他的到访，但在几分钟内，她就说出了这个故事的下一个线索："'这里确实有点什么，但并非你想的那样。'她神秘兮兮地说，'你搞错了方向。'"

注意"神秘兮兮地"。那是在1997年3月。到了4月，琳达·特里普透露了更多（"二十三岁的前白宫实习生"，通过"一位十分富有的竞选捐助人"、一位"大保险公司的高管"找到了工作，"被赶出白宫""那位高管帮她在另一个联邦政府机构找到了工作""椭圆形办公室旁的密室""口交"），甚至让伊西科夫监听了一通前实习生打来的电话。"那是一位活跃但却有点喋喋不休的年轻女性，在抱怨另一位名叫玛莎的女性。"琳达·特里普解释说，玛莎就是玛莎·斯科特，总统的人事助理。1996年大选后，玛莎本该把这位年轻女性重新安排回白宫。但玛莎没有。玛莎一直在敷衍她。

不管极为耐心的特里普提供了多少线索，这个故事仍然停留在——伊西科夫告诉我们——一种模糊难解的状态中。他将自己呈现为一个毫无偏见的证据收集者，对任何猜测性的联系都避之不及。"我是一个记者，不是一个偷窥狂，"他告诉我们，占据着道德高地的优势，同时他也表示，"特里普没有告诉我这位前实习生的名字，也没说她在哪个机构工作。"还有一点，"特里普百分百确信这段关系完全是双方自愿的……在我看来，这就把该案排除在宝拉·琼斯一案范围之外——而这个案子是我坚持追查这条线索的主要理由。"

但等等，伊西科夫当时肯定会对自己这样说，当然或许也没有。你通过威利找到特里普。你通过琼斯的辩护团队找到了

政治虚构

威利。那么谁会从中获益？谁希望这些信息被曝光？为什么？四个月后，伊西科夫仍然拒绝承认这种关联的可能性。1997年8月，在CNBC（NBC财经频道）的一个演员休息室，他碰巧在和安·库尔特讨论有关琼斯一案的法律策略，库尔特是"保守派政治运动"的律师之一，已经成为新闻评论类节目的常客。据伊西科夫回忆，他对库尔特说，她似乎掌握着琼斯诉克林顿一案的内幕，而库尔特笑着回答："哦，是的。"他记录了她的回答。"有很多我们这样的小精灵都在圣诞老人的工坊里忙活呢。""忙碌的小精灵？"伊萨科夫回忆说，他当时心里这么想，然后"我想起了纽约的乔治·康韦。现在是库尔特。还有谁？他们到底在做什么？"

有些人可能会认为，这是一条值得探究的调查线索，但伊西科夫在给位于纽约的瓦克泰尔立普顿罗森卡茨律师事务所（"康韦和库尔特是好朋友"，"他们因为共同厌恶克林顿而结下友谊，他们最喜欢聊琼斯案的最新进展，八卦到深夜"。）的乔治·康韦打了个电话之后，似乎就对此感到满足了。他认为康韦和其他与康韦有联系的热心的保守派律师们或许会是有用的信源，但他们并非故事的主角。直到1997年10月，当琳达·特里普叫他去见鲁斯安娜·戈德堡，还请他喝啤酒、吃开心果，并告诉他莫妮卡·莱温斯基这个名字时，他的记者本能才短暂恢复："我不再吃开心果，开始记笔记。"琳达·特里普说，她有录音带，并且准备播放，但伊西科夫当时"受邀参加一个CNBC谈话节目《硬式棒球》"，"时间有点紧"，拒绝了听录音带的机会，这在后来广为人知：

这是一个非常有趣的新闻问题。我的犹豫是出于本能——但也根植于当我最早开始在《华盛顿邮报》做年轻记者时就被反复灌输的那些原则。已故的霍华德·西蒙斯，当时报纸的总编辑，曾规定，未经允许，我们不能录音……作为记者我们不能欺骗自己的信源，正如我们不能欺骗公众。至少西蒙斯——一位睿智和受人尊敬的编辑——是这么教我的。

当然，特里普也没有要我未经他人允许偷偷录音。但其中的区别有点模糊。特里普对莱温斯基的录音仍在继续。如果我在她录音的时候就开始偷听——而不是她停止录音后——那我则不可避免地成为这个过程的一部分……而且我当时也有点赶时间，要赶着去录《硬式棒球》。

"当你发现自己被卷入整个故事之中时，你会怎么做？"伊西科夫在《揭秘克林顿》的结尾反问道，也正是在这部分，他承认了自己的过失，但又说错并不全在他。"当你欠了自带议程的信源人情时该怎么办？这个问题没有简单的答案。"他告诉我们，后来他了解到的很多事情，让他"对当初的事件有了不同的看法"。比如说，他"懊恼地发现"琳达·特里普和鲁斯安娜·戈德堡"从最开始就在讨论出书事宜"。但问题是，这种事有什么值得"发现"的呢？如果伊西科夫真的如他在书中所描述的那样，是一位尚未意识到这一切背后远不止表面上去这么简单的"咄咄逼人的记者"，那"一笔出书的交易"难道不应该是他最先想到的可能性吗？在和特里普的第一次会面中，伊西科夫就读过她的一部分书稿提案，书名叫《总统的女人们》。而他也知道鲁斯安娜·戈德堡是一位文学经纪人。但伊西科夫却告诉我们，出书的想法"完全不在我的雷达探测范围内，事实上，这甚至有点反常识。如果她们的目的就是出书，那她们为什么还要浪费时间和我分享这些信息？"

如果伊西科夫曾问过自己这个问题，那他显然已经巧妙地回避了答案，而这个答案或许本可以将他引向故事的另一面，一个他一直试图避而不见的面向。毫无疑问，等待他去"发现"的是什么，他早已知晓：当琳达·特里普和鲁斯安娜·戈德堡把莫妮卡·莱温斯基的名字告诉他时，任何关于"出书交易"的想法——正如鲁斯安娜·戈德堡发表在 *Slate* 发表的关于《揭秘克林顿》一书的评论中所言——都已经成为"一个没有意义的问题，我可以肯定地说，它已经从视线中消失了。"这个问题之所以变得毫无意义，是因为——即便根据伊西科夫自己的描述——鲁斯安娜·戈德堡在当时与其说是一个孤军奋战的文学经纪人，不如说是某种有用的先遣，是那些无法自我暴露、却在执行相同任务的人的掩护：她是琳达·特里普的掩护，是那些年轻的保守派律师的掩护（安·库尔特提到的"忙碌的精灵"），他们组成了**琼斯诉克林顿**案的影子法律团队，最终她也是美国独立检察官办公室的掩护。

伊西科夫在《揭秘克林顿》的第357页告诉我们："在关键时刻，我依赖这些精灵们获取信息。即便他们向我隐瞒了他们在把莱温斯基的指控提交给琼斯的律师们并且之后又提交给肯·斯塔尔的过程中扮演的角色。"在这里他仍然保持着某种自我辩护的态度。在这些"精灵"中——他们对于**琼斯诉克林顿**一案的贡献包括撰写案情摘要和安排模拟法庭，在这个模拟法庭上，琼斯名义上的律师们为他们在罗伯特·H. 博克的最高法院辩论做好了准备——最常被提到的是费城的博格蒙塔古律师事务所的助理律师杰罗姆·M. 马库斯，纽约瓦克泰尔立普顿罗森卡茨律师事务所的乔治·T. 康韦三世，以及柯克兰埃利斯律师事务所的芝加哥合伙人理查德·W. 波特，而肯尼思·斯塔尔则是这

政治虚构

家律所在华盛顿的合伙人。杰罗姆·马库斯和理查德·波特曾是芝加哥大学的同班同学，保罗·罗森茨威格也是他们的同学。1994年，他被邀请参与**琼斯诉克林顿**一案，但他决定不参与，后来于1997年加入了独立检察官办公室。

当我们回顾伊西科夫对自己预见能力并不足够的坦白时，就会发现这位记者面临的两难境地没有"简单的答案"。精灵们，他在第357页告诉我们，向他隐瞒了他们在把莱温斯基的指控提交给琼斯的律师们和后来的肯·斯塔尔的过程中扮演的角色。回到《揭秘克林顿》第182页，CNBC演员休息室里：当安·库尔特告诉伊西科夫"有很多我们这样的小精灵都在圣诞老人的工坊里忙活呢"，这难道不是在回应伊西科夫说她似乎很了解**琼斯诉克林顿**案的"内幕"吗？或者回到第135页，伊西科夫详述了琳达·特里普在他们早期会面时对他说的话，当时她还没告诉他实习生的名字。据他报道，琳达·特里普告诉他："她本人曾被白宫提供的律师要求不要主动透露她曾经见过的一份有关白宫旅行办公室的备忘录内容，这一备忘录涉及第一夫人希拉里·罗德姆·克林顿。"旅行办公室？旅游门？白宫提供的律师？这难道不是暗示着她和独立检察官办公室之前就有联系吗？

考虑到当时的相关人员和既已存在的关系，不去怀疑琼斯团队和独立检察官办公室和琳达·特里普之间存在一定程度的信息互换，难道这不才是**反常识**的吗？难道他没有怀疑吗？如果他有所怀疑，为什么他没有追查下去？难道是因为他早就知道了？这恰恰是《揭露克林顿》一书精心设计的部分，借助作者选择的呈现自我的方式，这一事件背后的利益勾连并未被探索，安然无恙。"作为一名记者，"作者告诉我们，"我从不考虑意识形态。"紧接着，他谈到他的主要信源，琳达·特里普和鲁斯安娜·戈德堡，"我根本不在乎她们的动机和最终目标。我对她们的兴趣非常简单，也相当集中：她们告诉我的事情是真的吗？它能被证实吗？能构成《新闻周刊》的故事吗？"

3

1994年，当宝拉·琼斯被带到保守派政治行动会议的现场公开指控总统时，拉尔夫·里德也被要求出席。在他的领导下，基督教联盟从不到五千名成员发展为一股强大的政治力量，他的出席本可以为肖勒姆酒店举行的那场决定命运的新闻发布会赋予某种程度的合法性。但出于某些在他看来很实用主义的理由，他拒绝了。正如他在1996年出版的《积极的信仰：基督教徒如何改变美国政治的灵魂》中所解释的，他认为保守派将他们反对克林顿的立场建立在宝拉·琼斯身上是个错误："当这个国家最重要的福音派传教士之一暗示总统可能是杀人犯时，当一位反堕胎领袖声称给克林顿投票就是对上帝犯罪时，以及当保守派谈话类节目主持人公开讽刺自由世界领袖的性行为时，他们说话的方式会损害福音，也会损害我们的信仰。"

那是一个特殊的时刻。当时，杰里·法维尔正在他的《福音时光秀》节目中推销《克林顿编年史》，这是一个售价四十美元的录像带，声称克林顿曾下令暗杀阿肯色州的政敌，并在执政期间"沉迷于可卡因"。另一个视频《权力之圈》暗示着，"无数和比尔·克林顿有某种联系"的人们"已经神秘死亡"，并且这种情况"直到今天仍在持续"。即便是在远离那些靠电话推销极端意识形态的群体的圈层中，"弹劾"也已经成为当时的热门词汇：《旗帜》周刊的撰稿人加里·施米特就曾主张弹劾克林顿，理由是总统已经在接受PBS采访期间告诉吉姆·莱勒，他认为肯尼思·斯塔尔针对白水事件的调查是党派之举，因此不排除对因该调查而被定罪的人行使总统赦免权的可能性。里德在1996年的著作中回忆说，他曾参加了一场保守派晚宴，席间一位演讲者主张弹劾和监禁克林顿，理由是他是"我们历史上最具犯罪色彩的总统"。

里德认为，这种针对性的煽动，只会走向自焚。"就像一支军队，虽然消灭了敌人，但也把整片土地变为废墟，一些宗教保守派的行为，已经近乎完全以反克林顿的立场来定义自己了。那些自称是基督追随者的人，应当以礼貌和上帝的恩典来缓和与克林顿的分歧，抵制将问题个人化、将对手妖魔化的诱惑。我们的运动，如果不想重蹈前人的覆辙，就必须记住这一点。"里德指出，对克林顿最为严厉的批评来自"基督教国家"或"重建主义"（Reconstructionist）运动，其中最极端的支持者主张"立法确立《旧约》中的古代犹太法律：对通奸者处以石刑，处决同性恋者，甚至强制执行饮食戒律"。

重建主义理念在历史上是有先例的，可以追溯到清教徒思想中千禧年主义的倾向、美国革命时期的意识形态，甚至是废奴运动中的某些观念。但这些思潮都无法反映彼时基督教思想中的主流，当然更无法代表今天的主流。重建主义是一种威权主义意识形态，威胁到自由民主社会中最基本的公民自由。如果亲家庭运动希望实现其重新对政府进行限制，并在我们的文化和公共政策中重新灌输传统价值的目标，那它必须毫不犹豫地与重建主义运动划清界限，以及和其他通过直接政治行动、借政府之力将《圣经》律法强加于人的努力保持距

离。它必须坚定且公开地排除必胜主义和威权主义元素……

如今回看，当时这股火势早已越过了原本的防火带，这一点毋庸置疑。即便在当时，"威权主义"在公众语境中的含义，和里德所理解的已经不再完全一致。罗伯特·H.博克在他1996年的作品《懒行向蛾摩拉》中告诉我们，摇滚乐的问题在于它助长了"对权威的颠覆"，而这反过来又成了"婴儿潮一代"的问题，他们已经成为——尤其是鉴于克林顿能够被强行塞进这个行列——嘲笑和责难的对象，甚至那些批评者本身也属于这代人。随着这种观点的形成，"权威"一词经常出现在"道德"一词之后，正如威廉·J.本内特在《愤怒之死》中所言，"道德权威"是在威廉·克林顿之前的所有美国总统都具备的神圣资质。《华盛顿邮报》的大卫·S.布罗德和理查德·莫林称，克林顿让"他的同胞们不得不在根深蒂固的道德标准和对评价他人行为的本能厌恶之间做出选择，这是一场婴儿潮一代在他们成年后持续挑起的冲突"。

这些"毫不把权威放在眼里"，或"藐视既定的道德标准"的"婴儿潮一代"，越来越频繁地出现在公众面前。迈克尔·鲍威尔在《华盛顿邮报》上援引罗伯特·博克的话写道："罢免比尔·克林顿的战斗，正是持续了三十年的婴儿潮战争中的一环，这是一场旨在定义我们的文化、掌控我们的历史和符号的争夺。"博克曾在为肯尼思·斯塔尔辩护时表示，斯塔尔在"消灭六十年代松懈的道德精神"方面功不可没。民调专家丹尼尔·扬克洛维奇在1981年出版的《新规则》，以及此后为民主党领导委员会所做的民意调查，都为1992年克林顿-戈尔竞选团队提出的"人民至上"原则提供了灵感。布罗德和莫林援引他的话说，"我们开始观测一种回归绝对价值观而非相对价值观的转变"。"回归"指的是回到六十年代中期之前的一段时间，根据扬克洛维奇的说法，那是一个尚未经历"个人主义激进扩张"的时代。

罗伯特·博克再次登场。他在《懒行向蛾摩拉》中将"激进的个人主义"或"对个人满足的限制被急剧削减"，界定为"现代自由主义的两个决定性特征"之一（另一个是"激进的平等主义"），并因此将其视为"西方衰落"的根本原因之一。尽管博克倾向于用一些并不完全准确的事实（例如，他在1996年叫我们去看"纽约市、洛杉矶或者哥伦比亚特区过失杀人的最新数据"和"逐步攀升的非婚出生率"，作为"西方衰落的证据"，然而二者在九十年代以来实际上都在稳步下降）来支撑他的论点，但这从未折损他表达立场的热情，因为对他来说，事实和立场一样，都是不断变化的，是不固定的武器，随时可以调用，以打击他眼中的"左翼幻想世界"。

博克确实值得一番研究，因为关于如何"实现道德和精神上的复兴"，我们所能听到的一些最直率的陈述确实出自他之口，而这种复兴的必要性，如今已经弥散至谈话节目和报刊专栏的舆论氛围中。博克在《懒行向蛾摩拉》中推测道，这样的复兴可以通过以下四个事件之一产生："宗教复兴；道德化的公共话语的复兴；一次灾难性战争；严重的经济萧条。"至于第一种可能性，博克在"一个积极、乐观、政治上成熟的宗教保守主义的崛起"中看到了希望，但他并不看好所谓的"主流教会"，因为它们已不再宣扬"一个严厉地命令谁该如何生活并且远离诸多身心愉悦的上帝……单纯的诱饵从来都不能完全充分地激励人们做出想要的行为。"博克写道，"救赎与诅咒、罪恶与美德，这些曾经在基督教信仰中扮演重要角色的观念，如今几乎在主流教会中销声匿迹了，这种情况不容乐观。"

当然，救赎与诅咒、罪恶与美德，这些曾经在基督教信仰中扮演重要角色的观念，"如今几乎在主流教会中销声匿迹了"，这一说法并不属实。任何重复圣公会祷文的人都在祈求从"所有邪恶和罪恶中，从所有的原罪中，从魔鬼的诡异和攻击中，从愤怒和持续不断堕入的地狱中"求得解脱，而在天主教的洗礼仪式中，代父母会以孩子的名义宣誓，"拒绝撒旦，罪恶之父，黑暗之王"。博克还写道，"知识阶层"将宗教视为"原始信仰"，或认为"科学使无神论成为唯一值得尊敬的知识立场"，又或认为信仰问题早已被"弗洛伊德、马克思和达尔文"彻底解决，这些说法同样也不属实。然而，这些"无神论者"和抛弃了原罪和美德的"主流教会"，依然成了保守派正典中的固定靶子，是一种一眼就能辨认的文化符码，就像"弗洛伊德、马克思和达尔文""美国公民自由联盟"[a]，以及所有其他精心挑选的、用来激发愤怒的对象一样；正如小约翰·J. 的卢里奥在《旗帜》周刊所形容的那样，这是由"激进女权主义的信徒，中立的神职人员，好莱坞的乌合之众，以及随叫随到的堕胎拥护者组成的阵营"。

---

[a] American Civil Liberties Union（ACLU），成立于1920年，是美国最主要的民权组织之一，旨在通过诉讼、立法倡导、法律援助与公众教育，捍卫宪法所保障的个人自由。早期关注言论自由与反战议题，随后扩展至政教分离、民权运动、少数群体与囚犯权益等领域。二十一世纪以来，该组织还反对神创论进入公立教育体系。当前立场包括：反对死刑，支持同性婚姻与堕胎权，反对歧视与酷刑，倡导宗教自由，反对政府偏袒任何特定宗教信仰。

博克所写或所说内容在字面意义是否"真实"其实无关紧要，因为这是一种隐喻，而在这个政治运动中，人们也正是将其作为隐喻来理解的：一种战斗式的、政治性的陈词滥调，一种用以煽动立法以规范"理想行为"的修辞鼓动，也就是说，是对"不道德行为"的鞭笞。而博克本人对此也相当清楚，因为他似乎相信托马斯·杰斐逊在起草《独立宣言》时也怀有类似的意图，即**激起乌合之众的情绪**。"这确实是震撼人心的修辞。"博克承认：

> 就号召被殖民者并向世界证明他们的起义的正当性这一目的而言，再合适不过了。但需要谨慎行事。如果按照常规，将这些振聋发聩的词句作为一种行动指南，不管是政府还是私人层面，那它们几乎毫无用处，甚至可能是有害的。因为这些语句会不可避免地向极端自由和追求幸福的方向发展，最终导致个人放纵和社会混乱。

博克在他的早期著作《美国的诱惑：法律的政治诱惑》一书中就曾指出，在何种程度上"个人放纵"可能会受到惩罚。"'道德义愤'本身就足以构成制定禁止性立法的充足理由，"他写道，"只要知道某种行为正在发生，对那些认为它非常不道德的人来说就是一种伤害。"

4

"这个国家的共和党右翼不喜欢我们用**政变**这个词，所以我会努力给他们解释得更清楚一些，"纽约州民主党众议员何塞·E. 赛拉诺在众议院表决弹劾案当天的发言中这样说道，"Golpe de estado。这是一句西班牙语，意思是**推翻政府**。"随着斯塔尔调查中更多模糊的面向为公众所熟知，**政变**一词也开始在政治对话中浮出水面。不出所料，这个词引发了激烈的反对，其中一些人理由充分（认为弹劾是一个合法的宪法程序，参议院对众议院提出的弹劾指控定罪，将会导致总统下台，但不会导致总统所在的政党下台），另一些人理由没那么充分（希拉里·罗德姆·克林顿曾说，存在一个针对她丈夫的"庞大的右翼阴谋"，而反对者称，这个阴谋并不存在，或者它并不"庞大"，又或者这根本就"不是阴谋"）；然而，在最终导致弹劾的一系列事件中，有一些特定因素对美国政坛来说确实是异乎寻常的。

首先是一种"运动"感，一个未知的团体，它致力于实现国家的"再道德化"（用威廉·克里斯托的话来说），同时由于种种原因（司法激进主义、女性主义、"非道德评判主义"，以及博克所谓的"我们对平等的激情带来的有害影响"），它自认为在这个国家传统的选举程序中未被充分代表。其次，正如在更加威权主义的拉美政体中那样，人们依赖于无孔不入的 orejas，即"耳目"，比如琳达·特里普这样的告密者，公民们被鼓励，无论是直接地还是通过运动的修辞，去收集不利于"被视为运动的敌人们"的证据。此外，这个运动获得了来自私营部门的支持，依赖诸如理查德·梅隆·斯凯夫和约翰·怀特海德和芝加哥投资银行家彼得·W.史密斯这类富裕支持者的资助。最后，存在这样一种看法，即认为可以绕过选举程序，由少数几位不为人知的人物，比如乔治·康韦和杰罗姆·马库斯和理查德·波特，齐心协力，实现对政府的预期变革。

大家都有一种紧迫感，一种使命感，一种对共和国的命运至关重要的目标，以至于围绕达到这一目标的手段的任何可能的疑虑都烟消云散了。肯尼思·斯塔尔告诉史蒂夫·布里尔，即便独立检察官办公室通过媒体开展案件调查，违反了司法部的起诉指南，这也是正当的，因为在这种情况下，"我们的所作所为是在反击有关我们调查的错误信息，这些信息到处传播，目的是抹黑我们办公室和敬业的职业检察官"。即便对莱温斯基的处理在某些人看来侵犯了她的合法权益，但考虑到"起诉"和"调查"的必要性，这也是正当的。1999 年 2 月，美国独立检察官办公室的迈克尔·埃米克对美国律师协会的成员说："当一个人被要求配合这种调查时，不管你多么友善，对她来说这都是地狱般的体验。这是关于执法机关的残酷事实之一。它有时非常丑陋。我们尽力让它尽可能不那么困难。"鉴于假定了道德必要性及"调查"的绝对优先权，任何关于被告有权为自己辩护的主张，都只能被解释为初步的有罪证据，这就是人们在谴责总统的辩护是"法律主义"时真正想表达的。

事实上，我们在八十年代末期就见识过这种为达目的不择手段的决心，当时它看起来同样异乎寻常。"有时候你必须超越成文法。"福恩·霍尔在为奥利弗·诺斯中校做证说，这一观点在当时的情境下得到了大多数保守派的认同。比方说，众议员亨利·J. 海德曾认为，福恩·霍尔在呼应托马斯·杰斐逊的观点，杰斐逊在 1810 年写给约翰·科尔文的一封信中写道，坚持"严格遵守成文法"，而非"必要的、自我保护的、拯救我们的国家于危急之中的法律"，将会是"为了手段而荒谬地牺牲目的"。海德在《1987 年国会委员会针对伊朗门事件的调查报告》的"补充意见"中写道："我们每个人，都难免遭遇权利和义务之间的冲突，邪恶的选择和没那么邪恶的选择之间的冲突，若将所有谎言和欺骗都贴上暴行的标签，未免限制了我们的道德想象力。"海德继续说：

政治虚构

　　这些听证会上充斥着一股令人不安和惹人生厌的道德主义，以及一种制度上的伪善气息……在我看来，国会通常都更急于维护权威，而非承担责任，更急于批评，而非提出建设性提议，更如鱼得水于公共关系的聚光灯下，而非真实世界中更加模糊不清的灰色地带，在现实世界，他们必须选择，不是在相对较好之间选择，而是在坏和更坏之间选择……

　　这个近在咫尺而"没那么邪恶"的选择当然是暗中支持尼加拉瓜反政府武装或"自由斗士"，对于二十世纪八十年代的保守主义运动来说，这些"自由斗士"扮演着重要角色，就像在九十年代，一系列不断变换的主演阵容（宝拉·琼斯、莫妮卡·莱温斯基）和龙套演员（阿肯色州州警、凯斯琳·威利、多利·凯尔·布朗宁、朱厄尼塔·布罗德里克）组成的阵容一样，都成了"证明"威廉·杰斐逊·克林顿在道德上的背信弃义的标志。他们构成能够动员支持者的旗帜，并附带一整套"运动价值观"。从象征意义上看，反政府军成了一个较为牢固的标准，因为它涉及的问题能够被充分夸大，从而将整个事件推向"国家安全"的风口浪尖。和"秘密支持自由斗士"不同，"莫妮卡·莱温斯基"则难以被夸大：无论多少次提及"伪证""法治"和"宪法义务"，这个国家的大多数公民仍然认为，对于一个国家的生死存亡来说，她有没有拖延或者撒谎并不重要，甚至可以说毫无区别。

　　这反映出一个问题。宽泛地看，在广义的文化议题（收支平衡、福利改革、死刑）上，即便是炼金术也无法将总统和上面提到的部分公民共享的立场解释为"左翼－自由派意识形态"的产物，而这种意识形态在这场运动的陈词滥调中早已被牢固地确立为这个国家道德危机的根源所在。安德鲁·苏利文在1998年10月的《纽约时报》发表的一篇分析保守派困境的文章中指出："要让文化崩溃的模型发挥作用，克林顿必须代表它的最低点。"而解决这一难题的方法，就是将那些公民本身称为国家道德堕落的同谋，这构成了统领九十年代末期重大事件中最让人瞠目结舌的怪异部分之一。宾夕法尼亚的哈里斯堡公民社会项目负责人唐·艾伯利告诉《华盛顿邮报》的大卫·S.布罗德和理查德·莫林："对于我们如今身处的窘境，没有任何分析能让美国人民免除自己的罪责。作为道德辩论的王牌，非道德评判主义似乎在群众中越来越得到认可，尤其在涉及性的领域，这对美国来说显然不是好兆头。"

　　美国公民看上去落后于时代精神，无法理解里程碑式的事件。小威廉·F.巴克利告诉《纽约时报》,"以美国人民反对弹劾为理由来反对弹劾,忽视了历史中频繁出现的文化滞后现象,比如当初公众也反对解放奴隶"。美国公民无法理解里程碑式事件,是因为他们受制于享乐主义、物质主义、虚假现代性的诱惑和"激进的个人主义"本身。"一定比例的美国公众都受到流行文化的恐吓,"克雷格·雪莉,那位在 1994 年保守派政治行动会议时就向迈克尔·伊西科夫透露过宝拉·琼斯将要登场的消息的保守派战略家告诉《纽约时报》,"他们不希望被认为是不够现代或不够成熟的。"《旗帜》周刊的高级编辑安德鲁·弗格森 1996 年这样写道:"鉴于他们对政治问题根深蒂固地缺乏兴趣,让一群普通美国人谈论政治,就像让一群装卸工解决一个天体物理学问题。没过多久,他们不仅会告诉你月亮是奶酪做的,还会讨论是哪种奶酪,这块奶酪是否成熟恰当,以及它搭配咸饼干会是什么味道。"

因此,在这场运动中,这种对选民的批判性态度并不是全新的现象。真正新近出现的,是这场旨在把美国从美国公民手中拯救出来的十字军行动,竟然得到了那些人数不多但却极其显眼的群体的默许,也就是说,得到了他们的协助和教唆。这群人日复一日,通过一届又一届政府,将华盛顿的故事传递到全世界,他们之间就叙述方法达成一致,然后将其广泛传播。

他们报道这些故事。他们撰写评论文章。他们在谈话节目中现身。他们提供咨询,他们给出建议,他们互换职位,他们自由穿梭于公共部门和私人场所之间、白宫西翼和演播厅休息室之间。他们构成这个国家的永久性的专业政治阶层,而他们中的大多数人,会像迈克尔·伊西科夫自我标榜的那样,说自己"从不考虑意识形态"。

但这恰恰是一个例证:他们达成共识的叙述方式,即总统的所作所为削弱了总统这一职位、政府和这个国家自身,在方方面面都起到了掩盖真相的作用,在某些情况下是通过故意忽视信息,在另一些情况下则是通过将这些信息贬斥为"白宫公关话术"。在这种叙事下,人们即便每天阅读四五家主流报纸的华盛顿报道,但依旧不会知道,在琳达·特里普作为莫妮卡·莱温斯基的密友出现在全国大屏幕上时,她已经在独立检察官办公室之前的四次调查中做证:档案门、旅行门、文森特·福斯特自杀和白水事件。而这一点是直到 1999 年 3 月 14 日,雷纳塔·阿德勒在《洛杉矶时报书评》上详细披露的。

在过去的一年多里,很多人面对这则信息时表现出的态度,即便不是故意混淆视听,至少也是令人费解的离题。乔治·斯特凡诺普洛斯在他那本看似忏悔(mea culpa)但又不尽然的《太人性的》中告诉我们:"我不认同那种统一口径的说法,

政治虚构

认为这场风波更多事关克林顿的指控者，而非他自己的所作所为"。1999年2月的第一个周日，当参议院明显不可能凑够足够的票数支持弹劾时，科基·罗伯茨仍然在电视上呼吁通过谴责决议，即"一项由民主党投票通过的决议，表明总统的所作所为是错误的。"她说，否则"历史将会这样写：这是一场党派政治猎巫，这是一个不合法的程序"，"而如果我们不谴责总统的话，那些擅长操纵媒体的人就赢定了"。

这些人活在一方狭小天地里。再想想《揭秘克林顿》第357页的那句话，尤其是它的后半句：**在关键时刻，我依赖这些精灵们获取信息——即便他们向我隐瞒了他们在把莱温斯基的指控提交给琼斯的律师们和后来提交给肯·斯塔尔的过程中扮演的角色**。换句话说，我们如今了解到，当时发生的是一项通过推翻总统来推进某项特定议程的秘密行动。我们了解到，这项秘密行动在精心设计的诱捕行动中达到高潮，而这类手法的惯常操作就是创造一项罪名，而这项罪名可能存在，也可能不存在。自始至终我们都知道，独立检察官的"独立性"本就可以，或者本该受到质疑，因为，在被任命为独立检察官之前，肯尼思·斯塔尔曾咨询过琼斯的法律团队，就计划中代表独立女性论坛提出**琼斯诉克林顿**一案应该继续的法庭之友陈述进行了磋商。该事件虽然曾被报道过，但却在有关这起案件的公共讨论中被悄然忽视了。伊西科夫告诉我们，斯塔尔咨询的琼斯方面的律师是吉尔·戴维斯，他的账单记录显示，戴维斯和斯塔尔的谈话长达四个半小时，为此戴维斯要求宝拉·琼斯支付775美元的律师费。

线索一直都在，对伊西科夫来说也是如此。在这则愚蠢的实习生和她不忠的朋友的故事中，总有一种令人难以信服的巧合感。从一开始，新闻报道中就不时出现一些奇怪的引用、一些零散但看上去不太属于这个报道的名字、一些时间线不太吻合的叙述，以及**琼斯诉克林顿**一案那种令人费解的、不可遏制的升级。换句话说，至少其中一部分是可以看出来的，但在主流报道的叙述中却始终未被提及。"是什么驱使着肯尼思·斯塔尔不断前进？"迈克尔·温纳瑞普在1998年9月的《纽约时报》中问道，"这位牧师的儿子究竟是谁？他为何如此穷追不舍，要迫使总统在全国观众面前承认他的罪责？"

每个人对斯塔尔都有着自己的看法。莱温斯基事件曝光后，希拉里·克林顿称斯塔尔为"一位有政治动机的检察官，和反对我丈夫的右翼势力结盟了"。克林顿的前助手哈罗德·伊克斯说，他认为斯塔尔是一位危险的卫道士，他把克林顿夫妇视作"索多玛和蛾摩拉,并且铁了心要将他们赶出华盛顿"。

即便斯塔尔最好的朋友也感到费解。他在1994年担任独立检察官一职,令他们措手不及,不清楚他为何会这么做。"我不知道,"华盛顿著名律师西奥多·奥尔森这样说道,"他从来没问过我。我听到这个消息时都震惊了。"

我听到这个消息时都震惊了。还是这同一方狭小天地。西奥多·奥尔森是总部位于洛杉矶的吉布森·邓恩律师事务所在华盛顿的合伙人。他的妻子芭芭拉·奥尔森是独立女性论坛全国顾问委员会的成员,而独立女性论坛就是肯尼思·斯塔尔**就琼斯诉克林顿**一案草拟法庭之友陈述时代表的组织。吉布森·邓恩律师事务所同时也是威廉·弗兰奇·史密斯的老东家,史密斯是里根政府时期的司法部部长。肯尼思·斯塔尔曾经是威廉·弗兰奇·史密斯在司法部的参谋长,1983年,威廉·弗兰奇·史密斯安排斯塔尔进入美国哥伦比亚特区联邦巡回上诉法院任职,在那里他曾和罗伯特·H.博克共事,也经常在需要法官表决的案件中投票立场一致。奥尔森和罗伯特·博克还曾是乔治·康韦聘请的律师,为琼斯的律师们在最高法院的辩论做准备,这场辩论最后促成最高法院以9比0的结果否决了现任总统的民事诉讼

豁免权。准备工作是在华盛顿的陆军海军俱乐部进行的。1997年圣诞节过后,在对琳达·特里普当时的律师在意识形态可靠性方面产生的顾虑,并迫切需要在事态进一步发酵之前找到一个接替者的压力下,杰罗姆·马尔库斯和理查德·波特找到西奥多·奥尔森,希望他接手特里普的法律代理。奥尔森拒绝了。

接着,安·库尔特又通过乔治·康韦推荐了詹姆斯·穆迪,他愿意接受,也确实这么做了。詹姆斯·穆迪是华盛顿的一名律师,与乔治·康韦、罗伯特·H.博克、肯尼思·斯塔尔、西奥多和芭芭拉·奥尔森一样,都是联邦党人协会的成员。这是一个由一众保守派法律学者和学生组成的协会,在里根当政期间逐渐获得影响力。据《华盛顿邮报》报道,该组织接受了来自理查德·梅隆·斯凯夫基金会和信托基金会至少150万美元的捐助。穆迪同时也是"感恩而死"乐队的崇拜者,1995年乐队主唱杰瑞·加西亚去世后,他曾和安·库尔特一起飞到旧金山参加纪念音乐会。据伊西科夫称,詹姆斯·穆迪和安·库尔特自称为"华盛顿唯二的'感恩而死'乐队的右翼死忠粉"。

"即便斯塔尔最好的朋友也感到费解。"我们也感到费解,因为这恰恰是这个国家的永久性的专业政治阶层向我们讲述这

843

个故事时选择的语气。我们被反复告知，认为这项调查是出于政治动机，这是对"肯·斯塔尔"的曲解。而斯塔尔本人也倾向于鼓励这种曲解，这一行为在华盛顿被理解为一种学者式的天真，一种"笨拙"，再不济也是一种"业余性"（这是《华盛顿邮报》社论版说的），是一种讨人喜欢的"政治钝感力"，根本无关紧要。《华盛顿邮报》在1999年2月的一篇社论中声称要呼吁达成两党一致的谴责决议，并宣称："重要的是要有一份清晰的记录，和对这位总统所违反的行为标准（也就是公众对他的行为抱有的期待）的明确陈述。这位总统通过撒谎来逃避责任，这是他职业生涯的显著特征。"在缺乏这一正式谴责的情况下，《华盛顿邮报》发出警告，"总统和他的手下最终将会把这一段令人遗憾的插曲描述成一场党派斗争，一种他的政敌通过诱捕和弹劾获取他们无法通过投票得到的胜利的努力。"克林顿先生在这种叙述中将成为受害者，他不是一位让白宫蒙羞的总统，而是那个陷入个人毁灭式政治风波中的个体。

这值得研究。在美国，"党派程序"中"党派"一词，意味着一种传统程序，"选边站队""懂得计票"，涉及民主党人、共和党人，以及投票箱。那么"党派"一词在这里暗示着对政治范畴的限制，即任何超出传统程序的因素都不起作用。不管是"让白宫蒙羞的总统"还是"陷入个人毁灭式政治风波中的个体"，都进一步让已经发生的事情变得无足轻重，将其贬低为"个人问题"，变成一则或关于总统或关于攻击者的"品格"的寓言。将这件事简化到个人层面，并用"党派之争"或"两党合作"这些标签来包装，就有可能消除已经发生的事情的潜在破坏性，有可能避免关于总统职位的变动是否已经在秘密进行中的所有考量，以及这种变动的意图是否为了合法化少数派的意识形态议程，以及——最具有破坏性的是——这一举动是否仍在继续进行。

1998年11月2日，也就是中期选举前一天，《华盛顿邮报》刊发了一篇引发广泛讨论的文章，作者萨莉·奎因是《华盛顿邮报》的记者，也是该报前执行主编本杰明·布拉德利的妻子。这篇文章是否应该发表，一度在华盛顿建制派内部引发短暂争议，主要因为它详细报道了建制派内部对当前问题采取的回避甚至合作的方式，不愿深究使用**密谋**这一动词可能带来的后果，以及制度性的遗忘是如何被用来维护华盛顿现状的神圣不可侵犯性。"私底下，"奎因写道，"很多华盛顿建制派都希望看到比尔·克林顿辞职，以免这个国家、总统职位和这座城市继续蒙羞。"

1972年，当《华盛顿邮报》得知有人非法闯入民主党全国委员会位于水门大厦的办公室时，负责报道此事的是本地新闻组的记者鲍勃·伍德沃德和卡尔·伯恩斯坦。本杰明·布拉德利在他的自传《美好人生》中写道，伍德沃德当时是"编辑部里的新人之一"，而伯恩斯坦则是"本地新闻组里的坏小子"。换句话说，伍德沃德和伯恩斯坦当时都是华盛顿的局外人，也正因为他们的华盛顿局外人身份，人们才普遍认为他们有能力获取"事情的真相"。而那些接受奎因采访的人似乎认为，正是华盛顿局内人的身份，让他们对这场弹劾背后的"真相"有了独一无二的了解，而在他们看来，这一真相归根结底是，总统因不说实话而背叛了这个圈子，以及国家。

那些接受奎因采访的人似乎还认为，尽管他们尽了最大的努力来传播这一观点，这个国家的大多数人仍不理解或认可这个独到的见解。"克林顿的行为是不可接受的，"民调专家杰夫·加林告诉她。"如果有人在其他社区的麋鹿俱乐部[a]大厅这样做，那将是一个令人担忧的重大问题。"《华盛顿邮报》的大卫·布罗德说。"他来到这儿，把这个地方搞得一团糟，但这又

不是他的地盘。"《华尔街日报》的专栏作者小阿尔伯特·R.亨特说道："说这是私事是胡说八道。它已经对政府治理造成了巨大影响。"NBC记者安德里亚·米切尔说："身处弹劾程序之中，任何一位总统都不可能把注意力集中在科索沃问题或经济危机上。这对每个人而言都是悲剧。"

但并非华盛顿的每个人都认为这是个悲剧。正如大卫·布罗德后来在《华盛顿邮报》中写的那样，总统很快就会"声名狼藉、衰弱不堪"。布罗德也写道，总统很快就会"让位给他显然相信完全有资格成为继任者的副总统戈尔"。既然这个问题已经如此坚定地被视作"个人问题"，那就没有必要追究总统以外的其他人引发这一"过程"，或者"悲剧"，或者"对政府治理的深远影响"的可能性。事实上，这种可能性甚至无须考虑在内，因为这是一种华盛顿内部的视角。在那里，那些**不考虑意识形态**的人熟知权力的流动、政治气候的演变以及意识形态的季节轮替，他们也清楚自己有渠道接近那些掌舵人。正如奎因解释的那样，"斯塔尔也是一位华盛顿局内人"。

---

a Elks Club，全称为 Benevolent and Protective of Elks（仁慈与防卫麋鹿会），创立于1868年，是一个以中年白人男性为主的美国兄弟会组织，主要活动为社区服务、慈善捐赠等，尤其关注退伍军人、儿童、教育和毒品预防等领域。

GOD'S COUNTRY
(2000)

上帝的国度

1

"富有同情心的保守主义"一词听上去像，并且经常被贬低为一种政治修辞，一种没有内在含义的建构，一种乔治·W.布什巧妙地拉拢中间选民的方式，让中产阶级选民在为自身利益投票的同时也能感觉良好。田纳西州前州长拉马尔·亚历山大称它为"狡猾之词"。民主党全国委员会主席乔·安德鲁斯称它为"一种人为设计出来的推脱方式"。明尼苏达州的参议员保罗·威尔逊告诉《纽约时报》："你不可能在大规模减税的同时……又是一个富有同情心的保守主义者。"如果这个词有任何实际意义的话，那人们往往也被误解了它，把它当成一种更加温和、更加慷慨、

更加改良的保守主义。"我是个保守派，并以此为傲，但我是一个富有同情心的保守派。"参议员奥林·哈奇1981年3月告诉《纽约时报》的朱迪斯·米勒，"我并不是那种极右翼狂热分子。"加利福尼亚州前州长皮特·威尔逊提供了一个更加中间派的解读：富有同情心的保守主义者，《华盛顿邮报》引用了他的话，是"传统的收支平衡，包括用于预防性健康措施和环境保护的支出，以及在堕胎问题上坚定地支持选择权"。

这暗示了一种实用但仍旧传统的经济保守主义，很多美国人都能坦然接受。然而，"富有同情心的保守主义"这一词汇所描述的，其实是一种具体而深刻的社会重组实验，布什州长在费城共和党全国代

表大会上的接受提名演讲中定义了这一实验的目标，他的措辞含糊得恰到好处，在向支持者发出信号的同时，又不至于让没那么买账的人心生警觉。他所谓的富有同情心的保守主义，是"将保守主义的价值观和理念融入为正义和机会而奋斗的最前线"。得克萨斯大学新闻系教授马文·奥拉斯基在1993年成为布什的顾问，同时也是关于这一理念的开创式著作《美国同情心的悲剧》（这是一本1992年的作品，是1994年纽特·金里奇从威廉·J.本内特那里收到的圣诞节礼物，随后他立即把它推荐给了所有的共和党国会议员）的作者，以及最近的作品《富有同情心的保守主义》的作者。"富有同情心的保守主义，既不是一句易于接受的口号，也不是一个能免于激烈批评的理念。"在《富有同情心的保守主义》第1页，他这样坦率地告诫读者：

> 这是一个有着审慎哲学理念的成熟计划。在二十一世纪，它将面临的不是简单地接受，而是固执地反对。它将不得不跨越一条涉及宗教在美国社会扮演的角色的**怀疑之河**。它将不得不克服无数**意识形态的机枪掩体**。唯有政治上的勇气，才能使富有同情心的保守主义最终赢得胜利，并改变美国。

这条**怀疑之河**和这些**意识形态的机枪掩体**的根源在阅读这一本文时逐渐明晰。这本书详细记录了1999年的一次公路旅行，在旅途中，奥拉斯基——在"二十六岁时上帝找到我并且改变我"之前，我先是在无神论中苦苦挣扎（"我在十三岁时经历了受诫礼，十四岁时就成了无神论者"），而后在美国共产党中苦苦挣扎（"万一列宁是错的呢？万一上帝真的存在呢？"）——带着自己十四岁的儿子丹尼尔，考察了得克萨斯州、中西部和东北部的反贫困项目。这本书的主旨迅速浮现。一对在达拉斯南部运营社区中心的夫妇告诉奥拉斯基和丹尼尔："上帝掌控一切。"一个曾经吸食海洛因和可卡因而如今在明尼阿波利斯州一个康复中心负责日常运营的人这样告诉他们："我必须学会理解，是上帝在掌控一切。"而在达拉斯一所福音派暑期学校里，一位老师解释了如何"巧妙地将课程与即将进行的山地旅行结合起来"，比如通过给学生布置"和山脉、老鹰和隼相关的《圣经》段落"。

在休斯敦郊外，他们拜访了"休斯敦青少年援助协会"及其创始人，"四十岁的库尔特·威廉姆斯，他把一头长长的黑发向后梳成马尾"，1984年，他"跟着一个漂亮姑娘走进教堂，在那里得到了接纳……生活触底后，他走进教堂，在精神上受到感召，扔掉了毒品和色情片"。在印第安纳波利斯,他们会见了市长史蒂芬·戈德史密斯,他是布什竞选团队的首席国内政策顾问,也是一位公民领袖,他曾悉心研究过"驱使中产阶级群体远离城市的消极因素"(高税收,繁文缛节,糟糕的学校),并在"使用自己的影响力推广天主教学校"中找到了答案。正如他告诉奥拉斯基和丹尼尔的:"上帝能提升我们社区的力量和健康状况,只有顽固的怀疑主义者才会对这一广泛普及的信念持怀疑态度。"

奥拉斯基和丹尼尔了解到,在一个又一个"面向贫困群体"的项目中涌现了很多成功案例,也就是说,这些项目无法获得本该有的政府资助的唯一原因是,如奥拉斯基所言,这是"以信仰为基础"的项目。他们也一再听到相同的措辞("触底""让上帝掌控一切""每次改变一个人的命运"),这些措辞并非巧合,它同样也是以信仰为基础的十二步疗法运动的措辞,很多有关社会福利的"新思想"都脱胎于这套措辞(根据詹姆斯·Q. 威尔逊的说法,匿名戒酒会是"我们现有的最重要的个人转变组织"。)在探访休斯敦郊区一个以信仰为基础的监狱改造项目时,他们见到了唐尼·吉尔莫,他"在年近三十时,有过入室盗窃和偷车的案底",当"四岁的女儿向他问起耶稣是谁时,他意识到自己从来没打开过《圣经》"。

随后吉尔莫加入了由监狱团契事工[a]开发的"内在改变"计划("得克萨斯州州长乔治·W. 布什尝试推行这个项目,而州政府官员则设法阻止了美国公民自由联盟的干预……"),监狱团契是查尔斯("查克")·科尔森[b]从亚拉巴马的马克斯韦尔联邦监狱营被释放后创立的组织,在该组织中,"成功的秘诀"是"上帝的恩典和人类的辅导"。科尔森在对丹尼尔·埃尔斯伯格案的司法调查中因妨碍司法公正而被判处一到三年监禁,而他实际服刑七个月。据报道,在动身前往马克斯韦尔服刑的当天,他说:"我随身携带好几个版本的《圣经》。就这些。"

奥拉斯基满怀赞许地指出:"丹尼尔和我发现,一个富有同情心的保守主义项目的动力,往往来自《圣经》研读会,或者其他一些教堂或犹太教堂的活动。"面对更加世俗化的项目,儿子和父亲都感到

---

[a] Prison Fellowship,监狱团契,美国最大的基督教非营利组织,成立于1976年,致力于帮助囚犯、前囚犯和他们的家人,倡导社会正义改革。

[b] Charles Colson(1931—2012),美国共和党政治人物,曾任尼克松总统特别顾问(1969—1970)。因在1972年水门事件中协助非法获取竞选情报被判入狱。1973年,科尔森皈依福音派基督教,1976年创立"监狱团契",投身监狱事工。

不安，比如休斯敦的一所特许学校 KIPP（"知识就是力量"项目）学院，尽管它看起来"十分出色"，但它的公立性质意味着"学生错失一个额外的维度"，即祈祷和《圣经》学习。类似地，在明尼阿波利斯，他们参观了一个由好意会 [a] 组织的项目，该项目似乎成功地向女性普及了从福利依赖过渡到工作所需的基本职场礼仪（准时到岗，礼貌接听电话）。奥拉斯基承认，"所有这些都令人印象深刻"，但是，"正如丹尼尔在将这一行之有效的项目和我们在其他地方看到的以信仰为基础的相应项目对比时指出的那样，'对于上帝的不关心是触目惊心的'"。

对"以信仰为基础"的使用是巧妙的，且值得玩味。好意会是由一位卫理公会牧师创立的，最初几年他在波士顿的摩根纪念教堂运营这一项目，这似乎能够证明它是以信仰为基础的，尽管显然不同于奥拉斯基所解释的"以信仰为基础"的意义。因此，在奥拉斯基使用"以信仰为基础"时，它具有特殊含义，是一个暗语，

用来暗示某些有价值的组织之所以未能获得政府资金的支持，仅仅是因为它们与宗教有关。这种说法是具有误导性的，因为"有宗教背景的"组织（比如天主教慈善会）完全可以，并且也确实接受了政府资金的支持。无法获得资助的组织是那些被视为"宗教色彩过于浓厚"的组织，判断标准是它们是否进行传教活动，或是否将宗教崇拜或宗教教导作为接受援助的前提。对此，美国最高法院至今的立场仍然是，这类做法将违反宪法第一修正案中的政教分离条款，而奥拉斯基认为，这一条款的原始意图已经被扭曲。"丹尼尔和我花了一些时间讨论二百一十年前发生的事情，"他写道，"其中并没有'政教分离'的说法。那只是托马斯·杰斐逊在修正案已经被采纳十多年后在一封信里的个人表达……开国元勋们如果看到如今法院的判决，让我们身处的世界成了道德无政府状态的避风港，一定会震惊不已。"

奥拉斯基坚称，这些"以信仰为基础"的组织传播的信仰不必局限在基督教，在这里，我们进入了他叙述中另一个巧妙修

---

[a] 即"好意会国际组织"（Goodwill Industries International），是一家成立于 1902 年的美国非营利机构，主要通过经营捐赠品商店筹集资金，致力于通过职业培训、就业安置和社区项目，帮助失业者、低收入人群及其他弱势群体实现自力更生与社会融入。

辞的领域。他告诉《洛杉矶时报》:"我倾向于兼收并蓄,威卡教徒[a]和山达基教教徒也可以囊括其中。如果人们为此生我的气,那就随他们去吧。"他反复提及,富有同情心的保守主义者的目标,是实现"以信仰为基础的多元化",这是一个系统,在其中政府能够为需要帮助的人提供一系列可供选择的项目:"新教、天主教、犹太教、伊斯兰教、佛教、无神论。"然而,或许是因为相比佛教徒或无神论者,基督教福音派使无信仰者皈依的神学动机更加强烈,因此《富有同情心的保守主义》中提到的大部分项目,归根结底仍是基督教性质的,在某种程度上,也都是福音派的。"所有的组织,不管是宗教性的还是无神论的,[曾经都]有机会提交以价值观为基础的刑满释放改造项目的申请,"奥拉斯基在解释得克萨斯州政府官员如何代表监狱团契"阻止美国公民自由联盟的干扰"时写道,"但只有监狱团契真正彻到底。"

在费城,奥拉斯基和丹尼尔拜访了拯救福音派教会(Deliverance Evangelistic Church),这是小约翰·J. 的卢里奥"首次迈向信仰基督教之路的地方",也是在这里,牧师宣称"美国公民自由联盟正在利用和滥用"第一修正案。他们还参观了伯特利社区《圣经》教会,在那里遇到一位下身瘫痪的举重运动员,他"曾经贩卖毒品,无法在人生中获得意义,直到十二年前上帝搭救了他"。现在,他经营着伯特利健身房,该健身房"每周为四十名男性开放,不收取任何费用,也没有设置使用条件,唯一的要求是:这些男性需要每周至少参加一次教堂礼拜,研读《圣经》,或做一次教会咨询"。在奥拉斯基提到的项目中,一些为坚持福音派使命,拒绝接受政府资金("我们来这儿的原因是孩子们需要皈依基督");另一些接受了,并设法在名义上将其与宗教教学区分开来。

举例来说,奥拉斯基和丹尼尔拜访了"祷告的进攻后卫"赫布·勒斯克,他是"国家橄榄球联盟中第一个在达阵区用祈祷姿势庆祝得分的球员,他把达阵区变为布道讲坛"。作为费城大出埃及浸信会的牧师,勒斯克确实接受了政府为教会的福利就业计划提供的资金,但他采取了变通措施:"我们在培训期间不谈基督,但我们会提供免费午餐,并在吃饭期间进行《圣经》研读。"一位来自达拉斯的女性凯

---

a Wicca,一种源自欧洲巫术传统的新兴多神教或泛灵论宗教,无统一教义与领袖,在英美地区尤为盛行。该教崇尚自然与女性力量,其中的核心信仰者被称为"女巫",担任仪式主持或灵性指导者,具有重要地位。自1994年起,美国正式承认其为合法宗教。

西·达德利告诉奥拉斯基:"福音传播是我们所做的一切的核心。"她离开郊区住所,前往市中心,把自己在这里的使命定义为"信徒培训"。奥拉斯基报道称:"在九十年代初期,一位官员提出给她十七万美元的项目基金,但她问道,'如果我接受这笔钱并雇用一位宿管主任,我将会雇用一位基督徒,并期望他遵循一定的行为标准。如果他在婚姻之外发生性关系,我会马上解雇他。你对此有意见吗?'有,官员告诉她。于是她拒绝了这笔资助。"

2

除了在奥斯汀任教外,马文·奥拉斯基也写过诸多作品,尽管没有一本像《美国同情心的悲剧》那样准确地捕捉到当时的国家风潮,但他作品的范围之广,显示出他那充满激情的头脑如何巧妙地从不起眼的细节中洞悉深刻的道理。他写过《败家子媒体:美国新闻媒体的反基督偏见》《说出真相:如何复兴基督教新闻主义》《企业公共关系:一个新的历史视角》等作品,最后这本取材自奥拉斯基在杜邦公司公共事务办公室撰写演讲稿的五年工作经验,这段经历让他得出了一个黑白分明的结论,即企业参与了一场由自由派主导的阴谋,试图通过支持政府监管来消除竞争。他在接受《得州观察家》的迈克尔·金采访时说:"我想去杜邦工作是因为我支持自由企业,但我发现……很大程度上你是在游说政府官员和其他相关人员,这样当他们制定下一批法规时——比如环境法规——他们能够以一种让你获益并且伤害规模较小的竞争对手的方式来制定法规。"

他还写过《为自由和美德而战:十八世纪美国的政治和文化战争》,以及《美国领导力传统:从华盛顿到克林顿的道德愿景》,这本书将美国总统们的"道德愿景"归因于他们的"宗教信仰和性道德",并由尼克松的前助理查尔斯·科尔森撰写前言,科尔森就是那个在麦克斯韦尔度过了职业生涯中最具历史意义的七个月的人。科尔森谈到了"有奉献精神的奥拉斯基追随者",并暗示,"一两代人后,历史学家将会回顾这个时代,并把马文·奥拉斯基列入那些改变人们和社会思考方式的开创性思想家的万神殿"。

即便人在奥斯汀,奥拉斯基通过电子邮件的形式,依然一期不落地担任一本名为《世界》的周刊的编辑和专栏撰稿人,这本周刊的总部位于北卡罗来纳州的阿什维尔,它的全国新闻总编辑是鲍勃·琼斯四世,他是鲍勃·琼斯大学创始人的曾孙,也是现任校长的儿子。在1999年2月修改成略微简洁的版本之前,《世界》杂志的"宗旨"是这样写的:

政治虚构

帮助基督徒把《圣经》运用到他们对日常生活事件的理解和回应中。通过有趣、准确和引人注目的每周新闻报道实现这一目标。在报道的基础上，提供对当下事件和议题的切实可行的评论，采取的视角是将《圣经》视为上帝准确无误的书面话语，并忠于它的最终权威。协助人们发展出对这个世界的一种基督教式的理解，而非接受现存的世俗意识形态。

根据该杂志1999年的一项调查，在103000名订阅者中，有95%自认为是白种人。98%的人"通常每周"参加教堂礼拜。22%是浸信会教徒，17%属于长老会或改革宗教徒，12%是美国基督教长老会分会的成员（一个从主流的美国长老会分离出来的原教旨主义派别，也是奥拉斯基本人所属教派），11%的人是五旬节派或灵恩派信徒。在有孩子的家庭中，有45%的家长对孩子进行"在家教育"或者对至少一个孩子进行在家教学。在被要求对《世界》杂志列出的二十六位个人和运动进行排名时，这些读者评价最高的是詹姆斯·多布森（作为"关注家庭"组织的负责人，他扬言如果布什选择提倡堕胎合法化的竞选伙伴，他将脱离共和党）、"危机怀孕中心"和查尔斯·科尔森。他们对比尔·克林顿总统、全国妇女组织和"宗教左派"评价最低。

由于《世界》杂志很大程度上反映或鼓励了这些偏见，它的报道往往具有可预见性。例如，1999年的一期封面标题为《同性恋者采取攻势》。《世界》如战士般继续向前，跨入1999年到2000年：《一位青少年殉道者：凯西·伯纳尔的葬礼》《对抗文化威胁》《堕胎言论警察》《内窥一个正在衰落的女权组织[即全国妇女组织]的可怕夏日集会》《阿梅：停止针对基督教的攻击》《得克萨斯州学生力争赛前祈祷》《达尔文主义者围攻科学老师》。一些报道对于普通读者而言更加引人入胜，因为它们涉及一些在一般公共话语之外的人物、议题或观点。这个读者群会在有人号召他们去反对"同性恋活动家"对"劳拉·施莱辛格博士"的抵制时，立刻应召上阵。劳拉是一位正统犹太教的电视谈话节目主持人，她曾将同性恋称为"生物学错误"。对这个读者群来说，这种反对行动就如同冲锋号，能召唤大家到街垒去，在这里指的就是派拉蒙影业的大门口。在这个群体中，诸如基督徒是否应该继续购买离异的基督徒歌手，或者"堕落的明星"出的唱片这样的问题就足以打开"潘多拉的争议之盒"。"当很多福音派基督徒似乎对离婚这项罪责如此宽容时，他们在谴责同性恋和婚外性行为等罪行时又能有多可信？"《世界》杂志问道。

奥拉斯基本人就和第一任妻子离婚了。他在一封给《纽约时报》的信中这样写道："我1976年就结婚了，在七十年代初期有过一段短暂的婚姻，然后离了婚。"他在这封信中反驳了一篇文章，该文章暗示他"向媒体隐瞒了他的离婚经历"。他在密歇根大学认识了自己的第二任妻子苏珊，当时她还是本科生，而他是一名即将放弃共产主义信仰的研究生。"我认识他时，他还是个坚定的反共产主义者，但在当时，我不认为他是个基督徒。"苏珊·奥拉斯基后来这样告诉《得州观察家》。她说，奥拉斯基当时推荐她阅读惠特克·钱伯斯的《证词》一书，说"这本书描述了他当时的处境"。在他们搬到奥斯汀后，苏珊·奥拉斯基创办了奥斯汀危机怀孕中心，而奥拉斯基认为，正是为了这个目的，"上帝才促成了这次搬迁"。查尔斯·科尔森同样也和第一任妻子离婚了，如果不是因为在2000年夏天，他要求同样刚刚和妻子离婚的基督教广播员查尔斯·斯坦利辞去拥有十三万成员的亚特兰大第一浸信会牧师一职，那么这件事本不值一提。"考虑到浸信会教徒已经居高不下的离婚率，"科尔森宣称（根据美国人口统计局的数据，1998年美国离婚率最高的州——内华达除外——主要是浸信会教徒众多的田纳西州、阿肯色州、亚拉巴马州和俄克拉何马州），"我们绝不会纵容我们自己的领导人，不管我们有多尊敬他。"科尔森说道，查尔斯·斯坦利需要的是"一段个人忏悔和康复的时间"。

而奥拉斯基，在度过了那段个人悔改与疗愈的时间后，似乎已经完全摆脱了许多福音派信徒都表示容忍的罪行，因此他频繁而热情地书写婚姻——无论是他自己的婚姻，还是婚姻制度本身，同时也书写对男女应有的正确角色分配问题。他在1988年的一期《〈圣经〉中的男性角色和女性角色》的福音派期刊中解释道："总体而言，上帝并不禁止女性在社会中担任领导职务，但当这种情况发生时，通常是因为男性的退位……其中附带着某种羞耻感。为什么你们没有一个能够挺身而出的男人？"《世界》杂志2000年的5月刊整本都在探讨婚姻和家庭，特别强调了一个在福音派教徒中仍然具有争议性的话题，即"首领和顺服"问题，这个问题主要涉及《以弗所书》5:22和5:23中，命令妻子"当顺服自己的丈夫，如同顺服主"，因为"丈夫是妻子的头，如同基督是教会的头"，这句中使用的语言是应该严格依照字面意思理解，还是应该放在其他《圣经》教义的语境下理解。在为第二种说法据理力争并且反对第一种说法的极端之处时（"《圣经》既不主张女性主义，也不主张性别隔离"），奥拉斯基不经意间却暴露出一种与塔利班极为相似的女性观：

《圣经》明确显示了以下两个观点的谬误之处：女权主义者声称男女没有差异，性别隔离主义者认为女性"只"需关注婚姻和母职……在《圣经》中，如果男人退位或变得傲慢，或者逃避上帝的旨意，或者拒绝聆听女性的声音，男人就出问题了。在《撒母耳记上》25:33中，亚比该知道她的丈夫拿巴尔是个傻瓜；当她采取行动拯救整个家庭时，大卫告诉她"你和你的见识也当称赞"。我知道我妻子的判断力常常比我好，所以如果我不想变成拿巴尔·奥拉斯基，我就应该听她的。我们所有人都该这么做。然而如今，一些男性基督徒认为女性应该在所有事情上和男性平起平坐。这让很多男性感到失去了男子气概，而很多女性则希望男性快点站出来拿个主意。其他男性基督徒走向相反的极端，主张已婚女性甚至不应该独自或和其他女性共同学习《圣经》，她们应该仅由丈夫来教导。

3

奥拉斯基写《美国同情心的悲剧》的初衷（"我希望看到福利制度尽可能从政府垄断转变为以信仰为基础的多元化"）本可能被误认为是一种福音派的冲动，而这种冲动与美国中间派的政治传统相去甚远。然而，由于这本书获得了特定的保守派智库的认可，它在新保守主义圈子中慢慢传播开来。《美国同情心的悲剧》大部分内容是在1990年完成的，这一年奥拉斯基在华盛顿的美国传统基金会[a]任职。这本书的核心论点和那些早已深入政治话语体系的观点有某种令人安心的雷同之处。这些观点早在两年前，就曾启发佩吉·努南将"千万点光芒"[b]纳入布什州长的父亲在1988年共和党全国大会上发表的接受提名演讲中。最终出版这本书的艾尔弗雷德·勒涅里[c]出现在致谢名单中，帕特里

---

[a] The Heritage Foundation，成立于1973年，总部位于华盛顿哥伦比亚特区，是美国主要的保守派公共政策智库之一，在里根总统任内发挥了重要影响力。

[b] 乔治·布什1988年在共和党全国大会上接受总统提名的演讲中的这一表述，也是他在竞选期间和总统任期内经常使用的口号，指社会上的组织和个体如星星一般，为社会做出贡献，强调社会服务、慈善和志愿者工作的重要性。

[c] Alfred Regnery（1942— ），美国保守派律师、作家，长期运营自己的保守主义出版机构瑞格纳瑞出版社，也曾担任《美国观察者》的出版人，是美国右翼出版界的重要人物。

夏·鲍泽尔[a]也位列其中。当时正在和在美国企业研究院[b]担任研究员的理查德·J. 赫恩斯坦合写《钟形曲线》[c]的查尔斯·默里为这本书撰写了序言。

《美国同情心的悲剧》出版于1992年，那一年某些关键的修辞性假设已经定型，这些假设涉及二十世纪六十年代的"道德败坏"和从那以后美国生活的"道德肮脏"。罗伯特·H. 博克在被奉为司法提名程序中仅有的两位仍然在世的殉道者之一后，已经着手发布那些将形塑他1996年的作品《懒行向蛾摩拉》的教条。威廉·J. 本内特即将出版他的第一本道德训诫之书，《美德之书》，同时《道德罗盘》和《愤怒之死》也在筹备之中。这是一个狂热的时刻，从中涌现出诸多属于典型的宏大观念，它们似乎是为了支持那股道德重整的风潮而精心设计出来的。正是这种风潮，将统领接下来的政治对话。1995年1月，在C-SPAN的节目中，马文·奥拉斯基向布莱恩·兰姆提供了一段有关这一过程如何发展的清晰总结："《华尔街日报》的约翰·方德读了[《美国同情心的悲剧》]，撰写了评论，他很喜欢这本书，也和其他人谈论这本书。比尔·本内特读了，也在谈论它。还有一些其他人也在阅读和讨论，之后就到了众议院议长那里，他对此感到兴奋，也开始谈论它。"

"我们的榜样是亚历西斯·托克维尔和马文·奥拉斯基。"纽特·金里奇在1995年担任众议院议长后首次发表演讲时告诉整个国家，很显然他已经把几周前威廉·J. 本内特送给他的圣诞节礼物为己所用。本内特称奥拉斯基的作品是"过去十年间有关福利制度和社会政策的最重要的著作"。于是，在《美国同情心的悲剧》最初出版但乏人问津的三年后，它简化的、又相当诡异的功利主义论调，即政府应该资助有信仰的人因为信仰"起作用"，变得恰逢其时，成为"价值观"之战的终极武器，一枚具有先发制人能力的超级隐形导弹，目标精准，旨在将福利制度

---

[a] Patricia Bozell（1927—2008），美国作家，曾参与创立天主教月刊《凯旋》（Triumph）并在该刊物发行的十年间担任执行主编，也曾在《国家评论》《美国观察者》和瑞格纳瑞出版社担任自由编辑。

[b] American Enterprise Institute，华盛顿特区的智库，研究政治、经济和社会福利等领域，主张有限政府、私人企业、个人自由与责任、谨慎和有效的国防及外交政策，与保守主义及新保守主义关系密切。

[c] The Bell Curve: Intelligence and Class Structure in American Life，1994年出版，是一本充满争议的畅销书。作者声称黑人平均智力低于白人，并将其归因于种族差异而非社会环境。

政治虚构

逐出系统的同时将宗教纳入其中。

根据奥拉斯基自己的说法,他是将十九世纪慈善事业的福音化与世俗化福利措施进行比较后完成了这本著作,他认为,世俗化福利因缺乏对个人责任的强调而变得无用。在乔装打扮成流浪汉,用两天时间拜访华盛顿的救济站,由此对"针对穷人的当代同情有了一手观察"后,他确认了上述看法,他写道:"我穿了三件二手T恤和两件脏毛衣,戴上绒线帽,拿着塑料袋,摘掉婚戒,把手弄脏,然后以一位45岁混迹街头无家可归的白人男性的标志性步伐慢吞吞地走着。"在他伪装街头流浪汉的两个白天(没有过夜)中,他报告说(在这里我们触及了这个实验的萌芽),有人为他提供了"很多食物、很多不同种类的药片,以及很多衣物和庇护所相关的帮助,"但没有人给他《圣经》。

毫无疑问,一位寻找《圣经》的无家可归的白男寓言将会引发乔治·W.布什的共鸣。就是这个男人,不仅在得克萨斯州长大,而且在得克萨斯州做生意,同时也管理着一支得克萨斯州的职业球队,这几乎让他成为世俗上帝行业的做市者。就是这个男人,在一次初选辩论中,曾宣称耶稣基督是他最崇拜的"政治哲学家"。就是这个男人,当得克萨斯州的经济在二十世纪八十年代中期崩溃时,在国家组织"社区圣经研究"的指导下,加入了米德兰商人组成的一个团体,该团体每周见面一次,课程形式包括见证自我的十二步技巧,在此处意味着"在领导人和班级成员的生活中见证《圣经》箴言的践行"。布什这个班级的参与者是"婴儿潮一代,刚进入家庭不久的男性",一位前成员告诉《华盛顿邮报》的汉娜·罗森,"我们突然发现自己在做自由落体运动。于是我们开始寻找答案。或许我们在金钱中陷得过深了。或许我们需要向内看,找寻新的生命意义。"

1993年,马文·奥拉斯基首次被布什召见。当时布什正在寻找能够击败现任得克萨斯州州长安·理查兹的议题。奥拉斯基和布什,以及布什的顾问卡尔·罗夫进行了长达一小时的会谈,其间,据奥拉斯基称,布什"问了一些涉及非婚生子女和街头因滥用药物而缓慢死亡的男性等核心社会议题"。然而,直到1995年,布什才有机会再次拜访奥拉斯基,彼时,身为州长的他在一个名为"青少年挑战"的基督教戒毒项目中看到了政治潜力。州立监管机构曾试图关停这一项目,因为它拒绝遵守某些州立法规,包括要求药物顾问接受常规的戒毒技术培训(在美国,常规戒毒技术培训主要基于十二步计划,这计划十分谨慎地指向一个未具体说明的更高的权力,或"我们所理解的上帝"。而青少年挑战采用的戒毒技术，用它的项目执行官的话来说，是"耶稣基督"。）在接下来的几年里，作为州长，布什不仅使得克萨斯州成了首个批准将州资金转向以信仰为基础的项目的州，而且几乎取消了对这类项目的州监管，并在这一开拓性过程中，从宗教右翼那里积累了相当可观的政治资本。奥拉斯基形容这一切为"一个有远见的州长独领风骚的机会出现了"。奥拉斯基还提到，"乔治·W. 布什是一个天生的领导者，既因为他父亲早年间对'千万点光芒'的兴趣，也由于他本人在1986年因个人信仰的转变，从重度酗酒转向戒酒。"

奥拉斯基从未成为布什的全职顾问，但他的参与似乎远不止"他们或许见过一两面"的程度，这是布什的助理们在奥拉斯基公开表达了一些比较难推广的立场时提供的口径，这些立场涉及对女性角色的看法，或者转变信仰的必要性。《纽约时报》的T. 克里斯蒂安·米勒在2000年7月的一篇报道中提到，布什竞选团队试图"将布什与围绕奥拉斯基存在的争议保持距离"，文章引用了一位布什发言人的话，称二人只见过两面，分别在1996年和1999年，尽管1993年和1995年的会面已经被广泛记载。布什的顾问小约翰·J. 的卢里奥在接受大卫·格兰采访时表示，两人之间存在理念上的差距："马文是一位福音派基督徒，而布什也是一位福音派基督徒，但布什不认为所有基于信仰的项目都必须围绕宗教皈依展开。"

奥拉斯基确实相信这一点，而且根据布什州长本人的说法，要说布什在某种程度上并不认同这一点，也很难站得住脚，姑且不论这种观点多么未经检验。奥拉斯基写道："当被问及为何一些以信仰为基础的团体能成功，而世俗性的组织却失败时"，布什称赞了那些有助于"'改造心灵'的项目"。奥拉斯基引用布什的话："一个接受了心灵改造的人，不太可能对药物或酒精上瘾⋯⋯我对此有一些个人经验。正如媒体报道所言，我戒酒了。我戒酒的主要原因是我在1986年接纳了耶稣基督进入我的生命。"将耶稣基督视为个人拯救者，这基本上就是福音派改宗（或者"重生"，布什州长和副总统戈尔都宣称如此）的核心，并且对于希望得救的福音派基督徒来说，使他人皈依是自己的义务。也就是说，用布什的话来说，改变人的心灵。这一义务的《圣经》依据是《马太福音》第28章19节（"所以你们要去，使万民作我的门徒，奉父、子、圣灵的名，给他们施洗"）。正是基于这种信仰，布什在1993年曾向一位《奥斯汀美国政治家报》的记者说出了那句在当时引发轩然大波的话，即"不信耶稣者将下地狱"。对此，马文·奥拉斯基后来在接受《沙龙》采访时

政治虚构

作出了解释："布什当时给出的是正统的《圣经》解答。按照字面意思理解，你必须信耶稣才能上天堂；犹太人不相信耶稣；所以，犹太人不能上天堂。因此这势必会引起一片哗然。"

1999年2月奥拉斯基被任命为布什的宗教政策小组委员会主席，之前两人进行了一次长达四小时的会晤，其间他们连同布什的助手们小约翰·J. 的卢里奥、詹姆斯·Q. 威尔逊，以及老罗伯特·L. 伍德森一起制定了政策。伍德森是国家社区企业中心[a]的创始人，也是奥拉斯基列出的在他思想形成过程中有重要影响力的人物之一。在1999年10月发表于《世界》杂志的一篇专栏文章中，奥拉斯基敦促保守派基督徒不要放弃政治进程，他将自己的角色描述为"试图通过给一位共和党提名的总统候选人提供非正式建议来践行上述言论"，他解释道，因为这一情况，他才主动回避了《世界》杂志大选报道的编辑工作。但到了2000年3月底，他为《奥斯汀美国政治家报》撰写的一篇专栏文章引发了一场小规模的舆论风波。在文章中他指责了三位碰巧都是犹太人（大卫·布鲁克斯、威廉·克里斯托和弗兰克·里奇）的政治评论员，称他们之所以支持约翰·麦凯恩，是因为他不像布什那样背负"基督教的沉重枷锁"，因此得以"在不强迫他们直面自己生活的情况下享受后克林顿时代的光环"。此后，奥拉斯基将他的参与度降级为"去年我在布什阵营中非常次要的顾问角色"，并宣称，既然这一参与不再构成问题，也鉴于基督教保守派"显然会支持布什的立场"，他现在可以重新公开评论竞选活动了。

尽管奥拉斯基的主张表达得或许漫不经心且零散，但它明显与这位候选人的既定偏好相吻合，尤其是那些将政府职能拆分到私营部门，并对产能较低的公民采取强硬立场的倾向。布什在他为《富有同情心的保守主义》所作的序言中宣称，"马文提供的不仅是政府的蓝图，还有一幅激动人心的图景，极大地展示了美国人共享的正派、关怀，以及对彼此的承诺的巨大资源。"奥拉斯基的"政府蓝图"将在多大程度上被采纳，这一点在1999年7月22日布什在印第安纳波利斯发表的一次演讲中得到了明确体现。奥拉斯基将这次演讲称为从2月那场以长达四小时的会晤开始

---

[a] National Center for Neighborhood Enterprise，美国非营利组织，1981年由保守派社会活动家鲍勃·伍德森（Bob Woodson, 1937— ）创立，旨在通过支持社区领袖和基层组织，提升社区应对贫困、犯罪与失业等问题的能力，并推动自下而上的社会变革。

的一整个过程中的高潮。他写道："首先，一群学术或政策精英组成的策划团队提出了一些想法和提案。其次，布什身边的亲密智囊团审议提案并试图整合它们。最后，布什州长决定哪些提案采纳，搁置哪些。"

布什当天在印第安纳波利斯承诺说："每当我领导的政府班子认为有责任帮助人们时，我们将首先留意已经证明他们有能力救济和改变生命的以信仰为基础的组织、慈善机构和社区团体……我们将改变阻碍政府和私人机构合作的法律法规。"布什那天为了说明"救济和改变生命的能力"而讲述的故事如今听来耳熟能详，不仅因为它们在大选期间被反复提及，更是因为它们在语气和场合方面都和马文·奥拉斯基讲述的故事如出一辙。比如说，布什提到得克萨斯州"一位名叫詹姆斯·彼得森的年轻男性，因贪污受贿而入狱"，在假释听证会临近时，他加入了"内在改变"，一个以信仰为基础的项目，奥拉斯基和丹尼尔正是通过这个项目认识了有着类似改宗经历的"唐尼·吉尔莫"。"詹姆斯"拒绝假释，决定留在狱中"完成内在改变课程"，布什相信并接受了这个版本的故事，将其解读为一个圆满的结局。"正如詹姆斯所言，'没有什么比回归外面的世界和我女儿露西团聚更让我期待的了，[但是]我意识到，这是一个机会，成为我[在狱中的]兄弟，以及世界的活生生的[见证者]。我想留在监狱里，完成[上帝]在我身上开启的这一转变。'"

那天在印第安纳波利斯出席的记者，也包括美国三大报纸的政治记者们，《纽约时报》的亚当·克莱默、《华盛顿邮报》的特里·M.尼尔和《洛杉矶时报》的罗纳德·布朗斯坦。在第二天的报纸上，他们的报道将会这样写："首个重要的政策演讲"和迄今为止"关于他'同情式保守主义'信条最为详尽的阐释。"他们将会听到候选人说，联邦资金应该"下放"，不仅下放至各州而且下放到"慈善机构和社区治疗者手中"。他们还将听到候选人承诺，他所领导的政府将会扩大这些组织的"角色和影响力"，"而不改变或者说不会腐化它们"：这对奥拉斯基而言，是一次显著的胜利，因为这一表述将为他所谓的"神学保守派——也就是那些致力于让人皈依的人——"开辟道路。他们将会听到候选人为了打消任何对一个"未经改变"（或"未经腐化"）的"社区治疗者"把"信仰"变成提供援助的终极门槛这个问题的担忧，提供了迄今为止已经众所周知但却在实证层面模糊不清的功利论。"这行之有效。"候选人这么说，然后说，"有时候，我们最大的希望不在改革。而在于救赎。"一位主流的美国政治候选人发表如此引人注目的观点，这本该值得报道，但事实并非如此：到1999年7月，将"救赎"作

859

政治虚构

为政治纲领来谈论已经见怪不怪，以至于第二天没有任何一家主流报纸上出现"救赎"或者"在未经改变或腐化的基础上"这些字眼。

4

CNN 记者杰夫·弗洛克：好的，凯拉，我们现在在威斯康星州密尔沃基以北的华盛顿港，紧跟最新动态。我们现在在艾伦－埃德蒙兹制鞋厂里……试图了解尚未做出决定的选民基于昨天所见，是否已经做出了决定……首先是……艾伦－埃德蒙兹的首席运营官，我必须问您，你还在犹豫。有了昨晚的见闻后，你下定决心了吗？

不具名男子：呃，我还没有决定……

弗洛克：现在你倾向于共和党并且想投票给共和党，但目前你还没有决定。阿尔·戈尔可能会得到你的选票。

不具名男子：很有可能，是的……我肯定会听接下来的两场辩论，我认为重要的不仅仅是涉及的议题，同时也要看候选人的诚意……我们需要将足够多的诚实带回到竞选中。

——CNN《早间新闻》，
2000年10月4日

"未决"或"摇摆"选民的问题，非常有趣，而在最近几次选举中，我们越来越多地听到这一群体的相关讨论。2000年11月大选的前几个月里，全国范围内少数几位政治学者，而非专业民调专家进行的"科学"政治预测显示，副总统戈尔可能会胜出。2000年5月，《华盛顿邮报》的罗伯特·G. 凯泽报道了这一专业预测后，政治学者内部唯一的分歧在于戈尔胜选的票数差距。威斯康星大学密尔沃基分校的托马斯·M. 霍尔布鲁克预测戈尔将赢得59.6%的选票，休斯敦大学的克里斯托弗·威莱茨恩认为是56.1%，埃默里大学的艾伦·I. 阿布拉莫维奇认为是53%或者54%，而爱荷华大学的迈克尔·路易斯－贝克则认为是56.2%。到2000年8月底，当七位专业预测者（包括哥伦比亚大学的罗伯特·S. 埃里克森、布法罗大学的詹姆斯·E. 坎贝尔和纽约州立大学石溪分校的赫尔穆特·诺波斯）在华盛顿举行的美国政治学协会年会上展示他们的预测时，七位中有六位认为戈尔的支持率有所下降，但领先优势并没有显著改变，他们8月的预测显示，戈尔的胜率在52.3%到55.4%之间。第七位霍尔布鲁克则引用了刚刚创纪录的对个人财务状况感到满意的美国人人数，将戈尔的胜率稍微提高至60.3%。

这种预测方法的依据是，分析自1948年以来十三次总统选举的数学模型，以及在历次选举期间经济状况（实际状况和感知状况）。这种预测方法在过去被证明尤为准确。威莱茨恩的早期预测在1988年和1996年的误差率仅为0.6%和0.1%。据《华盛顿邮报》报道，路易斯－贝克（和亨特学院的查尔斯·蒂恩合作），对1996年选举的早期预测不仅比选举前的民调结果更接近最终结果（刘易斯－贝克和蒂恩给出的数据是克林顿54.8%，最终官方结果是54.7%），而且比选举进行期间实际进行的出口民意调查更接近，几乎高出近三个百分点。"总统选举的结果可以根据正式竞选开始前已知的因素来准确预测。"阿布拉莫维奇告诉《华盛顿邮报》。"尽管候选人在竞选上投入了时间、精力和金钱，但到了九、十月份，他们几乎无法改变最终的选举结果。"

然而，政治记者和政治政府工作人员却对这种专业预测持怀疑态度，因为它所依据的模型专注于经济指标，因此坚决排除了被视为影响"摇摆选民"的关键因素的个性或"立场"问题，而正是这些问题主宰着和总统选举相关的讨论。很大程度上这些模型也低估了由民调中出现的"犹豫不决的"答案的数量，正如詹姆斯·E.坎贝尔在《投票之前：美国全国大选预测》中指出的那样："'社会期望的答案'……可能是一个很晚才会做出的决定，既出于一种开放心态，也因为在决定如何投票前，人们可能会更加审慎，以获取候选人的全部可能信息。"而很多民调都关注的"性格"，在这些预测中不发挥任何作用。在焦点小组中常被提及的"价值观"，也被忽视了。

亚当·克莱默在为《纽约时报》报道美国政治学协会年会的华盛顿会议时，将这些预测者形容为"七位外来者［即并非华盛顿局内人］，他们试图把一种连身处其中的人们［即'外来者'永远也无法成为的局内人］都无法洞悉的准确性和可预测性强加在政治生活上"。当传统民调显示布什以两位数领先于戈尔时，布什的民调专家弗雷德·斯迪普告诉《华盛顿邮报》，这些学术模型必然会被证明是错误的，因为没有一个模型在专业人士当时全神贯注关注的问题上——也就是这个国家所谓的"道德价值观的衰落"——将选民的观点纳入考量。

斯迪普在2000年5月发表了这番见解。在5月时，关于"道德价值观"的民调或焦点研究（其中"社会需要的"答案甚至比在偏好调查中还要更加清晰）对于预测11月大选结果来说效果微乎其微，准确性不比问询显灵板高出多少。直到总统选举的最后几周，传统的民意调查仍然以其不可靠而臭名昭著。在1988年5月，一个典型的《纽约时报》/CBS新闻民调显示，杜卡基斯领先副总统布什10个百

861

政治虚构

分点。1992年6月,菲尔德研究所显示佩罗和当时的总统布什平分了选举人团的大部分选票,而克林顿"获得的选票少之又少,以至于他目前并不是一个影响因素"。对于政治进程中的专业人士来说,这并不表示研究本身含糊不清,而是一种令人兴奋的变动,即所谓的"赛马"结构。在这种结果中,选举被视为取决于候选人及其操盘手"发送信号"或利用研究得出的反制措施的技巧。

乔治·W. 布什州长2000年在费城举办的共和党全国代表大会上的提名接受演讲是一系列全国范围内的符号式的反制,每一个从表面来看基本上都毫无意义("当我行动,你将知晓我的原因……当我言说,你将领会我的内心"),但其中却隐藏着诸如"珍视胎儿的生命"或"为了重振**国家**,我们必须重建**价值观**"这样的信号。布什的演讲,被普遍认为传达了正确的信号,他同时成功地将自己塑造成,正如NBC在五彩纸屑还飘在空中时所说:"一个非常简单的家伙——热爱他的农场,热爱他的家庭",与此同时"具备总统气质"。尽管这种即时的正面评价在每一次大会的最后一晚都会出现,是完全可预料的,但对于那些制造了这些正面评价的人,对于那些专门负责评估和校准这一正面评价的人而言,这显著改变了选举的动态。"我对整个竞选过程完全改观了。"共和党资深民调专家罗伯特·蒂特在得知布什选择理查德·切尼(据CNN称,切尼是"统治阶层成员之一")为竞选搭档这一消息后——这同样可以预测,告诉《华盛顿邮报》:"以前,我们看中的是二十八票选举人票,或者该争取哪个特定人群。如今,关键问题是媒体和公众在头四十八小时内作何反应。"

然而,媒体和公众最终可能会以截然不同的方式作出反应,但这似乎并未进入蒂特的分析视野,但我们刚刚度过了一个时期——即克林顿总统被弹劾前后的事件过程,其间美国所有政治评论员无一不对所谓的"脱节"之谜表达了困惑,也就是说,媒体和公众对于克林顿总统的看法上的巨大分歧。布鲁金斯研究所的托马斯·E. 曼在1998年11月的国会选举[a]后立即在《新闻日报》写道:"政治界觉得总统背叛了他们,并且确信他会被迫从白宫辞职,他们对这两点的笃信程度之高,再无任何夸大的可能。"正是那次选举,让这一政治界的主流观点接受了投票的检验,并最终证明了它的失败。曼继续说:

---

[a] 即美国中期选举,改选全部众议院议席和三分之一的参议院席位。尽管总统身陷弹劾危机,民主党在选举中意外止住颓势,甚至在众议院实现了五席的净增长。

公众虽然在道德方面对总统的品行不端感到愤怒，对他的性格持怀疑态度，但仍然坚定地相信克林顿私生活的缺点不会损害他成功担任美国总统的能力。每一个公开披露的充满情色意味的细节仅仅强化了公众的观点，即试图强制总统下台的努力是不明智的，并且至少在某种程度上，是出于政治动机的。这种华盛顿内部和公众意见之间的鸿沟必须在总统的未来尘埃落定前弥合。现在选举结果已经揭晓，我们知道这道鸿沟将如何被填平。选举传达的信息清晰易懂：华盛顿团体必须根据这个国家公众的观点调整自身。

1999年4月，在参议院对众议院提出的弹劾总统克林顿的条款进行表决并宣告克林顿无罪两个月后，在乔治·W. 布什州长在印第安纳波利斯推出他的"救赎"纲领的三个月前，我碰巧听到了几位知名的民主党和共和党民调及战略家一致认为，如果没有出现严重的经济危机，2000年美国大选将会围绕"价值观"展开。在舆论调研中，这些专家明显听到一定数量的美国人表达了对自身及美国的未来的担忧。但不甚明朗的是这种担忧的根源，或者说当受访者回答诸如"这个社会是否会变得过于宽容对人有害的行为"或"总统是否应该为这个国家树立道德榜样"等问题时时，他们表达的那种模糊不清的不安全感或怀旧情感究竟是什么。

关于后者，1998年《华盛顿邮报》联合哈佛大学与凯泽基金会进行的一项民调显示，有一半受访者认为总统应该树立道德榜样，而48%的人不这么认为，这是一个统计上不显著的差异，但后来却被《华盛顿邮报》的一篇报道引用，并配以标题《民调表明在白宫丑闻爆发后公众渴望道德领导力》。当美国人告诉研究人员他们担心家庭或国家的前途时，或者他们认为自己的同胞们"不再像过去一样诚实或道德高尚"时，他们实际上表达的，根据《华盛顿邮报》的说法，是"一种对道德指南针和以德服人的领导力的渴望"，这一观点正好说到了国家的意见领袖们的心坎上，因为他们一整年来都在希望美国人民也这么想。因此，几乎一年前，早在新罕布什尔州初选开始之前，大选将会呈现的态势就已经确定了，它并不要求华盛顿圈子调整自身以适应这个国家公众的观点。主流政治界认为，美国人民真正关注的问题，是他们至今尚未意识到的耻辱感。

5

1999年2月，克林顿总统被参议院

政治虚构

审判并宣告无罪后,《洛杉矶时报》进行的民调显示,超过三分之二的美国人表示,克林顿的不当行为并未让他们对总统职位本身失去尊重。68%的受访者表示他们不希望2000年总统选举重提此事。超过五分之三的人表示,共和党推动弹劾"主要是因为他们试图在政治上挫伤克林顿总统"。只有三分之一的人,相当于共和党基本盘的规模,表示共和党采取这一行动是因为担心"克林顿的行为对国家的法律和道德体系"造成了影响。

政治局内人普遍坚信,大多数美国人都对克林顿政府感到"厌恶",并进一步认为这种反感会损害戈尔的竞选资格"。这些信念虽然只是臆想,但却那样普遍,以至于戈尔真的为此改变了竞选策略,这一点在参议员约瑟夫·I.利伯曼[a]出现在民主党候选人名单上之后表露无遗。政治分析师艾伦·J.莱特曼在2000年9月向《纽约时报》承认:"基本情况对戈尔有利。国内的和平、繁荣和稳定,以及一个团结的执政党。为什么这场选举竞争会如此激烈?因为克林顿丑闻。"一位共和党民调专家埃德·戈伊亚斯指出,戈尔正在经历"弹劾的后果。选民当初不希望共和党弹劾克林顿,是因为他们认为这会搅乱局势。但如今这不再是个问题,他们现如今沉浸在另一种情绪中——他们当初不希望克林顿被弹劾,但他们也确实认为他的所作所为是错误的"。

选择参议员利伯曼作为戈尔的竞选搭档,这一举动被广泛解读为戈尔试图超越假想中的公众对克林顿丑闻的情绪,向全体选民"传递一种信息"。然而,实际上传达的信息并非面向选民,而是面向政治阶层——一个坚信"克林顿丑闻"必须被摆脱的狭窄群体,他们写作、言说,并对这一观点坚信不疑。参议员利伯曼此前因投机取巧的作风而引起了全国的关注。他一方面谴责总统"不光彩"和"不道德"的行为,另一方面却投票反对他被定罪(类似地,他在1991年口头支持克拉伦斯·托马斯的任命,但同时又投了反对票)。除了新闻媒体外,普通公众并不觉得他具备吸引力。在他迈出成为副总统候选人摇摇晃晃的第一步时,经常提到自己的"私下祷告时刻",以及他获得提名是一种"奇迹"。他坚定地展示了自己对家庭的亲情,比如在民主党大会上向全国观众展示的"仅在美国式瞬间中"才能看到的场景:

---

[a] Joseph I. Lieberman(1942—),美国政治人物,1988年当选参议员,1989年至2006年为民主党成员,后转为无党派人士。2000年美国大选中,他作为阿尔·戈尔的竞选搭档,成为美国主要政党中首位犹太裔副总统候选人。1998年,他是民主党内首位公开批评比尔·克林顿处理莱温斯基事件的议员,尽管他在弹劾审判中投票反对弹劾。

"妈妈，谢谢你，我爱你，爱你，以及我知道爸爸今晚会有多自豪。是的，我们确实爱你，妈妈。"他以一种令人不安的居高临下的方式评价他的竞选搭档，他仿佛没有意识到，他对戈尔品格那些不请自来的赞扬（"这是一个有勇气的人！他选择我和他并肩作战就是明证！"）可能反而让人对他的品格打一个问号。

他的讲话风格有种自吹自擂的味道，仿佛他是在为我们大家负重前行，并因此得到了上帝的特别嘉奖。在他那部谦逊的、着重为自己作为一个职业政客的生涯辩护的著作《赞美公共生活》中，他指出自己必须"忍受"那些不信任政客的人的"蔑视"，冒着"在选举中被玷污"的风险，而赢得竞选仅仅意味着"步入一个比之前更加丑陋的竞技场"。在1988年当选为参议员后，为了做好准备迎接比以前更加丑陋的竞技场，他"私下拜访了三位对我个人意义重大的宗教领袖，请求他们为我开启的这一人生新篇章而祈祷"。他选择拜访的宗教领袖——这已经显示出他对于对冲投注的偏好——分别是哈特福德总教区的天主教大主教，米尔福德的福音派新教牧师，以及布鲁克林的路巴维茨派拉比梅纳赫姆·施耐森。

《赞美公共生活》的读者从中了解到，他"并没有给出一个明确的原因"来解释他第一段婚姻在十六年后为何失败，但他确实给出了诸多解释，而每一个解释都有助于提高他自己的声望。总统或许犯下了"可耻的"和"不道德"的行径，但参议员利伯曼没有。他在书中提到，有人在一档热线电话广播节目中暗示，他可能让他的前妻失望至极，他前妻马上拨通了节目的热线电话，说她"知道我从没有过通奸行为"。恰恰相反，"事实上和我们当初相遇和结婚时相比，我后来更加虔诚地信教"，还有"我的政治生涯加诸我们私人生活之上的要求。这无疑是公共生活的巨大代价和风险之一"。

在戈尔决定提名利伯曼后，出现了很多令人沮丧的老调重弹，都是在谈论这一选择将带来的好处。《华盛顿邮报》在提名消息宣布后第二天早上的社论标题是《候选人组合体现了诚信》。民主党领导委员会的阿尔·弗罗姆告诉《纽约时报》："戈尔-利伯曼组合不会和不端行为扯上关系。"类似的赞美（"利伯曼先生赋予他所触及的一切"以"可信度"）也来自杰里·法维尔牧师。人们反复强调，参议员利伯曼为这一组合带来了"道德权威"，其中最常被引用的理由是他曾"无畏地发声"和"无畏地行动"，坚决谴责克林顿和大众文化。他曾断言，好莱坞"不懂何为虔诚"。尽管好莱坞，就像被弹劾期间的克林顿一样，都不太算得上是一个移动的靶子，但利伯曼的改革运动有更深层次的"大无畏"面向：正如他曾和林恩·切尼共同谴责"政治正确"（另一个相当迟钝的目标）一样，他也曾和威廉·J. 本内特共同谴责"我们大众文化中逐渐增长的色情和暴力风潮"。据说，这些行为显示了利伯曼的"独立性"，他"始终遵循良知"的能力，但在实际行事中，这种良知就像一只总爱往右边跳的金色猎犬，决心超越它的主人，甚至甩掉了他自己在美国民主行动委员会高达95%的自由派评分。"在真正切中要害的问题上，"本内特向小E. J. 迪翁解释道，"他不曾缺席。"

参议员利伯曼接受这种超越党派的赞赏时那种相当戏剧性的谦卑，进一步鼓励了那些书写、言说和发表观点的人。理查德·科恩在《华盛顿邮报》评论版写道："通过选择这样一个人，戈尔表示他对于选择一位对克林顿的行为感到不适的竞选搭档感到满意。"大卫·布罗德提到"他增添的道德特性……利伯曼体现并且定义了政客们应该受到评判的标准"。乔治·威尔谈到利伯曼谴责克林顿时那种"真挚的厌恶"，以及那种真挚的厌恶如何回应了"全国民众想要摆脱这位总统的渴望"。同样，《纽约时报》的社论版也认为，选择利伯曼是"一个信号，表明这一选举组合正在超越克林顿总统的行为遗产，而不是政策遗产。就这点而言，利伯曼先生的权威来自他的道德举止，体现在他两年前对克林顿行为的批评中"。这种热情不仅限于社论和评论专栏：在某期《纽约时报》的头版上，报社记者以它新闻报道的方式，证明了利伯曼先生的"道德操守"，他"目标的严肃性"和他的"正直"。他是"未被玷污"。他"被认为是这个国家公职人员中最为正直可敬的人之一"。他是"政治荒蛮之地的道德指南针"。

政治阶层普遍认为，如果不是因为参议员利伯曼的加入，这一竞选组合将严重缺乏道德指南针，以及如果不是因为参议员利伯曼的告解，他们将会遭受来自全国人民对惩罚克林顿的渴望所引发的强烈反弹。因为对于那些书写、言说和发表观点的人来说，全国人民的愤怒和渴望与政治阶层的愤怒和渴望密不可分。他们似乎并没有考虑到，这个国家真正的呼声偶尔会成功穿透新闻报道的迷雾，被普罗大众表达出来。2000年9月4日早上，《纽约时报》的凯瑟琳·G. 西利在一篇标题为《拨云见日，自信满满的戈尔前往佛罗里达州为秋季竞选造势》的新闻分析文章中，在云层中安全穿梭，提醒读者，依照故事线，何为此次竞选的"核心问题"："虽然选民们认可经济的好转，但在克林顿的个人行为上大家仍然怀有挥之不去的怨恨，这制造了一个复杂的情感网络，似乎仍然困扰着戈尔先生。"这篇报道刊登在A14版。

同样在 A14 版，同一天早上，理查德·佩雷斯-佩纳报道了戈尔-利伯曼在费城市中心一处建筑工地上举行的活动，他采访了活动现场一位二十一岁的电工。据报道，这位公民说道："克林顿把经济搞得很好，而戈尔是他的副总统，所以如果我们不能再选克林顿了，那戈尔就是最接近克林顿的人选。"

6

候选人表明他们的信念或信仰，这本身没有问题。但当他们开始以政治的名义将其置于公共舞台时，就是另外一回事了。就像我们这周听到的那样，布什州长谈到美国是上帝的国度。上帝创造了美国……副总统候选人切尼则谈到，宽容在这个国家[运作的方式]应该像耶稣基督教导的那样。如今这听上去像是在讲坛上布道。现在的趋势是在竞选活动中，候选人们竞相追逐，[以]比拼谁更虔诚，上帝在谁的生活中有占比更大……突然之间，在本该聚焦政策议题的竞选中，出现了对信仰和宗教的全新强调，这或许会撼动我们过去两百年的经验。

——亚伯拉罕·H. 福克斯曼，
2000 年 9 月 3 日，星期日，《本周》

比尔·克林顿用务实低调的策略打入了白宫。他忠诚的竞选团队工作人员反复告诫自己"最重要的是经济，笨蛋"。但获胜的党派，通常都是能够占领道德高地的一方。这就是为什么乔·利伯曼谈论上帝的话语对阿尔·戈尔如此有益，因为它帮助选民忘记了比尔·克林顿的不道德行为。

——马文·奥拉斯基，
2000 年 9 月 23 日，《世界》杂志

在这场竞选中，民主党阵营的总统和副总统候选人都是职业政客，其中一位专为这一政治游戏而生，另一位则声称是受到已经驰骋政界的"备受尊敬的人物"的启发才投身这场游戏的，其中就包括"斯坦福市那一连串举止端庄又平易近人的市长们"。共和党阵营的总统候选人中，有这么一位，他过去最成功的一桩商业投资，建立在一个颇具争议的前提上：在他父亲担任总统的第一年，他欣然接受了一项颇具争议的优待协议，在由一群投资人组成的财团以 8600 万美元收购得克萨斯州游骑兵棒球队的交易中，他以区区 60.6 万美元的个人投入，得到了 10% 的普通合伙人收益，也就是作为激励的提成。而副总统候选人中有这么一位，把自己在海湾战争中积累的中东政治资本，变现成哈里伯顿公司价值 4550 万美元的股份。当被问及为何没有在 2000 年得克萨斯州的总

统初选中投票时（或者更广泛地说，在他作为达拉斯县居民期间参与的十六次选举中，他有十四次都没有投票），他想到的说辞是他向来专注于"全球事务"，就像在越南战争期间，他并没有应征入伍，而是在威斯康星大学"专注于其他优先事项"却始终没有拿到博士学位一样。

以上四位候选人中，究竟哪一位有资格争夺"道德高地"，这一点不甚明朗，但他们却纷纷对这一虚幻的道德舞台展开争夺，以布什州长和参议员利伯曼为主，戈尔和切尼也不甘落后，这种争夺统领了此次竞选。每个人都证明，信仰在自己的生活和国家中占据核心地位。每个人都宣称，要将"基于信仰的组织"（到这个时候，它们已成为政策讨论中必不可少的一部分，因此被简写为"FBOs"）安排在国家社会救助系统的前线位置。"宪法保障的是**宗教的自由**，而不是**免于宗教的自由**"，他们中不止一个人经常这么说，他们挪用了二十世纪五十年代是否将"在上帝庇佑下"这一表述纳入《效忠誓词》的相关争论，并将其翻新。（"这不符合宪法，所以不要这么说，"我想起我祖父当年是这样告诫我的。）副总统戈尔1999年在亚特兰大就曾表示："我认为信仰本身有时是激发个人转变的必要条件"。到2000年8月，参议员利伯曼在底特律宣称，美国正在"迈向一种全新的精神觉醒"，这只需要身为国民的我们"重申我们的信仰，并重新把国家和我们自身奉献给上帝和上帝的旨意。"

在某种程度上，很多美国人根本不会把竞选期间候选人的言论当回事，认为那不过是空谈。当参议员利伯曼告诉我们"千万不要沉迷于认为道德可以在没有宗教的情况下维持"时，或是当布什州长说"我们是上帝选中的国家"时，又或是当副总统戈尔谈及耶稣会怎么做时，抑或是切尼先生在肯萨斯城的一个活动台上和一群运动员一起现身，后者证明了耶稣基督和福音书在他们生活中扮演的重要角色时，他们的发言通常被理解为一种战术信号，一种传达给特定选民群体的"信息"，是瞬息万变的竞选中稍纵即逝的一刻；是游戏中的一种标记，与政策和立法实际的发展方向没有因果关系。全国福音派协会的一位新闻发言人在讨论参议员利伯曼的过度狂热的宗教虔诚时告诉《纽约时报》："福音派基督徒对参议员的所有言论都非常满意。"他们可能确实感到满意，并且这番发言本来就是为了让他们满意的，然而，这位参议员并没有支持两项福音派最近特别关心的诉求：授权由学生主导的祈祷活动，以及强制张贴《十诫》内容。此外，尽管他曾就堕胎问题发出呼吁，表达他"日益增长的个人焦虑，即我们国家在某些事情上出了很大的差错",但他在堕胎立法——一个对福音派而言至关重要的议题——上的投票,总体上还是倾向于支持堕胎。

他所表达的"我们国家在某些事情上出了很大差错的个人焦虑",实际上是一种彻头彻尾的修辞,或空洞的口头表态。就其本身而言,它可以被搁置,被理解为向"支持家庭"或"价值观"的选民的致意。这一群体尽管属于少数,但由于两党都刻意将竞选对话范围缩小至这一选民群体关心的问题上,他们日益受到鼓励,来决定我们的选举。相当多的证据表明,这种缩小范围的策略往往使年轻选民感到疏离,已经对选举过程造成了有害的影响。在1996年总统选举中,南加州的美国公民自由联盟基金会主席在《洛杉矶时报》上指出,十八岁到二十一岁的选民投票率从38%降至31%,而二十一岁到二十四岁的选民投票率则从45%下降到33%。在1998年的国会选举中,这两个年龄群体的选民投票率低于17%,大概是更年长的选民的一半。2000年选举中这些所谓的虔诚竞赛并没有起到扭转年轻人政治冷感的作用:在《上帝在"美国实验"[a]中扮演了什么角色?》一书中——这是在布鲁斯金学会的慷慨赞助下集结完成的一系列研究和论文集,理查德·N.奥斯特林指出,当前达到投票年龄的群体,比以往任何一代人都"更彻底地脱离了传统的基督教观念……他们不相信基督是人类独一无二的救世主,不把《圣经》解读为上帝的话语,也不接受道德绝对准则这一观念"。

9月,一个星期天的早上,亚伯拉罕·H.福克斯曼建议科基·罗伯茨和受人尊敬的帕特·罗伯逊牧师,在竞选活动中过分强调信仰将会"撼动我们过去两百年的经验"("所以这是一个极少数、极少数的群体,他们自认为是无神论者,"帕特·罗伯逊回应说,"但你不能为了取悦某些极少数群体而放弃整个大众群体深厚的宗教信仰")。这一对话发表在参议员利伯曼在底特律举行的"新精神觉醒"运动之后,福克斯曼写给参议员的信引发了长达数天的专栏文章和访谈节目的辩论。在这次辩论中,人们就宗教信仰在美国生活中应该扮演何种角色展开了相当详细的讨论。大家普遍认为,《第一修正案》中的政教分离条款,在确保英国圣公会或主教教会的特殊地位被废除这一点上,是个好主意。同样地,大家也普遍认为,开国元

---

a　The American Experiment,指美国自建国以来对民主与共和制度的政治实践。

政治虚构

勋们当时的目标并非成为"无神论者"(斯科普斯审判 a 中的稻草人吊诡地重回我们身边),而是鼓励"信仰的多样性"。争论的双方存在一些激烈但范围有限的分歧。有人认为个人信仰最好在私人领域中实践,而另一些人则认为,若信仰仅限于私人领域,那根本算不上真正的信仰。这种分歧和 1844 年费城骚乱并非毫无相似之处。当年,在有关公立学校究竟该张贴哪个版本的《十诫》的争论中,有六人丧生。

然而,这一辩论中几乎所有的立场和态度,实际上都建立在一个几乎从未受到质疑的基本假设之上:宗教,无论是在公共领域还是私人生活中,始终是美国经验的核心所在;福克斯曼先生提到的"过去两百年的经验",实际上是对于一系列宗教觉醒的记录,其最终的归宿理应是如今两位总统候选人口中的国民的"个人转变"——若是那个被越来越多的人称为"美国公民自由联盟"的阻碍因素能够被感化。威廉·拉斯伯里在《华盛顿邮报》上写道:"我需要我在公民自由联盟的朋友们再跟我说一次,在公共场所祈祷,或者说广泛意义上的宗教本身,到底有什么致命危险,我总是忘记这一点。"

小 E.J. 迪翁在《华盛顿邮报》上写道:"政教分离从来都不意味着宗教在美国生活中地位的丧失。别忘了,这是一个仍然把**我们信仰上帝**印在货币上的国家。"事实上,**我们信仰上帝**出现在美国货币上,正是**在上帝之下**被添加到《效忠宣誓》的同一时期,出于相同的政治动机——作为艾森豪威尔政府冷战时期在国内战线的宣传工具——但这一历史事实已经在集体记忆中销声匿迹了(正如在美国独立革命期间属于教会的美国人数量仅占人口总数的 17% 这一事实一样)。"我承认,"迪翁还写道,"我非常喜欢乔·利伯曼对我国有关宗教和公共生活的辩论所做的贡献。"

利伯曼并不是第一位宣称信仰对我们的民主制至关重要的政客。总统德怀特·艾森豪威尔就曾向这个国家表达过这一重要情感:"我们的政府如果不是建立在一种深切的宗教信仰之上——我不在乎这个信仰究竟是什么,那就毫无意义。"今时今日有关宗教和政治的讨论比艾森豪威尔那种"我不在乎这个信仰究竟是什么"要严肃得多。而这正是让很多人感到不安的原因。

---

a Scopes Trial,即"田纳西州诉约翰·T. 斯科普斯案",1925 年在美国田纳西州开庭,一名中学教师因在课堂上教授达尔文进化论而被控违法,引发巨大争议。该案象征宗教与科学教育之间的冲突,成为政教分离争议的标志性事件之一。

这标志着美国国家政治话语中一次意义深远的转折。在此之前，人们普遍认为，政治关乎推拉角力，关乎迁就妥协，是有关可能性的艺术，一个本质上务实的进程，以在一定程度上满足国家公民们迥然不同的需求，平衡他们的权利。在此之前，人们还普遍认为，在这个过程中引入信仰或"道德高地"是危险的。即便勉强可以接受，也只有在情况极为严重和紧迫的时刻，才足以承担它固有的危险。因为为了迎合那些自认为占据道德高地的群体的需求和权利，其他公民的需求和权利可能会被牺牲。然而，眼下的美国并不处于这种危急时刻。国家并没有处于战争状态。这个国家的大部分公民似乎都明白，总统最近被要求做出"完全忏悔"的表态，对他们的家庭而言不会有太大的实际意义，远没有总统是否有能力带领他们渡过全球经济的湍流来得重要。

民众普遍以消极的方式谈论这位总统"可能的遗产"，认为这是他曾经十分渴望但最终失去的救赎圣杯，但按照任何一种合情合理的标准衡量，他的遗产已经相当可观：他即将移交给布什州长或副总统戈尔的这个国家的家庭收入中位数已经达到了历史最高水平，而失业率则降至三十年来的最低点，暴力犯罪率在降低，位于曼哈顿的数字国家债务时钟一直在运转，直到其创造者宣布该装置已经失效并且将其停用。简而言之，克林顿的"遗产"就是创造了这样的经济和社会条件，以至于学者们早早预测执政党在2000年11月选举中获胜的可能性最大。

然而，道德高地上的空气如此稀薄，以至于这一切都被视为无关紧要，就连那个看似可能因此受益的候选人也不例外。过去几十年来，一直属于新保守主义右翼的起源神话，如今已经成为整个政治进程参与者所共享的官方叙事，部分是因为它以独特的形式满足了政治阶层对于解释它自身与选民们之间疏离关系的需要：在这个带有末世危机色彩的叙事中，美国从建国之初到二十世纪六十年代，一直是一个深深根植于宗教的国度。然而，到了六十年代，在罗伯特·H. 博克所谓的"'智识'阶层及其执法部门，即以美国最高法为首的司法体系"的努力下，整个国家及其公民已经被"世俗化"了——这种世俗化是潜移默化的，也是极具破坏力的——因而需要"转变"，需要"道德和智识上的重新武装"，需要"恢复对道德权威的尊重"。在这样一个日益浸淫于福音派教义的国家中，有相当数量的公民甚至开始相信"上帝在过去一万年内的某个时间点一次性地创造了人类，而人类自诞生之初就是现在的形态"（1991年的盖洛普民调显示，有

政治虚构

47% 的美国人表示相信这个"瞬间性行为",或者是"这一晚近的特殊造物"),而那些写作和言说的人们争论的焦点则在于这个国家的政治系统要如何才能在最大程度上复兴据称在六十年代期间已被摧毁的宗教价值观(同样是一种有趣的瞬间性行为)。

这种复兴正在进行中,并且很快将证明政治阶层在克林顿事件上的正确性——正是这种虚妄的想法,造就了 2000 年大选与选民之间怪异的疏离感。对于民主党候选人而言,这尤其危险。马文·奥拉斯基在最新版《美国领导力传统》的序言中写道,克林顿总统或许"免于被定罪",但是"在公众舆论的法庭上依然被判处有罪"。他写道,选民将不再接受"一种无所不包的道德愿景"。也因此,在 2000 年大选中,"民众似乎希望下一任总统是一个不会让椭圆形办公室蒙羞的人选,而这种愿望为那些试图复兴道德领导力传统的人们带来了希望"。

此处的逻辑,与面对利伯曼的提名时浮现的逻辑,都是那个起源神话的逻辑:一旦被警告,"民众"便可以抛弃对蒙羞的领导人那邪恶的忠诚,并在最后的末日降临之前获得救赎。伴随着一次次重述,这一寓言得以不断调整和修剪,但有一个元素始终不变,那就是蒙羞的领导人——若非戈尔竞选团队为了追逐幻想中"摇摆不定"的选民,急于闯入了这一寓言的致命旋涡,布什竞选团队早就在这块巨石上撞沉了。整整一代的年轻选民可能会认为,在这两位重复着同样遥远的故事的候选人之间进行选择毫无意义,这一清晰可见的可能性只会让一个阵营,即共和党阵营受益,而民主党阵营没能意识到这一事实,则可能会抵消它一直以来力图否认的政治遗产所带来的优势。

WHERE I WAS FROM
我的来处

徐亚萍 / 译

本书献给我的弟弟詹姆斯·杰瑞特·狄迪恩,

以及我们的父母,

艾杜内·杰瑞特·狄迪恩和弗兰克·里斯·狄迪恩,

爱你们

目 录

第一部分 879

第二部分 935

第三部分 973

第四部分 999

PART I

第一部分

第一部分

1

我的曾曾曾曾曾外祖母伊丽莎白·斯科特，生于1766年，在弗吉尼亚和卡罗来纳的边境地区 [a] 长大，十六岁时嫁给了本杰明·哈丁四世，一位参加过独立战争和切罗基远征 [b] 的退役军人，当时他也只有十八岁。然后，伊丽莎白跟着他搬到了西边的田纳西和肯塔基，最后去世于另一处边境 [c]：白河南岸的油槽滩 [d]，如今这里是

---

[a] 1766年，弗吉尼亚（Virginia）和卡罗来纳（Carolina）仍是英国的殖民地。1776年，美国独立战争期间，弗吉尼亚宣布脱离英国统治，并通过了自己的宪法，正式成为美国的一个州，是建国时最初的十三个州之一。卡罗来纳最初为一个整体，于1729年被划分为两部分。1788年5月23日，南卡罗来纳州成为美国的第八个州；1789年11月21日，北卡罗来纳成为美国的第十二个州。

[b] Cherokee Expedition，又称克里斯蒂战役（Christie's Campaign），美国独立战争期间美国军队向东南林地土著切罗基部落发起的军事行动，旨在报复其支持英军并袭击殖民定居点的行为。

[c] 当时，密苏里领地已经是美国版图的最南端，墨西哥湾沿岸的西佛罗里达（West Florida）尚属西班牙。

[d] Oil Trough Bottom 位于美国阿肯色州独立城的东南部、白河西南部，底部是肥沃的洼地，上方是油槽山脊，自1800年起，便成为法国边防人员的猎熊场。传说，该地区便得名自用来储存熊油的木槽：熊油被放入槽中，漂流至路易斯安那州新奥尔良，用于烹饪、化妆品、美发和鞣制皮革。

我的来处

阿肯色州的辖域，但在当时还属于密苏里领地[a]。伊丽莎白·斯科特·哈丁的光辉事迹包括，在印第安人战争期间曾经带着她的孩子们（据说一共有十一个，但有名有姓的只有八个）躲在山洞里，此外，这位游泳能手还曾抱着婴儿在发洪水的时候涉水过河。传说中，为了保护她或他自己，她的丈夫杀过十个男人，这还不算英国兵和切罗基族人。这些说法或许是真的，也可能只是某种演绎——在当地的口述传统中，总喜欢安排一些戏剧性的壮举。听一位对此事颇有研究的表亲说，故事中的丈夫，也就是我的曾曾曾曾曾外祖父，"在阿肯色州的官方历史记述中叫作'老上校·哈丁'，是一位参加过许多场印第安人战争的英雄人物"。伊丽莎白·斯科特·哈丁，这位有着明亮蓝眼睛和严重偏头痛的姑娘，所居住的那条白河，便是一个半世纪后詹姆斯·麦克杜格尔创立并经营失败的白水开发公司[b]的所在地。在某种意义上，这个国家并没有人们说得那么大。

对于伊丽莎白·斯科特·哈丁的其他事迹，我一无所知，但我手里握有她的玉米面包和印度调味酱秘方：1846年，她的孙女把这些秘方带到了西部，她跟着唐纳－里德大队，一路走到洪堡洼地[c]，这才转而向北，前往俄勒冈，她的丈夫，约瑟

---

[a] 密苏里领地（Missouri Territory）是美国的一个建制领地（organized incorporated territory，指由联邦政府设立并直接管理，但尚未成为州的一部分），存在时间为1812年6月4日至1821年8月10日。1819年，其南部地区被划出，设立为阿肯色领地（Territory of Arkansas），后于1836年6月15日正式加入联邦，成为阿肯色州。1821年，东南部作为密苏里州加入联邦，其余地区则在之后的数年间处于未建制领地状态，并最终演变为今天美国多个州的一部分。

[b] Whitewater Development Corporation，是詹姆斯·麦克杜格尔与苏珊·麦克杜格尔夫妇于1978年在阿肯色州创立的一项房地产开发项目，旨在与时任（1977—1979）阿肯色州总检察长比尔·克林顿及其妻子希拉里·克林顿合作开发白河附近地区的度假房产。项目失败后，联邦监管机构开始调查与其相关的金融机构，由此引发对克林顿夫妇是否存在不当收益、公权私用及妨碍司法等问题的持续调查。尽管调查未发现克林顿夫妇在项目中存在明确违法行为，但"白水事件"已成为二十世纪九十年代一系列针对比尔·克林顿的独立检察官调查的起点，并最终扩大至宝拉·琼斯诉讼案、莱温斯基事件，以及1998年的总统弹劾案。

[c] Humboldt Sink，美国内华达州西北部的一处湖床，除季节性积水外，一年中的绝大部分时间都处于干涸状态，是一片干裂、荒芜的荒漠盐碱地。在十九世纪的西进过程中，这一地区是最为艰险的路段之一，被称作"四十英里沙漠"（Forty Mile Desert）。洪堡湖及该湖床均得名自德国自然学家亚历山大·冯·洪堡（Alexander von Humboldt，1769—1859），其思想与著作对美国十九世纪上半叶以来的地理勘探、测绘与西部拓荒活动产生了深远影响。

夫斯·亚当森·康沃尔牧师,决心留在那个当时还叫作**俄勒冈地区**[a]的地方,成为那里的首位坎伯兰长老会巡回牧师。正是这位名叫南希·哈丁·康沃尔的孙女,也就是我的曾曾曾外祖母,给我留下了这些秘方,除此之外,还有一幅她在西进途中制作的**拼布画**(applique),平纹细布的底字上缝着红绿拼色的图案,如今就挂在我纽约家里的餐厅,此前则一直挂在我在太平洋沿岸一所房子的客厅里。

我还有一张照片,上面是一块石碑,坐落在一座木屋的遗址上。1846年的那个冬天,南希·哈丁·康沃尔一家就住在这座木屋里,此时,他们尚未抵达位于威拉米特山谷的目的地,但除非他们肯抛下约瑟夫斯·康沃尔的那些书,否则马车便无法穿过安普夸河流经的那段陡峭峡谷。(似乎只有他的几个女儿动过这个念头。)石碑上刻着这样的文字:

谨以此纪念 J.A. 康沃尔牧师及其家人,他们在此碑旁边修建了道格拉斯县第一座移民者木屋,"屋溪"由此得名。1846年末至1847年初,康沃尔一家

在此越冬,他们在外甥——名叫伊斯雷尔·斯托里的捕猎能手的帮助下,摆脱了食品极度匮乏的处境。此外,他们还得到了印第安人的友好相待。在西进途中,他们也曾与厄运缠身的唐纳大队同行过一程。

这张石碑的照片是我母亲的一位堂舅奥利弗·休斯敦交给她的,这位狂热的家族史家,一直到1957年还在提醒晚辈们留心"一个后人不应忽略的场合",即向太平洋大学博物馆捐赠包括"1846年康沃尔家族穿越大平原时随身携带的土豆压泥器"在内的诸多器具的仪式。奥利弗·休斯敦的信里接着写道:"这样一来,以后盖格和康沃尔家的后人,只要走进博物馆,就可以随时看到这些物品了。"虽然我本人没有机会去看那台土豆压泥器,但是我确实保留了一份相关记忆的打字稿,来自纳西莎,南希·哈丁·康沃尔的十二个孩子之一,上面记录了他们住在后来的屋溪的数月时光:

我们距离安普夸河差不多有10英里,

---

[a] Oregon Country,十九世纪上半叶对北美西北部一片广阔地区的称呼,也是西进运动的重要部分,涵盖今日的俄勒冈州、华盛顿州、爱达荷州及蒙大拿和怀俄明的部分地区,以及今加拿大不列颠哥伦比亚省的南部。1918年起,美英就该地区达成"共同占有"协议,1846年的签订《俄勒冈条约》,则正式将北纬49度以南的地区划归美国。1848年,美国设立俄勒冈领地。1859年,其中的一部分被划出,建为俄勒冈州,其余领地随后被重新划分,陆续演变为其他数州的组成部分。

住在这里的印第安人总会过来待上大半天。其中有一个人会讲英语，他告诉母亲，罗格河的印第安人要过来杀了我们。母亲告诉他们，要是他们敢来找麻烦，到了春天，波士顿人（印第安人给白人起的名字）就会过来把他们都干掉。我不确定这么说有没有作用，不过他们到底没有来杀掉我们。但是我们总以为他们早晚有一天会来干这个事儿。有一天，父亲正在读书，不是母亲开口提醒，他都不会发现家里挤满了陌生的印第安人……注意到他们后，父亲立马站起身来，拿起手枪，叫那些印第安人去屋外看他射击。他们就跟着他出去了，但保持着距离。他们对手枪产生了巨大的好奇。我怀疑他们是不是从没见过这东西。一等他们都走出木屋，母亲就把门闩上，不让他们再进来。父亲在屋外陪他们玩到傍晚，他们就跨上小马驹离开了。他们再也没来找我们麻烦。

在太平洋沿岸那所房子另一个房间的墙上，挂着一张来自另一场拓荒之旅的薄被，这是我的曾曾祖母，伊丽莎白·安东尼·里斯在马车上缝的，在那次行程中，她埋葬了一个孩子，生下了另一个，两次染上高山热[a]，先后赶过一对牛、一群骡子和二十二头没拴缰绳的牲口。我从没见过针脚像伊丽莎白·里斯这条一样多的薄被，杂乱无章的针脚密密匝匝地叠在一起，把它挂起来的时候，我突然意识到，肯定是某一天在途中，在一片满是伤心和疾痛的荒野中，她做好了这条薄被，却又自顾自地继续缝啊缝。她的女儿这样描述：

汤姆在出发的第一天就发起了烧，但但根本请不到医生。他病了一两天就死了。得立刻把他埋起来，因为车队马上就要继续上路。他两岁大，我们很幸运，能把他放在一个行李箱里埋葬。行李箱是一个朋友给的。第二年，我姑姑的孩子也死了，她把孩子抱在怀里很久，没敢让任何人知道，怕他们还没到站就要把孩子埋掉。

看起来，我家族里的这些女人总是很务实，而且在她们的内心深处，都有着一种无情的决绝，惯于跟原本的一切人事一刀两断。她们会射击，会驾驭牲口，孩子们的鞋子小了，她们还会学印第安人做鹿皮鞋。"我们马车队里的一个老太太教过我妹妹做血肠，"纳西莎·康沃尔回忆道，

---

[a] Mountain fever，即落基山斑疹热（Rocky Mountain spotted fever），是一种由蜱虫传播的细菌性疾病，通常以发烧和头痛开始，几天后出现皮疹。落基山脉斑疹热最早发现于十九世纪的落基山脉，在1890年至1900年间变得非常普遍，尤其是在蒙大拿州的比特鲁特山谷。

"宰杀鹿或牛的时候,割开它的喉咙,就能接到血。你往里面加点板油,再加一点盐,有的话再加点面粉,粗细都行,接着烤一烤。没有东西吃的时候,这玩意儿简直是美味。"她们愿意用尽浑身解数,尽管结果难料。她们不愿多花心思去想某个结果意味着什么。要是想不出办法,她们就会搬到千里之外,重新打造另一片园地:用从上个地方带来的种子,种出豆角、南瓜和甜豌豆。过去可以抛弃,孩子可以埋葬,父母可以丢下,但种子必须带走。这就是我家族里的女人们。她们没有多少时间用来思前想后,也没有多大兴致含糊其词,等到她们有了充足的时间和意愿,就会产生一些在我看来颇为普遍的变化,具体表现为或轻或重的精神错乱、明显古怪的言论、莫名其妙的举动,以及计划之外的搬迁。

妈妈把勇气视作生命的主要动力,也因此,它还是我们当下的生命的调节器、未来命运的预测仪。她生命中的准则、目标和热情都已形成并固定下来。总体而言,她的健康状况良好,人到中年,还是一副永远不会疲累的样子。一年到头,除了礼拜日,不管是什么季节、什么日子,她的生活之轮都在无休止地转动:照顾家人,雇人帮忙,招待客人,在频繁的聚会中招待牧师和其他人。

这是南希·哈丁·康沃尔的儿子约瑟夫对她的看法,西进那年他才十三岁。女儿劳拉当时才两岁,但对她的看法也别无二致:"作为美国独立战争的女儿,她天生就是一个勇敢的女人,好像从不会害怕印第安人,也不会在困难面前退缩。"

还有一张照片:

一个女人站在位于内华达山脉的一块石头上,大约是1905年。

实际上,这不是一块普通的石头,而是一处隆起的花岗岩:是一块出露的岩浆岩。我之所以会用**岩浆岩**和**出露**这样的词,都要得益于我的外祖父,照片背景中那些采矿营地里就有他的一个,这些词就是他教我的。他还教我区分金矿石和那些同样亮晶晶却不值钱的蛇纹石,还是孩子的我更喜欢蛇纹石,他的传授毫无意义,因为那时候金子并不比蛇纹石更值得开采,两者的区分只是纸上谈兵,甚至可能只是不切实际的愿望。

照片。隆起。背景里的营地。

以及这个女人:埃德娜·玛吉·杰瑞特。她是南希·哈丁·康沃尔的曾孙女,后来会成为我的外祖母。她有深色

我的来处

爱尔兰[a]、英国和威尔士血统，也许（不确定）还有一点犹太人血统，她的外祖父威廉·盖格常常自称祖上出过一个德国拉比，虽然他本人其实在桑威奇群岛[b]及太平洋沿岸的长老会当传教士；也许（更不确定）还有更少的一点印第安血统，来自某个边境地带，也可能她只是喜欢这么说而已，因为她的皮肤被阳光晒黑了，但人们总说最好别晒那么黑。她在俄勒冈州海岸的一所房子里长大，房子里摆满了各种在当时当地颇具教育价值的珍藏：用塔希提岛的贝壳和种子穿成的珠串、带雕花的鸸鹋蛋、萨摩烧花瓶、来自南太平洋的长矛、泰姬陵的雪花石膏模型，以及当地印第安人送给她母亲的篮子。她非常漂亮，又是被娇养大的，尽管她对山地生活相当适应，每天早上都要把钻进靴子里的蛇抖出来，但她所享受的条件显然超出了当时上文提到的那座内华达山脉采矿营地所能提供的水平。举个例子，在这张照片中，她穿着一身由旧金山要价最高的裁缝为她制作的麂皮长半裙和短外套。"你连她戴的**帽子**都买不起。"她的船长父亲曾这样给追求她的人泼冷水，也许所有这些人中，只有我外祖父，这位来自乔治敦迪韦德县的淳朴读书人的热情没被浇熄。

这种挥霍精神贯穿了她的一生。因为她自己就是个孩子，所以她知道孩子们想要什么。在我六岁得了腮腺炎时，她给我带来的安慰剂，不是填色书，不是冰激凌，也不是泡泡浴，而是一盎司昂贵的香水，"据说"是伊丽莎白·雅顿，用一个水晶瓶装着、金线封着。在我十一岁不愿意再去教堂做礼拜时，她给我的诱饵，不是对上帝的敬畏，而是一顶**帽子**，不是普通的帽子，也不是专门给小孩子戴的那种规规矩矩的钟形帽或者贝雷帽，而是一顶上面有意式遮阳草编和丝质法国矢车菊的帽子，上面还有一个厚厚的缎面标签，写着**莉莉·达奇**[c]。她给留下来陪她过跨年夜的孙辈们做过潘趣酒。第二次世界大战期间，她在萨克拉门托地扪罐头厂[d]的生产线上

---

a　Black Irish，拥有黑发、深色肤色的爱尔兰人。民间传说称他们是 1588 年西班牙无敌舰队在爱尔兰海岸遇难后留下的西班牙水手后裔，但此说缺乏证据。学界普遍认为，"深色爱尔兰人"是十九至二十世纪由爱尔兰裔美国人创造的身份神话，或用于解释外貌特征、规避与非裔血统的联想。

b　Sandwich Islands，夏威夷群岛的旧称。

c　Lilly Daché（1892—1989），法国出生的美国制帽师与时尚设计师，以其优雅而富有创意的帽饰设计在二十世纪中期的美国声名大噪。葛丽泰·嘉宝等著名影星都是她的客户。

d　Del Monte Food，美国加州著名的食品制造及经销公司，生产罐头水果、蔬菜制品，以及宠物食品。在"二战"期间，该公司曾为美军供应罐装食品，是重要的军需物资承包商之一。

886

做志愿者，帮忙抢救中央谷地的番茄作物，然而，她刚看到移动的传送带，就开始偏头痛——这是曾外祖母把种子带到西部时顺便带来的，于是她在生产线上度过了泪流满面的第一天，这也是最后一天。作为弥补，她在剩下的战争岁月里为红十字会织了很多送去前线的袜子。她买来织袜子的纱线都是羊绒的、军旗色 [a]。她有若干小羊驼大衣、手工磨制的香皂，没多少积蓄。孩子就能把她弄哭，我很惭愧地说，有时弄哭她的就是我。

步入成年生活后的很多事情都让她感到困惑。她有一个以航海为业的兄弟，他的船在横渡大西洋的过程中撞上了水雷，之后他就开始喜怒无常；而另一个兄弟的儿子则自杀身亡。她亲眼见证了自己唯一的妹妹精神失常。她从小得到的教诲，就是相信自己的生活会像她曾祖母传说中的经历那样，是无休止地围绕着固定不变的准则、目标、念头和活动而转动，有时候她无事可做，就会走到市中心，在乐蓬马歇百货公司 [b] 买几件超出她消费能力的衣服，再买上一只碎螃蟹作为晚餐，然后打车回家。她在我二十三岁那年去世，我留下了她的一个针绣晚宴包、她年轻时在圣公会女修道院学校画的两幅水彩画（一幅是西瓜静物画，一幅画的是她从未到过的圣胡安卡皮斯特拉诺传教站 [c]）、她在旧金山施里夫店 [d] 做的十二把黄油刀，以及五十股全美人寿保险公司的股票。她在遗嘱里吩咐我卖掉股票，用来购买我想要却买不起的东西。"她还有什么能期待的呢？"每当外祖母喷上那一盎司"据说"，顶着莉莉·达奇家的帽子，戴上那条绣着飞机印花的黑色围巾以宽慰在舞蹈学校吃的苦，母亲就会责备她。在世代戏剧中，虽然我逐渐意识到我母亲就是外祖母眼里的一个愣头青，完全不是一类人，但母亲还是在舞台导演的说明中被赋予了一个明白人的角色。"她会明白的。"我外祖母总是这么说，这个结论让人宽心，尽管这个结论并不完全跟她的经验一致。

另一张照片，另一位祖母：是我从未见过的埃塞尔·里斯·狄迪恩。在1918年流感大流行即将结束的时候，她得了流

---

a 指英联邦国家军队中用于军旗、制服饰边、徽章等的标准颜色。

b Le Bon Marché，1838 年在巴黎创立，常被认为是世界上第一家百货公司，也是巴黎首个经过专门设计的商店建筑。通过集中陈列、明码标价、退换货政策等方式，革新了传统的零售体验。

c San Juan Capistrano，1776 年由西班牙方济各会传教士在加州建立的传教站，以巴洛克风格建筑和燕子归巢传统著称。

d Shreve's，1852 年创立于旧金山，是加州历史最悠久的珠宝零售商之一。

感，就在假停战日[a]早晨，她去世了，留下了一位丈夫和两个小男孩，其中一个就是我父亲。父亲不止一次告诉我，她是带着战争已经结束的想法去世的。每次他这样对我说起，都好像这是一件了不得的事，也许确实如此，因为仔细想来，关于她对各种问题的看法，从他那里只能知道这些。祖母的妹妹内尔，只会把祖母说成是一个"神经过敏""与众不同"的人。我常会问她与众不同在哪儿。内尔会再点上一支香烟，紧接着把烟放在一个厚厚的石英烟灰缸里，然后在她纤细的手指上来回滑动指环。最后她总会再说一遍，埃塞尔神经过敏。你千万别戏弄埃塞尔。埃塞尔，嗯，与众不同。

这张照片拍摄于1904年左右，从照片可以看到埃塞尔在弗洛林的农场野餐，当时弗洛林还是萨克拉门托南部的一个农场定居点[b]。她还没嫁给后来成为我祖父那个人，他为人沉默寡言，她的家人一直对此感到无法理解，我有时把这个人当作"狄迪恩爷爷"，但从我的童年直到1953年他去世那天，"狄迪恩先生"是我对他的所有称呼中最亲切的一个了。在这张照片里，她还是埃塞尔·里斯，她穿着一件白色衬衫，戴着个草帽。她的亲兄弟和表兄弟都在农场土生土长，随遇而安，顺其自然，没有出现在镜头中某种的东西正逗得他们喜笑颜开。最小的内尔在他们中间窜来窜去。祖母姑且笑了笑。她闭上眼睛，避开阳光，也可能是躲开镜头。据说我的眼睛像她，是"里斯眼"，在预感到阳光、报春花或大嗓门要出现的时候，眼睛就会变红、流泪，而且据说我也有些像她那样的"与众不同"，像她那样在舞蹈开始那一刻神经紧张，但是，这些都不包含在这张埃塞尔·里斯在1904年左右于弗罗林农场野餐的照片中。下面是她的姑姑凯瑟琳·里斯的回忆，在里斯家族于1852年西进的时候，她还是个孩子，她回忆了旅程的尾声和余波，她母亲在这段时间里一直用令人眼花缭乱的密实针法缝制被子：

从卡森城来的，一直在爬山，到塔霍湖，然后下山。我住在山里，因为父亲打寒战发了烧。不得不辞退给我们饲养牲口的人，由母亲亲自照管。我们找到两三家老乡亲，住在他们那里，直到搬到一个牧羊人家里和他一起过冬，直到父亲在弗洛林附近山上的牧场，用每英亩政府土地2美元的价

---

[a] 1918年11月11日，协约国与德国签署了停战协定，但在四天前的11月7日，停战的假消息被美国军官迅速传开，引发了数百万人的疯狂庆祝，此后，11月7日便被称作"假停战日"。

[b] 指由农民组成的社区，这些农民通常在同一地区耕作并居住于附近，形成以农业生产为核心的定居形态。

格，盖了一座房子。卖掉一群牲口有些钱了之后，父亲用现金买下了360英亩土地。开始种粮食、养牲畜，养了12头牛，连产带销黄油、鸡蛋和小鸡，偶尔还会有一头小牛犊出生。每周开车去萨克拉门托卖一次货。爸爸和戴夫打发牛奶，妈妈和我挤牛奶。我步行6英里去学校，学校现如今是位于斯托克顿大道上的墓地。

里斯在弗洛林的第一个牧场，几年后从360英亩扩大到640英亩，一直到我成年后仍归我们家所有，或者更确切地说，是归一家名为"伊丽莎白·里斯地产"的公司所有，而该公司所有的股东都是我家的人。偶尔，在深夜，父亲、弟弟和我会商量着把我们的表亲在我们仍然称之为"山地牧场"（并不存在实际的"山"，但是有个斜坡比本来的土地高出大约1英尺）的所有权益收购下来，他们应该是会乐意如此的，因为他们大多都想卖掉股份。我一直都不能肯定父亲愿意持有这个农场是不是不理性的；他觉得这里只是在短期内是冷资产，但长期来看可能是热资产。我母亲不愿意经营山上的牧场，或者说其实加州任何土地都不想经营：她说，加州现在监管太严，税收太重，成本太高。同时，她还一腔热血地提出要搬到澳洲内陆去。

"艾杜内。"我父亲会表示抗议。

"我就要搬。"她会不顾一切地坚持。

"离开加州？放弃一切？"

"马上搬，"她会用独属于伊丽莎白·斯科特嫡亲曾曾曾曾孙女的口吻说，"管它呢。"

2

一百年前，我们的曾曾祖父母正将美国的边疆向西推进，直抵加利福尼亚。这个开头，是我为位于萨克拉门托郊外的阿登学校的八年级毕业典礼演讲而准备的。演讲的主题是"我们的加州传统"，是我在母亲和外祖父的鼓励下定下来的，我接着开头继续说下去，怀着超乎预期的自信，因为我身上正穿着一件有浅绿色薄纱的新裙子，脖子上还戴着母亲的水晶项链：

来到加利福尼亚的人不是自满、幸福和知足的人，而是喜欢冒险、不安分和有胆量的人。即便是跟定居在西部其他州的人相比，他们也有不同之处。他们来到西部不是为了找到家园和安稳，而是为了冒险和金钱。他们翻山越岭，在西部建起一座又一座大城市。在主矿脉上，他们白天开采黄金，晚上跳舞。到了1906年，旧金山的人口增长了近20倍，虽然一把大火把它夷为平地，却又以近乎被烧毁的速度恢复重建。我们面临灌溉问题，于是建造了世界上最宏伟的水坝。如今，无论是沙漠还是山谷，都在产出大量的粮食。加州在过去这些年里取得了很大的成就。我们很容易躺在过去的功劳上坐享其成。但我们不能这么做。我们不能停下来，变得自满、知足。我们要无愧于我们的遗产，继续为加州创造更好、更伟大的成就。

当时是1948年6月。

薄纱裙的浅绿色是一种只在水稻刚种上那几天才会出现在当地风景中的颜色。

我母亲认为水晶项链是对抗山谷高温的有效方法。

正是因为本土梦的黄金时代带来的掩体效应，让我直到几年前才意识到"我们的加州传统"在某些方面经不起推敲，首先但绝不限于这样一个事实：我的听众是一群孩子及其父母，而他们大多是在二十世纪三十年代从黑色风暴[a]中逃到加州的难民。正是在意识到这一点之后，我开始试图找到加州的"意义"，在它的历史中找到一些启示。我曾经读到一本相关话题的修正主义研究著作，在其中发现自己被引用了两次，于是我没有继续读下去。到现在为止，你可能已经意识到（比我自己意识到的要早得多），这本书代表了一种探索，探索我的成长之所和成长方式中各种令人困惑之处，这些困惑既是对美国的，也是对加州的，这些误解、误会如此深远地塑造了后来的我，以至于直到今天我仍然无法直接面对。

3

按照这套人们喜欢的叙事，加州有很多东西经不起推敲。萨克拉门托河的源头位于锡斯基尤县最北部的山脉，是加州地表水的主要来源，而在这个州，不信任中央政府历来被视为一种道德规范。萨克拉门托河汇集了诸多水系，包括雷丁上方的麦克劳德河和皮特河，奈兹兰丁下方的费瑟河、尤巴河和贝尔河，萨克拉门托的亚美利加河，斯廷博特斯劳下方的圣华金河；并通过旧金山湾注入太平洋，所汇之水来自南喀斯喀特山脉与北内华达山脉的积雪融水。"这条河大约有400码宽，"这是我的一位曾曾祖父威廉·基尔戈在1850年8月抵达萨克拉门托时写下的日记，他的女儿迈拉嫁入了里斯家族，"涨潮使水位上升约2英尺，这里每天都有汽艇和轮船经过。从这里到旧金山走水路大

---

[a] Dust Bowl，指二十世纪三十年代发生在美国中西部和南部的严重干旱和沙尘暴灾难。由于极度的干旱和无节制的农业扩张，北美大平原的土壤和植被遭到严重破坏，水土流失严重，在沙尘暴来袭时无力抵御，导致数以万计贫困的农业家庭破产，被迫移居到加州等地。

第一部分

约有150英里。这段路程沿途的河岸都很低,附近几英里范围内都会遭受洪水。"这个**附近几英里范围内都会遭受洪水**的地方,就是他最后要带他的妻子和两个孩子落脚的土地,貌似这并没有被当成一种不宜居住的证据。"这又是我要全力以赴的一个早晨,因为我现在必须离开我的家人,不然就得放弃,"四个月前,他在日记中写道,"不用多说,我们启程了。"然而,从一开始就被他当作目的地的这条河,在它的流量得到控制或调整之前的那些几乎最干旱的年头里,都在规律地将其流经的山谷变成一个100英里长的浅淡水海[a],宽度近乎从海岸山脉到内华达山麓之间的距离:这就是1927年美国陆军工程兵团[b]所公告的泛洪规律,其严重和棘手程度比密西西比河在内的美国其他所有河系都要高。

每年出现的沼泽,直到春末或夏末才排入大海,这在当地被称为"涨潮"而不是洪水,即它只被当作季节性的生活常识,

只不过是它所孕育的肥沃冲积地带来的不便之处而已,代价不大。考虑到这点,房屋地板通常都会被加高。在我的童年时代,萨克拉门托许多房子的墙壁上都挂着各种石版画,呈现出我们熟悉的、绘有水域街道的市区网格,从中可以看到市民们乘着木筏或划艇在其中穿梭。其中一些石版画描绘了1850年的那次涨潮,连同在那之后,河流和定居点之间建起的一座3英尺高土堤。其他有些石版画描绘了1852年的涨潮,在那段时间,先前的堤坝被冲垮了。还有一些石版画呈现的是1853年、1860年、1861年或1862年的几次涨潮,除了网格上越来越多的大型建筑外,没有太大变化。"如果你把加利福尼亚、斯托克顿、萨克拉门托和旧金山的地图看作路标,你会发现,这些城市之间的大部分土地都被标记为'沼泽和洪泛区'。"查尔斯·诺德霍夫[c],是《"邦帝"号叛变》一个合著者的祖父,他于1874年写的《北加州、俄勒冈州和桑威奇群岛》这样描述:

---

a Freshwater sea,原指水质接近淡水、但面积广阔、具有类似海洋特征的固定水体,如内陆湖泊、河口湾等,此处指萨克拉门托河泛滥期形成的临时性浅水区。

b The Army Corps of Engineers,美国陆军下属机构,兼具军事与民用工程职能,除承担军用设施的建设与维护外,也负责大规模民用工程,如河流疏浚、防洪大坝、水库、水利系统、港口整建及环境修复等项目,在美国西部开发和建设中扮演着重要角色。

c Charles Nordhoff(1830—1901),德裔美国记者、旅行作家,曾长期为《纽约晚邮报》《纽约先驱报》等报纸撰稿。他在1873年出版的《加利福尼亚:为健康、享乐与定居而作》(California: For Health, Pleasure and Residence)中详细记录了加州的地理、气候与社会生活。

我的来处

这些土地在过去五六年间都没有得到太多关注。人们知道它们极为肥沃，但认为改造成本和不确定性太高，不值得投入。然而，最近，这些土地被资本家迅速收购，那些开垦出来的土地已经用其产出证明了他们的眼光。图利湖这些土地……是沉积的腐殖土，由萨克拉门托河和圣华金河冲积的淤泥与各种草类在大量繁殖和腐烂后形成的腐殖质混合而成。其中有种名叫锐薦草[a]的芦苇，一季就能长到十英尺高，每年都会腐烂……国会把沼泽和洪泛区的土地交给了加州政府，而州政府转而又在实质上把它们交给了私营个体。这些土地以每英亩1美元的价格出售，买家需先支付其中的20%，即每英亩20美分作为定金；如果买方在购地后3年内完成了对土地的改造，州政府将返还这笔钱，仅扣除极少数的土地转让登记和开垦情况检查的费用。也就是说，州政府将土地交予私人的前提是土地的开垦与耕作。

现在的萨克拉门托河谷是纯粹的人工环境，对它的创造并不是一蹴而就的，时至今日都没有彻底完成。关于河流何时何地会涨潮的公告，关于堤坝状况和疏散中心地址的公告，在我步入成年生活后，仍然是萨克拉门托春季生活的家常便饭，传言为了拯救某个下游社区，某个堤坝已经（或者正在，或者应该会）被某个机构秘密炸毁也是经常的事。在那些年里，每当反反复复来自太平洋的风暴与内华达山开始融化的积雪一起发作时，堤坝照旧会决口，地下水位上升，让部分州际高速公路失去平衡，大型水坝进入危机模式，试图把汇集的水位降下来，释放的径流不加约束和控制地自由奔入大海。

改造图利湖荒地对那些发起者而言一直都是一场战争，在这场战争中，武器只会越来越贵，战略只会越来越不切实际。到1979年，当威廉·L.卡尔的《加州水域地图册》被加州出版时，这里的堤坝已经延伸至980英里，运河也有438英里。集水渠和渗水渠有50英里长。加上3个排水泵厂、5个低潮防洪坝、31座桥梁、91个测量站和8个自动短波水位发射机。7个堰道构成7条覆盖10.1万英亩的旁道。不仅河源大坝遍布，比如萨克拉门托河上的沙斯塔、亚美利加河上的福尔瑟姆、费瑟河上的奥罗维尔，还有其各种前坝和附属坝，后湾、前湾和改道坝：费瑟河上的瑟马里托、阿尔马诺湖、费伦奇曼湖，以及利特尔格拉斯谷，尤巴河上的新布拉德坝、恩格尔布赖特、杰克逊梅多斯，以

---

[a] Tule，北美西部湿地中常见的一种芦苇状水生植物。上文中的图利湖（Tule Lake）便得名于此。

892

及斯波尔丁湖、贝尔湖上的远西营、罗林斯、下贝尔河，亚美利加河上的尼姆伯斯、板溪和 L. L. 安德森，萨克拉门托的博克斯峡谷和凯斯维克。控制或调整萨克拉门托的费用，也就是萨克拉门托河谷的"改造"，跟控制或重置加州生活中许多其他不便之处的花费一样，都主要由联邦政府承担。

加州对联邦资金的极度依赖，似乎违背了当地的核心信念，即对无条件的个人主义的看重，但这种依赖模式很早就形成了，而且似乎在某种程度上恰恰得益于那种被辜负了的个人主义。（**他们来到西部不是为了找到家园和安稳，而是为了冒险和金钱**。《我们的加州传统》是这么说的）查尔斯·诺德霍夫在 1874 年这样抱怨加州："投机心态甚至侵入了农舍"，常常诱使居民"朝三暮四，浮皮潦草，指望通过精明的冒险投机一夜暴富，而不满足于持之以恒、兢兢业业的劳作之道"。事实上，根本就不存在**将美国的边疆向西推进**这种东西，尽管我八年级时对这个概念深信不疑：早在 1826 年就开始在加利福尼亚定居的美国操盘手和猎捕者，当时正离开自己的国家，前往一个偏远的墨西哥省份——上加利福尼亚。许多人归化成了墨西哥公民。许多人嫁入墨西哥和西班牙家庭。相当一部分人从墨西哥当局获得了土地补助。直到 1846 年，美国移民才开始向西迁移，他们的想法是，最基本的目的地暂定为墨西哥人的领地，但真的到达时，他们却发现熊旗起义 [a] 和墨西哥战争 [b] 已经将上加利福尼亚置于美国的军事管辖之下。直到 1850 年，加利福尼亚作为一个州加入了联邦，连同美国人在那次征服中获得的其他战利品，最终成为内华达州、犹他州、新墨西哥州、亚利桑那州和科罗拉多州。

由于加州定居事业普遍根植于摆脱束缚、一夜暴富的观念，所以它吸引的往往是喜欢自由创业的漂泊者，他们在边疆游猎，而不是耕种，其中那些感知最敏锐的人得到的回报最慷慨，他们知道，最丰厚的回报来自华盛顿，而非矿区。修建铁路，联结加州和世界市场，使这个州对广泛的移民开放的人，正是萨克拉门托的四位

---

[a] Bear Flag Revolt，发生于 1846 年 6 月，是一场由居住在墨西哥加利福尼亚的美国移民发起的叛乱。他们在索诺马推翻墨西哥地方政府，自称成立"加利福尼亚共和国"，并升起绘有熊与星星的旗帜作为象征。此次起义是美国吞并加州进程的一部分，该政权仅维持数周即被美军接管。

[b] 美墨战争，在美国称为"墨西哥战争"，在墨西哥称为"美国对墨西哥的干预"，是 1846 年至 1848 年期间在美墨之间发生的战争。1845 年，美国吞并了得克萨斯，而墨西哥仍将其视为自己的领土。

"店主",查尔斯·克罗克[a]、利兰·斯坦福、科利斯·P.亨廷顿[b]和马克·霍普金斯[c],但是为此支付费用的,却是国家其他地区的公民,以联邦现金补贴的方式——每英里"山谷"1.6万美元,每英里"山区"(合同规定从萨克拉门托以东6英里处开始计算)4.8万美元——再加上联邦土地拨赠政策:每铺设1英里铁路,就能获得10到20平方英里的方格地块。

政府的作用也没有随着铁路的建成而停止:全国其他地区的公民还将继续补贴铁路运输的作物,让数百万英亩本质上是旱地的土地得以灌溉,承担种植开始和种植停止的成本,并最终在一种近乎脱离市场逻辑的真空中,开拓出一个庞大的农业组织,完全游离于衡量供给与需求、成本与回报的正常体系。直到1993年,加州仍有8.2万英亩的土地在种植苜蓿,这种低价值作物所需的水量,比当时3000万加州家庭用水还要多。将近150万英亩的土地用于种植棉花,这是加州耗水量第二大的作物,由联邦政府直接补贴。还有40万英亩的土地被用来种水稻,从4月中旬到8月收割,田地需要一直淹没在6英寸深的水里,然而在这几个月里,加州基本上没有降雨。这就需要160万英亩英尺(1英亩英尺大约32.6万加仑)的水,但即使是在干旱的年份,也能以相当于象征性的补贴价格从加州水资源计划和联邦政府主导的中央谷地工程获得。此外,农业部的商品支持计划,还为作物本身提供补贴。加州的米有90%是中粒粳米,这种米在美国并不畅销,在日本和韩国却很受欢迎,然而这两个国家,却都禁止进口加州大米。要是加州人开始认真思考他们的家乡,就会在诸如此类的矛盾问题上感到崩溃。

4

从1885年开始,直到1916年去世,乔赛亚·罗伊斯一直都是后来所谓的哈佛哲学系"黄金时期"的核心人物。他出生在格拉斯瓦利,离萨克拉门托不远,然后在那里和旧金山长大,从某种意义上说,他在余生中一直都在努力理解这种传承所

---

[a] Charles Crocker(1822—1888),负责铁路工程特别是穿越内华达山脉的具体施工,是最早大规模雇用华工修建铁路的关键决策者,后涉足南太平洋铁路、银行与房地产等领域。

[b] Collis Potter Huntington(1821—1900),擅长资本运作与政治游说,是推动联邦拨款、土地补助等铁路扶持政策的核心人物,后主导南太平洋铁路与东部多条干线的整合。

[c] Mark Hopkins(1813—1878),在铁路建设中担任主要财务负责人。他最初是辉格党人,后转向自由土地党,是一位坚定的废奴主义者,也是加州早期共和党的发起人与组织者之一。

隐含的不连贯之处。"我的家乡是位于内华达山脉的一个采矿小镇—— 一个比我年长五六年的地方。"他在1915年出席费城的沃尔顿酒店为他举行的一次晚宴上如此说道:

在我最早的记忆中,我常常搞不懂,当我的长辈们把这里叫作一个新社区时,他们到底指的是什么。我常常观察以前矿工挖掘留下的痕迹,会发现许多松木都腐烂了,以及一位矿工的坟墓就坐落于离我家不远的一个偏僻之处。显然有人在那附近经历了生死。我依稀想到,自从有人住在那片地方,这种生活就已经开始了。看着老旧的木头和坟墓。美好的日落。眺望萨克拉门托河谷时,面前广阔的景象令人震撼,这在很久以来一直吸引着人们,他们对祖国的热爱我早就耳熟能详。在那时,此处有什么应该说得上是新的,或者说就此而言是天然的呢?我想了又想,并逐渐感觉到,我的一生事业中的一部分,就是弄明白所有这些思忖究竟意味着什么。

由此,一个独属于加州的困惑就在我们眼前浮现:被罗伊斯实际上当成**一生事业**去做的工作,并没有解决**所有这些思忖究竟意味着什么**这个问题。非但如此,罗伊斯还发明了一个理想化的加州,一个以"忠诚"为基本美德的道德体系,它是创造"社区"所必需的道德法则,而"社区"反过来又成了人们唯一的救星,推而广之地成了加州聚居地的救赎本质。然而,在制定了这个体系的作者的记忆深处,这个加州社区就是他所公开宣告的"一个由各种不负责任的陌生人组成的社区"(换个说法便是,"由各种自私的泊者构成的盲目、愚蠢、无家可归的一代人"),构成这个社区的人并不是"忠诚"的人,而是"离开家乡和家人的人,他们还没有接受上帝的教诲就逃之夭夭,他们躲进黄金天堂,摆脱老一套让人头疼的责任"。

自从首个美国人定居点在加州建立以来,号召要反复思考这个地方及其意义(要是无法找到这个地方的意义,还会号召要重新创造这个地方)的呼声就一直普遍存在,因为加州的极度偏远,这足以让人十分不理解为什么会有人出现在那里、为什么有人去过那里、远行至此到底是为了什么。陆路迁徙本身就有一种探索的意味:"一个人要是正在朝圣途中,那么沿途的每个暗示都反复讲述着早就熟悉的神话,"罗伊斯写道,"一个人要是追求某个浪漫而遥远的金色应许之地,远离世界,那么唯一的向导往往是来自上天的示意……清澈的蓝天无时无刻不在头顶凝望；纯净的山间来风都是来自同一个地方；再者，即便是在炎热干燥的沙漠中，也有一股神秘力量，带来珍稀的泉水和溪流。"

本质上，每个抵达的旅人，都早已在荒原里获得了新生，成了一个全新的人，完全不再是数月前离开独立城或者圣约瑟夫城[a]的那个男人、那个女人，甚至那个孩子：踏上旅程的这一决定本身就已经是一种死亡了，它意味着彻底抛弃以往生活中的一切，与父母和兄弟姐妹诀别，清理所有的感情，放弃最基本的生活条件。"为了这一刻，我已经期盼了几个月，然而直到它到来，我才意识到，在黑夜降临之后，我们和我们的宝贝女儿，已经没有了房子和家，是多么茫然，多么凄凉。"乔赛亚·罗伊斯的母亲萨拉这样写道。1849年的这一天，她带着丈夫和他们的第一个孩子，出发前往萨克拉门托。

多么茫然，多么凄凉。萨拉·罗伊斯写道。

已经没有了房子和家。萨拉·罗伊斯写道。

不用多说，我们启程了。我的曾曾祖父威廉·基尔戈写道。

离开的这一刻、重生之前必经的死亡，都是迁徙故事的固定桥段。这样的故事讲得并不花哨。故事被重复了一遍又一遍，重复中的省略或夸张带来了一个问题，一个叙述上的漏洞，一个难以确定的视点：要想知道谁才是实际的观察者，即照相机似的眼睛，大多是不容易的。比如约瑟夫斯·亚当森·康沃尔在向母亲告别，讲述者似乎是从母亲南希·哈丁·康沃尔那里听到了这个故事的儿子，这个以固定不变的准则、目标和念头面对生活的女人，她自己并未真正在场："正准备出发的他，走进了母亲的客厅。她陪着他去牵他的马，这样说完最后几句话，然后目送他离开。她告诉他，他们再会无期，她祝福他，并把他托付给上帝。然后他上马离开，而她则最后一次目送他的身影，直到他消失在远方。"

是谁见证了这离别的时刻？照相机是不是在约瑟夫斯·康沃尔的母亲身上，目送儿子最后一眼？还是说在儿子自己身上，当他消失在远方的时候，回头看了一眼？这个明显的断裂，牵引着、要求着叙述的补充。必须好好分析各种相互矛盾的细节，然后把它们重新加工成一个合理的整体。

---

[a] 独立城和圣约瑟夫城都是位于美国密苏里州的城市，它们是十九世纪中期那些前往俄勒冈地区的移民的"起点"城市，拓荒者们在乘马车队穿越大平原之前，会在这些地方停留和购买补给品，这些城镇也因此非常热闹。

衰老的记忆将被当作福音记载。孩子们把他们的个人史和文化史当作命运诉说,而他们自己甚至他们的父母可能并未真正懂得这些历史,比如,当约瑟夫斯·康沃尔身处佐治亚州还是个婴儿的时候,据说"天意介入"曾经救了他的命:"疯狗在州里司空见惯,这是该州那个地区独有的。有一天,忙碌的父母把他放在摇篮里让他独自一人在家。一只疯狗闯进房间,围着他绕了一圈就走了,根本没碰他。"看见疯狗进了房间的目击者是谁?这个目击者有做出什么反应吗,还是说只是充当观察者和诉说者,相信拯救婴儿要等"天意介入"?

然而,正是借由这样一代又一代似乎无所不知的叙述者之口,种种有关迁徙的故事才升级成了一个唯一而权威的历险故事,将各种朝拜之所固定下来。包括普拉特河、桑迪湖、大桑迪湖、小桑迪湖。包括格林河。霍尔堡。独立岩。斯威特沃特河。还有洪堡河、洪堡洼地、黑斯廷近道。这些名字如此根深蒂固地扎根在我小时候听到的故事中,以至于在我二十岁时,在穿越怀俄明州的火车上透过窗户碰巧看到了格林河时,我惊讶于它确实存在,证据确凿,这是一个实实在在的事实,完全不需要刻意求证,所有途经此处的人都看得到。就像存在朝拜之所一样,朝拜之物同样存在,包括踏上救赎之旅的那些人的遗物。"1846年康沃尔家族穿越大平原时随身携带的土豆压泥器"并不是我外祖母的表亲们在1957年送给太平洋大学博物馆的唯一一件家族图腾。"在跟一些后人商量过后",奥利弗·休斯敦写道,表亲们还决定"届时宜将夏威夷州人威廉·约翰逊在1840年送给外祖父的这张小桌移交博物馆保存,连同外祖母盖格的几个纪念物",尤其包括"改成婚礼礼服的上衣"和"她晚年时穿着的旧披肩"。因此,在杰克·伦敦所写的奇特的"加州"小说《月亮谷》中,女主人公撒克逊·布朗可以保留着母亲的红丝缎紧身胸衣("穿越大平原的边疆妇女独有的先锋服饰"),还能目睹"渴望土地的盎格鲁-撒克逊人从东到西横跨一个大陆的大迁徙。那是她身体的一部分。那些亲历者口中的种种传统和事实,将她抚养长大"。

故事重复地讲述着一场历险,其中最紧要的,是这场历险提供了道德或精神上的"考验"或者说挑战,失败会带来致命的后果。乔赛亚·罗伊斯的父母,身边仅有他们两岁的女儿、其他三位移民和一份手写的地标清单,这份手稿只标到洪堡洼地,他们在卡森沙漠意识到自己迷了路,"迷茫,几乎呆若木鸡""茫然""半昏迷",随着时间的推移,他们遭受着"唐纳一行人在特拉基山口曾经面对的那种荒凉和死亡带来的致命恐惧"。死于霍乱的孩子被

我的来处

埋葬在途经之处。那些认为自己可以把娘家的一些纪念品（紫檀箱子、银制餐具）保留下来的女人，学会了抛弃记忆、勇往直前。伤感，跟悲伤和异议一样，浪费时间。稍微一犹豫、稍微回头看上一会儿，圣杯 a 就不见了。独立岩位于斯威特沃特河沿岸的拉勒米堡以西，之所以如此命名是因为，如果旅行者在 7 月 4 日即美国独立日之前还没有到达那里的话，在大雪封路前就别指望能抵达内华达山脉了。

移民在日记中将内华达山脉称为"最可怕的时刻""巨大的恶魔"，它就是"不眠之夜""不安的梦"。**已经没有了房子和家**：萨拉·罗伊斯和她的丈夫、孩子，扔掉了自己家的马车，在美国陆军救济队的帮助下，在距离山口封闭只剩十天的时候，才成功地穿过了山脉。即便山道仍可通行，也会下雪。这样他们就得一次又一次地跋涉特拉基河或卡森河。他们就得反复卸货、重新装车。就会出现新建的墓地、失事的篷车，在 1846 年至 1847 年冬天后，在唐纳湖边，还会出现人骨和兽骨，树木上的凹痕标示着致命的冬季积雪有多深。以下是威廉·基尔戈在 1852 年 8 月 1 日写在日记里的话：

今天早上有冰霜。离红湖还有 4 英里。这里是萨蒙特劳特即卡森河的源头。这是一个小湖，距离内华达山脉的顶峰不到 1 英里。从这个湖到山顶的坡度非常陡，有些地方几乎是垂直的……在离山顶 4 英里的地方，我们穿过一条小河，它是萨克拉门托河的一条支流……我们在这条小河边一直待到中午。我们在这里帮忙埋葬了一位昨晚死于胆汁热 b 的年轻人。他来自密歇根。他的名字叫约瑟夫·里克。他的父母住在缅因州。现在我们登上了这座山的另一个山脊。它比我们刚刚经过的那个山脊更高，海拔 9339 英尺。从山脚到山顶有 5 英里，在上山和下山途中，我们要经过 4 英里雪地，积雪深度从 2 英尺到 20 英尺不等……今天走了 21 英里。

阅读这些迁徙途中的叙述和日记，某种对黑暗的恐惧反复出现在探索之旅，会让你深受震撼，是非如同阴影一样模糊，逐渐变得无所不在，直到最后，旅行者意识到内华达山最难以忍受的部分已经翻过去了。"我们翻过了山顶！"其中一篇日记这样写道。"我们在加利福尼亚了！在

---

a 任何难以捉摸的事物或有重大意义的目标，都可能被寻求这些东西的人视为"圣杯"。
b Bilious fever，十九世纪医学术语，用以描述伴有发热、恶心、呕吐、腹痛及黄疸等症状的疾病，通常与肝脏功能受损、胆红素积聚有关。对应到现代医学，最常见的病因是疟疾。

第一部分

远处的薄雾中,可以看到萨克拉门托河谷模糊的轮廓!我们现在正在下坡途中,我们那些饿惨了的牲口也许能助我们渡过难关。我们就在广阔的松树林中,树林大到足以让人失去希望。赫顿死了。其他人更糟。我相对好些。"在此之前,每次这样的旅行总会在途中发生事故、骨折、感染,甚至截肢。还可能会高烧。萨拉·罗伊斯记得,在她的一个同伴死于霍乱后,她彻夜未眠,她听到大风抽打着裹尸布,声音就像"某种不甘心的东西正在为了冲破束缚而焦急地挣扎着"。下葬一直是匆忙仓促的,坟墓通常没有标识或者有时是被故意抹掉的。"在离开洪堡河之前,有个人死了,是玛丽·坎贝尔小姐,"南希·哈丁·康沃尔的儿子约瑟夫回忆道,"她就埋在我们行经之处,为了不让印第安人发现,整列马车依次碾过了她的坟墓。坎贝尔小姐死于高山热,母亲在伺候她的时候也发了高烧,她在生死之间徘徊了很长一段时间,但最后还是康复了。她母亲死在了格林河后,坎贝尔小姐成了孤儿。"

最黑暗的莫过于背叛,这意味着穿越之旅也许根本不是一种崇高的历险,而是一场卑鄙的求生争夺战,是乔赛亚·罗伊斯笔下"各种自私的漂泊者构成的盲目、愚蠢、无家可归的一代人"不明所以的逃离。仅举一个例子,移民并不都对所有孤儿照顾有加。一位名叫伯纳德·J. 里德的移民花了两百美元买断了1849年迁徙之旅的一个席位,正是在小桑迪河边,他先是看到了"一辆显然被主人遗弃的移民马车",然后看到了"一块粗糙的护顶板,上面标注这是一处新坟",原来是罗伯特·吉尔摩牧师和他的妻子玛丽的坟墓,他们在同一天死于霍乱。我们是从里德的日记知道这些记述的,他的家人在二十世纪五十年代才发现他的日记,然后委托玛丽·麦克杜格尔·戈登进行编辑,并于1983年由斯坦福大学出版社出版,名为《与先锋队陆路挺进加利福尼亚》(Overland to California with the Pioneer Line)。里德告诉我们,当他的目光从坟墓转向那辆似乎被遗弃的马车时,他"惊讶地看到一个穿着整洁的女孩,大约十七岁,坐在马车牵引架上,她的脚放在草地上,她的眼睛里明显空无一物"。

她看上去一脸茫然,像是在做梦,好像没有注意到我,直到我开口和她说话。然后,我从她的回答中意识到,她就是吉尔莫小姐,她的父母在两天前去世了。弟弟病倒在马车里,可能是得了霍乱;他们的牛丢了,也许是被印第安人偷走了;由于她父母生病和去世的缘故,他们乘坐的火车等了三天,今天早上已经离开了,因为他们担心如果再拖延下去,会被内华达山脉的冬天困住……火车上的人告诉她,也许她还能把牛找回来，或者至少，还会有其他火车带来多出来的牛，把她和弟弟还有他们的马车一起带走。

"谁能知道那个可怜的女孩在荒野里，面对毫无征兆的命运，她和生病的弟弟将何去何从，她心里该有多么深刻的丧亲之痛、忧虑和凄凉？"里德这样逼问他的读者，当然也是在逼问他自己。这样的记忆，似乎跟已经成功通过考验或挑战从而能够开启新生活的人所持的信念格格不入。尽管如此，迁徙之旅具有救赎力量在加州聚居地已经是难以改变的观念，这带来了进一步的问题：一个人究竟是为什么才得到救赎的，又是以什么代价得以被救赎的？当你为了不被"内华达山脉的冬天困住"而抛弃别人时，你是不是就活该被困住？当你以牺牲吉尔摩小姐和她弟弟为代价活下来时，你真的活下来了吗？

5

我出生于萨克拉门托，一生的大部分时间都住在加州。我是在萨克拉门托河和亚美利加河里学会游泳的，那时还没有水坝。我是在萨克拉门托上下游的河堤上学会开车的。然而，对我来说，加州在某种意义上依然是一个无法穿透的、令人疲惫的谜团，对其他许多来自这里的人来说也是如此。我们为它担忧，纠正它、改变它，试图定义我们与它的关系，以及它与这个国家其他地区的关系，却总是失败。我们大声宣告与它断绝关系，一如离开伯克利去往哈佛时的乔赛亚·罗伊斯。"加州没有哲学——从锡斯基尤到尤马堡，从金门到内华达之巅都没有。"他在给威廉·詹姆斯的信中这样写道，后者以哈佛的教职回应了这份心声。我们又大声宣告自己的回归，一如弗兰克·诺里斯，他决定在三十岁生日之前"以西部和加州为背景，创作一些伟大的作品，同时又充满美国性"。他在给威廉·迪恩·豪厄尔斯（他对《麦克塔格》赞许有加）的信中说，他的计划是"围绕小麦这一主题写三部小说。第一部是加州（生产者）的故事，第二部是芝加哥（经销商）的故事，第三部是欧洲（消费者）的故事，尼亚加拉瀑布一般的小麦洪流贯穿始终，自西向东，滚滚向前。我认为，这一题材的史诗三部曲，既有现代感，又充满美国性。这个构想有时大得让我害怕，但我基本已经下定决心要试上一试了"。

弗兰克·诺里斯好像已经对他所拟的主题有过完全文学方式的经历。他长大的地方先是芝加哥，后是旧金山，他是在旧金山碰到了那位初入社交舞会的年轻女孩，即他后来的结婚对象。他在巴黎待了一年，学习艺术，并写了一部中世纪浪漫小说《伊弗内尔：封建法国传奇》（Yvernelle, A Tale of Feudal France），出版是他母亲打理的。他在伯克利待了四年，其间没有修过学位必修课，之后他在哈佛做了一年非学位生。他为《科利尔》[a]和《旧金山纪事报》报道过布尔战争[b]来临前的序幕，为《麦克卢尔》[c]报道过古巴圣地亚哥战役[d]。当他萌生"小麦三部曲"的构思时，他正居住在纽约华盛顿广场南61号。

《章鱼》（The Octopus）出版于1901年，背景是当时圣华金河谷的近代历史，用好听的说法，它是这样筹谋的：通过地位显赫的朋友欧内斯特·佩肖托及其妻子（佩肖托家族是旧金山一个显赫的犹太家族，欧内斯特·佩肖托的姐姐杰西卡是一位经济学家，是加州大学首批女教员之一），诺里斯设法认识了在圣贝尼托县经营五千英亩小麦的一对夫妇，并计划1899年去他们在霍利斯特附近的牧场过夏天。圣贝尼托县拥有的景观看上去比圣华金的更温和、更沿海，诺里斯打算把小说的背景设定在这里（《章鱼》中的传教所"圣胡安德瓜达拉哈拉"以霍利斯特附近的圣胡安包蒂斯塔传教所为原型，当时圣华金并不存在传教会），即便如此，细心的记者仍然能从这个背景中了解到大的小麦经营机制。

《章鱼》开篇的那一天，是"9月的下半个月，旱季刚好结束的时候，"这一天"图莱里县也好，辽阔的圣华金河谷也好——事实上包括加利福尼亚中南部在内，无一处不是干得发白，经过四个月万里无云的天气，每个地方都烤得焦干、烘得发脆，这时，就好像从早到晚都是中午，白热的日头在山谷上头闪耀，从西部海岸山脉到东部内华达山脉的丘陵地带无一不及。"小说的素材、叙事所围绕的事件，都直接取自当时图莱里县的真实事件。1893年，在图莱里县，约翰·桑塔格被警方杀死了，桑塔格是一个心怀怨恨的南太平洋

---

[a] Collier's，1888年由彼得·科利尔（Peter Collier, 1939—2019）创办的美国大众周刊，立场偏向社会改革，以调查新闻和揭露性报道闻名。

[b] Boer War，此处指第二次布尔战争（1899—1902），是南非布尔人（主要为荷兰裔移民后代）反抗英国殖民统治的战争。此前的第一次布尔战争（1880—1881）同样是针对英国干预的武装斗争。

[c] McClure's，二十世纪初美国著名的插图月刊，因刊载揭露政府与企业腐败的调查性报道而闻名，开创了揭发丑闻（muckraking journalism）的调查新闻传统，是进步时代新闻改革的重要代表。

[d] Santiago campaign，指1898年美西战争期间，美军在古巴圣地亚哥地区发起的一次关键战役。在此次行动中，美军陆海军协同作战，重创西班牙舰队，成为美西战争的决定性胜利之一。

铁路[a]制动员，他在之前三年中不断炸毁铁轨、抢劫火车，打死打伤了几名警员。在《章鱼》中，桑塔格化身为"戴克"，他为了逃离追捕而强行带走一名工程师，破坏了追捕者想用倒车来阻挠他行动的计划，甩掉跟车后，被一队警察带走了。

十三年前，也就是1880年，在一个当时叫作米瑟尔斯劳[b]但在事件发生后改名为卢塞恩的地方，代表南太平洋铁路公司的联邦警察与一群从铁路公司那里租赁土地种植小麦的当地农场主之间发生了枪战，南太平洋铁路公司当时已经在联邦土地补助金的帮助下成了加州最大的土地所有者。农场主们把租赁协议故意曲解为他们有权以每英亩2.5美元的价格购买土地（协议措辞含糊，但意思却相当清楚，土地将以"每英亩**大于**2.5美元的各种价格"出售，农场主们情愿忽略**大于**这个词），拒绝按照土地最终定价中的每英亩17美元至40美元的价格支付。铁路公司拿到了驱逐令，农场主们便展开抵抗，和派来驱逐他们的联邦法警展开交火。最终有六名农场主在这场冲突中丧生，这不仅成就了《章鱼》的高潮事件——十一名农场主与前来执行驱逐令的法警之间的对决——也影响了乔赛亚·罗伊斯唯一一本小说《奥克菲尔德河之争：关于加州生活的小说》（The Feud of Oakfield Creek: A Novel of California Life）的尾声，这部小说以1850年萨克拉门托的占屋居民骚乱[c]为蓝本。

诺里斯引用了更近期的事件构建叙述中有关旧金山的线索：1899年，《旧金山观察家报》发表了埃德温·马卡姆[d]

---

a Southern Pacific Transportation Company（SPTC），在1865年以地产控股公司的名义成立，是中太平洋铁路的一部分，在并购多家小型铁路公司后，于1900年晋升为一间大型铁路公司。

b 即米瑟尔斯劳悲剧（Mussel Slough Tragedy），定居者与南太平洋铁路之间的土地所有权纠纷，发生于1880年5月11日，圣华金河谷中部，造成了七人死亡。

c Squatters' riot，1850年8月在萨克拉门托地区爆发的一场冲突。当时加利福尼亚尚属未建制领地，土地由约翰·萨特控制，投机者从其手中低价购地后高价转售，在1848年的淘金热中大量涌入的移民无力购地，只得私自搭建住所，引发土地所有者与投机者不满，执法机关遂对其实施驱逐。移民在查尔斯·L. 鲁宾逊（Charles L. Robinson）和约瑟夫·马洛尼（Joseph Maloney）的组织下，公开对抗时任市长哈丁·比奇洛（Hardin Bigelow）与警长约瑟夫·麦金尼（Joseph McKinney）。比奇洛在镇压行动中受重伤，不久后去世；麦金尼率武装部队镇压暴动，击毙多名非法占地者，引发普通民众对政府的不满与对移民的同情。此后，萨特及其继承人对土地的控制被削弱，大规模私人投机失去政治支持，"非法占地者"的地位逐步合法化，鲁宾逊则于1856年当选为加州首任州长。

d Edwin Markham（1852—1940），美国诗人，1923年到1931年期间俄勒冈州的桂冠诗人。

的《扛锄头的人》("The Man with the Hoe"),这是一首谴责剥削劳工的修辞诗。《章鱼》中出现了一首与《扛锄头的人》风格相仿的史诗《苦工》("The Toilers"),这首发表在报纸上的诗,让作者普雷斯利一夜成名,普雷斯利是"一所东部大学"的毕业生,优柔寡断,也是小说的主角。《苦工》的出版使普雷斯利有资格坐在"铁路之王"的餐桌上用餐(蓝点牡蛎、德比**浓汤**、圃鹀馅饼、鲈鱼**排**和填肉鲑鱼、伦敦德里雏鸡、鸭胸**薄片**、**蓬帕杜风味小炸饼**,以及采摘后几小时内就被专列送到"铁路之王"厨房里的芦笋),固然在外面的大雾之中,圣华金一位被驱逐和杀害的小麦种植者留下的一位无依无靠的寡妇眼看要饿死了,她在克莱街山顶的一块空地上陷入了昏迷,她的小女儿跟在她身边,她的大女儿早已沦为妓女。

普雷斯利对寡妇的命运一无所知,但通过叙事设计的巧合,他在那天下午遇到了大女儿,她的堕落显而易见,于是这次晚餐对他来说成了一次记忆深刻的特殊事件。他坐在"铁路之王"的豪华餐桌旁,一边斟着葡萄酒,一边想象着"噼噼啪啪的左轮枪声把叮叮当当的碰杯声给压倒了"[a],在圣华金河谷里,"有那么一刹那,他看见这所富丽堂皇的屋子给洗劫一空,桌子翻倒了,油画撕破了,帷幕着火了,而自由之神——那个双手沾满鲜血的普通人,身上沾着火药的硝烟,沾着沟渠里的污水,一手擎着火把,叫叫嚷嚷地在每扇门里冲出冲进"。在里面的餐桌和外面垂死的寡妇和孩子之间交叉剪辑的镜头,具有鲜明的讽喻性、歌剧性和夸张性,后来铁路代理死在一艘载着小麦运往亚洲的货船的货仓里,也用了同样的交叉效果,在市场力量的盲目驱使下,货船受委托被运往目的地,而旧金山街头的寡妇和孤儿所渴望的,只不过一块面包而已:

他被麦子的哗哗声弄得耳朵听不见,给糠屑弄得眼睛看不见,喉咙叫不出,竟然双手一阵乱抓,扑倒在地上,翻过身来,就躺在那里,有气无力地扭动着,脑袋转来转去。麦子不断地从斜槽里冲下来,涌到他身边来。麦子装满了他上衣的口袋,麦子钻进衣袖和裤腿,麦子淹没了那个突出的大肚子,麦子最后一缕缕地流进那张大张着直喘气的嘴。麦子淹没了他的脸。

斜槽下面的麦子堆上,什么动静也没有,只有那麦子在流动。没有一丝生命的动态。跟着,有那么一刹那,麦子堆的表面上动了一动。一只肉鼓鼓的手,手指很短,青

---

[a] 译文参考自吴劳译《章鱼》,上海译文出版社2000年版,略有改动。下同。

筋绽起着,从堆里伸出来,凌空抓了一把,就软绵绵地倒下去,平搁在那儿。一眨眼工夫,它就给淹没了。

《章鱼》这个作品从一开始就不容易读,原因之一,在于它明显可见的毫不留情立刻就会被招致反驳。不久前,在1991年,有一次在讨论铁路在加州发展中的作用时,加州历史学会的季刊试图突出这种重要作用,使其免受诺里斯那"尖锐的、反企业的言论"、他的"肤浅而扭曲的故事"连累,他们指出,用章鱼做南太平洋的卡通形象,早在诺里斯之前就有人用了,那时利兰·斯坦福和查尔斯·克罗克的肖像就是章鱼的眼睛。显然,《章鱼》似乎一点也不想隐晦:小说才刚开始,普雷斯利就看到了一列火车,然后马上就把它描述成:

隔着这农庄那平坦的田地,他听见那机车拉着汽笛,声音很轻,拖得很长,看来就要到波恩维尔了。它飞也似的往前开,隔不了一会儿,碰到道口、急转弯的地方或者栈桥,一次接一次地拉着汽笛。这一声声兆头不妙的声音,像粗厉的咆哮,带着恫吓和挑战的意味。于是普瑞斯莱在想象里又猛的看到这头飞奔的怪兽,这钢铁铸成的、吐着蒸汽的怪物,一盏头灯,活像那巨人的独眼,红彤彤的,从天边飞驰到天边。可是他如今还看出,它是一股巨大的势力的象征,又庞大又可怕,使整个流域响遍了它那巨雷般的回声,在经过的道路上留下鲜血和死亡;看出这是一条大龙,伸出钢铁的触手,直钻进土壤,这是一股没有灵魂的暴力,铁石心肠的势力,是一头怪兽,一个巨人,一条章鱼。

然而,《章鱼》对加州情况的陈述,直到现在也都还是最复杂的,作为作品,它也是极为含混的。仔细审视的话,这部小说的所有地方都充满了矛盾意味。埃德温·马卡姆的《扛锄头的人》可能激起了对劳工剥削的反对情绪,但奇怪的是,据作者所言,这首诗的灵感——与其他许多来自加州生活的明显出处相比,只能是进一步探究的阻碍才对——来自对查尔斯·克罗克所拥有的一幅米勒画作的研究,克罗克是拥有中太平洋和南太平洋铁路公司的"四巨头"之一,换句话说,他就是铁路大王。弗兰克·诺里斯可能认为南太平洋是"一股没有灵魂的暴力,铁石心肠的势力,是一头怪兽,一个巨人,一条章鱼",但在构思这部小说的两年前,他还是《海浪》的编辑,并定期为《海浪》撰稿,《海浪》是旧金山的一份周刊,由南太平洋铁路公司资助,目的是宣传查尔斯·克洛克在蒙特雷新建的德尔蒙特酒店。从逻辑上来说,《章鱼》讲的故事并不是工业化的野蛮势头压倒了农业社会：如果真的存在一个章鱼，那它既不是铁路，也不是铁路公司的所有者，而是冷漠的大自然，形容它的方式跟之前形容铁路的语言一样，都让人感到有些不安："庞大的引擎，独眼巨人才有的巨大力量，硕大而可怕，铁石心肠的庞然大物，毫无悔意，不知宽恕和容忍为何物；以涅槃般的平静，粉碎一切阻碍它前进的人类原子，毁灭带来的创痛不会让它有一丝难受……"

在诺里斯的描述中，即使是最激烈的枪战，也充满了含混，最重要的是，农场主从未拥有过争议土地的所有权，他们决定曲解租赁协议，冒险假设其他农民会联合成一股力量，足以让文件无效（"哦，糟透了！"当有人警告他们仔细看看租约时，其中一人喊道，"铁路周边当然会卖到 250 美元。我们是签了合同的"），并且已经开始在铁路用地上种小麦，只是因为觉得铁路就是用来运小麦的。《章鱼》中的这些小麦农场主绝不是简单的农民。他们是办公室里有股票自动收报机[a]的农民，电线把圣华金河与旧金山、芝加哥、纽约连接起来，最后连接到利物浦，利物浦当时是小麦市场的神经中枢。诺里斯写道：

"世界粮食价格在粮食收获期间和收获后的波动，径直奔向洛斯穆埃托斯、奎恩萨韦、奥斯特曼和布罗德森这些牧场所有者的办公室。那一年 8 月，芝加哥麦场发生了一场飓风，甚至影响到了旧金山的市场，哈兰和马格努斯整整坐了大半个晚上，盯着那条白色纸带断断续续地从卷轴上吐出。"

马格努斯·德里克，还有他的儿子哈兰、奥斯特曼、布罗德森、安尼克斯特，也都压根不是"农民"，至少不是这个词指的一般意思：他们之所以来到圣华金，为的是创业，是因为其他风险项目（采矿、从政，或者任何曾经出现的项目）创业失败或者没有继续下去，最意味深长也最含混的是，这时候铁路已经打开了圣华金的耕种销路，因为铁路第一次让作物可以直奔市场。马格努斯·德里克，是洛斯穆埃托斯的业主，是在小说中最接近悲剧英雄的人物，即便如此，诺里斯还是将他描绘成了一个一掷千金的赌徒、一个骨子里的掘金者，他来到圣华金河，是为了弥补在卡姆斯托克矿[b]未能大发一笔的遗憾：

尽管他有的是急公好义的精神，全力

---

a Ticker，通过电报线传输股票价格信息的电子金融通信设备，得名自机器打印公司缩写、股票交易价格、交易量等信息时发出的"嘀嗒"（ticker）声。

b Comstock Lode，一条富产金银的矿脉，位于美国内华达州弗吉尼亚市，1859 年被发现并公开后，引发大规模的淘金热，使得弗吉尼亚市迅速繁荣，一度成为当时世界上最富有的城市之一。

拥护正义和真理，遵守法律，他可始终是个赌徒，乐意玩大额赌注的赌博，只要有希望赢到一百万，把家当都押上也愿意。这是体现在他身上的真正的加利福尼亚精神，这是西部精神，使他不愿尽注意小节，不肯耐住了性子等待，靠规规矩矩的苦干来取得成就。开矿人巴望一夜暴富的那种本性还是压倒一切地占着上风。曼克奈斯和那许许多多别的农庄主人（他是他们的典型），就是抱着这种心理来经营他们的农庄的。他们对土地没有热爱。他们并不迷恋土地。他们经营农庄的方式，就跟二十五年前经营矿井的方式一模一样。他们认为，精打细算地利用这出色非凡的圣华金河流域的资源，真未免太小家子气，缩手缩脚，气派不大。看上去他们的政策是，尽量使用土地，把它榨干，把地力拔尽。等到有一天土地筋疲力竭了，再出产不出什么来了，他们可以把钱投到别的事业上去。那时候，他们每个人都发了财啦。他们才不在意呢。"身后事，休管它。"

因此，诺里斯笔下的圣华金小麦种植者，这一类人在加利福尼亚再普遍不过：查尔斯·诺德霍夫在1874年提到的投机者，寻求精明投资的企业家，如果他们看到这种机会，拿对了牌，他们自己可能早就经营铁路了，而且可能是出手更快的玩家。面对铁路公司（它不仅要求驱逐农场主，而且要求提高运费）及其收买的铁路委员会成员的要求，《章鱼》中的农场主们第一反应是收买一个属于自己的委员。在这个冒险中出手不够快的玩家，甚至买错了人：马格努斯·德里克那个有从政野心的大儿子，背叛了铁路。《章鱼》中唯一的实际冲突，发生在同一企业家阶层的成功者和失败者之间（可能是同一个家庭的成员），这在小说中造成了一种深刻而难懂的困惑，作者领会了这种矛盾，但未能给出一个说法。这种矛盾，源于加利福尼亚人对自己的认知脱离了他们的本来面目，源于他们对无限可能性的信仰脱离了对自身性格和历史中隐含的局限性的认识，而这可能会是诺里斯的重大课题，但他在三十二岁时死于腹膜炎，没来得及分析这个问题。困惑的不止我一个人。

在十九世纪六十年代……威廉·亨利·布鲁尔[a]**（乔赛亚·德怀特·惠特尼**[b]**在1860年到1964年间于加州做地质调**

---

a William Henry Brewer（1829—1910），加州第一次正式地质调查的首席植物学家，其信件与日记汇编《加州一览：1860—1964》是研究十九世纪中叶加州自然与社会状况的重要文献。

b Josiah Dwight Whitney（1819—1896），美国地质学家，曾任哈佛大学地质学教授，也是加州地质调查局首任局长。

查时的首席助理)……将圣华金河谷西南部描述为一个"绝对荒凉的平原"。在世纪之交,旅行小说家弗兰克·诺里斯用"干得发白、烤得焦干、烘得发脆"形容这片山谷,在这里"就好像从早到晚都是中午"。可是,在布鲁尔的调查报告出现一个世纪、诺里斯的观察出现不到半个世纪之后,人们坚信这片贫瘠的山谷即便只用灌水也能长成祖国的花园。

只用灌水。上述内容出现在美国垦务局的网站上,这个网站是该局的历史项目组制作的,为的是讨论中央谷地项目的圣路易斯单元,即西圣华金分部。我们面临灌溉问题,于是建造了世界上最宏伟的水坝,我在《我们的加州传统》中把这个问题同样归于苦干精神。根据这个垦务局网页,对圣华金河而言,"只用灌水"就可以了:

北加州高山融化的积雪和径流,是流经加州心脏地带之前的源头。水流一旦进入萨克拉门托–圣华金河三角洲,就会释放储水,然后被特雷西抽水厂提升197英尺。接着,水流经过加州高架渠(一项加州水利工程,即SWP,特色工程)和联邦三角洲–门多塔运河,向南输送约70英里至奥尼尔前湾。三角洲–门多塔将来自特蕾西抽水厂的水,向东南方向输送,最终到达奥尼尔抽水发电厂。与三角洲–门多塔运河平行的埃德蒙·G.布朗加州高架渠,直接汇入奥尼尔前湾。奥尼尔大坝、抽水发电厂和前湾,距离圣路易斯大坝和水库均半英里。威廉·R.贾内利抽水发电厂(以前叫作圣路易斯抽水发电厂)的各个单位,将水位从奥尼尔前湾升高到圣路易斯水库。圣路易斯水库释放的水,直接流入101.3英里长的圣路易斯运河。在圣路易斯水库以南17英里处,友爱抽水厂再次将水位抬高,这样水流就可以继续流过加州中部的85英里土地。圣路易斯运河的水流最终停在凯特尔曼城的联邦终点站。在凯特尔曼城,SWP的加州高架渠继续为向南远至洛杉矶的农场、休闲使用和市政部门服务。当加州遭遇干旱时,当三角洲的水流无法为州和联邦的供水项目提供水源时,就会有水灌入奥尼尔前湾,通过加州输水道向南流去。在灌溉的季节,贾内利抽水厂的水泵发电机组把水从水库释放到奥尼尔前湾,产生电力。洛斯巴诺斯和小帕诺奇这些蓄洪坝和水库,为了保护运河水流,会在其他溪流要横渡运河的时候,把它们分散掉。其他单位还包括圣路易斯排水道,普莱森特山谷抽水厂,以及科林加运河。圣路易斯这个部分的运转,只要相当简单的操作,就能实现人与自然短暂的和谐相处,尽管两者鲜少实现过同步。

只用灌水。

这片贫瘠的山谷也能长成祖国的花园。

只要相当简单的操作,就能实现人与自然短暂的和谐相处。

圣路易斯大坝在1968年建成时,耗资30亿美元。这项纳税人出资的投资项目,对于圣华金的韦斯特兰兹水区[a]来说,意味着几百个种植者——其中大多数是企业主——将有充足的水、水道、全天候随着太阳移动的大型自动雨鸟。这些种植者还将得到充足的"灌溉补贴",根据杰拉尔德·哈斯拉姆的《大中央谷地》(The Great Central Valley),到1987年的时候,这笔补贴已经达到了2700万美元,其中1100万美元流入了南太平洋土地公司[b]。在我小时候,我常听到人们说"你不能逆铁路而行"这句话,但我却从未大胆地思考过这句话在当地的具体体现。

6

霍利斯特是圣贝尼托县的一个小镇,1899年,为了写《章鱼》,弗兰克·诺里斯在这附近做了一夏天的研究。霍利斯特的命名源于一位来自俄亥俄州的移民威廉·威尔斯·霍利斯特,他在当时刚刚拥有了这片土地。1852年,威廉·威尔斯·霍利斯特把大约300头牛从俄亥俄州赶到加利福尼亚,卖了回家。1853年,他又穿越了美国大陆,这回赶过来的不是牛,而是羊,5000头羊。这回他留下来了,在接下来的二十年里,他和两个合伙人,阿尔贝特,以及托马斯·迪布利,攒下了大约20万英亩的牧场,从蒙特雷和圣贝尼托县向南延伸到圣巴巴拉。威廉·威尔斯·霍利斯特是圣巴巴拉县3.9万英亩土地的唯一所有者,这几个牧场被统称为"霍利斯特牧场",在二十世纪六十年代末出售时,范围包括从康塞普申角[c]向南延

---

[a] 在接受中央谷地项目的灌溉水之前,圣华金河谷西侧的种植依赖抽取地下水,对地下水的依赖导致了严重的透支、广泛的地面沉降和其他环境破坏。二十世纪五十年代初,种植者认识到,他们的农田是世界上最多产的农田之一,需要增加供水,才能充分发挥土地的生长潜力。1952年,西部土地的种植者请愿成立一个水区。1952年9月8日,韦斯特兰兹水区成立。1963年6月5日,韦斯特兰兹水区与联邦政府签订了一份长期供水服务合同,提供为期40年的地表水输送。水费每英亩英尺不超过7.5美元。

[b] 1912年,为了管理和处置其剩余的土地资产,南太平洋公司将这些资产转让给了新成立的南太平洋土地公司。

[c] Point Conception,加州圣巴巴拉县西南部海岸的岬角,是圣巴巴拉海峡与太平洋的交会点。

伸出来的 20 英里海岸线，在规模上，是俄勒冈州和墨西哥边境之间最后一个保持原样的沿海地产。

这些广阔的地产在被收购的时候，一般只花了非常少的股本，这倒不是稀罕事，实际上，威廉·威尔斯·霍利斯特和迪布利兄弟也不是最大的私人业主。1882 年，理查德·奥尼尔和詹姆斯·弗拉德一起买下了从橙县到圣地亚哥县沿线周边的 20 多万英亩土地，直到 1940 年弗拉德的继承人和奥尼尔的继承人分别获得了圣地亚哥和橙县的土地之前，这块田产都还是完整的。在更北的橙县，詹姆斯·欧文的继承人持有他在十九世纪七十年代获得的 9.3 万英亩土地，这块地产合并了原本是塞普尔韦达和约巴家族的土地，从山脉一直延伸到大海，是橙县的五分之一。到 1890 年，詹姆斯·本·阿里·哈金和劳埃德·特维斯将他们的财产合并为克恩县土地公司，这时他们已经在整个西南部拥有了近 150 万英亩的土地，其中大约三分之一是在圣华金河谷。另一个大农场主亨利·米勒曾扬言，他可以把牛群从俄勒冈州赶到墨西哥边境，它们依然每天晚上都睡在他自己的土地上，而在 1850 年他来到旧金山开始做屠夫的时候，口袋里只有 6 美元。在二十年内，他和他的合伙人查尔斯·勒克斯——同样也是旧金山的一名屠夫——在加州获得了 1000 万到 1200 万英亩土地的控制权，其中 150 万英亩土地是直接所有权，其余土地则是放牧权，而他们只是创造性地理解了一下联邦立法的附加条款，就拥有了这广阔的地区。

比如，米勒与急需现金的退伍军人做了笔买卖，用折扣价全部买进了对方有权享有、作为其服役福利的土地选择权[a]。他还巧妙地利用了 1850 年的联邦开垦法案，该法案将加州的"沼泽和洪泛区"的土地补助给州政府，州政府接着以每英亩 1.15 美元至 1.25 美元的价格将其出售（这就是查尔斯·诺德霍夫在 1874 年提到的"虚拟礼物"），买家只要能说明土地作何用途，这笔钱就可以返还。亨利·米勒的例子很能说明如何获得加州大部分划为沼泽的土地，有一种相传甚广的说法是，他赶着一群拖着划艇的马，经过所述的土地。这个伎俩在当时甚至都不是藏着掖着的：1971 年，纳德特别工作组[b] 撰写了一份名为《加州的权力和土地》(Powe

---

[a] Land option，一种购买土地的权利，允许购买者在特定时间内以特定价格购买土地。
[b] Ralph Nader（1934— ），美国律师、作家、政治活动家，致力于消费者权益、环境保护与政府改革，于六十年代末发起纳德特别工作组，组织年轻法律人才调查政府与企业行为，推动了汽车安全、环境立法、食品药品监管等多项改革。

我的来处

r and Land in California）的报告，这份报告后来以《土地政治》（Politics of Land）为名出版。报告指出，负责将土地归类为"沼泽和洪泛区"的州调查人员中，有两位是分别带着30万英亩土地离任的。

这些地主不太愿意把自己描绘成东部的农场或庄园的所有者，也就是所谓的英格兰模式。1860年，威廉·亨利·布鲁尔从宾夕法尼亚出来协助约西亚·德怀特·惠特尼对加州进行第一次地质调查的时候抱怨说，拥有加维奥塔山口和圣路易斯奥唯斯波河之间的8万英亩土地的人，过得"只有老家那里拥有100英亩土地的人一半好"。近一个世纪后，凯里·麦克威廉斯[a]在《加州：大例外》（California: The Great Exception）一书中指出，加州几乎完全没有常规的"农村"生活，然而它要是一个国家的话，它会是世界上第七大农业生产国："大的发货种植户都从旧金山或洛杉矶的总部'用电话种地'。如今，飞机是他们中的许多人去巡视各种'业务'的专属交通工具……他们与土地的关系，就像他们和受雇的农民工的关系一样临时。"对于获得这些业务的人来说，过得像农民，是一个令人困惑的陌生概念，因为他们所持的财产是完全另一种东西：在积累资本这一更大的游戏中，它们是临时的筹码。

这是广为人知的，但对于许多加州人来说，特别是那些在精神上坚信着这样或那样高级版本的奠基开拓期故事的人来说，这一点却不那么容易理解。杰克·伦敦《月亮谷》中的女主角撒克逊·布朗发现，当奥克兰诸事艰难，连工会也来惹麻烦的时候，她会"梦想她的人民过上田园牧歌式的生活，那时他们还没有住在城市里，也还没有工会和雇主协会带来的烦恼。她会想起老人们自给自足的故事，那时他们自己打猎或养牲口，自己种菜，自己当铁匠和木匠，自己做鞋子——是的，还自己纺衣服的布料……农民的生活肯定是美好的，她觉得。为什么人们就必须住在城里？时代怎么就变了呢？"其实，在加州几乎没有人提起"农民"这个词——从全国其他地方使用这个词所指的意思来说。然而，又不断有兴建农业的暗示，这就不断给人们的回忆蒙上阴影。几乎垄断了补贴的加州，开始被改造成"定居点"（定居者来了，沙漠就开花了），或者以更理

---

[a] Carey McWilliams（1905—1980），美国作家、编辑与律师，长期关注加州的政治、社会与移民议题，1955年至1975年担任《国家》杂志主编。代表作《田间工厂》（Factories in the Field）揭示了"二战"期间移民农场工人的困境与制度性剥削。

想的方式，变成在收购者看来是一种富有远见的投资，一种致力于跟自然荒野和已经改良的旧贵族和谐共处的生活。

威廉·威尔斯·霍利斯特的七个孙子之一简·霍利斯特·惠尔赖特在《牧场文件：加州回忆录》（The Ranch Papers: A California Memoir）一书中写道："因为这片广阔而私有的土地所具有的魅力，我们都曾获益。"这本书于1988年出版，当时霍利斯特的牧场已被出售了大约二十年。"我们就在这个我们自己发现的、奇妙而又真实的世界里生活着：它有若干平方英里的地域无法通行，野牛挡在路上让人害怕，奇特的土狼聚在一起咆哮，美洲豹尖叫着，巨大的橡树被风暴吹倒，洪水让我们陷入连天的困境，持续数周的野火，让整个山脉成为焦土。"她跟我们说，她的父亲"很少穿长袍"，镶银马鞍也不用，"但在我们这儿，没有哪个墨西哥牧场工人不把他当回事儿"。他们叫他**老板**。1961年，做父亲的去世后，做女儿的独自回到牧场，这片土地的魅力就在这时第一次蒙上了阴影。"没有人来迎接我——没有一个工人在，"她写道，"**老板**自然而然就得到的尊敬和接受，我一点都没得到。牧场仿佛一个人都没有。他们故意躲着我。我漫无目的地徘徊着，然后发现自己走进了家族老宅子后面的峡谷……空无一人的失望感很快消退了。至少大地还在那里欢迎我。"

在《牧场文件》中，简·霍利斯特·惠尔赖特对自己所持特权的感受似乎比许多继承人更有层次，更复杂，甚至更受折磨。她总结道，霍利斯特夫妇"有机会活成历史的一部分，体验到了一个在加州其他地方几乎绝迹的时代"。她仍然不愿面对那段历史中的矛盾。她对这片土地意味着什么的理解，朝着熟悉的方向越走越远。她顺便提到，这个牧场养了"一大群白脸的海福特牛[a]"，但并没有用来当役牛使。她认为她的父亲是"加州大型家庭牧场时代最后一位绅士牧场主之一"。她告诉我们，她和她的双胞胎兄弟"在恍惚中长大，就像梦游者一样，被土地博大的拥抱紧紧裹住"，并附上了一张她二十岁时的照片，上面显然是意味深长地引用了奥尔多·利奥波德[b]在《沙乡年鉴》中的一句话："有两种人：一种人的生活脱离野生事物，另一种人离不开。"

然而，在二十四岁的时候，她似乎有

---

[a] Hereford cattle，一种原产于英国海福特郡的著名肉牛品种。
[b] Aldo Leopold（1887—1948），美国生态学家、环保主义者，其著作《沙乡年鉴》（A Sand County Almanac）强调人类与土地，以及野生动物之间的伦理关系。

我的来处

意选择了远离野生事物：她嫁给了精神病学家约瑟夫·威尔赖特，自己也接受了卡尔·荣格的精神分析，成了一名非专业分析师，在中国生了一个女儿，在伦敦生了一个儿子，并于1943年与丈夫一起回到加州，在旧金山建立了世界上第一个荣格训练中心。她对1961年回到牧场时的描述是有暗示意味的。她告诉我们，每一次这样的返回都包含了一次学习的过程，学习"进入这个地方的情绪"，摆脱"都市欲望"。她已经知道在"单调的散步"中培养"平静"的必要性，也开始觉得有必要接受她所谓的"令人大失所望的东西"，对此别人会用其他方式加以形容："我们海岸这边一直强调出身。对于那些初来乍到的人来说，他们之所以失望，是因为体验到了一种讨厌的故步自封，一种无法改变的萧条。"

于是，我们在这里看到的故事主角似乎是一个钻营的祖父，一个受到庞大私产的庇护而有可能扮演**老板**（甚至连尊敬他的女儿也提到了"他有的是被动的影响力"）的父亲，以及一个叫简·霍利斯特的女儿开始问心有愧。尽管如此，在1961年，这个父亲把牧场一半以上股份的投票权遗赠给了简·霍利斯特·惠尔赖特，而不是她的兄弟或表亲。"我父亲一定知道我和他一样固执，会努力解决各种问题；作为唯一的女性，我不用跟男性竞争，"她在《牧场文件》中写道，"但因此而起的愤怒，只会让现在的情况恶化，于是我们七个人之间就开始了斗争。"《牧场文件》没有描述这场斗争的本质，这种缺失本身却说明了很多东西。既然一定要卖出去，那么似乎要把重点放在销售条件上才对：卖给谁，卖多少钱，以换取什么样的代销协议[a]。可以感觉到，女儿可能比她的兄弟和表亲们更满意最后的买家：一位洛杉矶的开发商，《牧场文件》又一次用理想化的口吻，将他描述为"一个有进取心但又有环保意识的洛杉矶人"，他的计划是将这块地产重新划分为数百英亩的地块，然后把它整个变成一个独家规划的度假胜地。

在加州和在其他地方一样，一个买家要是准备进行这种低密度开发计划，就有着某些特殊的意味：相比准备开展更集中开发的买家，这是一个吝啬的买家。就在霍利斯特一家为这个问题争吵的那几年，詹姆斯·欧文的曾孙女琼·欧文·史密斯，另一个"曾因为这片广阔而私有的土地所具有的魅力而获益"的人，也在进行同样

---

[a] Contingent Agreement，用来约定双方中的一方（寄售人）将商品交给另一方（承销商）进行销售、销售后承销商将收入的一部分支付给寄售人的协议。

的家庭斗争，但角度却不一样：琼·欧文不顾自己家族中的一些人的反对，坚持要集中开发橙县欧文农场剩下的8.8万英亩土地，最后成功了。简·霍利斯特决定将祖父的牧场分成数百英亩的小块，这与琼·欧文的决定截然不同，谁最终在本质上更符合这个地方的精神，仍是一个悬而未决的问题。我记得在七十年代初，我看到了一个被称为"霍利斯特牧场"的广告，强调只有极少数成功人士才能实现在那里住下来的期望。碰巧，我父亲曾在伯克利跟霍利斯特家的一个人有过交往，这个人根据年龄推算应该是简·霍利斯特的一个兄弟或表亲；我不记得他的名字了，我父亲也不在了。我之所以记得这件事，只是因为每次我们驱车南下的时候，还有农场被卖掉的时候，我父亲都会提到，在二十世纪三十年代初的大萧条时期，为了竭力让地产保持原状，霍利斯特一家连让他们的一个孩子读完伯克利大学的钱都付不出来。这在当时是被当作一个教训讲的，我不确定是不是合适。

从出售自家牧场的经历中得到教训，就像从含混的寓言里获得领悟，就简·霍利斯特·惠尔赖特而言，这个教训关乎某种"有争议的"问题："是土地属于人，还是人属于土地？"果不其然，她的结论是：土地不属于任何人。然而，土地确实属于人：根据拉尔夫·纳德研究小组关于加州土地使用的报告，在二十世纪六十年代末，霍利斯特牧场被出售的时候，大约有250万英亩的加州土地仍属于南太平洋公司。将近50英亩的土地属于沙斯塔森林公司。33万英亩的土地属于天纳克公司，特戎牧场公司、标准石油公司和博伊西瀑布公司也各有33万英亩。27.8万英亩的土地属于佐治亚太平洋公司。25万英亩属于太平洋煤气电力公司。20万英亩属于西方石油公司，19.2万英亩属于新奇斯公司，17.1062万英亩属于太平洋木材公司，15.5万英亩属于纤维板公司，15.2万英亩属于纽霍尔土地和农业公司。另外135.0045万英亩的土地属于美国森林产品公司、时代镜报公司、宾夕法尼亚中央公司、哈蒙德木材公司、凯泽工业公司、梅森公司、J.G.博斯韦尔公司、国际纸业公司、钻石国际公司、韦尔、米勒和勒克斯公司和欧文牧场公司。其中一些是加州的公司；有些则不然。所有这些公司共同决定着加州的未来有哪些可以实现、哪些可能受限。多数公司都追求多样化开发，不会再关注自己土地上种植或放牧的究竟是什么，简·霍利斯特也不太关心，那又是另外一回事了，但不管怎么说，他们所有人出手都比霍利斯特一家更快。

简·霍利斯特的母亲洛蒂·斯蒂芬

我的来处

斯·霍利斯特，是林肯·斯蒂芬斯[a]的妹妹。这位林肯写了《城市之耻》(The Shame of the Cities)，后来在谈到苏联时，他说他看到了未来，而且这种未来是可行的。林肯·斯蒂芬斯是简·霍利斯特的"斯蒂菲叔叔"，她则是他的"简小姐"。斯蒂芬斯家的孩子们在萨克拉门托的整幢宅子里长大，那里距离1908年我父亲降生的房子只隔了几个街区。斯蒂芬斯的房子后来成为州长官邸，在埃德蒙·G.（"帕特"）布朗担任加州第32任州长期间，他的儿子杰里·布朗和女儿凯瑟琳都住在这里。杰里·布朗本人则是加州第34任州长。1994年，凯瑟琳·布朗试图成为第37任州长，但以失败告终。我和他们的妹妹芭芭拉曾一起就读伯克利。加州生活里充满各种关联，然而，就像是查尔斯·克罗克的米列特启发了埃德温·马卡姆的《扛锄头的人》那样，实际上并没有多少联系：我母亲的父亲，生活在萨克拉门托，但长大是在埃尔多拉多县的乔治敦分水岭，他直到去世还相信埃德温·马卡姆在1882年到1886年间负责管理埃尔多拉多县[b]里的学校，《扛锄头的人》并不是他写的，用我外祖父的话说，这首诗其实出自"一位旅行的移民，马卡姆只花了一点钱，就从那他那里买到了，于是这位旅客得以继续前行。"我外祖父似乎已经在他的记忆库里为埃德温·马卡姆（包括他三位妻子的名字，他们抵达加州的日期，甚至包括他们曾经居住的房子）建了一份相当完整的档案，并可能极为肯定《扛锄头的人》的真实出处就是他想的那样，但是，他在态度上对这所谓的侵占却非常含糊，这让还是一个孩子的我不得不向我母亲打听我外祖父是不是就是那个旅行的移民。"他不是一个移民。"我母亲说，至少，疑问解除了。

简·霍利斯特·惠尔赖特本人出生在萨克拉门托，她认为两条雪佛龙[c]管道被架设在霍利斯特牧场上意味着一种死亡

---

[a] Lincoln Steffens（1866—1936），美国记者，生于旧金山显赫商人家庭，以调查城市政治腐败著称，是"揭发丑闻"运动的代表人物之一。

[b] El Dorado County，原为墨西哥加利福尼亚省的一处偏远山地，在1848年美墨战争结束后归属美国，此后处于未建制领地状态。同年，该地区的科洛玛（Coloma）发现金矿，引发席卷全球的加州淘金热。1850年设县时，当地以传说中的"黄金国"（El Dorado）命名。"黄金国"源自十六世纪西班牙殖民者对南美洲的幻想，后泛指理想中的财富乐土。

[c] Chevron，总部位于加州，是全球最大的能源公司之一，业务涵盖石油与天然气的勘探、炼制、运输与销售等多个领域。

（"我只能认为它们出现在牧场就只代表一件事：这又一次表明了人类自古以来的傲慢和对自然的仇恨"），但是，因为对那个理想的个人史构成的传说坚信不疑，她对南太平洋铁路公司的存在不仅并不感到困扰，甚至感到安慰，她的祖父曾积极支持南太平洋铁路公司，并给了南太平洋铁路公司六十英尺的海岸通行权。在穿过牧场的告别途中，她每天都看到南太平洋开往洛杉矶的主要客运列车"日光"号[a]的出现，意识到它"似乎就属于那里，完全没有影响海岸的整体感觉。它发出的声音让我想起了我的童年，那时我们没有其他方法来计时，听到远处的哨声就代表我们的午饭时间已经非常非常晚了"。

第8任加州州长利兰·斯坦福当选时是中太平洋的总裁，后来成了南太平洋的总裁。海勒姆·约翰逊是加州第23任州长，他作为改革派候选人当选，承诺打破南太平洋的权力。海勒姆·约翰逊的父亲格罗夫·约翰逊于1863年因伪造罪被起诉而逃离纽约州北部，定居在萨克拉门托，成为县沼泽地委员会的职员，卷入了两次选举舞弊丑闻，并于1877年当选为加州议会议员。"铁路和萨克拉门托的利益是一致的，而且永远不变，"老约翰逊在竞选期间宣称，"它们要像夫妻一样一起工作，直到死亡将他们分开。"

当海勒姆·约翰逊于1884年就读伯克利的时候，他就住在ΧΦ[b]的房子里，四十五年后，我父亲、我叔叔和不得不辍学的霍利斯特也住在这里。几年后，当我去伯克利时，我和芭芭拉·布朗一样，住在三Δ的房子里。她的父亲，当时还不是加州州长，而是司法部部长，在我们一年一度的父女晚宴上发表了讲话。当我弟弟比我晚五年去伯克利的时候，他就像六十年前的弗兰克·诺里斯一样，住在ΦΓΔ[c]的房子里，弗兰克·诺里斯因为发起了一年一度的"猪晚餐"而在这里名声大噪。这是跨入二十世纪五十年代的加州，由于地理、历史和倾向上如此封闭和孤立，以至于我在十二三岁于萨克拉门托第一次读到《章鱼》时，并没有认为它跟我个人有什么关系，因为它讲述的事件并不是发生在萨克拉门托河谷里的，而是发生在别的

---

a　The Daylight，又叫"海岸日光"号（Coast Daylight），即南太平洋4449蒸汽火车，广告宣称它是"全世界最美的旅客列车"，运行在南太平洋铁路公司的铁路线上，联结洛杉矶和旧金山。

b　即Chi Phi，美国最古老的男校兄弟会，构成Chi Phi的三个独立组织最早是1824年在普林斯顿大学成立的。

c　即Phi Gamma Delta，俗称斐济（Fiji），是一个社会博爱团体，1848年成立于宾夕法尼亚州的杰斐逊学院。

我的来处

地方：圣华金河。

　　从加州自身出发，加州无法让它的孩子们用息息相关看待彼此的存在。南北的分化，以及更严重的东西分化、城市海岸和农业山谷的分化、海岸山谷与东部山区和沙漠地带的分化，都深刻地存在着，这种分化源于水源斗争积累的怨恨，以及更无形但却更满怀恶意的观念和文化上的差异。1932年，我母亲从萨克拉门托前往洛杉矶观看奥运会，此后三十年她都没能再成行。在我们这里，北面是旧金山，那里的建筑和桉树颇具艺术风格，往后往西是令人向往的风景，鲜明的"色彩"充满传闻；这个地方和拉丁美洲那些让人悲伤的殖民地都城一样遥远而做作，同样与世隔绝。在我就读伯克利的时候，如果我要回萨克拉门托的家过周末的话，返程时我不时会乘坐南太平洋的横贯大陆的旧金山城市列车[a]，这不是最方便的列车（首先因为它总是延误），但却暗示着我们这的封闭有可能并不是无期徒刑，毕竟它从美国其他地方穿越山脉而来，散发着如此这般的魅力。

　　我现在知道了，我从小就被教育要加以欣赏的生活，完全是这种与世隔绝的产物，无限浪漫，但却存在于某种真空中，这种美学上的前身，没有其他，只有存在于十九世纪旧金山的那种根深蒂固的"波希米亚主义"。在我小时候，别人给我选的衣服有很强的前拉斐尔派元素，柔和的绿色和象牙色，灰粉玫瑰色，回想起来似乎有点古怪的黑色。当我处在开始参加舞会的年纪时，我还戴着别人给我、让我披在肩上的黑色小披风，它不是天主教妇女过去常放在口袋和手套箱里的那种三角形手帕，而是好几码的浓黑色蕾丝。这曾经是我曾外祖母的东西，我不明所以，因为这位特别的曾外祖母来自俄勒冈州，不可能欣然接受浪漫牧场的情景设定。我们住的屋子黑灯瞎火，还喜欢用红棕和铜黄色把它变得泛着绿的暗，这种喜好是如此深入骨髓，甚至都可以拿来作为性格测试。我们也会让我们家的银器变暗，把它叫作"彰显样式"。直到今天，我都对高度抛光的银器不屑一顾：好像"新买的"。这种对"古旧"的偏爱，渗透到了家庭生活的各个领域：认为干花比鲜花有更微妙的吸引力，印花应该褪色，地毯应该磨损，要让太阳把壁纸晒出炙烤般的痕迹。1951年，我们在萨克拉门托买下了一栋房子，这是我们在这里最开心的时刻，而这栋房

---

[a] City of San Francisco，联合太平洋铁路公司运营的著名跨洲客运列车之一，自二十世纪三十年代起运行，连接芝加哥与旧金山，是当时"城市"系列豪华列车中的代表之一。

子的楼梯窗帘自1907年以来就没有换过。这些窗帘是用没有衬里（自然已经褪色了）的金丝透明硬纱做的，挂在几乎两层楼高的地方，每次微风拂过，都会波光粼粼地闪着彩色的光，一碰就会碎掉。

像这样通过夸大而强调出来的，如果说是一种无稽的个人主义的话，这种环境也并不是硬要对生活进行定义、限制或控制，它甚至让你认为生活不会受到任何因素影响，包括外界的各种社会和经济结构。要是一方水土给一个人带来的教育是直觉的话，那么要成为一个加州人，就要觉得自己只会受到"自然"的影响，而这反过来又会被当作是获得启示、让人脱胎换骨的源泉（"重生！"约翰·缪尔[a]在他记录首次优胜美地之旅的日记中写道），是赤裸裸的最终审判，是通过毁灭而赋予一方水土以危险之美的力量。加州的景观往往是通过比喻甚至是祝祷词而被形容出来的：红杉（**一千年在你眼前不过是昨天**[b]），莫哈韦沙漠（**我们在生活中死亡**[c]），大苏尔海岸、莫诺湖、内华达山脉尤其是优胜美地山谷的壮观景色，就像凯文·斯塔尔[d]指出的那样，"为加州人提供了一种有关自我理想形象的客观对应物，他们希望自己成为一个被英雄使命激发的民族"。1860年，托马斯·斯塔尔·金[e]造访优胜美地后，回到旧金山一神论教会，决心从事启发"灵魂的优胜美地"的事业。阿尔贝特·比尔施塔特[f]于1863年造访了优胜美地，然后回来画了宏伟的风景画，这让他在十几年间一直是美国最受欢迎的画家。"比尔施塔特先生画的一些山脉，漂浮在光亮的、珍珠般的薄雾中，"马克·吐温不无尖刻地评论道，"这些山脉如此美丽迷人，让我不得不替造物主心生遗憾，要

---

a   John Muir（1838—1914），苏格兰裔美国博物学家、作家与环保运动先驱，以描写加州内华达山脉及优胜美地的自然随笔著称，被誉为"国家公园之父"。1892年创立塞拉俱乐部（Sierra Club），在美国现代环保运动中具有深远影响。

b   For a thousand years in thy sight are but as yesterday，出自美国作曲家查尔斯·艾夫斯（Charles Ives）的音乐作品《诗篇90》（"Psalm 90"）。

c   In the midst of life we are in death，出自格里高利圣咏（Gregorian chant），即中世纪教堂里的单声部纯人声无伴奏歌唱。

d   Kevin Starr（1940—2017），历史学家、加州图书馆馆长，以编纂多卷加州历史丛书而闻名。

e   Thomas Starr King（1824—1864），美国普救派和一神论牧师、演说家。美国内战期间，他在加州发表多场支持联邦政府的演讲，对阻止加州脱离联邦起到了关键作用。

f   Albert Bierstadt（1830—1902），德裔美国画家，以恢宏壮阔的美国西部风景画著称。在西进运动中，他曾多次随地质考察队深入西部腹地，是最早系统描绘该地区自然风貌的画家之一。

是造物的不是他,这些山地就能一直存在下去了。"

即便是不那么明显有戏剧性的地貌,也布满了教育:在我外祖母那一代,日出时攀登马林县的塔马尔派斯山被人们当作一种改变人生的经历,咫尺可获,如同凝视太平洋的入口那么简单方便,所以约翰·C. 弗里蒙特[a]在1846年绘制这里的地图时,才将其称之为 Chrysopylae,金门,"跟拜占庭港(后来的君士坦丁堡,今伊斯坦布尔)被称为 Chrysoceras(金角港)如出一辙"。乔赛亚·罗伊斯[b]在他1879年的随笔《金门前的沉思》("Meditation Before the Gate")中,思索着从伯克利看到的金门景观,然后保证自己从事哲学研究的方式是"独立的方式,因为我是加州人,不需受到传统的束缚,因为在这片荒野中,即便是布道也可能找到听众,因为我从事思考和写作时,是以虔诚的态度在与强大而可爱的大自然面对面,与它的伟大相比,我不过是一只小虫"。

其有趣之处在于相当直白地表达了年深日久的加州谜题。对比优胜美地国家公园,或者对比在地壳板块上瑟瑟发抖的太平洋金门——只要稍微移动一下,人类的成果就会在一毫秒内毁于一旦——所有人类当然都不过是蠕虫,他们的"英雄使命"最终是徒劳的,他们的哲学研究也是徒劳的。在我的一生时间中,加州的人口从600万增加到接近3500万,然而,当我试图给自己定义加州时,我首先想到的三个表述却全都指向它的地貌:一种空无一人的景观。第一个表述出自广播天气预报,第二个表述出自约翰·缪尔。第三个,也是最常反复出现的一个,出自罗宾逊·杰弗斯[c]。**从康塞普申角到墨西哥边境。阳光覆盖的地方。美丽的乡村再次沐浴在阳光中,从皮诺斯角到苏尔河水域。**

这就是在加州生活的时候,从讨论到沉默的节点。对于人类在加州是否享有正当地位的问题,广播天气预报采取的是象征性的中立立场,但约翰·缪尔和罗宾逊·杰弗斯却无法中立。缪尔为了一个同样信奉加尔文主义的荒野,放弃了他在苏格兰童年时代信仰的加尔文主义,他认为这方水土只能容得下印第安人,因为印第安人"走路轻柔,对土地的伤害几乎跟鸟

---

[a] John C. Frémont(1813—1890),美国冒险家、政治家,曾多次领导穿越落基山脉与加州地区的探险行动;1846年协助建立加利福尼亚共和国,后出任加州首任军事总督;1856年成为共和党历史上首位总统候选人;南北战争中曾任联邦将军,主张激进废奴;晚年任亚利桑那领地总督。

[b] Josiah Royce(1855—1916),美国唯心主义创始人,1849年,其父母为淘金移居加州。

[c] Robinson Jeffers(1887—1962),美国诗人,生于匹兹堡,长期居住于加州。

和松鼠一样少,他们用灌木和树皮做的小屋和木鼠的小屋一样容易被时间抹去,而他们留下来的痕迹则历久弥坚,存在了数个世纪,不包括那些为了打到更多猎物而点燃森林留下来的痕迹"。杰弗斯容不下任何人,他对人如此厌恶,甚至开始支持战争,在他看来,只有战争才能使世界重新"空无一人",只剩"骨骸,苍白的骨骸,这是最好"。"对人类的爱要比一切都有节制,"他这样告诫他的双胞胎儿子,并把人类称为"一项失控且该当停止的拙劣实验。"他被指责为"典型的法西斯主义"。他称自己为"非人道主义者"。(正如杰弗斯研究网站上的一篇帖子所说,"我对非人道主义和深层生态学[a]之间的关系很感兴趣,欢迎任何相关的想法或评论")他似乎容易被许多人攻击:他的诗歌可以说是矫情,他的姿态可以说是丑陋。然而,就事论事地说,杰弗斯的说法却有种难以摆脱的吸引力:**一如往昔,强烈感受着严峻的奇观:陆地、海洋和卡梅尔小镇的水流。又及:城市躺在怪物脚下,还有剩下的山脉**[b]。

我从事思考和写作时,是在与强大而可爱的大自然面对面,乔赛亚·罗伊斯写道,**与它的伟大相比,我不过是一条小虫**。事实上,罗伊斯似乎一直竭尽全力但最终徒劳地警惕着这种地方虚无主义的潜流。他在1886年出版的《加利福尼亚:美国性格研究》(*California: A Study of American Character*)一书的标题页写了以下奇特但具有先兆意义的句子,这是《浮士德》序言中梅菲斯特说的话:**关于太阳和大千世界我不知道说些什么,我只知道,人类是怎样把自己折磨**。六十岁时,他对第一次世界大战的前景感到绝望,距离他遭受致命的中风只剩几个月时间,他在哈佛校园里遇到了他的一个学生霍勒斯·卡伦[c],据罗伯特·V. 海因[d]的《乔赛亚·罗伊斯:从草谷到哈佛》(*Josiah Royce: From Grass Valley to Harvard*)所述,霍勒斯·卡伦曾这样

---

a Deep Ecology,挪威哲学家阿恩·内斯(Arne Næss, 1912—2009)1973年提出的一种未来构想,后发展成一种新的环境哲学。深层生态学以非人类为中心,主张重新看待世上所有生物的价值,认为人类必须从根本上改变自身与自然的关系,从仅仅看重自然对人类的有用性,转变为认识自然所具有的内在价值。

b 出自杰夫斯·罗宾逊1925年发表的诗歌《闪耀,垂死的共和国》("Shine, Perishing Republic")。

c Horace Meyer Kallen(1882—1974),出生于德国的美国哲学家,是美国"文化多元主义"概念的早期提出者之一,主张各族裔应在美国社会中保持其文化特性而非同化。

d Robert Van Norden Hine Jr.(1921—2015),美国历史学家、历史小说家与回忆录作家,加州大学历史系教授,著有多部关于边疆经验、社群与孤独主题的作品。

描述罗伊斯："当我向他打招呼时，他那双蓝色的圆眼睛盯着我，似乎认不出我是谁。然后他用某种更为单薄的声音说……'你是站在人类一边的，是吗？'"几个月前，罗伊斯把自己描述为"在真正的'团队合作'方面缺乏社交能力，对政治一无所知，在委员会中无能为力，在具体的社会事业中助力绵薄"，以及"非常不墨守成规，倾向于某种反叛"。罗伊斯承认，在某种程度上，他所致力的社群理念一直跟他格格不入："当我回顾整个过往时，我强烈地感觉到，我最深层的动机和问题全都集中于社群这个观念，尽管我对这种观念的清晰意识是逐渐才开始的。我和姐妹们遥望萨克拉门托河谷的那些日子里所强烈感受到的就是这个，我们对我们这片山脉之外的伟大世界充满了好奇……我在精神上有太多反社群的部分，而且一直如此，就是这样，深入骨髓，归根结底。"

我在精神上有太多反社群的部分：当然，考虑到他的身份，他身上确实有这种精神，他这样写道：……**因为我是加州人，很少遵循传统**……1970年，我在南方的路易斯安那州、亚拉巴马州和密西西比州待了一个月，我误认为了解了西部和南方——这里曾经把一大部分原始定居点让给了加州——之间的差异，以为这会增加我对加州的了解。罗伊斯也曾为同样的问题烦恼过："在很早的时候……南北美国人相对和平的融合，就已经深深地影响了加州生活的基调，"他在《加利福尼亚：美国性格研究》中写道。"在加利福尼亚的生活中，经常可以看到那种模仿南方风尚的北方人，而且其实模仿的也不是最好的南方风尚……这种人经常仿效南方人，而且他常常会适时地、选择性地被南方文明同化。"我在1970年开始意识到，西部和南方之间的一个区别是：在南方，他们仍然坚信自己用历史染红了自己的土地。在加利福尼亚，我们不会相信历史能让土地沾上鲜血，我们甚至与历史保持距离。

7

托马斯·金凯德出生于二十世纪五十年代末，在埃尔多拉多县的普莱瑟维尔长大，他的母亲靠做公证员[a]养活他和他的兄弟姐妹，这是每份文件能拿五美元的计件工作。父亲早就不在了。大部分时间一家人都住在拖车里。到二十世纪九十年代初，"托马斯·金凯德"已经成为一种现象，一个独立的品牌，一个买手，他的名字有着能让水晶球、陶瓷杯、夜灯或拉兹

---

[a] 一种在法律文件上见证签名、证明文件真实性，以及执行其他与法律相关的行政职能的专业人士。

男孩 [a] 牌的椅子点石成金的魔力，他也是一个非常成功的画家，成功到全美国在九十年代末已经有了248家托马斯·金凯德"签名画廊"，仅在加州就有78家，大多数位于购物中心或旅游区，比如蒙特雷有4家，卡梅尔也有4家，就在1号公路往南的两个出口那边。由于托马斯·金凯德的油画原作在那个时候很少能买到，而且那些原作的价格也从九十年代初的1.5万美元左右涨到了1997年的30万美元以上，所以在这248家"签名画廊"里出售的画作，实际上都是帆布背衬的复制品，这些作品的售价在900美元到1.5万美元之间，无不出自在媒体艺术集团有限公司（Media Arts Group Incorporated，纽约证券交易上市交易代码为"MDA"），公司总部位于摩根山，有10万平方英尺、450名员工，所有的业务就只有托马斯·金凯德。

说不明白为什么买家对金凯德的这些作品如此情有独钟。负责管理这些画的一家加州画廊的经理告诉我，一次性卖六七幅画给那些已经拥有了十幅或二十幅画的买家来说，是常事，跟他交易的那些买家，给如何看待这些画带来了"相当大的情感价值"。金凯德的画作通常是用略带超现实意味的粉彩绘制的。作为特色，一般包括一间小屋或一所房子，安逸感逼人，安逸到看上去居然使人感觉邪恶，让人联想到有人设计了一个陷阱，用来引诱汉塞尔与格蕾特尔 [b] 上当。每扇窗都亮着，有种火烧似的效果，仿佛这座建筑里面可能着火了。小屋是茅草屋顶，看起来像姜饼屋。这些房子都是维多利亚风格，长得像理想的民宿，至少有两间来自普莱瑟维尔，一个是奇切斯特−麦基故居、一个是康贝拉克−布莱尔故居，它们据说是金凯德"圣诞"画的原型。"这里有很多美好的事物，我让它们以一种异想天开而迷人的方式显现。"金凯德对普莱瑟维尔的《山区民主报》说。他给自己打上了"光之绘者"的标签，媒体艺术公司为他的画廊制作的明信片上全都将此封为传奇："托马斯·金凯德被公认为在世首屈一指的光之绘者。他精湛地运用柔和的边缘和明亮的色彩，赋予他那高度细致的油画以其独特的光彩。这种非凡的'金凯德之光'，在世界范围内带来了对托马斯·金凯德绘画和平版

---

a　La-Z-Boy，一家美国家具制造商，以生产舒适的躺椅和沙发而闻名。

b　Hansel and Gretel，出自"童话歌剧"《汉塞尔与格蕾特尔》，该剧由德国作曲家洪佩尔丁克作曲，1893年在魏玛首演，剧本源自贝希斯坦的《德国童话故事》和格林兄弟的《儿童与家庭故事集》。汉塞尔与格蕾特尔是故事中的两姐弟，落入邪恶巫婆手中后，合力把巫婆丢进炉子里烧掉，结果所有以前被巫婆变成姜饼的小孩也都跟着活了过来。

我的来处

作品的巨大需求。"

这种"金凯德之光",跟马克·吐温讽刺比尔施塔特画作中的那种"光亮的、珍珠般的薄雾"的说法相比,在精神上可谓一脉相承,而且,先把绘画能力放在一边不说,在这两位画家之间,还存在着某些难解的相似之处。2000年6月,金凯德在他的网站上写道:"在我最近研究完优胜美地山谷的外光[a]后,山岳殿下不想离去。""当我家人漫步在国家公园游客中心时,我找到了幻想的钥匙——再现米沃克印第安村庄。回到工作室后,我开始创作《群山宣告其荣耀》,这是对我在灵感突如其来的转变时刻所感受到的东西的诗意表达。作为最后一笔,我甚至在河边加上了一片米沃克印第安人营地,把它当作是对人类地位的肯定,即便布置了场景的是荣耀的上帝。"

优胜美地国家公园旅客中心仿造了米沃克印第安人村庄,这种仿造肯定了人类在内华达山脉的地位,这在很多层面上都可以说是一种可疑的经营(首先,优胜美地的米沃克人是在淘金热期间被迫逃到弗雷斯诺市附近的保护区的,而且直到1855年才被允许回到优胜美地),但托马斯·金凯德的内华达真的比阿尔贝特·比尔施塔特的更富有感情吗?在比尔施塔特的内华达那里,神圣的光芒照耀着山口,这是否意味着一种肯定,肯定我们已经成功完成了自己的使命?难道比尔斯塔特受到科利斯·P. 亨廷顿委托,绘制一幅庆祝中央太平洋铁路支配唐纳山口的画,只是个巧合?比尔施塔特用来庆祝胜利的《唐纳湖的峰顶景观》[b],对地点的含义做了修改,这修改的,难道不是能够最清晰地体现加州定居点的道德暧昧性之处吗?唐纳大队一行中幸存下来的孩子之一弗吉尼亚·里德,在写给表姐的信中这样总结她学到的东西:"哦,玛丽,虽然我给你的信还没有道出我们遭遇的一半困境,但我给你写的东西已经足以让你知道困境是什么意思了。但感谢上帝,我们是唯一不吃人肉的家庭。我们已经抛弃了一切,但我根本不在乎。我们已经挺过来了。这封信不想让任何人丧气。记住,永远不要抄近路,尽快赶路,越快越好。"

---

[a] Plein Air,直接在日光下(利用外光)作画,强调表现自然和真实的生活状态,且回到室内后不对作品做出任何修改,起源于印象派绘画时期(大约1860年)画家对室外光线和室内光线会造成不同颜色的观察,代表画家包括梵高、莫奈等。

[b] Donner Lake from the Summit,作于1873年,亨廷顿委托比尔施塔特绘制一幅庆祝1869年横贯北美大陆的铁路竣工的画,比尔施塔特曾与亨廷顿一起登上内华达最高峰,而画作的名字也指涉了1846年冬天被困在路上的迁移群体唐纳大队。

记住，永远不要抄近路，尽快赶路，越快越好。

合我们意的历史故事，是否反映了弗吉尼亚·里德一手经验中的那种天然的恐惧和狭隘的道德观？

还是说会更接近于《唐纳湖的峰顶景观》里那种鼓舞人心的奋进？

此类美国大陆穿越故事所隐含的难解之处，在杰克·伦敦的《月亮谷》中被无意地展现出来。该小说的主人公是年轻的女子撒克逊·布朗。我们第一次读到她时，就已经成了孤儿，寄宿在生活拮据的社会主义者哥哥和他脾气暴躁的妻子家里。撒克逊在奥克兰一家洗衣店做计件熨烫工，每周辛苦工作六天。周六晚上下班以后，她和洗衣店的一个朋友花了一大笔钱买票，参加了一场瓦匠工会举办的野餐会，在那里，遇到了同为孤儿的卡车司机比利·罗伯茨。她向他坦言，自己之所以叫"撒克逊"，是为了纪念"第一个英国人，你知道的，美国人是英国人的后代。你、我、玛丽、伯特，所有真正的美国人，都是撒克逊人，意大利佬或者日本人可不算"。如果说，这也能算作一种身份认同的支撑，那这根"芦苇"未免也太"瘦弱"了些，伦敦本人的经历也告诉我们，事实恐怕并非如此。凯文·斯塔尔在《美国人与加州梦》（Americans and the California Dream）中指出，伦敦有一次因流浪罪被捕，他在法庭上辩称："没有哪个祖上参加过美国独立战争的老美国人要受这样的委屈。"然而，法官还是判处他三十天监禁，据斯塔尔称，那一刻是伦敦生命中"最大的创伤之一"。

比利·罗伯茨向她保证，他也是一个"真正的"美国人，他母亲一家"几百年前就迁徙到了缅因"，于是撒克逊问他的父亲来自哪里。接下来便发生了一段特别的对话：

"不知道，"比利耸了耸肩，"他自己也不知道。没人知道，虽然他的确是美国人，没错，没错。"

"他的姓一听就是老美国人，"撒克逊提示道，"有个英国大将军，他的名字叫罗伯茨。我在报纸上看到了。"

"但罗伯茨不是我父亲的姓。他从来都不知道自己姓什么。罗伯茨是收养他的一个淘金者的名字。你晓得吗，是这样的。

在他们跟莫多克印第安人 [a] 作战的时候，许多矿工和移民都施以援手。罗伯茨是一支部队的队长，有一次，在一场战斗之后，他们抓了很多俘虏——女人、孩子和婴儿。其中一个孩子是我父亲。他们估计他当时大约五岁。他只会说印第安语。"

撒克逊拍了拍手，眼睛闪闪发光："他是那个被印第安人抢走的孩子！"

"他们就是这么觉得的，"比利点点头，"他们回想起四年前被莫多克人杀害的一马车队的俄勒冈移民。罗伯茨收养了他，所以我不知道他的真姓。但你可以放心，他还是一样穿过了大平原。"

"我父亲也是。"撒克逊自豪地说。

"还有我妈妈。"比利补充道，骄傲让他的声音颤抖，"不管怎么说，她差一点儿就穿越了大平原，因为她就是在途经普拉特河的一辆马车里出生的。"

"我妈妈也是，"撒克逊说，"她才八岁，因为牛都被吃完了，大部分的路都是她自己走的。"

比利伸出手来。

"握个手吧，哥们儿，"他说，"我们就像老朋友一样，我们身后是同样的人。"

撒克逊两眼炯炯有神地向他伸出手，他们严肃地握了握手。

"不是很奇妙吗？"她喃喃地说，"我们都有老美国人的血统 [b]。"

不要以为伦敦这里是在讽刺，以为他要强调撒克逊和比利的实际处境跟幻想中的优越血统之间的天差地别，那你对《月亮谷》的理解可就大错特错了。"时代变了，"撒克逊对比利抱怨道，"我们穿过大平原，开拓了这个国家，现在我们甚至失去了在这里工作谋生的机会。"这引起了比利的共鸣，当两人碰巧来到一个繁荣的葡萄牙殖民地时，这种共鸣变得更加响亮了。"看吧，生来自由的美国人在自己的土地上已经没有了立足之地。"比利对撒克逊说，他进一步思考道，"是我们的家族创造了这个国家。为它而斗争、开拓，从无到有地建起一个国家——"

这种在移民问题上的强硬态度，在加

---

a Modoc Indian，美洲原住民族，印第安人中的一支，原居于今加州东北部与俄勒冈州南部。1872年至1873年间，因抵抗美军强制迁徙政策，与联邦军队爆发"莫多克战争"，战败后被强制迁徙：部分族人被押送至遥远的印第安领地（今俄克拉何马州东北部），安置于奎阿波族保留地；其余则被安置在俄勒冈州克拉马斯族保留地，与其他部族共处。

b Old Stock American，或称开拓先民、盎格鲁裔美国人，指祖先是首批定居于十三个殖民地的美国人，大多数是由十七世纪到十八世纪移民到英属美洲的英国后裔，用以区别于十九世纪后期的新移民群体。

州比比皆是，在伦敦写下这部小说时，加州的警戒委员会[a]和排他性立法[b]已经有了漫长的历史。1886年，乔赛亚·罗伊斯在谈到"外国人"——主要是墨西哥的索诺拉人，也有中国人和土著印第安人——在金矿遭受的暴力和私刑时写道："加州美国人早期在对待外国人时那种可怕的盲目，几乎不可理喻。"在罗伊斯说出这番话的六十年后，凯里·麦克威廉斯在《加州：大例外》一书中，将当地普遍存在的对亚洲人的敌意描述为"当时社会和心理上的需要"，是这个由外来人口构成的州为了构建出一种紧密共同体的幻觉而发明出的"否定性装置"，目的是将他们团结起来，共同对抗外国人的威胁。

在这个国家的其他定居区，肯定也都有这种敌意存在，但能做到如此精细的法律规定，却屈指可数。1850年的《外国矿工执照税》对任何想在矿区工作的非公民征收月租费。1854年，一项禁止黑人和印第安人出庭做证的现行法律，扩大到华人也禁止做证。1860年，州立法机构禁止"蒙古人、印第安人和黑人"进入公立学校；1879年，禁止华人在公司或公共工程项目中就业；并于1906年修改了现行的通婚法，将华人纳入其中。1913年和1920年的《外侨土地法》要在三十多年的时间里，有效禁止亚裔及其在美国出生的子女拥有加州的土地所有权。

正是本着这种精神，两个"真正的"美国人，撒克逊和比利，出发去寻找公地，在他们看来，那160英亩免费的土地是他们应得的。这种对权利的信念，是另一种熟悉的加州风格，而且是一种特别复杂的风格，因为这种依赖政府的想法，显然与大多数加州人所偏好的自我形象背道而驰。然而，即使在当时，这种依赖也几乎是彻底的。正如我们已知的那样，是联邦政府的钱，代表着广泛的商业利益，修建了这条铁路，让这个州向世界其他地方开放。正如我们已知的那样，联邦政府的资金，再次被用来代表广泛的商业利益，

---

[a] Vigilance committee，十九世纪中期的美国，尤其是加州等西部地区广泛存在的一种非官方治安组织，由自发组织的白人居民组成，声称目的是在政府机构行动不力时，维护社会秩序、打击犯罪行为，但常常绕过法律程序，进行私刑、驱逐、种族迫害等等。

[b] Exclusionary legislation，指旨在限制特定族群（尤其是移民、非白人）权利的正式法律，包括限制居住、工作、婚姻、财产、教育、证词权等方面的法律条文。在加州历史上，此类法案包括：1850年的《外国矿工执照税法》和《奴隶遣返法》，1854年《证人法修正案》，1860年的《公立学校限制法》，1879年的《加州宪法修正案》，1882年的《排华法案》，1906年的《混血婚姻法修正案》，1913年的《外侨土地法》及1920年的修正案等。这些立法构成了系统性的排外结构，使族群隔离与权利剥夺在法律层面得以制度化。

我的来处

创造了在当地甚至不再称之为农业综合企业[a]而只是叫作"农业"的东西。在《月亮谷》中，对这种矛盾冲突的合理化处理，是相当原始的：政府用免费的土地跟撒克逊和比利交换，比利推断，"交换的是我们的父母辈开拓的东西。我跟你说，撒克逊，当一个女人像你母亲那样穿过大平原，一个男人和他的妻子像我的祖父和母亲那样被印第安人屠杀时，政府确实欠他们一些东西。"

撒克逊和比利最终定居的土地，实际上正是索诺马县的月亮谷，他们对月亮谷的发现，预示着后来托马斯·金凯德画作中的许多可疑情绪。他们到达山谷的时候，"夕阳的火焰，映射着秋日天空的浮云"，把风景变得"通红"。他们看到一条小溪在向他们"歌唱"。他们看到红杉树林里的"仙女环"[b]。他们看到，在远处，一个男人和一个女人，"肩并肩，女人精致的手蜷缩在男人的手中，看起来像是为人祈求祝福"。这种神奇的关联延续下来，仿佛又被金凯德之光触及：

也许撒克逊和比利构成的画面，也同样引人注目、美不胜收，他们一直开着车，直到金色的一天落下帷幕。这对夫妻眼里只有彼此。小妇人高兴地笑了。那人的脸上闪着祝福的光芒。对撒克逊来说，他们就是山上的田野，就是山岳本身，自己似乎本来就认识这对可爱的情侣。她知道，她爱他们。

后来（此时《月亮谷》已经过去了四百页），撒克逊才发现读者或许早就猜到的事实："这对可爱的情侣"其实也是"穿越大平原的老美国人"，可能也有属于自己的土豆压泥器，肯定是有亲缘关系的某种人，"知道小梅多斯之战[c]和比利父亲作为唯一幸存者的那场移民车队大屠杀"。在这个加州寓言中获得了应有的位置之后，撒克逊和比利定居下来，决定通过实践科学农艺赎回老美国人与生俱来的权利，而这正是伦敦本人和他的第二任妻子，他所谓的"伴侣女人"夏米安·基特

---

a Agribusiness，在美国的农业和生物经济中，各种相关关联和依存的企业、行业、系统和研究领域形成的价值链，在一定的时间里和确定区域内，为了全面开发利用农业资源，发展地区农业经济而进行的综合性生产建设活动。

b Fairy Ring，一种由真菌引起的草地上的圆形斑块，通常由草地上生长的蘑菇组成，形成一个环状图案。据民间传说，这些环是仙女跳舞留下的痕迹。

c Little Meadow，位于梅多斯山脚下，在法国－印第安人战争（1754—1763）期间，英国军队经常在此停驻。这场战争实为英国和法国在北美的一场战争，印第安人与法国结盟，共同攻打英国。

里奇，想要在他们自己的索诺马牧场所实践的事业。伦敦在这一时期的信件中提到了"让死去的土地复活"，让土地"因为我的到来而变好"，以及不懈的劳作、非凡的农艺。"我可不搞鸡零狗碎、小打小闹的那一套，"他写道，"当我悄悄离去时，我希望自己留下了一块土地，在别人遗憾放弃后，被我变得丰饶多产……你看不出来吗？哦，去看看！——在当今时代那些重大经济问题的解决之道中，我看中的是对土地的回归。"

这是另一个幻觉。他的庄稼失败了。他那座号称要屹立千年的"狼屋"还没等他和"伴侣女人"（他有时也称夏米安为"我的狼伴"）搬进去，就被彻底地烧成了废墟。他的身体也垮了。他与抑郁症做斗争，也与酗酒做斗争。1913年那一年，狼屋刚刚建成又被烧毁的那一年，他的银行账户上只剩下3.46美元。到最后，只有"伴侣女人"还依然保有信念，夏米安·基特里奇·伦敦在1916年12月15日写给朋友汤姆·威尔金森的信中这样写道："我太渴望让每个人都知道杰克在这里做的伟大实验了。没人能想到这件事和他能有什么关系，他们指挥对他的这个、那个、其他，却对他在索诺马山上进行的惊人实验——而且是真正进行的实验——只字不提。"就在写下这封信的三个星期前，杰克·伦敦去世了，享年四十岁，死于尿毒症，以及最后那一剂致命的吗啡，是医生为帮助他缓解肾绞痛而开的。在他的最后一部小说《大房子里的小夫人》（*The Little Lady of the Big House*）中，他让他的主人公，也是作者的代言人，问出了这样一连串问题，于是，在这部表面看来通篇都在幻想世俗社会中的成功的小说里，突然闪过一丝与生俱来的空洞："为什么？为了什么？有什么价值？这一切到底是为了什么？"

8

1872年，旧金山的波希米亚俱乐部由该市的新闻工作者创立，他们认为这既能宣示一种非传统或"艺术"旨趣，也是在牛头犬关门后还能喝上啤酒、吃上三明治的地方。弗兰克·诺里斯和亨利·乔治[a]都是其中的一员，但乔治当时还没有出版《进步与贫困》[b]。还有诗人华金·米勒[c]、乔治·斯特林[d]。还有作家塞缪尔·克莱门斯[e]、布雷特·哈特[f]、安布罗塞·比耶尔斯和杰克·伦敦，就在杰克·伦敦去世前几个月，他还成功在波希米亚林地度过了一个星期，那里是波希米亚俱乐部设在旧金山北部红杉树林的营地。约翰·缪尔是波希米亚俱乐部的成员，约瑟夫·勒孔特[g]也是。几年来，会员们似乎一直坚决排斥纯粹的富人（他们曾拒绝了加州银行行长威廉·C.拉尔斯顿加入会员），但他们为了镇上的俱乐部和定期的露营而一掷千金的豪情，很快就压倒了原来的计划。根据十九世纪末旧金山最著名的出版商、波希米亚俱乐部的创始会员爱德华·博斯基[h]的回忆录，就在当时，他们决定"邀请一群被大多数成员鄙视的人加入俱乐部，也就是那些既有钱又有头脑，但严格来说不是波希米亚人的人"。

直到1927年——也就是乔治·斯特林在参加一次为H. L. 孟肯[i]举办的俱乐部晚宴时上楼睡觉、吞下了氰化物自杀的一年后（他当时情绪抑郁，一直在喝酒，弗兰克·诺里斯的兄弟代替他担任了孟肯晚宴的主持人）——波希米亚俱乐部都还

---

[a] Henry George（1839—1897），美国经济学家与政治活动家，主张以地价税取代其他税收，以遏制土地投机、推动社会平等，其思想体系被称为"乔治主义"。

[b] 即 Progress and Poverty: An Inquiry into the Cause of Industrial Depressions and of Increase of Want with Increase of Wealth: The Remedy，是亨利·乔治于1879年出版的代表作。本书系统分析了为何在经济和技术进步的同时，贫困问题反而加剧，并指出经济周期性萧条背后的结构性原因。

[c] Joaquin Miller（1837—1913），美国诗人、记者，以歌颂美国旧西部风貌和自然壮美而著称。

[d] George Sterling（1869—1926），美国作家、诗人、剧作家和波希米亚主义的支持者，常驻旧金山、加州湾区和滨海卡梅尔。

[e] Samuel Clemens（1835—1910），即马克·吐温，著名幽默作家、演说家，以《哈克贝里·费恩历险记》《汤姆·索亚历险记》等作品闻名。他交游广泛，常与政治家、实业家和文化名人往来，也曾因投资失败陷入经济困境，晚年通过演讲与写作偿还债务。

[f] Bret Harte（1836—1902），美国作家、编剧、西部文学代表人物，著有《咆哮营的幸运儿》等。

[g] Joseph LeConte（1823—1901），美国地质学家、内科医生和教育家，加州大学伯克利分校的首批教授之一。他是早期自然资源保护主义者，也是塞拉俱乐部的创始成员之一。

[h] Edward Bosqui（1832—1917），加拿大艺术家、印刷商和艺术赞助人，参与过波希米亚俱乐部。他于1850年来到加州，1863年创立了博思奎雕刻和印刷公司。

[i] Henry Louis Menken（1880—1956），美国记者、讽刺作家、文化评论家与美式英语学者，以批评"庸俗文化"与倡导个人自由著称。

禁止所有被俱乐部认为是"彻底而无理地背离艺术规律"的作品参加其年度艺术展览。直到1974年，时任加州大学圣克鲁斯分校社会学教授的G. 威廉·多姆霍夫撰写了《波希米亚林地与其他静修之所：统治阶级凝聚力研究》(The Bohemian Grove and Other Retreats: A Study in Ruling-Class Cohes IV eness)一书时，波希米亚俱乐部五分之一的常驻会员和三分之一的非常驻会员都在《标准普尔名录》[a]榜上有名。1970年，多姆霍夫对这一年做了一份统计名单：参加波希米亚格丛林夏令营的成员中，"美国50家最大的工业公司中有至少40家在列，每家至少一位官员或董事在列……同样，我们发现前25家最大的商业银行（包括前15家最大的银行）中有20家的高管和董事都在我们的名单上。前25家人寿保险公司中，有12家有人在列（在这12家公司中，有8家来自前10家）。"

于是，夏季露营演变为一种特殊的魅力社交圈，在这个对大多数人来说富有吸引力的偏僻之所，美国金融和工业的领袖们可以暂时地掌控政治结构，从中取乐，而他们自己的命运最终取决于这种政治结构。1950年，德怀特·艾森豪威尔[b]访问了丛林，距离他公开表达对军工联合体的担忧还有十一年，当时他乘坐的是由圣达菲铁路公司[c]总裁安排的一趟特别列车。多姆霍夫指出，亨利·基辛格和当时的国防部部长梅尔文·莱尔德都出席了1970年的野营，当时的财政部部长大卫·M. 肯尼迪和参谋长联席会议主席托马斯·H. 穆勒上将也出席了露营。约翰·埃利克曼作为伦纳德·费尔斯通[d]的客人，代表白宫。时任内政部长的沃尔特·J. 希克尔，是联合石油公司总裁弗雷德·L. 哈特利的客人。

夏季露营有固定的仪式。每天12点30分是"湖畔会谈"，包括非正式的演讲和简报，没有记录。1970年，基辛格、莱尔德和时任国务卿的威廉·P. 罗杰斯在

---

a *Standard & Poor's Register of Corporations, Executives, and Directors*，收录美国和加拿大的公司和有关人员的名字，每年一版。

b Dwight Eisenhower（1890—1969），美国政治人物、陆军五星上将，也是第34任美国总统（1953—1961），曾在"二战"中担任盟军欧洲战区最高司令，指挥诺曼底登陆。

c Santa Fe Railroad，即艾奇逊、托皮卡和圣达菲铁路（Atchison, Topeka and Santa Fe Railway, AT&SF），美国历史上一家重要的一级铁路公司，创立于1859年。尽管名称中包含"圣达菲"，但因地形限制，其主干线路并未实际经过新墨西哥州圣达菲市。该铁路在美国西部拓展、农牧业运输和城市发展中发挥了关键作用，后于1995年并入BNSF铁路系统。

d Leonard Firestone（1907—1996），火石轮胎创始人家族成员，曾任美国驻比利时大使。

我的来处

"湖畔会谈"发表演说；科林·鲍威尔[a]和陶氏化学[b]董事长原定于1999年访华。经过计算的地方色彩：所唱的战斗歌曲，仍然出自传统的加州学校，包括伯克利（在这个场合也被唤作Cal[c]）和斯坦福大学的歌曲，但波希米亚俱乐部有一条规定，在为期两周的仲夏露营期间，除非是会员，否则加州本地人是不能受邀成为座上宾的。（在5月的"春季狂欢"周末，情况就不同了，来自加州的非会员可以受邀参加。）1985年的露营名单，是我看到的最新的完整名册，其中列明了各个成员及其"营地"，即数百个自选群组，他们扎营于丘陵和峡谷后面，远离通往俄罗斯河的道路。每个营地都有自己的名字，比如偷渡者、粉红洋葱、银矿小径占屋者、迷失天使。

就1985年那次野营而言，卡斯帕·温伯格[d]最后是在阿韦斯岛，詹姆斯·贝克三世最后是在伍弗岛。"乔治·H. W. 布什"出现在了**乡巴佬**[e]的名单上（他的儿子乔治·W. 布什在1985年似乎还没有出现，但他和他的父亲，以及纽特·金里奇一起出现在了1999年的名单上），此外还有弗兰克·博尔曼[f]、小威廉·F. 巴克利和他的儿子克里斯托弗、沃尔特·克朗凯特[g]、美国银行和世界银行的 A. W. 克

---

[a] Colin Powell（1937—2021），美国军人、政治家，第65任美国国务卿，为首位出任该职的非裔及牙买加裔美国人。曾于海湾战争期间担任参谋长联席会议主席。

[b] Dow Chemical，跨国化学公司，总部设于美国密歇根州，1897年由赫伯特·亨利·道创建。以资产值计，是美国第二大、世界第三大的化学公司。

[c] 加州大学伯克利分校成立于1868年，在1919年加州大学洛杉矶分校创立之前，一直是当时加州唯一的大学。因此，加州人习惯将其简称为 Cal（即 University of California）。

[d] Caspar Weinberger（1917—2006），美国政治家、商人，共和党人，出生于旧金山，曾任里根政府国防部部长，1987年因为卷入伊朗门事件而辞职，后出任《福布斯》杂志的董事长。

[e] Hillbilly，原为带有贬义的俗语，指居住在阿巴拉契亚山区或其他偏远地区、文化程度较低的白人，随着该群体在二十世纪三十年代的外迁而广泛传播；六七十年代，增添了讽刺性、娱乐化意味，其典型代表是 CBS 制作的情景喜剧《贝弗利山人》(The Beverly Hillbillies)；二十一世纪以来，逐渐成为部分白人下层选民的自我认同，如 J. D. 万斯的《乡下人的悲歌》(Hillbilly Elegy)。

[f] Frank Borman（1928—2023），美国国家航空航天局宇航员、前空军上校，曾执行阿波罗8号任务，是首批绕月飞行的三名宇航员之一。该飞行任务是美苏太空竞赛中的标志性事件。

[g] Walter Cronkite（1916—2009），记者、冷战时期美国最富盛名的电视新闻节目主持人、CBS 的明星主播。

劳森[a]，以及百时美公司[b]的弗兰克·A. 斯普罗尔斯。乔治·舒尔茨，以及威廉·弗兰奇·史密斯、小托马斯·沃森、尼古拉斯·布雷迪、伦纳德·费尔斯通、彼得·弗拉尼根、杰拉尔德·福特、纳杰布·哈拉比、菲利普·M. 霍利、J. K. 霍顿、小埃德加·F. 凯泽、亨利·基辛格、约翰·麦科恩和贝赫特尔家族的两位成员，都在曼德勒的名单上。他们都是艾森豪威尔军事工业综合体的人格化身，但每个丛林营地演练的传统剧目却都是波希米亚精神或者说加利福尼亚精神：要战胜财神玛蒙，金钱之神，得到他所有的侏儒、承诺和宝藏。

精灵：不，财神。首先，它买不到。
财神：钱买不到什么？
精灵：一颗快乐的心！

波希米亚俱乐部不再是地方上追求自由的灵魂参加的一场活泼而轻浮的聚会，它变为了联系民族企业和政治利益的纽带，这又在很多方面反映了一个更大的转变，即加州本身从过去的样子，或者从它的公民更愿意相信它曾经的样子，转变为现在的样子，一个完全依赖于企业和政治利益紧密结合的无形帝国的殖民地。1868年，二十九岁的亨利·乔治在《陆路月刊》（Overland Monthly）上写了一篇文章，他在文章中试图定义"所有在这里生活了很长时间的人都能感受到的那种加州特有的魅力"，这是在他协助创立波希米亚俱乐部的四年前。他断定，加州的魅力在于其人民的品质："……这里有一种个人独立和平等的感觉，一种普遍的希望和自力更生的感觉，一种宽宏大量和慷慨大方的感觉，这些都源于财产分配的相对公平，对薪酬和舒适的严格要求，以及冥冥中感觉每个人都可能'打出全中'[c]的希望。"这篇题为《铁路将带给我们什么》（"What the Railroad Will Bring Us"）的文章，当然是为了给当时普遍存在的狂热泼泼冷水，总体上，这股狂热是要把加州交给南太平洋铁路公司来发一笔横财：

让我们看清楚我们要走向何方。人口和财富的增长超过某个点，仅仅意味着与

---

[a] A. W. Clausen（1923—2013），美国银行家，曾任美国银行总裁及世界银行行长（1981—1986）。

[b] Bristol-Myers，一家源于美国的跨国制药公司，1887年由威廉·麦拉伦·布里斯托成立，于1989年与施贵宝合并为百时美施贵宝（Bristol Myers Squibb）。

[c] Make a strike，保龄球术语，指球手一次出手击倒全部球瓶，常用于比喻果断出手并取得重大成果。

老牌国家——东欧国家和欧洲——的状况接近了而已……实际上,铁路的建成,以及由此带来的商业和人口的大幅增长,并不对我们所有人都有利,只是对一部分人有利……把人挤到大城市里,把财富向大块集中,把人组织成大的团伙,受制于"工业巨头",这些活动并不会培养个人独立——而这是一切美德的基础——也无法维护那些使加州人尤其为他们所在的州感到骄傲的特色。

亨利·乔治追问这条铁路会带来什么,但很少有其他人有此疑问。许多人后来会问,把萨克拉门托和圣华金山谷从季节性的浅海变成一个受保护的温室,每年每平方英里需要使用3.87吨化学农药,这是否符合公众的福祉,但在大坝建成之前,却没有多少人问过这个问题;不管出于什么原因,那些问过这个问题的人都被归为"环保主义者"一类,这个词在加州这边被用来松散地形容一切让人觉得会威胁到绝对个人自由生活的人。"加州人喜欢让人耍着玩,"西达奎斯特是《章鱼》里面旧金山一家倒闭铁厂的老板,当他碰巧在波希米亚俱乐部(还能在哪儿?)遇到普雷斯利时,这样告诉他,"你觉不觉得谢尔格里姆(代表科利斯·P.亨廷顿的形象)会把整个圣华金谷变成他的后院?"

至少到我这一代,《铁路将带给我们什么》一直都是加州孩子的指定读物,这也再次证明指定读物完全没什么用。我过去常常认为亨利·乔治夸大了铁路的作用,他在一定意义上是在说:铁路当然只是一个早已开始的过程的最后阶段罢了；这个过程深深地植根于《铁路将带给我们什么》为我们描述的最初定居者的品质之中："普遍的希望和自力更生"，或"个人独立和平等的感觉"，或"冥冥中感觉每个人都可能'打出全中'的希望"。这个过程，就是把加州卖给外面的业主，以换取他们让我们致富的承诺（现在看来完全是暂时的）。换句话说，加州的贫困化，这一过程实际上在美国人首次踏进这个州的时候就开始了：他们拿走了所有能拿走的东西，又在当地人对自身繁荣神话的盲目鼓吹的助推之下，开始出卖剩下的部分。

乔赛亚·罗伊斯理解加州性格中这一负面面向，但他始终坚持这样一个根本信念：加州社会本身是一种足够积极的力量，足以自行修正它的性格缺陷。他承认："即使在今天，社会责任感的普遍缺失仍然是最普通的加州人最容易犯的错误。"然而，他似乎无法在性情上设想，一个"最普通的加州人"最后并不会把自己的最大利益归结于合作、归结于弥合分歧，不会愿意放弃眼前的意外之财，以换取更大的利益，甚至是自己的长期利益。在罗伊斯写下这篇文章的1886年，这种"最普通的加州人"已经把加州的一半都卖给了南太平洋铁路公司，并且正准备把剩下的那一半抵押给联邦政府。在接下来的近百年间，先是靠石油，然后是靠第二次世界大战，最后是靠冷战，以及每年乘搭湾流公务机参加波希米亚林地露营的老板和经理们的慷慨解囊，这些"最普通的加州人"将会看到，他们"最容易犯的错误"，换来的也只是晴空万里。

PART II

第二部分

第二部分

1

在1935年5月的《美国水星报》（American Mercury）上，威廉·福克纳发表了一个名为《黄金国》（"Golden Land"）的短篇小说，这是他为数不多的以加州为背景的短篇小说之一。《黄金国》讲述的是四十八岁的小艾拉·尤因一生中的一天。对他而言，"过去二十五年的勤勉与渴望、精明与运气乃至胆量"好像正在化为灰烬。十四岁时，艾拉·尤因搭上一辆向西行驶的货车，逃离了内布拉斯加州。三十岁时，他娶了洛杉矶一个木匠的女儿，生了一儿一女，并在房地产行业站稳了脚跟。十八年后我们见到他的时候，他已经是每年有五万美元可支配收入的身份了，这在1935年是一笔不小的数目。他把他丧偶的母亲从内布拉斯加州接来，安置在格伦代尔的一所房子里。他有能力为他的孩子们提供"奢侈品和有利条件，这些是他自己的父亲不仅无法想象出模样，而且原则上也会彻底唾弃的东西"。

然而，一切事与愿违。艾拉的女儿，取了艺名"阿普丽尔·拉利尔"想要进入演艺圈的萨曼莎，作为证人，出席了一场耸人听闻的审判，这次审判的新闻报道《阿普丽尔·拉利尔揭秘性爱派对》刊登在报纸首页，报纸就放在艾拉床边的读书桌上。艾拉与其说是不知所措，不如说是厌倦，他努力避开报纸上附带的萨曼莎的照片，那个"冷酷、一头金发而且让人无法理解"的女儿，"时而盯着他，时而卖

937

弄着她又长又白的小腿"。不只是萨曼莎一个人让艾拉感到沉闷空虚、失去期望：还有他的儿子，沃伊德，他还没有从家里搬出去，但自打沃伊德喝醉酒穿着"不是一般的内衣，而是女人的胸罩和女士内衣"被送回家交给他父亲的那个早上开始，他已经两年没有主动和他父亲搭话了。

艾拉拒绝诸如"他的人生其实并不像他的事业所展现的那般成功"的说法，这是他维持骄傲的方式，也因此，他不让别人讨论他家里那些烦心事，也尽量不让母亲看到那些报道阿普丽尔·拉利尔及其秘密性爱派对的报纸。然而，艾拉的母亲通过园丁得知了孙女出庭做证的事，她想起了自己当年看到萨曼莎和沃伊德从他们母亲的钱包里偷钱时，曾经给儿子的警告："你的钱来得太容易。"她对艾拉说："整个国家都太容易让我们尤因家族如愿了。对于那些世世代代都在这里出生的人来说，这可能是理所当然的，他们是不是我不知道。但对我们来说不是这样。"

"但这些孩子就是在这里出生的。"艾拉说。

"只有一代人，"他母亲说，"他们上一代的人，出生在内布拉斯加州边境麦地里的一个草皮顶防空洞里。再上一代的人，出生在密苏里州的一间木屋里。再上一代，是在肯塔基州的碉堡里，当时周围都是印第安人。这个世界从来都不曾让尤因家族好过。也许这就是上帝的意思。"

"但从现在起就好过了，"儿子坚持说，"让你和我都不费力。更重要的是让他们不费力。"

《黄金国》并没有完全站得住脚，我估计它也永远不会被列为福克纳最好的小说之一。然而，对于某些加州人来说，它一直是一种挥之不去的共鸣，同时，它也揭示了那些熟悉而烦人的问题。我成长于一个加州家庭，对艾拉·尤因的母亲所说的"世世代代都在这里出生"的独特环境引以为豪，但后来我发现，这些自豪感明显在很大程度上是不劳而获。"这些新来的人的问题是，"我记得小时候在萨克拉门托一次又一次地听到，"他们觉得应该可以轻而易举。""这些新来的人"这个说法通常指的是"二战"后搬到加州的人，但默认会将其引申为二十世纪三十年代因黑色风暴搬来的移民，通常更远。在我们的常识中，新来的人对我们这里独特的历史从来都不了解，对创造这种历史所经历的艰辛也一无所知，不仅对这个地方依然存在的危险视而不见，而且对继续居住在这个地方所要求的共同责任也熟视无睹。

如果我外祖父在驾车时发现了响尾蛇，他就会停下车，钻进灌木丛里朝它追过去。他不止一次地叮嘱我，要是不这样多做一点，之后进入灌木丛的人就会受到伤害，如此一来，他所谓的"西部准则"

就给破坏了。有人告诉我,新来的人不明白杀死响尾蛇是他们的责任。新来的人也不明白,水龙头里——比如旧金山的——之所以能出水,就是因为洪水淹没了一部分优胜美地才能有水流到这。新来的人不了解起火有其必然性,洪水和干旱以七年为周期,或者这里的物质现实。"他们为什么不回特拉基?"当我外祖父指着唐纳大队最后一次扎营的地点给我看时,一位来自美国东部的年轻采矿工程师问道。我记得这个故事我听过不止一遍。我还记得就是这个外祖父——我母亲的父亲——的家族是从十八世纪贫瘠的阿迪朗达克边境移居到十九世纪贫瘠的内华达山麓的,他因为一本五年级教科书写了一封激动的致编辑信,因为书中出现了一幅插图,把加州的历史总结为从西班牙小姐到淘金者再到金门大桥的阳光历程。在我外祖父看来,这幅插图似乎在暗示,教科书的编写者觉得定居加州的过程是"轻而易举的",在他看来,历史是为新来的人们改写的。这里包含着各种明显的矛盾:艾拉·尤因和他的孩子们当然是新来的人,但是不到一个世纪之前,我外祖父的家人也是新来的人。在我外祖父这样的人看来,新来的人对加州有效运转的所有条件漠不关心,但矛盾就在于:新来的人也是让加州富裕起来的人。

那些"二战"前就与加州建立了血缘关系的加州人,对战后的经济扩张怀有一种模棱两可的、常常矛盾的态度。琼·欧文·史密斯的家族在橙县拥有八万八千英亩牧场,这些牧场是在二十世纪六十年代开发的。后来,她在欧文市——在欧文一家开发牧场之前,欧文市还不存在——的麦道大厦十二楼创建了欧文博物馆,专门收藏她从1991年就开始收集的加州印象派或外光派绘画。关于这个收藏,她曾这样告诉《加州艺术》杂志:"与其去看曾经是牧场而现在已经被开发的地方,看这些画反而能让我感到更浓的乡愁,因为我看到的是我小时候曾经注视的东西。"她说,当她还是孩子的时候,她就开始被这种类型的绘画吸引了,她会在加州俱乐部和继父共进午餐。当时,加州俱乐部是为数不多的几个允许女性进入的公共空间,装饰着会员们赞助的加州风景画,"看着这些画,我就能看到我儿时记忆中的牧场的模样。"

加州俱乐部位于洛杉矶市中心的花街,当时是、现在依然是南加州老牌商业机构的核心所在,它是旧金山波希米亚俱乐部和太平洋联合俱乐部的洛杉矶版。自第二次世界大战以来,在每天,几乎每个在加州俱乐部吃午餐的人,尤其包括琼·欧文,都直接或间接地参与了加州的投资开发,即一起淘汰了在欧文博物馆展出的那个尚未开发的加州。《欧文博物馆选集》是该博物馆为1992年巡回展览出版的目录，在入选的74幅画作中，有山丘、沙漠、台地和河谷。里面有山，有海岸线，有广阔的天空。里面有桉树、梧桐树、橡树和棉白杨树。里面有水彩的加州罂粟花。至于动物界，在这74幅画中，有3只黄冠凤头鹦鹉、1只白孔雀、2匹马和9个人，其中4个在风景中相形见绌，还有2个朦朦胧胧是划着独木舟的印第安人。

这里面有些部分是浪漫的（朦朦胧胧的印第安人），部分略带虚假的金色光芒，延续着比尔施塔特的"光亮的、珍珠般的薄雾"和"金凯德之光"的传统。然而，这些画大多也都反映了这个地方实际的模样，或者说曾经的模样，不仅在琼·欧文看来如此，在我和其他直到1960年才知道这个地方的人看来，也是如此。正是这种近距离表现熟悉但已消失的景观的做法，赋予了欧文系列一种奇特的效果，仿佛短期记忆失灵了：这些画作悬挂在一个叫欧文的城市（人口超过15万，仅加州大学校园就招收了大约1.9万名学生），它是画作本身在四十年前的镜像，豆田和牧场是它的心脏地带，但这还没完全包括欧文博物馆创始人的曾祖父积攒下来的其他牛羊经营。

对这些田产的继承人来说，处理这样的田产可能是一件充满压力的事情。"在他葬礼的那天下午，我们聚集在一起，向这位用九十一年中的大部分时间完好无损地保留了这样一份遗产的男人致敬。"简·霍利斯特·惠尔赖特在《牧场文件》中这样描述她父亲去世带来的影响，以及被迫必须出售霍利斯特牧场的可能性，"我们所有人都深受影响。一些人对可能的损失感到愕然；其他人幸灾乐祸，盘算着套现逃跑。我们有过严重的分歧，但没人否认这片土地的力量。牧场显而易见地带来了特殊而有精神意义的（通常是破坏性的）影响。我还有其他人的反应就是证明。"

那是1961年。四年前的1957年，24岁的琼·欧文·史密斯取代母亲，进入了欧文公司的董事会。针对她家的牧场，相比四年后的简·霍利斯特·惠尔赖特，她提出的处理方案更清楚、更现实，她还要解决欧文董事会其他成员带来的问题：通过进行小额交易，一点点出售整体，董事会正在蚕食家族的主要资产、整个田产的规模。正是她敦促建筑师威廉·佩雷拉提出了一个总体规划。正是她看到了将这片土地用于加州大学校园的潜在回报。最重要的是，正是她一直对牧场的开发充满兴趣。最终，也就是在经历了多年的内讧后，在一系列诉讼延续到1991年之后，差不多占据上风的正是她。1960年，在开发欧文牧场之前，整个橙县有71.95万人。

2000 年，这里有近 300 万人口，其中大部分人都属于两个家族，包括县中部的欧文家族，以及理查德·奥尼尔的继承人：他们拥有南部未经开发的两大牧场兰乔圣玛格丽塔和米森维耶霍。

并不是所有人都得到了好处。并不是橙县所有新居民都在发展中按照预期变成中产。并不是所有居民都有地方住：在迪士尼乐园开业的时候，一些人住进了建于二十世纪五十年代中期的破旧汽车旅馆，因为他们没有别的地方住，也付不起公寓租金的押金，所以被当地称为"住汽车旅馆的人"。政治专栏作家丹·沃尔特斯在 1986 年的《新加州：面向二十一世纪》(The New California: Facing The 21st Century) 一书中，引用了《橙县纪事报》(The Orange County Register) 针对住汽车旅馆的人所做的评论："他们大多是盎格鲁人，是该县最新的移民工人：他们的工作不是摘葡萄，而是检查半导体。"这种逐周甚至逐日的住宿安排，在美国其他地区也很普遍，但在南加州尤其根深蒂固，因为在南加州的住房市场，即使是最不起眼的平房，也能卖到几十万美元，价高无销路，因为买不起房子的人增加了，对应他们的需求，公寓租金也随之上涨。据《洛杉矶时报》报道，到 2000 年，橙县大约有数百家汽车旅馆住着的几乎全是务工的穷人，比如，有些人为飞机零件抛光，每周赚 280 美元，有些人在迪士尼的"加州冒险乐园"公园里工作，每小时赚 7 美元。"加州冒险乐园"的网站上写道："这片土地歌颂着加州的丰富性和多样性，歌颂其自然资源和人民的开拓精神。""我可以一边看着这些画，一边回顾过去，"琼·欧文·史密斯在加州接受《艺术》杂志采访时，谈到了她买下这些画得到的收获，是让她在很大程度上只能向前看，"我能看到的加州，是过去的加州，是我们再也看不到的加州。"这是个极端的例子，它阐明了一个所有从繁荣年代获益的加州人多少都要面对的难题：要是还能看得到加州曾经的样子，在我们当中，能有条件看到的现在又有多少人呢？

2

铁路能为我们做什么？——这条我们期待、盼望、祈求了如此久矣的铁路？
——亨利·乔治，
《铁路将带给我们什么》

加州的莱克伍德是洛杉矶县的一个社

我的来处

区,1993 年初,一个自称"马刺队"[a]的无组织的高中小团体,让莱克伍德短暂地在全美国臭名昭著。莱克伍德位于长滩和圣加布里埃尔高速公路之间、圣地亚哥东部,是乘搭飞机的普通游客尤为熟悉的那种巨大网格的一部分,是南加州工业的薄弱地带,数千平方英里的航空航天工业和石油,为这里似乎永无止境的扩张提供了动力。跟这个网格上众多的南部边缘地带一样,在"二战"结束前,莱克伍德一直是农业用地,几千英亩豆子和甜菜,种植在锡格纳尔山油田的内陆,以及联邦政府在 1941 年为唐纳德·道格拉斯建成的长滩机场后面工厂的马路对面。

道格拉斯工厂,有巨大的美国国旗迎风飘扬,巨大的、向前倾斜的**麦克唐纳-道格拉斯**字样环绕着大楼,MD-Ⅱ型飞机就像汽车一样停在莱克伍德大道旁。1993 年我第一次造访莱克伍德时,这座工厂在当地是地平线上最引人注目的景观,但在"二战"后不久,这里又出现了另一处景观:那是一座 100 英尺高的铁塔,几英里外都能看到它旋转着信号灯,它在 1950 年 4 月建成,是为了宣传世界最大的住宅区的开业,这片土地在概念上比原来的长岛莱维敦[b]还要大,在 3400 英亩的土地上,有 17500 套房子等待建造,这片土地是三个加州开发商马克·塔珀、本·魏因加特和路易斯·博亚尔以 880 万美元的价格从蒙大拿土地公司购买的。

莱克伍德大道的牌子上写着,**莱克伍德,今天的明日之城**,大道上的贝尔弗劳尔[c]会变成莱克伍德。明日之城出售的东西,跟战后常见的住宅小区一样,是一块未开发的土地、预期中的一栋房子。一共有 17500 栋房屋,每一栋的面积都在 950 平方英尺到 1100 平方英尺,占地面积为 50 英尺×100 英尺。每一栋都用 39 种配色方案中的一种粉刷出一层楼的灰泥墙(一共 7 层平面图、21 种不同的外观,所以相邻或面对面的房子都不会是一样的款式)。每一栋都有橡木地板,配有一个玻璃的封闭淋浴间、一个不锈钢的双水槽、一个垃圾处理器,以及两到三间卧室。每一栋的售价都在 8000 到 10000 美元之间。**FHA 低息贷款,退伍军人零首付。**

---

a Spur Posse,加州莱克伍德的一个高中男生组织,用计分系统记录和比较他们的性征服能力,该组织的创始人之所以选择以"马刺队"这个名字自称,是因为他们最喜欢的篮球运动员大卫·罗宾逊(David Robinson)签约了圣安东尼奥马刺队(得克萨斯州圣安东尼奥市的一支职业篮球队,属于 NBA 西部西南赛区)。

b 美国第一个真正大规模兴建的郊区,被认为是全美国战后郊区的原型。

c 加州南部的洛杉矶都会区的主要城市之一。

这里会建 37 个操场、20 所学校，还会建 17 个教堂。这会是一条长达 133 英里的街道，路面是在集料底上用 1.5 英寸的 2 号碎石铺成。

这里会建成一个区域购物中心，叫"莱克伍德中心"，它不仅是开发项目的关键，也是最后能否发展出社区属性的关键，按计划，它接着会被打造为美国最大的零售综合体：256 英亩，可停放一万辆汽车，中心是一座梅百货公司[a]。"路易斯·博亚尔[b] 提出的，是要建一个购物中心，然后围绕这个中心建造一座城市，他要给我们建造的一座城市，会帮他自己赚到数百万。"约翰·托德在描述规划阶段时写道，他从莱克伍德成立之初就已经住在这里，后来又成了这里的市政律师[c]。1969 年，马克·塔珀与市政官员一起坐下来整理当地历史时说："整个项目的各个环节都完美无缺。过去的事情无法复制。"

显然，他的意思是说时间和地点完美匹配，"二战"、朝鲜战争、《美国军人权利法案》[d]，以及冷战到来时开始涌入南加州的各种国防合同无缝衔接。在这里，在原来的种植区上，在洛杉矶和圣加布里埃尔的河流冲刷的河漫滩上，可以看到在此交汇的两种强有力的国家利益：保持经济引擎持续运转；创造一个更大的中产阶级或消费阶级。

1950 年春天，100 英尺高的铁塔下，呈现出《壮志千秋》[e] 一般的场景：销售第一天就来了 3 万人。整个春天，每个周末都有 2 万人参加。售楼处附近有一间托儿所，家长们可以在那里参观 7 间已经完工并布置齐全的样板房。36 名销售人员日夜轮班，向潜在的买家展示他们给退伍军人的福利、无须首付，以及 30 年里每月

---

a The May Department Stores Company，一家美国百货公司控股公司，前总部位于密苏里州圣路易斯市中心，由戴维·梅（David May）于 1877 年在科罗拉多州莱德维尔（Leadville）创立，1905 年迁至圣路易斯。

b Louis H. Boyar（1898—1976），美国房地产开发商，出生于旧金山，住在洛杉矶，曾引领"二战"后旧金山的大型房屋建设和社区规划。

c 为市政府提供法律建议和服务、负责处理市政府的法律事务的律师。

d G. I. Bill，1944 年美国国会通过的军人复员法案，目的是安置"二战"的退伍军人，法案给予退伍军人各种福利，包括由失业保险支付的经济补贴，家庭及商业贷款，以及给予军人高等教育及职业训练的各种补贴。

e *Cimarron*，1931 年上映的美国西部片，描述了 1889 年到 1929 年间，主人公一家在美国西部俄克拉何马州建设新家园的故事，故事也是偏远地区的小城镇发展成繁荣的都市的过程，这个城市可以看作西部大开发过程中无数城市的缩影。

还款43美元到54美元就可以拥有的未来房产。第一周共有611套房屋成交。一周后，567套房屋开始动工建造。每15分钟挖出一个新地基。水泥车排了1英里长的队，等着往下移动新砌块浇筑地基。传送带把顶板输送给屋顶工人。而且，正如塔珀在1969年与市政官员见面时回忆的那样，就在销售开始放缓的时候："朝鲜战争好像带来了新的刺激。"

在接受由市政府和莱克伍德高中共同完成的口述历史项目的采访时，一名本地居民说，"这座新城市在成长——像树叶一样成长，"她曾经和丈夫在莱克伍德中心开过一家熟食店，"所以我们决定，应该在这里创业……因为在这里，年轻人、小孩子、学校和一个刚刚起步的年轻政府都方兴未艾。我们感觉好像所有大商店都来进驻了。梅百货公司和所有其他地方都开始营业了。所以我们租下了其中一家店，开始经营。"这些"二战"和朝鲜战争的退伍军人与他们的妻子在莱克伍德开始工作，年龄差不多都是三十岁。基本上，他们不是来自加州，而是来自中西部和南部边境。基本上，他们都是蓝领和低阶白领。他们平均有1.7个孩子，有稳定的工作。他们的经历很容易强化这样一种信念，即社会经济流动肯定是向上流动。

唐纳德·J. 沃尔迪[a]在担任莱克伍德市新闻发布官期间，写了一本特别的著作《圣地：郊区回忆录》(Holy Land: A Suburban Memoir)，于1996年出版，该书由一系列相互关联的文章组成，讲的是一个和作者一样住在莱克伍德并在市政厅工作的人。一天早上，在我们谈到这里的开发方式时，他这样说道："你可以天真地说，莱克伍德是一代产业工人负担得起的美国梦，而上一代产业工人永远不敢奢望那样的产权。他们的种族背景相当单一，但并不完全相同。他们服务于航空航天工业。他们为休斯工作，为道格拉斯工作，在长滩的海军基地和造船厂工作。换句话说，他们在所有代表加州光明未来的地方工作。"

唐纳德·沃尔迪在莱克伍德长大，在加州州立大学长滩分校和加州大学欧文分校完成研究生学业后，他选择回乡，很多住在那里的人都是如此。这个城市的人口越来越多地来自低收入的墨西哥、中美洲和亚洲移民，压力来源于低收入黑人不断产生的需求，但在1993年春天，雷克伍德7万居民中仍有近6万人是白人。其中超过一半的人出生在加州，其余大部分出

---

[a] Donald J. Waldie（1948— ），美国散文家、回忆录作家、翻译和编辑，也是莱克伍德市的前副市长，被认为是洛杉矶历史、政治和文化的观察者。

生在中西部和南部。受雇的大部分人，就像他们的父辈和祖辈一样，为道格拉斯、休斯、罗克韦尔、长滩海军基地和造船厂工作，或者，为许多跟道格拉斯、休斯、罗克韦尔、长滩海军基地和造船厂有业务往来的分包商和供应商工作。

住在莱克伍德的人并不一定认为自己是住在洛杉矶，他们经常数自己去过洛杉矶的哪些活动，比如去看道奇队[a]的比赛，或者带州外的亲戚参观音乐中心[b]。他们远远不会担心城市的各种不景气：根据1990年的人口普查，在莱克伍德，在收容所或者"在街上可见"的无家可归者，数量为零。当莱克伍德的居民谈到1992年罗德尼·金案判决后在洛杉矶爆发的骚乱时，他们好像在谈论一起发生在别处的事件，尽管长滩和康普顿等邻近社区都发生了大量纵火和抢劫事件。"我们离那群人所在的位置很远，"我采访的一位女士在说起骚乱话题时告诉我，"如果你在周围开车看过……"

"不大的郊区。"一个邻居说。

"美利坚合众国，就在这里。"

邻居的丈夫在附近的罗克韦尔工厂工作，不是莱克伍德的罗克韦尔工厂。位于莱克伍德的罗克韦尔工厂于1992年关闭，1000个工作岗位因此消失。按计划要关闭长滩海军基地，这意味着近9000个工作岗位将会消失。联邦国防基地调整与关闭委员会[c]批准了长滩海军造船厂的临时停工，该造船厂毗邻海军基地，雇用了另外4000人，但它的生存前景依然黯淡。1993年，发生了一件离莱克伍德不远的事，这件事如此休戚相关，以至于很少有人愿意提起，人们担心，已经发生在罗克韦尔工厂的事和即将发生在长滩海军基地和造船厂的事，也可能会在道格拉斯工厂发生。我记得有一天我和当时是长滩联合学区负责人（莱克伍德学区也在长滩联合学区）的卡尔·科恩聊天时，他说："人们极为担心这里的业务可能总有一天会完全消失。我说的只是镇上坊间的一类传言。因为没人想要公开谈论。"

道格拉斯公司已经在1993年将麦道

---

a Los Angeles Dodgers，一支位于洛杉矶的职业棒球队，隶属于美国职棒大联盟国家联盟西区。
b The Music Center，美国最大的表演艺术中心之一，位于洛杉矶市中心。
c Federal Base closure and realignment Commission（BRAC），冷战后设立的联邦机构，负责提高国防效率、统筹军用基地的调整与关闭。

我的来处

MD-80[a]的部分生产线转移到了盐湖城。道格拉斯公司已经将剩余的波音 C-17[b] 生产部分线转移到了圣路易斯。道格拉斯已经把 T-45 苍鹰教练机[c]产品线搬到了圣路易斯。在 1992 年一项名为《国防开支削减对加州的影响》(Impact of Defense Cuts on California) 的研究中，加州的州财政委员会估计，休斯和麦道公司仍将裁员 19000 人，但到 1992 年，南加州已有大约 21000 人被麦道公司裁员。根据加州大学洛杉矶分校建筑与城市规划学院的研究人员在 1993 年 6 月编写的一份航空航天失业报告，1989 年被解雇的加州航空航天工人中，有一半在两年后仍然失业或不再住在加州。大多数找到工作的人，最终都从事了低收入的服务业工作；只有 17% 的人回到了航空航天业工作，薪水跟原来接近。在 1991 年和 1992 年被解雇的人当中，只有 16% 的人在一年后找到了工作。

这是位于莱克伍德城市线路上的道格拉斯工厂，工厂里面的旗帜在风中飘扬，标语环绕着大楼，到 1993 年，麦道公司已经裁员 21000 人，其中近 18000 人承受了损失。"我有两个孩子，一个一年级，一个三年级，"卡尔·科恩告诉我，"在你带孩子去参加生日聚会的时候，你老婆开始八卦某某的父亲刚刚被解雇了——周围是各种各样的暗示，包括孩子的生日聚会要花多少钱。在你周围打转的就是这些实际的东西。你会意识到，是的，这种糟糕的经济形势是非常真实的。"位于道格拉斯和长滩机场之间的罗谢尔餐厅、汽车旅馆和会议中心的大帐篷上，仍然写着**道格拉斯欢乐时光[d]欢迎你：下午4点—7点**，然而这个地方已经被钉死歇业了，只有一扇门在风中砰砰作响。"我们培养了好公民，"1969 年马克·塔珀这样评价莱克伍德，"他们对产权充满热情。他们拥有国家的一部分财产——一份土地股份。"这是一种牢固但最终却无以为继的野心，由于经济繁荣和联邦政府的善意，这份野心持续了四十年。

---

a 麦道 MD-80 是麦克唐纳-道格拉斯公司研制的飞机系列，是波音 717 的前身之一，已停止生产，曾经生产近 1200 架。

b 波音 C-17 环球霸王 III 是麦道公司为美国空军研制生产的战略军用运输机，是同时具备战略战术空运能力于一身的短场起降军用运输机。

c T-45 苍鹰教练机是麦道公司以英国航太系统的鹰式教练机研发而来的配合海军航空母舰训练的教练机。

d Happy Hour，酒吧或餐厅提供较平时优惠的饮料和食物价格的一段特定的时间。

当莱克伍德这里的人提到所谓的"马刺"或"高中学校的状况"时,他们一些人说的是导致1993年3月多人被逮捕的系列指控——指控10项恐吓强奸、4项非法性交、1项强行强奸、1项口交和1项猥亵十四岁以下未成年人(包括9个现任或前任的莱克伍德高中生,确实属于或传闻属于叫作**马刺队**的非正式联谊会的成员)的行为。另一些人说的不是这些指控,他们认为这些指控要么是彻头彻尾的捏造,要么属于尚且有待解释的事件表述("双方自愿的性行为"这个说法被大量使用),他们说的是这些指控引发的全国关注,居民嘴里的"你们这些人"或"媒体"闯入了莱克伍德,两种敌对的、暂时被赋予权力的性别组织,也就是所谓的"男孩"和"女孩",出现在《珍妮·琼斯秀》《简·惠特尼秀》《莫里·波维奇》《夜线》《蒙特尔·威廉姆斯秀》《日界线》《多纳休秀》和《家庭秀》等节目中。

那年春天,那些面无表情的莱克伍德女孩和粗野的莱克伍德男孩,好像一时无所不在。到处都是麻木的双眼、粗壮的脖子、只在嚼口香糖时才合上的下巴。即便陈述的是最简单的东西,想要完全理解和接受,也需要反复描述。语言变得含混不清,一旦听到只言片语,就得努力理解、重复,但还是无法真正明白,像狗啃骨头一样。比如,一些学校分发避孕套的消息传播出去,被暂时利用来减轻罪行,尽管莱克伍德高中从未分发避孕套。"学校会分发避孕套和类似的东西,可他们既然会发避孕套,却为什么不告诉我们你会因此被捕?"一个马刺队成员在《家庭秀》上问加里·柯林斯和萨拉·珀塞尔。"他们分发避孕套,传递性教育,这也怀孕,那也怀孕,但他们就是不把规则教给我们。"另一个人这样告诉《纽约时报》的简·格罗斯。"学校分发避孕套,教导安全性行为。"一位马刺队成员的母亲在《家庭秀》上抱怨道。"这就是社会,他们可以去诊所,他们可以去堕胎,他们不必告诉父母,学校发放避孕套,天哪,这对你来说说明了什么?"莱克伍德一名十六岁男孩的父亲向一位电视采访者问道,这名男孩刚刚向少年法庭提出申诉,法庭指控他猥亵一名十岁女孩。"我认为人们把这件事夸大了。"《洛杉矶时报》的大卫·法雷尔听到一位马刺队成员这么说。"在我看来,这一切都被夸大了。"另一个人告诉他。"当时显然还有其他几起性丑闻,所以这个完全正常的故事就被夸大了。"一位马刺队成员的家长告诉我。"你知道,人们有点儿把一切都夸大了。"一位马刺队成员对简·惠特尼的观众说。另一个人在同一节目中说:"他们把事情夸大得很厉害。"一位马刺队成员的女友,叫"乔迪"的,打电话来说出了她的看法:"我认为这被夸

我的来处

大了，过分小题大做了。"

每一个发言者好像都在指涉的，是一种最近才模模糊糊被领悟到的文化创痛。那些提到"小题大做"的人，虽然是专门针对"媒体"及其"权力"在抱怨，但更一般地说，是在抱怨一种被包围、被攻击、将控制权拱手让人的感觉。"整个社会都变了，"一位马刺队成员的家长告诉我，"品行变了。女孩子们变了。过去，女孩多少都会有些自控力。女孩子们会扛住压力，她们会想要在十八九岁嫁出去，她们心心念念的会是拥有家庭、爱情、一家人。"让莱克伍德的居民尤其感到无法理解的是，这种转变恰恰就发生在他们一致认为是"像这样的中产阶级社区"或者有时候说成"像这样的中上层社区"的地方。"我们是一个中上层社区，"一天早上，我在唐尼市的洛斯帕德里诺斯少年法庭外听到这个说法，当时一群来自莱克伍德的妇女正在抗议，针对洛杉矶县地方检察官办公室拒绝受理的裁定：拒绝受理执法部门提起的绝大多数所谓"性指控"。**不是血帮、瘸子帮、朗格斯帮，而是马刺队**。那天早上，有个手写牌子上这么写道，"朗格斯帮"是长滩的一个帮派。**地方检察官先生，要是有个受害者就是你孙女呢，嗯？**"这是一个非常安静的社区，"另一名抗议者说，"非常低调，他们不想惹是生非，不想触怒任何人。"以下节选自唐纳德·J.

沃尔迪的《圣地：郊区回忆录》第1页：

他知道，他所在的郊区在不到3年的时间里，就建成了首批17500套房屋。他知道代价是什么，但他不在乎。

房子还能住。

他以为他们就是中产，但1100平方英尺像填字游戏格子一样整齐排列的统一开发住宅，一点都不中产。

中产才不会住在这里。

事实上，这就是在莱克伍德每时每刻都在发挥作用的一种心照不宣的失调，这就是为什么在莱克伍德的每一天，游客都心生这些让人困惑的问题：

创造和维持一个虚假的业主阶级需要付出多少成本？

谁来支付？

受益的是谁？

要是这个阶级停止运作，会发生什么？

要回到原点意味着什么？

坚持为此付出的代价是什么，你要怎么做，你要怎么说，你往岩壁里铆进的钉子得多坚固才行？"

莱克伍德的马刺队成员在电视节目《简·惠特尼秀》中出场那次，堪称1993年他们的各种电视露面中最丑陋也最有启示性的时刻，当时一个十九岁的名叫克里斯·阿尔伯特（"吹嘘他在跟女孩做爱方面得了44分"）的莱克伍德高中毕业生，开始冲着一位在场观众言语刻薄，这位观众是一个年轻的黑人女性，她提醒马刺队成员，他们在节目里表现的聪明劲儿并不是她所认为的天资。

"我不懂——我不明白她在说什么。"克里斯·阿尔伯特一开始这么说，下巴耷拉着，做出这类男孩在面对非议或者说面对所有议论时通常会做的表情。

另一个马刺队成员的理解是："我们蠢得不行。她的意思是我们蠢得不行。"

"她上过什么学？"克里斯·阿尔伯特接着质问，同时像刚刚醒来似的，探身靠近那位年轻女性，"你在哪儿上班？麦当劳？还是汉堡王？"第三个马刺队成员想要插嘴，但是克里斯·阿尔伯特已经来了劲头，再也挡不住了。"一小时5.25？"他说，"还是5.5？"然后，那句话像岩钉一样楔了进去，只不过这一次，岩壁不是花岗岩，而是早已解体的页岩：**我在上大学**。两年后，在亨廷顿海滩边的太平洋海岸高速公路上举行的国庆活动中，克里斯·阿尔伯特胸部中弹身亡。

3

莱克伍德之所以存在，是因为在一个特定的时间，在一个与众不同的经济环境中，为购物中心提供人口密度，为道格拉斯工厂提供劳动力，似乎是有效的。在加州，存在很多莱克伍德这样的城镇。它们是加州的工业城镇，是孕育经济繁荣的城镇。经济形势好的时候，有资金可以花费，于是成功地增加了无产阶级，同时，又通过称其为中产阶级而将其收编，这些城镇于是证明马克思没说对。通过团体体育运动所能带来的那种镇静幻想效果，这样的城镇被组织起来，团队被认为可以用来培育"好公民"，于是通常，青少年男性被理想化为团队。在年景好的时候，尤其是在莱克伍德、卡诺加公园、埃尔塞贡多或皮科里韦拉这样的地方存在的时候，最受欢迎的居民实际上是青春期或青春期后的男性，尤其是已经结婚并抵押了房产的男性、在工厂工作，是一个好工人，消费稳定，有团队精神，打球，是一个好公民。

而当这样的城镇陷入困境时，还是同样这群年轻男性，他们才刚成为群体最宝贵的财富，却显然没了出路。那年春天出现在脱口秀节目上的马刺队成员中，有相当数量的人已经高中毕业一年，甚至两年，但似乎并没有积极投身于下一步。一位马刺队成员的父亲唐纳德·贝尔曼告诉我："有些大孩子才真的讨厌，真的傲慢。他们那些人就是为了钱才上的脱口秀节目。我必须把他们从我家赶出去，他们会接听别人打给我的电话，还监视我的邮件。他

949

我的来处

们眼里只有钱，而且是快钱。"当《纽约时报》的简·格罗斯问一名高中毕业的马刺队成员毕业后一直在做什么时，他说："聚会。打球。"

聚会不行了，打球也不行了，这时候，他们终于意识到工作机会都去了盐湖城或圣路易斯，于是好公民开始把自己的问题看作是"媒体"或者"学校里的避孕套"或者不太好的公民甚至是非公民造成的问题。来自科斯塔梅萨[a]的一名航空航天工程师的妻子告诉《洛杉矶时报》的记者罗伯特·希尔："橙县现在把非法移民当作掩护，当作替罪羊，因为这样一来，我们就可以让低收入白人加入我们这边，说移民是问题所在。但是在移民到来之前，我们就有了阶级差异。我们有个儿子在大约十二年前是科斯塔梅萨高中足球队的队员。他们那支队伍很棒，就在他们马上要把纽波特海滩的一所学校打得片甲不留的时候，纽波特的看台开始欢呼：**嘿，嘿，没关系，你们总有一天会为我们工作的。**"

这就是创造和维持一个虚假的业主阶层要付出的成本。

这就是这个阶级停止运作时所发生的事情。

在1993年春天跟我交谈过的大部分莱克伍德成年人，都觉得镇里出了些问题。许多人将这种担忧归结于马刺队，或者至少是某些马刺队成员，这些人在被捕之前就已经出于各种原因，成了社区里最引人注目的男性。所有人几乎都一致认为，在这个小镇上，曾经被当作好的教养方式，即鼓励男孩表现出自信的行为，因为某种原因已经严重失控。而许多人不认为性就是这个问题的核心，让有些人感到困扰和误解的是，公众在讨论莱克伍德局势的时候，往往只关注他们所谓的"性行为指控"或"性指控"。一位悲伤的母亲告诉我："大家要明白，这其实不关性指控什么事。"有人认为，这些指控本质上是无法证实的。其他人好像只是把青少年之间的性行为看作一个有自身规则的战场，他们就像地区检察官一样，在面对这种自律的冲突时，采取的态度就是立刻回避。许多人好像没有意识到，性别问题已经在很大程度上吸引了国家官方的关注，因此也就没有注意到，在莱克伍德发生的事情可以轻而易举

---

[a] Costa Mesa，位于加州橙县，以南海岸购物中心和艺术表演场馆闻名。

地无缝融入正在当下的议题，作为一个新的由头，让人重温尾钩丑闻[a]、帕克伍德[b]和安妮塔·希尔[c]。

人们大多认为，那年春天发生的事情，至少一年前，甚至更早之前，就已经开始了。一开始，人们谈论的话题几乎主要是让人联想到无业青少年的街头行为。这里曾经发生过威胁、恃强凌弱的行为，还有人有计划地骚扰过一些女孩或更小的孩子，这些被骚扰的人曾经通过投诉或"反抗"或各种方式，抵抗过某一群男孩心血来潮的行径。莱克伍德的孩子们已经知道，在镇上37个操场上出现的孩子里，他们要避开哪些人，在132英里长的二号碎石路上，要当心哪些车。"我说的是整个社区，包括棒球场、公园、市场、学校操场的角落。他们很有组织，连小孩子们都知道'那辆车开过来的时候要小心''当心那些男孩'。我听过这样的故事：有人过去抢走了棒球棒，还对孩子们说，'要是你敢告诉别人，我就打烂你的脑袋。'我说的可是九、十岁的小孩子。这个社区不大。小孩子都知道那些大孩子在哪儿等着。"卡琳·波拉切克这样告诉我，她在长滩联合学区的教育委员会代表莱克伍德。

据报道，大一点的男孩会说，"你死定了"或者"你要完蛋了""你会吃不了兜着走的""你会死翘翘""我不喜欢她和谁谁谁在一起，我们不如现在就杀了她吧"。许多人提到过一种独特的街头恐怖：开着车撞人的花招，被撞的人觉得这是要"把人压倒"。"我房子外面有刹车的压痕，"一位母亲告诉我，"他们想吓唬我女儿。她活得太辛苦了。在学校里有人朝她扔辣椒芝士玉米片。""他们就是喜欢恐吓别人，"我一再被告知，"他们死盯着你。他们不上学，他们逃学。他们逃课，然后求老师让他们及格，因为他们的平均成绩必须是C才能参加团队活动。""他们开着

---

[a] 1991年9月5日至8日，美国尾钩协会在内华达州拉斯维加斯希尔顿酒店举行第35届年会。该协会是一个支持海军航空，特别是航母舰载机系统的非营利性兄弟组织，其名称取自舰载机尾部用于着舰时挂住拦阻索的"尾钩"。年会期间，多名海军与海军陆战队航空兵被指控对83名女性和7名男性实施性骚扰与性侵犯。此事件引发了美军内部对性骚扰问题的大规模调查。

[b] 指Bob Packwood（1932— ），美国政客、共和党人，曾代表俄勒冈州担任联邦参议员长达二十六年。1995年，因多名女性指控其在任内对她们实施性骚扰与性侵犯，在参议院道德委员会的调查压力下辞职，成为美国国会历史上首批因性丑闻而被迫辞职的高阶官员之一。

[c] Anita Hill（1956— ），美国非裔女律师，1991年在参议院最高法院提名听证会上公开指控候选人克拉伦斯·托马斯在两人在美国联邦"同等就业机会委员会"共事期间对她实施性骚扰，引发全国关注与广泛争议。

我的来处

一辆卡车来我家，想招惹我妹妹，"一位年轻女子告诉我，"她哪儿也去不了。连塔可钟都不能去了。玩不了玩偶盒。因为他们会从盒子里跳出来扑向你。不久前他们跟踪我回家，我就直接往警察局走了。"

还有一些事件造成了更实质的影响，这些事件不能说成是校园里的小题大做或青春期的过度敏感而被一笔勾销。当地公园里曾经发生过袭击事件，自行车被偷走卖掉。当地女子看孩子的房子里，经常发生入室盗窃事件，卧室抽屉里的信用卡和珠宝会被盗。从1992年夏天开始，甚至出现了重罪逮捕事件：唐纳德·贝尔曼的儿子达纳——据说是他"建立"了马刺队——因涉嫌从一所房子的卧室里偷盗一定数量的枪支而被捕，据说他是在那里参加了一个聚会。不久前，在拉斯维加斯，达纳·贝尔曼和另一名马刺队成员克里斯托弗·拉索因持有失窃的信用卡而被拘留。就在1992年圣诞节前夕，达纳·贝尔曼和克里斯托弗·拉索再次被拘留，并因涉嫌伪造支票而被捕。

这些奇怪的癖好，包含了一些细节，跟社区的自我定位不相符合。他们的高中旅行会去拉斯维加斯和劳克林[a]，那是内华达州的一个赌场小镇，位于拉斯维加斯下面的科罗拉多河上。问题是，达纳·贝尔曼涉嫌从据称是参加聚会的那个房子的卧室里，究竟偷走了多少枪支：提到的数量是十九支。然而，这些细节似乎没有引起什么关注，事件之间似乎没什么关联。那些曾经被大孩子盯上的人，后来说他们觉得自己"在这当中是孤军奋战"。他们认为，每次骚扰事件都是个别的、不寻常的。他们尚未发现各种事件和各项重罪包含的规律。他们尚未实现某些归纳性的飞跃。这时，土制爆破筒事件还没有发生。

1993年2月12日凌晨3点到3点30分之间，这枚爆破筒在莱克伍德高中附近一所房子的前院爆炸。一条门廊支柱被炸塌了。灰泥墙被撕破了几个洞。炮弹碎片飞进了泊车。有位妇女记得，她丈夫在洛克威尔公司上夜班，她和往常一样睡得很浅，这时爆炸把她吵醒了。第二天早上，她问邻居听没听到声音。"她说，'你是不会相信我要告诉你的事情的。'她向我解释说，有一枚土制炸弹在一户人家的前廊爆炸了。这应该是帮派间的互相报复。'帮派？'我说。'你在*说*什么，帮派？'她说，'嗯啊，你知道的，是马刺。'我说，'马刺，马刺是**什么**？'"

---

[a] Laughlin，美国内华达州克拉克县的一个无法人地位（即不受当地市政管理）的社区。劳克林位于内华达州最南端的拉斯维加斯以南90英里处，作为度假胜地，以游戏和水上娱乐活动闻名。

第二部分

就在此时，莱克伍德高中的校长和一直努力控制镇上重罪事件的当地警察局，决定邀请一些家长去高中参加一个特别的会议。25个家庭收到了通知，每家都至少有一个儿子是马刺队成员。出席3月2日会议的只有15人。当地警局的警察和纵火爆炸立案小组的警察都做了发言。在这些警察看来，值得担忧的不是问题具体是什么，而是似乎问题在升级：先是重罪，然后是几枚炸汽车的樱桃炸弹[a]，没有造成太大破坏，现在又是这枚八英寸长的土管炸弹，这似乎是冲着某个或某几个马刺队成员去的，据纵火爆炸立案小组的人说，这枚土管炸弹"意在杀人"。就在这次会议上，有个认不出是谁的人，说出了"强奸"这个词。和我说起这件事的人，多半都说这个话题是在场一位家长提出来的，但这么说的这些人，实际上并没有出席会议。事后询问这件事的话，可能会被以为是出于恶意，因为来自洛杉矶的律师格洛丽亚·奥尔雷德[b]——一位擅长处理跟性别相关的知名案件的专家——那时已经现身，做新闻发布会，做访谈节目，代表六个已经成为她客户的女孩，讨论民事诉讼的可能性，让莱克伍德的人普遍开始变得敏感，开始注意谁知道什么、什么时候知道的、因为知道了什么而做了什么。

接下来会发生什么，还未可知。莱克伍德高中的学生回忆说，来自惠蒂尔县性虐待部门的调查人员来到学校，叫人过去询问谁跟所谓的马刺队成员男孩有过接触。有位母亲对我说："我觉得他们找到了很多崇拜者。一些想要染指恶名的男孩子。"调查人员在学校的出现，很可能让人联想到逮捕迫在眉睫，3月18日上午，警察出现在校长办公室，说他们要到教室带走男孩拘留，但学校当局却表示，在此之前，他们什么都不知情。"指控从来都没说这些事件是发生在校园里还是学校的活动上，还是上下学期间。"卡尔·科恩那天早上在长滩联合学区办公室跟我这么说道。男孩们被戴上手铐从教室带走的那天早上，他并没有在场，但电视转播车在，《洛杉矶时报》和《长滩新闻电报》也在。他说，"在学校逮捕这些年轻人可能更简单，但这在很大程度上造成了现在的媒体狂欢。警察局召开了新闻发布会。在市中心。洛杉矶。他们通知媒体他们会到场。你所要做的，就是提到肇事者是某所学校的学生，然后，所有人都上路奔来了。"

---

a　Cherry Bombs，一种形似樱桃的小型烟花，能发出响亮的爆炸声。

b　Gloria Allred（1941— ），美国律师，以代理引发公众关注的案件闻名，尤其专注于女性权利、性骚扰、歧视与性别暴力等议题，在美国法律界和媒体上具有较高的知名度。

我的来处

被捕的男孩被拘留了四个晚上。除了一名被控猥亵一名十岁女孩的十六岁少年外，其他所有人都被无罪释放。这些还在莱克伍德高中就读的学生，一回到学校，就受到一些学生的欢呼和迎接。唐纳德·贝尔曼告诉我："他们**当然**被当成了英雄，他们受到了错误的指控。"他最小的儿子克里斯托弗就是被捕后获释的人之一。"这些事情是这些女孩们事先计划好的。她们想被人高看一等，她们想成为圈子里的一员。她们但愿能够变成这些校园浪荡子的女友。"为了庆祝克里斯托弗获释，贝尔曼一家去麦当劳吃了顿汉堡，唐纳德·贝尔曼告诉《洛杉矶时报》，这就是"美国之道"。

几周后，地方检察官办公室发布了一份声明，其中部分内容如下："在完成了对证据的广泛调查和分析后，我们的结论是，并没有可信的证据表明，这些男孩中有任何一个参与过暴力强奸……证据表明，存在非法性交，但是本办事处的原则是不对青少年之间的自愿性行为提出刑事指控……虽然年轻女性遭受的傲慢和蔑视的确存在，且令人震惊，但这无法构成刑事指控的基础。""负责这件事的地方检察官做了功课，"唐纳德·贝尔曼告诉我，"她询问了所有这些孩子，她发现这些女孩并不是想象中的受害者。上帝啊，有个女孩还有文身。""如果这事真的发生在那个十岁女孩身上，那我要为她和她的家人感到难过。"一名马刺队成员这样告诉《洛杉矶时报》的记者大卫·法雷尔。"我向他的家人问好。"校长说，就莱克伍德高中而言，是时候开始"愈合期"了。

唐纳德·贝尔曼和多蒂·贝尔曼在成为最有知名度的马刺队成员父母时，在他们二十五年的婚姻生活中，有二十二年住在莱克伍德绿顶街的一栋米色灰泥房子里。唐纳德·贝尔曼是一家航空航天供应商的推销员，向大型机械工厂，以及道格拉斯这样的主承包商销售产品。1963年，他从莱克伍德高中毕业，在海军陆战队待了四年，然后回到家乡，与多蒂开始了新的生活，多蒂本身也在1967年毕业于莱克伍德高中。"我一直在等待穿上那件白裙子，"多蒂·贝尔曼告诉《长滩新闻电报》的记者珍妮特·威斯科姆，"在我家从来没人说过'性'这个词。电影里的人会走进卧室，关上门，然后脸上带着微笑再出来。现在人们在电视上看到的，是残酷的性爱。他们不是在做爱。一点也不浪漫。"

不管是他们自己以为，还是外界对他们的看法，这都是一个集中精力于三个儿子身上的家庭，当时二十三岁的比利、二十岁的达纳和十八岁的克里斯托弗都还住在家里。"要是我的孩子离开我，即便是去芝加哥或纽约待两三天，我都不乐意。"唐纳德·贝尔曼对我说,这是在解释为什么他会准许他的两个小儿子出席在洛杉矶拍摄的《家庭秀》上,而不是一开始讲好的《珍妮·琼斯》上,因为《珍妮·琼斯》在芝加哥拍摄。"所有脱口秀节目都开始打来电话,我说,'不要去。他们只会造你的谣,他们会陷害你。'男孩们越是拒绝,这些节目就越是要吸引他们。《家庭秀》让我心软了。他们出价1000美元,提供一辆豪华轿车,而且是在洛杉矶。我记得珍妮·琼斯出价1500美元,但得坐飞机才能去他们那里。"

在还不需要做这种指导的那些年,唐纳德·贝尔曼一直有空辅导男孩们的团队活动。比如公园联盟,比如儿童棒球联盟[a]。再比如曾经的小马联盟、柯尔特联盟和波普华纳[b]。多蒂·贝尔曼一般充当团队辣妈,她记得她真的是用跑的方式从美发师工作点上跑回家,这样才能在每天下午5点15分,让一家人准时吃上晚饭。"他们要是打出全垒打或触地得分,我就会非常自豪,"她告诉《新闻电报》,"我们会重温过去。我们一走进儿童棒球联盟,就会被热情包围。我去旺斯超市[c]的时候,就会有人走过来对我说,'你孩子太棒了。'

我非常自豪。现在我去旺斯得早上5点出发,还要乔装打扮。我是年度辣妈了。我为孩子牺牲了一切。现在我觉得,我必须捍卫自己的荣誉。"

贝尔曼家里最小的孩子克里斯托弗,1993年6月从莱克伍德高中毕业,他是当年3月被逮捕并无罪释放的男孩之一。"那个周末我要疯了,"他父亲告诉我,"我儿子克里斯在监狱里,他从来没惹过任何麻烦,他是一个普通的学生,一个明星运动员。他甚至不需要在学校上课,因为他已经攒够了毕业的学分,十八岁之后也不需要留在学校。但是他留在那儿。只是为了和他的朋友们在一起。"毕业前后,克里斯托弗被控"暴力猥亵行为",涉嫌1989年一起事件,涉及当时一位十三岁的女孩。这项指控后来被撤销,克里斯托弗·贝尔曼同意履行100小时的社区服务。据父亲说,贝尔曼的大儿子比利正在边工作边上学。二儿子达纳1991年从莱克伍德高中毕业,他父亲和几乎所有提到他的人,都明确强调,他在莱克伍德青少年体育名人堂的摔跤比赛中,曾被评为"1991年度最佳表演者"。莱克伍德青年体育名人堂的场地不是在高中,也不是在

---

[a] Little League,一种面向儿童和青少年的棒球比赛组织,通常分为不同年龄段的比赛。

[b] Pop Warner,美国一个青少年橄榄球组织,以其创始人格伦维尔·波普·华纳命名。

[c] Vons,美国食品和药品零售商艾伯森旗下的一家连锁超市,大部分门店位于南加州和拉斯维加斯谷,总部位于加州富勒顿。

市政厅，而是在一家麦当劳，在伍德拉夫大街和德尔阿莫购物中心的拐角处。"他们都是运动健将，"唐纳德·贝尔曼告诉我。"我心理上和精神上的原则是：我是一个正直的人，我爱我的儿子们，我为他们的成就感到骄傲。"他的父亲说，达纳当时正在"找工作"，而这个任务变得难以完成，因为当时正等待审判的13项盗窃和伪造重罪指控。

多蒂·贝尔曼于1993年4月接受了癌症手术，她于1992年提出离婚，但有一年的时间，她继续跟丈夫和儿子们住在绿顶街。"如果多蒂想开始新生活，我不会拖她后腿的。"唐纳德·贝尔曼告诉《新闻电报》，"我是一个可靠的人。一个可靠的公民而已。毫无疑问，我们就是典型美国式的、底层的、脚踏实地的一个家庭。"多蒂·贝尔曼在接受《新闻电报》采访时，则有了更多反思。"那颗带来灭顶之灾的炸弹，直接射穿了壁炉架，整座房子都坍塌了。"她说，"达纳有一天说，'我想再回到九年级，我想用不一样的方式重新来过。我曾经拥有一切。我是莱克伍德先生。我是一个明星。我很受欢迎。但我一毕业，就失去了认可。我想回到那些美好的日子。现在就是接连不断的灾难。'"

"你看到报纸了，"艾拉·尤因在《黄金国》中对那个离了婚、带着一个十四岁孩子的女人说。这个女人已经成了他唯一的慰藉。"我不明白！在我为他们做了那么多好事之后……在我为他们做了那么多努力之后——"

女人试图安抚他，给他吃午饭。

"不。我不想吃午饭。——在我做了那么多努力之后——"

这句话的另一种表达方式是："那颗带来灭顶之灾的炸弹，直接射穿了壁炉架，整座房子都坍塌了。"1996年，达纳·贝尔曼因三项一级入室盗窃罪名成立，开始在圣路易斯奥维斯波的加州男子监狱服刑十年。1999年，他获准离开监狱，一年后，他获得了假释。

4

十二三岁的时候，我从萨克拉门托图书馆借阅了林德夫妇写的《米德尔敦》（*Middletown*）和《转变中的米德尔敦》（*Middletown in Transition*），读了之后我问母亲我们属于哪个"阶级"。

"这不是咱们会用的词，"她说，"这不是咱们的思维方式。"

一方面，我相信这是一种缓兵之计，为的是不去真正面对连一个十二岁的孩子也能察觉得到的问题；另一方面，我又明白，确实如此：这不是我们加州人的思维方式。我们相信从头开始。我们相信好运会来。我们相信那个孤注一掷，挖出了康斯托克矿脉的矿工。我们相信那个以每英亩2.5美分的价格租下了贫瘠的土地，并在头三年就把1400万桶原油带进了凯特尔曼山的投机商。我们相信，在我们睡觉的时候，那些眼看着已经没有可能的事情，也会重新焕发生机。**让加州永葆生机与灿烂**，这是在我阅读林德夫妇著作的那段时间，加州防火护林熊[a]的座右铭。熄灭营火，弄死响尾蛇，等着钱流进口袋。

钱确实流了进来。

虽然进的是别人的口袋。

战后的经济繁荣，在多大程度上印证了加州想象和加州公民期望中的这种扭曲？这一点怎么高估都不为过。今天的美好时光和明天更美好的时光，理应随土地而来，踏着海浪的节奏，滚滚而来；海浪拍打的海岸，曾是欧文牧场的边缘，如今则是纽波特海滩、巴尔博亚、丽都岛。美好时光是这个地方最根深蒂固的信念，直到二十世纪九十年代初，它的逐渐消失，才开始以某种没人愿意深究的方式，使加州变得不安起来。对加州来说，认识到上升不再是天经地义的事情，是很晚，也很难的事情。1987年的股市崩盘，在加州民众普遍（尽管未必有意识）看来，不过是那个早已被他们抛诸脑后的那个美国的又一个困扰，不过是令人厌倦的东部消极情绪的又一例证；他们相信，这种消极是传不过来的。即使圣地亚哥高速公路旁边的国防工厂已经开始倒闭，即使橙县开始挂起各种待租赁的标志，也没人愿意承认，这正是他们未来的生活：一种在加州、却与"飞机"无关的生活方式。

实际上，在加州，几乎每个县都多多少少靠着国防合同才能运转，不管是流入洛杉矶县的数以十亿美元联邦资金，还是普卢默斯、蒂黑马和图洛姆尼等县的五位数合同，只不过，加州不同地区有鲜明的地理区隔，这往往掩盖了这些地区之间事实上的相互关联。即便是洛杉矶县自己，似乎也没有真正明白，如果通用汽车关闭在范奈斯[b]的装配厂，就像在1992年让2600人失去了工作那样，那么丧钟最后就会在贝莱尔敲响，那里的人手持合同，他们就靠范奈斯那些抵押贷款的人过活。我记得，1988年6月，我在洛杉矶西区问过一位房地产经纪人，国防开支的削减会对当时正在兴起的住宅房地产热潮产生什

---

a　Smokey the Bear fire，美国林业局用于森林防火标志和广告的标识。

b　Van Nuys，美国加州洛杉矶市的一个社区，位于圣费尔南多谷中部，是该市重要的行政和商业区域之一。

我的来处

么影响。她说，这种削减不会对洛杉矶西区产生影响，因为给休斯和道格拉斯工作的人，并不住在太平洋帕利塞德、圣莫尼卡、马里布、贝弗利山、贝莱尔、布伦特伍德或霍尔姆比山[a]。"他们可能住在托兰斯，或者卡诺加公园，或其他地方。"

托兰斯离圣地亚哥高速公路不远，它在莱克伍德以西，埃尔塞贡多、霍索恩、朗代尔和加迪纳以南。卡诺加公园位于圣费尔南多谷。1988 年为休斯工作的人，就住在托兰斯和卡诺加公园。五年后，亚利桑那州立法机构通过了一项税收激励法案，在当地被称为"休斯法案"，休斯将其在埃尔塞贡多和卡诺加公园的大部分业务搬到了图森，于是洛杉矶西区一位知名的住宅房地产经纪人告诉客户，贝弗利山的交易量下跌了 47.5%。我记得，在 1992 年洛杉矶骚乱之后的几个月里，几乎每一个与我交谈过的人都告诉我，骚乱"改变"了这座城市。说这句话的大多数人都和我一样，在 1965 年瓦茨骚乱期间住在洛杉矶，但他们向我确认 1992 年曾经是"与众不同的"，1992 年"改变了一切"。他们的说法似乎传递了过多信息，有种不祥的征兆，但却没有特指，比如"可悲"和"糟糕"之类的用词。因为这些人大多并不需要一场骚乱就能明白，这个城市的富人和穷人之间存在着境遇和认识上的巨大差异，所以他们的话才让我感到困惑，于是我催促他们更详细地描述一下洛杉矶究竟是如何被改变的。有人告诉我，暴乱之后，洛杉矶的房子就没市场了。那一年洛杉矶的房子没市场，可能原因很简单，就是因为钱流走了，然而这个看法在 1992 年依然跟这个地方的气质那么不搭，以至于基本上被忽略掉了。

1989 年，南加州几乎所有的国防承包商都开始裁员，这时大多数人才随之认识到可悲且糟糕的时代实际上已经开始的事实。TRW[b] 已经裁掉了 1000 个工作岗位。罗克韦尔公司在 B-1 项目结束时，已经解雇了 5000 人。诺斯罗普公司[c] 裁掉了 3000 人。休斯裁了 6000 人。洛克希德

---

a 洛杉矶的几大豪宅区。

b TRW Inc.（Thompson Ramo Wooldridge Inc.），一家美国高科技企业，创立于 1901 年，最初从事汽车零件制造，1958 年通过合并进入航天、电子与国防系统工程领域，参与了美国第一代洲际导弹（ICBM）与多个深空探测项目。业务涵盖航空航天、汽车安全、半导体、计算机与信用信息服务等方面。2002 年后，其航天与汽车业务相继被收购。

c Northrop Corporation，美国主要军用飞机制造商之一，成立于 1939 年，以开发战斗机与战略轰炸机闻名，后于 1994 年与格鲁门公司合并为诺斯罗普·格鲁门公司（Northrop Grumman）。

公司[a]的工会成员从1981年的15000人减少到1989年的7000人。麦克唐纳-道格拉斯公司要求5000名经理先辞职，再一起竞争29000个职位。然而，在长滩和莱克伍德这样的麦克唐纳-道格拉斯小镇，仍然有回旋的余地，一点本能反应性的乐观的余地，甚至还能去趟拉斯维加斯或者劳克林，因为母公司道格拉斯飞机公司，是负责商用飞机而不是国防飞机的实体，正为当时新的麦道MD-Ⅱ生产线招聘员工。1989年，时任加州大学洛杉矶分校商业预测项目负责人的戴维·汉斯莱告诉我："道格拉斯因为商业部门的缘故，现在发展势头非常强劲。放松管制后，航空客流量急剧上升。他们都在扩充机队、购买飞机，也就是说，上有华盛顿的波音公司，下有这里的道格拉斯公司。这是对国防开支下滑的缓冲。"

这些早期的国防裁员，在当时被说成是对里根时代遗留问题的"纠正"。后来，它们成了"整顿"或"整合"，这些用词暗指的，仍然是对单个公司的常规削减和调整；直到几年后，"改组"才成为首选用词，大家才承认整个航空航天业可能陷入了困境。用词就像地理描述一样，已经把问题划定在某些社区，于是整个洛杉矶都把裁员看成是抽象的东西，看成地缘政治动荡中可以预见得到、但又难以应付的遗留问题，而街角的小型购物中心是成功还是破产，跟它在逻辑上没有任何联系。直到1990年8月，才有人注意到洛杉矶的商业和住宅房地产市场已经枯竭。1990年10月，《洛杉矶时报》的一篇商业报道试探性地指出，当地"似乎已经开始"经济放缓。

直到1991年年末，加州已经丧失了60000个航空工作岗位。这种工作很多都转移到了南部和西南部的州，那里的工资水平更低，监管更少，州政府和地方政府（比如亚利桑那州）也不反对给予税收优惠。罗克韦尔公司正要为其在埃尔塞贡多的工厂招标。洛克希德公司已经决定要把先进战术战斗机[b]的生产线从伯班克转移到佐治亚州的玛丽埃塔。到1992年，已有700多家制造厂搬迁，或选择拓展到加州以外的地区，这带来了10.7万个工

---

a　Lockheed Corporation，创立于1912年的航天与军工企业，以研发军用飞机闻名，产品广泛出口多个国家。1995年与马丁·玛丽埃塔合并为洛克希德·马丁公司（Lockheed Martin），现为全球最大国防承包商之一。

b　Advanced Tactical Fighter（ATF），美国战术空军指挥部自1971年起启动的下一代战机研发计划，目标是全面压制苏联新型苏-27战斗机，应对日益增长的全球军事威胁。该项目最终催生了F-22"猛禽"隐形战斗机。

作岗位。邓白氏公司[a]在1992年上半年报告，加州有9985家企业倒闭。分析家在谈到大公司变为小企业时大加赞赏。《洛杉矶每日新闻》指出，"新的、更独立的员工会成为一种趋势，他们会减少对公司资源的依赖，会更有创业意愿，"换言之，没有福利，没有固定工资，这是专为住汽车旅馆的人开发的秘方。1991年初，位于卡森海港高速公路和圣地亚哥高速公路交会处附近的阿科炼油厂，在《洛杉矶时报》和《橙县纪事报》上刊登了招聘广告，招聘28个工作岗位，每小时工资从11.42美元到17.45美元不等。第一周结束时，约有14000名求职者亲自来到炼油厂，还有更多的人寄来简历，具体人数不详。"前门我都进不去了，"阿科的一位发言人告诉《纽约时报》，"保安要指挥交通。景象真是蔚为大观。"

位于萨克拉门托的国家财政委员会，负责监督联邦开支及其对加州的影响，根据该委员会的数据，1988年至1993年期间，加州约有80万个工作岗位消失。超过一半的失业人口住在洛杉矶县。该委员会在1993年5月的报告中估计，在1993年至1997年期间，将有另外九万个航空航天工作岗位流失，连同计划关闭的那些基地附带的3.5万个文职工作岗位，然而报告又警告说，"如果国防工业继续在加州以外的地区拓展业务，那么可能的损失会更大。"美国银行估计，在1990年至1993年期间，有60万至80万人失去了工作，他们还做了一个更让人悲观的预测：在1993年至1995年期间，在该州的"行业精简"中，还会有40万至50万人失去工作。这就是洛杉矶人在议论1992年骚乱时所传递的东西。

5

在光景好的时候，在加利福尼亚的大型航空工厂里，生产线上工作的人组成了一个大家庭。在他们当中，许多人都是第二代工人，他们会提到为斯纳克导弹[b]工作的父亲，在皮科里韦拉的一家制造车间当工头的兄弟，或者过去常会带着几乎半

---

[a] Dun-Bradstreet，一家总部位于美国新泽西州的国际企业信息与金融分析公司，主要提供商业信用报告、风险管理和市场数据服务。

[b] Snark missile，诺斯罗普公司研制的一种早期洲际巡航导弹（SM-62），1958年至1961年间由美国空军战略司令部部署，代表冷战初期远程核打击技术的关键尝试。

个 A-4[a] 生产线的人出去看少年棒球联赛的叔叔。这些人可能会在约六家主要供应商之间流动，但几乎从没离开过它们。他们一直不明白市场里的规矩。他们按照军用规格即美国防卫标准[b]工作，据《华盛顿邮报》指出，这个标准给制作巧克力饼干列出了长达 15 页的说明。在这个行业工作让他们感到相当自豪，因为这个行业的决策方式不属于当时诺斯罗普董事长肯特·克雷萨所讨厌的"绿色眼罩[c]风格"。他们认为自己的公司是为国家利益献身，理应得到国家的无条件支持。他们相信麦克唐纳－道格拉斯。他们相信罗克韦尔、休斯、诺斯罗普、洛克希德、通用动力、TRW、利顿工业。他们认为，即使是最基本的市场原则，也不可能适用于制造飞机。他们认为，"固定价格"这个概念——承包商用来表示政府威胁不会为超支的成本买单的说法——是创新的对立面，是对一个本身不明确且难以预料的过程的诅咒。

因为在这行，机器零件要被钻到 2‰ 甚至 1‰ 英寸以内，这种容差是不能直接转成自动化作业的，所以在这些工厂工作的人，用他们自己的话来说，永远不会变成机器人。他们是最后一批中世纪手工工人，在他们工作的地方，那些有着洁白无瑕的地板、大型钻机、头顶的监控摄像机、项目横幅和外国买家旗子的大型建筑，成了冷战时期的大教堂，偶尔会有外行人来参观，但从来没人能完全看得明白。"装配线就像有生命的东西，"诺斯罗普公司位于埃尔塞贡多的 F/A-18[d] 生产线装配操作经理曾经这样告诉我，"一条生产线会因为要交付而获得动力和目标。它是我能看得见摸得着的东西。在这条线上，我们会更加直截了当，因为这里就是最实在

---

a 指 Douglas A-4 Skyhawk，绰号"天鹰"，是二十世纪五十年代初期美国道格拉斯公司研制的一型攻击机，原型机为 A4D，最初被设计用来作为美国海军航空母舰的舰载机。该机于 1954 年首次飞行，曾在越南战争中扮演着关键的角色。

b MilSpec，Military Specification（军用规范）的缩写，也叫作 MIL-SPEC 或 MIL-STD，是美国国防部为实现装备、材料和程序等领域的标准化与互通性而制定的技术规范。

c Green Eyeshade，十九世纪末至二十世纪中叶，会计师、电报员、文案编辑等劳动者常佩戴的绿色遮光面罩，用以减轻刺眼灯光引起的眼睛疲劳。因常被财会人员使用，遂成为审计、预算等工作的象征。

d McDonnell Douglas F/A-18 Hornet，美国海军已退役的航空母舰用舰载机，是全天候对空或对地的中型多用途战机，是麦克唐纳－道格拉斯以诺斯洛普所设计的 YF-17 "眼镜蛇"原型机为基础进一步开发而成的，是美国军方第一架同时拥有战斗机与攻击机功能的机种。

的地方[a]。如果要每两天就运走一架飞机，那就得有人干活才行。"**海军飞行员全靠你们了**，在"大黄蜂"生产线上方的阴影处，一条横幅这样打着。另一条是这样写的：**就像你自己要驾驶它一样去造它**。一个工具箱上这样写道：**上帝、胆量和枪，让我们赢得自由！**

在这个边界分明的世界中，参照坐标却逐渐模糊。一开始，有限数量的雇主需要这些知道交付方式的人，然而这些人知道的交付方式，产生的只是一种产品而已。1993年，时任马丁·玛丽埃塔公司董事长兼首席执行官的诺曼·奥古斯丁，在接受《华盛顿邮报》采访时表示："我们行业在国防转换[b]方面可谓非常成功。为什么火箭科学家不能去卖牙膏？因为我们不了解市场，不知道怎么调研，也不知道怎么推销产品。除了这个，我们形势大好。"

越来越多的主要航空承包商开始将自己定义为"集成商"，这意味着他们交付的产品中，越来越大的比例——在某些情况下高达75%——是由分包商提供的。主承包商当然存在相互竞争关系，但也存在相互依存关系：在他们面对共同的主要客户即联邦政府的时候，会达成追求共同利益的共识。在这种精神下，两个或三个相互竞争的承包商通常会"组队"做一个项目，提交联合投标，在游说阶段相互支持，最后瓜分生产成果。

麦道公司一直是F/A-18大黄蜂的主承包商，F/A-18是一种供海军和海军陆战队使用的攻击机，并由空军出售给韩国、马来西亚、澳大利亚、加拿大、西班牙和科威特等外国用户。但是，麦克唐纳-道格拉斯公司却与诺斯罗普公司组队生产F/A-18，诺斯罗普公司每周都会从其埃尔塞贡多工厂向圣路易斯的麦克唐纳-道格拉斯工厂运送两架被称为"组件"的飞机。诺斯罗普为F/A-18生产的每个组件，包括机身和两个尾部；"有馅儿"，这是造飞机的人员用来表示一架飞机已经配备了各种工作零件的说法。然后，麦克唐纳-道格拉斯公司会将机翼和其他部件组装到组件上，从而让成品F/A-18在自己的生

---

[a] The rubber meets the road，轮胎接触地面的地方，形容最关键的地方、真相之所在。
[b] Defense Conversion，美国政府为应对冷战后军费缩减，通过国防部经济调整办公室与经济发展局，对受影响的企业、员工及社区提供支持，推动其由军事生产转向民用产业，旨在缓解经济冲击，并促进再就业与产业转型。

产线上完成。诺斯罗普和麦道公司再次合作开发了 YF-23 战斗机ᵃ的原型机,但却错失了跟洛克希德公司的合同,后者已经与波音公司和通用动力公司组队开发了自己的先进战术战斗机原型机。随后,波音公司与诺斯罗普公司组队生产了商用 747 飞机ᵇ,诺斯罗普公司每月供应几架 747 飞机,每架飞机都由中央机身和相关的子组件构成。通用动力公司生产 A-12 攻击机ᶜ的主承包合同是与海军签订的,但却是跟麦道公司组队完成的。

理想的企业循环模式,并不鼓励自然选择,因为在循环模式中,政治家掌管着将政府的合同授予哪家公司的权力,而公司在利用这些合同的时候,又会雇用潜在的选民。在这个封闭又相互关联的世界中,如果任何单独元素发生变化——比如,政治气候的变化,甚至让一位国会成员觉得更有意愿质询国防部一个项目的成本——内在关联就会变成适者生存的阻碍。一棵树倒下,整个食物链就会崩溃:1991 年,时任国防部部长的理查德·B. 切尼最终取消了海军与通用动力公司签订的 A-12 战斗机合同,就在这天,在圣路易斯,也就是麦克唐纳-道格拉斯公司与通用动力公司组队生产 A-12 的地方,有数以千计的工作岗位随之消失。

为了维护圣路易斯的总部工厂,麦克唐纳-道格拉斯公司将其 C-17ᵈ 项目的部分生产线从长滩转移到了圣路易斯。为了维护项目本身,该公司又在佐治亚州梅肯开设了一家 C-17 工厂,这在业内被叫作"双重击破",因为这里既是参议院军事委员会主席萨姆·纳恩参议员的家乡州,也是众议院退伍军人事务委员会成员 J. 罗伊·罗兰众议员的家乡所在地区。"在梅肯建厂是一桩明智的生意,"麦克唐纳-道格拉斯公司的一位前高管对《洛杉矶时报》的记者拉尔夫·瓦塔比迪安说,"没有纳恩的支持,就不会有 C-17。争取项

---

a YF-23 战斗机,又称"黑寡妇二式",是美国诺斯罗普公司与麦克唐纳-道格拉斯公司联合研制的第五代隐形战斗机原型机,以隐身性能优异、飞行速度快、航程远而著称。该机用于竞标美国空军的 ATF 项目,最终不敌洛克希德公司提交的 YF-22,仅生产两架原型机,现均已退役。

b 波音 747,世界上首款宽体民航机,其原型尺寸约为当时常用的波音 707 的两倍。自 1970 年投入运营起,曾连续 37 年保持全球最大载客量记录,直至 2007 年被空客 A380 取代。

c A-12 攻击机是美国海军在"先进战术攻击机"(Advanced Tactical Aircraft,ATA)计划下研发的隐身舰载攻击机,由麦克唐纳-道格拉斯与通用动力公司联合研制,旨在取代老旧的 A-6"入侵者"攻击机。该机具备隐身设计与航母起降能力,但因成本超支与进度拖延,于 1991 年被取消。

d C-17 运输机,即"环球霸王 III",是由麦克唐纳-道格拉斯公司为美国空军研制的战略军用运输机,具备短场起降和战术空运能力,现为多国空军与北约重型空运联队所列装。

目资金稳定既不犯法，也无愧于心。"

C-17是一种运输机，正如它的支持者经常提到的那样，它具有"在类似波斯尼亚那边的短跑道上"[a]着陆的能力。它是在八十年代中期开始开发的。到1993年第一架飞机交付时，空军订购的飞机数量从210架下降到120架，每架飞机的预计成本从1.5亿美元上升到3.8亿美元。C-17甚至比大多数项目都更容易受到成本超支和技术问题的困扰。起落架有缺陷，襟翼有问题，无法满足航程和有效载荷规格。曾有一架测试飞机燃油泄漏。另一架在地面应力认证测试[b]中机翼断裂。飞机一离开地面，就表现出马上要机头翘起、开始抛锚的危险倾向。

1993年6月14日，美国空军接受了第一架C-17"环球霸王III"交付，这架飞机比计划晚了一年多，已经超出预算14亿美元，而且设计形态还没有完成。这次交付产生了壮观的场面。有很多人提出了看法。仪式在南卡罗来纳州的查尔斯顿空军基地举行，那里是参议员斯特罗姆·瑟蒙德的家乡——瑟蒙德当时是参议院军事委员会少数派的资深成员——也是众议院军事委员会的众议员弗洛伊德·斯彭斯、小约翰·M.斯普拉特和小阿瑟·拉文纳尔的老家。大约3500名官员参加了会议。交付时，实际的飞机与合同规格相比，有125处"不合格豁免和偏差"，在向东飞行时，为了防止机头翘起，飞机上装了一堆压舱物，由空军参谋长梅里尔·麦克皮克将军领航交付行程。几天后，麦克匹克将军在五角大楼的简报会上报告说："我们给它装满了军用装备……几辆悍马车，二三十名士兵盛装上阵。我只想说，这是一架出色的飞机，会在投入使用时性能出众，它会彻底实现我们所要求的全球机动性，所以我觉得，你知道吗，这是一次本垒打。"

当麦克皮克将军宣布这种飞机是一次本垒打时，麦克唐纳-道格拉斯长滩工厂没被解雇的8700名员工正忙于生产C-17。这8700名员工在那之后一个月或一年会怎么样，在当时仍然是一个悬而未决的问题，因为就算空军表示支持项目，怎样才能最大程度妥善处理，还是一个尚

---

[a] 指萨拉热窝国际机场，位于波斯尼亚和黑塞哥维那的首都萨拉热窝，是该国主要的国际机场。作为区域性支线机场，该机场主要承担前往萨格勒布与贝尔格莱德等地的转机任务。自1970年开通国际航班以来，客运量由每年约7万人增长至60万人，并在1984年冬奥会后扩建跑道200米，旅客吞吐量进一步上升。

[b] 用于在模拟压力环境下评估飞机结构的承载能力，测试内容包括机体结构、重量分布，以及起飞、降落或湍流等飞行阶段产生的负载反应。

在讨论的问题。当时的备选方案有好几个。一是将项目管理从麦道公司转移到波音公司。另一个是削减C-17的订单数量，从120架减少到25架。最后孤注一掷的方案，也是A-12的解决方案，就是拔掉插头（终止项目）。长滩工厂是莱克伍德城际线上的工厂，工厂里的美国国旗在风中飘扬，标识朝前倾斜，汽车旅馆被木板封了起来，木板上写着，**道格拉斯欢乐时光欢迎你：下午4点—7点**。这是莱克伍德的人们在议论马刺队时所传递的东西。

6

莱克伍德高中1989届的89名学生，在毕业一年后回答了一份学区调查问卷，问他们在做什么，其中71人说他们正在全日制或兼职上大学。42人被长滩社区大学录取。5人在塞里托斯和赛普里斯这些邻区的社区大学就读。12人在加州州立大学的各个校区附近：富勒顿、长滩、圣地亚哥、波莫纳。2人被加州大学体系录取，一个在欧文，另一个在圣巴巴拉。1人去了南加州大学。9人在其他没有详细说明的校园。在1990—1991学年，234名莱克伍德高中学生参加了该地区航空航天技术方面的英才计划[a]，这些学生随后可以进入长滩社区大学和麦克唐纳－道格拉斯公司。莱克伍德高中那一年的SAT[b]平均成绩为口语362分、数学440分，比加州平均水平低了95分。

这不是一个把孩子们逼得很紧，或者把他们往天边送的社区。大家鼓励毕业后甚至成年后的男性能继续在公园、在他们成长的学校操场上打球（各种各样的球，所有种类的球）。大家鼓励女性加入属于自己的特定运动，以及为球类运动员提供团队活动的支持。1993年春天，几乎每个和我交谈过的人都提到过这个城市有高质量的体育项目。"这里一直是个非常干净的社区，"约翰·托德告诉我，他在1954年的公司化[c]过程中发挥了重要作用，

---

a 美国公立学校系统中一种专注于特定学科领域（如科学、艺术、教育等）的教学项目，旨在通过设置特色课程，吸引来自不同学区的学生就读。实施该项目的学校即为英才学校，学生可以不受居住地限制择校申请。该制度最初也被设计用于推动种族融合与教育公平。

b SAT测验，学术能力测验，由美国大学理事会主办，并委托教育测验服务社定期实施，是美国高校本科招生的重要参考标准之一。

c 莱克伍德在1954年成为加州第一个"合约城市"，即大部分市政服务通过跟区县政府机构和私营企业签订合同提供，如执法、街道维护和建筑安全检查等，是莱克伍德跟洛杉矶县签订合同而获得的服务；信息技术管理、垃圾收集、交通信号维护、路灯维护、树木修剪和街道清扫等，则是跟私营企业签订合同获得的服务。此模式后被称为"莱克伍德方案"，并广泛推广至加州其他城市。

我的来处

从那以后，他就一直担任市检察官，"组成这个社区的人，都是健全的美国公民。我们熟悉学校、教堂和其他各种本地活动。我们莱克伍德这里经营着一个巨大的公园和娱乐项目。它会让人离不开这里。"另一位居民在这住了很长时间，他的大儿子在麦道公司工作，其他成年子女都在附近的学校上学，他对此表示赞同："这里就是一个让他们都得忙起来的大众娱乐项目。"

莱克伍德的人经常跟我提到这个地区会发生多少多少事情。这里有棒球练习场，有保龄球，到处都是电影。在唐尼附近，有一场运动，保护全国最后一家仍在营业的麦当劳创始店，它是1953年的遗迹，位于莱克伍德大道和佛罗伦萨大道的拐角处。"要是他们拆掉这里，那他们也得叫克林顿把业务挪到塔可钟去。"有位旁观者这样告诉《新闻电报》。而且，有个步行商业区永远都在，即莱克伍德购物中心，它既是实际的市中心，也是象征的中心。我在莱克伍德的时候，不时会专门去这家购物中心参观，我每次都发现它热闹

程度一般，事实上，从1990年开始，它的销售额每个季度都在下降。这里有一面倒影池[a]、一个旋转木马、一家汉堡王和一家麦当劳（如果不是麦当劳创始店的话）。有一个摊位提供免费的说明信息。还有一个摊位会展示待售房屋的照片。我对一位浏览房源的女士说，以前我从来都没有在商场里看到过房屋销售。"这是美国住房和城市开发部（HUD）和退伍军人事务部（VA）的回购[b]。"她说。

一天，在步行街，我走到了独门独栋的布洛克百货商店[c]，因为它马上要永远关门，店里所有东西都按照价签的35%在打折出售。店里的女人们有条不紊地取走男装部货架上的商品，有些女人把废弃物和缠在一起的衣架扔在地上，有些女人显然不会因为看到潦草的告示牌而低落，告示牌上写着排队付款时间"目前超过三小时"，有些女人已经占好了等上一段时间的位置，有些女人抱着孩子蜷缩在地板上，有些女人用棉被、褥子、床罩、床垫、美膳雅[d]、咖啡机、三明治烤架、虎牌榨汁机和心形华夫饼烘烤模筑起堡垒，来保护

---

a Reflecting Pool，通常位于公共场所，用于反射周围建筑物或景观的倒影的一块平静的水面。

b Repo，一种短期融资安排，卖方将资产出售给买方，并承诺在预定时间以约定价格回购该资产，实质上是一种带有抵押的短期借贷形式，有助于市场流动性和融资效率。

c Bullock's，创立于1907年，总部位于洛杉矶，是美国西南部知名的连锁百货商店，1995年关闭，部分门店最终转为梅西百货旗下。

d Cuisinart，美国专业厨具品牌，以推广食品加工机而闻名。

自己的位置。眼前的这些女人，是那些在 1950 年看到那座百尺高塔，并认定这里就可以当作起点的女人的女儿和孙女。负责收款的店员和保安都是男人。眼前的这些男人，是那些曾经能把半条 A-4 生产线都带出去看少年棒球联赛的男人的儿子和孙子。

7

"我们想要大城市、大工厂和开采成本低廉的矿山，就在我们的加州！"亨利·乔治在《铁路将带给我们什么》一书中，用讲究的修辞阐明了 1868 年当地的流行情绪。然后他开始计算代价：

> 如果纽约——一个被小偷、游手好闲的人和妓院老板把持和劫掠的城市，培养着一群野蛮人，比任何在平原上喊过战号[a]的人都要凶猛、卑劣——明天就迁到了我们的海湾，我们还会认为自己是赢家吗？如果马萨诸塞州的棉纺厂和他们那里成千上万的小孩——官方文件告诉我们，这些孩子正在被活活累死——搬到了亚美利加河岸，我们还会觉得这是好事吗？或者是英格兰的锉刀和别针工厂——那里年轻女孩的待遇比南方种植园的奴隶还差——像变魔术一般在安蒂奥克兴建起来，我们还会开心吗？或者，如果光靠许愿，就能让许多在比利时和法国的铁矿和煤矿工作的矿工——男人、妇女和孩子，那里的生产条件是工人每周只能吃一次肉——出现在我们自己的山上，我们真的希望他们来这里吗？

> 我们能只要一样，而不要另一样吗？

在圣地亚哥高速公路旁的那些城镇里，1993 年是一个阴沉的春天，在这些城镇里，亨利·乔治的问题似乎可以得到肯定的答案。4 月份，大约在莱克伍德中心的布洛哥百货出售最后一批心形华夫饼烘烤模的时候，一个自称被马刺队成员侵犯的十岁女孩，在格洛丽亚·奥尔雷德的办公室举行了她的第一次新闻发布会。她母亲曾出现在《多纳休秀》《家庭秀》和《20/20》节目中，但那个当时已经十一岁的孩子却没有。"我一直不开心，因为我想上电视，"她在新闻发布会上说，"为了表达我的感受。我想亲口说出来。"在同一个 4 月，马刺队的成员联系了多家经纪公司，想要把他们的故事卖给一部电视电影。ICM 的一名经纪人问这些马刺队成员，他们会不会担心自己会被这样那样地展示。他们回答说，他们关心的是能赚到

---

[a] War Whoop，北美印第安人在战斗中常常发出的高声尖叫，用于鼓舞士气或恐吓敌人。

我的来处

多少钱。ICM 拒绝代言马刺,后来有报道称,CAA[a]、联合人才经纪公司[b] 和威廉·莫里斯事务所也拒绝为马刺代言。

也是在 4 月份,在莱克伍德城市线路上的道格拉斯工厂,当地 692 名卡车司机举行了罢工,抗议道格拉斯将以前由工会成员完成的工作外包出去。"他们不能这样对待二十七年工龄的人,"一位司机的妻子告诉《新闻电报》,对这位司机来说,新合同意味着年薪从 8 万美元降至 3.5 万美元,"这是不应该的。"也是在 4 月,芬兰航空披露了从主要使用道格拉斯飞机转向购买波音飞机的审议。5 月,大陆航空[c] 刚刚结束破产重组,订购了 92 架新飞机,剩下还要买的 98 架,则全部来自波音公司。

在这个小镇,你可能会不由自主地听到周围对麦道 DC-10[d] 的热烈辩护("非常安静的飞机,"约翰·托德告诉我,"飞行出色,与那些波音飞机或其他飞机相比,它的噪声大约只有一半"),他们跟道格拉斯的关系,不仅仅是经济上的依赖。莱克伍德的人们用道格拉斯来定义自己的生活。有一天,我和一位莱克伍德高中 1966 届毕业生共进午餐,他后来在和平队[e] 待过一段时间。好像是在非洲中心地带的某个地方,他跳上了一架麦道 DC-3。这架 DC-3 有个号码牌,表明它是长滩生产线出产的,然后他想,看吧,就算我已经走得够远了,可身边还是道格拉斯。"这个城市的生活是种植园风格,"他在午餐时对我说,"道格拉斯就是那个庄园主宅。"

"都是历史了。"一位航空业高管在那年春天对《华盛顿邮报》说。"我知道有家公司要倒闭,除非有奇迹出现。"国际贸易委员会主席唐·E. 纽奎斯特在一次关于商业航空竞争力的听证会上说。每个人都在谈论道格拉斯,并推而广之谈到莱克伍德城市线路上的工厂,竖着旗帜、标识前倾的工厂,麦道 MD-11 就像汽车一

---

a CAA,一家总部位于美国加州洛杉矶市的演艺经纪与体育经纪公司,被认为是全球最具影响力、最具主导地位的经纪机构之一,活跃于影视、音乐、体育等多个领域。

b United Talent Agency(UTA),成立于 1991 年,总部位于加州贝弗利山,是一家全球性人才经纪公司,代理娱乐、媒体和创意领域的艺术家及其他专业人士。

c Continental Airlines,成立于 1934 年,最初总部设在休斯敦,后迁至芝加哥,曾是美国第五大、全球第六大的航空公司。2012 年并入联合航空,自此以联合航空名义运营。

d 麦道 DC-10 是麦克唐纳-道格拉斯公司研制的三引擎宽体客机,1970 年 8 月 29 日首飞,1971 年 8 月 5 日由美国航空率先投入营运,1988 年 12 月停产,共生产 446 架。

e Peace Corps,美国政府设立的一个志愿者独立机构,成立于 1961 年,旨在派遣美国志愿者前往发展中国家,提供教育、卫生、农业、社区发展等领域的援助,以促进国际理解与合作。

第二部分

样停着，汽车旅馆的大招牌仍然写着：**道格拉斯欢乐时光欢迎你：下午4点—7点**。

"都是一辈子的，"莱克伍德高中的一名毕业生在简·惠特尼的节目上说，他试图解释马刺队是怎么回事，以及是什么让成员们团结在一起，"我们都是一辈子的朋友，你明白吗？"

1997年，道格拉斯最终被波音公司吞并，现在在莱克伍德城市线路上的，是波音的工厂，工厂里向前倾斜的**麦克唐纳–道格拉斯**字样消失了。

1999年，波音公司终止了道格拉斯公司的MD-90项目。

2000年波音公司终止了道格拉斯公司的MD-80项目，2001年波音公司终止了道格拉斯公司的MD-Ⅱ项目。

2000年，波音公司开始提到，计划将原来道格拉斯工厂的230英亩土地改造成非航空用途，也就是变成一个商业园区，叫作"太平洋中心"，建有自己的公寓住宅，并梦想吸引英特尔和太阳微系统公司[a]等企业入驻，随着经济衰退，它的吸引力变得越来越小。

2002年，波音公司从五角大楼获得了额外60架C-17的订单，这是又一次对道格拉斯计划的暂缓执行，该计划原定于2004年结束。"今天是个好日子，"项目经理在宣布订单的那天对员工说，"这会保证你在2008年都有工作，所以今晚休息，明天再开始那60架的生产。"

也是在2002年，一项名为"阿拉梅达走廊"、耗资数十亿美元的公共工程的第一阶段完工，这是一条20英里长、投入24亿美元的高速铁路，旨在将货运集装箱从长滩和洛杉矶的港口快速运到内陆分拨点。这条"阿拉梅达走廊"多年来一直是市政工作的典范，是用来回报老朋友、结交新朋友的一种政治机制。当阿拉梅达走廊还停留在构想阶段，而这个构想正在无可阻挡地接近开始之日时，它的支持者经常把它说成是一种能够给26个"门户城市"带来"新经济"的方式，所有这些城市都靠航空航天为生，莱克伍德就是其中之一。这种"新经济"将以"国际贸易"为基础，在理论上彻底替代金本位摇钱树，即创造这些社区的联邦政府。关于"全球物流"的研讨会曾多次举办。许多仓库得到建造。阿拉梅达走廊的第一阶段工程已接近完工，这时人们才开始好奇这些仓库究竟能给他们带来什么；比如说，有人开始琢磨，每小时赚8美元的叉车操

---

[a] Sun Microsystems，美国一家科技公司，创立于1982年，以开发工作站、服务器及Java编程语言而知名，2010年被甲骨文公司收购。

我的来处

作员,只是在仓库接收或发运货物的时候才被雇用成为"弹性"劳动力,他们是否会变成马克·塔伯在1969年所说的"好公民""满腔热情的业主""一小片加州的持有者——持有一块土地"。**加州人喜欢被人耍**,《章鱼》中的老板西达奎斯特在波希米亚俱乐部对普雷斯利如此说道。

1970年,我为《生活》杂志工作,前往俄勒冈州东部,做一篇报道,有关政府在赫米斯顿附近2万英亩土地上储存的VX和GB神经毒剂。赫米斯顿是尤马蒂拉县的一个农场小镇,当时人口为5300人。很多市民似乎都喜爱神经毒剂,或者"国防材料"(这是人们更喜欢的说法),因为这种物质的储存,提供了717个平民工作岗位,并为城市带来了收入。其他公民——其中一些人不住在赫米斯顿,而是住在波特兰和塞勒姆的山脉对面,因此他们成了赫米斯顿人所谓的"学术共同体和其他和平母亲组织"的成员——似乎认为VX和GB在俄勒冈的存在是一种危害。这个报道例行常规,我差不多已经收尾了(见过市长,见过城市经理,见过反对毒气的彭德尔顿地区检察官,见过负责仓库的上校,见过他们留在掩体里测试泄漏的兔子),然后我才意识到,这个处境让我产生了一种实在的共鸣:早在伊丽莎白·斯科特出生之前,我的家族就一直以同样漫不经心的利己主义和乐观主义精神在各个地方移动,这种精神现在似乎正是造成赫米斯顿这场争论的驱动力。我就是在这股驱动中长大的,想到这个,我突然获得了一种启示:定居在西部,无论多么在所难免,并没有一律往上善发展,而那些收割了最大回报的人,也并没有在每个方面获益。

2002年9月的一个下午,我开车沿着阿拉梅达走廊行驶,从港口向北,穿过南加州的工业中心:卡森、康普顿、瓦茨。林伍德、南盖特、亨廷顿公园、弗农。那时,离那年秋天码头工人罢工导致太平洋贸易停运还有几周,那天下午,火车没了,集装箱没了,只有那条用来运输货物的新铁路线和那些用来存放货物的新仓库,仓库中许多都挂着待**出租**的标志。在信号山北面的第一座山上,有一个新的小区,牌子上面写着**远景工业**。牌子后面,尽是更多仓库,数英里的仓库,数英里空空如也的十字路口,一个接一个的门户城市,互相之间难以区分。直到阿科大厦开始从洛杉矶市中心的阴霾中浮现时,我才注意到仓库上的一个标志,这个标志好像提示着仓库的实际使用情况。**16.5万平方英尺的疯狂T恤**,牌子上写着。

拯救航空——来看《蝌蚪》。这是2002年9月,位于圣莫尼卡蒙大拿大道的航空剧院打出的标语。航空剧院是由唐纳德·道格拉斯于1939年建造的,当时道格拉斯飞机公司是圣莫尼卡最大的雇主,航空剧院则是道格拉斯的工人们娱乐的地方。从1978年到1988年,这十年间我住在离航空剧院不远的地方,我从未见过有人真正走进或离开剧院。道格拉斯建造了圣莫尼卡,然后又抛弃了它。从道格拉斯的第一家工厂往南延伸的街道上,现在林立着汽修厂、小型超市、五旬节会的教堂和无预约牙医。尽管如此,圣莫尼卡还是有海洋、沙滩、气候、阳光、雾气和攀援玫瑰。而门户城市只有仓库。

PART III

第三部分

第三部分

1

这一切都是怎么回事：所有那些未能兑现的承诺，所有那些爱情、信仰和荣誉的失落；玛莎被埋在大堤旁，身上穿着一件价值250美元的玛格宁[a]洋装，河泥留在了衣服接缝里；萨拉在宾夕法尼亚州的布林莫尔学院；她的父亲是一个毫不在意的失败者（**他绝对不是**，她母亲这么说过，而且依旧爱他）；她的母亲今天下午独自坐在河上游的大房子里，一边写入学日庆典的请柬，一边看迪克·克拉克的《美国音乐台》节目，因为道奇队的比赛因下雨取消了；埃弗雷特就在下游的码头上，带着他父亲的.38口径的手枪。她、她母亲、埃弗雷特、玛莎，就是一整套家庭肖像：他们有着同一条血脉，已经绵延了十二代，中间包括巡回牧师、县警长、对战印第安人的勇士、乡村律师、读经者，还有一个很久以前从某个边境州来的、名不见经传的美国参议员；两百年来，先是在弗吉尼亚、肯塔基和田纳西开疆拓土，然后是那场断裂；那片他们将红木柜和银餐具填入其中的空虚；那场彻底切割，他们本以为能借此拯救他们所有人。他们是一种特殊的人，这么多年来，

---

[a] Mgnin's，1876年由玛丽·安与伊萨克·玛格宁夫妇创立，是一座位于加州旧金山的高级百货商店，因贩售进口特产与高端时装而闻名，曾是西海岸社会名流重要的购物场所。

我的来处

一种特定的处境唤起了他们独特的美德，同时他们独特的缺陷则被掩盖起来，变得无从察觉，无从知晓，每一代最多只有一两人朦朦胧胧地意识到：有位妻子心怀困惑，她想要的不是理想中的黄金国，而是她母亲的山茱萸；有个蓝眼睛的男孩，在十六岁时成了县里最优秀的射手，在找不到目标的时候，他有一天骑着马出门，意外把他哥哥打死了。上述历史，皆是意外：不断勇往直前，不断发生意外。"你想要的是什么？"今晚她问埃弗雷特。这个问题她本可以用来问他们所有人。

这段话摘自1963年出版的小说《河流奔涌》的最后几页。这本小说的作者是我。主人公，也就是文中的"她"，是莉莉·麦克莱伦，原名莉莉·奈特，是生活在萨克拉门托河边的一位啤酒花种植者的妻子。小说开头，莉莉的丈夫埃弗雷特·麦克莱伦刚刚开枪打死了跟莉莉和他自己的妹妹玛莎都有暧昧关系的男人。这个故事，即小说的"情节"，是虚构出来的，但最初让我虚构出这个故事的冲动却是真实的：我已经从伯克利毕业了一两年，正在纽约为 Vogue 工作，而我对加州的思念之情如此强烈，以至于我夜复一夜地用我从自己办公室偷来的复印纸，用奥利韦蒂牌的莱泰拉22型打字机——它是我高中时用给《萨克拉门托联合报》当特约记者赚的钱买的（爸爸教育我说，"谁蠢谁买意大利货，等你要更换零件的时候，你就知道了"）——公寓里有两把椅子，我坐在一把上，再把打字机放在另一把上，为自己写出了一条加州河流。

所以，小说的"原料"，就是萨克拉门托河谷的风景和天气、河流波峰的模样、灰蒙蒙的雾气遮住堤坝的样子，以及在圣诞节的大雨中，掉落的山茶花把人行道染成棕色，变得湿亮的样子。这些原料依然是照着我这辈子都不断听到的故事中那些雨季和河流的模样呈现的，这些故事是依据各种亲戚（基尔戈尔和里斯，杰里特和法恩斯沃斯，马吉和康沃尔）的童年回忆写成的，而当时他们自己早已去世，是女儿们、孙女们在拍纸簿和信封背面找到了这些保存着当地口述历史的片段：

那年冬天非常潮湿，没日没夜地下雨，连续下了几个星期。由于萨克拉门托东侧的防洪堤决堤，这座城市成了一片汪洋，街道上的船只来来往往，小房子像干货箱一样漂浮在水面上，于是人们一直称其为洪水之冬。时间是1861年和1862年。

在洪水期间，根本没法从萨克拉门托运出任何粮食，只能靠船，于是我们这有三个邻居开始烟草短缺了。威廉·斯科尔菲尔德、迈伦·史密斯和一个叫塞德尔的男人，用粗糙的木板造了一条船，把它放在斯科尔菲尔德家的小溪里，两人划桨，一人舀水，乘船去了萨克拉门托。他们返程后，把所需的烟草和一些粮食带回家。

倾盆大雨继续下着，河水涨得漫过堤岸。这些家庭很快就被水流吞没了。他们竭尽所能带走所有能打捞到的东西，然后乘划艇搬到了大约半英里外葡萄藤牧场的一栋两层楼的房子里。

记录这些记忆的重要性是毋庸置疑的：洪水、防洪堤和葡萄藤农场的两层房子，就像穿越平原的土豆压泥器，就像没有被丢弃在乌姆普夸河上的书一样，证明了家族的历久弥坚，证明了我们的价值，而这已经成了迁徙故事本身。

在此期间，伊丽莎白病入膏肓。得的是伤寒。艾伦和基尔戈的一个表亲在风暴中划船到萨克拉门托，寻找物资。湍急的河水在他们周围肆虐，他们花了两天两夜才到达定居城。阿莱恩斯回来的第二天早上，伊丽莎白死了。艾伦为伊丽莎白做了一口棺材，女人们给她穿上了一件白色粗棉做的衣服。棺材被划到丘陵地带，那里已有其他人下葬。土里都是水，搞得坟墓就像一口井一样。伊丽莎白就葬在这里，因为无处安葬。

第三部分

"两百年来，在弗吉尼亚、肯塔基和田纳西开疆拓土，然后休养生息，他们用红木柜和银色刷子来填满空虚，用干净整齐来让所有人得到拯救。"这是作为起源神话的迁徙故事，是我所了解到的官方历史。尽管《河流奔涌》这段话中，有其他几句话表露出我开始出现的疑惑（"这一切都是怎么回事""历史皆是意外：不断勇往直前，不断发生意外"），但这段话现在提出了一些当时我没想到的问题。"休养生息""空虚"或"干净整洁"到底让他们得到了什么拯救？拯救了他们的苏格兰－爱尔兰基因？拯救了那种能把威尔士、苏格兰和爱尔兰的倒霉鬼变成无阶级西方自耕农的幻想？拯救了那种能让杰克·伦敦和《月亮谷》中的萨克森·布朗一致声称他们拥有属于"旧殖民裔美国人"的特权的是非颠倒？抑或，他们真的已经在休养生息、"空虚"或"干净整洁"中而得到了拯救？还有一个连带问题：他们是为了**什么**被拯救？要像南希·哈丁·康沃尔所说的那样，把他们的生活理解成"无休止的转动之轮"吗？要像我在八年级毕业演讲中所说的那样，要"无愧于我们的传统""继续为加州创造更好、更伟大的东西"吗？我们的传统到底是什么？记住，正如弗吉尼亚·里德给她表妹的信中写道，**永远不要抄近路，尽快赶路，越快越好。**

977

我的来处

不管是在写这本书时，还是在大约四十年后的今天重读这本书时，我都觉得《河流奔涌》的大部分内容其实关乎加州过去的样子，或者加州正在发生的"改变"，小说中对这些细节的描写，弥漫着一种根深蒂固的（在我现在看来，是有害无益的）怀旧情绪。现在进行时的情节（小说大部分是过去的情节）发生在1959年8月。埃弗雷特·麦克莱伦的妹妹玛莎已经去世十多年了，她在洪水期间乘船到河上，结果淹死了。玛莎去世那年3月的早晨，埃弗雷特和牧场工头在大堤旁挖了个坟墓，打算把她埋在那里。莉莉则一心想着这条河，想着大堤的走势，想着"在每年水位升高时收集和分类的信息档案。他们曾经在什么时候打开了科卢萨大坝。萨克拉门托大坝有多少扇闸门开着。分流器何时会接近容量。威尔金斯斯劳的危险水位是多高。在拉普雷迪[a]本德是多高。弗里蒙特大坝。里奥维斯塔市。"

如上所述，玛莎·麦克莱伦葬在农场，河水仍在上涨，而人们的讨论仅限于猜测陆军工兵是否会炸毁上游的堤坝，这似乎代表了一种传统的或者说"古老的"加州概念。我们听人说，玛莎自己在还是个孩子的时候，发明了一种叫作"唐纳派对"的游戏，她在里面自己扮演塔姆森·唐纳[b]，她挂在自己房间墙上的，"不是德加[c]的芭蕾舞演员，也不是《爱丽丝梦游仙境》中的场景，而是落款是约翰·萨特、1847年的裱框契据，这是一个凌乱的列表，列出的是1852年一场名不见经传的迁徙之旅中携带的各种粮食、洪堡洼地的详细地形图，以及玛莎打印出来的唐纳山口平印画，整齐的两竖列，是参与唐纳-里德迁徙之旅的伤亡者名称和幸存者名称。"同样，玛莎被葬在一个航海箱[d]里，她现已去世的母亲把她的床单铺在箱子里，连同"蕾丝的经纱，一盒裙子上的串珠，以及玛莎的曾曾祖母柯里尔在1862年利兰·斯坦福州长的就职舞会上拿过的象牙扇子。"

---

[a] Rough and Ready，内华达县第一个有定居点的城镇。

[b] Tamsen Eustis Dozier Donner（1801—1847），美国西进运动的开拓者之一，唐纳大队的成员、乔治·唐纳的妻子。乔治·唐纳一家是该大队核心三大家族之一。

[c] 指 Edgar Degas（1834—1917），法国印象派画家、雕塑家。芭蕾舞演员是德加作品中反复出现的主题之一。

[d] Sea Chest，可以追溯到十八世纪九十年代，是所有者最重要的财产之一。船员一般没有什么财产，有的也许只能装进这样一个箱子。航海箱子不仅存放水手的私人物品，还可以充当他的桌子、椅子、银行和写字台。航海箱也通过雕刻、绘画和装饰，表达水手的个人情感。

为了下葬，埃弗雷特砍下了"整枝"山茶花。在小说中，山茶花是为了纪念拓荒者而在当地种植的，因此具有图腾意义。要是坟墓被冲走（如果河水继续上涨，这肯定是会发生的），玛莎（和图腾山茶花）将"在水中获得解脱"，与河水合为一体，作为"真正的"加利福尼亚人，这种可能性，似乎既不会吓倒她的兄弟，也不会吓倒她的嫂子。

玛莎死于1949年。到了1959年，正如《河流奔涌》所描述的那样，这个"真实的"加州已经基本上被抹去了。伴随莉莉长大的梨园，正被无情地连根拔起：她的母亲正以银行允许的最快速度，出售这片土地用于开发。紧挨着麦克莱伦牧场上游和下游的牧场——德尔里奥第一牧场和德尔里奥第三牧场——已经变为待售的住宅小区。这让埃弗雷特感到不安，但他和莉莉的儿子奈特却不以为然。"他们只是在等一个时机，"奈特说，"等着让德尔里奥第二牧场上市。"奈特即将去东部的普林斯顿上大学，这是一种"新的"选择（"传统"选择是伯克利或斯坦福），所以，令人不安的东西多了一样。奈特自以为是，还提点他的母亲，自从他开始开车去伯克利，他母亲就让他去电报大道买一些新的平装书。从奈特的角度看来：

她似乎没有意识到，萨克拉门托已经有平装书书店了。她和他的父亲似乎永远也不会明白，萨克拉门托的情况正在发生变化，通用航空公司和道格拉斯飞机公司，甚至州立大学，都在引进一群全新的人，这些人在东部住过、喜欢阅读。她和他的父亲惊讶地意识到，萨克拉门托再也没人听说过麦克莱伦一家。或者奈特一家。他不认为他们会领悟。他们只会去国会公园把那些肮脏得要死的山茶树，献给他们肮脏得要死的拓荒者。

还有其他变化的迹象，在小说的结构中，表明衰落之意。比如埃弗雷特的姐姐萨拉，她住在费城郊外，和她的第三任丈夫一起生活，这是另一种"新的"选择：也是一类新机会。萨拉在去毛伊岛的路上，顺便去了农场（这又是一个新的选择，因为夏威夷的传统目的地是乘搭"乐林"号客轮去火奴鲁鲁[a]），她因为山谷的高温而对丈夫过意不去（在夏天，还不到三位数的温度，就让山谷"真正的"孩子感到不适），并向埃弗雷特明确表示，她只能接受他继续把萨克拉门托和科苏姆河域的

---

[a] "乐林"号（SS Lurline）是美森轮船公司建造的四艘高速豪华邮轮中最后一艘。珍珠港事件爆发后，曾被美国政府征用，1948年才恢复旧有航线，即旧金山－洛杉矶－夏威夷的定期客轮服务。

7000英亩土地当作牧场——而且只是暂时接受——不能把他们共同继承的土地分割成住宅小区出售。"肯定有人给我们出价了。"莎拉提醒埃弗雷特。埃弗雷特承认,有人对科苏姆河域的牧场表示了兴趣。"我才**不在乎**科苏姆河,"莎拉说,"但至少科苏姆河域能赚点钱。"

还有那个最后会被埃弗雷特开枪打死的人,莱德·钱宁。莱德·钱宁是小说中唯一一个不"属于"加州的人物,换句话说,他是"新来的人"之一。他第一次见到玛莎,是在1944年,当时他驻扎在萨克拉门托的马瑟菲尔德,他出现在农场找她,而且一直持续到战争结束,对埃弗雷特来说,这简直莫名其妙,这个不属于加州的人理应回到属于他的家乡,所以他的出现被描写为令人不安的因素。他告诉埃弗雷特,他无意离开,因为加州是创造未来的地方:

从现在开始。钱宁预感到,这个国家有史以来最大的经济繁荣,就从他们脚下开始。可以看看淘金热。他并不是唯一一个笃定北加州能发财的人。比如凯勒兄弟就坚信北加州能有500万浆果[a]之多。

"凯勒兄弟,"埃弗雷特说,"我好像不认识他们。"

钱宁耐心地解释说,凯勒兄弟是开发商。洛杉矶的开发商相信北加州,特别是萨克拉门托河谷,能值500万美元。他们要把这些钱投到纳托马斯区[b]。

"我从来没听说过纳托马斯有什么凯勒家的人。"埃弗雷特说。

钱宁似乎先做了无限的克制才做出回答,他仔细看了看三个空烟盒并反复揉搓。"他们现在不在纳托马斯。他们想开发纳托马斯。"

"谁在出资?他们怎么能还没拿到土地就筹集到500万美元呢?"

"那些小可爱们可以在一张该死的餐巾纸背上制订一个阴谋计划,然后用它筹集到500万美元。不管怎样,"钱宁补充道,显然他不想再费劲把凯勒兄弟的行事风格解释给埃弗雷特听,

---

a 在二十世纪上半叶,特别是四五十年代的美国文化中,"浆果"一词逐渐成为"美元"的代名词。这一俚语多出现在地下黑帮交易和街头用语中,后在相关主题的通俗小说及好莱坞黑色电影中也多有体现。

b Natomas,美国加利福尼亚州萨克拉门托市西北部的一个地区,地处北加州范围内的萨克拉门托河谷南缘。该地区在历史上为萨克拉门托河泛滥平原上的农业区,地势平坦开阔,产业以大米种植为主。二十世纪以来,随着地产开发和城市化进程的推进,该地区逐步完成了向城市用途(包括住宅与商业)的深刻转型。

"这只是打个比方。关键是，未来就在我们脚下，按下了启动按钮。"

赖德不仅看到了未来，而且抓住了未来，因为他没有加州血统，所以就不存在背叛它的道理：1948 年，他抛弃了玛莎，娶了一个刚暴富的开发商的女儿。（"建设资金，埃弗雷特猜。战时。在他脑子里一切都跟亨利·凯泽搅在一起。"）玛莎，以前曾经有人说她会表演型情绪失控（她十六岁那年在各种派对上"已经不可能不注意到她，就像不可能对那种发着高烧或者穿着透明衣服的人视而不见"），从跟赖德结婚到她死去的整个冬天，她都在徒劳地努力理解赖德所归属的这个新加州，新加州赢得了她的赖德："她到处走，见人就认识。她去认识建筑商、推广人、寻找厂地的人、提到深水航道 [a] 的人、游说联邦水坝的人；要不是她说，埃弗雷特和莉莉甚至都不会知道这些人的存在。她去新开的乡村俱乐部参加各种大型聚会，去新开的公寓参加各种小型聚会，她结识了一个个从事房地产生意的男孩，几乎每天下午，她还要去他们开的小区里瞅瞅。"

对于一个在战后繁荣年代（二十世纪四十年代末和五十年代初）长大的孩子来说，这就是对萨克拉门托（或者说是加州本身）的准确描述；有时候，比如当我听到有人说阿拉梅达走廊会给我们带来些什么时，那些年的余音似乎又在耳边盘旋。的确，好像一夜之间，人们可以在市中心的莱文森书店买到平装书了。的确，好像一夜之间，人们突然可以去橡树公园的工会剧院看外国电影了——《罗马，不设防的城市》《偷自行车的人》、一部伤感的瑞典青春爱情片《一个幸福的夏天》——尽管在我家里，唯一一个经常看这些电影的人，是半聋的姨祖母，对她来说，字幕提供了一种新奇的可能性，让她可以赖以理解到屏幕上的动作。的确，"老萨克拉门托"的习惯和风俗（趁学校假期期间在牧场和罐头厂干活，在河里游泳和在沟里蹚水，在加州博览会上尽职尽责地研究农业展览）正在被一种更为都市的——或者说城郊的——生活方式所取代，在这种生活方式中，儿童会在后院的内衬水泥砂浆的一池清水里游泳，他们会买意大利打字机，梨是会从超市买来吃的，不再是种水果的亲戚一箱箱带来的。

这一切都是真的，然而在《河流奔涌》

---

[a] Deep-water Channel，一条从加利福尼亚西萨克拉门托的萨克拉门托港到流入旧金山湾的萨克拉门托河的运河，由美国陆军工兵部队于 1963 年完成。该通道深约 30 英尺，宽约 200 英尺，长约 43 英里。

里，有一些东西是不真实的、反常的，不断地提醒读者，第二次世界大战带来的这些变化，在某种程度上受到了"真正的"加利福尼亚人的抵制。这种抗拒难道不是只能用来回忆吗？"变化"和"繁荣年代"不正是加利福尼亚自打有第一批美国人定居以来就在经历的吗？我们不还是不愿用自己的历史交换铁路能带给我们的东西吗？

比方说在玛莎的坟上献山茶花这个买卖吧：事实上，为开拓者种植山茶花这个想法——在萨克拉门托州议会大厦对面的公园里有一个"山茶树林"，就是为此而专门留出来的——源于我父亲的继母吉纳维芙·狄迪恩，她做了很多年萨克拉门托市教育委员会主席，家族里其他人都会以一种并非完全肯定的语气，说她是"政客"。也就是说，山茶花与拓荒者的所有关联，都是本着同样热心支持市政的精神，后来，这种精神将沿河的前街变为完全伪造的、叫作"老萨克拉门托"的"重建工程"，28英亩范围内，都是河边商店，出售小饰品、纪念品和爆米花。换句话说，"开拓者"已经成为一种促销工具，是属于萨克拉门托的独特卖点，是一种吸引游客的方式，是惯例，是一种不用种植的新的摇钱树：查尔斯·诺德霍夫在1874年就指出了投机企业的弱点，这是又一次说明。

在《河流奔涌》中，埃弗雷特·麦克莱伦的妹妹莎拉在参观埃弗雷特和莉莉居住的牧场时说道："这个泳池太厉害了。它看起来就像皮克费尔。"

莎拉说这些话的时候，是1959年。虽然到了1959年游泳池在加州已经相当普遍，但在故事中，这个位于牧场上的游泳池，却意味着埃弗雷特第一次开始对战后的环境让步，因此，也向读者暗示了另一个衰落的迹象。这并没有完全反映出我所熟悉的那些看待游泳池的态度。

1948年，父亲、母亲、弟弟和我住在萨克拉门托郊外一带，父亲在这里建了一所房子，等到细分地产[a]的时候，我和弟弟想要个泳池。父亲说，泳池我们可以有，但只能我们自己挖。在那个炎热的夏天，我八岁的弟弟吉姆每天早晨都拿着铲子到屋前的空地中央，在覆盖着一两英寸表土的硬地上，白费力气地凿半天。

比吉姆大五岁的我，怀疑我们俩任谁

---

[a] Subdividing a property，意为将一块地产依法划分为若干较小的地块，每一部分可单独出售、出租或开发使用。这一过程通常涉及重新规划用途、调整土地边界、获得地方政府审批等环节，常用于住宅区扩张、商业开发或城市更新。

第三部分

都没法挖出一个20英尺宽、40英尺长、8英尺深的洞,也相当怀疑我们的父亲——如果这样一个洞真能奇迹般地出现——不是真的愿意把泳池造成(我觉得,他可能会在那里扎上一根软管,然后就打开水龙头,不喷砂浆,不装过滤器,不贴瓷砖),所以我不挖。相反,我整个夏天都在读尤金·奥尼尔的戏剧,梦想着逃去本宁顿,在那边,我可以穿着紧身连衣裤坐在一棵树上,听弗朗西斯·弗格森[a]解释戏剧和情节剧的区别,为自己能拥有出入剧场的纽约式生活方式做好准备。那是1948年,我在八年级毕业典礼上发表了题为《我们加州的传统》("Our California Heritage")的演讲,然而我当时已经在计划离开加州了。也是在1948年这一年,萨克拉门托城市公园部门颁发了一个被《萨克拉门托蜜蜂报》(the Sacramento Bee)描述为"以开拓者命名的活兔子"的奖品,作为搜寻复活节彩蛋的年度活动奖。现在回想起来,这个教学工具上面写满了"吉纳维芙·狄迪恩"。十年后,我确实过上了纽约生活,虽然并不是出入剧院,我还正在写一部小说,这部小说为我和我降生的地方带来了一段安全距离。

2

"改变"这个问题,是一个棘手的问题,它实际上让人反思性地联想到一些与生俱来的权利被挥霍一空,或者一种天堂不复存在。我还是个孩子时,就听人说过很多次:在十九世纪四十年代美国移民到达萨克拉门托河谷的时候,那里的草曾经长得非常高,齐及马鞍,意思是说,这已经是过去的事情了。按照这种说法,加州在那时就已经"被糟蹋掉了"。以此类推,我们就是破坏它的人,这种延伸思考却很少有人细想。《河流奔涌》也不会细想,因为它一开始的意图,就是让我回到加利福尼亚,它要是能留住我就好了。**一切都变了,一切都变了**,有一段话是这样开头的,我在写这段话的时候,显然有如此强烈的感觉,**夏夜驱车顺流而下去拍卖所,路过枝叶繁茂的新鲜啤酒花,在空气干燥的朦胧暮色中,画眉鸟从灌木丛中飞起,红色的圣诞树球映着炉火闪闪发光,在你冒着雨驱车去拜访曾祖母的路上,秋日的礼拜天就这样匆匆而过,尽皆消失。**在《河流奔涌》中,"改变""尽皆消失"的部分,只会出现在战后的繁荣年代,在兴旺富足的日子里,无论结果是好(就像

---

[a] Francis Fergusson(1904—1986),美国评论家、戏剧理论家,毕业于哈佛大学,著有《剧院的理念》(The Idea of a Theater)等作品,研究领域包括戏剧结构与神话原型等。

983

我的来处

本·温加特、路易斯·博亚尔和马克·塔伯在规划莱克伍德时认为的那样）还是坏（就像我当时期待看到的那样）。

多年来，更遵照纲领计划的加州人认为，战后的这些改变是积极的，而且，恰恰就是这个地方的精髓：习惯提及的，是高速公路系统、航空航天工业、加州大学总体规划[a]、硅谷、帕特·布朗担任州长时获得资金作的大规模水资源重组、整个著名的一揽子计划，以及加州致力于创造和教育一个显然可以无限扩充的中产阶级的著名承诺。最近的纲领性态度，则是把这些变化看作消极虚假的承诺：高速公路推动了城市扩张，航空航天工业消失了，加州大学因预算削减而流失了教职员工和教室，非科技性的加州因为硅谷而住房紧张，加州的大部分地区仍然缺水。

在一本针对加州各院校新生作文课的学生阅读书中，编辑和撰稿人谈到了"加州梦面临的威胁"，谈到了把"加州梦放在心上"的必要性，谈到了"在全国正兴起一种流行的新神话，加州在这个神话中正被重新塑造成一场噩梦，而不是一种美梦"，还提到了O.J.辛普森——作为"从贫穷底层爬到名利巅峰创造自我的名人"的O.J.辛普森，开着白色野马车的O.J.辛普森——"才更好地反映出加州梦的真相。"不管是针对哪桩哪件，不管是这个地方的精髓，还是其反乌托邦意味的衰败，大家都认为，在战后让加州改观的种种变化，源于前所未有的人口涌入（这是普遍的看法），帕特·布朗在1962年的《展望》杂志上称其为"世界历史上最大规模的移民"，乔治·B.伦纳德[b]在同一期《展望》杂志上称其为"数百万用车轮投票支持加州的移民"。在第二次世界大战和战后紧随的年头，尤其是1940年到1950年，加州的人口实际增加了53%。在后续十年里，从1950年到1960年，加州的人口实际增长了49%。

然而，这样的增长绝不是史无前例的。而且，在一个州地位确定后的头十年里人口就增长了245%的州，这种事一点也不稀奇。在1860年到1870年的十年间，加州人口增长了47%，之后的十年则增长了54%。1900年至1910年间，又增

---

[a] 即加州高等教育总体规划（California Master Plan for Higher Education），由加州大学董事会和州教育委员会于1960年委托制定，在州长帕特·布朗任内完成，加州大学校长克拉克·克尔为主要设计者。该规划确立了加州大学、州立学院和社区学院在公立高教系统中的分工，旨在构建统一而分层的高等教育体系。

[b] George Burr Leonard（1923—2010），美国作家、编辑、教育家，广泛撰写有关教育和人类潜能的文章。他曾担任《展望》杂志的编辑，也曾是美国陆军航空兵团的一名飞行员。

加了60%。福克纳的小说《黄金国》中的艾拉·尤因，就是在那些年里乘夜车逃离了内布拉斯加州，又在二十五年后辗转难眠于贝弗利山的。1910年至1920年间，又来了44%的人。正是在那些年，《月亮谷》中的撒克逊·布朗和比利·罗伯茨注意到，"看起来，自由出生的美国人在自己的土地上无立足之地"——这两个孩子认识到，工业化、移民，以及任何他们说不出名字的东西，已经把他们的伊甸园夺走了。在随后的1920年至1930年的十年里，尚未站稳脚跟的移民这才发现大萧条的爆发已经让自己被进一步边缘化，这时，人口又涨了66%。所以，这种抹杀性的增长和增长率，从一开始就已经有计划地消除了才刚形成的习俗和社区的痕迹，正是这种消除，造成了加州的许多问题。

吉尔罗伊是圣克拉拉县的一个农场小镇，号称"世界大蒜之都"。在吉尔罗伊的主街道上，曾经有一家两三层楼高的米利亚斯酒店，大厅外的餐厅铺着黑白瓷砖的地板，里面有扇子和盆栽棕榈树，在我父亲眼里，这里的牛仔骨这么多汁，只要开车经过萨克拉门托去往蒙特利半岛这段路，不管怎么样都值得在这里停留片刻。我记得我和他坐在米利亚斯餐厅相对凉爽的地方（当时任何所谓"凉爽"的说法都是相对而言的，因为在圣克拉拉县，空调还没有广泛使用），吃着牛仔骨和老式波旁鸡尾酒里的樱桃，连厚亚麻餐巾里都弥漫着种植、采摘和加工大蒜才有的独特香味。

我不确定米利亚斯酒店是在什么时候消失的（可能是在圣克拉拉县开始被称为硅谷的时候），但它确实消失了，"农场小镇"也消失了，吉尔罗伊已经把自己改造成了圣何塞和科技业的通勤区。2001年夏天，一位名叫迈克尔·邦凡特的当地居民，花了9000万美元在吉尔罗伊开了一个主题公园，叫"邦凡特花园"，里面的景点设计跟农业有关：舞台表演里有唱歌的西红柿，游乐设施可以让人在一个巨大的大蒜球茎中旋转，或者在一个39英尺高的蘑菇上盘旋。邦凡特花园的创建者说，建造它的目的是"展示出这个县在二十世纪五六十年代时的样子"。《纽约时报》就邦凡特花园的话题采访了附近的一个业主。"要是这里成了迪士尼乐园，我是不接受的，"她说，"现在它非常漂亮。但谁知道呢？像我这样在这里待了这么久的人，心情很复杂。"

根据《泰晤士报》的报道，这位受访者是吉尔罗伊的居民，换句话说，是"已经在这里"住了十五年的人。要是你觉得"像我这样在这里待了这么久的人"这句话暗示的长期定居在时间上远不止十五年的话，那你可以想想：当我和我弟弟申请将萨克拉门托东部属于我们的一个牧场从农业分区改为住宅分区时，最积极反对这个变化的人之一——激烈地谴责说这是彻底改变区域自然的愚蠢行径的一个人——是六个月前才搬到加州的，这意味着，他之所以此刻住在一条实际存在的街上，就是因为有个牧场得到了开发。所以，在讨论加州是如何"改变"的时候，讨论的人喜欢局部地把更理想的加州定义为自己第一眼看到它时的样子，不管是过去什么时候：二十世纪六十年代的吉尔罗伊，十五年前的吉尔罗伊，或者我和父亲在米利亚斯酒店吃牛仔骨时的吉尔罗伊，这三幅几乎没有交集的画面，构成了一幅全息图，当我开车驶入，它就消失。

维克多·戴维斯·汉森是加州州立大学弗雷斯诺校区的古典学教授，偶尔为《纽约时报》和《华尔街日报》撰写评论文章，还有多部著作，包括《土地曾是一切：一位美国农民的来信》，这是一本热情洋溢的论战书，以 J. 赫克托尔·圣约翰·德·克雷弗克作于1782年的《一位美国农民的来信》为原型。实际上汉森一生的大部分时间里都将自己当作一个农民看待，不管他是不是干过活（他不会使用加州人更常会说的"种植者"这个词，因为"这个自以为是的词，是那些在加州通常自身并不从事任何种植的人用的"），他的兄弟和表兄弟耕种葡萄园和果树的地方，不到200英亩，跟他们的曾曾祖父在十九世纪七十年代占有的宅基地是同一处位于圣华金河谷的土地。他认为自己是自由占有土地的自耕农的后代，克雷弗克和他自己都认为是这些自耕农"创造了美国的共和精神"。他告诉我们，他的孩子已经是连续住在同一栋房子里的第六代人。我见过的唯一一张他的照片上，是一个四十多岁的男人穿着卡其裤和一件短袖圆领衫，他的容貌和姿势都有非常典型的中央山谷特征（这种样貌是晒过巨多太阳的，还带着一种警觉的蔑视），以至于这张照片似乎跟我父亲和堂兄弟们的快照没有什么区别。

《土地曾是一切》一书中有很多地方完全抓住了这处山谷的特点。充满杀虫剂、杀菌剂、有毒的雾的气味，就是这个地方的气味。（"他们在让'致癌物'这个词产生一种新的恐惧感。"在图莱里盆地经营着五万英亩土地的 J.G. 博斯韦尔公司法律顾问，在回应二十世纪八十年代中期某些有毒化学品使用限制时，说了这句著名的话，"化学药品是日常生活的绝对必需品"）书里给人一种走在果园沟渠里、让自己迷失在繁茂的果树树干中的感觉。书里给人一种沁人心脾的愉悦感，如同流入引水渠里的冰凉山水。书里的说话方式是单音节的，直接到粗鲁的地步，打电话和挂电话的方式都很唐突、没有礼貌，不介绍，不打招呼，不说再见，只把电话挂断。我从来没听过我父亲的父亲——那个对我来说一直叫作"狄迪恩先生"的祖父——在电话里表明自己的身份。母亲经常不打招呼就挂了电话，有时还会中途挂断。"我觉得我是不会离开加州圣华金河谷的，"汉森写道，"一个朋友告诉我，长大和离开、到别处找一份更好的工作，都是需要勇气的；他说，像负鼠一样待在原地，任凭世事变迁，就是懦弱。但至少，我作为圣华金谷的忠实拥护者是毋庸置疑的，所以，我对它的毁灭表示哀叹也是真的。"

汉森住在家族的农场里，但实际上已经不再经营农场了。他写道："当我们都上了大学，当我们抛弃了让我们变好的东西而去拥抱让我们变得舒服安全的东西时，我们就失去了根本，我们知道我们会失去，但还是选择了失去。物质回报和自由，比牺牲和品格更能激励人。"这段话中的"我们"所失去的，在汉森看来，也是美国自身所失去的，正是农业生活中朴素的艰辛，是构成了这个国家"跟打造了我们政治和精神历史的开国元勋们的最后一丝联系"的自耕农理念，是抵御"市场资本主义和民主权利、实现超越善恶的西方文化"的最后一道防线。

问题变得棘手。注意，作者含蓄地控诉了他自己和他的家族——因为他们背离了朴素的农业生活——如同控诉了我们其他人，控诉我们没能继续那种生活。还请注意，在他看来，圣华金谷的"毁灭"源于山谷东边的小型家庭农场（山谷西侧干旱贫瘠，属于企业种植者所有，威廉·亨利·布鲁尔在十九世纪六十年代将其形容为"绝对荒凉的平原"）开始先是变成工业园区和住宅区，然后又是郊区购物街和制毒工坊。"因此，它的黄金时代是短暂的，不过是1870年到1970年之间的那个美丽的世纪。当时，内华达山脉动手挖出来的沟渠提供的重力灌溉，把杂草丛生的沙漠变为一片有小乔木和葡萄农场的绿洲，也变为安静的卫星社区。"

换句话说，这个"黄金时代"始于汉森家族的到来，结束于他自己的青春期。"时代变了，"在《月亮谷》中，与他有同样担心的撒克逊·布朗对比利·罗伯茨如此抱怨道，"从我还是个小女孩的时候算起，改变就已经发生了。"再说，还有可能这就是一种海市蜃楼：圣华金河谷的"美丽世纪"，对于那些真正生活在其中的人来说，也许并不完全是金色的："这里，是一个伟大国家的角落，这里，是大陆的边缘，这里，是西部的山谷，远离著名的中心，与世隔绝，边远，天涯海角，了不起的铁腕扼杀了我们的生活，扼杀了我们的自由和我们对幸福的追求……从现在开始的五年后，要是你告诉他们圣华金联盟与铁路战斗过的故事，他们是不会相信的。"这是弗兰克·诺里斯在《章鱼》一书中用来描写1880年发生的屠杀事件的文字,屠杀发生在米瑟尔斯劳,即现在的卢塞恩,不管现在抑或过去,它距离塞尔马都只有15英里,是维克多·戴维斯·汉森一家六代人一直居住的农舍所在的地方。

"在属于我的小镇上,"汉森在《土地曾是一切》一书中告诉我们,"我们已经拆除了葡萄园,现已种植了以下作物:沃尔玛、汉堡王、Food-4-Less连锁店、巴斯金-罗宾斯、Cinema 6影院、丹尼甜甜圈、温蒂汉堡、Payless鞋业、豆汤安徒生饭店、假日酒店、麦当劳、卡乐星、塔可钟、四个加油站、三个购物中心、两个录像带租赁店和一个洗车场。"为了证明他的论点,汉森列出这张清单,用来证明发生的"改变",尤其指的是道德或精神上的贫瘠,他认为,这正是圣华金河谷自耕农伦理的丧失带来的后果。一些读者——仍然不相信圣华金河谷曾经有过一种自耕农道德观念的人——从这份名单中理解到的,可能是一种更看得见的贫瘠:在列的企业都是主要的全国性连锁企业或特许经营企业,而不是那种旨在为社区带来金钱或机会的经营活动。

根据加州公共政策研究所的一项研究,2000年圣华金河谷的贫困率实际上占总人口的22%,居加州最高,进行生活成本校正后,加州的总体贫困率在美国仅次于哥伦比亚特区。加州的总体贫困率是直到二十世纪八十年代末才开始超过全国其他地区的,而中央山谷的贫困并不是什么新鲜事。1980年,在美国最依赖公共援助的十大都会区中,有六个位于萨克拉门托和圣华金山谷,从雷丁、尤巴县的马里斯维尔、斯托克顿向南,一直延伸到莫德斯托、弗雷斯诺和维萨利亚。许多人认为加州不断上升的贫困率是移民造成的,从某种程度上说,在短期内,确实曾是:外国出生的人,尤其是来自东南亚和拉丁美洲人,确实是加州贫困率最高的人群。

然而,在中央山谷,移民并不能说明问题的全部。1998年,图莱里县开始向福利救助对象支付搬迁到其他州的费用,平均每人提供2300美元,用于租一辆友好[a]货车、购买汽油、在途中住汽车旅馆,以及在到达后支付第一个月和最后一个月的房租[b]。这项政策——还包括电子邮件发

---

[a] U-Haul,一家提供卡车、拖车及搬家设备租赁服务的美国公司,广泛用于个人搬家运输。
[b] 租房合同中的常见条款,指租客在签约入住时需一次性支付首月与最后一个月的房租。最后一个月的房租相当于预付,租客退租当月无须再次缴纳。

送求职申请和在互联网上寻找公寓租赁信息——目前已被圣华金的另外四个县（金斯县、马德拉县、弗雷斯诺县和克恩县）采用。2001年6月和2002年6月，《纽约时报》和《华盛顿邮报》的记者先后对这些搬迁户进行了抽样采访。大卫·兰利和他的妻儿从维塞利亚搬到了科罗拉多州，杰基和迈克尔·福斯特"带着他们一岁的红头发小儿子"也搬了过来。还有洛丽·格德特，她带着两个女儿从离维萨利亚十多英里外的艾文霍搬到了小石城。以及格洛丽亚·迪克森和内森·迪克森，他们带着两个孩子艾米丽和德雷克从维萨利亚搬到了佛罗里达州的奥卡拉。再比如理查德和泽娜·怀特，他们从弗雷斯诺搬到了路易斯安那州的斯莱德尔，据《华盛顿邮报》报道，两人现在都在那里全职工作。"泽娜是雪佛龙加油站的助理经理，理查德是麦当劳的值班经理。"这些报道给读者首先造成的冲击，是从接受采访的前加州人的名字判断，并不都能看得出他们是来自东南亚或拉丁美洲的新移民。接着让读者受到冲击的是，即使在雪佛龙站当助理经理、在麦当劳当值班经理这些边缘工作[a]，好像也已经在圣华金河谷找不到了，

这里推倒了葡萄园，用来建造沃尔玛、汉堡王和塔可钟，1901年的弗兰克·诺里斯看到，**这里，是一个伟大国家的角落，这里，是大陆的边缘，这里，是西部的山谷，远离著名的中心，与世隔绝，边远，天涯海角。**

3

在我一生大部分时间里，加州对我来说都意味着富有：这就是它的意义，这就是承诺，这是让我可以将过往留在斯威特沃特然后向前看的奖励，这就是这个地方的质感。这绝不是说我相信全部或大部分加利福尼亚人都很富有，只是说，对我而言，在加州如果没有钱，不会像在其他地方那样不可改变。没有被规定成无期徒刑。如果你是加州人，你就肯定知道怎么大声地把牲口吼进畜栏里，你就肯定知道怎么在木筏上搭帐篷、在河上生活，你就肯定能精神抖擞、能杀死响尾蛇、能勇往直前。在加州，有很多"身无分文的人"，亨利·乔治在1868年就用《铁路将带给我们什么》里的一段话指出了这点，我祖父把这段话读给我听（回想起来，他是有选

---

[a] Marginal Job，指报酬低、福利少、缺乏稳定性的边缘性工作，通常不提供健康保险、退休金或职业晋升机会，广泛存在于服务业、零售、快餐、清洁等低技能行业。这类职位通常位于就业市场的底层，劳动者流动性高，工作保障极低。

择地读的）:"但是，再也找不到哪个地方可以像这里一样能'闯进去'，在这里，几乎所有人，甚至包括最成功者，处境都一样，赤贫在这里没有它在那种更陈旧、更稳定的社会里被强加的耻辱和无望。"

深入成年生活后的我，本应该继续按照我童年时听到的那个 1868 年版本去想象加州，这在某种程度上隐含的问题，却是千真万确的。**这不是咱们会用的词，我妈妈这样看待阶级，这不是咱们的思维方式**。只有在二十世纪八十年代，某些事实——其中两个并非毫无关系——才成功击破了一个显然是相当根深蒂固的想法：不去审视我深以为然的东西。第一个引起我注意的事实，几乎是对我的人身侮辱，那就是，加州不再让我觉得它富有到足以为其教育系统提供充分的资金支持。第二个事实，或者说推论，就是加州似乎存在着许多城镇——包括我知道的城镇，我当作属于自己的内在景观的城镇，我以为我早已了如指掌的城镇，位于萨克拉门托和圣华金谷的城镇——它们无论精神上还是物质上都是如此贫困，以至于那里的城镇居民能想到的扭转命运的唯一方法，就是给自己建一座州立监狱。因为新监狱的建设和人员配备，加州不再自以为富有到足以能充分资助其教育系统，于是，第二项事实才成为一种比第一项事实更深刻的冒犯，它证明，一个"新"加州最终注定出卖了旧加州。

于是我想起来，于是我意识到。

我们在这里什么"新"的都看不到。

我们会看到跟南太平洋铁路公司达成交易的故事重演。

我们会看到跟联邦政府共谋的故事重演。

我们会看到有人冲动地将加州式的错误重蹈覆辙：把我们安家落户之地的未来卖给出价最高的人，这次，是加州狱警协会。

加州狱警协会是狱警的工会，它拥有两万九千名成员，多年来一直是萨克拉门托最有效的游说组织。比如，在 1998 年的选举周期中，工会给格雷·戴维斯的州长竞选活动输送了两百多万美元，另外还向其他候选人和提案输送了 300 万美元。2000 年，唐·诺维在接受《洛杉矶时报》采访时表示："我想要的只不过是让我们有个机会在棒球场上跟所有那些大人物们打次球。"唐·诺维之前是福尔瑟姆州立监狱的狱警，他在 1980 年成为加州狱警协会的主席。"他们把我们叫作八百磅重的大猩猩。但我们只是跟每个人一样把自己管好而已。"唐·诺维把那些讨论建新监狱是不是有必要的人，叫作"其他一群人"。他给一位州参议员的竞争对手提供了 7.5 万美元，因为这位参议员曾对发行监狱债券提出过反对意见。"如果唐·诺维是承包商工会的主管,"一位共和党策略专家告诉《纽约时报》,"那这个州在每个水坑上都会修一座桥的。"在加州,监狱看守是受害者权利运动[a]背后的政治力量。在加州,监狱看守是1994年"三振出局"立法和倡议背后的政治力量,该法案规定,任何第三次重罪如果被判定罪,都将被判处二十五年至终身监禁,即使只是在窗台上种植大麻或在商店偷一瓶瑞波酒这样的次要罪行。狱警已经是加州惩戒系统背后的政治力量,到2000年,加州惩戒系统共有33所监狱和16.2万名囚犯,是西半球最大的惩戒系统。

在加州,监禁并非总是一项增长型行业。1852年,加州只有圣昆廷监狱,到了1880年,又有了福尔瑟姆监狱。在随后的104年里,加州人口从86.5万人增加到2579.5万人,而配套的监狱却只增加了十所,其中多数还是低等或中等安保级别的。直到1984年,也就是唐·诺维接管工会的四年后,新的最高安保级别和超高安保级别的监狱才开始陆续出现,包括1984年的索拉诺,1986年的"新福尔瑟姆"(离"老福尔瑟姆"约四分之一英里),1987年的阿维纳尔、艾奥尼、斯托克顿、圣地亚哥,1988年的科克伦和布莱斯,1989年的佩利肯湾,1990年的乔奇拉,1991年的沃斯科,1992年的卡利帕特里亚,1993年的兰开斯特、因佩里亚尔、森蒂内拉和德拉诺,1994年的科林加,以及布莱斯的第二所监狱,1995年苏珊维尔和乔奇拉的第二所监狱,1996年的索莱达,1997年科克伦的第二所监狱。

德拉诺,圣华金的一个小镇,位于图莱里和贝克斯菲尔德之间,在加州以外的地方因西泽·查韦斯的全国农场工人协会而声名远播,如今正渴望成立第二所监狱,"新德拉诺",就建在已启用十年的"老德拉诺",即北克恩州立监狱的马路对面。门多塔,位于弗雷斯诺以西、乔奇利亚以南,也在翘首等待一座监狱的建成,这座监狱的原本规划为私人建造和运营,施工方为美国惩教公司(Corrections Corporation of America),总部位于纳什维尔,该项目的建设启动后,又因陷入

---

a The Victims' Rights Movement,美国刑事司法改革的重要组成部分,推动联邦及各州立法,加强对犯罪受害者的保护,并主张提高对加害者的刑事制裁力度。该运动始于1966年成立的"美国高效执法组织"(Americans for Effective Law Enforcement),部分是对1961年至1966年间"沃伦法院"一系列判决的回应。这些判决强化了被告人的正当程序权利,包括确立证据排除规则、禁止无搜查令获取的证据、要求警方在讯问时告知权利,以及为贫困被告提供公派律师等,受害者权利运动由此兴起,强调司法体系对受害者诉求的长期漠视,并推动制度重心的再平衡。

与州政府的谈判僵局而被搁置：这个公司正在努力跟州政府签订狱囚合同，好把它已在莫哈韦沙漠建造的一座价值1亿美元的最高安保级别监狱填满。"它们想建就建吧，"唐·诺维就此发表如此看法，"但经营也让他们自己来？做梦去吧。"

奇怪的是，这些监狱仍然是市民渴望的对象，因为它们并没有真的让拥有它们的城镇富足起来。新监狱会创造就业机会，但这些工作很少雇当地人做。惩教署承认，所有新监狱都会引进一半的"惩教工作者"，但余下的一半仍会"努力"从本地寻找。反对"新德拉诺"的人指出，在这些新监狱里，只有7%到9%的工作是从当地特地雇来的，而且受雇的当地人从事的也是低薪的服务工作。在"新德拉诺"计划招收的1600个工作岗位中，只有72个会是本地雇员。此外，还有经济和社会成本：要是囚犯的家人搬到了监狱城镇，他们就会让当地的学校和社会服务机构等有限资源变得紧张，不但如此，还会把情绪紧张的儿童带到社区和学校系统。"这些学生的风险都很高，"苏珊维尔所在的拉森县的一名学校官员这样告诉《洛杉矶时报》，"他们来自单亲家庭。他们是钥匙孩子[a]，靠未成年儿童家庭补助生活。很明显，他们来自完全不同的地区。这会引发社会冲突。这个孩子融不进来。"

1993年，加州惩戒局在卡利帕特里亚启动了第一个"死亡围栏"。1994年，第二个"死亡栅栏"在兰开斯特启动，它携带650毫安的电荷，几乎十倍于瞬间致死所需的电压。兰开斯特监狱的监狱长说："围栏的作用是消除人为失误的影响。"他解释说，从长远来看，价值数百万美元的围栏是省钱的，因为监狱炮塔上就不需要武装人员站岗了。"围栏不会睡觉。围栏不上厕所。这些它都不需要。它可以一直工作。"也是在1994年，加州四年级学生的阅读能力标准化测试在全国排名垫底，仅次于密西西比州，仅与路易斯安那州并列。1995年，加州花在监狱上的钱，第一次超过了花在两个大学系统上的钱，这两个大学系统包括加州大学的10个校区和加州州立大学的24个校区。

在我一生大多数时候，我都会觉得监狱系统的扩大和公共教育投入的减少证明了加州发生了"改变"。直到最近，我才开始反过来理解，觉得它们证明的是加州"没有改变"，而且觉得"改变"本身就是加州文化根深蒂固的自我误解之一。

---

[a] 通常指父母均需工作、在放学后无人照看的学龄儿童，需要在无人看管的情况下独自待在家里或其他地方。此处指因家庭条件限制而被迫独自应对日常生活的儿童。

4

我们会看到，早期加州的美国社区完全代表了普遍的国家文化和性格。然而，在我们的土地上，没有任何其他地方能像最初黄金岁月里的加州那样迅速地人满为患。没有任何地方比这里更能让我们美国人在生活和行为上感觉自己是站在一块新土地上的征服者。而且，在其他任何地方，我们从来没有像这样长期备受环境的摆布，听凭捉摸不定的偶然性摆布，甚至连我们最正当合理的事业，也带有危险的投机性质。在其他任何地方，我们都不会如此草率地为一大群陌生人临时拼凑出一个政府；在其他任何地方，财富都没有这么大程度地几乎取代了天生就要维护的公民义务。于是，我们美国人在早期的加州表现出的，是新的不足和新的长处。我们表现出了一种前所未有的粗心和草率、过分相信运气、对我们的社会责任视而不见、对外国人的权利漠不关心，这是我们不能引以为豪的。但我们也展示了我们最好的民族特质——这些特质远远弥补了我们的错误。我们在加州的拓荒者社区，作为一个整体，一直都乐观开朗、精力充沛、无所畏惧、聪明好学。没过多少年，它就反省了自己的严重错误，以迷人的幽默感经受了最严厉的惩罚，而且准备开始以全新的姿态投入这项工作之中——在太平洋沿岸建立一个井井有条、千秋万代、蒸蒸日上的联邦州——其真正的重要性已经一目了然。从那时起，这项工作就没有停止过。

——乔塞亚·罗伊斯，
《加州：美国性格研究》，1886年

在萨克拉门托以东、基尔戈路附近，是现在的兰乔科尔多瓦，一个人口接近5万的小镇，它之所以存在，只是因为通用喷气飞机公司在"二战"后开始在这里制造火箭。这里有一个占地3英亩的家族墓地，马修·基尔戈公墓，它的大门早已不见，超过200座坟墓杂草丛生，许多石碑都倒伏在地，其中一些还可以追溯到十九世纪七十年代。我的高外祖父母，马修·基尔戈和他的妻子马萨·麦圭尔·基尔戈就葬在这里，马萨·基尔戈于1876年下葬，马修·基尔戈于1882年入土。我在上高中和大学的时候，包括后来，有时会开车去那里，把车停好，坐在挡泥板上看书，但有一天，在我关掉点火装置时，我注意到一条响尾蛇从一块碎石后悄悄溜到了干草地上，从那以后，我就再也没有下过车。

二十世纪八十年代，基尔戈公墓的状况成了当地人关注的一个问题（文物毁坏者挖出了一具尸体，还把头偷走了），这时，兰乔科尔多瓦商会主席呼吁"科尔多瓦人"(即兰乔·科尔多瓦的居民，换句话说就是"新人")加入志愿者队伍，清理闯入者留下的啤酒瓶和碎片。"有很多居民希望看到这个历史遗迹得到应有的保护。"我母亲在洛杉矶剪下报纸报道发给我，报道里面援引了他的话。

当我和母亲再次交谈时，我问家里人——我父亲的七十个堂兄弟，他们每年都会参加在东萨克拉门托麦金利公园举行的基尔戈家庭聚会——有没有加入清理基尔戈公墓的队伍。

我母亲说，基尔戈公墓并不属于家里。

我突然想到，基尔戈公墓也不属于兰乔·科尔多瓦商会主席，但我决定不说出口。我问她，到底为什么基尔戈公墓不属于家里。

"我猜有人把它卖了。"我母亲说。

我想到过这个。

我还想起了看到响尾蛇从碎石溜进草丛的情景。

我看到了那条响尾蛇，但我没有下车杀死它，于是我清醒地意识到，我这么做违反了祖父告诉我的"西部准则"。

如果说"不杀响尾蛇"违反了"西部准则"，那么"卖墓地"又如何呢？符合准则吗？基尔戈公墓在《河流奔涌》里出现再正常不过。莉莉的父亲沃尔特·奈特在沿河道路的一个弯道跑过头，于是淹死在车里了，他被埋在一个据说是小型家族墓地的地方，这里最后一次葬礼是在1892年举行的。葬礼是从莉莉的角度道出的："凌乱的墓地有一种慰藉。枯草遮住了碑文，石雕上的天使还守护着生锈的铁丝大门，而侧翼早在几年前就已经坏掉了；在这个地方，根本不存在那种精心照料的地块中隐含的对死亡的尊重。"

难道我想让基尔戈公墓变成废墟，就是为了说明这个吗？可敬的西部大篷车拒绝被死亡笼罩？《河流奔涌》继续幻想着小型家族墓地："很久以前，有一次，沃尔特·奈特带着莉莉来看这个墓地。他让她用手指画出石头上的字母、名字和日期，直到她找出了那块又小又粗糙的石头，上面刻的字表明它是最古老的坟墓。"这个"最古老的坟墓"属于一个不到两岁的孩子，是在加州第一个去世的家族成员。"只有死者入土才算拥有土地。"沃尔特·奈特在这里对莉莉说道。"有时候我觉得这整个山谷都属于我。"莉莉说。她父亲立刻回答道："确实如此，你听到了吗？我们做到了。"

如果我在写《河流奔涌》的时候就知道基尔戈公墓已经或即将被出售，我就会想出这样的合理解释吗？我们的死者在里面，所以是我们是业主？是我们的，所以我们就能卖掉它吗？或者，我会设法将"出售墓地"纳入我的索赔清单，用来要求"新人"、反对"改变"吗？我到底什么时候该问：是新人卖掉了墓地吗？难道是新人把高过马鞍的草都割光埋葬了吗？乔塞亚·罗伊斯会怎么理解"卖掉墓地"？怎么看待"前所未有的粗心"？怎么看待"前所未有的忽视社会责任"？或者"在太平洋沿岸建立一个井井有条、千秋万代、蒸蒸日上的联邦州"？这都是一回事吗？

根据理查德·W. 福克斯1978年的研究《到目前为止的精神错乱：加州的精神失常（1870—1930）》，从十九世纪七十年代到二十世纪二十年代，加州的精神错乱率比全国其他任何州都要高，福克斯认为，这种不成比例的现象，最合理的解释是"加州官员不仅热情地寻找、拘留和治疗那些被认为'患有精神疾病'的人，而且还包括各种各样其他的变态——比如州立医院的医生所谓的'低能、痴呆、傻瓜、酒鬼、笨蛋、愚人'，以及'老年人、流浪汉、无能为力的人'"。加州不仅精神病患者的比例明显高于其他州，而且这些收容患者的机构也与东部地区有着根本的不同，在东部地区，处理精神错乱的方法从一开始就医疗化了，诉诸治疗机制，尽管这种机制更出了名的是破坏治疗。而在加州，处理精神错乱的方法，则始于拘留，终于拘留。

收容的标准是如此宽泛，而让国家来照顾病人的倾向是如此普遍——其他文化可能会将其视为家庭的负担——以至于许多管理这一体系的医生都感到了不安。根据《到目前为止的精神错乱》，早在1862年，斯托克顿州立精神病院的住院医师就抱怨说，他收治的病人"如果是心理疾病，那就肯定是老年虚弱或酗酒导致的，或者最常见的是两条都有。"1870年，按照联邦人口普查的划分，每489名加州人中就有一人被列为精神病患者。到1880年，这一比例上升到1/345。1903年之后，这一比率达到了1/260，收容所的容量也超过了极限，对囚犯进行绝育的想法开始流行起来，因为这样一来，就可以释放一定数量的囚犯，而不会造成繁殖的危险。早在1907年，囚犯绝育或"无性化"就已经在其他一些州合法化，1909年在加州合法化。到1917年，国家行使绝育权的范围已经扩大了两次，第一次是针对病人不同意绝育的情况，第二次是针对病人甚至不一定会患有遗传性或不治之症而只是被诊断为"变态或明显偏离正常心态"的情况。到1920年底，当时全美已经有3233例因精神错乱或弱智而实施的绝育手术，其中2558例（占79%）发生在加州。

这种收容模式的引人注目之处，在于它在很大程度上背离了加州的自我意识：宽松，不像全国其他地方那样社会僵化，更能适应，更能容忍差异。福克斯分析了1906年至1929年旧金山的收容记录，发现59%的住院患者之所以被收容，不是因为他们有暴力倾向，不是因为他们对他人或对自己构成威胁，而仅仅是因为他们被举报为表现出了"奇怪或奇特的行为"，有时是警察上报，但通常是邻居或亲戚举报。比如，在1914年，旧金山的法医批准一名妇女要将她三十七岁的未婚妹妹送进监狱的想法，理由是，尽管妹妹在收监期间表现得"安静而友好"，但她已经开始"举止愚蠢，对女人感兴趣的一切都失去了兴趣，再也不能像以前那样正确地钩针编织，目前对任何事情都不感兴趣"。1915年，一名四十岁的职员被判入狱，因为"三个星期以来，他一直在骚扰市政注册管理机构，每天打电话，坚持说他是一名警察"。1922年，一名二十三岁的离异女子因邻居举报她"懒惰、邋遢、不注重个人形象、离家好几天、忽视自我、与男人交往"而被收容。同年，一名四十八岁的钢琴家被收容，理由是"她持续多年没有责任感；一直让许多机构如基督教女青年会、教会等头疼为难"。

显然这么多人迫切需要被无限期收监，虽然很多人的问题非常轻微，但在当时，跟这些人住在同一城市的人，似乎并没有因此强烈意识到要对社会进行控制。对这些住在同一城市的人来说，他们随时准备摆脱讨厌的亲戚和邻居，这一点，也似乎没被看作是可能的社会功能障碍。人们愿意相信，疯狂在很早以前就已经跟这个地方如影随形，类似于地震。1853年，位于斯托克顿的加州第一家州立疯人院成立，专门治疗那些被认为是让金矿逼疯的人。根据1873年国家卫生委员会的一份报告，这种地方性的疯狂与加利福尼亚定居点的"投机和赌博精神"有关。它与"异质性因素"有关，与"气候、习惯和生活方式的改变"有关，与"孤立、缺乏同情、被剥夺了所有家庭影响"有关。于是，根据加州自己的健康委员会的说法，加州本身就已经"通过精心设计而打破了理性链环，甚至让最平衡的精神属性也变得混乱无序。"

我桌上有一份1895年的《加州蓝皮书》，也就是《加州名册》，是我母亲搬家时从一个捐赠箱里抢救出来的家庭碎片。当我捡到花名册的时候，我以为那是我祖父的，但现在我发现，藏书票上写着"查斯·F. 约翰逊的财物，加州贝克斯菲尔德230号"，换句话说，这是别人家遗留下来的。这本书配有蚀刻版画和照片，数量惊人，描绘了1895年加州的五所精神病院，巨大的维多利亚式建筑似乎在加州偏僻乡村的沙漠和田野中拔地而起，看起来惩罚多过治疗。插图中有一些以整齐列表形式说明的事实：在纳帕州立精神病院，有35名"服务员"，每人的年薪是540美元。所有人都有姓名标识。在"服务员"

列表下面是同样具名的60名"助理服务员",其中13人每年领取480美元,其余每年领取420美元。在圣克拉拉县阿格纽斯的州立精神病院工作的人员中,"厨师""助理厨师""面包师"和"助理面包师"的人数似乎比医生还多(名单上唯一的医生是"医疗主任",年薪3500美元,还有两名"助理医生",年薪分别是2500美元和2100美元),此外,工作人员名册上还有一名"音乐家和助理服务员"——这处标注暗示忧伤也是消遣,让人不寒而栗——雇用成本比其他大概不懂音乐的助理服务员多60美元。

这些地方存在于我的童年和青春期,一直延续到我的成年生活,带来的恐惧甚至比在河里淹死还要强烈(淹死意味着你没看清河水,淹死是可以理解的,淹死是你可以讨论的),这是一种害怕被送走——不,更糟糕的是——"禁闭"的恐惧。在萨克拉门托附近,有一个精神病院,我和女童子军的伙伴们会定期被带到那里,用我们的歌唱向囚犯们表演切切实实的快乐,袖子上别着荣誉徽章的九岁孩子们,被强迫充当音乐家和助理服务员的角色。**细长的茎上挂着白铃兰的铃铛**[a],我们在阳光房里歌唱,尽量不去对视,**山谷百合遍布你在花园的脚步**。九岁那年,我不可能知道外祖母的妹妹——她在丈夫去世后陷入抑郁,来到这里与我们同住——也会死在纳帕的精神病院,但我们呼吸到的空气,充满了这种命运会随机降临的可能。

哦,难道你不想听到它们叮当作响吗? 我们唱着歌,一个接一个地步履蹒跚,只有最坚强或最健忘的人,才能在那些被禁闭的人、现已无法挽回的人、被抛弃的人面前继续前进,**只有天使歌唱时才会发生**。如果不是我们就是他们的话,在那间阳光房里,我们当中有谁能免于倒退到罗伊斯所谓的"前所未有的粗心""对社会责任的前所未有的盲目"呢?在那间阳光房里,我们当中有谁能做到不把孤儿吉尔摩小姐和她弟弟遗弃在小桑迪河上呢?在那间阳光房里,我们当中有谁不是多少怀着一样可耻但根深蒂固的信念——脆弱或令人讨厌就该活该被抛弃——呢?在那间阳光房里,我们当中有谁会在看到那条响尾蛇的时候放弃杀死它的机会呢?在那间阳光房里,我们当中有谁不会愿意卖掉墓地呢?这样的抛弃,难道不正是迁徙故事的核心和灵魂吗?抛开重担?勇往直前?把死人埋在小路上然后用马车碾过去?永远不留恋过去,永远不要回头?**记住**,弗吉尼亚·里德曾警告过听话的加州孩子们——我们这些人几乎从婴儿时期就

---

a 美国儿歌《白铃兰花》("White Coral Bells")的歌词,下同。

我的来处

在她经历过的恐怖中接受训练——**永远不要抄近路，尽快赶路，越快越好**。有一次，在开车去塔霍湖的路上，我发现自己不得不对弟弟的孩子们传授唐纳大队留下的可怕教训，以防他会忘记。**别想了**，另一个听话的加州孩子帕特里夏·赫斯特回忆说，她在被人绑架锁在壁橱里的时候，是这样对自己说的，**别仔细体会你的感受**。永远不要仔细体会你的感受——没什么用。

PART IV

第四部分

第四部分

1

对小时候的我来说，加州就是我所知道的全部世界，在我的想象中，其他州和国家也差不多"像这样"。直到我离开加州，然后回到父辈的足迹——沉闷的平原，炎热、干燥的沙漠，冰山之夜，从黎明的山麓突然变成整天沐浴在阳光中的山谷，最后还有穿过金门的日落——我才感受到了美丽的加州所具有的温暖和多彩的力量。我乘火车来到这里，既舒适又迅速。我的父亲，在整个漫长而艰难的旅途中，总是以牛一样的步伐，兢兢业业、艰苦奋斗，或者担惊受怕，每当他回忆起他们如何翻过山顶、兴高采烈地涉水而下、进入令人惊叹的金色阳光海洋时——他总是会停下来，像当时那样再注视一遍，然后说："我觉得这就是我们即将生活的地方。"

——《林肯·斯蒂芬斯自传》

我母亲于2001年5月15日在蒙特雷去世，距离九十一岁生日只差两周。前一天下午，我从纽约和她通了电话，她中途就挂了，这是她特有的告别方式——特地让打电话的人省下她还称之为"长途"的话费——直到早上我弟弟打过来的时候，我才意识到，在这最后一次通话中，她只是太虚弱了才说不下去。

也许并不是因为太虚弱。

也许是因为太清楚这次告别的意义了。

在飞往蒙特雷的途中，我突然觉察到，

我的来处

自己以前曾那么多次像林肯·斯蒂芬斯那样"回来"，向西飞行，追随太阳，每次俯视土地陡然开阔的时候，都体验到一种精神上的震撼，发现星罗棋布的中西部平原变为了落基山脉和内华达山脉之间广阔的空旷地带；这就是**家乡，你瞧，我的来处，我**，加州。过了一会儿，我才意识到，"这就是我"是我们在父母去世后才会想到的，即使我已经到了这般年纪，**现在谁会照顾我，谁会记得我过去的样子，谁会知道我正在经历什么，我从哪里来。**

在我母亲去世后，我发现自己对加州生活中的问题和矛盾思考了很多，其中许多都是通过她体现出来的。比如，她鄙视联邦政府及其"赠品"，但她认为这种观点跟她依靠我父亲的预备役军人身份免费使用空军医生和药房，或者在她碰巧遇到的任何军事基地才有的小卖部和交易所购物，都没有矛盾。她认为真正的加州精神是一种不受约束的个人主义，但她把个人权利观念发展到了极限，让人忍受不了甚至备受其害。她显然是追求让自己看起来"严厉"，她似乎觉得这个词就是当时还没有的"养育子女"这个词的同义词。她自己还是个孩子时，住在上萨克拉门托河谷，就曾目睹过有人被吊死在法院门前。当约翰·肯尼迪被暗杀时，她坚持认为李·哈维·奥斯瓦尔德"完全有权利"暗杀他，杰克·鲁比反过来也"完全有权利"杀死李·哈维·奥斯瓦尔德，在这场事件中，任何破坏自然秩序的行为都是达拉斯警方的责任，他们没有行使自己的权利，即"当场射杀鲁比"。当我介绍她跟我未来的丈夫认识时，她会马上跟他说，他会发现，她的政治信仰过于偏右，然后会因此判断她是"典型的穿网球鞋的小老太太"。那年圣诞节，他把自己的约翰·伯奇私藏全部都送给了她，包括几十盒的号召行动宣传册。她很高兴，开心地把这些小册子展示给那段时间来家里的所有人，但据我所知，她一个都没打开过。

她在许多问题上激情满满地固执己见，而这些问题如果假以调查的话，其实并没有反映出她所相信的东西。她相信自己是圣公会教徒，跟她母亲生前一样。她的婚礼是在萨克拉门托的圣公会三一堂举行的。她让我在那里受洗。她把母亲埋在那里。我和我弟弟把她自己的葬礼就安排在蒙特雷的圣约翰圣公会教堂，实际上，她只去过这个教堂两到三次，但这里因为是一个"加州"教堂（由查尔斯·克罗克和C.P.亨廷顿建于十九世纪八十年代，原为南太平洋的德尔蒙特酒店）而成了一个更好的选择，而且还因为这里使用的连祷文沿用自1928年的版本，不是修订后的《公祷书》。然而，她在十二岁时就断然拒绝了圣公会教徒的身份：虽然她接受了教规，还被介绍给主教，但是，当要求她机械式地重述一个相当关键的教义观点时，她却像在辩论一样大声宣布，她觉得自己"无法相信"基督是上帝的儿子。轮到我自己施坚信礼时，她的立场变得更加坚定。"我可能只会去一神论派教会的教堂。"当祖母问她为什么从不和我们一起去教堂时，她这么说。

"艾杜内，"我的外祖母一边说，一边潸然泪下，"你怎么能这么说呢？"

"我**必须**说出来，要是我想表里如一的话，"我母亲说，声音既甜美又理智，"因为我不相信基督是上帝的儿子。"

外祖母高兴起来，看到了解决问题的余地。"那就好了，"她说，"因为不需要相信**那一套**。"

直到最近几年，我才意识到，我母亲的这些郑重其事的观点中，有许多都是心理防御，是她自己对曾外祖母"人生中固定不变的原则、目标和动机"的理解，是在抑制令人深深恐惧的无意义。我一直都隐约看到这种恐惧，而我却视而不见，这是我自己的心理防御机制。比如，她觉得整理床铺没有意义，因为"床铺被褥马上又会被睡上去"。她也不觉得掸灰尘有什么意义，因为灰尘马上又会落下。"这有什么用。"她经常这样说，用这种方法来结束跟一个熟人讨论对方是否应该离开她丈夫，或者跟一个表亲讨论是否应该辍

学去做美甲师。当我追问她卖掉墓地的问题时，她说："这有什么用？"这五个字让我毛骨悚然。在她母亲去世后的耶稣受难日，她碰巧和一位来自萨克拉门托的朋友开车周游全国。在他们停下来吃饭的地方，菜单上没有鱼，只有肉。"我吃了一口，一想到母亲就想吐。"几天后，妈妈来到我在纽约的公寓时这么说。她说，她母亲永远不会在耶稣受难日吃肉。她母亲不喜欢烧鱼，但会抓一只螃蟹撬开了吃。我正要说，一般在中西部公路旅行中，是很难吃到珍宝蟹的，但我还没来得及说出口，就看到她在哭。"这有什么用。"最后她说。

我以前只见母亲哭过一次。第一次是在第二次世界大战期间，在我父亲驻扎的市中心街道上，在某个城镇，要么是塔科马，或者是达勒姆，再或者科罗拉多斯普林斯。我和弟弟被留在车里，母亲去了处理家属事务的军人住房办公室。办公室里挤满了人，妇女和儿童被挤得靠在平板玻璃窗上，人多到溢出来。当我们的母亲回到人行道上时，她哭了起来：似乎山穷水尽了，无路可走的时候，简直度日如年啊。

多么茫然，多么凄凉。萨拉·罗伊斯写道。

已经没有了房子和家。

她上了车就不哭了，脸上一副什么也无法改变的开朗表情。"这是一次冒险，"

她说,"这是战争,这是历史,你们这些孩子会感恩自己亲历这一切。"最后我们终于在沿途一个小镇找了一家酒店,住进了一个房间,里面有一个公用浴缸,她每天给我们洗澡之前,都会往浴缸里倒一瓶松木消毒剂。在达勒姆的时候,我们住在一个原教旨主义传教士和他家人所拥有的房子里,我们在其中有一个房间,还可以优先使用厨房,他们一家晚饭后会坐在门廊上吃桃子冰激凌,每人都有一盒,一盒一夸脱。牧师的女儿有一整套《乱世佳人》的纸偶,我是不能碰的。在达勒姆,邻居的孩子们会爬到屋后的门廊下面吃土,用切好的生土豆片把土舀起来,然后舔掉,努力获得一些他们日常饮食中缺乏的元素。

异食癖。

那时我就知道这个词了,是我母亲告诉我的。"穷孩子就会这样,"她说,脸上还是那副什么也无法改变的开朗表情,"在南方。要是在萨克拉门托,你永远都不会知道这个。"

那是在达勒姆的时候,我母亲看到我弟弟透过他的婴儿护栏伸手去够什么东西的时候僵住了,动弹不得,因为他伸手去够的是一条蝮蛇。蝮蛇继续往前移动,这可能是"天意介入"的又一个证明,正是这种"天意介入"让我母亲的曾祖父在佐治亚州免受疯狗之害。

当我写下这些的时候,我突然想到:我母亲并没有杀死那条蝮蛇。

只有曾经在科罗拉多斯普林斯的时候,我们才算真正住进了自己的房子——不太像房子,一间四室的灰泥平房,家具是租来的,但确实是个房子了。一年级的时候,我旷了一些课,因为我们要搬家,二年级的时候我也旷了一些课,因为我们要搬家,不过在科罗拉多斯普林斯的时候,我们有房子了,所以我可以正常上学了。我去上学。他们已经在做乘法了,我跳过了学习减法。在我父亲驻扎的基地外面,飞行员不断穿过科罗拉多稀薄的高空盘旋降落。我之所以知道,是因为我听到了撞车的声音。一个同学告诉我,她妈妈不许她玩军用垃圾。我的外祖母乘火车来看我,像往常一样带来了物质上的安慰:蓝色的厚毛巾和赫莲娜·鲁宾斯坦的苹果花形肥皂。我有我们俩在布罗德莫尔酒店前拍的照片,我外祖母戴着一顶约翰·弗雷德里克斯牌的帽子,我穿着布朗尼制服[a]。她走后,我给她写信说:"你在家真是太倒霉了,因为这里可真好,真温暖。"这封信

---

a Brownie uniform,指美国女童子军中七至九岁年龄段儿童所穿的制服,通常包括白衬衫、棕色背心、裤子或裙子,以及缀有徽章的饰带。

是跟我母亲那时拍的照片一起找到的,信上面装饰着金星、银星和镂空的圣诞树,表明我一直在努力保持乐观。"但是妈妈在基地里听到一个女孩说,'还记得去年新年吗?当时是零下18度,我们这的天气就是这样。'我们有一棵蓝云杉做的圣诞树。吉米和我23日要去基地参加一个派对。他们给基地起了个新名字。彼得森球场。"

我记得母亲让我把苹果花肥皂送给一位即将离开的上校的妻子,作为告别礼物。我记得她鼓励我去建立许多加州人才知道怎么造的围栏,他们会自己用剥去的树皮把树枝捆在一起,准备好把所有没拴好的牲畜迎面圈进去,这是许多我从未真正有机会使用的边疆生存技巧之一。我记得有一次,我们被大雪困住时,她教我怎么接受或拒绝正式邀请,这是另一个白日梦中的生存技巧:**琼·狄迪恩小姐欣然接受了某人的盛情邀请,琼·狄迪恩小姐遗憾无法接受某人的盛情邀请**。还有一次,在我们被大雪困住的时候,她给了我几本 *Vogue* 的旧杂志,还翻到其中一本指给我看 *Vogue* 当时为大四学生举办竞赛的公告——巴黎大奖赛,一等奖获得者将获得在 *Vogue* 的巴黎或纽约办事处工作的机会。

你能赢下来的,她说。如果时机成熟。你能赢得这个奖,然后住在巴黎。或者纽约。你想去哪儿都行。但你**肯定**能赢。

十几年后,我在伯克利读大四的时候,确实赢得了这个奖项,我开车去了萨克拉门托,包里装着 *Vogue* 杂志发来的电报。那天下午我上完课回来的时候,发现了那个黄色的信封,上面有透明纸窗口,塞在我公寓的门缝里。**我们很高兴地通知您**,黄色胶带小条上写着。**杰西卡·戴维斯小姐**,*Vogue* **杂志主编**。我把电报拿给母亲看的时候提醒她,这一开始是她的主意。

"真的吗?"她怀疑地说。

父亲说,这得喝上一杯,这是他在情绪快要出来的时候所采取的应对方式,就像挂断电话是我母亲的应对方式一样。

"科罗拉多斯普林斯。"我提示她说。我们困在雪中的时候。

"想不到你还记得。"她说。

我现在明白了,第二次世界大战就是我们自己的大桑迪、小桑迪、洪堡湾。

想不到你还记得。

我还记得一件事:我记得她告诉我,战争结束后,我们都要去巴黎生活。**全家所有人**。巴黎还没有解放,但她已经有了一个计划:我父亲要把自己重新塑造成一名建筑师,利用士兵法案在索邦大学学习建筑。为此,她试着教我她在旧金山洛厄尔高中学过的法语。

为什么我们一直没去巴黎生活呢?

不知道啊。

战争结束几年后，当我们再次住回萨克拉门托时，我问了这个问题。我母亲说，我们从来没有去巴黎生活过，因为我父亲觉得，他的家庭有义务留在萨克拉门托。我记得，我很想知道她到底和他讨论了多少计划，因为我一直无法想象父亲放下一切在巴黎重新开始的画面。问题不是他不愿冒险。实际上，风险就是我们的面包和黄油，风险能让桌子摆上羊排。在大萧条时期，他曾在萨克拉门托的萨特俱乐部靠和一些年纪更大、落户更早的熟人打扑克来养活我和母亲。萨特俱乐部是一家男子俱乐部，他并不属于这个俱乐部。现在，战争结束了，他为了养活我母亲、我弟弟和我，在没钱的情况下，买下房子和房产，然后把它们抵押，再买更多。他觉得，钱要想付得轻松，就最好开车去内华达州，扔一晚上骰子。

不。

他肯定会选择"冒险"的。

问题是"巴黎"。

他相信的东西不多，但非常清楚的一点（还有很多地方仍然不清楚）是，他坚信他从未去过的法国是一个毫无价值的国家，那里住着的，只有狡猾、腐败、轻浮和勾结的人。他坚信，**狄迪恩**不是法国姓，而是德国姓，姓这个姓的祖先虽然是德国人，但"碰巧在法国人占领阿尔萨斯之后住下来了"。我第一次去巴黎时，寄给他一页电话簿，上面列出的很多叫**狄迪恩**的很明显都是法国巴黎人，但他只字未提。

在我母亲所描述的虚幻的巴黎历险中，有一点是站得住脚的：父亲确实觉得有义务为了家人留在萨克拉门托。他觉得有这种义务，这已经在家庭内部经由多年一系列事情的印证，已经成为一个合情合理的说法，这个说法如此合理，甚至到了难以置信的程度，有点像漫画了。事情是这样的：1918年，他母亲患了流感，生命垂危，告诉他要照顾好弟弟，然而他的弟弟因为一次烟花燃爆事故失去了一只眼睛，于是父亲觉得他没有做到。事实上，所有他觉得没有履行和无法履行的那些义务，都比这要微妙得多。他身上弥漫着一股悲伤，甚至在他看上去过得很开心的时候，这股悲伤也若隐若现。他有很多朋友。他打高尔夫球，打网球，打扑克，他好像很喜欢聚会。然而，他也许会一边在我们家的派对上坐在钢琴旁弹奏着《黑暗镇的流浪汉舞会》，或者《亚历山大的拉格泰姆乐队》——旁边总是有一杯波旁威士忌触手可及——一边传递着如此强烈的紧张感，紧张到我不得不离开，跑回我的房间，关上门。

我在伯克利的第一年，他在躯体上表现出的紧张开始真的变成困扰，于是他被

第四部分

转到旧金山普雷西蒂奥的莱特曼医院接受一系列的检查。我不知道他在莱特曼待了多久,但应该有几周或几个月的时间。每逢周末,无论是周六还是周日,母亲都会从萨克拉门托开车过来,到伯克利的三Δ驻地来接我。我们会穿过海湾大桥,到普雷西迪奥去接父亲吃午饭。我记得那年他只吃生蚝。我记得,吃完生蚝之后,我们整个下午都在开车——不是开车回城里,因为他不喜欢旧金山,而是穿过金门公园,沿着海滩,开进马林县,他可以停下来观看所有能看到临时拼凑的棒球比赛的地方。我记得,他在傍晚的时候让我母亲把他送到金门公园的最西南端,而不是普雷西蒂奥,这样他就可以沿着海滩走回医院。有时在工作日,他会走过金门大桥,去拜访一个办公室位于索萨利托的表亲,然后再走回来。有一次我和他一起步行过桥。我记得桥晃来晃去。在他写给我母亲的信中,他把莱特曼的精神病医生斥为"精神狂",有时说成是"精神大于物质狂",但是,在他八十多岁的时候,他在去世前一年左右告诉我,莱特曼医院有个"这位女医生",对他"实际上帮助很大"。

"我们谈起了我的母亲。"他说。在他去世几年后,我才开始清晰地意识到一些东西,这些东西在1953年那些周末的下午,因为我和我母亲只顾着自己眼前的事情而被忽略了:对于一个正在接受抑郁症观察的人来说,那些路并不好走。

我突然想到,他一定很勇敢,走了那些路,循环往复。

我还想到,母亲一定是多么勇敢,在他走那些路的时候,还能独自开车回萨克拉门托。

我父亲于1992年12月去世。几个月后,也就是在3月,我碰巧开车送母亲从蒙特雷到伯克利,我们要在克莱蒙特酒店住几个晚上,我要在加州大学的创校纪念日仪式上发言。

"我们走的路对吗?"当我们开车上了101号国道时,母亲一遍又一遍地问。

我一再向她保证没错,最后我指着头顶上的一个标志念道:**国道101号向北**。

"那一切怎么都不在了?"她问。

她的意思是吉尔罗伊怎么不在了,米利亚斯旅馆怎么不在了,我父亲现在能吃到牛仔骨的地方怎么不在了。她的意思是,圣胡安包蒂斯塔怎么不在了?为什么它不再像1964年我在那里举行婚礼那天那样偏远,那样美好?她的意思是,她记忆中的圣贝尼托县和圣克拉拉县怎么不在了?萨利纳斯北部的沿海山丘、放牧的牛群、熟悉的开阔景色(在她照顾父亲的那一年、两年、三年、一眨眼的时间里)被一英里又一英里的水粉式小区、迷宫般的高速公

1007

我的来处

路出口和入口无情地取代了。

她沉默了好长一段路程。

她当时说，加州已经变得"简直就是圣何塞"。

那天晚上，在克莱蒙特酒店的酒吧里，有人在演奏《只是虚构而已》和《何时何地》，就好像是在给我们这次旅途的某种时间旅行色彩添油加醋。

你现在笑着你当时的笑容
但我不记得是何时何地

我上一次来克莱蒙特酒吧是在1955年，和我一起来的是门多西诺县一个牧场主的儿子。我记得我拿着我室友的驾照喝了一杯冰镇薄荷甜酒。三十八年后，在创校纪念日的典礼台上，我瞥了一眼母亲坐的那排座位，发现她不在椅子上。当我在外面找到她时，她告诉我必须得走。她说，在学术游行期间发生了"坏事"，这让她担心自己会"在大家面前哭出来"。好像是她看到了一条横幅，上面写着"1931届毕业生"，察觉到横幅后面那几个踉踉跄跄走着的男人（她没有提到有没有女人）走路有困难。

1931届是我父亲在伯克利的那个班级。"他们都是老人了，"我母亲提到的是他以前参加过游行的几个同学，"跟你父亲一样。"**弗兰克·里斯·"吉姆"·狄迪恩**，校友杂志上纪念父亲的悼词是这么写的：**12月19日，卡梅尔。他是萨克拉门托本地人，活跃于当地的房地产投资业，曾在加州大学主修商业，是兄弟会的成员。他留下了妻子艾杜内、两个孩子——1956届的琼·狄迪恩·邓恩和1962届的詹姆斯·狄迪恩——以及四个孙辈，包括1988届的史蒂文·狄迪恩和1993届的洛里·狄迪恩**。我无法让母亲心安理得地相信她是对的。他们的确都是老人了，而且这里简直就是圣何塞了。即便我曾经是听着西进故事长大的，我还是带着1993届的洛里离开了母亲，搭上了联合航空公司的夜航班机，从旧金山飞往肯尼迪机场，这架飞机是在一场被CNN称为"世纪东北风"的风暴[a]关停亚特兰大以北所有机场和高速公路之前降落的最后一架飞机。我记得在她死去的那天，我被抛弃了。

2

我还记得这件事。

---

[a] The Nor'easter of the Century，即"世纪风暴"，指的是1993年3月一场超大规模的暴风雪，在整个美洲东海岸造成了310人死亡，数百万人断电，经济损失约60亿美元。

第四部分

萨克拉门托，1971年或1972年7月或8月。

我带着昆塔纳——我的女儿，当时五六岁——来和父母待几天。因为下午2点气温就要到105华氏度，太阳下山前气温已经变成110华氏度，所以我和妈妈决定带昆塔纳出去吃午饭，找个有空调的地方。

我父亲不鼓励用空调。

事实上，我父亲认为萨克拉门托的夏天自从大坝建成以来就已经变得太冷了。

我们会去市中心，妈妈说。我们会在重建区吃个午饭。去萨克拉门托老街。你还没**见过**萨克拉门托老街呢，她说。

我问她是否去过老萨克拉门托。

没去过，她说。但她确实想去。我们待会儿一起去，这将是一次探险。

昆塔纳穿着一件淡绿色的无袖连衣裙，利伯蒂的上等细麻布做的。

妈妈给了她一顶大草帽，用来遮阳。

我们把车开到市中心，停好车，开始在以前的海滨大道上步行，从这里可以看到塔桥，这大概就是我们的"探险"。

重建区的人行道是木制的，给人身处1850年的感觉。

昆塔纳走在我们前面。

细麻连衣裙、大帽子、木头人行道，还有那闪烁的热气。

我父亲的曾祖父曾在海滨大道开过一家酒吧。

我正要向昆塔纳解释这些东西——酒吧、木制人行道，以及多少代的表亲都曾经在这么热的天跟她一样走过这条街——的时候打住了。昆塔纳是被收养的。事实上，这条木制人行道上的所有鬼魂都跟昆塔纳无关。这条木制人行道其实并不代表昆塔纳的家乡。昆塔纳跟这条木制人行道唯一的关联就是此时此地、我和我母亲。

其实我跟这条木制人行道的关联并不比昆塔纳多：它只不过是一个主题，一种装饰效果。

只有昆塔纳才是真实的。

后来我发现，就在这一刻，所有的一切——拓荒，救赎，被抛弃的红木箱子，丢失的餐具，我用来替代我离开的那处河流而书写出来的河流，十二代巡回牧师和县警局，跟印第安人战斗的勇士、乡村律师和《圣经》讲师，弗吉尼亚州、肯塔基州和田纳西州两百年来的人口搬迁，然后是休养生息，美国梦，所有我曾经生活在其中的魅力——开始显得遥远起来。

3

在母亲葬礼结束后的那个下午，我和弟弟把她仅有的几件家具分给了她的孙子孙女、弟弟的三个孩子和昆塔纳。她留

1009

我的来处

下的其实不多；在过去几年里，她一直在有计划地丢掉她自己的东西、归还圣诞礼物、丢弃财物。我不记得昆塔纳的表兄弟凯利、史蒂文和洛里都拿到了什么。我倒是记得昆塔纳拿到的是什么，因为她搬到纽约公寓之后的藏品我都看过。有一张椭圆形的维多利亚式桌子，大理石桌面，是家里的某个亲戚给我母亲的，我不记得是哪一个了。当我还是个孩子的时候，我父母的卧室里有一个柚木雕刻柜。有一张原本属于我祖母的小饼形桌。在我母亲的衣服中，有一件意大利安哥拉披肩，是我父亲在二十世纪四十年代末的一个圣诞节送给她的，自那以后，她就一直穿着。

其实我拿到了这件安哥拉披肩。

我记得去年春天她曾穿过，那是我哥哥最小的孩子在圆石滩举办的婚礼上。我记得1964年在我的婚礼上她也穿过，一路上穿着，开车从圣胡安包蒂斯塔来到圆石滩的婚宴。

一位联合公司的代表来了。

这些物品被贴上了待运标签。

我把不想扔掉的东西——信件、照片、剪报、文件夹和信封，那天我没时间也没心思打开的东西——放在一个大盒子里。

几周后，这个盒子来到了我在纽约的公寓，它在餐厅里待了可能一个月没被打开。最后我打开了它。里面有1936年我在卡梅尔海滩拍的照片，有1946年我和弟弟在斯廷森海滩拍的照片，还有我和弟弟，还有我的兔子在科罗拉多斯普林斯雪地拍的照片。还有各位姑婆、表兄妹和高祖辈的照片，我们之所以能认出来他们，是因为母亲在去世的前一天晚上想过要把他们的名字告诉我弟弟，让他把名字写在相框背面。其中有1912年我母亲两岁时去俄勒冈探望她祖母的照片，也有1943年我母亲在彼得森菲尔德球场烧烤的照片，那时她还是一个三十出头的年轻女子，头发上戴着花在做汉堡。里面还有一幅我外祖母的未装裱的水彩画。我外祖母的哥哥吉姆，和她的父亲一样，也是一名商船船长，在1918年从英国给外祖母寄了一些信，当时，他的船"SS亚美尼亚人"号被鱼雷击沉，停泊在南安普敦的干船坞里。还有我父亲写给他父亲的信件，那是1928年，我父亲在新月城外做建筑工人暑期工的时候——父亲在一封接一封的信中恳求他父亲帮他跟一个熟人打个招呼说点好话，那个熟人负责给加州博览会招人，我刚好知道他这些信都白写了。

我之所以知道，是因为我曾经想让父亲帮我打个同样目的的电话。

我母亲告诉我别求他，因为**他跟他自己的父亲一样，萨克拉门托所有人都会打个电话帮自己的孩子去博览会找工作，但你父亲和他父亲肯定不会，他们不愿意求人帮忙。**

还有我的一些信，是我从伯克利写给我母亲的信，从1952年我去上暑期学校（为了从高中过渡到大学补学分）开始，一直到1956年我毕业。这些信在很大程度上体现着焦虑甚至沮丧，我既觉得是我，又觉得不是我。**星期天晚上回到这里，让我无比沮丧**，最早写于1952年夏天的那些信里面有一封这么写道，**我脑子里一直在想念萨克拉门托、想象着人们都在做着什么**。我收到了南希的一封信——她也想念萨克拉门托。他们看了《国王与我》《鸾凤迎春》《红男绿女》和《花红酒绿》。他们住在华尔道夫酒店的时候，一个女人从对面窗户跳下去自杀了。南希说，**这太可怕了，他们不得不用消防水带清理街道。**

南希是我在萨克拉门托最好的朋友，在进入斯坦福大学读书之前，一直跟着她父母旅行（这只是猜测，但是有根有据，因为那年夏天我给母亲的另一封信中提到，我"收到了南希的来信，她在绿蔷薇度假村，感觉非常无聊"）。

南希和我在我们五岁时就认识了，当时我们在萨克拉门托的玛丽恩·霍尔斯小姐舞蹈学校上同一个芭蕾舞班。

事实上，从我母亲家寄来的盒子里，还有一份那个芭蕾舞班的演出节目单，上面写着：**琼·狄迪恩和南希·肯尼迪，"小女孩"**。盒子里还有我和南希的许多照片：在慈善时装秀上做童装模特，在高中舞会上手腕戴着相应的胸花，在南希婚礼那天站在她家户外的草坪上，南希穿着蓬松的白色礼服，伴娘们穿着淡绿色的透明硬纱裙，我们所有人都面带微笑。

我最后一次见到南希，是在火奴鲁鲁的独桨船俱乐部，当时正是伊朗人质危机那年的圣诞季。她正跟她的丈夫和孩子们在邻桌吃饭。他们笑着、争论、互相插话，在二十世纪四十年代末和五十年代初，她和她的兄弟们、她的父母也一样地笑着、争论、互相插话，那时我每周都会在他们家吃两三次晚饭。

我们互相亲吻、一起喝酒，答应要保持联系。

几个月后，南希在纽约的勒诺克斯山医院死于癌症。

我把独演节目单发给了南希的哥哥，让他传给她女儿。

我把祖母的水彩画装裱起来，寄给了她的第二个孙女，我的表妹布伦达，她住在萨克拉门托。

我合上盒子，把它放在一个壁橱里。

真要处理我们所失去的一切，是没什么可靠方法的。

父亲去世后，我一直在搬家。我母亲去世后，我就不能了。我最后一次见她是在她去世八周以前。她已经住了院，我和弟弟把她送回家，我们安排好了氧气和轮

我的来处

班的护士，我们按照处方给她备了吗啡和劳拉西泮。在我和昆塔纳动身去纽约的那天早上，母亲坚持要我们把她卧室一张小桌上那个涂了油漆的金属盒子带过去，盒子里放着她觉得可能比较重要的文件，比如埃尔多拉多县一座金矿的契约副本，这份契约是她和她姐姐从她们的父亲那里继承来的，而现在已经不再属于她们。我弟弟说那个盒子对她来说已经没有用了，他已经把一些还能用的文件取出来而且妥善保管起来了。她坚持要留着。她想要那个金属盒子。昆塔纳把盒子拿来放在床上。母亲从里面拿出两件银餐具，一个小汤勺和一个小分勺，每件外面都包着用过的薄纸，纸都已经磨平了。她把分勺给了昆塔纳，把汤勺给了我。我抗议道：她已经给过我各种银器了，我有汤勺，她给过我汤勺。"但不是这个。"她说。她指了指手柄的曲线。她似乎对这个特别的汤勺上的长柄弯曲方式有一种她所谓的"特殊感觉"。好像她觉得这把勺子摸起来很舒服，所以就把它放起来，一直保存着。我说，既然它让她感到愉悦，她就应该一直把它存起来。"**拿去吧**，"她说，声音里透着急迫，"我不想把它丢掉。"我还假装她会在大雪之前穿过内华达山脉。然而她并没有。

1012

SOUTH AND WEST

南部与西部

许晔 / 译

献给约翰、昆塔纳,

以及厄尔

目录

前 言 1019

南部笔记 1025

1029 　新奥尔良

1036 　新奥尔良—比洛克西，密西西比州

1038 　经克里斯蒂安山口，去往格尔夫波特

1040 　比洛克西

1045 　比洛克西—默里迪恩的路上

1047 　在默里迪恩的霍华德·约翰逊酒店游泳

1048 　默里迪恩笔记

1049 　在默里迪恩，与斯坦·托格森共度下午

1055 　默里迪恩—塔斯卡卢萨，亚拉巴马州

1058 　伯明翰

1061 　温菲尔德

1063 　古 恩

1065 　格林纳达，密西西比州

1067　牛　津

1070　克拉克斯代尔的周日午餐

1074　深入三角洲，去往格林维尔

1076　下游和家

加州笔记 1079

FOREWORD

前 言

"计划是从新奥尔良开始,再之后,就没有计划了。"

这是许多抵达新奥尔良的人的共同想法。这是法国探险家勒内-罗贝尔·卡弗利耶·德拉萨莱的想法,他于1684年出发,想在密西西比河河口旁建造一座城市,却没有找到墨西哥湾的河口,三年后,死于内讧。这是威廉·福克纳的想法,他辞去了密西西比大学邮政所长的工作,搬去了新奥尔良,因为他厌恶听命行事,这也是田纳西·威廉斯的想法,他曾在日记里写道:"这个可笑的古老世界里,如果说有什么地方是我**注定**的归宿,那就是这里。"你不用在新奥尔良生活很久,就能明白在这里,计划,就像这里的房子一样,轻易就会泡水,坍塌进泥里,变成齑粉。

"这种生活,"在回纽约前不久,威廉斯写道,"完全是一种崩解。"

琼·狄迪恩在2006年《巴黎评论》的采访中,解释了她为何要去墨西哥沿岸:"我有个观点,如果能理解南部,我就会理解加州,因为许多加州先民都来自南部边境。"这是一个违反直觉的观点,因为南部和西部代表了美国历史的两极——南部沉浸在过去,而西部展望着未来,以一种真诚、永恒的乐观精神。"在黄金国,未来总是金闪闪的,"狄迪恩在《黄金梦中客》中写道,"因为没人会记得过去。"而在南部,没人会遗忘过去。

1970年夏天,狄迪恩在墨西哥沿岸旅行了一个月,记笔记、采访,但没写出一篇文章。1976年,她去了旧金山,为

南部与西部

《滚石》杂志报道帕蒂·赫斯特审判，但发现自己更想写的是童年和西部对历史的理解。狄迪恩的笔记，其优美、清晰远超绝大部分作家的散文，也是对那个时代翔实的记录。但它们同样更令人震撼。今天的读者会带着些许震惊，甚至是恐惧，发现这些早已远去的美国印象是多么熟悉。狄迪恩对她那个时代的洞见远超所有人，这也意味着，她可以看见未来。

一方面，《南部与西部》是狄迪恩的书中最坦诚的。这看似是个荒谬的观点，这位作者写过她的祖先，她的婚姻，她的健康，以及用刀割般的开诚布公，写她的悲痛——毕竟，狄迪恩的读者们都熟知她的人生细节。但她的文字——她散文中的冷眼旁观，好似站在一个遥远的地方，甚至是天外，把个人经历升华至宇宙之大——如同切尔西瓷器一般，华美且不近人情。《南部与西部》让我们第一次能一窥工厂高墙里面的样子。

写每一篇报道时，狄迪恩都会把活页笔记本变成主题相关的材料剪贴本。她在里面贴上报纸新闻和其他作家的作品，比如 C. 范恩·伍德沃德的《寻找南部认同》(The Search for Southern Identity)、自传小结、相关主题列表、偷听到的对话，都很像是从她的某一部小说里摘抄出来的。（一个比洛克西女人会说"我想去的地方，我从来都去不了"）从笔记里，我们能看到她"报道技巧"，与其说是技巧，不如说是天才的直觉，能定位到某个地方最能展现其个性的人：本地美容学校的主管，非裔广播台的白人老板，最大商场的婚礼策划。笔记里还有她的观察，每天结束的时候，她都会记下来。这些笔记代表的是写作的中间过程，处于随手记录和初稿之间，风格散漫随意。有为了形成句子而写的句子，为了形成场景而写的段落："这地方看起来很富，许多人来自伯明翰之类的。（富人）留着这些地打猎""他给我名字的方式非常本土化""旧金山历史绝对'丰富多彩'，但太过八卦了""运动之于人们，俨然是一针麻醉剂""自然环境没有作用"。看上去很嘈杂，就像是看到格蕾丝·凯莉[a]戴着满头卷发棒的照片，听到布赖恩·威尔逊[b]的音乐小样，他用《美妙律动》(Good Vibration)随意组合做的实验。

即便是在最散漫的重复中，狄迪恩的声音，其对日常生活之下舞动的怪诞空虚的敏锐，一眼就能认出。新奥尔良的空气"从不反射光，而是吞噬它，直到物体发

---

a Grace Kelly（1929—1982），美国影星、摩纳哥王妃。这张生活照出自著名摄影师优素福·卡什。
b Brian Wilson（1942—2025），美国歌手、制作人，摇滚乐队"海滩男孩"核心成员。

出诡异的冷光"。默里迪恩的一家电影院里，观众们恪尽职守，观看电影《爱恋》，盯着屏幕，"就好像电影是捷克语的。"河流总是棕色，静止："感觉像是水做的莫卡辛鞋[a]。"狄迪恩那种冷峻的宿命感，在南方，尤其是在新奥尔良，仿佛找到了归宿："香蕉会烂，会栖息塔兰图拉蜘蛛。天气会出现在雷达上，会很糟糕。孩子们会发烧，然后死掉。"

她租了辆车，但公路旅行几乎没写；我们能得到的印象却是，好像狄迪恩通过汽车旅馆泳池，一路游完了南部海湾。在比洛克西的水际海湾酒店，泳池"水闻起来有股鱼腥味"，默里迪恩的霍华德·约翰逊旅馆，一个孩子用沙滩浴巾擦干身体，浴巾上印着南方联邦[b]的旗帜，在塔斯卡卢萨的拉马达酒店，"一切似乎都是水泥和湿气做的"，在温菲尔德，泳池里全是水藻，在牛津假日酒店，水底都能听到广播，在伯明翰的圣弗朗西斯汽车旅馆，她的比基尼引来了吧台一阵兴奋的议论。躺在泳池边，她感到"公路网的幸福：我可以在圣贝纳迪诺，或者凤凰城，或者印第安纳波利斯城外"，但这些汽车旅馆都长成舞台布景的样子。在南方腹地忧郁旷野里，它们是被人工植入的美国标志，在这些笔记里，充满异域风情，就像是外国，比如萨尔瓦多、越南、格拉纳达，或者其他她曾在非虚构和虚构小说中描写过的那些怪诞、妄想、幻象的热带地区。

甚至对不可能的美丽的惊鸿一瞥——野生胡萝卜长在比洛克西铁路两旁，小女孩坐在木屑堆里，把啤酒罐易拉盖串起来，变成一条项链——都构成了这种氛围，不安、腐败，"笼罩着一种浓重的睡意，窒息一般"。北方游客对南部海湾的传统印象是永恒的衰落，"一切似乎都衰败了"。狄迪恩引用了奥杜邦的话："这片土地危险的本质，它缓慢流动，软绵，泥泞的本性"，哪怕是回到1720年，你也可以看到一位造访的法国官员对这片土地同样的描述："洪水肆虐过，贫瘠，无法耕种。"然而，狄迪恩在描述她的核心观点时，却是站在一个更狭义的基础上：

……一种如今和以后都在震撼我的感觉，我无法解释清楚，许多年来，对美国来说，南部，尤其是墨西哥湾意味着人们在谈起加州时还在说的东西，以及加州于我而言没有的东西：未来，邪恶和善良

---

[a] Moccasins，一种软皮革做的鞋子。
[b] 全称为 Confederate States of America，又称美利坚邦联，1861年至1865年，美国南部11个蓄奴州宣布独立，成立邦联。

南部与西部

能量的秘密来源，心理核心。

一个老朽的南部，永恒的支离破碎，自暴自弃的颓废，怎么会同时代表着未来？狄迪恩承认这个理论看起来自相矛盾，但她确实有道理。她推测，部分答案在南部人在面对种族、阶级和历史问题时的耿直——与之不同的是，"拓荒者传统教育西部的孩子，要否认，要故意不提"。在南部，这样的区别可见，严谨，是真诚谈话的主题。她拜访过斯坦·托格森，默里迪恩"黑人电台"的老板，广播福音和灵魂，还有一档节目叫《黑人历史中的冒险家》（Adventures in Black History），"展示黑人群体的贡献"。他说着提高最低工资的重要性，加大教育投入，同时非常小心，不会夸大自己的思想开放。"我倒不是说，今晚我就会请一位黑人牧师来家里吃晚餐，"驱车行驶在空无一人的市中心时，他跟狄迪恩说，"因为我不会。"狄迪恩在密西西比广播电视颁奖礼上，遇到了一样的观念，副州长谴责暴力的校园示威；有人在开玩笑说有许多白人租客住在昂贵的乡村宅子里的伯明翰是"几乎还是个封建社会"。在南部，每个人都知道自己该站在哪里。谈论这些没什么好羞耻的。事实上，如果避而不谈，才是可疑的。

这种想法似乎回到了七十年代。从纽约、加州，甚至新奥尔良的立场来看，今天仍是如此。但这种南部思维模式在过去四十年里扩张了，越过了梅森－狄克逊线[a]，进入了广阔的美国农村。它在人们脑子里扎下了根——或者，至少是选民——怀念着更有规矩的过去，那时男人们专注于打猎、捕鱼，女人们专注于"她们的烹饪，她们的储藏，她们的'梳妆打扮'"；那时贿赂是理所当然的，尤其在政治里，种族隔离是毋庸置疑的；那时一个白人至上主义者参加竞选，"完全是个可以解释的现象"；那时一个妻子知道该做什么，

---

[a] Mason-Dixon Line，最初为殖民地边界划定线，后演变为美国内战时期南北分界线。

前言

而不是穿着一件比基尼，不戴结婚戒指，穿过一片奇怪的区域。

对那些生活在拥有国际机场的美国城市的人而言，距今已有半个多世纪的启蒙时代的思想终将过时。有些人奋斗着，为了让这个未来早点到来。其他人则耐心等待。但没人相信它不会到来。确实，没有人，在洛杉矶或者湾区，自狄迪恩的报道后，这些地区加速拥抱了那种观念，过去是流动的，毫无意义，会被科技进步所中和。在这个观点中，过往被降级到审美领域，成为狄迪恩在《加州笔记》里描述的"装饰趣味"——岁月悠久的餐具和窗帘。在这个观点中，过往已然安眠，不会再回到这该死的大地。

然而，进入二十一世纪已经快二十年了，民众中一大部分还固守着老旧的生活方式。他们还坚信着持枪反抗是可行的。正如狄迪恩自己在五十年前注意到的，他们的自尊建立在外界的否认上，尤其是来自北方媒体的否认。旧的身份秩序崩塌，他们先是讽刺，然后恼羞成怒。他们不能接受白色皮肤不该获得特殊待遇。他们抵触新科技，抵触全球生态系统崩塌的科学证据。这种抵触力量足够强大，把一位总统拱上了位。

一个南部海湾的作家曾写道，过往甚至不是过往。狄迪恩走得更远，她说，过往是未来。如今我们就生活在这个未来中，她的观察读起来像是一个被忽视的警告。它们说，加州黄金之梦的追梦人只是——追梦人——而南部"强烈的迷恋"，以及随之而来的被迫害妄想症，是真正的美国境况，我们无法反抗，将总是回到这种境况中。琼·狄迪恩去了南部，理解了加州，她最终理解了美国。

纳撒尼尔·里奇
新奥尔良
2016年12月

NOTES ON THE SOUTH

南部笔记

约翰和我当时住在洛杉矶的富兰克林大道。我想再去南部看一看，于是1970年，我们飞去那边，待了一个月。计划是从新奥尔良开始，再之后，就没有计划了。我们到处乱逛。我记得好像是约翰开车。我上次去是1942年到1943年，那时我父亲驻扎在北卡罗来纳的达勒姆，但它几乎没什么变化。那时，我本以为能写出一篇稿子来。

NEW ORLEANS

新奥尔良

……紫色的梦
关于我们未曾拜访的美国
热带帝国，巡视着温热大海，
贵族制度的末日余晖……
——斯蒂芬·文森特·贝内特[a]，
《约翰·布朗的遗体》

我期待能为你呈现这片土地危险的本质，
它缓慢流动，软绵，泥泞的本性
——约翰·詹姆斯·奥杜邦，
《美国鸟类》，1983年

新奥尔良，6月的空气沉甸甸，充满性和死亡，死亡不是暴力的，而是腐朽，腐败，腐烂，死于溺水、窒息、未知病因的高烧。这个地方看起来是黑沉的，黑沉得如同照片的负片，黑沉得如同X光片：空气吸收了自己的光，从不反射光，而是吞噬它，直到物体发出诡异的冷光。地上的坟墓垄断了视野。空气凝滞，令人昏昏欲睡，一切动作变得缓慢，变为编排好的舞步，街上行人像是走在不稳定的乳浊液里，生者和死者之间，似乎只有细节之分。

一个下午，在圣查尔斯大道上，我看

---

[a] Stephen Vincent Benet（1898—1943），美国诗人、小说家，凭借其讲述美国内战的长篇叙事诗《约翰·布朗的遗体》(*John Brown's body*) 获得了普利策奖。

南部与西部

到一个女人死了，向前趴在她的方向盘上。"死了。"一个老妇说，她跟我一起站在路边，距离车撞上的那棵树只有几英寸。警方救护车到了之后，我跟着老妇，穿过庞恰特雷恩酒店车库雾蒙蒙的灯光，走进一家咖啡馆。那场死亡触目惊心，但又相当随意，仿佛发生在一座哥伦布抵达之前的城市，死亡是可以预料的，长期来看，也没那么重要。

"怪谁呢？"老妇对咖啡馆的女服务生说，她压低声音。

"怪不了谁，克拉丽斯女士。"

"他们做不了什么，没用。"

"他们根本什么都做不了。"我以为她们聊的是那场死亡，但其实是天气。"理查德在局里干过，他告诉我，只要出现在雷达上，他们就什么也做不了了。"女服务生停住了，好像要强调，"怪不了他们。"

"怪不了。"老妇说。

"它出现在雷达上了。"

话语就这么悬在空中。我吞下一块冰。

"我们明白。"过了一会儿，老妇说。

我逐渐发现了，宿命论是新奥尔良生活底色中的地方恶疾。香蕉会烂，会栖息塔兰图拉蜘蛛。天气会出现在雷达上，会很糟糕。孩子们会发烧，然后死掉。家庭争吵会以动刀子结束。高速路工程会走向贿赂，坑洼的路面，藤蔓滋生。在新奥尔良，本地政务往往演变为情欲之争，国王的人马都会反过来对付国王，就像在太子港一样。这片土地的时间感是戏剧化的，充满孩子气，宿命感则源于一种被荒野主宰的文化。"我们唯一知道的是，"卡尔·奥斯汀·韦斯的母亲说，她的儿子在路易斯安那州巴吞鲁日的议会大厦走廊里枪杀了休伊·朗，"他活得很认真。"

这些事情发生时，我正在学做饭，教我的人来自路易斯安那州，在那里，男人们对菜谱和食物的痴迷，并不是什么新鲜事。我们一起生活过好几年，但我们最能彼此理解的时刻，恐怕就是那次我想用厨房刀杀死他的时候。我们会花上一整天一起做饭，这或许是我们最甜蜜的时光。他教我做炸鸡，做禽类料理的糙米填料，把菊苣切碎拌上大蒜和柠檬汁，每道菜都加点加塔巴斯科辣椒酱、伍斯特辣酱和黑胡椒。他送我的第一份礼物是个压蒜器，第二份也是，因为第一个被我弄坏了。有天在东岸，我们花了几个小时做鲜虾浓汤，然后因为要加多少盐吵了起来，那时候，他已经喝了几个小时的萨泽拉克鸡尾酒[a]，

---

[a] Sazerac，新奥尔良当地特色鸡尾酒，通常由干邑白兰地或黑麦威士忌为主，加入苦艾酒、苦精、糖调制而成，被认为是美国最早的鸡尾酒之一。

为了证明自己是对的，他往汤里倒了许多盐。喝起来就像盐水，但我们假装味道不错。把鸡或者洋蓟扔在地上。买煮螃蟹的材料。没完没了地讨论洋蓟牡蛎炖菜。我结婚后，他有时还会打电话来问菜谱。

我猜你觉得这个机器比那个意大利玩意儿要好。我猜你觉得在你后院里有红木石板。我猜你觉得你妈妈曾经是县女童军饼干项目主席。我猜你觉得我在小床上占据了太大地方。我猜你觉得施拉弗特[a]卖巧克力树叶。我猜你觉得厄尔·"胳膊肘"·罗伊姆先生比我更有个性。我猜你觉得内华达没有拉拉。我猜你觉得你知道怎么手洗毛衣。我猜你觉得自己因为穿玛丽珍鞋被区别对待了，人们给你上了质量很差的威士忌。我猜你觉得自己没有重度贫血。吃点那些维生素。我猜你觉得南部人都有点老古董。

这是我二十二岁时，那个男人给我留的信息。

我第一次到南部，是在1942年年末，1943年初。我父亲驻扎在北卡罗来纳州的达勒姆，母亲、弟弟还有我坐了一路火车去见他，火车又慢又挤。在加州的家里，我在晚上号啕大哭，我体重下降了，我想见爸爸。我以为"二战"是个惩罚，特意设计出来，就为了把爸爸从我身边夺走，我细数自己过往的错误，判决自己有罪，带着一种自我中心主义，后来接近自闭，在我的梦里、高烧和婚姻中，仍带给我无穷无尽的痛苦。

对于那次旅行，我大概记得一个水手，来自太平洋上刚刚被击毁的"黄蜂"号[b]，送给我一个镶有绿松石的银戒指，我们在新奥尔良错过了转车，没有房间，在圣查尔斯酒店的顶棚露台坐了一晚上，弟弟和我穿着泡泡纱儿童套装，妈妈穿着一件海军蓝和白色格子丝绸裙，在火车上弄得脏兮兮。她用一件貂皮大衣裹住我们，这件大衣是她结婚前买的，一直穿到1956年。我们坐火车，没有开车，因为几周前在加州，她把车借给了一个熟人，那个熟人在萨利纳斯城外开车撞上了一辆运莴苣的卡车，我对此非常确信，因为这件事成了爸爸嘴上的旧账，直到今天。我上一次听到它，是一周前。妈妈没有回应，自顾自地又摆了一局纸牌。

在达勒姆，我们有一间能做饭的房间，

---

a Schrafft's，马萨诸塞州的糖果公司。

b 指美军的"黄蜂"号航空母舰（USS Wasp, CV-7），1942年9月15日在南太平洋所罗门群岛附近被日本潜艇I-19发射的鱼雷击沉，造成193人死亡。

南部与西部

房子属于一个平信徒事工[a]，他的孩子们一整天都在吃面包片上的苹果黄油酱，而且在我们面前称自己爸爸为"考迪尔神父"。傍晚，考迪尔神父会带五六夸脱的桃子冰激凌回家，然后他会和妻子、孩子们一起坐在前院里，用勺子从盒子里舀桃子冰激凌，而我们躺在自己房间里，看着妈妈读书，等着周四到来。

周四那天，我们能坐巴士去杜克大学，那时校园已经被军队征用了，然后跟爸爸待一整个下午。他会给我们在学生活动中心买可口可乐，带我们逛校园，给我们拍照片，我现在还留着，并且时不时拿出来看：两个小孩和一个看起来跟我很像的女人，坐在环礁湖边，站在许愿井旁，照片总是过曝或者失焦，不管怎么样，如今都泛黄了。三十年后，我很确信，爸爸也一定跟我们一起过了周末，但我只能说，他在小房子里出现，他的焦虑，他不近人情的封闭，还有他喜欢掷骰子甚于吃桃子冰激凌，潜意识里让我痛苦不堪，所以我所有关于周末的记忆都消失了。

在不是周四的日子里，我会玩一套纸娃娃，考迪尔夫人借给我的，纸娃娃上印着费雯丽、奥利维娅·德哈维兰、安·拉瑟福德和巴特弗莱·麦昆在《乱世佳人》里的样子，我还跟邻居小孩学会了用生土豆蘸房子下的柔软灰土吃。现在我知道了，在普遍营养不良的南部，异食癖很正常，一如现在我明白了，为什么我们第一次去杜克的那个周四，巴士司机一直不愿离开路边，除非我们从后面座位挪到前面来，但那时我还不明白。我那时甚至不知道，妈妈觉得我们在达勒姆短暂停留的几个月不怎么样。

我完全想不起来有什么人吸引我在 1970 年夏天待在南部。我当时去的地方，没有一个是为了报道而去的：我所在之地，无事"发生"，没有引人注目的谋杀案，庭审，融合令，冲突，甚至都没有值得一说的神迹。

我只有一些模糊且不成形的感觉，一种如今和以后都在震撼我的感觉，我无法解释清楚，许多年来，对美国来说，南部，尤其是墨西哥湾意味着人们在谈起加州时还在说的东西，以及加州于我而言没有的东西：未来，邪恶和善良能量的秘密来源，心理核心。我不是很想谈论这些。

我脑中只有一些最转瞬即逝的"画面"。如果必须描述，那我只会想起克莱·肖、加里森和一位我遇见的飞行员，数年来驾驶着小飞机，穿梭于海湾与加勒比和中美洲不知名机场之间，货运单上只

---

[a] Lay minister，指没有按照其信仰传统任命的信仰牧师，由教堂选出。

显示"热带鲜花",我只会想起一些惊慌恐惧,狂热的阴谋论,巴洛克技艺,桃子冰激凌,还有1962年在马里兰州东岸度过的那个不太愉快的夜晚。简而言之,我只会听上去疯疯癫癫的。所以,我避而不谈,而是在1970年夏天的一天,飞到南部,租了辆车,在路易斯安那州、密西西比州和亚拉巴马州旅行一个多月,不见发言人,不报道新闻,什么都不做,只是试图搞明白是什么塑造了我脑中画面,一如往常。

在新奥尔良,老人们坐在房子和圣查尔斯大道的酒店门前,几乎不动。在法国区,我又看到他们(还有郁郁寡欢的长发孩子们),坐在阳台上,身后是熨衣板,轻微晃着,有时根本不动,只是望着前方。在新奥尔良,人们掌握了静止的艺术。

傍晚,我去了花园区。"牛牛,妞妞,出来吧[a]。"声音回荡在柔和的暮光里,玉兰花旁,还有长着毛茸茸粉色豆荚的树边。那天晚上,我所见的是一个极其丰富复杂的世界,我几乎迷失了,一个完整且与众不同的世界,一个柔滑外表时而被一束离心力打破的世界,这离心力很深,湮灭了所有解读的企图。

"我猜没人能比这个房间里的人更了解南部了。"在晚宴前,主人多次对我说。我们在他于花园街区的房子里,这里必然有几卷《塞沃尼》(Sewanee)和《南方评论》,必然有德加为他曾曾祖母绘的画像,他说着他的妻子和他们的朋友,一个来自良好移民家庭的建筑师,擅长修缮和建造新奥尔良的希腊复兴式建筑。

他当然也聊起了自己。"本·C。"其他人这么叫他,声音里充满深情。"你**别这样**,本·C。"因为他欺负了两个女人,他的姐妹和他妻子正一起参与妇女协会的一个项目,新奥尔良的旅游指南。本·C要求了解我丈夫玩什么"运动项目",以及为什么几年前做报道时,我能被允许"和一大群抽大麻的嬉皮垃圾们厮混在一起"。

"谁允许你的?"他重复着问题。

我说我不太明白他的意思。

本·C只是盯着我。

"我是说,谁会不允许我呢?"

"你**真**有个丈夫?"他最终说,"这些年来我一直以为那个男人是你丈夫,他**真是你丈夫**?"

对本·C而言,那个晚上的走向,一开始就不对了。好像他打电话给几个堂兄弟来参加晚宴,但他们都找了借口,让他觉得"无法原谅"。有一位堂兄弟的借口,

---

[a] Olly olly oxen free,捉迷藏游戏中表示游戏结束的话。

本·C 觉得是唯一可谅解的，这位堂兄弟正好是南部一位知名作家，此前跟启蒙教育项目的一个主管订婚了。

"我应该怎么说？"他质问他的妻子，"难道我应该说他莫名其妙吗？"

"或许你应该说他根本就懒得来参加晚宴，"她说，然后，似乎是为了掩饰她的不耐烦，她叹了口气，"我只希望他不要跟黑鬼们混在一起。你知道乔治·华盛顿·凯布尔身上发生过什么。"

我努力回忆乔治·华盛顿·凯布尔身上发生过什么。

"他到最后只能去**北方**，就是这个事。"

我说我只想知道南部的人们在想什么，做什么。

他还是盯着我。他有一张新奥尔良富人的柔滑圆脸，缺少当地基因池标志的棱角。我试图想到底是谁去了北方，还一直抱怨，让他这么生气。

"我觉得对这个主题，我们知道的些许多一点，"本·C 最终说，他的音调变高了，"比起什么威利·莫里斯[a]先生。"

我们吃了洋葱蘑菇鳟鱼。我们喝了点白葡萄酒，我们多喝了点波本威士忌。我们度过了那个夜晚。我从来没搞明白，为什么一个威利·莫里斯先生的魅影会在花园街区的那个客厅里实质化，我也没有问。

本·C 的妻子和姐妹，本杰明·C. 托莱达诺夫人和博勒加德·雷德蒙夫人，即将成为托莱达诺·雷德蒙夫人，对理解南部提了很多建议。我必须走波本路或皇家路，才能到大教堂路，我必须走大教堂路才能到滨海大道。我必须在法国市场里喝咖啡，吃甜甜圈。我不该错过圣路易主教堂，神父住宅，市政厅。我们应该在加拉托瓦餐厅吃午餐：杏香鳟鱼或者马尔格里酱鳟鱼。我们应该弄一本《花园街区的辉煌历史》。我们应该去阿福花，罗斯唐，奥克利种植园。纳奇兹的斯坦顿庄园。明亮角的大酒店。我们应该在马纳尔餐厅吃晚餐，游览体育馆广场公园。我应该欣赏他们生活方式的优雅和美好。提出这些优雅的重要事项的是一群女人，她们在精神上十分投入，同时只是在忍受，就好像她们生活在好几个互相矛盾的层面间。

有天下午，我们坐船去阿尔及尔，然后沿着河开了一个多小时，在普拉克明县。

---

[a] Willie Morris（1934—1999），美国作家、编辑，出生于密西西比州，其作品主要反映美国南方的生活。

这是个奇特的县。阿尔及尔是白色骨架平房和粗制滥造的公寓楼令人迷惑的融合,公园喷泉公寓之类的,沿着河往下开,会带你穿过一片景色,比我在索诺拉沙漠之外见过的所有地方都更有象征意义。

在左边,你会发现到处都是堤坝。玉米和番茄长得横冲直撞,像是野生的。我太习惯于把种地看作农业经济,丰饶的加州谷地,标准石油和加州大学把所有资源投入在此,带来了源源不断令人目眩的丰收。禁止捕猎走兽,贝尔沙斯的一个标识上写着。这可能是什么意思?你能捕猎爬行动物吗?飞禽呢?路边有死狗,活栎林里有一个水淹的墓园。

接近萨尔弗港,我们开始看到萨尔弗公司的存在,在奇特的光里,货运箱诡异地闪光。我们在一个小时的行驶中遇到三条蛇,其中一条是肥厚的黑色棉口蛇,已经死了,身体扭曲,躺在车道上。有生意惨淡的古董店,番茄搭架,一家名叫**女人的玩意儿**(Feminine Fluff)的美容店。蛇,腐烂的草木,硫黄色的光:这些景象有如一个噩梦世界,每当我们停下加油,或者问路的时候,我都得武装自己,揿死每一根神经,就为了能走下车,踏上加油站前碎裂的牡蛎壳上。当我们回到旅馆时,我都在淋浴下站将近半个小时,试图洗掉身上的那个下午,但然后我开始思考,水从哪里来,它又灌入哪个黑暗的地方。

如今,当我想起新奥尔良,我能记起的是它浓重的执念,它对于种族、阶级、遗产、风格,以及泯灭风格那令人困惑的沉迷。事实上,这种特殊的执念恰好体现了这里与西部的差别,拓荒者传统教育西部的孩子,要否认,故意不提,但在新奥尔良,这种差别几乎是一切对话的基础,并给这对话赋予了它独特的孩童般的残忍和无辜。在新奥尔良,他们也聊派对、食物,他们的声音升高降低,永远不会静止,就好像无论聊什么,都能压制野蛮。在新奥尔良,你感觉野蛮很近,不是西部想象中救世主般的荒野,而是等级森严、老旧、邪恶,这种野蛮并不是逃离文明和不满的出口,而是对一个最深处恐慌不安、抱持殖民思维的族群的死亡威胁。这效果是情绪高涨、贪婪和极端自我的,一种在殖民城市中并不陌生的腔调,也是我觉得这种城市活力四射的根本原因。

NEW ORLEANS TO BILOXI, MISSISSIPPI

新奥尔良—比洛克西，密西西比州

出了新奥尔良，沿着沉睡酋长（Chef Menteur）高速路前行，两旁是改造中的沼泽地，给人一种徒劳的感觉。破败的住宅小区的广告牌，营造出一种伊万杰琳式的浪漫[a]。路边的小棚子在卖圣母玛利亚石膏雕像。加油站打着**免费国旗贴纸**的广告。左边时而可以看见庞恰特雷恩湖，还有船舶修理处锈迹斑斑的废弃船只。

余下的都是沼泽。粗俗的标志往下指向土路，路旁是棚子，或者"营地"，供钓鱼用。支撑邮箱是扭曲紧绷的铁链，好像居民跟旅人一样，知晓蛇的存在。光很诡异，比新奥尔良的更加特别，光线被它击中的对象完全吞噬了。

我们停在一个叫**沙滩浪花**的棚子前。一个男孩正在给外面的百事机器补货。毛巾无精打采地挂在展示晾衣绳上：**把你的[爱心图案]留在南边儿，要么带着你的[屁股图案]滚出去**！里头是一盒贝壳和干魔鬼鱼。"都是他们从墨西哥搞来的。"男孩说。

越过密西西比州线，我们上了一条小路，穿过一片松林，开往标志上显示 E. 安斯利庄园的方向。开始下雨了，我们路过

---

[a] 伊万杰琳是美国诗人亨利·沃兹沃斯·朗费罗（Henry Wadsworth Longfellow，1807—1882）于1847年发表的同名叙事长诗的女主角，讲述法裔天主教移民女子在被英军驱逐出阿卡迪亚后，终其一生寻觅失散恋人的故事。此后，伊万杰琳成为美国南方法裔天主教社区的文化图腾，也经常被视作乡愁与浪漫的象征。

一个湖，十几个男孩从水里爬出来，上了两辆车。你觉得雨毁了他们的一天，他们会无所事事，精力旺盛。南部孤独之路的陈词滥调，在这里却有了一定意义。路上时而有犰狳壳。雨还在下。男孩们和他们的车消失了。我们没有找到 E. 安斯利庄园，连一栋建筑都没看到。

烟花标志，前方有一家爬虫农场的标志。雨变小了，我们停在了爬虫农场。爬虫小屋是一个小棚子，在主路建筑后面，得穿过一个鸡满地乱跑的土院子。这个地方很脏，垃圾四处都是，花生壳、空的六罐装纸箱，上面标着**老爹根汁啤酒**和**日峰橙汁饮料**。有几只卷尾猴，一些庞大的懒洋洋的蚺蛇在货笼里，还有一条王蛇，几条响尾蛇。一个写着**铜头蝮**的笼子是空的。我们到爬虫小屋时，还有另一家在那，一个大概九岁的男孩，一个父亲，还有一个穿着宽松裤子的女士，头发盘得很高，喷了定型剂。

我们五个人站着，一直看着外面的倾盆大雨，一起被困在爬虫小屋。外面的尘土成了泥潭。几码之外，鳄鱼在泥潭里滚着。再远一点是一个标志，写着**蛇洞**。

"要是知道它在外面，我肯定不会停下来。"女人说。

"知道什么在外面？"她丈夫说。

"当然是蛇洞。你以为是什么？"

男人在一个笼子上敲击手指。里头的蚺蛇钻进木屑堆更深处里。为了开启对话，我问那个男人，他们有没有去远处那个叫爬虫小屋的地方。

"楼上没什么爬虫。"他说，然后似乎我会质疑似的，"她跟我们说，楼上没有爬虫。她说别进去。"

"或许楼下有爬虫？"我问。

"我不知道。"他说，"我就不会进去。"

"当然**你**不会。"女人轻柔地说。她还是盯着蛇洞。

我靠在空的铜头蝮笼子上，听着雨声淅沥，一股不安袭来，这淅沥声来自笼子里。我又看了一眼，那里有条铜头蝮，几乎被它蜕的蛇皮盖住了。

我们彼此放弃了，也放弃了等雨停，踩着泥地跑向主建筑。我滑倒了，摔进泥里，突然一股没来由的恐慌，有蛇在泥里，把我层层围住。

在小饰品商店，那个女人和我分别付了十美分用洗手间。又花了十美分，我从机器那里买到一杯冷咖啡，试图停止打寒战。女人给她儿子买了一个瓷马桶，上面有一个小孩逐渐消失在排污口，还刻着一句话，**再见，美好世界**。我买了一条廉价的沙滩巾，印着联盟国旗帜。它如今破败褪色了，在加州家中的壁橱里，和一堆厚实、鲜艳的菲尔德峰牌沙滩巾放在一起，而我的孩子喜欢这一条，而非那些质量更好的那些。

PASS CHRISTIAN TO GULFPORT

经克里斯蒂安山口，去往格尔夫波特

1970 年夏天，克里斯蒂安山口，1969 年龙卷风留下的残垣断壁成了自然景观。河流旁的大房子被遗弃了，学校和教堂被抹平，屋子的窗户斜挂着。海湾沿线的灾难本来就无可避免：海岸在恢复它的自然状态。到处都是**待售**的标识，但想象不到有什么买家。我记得人们说起克里斯蒂安山口时，它还是个避暑胜地，而且一度房子确实漂亮，雪白，美国旗帜鲜艳，但即便是在好时候，这里肯定也有不安。他们坐在封闭式门廊里，等着事情发生。这个地方肯定建不了度假山庄，如果一座度假山庄的特质被定义为安全的话：这里只有不祥的黑光，是整个海湾所特有的景象。

克里斯蒂安山口的市政厅背靠着海湾，如果你恰好撞见它，从前面去看，它就像个影视外景的外立面，而且被遗弃很久了。透过破败的窗户，你能看到海湾黑色的怒目凝视。你想要闭上双眼。

长滩看起来更破败，或者受损更严重，或者二者都是。这里没有那些带封闭式门廊的白色大房子。有拖车，一个扭曲的泳池梯，证明了此地在龙卷风之前是个游泳池。人群被聚在学校体育馆里。沙滩上有时能见到女人带着孩子。女人穿着两件式

经克里斯蒂安山口，去往格尔夫波特

泳装，短裤和露肩泳装，没有比基尼。海岸沿线全停着车，还有支起来的桌子，贩卖彩色光盘，在空中嗡嗡作响，没有停息。车上有手写的标识，**空间站**。从很远的地方，你就能看到光盘在闪烁。

在格尔夫波特，哈里森县政府所在地，一个货运箱在龙卷风里断成两截，断口干净，被扔在近海生锈。热浪滚滚，市中心的街道宽阔，没有树荫。格尔夫波特的剧院里在上演《失败者》(The Losers)，也会在比洛克西的大道剧场演出。我们去了市中心一家咖啡馆，想找点吃的。标识上只写着**咖啡馆**。菜单是红豆和米饭，在那天下午的凝滞中，这里唯一的声音是空调的嗡嗡声和弹球机的咔嗒声。每个人看起来都好像在这很长时间了，认识所有人。过了一会儿，一个男人从他的啤酒站起身，走向大门。"出发去医务室了。"他转身时说。

在格尔夫波特和比洛克西之间，木瓦被从房子上拨起，朝向海湾的方向。活栎树被扭断。远远地，你能看到比洛克西灯塔，一幢白塔在奇异的午后阳光里，熠熠发光。

我从没想过，到海湾的时候，我已经结婚了。

BILOXI

比洛克西

海湾沿岸，一切似乎都衰败了：墙壁脏污，窗户残破。窗帘发霉。木头变形。空调不起作用。我们住在水际海湾酒店时，那里正在举办密西西比广播电视颁奖礼，我们房间窗户上的空调每次打开时都疯狂震颤，咣当作响。水际海湾酒店是一个巨大的白色酒店，看起来就像个巨型洗衣店，外表徘徊在猛烈批判的边缘。游泳池很大，很脏，水闻起来有股鱼腥味。酒店后面是一个新建的购物中心，建在一个有空调的商场周围，我总是逃到那儿去，回到中流美国。

在水际海湾的电梯里：

"沃尔特，我觉得你的增长超过了密西西比州的所有镇子。"

"嗯，数字还存疑。"

"总数不如商会以为他们有的那么多？"

"不，嗯——"

"图珀洛也一样。图珀洛他们要重新计算。"

"嗯，老实讲，我没觉得我们拿下了全部人……他们看到了车，他们以为他们住在这，但他们从周围来这，一天就花一块钱——"

"一块钱，最多了。"

两个男人说话时面向电梯，而不是面向对方。对话结束了。密西西比小镇"增长"是夙愿，却总是无法实现。每个人都跟我保证，密西西比广播电视颁奖是"密西西比州最棒的晚会"。

一个晚饭后的傍晚，我们开车在比

洛克西转悠，停下来，看了一场在明亮灯光下举办的小马棒球联赛。一些男人穿着短袖衫，女人们穿着褪色的棉衬衫和七分裤，坐在看台上，看着孩子们打比赛，"假日酒店"对"汉堡大厨"。看台下，一些孩子赤脚在土里玩，停着一辆警车，发动机没关，车门开着。比赛最终结束了，没人满意。

在密西西比州，铁路贯穿每一个小镇，或者看起来是这样，每个交叉路口，都有标识写着**密西西比州法/停车**。铁路高出路面，四周长满野胡萝卜。

小马联赛结束后，我们去几个街区外的一个酒吧喝啤酒，那儿有一些看台上的人，目之所及的地方没有孩子。显然这只是消磨夏日夜晚几个小时的方式罢了。比如，他们早就看过了《失败者》，房子里太热，日落时就吃完晚饭了。

那个晚上，另一种消磨时光的方式（但我认为，这基本上是一种难以觉察得更加中产的爱好），是在同济会钓鱼比赛上，那天捕获的个头最大的鱼陈列在一排冰上。顶棚之下，小女孩坐在木屑堆里，把啤酒罐易拉盖串起来，变成一条项链。

有天上午 10 点 30 分，密西西比广播电视颁奖礼期间，在水际海湾的舞厅里，有个活动正在进行，叫作**女士早午餐**。比利·费恩三重奏演奏着，来自西点 WROB 广播的老鲍勃·麦克拉尼在主持。

"比利·费恩三重奏成了我们颁奖礼的一个组成部分，"他说，然后介绍了另一个节目，"我们今早又一个节目……我猜……除非你曾是个保留地的印第安人，我们当中没有多少是……你会觉得这是新奇的，至少非常不一样的。在科罗拉多……或者在西部某个地方……有个老式小村子，叫陶斯。我们今早会有位年轻人，他把陶斯花式呼啦圈带上新的台阶……他就是艾伦·托马斯，来自路易斯安那富兰克林顿……印第安鼓演奏，马丁·贝尔彻。"

"你会爱上这个表演的。"我这桌有个人说，"我们在 49 街的高中看过。"

"我希望我也能像那样拉手风琴。"在比利·费恩三重奏演奏时，有个人说。

"但不是吧？"

"我们都该去我家。"第三个女人说，她们都是些年轻女人，年纪最大的可能三十岁，"我会给你拉手风琴。"

"我们永远不会去。"第一个女人说，"我想去的地方，我从来都去不了。"

正在抽入门奖，一等奖是一间纤维板覆盖的房间。女人们迫切想要那个纤维板房间，她们也想要刀具套装，扑克牌，一双美国小姐牌的鞋，带灯的化妆镜，基督木版画。她们记得她们当中有谁以前赢过入门奖，她们对每个赢家怀旧的羡慕弥漫了整个屋子。小女孩们穿着拖鞋和太阳裙，

南部与西部

在舞厅角落里玩，等着她们的母亲，后者现在等着抽奖，和孩子们一样。

这些人在1970年脱离美国生活潮流的程度，让人震惊也无法理解。他们所有的信息都转了五道手，而且在传播过程里神秘化了。毕竟，如果陶斯不在密西西比州，那陶斯到底在哪儿真的重要吗？

密西西比广播电视颁奖礼晚宴上，有许多笑话和小寓言。这是其中一个笑话："你能不能告诉我，如果你用一只公鸡拉小提琴，你能得到什么？答案是，如果你瞧一眼你的养鸡场，你会看到有人在摆弄你的公鸡[a]。"这于我是个很一般的笑话，它没有任何笑点，但每个人都爆笑，而且我周边的桌上，还有人不断复述，讲给错过了包袱的人听。

这是那天晚上我听到的一个寓言："三叶草田里有只蜜蜂在嗡嗡，一头牛走来，吞下了蜜蜂，蜜蜂飞来飞去，又暖又困，蜜蜂睡去了，等蜜蜂醒来，牛不见了。"我记得，这则寓言讲了要传播好消息而非坏消息之类，似乎对听众们来说，其含义非常清楚，但我始终没能领会。

主席台上有个人不断说着我们"正在进入新时期的太空时代"，但我们离那还远得很，何谈我们早已进入了太空时代？

我有种感觉，我在墨西哥湾待得太久了，我的信息源遥不可及，就像是女士早午餐上的女人们一样，我想去的地方，或许永远都去不了。那天晚上的一个奖项是女性制作最佳系列节目。

午宴是为了致敬国会议员威廉·科尔默（密西西比民主党），他在国会已经三十八年，并且是国会规则委员会的主席。他获得了广播电视年度人物，并带着他的戒酒陪护、他的母亲和他的秘书一起出席。科尔默嘟囔着什么"每块地里的坏苹果"和国家其他地方对密西西比州的兴趣，"就好比当密西西比州出生了个孩子，在新泽西州就有了个产科医生"。

"我们有很多负面报道。"一个获得了杰出公共服务奖的人说。外界恶评激发了团结，这个论调不断出现。似乎已经到了这般地步，所有密西西比人凝聚在一起，其方式对其他任何一个州的居民都不适用。他们只在彼此身边感到安心。他们之间的任何差别，阶级的、经济的，甚至是真的种族上的，在共同点面前不值一提。

被介绍为"密西西比副州长，克拉克斯代尔浸信会教堂成员"的查尔斯·L.沙利文站起来发言。"我在想，我们正处于一个抗议者的时代——放肆、庸俗、无

---

[a] 一个关于fiddle和rooster的双关黄色笑话：fiddle作名词时意为"小提琴"，作动词时意为"不停摆弄"；rooster本义为"公鸡"，此处也暗指男性生殖器。

知、不太'美国'的人——扰乱这个国家的私人和公共生活。"他抱怨了媒体，"对他们来说，两声响亮的'啊，讨厌密西西比'就够了。这代成年人的成就远超文明历史上任何一代——它开启了对上帝无垠空间的探索。我就不会听到他们为自己造成的局面而鬼哭狼嚎。啊，不相信不同意的权利就是要摧毁杰克逊或者肯特州立或者[这里有个不言而喻的'甚至']伯克利的权利。如果，正如他们所说，他们真的对民主制度绝望了，那么我和我的抗议者同胞们应当都坚定认为，如果我们的制度必须改变，也应在选票箱里，而非在街头。"他最后用南方式演讲里的固定结尾来收尾，"我们可以共同生活在尊严和自由中，这正是造物主的旨意。"

鉴于有许多公路巡警作为嘉宾，一种基调贯穿整场午餐宴和他的演讲，因为是公路巡警在杰克逊开的枪[a]。

周末随手记录：来自格尔夫波特的非裔广播台台长站在队伍里，跟来自默里迪恩的斯坦·托格森聊着黑人主持节目，托格森说他主持着"最强40"，没有节奏蓝调，也没有灵魂乐，他还有家唱片店，"所以我他妈的非常清楚他们都买些什么"。来自格林纳达WNAG节目的鲍勃·埃文斯，试图用五大家族来描述密西西比城镇的阶级结构，银行家总是排在第一位，因为他是放贷的。一个黑人女孩，杰克逊州立的学生，展示了一份某个下午集会的诉求清单，所有人都跟我解释，她"很有礼貌"。一份对卡米尔飓风期间媒体的致敬，"广播电视与气象局，以及民防部门团结协作"。这场危机后，"全美国的名人们都来了，鲍勃·霍普[b]、淘金女[c]、鲍比·戈尔兹伯勒[d]。鲍勃·霍普来了，真的让大家感觉整个国家都在关注"。来自杰克逊的麦格拉思夫人靠近，告诉我杰克逊州立大学那出是设计好的。

海湾度假山庄某种程度上靠着非法赌博活着，所有游客皆知藏在松林后面的地方。海湾地区的黑手党势力很大。

---

a 1970年5月15日，密西西比州的杰克逊州立大学内，警察和学生发生冲突，警察开枪导致两名学生死亡，十二人受伤。

b Bob Hope（1903—2003），美国喜剧演员，职业生涯长达七十余年，主演影视作品五十四部，曾十九次主持奥斯卡颁奖礼。

c The Golddiggers，成立于1968年的女子歌舞剧团。

d Bobby Goldsboro（1941— ），美国流行音乐和乡村音乐歌手，在二十世纪六七十年代创作了一系列热门歌曲，代表作有《亲爱的》（"Honey"）、《第一次的夏天》["Summer(The First Time)"]等。

南部与西部

女士早午餐上，关于电视话题：

"我一直开着为了看我的故事。"

"为了故事，必须得有一个。"

"我只在厨房里听广播。"

开车时呢，我问。年轻的漂亮女人看着我，好像真的被问倒了。

"开去哪儿？"她问。

我不知道为什么我们要去默里迪恩，而不是原定的莫比尔，但几天后，似乎必须得离开海湾和热浪。

ON THE ROAD FROM BILOXI TO MERIDIAN

比洛克西—默里迪恩的路上

时而有雨，阴天，砍倒的松木。在比洛克西的一个调幅广播，表盘上是1400，我听着理查德·布兰南讲述一个寓言故事，关于"一次驶往巴哈马群岛的航行"。广播系统失灵了，但最终他们修好了，向着港口而去。"找到了正确的方向，每个人都很高兴，"他说，"我说这个，因为有另外一艘船正在失去方向……国家，这艘古老的船。"然后他们播放了童声合唱的《美丽的美国》。这是一个周日。到处都是二手拖车场，标识上写着**回收**[a]，带牌照的拖车在南部到处都是。

在密西西比州的麦克亨利，一个加油站和几个棚屋，一条土路往回通往松林，三个赤脚小孩在加油站旁的灰土里玩儿。一个小女孩，一头乱糟糟的金色长发，一条脏兮兮的长春花色及膝裙，手里拿着一个空雪碧瓶子。两个稍大的男孩打开了可乐机，他们小声争吵着要选什么。一辆小皮卡开了进来，后车斗里堆得很高，全是破家具和脏床垫；我有时候觉得这些床垫已经在整个南部转过一圈了。一个中年金发女人在加油。"有个男孩今天请假了，所以他们让我来干活。"她说。我们继续上路，经过牛群、一座教堂、一个贾克斯（法巴克）啤酒标识和威金木材公司，它

---

[a] 在赊销或分期付款购物中，如买方未按约定付款，卖方或贷款银行可以取回标的物，并进行售卖，标的物上会标记"回收"。

是南方黄松木材制造商。

周日下午两三点，密西西比州哈蒂斯堡上笼罩着一种浓重的睡意，窒息一般。没地方吃午饭，没地方加油。在一条宽阔的、铺满落叶的路上，白色房子被抛之脑后。有时我会在窗子上看到一张脸。我没在街上看到人。

哈蒂斯堡城外，我们停在一个**餐饮—加油—卡车休息站**，买了个三明治。一个金发女孩有一张糙皮病的脸，站在收银台，一脸不耐烦，一群男人坐在卡座里。吧台后是一个穿着粉色涤纶居家服的女人。她那张典型的棱角分明的脸上，几乎毫无表情，她的动作如此缓慢，像是要睡着了。她把冰铲进杯子里，动作好似芭蕾。她身后是个软冰激凌机器，液体缓缓流淌，滴落下来，时不时有冰块落进制冰机器里。在那时，她、女孩和两个男人都没有讲话。点唱机在播《甜蜜的卡罗琳》（"Sweet Caroline"）。他们都看着我吃一个烤芝士三明治。当我们回到爆裂的炽热中，一个男人跟在我们身后，目送我们开走了。

在劳雷尔，人口两万九千：**免费国旗贴纸**，跟其他地方一样。**自助加油，省五美分**。这个有意思。后街上有棚屋。一个黑人女子坐在前廊里，座椅是车的后座。

锈迹斑斑的零件车到处都是，水沟里，野葛覆盖。白色野花，红色的土。松树变矮了，更像是灌木。无角的海福特牛。若是我们把未染指的土地等同于公园用地，一种奢侈品，那么密西西比州看起来相当富有。但你忘了这里是前工业化，而非是在一个工业化社会里花了大价钱才买下的公园用地。这片山地上只有极少的地方有些许耕种。那有一小片玉米，没别的了。

在密西西比州的恩特普赖斯，一些标识：**7个汉堡，只要1美元。烤肉1英尺，30美分**。人们坐在前廊里。

密西西比州，基础城，一个没标在地图上的镇子。你开上一条路，两条铁路的交会处，一座非常漂亮的白色框架房子，有绿色草坪，一个凉亭。小白花。其地点的反常让观者无言。几条铁路对面是一个标识：**私人狗木溪流，M.E. 斯凯尔顿家族所有。密西西比州，基础城**。回到路上，通往默里迪恩，11号公路，是**基础城庭院咖啡馆，供应冷气**。当我离开基础城时，一列火车在低沉吐息，默里迪恩-比格比专线。你在南部会注意到火车。一个活生生的过去。

SWIMMING AT THE HOWARD JOHNSON'S IN MERIDIAN

在默里迪恩的霍华德·约翰逊酒店游泳

默里迪恩的霍华德·约翰逊酒店就在20号州际公路旁，位于20号州际公路——东西向——和59号州际公路——从新奥尔良到纽约，南北向——交汇处。人口5.8万，在草坪和铁丝网围栏外，重型卡车飞驰于伯明翰、杰克逊和新奥尔良之间。6点坐在泳池旁，我感受到了公路网的幸福：我可以在圣贝纳迪诺，或者凤凰城，或者印第安纳波利斯城外。孩子们砸进泳池里。一个三岁孩子突然转向，非常危险地向着池底游去，她的妈妈叫她回来。这个母亲和她的三个孩子来自佐治亚州，在默里迪恩找新房子期间，住在霍华德·约翰逊酒店。

"我永远都不想回佐治亚州了，"小男孩说，"我希望这里是我的家。""这里**会**是你的家，"母亲说，"只要爸爸和我找到房子。""这里，"小男孩说，"这个酒店。"

另一个女人出现了，叫一个大一点的孩子回去吃晚饭，一个男孩，大概十二三岁。"我们现在要吃晚饭了。"她说。"操。"男孩嘟囔着，裹着一条联盟旗帜沙滩巾，跟在她身后。天黑了下来，雷声大作，三岁孩子哭了，我们全都回到舒适的空调房。大概半小时后，雨停了，午夜时分，我能听见大一点的孩子跳进亮着灯的泳池。

1047

MERIDIAN NOTES

默里迪恩笔记

在默里迪恩的霍华德·约翰逊酒店停车场最远那头，是一片荒野，有一个小泥潭，一个小小的鸭棚，还有鸭子。鸭子把泥水从白色羽毛上甩下来。

魏德曼餐馆里挂着等待出售的画：我们坐在一幅下，一张名片贴在下方。**沃尔特·艾伯特·格林夫人**，名片上印着，然后是非常清晰的手写字迹，**戴尔伍德湖**，"油"**约克，亚拉巴马。35美元**。还有一幅在理解人类缄默上很糟糕的画作，叫《之间》，作者是詹姆斯·A. 哈里斯，售价150美元。在默里迪恩那几天，这幅画、詹姆斯·A. 哈里斯和他在默里迪恩的人生总在我脑中徘徊，我试着打给他，但从未打通。他在空军基地里。

吉布森的打折，到处都是。梅赛德斯－奔驰中介和"雪铁龙服务"，肯定不会如此。可口可乐。中南商学院、汤恩德美容学校和拉马尔旅馆关门了。我尝试跟汤恩德美容学院的主管约个时间，但他说他现在对哪家杂志都不感兴趣。我们彼此误解了，或者没有。我和中南商学院主管刘易斯夫人约上了，但我到的时候，大门紧锁。我在拉马尔大楼阴冷的走廊里站了一会儿，下楼，喝了罐可乐，又回来，大门还是关着的。我们彼此误解了，或者没有。

AN AFTERNOON IN MERIDIAN WITH STAN TORGERSON

在默里迪恩，与斯坦·托格森共度下午

我打电话给斯坦·托格森，想约在他的广播台 WQIC 一起吃午饭，我问他在哪里吃午饭最好，他说魏德曼餐厅，"但它可拿不到什么《假日》杂志奖"。事实上它得过，而且是个还不错的餐厅，但在密西西比州，人们讲话都喜欢留点余地。"我穿着绿衬衫，进门块头最大的那个。"他提醒我。吃午饭时，他一开始很警惕。他说我根本不清楚自己在做什么。我同意。他拒绝喝一杯，说又不是在纽约。斯坦·托格森来自寒冷的北部（明尼苏达州，我猜），然后去了孟菲斯，在那儿进入了广播这一行。他先是在迈阿密工作，随后在圣迭戈工作一年，住在拉霍亚，他觉得不自在——邻居们各有各的爱好，彼此不怎么来往——他想回南部。他儿子获得了老密西[a]的橄榄球奖学金。他担心孩子们在加州染上毒品。"不好意思，"他说，"但我还不至于把**抽大麻**当成一种正经生活。"

当默里迪恩的非裔广播台出售时，他买了下来。他也解说老密西的比赛，这件事他在孟菲斯时就开始做了。"没错，"他说，"我有一家少数族裔广播台，WQIC，服务这里的黑人族群已经十三个年头了。"他广播的福音和灵魂乐，覆盖密西西比州和亚拉巴马州数县的 18 万非裔，"全国排第 32 的黑人市场，方圆 60 英里，区域内

---

a Ole Miss，种植园文化中黑奴对女主人的敬称，1897 年成为密西西比大学的昵称并沿用至今。

1049

43% 是黑人。我们服务黑人市场，广播以灵魂乐和福音为主，这意味着什么？一个月前，《广告牌》榜显示，Top 40 放的基本上都是灵魂乐。杰克逊五兄弟的《ABC》《时间倒转》，也属于 Top 40，但它也是灵魂乐。我们偶尔也会放一些蓝眼灵魂乐，比如达斯蒂·斯普林菲尔德的《一个牧师的儿子》。我们不放摇滚，因为我们的听众不喜欢。我们也不放你们那些地下乐队，什么杰斐逊飞机之类的……有充分的理由相信，我们的听众里有 10% 到 15% 是白人；我们下午接到的电话里，有些绝对是白人口音。我们的听众覆盖率有 36%。"

他说我大概会好奇他为什么回到密西西比州。"我回来是因为我深爱着这个州。我有个儿子——他秋天就大四了——在密西西比大学打橄榄球。"

他强调默里迪恩是个木材地区，山岭地区。纸浆木是农产品的基础。他强调默里迪恩的发展是多么地迅速：有三个新医院。"在大部分南部城市里，还是对旧产业有很强的偏向……南部零售商的生意还是私人的，家族运营，直到最近，大部分零售商才开始感觉到来自零售链的竞争。全国最好的商机就在南部这边……在一个将近五万人口的城市里，没有一家麦当劳，还没有一家这种加盟店。你给我一个密西比州杰克逊的交叉路口的一角，或者你给我一整个默里迪恩，我会拿下全部，在一角放家麦当劳，另一角放家汉堡大师，街对面放家肖尼三明治……"

他的声音继续，编织着越来越高远的经济宏图。"产业正在，而且**必将**，"他说，"持续南移。气候肯定是一个原因。另一个是南部**想要**产业，而且愿意给它提供税收优惠。再一个，自然是南部的工会势力相对来说比较弱。洛克希德在这里组装尾翼部分，然后运往加州进行整体组装……

"对这一带的年轻人来说，亚特兰大是一座魔法之城，无论你属于哪个阶层……过去十年间，从这里迁出去的大部分都是黑人，他们都收到了描绘光明前景的信，当然在一些北方州，福利政策也相对宽松……而且，不可否认的是，北部的机会看起来也确实更多。"

更多关于默里迪恩的进步之处："我们的广播台有很大一批优质客户，就像镇子里其他人一样，无论是不是黑人。我们有四家银行，还有所有想跟黑人做生意的零售商——黑人的钱非常重要。与此同时，最低工资大概是最重要的新闻，然后食品券[a] 也是桩好生意，我可以说，它们让我们的经济增长了许多。

"我们正在一个转型时期。年轻黑人

---

[a] Food stamp，一种由美国政府发放、可用于在指定商店购买食物的纸质代金券。

正在积极争取受教育的机会。这里的学校已经完全实现了融合。当然，咱们都改变不了老一代的黑人，四十多岁的那一代，他们的生活模式都已经定型了。

"老密西有自己的标准要坚持。黑人受教育越来越多，你就能在老密西看到他们了。一些黑人领袖觉得，这些孩子在受教育上起步晚，应该获得更优惠的教育条件，但从根本上说，标准必须坚持，要让人们努力达到这些标准。"

晚上我们开车去城里，斯坦·托格森打断自己的话，指着邮局。"这是邮局，那边是著名的费城审判的法庭，所谓费城死亡案的审判地。"

"如果街上有榆树，那这里就非常中西部了。"当我们穿过居民区时，斯坦·托格森观察道。他指着他自己那栋价值2.95万美元的双层木结构房子说道，"2800平方英尺，有玉兰树、山茱萸和山核桃。"他指着波普勒路，说它是"密西西比州默里迪恩的公园大道，所有的房子都是古老家族建的"。

他热情满满，不断地说着回到默里迪恩生活的美满。他的女儿，这个秋天就要升入高三，有"她的运动，她的户外活动，她的游泳。这是一种安静祥和的生活，也是我想要回来的原因之一。孩子们被教导说'先生'和'女士'。我知道现在笑话南部很时髦，但拿我们这儿的贫民窟跟佛罗里达州迈阿密的古巴人和波多黎各人住的贫民窟比，迈阿密一定会输。"

默里迪恩是杰克逊和伯明翰之间最大的城市，这有一个海军基地，对当地而言意义非凡。在大部分住着海军的公寓楼，能看到全国各地牌照的车。

一些斯坦·托格森随意提及的社会观察：大部分当地孩子会上州内大学，老密西或者南密西西比大学；另一个乡村俱乐部，用联邦的钱建的，会员包括"商店助理经理和海军的人"；默里迪恩大部分社区都以"个人定制住宅"为特色。托格森戏剧性地停顿一下，以强调城里新鲜血液的多样性："还有一家布料店。"

我问是不是有些孩子没有离开，他承认有些离开了。"一个有工程学位的孩子，在这儿没事做。当然女孩们会嫁出去。南方女孩喜欢找丈夫是出了名的，但我猜别的地方也一样。"我突然想到，在南部时，我的脑子里总是有个念头，如果我生活在这里，我一定是个怪人，充满愤怒，我幻想这种愤怒会以什么方式出现。我会接受一切，或者干脆拿刀捅一个人？

托格森现在变得很激动，我没办法制止他的激情演讲。"最近几年在南部变化很多，比如大众汽车的经销商规模跟其他地方相比，毫不逊色。

"三K党曾经是这个社区的主角，如今完全不是了，成员和影响力都消失了，我想象不到有任何地方会拒绝黑人，或许私人俱乐部是例外。我们不再有那种愤懑不满类型，反对着种族和谐的黑人领袖。自从黑人骄傲，黑人力量崛起，开始有了点自我隔离的趋势。在我们台里，我们有个节目，叫《黑人历史中的冒险家》，展示黑人群体的贡献——一个黑人牧师专门负责。我在 WQIC 灵魂乐商店里有黑人员工，还有个黑人药剂师，一个非常称职的人，这个本地男孩去过北方，又回来了，在伊利诺伊大学接受的训练。我们有一定程度的黑人经济，包括这儿的这个加油站，老板是个黑人。关键在于种族和谐，还有教育，我们努力给我们的人提供这两个东西，因为我们会共同生活很久。每个大型零售商店都会雇用黑人员工，西尔斯有几个部门的头儿是黑人，这还有个黑人商学院，一个黑人和白人的职业培训机构。

"当然我们还有移植，新点子，就像混血儿，我们总体而言更强。我们几乎不再是从前那样的自我繁殖。在南部的这方土地上，我们与世无争了很多很多年，但我们变得更加野心勃勃，随着人们过来，他们帮助我们变得更加野心勃勃——我们不再穿着裙撑，不，我们不穿了。

"说到我们的政治，嗯，乔治·华莱士从印第安纳得到很多票，这是事实。我倒不是说，今晚我就会请一位黑人牧师来家里吃晚餐，因为我不会。但事情在变。

我认识一个人，他是开电器店的，他从来不敢相信还能派黑人修理员去别人家。但他现在找不到白人了……前几天，他问我认不认识修得好的黑人。你看，这就是进步……

"当然了，黑人熟练技术工人还是有很大缺口，问题在于培训和教育。关键再也不是缺少机会，而是缺少技能。我们距离完全平等还有两代，但芝加哥、底特律那边也一样，你去过哈勒姆吗？"

两个小时里，这个穿着绿衬衫的男人滔滔不绝，把默里迪恩商业蓝图铺展于在我们眼前，肖尼三明治店开满每个角落，处处都是欣欣向荣，听得人脑袋麻木，我把他放了下来，然后开车穿过市中心仍旧荒芜的街道。几个非裔女性在街上，打着伞遮阳。大约 5 点。在默里迪恩主街，22 号大道的中间，有个男人拿着把猎枪。他穿着粉色衬衫，戴着顶高尔夫球帽，一只耳朵上是助听器。他举起猎枪，对着一栋建筑的屋顶射击了好几次。

我停下车，盯着他看了一会儿，然后接近他。"你在开枪打什么？"我问。

"鸽——子。"他很开心地说。

在这个疯狂的下午，密西西比州对我的吸引力失去大半。

因为我在新奥尔良摔了一跤，伤了一根肋骨，在潮湿炎热里，以及在我游泳和在床上翻身时，这根肋骨都让我很痛，我决定在默里迪恩看医生。我不确定前面得有多久才能再到一个足够大，能有急救室的城镇，然而这里有，斯坦·托格森一遍又一遍地告诉我，四家医院，我甚至知道其中一家的名字，拉什基金医院，所以我去了那。一个稍年轻的拉什医生看了我的肋骨，让我去拍Ｘ光。我不知道是沃恩·拉什医生还是劳里·拉什医生，他们是兄弟，或者格斯·拉什医生，是堂兄弟。在医生来之前，一位护士问了我病史，她似乎不相信我的话。我穿着白色病人服在等待的时候，我开始代入她的视角：一个女人走进诊所，默里迪恩的陌生人。她有一头直长发，这种发型在南部十四岁以上稍有地位的女性中很少见，她抱怨着受伤的肋骨。她给出的地址是洛杉矶，但说肋骨是在新奥尔良一家旅馆的房间里弄伤的。她说她只是"路过"默里迪恩。这不是个可信度很高的故事，在我讲述的时候，我就意识到了，这让我很难直视她的眼睛。

拉什医生自己对这个故事不置可否，或多或少的。

"只是来度假。"他说。

"其实我是个作家。"我说，"我喜欢去自己从来没去过的地方。"

"独自旅行？"他按压我的肋骨。

"我丈夫一起。"

听起来也不太像真的，因为我没戴戒指。一个很长的沉默。

"我去北边读书的。"他说，"那边有很多地方我非常喜欢。我曾经想过我不介意住在那儿。"

"但你回到这儿了。"

"但……"他说，"我回到这儿了。"

在默里迪恩的一个晚上，我们去看了电影《爱恋》，乔治·西格尔和伊娃·玛丽·森特主演。观众们，在这里的，盯着屏幕，就好像电影是捷克语的。我正好几周前见过伊娃·玛丽·森特，在某个人家中的晚宴上，在马里布，而马里布和这家默里迪恩的电影院之间隔着千山万水。我是如何从那里来到这里的：那里，一如既往，才是那个问题。

笔记：想起了我在纽约认识的南方姑娘，在她们身上，南部生活一直比城里发生的任何事更鲜活，这很神奇。当我说我在伯克利加入过姐妹会，埃丝特·尼科尔动了动鼻子，说在老密西，姐妹会里"基本是密西西比女孩"。对埃丝特，这个来自孟菲斯的人而言，这件事很重要。还有，记得跟一个来自纳什维尔的女孩吃午饭，她在康泰纳仕工作。她一个月内就会离开，她告诉我，因为纳什维尔的家里，社交季已经开始了，她的祖母会办一个派对。

南部与西部

笔记：在南部乡间买酒的时候被问要身份证了。在来南部前，我已经好多年没被人认作十七岁了，但这个月里，有好几回我都得证明自己已经满了十八岁。大家觉得成年女性会做头发，这是我唯一能想出的原因了。

笔记：记得1942年在达勒姆的一件事，或者据说是一件事，叫推搡节，那天街上的黑人会推搡白人。在推搡节当天，人们会避免去市中心买东西，不是周二就是周三。有次在达勒姆，妈妈和弟弟吉米，还有我一起坐上去杜克大学的巴士，司机不发车，因为我们坐在巴士后排座位上。

ON THE ROAD FROM MERIDIAN TO TUSCALOOSA, ALABAMA

默里迪恩—塔斯卡卢萨，亚拉巴马州

标识：

欢迎来到亚拉巴马！放松休息一下！78.2万名亚拉巴马浸信会教徒欢迎您！

迪克西加油站，有着联盟旗帜和花窗格栅，到处都是。

男孩们在古巴和迪莫波利斯之间的路上工作。用钓鱼竿测量。亚拉巴马，萨姆特县，这一带80%都是非裔。我们穿过迪莫波利斯鲁斯特桥，下面是汤比格比河，又一条静止、棕色的河流。感觉在南部，我从来没见到有水在流动。感觉像是水做的莫卡辛鞋。

在迪莫波利斯，大约午饭时间，温度有96华氏度，所有动作都成了液态。一辆亚拉巴马州警车缓慢地绕着镇子。我在主街上一个体重计里投了1美分，我的体重是96磅，我的幸运签是**你喜欢让你的心掌控脑子**。

在一家药店里，一个年轻女孩跟柜台的一个女人说话。"我会逃走，然后结婚。"女孩说。"跟谁？"女人问。女孩捏弯了她的纸吸管。"我要结婚，"她固执地说，"我不管跟谁。"

为了躲避太阳，我在迪莫波利斯图书馆坐了一会儿，研究一张新闻照片，迪莫波利斯警队（9个人）在倒缴获的214加仑私酒。带着一条寻血猎犬，在四个小时的追踪后，缴获了这批私酒。运酒车的司机，来自佐治亚锡达敦的克拉伦斯·布尼

南部与西部

安·巴雷特，被罚款435美元后获释。

在前台，一个小个子女人，大概十七岁，小鸟一般，在跟图书管理员聊天。

"嘿，《纳什维尔之声》（Nashville Sound）到货了吗？"

"还没有发货。"

"那《世界时尚》呢？"

"还是缺货。"

"把我放进《世界时尚》的等待名单里。"

那个夏天，《法国中尉的女人》在迪莫波利斯图书馆很抢手。2点钟的温度是98华氏度。

格林县缓缓展开，绿树碧草，明亮的浅绿色。牧场。这地方看起来很富，许多人来自伯明翰之类的。（富人）留着这些地打猎。

南方迷思：一种名为"灰地"的小平房，许许多多有两到四根柱子的屋子。

亚拉巴马的尤托，火车穿城而过的镇子。孩子们在镇子上骑自行车，在葱茏静止的空气中，仿佛没有移动。四处长满卷丹，野生或外来的。我们听着广播里的乡村音乐。6月16日下午4点，在尤托浸信会教堂有一场葬礼，哀悼者在教堂外建了一层檐壁，一群小孩正在上面钢镚远足[a]。硬币在路边旋转着，孩子们蹲下盯着，身着黑衣的大人们围着他们。尤托有一个白人游泳馆和一个非裔游泳馆，一栋公寓楼，"殖民公寓"，上面写着**要房找吉米烧烤**。

在尤托市政厅，我问一个职员商会在哪里，但她不能，或者不愿，告诉我。一个角落是锁上的青少年中心，里头贴着海报，写着**红潮加油**和**嗨起来**。有张海报上

---

[a] Penny hike，指在徒步过程中，每当遇到岔路口时，用掷硬币的方式来选择前进的方向，正面表示向左，反面表示向右。

是和平标识。在南方小镇上,孩子们代表着神秘的亚文化。

周二下午5点,我们顺着一条小路开进了亚拉巴马州的拉尔夫。一块标识告诉我们,这里的邮政编码是35480,人口为50,这座小镇有:

贝瑟尔教堂(浸信会)
希洛教堂(浸信会)
韦斯利礼拜堂
邮局
学校

拉尔夫也是棉花改良大赛的冠军。四处是卷丹,没有人。

82号公路边,塔斯卡卢萨附近,是露琳湖。巨熊·布赖恩特大众汽车在塔斯卡卢萨。反叛者石油。汽车贴纸:**耶和华VS进化/别让自己像个猴子**。卷丹。卷丹。卷丹。**红潮,绯潮,潮水汹涌,潮水不息。**

塔斯卡卢萨的拉马达旅馆,一个下午,大概5点,我坐在外面的游泳池旁,读萨莉·肯普顿在《时尚先生》上的一篇文章,讲她的父亲和其他她认识的男性。没有太阳。空气是液态的,跟泳池水一样。一切似乎都是水泥和湿气做的。几个男人穿着尼龙短袖衫,坐在另一个张铁桌子那儿,喝着罐装啤酒。后来我们想找个开门的地方吃饭。我记得在大学路上有个地方,老板说要在天际线汽车影院左转。半道上我们迷路了,在一家加油站停下来问路。工作人员不知道大学路在哪儿(亚拉巴马大学就在大学路上),但能给我们指通往天际线汽车影院的路。

BIRMINGHAM

伯明翰

我给伯明翰一个朋友打电话，问我在乡下可以去见见谁，有什么新闻，他问我到底想知道什么，我跟他解释了，他说，"你想知道谁是坐在灰狗巴士站的，谁是坐在帕卡德车里，对吧？"我说对。

他给我名字的方式非常本土化："比如老兰金·法伊夫，州众议院的议长，温菲尔德基本上就是他说了算。过去后到博利吉，有个戴维·约翰斯顿，他有个大农场。有个工会领袖，黑尼一家，他们住在古恩城外，他是个农民、牧师，也是个工会领袖。还有希尔家，他们开银行。博利吉有博伊德·阿曼，最好的猎人和渔夫——你应该能在杂货店里找到他。在那儿有任何麻烦，一定要打给我。"

运动之于人们，俨然是一针麻醉剂。在所有小镇中，高中体育馆都不仅仅学校里最宏伟的部分，也是整个镇上最坚固的建筑，红砖盖的，极为阔大，凝聚着民众希望的纪念碑。签下"意向协议"[a]的运动员们是本地新闻的热门话题。

伯明翰的一次晚饭，除了我们，还有五个人。其中两个是普林斯顿毕业的，第三个在出差时是纽约的伊莱恩家和加州的贝弗利山酒店的常客。他们粗野而愉悦地谈论着"趁老婆不在城里时去看X级片"

---

a 即 National Letter of Intent（NLI），学生运动员与大学之间签署的一种具有法律约束力的合同文件，通常在高三下学期签署，表明该运动员承诺接受该校提供的奖学金，并加入该校校队。

之类的事。这种说话方式是对他们自身精英教养的一种做作夸饰的否认,想一想都让我眩晕。

"基本可以说,南部所有美德和缺陷,其实都是人口稀少的缘故。"伯明翰的一次午餐中,有个人说。"城市,嗯,城市**是**大熔炉。这边几乎还是个封建社会。"我们去过密西西比州和亚拉巴马州的一些地方,那里肉眼可见完全没有种族融合。

"就让他们吃食品券去吧。"晚餐上,有个人这样说他父亲农场里的白人佃农。

南方的房子和建筑曾经空间很大,有窗户和前廊。或许这是美国居民建筑中最美也最舒适的,但这种房子不再建造了,因为有了空调。

笔记:对不断出现的引入产业说法有些不确定,很有趣。不想引入产业是自杀愿望,或者引入产业是?

说起"一位旧时代绅士",有代代熟知的越轨行为,丑闻和幕后操纵,与阅兵式相对的狗血的婚外情情节。

据说真正的伯明翰协会是在芒廷布鲁克乡村俱乐部东南角的更衣室里。芒廷布鲁克乡村俱乐部的每个人都去圣公会圣卢克堂或石楠木长老会教堂,很难把这个伯明翰跟布尔·康纳[a]的,以及《伯明翰周日报》[b]的联系起来。

与休·贝利一起在俱乐部吃午餐,楼层很高,能看到烟雾。"我们如今在伯明翰也有污染指数了,我猜你会说这是发展的标志。"那天,《伯明翰邮报》(6月18日)报道称,市中心的污染指数是205,或超过了美国公共卫生部门的标准线,那周,杰斐逊县的呼吸道疾病致死病例有六个。在芒廷布鲁克似乎没见到污染。

伯明翰,晚餐上,他们聊着抓响尾蛇。"拿个管子,去野地里,管子插进洞里——随便什么洞——滴几滴汽油,响尾蛇就会像喝醉了一样,它们会爬出来呼吸。"

在每个社会阶层,男性气质的所有特征,关注打猎和捕鱼。让女人们去鼓捣她们的烹饪,她们的储藏,她们的"梳妆打扮"。

亚拉巴马,沃克县一个拖车公园的标识:**感谢你的选票和支持 / 华莱士竞选州**

---

a Bull Connor(1897—1973),二十世纪六十年代曾任伯明翰警察局长,虽然是民主党,但强烈反对民权运动,任内执行严格的种族隔离,允许警察对抗议者使用高压水枪和警犬攻击,引起全国震动和抗议。

b "Birmingham Sunday",理查德·法里尼亚和琼·贝兹合作的歌曲,为了纪念1963年发生在伯明翰的16街浸信会教堂爆炸案。三K党制造了这起爆炸,造成四名女孩死亡。

长。感想，华莱士从来没让我困扰的原因是他完全是个可以解释的现象。

大部分南方人是政治现实主义者：他们明白并接受现行政治的现实状况，我们在加州不会如此。贿赂作为生活规则，理所当然，即便这种认同是最表面的。"你让个人做州财政部部长，每个月800美元，他必须当四年才能捞回本儿。"

墓碑上写着：

天使召唤他

死亡是归乡

穆尔

埃利　　杰茜 T.

1888—1919　1887—1952

桑德林

兰德　　艾达 M.

1871—1952　1873—1919

杰茜 B.，J. R. 琼斯的妻子。

她是个温柔贤淑的妻子，

一位慈爱的阿姨，所有人的好友。

在那么多的家族墓园中，总有近期离世的人——逝世于"二战"后——他们还有南北战争的记忆。在一个红土亮得刺眼的小镇有一块墓地，墓园里放着塑料花，俯视着球场的明亮灯光。

在伯明翰的圣弗朗西斯汽车旅馆，我去游泳，有时会招来吧台的大量关注。"嘿，看，有个人穿着比基尼。"

WINFIELD

温菲尔德

或许南部乡村是整个美国最后一块地方，你还能注意到火车，它们的意义，它们非凡的可能性。

我把我的衣服送进洗衣店，走入路边的灰土里，往一家美容店去。一头长直金发的女孩给我做美甲。她的名字是黛比。

"我在温菲尔德高中还有一年，"黛比说，"然后我要出去。"

我问她**出去**是去哪儿。

"伯明翰。"她说。

我问她在伯明翰要做什么。

"嗯，如果我一直一边上学一边打工，我就能攒够美容师证的时长。需要三千，我已经有一千二了。然后我会去模特学校，"黛比思考了一下，"我希望我可以。"

一个电风扇在小小的店铺里嗡嗡作响。护发素和洗发水的气味温暖黏腻。还有一个人在这，是老板的女儿。我问她是不是还在上学。她咯咯笑了，好像不相信居然有人会问这么蠢的问题。

"我都**结婚**三年了。"她说。

"你看起来年纪不大。"

"我**二十**了。"

她和丈夫斯科特一起住在拖车里，他是电锯工人。拖车里很热，我们都同意。晚上就凉快了，黛比提醒道。"哦，是的，"二十岁的说，"到晚上就凉快了。"她的母亲，这家美容店的老板，正在家"算账"。店里现在是她管事，而且她有点喜欢使唤黛比。"你没弄到她的**名字**吗？她**其他时间**都不能来吗？"

她们又回到热不热的话题上。拖车在

晚上凉不下来，她们都同意。

"昨晚还挺凉的。"二十岁的说。

"我不觉得。"黛比说。

"我不是指我们**上床**睡觉的时候，我是指很晚。我醒了，基本凉下来了。当然在拖车上我每天都开着**空调**的。"

黛比面无表情地看向打开的门。"太热了，爸爸不得不从卧室出来，睡在沙发上。"

"屋里比外面凉快。"

黛比擦干我的手。"可能吧。"她懒洋洋地说。

在汽车旅馆和溪流之间，一个小水泥泳池里，两个青春期少女穿着两件式泳衣，躺在污浊的过道上晒太阳。她们搭一辆皮卡来，皮卡座椅上，一个晶体管收音机正在播放轻柔的音乐。泳池里有水藻，一根烟头。《ABC》，"杰克逊5"的歌。

我在药店（霍利斯药店）买了一大纸杯碎冰，花了5美分，顺着路走回洗衣店，开始吃冰。在我离开的一个多小时里，什么都没发生：同样的女人，大部分头发上戴着卷发筒，坐着，盯着，叠着边缘起毛的印花毛巾和床单。洗衣店里还有两个男人，一个修理工和一个在指挥的年轻人，头发枯黄，红脖子，看起来似乎是店主。他嫌恶地看着那些女人，那些女人也暗带厌恶地看着他。

"对你来说很热了？"一个中年女人对我说。我说是的。洗衣店里对我没有恶意，甚至都没有好奇：因为在这个充满蒸汽的灰暗建筑里度过夏日下午，我已经进入了一种状态，所有女人都是我悲惨的姐妹。"用这个，"女人过了一会儿说，指着一个烘干机对我说，"她刚投了一分，就把她和我的衣服烘好了。"女人说话时，偷瞄着修理工和店主，好像在担心他们随时都会修好机器，夺走我们的大奖。

在温菲尔德这样的镇子，工作日下午，你能见到的基本是女人，梦游般行走于她们生命里的每一天。男人们在外面工作，在工厂，或者农场，或者木材厂。当我离开洗衣店时，有个男孩戴着自行车头盔在路上作业。自行车头盔好像成了一个日常的穿着方式。电影院上映了《西部开拓史》。

在温菲尔德的安吉琳餐厅，午餐时间有一群男人，其中一些我白天在镇上见过，坐在一起，看着电视上的《综合医院》。

GUIN

古 恩

一个夏天在南部乡村的旅人，吃晚饭时都没什么兴致，白天的热气几乎还没散去。走了几百英里，文化就与任何一个晚餐时间在 7 点 30 分到 8 点的地方截然不同。有天晚上，我们在一家汽车旅馆吃晚餐，在温菲尔德和古恩间的一条路上。太阳还在炙烤着外面的道路，屋内窗户上水一般的蓝绿色保鲜膜阴影，只能堪堪挡住一点阳光。食物可能是午餐时炸的，放在蒸汽饭桌里保温。吃饭是个折磨，就像是在某个机构里，为了存活必须忍耐的事。没有饮料能缓解这种痛苦。不提供冰块。我记得在一个类似的地方点冰咖啡。女服务生问我怎么做。"就跟冰茶一样。"我说。她面无表情地看着我。"在杯子里？"她问。

古恩这个地方的女服务生引我去收银台那里。她拿着我丢在桌上的火柴盒。"我在看你的火柴盒。"她说，"哪儿来的？"我说从比洛克西。"比洛克西，**密西西比州**？"她说，然后研究着火柴盒，仿若这是尼泊尔的纪念品。我说是的。她把火柴盒塞进她的口袋里，转身离开了。

古恩周围，标识写着，**古恩 / 城市边境**。在古恩的威特旅馆，一个 MYF（我感觉是）咖啡屋，有几个表演吉他的小孩。他们账单上的名字是肯特和菲尔，他们上次表演是在塔斯卡卢萨。他们唱着《亚伯拉罕、马丁和约翰》和《忧愁河上的金桥》，孩子们受到邀请就会加入，声音甜美清亮。

有些男孩穿着古恩棒球队队服，一个漂亮男孩，大约十六岁，穿着一件扎染衬

南部与西部

衫和裤子。孩子们会喝可乐,然后踢踢跶跶地走出去,跟车里的人懒懒散散聊会儿天,然后踢踢跶跶回来。夜晚暖和,穿过镇子的道路旁,玉米长得很高,一派生机。这里似乎是个适宜居住的地方,然而漂亮女孩们如果一直待在古恩,那么她们最终不是在温菲尔德的洗衣房里,就是在一个整晚开着空调的拖车里。

当节目表演结束,大概十个孩子全都站在大街上,懒洋洋地跟人打招呼。半个小时后,古恩大街上没人了,只剩下穿着古恩棒球队队服的十二岁孩子们。我们行驶在古恩和哈密尔顿之间,乔治·C. 华莱士白人路上,一条四车道的路,通往不知何方,灯光如昼。到了哈密尔顿,街灯关了。车载广播上,有沃斯堡,圣安东尼奥,福音广播台,《万古磐石》和《寂静山谷》。开进汽车影院,看到了《公路大盗》的结尾,盯着吉姆·戴维斯,安迪·迪瓦恩和斯科特·布雷迪。《失败者》是汽车影院里下一部播放的电影。我们跟着《失败者》跨越了整个南部。古恩外,3M 矿业的夜班工人正在工作。

GRENADA, MISSISSIPPI

格林纳达，密西西比州

有天晚上，从牛津开去格林纳达，跟小鲍勃·埃文斯夫妇吃饭，我留意到葛藤的阴影，藤蔓会吞噬树、杆子，它领地里的一切。葛藤让几近整个密西西比州变成不祥的园林景观。到处是墓地，婴儿的墓上有塑料豌豆花。在南部，死亡仍是自然、不可避免的，而在这个国家城市化程度更高的地方，它已经不再是了，墓地变为公墓，被赶去视线之外的未开发或无法使用的土地上。

7号高速，巴克·布朗－索恩加油站。步枪松松地挂在皮卡的后座车窗上。亚洛布沙乡村俱乐部就在沃特瓦利的南边。在沃特瓦利，非裔四处晃悠，在主街上，高速上，靠近车，隔着街和高速路说话。在密西西比州的咖啡维尔，下午6点，金色光线中，一个孩子在荡秋千，从一棵巨大的树越过巨大的草坪，来来回回，就在一栋巨大空旷的房子前。在一个南部小镇当白人中产的小孩，某种程度上，一定是一个孩子在美国生活的最佳方式。

我们驶入格林纳达的马尔金路，一个女孩身着黄色伴娘服，头戴薄纱头饰，她的丈夫穿着晨礼服，从婚礼上走回家，抱着他们的女儿，一个两三岁的宝宝。

在埃文斯家，有一个裱起来的圣诞贺卡，来自尼克松总统及其夫人，还有一个似乎是裱起来的奴隶契约[a]。我们喝了酒，

---

a Slave deed，奴隶主在政府注册，显示拥有多少奴隶的凭证。

南部与西部

过了一会儿，我们带上酒、驾驶墨镜，开车在镇子上兜风。埃文斯夫人在格林纳达长大，之前有过一次婚姻，如今她和第二任丈夫——来自图珀洛——住在她母亲的老房子里。"看看那些站在汽车旅馆前的人，"兜风时她说，"那是个妓院。"她丈夫告诉她。我们去了一个湖边，然后去假日酒店吃晚餐，这又是一个假日酒店是吃饭最好的地方的镇子。我们把我们的酒和一个瓶子带了进去，因为不提供酒，只提供杯子和冰 a。我不确定瓶子是不是合法的。在南部，酒精的合法与非法对异乡人而言是个谜题，但本地人几乎不在意。晚餐时，有些人盯着我们，后来过来跟埃文斯夫妇打招呼。他们介绍我们是加州来的朋友。"我们在猜你们从哪儿来。"其中一个说。

我们开车时，经过一个五岁小孩，穿着棒球睡衣，跟一个穿着白色制服的黑人女佣玩接球，球来回，来回，循环往复。

埃文斯夫妇有一个宝宝，是他们的孩子，一个十六岁的女儿，是她一个人的孩子。"她只有在吃饭和出门的时候，才从她的房间里出来。"

关于晚餐的瓶子：实际上我们带了三瓶，苏格兰威士忌、波本威士忌、伏特加，但在这个干县 b，把它们带进去是违法的，因为埃文斯夫人把它们装进了大手提袋里，而她带着手提袋，就是为了这个目的。

关于妓院：认为妓院是社会秩序中一个被接受的组成部分，这种观念与将女性捧上神坛的观念是一体两面的。

---

a 过去，在南部的一些州，餐厅售酒需要"卖酒许可"，如果没有许可，餐厅就只能提供杯子、冰块和调酒工具，酒则需要顾客自己带。

b Dry county，指执行禁酒令的县。

OXFORD

牛 津

在老密西的学生会里，跟在温菲尔德的安吉琳餐厅一样，人们正在看电视上的《综合医院》。

学生会有一份5月的官方日历，上面印着，**5月28日——假期——闹翻天**。下面有人潦草地写着：**一种相当适合老密西人的爱好**。骑士党式的自我想象，在南方血统中表露无遗。

大学书店似乎是牛津唯一能买到书的地方（广场上一家有几架平装书的药店除外），这里除了指定的课本，能买到的就只有几本畅销书和几本（绝非全部）威廉·福克纳。

假日酒店游泳池，音乐剧般的对话：
"拿那枚硬币，在那边，有点儿远。"
"伤了我的脚趾。"
"我弄伤了**我**的脚趾，因为爬一棵李子树。"
"你**怎么**弄伤了你的脚趾？"
"爬一棵李子树。"
"为什么。"
"摘个李子。"
"嗨，大块头，把我的运动鞋丢下来。"
"好的，呆头鹅。"

假日酒店的停车场，一个下午，一辆警车停在这里，门开着，我坐在泳池边时的下午空气的凝滞，被警用通讯打破了。后来，我游泳的时候，一个小女孩告诉我，待在水下你能听见一些奇怪的电流音，一个广播在响。我沉下去，听见英国保守党获胜的消息，还有"罗宾逊夫人"。

一个下午，我独自开车逛密西西比大

南部与西部

学校园，风闯来了，骤然而暴烈，天黑了下来，有雷声，没有雨。我害怕是龙卷风。它的突如其来和无法预测震惊了我。这里的气候必然塑造了一个人对自我身份和本质的认知，就像其他地方一样。

那天下午，我在校园里看到一个黑人女孩，她是个爆炸头，穿着紧身针织衫，她异常美丽，带着一种纽约－洛杉矶海岸的盛气凌人。我不可能知道她在密西西比大学做什么，或者她如何看待它。

假日酒店的晚餐时间，听到四个学术圈的人谈话：两个老师，其中一位的妻子，还有一个年轻点的女性，或许是个研究生，或者助教。他们聊着ΣΑΕ、ΣΝ和ΣΧ曾经是如何"控制政治"的。打破这个状态的是阿奇·曼宁，我觉得他应该是个ΣΝ，竞选了什么，结果要么输了，要么险胜，这需要查明。"《密西西比人》上有篇小文章写了这个，"关于希腊字母社团如何曾经掌控一切，其中一个人说，"它说这是明日黄花了，但这让我妻子和女儿不高兴。为什么非得这样呢？"

其他人补充说这篇文章"不值一提""写得不好"，但他们没有回应同事的这个伤感的问题。

晚餐某个时刻，年轻女人带着一种决绝的反感宣布，"我不在乎学生会是什么样，我压根不在乎。"另一个时刻，她说她觉得FBI正在"监控"她，因为她有两个嗑药的朋友。她自己没有也绝不会嗑药，她补充说："我的脑子已经飞得够远了。"

如今当我想起牛津，我想到的是阿奇·曼宁，还有那些汽车贴纸，上面有**阿奇**和**阿奇军**，一面反叛旗帜，想起校园周围宏伟且装点漂亮的兄弟会和姐妹会房子，想起1970年橄榄球赛后的舞蹈上，从松木林里走出，唱着《ΣΝ的白色之星》的男孩和女孩们。我给伯克利英语文学系一个认识的人打电话，问他是否认识什么人，在密西西比州随便哪个学校的哪个系的哪位教授，是我应该聊聊的，他知道的任何领域的任何人，但他不认识，只能建议我打给尤多拉·韦尔蒂小姐，她在杰克逊。

事实上我确实有打算，只要我接近杰克逊，但我害怕离杰克逊太近，因为杰克逊有飞机通往纽约和加州，而且我知道自己在杰克逊待不了十分钟，就会给达美航空或者国家航空打电话，然后离开。那一

牛 津

整个月里，我总在脑子里哼"坐喷气式飞机离开"，彼得，保罗和玛丽，每天晚上，在汽车旅馆房间里，我们会拿出地图，计算要开多久的车到杰克逊，到新奥尔良，到巴吞鲁日，到最近的有机场的地方。

晚上，我们驱车沿老泰勒路前行，去寻找山楸橡树（Rowan Oak），威廉·福克纳的故居。有萤火虫，热闪电，厚重的藤蔓四处蔓延，明天我们才能参观房子。它宽敞，私密，僻静，远离道路。我读了一本关于福克纳在牛津的书，书中采访了他在牛津的同时代人，他们对他的敌意，以及他试图无视的样子，令我印象深刻。我想，如果我要从他的墓碑上取一张拓片，作为此地的纪念品，那么，每次看到它时，我都会知道，他人的说法根本不重要。

于是我们去了墓园，牛津陵园，去找他的墓。在一株活栎树下，一个黑人小孩坐在一辆停着的车里，一辆双色鲑鱼色别克，车门开着。他坐在汽车底板上，脚垂在外面，我在那的时候，好几辆贴着密西西比大学和阿奇之军贴纸的车停在陵园路上，男孩们跳下车，和那个黑人男孩做了些什么交易，然后开车离开。他好像在卖大麻，他的车上有个韦恩州立的贴纸。除此之外，再也没人了，只有兔子、松鼠、蜜蜂嗡鸣和炎热，令人头晕目眩的炎热，热得我简直要晕倒了。好几个小时里，我们在寻找墓碑，找到了福克纳家族墓地，还有一些其他福克纳的墓，但我们没找到威廉·福克纳的墓，不在那个挤满了牛津居民和婴儿的墓园里。

在南部，我掌握的所有报道技巧都失效了。有些事我应该做，我非常清楚，但我始终没有做。在经过的所有镇子上，我都没跟当地最大商场的婚礼策划约采访。我没有去密西西比亲善小姐半决赛，即便比赛是在一些小镇上举办的，无论我们住在哪儿，那些小镇都离我们不远。我没给拿到的名字打电话，而是在药店闲逛。仿佛沉入水里，整整一个月。

我不断打电话给杰克逊的弗朗斯·柯比夫人，她负责亲善小姐大赛在贝斯普林斯、克利夫兰、克林顿、格林伍德、格尔夫波特、印第安诺拉、利兰和刘易斯维尔的举办。在克利夫兰举办比赛那天，我离那儿只有几英里，我打电话给主办方，也就是商会，他们叫我"到乡村俱乐部"看比赛，但我最后还是没有去。

1069

A SUNDAY LUNCH IN CLARKSDALE

克拉克斯代尔的周日午餐

有天，我们从牛津开车去克拉克斯代尔，与马歇尔·博尔丁和夫人梅尔吃周日午餐。中午时分，午餐准时上桌，就在我们到达的几分钟后。有炸鸡、浓厚肉酱的米饭、新鲜豆子，还有一个桃子馅饼作甜点。太热了，我们在桌前坐下来之前，沃特福德高脚杯里的冰块已经融化了。饭前祷告。孩子们被允许在感兴趣的话题上发言，但不允许插嘴。我从来没吃过如此漫长，如此丰盛的午餐。我正在一个仍保留着"周日"的地方，就像在我祖母的屋子里，一周之内沉重的暂停，无聊到极致的一天，你只会精疲力竭。这是那种会让你非常期待周一早晨的周日。

午餐后，我们坐在镇上一栋小房子的客厅里，博尔丁夫妇的种植园宅子翻新时，他们就会住这个房子。马歇尔·博尔丁在说话，这是他说的一些话：

"南部的金钱和权力传统上都在种植业的人手里。因此，三角洲才能这么富。三角洲有富人。三角洲不会出州长，但有让州长当选的钱和权力。州长通常是来自山区，来自哈蒂斯堡。现在有个副州长出自克拉克斯代尔，但这是例外。山区黑人也少。三角洲，更有钱，黑人人口更多。除了山区和三角洲，密西西比州第三块地方是海岸地区，相当不一样。"

"我很高兴看到密西西比州的变化。就在这二十年里，思想进步了很多。山区的确更保守。三角洲仍是保守派的，没错，但这里的人有钱，而有钱人可以接触新想法。

"我们这里主要是种棉花,大豆在取代应季蔬果。我们也试过养牛,但这里的土壤对牛来说太肥了,平原一直到维克斯堡。三角洲大概有五十英里宽,全是洪泛区,直到南北战争后修建了堤坝。大概1870年,然后人口开始迁入,他们有这片肥沃的土地,全是河流泥沙。三角洲农场平均规模?嗯,1.4万英亩是大的,两三百英亩算是小的,据说平均是770英亩,但如果种棉花和大豆,这就小了。

"三十年前,我父亲和我的梅尔的父亲,过的是理想中的种植园主生活。如今这更像个生意,不一样了。然后有一系列小镇,有很棒的社会功能,然后为了你的社会功能,你从一个镇到另一个镇上,这让整个国家凝聚起来。

"这里有封建制度的残余。在这里有很多侍从。我们很幸运能拥有查尔斯和弗朗西丝,他们曾经在我父亲那里。这里直到最近都以租赁制为主。每个黑人家庭负责他木屋附近的十到十五英亩。土地主人监督,而且管吃,管这个家庭需要的任何东西,有的是一大家子,但他们还是说,'马歇尔先生,照顾照顾我',然后我们就会照顾。这是这里的部分变化。梅尔的兄弟不用租赁制。

"我父亲从来没开除过别人。梅尔,你父亲也没有。有些种植园主,他们滥用了租赁制。附近有个种植园主,他以前在发钱那天要求他们笑,只有看到笑容时,才会把银元递出去,但只是一些,或许被默许了,但没人支持这样。梅尔的爸爸留着记录,跟每一个租户都付了账。整个社区都知道谁是那些占了便宜的人,而且讨厌他们。当然了,没人把他们送进监狱,但或许我们应该这样做。

"自动化改变了一切,摘棉花机意味着我们不需要那么多。我们从来没把人从土地上赶出去,他们只是慢慢离开,去底特律或者搬进城里。有极少数的种植园主解雇了人,但总体而言,没有那么多黑人被解雇。

"我认为,巨大的变化是电视机来的时候。小孩们看到别人的生活方式,别人的生活。这是整个国家最伟大的教育系统。

"我父亲的主要工作就是跟约翰聊天,看看他需要什么(约翰是主管或者工头儿)。另一方面,梅尔的兄弟,他有——我不想说那是一家工厂,但它生产棉花。他有三块地,大概3000英亩。1950年那会儿,我跟我爸一样种地,骑匹马。现在每个地方你都有个经理,开着皮卡。你得有台个人广播,能联系到你在镇上找的人,告诉他把这一块在十五分钟内搞出去。大家以前种地都很开心。秋天把棉花摘完,你就能读书,打猎,坐在火堆旁谈天说地。现在,他们整个冬天都在忙活机器。或许如果你能在1月修完,就可以在2月休一个月或者六个星期,但就是这样了。"他停下来,问他妻子:"对吧,梅尔?"

梅尔耸了耸肩。"日子还是挺好的。"她说。

"这里的黑人人口还是很多,"他继续说,"现在学校里,80%是黑人,20%是白人,现在我们都融合了。我们的孩子该怎么办,这让我们特别苦恼,我们暂时的想法是送他们去私立学校,即便这与我们的理想相悖。我不能牺牲我的孩子们来成全理想。他们逼迫黑人融合。我知道他们是对的,但是太着急了。他们说,我们必须在2月2号融合。为什么他们就不能等到9月开学呢?这只会让人们的态度更强硬,这就是它的结果。这个社区里或许有人正准备展现出开放的姿态,然后一个家长发现,下周他的孩子要被分去希金斯高中——那扇门就关闭了,至于什么时候会再开,没人能知道。

"这里的人说要三代才能造就一个绅士,但如果我是个十六岁的黑人男孩,我才不愿意等上三代。整个这一带,还有很多的单亲母亲,家里没有父亲,没人能告诉你,要想有收获,你得先付出。

"我是个中间派,就像大部分人一样,我们想的是做最简单的事,但让所有人都开心。在克拉克斯代尔,现在有五六个房子里会上演这样的对话。可能这看起来不多,但在我小时候,根本没有这样的对话。

"我们能做的最好的事,就是用不同的方式培养我们的孩子,给这个社区增加四个从这个小圣公会学校毕业,思维不一样的人。去年,融合令席卷密西西比州的时候,很难想象到底能做什么,现在仍旧是。"

查尔斯和弗朗西丝从厨房里走出来说再见。他们要去教堂。马歇尔·博尔丁介绍他们的时候,脸上放光。"查尔斯和弗朗西丝曾经在我父亲那里,对吧,弗朗西丝?"弗朗西丝快速点头。"没错,确实是。"她说,"马歇尔先生和我们,我们是从小一起长大的。"

有消息说,三角洲附近某个地方有龙卷风,虽然不在科厄霍马县,但有电话打来,告诉马歇尔·博尔丁:"昨晚地里有个黑人死了。"

我们开车去种植园,那里宅子正在整修。他指着无人居住的租户木屋。"我小的时候,我们都是用骡子耕地的,"他说,"我上大学的时候,我们有了四排的机器。现在我们有了六排机器。"他指向拖拉机,每辆花了1.5万美金,补充说,单棚子里就有价值6万美金的拖拉机。他指着曾经是他父亲的贷款办公室的地方，还有一个住人的租户木屋。"这是我的老钓友，厄尼，住的租户木屋之一。"厄尼称呼博尔丁夫妇为梅尔女士和马歇尔先生。

"那是棉花。"他说，"一直到柏树断掉的地方。"我问**柏树断掉的地方**之外是什么。"还是一些我们的地。"

梅尔·博尔丁，对一个她这个年纪和阶级的南方女人而言，有着了不起的成就：生完孩子后，她去读了医学院，如今在孟菲斯开妇产科诊所，与三个男医生合伙。她搭乘一架私人飞机，从"地里"飞往孟菲斯。"我受不了整天坐在乡村俱乐部里，还要**聊天**。"她解释说。

我们拜访她时，她正在休假一年，监督房子的整修。房子会是个"男孩房子，什么都有，一切都很结实"。"我爱男孩。"她继续说。某种程度上，她似乎受到了自己所跨出的那一大步的影响：为了成为独立女性，她发现必须强硬地拒绝一些事，传统中会让女人快乐的事，下厨（"我当然讨厌做饭，我宁可走上一英里半，也不要做"）、对外表的在意，以及任何让房子反映她品味的兴趣。她母亲的房子反映了她母亲：梅尔的房子反映了"男孩"，而她最大的乐趣，是为孩子们设计嵌入墙里

的秘密台阶和躲猫猫的地方。

在午餐时，或者快要吃饭前，七岁孩子被叫来表演，并且很开心地表演了，在钢琴上弹奏《欢乐世界》，在酷热的6月一天，在三角洲，一段奇妙的旋律。桌上祷告时，每个人都牵着手。四个男孩穿着颜色相配的蓝色立领衬衫。全家刚从教堂礼拜回来，长老会教堂。当我前一天从牛津打电话来，马歇尔·博尔丁建议我们来吃午餐时，他说的是，"教堂后来"。这个**教堂**作为周日早晨主题的概念，在我所知的新教社会里已经消失好几代了，但在南部，它还存在。

我们开车时，经过了三角洲路，那里住的"除了黑人，再无别人，或者即便那里有白人，我也不会想见到他们"。

房子后面，是一个巨大的西尔斯—罗巴克游泳水箱，草地上升起五六英尺。"把蛇和青蛙拦在外头。"梅尔说。

克拉克斯代尔自诩为"棉花带上的金色搭扣"。三角洲的派对上，他们互相询问："你的棉花怎么样了？"然后是："哦？出了什么问题？"

在克拉克斯代尔的罗绮区[a]，住着一些种植园主，一个律师，以及棉花商。许多种植园主住在镇上。克拉克斯代尔附近有一家种植园，主人是一个英国团体。

---

a Silk Stocking Row，指有钱人居住的社区。早期，只有有钱人才能买得起丝绸袜子。

DOWN THE DELTA TO GREENVILLE

深入三角洲，去往格林维尔

在罗斯代尔，玻利瓦尔县法院外，一个老警察坐在车里，衣领松垮垮耷在厚脖子周围，周日暮光里，发动机没关。

罗斯代尔外，**RR 道口** [a] 的路标上，喷涂着字母 **KKK** [b]。

所有广告牌上都是棉花和大豆的除虫剂和化肥。

在伯诺伊特，《宝贝儿》(*Baby Doll*) 拍摄地，人们闲逛着，脸上带着标志性的"空洞"表情，南部的人们总会在你之前提起，然后为之辩护。（"你见过密歇根底特律的地铁吗？"）

三角洲无垠的绿色，平展，清晨迷雾。水藻覆盖的水渠里，蚊虫滋生。

---

a RR crossing，即 railroad crossing（铁路道口），提醒司机前方有火车轨道穿过公路。

b KKK，即 Ku Klux Klan（三K党），美国新教领导的基督教极端主义、白人至上主义和极右翼仇恨团体，成立于 1865 年，起初由南北战争后的南方退伍军人组成，针对非裔美国人、犹太人和天主教徒展开了许多恐怖活动。在铁路路标上涂写"KKK"是一种具有威胁性质的种族主义行为，旨在通过公共空间向当地社区传达恐吓信号。

格林维尔，堤坝的存在感，镇中心每条街道尽头的高墙。在一个有很棒的炖菜汤的地方，我们在栈桥上吃晚餐，我很高兴，在一条河上（实际上我们是在一个沼泽上），我很高兴，在一个食物很棒的地方，我觉得我很高兴，离一个拥有回加州的国家航空和达美航空航班的地方如此之近。

我们和别人共进晚餐，霍丁·凯特三世和他的夫人佩吉、卢·鲍威尔、报纸的城市版编辑，以及他的女儿。霍丁接了我们，在表盘仪上有一个四处可见的眼镜，驾驶眼镜，在这个状况下，是马天尼。

我们在博伊特餐厅吃的晚餐，这是一家路边餐馆，就在下一个交叉口。博伊特餐厅的菜单写着：**意大利式或意大利佬[a]沙拉。**

霍丁·凯特三世："离开三角洲的黑人说，只要这里有点什么，他们就会回来——这是个有很强吸引力的地方。"

他口中的新奥尔良是个玩物丧志的地方，"你去到那儿，一年里有十一个半月都是名媛社交季[b]。"他的妻子来自新奥尔良，上过密西西比麦吉[c]，之后上了纽科姆学院[d]，他暗示，如今她生活在了最新潮的地方。

他认为，在自动化进入南部农业前，还得有一会儿。"劳工问题加速了"它在加州的铺展。他把工业化的新南部视为某种天方夜谭，难点在于劳动力缺乏技术。"他们说着南部的廉价劳工，但对一家全国公司而言，廉价劳工就是个神话，对任何有劳动合同的公司来说。所以这不是个优势，而是对产业而言的另一个劣势，我们有北方没有的社会问题。"

FBI是南部的主旋律。我总是听到它，在比洛克西，在牛津，在格林纳达，在格林维尔。

时间扭曲了：南北战争还是昨天，但说起1960年，却好似三百年前。

---

a Wop，具有歧视色彩的词，指在美国的意大利裔。

b Debutante，指上流社会女子在社交界初次亮相。

c Miss McGehee，即 Louise Schaumburg McGehee，创立于1912年的私立女子学校，旨在为女孩提供严格的大学预科教育。

d Sophie Newcomb，即 H. Sophie Newcomb Memorial College（H. 索菲娅·纽科姆纪念学院），创立于1886年，是美国第一所附属于大学的女子学院。

DOWNRIVER AND HOME

下游和家

61号公路上，一路往南，种植园的名字是：甲虫／培根尼亚、莉迪娅、伊文娜。广告牌上：**抑草生牌杀虫剂**。一直往南的一家种植园：**现实种植园**。亚祖县流动图书馆，撒药飞机喷撒出黄雾。一辆窗户上显示**芝加哥**的灰狗巴士疾驰过沃伦县，在61号公路上一路向北。

维克斯堡外是一家购物中心，有家商场名为战场村。吉布森港有一座长老会教堂，尖顶上不是十字架，取而代之的是一根黄金手指，指向天堂。葛藤。

费耶特有《陋巷春光》(*Porgy and Bess*)布景的模样，大街上，窗户后，只能看见黑人。我们开车路过的时候，唯一见到的白人穿着蓝色工作衬衫，留着萨帕塔八字胡[a]。

"州际"是一个词组，一个概念。宏伟脉动的道路，连接着此处和彼方。

在南麦库姆的一家咖啡馆窗户上，**支持你的市议会**，以及**州权——种族团结／荣誉**，正是在它应该在的地方。（事实上我觉得那家餐馆——博伊特餐厅——菜单上有意大利佬沙拉的，是在麦库姆，而不是在格林维尔。）

我们去了沃克·珀西家，在路易斯安那的卡温顿。我们坐在房子后，湖沼边，

---

[a] Zapata mustache，指墨西哥革命家埃米利亚诺·萨帕塔（Emiliano Zapata, 1879—1919）标志性的胡子，马龙·白兰度在1952年的电影《萨帕塔传》中也留了同样的胡子。

喝琴酒和通力水，开始落小雨，水雾一般，沃克根本不在意，而是继续说话，回到房子里去拿新的酒。是一场雷暴，闪光古怪，黑色湖沼上，时而有人在滑水。"南部，"他说，"欠了北方一笔债……曾经分裂了联盟……现在，只有南部能救北方。"他说他不想在新奥尔良的本·C家里见我们，因为在本·C家，他总是会说平常不说的话，扮演一个角色。格林维尔，他说，是另一个不同类型的镇子。他曾在洛杉矶待过一段时间，但住不下去。"因为天气，"他妻子轻柔地说，"天气很糟。""不是因为天气。"他说，他很清楚是因为什么。

走过庞恰特雷恩桥，灰色水体，灰色长堤，灰色天际线，在远处逐渐变得清晰，就在你视野里失去身后河岸之时。新奥尔良的身影，在行至庞恰特雷恩湖长堤中某一点时突然出现，仿若海市蜃楼。

美桐和蝮蛇。引自奥杜邦，1830年：

深深的泥潭，隐藏在无数巨大的黑色柏树阴影下，它们伸展着强劲的苔藓覆盖的枝丫……我期待能为你呈现这片土地危险的本质，它缓慢流动，软绵，泥泞的本性……

长堤上，一次毫无缘由的争吵，丑陋的话语，然后沉默。机场旅馆一个无言的夜晚。9点15分回旧金山的国家航空飞机。我没写出任何文章。

CALIFORNIA NOTES

加州笔记

我告诉《滚石》杂志的詹恩·温纳，我想报道帕蒂·赫斯特审判，这促使我检视自己关于加州的思考。那时的一些笔记留了下来。赫斯特审判的那篇稿子我一直没写出来，但1976年审判期间，我去了旧金山，尝试做点报道。而且我在解读自己复杂情感里很投入。它的结果不是完成报道，而是——几年后的——《我的来处》。

庭审期间，我住在马克酒店。你能从马克酒店看到赫斯特的公寓。所以我会坐在房间里，想象着帕蒂·赫斯特听《天上人间》》[a]。我读到过，她会坐在房间里听。我以为庭审于我而言会有些意义——因为我来自加州。结果并没有。

---

a Carousel，美国音乐剧黄金时代的重要作品，由理查德·罗杰斯（Richard Rodgers, 1902—1979）作曲、奥斯卡·哈默施泰因二世（Oscar Hammerstein II, 1895—1960）编剧，改编自匈牙利作家、剧作家、诗人费伦茨·莫尔纳（Ferenc Molnár, 1878—1952）1909年的戏剧作品《利力姆》（Liliom），讲述了一位旋转木马叫卖者的爱情故事。该剧于1945年在百老汇首演，1956年改编为同名电影。

CALIFORNIA NOTES

加州笔记

我第一次坐飞机是在1955年，航班都有名字。这一架叫作"金门"，属于美国航空公司。服务往来于旧金山和纽约的跨州旅客。一周前，二十一岁，我穿着运动鞋和绿雨衣，在伯克利瞎逛，而现在，我是一名跨州旅客，在空中吃午餐，贝尔茨维尔烤火鸡配调料和内脏酱。我信任着深色棉布。我信任着小帽子和白手套。我坚信跨州旅客不会在城里穿白色鞋子。第二个夏天，我搭乘联合航空的纽约客回家，穿越落基山脉时，餐点是冰块马天尼和芹菜裹罗克福蓝纹奶酪。

金门大桥的印象在我脑中异常深刻。即便整个记忆淡去，这个印象却还历在目。

在《萨克拉门托联合报》上，我学到了：虽然埃尔多拉多县（Eldorado County）的名字现在连拼成了一个单词，但它原本是两个单词（El Dorado）；有些词是需要**大写**的，如**山茶花周**、**中央谷地**、**萨克拉门托灌溉区**、**解放者轰炸机**、**超级堡垒轰炸机**、**法国贝盖尔剧院**[误拼作 Follies Bergere]、**中央谷地水利工程**，以及"一些绰号，**死亡带**[a]、用来称呼

---

a Death Row，指监狱中死刑犯所在区域。

1083

南部与西部

德国人的**酸菜佬**和**小杰里**[a]，还有**面团男孩**[b]、**皮脖儿**[c]和**恶魔犬**[d]"。

阿登学校的班级未来展望：

在卡内基厅，我们看到雪莉·朗，
站在舞台上，引吭高歌。
出演电影是阿瑟·拉尼的活，
他身后总是跟着一大群人穷凶极恶。
作为模特，伊薇特·史密斯素有声名，
"泡泡"，这是她的艺名……
我们看见珍妮特·海特勤勉工作，是一位传教之人，
她如此聪慧，总是用一本字典……
我们看见琼·狄迪恩是白宫的常客，
如今成了第一位女总统。

回头看这些"证据"，在我看来（或者说，那时的我看来），这一切都充满了一种关于社会成功与成就的虚假光环。我好像总是出现在报纸上。我好像总是加入那些"好的"社团。总体并不亮眼的学术成绩，却好像总能带给我远超比例的成就，过多的奖项和奖学金（只有荣誉奖学金：我不符合助学金要求），还有推荐和特殊关照，甚至有可能招来同龄人的嫉妒和羡慕。神奇的是，我记得的只有挫折、失败、轻视和拒绝。

我好像上过舞会，穿着漂亮裙子拍了不少照片，也当过啦啦队女孩。我好像做过很多次伴娘。我好像总是担任"编辑"或者"主席"。

我曾以为我永远都会赴下午茶。

这与帕特里夏·赫斯特无关。这关乎我自己，关乎我成长其间的一种特定的空洞，在那里，赫斯特家族是名副其实的山岭之王。

我从未真正尝过匮乏的滋味。

《月亮有多高》，莱斯·保罗和玛丽·福特。正午。

我几乎这一生都误解中度过。直到上大学前，我都觉得我父亲"很穷"，我们没钱，1毛钱也得省着花。我记得第一次我弟弟点了10美分而不是5美分冰激凌甜筒时，似乎也没人在意，我非常吃惊。

我祖母，曾经确实很穷，但她是这样花钱的：莉莉·达什牌和约翰先生牌的帽子、维丘纳毛[e]大衣、手工香皂，以及每盘

---

a 酸菜佬（Kraut）和小杰里（Jerrie），都是"二战"期间对德国士兵的侮辱性称呼。
b Doughboy，"一战"期间美国士兵的绰号。
c Leatherneck，美国海军的绰号。十八、十九世纪，美国海军的制服有很高的皮立领，因此得名。
d Devildog，也是美国海军的绰号。
e Vicuna，生活在安第斯山脉的一种骆驼，出产的毛非常稀有，多用作奢侈品大衣制作。

司60美元的香水，对她而言，这些都是生活必需品。我快十六岁时，她问我生日礼物想要什么，我列了一张表（荧光紫色口红，还有其他一些东西），意思是她可以从里面挑一个，给我一个惊喜：结果她买了一整张表。我第一条"大人裙子"就是她送的，一条丝绸泽西裙[a]，印着淡蓝色花朵，领口有泽西花瓣。它来自萨克拉门托的邦·马尔什，我知道它花了多少钱（60美元），因为我曾在报纸上看过它的广告。我发现自己也给女儿做了许多同样的选择。

这个故事的核心里有一个糟糕的秘密，氰化物的果仁，这秘密就是故事根本不重要，毫无影响，没有意义。内华达山依然落雪。太平洋依旧在它的巢穴里震颤。巨大的地壳板块相互挤压，无论我们睡着还是清醒。响尾蛇在干草里。鲨鱼在金门下。南方的人相信他们用历史血染了他们的土地。在西部，我们觉得无论我们做什么，都无法血染土地，或者改变它，或者触碰它。

这个结论是如何得出的？

我试图把自己放入历史中。

我一生都在寻找历史，但还没找到。

旧金山历史绝对"丰富多彩"，但太过八卦了。"角色"俯拾皆是。这让人没了兴趣。

南方的人坚信他们可以用历史血染他们的土地。在西部，我们没有这种信仰。

美丽的国家再陷大火。

自然环境没有作用。

仪式法庭[b]有世俗弥撒。

如今我知道了，我从小到大被教导的生活是无尽的浪漫。给我选的衣服有着强烈的前拉斐尔元素，中世纪的。灰绿色和象牙色。干枯玫瑰色。（其他人穿着粉末蓝、红、白、海军蓝、墨绿，以及苏格兰格子。我认为它们"老土"，但我私下里很羡慕。我注定不够传统。）我们的房子也比其他人的更暗，而且作为一种绝对偏好，我们喜欢暗淡和染上铜绿的铜。我们也会小心地让银器雕花部分变黑，"好把图案显出来"。直到今天，我还是不习惯高度抛光的银器。它看起来"太新"。

这种对"老旧"的偏好，展现在我们日常生活的方方面面：干枯的花朵被视为比鲜花有更多韵味，印刷品就应当褪色，墙纸要先让阳光擦过，才能算好看。就装

---

a　Jersey dress，贴身、柔软且垂坠感强的裙子。

b　Ceremonial courtroom，用于举行就职宣誓、纪念仪式或其他具有象征意义的正式活动的法庭。此类法庭通常不用于日常案件审理，而是承担司法制度的仪式性功能。

南部与西部

饰趣味而言，我们最得意的是买到一栋房子（我们，这个家庭，在1951年搬到萨克拉门托22街和T大道交界处），这里的窗帘自1907年就没换过。在这栋房子里，我们最爱的窗帘是在楼梯井旁，悬挂在一扇高大窗户前的金色丝绸欧根纱那幅。它们几乎有两层楼高，在空气每一声轻叹中，涌动着彩色光泽，又在触碰时，变成碎片。即便我们强烈反对，吉纳维芙·狄迪恩，我们的祖母，在二十世纪五十年代末搬进来后，还是换掉了这些窗帘。我还是想念那些窗帘，我母亲也是（家居设计）。

东方主义倾向。小黑檀木柜子，餐具。梅贝克式房子。迷雾。个体被抬升到神秘的高度，一种没有宗教基础的神秘主义。

当我读格特鲁德·阿瑟顿[a]时，我认出了文中的地域。未参加者们的集会，被遗弃的种植园——在小说里，一如在梦里——因为对奴隶制崇高而尊贵的信仰。也许他们有信仰，也许他们没有，但他们都过得了农场生活。在小说，以及阿瑟顿夫人的自传里，我们看到了一个当地的种姓制度，展现出其最邪恶的一面。自豪于"完美的品味"和"朴素的连衣裙"。

在自传的第72页，注意到阿瑟顿夫人用一把斧头把蛇斩成两截。

读格特鲁德·阿瑟顿时，我不仅想到了我自己，还有帕特里夏·赫斯特，还有她在加州大道的房间里听的《天上人间》。

阿瑟顿生活的细节出现在阿瑟顿小说里，或者小说的细节出现在自传中：很难说哪个才是真实的结构。阿瑟顿房子里的帕尔玛紫罗兰花床，毫不费力地变为阿瑟顿小说《姐娌》里，玛丽亚·巴林杰-格鲁姆·阿博特房子里的帕尔玛紫罗兰花床。阿瑟顿的母亲有三天"忧郁"，《沉眠火焰》中一名角色也有。帕尔玛紫罗兰花床是不是在阿瑟顿的房子里？阿瑟顿母亲有三天"忧郁"吗？

我在加州的房子里长大，我丈夫则是在康涅狄格州，对比这两座房子，我感到很惊讶，我们早该一起建一栋房子的。

爬马丁县的塔马尔派斯山，是一个神话般的梦想。我从未爬过，但我确实穿过金门大桥，穿着我的第一双高跟鞋，古铜色的德·利索·德布斯儿童浅口皮鞋，有3英寸的鞋跟。穿过金门大桥，与爬塔马尔派斯山一样，是个梦想。

科尔特马德拉。猪头肉冻。在斯廷森沙滩的岩石上吃杏子和李子。

在读格特鲁德·阿瑟顿前，我从来

---

[a] Gertrude Atherton（1857—1948），美国小说家、电影编剧，出生于旧金山，其作品多以加州为背景，描绘当地社会风貌与历史变迁。

没见过别人用这个词组,"市场南边",我祖母、我母亲,还有我的用法。埃德蒙·G."帕特"·布朗来自市场南边。

我父亲和弟弟把伯克利叫作Cal。他们是兄弟会成员,我父亲是个ΧΦ,我弟弟是一个ΦΓΔ。其实我也属于一个希腊字母社团,ΞΔ,但在伯克利的四年里,我只在那栋房子里住过两年。

圣费尔南多谷和太平洋之间,马里布峡谷路上,曾经有一个地点我很喜欢,在那个点上,你能看到所谓的"福克斯天空"。二十世纪福克斯在那片山岭有一个牧场,不是放牧的牧场,而是在那几千英亩里拍西部片,"福克斯天空"就是那个:福克斯天空,巨大的福克斯天空纱幕,《锦绣大地》的背景。

当我开始去夏威夷时,皇家夏威夷已经不再是火奴鲁鲁"最好"的酒店了,火奴鲁鲁也不再是夏威夷度假的"好"地方,但对成长经历与我一样的加州孩子来说,火奴鲁鲁和皇家夏威夷仍有梦幻色彩。度假回来的教母们给萨克拉门托的小女孩们带了蕉草裙。女童军教她们说Aloha 'Oe,而且让她们相信,掌握草裙舞就能让身体灵活。后来,为了跳舞,她们想要夏威夷花环,如果不是花环,那也得是小兰花手镯,从火奴鲁鲁"空运"的。我记得在萨克拉门托的青少年时代,"空运"是个常见的词,刚"空运"过来,产地信息未标明,但心知肚明。Luau在本地成了花环烧烤派对,是一项人人喜爱的娱乐。在本地的建筑中,Lanai取代了阳光玻璃房。一切夏威夷化的浪漫装点了我的加州童年,而皇家夏威夷矗立于怀基基,是这场加州童年真实发生过的实实在在的证据。

我的桌子上,自1974年就一直有一张照片,是帕特里夏·赫斯特刚从她的伯克利公寓被绑走不久后,我从一份杂志里剪切下来的。那段时间,这张照片经常出现,而且公认的来源是《广阔世界》杂志,照片上,帕特里夏·赫斯特,她父亲,以及另一个姐妹,在伯灵格姆乡村俱乐部的一场派对上。这张照片拍摄于她被绑架前六七个月,三个赫斯特都对着照相机笑着,帕特里夏、安妮和伦道夫。

这位父亲穿着休闲但带着庆典气氛——轻外套,深色衬衫,没有领带;两旁的女儿们穿着印花长裙。他们都戴着夏威夷花环,父亲和女儿们一起,很明显,花环是为了那个晚上"空运"的。伦道夫·赫斯特戴着两个花环,一个是念珠藤叶,另一个是兰花密密地穿起来,制作花环的人称这种设计为Maunaloa。女儿们都戴着夜来香花环,最稀有最昂贵的花环,一缕又一缕的阿拉伯茉莉花芽穿在一起,好似象牙珠子。

有时候我很想知道，我祖母的姐妹，梅·戴利，在他们送她去医院那天，到底尖叫着什么，因为这困扰着我，她把我，十六岁，视作她感知恐惧的源头，但我不敢开口询问。长远来看，最好不要知道。同样地，我不知道三岁或四岁一个圣诞节的早晨，弟弟和我是否互相说了一些事，还是我梦到的。但我没有问。

我们希望每年一起过夏天，在莱克塔霍。我们希望能重塑我们的生活，或者只有我这样希望。

旧金山社会贤达名录。什么时候旧金山也成了有社会贤达名录的城市了？这是怎么发生的？旧金山的社会野心，它总是追逐着头衔，即便是虚假的头衔。

我这一生都在读这些名字，而我不知道他们曾经是谁，或如今是谁。比如，谁是利塔·维托？

C. 范恩·伍德沃德："每一个有自我意识的群体，无论大小，都会为其过去编造神话：关于它的起源，它的使命，它的正义，它的仁爱，它之于一切的优越性。"

这在旧金山却并不完全适用。

一些女性：

特鲁德·阿瑟顿

朱莉娅·摩根

利利·科伊特

杰茜卡·佩肖托

多莉·弗里茨·麦克马斯特斯·科普

利塔·维托

菲比·阿珀森·赫斯特

帕特里夏·坎贝尔·赫斯特

杰茜·本顿·弗里蒙特

很大程度上，只是因为这里在眼睛看来、在耳朵听来是对的。到了西部，我就到家了。海岸山脉的山岭在我看来也是"对的"，中央山谷独特的一马平川，抚慰着我的双眼。所有的地名对我来说，都代表着真实的地点。我可以叫出河流的名字，认出常见的树木和蛇。我在这里感到自在，在其他任何地方都不可能有的那种自在。

© 民主与建设出版社，2025

图书在版编目（CIP）数据

为了活下去，我们给自己讲故事 /（美）琼·狄迪恩
(Joan Didion) 著；许晔等译. -- 北京：民主与建设
出版社，2025.8. -- ISBN 978-7-5139-4851-7

Ⅰ. I712.55

中国国家版本馆 CIP 数据核字第 2025E8S857 号

WE TELL OURSELVES STORIES IN ORDER TO LIVE
Introduction Copyright © 2006 by John Leonard
Slouching Towards Bethlehem Copyright © 1961, 1964, 1965, 1966, 1967, 1968 by The Didion Dunne Literary Trust
The White Album Copyright © 1979 by The Didion Dunne Literary Trust
Salvador Copyright © 1983 by The Didion Dunne Literary Trust
Miami Copyright © 1987 by The Didion Dunne Literary Trust
After Henry Copyright © 1992 by The Didion Dunne Literary Trust
Political Fictions Copyright © 2001 by The Didion Dunne Literary Trust
Where I Was From Copyright © 2003 by The Didion Dunne Literary Trust

SOUTH AND WEST
Copyright © 2017 by The Didion Dunne Literary Trust
Foreword copyright © 2017 by Nathaniel Rich

All rights reserved including the rights of reproduction in whole or in part in any form.

北京市版权局著作权合同登记号 图字：01-2024-5399

为了活下去，我们给自己讲故事
WEILE HUOXIAQU WOMEN GEI ZIJI JIANG GUSHI

著　　者	［美］琼·狄迪恩
译　　者	许　晔　张之琪　周子寰　董牧孜　傅适野　徐亚萍
责任编辑	王　颂
特约编辑	李　缇
装帧设计	陆智昌
内文制作	马志方
出版发行	民主与建设出版社有限责任公司
电　　话	（010）59417749　59419778
社　　址	北京市朝阳区宏泰东街远洋万和南区伍号公馆 4 层
邮　　编	100102
印　　刷	山东临沂新华印刷物流集团有限责任公司
版　　次	2025 年 8 月第 1 版
印　　次	2025 年 8 月第 1 次印刷
开　　本	700 毫米 ×1000 毫米　1/16
印　　张	69
字　　数	1185 千字
书　　号	ISBN 978-7-5139-4851-7
定　　价	238.00 元

注：如有印、装质量问题，请与出版社联系。